Storm · Erzählungen

Theodor Storm
Erzählungen

Herausgegeben von
Rüdiger Frommholz

Reclam

RECLAMS UNIVERSAL-BIBLIOTHEK Nr. 6144
1988 Philipp Reclam jun. GmbH & Co. KG,
Siemensstraße 32, 71254 Ditzingen
Druck und Bindung: Canon Deutschland Business Services GmbH,
Siemensstraße 32, 71254 Ditzingen
Printed in Germany 2018

ISBN 978-3-15-006144-2

www.reclam.de

Immensee

Der Alte

An einem Spätherbstnachmittage ging ein alter wohlgekleideter Mann langsam die Straße hinab. Er schien von einem Spaziergange nach Hause zurückzukehren; denn seine Schnallenschuhe, die einer vorübergegangenen Mode angehörten, waren bestäubt. Den langen Rohrstock mit goldenem Knopf trug er unter dem Arm; mit seinen dunkeln Augen, in welche sich die ganze verlorene Jugend gerettet zu haben schien und welche eigentümlich von den schneeweißen Haaren abstachen, sah er ruhig umher oder in die Stadt hinab, welche im Abendsonnendufte vor ihm lag. – Er schien fast ein Fremder; denn von den Vorübergehenden grüßten ihn nur wenige, obgleich mancher unwillkürlich in diese ernsten Augen zu sehen gezwungen wurde. Endlich stand er vor einem hohen Giebelhause still, sah noch einmal in die Stadt hinaus und trat dann in die Hausdiele. Bei dem Schall der Türglocke wurde drinnen in der Stube von einem Guckfenster, welches nach der Diele hinausging, der grüne Vorhang weggeschoben und das Gesicht einer alten Frau dahinter sichtbar. Der Mann winkte ihr mit seinem Rohrstock. »Noch kein Licht!« sagte er in einem etwas südlichen Akzent; und die Haushälterin ließ den Vorhang wieder fallen. Der Alte ging nun über die weite Hausdiele, dann durch einen Pesel, wo große Eichschränke mit Porzellanvasen an den Wänden standen; durch die gegenüberstehende Tür trat er in einen kleinen Flur, von wo aus eine enge Treppe zu den oberen Zimmern des Hinterhauses führte. Er stieg sie langsam hinauf, schloß oben eine Tür auf und trat dann in ein mäßig großes Zimmer. Hier war es heimlich und still; die eine Wand war fast mit Repositorien und Bücherschränken bedeckt; an der andern hingen Bilder von Menschen und Gegenden; vor einem Tische mit grüner Decke, auf dem einzelne aufgeschlagene Bücher umherlagen, stand ein schwerfälliger Lehnstuhl mit rotem Sammetkissen. – Nachdem der Alte Hut und Stock in die Ecke gestellt hatte, setzte er sich in den Lehnstuhl und schien mit gefalteten Händen von seinem Spaziergange auszuruhen. – Wie er so saß, wurde es allmählich dunkler; endlich fiel ein Mondstrahl durch die Fensterscheiben auf die Gemälde an der Wand, und wie der helle Streif langsam weiterrückte, folgten die Augen des Mannes unwillkürlich. Nun trat er über ein kleines Bild in schlichtem schwarzem Rahmen. »Elisabeth!« sagte der Alte leise; und wie er das Wort gesprochen, war die Zeit verwandelt – er war in seiner Jugend.

Die Kinder

Bald trat die anmutige Gestalt eines kleinen Mädchens zu ihm. Sie hieß Elisabeth und mochte fünf Jahre zählen; er selbst war doppelt so alt. Um den Hals trug sie ein rotseidenes Tüchelchen; das ließ ihr hübsch zu den braunen Augen.

»Reinhard«, rief sie, »wir haben frei, frei! Den ganzen Tag keine Schule, und morgen auch nicht.«

Reinhard stellte die Rechentafel, die er schon unterm Arm hatte, flink hinter die Haustür, und dann liefen beide Kinder durchs Haus in den Garten und durch die Gartenpforte hinaus auf die Wiese. Die unverhofften Ferien kamen ihnen herrlich zustatten. Reinhard hatte hier mit Elisabeths Hülfe ein Haus aus Rasenstücken aufgeführt; darin wollten sie die Sommerabende wohnen; aber es fehlte noch die Bank. Nun ging er gleich an die Arbeit; Nägel, Hammer und die nötigen Bretter lagen schon bereit. Währenddessen ging Elisabeth an dem Wall entlang und sammelte den ringförmigen Samen der wilden Malve in ihre Schürze; davon wollte sie sich Ketten und Halsbänder machen; und als Reinhard endlich trotz manches krummgeschlagenen Nagels seine Bank dennoch zustande gebracht hatte und nun wieder in die Sonne hinaustrat, ging sie schon weit davon am andern Ende der Wiese.

»Elisabeth!« rief er, »Elisabeth!«, und da kam sie, und ihre Locken flogen. »Komm«, sagte er, »nun ist unser Haus fertig. Du bist ja ganz heiß geworden; komm herein, wir wollen uns auf die neue Bank setzen. Ich erzähl dir etwas.«

Dann gingen sie beide hinein und setzten sich auf die neue Bank. Elisabeth nahm ihre Ringelchen aus der Schürze und zog sie auf lange Bindfäden; Reinhard fing an zu erzählen: »Es waren einmal drei Spinnfrauen – –«

»Ach«, sagte Elisabeth, »das weiß ich ja auswendig; du mußt auch nicht immer dasselbe erzählen.«

Da mußte Reinhard die Geschichte von den drei Spinnfrauen steckenlassen, und statt dessen erzählte er die Geschichte von dem armen Mann, der in die Löwengrube geworfen war.

»Nun war es Nacht«, sagte er, »weißt du? ganz finstere, und die Löwen schliefen. Mitunter aber gähnten sie im Schlaf und reckten die roten Zungen aus; dann schauderte der Mann und meinte, daß der Morgen komme. Da warf es um ihn her auf einmal einen hellen Schein, und als er aufsah, stand ein Engel vor ihm. Der winkte ihm mit der Hand und ging dann gerade in die Felsen hinein.«

Elisabeth hatte aufmerksam zugehört. »Ein Engel?« sagte sie. »Hatte er denn Flügel?«

»Es ist nur so eine Geschichte«, antwortete Reinhard; »es gibt ja gar keine Engel.«

»O pfui, Reinhard!« sagte sie und sah ihm starr ins Gesicht. Als er sie aber finster anblickte, fragte sie ihn zweifelnd: »Warum sagen sie es denn immer? Mutter und Tante und auch in der Schule?«

»Das weiß ich nicht«, antwortete er.

»Aber du«, sagte Elisabeth, »gibt es denn auch keine Löwen?«

»Löwen? Ob es Löwen gibt! In Indien; da spannen die Götzenpriester sie vor den Wagen und fahren mit ihnen durch die Wüste. Wenn ich groß bin, will ich einmal selber hin. Da ist es vieltausendmal schöner als hier bei uns; da gibt es gar keinen Winter. Du mußt auch mit mir. Willst du?«

»Ja«, sagte Elisabeth; »aber Mutter muß dann auch mit, und deine Mutter auch.«

»Nein«, sagte Reinhard, »die sind dann zu alt, die können nicht mit.«

»Ich darf aber nicht allein.«

»Du sollst schon dürfen; du wirst dann wirklich meine Frau, und dann haben die andern dir nichts zu befehlen.«

»Aber meine Mutter wird weinen.«

»Wir kommen ja wieder«, sagte Reinhard heftig; »sag es nur gradeheraus: willst du mit mir reisen? Sonst geh ich allein; und dann komme ich nimmer wieder.«

Der Kleinen kam das Weinen nahe. »Mach nur nicht so böse Augen«, sagte sie; »ich will ja mit nach Indien.«

Reinhard faßte sie mit ausgelassener Freude bei beiden Händen und zog sie hinaus auf die Wiese. »Nach Indien, nach Indien!« sang er und schwenkte sich mit ihr im Kreise, daß ihr das rote Tüchelchen vom Halse flog. Dann aber ließ er sie plötzlich los und sagte ernst: »Es wird doch nichts daraus werden; du hast keine Courage.«

– – »Elisabeth! Reinhard!« rief es jetzt von der Gartenpforte. »Hier! Hier!« antworteten die Kinder und sprangen Hand in Hand nach Hause.

Im Walde

So lebten die Kinder zusammen; sie war ihm oft zu still, er war ihr oft zu heftig, aber sie ließen deshalb nicht voneinander; fast alle Freistunden teilten sie, winters in den beschränkten Zimmern ihrer Mütter, sommers in Busch und Feld. – Als Elisabeth einmal in Reinhards Gegenwart von dem Schullehrer gescholten wurde, stieß er seine Tafel zornig auf den Tisch, um den Eifer des Mannes auf sich zu lenken. Es wurde nicht bemerkt. Aber Reinhard verlor alle Aufmerksamkeit an den geographischen Vorträgen; statt dessen verfaßte er ein langes Gedicht; darin verglich er sich selbst mit einem jungen Adler, den Schulmeister mit einer grauen Krähe, Elisabeth war die weiße Taube; der Adler gelobte, an der grauen Krähe Rache zu nehmen, sobald ihm die Flügel gewachsen sein würden. Dem jungen Dichter standen die Tränen in den Augen; er kam sich sehr erhaben vor. Als er nach Hause gekommen war, wußte er sich einen kleinen Pergamentband mit vielen weißen Blättern zu verschaffen; auf die ersten Seiten schrieb er mit sorgsamer Hand sein erstes Gedicht. – Bald darauf kam er in eine andere Schule; hier schloß er manche neue Kameradschaft mit Knaben seines Alters; aber sein Verkehr mit Elisabeth wurde dadurch nicht gestört. Von den Märchen, welche er ihr sonst erzählt und wieder erzählt hatte, fing er jetzt an, die, welche ihr am besten gefallen hatten, aufzuschreiben; dabei wandelte ihn oft die Lust an, etwas von seinen eigenen Gedanken hineinzudichten; aber, er wußte nicht weshalb, er konnte immer nicht dazu gelangen. So schrieb er sie genau auf, wie er sie selber gehört hatte. Dann gab er die Blätter an Elisabeth, die sie in einem Schubfach ihrer Schatulle sorgfältig aufbewahrte; und es gewährte ihm eine anmutige Befriedigung, wenn er sie mitunter abends diese Geschichten in seiner Gegenwart aus den von ihm geschriebenen Heften ihrer Mutter vorlesen hörte.

Sieben Jahre waren vorüber. Reinhard sollte zu seiner weiteren Ausbildung die Stadt verlassen. Elisabeth konnte sich nicht in den Gedanken finden, daß es nun eine Zeit ganz ohne Reinhard geben werde. Es freute sie, als er ihr eines Tages sagte, er werde, wie sonst, Märchen für sie aufschreiben; er wolle sie ihr mit den Briefen an seine Mutter schicken; sie müsse ihm dann wieder schreiben, wie sie ihr gefallen hätten. Die Abreise rückte heran; vorher aber kam noch mancher Reim in den Pergamentband. Das allein war für Elisabeth ein Geheimnis, obgleich sie die Veranlassung zu dem ganzen Buche und zu den meisten Liedern war, welche nach und nach fast die Hälfte der weißen Blätter gefüllt hatten.

Es war im Juni; Reinhard sollte am andern Tage reisen. Nun wollte man noch einmal einen festlichen Tag zusammen begehen. Dazu wurde eine Landpartie nach einer der nahe belegenen Holzungen in größerer Gesellschaft veranstaltet. Der stundenlange Weg bis an den Saum des Waldes wurde zu Wagen zurückgelegt; dann nahm man die Proviantkörbe herunter und marschierte weiter. Ein Tannengehölz mußte zuerst durchwandert werden; es war kühl und dämmerig und der Boden überall mit feinen Nadeln bestreut. Nach halbstündigem Wandern kam man aus dem Tannendunkel in eine frische Buchenwaldung; hier war alles licht und grün, mitunter brach ein Sonnenstrahl durch die blätterreichen Zweige; ein Eichkätzchen sprang über ihren Köpfen von Ast zu Ast. – Auf einem Platze, über welchem uralte Buchen mit ihren Kronen zu einem durchsichtigen Laubgewölbe zusammenwuchsen, machte die Gesellschaft halt. Elisabeths Mutter öffnete einen der Körbe; ein alter Herr warf sich zum Proviantmeister auf. »Alle um mich herum, ihr jungen Vögel!« rief er. »Und merket genau, was ich euch zu sagen habe. Zum Frühstück erhält jetzt ein jeder von euch zwei trockene Wecken; die Butter ist zu Hause geblieben, die Zukost müßt ihr euch selber suchen. Es stehen genug Erdbeeren im Walde, das heißt, für den, der sie zu finden weiß. Wer ungeschickt ist, muß sein Brot trocken essen; so geht es überall im Leben. Habt ihr meine Rede begriffen?«

»Jawohl!« riefen die Jungen.

»Ja, seht«, sagte der Alte, »sie ist aber noch nicht zu Ende. Wir Alten haben uns im Leben schon genug umhergetrieben; darum bleiben wie jetzt zu Haus, das heißt, hier unter diesen breiten Bäumen, und schälen die Kartoffeln und machen Feuer und rüsten die Tafel, und wenn die Uhr zwölf ist, sollen auch die Eier gekocht werden. Dafür seid ihr uns von euren Erdbeeren die Hälfte schuldig, damit wir auch einen Nachtisch servieren können. Und nun geht nach Ost und West und seid ehrlich!«

Die Jungen machten allerlei schelmische Gesichter. »Halt!« rief der alte Herr noch einmal. »Das brauche ich euch wohl nicht zu sagen: wer keine findet, braucht auch keine abzuliefern; aber das schreibt euch wohl hinter eure feinen Ohren, von uns Alten bekommt er auch nichts. Und nun habt ihr für diesen Tag gute Lehren genug; wenn ihr nun noch Erdbeeren dazu habt, so werdet ihr für heute schon durchs Leben kommen.«

Die Jungen waren derselben Meinung und begannen sich paarweise auf die Fahrt zu machen.

»Komm, Elisabeth«, sagte Reinhard, »ich weiß einen Erdbeerenschlag; du sollst kein trockenes Brot essen.«

Elisabeth knüpfte die grünen Bänder ihres Strohhutes zusammen und hing ihn über den Arm. »So komm«, sagte sie, »der Korb ist fertig.«

Dann gingen sie in den Wald hinein, tiefer und tiefer; durch feuchte undurchdringliche Baumschatten, wo alles still war, nur unsichtbar über ihnen in den Lüften das Geschrei der Falken; dann wieder durch dichtes Gestrüpp, so dicht, daß Reinhard vorangehen mußte, um einen Pfad zu machen, hier einen Zweig zu knicken, dort eine Ranke beiseite zu biegen. Bald aber hörte er hinter sich Elisabeth seinen Namen rufen. Er wandte sich um. »Reinhard!« rief sie. »Warte doch, Reinhard!« Er konnte sie nicht gewahr werden; endlich sah er sie in einiger Entfernung mit den Sträuchern kämpfen; ihr feines Köpfchen schwamm nur kaum über den Spitzen der Farrenkräuter. Nun ging er noch einmal zurück und führte sie durch das Wirrnis der Kräuter und Stauden auf einen freien Platz hinaus, wo blaue Falter zwischen den einsamen Waldblumen flatterten. Reinhard strich ihr die feuchten Haare aus dem erhitzten Gesichtchen; dann wollte er ihr den Strohhut aufsetzen, und sie wollte es nicht leiden; dann aber bat er sie, und dann ließ sie es doch geschehen.

»Wo bleiben denn aber deine Erdbeeren?« fragte sie endlich, indem sie stehenblieb und einen tiefen Atemzug tat.

»Hier haben sie gestanden«, sagte er; »aber die Kröten sind uns zuvorgekommen, oder die Marder, oder vielleicht die Elfen.«

»Ja«, sagte Elisabeth, »die Blätter stehen noch da; aber sprich hier nicht von Elfen. Komm nur, ich bin noch gar nicht müde; wir wollen weitersuchen.«

Vor ihnen war ein kleiner Bach, jenseits wieder der Wald. Reinhard hob Elisabeth auf seine Arme und trug sie hinüber. Nach einer Weile traten sie aus dem schattigen Laube wieder in eine weite Lichtung hinaus. »Hier müssen Erdbeeren sein«, sagte das Mädchen, »es duftet so süß.«

Sie gingen suchend durch den sonnigen Raum; aber sie fanden keine. »Nein«, sagte Reinhard, »es ist nur der Duft des Heidekrautes.«

Himbeerbüsche und Hülsendorn standen überall durcheinander; ein starker Geruch von Heidekräutern, welche abwechselnd mit kurzem Grase die freien Stellen des Bodens bedeckten, erfüllte die Luft. »Hier ist es einsam«, sagte Elisabeth; »wo mögen die andern sein?«

An den Rückweg hatte Reinhard nicht gedacht. »Warte nur; woher kommt der Wind?« sagte er und hob seine Hand in die Höhe. Aber es kam kein Wind.

»Still«, sagte Elisabeth, »mich dünkt, ich hörte sie sprechen. Rufe einmal da hinunter.«

Reinhard rief durch die hohle Hand: »Kommt hieher!« – »Hieher!« rief es zurück.

»Sie antworten!« sagte Elisabeth und klatschte in die Hände.

»Nein, es war nichts, es war nur der Widerhall.«

Elisabeth faßte Reinhards Hand. »Mir graut!« sagte sie.

»Nein«, sagte Reinhard, »das muß es nicht. Hier ist es prächtig. Setz dich dort in den Schatten zwischen die Kräuter. Laß uns eine Weile ausruhen; wir finden die andern schon.«

Elisabeth setzte sich unter eine überhängende Buche und lauschte aufmerksam nach allen Seiten; Reinhard saß einige Schritte davon auf einem Baumstumpf und sah schweigend nach ihr hinüber. Die Sonne stand gerade über ihnen; es war glühende Mittagshitze; kleine goldglänzende, stahlblaue Fliegen standen flügelschwingend in der Luft; rings um sie her ein feines Schwirren und Summen, und manchmal hörte man tief im Walde das Hämmern der Spechte und das Kreischen der andern Waldvögel.

»Horch!« sagte Elisabeth. »Es läutet.«

»Wo?« fragte Reinhard.

»Hinter uns. Hörst du? Es ist Mittag.«

»Dann liegt hinter uns die Stadt; und wenn wir in dieser Richtung grade durchgehen, so müssen wir die andern treffen.«

So traten sie ihren Rückweg an; das Erdbeerensuchen hatten sie aufgegeben, denn Elisabeth war müde geworden. Endlich klang zwischen den Bäumen hindurch das Lachen der Gesellschaft; dann sahen sie auch ein weißes Tuch am Boden schimmern, das war die Tafel, und darauf standen Erdbeeren in Hülle und Fülle. Der alte Herr hatte eine Serviette im Knopfloch und hielt den Jungen die Fortsetzung seiner moralischen Reden, während er eifrig an einem Braten herumtranschierte.

»Da sind die Nachzügler«, riefen die Jungen, als sie Reinhard und Elisabeth durch die Bäume kommen sahen.

»Hieher!« rief der alte Herr, »Tücher ausgeleert, Hüte umgekehrt! Nun zeigt her, was ihr gefunden habt.«

»Hunger und Durst!« sagte Reinhard.

»Wenn das alles ist«, erwiderte der Alte und hob ihnen die volle Schüssel entgegen, »so müßt ihr es auch behalten. Ihr kennt die Abrede; hier werden keine Müßiggänger gefüttert.« Endlich ließ er sich aber doch erbitten, und nun wurde Tafel gehalten; dazu schlug die Drossel aus den Wacholderbüschen.

So ging der Tag hin. – Reinhard hatte aber doch etwas gefunden; waren es keine Erdbeeren, so war es doch auch im Walde gewachsen. Als er nach Hause gekommen war, schrieb er in seinen alten Pergamentband:

Hier an der Bergeshalde
Verstummet ganz der Wind;

Die Zweige hängen nieder,
Darunter sitzt das Kind.

Sie sitzt in Thymiane,
Sie sitzt in lauter Duft;
Die blauen Fliegen summen
Und blitzen durch die Luft.

Es steht der Wald so schweigend,
Sie schaut so klug darein;
Um ihre braunen Locken
Hinfließt der Sonnenschein.

Der Kuckuck lacht von ferne,
Es geht mir durch den Sinn:
Sie hat die goldnen Augen
Der Waldeskönigin.

So war sie nicht allein sein Schützling; sie war ihm auch der Ausdruck für alles Liebliche und Wunderbare seines aufgehenden Lebens.

Da stand das Kind am Wege

Weihnachtabend kam heran. – Es war noch nachmittags, als Reinhard mit andern Studenten im Ratskeller am alten Eichentisch zusammensaß. Die Lampen an den Wänden waren angezündet, denn hier unten dämmerte es schon; aber die Gäste waren sparsam versammelt, die Kellner lehnten müßig an den Mauerpfeilern. In einem Winkel des Gewölbes saßen ein Geigenspieler und ein Zithermädchen mit feinen zigeunerhaften Zügen; sie hatten ihre Instrumente auf dem Schoße liegen und schienen teilnahmlos vor sich hinzusehen.

Am Studententische knallte ein Champagnerpfropfen. »Trinke, mein böhmisch Liebchen!« rief ein junger Mann von junkerhaftem Äußern, indem er ein volles Glas zu dem Mädchen hinüberreichte.

»Ich mag nicht«, sagte sie, ohne ihre Stellung zu verändern.

»So singe!« rief der Junker und warf ihr eine Silbermünze in den Schoß. Das Mädchen strich sich langsam mit den Fingern durch ihr schwarzes Haar, während der Geigenspieler ihr ins Ohr flüsterte; aber sie warf den Kopf zurück und stützte das Kinn auf ihre Zither. »Für den spiel ich nicht«, sagte sie.

Reinhard sprang mit dem Glase in der Hand auf und stellte sich vor sie.

»Was willst du?« fragte sie trotzig.

»Deine Augen sehn.«

»Was gehn dich meine Augen an?«

Reinhard sah funkelnd auf sie nieder. »Ich weiß wohl, sie sind falsch!« – Sie legte ihre Wange in die flache Hand und sah ihn lauernd an. Reinhard hob sein Glas an den Mund. »Auf deine schönen, sündhaften Augen!« sagte er und trank.

Sie lachte und warf den Kopf herum. »Gib!« sagte sie, und indem sie ihre schwarzen Augen in die seinen heftete, trank sie langsam den Rest. Dann griff sie einen Dreiklang und sang mit tiefer, leidenschaftlicher Stimme

Heute, nur heute
Bin ich so schön;
Morgen, ach morgen
Muß alles vergehn!

Nur diese Stunde
Bist du noch mein;
Sterben, ach sterben
Soll ich allein.

Während der Geigenspieler in raschem Tempo das Nachspiel einsetzte, gesellte sich ein neuer Ankömmling zu der Gruppe.

»Ich wollte dich abholen, Reinhard«, sagte er. »Du warst schon fort; aber das Christkind war bei dir eingekehrt.«

»Das Christkind?« sagte Reinhard, »das kommt nicht mehr zu mir.«

»Ei was! Dein ganzes Zimmer roch nach Tannenbaum und braunen Kuchen.«

Reinhard setzte das Glas aus der Hand und griff nach seiner Mütze.

»Was willst du?« fragte das Mädchen.

»Ich komme schon wieder.«

Sie runzelte die Stirn. »Bleib!« rief sie leise und sah ihn vertraulich an.

Reinhard zögerte. »Ich kann nicht«, sagte er.

Sie stieß ihn lachend mit der Fußspitze. »Geh!« sagte sie. »Du taugst nichts; ihr taugt alle miteinander nichts.« Und während sie sich abwandte, stieg Reinhard langsam die Kellertreppe hinauf.

Draußen auf der Straße war es tiefe Dämmerung; er fühlte die frische Winterluft an seiner heißen Stirn. Hie und da fiel der helle Schein eines brennenden Tannenbaums aus den Fenstern, dann und wann hörte man von drinnen das Geräusch von kleinen Pfeifen und Blechtrompeten und dazwischen jubelnde Kinderstimmen. Scharen von Bettelkindern gingen von Haus zu Haus oder stiegen auf die Treppengeländer und suchten durch die Fenster einen Blick in die versagte Herrlichkeit zu gewinnen. Mitunter wurde auch eine Tür plötzlich aufgerissen, und scheltende Stimmen trieben einen ganzen Schwarm solcher kleinen Gäste aus dem hellen Hause auf die dunkle Gasse hinaus; anderswo wurde auf dem Hausflur ein altes Weihnachtslied gesungen; es waren klare Mädchenstimmen darunter. Reinhard hörte sie nicht, er ging rasch an allem vorüber, aus einer Straße in die andere. Als er an seine Wohnung gekommen, war es fast völlig dunkel geworden; er stolperte die Treppe hinauf und trat in seine Stube. Ein süßer Duft schlug ihm entgegen; das heimelte ihn an, das roch wie zu Haus der Mutter Weihnachtsstube. Mit zitternder Hand zündete er sein Licht an; da lag ein mächtiges Paket auf dem Tisch, und als er es öffnete, fielen die wohlbekannten braunen Festkuchen heraus; auf einigen waren die Anfangsbuchstaben seines Namens in Zucker ausgestreut; das konnte niemand anders als Elisabeth getan haben. Dann kam ein Päckchen mit feiner gestickter Wäsche zum Vorschein, Tücher und Manschetten, zuletzt Briefe von der Mutter und von Elisabeth. Reinhard öffnete zuerst den letzteren; Elisabeth schrieb:

»Die schönen Zuckerbuchstaben können Dir wohl erzählen, wer bei den Kuchen mitgeholfen hat; dieselbe Person hat die Manschetten für Dich gestickt. Bei uns wird es nun Weihnachtabend sehr still werden; meine Mutter stellt immer schon um halb zehn ihr Spinnrad in die Ecke; es ist gar so einsam diesen Winter, wo Du nicht hier bist. Nun ist auch vorigen Sonntag der Hänfling gestorben, den Du mir geschenkt hattest; ich habe sehr geweint, aber ich hab ihn doch immer gut gewartet. Der sang sonst immer nachmittags, wenn die Sonne auf sein Bauer schien; Du weißt, die Mutter hing oft ein Tuch über, um ihn zu geschweigen, wenn er so recht aus Kräften sang. Da ist es nun noch stiller in der Kammer, nur daß Dein alter Freund Erich uns jetzt mitunter besucht. Du sagtest einmal, er sähe seinem braunen Überrock ähnlich. Daran muß ich nun immer denken, wenn er zur Tür hereinkommt, und es ist gar zu komisch; sag es aber nicht zur Mutter, sie wird dann leicht verdrießlich. – Rat, was ich Deiner Mutter zu Weihnachten schenke! Du rätst es nicht? Mich selber! Der Erich zeichnet mich in schwarzer Kreide; ich habe ihm schon dreimal sitzen müssen, jedesmal eine ganze Stunde. Es war mir recht zuwider, daß der fremde Mensch mein Gesicht so auswendig lernte. Ich wollte auch nicht, aber die Mutter redete mir zu; sie sagte, es würde der guten Frau Werner eine gar große Freude machen.

Aber Du hältst nicht Wort, Reinhard. Du hast keine Märchen geschickt. Ich habe Dich oft bei Deiner Mutter verklagt; sie sagt dann immer, Du habest jetzt mehr zu tun als solche Kindereien. Ich glaub es aber nicht; es ist wohl anders.«

Nun las Reinhard auch den Brief seiner Mutter, und als er beide Briefe gelesen und langsam wieder zusammengefaltet und weggelegt hatte, überfiel ihn unerbittliches Heimweh. Er ging eine Zeitlang in seinem Zimmer auf und nieder; er sprach leise und dann halb verständlich zu sich selbst:

Er wäre fast verirret
Und wußte nicht hinaus;
Da stand das Kind am Wege
Und winkte ihm nach Haus!

Dann trat er an sein Pult, nahm einiges Geld heraus und ging wieder auf die Straße hinab. – Hier war es mittlerweile stiller geworden; die Weihnachtsbäume waren ausgebrannt, die Umzüge der Kinder hatten aufgehört. Der Wind fegte durch die einsamen Straßen; Alte und Junge saßen in ihren Häusern familienweise zusammen; der zweite Abschnitt des Weihnachtabends hatte begonnen. –

Als Reinhard in die Nähe des Ratskellers kam, hörte er aus der Tiefe herauf Geigenstrich und den Gesang des Zithermädchens; nun klingelte unten die Kellertür, und eine dunkle Gestalt schwankte die breite, matt erleuchtete Treppe herauf. Reinhard trat in den Häuserschatten und ging dann rasch vorüber. Nach einer Weile erreichte er den erleuchteten Laden eines Juweliers; und nachdem er hier ein kleines Kreuz von roten Korallen eingehandelt hatte, ging er auf demselben Wege, den er gekommen war, wieder zurück.

Nicht weit von seiner Wohnung bemerkte er ein kleines, in klägliche Lumpen gehülltes Mädchen an einer hohen Haustür stehen, in vergeblicher Bemühung, sie zu öffnen. »Soll ich dir helfen?« sagte er. Das Kind erwiderte nichts, ließ aber die schwere Türklinke fahren. Reinhard hatte schon die Tür geöffnet. »Nein«, sagte er, »sie könnten dich hinausjagen; komm mit mir! Ich will dir Weihnachtskuchen geben.« Dann machte er die Tür wieder zu und faßte das kleine Mädchen an der Hand, das stillschweigend mit ihm in seine Wohnung ging.

Er hatte das Licht beim Weggehen brennen lassen. »Hier hast du Kuchen«, sagte er und gab ihr die Hälfte seines ganzen Schatzes in ihre Schürze, nur keine mit den Zuckerbuchstaben. »Nun geh nach Hause und gib deiner Mutter auch davon.« Das Kind sah mit einem scheuen Blick zu ihm hinauf; es schien solcher Freundlichkeit ungewohnt und nichts darauf erwidern zu können. Reinhard machte die Tür auf und leuchtete ihr, und nun flog die Kleine wie ein Vogel mit ihren Kuchen die Treppe hinab und zum Hause hinaus.

Reinhard schürte das Feuer in seinem Ofen an und stellte das bestaubte Dintenfaß auf seinen Tisch; dann setzte er sich hin und schrieb, und schrieb die ganze Nacht Briefe an seine Mutter, an Elisabeth. Der Rest der Weihnachtskuchen lag unberührt neben ihm; aber die Manschetten von Elisabeth hatte er angeknüpft, was sich gar wunderlich zu seinem weißen Flausrock ausnahm. So saß er noch, als die Wintersonne auf die gefrorenen Fensterscheiben fiel und ihm gegenüber im Spiegel ein blasses, ernstes Antlitz zeigte.

Daheim

Als es Ostern geworden war, reiste Reinhard in die Heimat. Am Morgen nach seiner Ankunft ging er zu Elisabeth. »Wie groß du geworden bist!« sagte er, als das schöne schmächtige Mädchen ihm lächelnd entgegenkam. Sie errötete, aber sie erwiderte nichts; ihre Hand, die er beim Willkommen in die seine genommen, suchte sie ihm sanft zu entziehen. Er sah sie zweifelnd an; das hatte sie früher nicht getan; nun war es, als träte etwas Fremdes zwischen sie. – Das blieb auch, als er schon länger dagewesen, und als er Tag für Tag immer wiedergekommen war. Wenn sie allein zusammensaßen, entstanden Pausen, die ihm peinlich waren und denen er dann ängstlich zuvorzukommen suchte. Um während der Ferienzeit eine bestimmte Unterhaltung zu haben, fing er an, Elisabeth in der Botanik zu unterrichten, womit er sich in den ersten Monaten seines Universitätslebens angelegentlich beschäftigt hatte. Elisabeth, die ihm in allem zu folgen gewohnt und überdies lehrhaft war, ging bereitwillig darauf ein. Nun wurden mehrere Male in der Woche Exkursionen ins Feld oder in die Heiden gemacht; und hatten sie dann mittags die grüne Botanisierkapsel voll Kraut und Blumen nach Hause gebracht, so kam Reinhard einige Stunden später wieder, um mit Elisabeth den gemeinschaftlichen Fund zu teilen.

In solcher Absicht trat er eines Nachmittags ins Zimmer, als Elisabeth am Fenster stand und ein vergoldetes Vogelbauer, das er sonst nicht dort gesehen, mit frischem Hühnerschwarm besteckte. Im Bauer saß ein Kanarienvogel, der mit den Flügeln schlug und kreischend nach Elisabeths Finger pickte. Sonst hatte Reinhards Vogel an dieser Stelle gehangen. »Hat mein armer Hänfling sich nach seinem Tode in einen Goldfinken verwandelt?« fragte er heiter.

»Das pflegen die Hänflinge nicht«, sagte die Mutter, welche spinnend im Lehnstuhle saß. »Ihr Freund Erich hat ihn heut mittag für Elisabeth von seinem Hofe hereingeschickt.«

»Von welchem Hofe?«

»Das wissen Sie nicht?«

»Was denn?«

»Daß Erich seit einem Monat den zweiten Hof seines Vaters am Immensee angetreten hat?«

»Aber Sie haben mir kein Wort davon gesagt.«

»Ei«, sagte die Mutter, »Sie haben sich auch noch mit keinem Worte nach Ihrem Freunde erkundigt. Er ist ein gar lieber, verständiger junger Mann.«

Die Mutter ging hinaus, um den Kaffee zu besorgen; Elisabeth hatte Reinhard den Rücken zugewandt und war noch mit dem Bau ihrer kleinen Laube beschäftigt. »Bitte, nur ein kleines Weilchen«, sagte sie; »gleich bin ich fertig.« – Da Reinhard wider seine Gewohnheit nicht antwortete, so wandte sie sich um. In seinen Augen lag ein plötzlicher Ausdruck von Kummer, den sie nie darin gewahrt hatte. »Was fehlt dir, Reinhard?« fragte sie, indem sie nahe zu ihm trat.

»Mir?« fragte er gedankenlos und ließ seine Augen träumerisch in den ihren ruhen.

»Du siehst so traurig aus.«

»Elisabeth«, sagte er, »ich kann den gelben Vogel nicht leiden.«

Sie sah ihn staunend an; sie verstand ihn nicht. »Du bist so sonderbar«, sagte sie.

Er nahm ihre beiden Hände, die sie ruhig in den seinen ließ. Bald trat die Mutter wieder herein.

Nach dem Kaffee setzte diese sich an ihr Spinnrad; Reinhard und Elisabeth gingen ins Nebenzimmer, um ihre Pflanzen zu ordnen. Nun wurden Staubfäden gezählt, Blätter und Blüten sorgfältig ausgebreitet und von jeder Art zwei Exemplare zum Trocknen zwischen die Blätter eines großen Folianten gelegt. Es war sonnige Nachmittagsstille; nur nebenan schnurrte der Mutter Spinnrad, und von Zeit zu Zeit wurde Reinhards gedämpfte Stimme gehört, wenn er die Ordnungen und Klassen der Pflanzen nannte oder Elisabeths ungeschickte Aussprache der lateinischen Namen korrigierte.

»Mir fehlt noch von neulich die Maiblume«, sagte sie jetzt, als der ganze Fund bestimmt und geordnet war.

Reinhard zog einen kleinen weißen Pergamentband aus der Tasche. »Hier ist ein Maiblumenstengel für dich«, sagte er, indem er die halbgetrocknete Pflanze herausnahm.

Als Elisabeth die beschriebenen Blätter sah, fragte sie: »Hast du wieder Märchen gedichtet?«

»Es sind keine Märchen«, antwortete er und reichte ihr das Buch.

Es waren lauter Verse, die meisten füllten höchstens eine Seite. Elisabeth wandte ein Blatt nach dem andern um; sie schien nur die Überschriften zu lesen: »Als sie vom Schulmeister gescholten war.« »Als sie sich im Walde verirrt hatten.« »Mit dem Ostermärchen.« »Als sie mir zum erstenmal geschrieben hatte«; in der Weise lauteten fast alle. Reinhard blickte forschend zu ihr hin, und indem sie immer weiter blätterte, sah er, wie zuletzt auf ihrem klaren Antlitz ein zartes Rot hervorbrach und es allmählich ganz überzog. Er wollte ihre Augen sehen; aber Elisabeth sah nicht auf und legte das Buch am Ende schweigend vor ihm hin.

»Gib es mir nicht so zurück!« sagte er.

Sie nahm ein braunes Reis aus der Blechkapsel. »Ich will dein Lieblingskraut hineinlegen«, sagte sie und gab ihm das Buch in seine Hände. – –

Endlich kam der letzte Tag der Ferienzeit und der Morgen der Abreise. Auf ihre Bitte erhielt Elisabeth von der Mutter die Erlaubnis, ihren Freund an den Postwagen zu begleiten, der einige Straßen von ihrer Wohnung seine Station hatte. Als sie vor die Haustür traten, gab Reinhard ihr den Arm; so ging er schweigend neben dem schlanken Mädchen her. Je näher sie ihrem Ziele kamen, desto mehr war es ihm, er habe ihr, ehe er auf so lange Abschied nehme, etwas Notwendiges mitzuteilen – etwas, wovon aller Wert und alle Lieblichkeit seines künftigen Lebens abhänge, und doch konnte er sich des erlösenden Wortes nicht bewußt werden. Das ängstigte ihn; er ging immer langsamer.

»Du kommst zu spät«, sagte sie, »es hat schon zehn geschlagen auf St. Marien.«

Er ging aber darum nicht schneller. Endlich sagte er stammelnd: »Elisabeth, du wirst mich nun in zwei Jahren gar nicht sehen – – wirst du mich wohl noch ebenso lieb haben wie jetzt, wenn ich wieder da bin?«

Sie nickte und sah ihm freundlich ins Gesicht. – »Ich habe dich auch verteidigt«, sagte sie nach einer Pause.

»Mich? Gegen wen hattest du das nötig?«

»Gegen meine Mutter. Wir sprachen gestern abend, als du weggegangen warst, noch lange über dich. Sie meinte, du seist nicht mehr so gut, wie du gewesen.«

Reinhard schwieg einen Augenblick; dann aber nahm er ihre Hand in die seine, und indem er ihr ernst in ihre Kinderaugen blickte, sagte er: »Ich bin noch ebenso gut, wie ich gewesen bin; glaube du das nur fest! Glaubst du es, Elisabeth?«

»Ja«, sagte sie. Er ließ ihre Hand los und ging rasch mit ihr durch die letzte Straße. Je näher ihm der Abschied kam, desto freudiger ward sein Gesicht; er ging ihr fast zu schnell.

»Was hast du, Reinhard?« fragte sie.

»Ich habe ein Geheimnis, ein schönes!« sagte er und sah sie mit leuchtenden Augen an. »Wenn ich nach zwei Jahren wieder da bin, dann sollst du es erfahren.«

Mittlerweile hatten sie den Postwagen erreicht; es war noch eben Zeit genug. Noch einmal nahm Reinhard ihre Hand. »Leb wohl!« sagte er, »leb wohl, Elisabeth. Vergiß es nicht.«

Sie schüttelte mit dem Kopf. »Leb wohl!« sagte sie. Reinhard stieg hinein, und die Pferde zogen an.«

Als der Wagen um die Straßenecke rollte, sah er noch einmal ihre liebe Gestalt, wie sie langsam den Weg zurückging.

Ein Brief

Fast zwei Jahre nachher saß Reinhard vor seiner Lampe zwischen Büchern und Papieren in Erwartung eines Freundes, mit welchem er gemeinschaftliche Studien übte. Man kam die Treppe herauf. »Herein!« – Es war die Wirtin. »Ein Brief für Sie, Herr Werner!« Dann entfernte sie sich wieder.

Reinhard hatte seit seinem Besuch in der Heimat nicht an Elisabeth geschrieben und von ihr keinen Brief mehr erhalten. Auch dieser war nicht von ihr; es war die Hand seiner Mutter. Reinhard brach und las, und bald las er folgendes:

»In Deinem Alter, mein liebes Kind, hat noch fast jedes Jahr sein eigenes Gesicht; denn die Jugend läßt sich nicht ärmer machen. Hier ist auch manches anders geworden, was Dir wohl erstan weh tun wird, wenn ich Dich sonst recht verstanden habe. Erich hat sich gestern endlich das Jawort von Elisabeth geholt, nachdem er in dem letzten Vierteljahr zweimal vergebens angefragt hatte. Sie hat sich immer nicht dazu entschließen können; nun hat sie es endlich doch getan; sie ist auch noch gar so jung. Die Hochzeit soll bald sein, und die Mutter wird dann mit ihnen fortgehen.«

Immensee

Wiederum waren Jahre vorüber. – Auf einem abwärts führenden schattigen Waldwege wanderte an einem warmen Frühlingsnachmittage ein junger Mann mit kräftigem, gebräuntem Antlitz. Mit seinen ernsten grauen Augen sah er gespannt in die Ferne, als erwarte er endlich eine Veränderung des einförmigen Weges, die jedoch immer nicht eintreten wollte. Endlich kam ein Karrenfuhrwerk langsam von unten herauf. »Holla! guter Freund«, rief der Wanderer dem nebengehenden Bauer zu, »geht's hier recht nach Immensee?«

»Immer gradaus«, antwortete der Mann und rückte an seinem Rundhute.

»Hat's denn noch weit bis dahin?«

»Der Herr ist dicht davor. Keine halbe Pfeif Tobak, so haben S' den See; das Herrenhaus liegt hart daran.«

Der Bauer fuhr vorüber; der andere ging eiliger unter den Bäumen entlang. Nach einer Viertelstunde hörte ihm zur Linken plötzlich der Schatten auf; der Weg führte an einem Abhang, aus dem die Gipfel hundertjähriger Eichen nur kaum hervorragten. Über sie hinweg öffnete sich eine weite, sonnige Landschaft. Tief unten lag der See, ruhig, dunkelblau, fast ringsum von grünen, sonnbeschienenen Wäldern umgeben; nur an einer Stelle traten sie auseinander und gewährten eine tiefe Fernsicht, bis auch diese durch blaue Berge geschlossen wurde. Quer gegenüber, mitten in dem grünen Laub der Wälder, lag es wie Schnee darüber her; das waren blühende Obstbäume, und daraus hervor auf dem hohen Ufer erhob sich das Herrenhaus, weiß mit roten Ziegeln. Ein Storch flog vom Schornstein auf und kreiste langsam über dem Wasser. – »Immensee!« rief der Wanderer. Es war fast, als hätte er jetzt das Ziel seiner Reise erreicht; denn er stand unbeweglich und sah über die Gipfel der Bäume zu seinen Füßen hinüber ans andere Ufer, wo das Spiegelbild des Herrenhauses leise schaukelnd auf dem Wasser schwamm. Dann setzte er plötzlich seinen Weg fort.

Es ging jetzt fast steil den Berg hinab, so daß die untenstehenden Bäume wieder Schatten gewährten, zugleich aber die Aussicht auf den See verdeckten, der nur zuweilen zwischen den Lücken der Zweige hindurchblitzte. Bald ging es wieder sanft empor, und nun verschwand rechts und links die Holzung; statt dessen streckten sich dichtbelaubte Weinhügel am Wege entlang; zu beiden Seiten desselben standen blühende Obstbäume voll summender, wühlender Bienen. Ein stattlicher Mann in braunem Überrock kam dem Wanderer entgegen. Als er ihn fast erreicht hatte, schwenkte er seine Mütze und rief mit heller Stimme: »Willkommen, willkommen, Bruder Reinhard! Willkommen auf Gut Immensee!«

»Gott grüß dich, Erich, und dank für dein Willkommen!« rief ihm der andere entgegen.

Dann waren sie zueinander gekommen und reichten sich die Hände. »Bist du es denn aber auch?« sagte Erich, als er so nahe in das ernste Gesicht seines alten Schulkameraden sah.

»Freilich bin ich's, Erich, und du bist es auch; nur siehst du noch fast heiterer aus, als du schon sonst immer getan hast.«

Ein frohes Lächeln machte Erichs einfache Züge bei diesen Worten noch um vieles heiterer. »Ja, Bruder Reinhard«, sagte er, diesem noch einmal seine Hand reichend, »ich habe aber auch seitdem das große Los gezogen, du weißt es ja.« Dann rieb er sich die Hände und rief vergnügt: »Das wird eine Überraschung! Den erwartet sie nicht, in alle Ewigkeit nicht!«

»Eine Überraschung?« fragte Reinhard. »Für wen denn?«

»Für Elisabeth.«

»Elisabeth! Du hast ihr nicht von meinem Besuch gesagt?«

»Kein Wort, Bruder Reinhard; sie denkt nicht an dich, die Mutter auch nicht. Ich hab dich ganz im geheim verschrieben, damit die Freude desto größer sei. Du weißt, ich hatte immer so meine stillen Plänchen.«

Reinhard wurde nachdenklich; der Atem schien ihm schwer zu werden, je näher sie dem Hofe kamen. An der linken Seite des Weges hörten nun auch die Weingärten auf und machten einem weitläuftigen Küchengarten Platz, der sich bis fast an das Ufer des Sees hinabzog. Der Storch hatte sich mittlerweile niedergelassen und spazierte gravitätisch zwischen den Gemüsebeeten umher. »Holla!« rief Erich, in die Hände klatschend, »stiehlt mir der hochbeinige Ägypter schon wieder meine kurzen Erbsenstangen!« Der Vogel erhob sich langsam und flog auf das Dach eines neuen Gebäudes, das am Ende des Küchengartens lag und dessen Mauern mit aufgebundenen Pfirsich- und Aprikosenbäumen überzweigt waren. »Das ist die Spritfabrik«, sagte Erich; »ich habe sie erst vor zwei Jahren angelegt. Die Wirtschaftsgebäude hat mein Vater selig neu aufsetzen lassen; das Wohnhaus ist schon von meinem Großvater gebaut worden. So kommt man immer ein bißchen weiter.«

Sie waren bei diesen Worten auf einen geräumigen Platz gekommen, der an den Seiten durch die ländlichen Wirtschaftsgebäude, im Hintergrunde durch das Herrenhaus begrenzt wurde, an dessen beide Flügel sich eine hohe Gartenmauer anschloß; hinter dieser sah man die Züge dunkler Taxuswände, und hin und wieder ließen Syringenbäume ihre blühenden Zweige in den Hofraum hinunterhängen. Männer mit sonnen- und arbeitsheißen Gesichtern gingen über den Platz und grüßten die Freunde, während Erich dem einen und dem andern einen Auftrag oder eine Frage über ihr Tagewerk entgegenrief. – Dann hatten sie das Haus erreicht. Ein hoher, kühler Hausflur nahm sie auf, an dessen Ende sie links in einen etwas dunkleren Seitengang einbogen. Hier öffnete Erich eine Tür, und sie traten in einen geräumigen Gartensaal, der durch das Laubgedränge, welches die gegenüberliegenden Fenster bedeckte, zu beiden Seiten mit grüner Dämmerung erfüllt war; zwischen diesen aber ließen zwei hohe, weit geöffnete Flügeltüren den vollen Glanz der Frühlingssonne hereinfallen und gewährten die Aussicht in einen Garten mit gezirkelten Blumenbeeten und hohen steilen Laubwänden, geteilt durch einen graden breiten Gang, durch welchen man auf den See und weiter auf die gegenüberliegenden

Wälder hinaussah. Als die Freunde hineintraten, trug die Zugluft ihnen einen Strom von Duft entgegen.

Auf einer Terrasse vor der Gartentür saß eine weiße, mädchenhafte Frauengestalt. Sie stand auf und ging den Eintretenden entgegen; aber auf halbem Wege blieb sie wie angewurzelt stehen und starrte den Fremden unbeweglich an. Er streckte ihr lächelnd die Hand entgegen. »Reinhard!« rief sie, »Reinhard! Mein Gott, du bist es! – Wir haben uns lange nicht gesehen.«

»Lange nicht«, sagte er und konnte nichts weiter sagen, denn als er ihre Stimme hörte, fühlte er einen feinen körperlichen Schmerz am Herzen, und wie er zu ihr aufblickte, stand sie vor ihm, dieselbe leichte zärtliche Gestalt, der er vor Jahren in seiner Vaterstadt Lebewohl gesagt hatte.

Erich war mit freudestrahlendem Antlitz an der Tür zurückgeblieben. »Nun, Elisabeth«, sagte er, »gelt! den hättest du nicht erwartet, den in alle Ewigkeit nicht!«

Elisabeth sah ihn mit schwesterlichen Augen an. »Du bist so gut, Erich!« sagte sie.

Er nahm ihre schmale Hand liebkosend in die seinen. »Und nun wir ihn haben«, sagte er, »nun lassen wir ihn so bald nicht wieder los. Er ist so lange draußen gewesen, wir wollen ihn wieder heimisch machen. Schau nur, wie fremd und vornehm er aussehen worden ist.«

Ein scheuer Blick Elisabeths streifte Reinhards Antlitz. »Es ist nur die Zeit, die wir nicht beisammen waren«, sagte er.

In diesem Augenblick kam die Mutter mit einem Schlüsselkörbchen am Arm zur Tür herein. »Herr Werner!« sagte sie, als sie Reinhard erblickte; »ei, ein ebenso lieber als unerwarteter Gast.« – Und nun ging die Unterhaltung in Fragen und Antworten ihren ebenen Tritt. Die Frauen setzten sich zu ihrer Arbeit, und während Reinhard die für ihn bereiteten Erfrischungen genoß, hatte Erich seinen soliden Meerschaumkopf angebrannt und saß dampfend und diskurrierend an seiner Seite.

Am andern Tage mußte Reinhard mit ihm hinaus; auf die Äcker, in die Weinberge, in den Hopfengarten, in die Spritfabrik. Es war alles wohlbestellt: die Leute, welche auf dem Felde und bei den Kesseln arbeiteten, hatten alle ein gesundes und zufriedenes Aussehen. Zu Mittag kam die Familie im Gartensaal zusammen, und der Tag wurde dann, je nach der Muße der Wirte, mehr oder minder gemeinschaftlich verlebt. Nur die Stunden vor dem Abendessen, wie die ersten des Vormittags, blieb Reinhard arbeitend auf seinem Zimmer. Er hatte seit Jahren, wo er deren habhaft werden konnte, die im Volke lebenden Reime und Lieder gesammelt und ging nun daran, seinen Schatz zu ordnen und womöglich mit neuen Aufzeichnungen aus der Umgegend zu vermehren. – Elisabeth war zu allen Zeiten sanft und freundlich; Erichs immer gleichbleibende Aufmerksamkeit nahm sie mit einer fast demütigen Dankbarkeit auf, und Reinhard dachte mitunter, das heitere Kind von ehedem habe wohl eine weniger stille Frau versprochen.

Seit dem zweiten Tage seines Hierseins pflegte er abends einen Spaziergang an dem Ufer des Sees zu machen. Der Weg führte hart unter dem Garten vorbei. Am Ende desselben, auf einer vorspringenden Bastei, stand eine Bank unter hohen Birken; die Mutter hatte sie die Abendbank getauft, weil der Platz gegen Abend lag und des Sonnenuntergangs halber um diese Zeit am meisten benutzt wurde. – Von einem Spaziergange auf diesem Wege kehrte Reinhard eines Abends zurück, als er vom Regen überrascht wurde. Er suchte Schutz unter einer am Wasser stehenden Linde; aber die schweren Tropfen schlugen bald durch die Blätter. Durchnäßt, wie er war, ergab er sich darein und setzte langsam seinen Rückweg fort. Es war fast dunkel; der Regen fiel immer dichter. Als er sich der Abendbank näherte, glaubte er zwischen den schimmernden Birkenstämmen eine weiße Frauengestalt zu unterscheiden. Sie stand unbeweglich und, wie er beim Näherkommen zu erkennen meinte, zu ihm hingewandt, als wenn sie jemanden erwarte. Er glaubte, es sei Elisabeth. Als er aber rascher zuschritt, um sie zu erreichen und dann mit ihr zusammen durch den Garten ins Haus zurückzukehren, wandte sie sich langsam ab und verschwand in die dunkeln Seitengänge. Er konnte das nicht reimen; er war aber fast zornig auf Elisabeth, und dennoch zweifelte er, ob sie es gewesen sei; aber er scheute sich, sie danach zu fragen; ja, er ging bei seiner Rückkehr nicht in den Gartensaal, nur um Elisabeth nicht etwa durch die Gartentür hereintreten zu sehen.

Meine Mutter hat's gewollt

Einige Tage nachher, es ging schon gegen Abend, saß die Familie, wie gewöhnlich um diese Zeit, im Gartensaal zusammen. Die Türen standen offen; die Sonne war schon hinter den Wäldern jenseit des Sees.

Reinhard wurde um die Mitteilung einiger Volkslieder gebeten, welche er am Nachmittage von einem auf dem Lande wohnenden Freunde geschickt bekommen hatte. Er ging auf sein Zimmer und kam gleich darauf mit einer Papierrolle zurück, welche aus einzelnen, sauber geschriebenen Blättern zu bestehen schien.

Man setzte sich an den Tisch, Elisabeth an Reinhards Seite. »Wir lesen auf gut Glück«, sagte er, »ich habe sie selber noch nicht durchgesehen.«

Elisabeth rollte das Manuskript auf. »Hier sind Noten«, sagte sie, »das mußt du singen, Reinhard.«

Und dieser las nun zuerst einige Tiroler Schnaderhüpferl, indem er beim Lesen je zuweilen die lustige Melodie mit halber Stimme anklingen ließ. Eine allgemeine Heiterkeit bemächtigte sich der kleinen Gesellschaft. »Wer hat doch aber die schönen Lieder gemacht?« fragte Elisabeth.

»Ei«, sagte Erich, »das hört man den Dingern schon an; Schneidergesellen und Friseure, und derlei luftiges Gesindel.«

Reinhard sagte: »Sie werden gar nicht gemacht; sie wachsen, sie fallen aus der Luft, sie fliegen über Land wie Mariengarn, hierhin und dorthin, und werden an tausend Stellen zugleich gesungen. Unser eigenstes Tun und Leiden finden wir in diesen Liedern; es ist, als ob wir alle an ihnen mitgeholfen hätten.«

Er nahm ein anderes Blatt: »Ich stand auf hohen Bergen . . .«

»Das kenne ich!« rief Elisabeth. »Stimme nur an, Reinhard, ich will dir helfen.« Und nun sangen sie jene Melodie, die so rätselhaft ist, daß man nicht glauben kann, sie sei von Menschen erdacht worden; Elisabeth mit ihrer etwas verdeckten Altstimme dem Tenor sekundierend.

Die Mutter saß inzwischen emsig an ihrer Näherei. Erich hatte die Hände ineinander gelegt und hörte andächtig zu. Als das Lied zu Ende war, legte Reinhard das Blatt schweigend beiseite. – Vom Ufer des Sees herauf kam durch die Abendstille das Geläute der Herdenglocken; sie horchten unwillkürlich; da hörten sie eine klare Knabenstimme singen:

Ich stand auf hohen Bergen
Und sah ins tiefe Tal . . .

Reinhard lächelte: »Hört ihr es wohl? So geht's von Mund zu Mund.«

»Es wird oft in dieser Gegend gesungen«, sagte Elisabeth.

»Ja«, sagte Erich, »es ist der Hirtenkaspar; er treibt die Starken heim.«

Sie horchten noch eine Weile, bis das Geläute oben hinter den Wirtschaftsgebäuden verschwunden war. »Das sind Urtöne«, sagte Reinhard; »sie schlafen in Waldesgründen; Gott weiß, wer sie gefunden hat.«

Er zog ein neues Blatt heraus.

Es war schon dunkler geworden; ein roter Abendschein lag wie Schaum auf den Wäldern jenseit des Sees. Reinhard rollte das Blatt auf, Elisabeth legte an der einen Seite ihre Hand darauf und sah mit hinein. Dann las Reinhard:

Meine Mutter hat's gewollt,
Den andern ich nehmen sollt;

Was ich zuvor besessen,
Mein Herz sollt es vergessen;
Das hat es nicht gewollt.

Meine Mutter klag ich an,
Sie hat nicht wohlgetan;
Was sonst in Ehren stünde,
Nun ist es worden Sünde.
Was fang ich an!

Für all mein Stolz und Freud
Gewonnen hab ich Leid.
Ach, wär das nicht geschehen,
Ach, könnt ich betteln gehen
Über die braune Heid!

Während des Lesens hatte Reinhard ein unmerkliches Zittern des Papiers empfunden; als er zu Ende war, schob Elisabeth leise ihren Stuhl zurück und ging schweigend in den Garten hinab. Ein Blick der Mutter folgte ihr. Erich wollte nachgehen; doch die Mutter sagte: »Elisabeth hat draußen zu tun.« So unterblieb es.

Draußen aber legte sich der Abend mehr und mehr über Garten und See, die Nachtschmetterlinge schossen surrend an den offenen Türen vorüber, durch welche der Duft der Blumen und Gesträuche immer stärker hereindrang; vom Wasser herauf kam das Geschrei der Frösche, unter den Fenstern schlug eine Nachtigall, tiefer im Garten eine andere; der Mond sah über die Bäume. Reinhard blickte noch eine Weile auf die Stelle, wo Elisabeths feine Gestalt zwischen den Laubgängen verschwunden war; dann rollte er sein Manuskript zusammen, grüßte die Anwesenden und ging durchs Haus an das Wasser hinab.

Die Wälder standen schweigend und warfen ihr Dunkel weit auf den See hinaus, während die Mitte desselben in schwüler Mondesdämmerung lag. Mitunter schauerte ein leises Säuseln durch die Bäume; aber es war kein Wind, es war nur das Atmen der Sommernacht. Reinhard ging immer am Ufer entlang. Einen Steinwurf vom Lande konnte er eine weiße Wasserlilie erkennen. Auf einmal wandelte ihn die Lust an, sie in der Nähe zu sehen; er warf seine Kleider ab und stieg ins Wasser. Es war flach, scharfe Pflanzen und Steine schnitten ihn an den Füßen, und er kam immer nicht in die zum Schwimmen nötige Tiefe. Dann war es plötzlich unter ihm weg, die Wasser quirlten über ihm zusammen, und es dauerte eine Zeitlang, ehe er wieder auf die Oberfläche kam. Nun regte er Hand und Fuß und schwamm im Kreise umher, bis er sich bewußt geworden, von wo er hineingegangen war. Bald sah er auch die Lilie wieder; sie lag einsam zwischen den großen blanken Blättern. – Er schwamm langsam hinaus und hob mitunter die Arme aus dem Wasser, daß die herabrieselnden Tropfen im Mondlicht blitzten; aber es war, als ob die Entfernung zwischen ihm und der Blume dieselbe bliebe; nur das Ufer lag, wenn er sich umblickte, in immer ungewisserem Dufte hinter ihm. Er gab indes sein Unternehmen nicht auf, sondern schwamm rüstig in derselben Richtung fort. Endlich war er der Blume so nahe gekommen, daß er die silbernen Blätter deutlich im Mondlicht unterscheiden konnte; zugleich aber fühlte er sich wie in einem Netze verstrickt; die glatten Stengel langten vom Grunde herauf und rankten sich an seine nackten Glieder. Das unbekannte Wasser lag so schwarz um ihn her, hinter sich hörte er das Springen eines Fisches; es wurde ihm plötzlich so unheimlich in dem fremden Elemente, daß er mit Gewalt das Gestrick der Pflanzen zerriß und in atemloser Hast dem Lande zuschwamm. Als er von hier auf den See zurückblickte, lag die Lilie wie zuvor fern und einsam über der dunkeln Tiefe. – Er kleidete sich an und ging langsam nach Hause zurück. Als er aus dem Garten in den Saal trat, fand er Erich und die Mutter in den Vorbereitungen einer kleinen Geschäftsreise, welche am andern Tage vor sich gehen sollte.

»Wo sind denn Sie so spät in der Nacht gewesen?« rief ihm die Mutter entgegen.

»Ich?« erwiderte er; »ich wollte die Wasserlilie besuchen; es ist aber nichts daraus geworden.«

»Das versteht wieder einmal kein Mensch!« sagte Erich. »Was tausend hattest du denn mit der Wasserlilie zu tun?«

»Ich habe sie früher einmal gekannt«, sagte Reinhard; »es ist aber schon lange her.«

Elisabeth

Am folgenden Nachmittag wanderten Reinhard und Elisabeth jenseit des Sees, bald durch die Holzung, bald auf dem hohen vorspringenden Uferrande. Elisabeth hatte von Erich den Auftrag erhalten, während seiner und der Mutter Abwesenheit Reinhard mit den schönsten Aussichten der nächsten Umgegend, namentlich von der andern Uferseite auf den Hof selber, bekannt zu machen. Nun gingen sie von einem Punkt zum andern. Endlich wurde Elisabeth müde und setzte sich in den Schatten überhängender Zweige, Reinhard stand ihr gegenüber an einen Baumstamm gelehnt; da hörte er tiefer im Walde den Kuckuck rufen, und es kam ihm plötzlich, dies alles sei schon einmal ebenso gewesen. Er sah sie seltsam lächelnd an. »Wollen wir Erdbeeren suchen?« fragte er.

»Es ist keine Erdbeerenzeit«, sagte sie.

»Sie wird aber bald kommen.«

Elisabeth schüttelte schweigend den Kopf; dann stand sie auf, und beide setzten ihre Wanderung fort; und wie sie so an seiner Seite ging, wandte sein Blick sich immer wieder nach ihr hin; denn sie ging schön, als wenn sie von ihren Kleidern getragen würde. Er blieb oft unwillkürlich einen Schritt zurück, um sie ganz und voll ins Auge fassen zu können. So kamen sie an einen freien, heidebewachsenen Platz mit einer weit ins Land reichenden Aussicht. Reinhard bückte sich und pflückte etwas von den am Boden wachsenden Kräutern. Als er wieder aufsah, trug sein Gesicht den Ausdruck leidenschaftlichen Schmerzes. »Kennst du diese Blume?« sagte er.

Sie sah ihn fragend an. »Es ist eine Erika. Ich habe sie oft im Walde gepflückt.«

»Ich habe zu Hause ein altes Buch«, sagte er; »ich pflegte sonst allerlei Lieder und Reime hineinzuschreiben; es ist aber lange nicht mehr geschehen. Zwischen den Blättern liegt auch eine Erika; aber es ist nur eine verwelkte. Weißt du, wer sie mir gegeben hat?«

Sie nickte stumm; aber sie schlug die Augen nieder und sah nur auf das Kraut, das er in der Hand hielt. So standen sie lange. Als sie die Augen gegen ihn aufschlug, sah er, daß sie voll Tränen waren.

»Elisabeth«, sagte er, »hinter jenen blauen Bergen liegt unsere Jugend. Wo ist sie geblieben?«

Sie sprachen nichts mehr; sie gingen stumm nebeneinander zum See hinab. Die Luft war schwül, im Westen stieg schwarzes Gewölk auf. »Es wird Gewitter«, sagte Elisabeth, indem sie ihren Schritt beeilte. Reinhard nickte schweigend, und beide gingen rasch am Ufer entlang, bis sie ihren Kahn erreicht hatten.

Während der Überfahrt ließ Elisabeth ihre Hand auf dem Rande des Kahnes ruhen. Er blickte beim Rudern zu ihr hinüber; sie aber sah an ihm vorbei in die Ferne. So glitt sein Blick herunter und blieb auf ihrer Hand; und diese blasse Hand verriet ihm, was ihr Antlitz ihm verschwiegen hatte. Er sah auf ihr jenen feinen Zug geheimen Schmerzes, der sich so gern schöner Frauenhände bemächtigt, die nachts auf krankem Herzen liegen. – Als Elisabeth sein Auge auf ihrer Hand ruhen fühlte, ließ sie sie langsam über Bord ins Wasser gleiten.

Auf dem Hofe angekommen, trafen sie einen Scherenschleiferkarren vor dem Herrenhause; ein Mann mit schwarzen niederhängenden Locken trat emsig das Rad und summte eine Zigeunermelodie zwischen den Zähnen, während ein eingeschirrter Hund schnaufend daneben lag. Auf dem Hausflur stand in Lumpen gehüllt ein Mädchen mit verstörten schönen Zügen und streckte bettelnd die Hand gegen Elisabeth aus.

Reinhard griff in seine Tasche; aber Elisabeth kam ihm zuvor und schüttete hastig den ganzen Inhalt ihrer Börse in die offene Hand der Bettlerin. Dann wandte sie sich eilig ab, und Reinhard hörte, wie sie schluchzend die Treppe hinaufging.

Er wollte sie aufhalten, aber er besann sich und blieb an der Treppe zurück. Das Mädchen stand noch immer auf dem Flur, unbeweglich, das empfangene Almosen in der Hand. »Was willst du noch?« fragte Reinhard.

Sie fuhr zusammen. »Ich will nichts mehr«, sagte sie; dann, den Kopf nach ihm zurückwendend, ihn anstarrend mit den verirrten Augen, ging sie langsam gegen die Tür. Er rief einen Namen aus, aber sie hörte es nicht mehr; mit gesenktem Haupte, mit über der Brust gekreuzten Armen schritt sie über den Hof hinab.

Sterben, ach sterben
Soll ich allein!

Ein altes Lied brauste ihm ins Ohr, der Atem stand ihm still; eine kurze Weile, dann wandte er sich ab und ging auf sein Zimmer.

Er setzte sich hin, um zu arbeiten, aber er hatte keine Gedanken. Nachdem er es eine Stunde lang vergebens versucht hatte, ging er ins Familienzimmer hinab. Es war niemand da, nur kühle grüne Dämmerung; auf Elisabeths Nähtisch lag ein rotes Band, das sie am Nachmittag um den Hals getragen hatte. Er nahm es in die Hand, aber es tat ihm weh, und er legte es wieder hin. Er hatte keine Ruhe, er ging an den See hinab und band den Kahn los; er ruderte hinüber und ging noch einmal alle Wege, die er kurz vorher mit Elisabeth zusammen gegangen war. Als er wieder nach Hause kam, war es dunkel; auf dem Hofe begegnete ihm der Kutscher, der die Wagenpferde ins Gras bringen wollte; die Reisenden waren eben zurückgekehrt. Bei seinem Eintritt in den Hausflur hörte er Erich im Gartensaal auf- und abschreiten. Er ging nicht zu ihm hinein; er stand einen Augenblick still und stieg dann leise die Treppe hinauf nach seinem Zimmer. Hier setzte er sich in den Lehnstuhl ans Fenster; er tat vor sich selbst, als wolle er die Nachtigall hören, die unten in den Taxuswänden schlug; aber er hörte nur den Schlag seines eigenen Herzens. Unter ihm im Hause ging alles zur Ruh, die Nacht verrann, er fühlte es nicht. – So saß er stundenlang. Endlich stand er auf und legte sich ins offene Fenster. Der Nachttau rieselte zwischen den Blättern, die Nachtigall hatte aufgehört zu schlagen. Allmählich wurde auch das tiefe Blau des Nachthimmels von Osten her durch einen blaßgelben Schimmer verdrängt; ein frischer Wind erhob sich und streifte Reinhards heiße Stirn; die erste Lerche stieg jauchzend in die Luft. – Reinhard kehrte sich plötzlich um und trat an den Tisch; er tappte nach einem Bleistift, und als er diesen gefunden, setzte er sich und schrieb damit einige Zeilen auf einen weißen Bogen Papier. Nachdem er hiemit fertig war, nahm er Hut und Stock, und das Papier zurücklassend, öffnete er behutsam die Tür und stieg in den Flur hinab. – Die Morgendämmerung ruhte noch in allen Winkeln; die große Hauskatze dehnte sich auf der Strohmatte und sträubte den Rücken gegen seine Hand, die er ihr gedankenlos entgegenhielt. Draußen im Garten aber priesterten schon die Sperlinge von den Zweigen und sagten es allen, daß die Nacht vorbei sei. Da hörte er oben im Hause eine Tür gehen; es kam die Treppe herunter, und als er aufsah, stand Elisabeth vor ihm. Sie legte die Hand auf seinen Arm, sie bewegte die Lippen, aber er hörte keine Worte. »Du kommst nicht wieder«, sagte sie endlich. »Ich weiß es, lüge nicht; du kommst nie wieder.«

»Nie«, sagte er. Sie ließ die Hand sinken und sagte nichts mehr. Er ging über den Flur der Tür zu; dann wandte er sich noch einmal. Sie stand bewegungslos an derselben Stelle und sah ihn mit toten Augen an. Er tat einen Schritt vorwärts und streckte die Arme nach ihr aus. Dann kehrte er sich gewaltsam ab und ging zur Tür hinaus. – Draußen lag die Welt im frischen Morgenlichte, die Tauperlen, die in den Spinngeweben hingen, blitzten in den ersten Sonnenstrahlen. Er sah nicht rückwärts; er wanderte rasch hinaus; und mehr und mehr versank hinter ihm das stille Gehöft, und vor ihm auf stieg die große weite Welt.

– –

Der Alte

Der Mond schien nicht mehr in die Fensterscheiben, es war dunkel geworden; der Alte aber saß noch immer mit gefalteten Händen in seinem Lehnstuhl und blickte vor sich hin in den Raum des Zimmers. Allmählich verzog sich vor seinen Augen die schwarze Dämmerung um ihn her zu einem breiten dunkeln See; ein schwarzes Gewässer legte sich hinter das andere, immer tiefer und ferner, und auf dem letzten, so fern, daß die Augen des Alten sie kaum erreichten, schwamm einsam zwischen breiten Blättern eine weiße Wasserlilie.

Die Stubentür ging auf, und ein heller Lichtstrahl fiel ins Zimmer. »Es ist gut, daß Sie kommen, Brigitte«, sagte der Alte. »Stellen Sie das Licht nur auf den Tisch.«

Dann rückte er auch den Stuhl zum Tische, nahm eins der aufgeschlagenen Bücher und vertiefte sich in Studien, an denen er einst die Kraft seiner Jugend geübt hatte.

Auf dem Staatshof

Ich kann nur einzelnes sagen; nur was geschehen, nicht wie es geschehen ist; ich weiß nicht, wie es zu Ende ging, und ob es eine Tat war oder nur ein Ereignis, wodurch das Ende herbeigeführt wurde. Aber wie es die Erinnerung mir tropfenweise hergibt, so will ich es erzählen.

Die kleine Stadt, in der meine Eltern wohnten, lag hart an der Grenze der Marschlandschaft, die bis ans Meer mehrere Meilen weit ihre grasreiche Ebene ausdehnt. Aus dem Nordertor führt die Landstraße eine Viertelstunde Wegs zu einem Kirchdorf, das mit seinen Bäumen und Strohdächern weithin auf der ungeheueren Wiesenfläche sichtbar ist. Seitwärts von der Straße, hinter dem weißgetünchten Pastorate, geht quer durchs Land ein Fußsteig über die Fennen, wie hier die einzelnen, fast nur zur Viehweide benutzten Landflächen genannt werden; von einem Heck zum andern oder auf schmalem Steg über die Gräben, durch welche überall die Fennen voneinander geschieden sind.

Hier bin ich in meiner Jugend oft gegangen; ich mit einer andern. Ich sehe noch das Gras im Sonnenscheine funkeln und fernab um uns her die zerstreuten Gehöfte mit ihren weißen Gebäuden in der klaren Sommerluft. Die schweren Rinder, welche wiederkäuend neben dem Fußsteige lagen, standen auf, wenn wir vorübergingen, und gaben uns das Geleite bis zum nächsten Heck; mitunter in den Trinkgruben erhob ein Ochse seine breite Stirn und brüllte weit in die Landschaft hinaus.

Zu Ende des Weges, der fast eine halbe Stunde dauert, unter einer düsteren Baumgruppe von Rüstern und Silberpappeln, wie sie kein anderes Besitztum dieser Gegend aufzuweisen hat, lag der »Staatshof«. Das Haus war auf einer mäßig hohen Werfte nach der Weise des Landes gebaut, eine sogenannte Hauberg, in welcher die Wohnungs- und Wirtschaftsräume unter einem Dache vereinigt sind; aber die Graft, welche sich ringsumher zog, war besonders breit und tief, und der weitläufige Garten, der innerhalb derselben die Gebäude umgab, war vor Zeiten mit patrizischem Luxus angelegt.

Das Gehöfte war einst nebst vielen andern in Besitz der nun gänzlich ausgestorbenen Familie van der Roden, aus der während der beiden letzten Jahrhunderte eine Reihe von Pfennigmeistern und Ratmännern der Landschaft und von Bürgermeistern meiner Vaterstadt hervorgegangen ist. – Neunzig Höfe, so hieß es, hatten sie gehabt und sich im Übermut vermessen, das Hundert voll zu machen. Aber die Zeiten waren umgeschlagen; es war unrecht Gut dazwischen gekommen, sagten die Leute; der liebe Gott hatte sich ins Mittel gelegt, und ein Hof nach dem andern war in fremde Hände übergegangen. Zur Zeit, wo meine Erinnerung beginnt, war nur der Staatshof noch im Eigentum der Familie; von dieser selbst aber niemand übriggeblieben als die alternde Besitzerin und ein kaum vierjähriges Kind, die Tochter eines früh verstorbenen Sohnes. Der letzte männliche Sprosse war als funfzehnjähriger Knabe auf eine gewaltsame Weise ums Leben gekommen; auf der Fenne eines benachbarten Hofbesitzers hatte er ein einjähriges Füllen ohne Zaum oder Halfter bestiegen, war dabei von dem scheuen Tier in die Trinkgrube gestürzt und ertrunken.

Mein Vater war der geschäftliche Beistand der alten Frau Ratmann van der Roden. – Gehe ich rückwärts mit meinen Gedanken und suche nach den Plätzen, die von der Erinnerung noch ein spärliches Licht empfangen, so sehe ich mich als etwa vierjährigen Knaben mit meinen beiden Eltern auf einem offenen Wagen über den ebenen Marschweg dahinfahren; ich fühle plötzlich den Sonnenschein mit einem kühlen Schatten wechseln, der an der einen Seite von ungeheuren Bäumen auf den Weg hinausfällt; und während ich meinen kleinen Kopf über die Lehne des Wagenstuhls recke, um den breiten Graben zu sehen, der sich neben den Bäumen hinzieht, biegen wir grade in die Schatten hinein und durch ein offenstehendes Gittertor. Ein großer Hund fährt wie rasend an der Kette aus seinem beweglichen Hause auf uns zu; wir aber kutschieren mit einem Peitschenknall auf den Hof hinauf bis vor die Haustür, und ich sehe eine alte Frau im grauen Kleide, mit einem feinen blassen Gesicht und mit besonders weißer Fräse auf der Schwelle stehen, während Knecht und Magd eine Leiter an den Wagen legen und uns zur Erde helfen. Noch rieche ich auf dem dunkeln Hausflur den strengen Duft der Alantwurzel, womit die Marschbewohner zur Abwehr der Mücken allabendlich zu räuchern pflegen; ich sehe auch noch meinen Vater der alten Dame die Hand küssen; dann aber verläßt mich die Erinnerung, und ich finde mich erst nach einigen Stunden wieder, auf Heu gebettet, eine warme sommerliche Dämmerung um mich her. Ich sehe an den aus Heu und Korngarben gebildeten Wänden empor, die um mich her zwischen vier großen Ständern in die Höhe ragen, so hoch, daß der Blick durch ein wüstes Dunkel hindurch muß, bis er aufs neue in eine matte Dämmerung gelangt, die zwischen zahllosen Spinngeweben aus einem Dachfensterchen hereinfällt. Es ist das sogenannte Vierkant, worin ich mich befinde. Der zum Bergen des Heues bestimmte Raum im Innern des Hauses, wovon das Hofgebäude in unsern Marschen die eigentümlich hohe Bildung des Daches und seinen Namen »Heuberg« oder »Hauberg« erhalten hat. – Es ist volle Sonntagsstille um mich her. Aber ich bin hier nicht allein; in der gedämpften Helligkeit, die durch die offene Seitenwand aus der angrenzenden Loodiele hereinfällt, steht ein Mädchen meines Alters; die blonden Härchen fallen über ein blaues Blusenkleid. Sie streckt ihre kleinen Fäuste über mir aus und bestreut mich mit Heu; sie ist sehr eifrig, sie stöhnt und bückt sich wieder und wieder. »So«, sagt sie endlich und atmet dabei aus Herzensgrunde, »so, nun bist du bald begraben!« Und wie ich eine Weile regungslos daliege, sehe ich durch die lose mich bedeckenden Halme, wie sie ihr Köpfchen zu mir niederbeugt, und wie sie dann plötzlich kehrtmacht und sich zu einer alten Bäuerin hinarbeitet, die mit einem Strickstrumpf in der Hand uns gegenüber sitzt. »Wieb«, sagt sie, indem sie der Alten die Hand von der Wange zieht, »Wieb, ist er tot?«

Was die Alte hierauf geantwortet, dessen entsinne ich mich nicht mehr; wohl aber, daß wir bald darauf durch einen dunkeln Gang auf den Hausflur und von dort eine breite Treppe hinauf in die oberen Räume des Hauses geführt wurden, in ein großes Zimmer mit goldgeblümten Tapeten, in welchem viele Bilder von alten weiß gepuderten Männern und Frauen an den Wänden hingen. Meine Eltern und die übrigen Gäste sind eben von einer gedeckten Tafel aufgestanden, die sich mitten im Zimmer unter einer großen Kristallkrone befindet. Bald sitze ich in eine Serviette geknüpft der kleinen Anne Lene gegenüber; Wieb steht dabei und serviert uns von den Resten. Ich befinde mich sehr wohl; nur zuweilen stört mich ein Krächzen, das aus der Ferne zu uns herüberdringt. »Höre!« sag ich und hebe meine kleinen Finger auf. Die alte Wieb aber kennt das schon lange. »Das sind die Raben«, sagt sie, »sie sitzen im Baumgarten, wir wollen sie nachher besuchen.« – Aber ich vergesse die Raben wieder; denn Wieb teilt zum Dessert noch die Zuckertauben von einer Konditortorte zwischen uns; nur scheint es nicht ganz unparteiisch herzugehen, denn Anne Lene erhält immer die Hahnenschwänze und die Kragentauben.

Etwas später sehe ich die Gesellschaft auf den geschlungenen Gartenwegen zwischen den blühenden Büschen promenieren; die alte Dame mit der Fräse, welche am Arme meines Vaters geht, beugt sich zu mir nieder und sagt, indem sie mir den Kopf aufrichtet: »Du mußt dich immer hübsch grade halten, Kind!« – Ich glaube noch jetzt, daß von dieser kleinen Ermahnung sich der fast scheue Respekt herschreibt, den ich, solange sie lebte, vor dieser Frau behalten habe. – Doch schon faßt Wieb mich bei der Hand und führt uns weit umher auf den sonnigen Steigen; zuletzt bis zur Graft hinunter, an der ein grader Steig entlangführt. So gelangen wir zu einem Gartenpavillon, in welchem die Gesellschaft bei offenen Türen am Kaffeetische sitzt. Wir werden hereingerufen, und, da ich zögere, nimmt meine Mutter einen Zuckerkringel aus dem silbernen Kuchenkorb und zeigt mir den. Aber ich fürchte mich; ich habe gesehen, daß das hölzerne Haus auf dünnen Pfählen über dem Wasser steht; bis endlich doch die vorgehaltene Lockspeise und die bunten Schäferbilder, die drinnen auf die Wände gemalt sind, mich bewegen hineinzutreten.

Mir ist, als hätte ich es mit einem besonders angenehmen Gefühl mitangesehen, wie Anne Lene von meiner Mutter auf den Schoß genommen und geküßt wurde. Späterhin mögen die Männer, wie es dort gebräuchlich ist, zur Besichtigung der Rinder auf das Land hinausgegangen sein; denn ich habe die Erinnerung, als sei bald eine Stille um mich gewesen, in der ich nur die sanfte Stimme meiner Mutter und andere Frauenstimmen hörte. Anne Lene und ich spielten unter dem Tisch zu ihren Füßen; wir legten den Kopf auf den Fußboden und horchten nach dem Wasser hinunter. Zuweilen hörten wir es plätschern; dann hob Anne Lene ihr Köpfchen und sagte: »Hörst du, das tut der Fisch!« Endlich gingen wir ins Haus zurück; es war kühl, und ich sah die Büsche des Gartens alle im Schatten stehen. Dann fuhr der Wagen vor; und in dem Schlummer, der mich schon unterwegs überkam, endete dieser Tag, von dem ich bei ruhigem Nachsinnen nicht außer Zweifel bin, ob er ganz in der erzählten Weise jemals dagewesen, oder ob nur meine Phantasie die zerstreuten Vorfälle verschiedener Tage in diesen einen Rahmen zusammengedrängt hat.

Späterhin, als sich allmählich die Hilfsbedürftigkeit des Alters einstellte, zog die Frau Ratmann van der Roden mit ihrer Enkelin in die Stadt und ließ den Hof unter der Aufsicht des früheren Bauknechtes Marten und seiner Ehefrau, der alten Wieb. Vor dem Hause, welches sie einige Straßen von dem unseren entfernt bewohnte, standen granitne Pfeilersteine, die durch schwere eiserne Ketten miteinander verbunden waren. Wir Jungen, wenn wir auf unserm Schulwege vorübergingen, unterließen selten, uns auf diese Ketten zu setzen und, mit Tafel und Ranzen auf dem Rücken, einige Male hin und her zu schaukeln. Aber ich entsinne mich noch gar wohl, wie wir auseinander stoben, wenn einer von uns das Gesicht der alten Dame hinter den Geranienbäumen am Fenster gewahrte, oder gar, wenn sie mit einer gemessenen Bewegung den Finger gegen uns erhoben hatte.

Desungeachtet ließ ich mir gern, was öfters geschah, vom Vater eine Bestellung an sie auftragen. Ich weiß nicht mehr, war es das kleine zierliche Mädchen, das mich anzog, oder war es die alte Schatulle, deren Raritäten ich in besonders begünstigter Stunde mit ihr beschauen durfte; die goldenen Schaumünzen, die seidenen bunt bemalten Fächer oder oben auf dem Aufsatz der Schatulle die beiden Pagoden von chinesischem Porzellan, die schon vom Flur aus durch die Fenster der Stubentür meine Augen auf sich zogen. Am Sonnabendnachmittag stellte ich mich regelmäßig ein, um die Frau Ratmann mit der kleinen Anne Lene zum Sonntag auf den Kaffee einzuladen, was bis zur letzten Zeit vor ihrem Absterben ebenso regelmäßig von ihr angenommen wurde. Am Tage darauf präzise um drei Uhr hielt dann die schwere Klosterkutsche vor unserer Haustreppe; unsere Mägde hoben die alte Dame und ihr Enkelchen aus dem Wagen, und meine Mutter führte sie in das Festzimmer des Hauses, das schon von dem Dufte des Kaffees und des sonntäglichen Gebäckes erfüllt war. Wenn dann die Enveloppen und Tücher abgelegt waren und die beiden Damen sich gegenüber an dem sauber servierten Tische Platz genommen hatten, durften auch wir Kinder uns an ein Nebentischchen setzen und erhielten unsern Anteil an den »Eiermahnen« und »Bieschen«, oder wie sonst die schönen Sachen heißen mochten. Mir ist indessen, wenn ich dieser Sonntagnachmittage gedenke, als sei ich niemals unglücklicher in den Versuchen gewesen, meinen Kaffee aus der Ober- in die Untertasse umzuschütten; und ich fühle noch die strengen Blicke, die mir die alte Dame von ihrem Sitze aus hinübersandte, während meine Mutter mir meine kleine

Gespielin zum Muster aufstellte, von der ich mich nicht entsinne, daß sie jemals beim Trinken die Serviette oder ihr weißes Kleid befleckt hätte.

Ein solcher Sonntagnachmittag, nachdem schon einige Jahre in dieser Weise vorübergegangen waren, ist mir besonders im Gedächtnis geblieben. – Ich hatte mich in dem angenehmen Bewußtsein des Feiertages in unserm Hofe umhergetrieben und war endlich in das Waschhaus gelangt, das am Ende desselben lag. Auch hier hatte sich der Sonntag bemerklich gemacht; die föhrenen Tische waren gescheuert, die holländischen Klinker, womit der Boden gepflastert war, sahen so feucht und frisch gespült aus; dabei war eine so liebliche Kühle, daß ich mich fast gedankenlos an einen Tisch lehnte und auf das träumerische Gackeln der Hühner lauschte, das aus dem anstoßenden Hühnerhof zu mir hereindrang. Nach einer Weile hörte ich drunten im Wohnhause aus der im Erdgeschoß befindlichen Küche das Kaffeegeschirr herauftragen, das Klirren der Tassen und Kaffeelöffel; und endlich vernahm ich auch von der Straße her das Anfahren der Kutsche und bald darauf das Aufschlagen der Haustür. Aber das süße Gefühl, die Nachmittagsfeier so ganz unangebrochen vor mir zu haben, ließ mich immer noch zögern, ins Haus hinabzugehen. Da vernahm ich das Summen des Fliegenschwarms, der in der Sonne an der offenen Tür gesessen. – Anne Lene war unbemerkt herangetreten. Noch sehe ich sie vor mir, die kleine leichte Gestalt, wie sie ruhig auf der Schwelle stand, den Strohhut am Bande in der Hand hin und her schwenkend, während die Sonne auf das goldklare Haar schien, das ihr in kleinen Locken um das Köpfchen ging. Sie nickte mir zu, ohne weiter heranzutreten, und sagte dann: »Du solltest hereinkommen!«

Ich kam noch nicht; meine Augen hafteten noch an dem weißen Sommerkleidchen, an der himmelblauen Schärpe und zuletzt an einem alten Fächer, den sie in der Hand hielt. »Willst du nicht kommen, Marx?« fragte sie endlich, »Großmutter hat gesagt, wir sollten einmal die Menuett wieder miteinander üben.«

Ich war das wohl zufrieden. Wir hatten vor einigen Wochen in der Tanzschule diese altfränkischen Künste auf den gemeinsamen Wunsch der Frau Ratmann und meines Vaters mit besonderer Sorgfalt eingeübt. Wir gingen also hinein; ich machte meine Reverenz vor Anne Lenes Großmutter und trank, um mich schon jetzt meiner zierlichen Partnerin würdig zu zeigen, meinen Kaffee mit besonderer Behutsamkeit. Späterhin, als mein Vater ins Zimmer getreten war und sich mit seiner alten Freundin in geschäftliche Angelegenheiten vertiefte, nahm meine Mutter uns mit in die gegenüberliegende Stube und setzte sich an das aufgeschlagene Klavier. Sie hatte den »Don Juan« aufs Tapet gelegt. Wir traten einander gegenüber, und ich machte mein Kompliment, wie der Tanzmeister es mich gelehrt hatte. Meine Dame nahm es huldvoll auf, sie neigte sich höfisch, sie erhob sich wieder, und als die Melodie erklang: »Du reizest mich vor allen; Zerlinchen, tanz mit mir«, da glitten die kleinen Füße in den Korduanstiefelchen über den Boden, als ginge es über eine Spiegelfläche hin. Mit der einen Hand hielt sie den aufgeschlagenen Fächer gegen die Brust gedrückt, während die Fingerspitzen der anderen das Kleid emporhoben. Sie lächelte; das feine Gesichtchen strahlte ganz von Stolz und Anmut. Meine Mutter, während wir hin und her chassierten, uns näherten und verneigten, sah schon lange nicht mehr auf ihre Tasten; auch sie, wie ihr Sohn, schien die Augen nicht abwenden zu können von der kleinen schwebenden Gestalt, die in graziöser Gelassenheit die Touren des alten Tanzes vor ihr ausführte.

Wir mochten auf diese Weise bis zum Trio gelangt sein, als die Stubentüre sich langsam öffnete und ein dickköpfiger Nachbarsjunge hereintrat, der Sohn eines Schuhflickers, der mir an Werkeltagen bei meinem Räuber- und Soldatenspiel die vortrefflichsten Dienste leistete. »Was will der?« fragte Anne Lene, als meine Mutter einen Augenblick innehielt. – »Ich wollte mit Marx spielen«, sagte der Junge und sah verlegen auf seine groben Nagelschuhe.

»Setz dich nur, Simon«, erwiderte meine Mutter, »bis der Tanz aus ist; dann könnt ihr alle miteinander in den Garten gehn.« Damit nickte sie zu uns hinüber und begann das Trio zu spielen. Ich avancierte; aber Anne Lene kam mir nicht entgegen; sie ließ die Arme herabhängen und musterte mit unverkennbarer Verdrossenheit den struppigen Kopf meines Spielkameraden.

»Nun«, fragte meine Mutter, »soll Simon nicht sehen, was ihr gelernt habt?«

Allein die kleine Patrizierin schien durch die Gegenwart dieser Werkeltags-Erscheinung in ihrer idealen Stimmung auf eine empfindliche Weise gestört zu sein. Sie legte den Fächer auf den Tisch und sagte: »Laß Marx nur mit dem Jungen spielen.«

Ich fühle noch jetzt mit Beschämung, daß ich dem schönen Kinde zu Gefallen, wenn auch nicht ohne ein deutliches Vorgefühl von Reue, meinen plebejischen Günstling fallenließ. »Geh nur, Simon«, sagte ich mit einiger Beklemmung, »ich habe heute keine Lust zu spielen!« Und der arme Junge rutschte von seinem Stuhl und schlich sich schweigend wieder von dannen.

Meine Mutter sah mich mit einem durchdringenden Blick an; und sowohl ich wie Anne Lene, als diese späterhin in ein näheres Verhältnis zu unserem Hause trat, haben noch manche kleine Predigt von ihr hören müssen, die aus dieser Geschichte ihren Text genommen hatte. Damals aber hatten die kleinen tanzenden Füße mein ganzes Knabenherz verwirrt. Ich dachte nichts als Anne Lene; und als ich ihr am Montage darauf ein vergessenes Arbeitskörbchen ins Haus brachte, hatte ich es zuvor ganz mit Zuckerplätzchen angefüllt, deren Ankauf mir nur durch Aufopferung meiner ganzen kleinen Barschaft möglich geworden war.

Etwa ein Jahr später kam ich eines Nachmittags auf der Heimkehr von einer Ferienreise an Anne Lenes Wohnung vorüber. Da die Haustüre offenstand, so fiel es mir ein hineinzugehen, um eine Kleinigkeit, die ich unterwegs für sie eingehandelt hatte, schon jetzt in ihre Hand zu legen. Ich trat in den Flur und blickte durch die Glasscheiben der Stubentür; aber ich gewahrte niemanden. Es war eine seltsame Einsamkeit im Zimmer; der weiße Sand lag so unberührt auf der Diele, und drüben der Spiegel war mit weißen Damasttüchern zugesteckt. Während ich dies betrachtete und eine unbewußte Scheu mich hinderte hineinzutreten, hörte ich in der Tiefe des Hauses eine Tür gehen, und bald darauf sah ich meinen Vater mit einem schwarz gekleideten Kinde an der Hand auf mich zukommen. Es war Anne Lene; ihre Augen waren vom Weinen gerötet, und über der schwarzen Florkrause erschienen das blasse Gesichtchen und die feinen goldklaren Haare noch um vieles zärtlicher als sonst. Mein Vater begrüßte mich und sagte dann, indem er seine Hand auf den Kopf des Mädchens legte: »Ihr werdet jetzt Geschwister sein; Anne Lene wird als meine Mündel von nun an in unserem Hause leben, denn ihre Großmutter, deine alte Freundin, ist gestorben.«

Ich hörte eigentlich nur den ersten Teil dieser Nachricht, denn die bestimmte Aussicht, nun fortwährend in Gesellschaft des anmutigen Mädchens zu sein, erregte in meiner Phantasie eine Reihe von heiteren Vorstellungen, die mich den Ort, an welchem wir uns befanden, vollständig vergessen machten. Ich merkte es kaum, als Anne Lene ihre Arme um meinen Hals legte und mich küßte, während ihre Tränen mein Gesicht benetzten.

Einige Tage darauf fand das Leichenbegängnis statt, mit aller Feierlichkeit patrizischen Herkommens, so wie die Verstorbene es bei Lebzeiten in allen Punkten selbst verordnet hatte. Ich befand mich mit meiner Mutter und Anne Lene im Sterbehause. Noch sehr wohl erinnere ich mich, wie das Geläute der Glocken, die gedämpfte Redeweise, in der alle die schwarzen Leute miteinander verkehrten, und die kolossalen, florbehangenen Wachskerzen, welche brennend vor dem Sarge hinausgetragen wurden, ein angenehmes Feiertagsgefühl in mir erregten, das dem unwillkürlichen Grauen vor diesem Gepränge vollkommen die Waage hielt.

Am andern Tage begann der werktätige Gang des Lebens wieder. Anne Lene war nun zwar mit mir in einem Hause, aber die Zeit unseres Beisammenseins bestand nicht mehr wie sonst nur in sonntäglichen Spielstunden. Meine Hausarbeiten für das Gymnasium wurden von meinem Vater noch strenger überwacht als sonst, und Anne Lene war außer ihren Schulstunden meist unter der Aufsicht der Mutter beschäftigt. Während meiner Freistunden nahmen die eigentlichen Knabenspiele einen immer größeren Raum ein, und ich habe meine kleine Freundin nie bewegen können, unsere Räuberspiele mitzumachen oder auch nur in dem türkischen Zelte Platz zu nehmen, das ich von alten Teppichen in der Spitze eines Birnbaumes aufgeschlagen hatte.

Nur eine Freude blieb uns fast während unserer ganzen Jugend gemeinschaftlich. – Die Ländereien des Staatshofes waren seit dem Tode der alten Frau Ratmann an einen benachbarten Hofbesitzer verpachtet, während man das Wohnhaus mit der Werfte unter der Aufsicht der alten Wieb und ihres Mannes ließ. Da der Hof nur eine halbe Stunde von der Stadt lag, so war uns ein für allemal erlaubt, Sonntags nach Tische dort hinaus zu gehen. Und wie oft sind wir diesen Weg gegangen! Auf der ebenen Marschlandstraße bis zum Dorfe und dann seitwärts über die Fennen von einem Heck zum andern, bis wir die dunkle Baumgruppe des Hofes erreicht hatten, die schon beim Austritt aus der Stadt auf der weiten Ebene sichtbar war. Wie oft beim Gehen wandten wir uns um und maßen die Strecke, die wir schon zurückgelegt hatten, und sahen zurück nach den Türmen der Stadt, die im Sonnendufte hinter uns lagen! Denn mir ist, als habe an jenen Sonntagnachmittagen immer die Sonne geschienen und als sei die Luft über dieser endlosen grünen Wiesenfläche immer voll von Lerchengesang gewesen.

Den alten Eheleuten auf dem Hofe war im unteren Stock des Hauses ein früher von der Familie bewohntes Zimmer zur Benutzung angewiesen; allein sie bewohnten nach eigener Wahl nach wie vor das Gesindezimmer, da dieses mit dem

Stall und den übrigen Wirtschaftsräumen in Verbindung stand. Gewöhnlich kam uns der alte Marten in sonntäglich weißen Hemdärmeln schon vor dem Tore entgegen und reichte uns in seiner schweigsamen Art die Hand; er konnte es nicht lassen, nach seinen jungen Gästen auszusehen. Hatten wir uns etwas verspätet, so trafen wir ihn wohl schon auf unserem Wege draußen auf den Fennen, seinen unzertrennlichen Begleiter, den Springstock, auf der Schulter; und während Anne Lene auf dem Fußbrett um die Hecken ging, lehrte er mich, nach Landesweise über die Gräben zu setzen. Im Zimmer drinnen pflegte dann auf dem langen blankgescheuerten Tische schon der Kaffeekessel seinen Duft zu verbreiten, und die alte Wieb, wenn sie mir die Hand gegeben und ihrem Lieblingskinde die heißen Haare von der Stirn gestrichen hatte, schenkte uns viele Tassen ein, so viele, als wir immer trinken konnten, und dann noch eine »fürs Nötigen«, wie sie sagte. Wenn wir uns auf diese Weise erquickt hatten und das Geschirr wieder abgeräumt war, holte die Alte ihr Rad aus dem Winkel hinter der Tragkiste hervor und begann zu spinnen. Sie ließ dann wohl den Faden durch Anne Lenes Finger gleiten und zeigte uns die Glätte und Feinheit desselben; denn, wie sie mir später einmal vertraute, es sollte aus dem Flachse, den sie Sonntags spann, das Brautlinnen für ihre junge Herrschaft gewebt werden. – Aber es duldete uns nicht lange neben ihr; wir ruhten nicht, bis sie uns ihr großes Schlüsselbund eingehändigt hatte, in dessen Besitz wir dann die dunkle Treppe nach dem oberen Stockwerk hinaufstiegen und eine nach der andern die Türen zu den verödeten Zimmern aufschlossen, in denen die feuchte Marschluft schon längst an Decken und Wänden ihren Zerstörungsprozeß begonnen hatte. Wir betraten diese Räume mit einer lüsternen Neugierde, obgleich wir wußten, daß nichts darin zu sehen sei als die halberloschenen Tapeten und etwa in dem einen Seitenzimmer das leere Bettgestell der verstorbenen Besitzer. Wenn wir zu lange blieben, rief die Alte uns wohl herunter und schickte uns in den Garten, der vor dem Hause lag. Aber die Einsamkeit, die oben in den verlassenen Zimmern herrschte, war auch dort. Wohin man sehen mochte, zwischen den hohen Sträuchern hing das Gespinst der Jungfernrebe; über den mit Gras bewachsenen Steigen in den rotblühenden Himbeerbüschen hatten die Wespen ihre pappenen Nester aufgehangen. Obwohl seit Jahren keine pflegende Hand dort gewaltet, so wuchs doch alles in der größten Üppigkeit durcheinander, und mittags in der schwülen Sommerzeit, wenn Jasmin und Kaprifolien blühten, lag die alte Hauberg wie im Duft begraben. – Anne Lene und ich drangen gern aufs Geratewohl in diesen Blütenwald hinein, um uns den Reiz eines gefahrlosen Irregehens zu verschaffen; und nicht selten glückte es, daß wir uns nach der feuchten Laube im Winkel des Gartens hinzuarbeiten meinten und statt dessen unerwartet vor dem alten Pavillon standen, welcher jetzt zur zeitweisen Aufbewahrung von Sommerfrüchten diente. Dann sahen wir durch die erblindeten Fensterscheiben nach dem zärtlichen Schäferpaar hinüber, das noch immer, wie vor Jahren, auf der Mitte der Wand im Grase kniete, und rüttelten vergebens an den Türen, welche von der alten Wieb sorgfältig verschlossen gehalten wurden; denn der Fußboden drinnen war unsicher geworden, und hier und dort konnte man durch die Ritzen in den Dielen auf das darunter stehende Wasser sehen.

So verging die Zeit. – Anne Lene war, ehe ich mich dessen versehen, ein erwachsenes Mädchen geworden, während ich noch kaum zu den jungen Menschen zählte. Ich bemerkte dies eigentlich erst, als sie eines Tages mit veränderter Frisur ins Zimmer trat. Seitdem sie selbst für ihre Kleidung sorgte, war diese fast noch einfacher als zuvor; besonders liebte sie die weiße Farbe, so daß mir diese in der Erinnerung von der Vorstellung ihrer Persönlichkeit fast unzertrennbar geworden ist. Nur einen Luxus trieb sie; sie trug immer die feinsten englischen Handschuhe, und da sie dessen ungeachtet sich nicht scheute, überall damit hinzufassen, so mußte das getragene Paar bald durch ein neues ersetzt werden. Meine bürgerlich sparsame Mutter schüttelte vergebens darüber den Kopf. Aus dem nachgelassenen Schmuckkästchen ihrer Großmutter nahm sie an ihrem Konfirmationstage ein kleines Kreuz von Diamanten, das sie seitdem an einem schwarzen Bande um den Hals trug. Sonst habe ich niemals einen Schmuck an ihr gesehen.

Die Zeit rückte heran, wo ich zum Studium der Arzneiwissenschaft die Universität besuchen sollte. – In Anne Lenes Gesellschaft machte ich meinen Abschiedsbesuch bei unsern alten Freunden auf dem Staatshof. Wir kamen eben von einer Fenne, wo der Pächter, wie es dort gebräuchlich ist, seine Rapssaaternte auf einem großen Segel ausdreschen ließ. Nach der Sitte des Landes, die bei der schweren Arbeit den Leuten in jeder Weise gestattet, sich die Brust zu lüften, waren wir mit einem ganzen Schauer von Schimpf- und Neckworten überschüttet worden; weder meine rote Schülermütze noch meine damals allerdings »ins Kraut geschossene« Figur war verschont geblieben. Auch Anne Lene hatte ihr Teil bekommen; aber man wußte kaum, waren es Spottreden oder unbewußte Huldigungen; denn alles bezog sich am Ende doch nur auf den Gegensatz ihres zarten Wesens zu der derben und etwas schwerfälligen Art des Landes. Und in der Tat, wenn man sie betrachtete, wie der Sommerwind ihr die kleinen goldklaren Locken von den Schläfen hob und wie ihre Füße so leicht über das Gras dahinschritten, so konnte man kaum glauben, daß sie hier zu Haus gehöre. Das kleine Kreuz, welches an dem schwarzen Bändchen an ihrem Halse funkelte, mochte bei den Arbeitern diesen Eindruck noch vermehren helfen.

Als wir auf die Werfte kamen, fanden wir die alte Wieb in Zank mit einer Bettlerin vor der Haustür stehen, die sie vergeblich abzuweisen suchte. Die leidenschaftlichen Gebärden dieses noch ziemlich jungen Weibes waren mir wohlbekannt; sie ging auch in der Stadt alle Sonnabend von Tür zu Tür und zehrte dabei seit Jahren an dem Gedanken, daß sie von dem alten Ratmann van der Roden, dem in seiner Amtsführung die obervormundschaftlichen Angelegenheiten übertragen waren, um ihr mütterliches Erbteil betrogen sei. Sie war infolge derartiger Äußerungen schon mehrfach zur Strafe gezogen; und jetzt schien sie, nach dem beiderseitigen Betragen zu urteilen, fest entschlossen, auch der alten Dienerin der van der Rodenschen Familie diese verhaßte Geschichte vorzutragen.

Die Streitenden rührten sich bei unsrer Ankunft in ihrem Eifer nicht von der Stelle, und da wir nach dem Flur zwischen beiden hindurchmußten, so nahm Anne Lene ihr Kleid zusammen, um nicht an das der Bettlerin zu streifen.

Aber diese vertrat ihr den Weg. »Ei, schöne Mamsell«, sagte sie, indem sie einen tiefen Knicks vor ihr machte und mit einer abscheulichen Koketterie ihre durchlöcherten Röcke schwenkte, »habe Sie keine Angst, meine Lumpen sind alle gewaschen! Freilich die seidenen Bändchen sind längst davon, und die Strümpfe, die hat dein Großvater selig mir ausgezogen; aber wenn dir die Schuhe noch gefällig sind?«

Und bei diesen Worten zog sie die Schlumpen von den nackten Füßen und schlug sie aneinander, daß es klatschte. »Greif zu, Goldkind«, rief sie, »greif zu! Es sind Bettelmannsschuhe, du kannst sie bald gebrauchen.«

Anne Lene stand ihr völlig regungslos gegenüber; Wieb aber, deren Augen mit großer Ängstlichkeit an ihrer jungen Herrin hingen, griff in die Tasche und drückte der Bettlerin eine Münze in die Hand. »Geh nun, Trin'«, sagte sie, »du kannst zur Nacht wiederkommen; was hast du nun noch hier zu suchen?«

Allein diese ließ sich nicht abweisen. Sie richtete sich hoch auf, indem sie mit einem Ausdruck überlegenen Hohnes auf die Alte herabsah. »Zu suchen?« rief sie und verzog ihren Mund, daß das blendende Gebiß zwischen den Lippen hervortrat. »Mein Muttergut such ich, womit ihr die Löcher in eurem alten Dache zugestopft habt.«

Wieb machte Miene, Anne Lene ins Haus zu ziehen.

»Bleib Sie nur, Mamsell«, sagte das Weib und ließ die empfangene Münze in die Tasche gleiten, »ich gehe schon; es ist hier doch nichts mehr zu finden. Aber«, fuhr sie fort, mit einer geheimnisvollen Gebärde sich gegen die Alte neigend, »auf deinem Heuboden schlafe ich nicht wieder. Es geht was um in eurem Hause, das pflückt des Nachts den Mörtel aus den Fugen. Wenn nur das alte hoffärtige Weib noch mit daruntersäße, damit ihr alle auf einmal euren Lohn bekämet!«

Auf Anne Lenes Antlitz drückte sich ein Erstaunen aus, als sei sie durch diese Worte wie von etwas völlig Unmöglichem betroffen worden. »Wieb«, rief sie, »was sagt sie? Wen meint sie, Wieb?«

Mich übermannte bei dem Anblick meiner jungen hülflosen Freundin der Zorn; und ehe das Weib zu einer Antwort Zeit gewann, packte ich sie am Arm und zerrte sie den Hof hinunter bis hinaus auf den Weg. Aber noch als ich das Gittertor hinter ihr zugeworfen hatte und wieder auf die Werfte hinaufging, hörte ich sie ihre leidenschaftlichen Verwünschungen ausstoßen. »Geh nach Haus, Junge«, schrie sie mir nach, »dein Vater ist ein ehrlicher Mann; was läufst du mit der Dirne in der Welt umher!«

Drinnen im Gesindezimmer fand ich Anne Lene vor ihrer alten Wärterin auf den Knien liegen, den Kopf in ihren Schoß gedrückt. »Wieb«, sprach sie leise, »sag mir die Wahrheit, Wieb!«

Die Alte schien um Worte verlegen. Sie schalt auf die Bettlerin und redete dies und das von allgemeinen Dingen, indem sie ihre rauhe Hand liebkosend über das Haar ihres Lieblings hingleiten ließ. »Was wird es sein«, sagte sie, »dein Großvater und dein Urgroßvater waren große Leute; die Armen sind immer den Reichen heimlich feind!«

Anne Lene, die bis dahin ruhig zugehört hatte, erhob den Kopf und sah sie zweifelnd an. »Es mag doch wohl anders gewesen sein, Wieb«, sagte sie traurig, »du mußt mich nicht belügen!«

Was weiter zwischen den beiden gesprochen worden, weiß ich nicht; denn ich verließ nach diesen Worten das Zimmer, da ich glaubte, die Alte werde das Gemüt des Mädchens leichter zur Ruhe sprechen, wenn sie allein sich gegenüber wären. – Aber nach einigen Tagen war das Diamantkreuz von Anne Lenes Hals verschwunden, und ich habe dieses Zeichen alten Glanzes niemals wieder von ihr tragen sehen.

Ich mochte etwa ein Jahr lang in der Universitätsstadt gewesen sein, als ich durch einen Brief meines Vaters die Nachricht von Anne Lenes Verlobung mit einem jungen Edelmann erhielt. Er teilte mir die Sache mit, ohne ein Wort der Billigung oder Mißbilligung von seiner Seite hinzuzufügen. – Der Bräutigam war mir wohlbekannt; seine Familie stammte aus unserer Stadt, und er selbst hatte sich kurz vor meiner Abreise wegen einer Erbschaftsangelegenheit dort aufgehalten. Da er sich meines Vaters als Geschäftsbeistandes bediente und keine weiteren Bekanntschaften in der Stadt hatte, so war er in unserem Hause ein oft gesehener Gast geworden. – Mir waren die blanken braunen Augen dieses Menschen vom ersten Augenblick an zuwider gewesen; und auch jetzt noch schienen sie mir nichts Gutes zu versprechen. Doch sagte ich mir selbst, daß diese Meinung keine unparteiische sei. Ich war von dem Herrn Kammerjunker als ein junger bürgerlicher Mensch von vornherein mit einer mir sehr empfindlichen Oberflächlichkeit behandelt worden; er hatte in meiner Gegenwart in der Regel getan, als ob ich gar nicht vorhanden sei; was aber das Schlimmste war, ich hatte zu bemerken geglaubt, daß er meiner jungen Freundin nicht in gleichem Grade wie mir mißfallen wollte.

Obgleich die seit meiner Knabenzeit in mir keimende Neigung für Anne Lene, da sie keine Erwiderung gefunden, niemals zur Entfaltung gekommen war, so wurde ich doch jetzt durch die Nachricht ihrer Verbindung mit einem mir so verhaßten Manne auf das heftigste erschüttert und, ich darf wohl sagen, beunruhigt. Meine Phantasie ließ nicht nach, mir die kleinsten Züge seines Wesens wieder und wieder vor Augen zu führen; und besonders mußte ich mich eines übrigens geringfügigen Vorfalles erinnern, der mich gegen die Natur dieses Menschen in völligen Widerspruch setzte.

Es war im Spätsommer; unsere Familie saß in der Ligusterlaube beim Nachmittagskaffee, wozu außer dem alten Syndikus auch der Kammerjunker sich eingefunden hatte. Die Herren mochten, ehe ich hinzukam, geschäftliche Sachen erörtert haben; denn das alte Porzellanschreibzeug meines Vaters stand neben dem übrigen Geschirr auf dem Tische. Anne Lene ging in stiller Geschäftigkeit ab und zu; bald um im Hause die Bunzlauer Kanne aufs neue zu füllen, bald um die Wachskerze für die Tonpfeife des Syndikus anzuzünden, die über dem Plaudern immer wieder ausging. Das Gespräch der beiden älteren Herren hatte sich mittlerweile auf städtische Angelegenheiten gewandt, welche für den Fremden wenig Interesse boten. Er hatte die Arme vor sich auf den Tisch gestreckt und schien seinen eigenen Gedanken nachzugehen; nur wenn draußen zwischen den sonnigen Beeten das Kleid des jungen Mädchens sichtbar wurde, hob er die Augenlider und sah nach ihr hinüber. Es war in diesem lässigen Anschauen etwas, das mich in einen ohnmächtigen Zorn versetzte; zumal als ich sah, wie Anne Lene die Augen niederschlug und sich, wie um Schutz zu suchen, an meiner Mutter Seite auf das äußerste Ende der Bank setzte. Der Kammerjunker, ohne sie weiter zu beachten, haschte eine Mücke, die eben an ihm vorüberflog. Ich sah, wie er sie an den Flügeln sorgsam zwischen seinen Fingern hielt; wie er den Kopf herabneigte und die hülflosen Bewegungen des Geschöpfes mit Aufmerksamkeit zu betrachten schien. Nach einer Weile nahm er die neben ihm liegende Schreibfeder, tauchte sie in das Dintenfaß und begann nun nacheinander Kopf und Brustschild seines kleinen Opfers in langsamen Zügen damit zu bestreichen. Bald aber änderte er sein Verfahren; er zog die Feder zurück und führte sie wie zum Stoße wiederholt gegen die Brust der Kreatur, welche mit den feinen Füßen die auf sie eindringende Spitze vergebens abzuwehren strebte. Seine blanken Augen waren ganz in dies Geschäft vertieft. Endlich aber schien er dessen überdrüssig zu werden; er durchstach das Tier und ließ es vor sich auf den Tisch fallen, indem er zugleich eine Frage meines Vaters beantwortete, die seine Aufmerksamkeit erregt haben mochte. – Ich hatte wie gebannt diesem Vorgange zugesehen, und Anne Lene schien es ebenso ergangen; denn ich hörte sie aufatmen, wie jemand, der von einem auf ihm lastenden Druck mit einem Male befreit wird.

Einige Tage darauf vermißten wir Anne Lene bei der Mittagstafel, was sonst niemals zu geschehen pflegte. – Als ich, um sie zu suchen, in den Garten trat, begegnete mir der Kammerjunker, der wie gewöhnlich mit einem halben Kopfnicken an mir vorbeipassierte. Da ich Anne Lene nicht gewahrte, so ging ich in den untern Teil des Gartens, in welchem mein Vater eine kleine Baumschule angelegt hatte. Hier stand sie mit dem Rücken an einen jungen Apfelbaum gelehnt. Sie schien ganz einem innern Erlebnis zugewendet; denn ihre Augen starrten unbeweglich vor sich hin, und ihre kleinen Hände lagen fest geschlossen auf der Brust. Ich fragte sie: »Was ist denn dir begegnet, Anne Lene?« Aber sie sah nicht auf; sie ließ die Arme sinken und sagte: »Nichts, Marx; was sollte mir begegnet sein?« Zufällig aber hatte ich bemerkt, daß die Krone des kleinen Baumes wie von einem Pulsschlage in gleichmäßigen Pausen erschüttert wurde, und es überkam mich eine Ahndung dessen, was hier geschehen sein könne; zugleich ein Reiz, Anne Lene fühlen zu lassen, daß sie mich nicht zu täuschen vermöge. Ich zeigte mit dem Finger in den Baum und sagte: »Sieh nur, wie dir das Herz klopft!«

Diese Vorfälle, welche damals bei der kurz danach erfolgten Abreise des Kammerjunkers bald von mir vergessen waren, ließen nun nicht ab, mich zu beunruhigen, bis sie endlich von den Leiden und Freuden des Studentenlebens aufs neue in den Hintergrund gedrängt wurden.

Ich habe nicht von mir zu reden.

Etwa zwei Jahre später um Ostern kehrte ich als junger Doctor promotus in die Heimat zurück. Schon vorher hatte man mir geschrieben, daß das fortdauernde Sinken der Landpreise den Verkauf des Staatshofes nötig machen werde, und daß Anne Lene aus einer immerhin noch reichen Erbin wahrscheinlich ein armes Mädchen geworden sei. Nun erfuhr ich noch dazu, daß auch ihre Verlobung sich aufzulösen scheine. Die Briefe des Bräutigams waren allmählich seltener geworden und seit einiger Zeit ganz ausgeblieben. Anne Lene hatte das ohne Klage ertragen; aber ihre Gesundheit hatte gelitten, und sie befand sich gegenwärtig schon seit einigen Wochen zu ihrer Erholung draußen auf dem Staatshof, wo man eins der kleineren Zimmer in dem oberen Stockwerk für sie in Stand gesetzt hatte.

Obwohl ich seit ihrem Brautstande nicht an sie geschrieben, so konnte ich doch nicht unterlassen, noch am Tage meiner Ankunft zu ihr hinauszugehen. – Es war schon spät nachmittags, als ich den Staatshof erreichte. Die alte Wieb fand ich draußen auf dem Wege an einem Heck stehend, von wo ein Fußsteig über die Fennen nach dem Deiche zu führte. Sie hatte mich nicht kommen sehen, da sie den Rücken gegen den Weg kehrte, und als ich unvermerkt ihre harte Hand erfaßte, vermochte sie mich erst nicht zu erkennen. Bald aber trat ein Ausdruck der Freude in das alte Gesicht, und sie sagte: »Gott sei Dank, daß du da bist, Marx! So eine treue Seele tut uns grade not!«

»Wo ist Anne Lene?« fragte ich. Die Alte zeigte mit der Hand ins Land hinaus und sagte bekümmert: »Da geht sie wieder in der Abendluft!«

Etwa auf dem halben Wege nach dem Haffdeiche, der hier nördlich von dem Hofe die Landschaft gegen das Meer hin abschließt, sah ich eine weibliche Gestalt über die Fennen gehen. »Setz nur den Kessel ans Feuer, Wieb«, sagte ich, »ich will sie holen, wir kommen bald zurück.« – Nach einer Weile hatte ich Anne Lene erreicht. Als ich ihren Namen rief, stand sie still und wandte den Kopf nach mir zurück. Ich fühlte plötzlich, wie viel von ihrem Bilde in meiner Erinnerung erloschen sei. So lieblich hatte ich sie mir gar nicht gedacht; und doch war sie dieselbe noch; nur ihre Augen schienen dunkler geworden, und die Linien des zarten Profils waren ein wenig schärfer gezogen als vor Jahren. Ich faßte ihre beiden Hände. »Liebe Anne Lene«, sagte ich, »ich bin eben angekommen; ich wollte dich noch heute sehen!«

»Ich danke dir, Marx«, erwiderte sie, »ich wußte, daß du dieser Tage kommen würdest.« – Aber ihre Gedanken schienen nicht bei diesem Willkommen zu sein; denn sie wandte die Augen sogleich wieder von mir ab und begann auf dem Fußsteige weiterzugehen. »Begleite mich noch ein wenig«, fuhr sie fort, »wir gehen dann zusammen nach dem Hof zurück.«

»Aber es wird kalt, Anne Lene!«

»O, es ist nicht so kalt«, sagte sie, indem sie das große Schaltuch fester um die Schultern zog. – So gingen wir denn weiter. Ich suchte allerlei Gespräch; aber keines wollte gelingen. Es wurde schon abendlich; ein feuchter Nordwest wehte vom Meer über die Landschaft, und vor uns auf dem Haffdeich sah man gegen den braunen Abendhimmel einzelne Fuhrwerke wie Schattenspiel vorbeipassieren. Nach einer Weile bemerkte ich einen Mann an der Seite des Deiches herabsteigen und uns auf dem Fußwege entgegengehen. Es war der Postbote, der zweimal in der Woche für die Hofbesitzer die Briefe aus der Stadt holte. Ich fühlte, wie Anne Lene ihren Schritt beeilte, da er in unsere Nähe kam. »Hast du etwas für mich, Carsten?« fragte sie und suchte dabei in ihrer Stimme vergebens eine innere Unruhe zu verbergen.

Der Bote blätterte in seiner Ledertasche zwischen den Briefen umher. »Für dieses Mal nicht, liebe Mamsell!« sagte er endlich mit einer verlegenen Freundlichkeit, indem er die aufgehobene Klappe wieder über seine Tasche fallen ließ. Er mochte ihr diese Antwort schon oft gegeben haben. Anne Lene schwieg einen Augenblick. »Es ist gut, Carsten«, sagte sie dann, »du kannst erst mit uns gehen und Abendbrot essen.« – Sie schien das Ziel ihrer Wanderung erreicht zu haben; denn sie kehrte bei diesen Worten um, und wir gingen mit dem Boten nach dem Hofe zurück. Die Dämmerung war schon stark hereingebrochen. Von dem Ackerstück, an welchem wir vorüberkamen, vernahm man die kurzen Laute der Brachvögel, die unsichtbar in den Furchen lagen; mitunter flog ein Kiebitz schreiend vor uns auf, und auf den Weiden stand das Vieh in dunkeln unkenntlichen Massen beisammen. – Wir hatten auf dem Rückwege, als geschehe es im Einverständnis, kein Wort miteinander gewechselt; als wir schon fast im Dunkeln auf der Werfte angelangt waren, ergriff Anne Lene meine Hand. »Gute Nacht, Marx«, sagte sie, »verzeihe mir; ich bin müde, ich muß schlafen; nicht wahr, du kommst recht bald einmal wieder zu uns heraus!« Mit diesen Worten trat sie in die Haustür, und bald hörte ich, wie sie die Treppe nach ihrem Zimmer hinaufging.

Ich begab mich zu den alten Hofleuten, die in Gesellschaft des Boten am warmen Ofen bei ihrem Abendtee saßen. Wieb entfernte sich einen Augenblick, um Anne Lene ein Licht hinaufzubringen; dann nötigte sie mich, an ihrer Mahlzeit teilzunehmen, und ich mußte erzählen und mir erzählen lassen. Darüber war es spät geworden, so daß ich nicht mehr zur Stadt zurückgehen mochte. Ich bat meine alte Freundin, mir eine Streu in ihrer Stube aufzuschütten, und schlenderte, während dies geschah, in den Garten hinaus. Da ich in das Boskett an der nördlichen Seite kam, bemerkte ich, daß Anne Lene noch Licht in ihrem Zimmer habe. Ich lehnte mich an einen Baum und blickte hinauf. Es schien alles still darinnen. Plötzlich aber entstand hinter den Fenstern eine starke Helligkeit, die eine Zeitlang in die kahlen Büsche des Gartens hinausleuchtete und dann allmählich wieder verschwand. Mich überkam, während ich so im Dunkeln stand, eine unbestimmte Besorgnis, und ohne mich lange zu bedenken, ging ich durch die Hintertür ins Haus und die Treppe nach Anne Lenes Zimmer hinauf.

Die Türe war nur angelehnt. Anne Lene saß an einem Tischchen mit den Füßen gegen den Ofen, in welchem ein helles Feuer brannte. Unter der Schnur eines Päckchens, das auf ihrem Schoße lag, zog sie einen Brief hervor; sie entfaltete ihn und schien aufmerksam darin zu lesen. Nach einer Weile bewegte sie die Hand ein wenig, so daß das Papier von der Flamme des neben ihr auf dem Tische stehenden Lichtes ergriffen wurde. Ihr Gesicht trug dabei einen solchen Ausdruck von Trostlosigkeit, daß ich unwillkürlich ausrief: »Anne Lene, was treibst du da?«

Sie blieb ruhig sitzen, ohne sich nach mir umzuwenden, und ließ den Brief in ihrer Hand verbrennen.

»Sie sind kalt«, sagte sie, »sie sollen heiß werden!«

Ich war mittlerweile ins Zimmer getreten und hatte mich neben ihren Stuhl gestellt. Plötzlich, wie von einem raschen Entschluß getrieben, stand sie auf und legte beide Hände fest um meinen Hals; sie wollte zu mir sprechen, aber ihre Tränen brachen unaufhaltsam hervor, und so drückte sie den Kopf gegen meine Brust und weinte eine lange Zeit, in welcher ich nichts tun konnte, als sie still in meinen Armen halten. »Nein, Marx«, sagte sie endlich und mühte sich, ihrer Stimme einen festeren Klang zu geben, »ich verspreche es dir, ich will nicht länger auf ihn warten.«

»Hast du ihn denn so sehr geliebt, Anne Lene?«

Sie richtete sich auf und sah mich an, als müsse sie erst nachsinnen über diese Frage. Dann sagte sie langsam: »Ich weiß es nicht – das ist auch einerlei.«

Ich blieb noch eine Weile bei ihr, und allmählich wurde sie ruhiger. Sie versprach mir, Mut zu fassen, mir und unserer Mutter zuliebe; sie wollte arbeiten, sie wollte in der kleinen Wirtschaft der alten Wieb die Anfänge des Landhaushaltes lernen, damit sie einmal als Wirtschafterin ihr Brot verdienen könne. Sie sah dabei fast mitleidig auf ihre kleinen Hände, deren Schönheit sie der Not des Lebens opfern wollte. Nur zur Rückkehr nach der Stadt vermochte ich sie nicht zu bewegen. »Nein, nicht unter Menschen!« sagte sie und sah mich bittend an, »laß mich hier, Marx, so lange es mir noch gestattet ist; aber komm oft einmal heraus zu uns!«

So verließ ich sie an diesem Abend; aber ich ging von nun an häufig den Weg über die Fennen nach dem Staatshof. – Anne Lene schien ihr Versprechen halten zu wollen; ich fand sie mehrere Male beim Sahnen in der Milchkammer oder am Butterfasse, wo sie abwechselnd mit der alten Wieb den Stempel führte; ja, sie ließ es sich nicht nehmen, die Butter zum Kneten in die Mulde zu tun, ganz wie sie es von ihrer alten Wärterin gesehen hatte; sie schien es auch nicht zu merken, daß diese hinterher ganz im geheim die letzte Hand an ihre Arbeit legte. Allein man fühlte leicht, daß die Teilnahme an diesen Dingen nur eine äußerliche war; eine Anstrengung, von der sie bald in der Einsamkeit ausruhen mußte.

Es war schon in der heißen Sommerzeit, als einige junge Leute aus unserer Stadt mit ihren Schwestern und Bekannten eine Landpartie nach dem Staatshofe hinaus zu machen wünschten. Man bat mich um meine Vermittlung bei Anne Lene; und mit einiger Mühe erhielt ich ihre Einwilligung. – So waren denn eines Sonntagsnachmittags die verwilderten Gänge des Gartens wieder einmal von geputzten Leuten belebt, und man sah zwischen den Büschen die weißen Kleider und die bunten Schärpen der Mädchen. Die alte Wieb mußte den großen Kaffeekessel hervorsuchen; dann wurden die mitgebrachten Körbe ausgepackt und alles vor der Haustür dem Garten gegenüber serviert. Als der Kaffee vorüber war, stiegen die besten Kletterer unter uns in den Gipfel der beiden alten Linden, die zu den Seiten des Hoftores standen, indem jeder das Ende eines ungeheueren Taues mit sich hinaufnahm. Bald war zwischen den höchsten Ästen eine Schaukel festgeknüpft, und die Mädchen wurden eingeladen, sich hineinzusetzen. »Komm, Anne Lene«, rief ein junger robust aussehender Mensch, indem er fast mitleidig auf ihre feine Gestalt herabsah, »setz dich hinein; ich will dir einmal eine ordentliche Motion machen!«

Anne Lene bedankte sich, aber ein munteres schwarzäugiges Mädchen ließ sich williger finden; und bald schwenkte Claus Peters die Schaukel, bis die kleine Juliane wie ein Vogel zwischen den Zweigen saß und endlich flehentlich um Gnade schrie. – Claus Peters war der Sohn eines reichen Brauers, und es hieß, sein Vater werde ihm den Staatshof kaufen, sobald er zum Aufstrich komme, und ihm eine glänzende Wirtschaft einrichten. Auch schien er in seinen Gedanken sich schon als den künftigen Besitzer zu betrachten; denn, als wir später in Begleitung des Hofmanns zwischen den Baulichkeiten umhergingen, fand er überall etwas zu tadeln und sprach von den Verbesserungen, die hier vorgenommen werden müßten, während der alte Marten mit einem mißvergnügten Brummen nebenherging.

Es war allmählich spät geworden. Als wir von unserer Umschau zurückkehrten, fanden wir die Mädchen vor der Haustüre versammelt und Anne Lene unter ihnen.

Zwei derselben hatten ihre Hände gefaßt, als könnte sie nur mit zärtlicher Gewalt hier zurückgehalten werden. »Ja, wenn wir Musik hätten!« sagte die eine. – »Musik!« rief Peters, indem er an den dicken Goldberlocks seine Uhr aus der Tasche zog. »Ihr sollt bald Musik haben; in einer halben Stunde bin ich wieder da!«

Er war zu Pferde herausgekommen und rief nun ins Haus nach dem Hofmann. »Bring mir den Braunen, Marten; aber brauch deine Beine!« Der Alte knurrte etwas vor sich hin, aber er tat doch, wie ihm geheißen, und bald ritt Peters im Galopp zum Tore hinaus. Wir andern gingen ins Haus und besichtigten oben den Tanzsaal. Es kam uns eine dumpfe Luft entgegen, als wir die Tür des alten Prunkgemaches geöffnet hatten.

Die goldgeblümten Tapeten waren von der Feuchtigkeit gelöst und hingen teilweise zerrissen an den Wänden; überall stachen noch die Stellen hervor, wo vor Zeiten die Familienportraits gehangen hatten. Wir gingen wieder hinab und trugen einen Tisch und einige Gartenbänke in das leere Zimmer;

dann öffneten wir die Fenster, durch welche es von den draußen stehenden Bäumen schon herein zu dunkeln begann, und die Mädchen umfaßten sich und tanzten miteinander. »Wartet!« rief ich, »wir wollen einen Kronleuchter machen!« Denn oben an der Zimmerdecke gewahrte ich noch die Krampe, an der einst die Kristallkrone über der Festtafel des Hauses gehangen hatte. Bald waren zwei Holzleisten aufgefunden und kreuzweis übereinander genagelt.

Anne Lene ging mit den Mädchen in den Garten hinab; und aus dem Fenster sah ich, wie sie die Blumen von den Jasminbüschen und von den rotblühenden Himbeersträuchen brachen. »Pflückt nur«, sagte Anne Lene, als eins der Mädchen fragend zu ihr umschaute, »es blüht hier doch für sich allein.« Aber sie selber stand nur dabei; sie pflückte nichts. – Nach einer Weile kamen alle wieder herauf und machten sich daran, meinen Kronleuchter eins ums andere mit weißen und roten Blüten zu bewinden; dann, nachdem an jedem Ende eine Kerze befestigt und angezündet war, wurde das Kunstwerk aufgehangen. Die wenigen Lichter konnten den weiten Raum nicht erhellen; aber draußen war schon der Mond aufgegangen und schien durch die Fenster, und es war anmutig, wie die Blumenleuchte mitten in dem öden Zimmer schwebte und wie der Duft erregt wurde, wenn die Mädchen unten durch tanzten. Plötzlich hörten wir ein Pferd auftraben und einen lauten Peitschenknall.

»Da kommt die Musik!« hieß es; und alle drängten an die Fenster. – Draußen unter den Bäumen hielt Peters; eine kleine dürre Gestalt klebte hinter ihm auf dem Pferde, Geige und Bogen in der Hand.

Bei näherem Hinschauen erkannte ich wohl, daß es der alte Drees-Schneider war, ein vielgewandtes Männchen, das bald mit der Nadel, bald mit dem Fiedelbogen für seinen Unterhalt sorgte, und den die harte Zeit gelehrt hatte, sich manchen derben Spaß gefallen zu lassen. – »Nun, Drees, spiel eins auf!« rief Peters. »Mach dein Kompliment vor den Damen!« Aber sowie der Alte die Hand vom Sattel ließ und seine Geige unters Kinn stützte, rührte Peters das Pferd mit den Sporen, daß es ausschlug; und der Alte schwankte und griff wieder hastig nach dem Sattel. Anne Lene stand vor mir; ich sah in der schwachen Beleuchtung, wie die Röte ihr in die Schläfen hinaufstieg.

»Drees«, rief sie, »komm herab, Drees!« – Der Alte machte Anstalt hinabzuklimmen; aber der Reiter lachte und gab seinem Pferde die Sporen. »Marten«, sagte Anne Lene zu dem Hofmann, der mit seiner alten Frau vor der Tür stand, »halte das Pferd, Marten!« – »Oho, Anne Lene!« rief Peters; allein er machte doch keinen Versuch, seine Späße fortzusetzen; und ließ es geschehen, daß Marten dem alten Drees herunterhalf.

Gleich darauf waren alle oben im Saal, und nachdem Peters dem alten Musikanten seine Angst durch einige Gläser Wein vergütet hatte, setzte dieser sich auf ein kleines Faß und begann seine Stücke aufzustreichen. Die Paare traten an, und bald wurde unsere Blumenleuchte vom Wirbel der Tanzenden hin und her bewegt. Ich suchte Anne Lene, aber sie mußte unbemerkt hinausgegangen sein, und da für mich keine Tänzerin übrig geblieben war, so verließ ich ebenfalls den Saal, in der Meinung, sie unten bei den alten Hofleuten anzutreffen.

Als ich in das Gesindezimmer trat, sah ich indessen nur die alte Wieb, welche eifrig an ihrem Strickstrumpf arbeitete. Sie zog eine Nadel aus dem Brustlatz und störte damit in der Lampe, die den ziemlich großen Raum nur spärlich erhellte. Dann sah sie zu mir auf und sagte: »Ihr seid ja gewaltig lustig, Marx! Claus Peters spielt wohl schon den Herrn im Staatshof?«

»Er wird es bald genug sein«, antwortete ich, »das ist nicht mehr zu ändern!«

Die Alte schwieg eine Weile, und ihre Gedanken schienen sich von dem alten Besitztum der Familie zu dem letzten Nachkommen derselben hinzuwenden. »Marx«, sagte sie, indem sie den Strickstrumpf auf den Tisch legte, »warum bist du auch so lange fort gewesen?«

»Was hätte ich denn ändern können, Wieb?«

»Und die zwei langen Jahre! – Wenn nur der Unglücksmensch nicht gekommen wäre!« fuhr sie fort, wie zu sich selber redend. »Sie war dazumal noch die reiche Erbtochter; heißt das, sie war so in der Leute Mäuler; aber schon als die alte Frau in die Ewigkeit ging, ist nichts übrig gewesen als die schweren Hypotheken. Gott besser's! Nun soll gar der Hof verkauft werden. – Nicht meinetwegen, Marx, nicht meinetwegen; Marten und ich helfen uns schon durch, die übrigen paar Jahre.«

»Es ist wohl so am besten, Wieb«, sagte ich; »vielleicht bleibt noch ein Restchen übrig für Anne Lene, so daß sie nicht ganz verarmt ist.«

Die alte Frau wischte sich mit der Schürze über die Augen. »Es ist grausam«, sagte sie kopfschüttelnd, »so eine Familie!«

Von oben schallte das Scharren der Tanzenden; im anstoßenden Stalle hörte ich, wie täglich um diese Zeit, den Hofmann den Karren und die übrigen Geräte für die Nacht an ihren Platz bringen.

Als ich aufsah, stand Anne Lene in der Tür. Sie war blaß, aber sie nickte freundlich nach uns hin und sagte: »Willst du nicht tanzen, Marx? Ich bin oben gewesen; die kleine Juliane sucht dich mit ihren braunen Augen schon in allen Ecken!«

»Du scherzest, Anne Lene; was geht mich Juliane an?«

»Nein, nein, Marx! Nimm dich in acht; Claus Peters tanzt schon den zweiten Tanz mit ihr.«

»Aber Anne Lene!« – Ich trat zu ihr. »Willst du mit mir tanzen?«

»Weshalb denn nicht?«

»Aber eine Menuett, Anne Lene!«

»Eine Menuett, Marx! – Und«, fügte sie lächelnd hinzu, »nicht wahr, Freund Simon darf dabeisein?«

Als wir gehen wollten, faßte die Alte Anne Lenes Hand. »Kind«, sagte sie besorgt, »der Doktor hat's dir ja verboten!«

Aber Anne Lene erwiderte: »O, gute Wieb, es schadet nicht; ich weiß das besser als der Doktor!« Und mein Verlangen, mit ihr zu tanzen, war so groß, daß ich mir diese Versicherung gefallen ließ.

Als wir oben in den Saal getreten waren, ging ich in die Ecke zu dem kleinen Drees und bestellte eine Menuett. Er blätterte in seinen Büchern umher; aber er hatte den alten Tanz nicht mehr darin; wir mußten uns mit einem Walzer begnügen. Claus Peters trat an den Tisch, schenkte ihm das Glas voll und stieß mit ihm an. »Aufgespielt, Drees!« rief er, »aber kratze nicht so, es kommen feine Leute an den Tanz.«

Der Alte setzte sein Glas an den Mund. »Nun, Herr Peters«, sagte er, indem er den jungen Menschen mit seinen kleinen scharfen Augen ansah, »auf daß es uns wohl gehe auf unsern alten Tagen!«

»Weshalb sollte es uns nicht wohl gehen, Drees?« erwiderte Peters, indem er der kleinen Juliane die Hand bot und sich mit ihr an die Spitze der Tanzkolonne stellte.

Ich trat mit Anne Lene in die Reihe. Der Alte begann seine Geige zu streichen und nickte uns freundlich zu, als wir im Tanz an ihm vorüberkamen. – Ich glaube noch jetzt, daß er damals vortrefflich spielte; denn er war nicht ungeschickt in seiner Kunst, und eingedenk mancher kleinen Freundlichkeit, die er von uns empfangen, mochte er nun sein Bestes versuchen.

Wir hatten lange nicht zusammen getanzt, Anne Lene und ich. Aber es war nicht vergessen; ich fühlte bald, sie tanzte noch wie sonst. Es ging so leicht zwischen den übrigen Paaren hin; ihre Augen glänzten; sie lächelte, und ihr Mund war geöffnet, so daß die weißen Zähne hinter den feinen roten Lippen sichtbar wurden; ich glaubte es zu fühlen, wie Lebenswärme durch ihre jungen Glieder strömte. Bald sah ich nichts mehr von allem, was sich um uns her bewegte; ich war allein mit ihr; diese festen klingenden Geigenstreiche hatten uns von der Welt geschieden; sie lag verschollen, unerreichbar weit dahinter.

Dann pausierten wir. An dem offenen Fenster, wo wir standen, floß das Mondlicht mit dem dürftigen Kerzenschein zu einer unbestimmten Dämmerung zusammen. Anne Lene stand atmend neben mir, sie schien mir ungewöhnlich blaß. »Wollen wir aufhalten?« fragte ich sie.

»Weshalb, Marx? Es tanzt sich heut so schön!«

»Aber du verträgst es nicht!«

»O doch! – Was liegt daran!«

Wir tanzten schon wieder, als sie die letzten Worte sprach. Wir tanzten noch lange. Als aber Anne Lene mit der Hand nach dem Herzen griff und zitternd mit dem Atem rang, da bat ich sie, mit mir in den Garten hinabzugehen. Sie nickte freundlich, und wir gingen aus dem Saal nach ihrem Zimmer, um ein Umschlagetuch für sie zu holen. – Ich fühlte wohl damals schon, daß die Sorge um Anne Lenes Gesundheit mich nicht allein zu jener Bitte veranlaßt hatte; denn als wir die Treppe zu dem dunkeln Flur hinabstiegen, war mir, als wenn ich mit einem glücklich geraubten Schatz ins Freie flüchtete.

Mir ist aus jenen Stunden noch jeder kleine Umstand gegenwärtig; ich glaube noch durch die Fensterscheiben der altmodischen Haustüre das Mondlicht zu sehen, das draußen wie Schnee auf den Steinfliesen vor dem Hause lag; im Heraustreten hörten wir drinnen in der Gesindestube die alte Wieb den Schrank verschließen, in welchem sie das Brautlinnen ihres Lieblingskindes aufgespeichert hatte. – Es war eine laue Nacht; über unsern Köpfen surrten die Nachtschmetterlinge, die den erleuchteten Fenstern des oberen Stockwerks zuflogen; die Luft war ganz von jenem süßen Duft durchwürzt, den in der warmen Sommerzeit die wolligen Blütenkapseln der roten Himbeere auszuströmen pflegen. Anne Lene knüpfte ihr Schnupftuch um den Kopf; dann gingen wir, wie wir es oft getan, um die Ecke des Hauses und über die Werfte nach dem Baumgarten zu. Wir sprachen nicht; ich wollte Anne Lene bitten, ihre Augen wieder nach der Welt zurückzuwenden und nicht mehr in den Schatten der Vergangenheit zu leben; aber das beunruhigende Bewußtsein einer eigennützigeren Bitte, die ich für günstigere Zeiten im Grunde meines Herzens zurückbehielt, raubte mir den Atem und ließ kein Wort über meine Lippen kommen. Das Herz klopfte mir so laut, daß ich immer fürchtete, es werde auch ohne Worte meine innersten Gedanken kund machen. Wir gingen durch die kleine Pforte in den Baumgarten hinein, zwischen die schimmernden Stämme der ungeheueren Silberpappeln, deren Laubkronen keinen Lichtstrahl durchließen. Die dürren Zweige, welche überall den Boden bedeckten, knickten unter unsern Füßen; und über uns, von dem Geräusche aufgestört, flogen die Raben von ihren Nestern und rauschten mit den Flügeln in den Blättern. Anne Lene ging schweigend und in sich verschlossen neben mir; ihre Gedanken mochten dort sein, von wo ich sie so sehnlich zurückzurufen wünschte. – So waren wir bis zur Graft hinabgekommen, welche auch hier die Grenze des eigentlichen Hofes bildete.

Zwischen den Bäumen, welche jenseit des Wassers standen, sah man wie durch einen dunkeln Rahmen in die weite mondhelle Landschaft hinaus, in welcher hie und da die einzelnen Gehöfte wie Nebelflecken aus der Ebene ragten. Es war so still, daß man nichts hörte als das Säuseln des Schilfs, das in den Gräben stand. »Sieh, Anne Lene«, sagte ich, »die Erde schläft; – wie schön sie ist!«

»Ja, Marx«, erwiderte sie leise, »und du bist noch so jung!«

»Bist du denn das nicht mehr?«

Sie schüttelte langsam den Kopf. »Komm«, sagte sie, »es ist hier feucht.« – Und wir gingen weiter durch eine verfallene Umzäunung in den seitwärts vom Hause liegenden Gemüsegarten und unten an dem Wasser entlang nach den Boskettpartien, die vor dem Hause lagen. Hier waren wir auf unserem alten Spielplatz; es waren noch dieselben Büsche, zwischen denen wir einst als Kinder in die Irre gegangen waren; nur hingen ihre Zweige noch tiefer in den Weg als damals. Wir gingen auf dem breiten Steige neben der Graft, die sich im

Schatten der Bäume breit und schwarz an unserer Seite hinzog. Man hörte das leise Rupfen des Viehes, welches jenseits der Fenne im Mondschein grasete, und drüben von der Rohrpflanzung her scholl das Zwitschern des Rohrsperlings, des kleinen wachen Nachtgesellen. Bald aber horchte ich nur dem Geräusch der kleinen Füße, die in einiger Entfernung so leicht vor mir dahinschritten.

In diese heimlichen Laute der Nacht drang plötzlich von der Gegend des Deiches her der gellende Ruf eines Seevogels, der hoch durch die Luft dahinfuhr. Da mein Ohr einmal geweckt war, so vernahm ich nun auch aus der Ferne das Branden der Wellen, die in der hellen Nacht sich draußen über der wüsten geheimnisvollen Tiefe wälzten und von der kommenden Flut dem Strande zugeworfen wurden. Ein Gefühl der Öde und Verlorenheit überfiel mich; fast ohne es zu wissen, stieß ich Anne Lenes Namen hervor und streckte beide Arme nach ihr aus.

»Marx, was ist dir?« rief sie und wandte sich nach mir um. »Hier bin ich ja!«

»Nichts, Anne Lene«, sagte ich, »aber gib mir deine Hand; ich hatte das Meer vergessen, da hörte ich es plötzlich!«

Wir standen auf einem freien Platze vor dem alten Gartenpavillon, dessen Türen offen in den zerbrochenen Angeln hingen. Der Mond schien auf Anne Lenes kleine Hand, die ruhig in der meinen lag. Ich hatte nie das Mondlicht auf einer Mädchenhand gesehen, und mich überschlich jener Schauer, der aus dem Verlangen nach Erdenlust und dem schmerzlichen Gefühl ihrer Vergänglichkeit so wunderbar gemischt ist. Unwillkürlich schloß ich die Hand des Mädchens heftig in die meine; doch mit der Scheu, die der Jugend eigen, sah ich in demselben Augenblick zu Boden. Als aber Anne Lene ihre Hand schweigend in der meinen ließ, wagte ich es endlich, zu ihr emporzusehen. Sie hatte ihr Gesicht zu mir gewandt und sah mich traurig an; mitleidig, ich weiß noch jetzt nicht, ob mit mir oder mit sich selbst. Dann entzog sie sich mir sanft und trat auf die Schwelle des Pavillons.

Ich sah durch die Lücken des Fußbodens das vom Mond beleuchtete Wasser glitzern und faßte Anne Lenes Kleid, um sie zurückzuhalten. »Sorge nicht, Marx!« sagte sie, indem sie hineintrat und ihre leichte Gestalt auf den losen Brettern wiegte. »Holz und Stein bricht nicht mit mir zusammen.« – Sie ging an das gegenüberliegende Fenster und sah eine Weile in die helle Nacht hinaus, dann hob sie mit der Hand ein Stück der alten Tapete empor, das neben ihr an der Wand herabhing, und betrachtete im Mondlicht die halb erloschenen Bilder. »Es hat ausgedient«, sagte sie, »die schönen Schäferpaare wollen sich auch empfehlen. Es mag ihnen doch allmählich aufgefallen sein, daß die sauberen, weiß toupierten Herren und Damen so eines nach dem andern ausgeblieben sind, mit denen sie einst zur Sommerzeit so muntere Gesellschaft hielten. – Einmal«, – und sie ließ die Stimme sinken, als rede sie im Traume – »einmal bin ich auch noch mit dabei gewesen; aber ich war noch ein kleines Kind, Wieb hat es mir oft nachher erzählt. – Nun fällt alles zusammen! Ich kann es nicht halten, Marx; sie haben mich ja ganz allein gelassen.«

Mir war, als dürfe sie so nicht weiter reden. »Laß uns ins Haus gehen«, sagte ich, »die andern werden bald zur Stadt zurück wollen.«

Sie hörte nicht auf mich; sie ließ die Arme an ihrem Kleide herabsinken und sagte langsam: »Er hat so unrecht nicht gehabt; – wer holt sich die Tochter aus einem solchen Hause!«

Ich fühlte, wie mir die Tränen in die Augen schossen. »O Anne Lene«, rief ich und trat auf die Stufen, die zu dem Pavillon hinanführten, »ich – ich hole sie! Gib mir die Hand, ich weiß den Weg zur Welt zurück!«

Aber Anne Lene beugte den Leib vor und machte mit den Armen eine hastige abwehrende Bewegung nach mir hin. »Nein«, rief sie, und es war eine Todesangst in ihrer Stimme, »du nicht, Marx; bleib! Es trägt uns beide nicht.«

Noch auf einen Augenblick sah ich die zarten Umrisse ihres lieben Antlitzes von einem Strahl des milden Lichts beleuchtet; dann aber geschah etwas und ging so schnell vorüber, daß mein Gedächtnis es nicht zu bewahren vermocht hat. Ein Brett des Fußbodens schlug in die Höhe; ich sah den Schein des weißen Gewandes, dann hörte ich es unter mir im Wasser rauschen. Ich riß die Augen auf; der Mond schien durch den leeren Raum. Ich wollte Anne Lene sehen, aber ich sah sie nicht. Mir war, als renne in meinem Kopfe etwas davon, das ich um jeden Preis wieder einholen müßte, wenn ich nicht wahnsinnig werden wollte. Aber während meine Gedanken diesem Unding nachjagten, hörte ich plötzlich vom Hause her die Tanzmusik. Das brachte mich zur Besinnung; ich stieß einen gellenden Schrei aus und sprang neben dem Pavillon hinab ins Wasser. Die Graft war tief; aber ich war kein ungeübter Schwimmer; ich tauchte unter, und meine Hände griffen zwischen dem schlüpfrigen Kraut umher, das auf dem Grunde wucherte. Ich öffnete die Augen und versuchte zu sehen; aber ich fühlte nur wie über mir ein trübes Leuchten. Meine Kleider, deren ich keins abgeworfen, zwangen mich, auf die Oberfläche zurückzukehren. Hier suchte ich wieder Atem zu gewinnen und wiederholte dann noch einmal meinen Versuch. – Es war vergebens. Bald stand ich wieder auf dem abschüssigen Uferrande und blickte ratlos über die Graft entlang. Da fühlte ich eine Hand sich schwer auf meine Schulter legen, und eine Stimme rief: »Marx, Marx, was macht ihr da? Wo ist das Kind?« Ich erkannte, daß es Wieb war. »Dort, dort!« schrie ich und streckte die Hände nach dem Graben zu. Die Alte faßte mich unter den Arm und zog mich gewaltsam an den Rand der Graft hinunter. Endlich brachte ich es heraus; und wir liefen an dem Wasser entlang, bis an die Laube in der Gartenecke, wo die großen alten Erlen ihre Zweige in die Flut hinabhängen lassen. Wir haben sie dann endlich auch gefunden; die Augen waren zu, und die kleine Hand war fest geschlossen.

Ich gab der alten Wieb einige Anordnungen zu dem, was jetzt geschehen mußte, dann zog ich den Braunen aus dem Stall und jagte nach der Stadt, um einen Arzt zu holen; denn ich traute meiner jungen Kunst in diesem Falle nicht. Wir waren bald zurück; aber die Schatten der Vergänglichkeit, die schon so früh in dieses junge Leben gefallen waren, ließen sie nun nicht mehr los.

Als wir einige Stunden später zur Stadt zurückkehrten, war die Marsch so feierlich und schweigend, und die Rufe der Vögel, die des Nachts am Meere fliegen, klangen aus so unermeßlicher Ferne, daß mein unerfahrenes Herz verzweifelte, jemals die Spur derjenigen wiederzufinden, die sich nun auch in diesen ungeheueren Raum verloren hatte.

Der jetzige Besitzer des Staatshofes ist Claus Peters. Er hat die alte Hauberg niederreißen lassen und ein modernes Wohnhaus an die Stelle gesetzt. Die Wirtschaftsgebäude liegen getrennt daneben. – Er hat recht gehabt, es geht ihm wohl; er liefert die größten Mastochsen zum Transport nach England, in seinen Zimmern stehen die kostbarsten Möbeln, und er und seine Juliane glänzen von Gesundheit und Wohlbehagen. Ich aber bin niemals wieder dort gewesen.

Im Schloß

Von der Dorfseite

Vom Kirchhof des Dorfes, ein Viertelstündchen hinauf durch den Tannenwald, dann lag es vor einem; zunächst der parkartige Garten von alten ungeheueren Lindenalleen eingefaßt, an deren einer Seite der Weg vom Dorf vorbeiführte; dahinter das große steinerne Herrenhaus, das nach vorn hinaus mit den Flügelgebäuden einen geräumigen Hof umfaßte. Es war früher das Jagdschloß eines reichsgräflichen Geschlechts gewesen; die lebensgroßen Familienbilder bedeckten noch jetzt die Wände des im oberen Stock gelegenen Rittersaales, wo sie vor einem halben Jahrhundert beim Verkaufe des Gutes mit Bewilligung des neuen Eigentümers vorläufig hängen geblieben und seitdem, wie es schien, vergessen waren. – Vor etwa zwanzig Jahren war das Gut, dessen wenig umfangreiche Ländereien zu den Baulichkeiten in keinem Verhältnis standen, in Besitz einer alten weißköpfigen Exzellenz, eines früheren Gesandten, gekommen. Er hatte zwei Kinder mitgebracht, ein blasses, etwa zehnjähriges Mädchen mit blauen Augen und glänzend schwarzen Haaren und einen noch sehr jungen kränklichen Knaben, welche beide der Obhut einer ältlichen Verwandten anvertraut waren. Später hatte sich noch ein alter Baron, ein Vetter des Gesandten, hinzugefunden, der einzige von der Schloßgesellschaft, der sich zuweilen unten im Dorfe blicken ließ und auch mit den Leuten im Felde mitunter einen kurzen Diskurs führte; denn im heißen Sommer oder an hellen Frühlingstagen pflegte er weit umher zu wandern, um allerhand Geziefer einzusammeln, das er dann in Schachteln und Gläsern mit nach Hause nahm. Selten einmal war auch das junge Fräulein bei ihm; sie trug dann wohl eine der leichteren Fanggerätschaften und ging eifrig redend an des Oheims Seite; aber um die Begegnenden kümmerte sie sich nicht weiter. Die kleine hagere Gestalt der alten Exzellenz hatte, außer beim sonntäglichen Gottesdienste in dem herrschaftlichen Kirchenstuhl, kaum jemand anders als vom Wege aus gesehen, wenn er in der breiten Lindenallee des Gartens auf und ab wandelte oder, stehenbleibend, das Moos auf dem Steige mit seinem Rohrstocke losstieß. Den scheuen Gruß der vorübergehenden Bauern pflegte er wohl mit einer leichten Handbewegung zu erwidern; was er sonst mit ihnen zu schaffen hatte, wurde von dem Verwalter abgetan, dem die Bewirtschaftung des kleinen Gutes überlassen war.

Nach Jahren wurde diese Hausgenossenschaft noch durch einen Lehrer des kleinen Barons vermehrt. Die Leute im Dorf erinnerten sich seiner noch sehr wohl; er war aus der Umgegend und stammte auch von Bauern her. Man hatte ihn oft mit dem alten Baron gesehen, und das Fräulein, damals schon eine junge Dame, war mitunter auch in ihrer Gesellschaft gewesen. Man erzählte sich noch, wie er mit dem alten Herrn in den Tannen einen Dohnenstieg angelegt; aber das Fräulein sei meist schon vor ihnen dagewesen und habe die Drosseln, die sich lebendig in den Schlingen gefangen, heimlich wieder fliegen lassen. Einmal auch hatte der junge freundliche Herr den kleinen verkrüppelten Knaben auf dem Arm durch das Tannicht getragen; denn mit dem Rollstühlchen war auf dem schmalen Steige nicht fortzukommen gewesen, und das Kind hatte die gefangenen Vögel selbst aus den Dohnen nehmen können.

Bald aber war es wieder einsamer geworden; der arme Knabe war gestorben und der Hauslehrer fortgegangen. Schon früher hatte man im Dorfe von den Gutsnachbarn oder aus der Stadt drüben nur vereinzelt einen Besuch den Weg nach dem Schlosse fahren sehen; jetzt kam fast niemand mehr; auch die alte Exzellenz sah man immer seltener in der breiten Allee des Gartens wandeln.

Nur noch einmal, im Herbste des folgenden Jahres, war es droben auf einige Tage wieder lebendig geworden; als die Hochzeit des jungen Fräuleins gefeiert wurde. Unten in der

Dorfkirche war die Trauung gewesen. Seit lange hatte man dort so viele vornehme Leute nicht gesehen; aber die hagere Gestalt des Bräutigams mit dem dünnen Haar und den vielen Orden wollte den Leuten nicht gefallen; auch die Braut, als sie von der alten Exzellenz an die mit Teppichen belegten Altarstufen geführt wurde, hatte in dem langen weißen Schleier, mit den dicht zusammenstehenden schwarzen Augenbrauen ganz totenhaft ausgesehen; was aber das Schlimmste war, sie hatte nicht geweint, wie es doch den Bräuten ziemt. Der alte Baron, der in sich zusammengesunken in dem herrschaftlichen Stuhl gesessen und mit trübseligen Augen auf die Braut geblickt hatte, war nach Beendigung der Zeremonie allein und heimlich seitwärts über die Felder gegangen. – –

Am darauffolgenden Nachmittag hielt der Wagen mit den Neuvermählten eine kurze Zeit in der Durchfahrt des Dorfkruges; und die Leute standen umher und besahen sich das Wappen auf dem Kutschenschlage, einen Eberkopf im blauen Felde. Der hagere vornehme Mann war ausgestiegen und brachte der jungen Frau eigenhändig ein Glas Wasser an den Wagen; von dieser selbst war wenig zu sehen; sie saß im Dunkel des Fonds schweigend in ihre Mäntel gehüllt.

Der Wagen fuhr davon, und seitdem vergingen Jahre, ohne daß man von dem Fräulein wieder etwas hörte. Nur dem Prediger hatte einmal der alte Baron erzählt, daß ein Knabe, den sie im zweiten Jahre der Ehe geboren, von einer Kinderepidemie dahingerafft sei; und später dann, als die alte Exzellenz gestorben und abends bei Fackelschein auf dem Kirchhof hinter den Tannen zur Erde gebracht wurde, sollte sie nachts auf dem Schlosse gewesen sein; aber von den Leuten im Dorfe hatte niemand sie gesehen. – Bald darauf verließ auch der alte Baron mit seinen Sammlungen und Büchern das Schloß, wie es hieß, um bei einem andern Vetter seine harmlosen Studien fortzusetzen.

Einen Sommer lang wohnte niemand in dem steinernen Hause, und das Gras wuchs ungestört auf den breiten Steigen der Gartenallee.

Da, eines Nachmittags, es mochte jetzt ein Jahr vergangen sein, hielt wiederum der Wagen mit dem Eberkopf in dem Wirtshause des Dorfes. Die junge Frau saß darin, das einstige Fräulein vom Schloß; sie sprach freundlich zu den Leuten, erzählte ihnen, daß sie ihr Gut jetzt selbst bewirtschaften und bewohnen werde, und bat um treue Nachbarschaft. Aber froh sah sie nicht aus, auch nicht ganz jung mehr, obwohl sie kaum mehr als fünfundzwanzig Jahre zählen mochte.

Die Leute wußten sich keinen Vers daraus zu machen; bald aber kam das Gerücht über Stadt und Land und auch in die Gaststube des Dorfkruges. Das in der Kirche drüben geschlossene vornehme Ehebündnis war nicht zum Guten ausgeschlagen. Die junge Frau sollte in der Residenz, wo ihr Gemahl eine Hofcharge bekleidete, eine Liebschaft mit einem jungen Professor gehabt haben. Einige hatten sogar gehört, es sei der ihnen wohlbekannte Hauslehrer des verstorbenen kleinen Junkers. Die Dame, hieß es, sei so etwas wie verbannt und dürfe nicht in die Residenz zurückkehren. Dann noch ein anderes, was aufs neue die müßigen Ohren reizte: der zweifelhafte Ursprung jenes unlängst begrabenen Kindes sollte zu der Trennung des Ehepaars die nächste Veranlassung gegeben haben. Das Gerücht war von allem unterrichtet, von dem, was geschehen, und noch mehr von dem, was nicht geschehen war.

Währenddessen hauste die Baronin droben in dem alten Schlosse, in großer Einsamkeit; denn niemals sah man aus der Stadt oder von den benachbarten Adelsfamilien einen Wagen an dem Tannicht hinauffahren. Wie der Schullehrer sagte, hatte sie sich Bücher aus der Stadt kommen lassen, in denen sie die Landwirtschaft studierte; auch mit den Dorfleuten, wenn sie solche auf ihren täglichen Spaziergängen traf, führte sie gern derartige Gespräche. Ja, man hatte sie am heißen Juninachmittage gesehen, wie sie auf einem Acker die Steine in ihre seidene Schürze sammelte und auf die Seite trug, begleitet von einem großen schwarzen Sankt-Bernhards-Hunde, der nie von ihrer Seite wich.

Sie mochte sich indessen doch der übernommenen Aufgabe nicht ganz gewachsen fühlen; denn vor etwa einem Vierteljahr war ein Verwalter angelangt; aber es war ein junger vornehmer Herr, für den der Vater längst ein mehr als doppelt so großes Gut in Bereitschaft hatte. Die Bauern konnten nicht begreifen, was der in der kleinen Wirtschaft profitieren wolle, zumal sie es bald heraushatten, daß er seine Sache aus dem Fundament verstehe; der Schulmeister meinte freilich, es sei ein weitläufiger Vetter der Baronin; allein der Förster wollte die Anwesenheit des jungen Herrn nicht als verwandtschaftliche Hülfeleistung gelten lassen. Er kniff die Augen ein und sagte geheimnisvoll: »Was einmal in der Stadt geschehen – – nun, Gevatter, Ihr seid ja ein Schulmeister, macht Euch den Satz selber zu Ende!«

Im Schloß

An dem linken Ende der Front neben dem stumpfen Eckturm führte eine schwere Tür ins Haus. Rechts hinab, an der gegenüberliegenden breiten Treppenflucht vorbei, auf welcher man in das obere Stockwerk gelangte, zog sich ein langer Korridor mit nackten weißen Wänden. Den hohen Fenstern gegenüber, welche auf den geräumigen Steinhof hinaussahen, lag eine Reihe von Zimmern, deren Türen jetzt verschlossen waren. Nur das letzte wurde noch bewohnt. Es war ein mäßig großes, düsteres Gemach; das einzige Fenster, welches nach der Gartenseite hinaus lag, war mit dunkelgrünen Gardinen von schwerem Wollenstoffe halb verhangen. In der tiefen Fensternische stand eine schlanke Frau in schwarzem Seidenkleide. Während sie mit der einen Hand den Schildpattkamm fester in die schwere Flechte ihres schwarzen Haares drückte, lehnte sie mit der Stirn an eine Glasscheibe und schaute wie träumend in den Septembernachmittag hinaus. Vor dem Fenster lag ein etwa zwanzig Schritte breiter Steinhof, welcher den Garten von dem Hause trennte. Ihre tiefblauen Augen, über denen sich ein Paar dunkle, dicht zusammenstehende Brauen wölbten, ruhten eine Weile auf den kolossalen Sandsteinvasen, welche ihr gegenüber auf den Säulen des Gartentores standen. Zwischen den steinernen Rosengirlanden, womit sie umwunden waren, ragten Federn und Strohhalme hervor. Ein Sperling, der darin sein Nest gebaut haben mochte, hüpfte heraus und setzte sich auf eine Stange des eisernen Gittertors; bald aber breitete er die Flügel aus und flog den schattigen Steig entlang, der zwischen hohen Hagebuchenwänden in den Garten hinabführte. Hundert Schritte etwa von dem Tore wurde dieser Laubgang durch einen weiten sonnigen Platz unterbrochen, in dessen Mitte zwischen wuchernden Astern und Reseda die Trümmer einer Sonnenuhr auf einem kleinen Postamente sichtbar waren. Die Augen der Frau folgten dem Vogel; sie sah ihn eine Weile auf dem metallenen Weiser ruhen; dann sah sie ihn auffliegen und in dem Schatten des dahinterliegenden Laubganges verschwinden.

Mit leichtem Schritt, daß nur kaum die Seide ihres Kleides rauschte, trat sie ins Zimmer zurück, und nachdem sie auf einem Schreibtische einige beschriebene Blätter geordnet und weggeschlossen hatte, nahm sie einen Strohhut von dem an der Wand stehenden Flügel und wandte sich nach der Tür. Von einem Teppich neben dem Kamin erhob sich ein schwarzer St.-Bernhards-Hund und drängte sich neben ihr auf den Korridor hinaus. Während sie wie im stillen Einverständnis ihre Hand auf dem schönen Kopf des Tieres ruhen ließ, erreichten beide eine Tür, welche unterhalb der großen Haupttreppe in den schmalen Hof hinausführte. Sie gingen über die mit Gras durchwachsenen Steine und durch das dem Fenster des Wohnzimmers gegenüberliegende Gittertor in den breiten Gartensteig hinab.

Die Luft war erfüllt von dem starken Herbstdufte der Reseda, welcher sich von dem sonnigen Rondell aus über den ganzen Garten hin verbreitete. Hier, an der rechten Seite desselben, bildete die Fortsetzung des Buchenganges eine

Nachahmung des Herrenhauses; die ganze Front mit allen dazugehörigen Tür- und Fensteröffnungen, das Erdgeschoß und das obere Stockwerk, sogar der stumpfe Turm neben dem Haupteingange, alles war aus der grünen Hecke herausgeschnitten und trotz der jahrelangen Vernachlässigung noch gar wohl erkennbar; davor breitete sich ein Obstgarten von lauter Zwergbäumen aus, an denen hie und da noch ein Apfel oder eine Birne hing. Nur ein Baum schien aus der Art geschlagen; denn er streckte seine vielverzweigten Äste weit über die Höhe des grünen Laubschlosses hinaus. Die Dame blieb bei demselben stehen und warf einen flüchtigen Blick umher; dann setzte sie den geschmeidigen Fuß in die unterste Gabel des Baumes und stieg leicht von Ast zu Ast, bis die Umgebung der hohen Laubwände ihren Blick nicht mehr beschränkte.

Seitwärts, unmittelbar am Garten, erhob sich der Tannenwald und verdeckte das tieferliegende Dorf; vor ihr aber war die Schau ins Land hinaus eine unbegrenzte. Unterhalb des Hochlandes, worauf das Schloß lag, breitete sich nach beiden Seiten eine dunkle Heidestrecke fast bis zum Horizont; in braunviolettem Dufte lag sie da; nur an einer Stelle im Hintergrunde standen schattenhaft die Türme einer Stadt. Die schlanke Frauengestalt lehnte sorglos an einen schwanken Ast, indes die scharfen Augen in die Ferne drangen. – Ein Schrei aus der Luft herab machte sie emporsehen. Als sie über sich in der sonnigen Höhe den revierenden Falken erkannte, hob sie die Hand und schwenkte wie grüßend ihr Schnupftuch gegen den wilden Vogel. Ihr fiel ein altes Volkslied ein; sie sang es halblaut in die klare Septemberluft hinaus. – Aber unten neben dem auf dem Boden liegenden Sommerhut stand der Hund, die Schnauze gegen den Baum gedrückt, mit den braunen Augen zu seiner Herrin emporsehend. Jetzt kratzte er mit der Pfote an den Stamm. »Ich komme, Türk, ich komme!« rief sie hinab; und bald war sie unten und ging mit ihrem stummen Begleiter den hinteren Buchengang hinab, der von dem Rondell aus nach der breiten Lindenallee führte.

Als sie in diese eintrat, kam ihr ein junger, kaum mehr als zwanzigjähriger Mann entgegen, in dessen gebräuntem Antlitz mit der feinen vorspringenden Nase eine Familienähnlichkeit mit ihr nicht zu verkennen war. »Ich suchte dich, Anna!« sagte er, indem er der schönen Frau die Hand küßte.

Ihre Augen ruhten mit dem Ausdruck einer kleinen mütterlichen Überlegenheit auf ihm, als sie ihn fragte: »Was hast du, Vetter Rudolf?«

»Ich muß dir Vortrag halten!« erwiderte er, während er sie höfisch zu einer in der Nähe stehenden Gartenbank führte. Dann begann er, vor ihr stehend, einen ernsthaften Vortrag über die Dränierung einer kaltgrundigen Gutswiese; über die Art, wie dies am zweckmäßigsten ins Werk zu richten sei, und über die Kosten, die dadurch veranlaßt werden könnten. – Er hatte schon eine Zeitlang gesprochen. Sie lehnte sich zurück und gähnte heimlich hinter der vorgehaltenen Hand. Endlich sprang sie auf. »Aber Rudolf«, rief sie, »ich verstehe von alledem nichts; du hast mir das ja selbst erklärt!«

Er runzelte die Stirn. »Gnädige Frau!« sagte er bittend.

Sie lachte. »So sprich nur; ich habe schon Geduld!« –

Dann brachte er's zu Ende. – Sie reichte ihm die Hand und sagte herzlich: »Du bist ein gewissenhafter Verwalter, Rudolf; aber ich werde mich nach einem andern umsehen müssen; ich kann dies Opfer nicht länger von dir fordern.«

Ein leidenschaftlicher Blick traf sie aus seinen Augen. »Es ist kein Opfer«, sagte er; »du weißt es wohl.«

»Nun, nun! Ich weiß es«, erwiderte sie ruhig, »du bist ja sogar als zehnjähriger Knabe mein getreuer Ritter gewesen. – Bestelle mir nur den Rappen; wir können gleich miteinander zur Wiese hinabreiten.«

Er ging, und sie sah ihm nachdenklich und leise mit dem Kopfe schüttelnd nach.

Bald waren beide zu Pferde. Der junge Reiter suchte an ihrer Seite zu bleiben; aber sie war ihm immer um einige Kopfeslängen voraus. Sie ließ den Rappen ausgreifen, der Schaum flog von den Ketten des Gebisses, während der Hund in großen Sätzen nebenhersprang. Ihre Augen schweiften in die Ferne, über die braune Heide, auf der sich schon die Schatten des Abends zu lagern begannen. – – – –

Einige Stunden später saß sie wieder allein in ihrem Zimmer am Schreibtisch, die am Nachmittage weggeschlossenen Blätter vor sich. Neben ihr auf seinem Teppich ruhte Türk. – Von der Lampe beleuchtet, erschien ihre nicht gar hohe Stirn gegen die Schwärze des schlicht zurückgestrichenen Haars von fast durchsichtiger Blässe. Sie schrieb nur langsam; mitunter ließ sie die Feder gänzlich ruhen und blickte vor sich hin, als suche sie die Gestalten ferner Dinge zu erkennen.

Sie gedachte einer Novembernacht, da sie zum letztenmal vor ihrem gegenwärtigen Aufenthalt das Schloß betreten hatte. – Der Brief des Oheims, der ihr die Nachricht von der tödlichen Erkrankung ihres Vaters in die Residenz brachte, trug auf dem Kuverte einen mehrere Tage alten Poststempel. Eilig war sie abgereist; nun dämmerte schon der zweite Abend, und die Wälder und Fluren an der Seite des Weges wurden allmählich ihr bekannter. Schon machte aus der Dunkelheit die Nähe des letzten Dorfes sich bemerklich; sie hörte die Hunde bellen und spürte den Geruch des Heidebrennens. An einem kleinen Hause in der Dorfstraße hielt der Wagen. Ihre Jungfer stieg ab, der sie erlaubt hatte, bei ihren dort wohnenden Eltern bis zum andern Morgen zu bleiben. Dann ging es weiter; sie hatte sich in die Wagenecke gedrückt und zog fröstelnd den Mantel um ihre Schultern. Vor ihrem innern Auge war die Gestalt ihres Vaters; sie sah ihn, wie er in der letzten Zeit ihres Zusammenlebens zu tun pflegte, im Zwielicht in dem öden Rittersaale mit seinem Rohrstock auf und ab wandern; den weißen Kopf gesenkt, nur zuweilen vor einem der alten Bilder stehenbleibend oder aus den schwarzen Augen von unten auf einen Blick zu ihr hinüberwerfend. – – Es war ganz finster geworden, die Pferde gingen langsam; aber sie wagte nicht, den Postillon zum Schnellerfahren zu ermuntern. Eine unbewußte Scheu schloß ihr den Mund; es war ihr fast lieb, daß der Augenblick der Ankunft sich verzögerte. Immer aber, wenn sie die Augen schloß, sah sie die kleine hagere Gestalt an sich vorüberwandern, und unter dem Wehen des Windes war es ihr, als höre sie den bekannten abgemessenen Schritt und das Aufstoßen des Rohrstocks auf den Fußboden. – – Als die Ulmenallee erreicht war, welche über die Brücke nach dem Schloßhof führte, vernahm sie das Schlagen der Turmuhr, deren Regulierung die alte Exzellenz immer selbst überwacht hatte. Sie atmete auf und lehnte sich aus dem Wagen. Eine ungewöhnliche Helligkeit blendete ihre Augen, als sie in den Hof einfuhren. Die ganze obere Front des Gebäudes schien erleuchtet. Der Wagen rasselte über das Steinpflaster und hielt vor der Eingangstür neben dem Turm; der Postillon klatschte mit der Peitsche, daß es an den Mauern des alten Reitsaals widerklang; aber es kam niemand. – Nach einer Weile vergeblichen Wartens ließ die zitternde Frau sich den Schlag öffnen und bezeichnete ihrem Fuhrmann einen Raum, worin er seine Pferde zur Nacht unterbringen könne. Dann stieg sie aus und trat, nachdem sie die schwere Tür zurückgedrängt, in den großen Korridor des Erdgeschosses. Einige Augenblicke blieb sie stehen und blickte unentschlossen um sich her. Auf den Geländersäulen der breiten Treppe, die in das obere Stockwerk führte, brannten Walratkerzen in schweren silbernen Leuchtern. – Sie beugte sich vor und lauschte; aber es war alles still. Leise, kaum aufzutreten wagend, begann sie die Stufen hinaufzusteigen. Da war ihr, als hörte sie droben auf dem Flur die Tür zum Rittersaale knarren; und gleich darauf kam es ihr entgegen, die Treppe herab. Sie sah es nun auch, es war der Hund ihres Vaters; sie rief ihn bei Namen; aber das Tür hörte nicht darauf, es jagte an ihr vorbei auf den Korridor hinab und entfloh durch die offene Tür ins Freie. – – Erst jetzt fiel ihr ein dumpfer Geruch von Rauchwerk auf. Sie stieg langsam die letzten Stufen in dem erleuchteten Treppenhause hinauf, bis sie den oberen Flur erreicht hatte. Die Tür des Rittersaals stand offen, in der Mitte des weiten Raumes sah sie zwei Reihen brennender Kerzen auf hohen Gueridons;

dazwischen wie ein Schatten lag ein schwarzer Teppich. Aber es war niemand drinnen; nur die Bilder verschollener Menschen standen wie immer schweigend an den Wänden. Die gegenüberliegende Tür zu des Oheims Zimmer war weit geöffnet, und auch dort schienen Kerzen zu brennen; denn sie konnte deutlich die vergoldeten Engelköpfe unter dem Kamingesims erkennen. – Zögernd trat sie über die Schwelle in den Saal, aber von Scheu befangen blieb sie zunächst der Tür in einer Fensternische stehen. Ihr war, als vernähme sie Choralgesang aus der Ferne, und da sie durch die Scheiben einen Blick in das Dunkel hinauswarf, sah sie jenseits der Tannen, von drüben, wo der Kirchhof lag, einen roten Schein am Himmel lodern. – – Sie wußte es nun, sie war zu spät gekommen; unwillkürlich mußte sie die Augen in den leeren Saal zurückwenden. Die Kerzen brannten leise knisternd weiter; nur mitunter, wo der Sarg mochte gestanden haben, lief ein Krachen über die Dielen, als drängte es sie, sich von der unheimlichen Last zu erholen, die sie hatten tragen müssen. – Sie drückte sich schauernd in die Fensterecke; es war nicht Trauer, es war nur Grauen, das sie empfand.

– –

Aber ihre Gedanken waren ihrer Feder weit voraus.

Die beschriebenen Blätter

Ich will es niederschreiben, mir zur Gesellschaft; denn es ist einsam hier, einsamer noch, als es schon damals war. Sie sind alle fort; es ist nur Täuschung, wenn ich draußen im Korridor mitunter das Husten der Tante Ursula oder die Krücke des kleinen Kuno zu vernehmen glaube. Es war ein klarer Spätherbstmorgen, als wir das Kind begruben; die Leute aus dem Dorfe standen alle umher mit jener schaurigen Neugier, die wenigstens den letzten Zipfel vom Leilaken des Todes noch in die Grube will schlüpfen sehen. – Dann, als ich fern war, starb die Tante, und dann mein Vater. Wie oft habe ich heimlich in seinen Augen geforscht, was wohl im Grund der Seele ruhen möge, aber ich habe es nicht erfahren; mir war, als hielten jene ausgeprägten Muskeln seines feinen Antlitzes gewaltsam das Wort der Liebe nieder, das zu mir drängte und niemals zu mir kam. – Droben im Rittersaal hängen noch die Bilder; die stumme Gesellschaft verschollener Männer und Frauen schaut noch wie sonst mit dem fremdartigen Gesichtsausdruck aus ihren Rahmen in den leeren Saal hinein; aber aus dem dahinterliegenden Zimmer läßt sich jetzt weder das Pfeifen des Dompfaffen, noch das Gekrächze Don Pedros, des lahmen Starmatzes, vernehmen; der gute Oheim, mit seinen harten Worten und seinem weichen Herzen, mit seinem toten und lebendigen Getier, hat es seit lange verlassen. Aber er lebt noch; er wird vielleicht zurückkehren, wenn es Frühling wird; und ich werde wieder, wie damals, meine Zuflucht in dem abgelegenen Zimmer suchen.

Damals! – – Ich bin immer ein einsames Kind gewesen; seit der Geburt des kleinen Kuno steigerte sich die Kränklichkeit meiner Mutter, so daß ihre Kinder nur selten um sie sein durften. Nach ihrem Tode siedelten wir hier hinüber. In der Stadt hatten wir, wie hergebracht, nur das Geschoß eines großen Hauses bewohnt; jetzt hatte ich ein ganzes Schloß, einen großen seltsamen Garten und unmittelbar dahinter einen Tannenwald. Auch Freiheit hatte ich genug; der Vater sah mich meistens nur bei Tische, wo wir Kinder schweigend unser Mahl verzehren mußten; die Tante Ursula war eine gute förmliche Dame, die nicht gern ihren Platz dort in der Fensternische verließ, wo sie ihre saubern Strick- und Filetarbeiten für ferne und nahe Freunde verfertigte; hatte ich meinen Saum genäht und meine Lafontainesche Fabel bei ihr aufgesagt, so warf sie höchstens einen Blick durchs Fenster, wenn ich mit dem grauen Windspiel meines Vaters zwischen den Buchenhecken des Gartens hinabrannte.

Spielgenossen hatte ich keine; mein Bruder war fast acht Jahre jünger als ich, und die von Adelsfamilien bewohnten Güter lagen sehr entfernt. Von den bürgerlichen Beamten aus der Stadt waren im Anfang zwar einzelne mit ihren Kindern zu uns gekommen; da wir jedoch ihre Besuche nur selten und flüchtig erwiderten, so hatte der kaum begonnene Verkehr bald wieder aufgehört. – Aber ich war nicht allein; weder in den weiten Räumen des Schlosses, noch draußen zwischen den Hecken des Gartens oder den aufstrebenden Stämmen des Tannenwaldes; der »liebe Gott«, wie ihn die Kinder haben, war überall bei mir. Aus einem alten Bilde in der Kirche kannte ich ihn ganz genau; ich wußte, daß er ein rotes Unterkleid und einen weiten blauen Mantel trug; der weiße Bart floß ihm wie eine sanfte Welle über die breite Brust herab. Mir ist, als sähe ich mich noch mit dem Oheim drüben in den Tannen; es war zum ersten Mal, daß ich über mir das Sausen des Frühlingswindes in der Krone eines Baumes hörte. »Horch!« rief ich und hob den Finger in die Höhe. »Da kommt er!« – »Wer denn?« – »Der liebe Gott!« – Und ich fühlte, wie mir die Augen groß wurden; mir war, als sähe ich den Saum seines blauen Mantels durch die Zweige wehen. Noch viele Jahre später, wenn abends auf meinem Kissen der Schlaf mich überkam, war mir, als läge ich mit dem Kopf in seinem Schoß und fühlte seinen sanften Atem an meiner Stirn.

Mein Lieblingsaufenthalt im Hause war der große Rittersaal, der das halbe obere Stockwerk in seiner ganzen Breite einnimmt. Leise und nicht ohne Scheu vor der schweigenden Gesellschaft drinnen schlich ich mich hinein; über dem Kamin im Hintergrund des Saales, von Marmor in Basrelief gehauen, ist der Krieg des Todes mit dem menschlichen Geschlechte dargestellt. Wie oft habe ich davorgestanden und mit neugierigem Finger die steinernen Rippchen des Todes nachgefühlt! – Vor allem zogen mich die Bilder an: auf den Zehen ging ich von einem zu dem andern; nicht müde konnte ich werden, die Frauen in ihren seltsamen roten und feuerfarbenen Roben, mit dem Papageien auf der Hand oder dem Mops zu ihren Füßen, zu betrachten, deren grelle braune Augen so eigen aus den blassen Gesichtern herausschauten, so ganz anders, als ich es bei den lebenden Menschen gesehen hatte. Und dann dicht neben der Eingangstür das Bild des Ritters mit dem bösen Gewissen und dem schwarzen krausen Bart, von dem es hieß, er werde rot, sobald ihn jemand anschaue. Ich habe ihn oftmals angeschaut, fest und lange; und wenn, wie es mir schien, sein Gesicht ganz mit Blut überlaufen war, so entfloh ich und suchte des Oheims Tür zu erreichen. Aber über dieser Tür war ein anderes Bild; es mochten die Portraits von Kindern sein, die vor einigen hundert Jahren hier gespielt hatten; in steifen brokatenen Gewändern mit breiten Spitzenkragen standen sie wie die Kegel nebeneinander, Knaben und Mädchen, eines immer kleiner als das andere. Die Farben waren verkalkt und ausgeblichen, und wenn ich unter dem Bilde durch die Tür lief, war es mir, als blickten sie alle aus den kleinen begrabenen Gesichtern mit ihren beerschwarzen Augen auf mich herab. War dann der Oheim in seinem Zimmer, so flog ich auf ihn zu, und er, von seinen Büchern auffahrend, schalt mich dann wohl und rief: »Was ist? Sind dir die albernen Bilder schon wieder einmal auf den Hacken?«

Großes Bedenken hatte es für mich, in der Dämmerung durch den Saal zu kommen. Zum Glück waren die sich gegenüberstehenden Türen an der Gartenseite, die Fenster sahen hier nach Westen, und der Abendschein stand tröstlich über dem Tannenwald. In des Oheims Zimmer waren dann die Vogelstimmen schlafen gegangen; nur draußen vor dem Fenster wurde der Kauz in seinem großen Käfig nun lebendig. Der Oheim saß dann wohl mit gefalteten Händen in seinem Lehnstuhl, während das Abendrot friedlich durch das Fenster leuchtete. Aber ich wußte ihn zum Sprechen zu bringen; ich ließ mich nicht abweisen, bis er mir das Märchen von der Frau Holle oder die Sage vom Freischützen erzählte, an der ich mich nie ersättigen konnte. Einmal freilich, als die Geschichte eben im besten Zuge war, stand er plötzlich auf und sagte: »Aber, Anna, glaubst du denn all das dumme Zeug? – Wart nur ein wenig«, fuhr er fort, indem er seine Schiebelampe anzündete; »du solltst etwas hören, was noch viel wunderbarer ist.« Dann haschte er eine Fliege, und nachdem er sie getötet, legte er sie vor uns auf den Tisch. »Betrachte sie einmal genau!« sagte er. »Siehst du an ihrem Körperchen die silbernen Pünktchen auf dem schwarzen Sammetgrunde; die zwei schönen Federchen an ihrem Kopf?« Und während ich seiner Anweisung folgte, begann er mir den kunstreichen Bau dieses verachteten Tierchens zu erklären. Aber ich langweilte mich; die Wunder der Natur hatten keinen Reiz für mich nach den phantastischen Wundern der Märchenwelt. – – –

Indessen war ich unmerklich herangewachsen; und wenn ich, was selten genug geschah, einmal vor meinem Spiegel stand, so schaute mir eine schmächtige Gestalt mit einem gelben, scharf geschnittenen Gesicht entgegen. Zwar bemerkte ich die auffallende Bläue meiner Augen; im übrigen aber hatte dies zigeunerhafte Wesen mit dem schwarzen Haar keineswegs meinen Beifall. Mein Aussehen kümmerte mich indessen wenig. Ich war über die Bibliothek meines Vaters geraten, in der sich eine Anzahl schönwissenschaftlicher Bücher aus dem Ende des vorigen Jahrhunderts befand. Ich begann zu lesen, und bald befiel mich eine wahre Lesewut; ich kauerte mit meinen Büchern in den heimlichsten Winkeln des Hauses oder des Gartens und hatte manche Rüge meines Vaters zu erdulden, wenn ich den Ruf zum Mittagessen überhörte. Eines Nachmittags war ich draußen, mein Lesefutter in der Tasche, in eine der oberen Fensterhöhlen des Laubschlosses hineingeklettert und hatte es mir auf dem flachgeschorenen Gezweig bequem zu machen gewußt. Ich saß im Schatten, die grüne Blätterwölbung über mir, und hatte mich bald in ein Bändchen von Musäus' Volksmärchen vertieft, während unten in der Mitte des Rondeels die heiße Junisonne kochte. Plötzlich kam die Stimme des Oheims in meine Märchenwelt hinein. Als ich hinabblickte, sah ich ihn zwischen den Zwergbäumchen stehen und, die Augen mit der Hand beschattend, zu mir hinaufreden. »So«, rief er, »es wird sich wohl niemand darum kümmern, wenn du hier das Genick brichst?«

»Ich breche ja nicht das Genick, Onkel«, rief ich hinunter; »es sind lauter alte, vernünftige Bäume!«

Aber er ließ sich nicht beruhigen; er holte eine Gartenleiter, stieg zu mir hinauf und überzeugte sich selbst von der Sicherheit meines luftigen Sitzes. »Nun«, sagte er, nachdem er noch einen kurzen Blick in mein Buch geworfen hatte, »du bist ja doch nicht zu hüten; spinne nur weiter, du wilde Katz!« – –

Um dieselbe Zeit war es, daß eine seltsame Schwärmerei von mir Besitz nahm. Im Rittersaal auf dem Bilde oberhalb der Tür befand sich seitab von den reich gekleideten Kindern noch die Gestalt eines etwa zwölfjährigen Knaben in einem schmucklosen braunen Wams. Es mochte der Sohn eines Gutsangehörigen sein, der mit den Kindern der Schloßherrschaft zu spielen pflegte; auf der Hand trug er, vielleicht zum Zeichen seiner geringen Herkunft, einen Sperling. Die blauen Augen blickten trotzig genug unter dem schlicht gescheitelten Haar heraus; aber um den fest geschlossenen Mund lag ein Zug des Leidens. Früher hatte ich diese unscheinbare Gestalt kaum bemerkt; jetzt wurde es plötzlich anders. Ich begann der möglichen Geschichte dieses Knaben nachzusinnen; ich studierte in bezug auf ihn die Gesichter seiner vornehmen Spielgenossen. Was war aus ihm geworden, war er zum Manne erwachsen, und hatte er später die Kränkungen gerächt, die vielleicht jenen Schmerz um seine Lippen und jenen Trotz auf seine Stirn gelegt hatten? – Die Augen sahen mich an, als ob sie reden wollten; aber der Mund blieb stumm. Ein schwermütiges, mir selber holdes Mitgefühl bewegte mein Herz; ich vergaß es, daß diese jugendliche Gestalt nichts sei als die wesenlose Spur eines vor Jahrhunderten vorübergegangenen Menschenlebens. So oft ich in den Saal trat, war mir, als fühle ich die Augen des Bildes auf meinen Lidern, bis ich emporsah und den Blick erwiderte; und abends vor dem Einschlafen war es nun nicht sowohl das

Antlitz des lieben Gottes als viel öfterer noch das blasse Knabenantlitz, das sich über das meine neigte. Einmal, da der Oheim über Feld war, trat ich aus seinem Zimmer, wo ich die Fütterung des Käuzchens besorgt hatte. Während ich durch den Saal ging, wandte ich den Kopf zurück und sah das Bild oberhalb der Tür von der Nachmittagssonne beleuchtet, die durch die nahe liegenden hohen Fenster schien. Das Gesicht des Knaben trat dadurch in einer Lebendigkeit hervor, wie ich es bisher noch nicht gesehen, und mich erfaßte plötzlich eine unwiderstehliche Sehnsucht, es in nächster Nähe zu betrachten. Ich horchte, ob alles still sei. Dann schleppte ich mit Mühe einige an den Wänden stehende Tische vor des Oheims Tür und türmte sie aufeinander, bis ich die Höhe des Bildes erreicht hatte. Während ich mitunter einen scheuen Blick über die schweigende Gesellschaft an den Wänden gleiten ließ, mit der ich mich in dem großen Raume eingeschlossen hatte, kletterte ich mit Lebensgefahr hinauf. Als ich oben stand, wallte mein Blut so heftig, daß ich das laute Klopfen meines Herzens hörte. Das Angesicht des Knaben war grade vor dem meinen; aber die Augen lagen schon wieder im Schatten, nur die roten fest geschlossenen Lippen waren noch von der Sonne beleuchtet. Ich zögerte einen Augenblick, ich fühlte, wie mir der Atem schwer wurde, wie mir das Blut mit Heftigkeit ins Gesicht schoß; aber ich wagte es und drückte leise meinen Mund darauf. – Zitternd, als hätte ich einen Raub begangen, kletterte ich wieder hinab und brachte die Tische an ihre Stelle.

Dies alles hatte ein plötzliches Ende. An meinem vierzehnten Geburtstag kündigte mein Vater mir an, daß ich die nächsten drei Jahre bis nach meiner Einsegnung, die dort erfolgen solle, bei der Tante in einer großen Stadt sein würde. – Und so geschah es. Ich war wieder, wie in den ersten Jahren meiner Kindheit, auf den Raum einiger Zimmer beschränkt, ohne Wald, ohne Garten, ohne ein Plätzchen, wo ich meine Träume spinnen konnte. Ich sollte alles lernen, was ich bisher nicht gelernt hatte, ich wurde dressiert von innen und außen, und die Tante, unter deren Augen ich jetzt mein ganzes Leben führte, war eine strenge Frau, die von den hergebrachten Formen kein Tüttelchen herunterließ. Der einzige, der etwas über sie vermochte, war vielleicht der kleine Rudolf, dessen allzu leidenschaftliche Anhänglichkeit mich gegenwärtig zu beunruhigen beginnt. Mit ihm vereint gelang es mitunter, uns zu einer gemeinschaftlichen Wanderung in die Anlagen vor der Stadt loszubitten. – Der Aufenthalt wurde erst erträglich, als der Musikunterricht mir größere Teilnahme abgewann, und als ich durch Vermittlung meines Lehrers die Erlaubnis erhielt, einem Gesangvereine beizutreten. Freilich wurde sie nur widerwillig gegeben; denn die Gesellschaft war eine aus allen Ständen gemischte – »mauvais genre«, wie die Tante mit einer ablehnenden Handbewegung zu sagen pflegte. Mich kümmerte das nicht. In den Pausen hielt ich mich zu der Schwester einer Hofdame und einer schon ältlichen Baronesse, die beide leidenschaftliche Sängerinnen waren; ein paar Leutnants von der Linie traten zu uns, und wir plauderten, bis der Taktstock wieder das Zeichen gab. Ich hätte von den übrigen kaum einen Namen anzugeben vermocht. Später waren dann die Bedienten zeitig da, um uns nach Hause zu geleiten.

Dann und wann kam ein kurzer förmlicher Brief meines Vaters, der mich ermahnte, in allem der Tante Folge zu leisten, oder ein längerer des Oheims, der kaum etwas anderes enthielt als das Gegenteil davon, bisweilen freilich auch einen Bericht über Schloß und Garten, der mich mit Heimweh nach diesen einsamen Orten erfüllte.

Endlich war der dreijährige Zeitraum verflossen; Tante Ursula und mein Vater kamen, um mich nach Hause zu holen, und Rudolfs Mutter übergab mich ihnen als ein nicht ganz mißlungenes Werk ihrer Erziehung. Auch mein Bruder Kuno hatte die Reise mitgemacht; er war gewachsen, aber er sah blaß und leidend aus, und es schnitt mir ins Herz, als bei der Ankunft eine kleine Krücke mit ihm vom Wagen gehoben wurde. Wir waren bald vertraute Freunde; auf dem Heimwege saß er zwischen mir und der Tante und ließ meine Hand nicht aus der seinen.

An einem klaren Aprilnachmittage langten wir zu Hause an. Schon als wir über die Brücke in den Hof einfuhren, sah ich den Oheim neben dem Turme in der Tür stehen. Er war barhäuptig wie gewöhnlich; sein volles graues Haar schien in der Zwischenzeit nicht bleicher geworden. »Nun, da bist du ja!« sagte er trocken und reichte mir die Hand. Als wir im Wohnzimmer waren und ich mich aus meinen Umhüllungen herausgeschält hatte, ließ er einen mißtrauischen Blick über meine modische Kleidung gleiten. »Wie willst du denn mit den Fahnen in die Beletage deines Gartenschlosses hinaufkommen?« sagte er, indem er den Saum meiner weiten Ärmel mit den Fingerspitzen faßte. »Und ich hab es eben expreß für dich putzen lassen.«

Aber seine Besorgnis war überflüssig; das Wesen, das in den Kleidern mit Volants und Spitzen steckte, war dem Kerne nach kein anderes als das in den knappen Kinderkleidern. Es ließ mir keine Ruhe; mit Entzücken lief ich in den Garten, wo eben das junge Grün an den Buchenhecken hervorsprang, durch das Hinterpförtchen in den Tannenwald und von dort wieder zurück ins Haus. Ich flog die breite Treppe hinauf; es kam mir alles so groß und luftig vor. Dann begrüßte ich die altfränkischen Herren und Damen im Rittersaal; aber ich trat unwillkürlich leiser auf, es war mir doch fast unheimlich, daß sie nach so langer Zeit noch ebenso wie sonst mit ihren grellen Augen in den Saal hineinschauten. Droben über der Tür neben den kleinen Grafenkindern stand noch immer der Knabe mit dem Sperling; aber mein Herz blieb ruhig. Ich ging achtlos, und ohne seinen trotzigen Blick zu erwidern, unter dem Bilde weg in das Zimmer des Oheims. Da saß er schon wieder wie sonst in seinem alten Lehnstuhl, unter seinen Büchern und seinem lebenden und toten Getier; Don Pedro, der lahme Starmatz, krächzte noch ganz in alter Weise, als ich den Finger durch die Stangen seines Käfigs steckte; und auch draußen vor dem Fenster saß wieder ein Käuzchen in einem großen hölzernen Bauer und schaute träumend in den Tag. Der Oheim hatte seine Bücher fortgelegt; und während ich die bekannten Dinge eines nach dem andern wieder begrüßte, fühlte ich bald, wie seine grauen Augen mit der alten Innigkeit auf mich gerichtet waren.

Als ich nach einer Weile in die Wohnstube hinabkam, saß auch Tante Ursula schon strickend in ihrer Fensternische, und nebenan in seinem Zimmer sah ich durch die offene Tür meinen Vater über seine Korrespondenzen und Zeitungen gebückt. So war denn alles noch beim alten; nur eine Vermehrung unserer Hausgenossenschaft stand bevor, da noch am selbigen Abend ein junger Mann erwartet wurde, der von meinem Vater auf die Empfehlung eines Gymnasialdirektors als Lehrer für den kleinen Kuno engagiert war. Er hatte Philologie und Geschichte studiert und sich nach einem längern Aufenthalt in Italien dem akademischen Lehrfach widmen wollen, war aber durch äußere Umstände zu einer vorläufigen Annahme dieser Privatstellung genötigt worden. Außer seinen sonstigen Kenntnissen sollte er, was besonders mich interessieren mußte, ein durchgebildeter Klavierspieler sein.

Ich sah ihn zuerst am folgenden Tage, da er unten an der Mittagstafel neben seinem Zögling saß. Das blasse Gesicht mit den rasch blickenden Augen kam mir bekannt vor; aber ich sann umsonst über eine Ähnlichkeit nach. Während er die Fragen meines Vaters über seinen Aufenthalt in der Fremde beantwortete, strich er mitunter mit einer leichten Kopfbewegung das schlichte braune Haar an der Schläfe zurück, als wolle er dadurch ein tiefes inneres Sinnen mit Gewalt zurückdrängen. Nach Beendigung des Mittagessens brachte mein Vater das Gespräch auf Musik und bat ihn, bisweilen meinem Gesange mit seinem Akkompagnement zu Hülfe zu kommen.

Obgleich aber dies mit Bereitwilligkeit zugesagt wurde, so verflossen doch einige Wochen, ohne daß ich mich dieser Abrede erinnert hätte; überhaupt bekümmerte ich mich um den neuen Hausgenossen nicht weiter, als daß ich ihn zu Mittag und bei dem gemeinschaftlichen Abendtee in der herkömmlichen Weise begrüßte. Eines Nachmittags aber war mit einer jungen Dame aus der Stadt, mit der ich zuweilen zu singen pflegte, eine Sendung neuer Musikalien angelangt. Wir hatten ein Duett von Schumann hervorgesucht; aber die eigensinnige Begleitung ging über unsere Kräfte. »Wir wollen den Lehrer bitten«, sagte ich und schickte den Diener nach dessen Zimmer.

Er kam nach einer Weile zurück: »Herr Arnold könne augenblicklich nicht, werde aber so bald wie möglich die Ehre haben.« So mußten wir denn warten; ich sah nach der Uhr, eine Minute nach der andern verging, es war schon über eine Viertelstunde. Wir hatten uns eben wieder selbst darangemacht, da ging die Tür, und Arnold trat herein. »Ich bedauere, meine Damen; die Stunde des Kleinen war noch nicht zu Ende.«

Ich erwiderte hierauf nichts. – »Wollen Sie die Güte haben!« sagte ich und zeigte auf das aufgeschlagene Notenblatt.

Er trat einen Schritt zurück. »Darf ich bitten, mich der Dame vorzustellen?«

»Herr Arnold!« sagte ich leichthin und ohne aufzublicken; ich nannte den Namen des jungen Mädchens nicht, ich wollte es nicht.

Er sah mich an. Ein überlegenes Lächeln glitt über sein Gesicht, und die leicht aufgeworfenen Lippen zuckten unmerklich. »Fangen wir an!« sagte er dann, indem er sich auf das Taburett setzte und mit Sicherheit die einleitenden Takte anschlug. Dann setzten wir ein; nicht eben geschickt, ich vielleicht am wenigsten; nur die Sicherheit des Klavierspielers hielt uns. Als wir aber bis auf die Mitte des Stückes gekommen waren, hielt er inne. »Ancora!« rief er, indem er mit der flachen Hand die Noten bedeckte; »aber jede Stimme einzeln! – Sie, mein Fräulein – ich darf mir vielleicht Ihren Namen erbitten!«

Die junge Damen nannte ihn.

»Wollen Sie den Anfang machen!« – Und nun begann, bald auch mit mir, eine strenge Übung; unerbittlich wurde jeder Einsatz und jede Figur wiederholt, wir sangen mit heißen Gesichtern; es war, als seien wir plötzlich in der Gewalt unseres jungen Meisters. Mitunter fiel er selbst mit seiner milden Baritonstimme ein; und allmählich trat das Musikstück in seinen einzelnen Teilen immer klarer hervor, bis wir es endlich unaufgehalten bis zu Ende sangen.

Als er sich lächelnd zu uns wandte, stand mein Vater hinter ihm, der unvermerkt herangetreten war. Das etwas abgespannte Gesicht des alten Herrn, der für Musik kein besonderes Interesse hatte, nahm sich zu der herkömmlichen Freundlichkeit zusammen. »Bravo, mein lieber Herr Arnold«, sagte er, indem er den jungen Mann auf die Schulter klopfte, »Sie haben den Damen heiß gemacht; aber Sie sollten uns auch nun selbst noch etwas singen!«

Arnold, der noch die eine Hand auf den Tasten hatte, setzte sich wieder und begann eines jener italienischen Volkslieder, in denen die Klage um den Glanz der alten Zeit wie ein ruheloser Geist umgeht. Mein Vater blieb noch einige Augenblicke stehen; dann wandte er sich ab und ging, die Hände auf dem Rücken, im Zimmer auf und ab. Seine Gedanken waren längst bei andern Dingen, vielleicht bei dem Bildnis des Königs, das er durch Vermittlung eines einflußreichen Freundes als Geschenk der Majestät zu empfangen Hoffnung hatte. Statt seiner war der kleine Kuno mit seiner Krücke ans Klavier geschlichen und lehnte sich schweigend an seinen Lehrer. Dieser legte unter dem Spielen den Arm um ihn und sang so das Lied zu Ende. – »Hörst du das gern, mein Junge?« fragte er, und als der Knabe nickte und mit zärtlichen Augen zu ihm aufsah, nahm er ihn auf den Schoß und sang halblaut, als solle es dem Kleinen ganz allein gehören, das liebe deutsche Lied: »So viel Stern' am Himmel stehen!«

Aber, ob mit oder ohne Willen, auch für mich war es gesungen. Er sang es später noch oft für mich; denn unmerklich bildete sich seit diesem Tage ein freundlicher Verkehr zwischen uns. Es war aber nicht nur die Musik, die uns zusammenführte; der kleine Kuno hatte bald seine Liebe zwischen mir und seinem Lehrer geteilt und veranlaßte uns dadurch zu mannigfachem Beisammensein in und außer dem Hause.

Eines Tages im Juli waren der Oheim, Arnold und ich mit dem Knaben in der Stadt, um uns nach einem Rollstühlchen für ihn umzutun; denn schon damals begann das Gehen ihm mitunter schwer zu werden. Da unser Geschäft bald besorgt war, so nahmen wir auf Arnolds Vorschlag einen etwas weiteren Rückweg, der am Saume eines schönen Buchenwaldes entlangführte. Hinter demselben in einem Dorfe ließen wir den Wagen halten und wandelten miteinander die Straße hinab, zwischen den meist großen strohbedeckten Bauerhäusern. Nach einer Weile bog Arnold wie zufällig in einen Fußweg ein, welcher zwischen zwei mit Nußgebüsch und Brombeerranken bewachsenen Wällen entlangführte. Wir andern folgten ihm; Kuno, der sich heute kräftiger als sonst zu fühlen schien, hatte seine Augen auf den Hummeln und Schmetterlingen, welche im Sonnenschein um die Disteln schwärmten. Es dauerte indes nicht lange, so hörten zu beiden Seiten die Wälle auf, und vor uns in einer weiten Busch- und Wieseneinsamkeit lag ein stattlicher Bauernhof. Unter einer Gruppe dunkelgrüner Eichen erhob sich das Gebäude mit dem mächtigen, fast bis zur Erde reichenden Strohdache, die braun getünchte Giebelseite uns entgegen, aus der die weiß gestrichenen Fenster freundlich hervorleuchteten.

»In jenem Hause«, sagte Arnold, »bin ich als Knabe oft gewesen, und weil es mir hier wie fast nirgend in der Welt gefallen hat, so wünschte ich, daß auch Sie es einmal sähen.«

Der Oheim nickte. »Wer ist denn der Besitzer jenes schönen Gutes?«

»Es ist der Schulze Hinrich Arnold.«

»Hinrich Arnold?«

»Ja, der Bauer auf diesem Gute heißt allzeit Hinrich Arnold.«

»Aber«, fragte ich jetzt, »heißen denn Sie nicht auch so?«

»Die ältesten Söhne aus der Familie tragen alle diesen Namen«, erwiderte er; »auch bei dem Zweige derselben, der in die Stadt übergesiedelt ist. Der Vater des gegenwärtigen Besitzers war der Bruder des meinigen.«

Mittlerweile waren wir bei dem Hause angelangt. Durch das offenstehende Eingangstor am andern Ende des Gebäudes führte uns Arnold auf die große, die ganze Höhe desselben einnehmende Diele, an deren beiden Seiten sich die jetzt leerstehenden Stallungen für das Vieh befanden. Ein leichter Rauchgeruch empfing uns in dem dämmerigen Raume. Im Hintergrunde, wo vor den Türen der Wohnzimmer sich die Diele erweiterte und durch niedrige Seitenfenster erhellt war, saß neben einem am Boden spielenden kleinen Knaben eine alte Frau in der gewöhnlichen Bauerntracht von dunkelm eigengemachtem Zeuge, das graue Haar unter die schwarzseidene Kappe zurückgestrichen. Als wir nähergetreten waren, stand sie langsam auf und musterte uns gelassen mit ein Paar grauen Augen, die unter noch schwarzen Brauen kräftig aus dem gebräunten Gesicht hervorsahen. »Sieh, sieh; Hinrich!« sagte sie nach einer Weile, indem sie unserm jungen Freunde die Hand schüttelte, scheinbar ohne uns andern weiter zu beachten.

»Das ist meine Großmutter«, sagte dieser; »da meine Eltern nicht mehr leben, meine nächste Blutsfreundin.« Dann bedeutete er ihr, wer wir seien; und sie reichte nun auch uns, der Reihe nach, die Hand.

Während sie halb mitleidig, halb musternd auf die Krücke des kleinen Kuno blickte, fragte Arnold: »Ist denn der Schulze zu Haus, Großmutter?«

»Sie heuen unten auf den Wiesen«, erwiderte sie.

»Und Ihr«, sagte mein Onkel, »wartet indessen vermutlich den jüngsten Hinrich Arnold?«

»Das mag wohl sein!« erwiderte sie, indem sie die Tür des einen Zimmers öffnete; »so ein abgenutzter alter Mensch muß sehen, wie er sein bißchen Leben noch verdient.«

»Die Großmutter«, sagte Arnold, als wir hineingetreten waren, »kann es nicht lassen, den Jüngeren behilflich zu sein. – Aber«, fuhr er zu dieser fort, »Ihr wißt es wohl, dem Schulzen ist es schon eine Freude, daß Ihr noch da seid, und daß er und die Kinder Euch noch sehen, wenn sie von der Arbeit heimkommen.«

»Freilich, Hinrich, freilich«, erwiderte die Alte; »aber es erträgt einer doch nicht allzeit, wenn der andere so überzählig nebenhergeht.« – Sie hatte währenddes zu dem Antlitz ihres Enkels emporgeblickt. »Du siehst nur schwach aus, Hinrich«, sagte sie, »das kommt von all dem Bücherlesen. – Er hätte es besser haben können«, fuhr sie dann zu uns gewendet fort; »denn sein Vater war doch der Älteste zum Hof, und er war wieder der Älteste. Aber der Vater wurde studiert; da muß nun auch der Sohn bei fremden Leuten herum sein Brot verdienen.«

Arnold lächelte; der Oheim sandte ihr einen beobachtenden Blick nach, als sie bei diesen Worten aus der Tür ging. Bald aber kam sie mit einigen Gläsern Buttermilch zurück, die Arnold für uns erbeten hatte.

In der Stube, die nicht zum täglichen Gebrauch bestimmt schien, standen mehrere sehr große Tragkisten an den Wänden, grün oder rot gestrichen, mit blankem Messingbeschlag, die eine auch mit leidlicher Blumenmalerei versehen; so daß fast nur auf der unter dem Fenster hinlaufenden Bank sich Platz zum Sitzen fand. Ich wollte der Alten eine Güte tun. »Ihr seid hier schön eingerichtet; mit all den saubern Kisten!« sagte ich.

Sie sah mich forschend an. »Meinen Sie das?« erwiderte sie, »ich dächte, ein paar eichene Schränke, daneben noch ein Stuhl oder ein Kanapee Platz hätte, wären doch wohl besser; aber es ist einmal die Mode so.«

Der Oheim nahm schweigend eine Prise, indem er mit seinen verschmitztesten Augen zu mir hinüberblickte. Die Alte war nach der Tür gegangen, um von einem über derselben befindlichen Brettchen einen Apfel für meinen Bruder herabzuholen. Da sie nicht hinauflangen konnte, trug ich rasch einen Stuhl herbei, stieg hinauf und reichte ihr den Apfel; zugleich erfreut, dadurch eine Verlegenheit zu verbergen, die ich nicht zu unterdrücken vermochte. Sie ließ mich ruhig gewähren. »Ja«, sagte sie, während sie dem kleinen Kuno den Apfel in die Hand drückte, »das hat jüngere Beine, da kann man nicht mehr mit.« Als ich aber bald darauf die strengen Augen der alten Bäuerin mit dem Ausdruck einer milden Freundlichkeit auf mich gerichtet sah, war mir unwillkürlich, als habe ich etwas gewonnen, das ebenso wertvoll als schwer erreichbar sei.

Bald darauf verließen wir die Stube und besahen die Einrichtung des Gebäudes, vorab den großen, Sauberkeit und Frische atmenden Milchkeller, wie Arnold bemerkte, das eigentliche Staatszimmer unserer Bauern. Dann, während die Alte bei dem künftigen Hoferben zurückblieb, traten wir aus dem Eingangstor ins Freie, unter den Schatten der alten vollbelaubten Eichen. »Ihre Großmutter ist eine Frau von wenig Komplimenten«, sagte der Oheim im Gehen; »aber man weiß nun doch, wo Sie zu Hause sind.«

Arnold ergriff für einen Augenblick die Hand des alten Herrn, die dieser, ohne aufzublicken, ihm gereicht hatte.

Vor uns, seitwärts von dem Hauptgebäude, lag das jetzt leerstehende Abnahmehäuschen. Auf einer Wiese dahinter befanden sich die Reste eines im Viereck gezogenen lebendigen Zaunes, welche die Neugierde meines Bruders erregten. Auch ein Paar Pfähle standen noch in den Büschen, zwischen denen einst ein Pförtchen den Eingang in den kleinen Raum verschlossen haben mochte. »Es ist ein Bienenhof«, sagte Arnold, »den mein Vater als Knabe vor vielen Jahren angelegt hat. Als sein Bruder später das Gut erhielt, hatte er zwar weder Zeit noch Lust, den Betrieb des jungen Bienenvaters fortzusetzen; aber er ließ den Zaun zu seinem Angedenken stehen, und mir zuliebe hat es auch der Schulze so gelassen.«

Vor uns lag, so weit das Auge reichte, eine ausgedehnte Wiesenfläche, hie und da durch lebendige Hecken oder einzelne Baumgruppen unterbrochen. Arnold wies mit der Hand hinaus und sagte: »Hier ist es mir seltsam ergangen. Als zwölfjähriger Knabe, da ich in den Sommerferien bei dem Oheim auf Besuch war, wanderte ich eines Morgens mit meinem einige Jahre älteren Vetter, dem jetzigen Schulzen, da hinab in die Wiesen. Wir gingen immer gradeaus, mitunter durch ein Gebüsch brechend, das unsern Weg durchschnitt. Ich blies dabei auf einer Pfeife, die mir mein Vetter aus Kälberrohr geschnitten hatte; auch ist mir noch wohl erinnerlich, wie an einigen Stellen das Auftreten auf dem sumpfigen, mit weißen Blumen überwachsenen Boden mir ein heimliches Grauen erregte. Nach einer Viertelstunde etwa kamen wir in einen dichten Laubwald, und nach der Sommerhitze draußen empfing uns eine plötzliche Schattenkühle; denn der Sonnenschein spielte nur sparsam durch die Blätter. Mein Vetter war bald weit voran; ich vermochte nicht so schnell fortzukommen, wegen des Unterholzes, das überall umherstand. Mitunter hörte ich ihn meinen Namen rufen, und ich antwortete ihm dann auf meiner Pfeife. Endlich trat ich aus dem Gebüsch in eine kleine sonnige Lichtung. Ich blieb unwillkürlich stehen; mich überkam ein Gefühl unendlicher Einsamkeit. Es war so seltsam still hier; ein paar Schmetterlinge gaukelten lautlos über einer Blume, der Sonnenschein lag schimmernd auf den Blättern, und ein schwerer, würziger Duft schien wie eingefangen in dem abgeschiedenen Raume. In der Mitte desselben auf einem bemoosten Baumstumpf lag eine glänzend grüne Eidechse und sah mich wie verzaubert mit ihren goldenen Augen an. – – Ich weiß dies alles genau; ich weiß bestimmt, daß wir vom Bienenhof hier in grader Richtung über die Wiesen fortgegangen sind. Und doch lacht der Schulze mich aus, wenn ich ihn jetzt daran erinnere; denn dort hinunter liegt kein Wald und hat auch seit Menschengedenken keiner mehr gelegen. – Wo aber bin ich damals denn gewesen?«

»Vielleicht dort nach der andern Seite hin«, sagte mein Oheim.

»Dann hätte der Weg nicht über die Wiesen führen können.«

»Hm; eine grüne Eidechse? Ich habe hier herum so eine noch nicht gefunden. – Wissen Sie, Herr Arnold, es ist doch gut, daß Sie nicht der Schulze hier geworden sind. Sie sind ja ein Phantast, trotz der Anna da mit ihren alten Bildern.«

Ich weiß nicht, weshalb wir beide rot wurden, als der Oheim uns bei diesen Worten eines nach dem andern ansah; aber ich bemerkte noch, wie Arnold mit jener leichten Bewegung den Kopf schüttelte und wie zur Abwehr das Haar mit der Hand zurückstrich.

Auf dem Heimwege, den wir bald darauf antraten, wurde wenig zwischen uns gesprochen. Der kleine Kuno saß bald schlafend in meinem Arm; mir war still und friedlich zu Sinne. Als wir zu Hause anlangten, lagen schon die bräunlichen Tinten des Abends am Horizont, und einzelne Sterne drangen durch den Himmel.

Der Sommer ging auf die Neige, während das Leben im Schlosse seinen ruhigen einförmigen Verlauf nahm. Arnold und sein kleiner Schüler schienen immer mehr Gefallen aneinander zu finden; denn der Knabe lernte leicht und willig, wenn die Unterrichtsstunden auch mitunter durch seine Kränklichkeit unterbrochen wurden. Auffallend schwer wurde ihm dagegen das Auswendiglernen alter Kirchenlieder, von denen er an jedem Sonntagmorgen einige Verse vor dem Vater in dessen Zimmer aufsagen mußte. – Eines Vormittags wollte ich, um ihn zu ermutigen, das ihm aufgegebene Lied von Nicolai gleichfalls auswendig lernen. Ich war in den Rittersaal hinaufgegangen; bald aber trat ich durch die offenstehende Tür in das Zimmer des Oheims, der wie gewöhnlich um diese Zeit im Lehnstuhl an seinem Tische saß. Er warf einen flüchtigen Blick zu mir hinüber und fuhr dann schweigend fort, die am vorhergehenden Tage gefangenen Insekten auf einer Korktafel auszuspannen. Ich ging mit meinem Buche im Zimmer auf und ab, erst leise und allmählich lauter die Worte des Gesanges vor mir hermurmelnd. So kam ich an den dritten Vers:

Geuß sehr tief in mein Herz hinein,
Du heller Jaspis und Rubein,
Die Flammen deiner Liebe.

Mein Onkel erhob plötzlich den Kopf und sah mich scharf durch seine großen Brillengläser an. »Tritt her!« sagte er. »Was lernst du da?« Als ich Folge geleistet hatte, zeigte er mit dem Finger auf einen schwarzen Käfer, der mit aufgesperrten Kiefern an der Nadel steckte. »Weißt du«, fuhr er fort, »wie der Carabus den Maikäfer frißt?« – – Und nun begann er mit unerbittlicher Ausführlichkeit die grausame Weise darzulegen, womit dies gefräßige Insekt sich von andern seinesgleichen nährt. – Ich hatte selbst so etwas in unserm Garten wohl gesehen, aber es hatte weitere Gedanken nicht in mir angeregt. Meine Augen hingen regungslos an den Lippen des alten Mannes; es überfiel mich eine unbestimmte Furcht vor seinen Worten.

»Und das, mein Kind«, sprach er weiter, indem er jedes seiner Worte einzeln betonte, »ist die Regel der Natur. – – Liebe ist nichts als die Angst des sterblichen Menschen vor dem Alleinsein.«

Ich antwortete nicht; mir war plötzlich, als wäre der Boden unter meinen Füßen fortgezogen worden. Der Ausdruck meines Gesichts mochte das verraten haben, denn auch mein Oheim schien über die Wirkung seiner Worte bestürzt zu werden. »Nun, nun«, sagte er, indem er mich sanft in seinen Arm nahm; »es mag vielleicht so sein; nur etwas anders doch, als es dort in deinem Katechismus steht.« – –

Aber die Worte wühlten in mir fort; mein Herz hatte in der Einsamkeit so oft nach Liebe geschrien, während ich in den weiten Gemächern des Hauses umherstrich, wo nie die Hand einer Mutter nach der meinen langte. Um die Mittagszeit sah ich die Leute von der Feldarbeit zurückkehren. Mir war, als müßte der Ausdruck der Trostlosigkeit auf allen Gesichtern zu lesen sein; aber sie schlenderten wie gewöhnlich gleichgültig und lachend über den Hof.

Am Nachmittage, als müßte ich ihn zwingen weiterzureden, trieb es mich wieder nach dem Zimmer des Oheims. Die Tür stand offen, aber er selbst war nicht dort. – Mitten auf der Diele lag eine schwarze Katze, eine gefangene Maus zwischen den Krallen, die sich in der Nachmittagsstille hervorgewagt haben mochte. Ich blieb auf der Schwelle stehen und schaute grübelnd zu. Die Katze begann ihr Spiel zu treiben; sie zog die Krallen ein, und die Maus rannte hurtig über die Dielen und an den Wänden entlang. Aber die grünen glimmenden Augen hatten sie nicht losgelassen; ein heimliches Spannen der Muskeln, ein Satz, und wieder lag das Raubtier da, mit dem glänzenden Schwanz den Boden fegend, die gefangene Maus vorsichtig mit den spitzen Zähnen fassend. Sie war noch nicht aufgelegt, ein Ende zu machen; das Spiel begann von neuem. Manchmal, wenn sie die kleine entrinnende Kreatur immer wieder mit der zierlich gekrümmten Pfote an sich riß, wollte mich fast das Mitleid überwältigen; aber ein Gefühl, halb Trotz, halb Neugier, hielt mich jedesmal zurück.

Während ich so für mich hinbrütend dastand, hörte ich die gegenüberliegende Tür gehen, indes die Katze mit ihrem noch lebenden Opfer davonsprang. »Sie, gnädiges Fräulein!« sagte eine jugendliche Stimme; und als ich aufblickte, sah ich Arnold vor mir stehen, der seit einiger Zeit mit dem Oheim viel verkehrte. Da ich ihm nichts erwiderte, so machte er eine Bewegung, als wollte er sich entfernen; plötzlich aber, als habe er auf meinem Antlitz die Hülflosigkeit meines Innern gelesen, zögerte er wieder und sagte fast demütig: »Kann ich Ihnen in irgend etwas dienen, Fräulein Anna?«

Es war ein Ausdruck in seinen Augen, der mich reden

machte. Ich trat an den Tisch und zeigte ihm des Oheims Spannbrett, auf welchem noch der schwarze Käfer steckte.

»Befreien Sie mich von dem«, sagte ich, »und – von der schwarzen Katze!« Und als er mich zweifelnd ansah, erzählte ich ihm, was mir am Vormittage hier geschehen, und was soeben vor meinen Augen vorgegangen war. Er hörte mich ruhig an. »Und nun?« fragte er, als ich zu Ende war.

»Ich habe bisher noch immer den Finger des lieben Gottes in meiner Hand gehalten«, sagte ich schüchtern.

Seine Augen ruhten eine Weile wie prüfend auf mir. Dann sagte er leise: »Es gibt noch einen andern Gott.«

»Aber der ist unbegreiflich.«

Ein mildes Lächeln glitt über sein Antlitz. »Das sind noch die Kinderhände, die nach den Sternen langen.« – Er stand einige Augenblicke in Nachdenken verloren; dann sagte er: »In der Bibel steht ein Wort: So ihr mich von ganzem Herzen suchet, so will ich mich finden lassen! – Aber sie scheinen es nicht zu verstehen; sie begnügen sich mit dem, was jene vor Jahrtausenden gefunden oder zu finden glaubten.« – Und nun begann er mit schonender Hand die Trümmer des Kinderwunders hinwegzuräumen, das über mir zusammengebrochen war; und indem er bald ein Geheimnis in einen geläufigen Begriff des Altertums auflöste, bald das höchste Sittengesetz mir in den Schriften desselben vorgezeichnet wies, lenkte er allmählich meinen Blick in die Tiefe. Ich sah den Baum des Menschengeschlechtes heraufsteigen, Trieb um Trieb, in naturwüchsiger ruhiger Entfaltung, ohne ein anderes Wunder als das der ungeheueren Weltschöpfung, in welchem seine Wurzeln lagen.

Die Begeisterung hatte seine Wangen gerötet, seine Augen glänzten; ich horchte regungslos auf diese Worte, die wie Tautropfen in meine durstige Seele fielen. Da, als ich zufällig aufblickte, sah ich meinen Oheim an dem gegenüberliegenden Fenster stehen, scheinbar an den Käfigen seiner Vögel beschäftigt; als aber jetzt auch Arnold den Kopf zu ihm wandte, hob er drohend den Finger. »Wenn das meine brüderliche Exzellenz wüßte!« sagte er. »Steht denn der Unterricht auch in dem allerhöchst genehmigten Stundenplan? – Nun, nun«, fuhr er lächelnd fort, »ich werde das nicht verraten!« Dann trat er an den Tisch, und indem er mit einer gewissen Feierlichkeit seine Hand über die darauf liegenden Werke der neueren Naturforscher hingleiten ließ, sagte er halblaut, wie zu sich selber: »Das sind die Männer, die ihn suchen, von denen er sich wird finden lassen; aber der Weg ist lang und führt oftmals in die Irre.« – – –

Ich gedenke noch, wie dieser Tag sich neigte. – Das Abendrot leuchtete an den Wänden der Wohnstube; mein kleiner Bruder, der an dem Tischchen in der Fensternische saß und über den Hof in den Garten hinabblickte, wollte noch gern einmal ins Freie; aber ich und »der liebe Arnold« sollten mit. Da mein Vater auswärts war, so ließ die Tante sich bereden. Nachdem Arnold von seinem Zimmer herabgekommen, packten wir den Knaben in sein Rollstühlchen und ließen es durch den Diener in den Garten bringen. Aber dann durfte wiederum niemand anfassen als Arnold und ich; und so schoben wir denn, jeder mit einer Hand, das kleine Gefährte in der breiten Lindenallee auf und ab. Die Tante mit ihrem Filettüchlein um den Kopf ging nebenher und zog mitunter das Mäntelchen dichter um die Füße des Knaben. Aber kaum ein Wort wurde gewechselt; es war still bis in die weiteste Ferne; nur mitunter sank leise ein Blatt aus dem Gezweig zur Erde, und oben über den Wipfeln war das stumme, ruhelose Blitzen der Sterne. Das Kind saß zusammengesunken und träumend in seinen weichen Kissen; nur einmal richtete es sich auf und rief: »Arnold, Anna! da flog ein Goldkäferchen, ganz oben bei den Sternen!«

»Das war eine Sternschnuppe, mein Kind«, sagte Tante Ursula.

Ich sah, wie Arnold den Kopf zu mir wandte; aber wir sprachen nicht; wir fühlten, glaub ich, beide, daß dieselben Gedanken uns bewegten. Als wir bald darauf mit dem schlafenden Kinde in das Haus zurückgekehrt waren, stand ich noch lange am Fenster und blickte in die Nacht hinaus. Es war ein Gefühl ruhigen Glückes in mir; ich weiß nicht, war es die neue bescheidenere Gottesverehrung, die jetzt in meinem Herzen Raum erhielt, oder gehörte es mehr der Erde an, die mir noch nie so hold erschienen war.

Im September hatten wir, da in den unteren Zimmern eine Reparatur vorgenommen wurde, uns oben in dem großen Bildersaale eingerichtet. Es war an einem Sonntagvormittage. Am Abend sollte in der Stadt die Einweihung des neuerbauten Rathauses mit festlichen Aufführungen und darauf folgendem Ball begangen werden. Mein Vater, der guter Laune war, da das erhoffte Königsbild seit einigen Tagen nun wirklich in seinem Zimmer hing, hatte auf die Einladung der städtischen Behörde für uns alle zugesagt. Die Oberforstmeisterin von dem uns zunächst gelegenen Gute und eine bei ihr lebende Schwester, welche den nach meiner Rückkehr abgestatteten Besuch noch nicht erwidert hatten, wurden zu Tisch erwartet. Die Damen waren gleichfalls eingeladen und wollten am Abend gemeinschaftlich mit uns zur Stadt fahren.

Ich saß mit einer Handarbeit am Fenster, Arnold, mit dem ich zuvor gesungen hatte, stand noch im Gespräche neben mir. Er hatte mich eben auf den Abend um einen Tanz gebeten, als meine Tante mit den erwarteten Gästen in den Saal trat. Die Oberforstmeisterin war eine stattliche Dame in mittleren Jahren; ihre Augen waren beständig halb geschlossen, als sei die Welt ihres vollen Blicks nicht wert, und ich dachte immer, ihr Fuß müsse jedes kleine Geschöpf auf ihrem Wege zertreten; so wenig sah sie, was unter ihr am Boden war. Aber die Fältchen um ihre Augen verschwanden, als sie auf mich zukam; sie küßte mich, sie war entzückt von der Frische meines Teints und dem Glanz meiner Augen; in ihrer matten Sprechweise überschüttete sie mich mit Zärtlichkeiten. Meine Tante hatte ihr Arnolds Namen genannt, und sie hatte, während sie das Gespräch mit mir fortsetzte, seine Verbeugung leicht und höflich erwidert.

»Ist der junge Mann ein Verwandter des Herrn von Arnold auf Grünholz?« fragte sie mich nach einiger Zeit.

Ich hatte nicht den Mut, es einfach zu verneinen, als ich in das hochmütige Gesicht dieser Frau blickte. »Ich glaube kaum«, sagte ich leise; »er hat uns nicht davon gesprochen.«

Aber er mußte meine Lüge gehört haben; denn schon war er näher getreten, und während ich seinen ernsten Blick auf meinen niedergeschlagenen Augen zu fühlen glaubte, hörte ich ihn sagen: »Ich heiße Arnold, gnädige Frau, und bin seit einigen Monaten der Lehrer des jungen Barons.«

Die Oberforstmeisterin ließ wie musternd ihre Augen über ihn hingleiten. »So?« sagte sie trocken; »der Kleine macht Ihnen gewiß recht große Freude!« Dann wandte sie sich mit einem verbindlichen Lächeln zu meiner Tante und begann mit dieser ein Gespräch.

Arnold blickte ruhig über sie hin; es war ein Ausdruck der Verwunderung in seinen dunkeln Augen.

Bald darauf ging meine Tante mit den beiden Damen nach ihrem Zimmer. Ich blieb bei meiner Arbeit am Fenster sitzen; Arnold stand neben dem offenen Klavier. Keiner von uns sprach; es war wie beklommene Luft im Zimmer. »Singen Sie doch etwas«, sagte ich endlich; »ein Volkslied, oder was Sie wollen!«

Er setzte sich, ohne zu antworten, ans Klavier, und nach ein paar leidenschaftlichen Akkordenfolgen sang er in bekannter Volksweise:

Als ich dich kaum gesehn,
Mußt es mein Herz gestehn,
Ich könnt dir nimmermehr
Vorübergehn.

Fällt nun der Sternenschein
Nachts in mein Kämmerlein,
Lieg ich und schlafe nicht,
Und denke dein.

Die Melodie hatte ich oft gehört; aber der Text war ein anderer. Mir kam eine Ahnung, daß diese Worte mir galten; ich fühlte, wie seine Stimme bebte, als er weitersang. Aber die Worte klangen süß, daß ich wie träumend die Arbeit ruhen ließ.

Ist doch die Seele mein
So ganz geworden dein,
Zittert in deiner Hand,
Tu ihr kein Leid!

Er sang die Strophe nicht zu Ende; er war aufgesprungen und stand vor mir. »Fräulein Anna«, sagte er, und in seiner Stimme klang noch die ganze Aufregung des Gesanges; »weshalb verleugneten Sie mich vor jener Frau?«

»Arnold!« rief ich. »Oh, bitte, Arnold!« Denn die Worte hatten mich grade ins Herz getroffen.

Als ich aufblickte, fuhr ein Strahl von Stolz und Zorn aus seinen Augen. Ich konnte es nicht hindern, daß mir die Tränen über die Wangen liefen und auf meine Arbeit herabfielen. Er sah mich einen Augenblick schweigend an; dann aber verschwand der Ausdruck der Heftigkeit aus seinem Antlitz. »Weinen Sie nicht, Anna«, sagte er; »es mag schwer zu überwinden sein, wenn einem die Lüge schon als Angebinde in die Wiege gelegt ist.«

»Welche Lüge? Was meinen Sie, Herr Arnold?«

Seine Augen ruhten mit einem Ausdruck des Schmerzes auf mir. »Daß man mehr sei als andere Menschen«, sagte er langsam. »Wer wäre so viel, daß er nicht einmal auf Augenblicke dadurch herabgezogen würde!«

»O Arnold«, rief ich, »Sie wollen alles in mir umstürzen!«

Er sah mich wieder mit jenen resoluten Augen an, als da ich zum ersten Mal ihm gegenüberstand; und jetzt plötzlich wußte ich es, was mich so vertraut aus diesem Antlitz ansprach. Ich schwieg; denn mir war, als fühlte ich das Blut in meine Wangen steigen. Dann aber, als er mich fragend anblickte, suchte ich mich zu fassen und wies mit der Hand nach jenem alten Familienbilde oberhalb der Tür. »Sehen Sie keine Ähnlichkeit?« fragte ich. »Der eine von jenen Knaben muß Ihr Vorfahr sein?«

Er warf einen flüchtigen Blick auf das Bild. »Sie wissen ja«, erwiderte er kopfschüttelnd, »ich gehöre nicht zu den Ihrigen.«

»Ich meine den Knaben, der den Sperling auf der Hand trägt«, sagte ich.

Ein Ausdruck des bittersten Hohnes flog über sein Gesicht. »Den Prügeljungen? – Das wäre möglich; meine Familie ist ja hier zu Haus.« Aber gleich darauf strich er mit jener leichten Kopfbewegung das Haar zurück und sagte fast weich: »Verzeihen Sie mir, Fräulein Anna; ich bin nicht immer gut.«

Ich war aufgestanden, und ich glaube, ich habe ihn mit meinen finstersten Augen angesehen. »Sie machen mir den Vorwurf«, erwiderte ich, »aber Sie selbst, meine ich, sind der Hochmütige!«

»Nein, nein«, rief er, indem er die Hand wie abwehrend von sich streckte, »das ist es nicht; ich schätze niemanden gering.«

Unser Gespräch wurde unterbrochen. Die Damen kamen zurück, und ich hatte Mühe, meine Aufregung zu verbergen.

Am Abend befanden wir uns alle, außer dem Oheim, der niemals eine Gesellschaft besuchte, in dem schönen, hell erleuchteten Rathaussaale der nächsten Stadt.

Es war eine Reihe von lebenden Bildern gestellt, welche die verschiedenen Epochen der städtischen Entwicklung zur Anschauung bringen sollten. Nun wurde der Saal geräumt, um Platz zum Tanzen zu gewinnen; jung und alt stand umher, sich über die eben beendigten Aufführungen unterhaltend. »Scharmant; in der Tat scharmant!« hörte ich die Stimme meines Vaters; ich sah ihn bald mit diesem, bald mit jenem in verbindlicher Weise konversieren; er lächelte, er bot den Herren seine Dose; es schien überall eine harmlose

Gegenseitigkeit zu walten. Ich hatte mich Arnold zum ersten Tanz versagt; mir klopfte das Herz; denn ich hatte seit lange nicht und niemals noch mit ihm getanzt. Meine gesangskundige Freundin hatte sich zu mir gefunden; wir hatten Arm in Arm gelegt und wandelten unter den brennenden Kronleuchtern plaudernd auf und ab. Während schon die Musikanten ihre Geigen stimmten, kam mein Vater auf uns zu. Er machte der jungen Dame über ihre Mitwirkung in den gestellten Bildern ein Kompliment und sagte dann wie beiläufig: »Du wirst dich fertigmachen müssen, Anna; der Wagen ist vorgefahren.«

»Was, Sie wollen schon fort? – Anna! Die Uhr ist ja kaum erst zehn!« rief das junge Mädchen.

Mein Vater neigte sich höflich zu ihr. »Wir müssen herzlich bedauern; aber ich hoffe, Sie werden uns recht bald bei uns zu Hause das Vergnügen machen.«

Mir quoll das Herz, aber ich schwieg; es konnte mich nicht überraschen, was geschah; ich hatte es in meiner Freude nur vergessen.

Nun traten auch andere hinzu, und es erfolgten Bitten und freundliches Drängen von allen Seiten; mein Vater hatte vollauf zu tun, das alles in leicht hingeworfenen Worten abzulehnen. Die Vorwände waren zwar augenscheinlich nichtig; aber sie waren ja auch nicht darauf berechnet, Glauben zu erwekken. Man begann denn auch allmählich zu begreifen; es entstand eine Stille, und die Leute zogen sich einer nach dem andern zurück. Mein Vater wandte sich an seinen Hauslehrer. »Amüsieren Sie sich, liebster Herr Arnold, und haben Sie nur die Güte, dem Kutscher zu sagen, wann Sie geholt sein wollen.«

»Ich danke, Exzellenz; ich werde gehen.«

Dann brachen wir auf. Tante Ursula, die Oberforstmeisterin und ihre Schwester nahmen mich in ihre Mitte; so schritten wir an der schweigenden Gesellschaft vorbei den Saal hinab. Es waren Männer darunter, die den Stempel langjähriger ernster Gedankenarbeit auf der Stirn trugen, Jünglinge mit tiefen vornehmen Augen, Mädchen mit allem Stolz und aller Grazie der Jugend; wir aber waren etwas zu Apartes, um uns mehr als andeutungsweise mit ihnen zu bemengen. Im Vorübergehen sah ich den stillen Ausdruck der Kränkung auf manchem jungen Antlitz, auf manchem alten ein ruhiges Lächeln. Ich mußte die Augen niederschlagen; ich haßte – nein, ich verachtete, mit Füßen hätte ich sie von mir stoßen mögen, die mich zwangen, mich so vor mir selber zu erniedrigen.

Am andern Vormittag, da ich noch ganz erfüllt von solchen Gedanken in den Garten gegangen war, begegnete mir Arnold in dem hinteren Quergange der Lindenallee. Es lag eine finstere Trauer in seinen Augen, als er langsam auf mich zukam. Wie von innerer Gewalt gedrängt, streckte ich beide Hände gegen ihn aus. »Arnold!« rief ich, »das war nicht meine Schuld!«

Er ergriff sie und sah mir eine Weile voll und tief in die Augen. »Dank, Dank für dieses Wort«, sagte er, indem alle Düsterkeit aus seinem Angesicht verschwand; »es hat nicht helfen wollen, daß ich es mir selbst schon tausendmal gesagt habe.«

Dann gingen wir schweigend nebeneinander ins Schloß zurück; mir war, als sei eine Zentnerlast von meiner Brust gefallen, als ich jetzt wieder zu der Tante in den Saal trat.

Bald darauf wurde es eine trübe, einsame Zeit. Die Schwäche des kleinen Kuno nahm in einer Weise zu, daß der Arzt jeden Unterricht auf Jahre hinaus untersagte. – Infolgedessen verließ uns Arnold; er wollte nach der Residenz, um sich an der dortigen Universität als Dozent zu habilitieren.

Der kleine Kranke war fast nicht zu trösten; Arnold mußte ihm versprechen, daß er wiederkommen oder daß er ihn zu sich holen wolle, sobald seine Kräfte wieder zugenommen hätten. Wenn wir vorausgewußt hätten, daß schon nach einem Monat das kleine Bett leerstehen würde, er wäre wohl so lange noch geblieben.

An einem klaren Novembervormittage hielt unser Wagen unten auf dem Hofe, um ihn zur nahen Stadt zu bringen. Ich war, von einem Gefühl schmerzlicher Unruhe getrieben, in den Garten hinabgegangen; die Buchenhecken waren schon gelichtet, die letzten gelben Blätter wehten von den Bäumen. Während ich in dem Gange hinter dem Laubschlosse auf und ab ging, sah ich Arnold in dem Hauptsteige herabkommen; er stand mitunter still und blickte um sich her; ich fühlte wohl, daß er mich suchte. Aber ich ging ihm nicht entgegen; ein Trotz, eine Wollust des Schmerzes überfiel mich; ich sollte ihn auf immer verlieren, so wollte ich auch diese letzten, armseligen Minuten von mir werfen. Ich schlich mich leise durch die Büsche in die Seitenallee und floh wie ein gejagtes Wild den Steig hinab. Unten durch eine Lücke des Zaunes schlüpfte ich in das angrenzende Gehölz. Dann, nachdem ich seitwärts durch die Bäume gegangen war, so weit, daß ich den Hauptgang des Gartens überblicken konnte, stand ich still und schlang den Arm um einen Tannenstamm. Ich sah noch, wie Arnold aus dem Garten trat, wie hinter ihm das eiserne Gittertor zuschlug. Ich rührte mich nicht; als ich nach einer Weile hörte, wie der Wagen über das Steinpflaster des Hofes rollte, warf ich mich auf den Boden und weinte bitterlich.

Da legte sich eine Hand sanft auf meine Schulter. Es war mein Oheim. »Komm«, sagte er, »komm, mein Kind; wir wollen noch einige Kiefernäpfel für meinen Kreuzschnabel suchen.« Er hob mich vom Boden auf und strich mit der Hand die trockenen Tannennadeln aus meinen Haaren; dann, während er einige Kienäpfel zwischen den Stämmen aufsammelte, führte er mich ins Haus und über eine Hintertreppe auf sein Zimmer. »So«, sagte er und drückte mich in seinen großen Lehnstuhl nieder und streichelte mir die Wangen, »besinne dich, mein Kind!« – Ein paarmal ging er, die Hände auf dem Rücken, im Zimmer auf und nieder; dann fütterte er den Kreuzschnabel und den lahmen Starmatz und machte sich draußen vor dem Fenster am Bauer des Käuzchens was zu tun; endlich kam er wieder zu mir zurück. »Es wird recht einsam für dich werden«, sagte er; »im Winter allein mit all den alten Menschen; aber um Ostern – ich hab es mir bedacht – da reisen wir beide einmal – was meinst du von der Residenz? – Ich werde den Vetter bitten, daß er dich mit mir reisen läßt. – – Der Arnold ist dann auch dort«, setzte er wie beiläufig hinzu; »er kann uns umherführen; der Bursche muß ja dann schon überall Bescheid wissen.«

Als ich bei diesen Worten seine Augen mit dem Ausdruck der zartesten Fürsorge auf mich gerichtet sah, gedachte ich unwillkürlich der seltsamen Erklärung der Liebe, die er mir vor einiger Zeit und an derselben Stelle gegeben hatte. »Onkel«, sagte ich leise, während ich den Druck seiner Hand an der meinen fühlte, »ist denn das auch nur die Furcht vor dem Alleinsein?«

»Freilich«, erwiderte er, »was denn anders, Kind? – Mein lahmer Starmatz und der alte Herr mit den Brillenaugen dort draußen vor dem Fenster, es sind zuzeiten schon ganz unterhaltende Gesellen; aber sie gehören denn doch, wie Hegel sagt, zu dem schlechthin Fremdartigen; und – mitunter, glaub ich, verstehen sie mich nicht ganz.«

Ich sah ihn zärtlich an und schüttelte den Kopf.

»Nun, nun«, fügte er sanft hinzu, »vielleicht ist es auch die Furcht, daß du allein seist.«

– –

Hier brachen die beschriebenen Blätter ab.

Ein anderer Tag

Die schweren Fenstervorhänge des Wohnzimmers schienen heute fast zu dunkel; denn draußen über dem Garten lag ein feuchter Oktobernachmittag. – Zwischen der Gutsherrin und ihrem jungen Verwandten war soeben ein Gespräch verstummt, das von besonderer Bedeutung gewesen sein mußte; denn, während sie an ihren Schreibtisch ging und das Heft hervornahm, woran sie vor einigen Wochen geschrieben hatte, lehnte er in der Fensternische und blickte, augenscheinlich mit einer schmerzlichen Verstimmung kämpfend, in den trüben Tag hinaus.

»Lies das, Rudolf, lies es jetzt gleich«, sagte sie, die Blätter vor ihm auf die Fensterbank legend; »ich dachte, es sei nur für mich selbst, als ich es niederschrieb; aber ich vertraue dir, und es wird gut sein, wenn du weißt, wie es einst mit mir gewesen ist.«

Er nahm schweigend das Heft und begann zu lesen. Sie sah ihm eine Weile zu; dann setzte sie sich in einen Sessel vor dem Kamin, in welchem der kühlen Jahreszeit wegen schon ein leichtes Feuer brannte. – Sie durchdachte noch einmal den Inhalt des Geschriebenen, und unwillkürlich schrieb sie in Gedanken weiter. Wie Nebelbilder erhellten sich einzelne Szenen ihrer Vergangenheit vor ihrem innern Auge und verblaßten wieder. Als Rudolf einmal unter dem Lesen einen Blick nach ihr hinüberwarf, sah er, wie sie die geballten Hände gegen ihre Augen drückte. Es waren die Tage ihrer Hochzeit, die grell beleuchtet vor ihr standen. Sie suchte mit körperlicher Gewalt der Bilder Herr zu werden, die sich frech und meisterlos zu ihr herandrängten und nicht weichen wollten. – Und es gelang ihr auch. Es wurde finster um sie her; ihr war, als ginge sie durch den Bauch der Erde. Sie hörte vor sich einen kleinen schlurfenden Schritt; in tödlicher Sehnsucht streckte sie die Arme aus; sie wußte es, es war ihr totes Kind, das vor ihr ging, ganz einsam durch die dichte Nacht; es konnte nicht fort, es hatte Erde auf den kleinen Füßen. Aber wo war es? Ihre zitternden Hände griffen umsonst in die leere Finsternis. – Da blickten ein Paar Augen durch die Nacht; und es wurde wieder hell; denn diese Augen gehörten noch dem Leben an. »Arnold«, sprach sie leise. – So hatte er sie angeschaut, als die kleinen Augen ihres Kindes sich geschlossen, tröstlich und doch ein Spiegel ihres Schmerzes; so auch, jahrelang nach jenem stummen Abschiednehmen dort im Garten, als sie in der Residenz, mit ihrem Gemahl in eine Gesellschaft tretend, ihn zum ersten Male wiedergesehen hatte. Sein Name war damals schon ein vielgenannter; er war ein Mann von »Distinktion« geworden, und auch hochgestellten Personen schmeichelte es, ihn unter ihren Gästen nennen zu können. So geschah es, daß sie sich von nun an zuweilen am dritten Orte sahen; bald aber kam er auch in ihr Haus, oft und öfter, zuletzt fast täglich, wenn auch nur auf Augenblicke. Was er für seine Vorlesungen, was er sonst zur Veröffentlichung niederschrieb, es war zuvor in geistigem Austausch zwischen ihnen hin und wider gegangen. Sie wurde allmählich sein Gewissen in diesen Dingen; er konnte ihrer Bestätigung kaum noch entbehren. – Mittlerweile war ihr Kind geboren und nach kaum Jahresfrist wieder gestorben. Sie hatten sich dadurch unwillkürlich nur um so fester aneinandergeschlossen; sie ahnten wohl selber kaum, daß ihr Verhältnis allmählich ein Gegenstand des öffentlichen Tadels geworden sei. Auch dem Gemahl der jungen Frau schien dies verborgen geblieben; sein Amt vergönnte ihm nur geringe Zeit in seinem eigenen Hause; er suchte überdies nicht dort, sondern in den tausend kleinen Dingen bei Hofe den Schwerpunkt seines Lebens. – Endlich, wie es nicht ausbleiben konnte, kam ihnen selbst der Augenblick plötzlicher Erkenntnis. – Sie sah es noch, wie er damals die Blätter, aus denen er ihr gelesen, zusammenrollte, wie seine Hand zitterte, und wie er durch die Tür verschwand. Kein Wort einer schmerzlichen Erklärung war zwischen ihnen laut geworden; aber sie wußten es beide, er, daß er nicht wiederkehren dürfe, sie, daß er nicht wiederkehren würde. – – Es war zu spät gewesen. Rastlos und heimlich hatte das Gerücht geschafft, und schon war auch das letzte Körnchen zugetragen, das die über ihren Häuptern drohende Lawine herabstürzte. Sie mußte in eine Trennung von ihrem Gemahl willigen; seine Stellung zum Hofe und zur Gesellschaft verlangten das. – Öde, trostlose Tage folgten.

– –

Rudolf hatte die Geschichte seiner Verwandten gelesen, soweit jene Blätter sie enthielten. Er blickte durch das Fenster den Buchengang hinab. Dort am Ende desselben hinter der Lindenalle lag der Tannenwald, in dem damals um einen ihm unbekannten Menschen von niedriger Herkunft ihre heißen Tränen geflossen waren. – »Und wie kam es dann später?« fragte er nach einer Weile, während er die Blätter aus der Hand legte.

Sie blickte auf, als müsse sie erst den Sinn zu dem Wortlaute finden, der eben an ihr Ohr gedrungen war. »Dann«, sagte sie endlich – »dann kam ein Augenblick der Schwäche.«

Rudolf nickte. »Ich weiß, du hast ihn wiedergesehen.«

Eine dunkle Röte bis unter das schwarze Haar überlief ihre Stirn. »Nein«, sagte sie; »das war es nicht. Aber ich war so jung; ich duldete es, daß mich mein Vater einem fremden Mann zur Ehe gab.«

»Noblesse oblige!« erwiderte er leichthin. »Was hätte denn geschehen sollen?«

»Sprich nicht so, Rudolf; die Anmaßung wird nicht schöner dadurch, daß man sie als ein apartes Pflichtgebot formuliert.«

»Es hat sich so gefügt«, sagte er mit einer gewissen Strenge, »daß du durch diese Grundsätze gelitten hast.«

Sie nickte. »Oh«, rief sie, »ich habe gelitten! Und nach Jahren, als mein Herz bitter und mein Sinn hart geworden – es ist wahr, wir haben uns wiedergesehen; und jene armselige Ehe ist darüber fast zerbrochen. – Aber – sie logen, sie logen alle!« Sie war aufgesprungen und preßte zitternd ihre Hände gegeneinander. – »So«, rief sie, »so, Rudolf, habe ich mein Herz gehalten.«

»Und doch«, erwiderte er, »ich lebte damals viele Meilen von deinem Wohnorte, und doch habe ich auch dort gehört, wie sie es sich gierig in die Ohren raunten.« Er verstummte plötzlich, als habe er zu viel gesagt.

Aber sie blickte ihn finster an. »Sprich nur«, sagte sie; »ich weiß es alles, alles!«

Er sah ihr voll leidenschaftlicher Spannung in die Augen. »Und jenes Kind?« fragte er endlich.

»Es war das meine«, sagte sie, und ihre Stimme bebte vor Schmerz.

»Das deine; – und nicht auch das seine?«

Sie sah ihn mit weit aufgerissenen Augen an, während eine Flut von Tränen über ihr Gesicht stürzte; Trotz und Verachtung gegen die Menschen, die sie besudeln wollten, fraßen an ihrem Herzen. »Nein, Rudolf«, rief sie, »leider nein!« – Einen Augenblick stand sie hoch aufgerichtet; dann warf sie sich in den Lehnstuhl und drückte beide Hände vor die Augen.

Der junge Mann war neben ihr aufs Knie gesunken; sein Blick ruhte angstvoll auf ihren blassen Fingern, durch welche immer neue Tränen hervorquollen. Einmal erhob er die Hand, als wolle er die ihrigen herabziehen; aber er ließ sie wieder sinken. – Als sie ruhiger geworden, ließ sie einige Sekunden ihre Augen auf dem jungen Antlitz ruhen, aus dem die Anbetung wie ein Opfer zu ihr emporstieg. Bald aber lehnte sie den Kopf zurück und starrte mit zusammengezogenen Brauen gegen die Zimmerdecke. »Geh jetzt, Rudolf!« sagte sie leise.

Der junge Mann ergriff die Hand, die wie leblos in ihrem Schoße lag, und küßte sie. Dann stand er auf und ging.

Es war dämmerig geworden; ein greller Abendschein leuchtete an der Wand; aber in den Ecken und am Kamin dunkelte es schon, und allmählich wuchs die Dämmerung. Die in dem tiefen Lehnsessel ruhende Frauengestalt war kaum noch erkennbar; dann fiel ein bleiches Mondlicht über den getäfelten Fußboden. Draußen erhob sich der Wind. Er kam aus weiter Ferne; ihr war, als sähe sie, wie er drunten über die mondhelle Heide fegte, wie er die Wolkenschatten vor sich hertrieb; sie hörte es näher kommen, die Tannen sausten, die alten Linden der Gartenallee; und nun fuhr es gegen die Fenster und warf einen Schauer von abgerissenen Blättern an die Scheiben. – Der große Hund erhob sich von seinem Teppich und legte seinen Kopf auf ihren Schoß. Sie blickte eine Weile auf das glänzende Auge des Tieres; endlich sprang sie auf aus dem weichen Sessel und drückte mit beiden Händen das Haar an den Schläfen zurück, als wollte sie alles Träumen gewaltsam von sich abstreifen. »Ausharren!« rief sie leise. Dann trat sie zur Tür und zog die Klingelschnur; über sich hörte sie Rudolf in seinem Zimmer auf und ab gehen. Es wurde Licht gebracht. »Und was denn nun zunächst?« – Aber sie wußte es schon; nachdem sie noch einen Augenblick in das verglimmende Kaminfeuer geblickt hatte, setzte sie sich an ihren Schreibtisch. Nach einer Stunde stand sie auf und siegelte einen Brief; die Adresse lautete an Rudolfs Mutter.

Es wird Frühling

Es war Winter geworden und einsam. In dem Zimmer oben ließ sich kein Schritt mehr hören; Rudolf hatte, wie sie es gewollt, das Schloß verlassen. Draußen vor dem Fenster sauste es in den nackten Zweigen, und in der Dämmerung vernahm man vom Korridor her das Schrillen der Spitzmäuse, welche in den öden Gängen umherhuschten. Manchmal, wenn sie abends aus dem Wohnzimmer in ihr Schlafgemach trat, blieb sie wie angewurzelt auf der Schwelle stehen. »Eine Kammer zum Sterben!« Sie schauderte. »Aber man braucht nur stillzuhalten; die Natur besorgt es ganz von selber!«

Sie ging umher, grübelnd, ob das, was ihre Gedanken zu dem fernen Geliebten zwang, nur die geistige Übereinstimmung ihres Wesens oder nicht vielmehr jene berauschende Naturgewalt sei, der sie keine Berechtigung zugestehen wollte. So reifte in ihr der Entschluß, soviel sie selbst vermöge, die Wiederherstellung ihrer Ehe zu versuchen. Zu dem Ende schrieb sie an ihren Gemahl, ausführlich und mit aller Wahrhaftigkeit und aller Milde, deren sie fähig war; eine aussichtslose Arbeit jenem Manne gegenüber, für den die Ehe nur die Bedeutung eines äußeren Anstandsverhältnisses hatte.

Der Brief war abgesandt; aber ein Tag nach dem andern verging, es kam keine Antwort. Ruhelos wanderte sie umher in den weiten Räumen; das trübe Dunkel des Wintertags lastete auf ihr wie eine Schwermut, die sie nicht abzuwerfen vermochte.

Doch es wurde wieder heller in dem alten Hause. Um Weihnachten war Schnee gefallen und leuchtete in die Fenster. Eine freundliche Wintersonne begann zu scheinen. Eines Nachmittags war mit den Zeitungen ein Schreiben angelangt, das den Poststempel der Residenzstadt trug. Ihre Hände zitterten, als sie das Siegel brach. Einen Augenblick noch, und ein Schrei stieg aus ihrer Brust, wie es dem Erstikkenden geschehen mag, wenn ihn plötzlich wieder der frische Strom der Luft berührt.

Sie hatte den Tod ihres Mannes gelesen.

Noch an demselben Tage reiste sie ab. – Einige Wochen vergingen; dann war sie wieder da. Während draußen allmählich der Schnee zerschmolz, wurde ein lebhafter Briefwechsel mit dem alten Oheim geführt; und endlich war es ausgemacht, sobald im Garten die Buchenhecken grün seien, wollte er kommen und sein altes Quartier beziehen; denn früher sei die große lebendige Vogelsammlung nicht zu transportieren. Als sie den Brief bekommen hatte, ging sie hinauf in das obere Stockwerk, durch den Saal in das einst so trauliche Zimmer des guten Oheims. Die Wände waren kahl, aber draußen vor dem Fenster hing noch der große Holzkäfig des Käuzchens. Sie ging wieder zurück; sie schloß eine Tür nach der andern auf, sie ging unten durch die ganze Zimmerreihe, die sie während ihrer Anwesenheit noch nicht betreten; die verlassenen dumpfigen Räume schienen ihr nicht öde; überall in ihnen war ja Raum für den Beginn eines neuen Lebens.

Und endlich kam der Frühling. – Über der schwarzen Erde sprang an Gebüsch und Bäumen das frische Grün hervor; im Garten an den Grasrändern der Buchenhecken stand es blau von Veilchen, und morgens und abends hörte man drüben vom Tannenwald die Amseln schlagen.

An einem solchen Tage wandelte die junge Schloßherrin in der Seitenallee ihres Gartens. Mitunter blickte sie über den niedrigen Zaun auf den Weg hinaus, oder jenseits desselben in die weite morgenhelle Landschaft. Zwischen den Feldern stand hie und da ein Baum, wie brennend im Sonnenfeuer; es war alles so licht, so heiter klangen die Grüße der vorübergehenden Arbeiter, und in der Luft schwammen die »süßen ahnungsreichen« Düfte des Frühlings.

Da sah sie zwei Männer aus dem Tannicht den Weg heraufkommen, ein Bursche vom Dorf trug ihnen das Gepäck nach. Der eine, dessen Haar völlig weiß war, blieb stehen und blickte, die Augen mit der Hand beschattend, nach dem Garten hinüber. Auch sein jüngerer Begleiter zögerte; er hatte den Hut abgenommen und schüttelte mit einer leichten Bewegung den Kopf, während er an den Schläfen das schlichte Haar zurückstrich. Dann kamen sie näher; und schon waren sie von ihr erkannt. »Arnold, Onkel Christoph!« rief sie und streckte weit die Arme ihnen entgegen: »Beide! Alle beide seid ihr da!«

Der alte Herr schwenkte seine Mütze. »Geduld, Geduld!« rief er zurück. »Erst um die Ecke dort, und dann über den Hof ins Haus! – Kommen Sie, Professor!« setzte er hinzu, indem er fürbaß schritt.

Aber Arnold war schon jenseit des niedrigen Zauns und hielt die Geliebte fest in seinen Armen.

»Ja so!« brummte der Alte, als er sich nach seinem Reisegefährten umsah. »Aber so geht's mit der Kameradschaft.« Dann schritt er, etwas langsamer als zuvor, den Weg hinauf, der nach dem Hoftor führte.

Arnold und Anna traten aus der Allee auf das Rondeel hinaus, dem Laubschloß gegenüber, das hell von der Sonne beleuchtet vor ihnen lag. Er hatte ihre Hand gefaßt. So gingen sie den grünen Buchengang hinab, dem Hause zu. – Drinnen auf dem Korridor vor der Tür des Wohnzimmers trafen sie den Oheim wieder. Er schloß sein Lieblingskind in seine

Arme; sie sah an seinen Lippen, daß er sprechen wollte; aber er schwieg und legte nur sanft die Hand auf ihren Kopf.

»So«, sagte er dann, als ob es ihn haste fortzukommen; »geht jetzt hinein; ich komme nach, ich muß einmal nach oben, mein altes Quartier zu revidieren.«

Sie hob ihr Haupt empor, das sie unter der Hand des alten Mannes gesenkt hatte, und blickte ihm nach, wie er eilig den Korridor hinabschritt und am Ende desselben in dem Treppenhause verschwand. Dann legte sie die Hand auf den Arm des Geliebten, der schweigend daneben gestanden hatte. »Arnold«, sagte sie, »lebt denn die Großmutter auf dem Schulzenhofe noch?«

»Sie lebt; aber sie wartet nicht mehr den jungen Hinrich Arnold; es hat sich umgekehrt, sie sitzt in ihrem Lehnstuhl in der Stube, und der kleine Hinrich bedient jetzt seine Urgroßmutter.«

»So laß uns morgen zu ihr, damit auch von den Deinigen sich eine Hand auf unsere Häupter lege.«

Dann traten sie in das Wohnzimmer. Als er den offenstehenden Flügel sah, überkam es ihn plötzlich. Wie trunken griff er in die Tasten und sang ihr zu:

Als ich dich kaum gesehn,
Mußt es mein Herz gestehn,
Ich könnt dir nimmermehr
Vorübergehn!

Sie stand ihm lächelnd gegenüber und sah ihn groß mit ihren blauen Augen an, während sie wie träumend mit der Hand ihr glänzend schwarzes Haar zurückstrich. Er vermochte nicht weiterzusingen; er sprang auf und faßte sie mit beiden Händen und hielt sie weit vor sich hin; seine Augen ließen nicht von ihr, als könnten sie sich nicht ersättigen an ihrem Anblick. »Und nun?« fragte er endlich.

»Nun, Arnold, mit dir zurück in die Welt, in den hohen, hellen Tag!« – –

Dann gingen sie Arm in Arm, zögernd, als müßten sie die Seligkeit jeder Sekunde zurückhalten, die breite Treppe in das obere Stockwerk hinauf. Als sie in den Rittersaal traten, kam ihnen der Oheim aus seinem Zimmer entgegen. Seine Gestalt war noch ungebeugt, und seine Augen blickten noch so innig wie vor Jahren. »Du brauchst einen Verwalter, Anna«, sagte er; »gegen freies Quartier werde ich diesen Posten übernehmen.«

Sie wollte Einwendungen machen. »Nein, nein, Anna, es wird nicht anders; ich bleibe hier und sehe nach dem Rechten. Aber ich habe eine Bedingung; in den Sommerferien kommen der Herr und die Frau Professorin auf das Schloß, um meine Jahresrechnung abzunehmen!«

Sie gelobten das.

Über ihnen auf dem alten Bilde stand wie immer der Prügeljunge mit seinem Sperling, seitab von den geputzten kleinen Grafen, und schaute stumm und schmerzlich herab auf die Kinder einer andern Zeit.

Bulemanns Haus

In einer norddeutschen Seestadt, in der sogenannten Düsternstraße, steht ein altes verfallenes Haus. Es ist nur schmal, aber drei Stockwerke hoch; in der Mitte desselben, vom Boden bis fast in die Spitze des Giebels, springt die Mauer in einem erkerartigen Ausbau vor, welcher für jedes Stockwerk nach vorne und an den Seiten mit Fenstern versehen ist, so daß in hellen Nächten der Mond hindurchscheinen kann.

Seit Menschengedenken ist niemand in dieses Haus hinein- und niemand herausgegangen; der schwere Messingklopfer an der Haustür ist fast schwarz von Grünspan, zwischen den Ritzen der Treppensteine wächst jahraus, jahrein das Gras. – Wenn ein Fremder fragt: »Was ist denn das für ein Haus?« so erhält er gewiß zur Antwort: »Es ist Bulemanns Haus«; wenn er aber weiter fragt: »Wer wohnt denn darin?« so antworten sie ebenso gewiß: »Es wohnt so niemand darin.« – Die Kinder auf den Straßen und die Ammen an der Wiege singen:

In Bulemanns Haus,
In Bulemanns Haus,
Da gucken die Mäuse
Zum Fenster hinaus.

Und wirklich wollen lustige Brüder, die von nächtlichen Schmäusen dort vorbeigekommen, ein Gequieke wie von unzähligen Mäusen hinter den dunkeln Fenstern gehört haben. Einer, der im Übermut den Türklopfer anschlug, um den Widerhall durch die öden Räume schollern zu hören, behauptet sogar, er habe drinnen auf den Treppen ganz deutlich das Springen großer Tiere gehört. »Fast«, pflegt er, dies erzählend, hinzuzusetzen, »hörte es sich an wie die Sprünge der großen Raubtiere, welche in der Menageriebude auf dem Rathausmarkte gezeigt wurden.«

Das gegenüberstehende Haus ist um ein Stockwerk niedriger, so daß nachts das Mondlicht ungehindert in die oberen Fenster des alten Hauses fallen kann. Aus einer solchen Nacht hat auch der Wächter etwas zu erzählen; aber es ist nur ein kleines altes Menschenantlitz mit einer bunten Zipfelmütze, das er droben hinter den runden Erkerfenstern gesehen haben will. Die Nachbarn dagegen meinen, der Wächter sei wieder einmal betrunken gewesen; sie hätten drüben an den Fenstern niemals etwas gesehen, das einer Menschenseele gleich gewesen.

Am meisten Auskunft scheint noch ein alter in einem entfernten Stadtviertel lebender Mann geben zu können, der vor Jahren Organist an der St. Magdalenenkirche gewesen ist. »Ich entsinne mich«, äußerte er, als er einmal darüber befragt wurde, »noch sehr wohl des hagern Mannes, der während meiner Knabenzeit allein mit einer alten Weibsperson in jenem Hause wohnte. Mit meinem Vater, der ein Trödler gewesen ist, stand er ein paar Jahre lang in lebhaftem Verkehr, und ich bin derzeit manches Mal mit Bestellungen an ihn geschickt worden. Ich weiß auch noch, daß ich nicht gern diese Wege ging und oft allerlei Ausflucht suchte; denn selbst bei Tage fürchtete ich mich, dort die schmalen dunkeln Treppen zu Herrn Bulemanns Stube im dritten Stockwerk hinaufzusteigen. Man nannte ihn unter den Leuten den ›Seelenverkäufer‹; und schon dieser Name erregte mir Angst, zumal daneben allerlei unheimlich Gerede über ihn im Schwange ging. Er war, ehe er nach seines Vaters Tode das alte Haus bezogen, viele Jahre als Supercargo auf Westindien gefahren. Dort sollte er sich mit einer Schwarzen verheiratet haben; als er aber heimgekommen, hatte man vergebens darauf gewartet, eines Tages auch jene Frau mit einigen dunkeln Kinder anlangen zu sehen. Und bald hieß es, er habe auf der Rückfahrt ein Sklavenschiff getroffen und an den Kapitän desselben sein eigen Fleisch und Blut nebst ihrer Mutter um schnödes Gold verkauft. – Was Wahres an solchen Reden gewesen, vermag ich nicht zu sagen«, pflegte der Greis hinzuzusetzen;

»denn ich will auch einem Toten nicht zu nahe treten; aber so viel ist gewiß, ein geiziger und menschenscheuer Kauz war es; und seine Augen blickten auch, als hätten sie bösen Taten zugesehen. Kein Unglücklicher und Hülfesuchender durfte seine Schwelle betreten; und wann immer ich damals dort gewesen, stets war von innen die eiserne Kette vor die Tür gelegt. – Wenn ich dann den schweren Klopfer wiederholt hatte anschlagen müssen, so hörte ich wohl von der obersten Treppe herab die scheltende Stimme des Hausherrn: ›Frau Anken! Frau Anken! Ist Sie taub? Hört Sie nicht, es hat geklopft!‹ Alsbald ließen sich aus dem Hinterhause über Pesel und Korridor die schlurfenden Schritte des alten Weibes vernehmen. Bevor sie aber öffnete, fragte sie hüstelnd: ›Wer ist es denn?‹, und erst, wenn ich geantwortet hatte: ›Es ist der Leberecht!‹ wurde die Kette drinnen abgehakt. Wenn ich dann hastig die siebenundsiebzig Treppenstufen – denn ich habe sie einmal gezählt – hinaufgestiegen war, pflegte Herr Bulemann auf dem kleinen dämmerigen Flur vor seinem Zimmer schon auf mich zu warten; in dieses selbst hat er mich nie hineingelassen. Ich sehe ihn noch, wie er in seinem gelbgeblümten Schlafrock mit der spitzen Zipfelmütze vor mir stand, mit der einen Hand rücklings die Klinke seiner Zimmertür haltend. Während ich mein Gewerbe bestellte, pflegte er mich mit seinen grellen runden Augen ungeduldig anzusehen und mich darauf hart und kurz abzufertigen. Am meisten erregten damals meine Aufmerksamkeit ein paar ungeheuere Katzen, eine gelbe und eine schwarze, die sich mitunter hinter ihm aus seiner Stube drängten und ihre dicken Köpfe an seinen Knien rieben. – Nach einigen Jahren hörte indessen der Verkehr mit meinem Vater auf, und ich bin nicht mehr dort gewesen. – Dies alles ist nun über siebzig Jahre her, und Herr Bulemann muß längst dahin getragen sein, von wannen niemand wiederkehrt.« – – Der Mann irrte sich, als er so sprach. Herr Bulemann ist nicht aus seinem Hause getragen worden; er lebt darin noch jetzt.

Das aber ist so zugegangen.

Vor ihm, dem letzten Besitzer, noch um die Zopf- und Haarbeutelzeit, wohnte in jenem Hause ein Pfandverleiher, ein altes verkrümmtes Männchen. Da er sein Gewerbe mit Umsicht seit über fünf Jahrzehnten betrieben hatte und mit einem Weibe, das ihm seit dem Tode seiner Frau die Wirtschaft führte, aufs spärlichste lebte, so war er endlich ein reicher Mann geworden. Dieser Reichtum bestand aber zumeist in einer fast unübersehbaren Menge von Pretiosen, Geräten und seltsamstem Trödelkram, was er alles von Verschwendern oder Notleidenden im Lauf der Jahre als Pfand erhalten hatte und das dann, da die Rückzahlung des darauf gegebenen Darlehns nicht erfolgte, in seinem Besitz zurückgeblieben war. – Da er bei einem Verkauf dieser Pfänder, welcher gesetzlich durch die Gerichte geschehen mußte, den Überschuß des Erlöses an die Eigentümer hätte herausgeben müssen, so häufte er sie lieber in den großen Nußbaumschränken auf, mit denen zu diesem Zwecke nach und nach die Stuben des ersten und endlich auch des zweiten Stockwerks besetzt wurden. Nachts aber, wenn Frau Anken im Hinterhause in ihrem einsamen Kämmerchen schnarchte und die schwere Kette vor der Haustür lag, stieg er oft mit leisem Tritt die Treppen auf und ab. In seinen hechtgrauen Rockelor eingeknöpft, in der einen Hand die Lampe, in der andern das Schlüsselbund, öffnete er bald im ersten, bald im zweiten Stockwerk die Stuben- und die Schranktüren, nahm hier eine goldene Repetieruhr, dort eine emaillierte Schnupftabaksdose aus dem Versteck hervor und berechnete bei sich die Jahre ihres Besitzes und ob die ursprünglichen Eigentümer dieser Dinge wohl verkommen und verschollen seien oder ob sie noch einmal mit dem Gelde in der Hand wiederkehren und ihre Pfänder zurückfordern könnten. – –

Der Pfandverleiher war endlich im äußersten Greisenalter von seinen Schätzen weggestorben und hatte das Haus nebst den vollen Schränken seinem einzigen Sohne hinterlassen müssen, den er während seines Lebens auf jede Weise daraus fernzuhalten gewußt hatte.

Dieser Sohn war der von dem kleinen Leberecht so gefürchtete Supercargo, welcher eben von einer überseeischen Fahrt in seine Vaterstadt zurückgekehrt war. Nach dem Begräbnis des Vaters gab er seine früheren Geschäfte auf und bezog dessen Zimmer im dritten Stock des alten Erkerhauses, wo nun statt des verkrümmten Männchens im hechtgrauen Rockelor eine lange hagere Gestalt im gelbgeblümten Schlafrock und bunter Zipfelmütze auf und ab wandelte oder rechnend an dem kleinen Pulte des Verstorbenen stand. – Auf Herrn Bulemann hatte sich indessen das Behagen des alten Pfandverleihers an den aufgehäuften Kostbarkeiten nicht vererbt. Nachdem er bei verriegelten Türen den Inhalt der großen Nußbaumschränke untersucht hatte, ging er mit sich zu Rate, ob er den heimlichen Verkauf dieser Dinge wagen solle, die immer noch das Eigentum anderer waren und an deren Wert er nur auf Höhe der ererbten und, wie die Bücher ergaben, meist sehr geringen Darlehnsforderung einen Anspruch hatte. Aber Herr Bulemann war keiner von den Unentschlossenen. Schon in wenigen Tagen war die Verbindung mit einem in der äußersten Vorstadt wohnenden Trödler angeknüpft, und nachdem man einige Pfänder aus den letzten Jahren zurückgesetzt hatte, wurde heimlich und vorsichtig der bunte Inhalt der großen Nußbaumschränke in gediegene Silbermünzen umgewandelt. Das war die Zeit, wo der Knabe Leberecht ins Haus gekommen war. – Das gelöste Geld tat Herr Bulemann in große eisenbeschlagene Kasten, welche er nebeneinander in seine Schlafkammer setzen ließ; denn bei der Rechtlosigkeit seines Besitzes wagte er nicht, es auf Hypotheken auszutun oder sonst öffentlich anzulegen.

Als alles verkauft war, machte er sich daran, sämtliche für die mögliche Zeit seines Lebens denkbare Ausgaben zu berechnen. Er nahm dabei ein Alter von neunzig Jahren in Ansatz und teilte dann das Geld in einzelne Päckchen je für eine Woche, indem er auf jedes Quartal noch ein Röllchen für unvorhergesehene Ausgaben dazulegte. Dieses Geld wurde für sich in einen Kasten gelegt, welcher nebenan in dem

Wohnzimmer stand; und alle Sonnabendmorgen erschien Frau Anken, die alte Wirtschafterin, die er aus der Verlassenschaft seines Vaters mit übernommen hatte, um ein neues Päckchen in Empfang zu nehmen und über die Verausgabung des vorigen Rechenschaft zu geben.

Wie schon erzählt, hatte Herr Bulemann Frau und Kinder nicht mitgebracht; dagegen waren zwei Katzen von besonderer Größe, eine gelbe und eine schwarze, am Tage nach der Beerdigung des alten Pfandverleihers durch einen Matrosen in einem fest zugebundenen Sack vom Bord des Schiffes ins Haus getragen worden. Diese Tiere waren bald die einzige Gesellschaft ihres Herrn. Sie erhielten mittags ihre eigene Schüssel, die Frau Anken unter verbissenem Ingrimm tagaus und -ein für sie bereiten mußte; nach dem Essen, während Herr Bulemann sein kurzes Mittagsschläfchen abtat, saßen sie gesättigt neben ihm auf dem Kanapee, ließen ein Läppchen Zunge hervorhängen und blinzelten ihn schläfrig aus ihren grünen Augen an. Waren sie in den unteren Räumen des Hauses auf der Mausjagd gewesen, was ihnen indessen immer einen heimlichen Fußtritt von dem alten Weibe eintrug, so brachten sie gewiß die gefangenen Mäuse zuerst ihrem Herrn im Maule hergeschleppt und zeigten sie ihm, ehe sie unter das Kanapee krochen und sie verzehrten. War dann die Nacht gekommen und hatte Herr Bulemann die bunte Zipfelmütze mit einer weißen vertauscht, so begab er sich mit seinen beiden Katzen in das große Gardinenbett im Nebenkämmerchen, wo er sich durch das gleichmäßige Spinnen der zu seinen Füßen eingewühlten Tiere in den Schlaf bringen ließ.

Dieses friedliche Leben war indes nicht ohne Störung geblieben. Im Lauf der ersten Jahre waren dennoch einzelne Eigentümer der verkauften Pfänder gekommen und hatten gegen Rückzahlung des darauf erhaltenen Sümmchens die Auslieferung ihrer Pretiosen verlangt. Und Herr Bulemann, aus Furcht vor Prozessen, wodurch sein Verfahren in die Öffentlichkeit hätte kommen können, griff in seine großen

Kasten und erkaufte sich durch größere oder kleinere Abfindungssummen das Schweigen der Beteiligten. Das machte ihn noch menschenfeindlicher und verbissener. Der Verkehr mit dem alten Trödler hatte längst aufgehört; einsam saß er auf seinem Erkerstübchen mit der Lösung eines schon oft gesuchten Problems, der Berechnung eines sichern Lotteriegewinnes, beschäftigt, wodurch er dermaleinst seine Schätze ins Unermeßliche zu vermehren dachte. Auch Graps und Schnores, die beiden großen Kater, hatten jetzt unter seiner Laune zu leiden. Hatte er sie in dem einen Augenblick mit seinen langen Fingern getätschelt, so konnten sie sich im andern, wenn etwa die Berechnung auf den Zahlentafeln nicht stimmen wollte, eines Wurfs mit dem Sandfaß oder der Papierschere versehen, so daß sie heulend in die Ecke hinkten.

Herr Bulemann hatte eine Verwandte, eine Tochter seiner Mutter aus erster Ehe, welche indessen schon bei dem Tode dieser wegen ihrer Erbansprüche abgefunden war und daher an die von ihm ererbten Schätze keine Ansprüche hatte. Er kümmerte sich jedoch nicht um diese Halbschwester, obgleich sie in einem Vorstadtviertel in den dürftigsten Verhältnissen lebte; denn noch weniger als mit andern Menschen liebte Herr Bulemann den Verkehr mit dürftigen Verwandten. Nur einmal, als sie kurz nach dem Tod ihres Mannes in schon vorgerücktem Alter ein kränkliches Kind geboren hatte, war sie hülfesuchend zu ihm gekommen. Frau Anken, die sie eingelassen, war horchend unten auf der Treppe sitzen geblieben, und bald hatte sie von oben die scharfe Stimme ihres Herrn gehört, bis endlich die Tür aufgerissen worden und die Frau weinend die Treppe herabgekommen war. Noch an demselben Abend hatte Frau Anken die strenge Weisung erhalten, die Kette fürderhin nicht von der Haustür zu ziehen, falls etwa die Christine noch einmal wiederkommen sollte.

Die Alte begann sich immer mehr vor der Hakennase und den grellen Eulenaugen ihres Herrn zu fürchten. Wenn er oben am Treppengeländer ihren Namen rief oder auch, wie er es vom Schiffe her gewohnt war, nur einen schrillen Pfiff auf seinen Fingern tat, so kam sie gewiß, in welchem Winkel sie auch sitzen mochte, eiligst hervorgekrochen und stieg stöhnend, Schimpf- und Klageworte vor sich herplappernd, die schmalen Treppen hinauf.

Wie aber in dem dritten Stockwerk Herr Bulemann, so hatte in den unteren Zimmern Frau Anken ihre ebenfalls nicht ganz rechtlich erworbenen Schätze aufgespeichert. – Schon in dem ersten Jahre ihres Zusammenlebens war sie von einer Art kindischer Angst befallen worden, ihr Herr könne einmal die Verausgabung des Wirtschaftsgeldes selbst übernehmen, und sie werde dann bei dem Geize desselben noch auf ihre alten Tage Not zu leiden haben. Um dieses abzuwenden, hatte sie ihm vorgelogen, der Weizen sei aufgeschlagen, und demnächst die entsprechende Mehrsumme für den Brotbedarf gefordert. Der Supercargo, der eben seine Lebensrechnung begonnen, hatte scheltend seine Papiere zerrissen und darauf seine Rechnung von vorn wieder aufgestellt und den Wochenrationen die verlangte Summe zugesetzt. – Frau Anken aber, nachdem sie ihren Zweck erreicht, hatte zur Schonung ihres Gewissens und des Sprichworts gedenkend: »Geschleckt ist nicht gestohlen«, nun nicht die überschüssig empfangenen Schillinge, sondern regelmäßig nur die dafür gekauften Weizenbrötchen unterschlagen, mit denen sie, da Herr Bulemann niemals die unteren Zimmer betrat, nach und nach die ihres kostbaren Inhalts beraubten großen Nußbaumschränke anfüllte.

So mochten etwa zehn Jahre verflossen sein. Herr Bulemann wurde immer hagerer und grauer, sein gelbgeblümter Schlafrock immer fadenscheiniger. Dabei vergingen oft Tage, ohne daß er den Mund zum Sprechen geöffnet hätte; denn er sah keine lebenden Wesen als die beiden Katzen und seine alte halb kindische Haushälterin. Nur mitunter, wenn er hörte, daß unten die Nachbarskinder auf den Prellsteinen vor seinem Hause ritten, steckte er den Kopf ein wenig aus dem

Fenster und schalt mit seiner scharfen Stimme in die Gasse hinab. – »Der Seelenverkäufer, der Seelenverkäufer!« schrien dann die Kinder und stoben auseinander. Herr Bulemann aber fluchte und schimpfte noch ingrimmiger, bis er endlich schmetternd das Fenster zuschlug und drinnen Graps und Schnores seinen Zorn entgelten ließ.

Um jede Verbindung mit der Nachbarschaft auszuschließen, mußte Frau Anken schon seit geraumer Zeit ihre Wirtschaftseinkäufe in entlegenen Straßen machen. Sie durfte jedoch erst mit dem Eintritt der Dunkelheit ausgehen und mußte dann die Haustür hinter sich verschließen.

Es mochte acht Tage vor Weihnachten sein, als die Alte wiederum eines Abends zu solchem Zwecke das Haus verlassen hatte. Trotz ihrer sonstigen Sorgfalt mußte sie sich indessen diesmal einer Vergessenheit schuldig gemacht haben. Denn als Herr Bulemann eben mit dem Schwefelholz sein Talglicht angezündet hatte, hörte er zu seiner Verwunderung es draußen auf den Stiegen poltern, und als er mit vorgehaltenem Licht auf den Flur hinaustrat, sah er seine Halbschwester mit einem bleichen Knaben vor sich stehen.

»Wie seid ihr ins Haus gekommen?« herrschte er sie an, nachdem er sie einen Augenblick erstaunt und ingrimmig angestarrt hatte.

»Die Tür war offen unten«, sagte die Frau schüchtern.

Er murmelte einen Fluch auf seine Wirtschafterin zwischen den Zähnen. »Was willst du?« fragte er dann.

»Sei doch nicht so hart, Bruder«, bat die Frau, »ich habe sonst nicht den Mut, zu dir zu sprechen.«

»Ich wüßte nicht, was du mit mir zu sprechen hättest; du hast dein Teil bekommen, wir sind fertig miteinander.«

Die Schwester stand schweigend vor ihm und suchte vergebens nach dem rechten Worte. – Drinnen wurde wiederholt ein Kratzen an der Stubentür vernehmbar. Als Herr Bulemann zurückgelangt und die Tür geöffnet hatte, sprangen die beiden großen Katzen auf den Flur hinaus und strichen spinnend an dem blassen Knaben herum, der sich furchtsam vor ihnen an die Wand zurückzog. Ihr Herr betrachtete ungeduldig die noch immer schweigend vor ihm stehende Frau. »Nun, wird's bald?« fragte er.

»Ich wollte dich um etwas bitten, Daniel«, hub sie endlich an. »Dein Vater hat ein paar Jahre vor seinem Tode, da ich in bitterster Not war, ein silbern Becherlein von mir in Pfand genommen.«

»Mein Vater von dir?« fragte Herr Bulemann.

»Ja, Daniel, dein Vater; der Mann von unser beider Mutter. Hier ist der Pfandschein; er hat mir nicht zu viel darauf gegeben.«

»Weiter!« sagte Herr Bulemann, der mit raschem Blick die leeren Hände seiner Schwester gemustert hatte.

»Vor einiger Zeit«, fuhr sie zaghaft fort, »träumte mir, ich gehe mit meinem kranken Kinde auf dem Kirchhof. Als wir an das Grab unserer Mutter kamen, saß sie auf ihrem Grabstein unter einem Busch voll blühender weißer Rosen. Sie hatte jenen kleinen Becher in der Hand, den ich einst als Kind von ihr geschenkt erhalten; als wir aber näher gekommen waren, setzte sie ihn an die Lippen; und indem sie dem Knaben lächelnd zunickte, hörte ich sie deutlich sagen: ›Zur Gesundheit!‹ – Es war ihre sanfte Stimme, Daniel, wie im Leben; und diesen Traum habe ich drei Nächte nacheinander geträumt.«

»Was soll das?« fragte Herr Bulemann.

»Gib mir den Becher zurück, Bruder! Das Christfest ist nahe; leg ihn dem kranken Kinde auf seinen leeren Weihnachtsteller!«

Der hagere Mann in seinem gelbgeblümten Schlafrock stand regungslos vor ihr und betrachtete sie mit seinen grellen runden Augen. »Hast du das Geld bei dir?« fragte er. »Mit Träumen löst man keine Pfänder ein.«

»O Daniel!« rief sie, »glaub unserer Mutter! Er wird gesund, wenn er aus dem kleinen Becher trinkt. Sei barmherzig; er ist ja doch von deinem Blute!«

Sie hatte die Hände nach ihm ausgestreckt; aber er trat

einen Schritt zurück. »Bleib mir vom Leibe«, sagte er. Dann rief er nach seinen Katzen. »Graps, alte Bestie! Schnores, mein Söhnchen!« Und der große gelbe Kater sprang mit einem Satz auf den Arm seines Herrn und klauete mit seinen Krallen in der bunten Zipfelmütze, während das schwarze Tier mauzend an seinen Knien hinaufstrebte.

Der kranke Knabe war näher geschlichen. »Mutter«, sagte er, indem er sie heftig an dem Kleide zupfte, »ist das der böse Ohm, der seine schwarzen Kinder verkauft hat?«

Aber in demselben Augenblick hatte auch Herr Bulemann die Katze herabgeworfen und den Arm des aufschreienden Knaben ergriffen. »Verfluchte Bettelbrut«, rief er, »pfeifst du auch das tolle Lied!«

»Bruder, Bruder!« jammerte die Frau. – Doch schon lag der Knabe wimmernd drunten auf dem Treppenabsatz. Die Mutter sprang ihm nach und nahm ihn sanft auf ihren Arm; dann aber richtete sie sich hoch auf, und den blutenden Kopf des Kindes an ihrer Brust, erhob sie die geballte Faust gegen ihren Bruder, der zwischen seinen spinnenden Katzen droben am Treppengeländer stand: »Verruchter, böser Mann!« rief sie. »Mögest du verkommen bei deinen Bestien!«

»Fluche, soviel du Lust hast!« erwiderte der Bruder; »aber mach, daß du aus dem Hause kommst.«

Dann, während das Weib mit dem weinenden Knaben die dunkeln Treppen hinabstieg, lockte er seine Katzen und klappte die Stubentür hinter sich zu. – Er bedachte nicht, daß die Flüche der Armen gefährlich sind, wenn die Hartherzigkeit der Reichen sie hervorgerufen hat.

Einige Tage später trat Frau Anken, wie gewöhnlich, mit dem Mittagsessen in die Stube ihres Herrn. Aber sie kniff heute noch mehr als sonst mit den dünnen Lippen, und ihre kleinen blöden Augen leuchteten vor Vergnügen. Denn sie hatte die harten Worte nicht vergessen, die sie wegen ihrer Nachlässigkeit an jenem Abend hatte hinnehmen müssen, und sie dachte, sie ihm jetzt mit Zinsen wieder heimzuzahlen.

»Habt Ihr's denn auf St. Magdalenen läuten hören?« fragte sie.

»Nein«, erwiderte Herr Bulemann kurz, der über seinen Zahlentafeln saß.

»Wißt Ihr denn wohl, wofür es geläutet hat?« fragte die Alte weiter.

»Dummes Geschwätz! Ich höre nicht nach dem Gebimmel.«

»Es war aber doch für Euren Schwestersohn!«

Herr Bulemann legte die Feder hin. »Was schwatzest du, Alte?«

»Ich sage«, erwiderte sie, »daß sie soeben den kleinen Christoph begraben haben.«

Herr Bulemann schrieb schon wieder weiter. »Warum erzählst du mir das? Was geht mich der Junge an?«

»Nun, ich dachte nur; man erzählt ja wohl, was Neues in der Stadt passiert.« – –

Als sie gegangen war, legte aber doch Herr Bulemann die Feder wieder fort und schritt, die Hände auf dem Rücken, eine lange Zeit in seinem Zimmer auf und ab. Wenn unten auf der Gasse ein Geräusch entstand, trat er hastig ans Fenster, als erwarte er schon den Stadtdiener eintreten zu sehen, der ihn wegen der Mißhandlung des Knaben vor den Rat zitieren solle. Der schwarze Graps, der mauzend seinen Anteil an der aufgetragenen Speise verlangte, erhielt einen Fußtritt, daß er schreiend in die Ecke flog. Aber, war es nun der Hunger, oder hatte sich unversehens die sonst so unterwürfige Natur des Tieres verändert, er wandte sich gegen seinen Herrn und fuhr fauchend und prustend auf ihn los. Herr Bulemann gab ihm einen zweiten Fußtritt. »Freßt«, sagte er. »Ihr braucht nicht auf mich zu warten.«

Mit einem Satz waren die beiden Katzen an der vollen Schüssel, die er ihnen auf den Fußboden gesetzt hatte.

Dann aber geschah etwas Seltsames.

Als der gelbe Schnores, der zuerst seine Mahlzeit beendet hatte, nun in der Mitte des Zimmers stand, sich reckte und buckelte, blieb Herr Bulemann plötzlich vor ihm stehen; dann ging er um das Tier herum und betrachtete es von allen Seiten. »Schnores, alter Halunke, was ist denn das?« sagte er, den Kopf des Katers krauend. »Du bist ja noch gewachsen in deinen alten Tagen!« – In diesem Augenblick war auch die andere Katze hinzugesprungen. Sie sträubte ihren glänzenden Pelz und stand dann hoch auf ihren schwarzen Beinen. Herr Bulemann schob sich die bunte Zipfelmütze aus der Stirn. »Auch der!« murmelte er. »Seltsam, es muß in der Sorte liegen.«

Es war indes dämmerig geworden, und, da niemand kam und ihn beunruhigte, so setzte er sich zu den Schüsseln, die auf dem Tische standen. Endlich begann er sogar seine großen Katzen, die neben ihm auf dem Kanapee saßen, mit einem gewissen Behagen zu beschauen. »Ein paar stattliche Burschen seid ihr!« sagte er, ihnen zunickend. »Nun soll euch das alte Weib unten auch die Ratten nicht mehr vergiften!« – Als er aber abends nebenan in seine Schlafkammer ging, ließ er sie nicht, wie sonst, zu sich herein; und als er sie nachts mit den Pfoten gegen die Kammertür fallen und mauzend daran herunterrutschen hörte, zog er sich das Deckbett über beide Ohren und dachte: »Mauzt nur zu, ich habe eure Krallen gesehen.« –

Dann kam der andere Tag, und als es Mittag geworden, geschah dasselbe, was tags zuvor geschehen war. Von der geleerten Schüssel sprangen die Katzen mit einem schweren Satz mitten ins Zimmer hinein, reckten und streckten sich; und als Herr Bulemann, der schon wieder über seinen Zahlentafeln saß, einen Blick zu ihnen hinüberwarf, stieß er entsetzt seinen Drehstuhl zurück und blieb mit ausgerecktem Halse stehen. Dort, mit leisem Winseln, als wenn ihnen ein Widriges angetan würde, standen Graps und Schnores zitternd mit geringelten Schwänzen, das Haar gesträubt; er sah es deutlich, sie dehnten sich, sie wurden groß und größer.

Noch einen Augenblick stand er, die Hände an den Tisch geklammert; dann plötzlich schritt er an den Tieren vorbei und riß die Stubentür auf. »Frau Anken, Frau Anken!« rief er; und da sie nicht gleich zu hören schien, tat er einen Pfiff auf seinen Fingern, und bald schlurrte auch die Alte unten aus dem Hinterhause hervor und keuchte eine Treppe nach der andern herauf.

»Sehe Sie sich einmal die Katzen an!« rief er, als sie ins Zimmer getreten war.

»Die hab ich schon oft gesehen, Herr Bulemann.«

»Sieht Sie daran denn nichts?«

»Daß ich nicht wüßte, Herr Bulemann!« erwiderte sie, mit ihren blöden Augen um sich blinzelnd.

»Was sind denn das für Tiere? Das sind ja gar keine Katzen mehr!« – Er packte die Alte an den Armen und rannte sie gegen die Wand. »Rotaugige Hexe!« schrie er, »bekenne, was hast du meinen Katzen eingebraut!«

Das Weib klammerte ihre knöchernen Hände ineinander und begann unverständliche Gebete herzuplappern. Aber die furchtbaren Katzen sprangen von rechts und links auf die Schultern ihres Herrn und leckten ihn mit ihren scharfen Zungen ins Gesicht. Da mußte er die Alte loslassen.

Fortwährend plappernd und hüstelnd schlich sie aus dem Zimmer und kroch die Treppen hinab. Sie war wie verwirrt; sie fürchtete sich, ob mehr vor ihrem Herrn oder vor den großen Katzen, das wußte sie selber nicht. So kam sie hinten in ihre Kammer. Mit zitternden Händen holte sie einen mit Geld gefüllten wollenen Strumpf aus ihrem Bett hervor; dann nahm sie aus einer Lade eine Anzahl alter Röcke und Lumpen und wickelte sie um ihren Schatz herum, so daß es endlich ein großes Bündel gab. Denn sie wollte fort, um jeden Preis fort; sie dachte an die arme Halbschwester ihres Herrn draußen in der Vorstadt; die war immer freundlich gegen sie gewesen, zu der wollte sie. Freilich, es war ein weiter Weg, durch viele Gassen, über viele schmale und lange Brücken, welche über dunkle Gräben und Fleten hinwegführten, und draußen dämmerte schon der Winterabend. Es trieb sie dennoch fort. Ohne an ihre Tausende von Weizenbrötchen zu denken, die sie in kindischer Fürsorge in den großen Nußbaumschränken aufgehäuft hatte, trat sie mit ihrem schweren Bündel auf dem Nacken aus dem Hause. Sorgfältig mit dem großen krausen Schlüssel verschloß sie die schwere eichene Tür, steckte ihn in ihre Ledertasche und ging dann keuchend in die finstere Stadt hinaus. – –

Frau Anken ist niemals wiedergekommen, und die Tür von Bulemanns Haus ist niemals wieder aufgeschlossen worden.

Noch an demselben Tage aber, da sie fortgegangen, hat ein junger Taugenichts, der, den Knecht Ruprecht spielend, in den Häusern umherlief, mit Lachen seinen Kameraden erzählt, da er in seinem rauhen Pelz über die Kreszentiusbrücke gegangen sei, habe er ein altes Weib dermaßen erschreckt, daß sie mit ihrem Bündel wie toll in das schwarze Wasser hinabgesprungen sei. – Auch ist in der Frühe des andern Tages in der äußersten Vorstadt die Leiche eines alten Weibes, welche an einem großen Bündel festgebunden war, von den Wächtern aufgefischt und bald darauf, da niemand sie gekannt hat, auf dem Armenviertel des dortigen Kirchhofs in einem platten Sarge eingegraben worden.

Dieser andere Morgen war der Morgen des Weihnachtabends. – Herr Bulemann hatte eine schlechte Nacht gehabt; das Kratzen und Arbeiten der Tiere gegen seine Kammertür hatte ihm diesmal keine Ruhe gelassen; erst gegen die Morgendämmerung war er in einen langen, bleiernen Schlaf gefallen. Als er endlich seinen Kopf mit der Zipfelmütze in das Wohnzimmer hineinsteckte, sah er die beiden Katzen laut schnurrend mit unruhigen Schritten umeinander hergehen. Es war schon nach Mittag; die Wanduhr zeigte auf eins. »Sie werden Hunger haben, die Bestien«, murmelte er. Dann öffnete er die Tür nach dem Flur und pfiff nach der Alten. Zugleich aber drängten die Katzen sich hinaus und rannten die Treppe hinab, und bald hörte er von unten aus der Küche herauf Springen und Tellergeklapper. Sie mußten auf den

Schrank gesprungen sein, auf den Frau Anken die Speisen für den andern Tag zurückzusetzen pflegte.

Herr Bulemann stand oben an der Treppe und rief laut und scheltend nach der Alten; aber nur das Schweigen antwortete ihm oder von unten herauf aus den Winkeln des alten Hauses ein schwacher Widerhall. Schon schlug er die Schöße seines geblümten Schlafrocks übereinander und wollte selbst hinabsteigen, da polterte es drunten auf den Stiegen, und die beiden Katzen kamen wieder heraufgerannt. Aber das waren keine Katzen mehr; das waren zwei furchtbare, namenlose Raubtiere. Die stellten sich gegen ihn, sahen ihn mit ihren glimmenden Augen an und stießen ein heiseres Geheul aus. Er wollte an ihnen vorbei, aber ein Schlag mit der Tatze, der ihm einen Fetzen aus dem Schlafrock riß, trieb ihn zurück. Er lief ins Zimmer; er wollte ein Fenster aufreißen, um die Menschen auf der Gasse anzurufen; aber die Katzen sprangen hinterdrein und kamen ihm zuvor. Grimmig schnurrend, mit erhobenem Schweif, wanderten sie vor den Fenstern auf und ab. Herr Bulemann rannte auf den Flur hinaus und warf die Zimmertür hinter sich zu; aber die Katzen schlugen mit der Tatze auf die Klinke und standen schon vor ihm an der Treppe. – Wieder floh er ins Zimmer zurück, und wieder waren die Katzen da.

Schon verschwand der Tag, und die Dunkelheit kroch in alle Ecken. Tief unten von der Gasse herauf hörte er Gesang; Knaben und Mädchen zogen von Haus zu Haus und sangen Weihnachtslieder. Sie gingen in alle Türen; er stand und horchte. Kam denn niemand in seine Tür? – – Aber er wußte es ja, er hatte sie selber alle fortgetrieben; es klopfte niemand, es rüttelte niemand an der verschlossenen Haustür. Sie zogen vorüber; und allmählich ward es still, totenstill auf der Gasse. Und wieder suchte er zu entrinnen; er wollte Gewalt anwenden; er rang mit den Tieren, er ließ sich Gesicht und Hände blutig reißen. Dann wieder wandte er sich zur List; er rief sie mit den alten Schmeichelnamen, er strich ihnen die Funken aus dem Pelz und wagte es sogar, ihren flachen Kopf mit den großen weißen Zähnen zu krauen. Sie warfen sich auch vor ihm hin und wälzten sich schnurrend zu seinen Füßen; aber wenn er den rechten Augenblick gekommen glaubte und aus der Tür schlüpfte, so sprangen sie auf und standen, ihr heiseres Geheul ausstoßend, vor ihm. – So verging die Nacht, so kam der Tag, und noch immer rannte er zwischen der Treppe und den Fenstern seines Zimmers hin und wider, die Hände ringend, keuchend, das graue Haar zerzaust.

Und noch zweimal wechselten Tag und Nacht; da endlich warf er sich, gänzlich erschöpft, an allen Gliedern zuckend, auf das Kanapee. Die Katzen setzten sich ihm gegenüber und blinzelten ihn schläfrig aus halb geschlossenen Augen an. Allmählich wurde das Arbeiten seines Leibes weniger, und endlich hörte es ganz auf. Eine fahle Blässe überzog unter den Stoppeln des grauen Bartes sein Gesicht; noch einmal aufseufzend, streckte er die Arme und spreizte die langen Finger über die Knie; dann regte er sich nicht mehr.

Unten in den öden Räumen war es indessen nicht ruhig gewesen. Draußen an der Tür des Hinterhauses, die auf den engen Hof hinausführt, geschah ein emsiges Nagen und Fressen. Endlich entstand über der Schwelle eine Öffnung, die größer und größer wurde; ein grauer Mauskopf drängte sich hindurch, dann noch einer, und bald huschte eine ganze Schar von Mäusen über den Flur und die Treppe hinauf in den ersten Stock. Hier begann das Arbeiten aufs neue an der Zimmertür, und als diese durchnagt war, kamen die großen Schränke daran, in denen Frau Ankens hinterlassene Schätze aufgespeichert lagen. Da war ein Leben wie im Schlaraffenland; wer durch wollte, mußte sich durchfressen. Und das Geziefer füllte sich den Wanst; und wenn es mit dem Fressen nicht mehr fort wollte, rollte es die Schwänze auf und hielt sein Schläfchen in den hohlgefressenen Weizenbrötchen. Nachts kamen sie hervor, huschten über die Dielen oder saßen, ihre Pfötchen leckend, vor dem Fenster und schauten, wenn der Mond schien, mit ihren kleinen blanken Augen in die Gasse hinab.

Aber diese behagliche Wirtschaft sollte bald ihr Ende erreichen. In der dritten Nacht, als eben droben Herr Bulemann seine Augen zugetan hatte, polterte es draußen auf den Stiegen. Die großen Katzen kamen herabgesprungen, öffneten mit einem Schlag ihrer Tatze die Tür des Zimmers und begannen ihre Jagd. Da hatte alle Herrlichkeit ein Ende. Quieksend und pfeifend rannten die fetten Mäuse umher und strebten ratlos an den Wänden hinauf. Es war vergebens; sie verstummten eine nach der andern zwischen den zermalmenden Zähnen der beiden Raubtiere.

Dann wurde es still, und bald war in dem ganzen Hause nichts vernehmbar als das leise Spinnen der großen Katzen, die mit ausgestreckten Tatzen droben vor dem Zimmer ihres Herrn lagen und sich das Blut aus den Bärten leckten.

Unten in der Haustür verrostete das Schloß, den Messingklopfer überzog der Grünspan, und zwischen den Treppensteinen begann das Gras zu wachsen.

Draußen aber ging die Welt unbekümmert ihren Gang. – Als der Sommer gekommen war, stand auf dem St. Magdalenenkirchhof auf dem Grabe des kleinen Christoph ein blühender weißer Rosenbusch; und bald lag auch ein kleiner Denkstein unter demselben. Den Rosenbusch hatte seine Mutter ihm gepflanzt; den Stein freilich hatte sie nicht beschaffen können. Aber Christoph hatte einen Freund gehabt; es war ein junger Musikus, der Sohn eines Trödlers, der in dem Hause ihnen gegenüber wohnte. Zuerst hatte er sich unter sein Fenster geschlichen, wenn der Musiker drinnen am Klavier saß; später hatte dieser ihn zuweilen in die Magdalenenkirche genommen, wo er sich nachmittags im Orgelspiel zu üben pflegte. – Da saß denn der blasse Knabe auf einem Schemelchen zu seinen Füßen, lehnte lauschend den Kopf an die Orgelbank und sah, wie die Sonnenlichter durch die Kirchenfenster spielten. Wenn der junge Musikus dann, von der Verarbeitung seines Themas fortgerissen, die tiefen mächtigen Register durch die Gewölbe brausen ließ, oder wenn er mitunter den Tremulanten zog und die Töne wie zitternd vor der Majestät Gottes dahinfluteten, so konnte es wohl geschehen, daß der Knabe in stilles Schluchzen ausbrach und sein Freund ihn nur schwer zu beruhigen vermochte. Einmal auch sagte er bittend: »Es tut mir weh, Leberecht; spiele nicht so laut!«

Der Orgelspieler schob auch sogleich die großen Register wieder ein und nahm die Flöten- und andere sanfte Stimmen; und süß und ergreifend schwoll das Lieblingslied des Knaben durch die stille Kirche: »Befiehl du deine Wege.« – Leise mit seiner kränklichen Stimme hub er an mitzusingen. »Ich will auch spielen lernen«, sagte er, als die Orgel schwieg; »willst du mich es lehren, Leberecht?«

Der junge Musikus ließ seine Hand auf den Kopf des Knaben fallen, und ihm das gelbe Haar streichelnd, erwiderte er: »Werde nur erst recht gesund, Christoph; dann will ich dich es gern lehren.«

Aber Christoph war nicht gesund geworden. – Seinem kleinen Sarge folgte neben der Mutter auch der junge Orgelspieler. Sie sprachen hier zum ersten Mal zusammen; und die Mutter erzählte ihm jenen dreimal geträumten Traum von dem kleinen silbernen Erbbecher.

»Den Becher«, sagte Leberecht, »hätte ich Euch geben können; mein Vater, der ihn vor Jahren mit vielen andern Dingen von Euerm Bruder erhandelte, hat mir das zierliche Stück einmal als Weihnachtsgeschenk gegeben.«

Die Frau brach in die bittersten Klagen aus. »Ach«, rief sie immer wieder, »er wäre ja gewiß gesund geworden!«

Der junge Mann ging eine Weile schweigend neben ihr her. »Den Becher soll unser Christoph dennoch haben«, sagte er endlich.

Und so geschah es. Nach einigen Tagen hatte er den Becher an einen Sammler solcher Pretiosen um einen guten Preis verhandelt; von dem Gelde aber ließ er den Denkstein für das Grab des kleinen Christoph machen. Er ließ eine Marmortafel darin einlegen, auf welcher das Bild des Bechers ausgemeißelt wurde. Darunter standen die Worte eingegraben: »Zur Gesundheit!« –

Noch viele Jahre hindurch, mochte der Schnee auf dem Grabe liegen oder mochte in der Junisonne der Busch mit Rosen überschüttet sein, kam oft eine blasse Frau und las andächtig und sinnend die beiden Worte auf dem Grabstein. – Dann eines Sommers ist sie nicht mehr gekommen; aber die Welt ging unbekümmert ihren Gang.

Nur noch einmal, nach vielen Jahren, hat ein sehr alter Mann das Grab besucht, er hat sich den kleinen Denkstein angesehen und eine weiße Rose von dem alten Rosenbusch gebrochen. Das ist der emeritierte Organist von St. Magdalenen gewesen.

Aber wir müssen das friedliche Kindergrab verlassen, und wenn der Bericht zu Ende geführt werden soll, drüben in der Stadt noch einen Blick in das alte Erkerhaus der Düsternstraße werfen. – Noch immer stand es schweigend und verschlossen. Während draußen das Leben unablässig daran vorüberflutete, wucherte drinnen in den eingeschlossenen Räumen der Schwamm aus den Dielenritzen, löste sich der Gips an den Decken und stürzte herab, in einsamen Nächten ein unheimliches Echo über Flur und Stiege jagend. Die Kinder, welche an jenem Christabend auf der Straße gesungen hatten, wohnten jetzt als alte Leute in den Häusern, oder sie hatten ihr Leben schon abgetan und waren gestorben; die Menschen, die jetzt auf der Gasse gingen, trugen andere Gewänder, und draußen auf dem Vorstadtskirchhof war der schwarze Nummerpfahl auf Frau Ankens namenlosem Grabe schon längst verfault. Da schien eines Nachts wieder einmal, wie schon so oft, über das Nachbarhaus hinweg der Vollmond in das Erkerfenster des dritten Stockwerks und malte mit seinem bläulichen Lichte die kleinen runden Scheiben auf den Fußboden. Das Zimmer war leer; nur auf dem Kanapee zusammengekauert saß eine kleine Gestalt von der Größe eines jährigen Kindes, aber das Gesicht war alt und bärtig und die magere Nase unverhältnismäßig groß; auch trug sie eine weit über die Ohren fallende Zipfelmütze und einen langen, augenscheinlich für einen ausgewachsenen Mann bestimmten Schlafrock, auf dessen Schoß sie die Füße heraufgezogen hatte.

Diese Gestalt war Herr Bulemann. – Der Hunger hatte ihn nicht getötet, aber durch den Mangel an Nahrung war sein Leib verdorrt und eingeschwunden, und so war er im Lauf der Jahre kleiner und kleiner geworden. Mitunter in Vollmondnächten wie diese war er erwacht und hatte, wenn auch mit immer schwächerer Kraft, seinen Wächtern zu entrinnen gesucht. War er von den vergeblichen Anstrengungen erschöpft aufs Kanapee gesunken oder zuletzt hinaufgekrochen, und hatte dann der bleierne Schlaf ihn wieder befallen, so streckten Graps und Schnores sich draußen vor der Treppe hin, peitschten mit ihrem Schweif den Boden und horchten, ob Frau Ankens Schätze neue Wanderzüge von Mäusen in das Haus gelockt hätten.

Heute war es anders; die Katzen waren weder im Zimmer noch draußen auf dem Flur. Als das durch das Fenster fallende Mondlicht über den Fußboden weg und allmählich an der kleinen Gestalt hinaufrückte, begann sie sich zu regen; die großen runden Augen öffneten sich, und Herr Bulemann starrte in das leere Zimmer hinaus. Nach einer Weile rutschte er, die langen Ärmel mühsam zurückschlagend, von dem Kanapee herab und schritt langsam der Tür zu, während die breite Schleppe des Schlafrocks hinter ihm herfegte. Auf den Fußspitzen nach der Klinke greifend, gelang es ihm, die Stubentür zu öffnen und draußen bis an das Geländer der Treppe vorzuschreiten. Eine Weile blieb er keuchend stehen; dann streckte er den Kopf vor und mühte sich zu rufen: »Frau Anken, Frau Anken!« Aber seine Stimme war nur wie das Wispern eines kranken Kindes. »Frau Anken, mich hungert; so höre Sie doch!«

Alles blieb still; nur die Mäuse quieksten jetzt heftig in den unteren Zimmern.

Da wurde er zornig: »Hexe, verfluchte, was pfeift Sie denn?« Und ein Schwall unverständlich geflüsterter Schimpfworte sprudelte aus seinem Munde, bis ein Stickhusten ihn befiel und seine Zunge lähmte.

Draußen, unten an der Haustür, wurde der schwere Messingklopfer angeschlagen, daß der Hall bis in die Spitze des Hauses hinaufdrang. Es mochte jener nächtliche Geselle sein, von dem im Anfang dieser Geschichte die Rede gewesen ist.

Herr Bulemann hatte sich wieder erholt. »So öffne Sie doch!« wisperte er; »es ist der Knabe, der Christoph; er will den Becher holen.«

Plötzlich wurden von unten herauf zwischen dem Pfeifen der Mäuse die Sprünge und das Knurren der beiden großen Katzen vernehmbar. Er schien sich zu besinnen; zum ersten Mal bei seinem Erwachen hatten sie das oberste Stockwerk verlassen und ließen ihn gewähren. – Hastig, den langen Schlafrock nach sich schleppend, stapfte er in das Zimmer zurück.

Draußen aus der Tiefe der Gasse hörte er den Wächter rufen. »Ein Mensch, ein Mensch!« murmelte er; »die Nacht ist so lang, so vielmal bin ich aufgewacht, und noch immer scheint der Mond.«

Er kletterte auf den Polsterstuhl, der in dem Erkerfenster stand. Emsig arbeitete er mit den kleinen dürren Händen an dem Fensterhaken; denn drunten auf der mondhellen Gasse hatte er den Wächter stehen sehen. Aber die Haspen waren festgerostet; er mühte sich vergebens, sie zu öffnen. Da sah er den Mann, der eine Weile hinaufgestarrt hatte, in den Schatten der Häuser zurücktreten.

Ein schwacher Schrei brach aus seinem Munde; zitternd, mit geballten Fäusten schlug er gegen die Fensterscheiben; aber seine Kraft reichte nicht aus, sie zu zertrümmern. Nun begann er Bitten und Versprechungen durcheinander zu wispern; allmählich, während die Gestalt des unten gehenden

Mannes sich immer mehr entfernte, wurde sein Flüstern zu einem erstickten heisern Gekrächze; er wollte seine Schätze mit ihm teilen; wenn er nur hören wollte, er sollte alles haben, er selber wollte nichts, gar nichts für sich behalten; nur den Becher, der sei das Eigentum des kleinen Christoph.

Aber der Mann ging unten unbekümmert seinen Gang, und bald war er in einer Nebengasse verschwunden. – Von allen Worten, die Herr Bulemann in jener Nacht gesprochen, ist keines von einer Menschenseele gehört worden.

Endlich nach aller vergeblichen Anstrengung kauerte sich die kleine Gestalt auf dem Polsterstuhl zusammen, rückte die Zipfelmütze zurecht und schaute, unverständliche Worte murmelnd, in den leeren Nachthimmel hinauf.

So sitzt er noch jetzt und erwartet die Barmherzigkeit Gottes.

Draußen im Heidedorf

Es war an einem Herbstabend; ich hatte in der Amtsvogtei ein paar am Mittage eingebrachte Holzfrevler vernommen und ging nun langsam meinem Hause zu. Die Gaserleuchtung war derzeit für unsere Stadt noch nicht erfunden; nur die kleinen Handlaternen wankten wie Irrlichter durch die dunklen Gassen. Einer dieser Scheine aber blieb unverrückt an derselben Stelle und zog dadurch meine müßigen Augen auf sich.

Als ich näher gekommen war, sah ich vor dem Wirtshause, wo damals die nach Ost belegenen Dörfer ihre Anfahrt hatten, noch einen angeschirrten Bauerwagen halten; der alte Hausknecht stand mit der Stalleuchte daneben, während die Leute sich zur Abfahrt rüsteten.

»Macht fertig, Hinrich!« sprach es vom Wagen herab; »Ihr habt nun genug gedalbert! Carsten Krügers und Carsten Deckers Frau warten alle beid auf ihre Stunde; es läßt mir nicht Ruh mehr.« – Die etwas ältliche Stimme kam von einer breiten, anscheinend weiblichen Person, welche, in Tücher und Mäntel eingemummt, unbeweglich auf dem zweiten Wagenstuhle saß.

Ich war unwillkürlich an der Ecke der hier abgehenden Querstraße stehengeblieben. Wenn man stundenlang gearbeitet hat, so sieht man gern einmal die andern Menschen eine Szene vor sich abspielen, und der Knecht hielt die Leuchte hoch genug, daß ich alles bequem betrachten konnte.

Neben einer jugendlichen Frauengestalt, deren Wuchs sich auffallend von der gedrungenen Statur unserer gewöhnlichen Landmädchen unterschied, stand ein junger Bauer, dessen blondes krauses Haar unter der Tuchmütze hervorquoll; in der einen Hand hielt er Zügel und Peitsche, mit der andern hatte er die Lehne eines hölzernen Stuhles gefaßt, der zum Auftritt an den Wagen gerückt war. Es lag etwas Brütendes in dem Gesichte des jungen Menschen; der breite Stirnknochen trat so weit vor, daß er die Augen fast verdeckte. – »Komm, Margret, steig nun auf!« sagte er, indem er nach der Hand des Mädchens haschte.

Aber sie stieß ihn zurück. »Ich brauch dich nicht!« rief sie. »Paß du nur deine Braunen!«

»So laß doch die Narrenspossen, Margret!«

Auf diese mit kaum verhehlter Ungeduld gesprochenen Worte wandte sie den Kopf. Bei dem Schein der Leuchte sah ich nur den unteren Teil des Gesichtes; aber diese weichen blassen Wangen waren schwerlich jemals dem Wetter der ländlichen Saat- und Erntezeit preisgegeben gewesen; was mir besonders auffiel, waren die weißen spitzen Zähne, die jetzt von den lächelnden Lippen bloßgelegt wurden.

Sie hatte dem jungen Menschen auf seine letzten Worte nichts erwidert; aber nach der Haltung des Kopfes konnte ich annehmen, daß ihre Augen jetzt die Antwort gaben. Zugleich trat sie leis mit einem Fuße auf den Holzstuhl, und als er sie nun umfaßte, ließ sie sich weich an seine Schulter sinken, und ich bemerkte, wie ihre Wangen eine Weile aneinander ruhten. Ich sah aber auch, wie er sie nach dem vorderen Wagensitze hinzudrängen suchte; allein sie entschlüpfte ihm und hatte sich im Augenblick auf dem zweiten Stuhl neben der dicken Frau zurechtgesetzt, die jetzt wieder ein »Mach fertig, Hinrich, mach fertig!« aus ihren Tüchern herausrief.

Der junge Bauer blieb noch wie unentschlossen an dem Wagen stehen. Dann zupfte er dem Mädchen an die Kleider. »Margret!« stieß er dumpf hervor, »setz dich nach vorne, Margret!«

»Viel Dank, Hinrich!« erwiderte sie laut; »ich sitz hier gut genug.«

Der junge Mensch riß heftiger an ihren Kleidern. »Ich fahr nicht ab, Margret, wenn du nicht bei mir sitzen willst!«

Jetzt bog sie sich über den Rand des Sitzes zu ihm herab; ich sah ein Paar dunkle Augen in dem blassen Antlitz blitzen, und die weißen Zähne wurden wieder sichtbar zwischen den üppigen Lippen. »Willst du dich schicken, Hinrich!« sprach sie leise, fast wie mit verheißender Zärtlichkeit; »oder sollen wir ein ander Mal mit Hans Ottsen zur Stadt fahren? Er hat mich oft genug darum geplagt.«

Der junge Mann murmelte etwas, das ich nicht verstand; dann sprang er ungestüm zwischen die Pferde durch auf den vorderen Wagensitz, knallte ingrimmig mit der Peitsche und riß in die Zügel, daß die Braunen sich steil in die Höhe bäumten. Und gleich darauf, unter dem Aufschrei der Frauen, rasselte das Gefährt in die Nacht hinaus, daß der Holzstuhl, vom Rade getroffen, zertrümmert auf das Pflaster stürzte und der alte Hausknecht mit einem »Gott bewahr uns in Gnaden!« zurücktaumelte und dann scheltend mit seiner Leuchte durch die Haustür verschwand.

Wie ein Schattenspiel war alles vorüber; und nachdenklich setzte ich meinen Weg nach Hause fort.

Etwa ein halbes Jahr danach wurde in der Amtsvogtei der Tod des Eingesessenen Hinrich Fehse zur Anzeige gebracht, der in einem der Ostdörfer eine große, aber, wie mir bekannt war, stark verschuldete Bauernstelle besaß. Da er außer seiner Witwe und einem mündigen Sohne gleichen Namens zwei unmündige Kinder hinterließ, so mußte die Masse in gerichtliche Behandlung genommen werden. Zum Vormund der Unmündigen wurde, in Ermangelung naher Verwandten, auf den Wunsch der Witwe der frühere Küster des Dorfes bestellt; ein Mann, der während seiner Amtsführung sich weniger um die ihm anvertraute Jugend als um seinen schon derzeit nicht geringen Landbetrieb bekümmert hatte, seit Niederlegung des Amtes aber seinen einstigen Schülern um so mehr in allen Vorkommnissen des Lebens mit seinem oft nur allzu weltklugen Rat zur Seite stand.

Als ich am Tage der Erbregulierung in die Gerichtsstube trat, fand ich den gewichtigen Mann schon in eifriger Durchsicht der Dokumente neben dem Pulte des Gevollmächtigten sitzen. Nachdem er mich durch seine runden Brillengläser erkannt hatte, strich er bedächtig die Seitenhärchen über seinen kahlen Scheitel und stand dann auf, um mich mit der ihm eigenen Würde zu begrüßen. Zugleich wies er auf einen jungen Menschen, der sich bei meinem Eintritt gleichfalls von einem Stuhl erhoben hatte, und sagte: »Das hier, Herr Amtsvogt, ist Hinrich Fehse, der älteste Sohn des Verstorbenen.«

Mir war in diesem Augenblick, als sei ich diesem eckigen Kopfe schon sonst einmal begegnet; nur über das Wie und Wo konnte ich nicht ins reine kommen. Aber wohl niemals hatte ich auf einem jugendlichen Antlitz einen solchen Ausdruck gleichgültiger Verdrossenheit gesehen; die grauen tiefliegenden Augen schienen es kaum der Mühe wert zu halten, die Wimpern zu mir aufzuheben.

Drüben an der Wand saß eine alte Bäuerin mit harten Zügen und dunkeln Augenbrauen, das graue Haar unter das schwarze Käppchen zurückgestrichen; sie saß unbeweglich und hielt ihre Hände mit dem Sacktuch auf der blaugedruckten Leinwandschürze. Das war die Witwe des verstorbenen Hufners Hinrich Fehse.

Es war mir darum zu tun, die etwas verwickelte Angelegenheit zunächst mit dem Küster allein zu besprechen, und ich trat deshalb mit ihm in mein nebenan liegendes Arbeitszimmer.

»Die Stelle wird sich schwerlich für die Familie halten lassen«, sagte ich, zugleich das Inventurprotokoll der Masse vor ihm aufschlagend; »wir werden leider zum Verkauf genötigt sein.«

Der Küster sah mich mit seinen runden Augen an. »Das bin ich nicht der Meinung!« sagte er dann im gewichtigen Schulton.

Ich wies auf die lange Reihe der im Protokoll verzeichneten Schulden. »Wenn das Altenteil der Witwe noch dazukommt, so wird dem Annehmer der Stelle nicht genug bleiben, um auch noch die Erbteile der Geschwister auszukehren.«

»Das allerdings nicht!« Und der würdevolle Mann klemmte die fleischigen Lippen ein und blickte auf mich mit einer Sicherheit, als ob er das Gegenmittel schon fix und fertig in der Tasche hätte.

»Und trotz dessen«, fragte ich wieder, »wollen Sie ihn die große Hufe übernehmen lassen?«

»Das wäre so meine Meinung!«

»Und das Geld, woher wollen Sie das Geld bekommen?«

»Dafür müßte freilich schon gesorgt sein!« Und er nannte die Tochter eines wohlhabenden Hufners aus demselben Dorfe. »Gestern«, fuhr er fort, »haben wir bereits den Verspruch gefeiert, und die Fehsesche Stelle kann nun von den beiden jungen Leuten gemeinschaftlich übernommen werden.«

Der Küster legte die Hände auf den Rücken und erwartete gehobenen Hauptes den Ausdruck meiner Bewunderung. Mir aber war es unter dieser Eröffnung plötzlich klargeworden, wo ich dem jungen Hinrich Fehse schon begegnet sei. Ich sah ihn wieder neben jenem gefährlichen Mädchen am Wagen stehen und hörte ihn sein düsteres »Margret, Margret!« ausstoßen. – »Mir ist«, sagte ich endlich, »als hätte ich Ihren Bräutigam schon auf anderen Wegen getroffen! Hat etwa die Hebamme Ihres Dorfes eine besonders hübsche Tochter?«

»Also das wissen Herr Amtsvogt auch schon!« erwiderte etwas überrascht der Küster. »Nun, wir haben das Mädchen sechs Meilen weit in die Stadt als Nähjungfer vermietet, und morgen geht sie dahin ab. Mit solider Bauernarbeit hat die Mamsell sich doch ihr Lebtag nicht befassen mögen.«

Ich mußte lachen. »Und wie haben Sie denn das nur wieder fertiggebracht?«

Das selbstzufriedene Lächeln im Gesichte des Küsters zuckte so tief, als es die starken Wangen zuließen. »Mit Erlaubnis, Herr Amtsvogt, für Geld kann man den Teufel tanzen lassen, warum denn nicht ein altes Weib!«

»In der Tat, Sie haben mehr als recht; und die Tochter der Hebamme ist voraussetzlich ohne Mittel?«

»Mit dem glatten Gesicht, Herr Amtsvogt, konnte uns nicht gedient sein, und sonst ist nichts da, was sie hätte in die Wirtschaft bringen können. Überdies«, und er stimmte seinen Ton zu vertraulichem Flüstern, »ihr Großvater war ein Slowak von der Donau und, Gott weiß wie, bei uns hängengeblieben; dazu die alte Hebamme mit ihrem Kartenlegen und Geschwulstbesprechen, womit sie den Dummen die Schillinge aus der Tasche lockt – das hätte übel gepaßt in eine alte Bauernfamilie!«

»Und hat sich denn Ihr Hinrich so leicht von jenem Mädchen trennen lassen?« fragte ich noch einmal.

Der Küster setzte seinen weltklugen Kopf in Positur. »Wenn ich es geradheraus sagen soll«, erwiderte er ausweichend, »es war noch ganz die Frage, ob die Dirne ihn genommen hätte; da sind noch andere, die sie hinter sich herzieht und die schwerer ins Gewicht fallen. Die junge Frau aber wird nicht mit ihm betrogen, denn das muß ihm jeder lassen, ein Bauer ist er aus dem Fundament!«

Unsere Unterredung war zu Ende. Von Gerichts wegen war gegen den gemachten Vorschlag nichts einzuwenden; im Gegenteil, alle Schwierigkeiten wurden dadurch wie von selbst gelöst.

– – Als wir wieder in die Gerichtsstube traten, hatte sich dort inzwischen auch die Braut mit ihrem Vater eingefunden. Sie mußte fast um zehn Jahre älter sein als der ihr bestimmte Bräutigam; das Gesicht war wohlgeformt, aber reizlos, wie es bei denen zu sein pflegt, die schon mit ihrer Kinderseele um den Erwerb gerechnet haben; das fahlblonde Haar zeigte deutlich, daß es ungeschützt allem Wetter und Sonnenbrand ausgesetzt wurde. Ihr gegenüber an der andern Wand saß jetzt der Bräutigam; den Kopf gesenkt, die Hände zwischen den gespreizten Beinen vor sich hin gefaltet. – Bei den nun folgenden Verhandlungen zeigte er sich mit allem einverstanden; ein dürftiges »Ja« oder »Nein« oder »Das muß ja denn wohl sein« war indessen alles, womit er diese Zustimmung ausdrückte; dabei fuhr er mit dem Rücken der Hand ein paarmal über seine Stirn, als wenn es dort etwas fortzuwischen gäbe. Endlich, als mit sämtlichen Beteiligten alles besprochen und das Vereinbarte zu Papier gebracht war, erfolgte, wie Rechtens, die Unterschrift des Protokolls.

Auch Hinrich Fehse, als an ihn die Reihe kam, trat an das Pult des Gevollmächtigten und malte in steilen, widerhaarigen Buchstaben seinen Vornamen unter die Verhandlung; dann aber setzte er mit einem tiefen Atemzug die Feder ab und starrte unbeweglich vor sich hin. Vor seinem innern Auge mochte jetzt ein üppiger Mädchenkopf erscheinen; vielleicht flog gar der erschütternde Gedanke durch sein Gehirn, den Bann des alten bäuerlichen Herkommens zu durchbrechen. Aber der Küster, der ihn während der ganzen Verhandlung nicht aus den Augen gelassen hatte, trat jetzt, die Hände in den Taschen, zu ihm heran und sagte ruhig: »Bloß deinen Namen, Hinrich; bloß deinen Namen!«

Und Hinrich, wie von der eisernen Notwendigkeit am Draht gezogen, malte nun auch sein »Fehse« in denselben steilen Zügen noch dahinter.

»Actum ut supra« und Sand darauf; die Sache war erledigt. Hinrich Fehse verließ das Gericht als ein gemachter Mann; mit der Frau hatte er das Betriebskapital für die Hufe in Händen; wenn er als Bauer seine Schuldigkeit tat, so konnte es ihm nicht fehlen. – Und bald auch hörte ich, daß die Hochzeit mit allem Pompe bäuerlichen Herkommens gefeiert worden sei.

Der Eindruck, den diese Vorgänge mir gemacht hatten, war allmählich verblaßt. Anfänglich hatte ich wohl darauf geachtet, wenn an Markttagen der junge Bauer mit seiner Frau an mir vorüberfuhr; von der letzteren hatte ich dann auch wohl ein Kopfnicken bekommen, während er selbst, ohne sich umzuwenden, auf seine Pferde peitschte. Dann, geraume Zeit nachher, da es schon spät am Abend war, hatte ich ihn einmal in dem erleuchteten Hausflur jenes Wirtshauses an der Ecke gesehen; es war mir auch damals wohl durch den Kopf gegangen: »Was hat denn der wieder so spät in der Stadt zu tun!« Weitere Gedanken hatte ich mir darüber nicht gemacht. Da –

es war wieder einmal Herbst geworden, der November stand schon vor der Tür – ging ich bei der Rückkehr von einer Morgenwanderung durch die Neustadt, wo eben Pferdemarkt gehalten wurde. Die edlen Tiere standen wie gewöhnlich zu beiden Seiten der Straße vor den Häusern angebunden, und ich drängte mich eben durch einen Haufen von Käufern und Verkäufern und vergnügter Stadtjugend, als mir von einem Hause ein lautes Rufen und Händeschlagen entgegenschallte. Im Näherkommen erkannte ich Hinrich Fehse, der mit einem jütischen Bauern in eifrigem Handeln begriffen war. Den Gegenstand, wie mir bald klar wurde, bildeten zwei höchst elend aussehende Pferde, die mit gesenktem Kopf daneben standen, indes der Jüte den Schweif des einen Tieres lobpreisend zur Seite riß.

»Ja, ja«, sagte der andere, ohne auch nur hinzusehen; »die Schindmähren sind just gut genug.«

»Hundertunddörtig für die beide!« rief der Jüte wieder.

Aber Hinrich zog seine Hand zurück. »Hundertundzwanzig«, sagte er düster; »keinen Schilling mehr.«

Und klatschend fielen die Hände ineinander. Hinrich Fehse schnallte seine lederne Geldkatze los, zahlte dem andern die harten Taler in die Hand und rüstete sich dann, die erhandelten Tiere von dem Rickwerk loszubinden.

Im Weitergehen, wo ich über den Eindruck des Gesehenen zum deutlicheren Bewußtsein kam, wollte mich bedünken, als ob der junge Bauer seit unserer letzten Begegnung, wie man bei uns sagt, bös verspielt habe. Das Gesicht war scharf und mager geworden, und die ohnehin kleinen Augen waren unter der vortretenden Stirn fast verschwunden; überhaupt, der an sich gewöhnliche Vorgang hatte mir jetzt etwas Auffallendes, so daß ich nicht umhin konnte, mich später beim Eintritt in die Gerichtsstube gegen meinen landkundigen Gevollmächtigten darüber auszusprechen.

Der alte Aktenmann machte vom Pultbock herab seine bedenklichste Handbewegung.

»So«, sagte ich; »die Sachen stehen also schlecht?«

»Gar nicht stehen sie!« erwiderte er. »Seit einem halben Jahr ist die Margret wieder im Dorf, und seitdem sitzt auch der Fehse fast alle Abend bei den Hebammensleuten; sogar in die Stadt ist er ihr nachgelaufen, als sie um Pfingsten in der Anfahrt hier zu nähen saß. Und dabei verkauft er, was los und fest ist, Futter und Saatroggen, so daß zum Winter wohl die leeren Scheunen nachbleiben werden; heut haben nun sogar die schönen braunen Wallachen daran glauben müssen – wissen, Herr Amtsvogt, die im Inventar zu fünfhundert Taler taxiert waren – und statt dessen hat er sich die jütschen Krakken eingehandelt. Dafür aber promeniert draußen im Dorf das Hebammenfräulein in seidenen Jacken und goldenen Vorstecknadeln; mag auch wohl manche Tonne Fehseschen Hafers an ihrem Leibe tragen!« Und der Alte nahm eine große Prise.

»Am Ende auch noch die beiden Wallachen, Brüttner!«

Der kleine graue Mann steckte die Feder hinters Ohr und segelte auf seinem Drehbock vollends zu mir herum. »Nun«, sagte er schmunzelnd, »wohin der Überschuß seinen Weg nimmt, das wäre wohl nicht schwer zu raten!«

»Und woher wissen Sie das alles so genau?«

Brüttner wollte eben antworten, als der Amtsdiener in die Stube trat: »Der Herr Küster ließen grüßen, heut könne er nicht wieder vorkommen; aber nächsten Donnerstag; und da wolle er die beiden Fehseschen Weiber gleich mit aufs Amt bringen.«

»Also der Küster ist hiergewesen?« fragte ich.

»Hm, freilich«, versetzte Brüttner; »und er meinte, nach den letzten Passagen wär's doch am besten, wenn die Frauen den Fehse unter Kuratel stellen ließen; er würde dem Herrn Amtsvogt schon alles auseinandersetzen.«

Bevor jedoch der Küster diesen kühnen Plan in Angriff nehmen konnte, wurde mir – es war an einem Mittwoch – von dem Bauervogt des Dorfes die schriftliche Anzeige gemacht, daß der Eingesessene Hinrich Fehse seit letztem Sonntagabend verschwunden sei. Die Meinung einiger gehe dahin, daß er mit dem neulich aus einem Pferdehandel gewonnenen Gelde auf einem Auswandererschiff von Hamburg fortgegangen sei; andere dagegen hegten die Befürchtung, er könne sich ein Leides angetan haben. Außer dem bekannten Verhältnis mit der Tochter der Hebamme sei ein besonderes Ereignis, welches sein Verschwinden erklären könne, nicht bekanntgeworden. Übrigens hätten die angestellten Nachforschungen bis jetzt keinen Erfolg gehabt. –

– – Ich beschloß sofort, noch am Nachmittage die Sache an Ort und Stelle zu untersuchen. – Um desto unbehinderter zu sein, verzichtete ich auf einen Protokollführer und nahm nur den Amtsdiener als Begleitung mit. Wir fuhren auf einem offenen Wagen; denn es war ein milder Herbsttag, wie uns deren in unserer Gegend immer einige vor dem entschiedenen Eintritt des Winters beschert zu werden pflegen. Die lebendigen Hecken, welche wir während der ersten Stunde zu beiden Seiten des Weges hatten, trugen noch einen Teil ihres Laubes; hie und da zwischen Hasel- und Eichenbusch drängte sich ein Spillbaum vor, an dessen dünnen Zweigen noch die roten zierlichen Pfaffenkäppchen schwebten. Meine Augen begleiteten im Vorüberfahren das ebenso sanfte als schwermütige Schauspiel, wie fortwährend unter dem noch warmen Strahl der Sonne sich gelbe Blätter lösten und zur Erde sanken, zumal wenn vor dem Schnauben unserer Pferde eine verspätete Drossel, ihren Angstschrei ausstoßend, durch die Büsche flatterte.

Aber die Gegend wurde anders; die bewachsenen Wälle mit den bebauten Feldern dahinter hörten auf. Statt dessen fuhren wir hart am Rande des sogenannten »wilden Moors« entlang, das sich derzeit, soweit der Blick reichte, nach Norden hinauszog. Es schien hier, als sei plötzlich der letzte Sonnenschein, der noch auf Erden war, von dieser düsteren Steppe eingeschluckt worden. Zwischen dem schwarzbraunen Heidekraut, oft neben größeren oder kleineren Wassertümpeln, ragten einzelne Torfhaufen aus der öden Fläche;

mitunter aus der Luft herab kam der melancholische Schrei des großen Regenpfeifers, der einsam darüber hinflog. Das war alles, was man sah und hörte.

Mir kam in den Sinn, was ich einst – ich meine über die noch von dem slawischen Urstamm bewohnten Steppen an der unteren Donau – gelesen hatte. Dort aus den Heiden erhebt sich in der Dämmerung ein Ding, das einem weißen Faden gleicht und das sie dort den »weißen Alp« nennen. Es wandert gegen die Dörfer, es stiehlt sich in die Häuser, und wenn die Nacht gekommen ist, legt es sich an den offenen Mund der Schlafenden; dann schwillt und wächst der anfänglich dünne Faden zu einer schwerfälligen Ungestalt. Am Morgen darauf ist alles verschwunden; aber der Schläfer, der dann die Augen auftut, ist über Nacht blödsinnig geworden, der weiße Alp hat ihm die Seele ausgetrunken. Er bekommt sie nimmer wieder; weit auf die Heide hinaus in feuchte Schluchten, zwischen Moor und Torf, hat das Unwesen sie verschleppt.

Nicht der weiße Alp war hier zu Hause; aber zu andern, nicht minder unheimlichen Dingen verdichteten sich auch die Dünste dieses Moors, denen manche, besonders der älteren Dorfbewohner, nachts und im Zwielicht wollten begegnet sein.

An der südlichen Grenze desselben lag unser Reiseziel, das Dorf, dessen spitzer Turm und schwarze Strohdächer schon lange vor uns sichtbar gewesen waren. – Als wir endlich anlangten, ließ ich zunächst vor dem Hause des alten Küsters halten, um durch diesen etwas Näheres über die Verhältnisse im Fehseschen Hause zu erfahren. Ich traf ihn mit seinem Knechte beim Aufladen des Düngers beschäftigt, im blauwollenen Futterhemd, die Furke in der Hand; doch war er deshalb nicht weniger würdevoll, als er erst seinen »Goldhaufen« mit der ebenen Erde vertauscht hatte. »Ich will's Ihnen sagen, Herr Amtsvogt«, hub er an, nachdem er zuvor seine Sprachwerkzeuge durch ein paar Ansätze fetten Hustens in Bereitschaft gesetzt hatte, »wem nicht zu raten ist, dem ist auch nicht zu helfen! Dieser Hinrich hat mit Gewalt sein Glück nicht erkennen wollen; Gott weiß, ob's mit der Kuratel noch zu kurieren ist!«

Wir waren unterdessen in das Haus und in die Wohnstube getreten. Hinter dem Ofen, in welchem trotz der milden Witterung ein Feuer brannte, saß ein kränklich aussehendes Mütterchen, fast verdeckt von einer großen Wollenstrickerei, die sie mit ihren mageren Fingern handhabte. Sie entschuldigte sich klagend, daß sie wegen ihrer Kreuzschmerzen nicht vom Lehnstuhl auf könne, um mich zu begrüßen; dann klinkte sie von ihrem Sitze aus die daneben befindliche Küchentür auf und rief mit scharfer Stimme: »Kathrin! Setz den Kessel auf, Kathrin!« Und zugleich hörte ich auch draußen den Dreifuß auf den Herd werfen und im Feuerloch rumoren.

Die Frau Küsterin klappte die Tür wieder zu und strickte weiter; aber ihre kleinen matten Augen folgten unablässig, während ich mit ihrem Eheherrn im Gespräche auf und ab wandelte.

»Wenn's erlaubt ist, zu reden, Herr Amtsvogt«, sagte sie endlich, ihr Strickzeug von sich schiebend; »es hat schon einen Vorspuk gegeben; dazumal, als mein Mann hier noch im Amte war. – Ich hab die Rosen so gern«, fuhr sie hüstelnd fort; »es sollte just am andern Tage das Ringlaufen für die Schule sein, und abends dann, mit hoher Erlaubnis, die Tanzlustbarkeit im Kruge; da waren auf einmal alle meine Rosen abgerissen. Ich wußt wohl gleich, wo mein Spitzbube zu suchen war; aber bei unserm Vater in der Schule hat's der Hinrich so zu drehen gewußt, daß das Strafrohr auf seinen Rücken gefallen ist. Und die Dirne saß mausestill dabei und guckte in ihr Gesangbuch.«

»Aber Mutter«, versuchte der Küster einzureden, »so erzähl doch dem Herrn Amtsvogt nicht die alten Kindergeschichten!«

»Meinst du, Vater?« versetzte sie. – »Sie standen beide vor der Konfirmation; es ist nur Ein Faden, und der läuft bis heute hin.«

Ich bat höflich um die Fortsetzung des Berichtes.

Das Mütterchen nickte. »Ich hatte damals noch meine Gesundheit, Herr Amtsvogt«, begann sie wieder; »aber als ich andern Abends mit der Frau Pastorin nur kaum in den Tanzsaal getreten war, so sah ich auch schon, daß der Hinrich seinen Willen hatte; denn in dem Kranze, den die Slowakendirne auf ihren schwarzen Haaren trug, saßen richtig meine roten Rosen; und herumgeschwenkt hat sie sich auch mit ihm, daß dem hölzernen Jungen der Schweiß von den Backen rann.

Nun, nun, Vater!« unterbrach sie sich, als der Küster zu einer neuen Bemerkung anhub. »Ich weiß wohl, die Freude dauerte nicht lang; ich will's dem Herrn Amtsvogt alles schon erzählen. Es war nämlich einer unter den größeren Jungen, der nicht wie die andern in das Hebammenmädchen vernarrt war, obschon sie sich genug um ihn zu tun machte; und das war der Sohn von dem reichen Klaus Ottsen hier! – Als eben die Musikanten zu einem neuen Walzer aufspielten, kommt der anstolziert, in seiner blauen Jacke mit Perlmutterknöpfen, die silberne Uhrkette über der Weste, und sieht sich unter den Dirnen um, als wenn sie nur alle so für ihn zu Kauf stünden. Er war aber auch ein schlanker, braunhaariger Junge und hat noch heute so was Stolzes an sich. – Vor Hinrich und Margret, die eben wieder in die Reihe treten wollten, blieb er stehen und sah höhnisch auf sie herab. ›Hehler und Stehler?‹ sagte er lachend. ›Der Rosenhinrich und die Slowakenmargret? Ihr macht ein sauberes Paar zusammen!‹ – Die Dirne glotzte ihn an mit ihren schwarzen Augen. ›Läßt d' mich schimpfen, Hinrich?‹ rief sie. Und im Handumdrehen hatte auch mein Ottsen seine zwei Faustschläge in den Nacken. ›Das für die Slowakenmargret! Und das für den Rosenhinrich!‹ – Und dabei fiedelten die Musikanten, und die Kinder tanzten und stolperten über den Hans, der sich eben vom Fußboden wieder aufsammelte; und in all dem Lärm hör ich die Stimme unseres Herrn Pastors und sehe auch, wie er den Hinrich am Kragen hat und ihn gegen den Türpfosten stellt.

›Daß du es weißt, Fehse!‹ hör ich ihn noch sagen; ›mit dem Tanzen ist es heute abend aus für dich!‹ – Da stand er nun und biß sich die Lippen blutig, und die Margret reckte ihren Schwarzkopf auf und schaute durch den Saal nach einem andern Tänzer aus. – – 's ist aber ein wunderlich Ding, das Menschenherz, Herr Amtsvogt! Schon lange hatt' ich gesehen, daß Hans Ottsen dastand, als wenn er die Dirne mit den Augen verschlingen wollte; und es hilft einmal nicht, die gestohlenen Rosen ließen ihr verwettert gut zu ihrem feinen, unverschämten Stumpfnäschen. Und richtig! Sie hatte nun auch den am Band. ›Was meinst, Margret?‹ sagt ganz kleinlaut der Hans Hoffart; ›willst jetzt mit mir halten heute abend?‹ – Erst, als er nach ihrer Hand griff, stieß sie ihn vor die Brust und tat wild wie 'ne Katze; aber als sie merkte, daß es Ernst war, ward sie auch ebenso geschmeidig und lacht' und wies ihre weißen Zähne, und tanzte mit ihrem schmukken Hans an dem armen Burschen vorüber, als hätte es für sie nimmer einen Hinrich Fehse auf der Welt gegeben. Der aber stand noch immer wie angenagelt auf seinem Posten; nur seine kleine Augen fuhren hinter den beiden her; es war ein Glück, daß sie nicht mit Flintenkugeln geladen waren!

Was weiter im Saal passiert ist«, fuhr die Erzählerin fort, nachdem sie eine Weile Atem geschöpft hatte, »das hab ich nicht gesehen; die Frau Pastorin holte mich nach der Hinterstube, wo unsere Männer sich zu ihrem Kartenspiel gesetzt hatten. Die Zeit verging; es war eben Feierabend geboten, ich stand just am Fenster und hörte nach den Wildgänsen droben in der Luft, denn es war eine milde Nacht, und das Getier flog über die Heide nach dem Haff – da auf einmal hieß es: ›Wo ist Hinrich Fehse?‹ – Ja, Hinrich Fehse war nicht da. – ›Ich sah ihn draußen im Weg‹, meinte einer; ›er wird nach Haus gelaufen sein.‹ – Aber die Mutter kam gejammert; zu Hause war er auch nicht. – Der alte Hinrich Fehse, ein Querkopf trotz seinem Jungen, stand vorn im dicken Haufen in der Schenkstube und stieß sein Glas auf den Tisch, daß er nur noch den Fuß in der Hand behielt, und räsonierte auf den Herrn

Pastor; er lasse seinen Jungen nicht kujonieren, wenn er ihn auch nicht wie die reichen Bauern mit Uhrketten und Perlmutterknöpfen besetzen könne; nein, zum Teufel, das leide er nicht!

Ich war in den Tanzsaal zurückgegangen, wo eben die Musikanten ihre Fiedeln in die Ledersäcke steckten. Da stand noch die Hebammendirne mit Hans Ottsen auf der leeren Diele; sie allein schien alles das nicht anzufechten. ›Nun, Margret‹, fragte ich, ›weißt du denn nicht, wo der Hinrich abgeblieben ist?‹ – ›Ich? – Nein!‹ sagte sie kurz, zog einen ihrer kleinen Schuhe aus und zupfte die rote Bandschleife darauf zurecht; dann funkelte sie wieder auf den Hans mit ihren schwarzen Augen und schlug ihn neckisch auf die Hände: ›Du, was hast mich eingestaubt, du! Du bist so wild; wart nur, ich tanz nicht mehr mit solch 'nem Tollen!‹

Und das war die Margret, Herr Amtsvogt; der Hinrich aber kam auch am andern Morgen noch nicht wieder; sie meinten, der Mittag würde ihn nach Hause treiben; aber da hatte auch eine Eule gesessen; das ganze Dorf kam in die Beine, sie suchten ihn mit Leitern und mit Stangen. Und endlich! Wo war er gewesen, Herr Amtsvogt? – Bei den Wasserkröten hatte er in der Nacht gesessen; dort hinten im Moor bei der schwarzen Lake. Der Finkeljochim, der da seine Besen schneidet, kam ins Dorf gelaufen und erzählte es. Da haben sie ihn denn nach Haus geholt mitsamt dem Gliederreißen, das er sich vom feuchten Moorgrund heimgebracht. Ein paar Wochen hat er in den Kissen liegen müssen, und als der Doktor nicht angeschlagen, haben sie die Sympathie gebraucht: und mit drei Tassen Kamillentee und ein paar Handvoll Kirchhofserde ist dann auch alles wieder in seinen Schick gekommen.«

Der Kaffee war inzwischen aufgetragen, und der Küster erinnerte, nicht ohne scheinbare Vorsicht, seine Frau daran, daß der Herr Amtsvogt noch mit ihm zu reden habe.

»Ich will nicht im Wege sein, Vater«, versetzte diese, von ihrem Lehnstuhl aus die Tassen vollschenkend; »ich sage nur und hab's dem Herrn Pastor auch schon gesagt: erst, als die Dirne wieder aus der Stadt zurück war, lief nur der Hinrich bei den Hebammensleuten, und es gefiel ihr schon, daß sie gleich wieder einen hinter sich herzuziehen hatte; und wenn auch nur, um die junge Frau zu ärgern, die ihn geheiratet hat; seit es aber mit dem alten Klaus Ottsen aufs Letzte geht und der nicht mehr den Daumen gegenhalten kann, weiß auch sein Hans mit Dunkelwerden den Weg dorthin zu finden. Ich wundre mich nicht, daß der Fehse auch diesmal wieder fortgelaufen ist; denn mit sich selber umzugehen, was doch die größte Kunst vom Menschenleben ist, das hat er immer noch nicht lernen können. Ich begreif nicht, was darum so viel Aufhebens im Dorf ist; er wird schon wiederkommen, wenn er's satt hat!«

Die kleine gebrechliche Frau, deren blasse Wangen unter dem lebhaften Erzählen wieder aufgeblüht waren, schwieg jetzt und suchte mit der Feuerzange die Kohlen in ihrem Ofen aufzustören. – Ich tat noch diese und jene Frage; dann ließ ich mich von dem Küster, dem draußen sichtlich seine Würde wieder zuwuchs, an meinen Wagen geleiten.

»Ja, ja, mein wohlgeborener Herr Amtsvogt«, sagte er, gleichsam die Summe eines langen Gedankenexempels ziehend; »ich habe manchen Gang um diese Heirat gemacht; aber der Mensch soll ja auf den Dank der Welt nicht rechnen! Nehmen Sie nur die Mamsell Margret aufs Korn; die wird Ihnen über alles Bescheid geben können.«

Unterdessen hatte er das Schutzleder vor meinem Sitze zugeknöpft, und mit majestätischer Handbewegung entlassen, rumpelte mein Fuhrwerk auf der schlecht gepflasterten Dorfstraße weiter.

Hinter der zur Rechten liegenden Kirche, an deren granitner Mauer ich im Vorüberfahren die Jahreszahl 1470 las, blickte aus jetzt fast entlaubten Holunderhecken ein Häuschen mit grünen Fensterläden.

»Den Hebammensleuten gehört es«, erwiderte auf meine Frage der Amtsdiener, sich vom Kutschersitze zu mir wendend, »sie halten's gewaltig sauber; in Geschäften bin ich ein paarmal dort gewesen.«

Nach einer Weile hörten zur Linken die Häuser auf. Die an der Kirchseite sich noch eine gute Strecke entlangziehenden Gehöfte lagen gegen Westen, nur durch den Weg und einige eingewallte Acker- und Wiesenstücke von dem großen Moor getrennt; das letzte derselben, einsam und weit hinaus belegen, war mir als das des Hinrich Fehse bezeichnet worden.

Vor vielen dieser Häuser bemerkte ich Gruppen von Menschen, anscheinend in lebhafter Unterhaltung, zuweilen auch wohl mit ausgestrecktem Arm nach dem Moor hinausweisend. Es war augenscheinlich eine besondere Aufregung unter den Dorfbewohnern.

Endlich fuhren wir auf die Fehsesche Hofstelle. An dem Hause, welches etwa hundert Schritt vom Wege zurücktrat, waren noch die Früchte der wohlhabenden Heirat sichtbar: die nördliche Hälfte mit dem großen Scheunentor und den halbrunden Stallfenstern war augenscheinlich kaum vor Jahresfrist gebaut, die andere dagegen, welche die Wohnungsräume enthielt, mochte in diesem Zustande schon lange von Vater auf Sohn vererbt worden sein. Vor den niedrigen Fenstern, auf welche das schwere schwarzbraune Strohdach drückte, zog sich ein ziemlich ödes Gartenstück bis an den Weg hinab.

Da sich niemand von den Hausgenossen zeigte, als wir oben vor dem Scheunentor hielten, so schickte ich den Amtsdiener in das Haus, der dann auch bald in Begleitung einer alten Frau wieder an den Wagen trat. Ich wollte sie als Witwe Fehse begrüßen, aber sie erwiderte, sie habe nur als Nachbarin das Haus gehütet; die alte und die junge Frau Fehse seien zum Bauervogt gegangen; denn die Tochter des Finkeljochim hätte erzählt, daß sie noch gestern abend, da eben der Mond aufgegangen sei, den Hinrich dort hinten auf dem Moor gesehen habe; auf diese Nachricht seien wieder Leute zum Suchen hinausgeschickt worden.

Ich fragte näher nach.

»Es wird wohl nichts daran sein, Herr Amtsvogt«, meinte die Alte; »die Dirne ist so was simpel; und seit der Hans Ottsen ihr vergangenen Winter was in den Kopf gesetzt hat, ist sie vollends faselig geworden.«

»Aber wo ist das Mädchen jetzt zu finden?«

»Jetzt bekommen Herr Amtsvogt sie nicht. Sie ist mit den Leuten in die Heide, um ihnen den Platz zu zeigen.«

Ich ließ mich zunächst von der Alten in das Wohnzimmer weisen und einen Tisch in die Mitte stellen, auf welchem ich zur Aufnahme der nötigen Notizen mein mitgebrachtes Schreibmaterial bereitlegte.

Es war ein niedriges, aber geräumiges Zimmer; der weiße Sand auf den Dielen, die blanken Messingknöpfe an dem Beilegerofen, alles zeugte von Sauberkeit und Ordnung. Den Fenstern gegenüber befanden sich zwei verhangene Wandbetten; vor dem einen, mit der zwischen Vergißmeinnicht gemalten Überschrift: »Ost un West, to Huus ist best«, stand eine jetzt leere hölzerne Wiege.

Um keine Zeit zu verlieren, hieß ich den Amtsdiener, mir die in der Nähe wohnende Tochter der Hebamme zur Stelle zu bringen, während die Alte es übernahm, die Fehseschen Frauen von der entlegneren Wohnung des Bauervogtes herbeizuholen. – Ich befand mich allein im Hause; von der Wand tickte der harte Schlag einer Schwarzwälder Uhr; in Erwartung der kommenden Dinge war ich ans Fenster getreten und sah in die gelbe Herbstsonne, die schon tief jenseit der Heide stand.

Das Rauschen von Frauenkleidern weckte mich aus den Gedanken, worin ich mich einzuspinnen begann. Als ich mich umwandte, erblickte ich eine schlanke volle Mädchengestalt in städtischer Kleidung, deren kleine und, wie mir schien, zitternde Hand eben ein schwarzes Kopftuch von dem Nacken streifte.

Ich konnte nicht zweifeln, wen ich vor mir hatte; zum ersten Mal sah ich den verführerischen Kopf jenes Mädchens unverhüllt.

»Sie sind Margarete Glansky!« sagte ich.

Ein kaum hörbares »Ja« war die Antwort.

Ich setzte mich ihr gegenüber an den Tisch und nahm die Feder zur Hand.

»Sie kennen den jungen Hinrich Fehse?« fragte ich weiter.

Ein ebenso leises »Ja« erfolgte.

»Ich meine, Sie haben in näherer Bekanntschaft mit ihm gestanden?«

Sie antwortete nicht. Als ich aufblickte, sah ich, daß sie totenblaß war; ich hörte, wie die weißen Zähnchen aufeinanderschlugen. Die Angst vor äußerlicher Verantwortlichkeit wegen einer vielleicht innerlichen Schuld mochte sie ergriffen haben.

»Weshalb fürchten Sie sich?« fragte ich.

»Ich fürchte mich nicht; – aber die Bauernweiber haben alle einen Haß auf mich.«

»Es handelt sich nicht um Sie, Margarete Glansky, sondern um den jungen Mann, der seit einigen Tagen vermißt wird.«

»Ich weiß nichts davon; ich bin nicht schuld daran!« stieß sie, noch immer nach Atem ringend, hervor.

»Aber wir müssen ihn zu finden suchen«, fuhr ich fort. »Kurz vor seiner Heirat sind Sie in die Stadt gezogen und dann vor einem halben Jahre wieder zurückgekommen?«

»Es gefiel mir dort nicht, ich hatte nicht nötig, zu dienen; – es reut mich noch, daß ich so dumm mich hatte fortschicken lassen!« Und die starken Augenbrauen des Mädchens zogen sich dicht zusammen.

»Hinrich Fehse«, sagte ich, »ist dann oft des Abends zu Ihnen gekommen?«

»Wir konnten ihn doch nicht fortjagen.«

»Er kam zuletzt, so sagt man, jeden Abend und blieb dann oft bis Mitternacht.«

»Das lügen die Weiber!«

»Aber Sie haben Geschenke von ihm angenommen?«

Ein heißes Rot flog über ihr Gesicht. »Wer hat das gesagt?«

»Das singen die Spatzen von den Dächern; es hat argen Unfrieden zwischen den Eheleuten gesetzt.«

»Nun, und wenn's auch wäre!« rief sie und warf trotzig ihre roten Lippen auf. »Wer hat sie geheißen, ihn zu heiraten!«

»Und würden Sie ihn denn geheiratet haben?« fragte ich.

Aber bevor sie zu antworten vermochte, wurde die Stubentür aufgerissen, und die beiden Fehseschen Frauen, die junge mit ihrem Kinde auf dem Arm, traten in das Zimmer. Ich sah noch, wie die Augen der alten Bäuerin und der Hebammentochter in unverhohlenem Hasse aufeinanderblitzten; dann stellte die Alte sich vor mir hin und sagte zitternd:

»Herr Amtsvogt, was tut die Person da in unserm Hause? Ich bin der Meinung, daß ich das wohl nicht zu leiden brauche!«

»Die Person«, erwiderte ich und schob dabei die beiden Frauen unmerklich zur Tür hinaus, »wird gerichtlich vernommen und ist von mir hieherbeschieden worden.«

Wir standen draußen auf dem Hausflur. Die alte hagere Frau rang die Hände: »Ach, das Elend!« rief sie; »das Elend!« – Die junge Bäuerin trocknete von den Wangen ihres schlafenden Kindes die Tränen, die sie fortwährend darauf weinte.

»Wir hatten es so gut das erste Jahr«, sagte sie, »wenn nur die nicht wiedergekommen wär'; unsereins versteht so was nicht; aber sie muß es ihm doch angetan haben! Und das viele Geld, das er neulich für die Pferde gelöst hat; – wir haben die Schatulle und alles durchgesucht, aber es ist nichts davon zu finden.«

Durch die offene Haustür sah ich draußen einen Mann mit einer langen Stange vorübergehen und den Weg ins Moor hinunter nehmen. Die Alte war hinausgetreten und kam jammernd zurück. Plötzlich aber fuhr sie sich mit der Schürze über die Augen. »Der da oben wird wissen, wo er ist«, sagte sie. »Er war nicht gottlos, mein Hinrich! – Auf die Knie hat er sich geworfen und seinen armen Kopf in meinen Schoß gedrückt; denn er war ja immer doch mein Kind! ›Mutter‹, hat er gesagt, ›Ihr saht mich auf dem Braunen fortreiten, und ich sagte Euch, daß ich wegen der Zinsen zum Müller nach der Nordermühle müßte; – das war gelogen, Mutter; in der Irre bin ich fünf Stunden lang für wild herumgeritten; Ihr habt selbst dem Braunen den Schaum von den Flanken gestrichen, als ich heimgekommen; – ich hab nur nicht zu ihr hinüber wollen; aber es hat mich doch wie bei den Haaren dahin zurückgezogen: – es kriegt mich unter; ich kann's nicht helfen, Mutter!‹

Und er war doch so gut, mein Hinrich!« fuhr die Alte, wie mit sich selber redend, fort. »Noch als das Kind geboren war! In unserm Hof hier, aufs Pferd hab ich's ihm reichen müssen; die Sonne schien so warm, drüben in der Koppel stand die Sommersaat so grün. ›Was meinst, Mutter‹, sagt' er, ›ich könnt' es gut ein bißchen mit aufs Feld nehmen!‹ Er war so glücklich über sein Kind; ich hatt' meine Not, es ihm wieder abzukriegen; und es war doch erst sechs Wochen alt!«

Ich machte mich von den Frauen los, indem ich ihnen bedeutete, daß sie wegen ihrer eigenen Vernehmung zur Stelle bleiben müßten. Als ich wieder in das Zimmer trat, fielen schon die schrägen Strahlen der Abendsonne durch die Fenster. Das Mädchen stand noch auf demselben Platze wie vorhin; aber sie schien ruhiger geworden und sogar, vielleicht nur weil ich den andern Frauen gegenüber ihre Anwesenheit vertreten hatte, ein Vertrauen zu mir gefaßt zu haben. »Ich will's Ihnen wohl erzählen, Herr Amtsvogt«, begann sie, indem sie mit beiden Händen ihr glänzend schwarzes Haar zurückstrich; – »ob ich ihn geheiratet hätte, wenn er das Geld von der andern nicht hätte brauchen müssen; – ich weiß das nicht, und ist auch wohl übrig, jetzt zu fragen; ich bin gut Freund mit ihm gewesen; wir tanzten wohl zusammen; aber – und das ist die Wahrheit! Herr Amtsvogt – ich hatte nicht gedacht, daß er's gar so ernsthaft nehmen würde.«

»Sie wußten doch«, sagte ich, »daß er von Jugend auf Ihnen nachgegangen war; und ich meine, der sah nicht aus, als ob er mit solchen Dingen spielen könnte.«

Sie hatte seitwärts einen raschen Blick in den kleinen, mit Pfauenfedern geschmückten Spiegel geworfen, und eine Sekunde lang brach es wie heiße Lebenslust aus ihren dunkeln Augen. »Nun«, sagte sie, »zuletzt hab ich's schon merken müssen; aber da hab ich ihn nicht mehr fortbringen können. Versucht hab ich's genug; denn er plagte mich bis aufs Blut mit seinen Grillen; zumal wenn sonst junge Leute zu uns kamen, wie das doch nicht anders ist. Er konnte mit den Zähnen knirschen, wenn ich nur einen an die Haustür brachte; oder gar, als einmal Hans Ottsen aus Narretei mir die Haarzöpfe losmachen wollte; und er hatte doch sein Weib zu Hause!«

Ich sah sie fest an. »Also der Ottsen kam in der letzten Zeit auch zu Ihnen? Sie wissen vielleicht, daß sein Vater ihm um Johanni die Hufe übergeben hat.«

Sie stutzte einen Augenblick wie verwirrt; dann aber, als habe sie meine Bemerkung nicht gehört, fuhr sie fort: »Manchen Abend, wenn der Wächter zu neun geblasen, hat meine Mutter ihn angerufen, nach Haus zu gehen. Aber er ging nicht. ›Frau Nachbarn‹, sagt' er dann wohl, ›Sie wird mir doch den Stuhl in ihrem Hause gönnen; ich verlang ja weiter nichts!‹ – Und so sind wir denn sitzen geblieben; ich an meinem Nähstein vor der einen Tischschublade, er vor der andern. ›Hinrich‹, hab ich oft gesagt, ›sei nicht so hintersinnig! Du kannst ja Sonntag im Krug mit mir tanzen; nimm doch deine Frau mit und laß uns alle miteinander vergnügt sein.‹ Aber er stieß dann nur ein höhnisches Lachen aus und sah mich aus seinen kleinen Augen an, als wollte er mir damit ein Leides tun.

Nur einmal«, fuhr sie nach einer Weile fort, »ist er eine Zeitlang weggeblieben, – als ihm das Kind geboren war; und ich dachte schon, er sei nun zur Vernunft gekommen. – Da, etwa vier Wochen nachher, wurde seine Frau schwer krank; sie glaubten alle, es geh mit ihr aufs Letzte, auch meine Mutter, die ihr doch in der Geburt hatte beistehen müssen. Und da, Herr Amtsvogt – kam er wieder.«

Das Mädchen atmete schwer auf. – »Er war ganz anders geworden, mehr so wie damals, als er noch ein junger Bursche war; er konnte wieder erzählen und sprach wieder von seiner Wirtschaft und was er tun und treiben wollte. Einmal aber – meine Mutter war eben außer Hause – faßte er mich plötzlich an beiden Schultern und sah mich an, wie unsinnig vor Freude. ›Margret!‹ – rief er, ›denk's einmal aus! Wenn – oh, wenn!‹ – – Er verstummte dann und ließ mich los; aber ich wußte doch, wie's gemeint war, und hab's auch bald nachher gesehen. Deshalb dachte ich, ihn auf andere Gedanken zu bringen. ›Ist denn der Doktor heute bei euch gewesen?‹ fragte ich. ›Wie geht's mit Ann-Marieken?‹ – Es war erst, als wenn er nicht antworten mochte. ›Sie hat wieder ein neues Glas gekriegt‹, sagte er dann; ›ich weiß nicht, was der Doktor meinte.‹ Dabei hatte er sich das Punktierbuch meiner Mutter aus deren Nähkasten gekramt, setzte sich mir gegenüber und fing nun an, mit Kreide auf den Tisch zu stricheln. Er tat das so hastig und wurde so heiß um den Kopf dabei, daß ich ihn fragte: ›Hinrich, auf was punktierst du da?‹

›Laß, laß!‹ sagte er. ›Bleib du bei deiner Näharbeit!‹ – Aber ich bog mich unbemerkt über den Tisch und las in dem Buch die Nummer, auf welche er den Finger hielt. – Da war es die Frage, ob der Kranke genesen werde? – Ich schwieg und setzte mich wieder an meine Arbeit; und er strichelte weiter, zählte ›Eben‹ oder ›Uneben‹ und punktierte sich nachher die Figuren mit der Kreide auf den Tisch. ›Nun‹, fragte ich, ›bist du fertig? Kann man's jetzt zu wissen kriegen?‹ – Er hatte den Kopf in die Hand gestützt und sah mich schweigend an, aber still und weich, wie er's lang nicht getan hatte. Dann stand er auf und gab mir die Hand. ›Gute Nacht, Margret!‹ sagte er; ›ich muß nun nach Hause.‹ Und somit ging er fort; es war noch früh am Abend. – Da die Figuren auf dem Tische stehen geblieben waren, so schlug ich in dem Büchlein nach. Da lautete die Antwort: ›Tröstet die Seele des Kranken und laßt alle Hoffnung fahren!‹ – – Aber es war diesmal nicht getroffen; die Frau erholte sich bald hernach; und nun ward's mit ihm schlimmer, als es je gewesen war. Glauben Sie's mir, Herr Amtsvogt, wenn ich was an ihm versehen habe, es ist mit Angst und Not gebüßt.«

Da sie bei diesen Worten in ein krampfhaftes Weinen ausbrach, so ließ ich sie auf einen Stuhl niedersitzen. Bald aber erhob sie wieder ihren Kopf, den sie in beide Hände gepreßt hatte, und sah mich an. – Im Zimmer war nur noch das Licht des Sonnenuntergangs, in dem die roten Lippen des Mädchens auffallend gegen ihr blasses Gesicht und ihre dunklen Augen hervortraten.

Aber ich mußte weiter fragen. »Hinrich Fehse«, sagte ich, »hat in der vorigen Woche einen Pferdehandel gemacht, woraus er viel Geld hätte nach Hause bringen müssen; die Fehseschen Frauen aber versichern, daß sie es nirgends haben finden können.«

»Wir haben das Geld nicht, Herr Amtsvogt!« sagte sie düster.

»Und Sie wissen auch nicht, wo es hingekommen ist?«

Sie nickte. »Doch; das weiß ich.«

»Es haben einige gemeint«, fuhr ich fort, »er sei nach Hamburg, um von dort mit einem Auswandererschiff nach Amerika zu gehen?«

»Nein, Herr Amtsvogt; wohin er gegangen ist, das weiß ich nicht; aber mit dem Geld ist er nicht nach Amerika. – Ich will Ihnen auch das erzählen; so wahr, als wenn ich vor Gott stünde! – Am letzten Sonntagabend war's, es mochte gegen acht Uhr sein; meine Mutter, die über Nacht ausgewesen war, saß im Lehnstuhl und nickte über ihrem Strickzeug; wir waren ganz allein, und ich wunderte mich, daß auch Hinrich Fehse nicht kam; denn am Vormittag in der Kirche hatte er mich wieder einmal angestarrt, daß alle Weiber die Köpfe nach mir wandten. – Draußen ging der Sturm; aber zwischen den Windstößen glaubt' ich mitunter bei unserm Hause gehen zu hören. Mir war das unheimlich, und ich trat vor die Haustür, um zu sehen, was es gäbe. Es war kein Mondschein, Herr Amtsvogt; aber es war nachthell; ich konnte durch den kahlen Fliederzaun ganz deutlich die Kreuze auf dem Kirchhof unterscheiden, der an unsern Garten stößt; und so sah ich auch, daß unterm Zaune einer stand; und da ich hinzutrat, war es Hinrich Fehse. ›Was stehst du hier und läßt dich durchkälten?‹ sagte ich. ›Warum kommst du nicht herein?‹ – ›Ich muß dich allein sprechen, Margret!‹ erwiderte er. – ›Nun, so sprich, wir sind hier allein; es wird auch niemand kommen in dem Unwetter.‹ – Aber er sprach nicht, bis ich sagte: ›Mich friert; ich will hinein und mein Umschlagetuch holen!‹ Da griff er mich bei der Hand und sagte schwer: ›'s geht so nicht länger, Margret; ich muß ein Ende machen.‹ – Er kam mir so seltsam vor; ich wußte nicht, was ich ihm darauf antworten sollte. ›Hinrich‹, sagte ich; ›am besten wär's, ich ginge wieder fort; dann wird wohl alles noch gut werden!‹ – ›Wir müssen beide fort, miteinander fort, Margret!‹ antwortete er. Dabei zog er einen Beutel hervor und ließ ihn mehrmals auf der Kante des Brunnens klingen, an dem wir in diesem Augenblicke standen. ›Hörst du?‹ sagte er; ›das ist Gold! Vorgestern hab ich meine Braunen verkauft; ich geh zu meinem Vetter über See in die Neue Welt; es ist leicht, dort sein Brot zu finden.‹ – ›Das wirst du deiner Frau nicht antun!‹ sagte ich. – ›Nicht antun, Margret? Es ist kein Segen für sie, wenn ich dableib; die paar tausend Taler, die sie in die Wirtschaft gebracht hat, gehen bald darauf; ich bin kein Bauer mehr, ich hab keine Gedanken ohne dich!‹ – Er wollte mich umfassen, aber ich sprang zurück.

›Das würde mir anstehen‹, sagt' ich, ›als deine Beiläuferin mit dir in die weite Welt zu rennen!‹ – ›Hör mich nur‹, begann er wieder; ›wir gehen heimlich fort; meine Frau wird dann auf Scheidung klagen; dann können wir uns dort zusammengeben lassen.‹ – ›Nein, Hinrich; ich tu's nicht, ich geh so nicht fort.‹ – Auf diese Worte ward er wie unsinnig; er warf sich auf die Erde, ich weiß nicht, was er alles sprach; auch heulte der Sturm um die Kirche, daß ich's kaum verstehen konnte; meine Kleider flogen, ich war ganz verklommen. ›Geh nach Haus, Hinrich‹, bat ich, ›du bist heut nicht bei dir, laß uns morgen über die Sache sprechen!‹ – Indem hörte ich hinter uns vom Kirchhofsteige laute Stimmen; Hans Ottsen war darunter, und ich horchte nach unserer Pforte; denn er war in den letzten Wochen bisweilen zu uns gekommen. Aber sie mußten vorübergegangen sein; ich hörte das Kreuz im großen Kirchhofstor drehen und bald auch die Stimmen weiter unten auf dem Dorfwege. – Als ich den Kopf zurückwandte, stand Hinrich vor mir. ›Margret‹, sagte er, und er würgte die Worte nur so heraus; ›willst du mit mir gehen?‹ – Aber bevor ich noch zu antworten vermochte, legte er die Hand auf meinen Mund. ›Sprich nicht zu früh!‹ rief er, ›denn ich frag nicht wieder – nimmer wieder.‹ – Ich antwortete nicht; es schnürte mir die Kehle zu; was hätte ich ihm auch antworten sollen! – ›Siehst du!‹ sagte er; ›ich wußte es wohl; du bist falsch, du wartest auf den andern!‹ – Er machte eine Bewegung mit dem Arm, und gleich darauf hörte ich es auch unten im Brunnen aufklatschen. – ›Hinrich, dein Gold!‹ rief ich. ›Was tust du, Hinrich!‹ – ›Laß nur!‹ sagt' er; ›ich brauch's nun nicht mehr; – aber‹ – und er faßte mich mit beiden Händen und hielt mich vor sich, als ob er wie aus der Ferne mich betrachten wollte – ›küß mich noch einmal, Margret!‹«

– »Und dann?« fragte ich, als das Mädchen stockte.

»Ich will nicht lügen, Herr Amtsvogt; ich hätt's ihm nicht gewehrt; aber er stieß mich plötzlich von sich. – Ich wollte der Haustür zulaufen; da rief er zornig meinen Namen; und als ich darauf nicht hörte, sprang er hinter mir her und packte mich wie mit eisernen Armen. Das Haar war mir losgegangen; er schlang einen meiner Zöpfe um seine Hand und riß mir damit den Kopf in den Nacken. ›Noch einen Augenblick, Margret‹, sagte er, und trotz der Nacht sah ich, wie seine kleinen Augen über mir funkelten; und während der Sturm mir fast die Kleider vom Leibe riß, schrie er mir ins Ohr: ›Ich will dir was Heimliches anvertrauen, Margret; aber sprich's nicht weiter! Für uns beid zusammen ist kein Platz mehr auf der Welt; du sollst verflucht sein, Margret!‹ – Ich stieß einen lauten Schrei aus; ich glaubt', er wolle mich erwürgen. Da ließ er mich los und rannte davon; ich hörte noch, wie er drüben die Kirchhofspforte zuschlug; und gleich darauf war auch meine Mutter vor die Haustür getreten und rief nach mir. – ›Er wird sich morgen schon besinnen‹, sagte sie, nachdem ich ihr alles, so gut als ich es vermochte, erzählt hatte; ›da kann er auch sein Gold sich selber wieder fischen.‹ Dann holte sie ein Vorlegeschloß und legte es vor den Brunnendeckel, den einst mein Großvater ungebetener Gäste wegen hatte machen lassen; es hätte ja jemand anders den Beutel im Eimer mit heraufziehen können. – – Als wir ins Haus gegangen waren, legte meine Mutter sich ins Bett, und ich setzte mich wieder an meine Arbeit. Draußen stürmte es noch immer fort; mitunter hörte ich unten im Dorf den Wächter blasen; im Kirchturm schlug die große Glocke an. Mir war ganz unheimlich; aber es ließ mir keine Ruh; ich dachte immer, er könne sich ein Leids angetan haben. Als ich merkte, daß meine Mutter eingeschlafen war, nahm ich mein Umschlagetuch und schlich mich fort. – Es begegnete mir niemand; die meisten Häuser waren schon dunkel; nur auf der Fehseschen Stelle sah ich vom Wege aus noch Licht durch die Öffnung der Fensterläden scheinen. Ich nahm mir ein Herz und ging den Wall hinauf und in die Gartenpforte. Als ich mich an das Fenster stellte, hörte ich drinnen die Spinnräder schnurren, bisweilen auch ein Wort von der alten Fehse. – »Was sie nur sprechen mögen!« dachte ich und legte das Ohr an den Laden, aber ich konnt' es nicht verstehen. Da gewahrte ich unter dem andern Fenster eine umgestürzte Schubkarre, und als ich hinaufgestiegen war und mich auf den Zehen hob, reichte mein Auge bis an das Herz des Ladens. Ich konnte dort das Wandbett übersehen; auch sah ich, daß jemand darinlag, und als der Kopf sich auf dem Kissen umwarf, erkannte ich, daß es Hinrich war. Mit einem Mal aber richtete er sich in den Kissen auf und stierte mit den Augen auf mich zu. Da befiel mich die Angst, ich sprang von der Karre herab und rannte fort, über den Weg, über den Kirchhof; – um die Turmecke pfiff und heulte es; der alte Finkeljochim sagt dann immer, die Toten schreien in den Gräbern. Mir grauste, ich weiß nicht mehr, wie ich wieder ins Haus und ins Bett gekommen bin. – Am andern Morgen aber hieß es, Hinrich Fehse sei in der Nacht verschwunden; ich habe nichts wieder von ihm gesehen.«

Sie schwieg. – Es war inzwischen dämmerig geworden. Als ich durch die kleinen Scheiben einen Blick ins Freie tat, war fern am Horizont nur noch ein schwacher Abendschein; die Bäume im Garten standen schwarz, unten über dem Moor aber zogen die Nebel wie weiße Schleier. – Ich ließ zwei Talgkerzen anzünden und vor mir auf den Tisch stellen; dann rief ich die Fehseschen Frauen in das Zimmer.

»Soll denn die dabeisein?« fragte die alte Bäuerin, indem sie einen halb scheuen, halb haßerfüllten Blick auf das Mädchen warf, die nach meinem Geheiß sich in die eine Fensterecke gesetzt hatte.

»Die wird Sie nicht stören, Frau Fehse!« erwiderte ich.

»Nun, meinethalb; was ich zu sagen habe, kann Gott und alle Welt hören; aber« – und sie erhob drohend ihren dürren Finger – »die Bösen werden ihren Lohn bekommen!«

Das Mädchen schien von diesen Worten nichts zu hören; sie hatte wie erschöpft den Kopf so weit gegen die Wand gelehnt, daß ihr das schwarze Haar von den Schläfen zurückgefallen war. – »Lassen Sie das, Frau Fehse!« sagte ich. »Erzählen Sie mir, wie sich die Sache zutrug.«

Sie schien wie aus tiefen Gedanken aufgestört zu werden. »Ja«, sagte sie, »er war auch den Abend drüben gewesen, da, bei der! Aber er kam doch früh nach Haus; denn Ann-Marieken lag so schlecht, der Doktor hatte ihr eben ein neues Glas verschrieben, da hat er die ganze Nacht an ihrem Bett gesessen, gewiß, das hat er! und ihre Hand gestreichelt. ›Ann-Marieken‹, sagte er, ›du bist nicht schuld daran; verklag mich nicht zu hart da oben; du wirst's da besser haben als bei mir.‹«

Die junge Frau, die eben ihr Kind in die Wiege legte, brach in bitterliche Tränen aus.

»Ich meine, Frau Fehse«, erinnerte ich, »wie es an dem letzten Abend war, da Euer Sohn das Haus verlassen hat?«

»Ja, wie war's?« erwiderte sie. »'s war am letzten Sonntagabend; das Essen hatten wir abgeräumt, und die Magd war in ihre Kammer gegangen – nein, es muß schon hin um zehn Uhr gewesen sein; Ann-Marieken und ich saßen noch bei unserem Spinnrad. Mein Hinrich war vordem ganz verstürzt nach Hause gekommen, und lag er schon lange in dem Wandbett da. Aber er schlief wohl nicht, denn er warf sich fleißig herum und stöhnte auch wohl so vor sich hin; wir waren das schon an ihm gewohnt, Herr Amtsvogt. – – Draußen war's Unwetter, wie das jetzt im November wohl zu sein pflegt; der Nordwest war zugang und riß die Blätter von den Bäumen; mir bangte immer, er sollte auch den Birnbaum an der Scheune umstürzen; denn mein Vater selig hat ihn bei der Taufe von meinem Hinrich selbst gepflanzt. Da hör ich's draußen leise vor dem Fenster trotten, und ich horchte darauf; denn, Herr Amtsvogt, ich wußte nicht, war es ein Tier oder war es eines Menschen Fußtritt. Ich frag: ›Hörst du das, Ann-Marieken?‹ frag ich. Aber sie greift in ihr Spinnrad und sagt: ›Nein, Mutter, ich höre nichts!‹ – Nun rückt' ich 'nen Stuhl zum Fenster und sehe durch das Herz des Fensterladens; denn wir hatten wegen des Unwetters die Läden angeschroben. Da stand der Birnbaum gegen den grauen Nachthimmel und ächzte und wehrte sich zum Erbarmen gegen den Sturm; auch über die Koppeln und die Wischen hinunter konnte ich sehen und sah auch hinten im Moor die Wassertümpel blenkern, denn die Luft war hell dazumalen. Lebiges war nicht zu sehen. Aber das merkt' ich wohl, es drückte sich was unter das Fenster, und es rutschte, als scheuere ein Zottelpelz an der Mauer lang. Da ich vom Stuhl herabsteige, kratzt es draußen an dem andern Laden, und sogleich hör ich auch drüben in der Wand das Bettband knacken, und mein Hinrich sitzt steidel aufrecht in den Kissen und starrt mit ganz toten Augen nach dem Fenster zu. – Als ich ruf: ›Herr Jes', Hinrich! was ist denn?‹ da ist auch hinten im Stall das Vieh in die Unruhe gekommen, und durch all das Unwetter hör ich den Bullen brüllen und mit Gewalt an seiner Kette reißen. Aber mein Hinrich sitzt noch immer so tot und glasig, daß mir ganz graulich wurde, und als ich mich nun selber umwende – Herr, du mein Jesus Christ! Da guckt' ein Tier durch den Fensterladen! Ich sah ganz deutlich die weißen spitzen Zähne und die schwarzen Augen!«

Die Alte wischte sich mit der Schürze den Schweiß von der Stirn und begann leise vor sich hinzumurmeln.

»Ein Tier, Frau Fehse?« fragte ich; »habt Ihr denn so große Hunde im Dorf?«

Sie schüttelte den Kopf: »Es war kein Hund, Herr Amtsvogt!«

»Aber Wölfe gibt's hier doch nicht mehr bei uns!«

Die Alte drehte langsam den Kopf nach dem Mädchen und sagte dann mit scharfer Stimme: »Es mag auch wohl kein rechter Wolf gewesen sein!«

»Mutter! Mutter!« rief das junge Weib; »Ihr habt mir doch immer gesagt, es sei die Hebammens-Margret gewesen, die ins Fenster gesehen habe!«

»Hm, Ann-Marieken, ich sage auch nicht, daß sie es nicht gewesen ist.« Und die alte Frau verfiel wieder in ihr unverständliches Klagen und Murmeln.

»Was faselt Ihr, Mutter Fehse!« rief ich. Und doch, als ich das Mädchen so leblos mit ihrem kreideweißen Gesicht und den roten Lippen dasitzen sah – der weiße Alp fiel mir ein aus der Heimat ihres Großvaters, und ich hätte fast hinzugefügt: »Ihr irrt Euch, ich weiß es besser, Mutter Fehse, sie hat ihm die Seele ausgetrunken; vielleicht ist er fort, um sie zu suchen!« Aber ich sagte nur: »Erzählt mir ordentlich, wie wurde es denn weiter mit Euerem Hinrich?«

»Mit meinem Hinrich?« wiederholte sie. »Er griff ans Bettband und war auf einmal mit beißen Füßen auf der Diele. ›Laß mich, Hinrich!‹ sagte ich. Aber er fuhr hastig in die Kleider: ›Nein, nein, Mutter, Ihr haltet den Bullen nicht!‹ und dabei hatte er immer die Augen nach dem Fensterladen. Als er dann im Fortgehen an die Wiege stieß, die so wie heut dort neben dem Bette stand, da streckte das Kleine im Schlaf seine Ärmchen auf und griff mit den Fingerchen in die Luft. Mein Hinrich blieb noch einmal stehen und bückte sich über die Wiege, und ich hörte, wie er bei sich selber sagte: ›Das Kind! Das Kind!‹ Er streckte auch schon seine Hand nach den kleinen Händchen aus, als just der Sturm wieder gegen die Laden stieß und das Rumoren draußen im Stalle wieder anhub. Da tat er einen tiefen Seufzer und ging wie taumelig zur Türe hinaus.« – –

Schon länger hatte ich bemerkt, daß Margret den Kopf wie lauschend gegen das Fenster hielt; jetzt hörte ich auch das dumpfe Rumpeln eines Wagens, der den Weg vom Moor heraufzukommen schien. –

»Und seitdem«, fragte ich die Alte wieder, »habt Ihr Eueren Sohn nicht mehr gesehen?«

Ich erhielt keine Antwort. Die Stubentür knarrte, und durch die Türspalte drängte sich ein graues Hündchen, naß und beschmutzt; es lief zu der alten Bäuerin und sah sie einen Augenblick wie fragend an, schnoberte winselnd an der Bettstelle herum und lief dann ebenso wieder zur Tür hinaus. Die beiden Frauen, welche atemlos das Tier mit den Augen verfolgt hatten, brachen in laute Klagen aus. Es war, wie ich daraus entnehmen konnte, der Hund des Vermißten, den er selber aufgezogen und dann immer um sich gehabt hatte; das kleine Tier war seit jenem Abend ebenfalls verschwunden gewesen.

Das Rumpeln des Wagens kam indessen näher, und zugleich sah ich, wie am Fenster das Mädchen ihren Kopf aufreckte und mit weit aufgerissenen Augen hinausstarrte. Die Unschlittkerzen leuchteten nicht so weit, aber es fiel von außen eine Mondhelle durch die Scheiben. Gleich einer Schlange glitt sie in die Höhe und blieb dann mit offenem Munde stehen. In demselben Augenblick fuhr auch der Wagen dröhnend auf die Tenne des Hauses.

Eine Weile war es lautlos still, dann wurden Männerstimmen auf dem Hausflur laut, die Stubentür wurde weit geöffnet, und ein breitschulteriger Mann trat auf die Schwelle.

»Wir sind mit der Leiche da«, sagte er; »hinten im Moor in der schwarzen Lake hat sie gelegen.«

Das Zetergeschrei der Frauen brach herein; das junge Weib hatte sich mit beiden Armen über die Wiege ihres Kindes geworfen, das jetzt, vom Schlafe aufgestört, sein schrilles Stimmchen mit dareinmischte.

Aber die alte Bäuerin besann sich plötzlich; ihre knochige Hand schüttelnd, trat sie vor das Mädchen hin, die noch immer wie versteinert in die leere Nacht hinausstarrte. »Hörst du's?« rief sie; »er ist tot! Geh nun! Du hast hier weiter nichts zu schaffen.«

Das Mädchen wandte den Kopf, als habe sie nichts davon verstanden; aber trotz des verhüllenden Gewandes sah ich, daß ein Schauder über ihre Glieder lief, während sie schweigend zur Tür hinausging. Durch das Fenster sah ich sie den Hof hinabschreiten; sie hatte den Kopf im Nacken, als sei er ihr herumgedreht, der Scheune zugewandt, worin der Tote lag. Plötzlich, als sie den Weg erreicht hatte, begann sie zu laufen, mit aufgehobenen Armen, als sei was hinter ihr, dem sie entrinnen müßte. Bald aber verschwand sie in den weißen Nebeln, die vom Moor herauf den Weg überschwemmt hatten.

Ich ließ anspannen, mein Geschäft war für heut zu Ende. Als ich durch das Dorf fuhr, kam der Küster von seiner Hofstelle mir entgegen und legte die Hand auf meinen Wagen. »Es tut mir leid um den Hinrich, Herr Amtsvogt!« sagte er. »Aber wer weiß, ob es nicht so am besten ist; wir müssen jetzt nur sehen, daß wir einen tüchtigen Setzwirt bekommen, der die Witwe heiraten und die Stelle für den kleinen Hinrich Fehse bewirtschaften kann. Es soll schon alles besorgt werden, Herr Amtsvogt!« Und in seiner alten Unerschütterlichkeit grüßte er gravitätisch mit der Hand, während ich, diese tröstlichen Worte noch im Ohr, aus dem Dorfe hinausfuhr, an dem Moor entlang, das von einem trüben Mond beleuchtet wurde.

Um mit meinem Bericht zu Ende zu kommen: der Brunnen der Hebammensleute wurde schon am andern Tage ausgeschöpft, und der versenkte Schatz kam wirklich wieder an das Tageslicht. Auch der Mann für die junge Witwe fand sich, nachdem das Kind noch binnen Jahresfrist mittelst eines Bräuneanfalls seinem Vater in jenes unbekannte Land gefolgt war. Hans Ottsen zog es vor, statt die verrufene Hebammen-Margret zu seinem Weibe zu machen, zu der väterlichen Hufe auch noch die Fehsesche Stelle auf dem einfachen Wege der Heirat zu erwerben. Und so war denn, nach dem Rezept der Küsterin, mit ein paar Handvoll Kirchhofserde wieder alles in seinen Schick gebracht.

Will man noch nach dem Slowakenmädchen fragen, so vermag ich darauf keine Antwort zu geben; sie soll in ich weiß nicht welche große Stadt gezogen und dort in der Menschenflut verschollen sein.

Beim Vetter Christian

Mein Vetter Christian hatte wirklich schon mit zwanzig Jahren seine schönen blauen Augen; und doch behaupteten die Mädchen, Hand aufs Herz, daß sie ihnen völlig ungefährlich seien. Das aber kam daher, weil derzeit, was allerdings in solchem Alter selten vorkommt, die Elektrizität derselben noch gebunden war; und die Ursache hiervon lag wiederum darin, daß nach des Vaters frühem Tode der Vetter zwischen zwei so überwiegend energischen Frauennaturen aufgewachsen und nach kurzen und fleißig benutzten Universitätsjahren wieder in ihre Obhut zurückgekehrt war.

Die eine derselben, seine Mutter – Gott habe sie selig! – meine gute Tante Jette, hat auch mich als Knaben einmal unter ihrer rührigen Hand gehabt, als Christian und ich uns von ihren großen Schattenmorellen eine Limonade gegen den heißen Sommerdurst bereitet hatten; der andern verstand ich kunstvoll aus dem Wege zu gehen. Es war dies »die alte Karoline«, welche in schon betagter Jungfräulichkeit als Kindsmagd bei dem kleinen Christian ihren Dienst im Hause angetreten, sich hier nach unbekannt gebliebenen sonstigen Versuchen noch zweimal, wiewohl ohne den gewöhnlich dabei beabsichtigten Erfolg, verlobt hatte und schließlich, nach des Hausherrn Tode, als Magd für alles in der Familie hängengeblieben war. Die Auflösung jener Verlöbnisse sollte lediglich durch die allzu große Tüchtigkeit der Braut herbeigeführt sein, wovor, trotz des annehmlichen und bekannten Barvermögens derselben, sowohl der letzte als der vorletzte Bräutigam zurückgeschreckt waren, welche aber demnächst bei ihrer Herrin eine desto dauerhaftere und erhebendere Anerkennung gefunden hatte.

Meine Tante Jette besaß nach ihres Mannes Tode nur ein schmales Einkommen, aber ein großes Haus. Sie hätte leicht von den leerstehenden Zimmern vermieten können; allein sie gehörte zu den alten Geschlechtern; das ging denn doch nicht wohl. Zum Glück wurde Christian als Kollaborator an unserer Gelehrtenschule angestellt und bezog nun die oberen Zimmer, welche einst von seinem Vater bewohnt gewesen waren. Im übrigen blieb der Hausstand unverändert; Karoline wollte lieber auch für ihren Doktor die Arbeit mittun, als noch so ein junges, flusiges Ding neben sich herumdammeln sehen.

Allein bald nach dem Amtsantritt ihres Sohnes begann Tante Jette zu kränkeln und konnte es sich endlich nicht mehr verhehlen, daß sie das rüstige Leben, das lustige Scheuern und Polieren, das Kochen und Einmachen mit der für sie in keiner Weise passenden ewigen Ruhe werde zu vertauschen haben. Als resolute Frau tat sie indessen auch hier, was not war. Täglich gab sie jetzt ihrem Kollaborator eine Unterrichtsstunde in der praktischen Weisheit ihres Lebens, und der getreue Sohn, wenn er danach in sein Studierzimmer getreten war, unterließ nicht, diese letzten mütterlichen Ratschläge in sauberer Reinschrift zu Papier zu bringen, bis er bemerkte, daß der Zyklus geschlossen und er nach dem Ende wieder in den Anfang hineinzugeraten beginne. Am letzten Tage vor ihrem Ende aber fügte Tante Jette ihren Vorträgen noch gleichsam einen Epilog hinzu. »Und, Christian«, sagte sie und legte alle noch übrige Kraft in ihre Stimme, »daß du mir die alte Karoline nicht von dir lässest! Die Leute sagen zwar, sie sei ein Drache; mir aber, wenn es doch einmal auf einen Vergleich hinaus soll, scheint sie, mit ihren runden Augen in dem breiten Kopfe und den Borstenhärchen unter der krummen Nase, mehr einem alten Schuhu ähnlich zu sein; und du weißt es, daß dieser Vogel in dem Haushalt der Natur eine nicht geringe Stelle einnimmt.«

Und als der Vetter sie zwar ehrerbietig, aber doch mit etwas zweifelhaften Augen anblickte, setzte sie hinzu: »Nein, nein, Christian; glaub mir's, du brauchst eine, die dir die Mäuse wegfängt; und die alte Karoline wird das schon besorgen.«

– – So war denn die Alte auch nach der Mutter Tode im Hause verblieben, und ihr junger Herr befand sich leidlich wohl dabei. Denn in der Tat – wovon er freilich keine Ahnung hatte – sie pracherte mit Hökern und Gemüseweibern um den letzten Dreiling, sie wußte verschämte Bettler und unverschämte in Wein reisende Juden schon auf dem Hausflur abzufangen; die Bauern, die zur Stadt kamen und die Städter mit ihrem Torf betrogen, fürchteten die Alte mehr als ihren Landvogt.

Zwar wenn der Doktor, was ihm wohl geschehen konnte, sich auf seinem Spaziergang nach der Klasse über die Mittagszeit hinaus verspätet hatte, so wurden wohl die Stubentüren etwas härter als nötig zugeschlagen; auch flog wohl einmal nach der Suppe der Bratenteller auf den Tisch, als sei es Trumpf-As, das die alte Karoline vor ihm ausspielte; aber der Vetter hörte das so wenig wie der Mietsmann eines Bäckers das Geklapper der Beutelmaschine; er befand sich im Geiste vielleicht eben auf dem Markte zu Athen und lauschte der donnernden Philippika des jungen Demosthenes, gegen den offenbar die alte Karoline nicht in Betracht kommen konnte.

Da, nach Verlauf einiger Jahre, geschah es, daß dem Doktor zweierlei in den Schoß fiel: das Subrektorat seiner Gelehrtenschule und eine Erbschaft von einer seiner vielen Tanten. Hatte er, dank seinem Hausdrachen, schon vorher ein hübsches Sümmchen von seinen Einkünften zurücklegen müssen, so wußte er jetzt vollends nicht mehr, wohin damit. Das machte ihn unruhig. Er ging in seinem großen Hause umher: unten in das Wohnzimmer, wo Tisch und Stühle, die Bilder an der Wand, alles noch so war wie zu Lebzeiten der Mutter; in die danebenliegenden Räume, die seit des Vaters Tode unbenutzt gestanden, in das Eßzimmer, dann in das kleinere Spielzimmer. Das Bild seines Vaters, des milden braunlockigen Mannes, war ihm mit einem Mal so gegenwärtig; dabei sah er sich selbst als Knaben, im grauen Habit mit runden Perlmutterknöpfchen; er half seinem Vater den Tabak für die Gäste mischen und rote und grüne Federposen auf die Kalkpfeifen setzen, wobei oft eine linde Hand liebkosend über seine Haare strich. – Ihn überfiel, und stärker mit jedem Mal, das er hier verweilte, eine Sehnsucht, diese Räume aufs neue zu beleben, wenn auch die Toten nicht mehr zu erwecken seien. Die Sippschaft in der Stadt war noch so groß; fast jede Woche mußte er zu irgendeiner Familiengesellschaft, war es nun in den Häusern der Verwandten oder sommers in deren Gärten vor der Stadt. Wie hübsch mußte es sein, wie einst sein Vater es getan, sie alle auch nun seinerseits im eigenen Hause zu bewirten! Indessen – das war sonnenklar – die alte Karoline allein vermochte das doch nicht zu leisten.

Der Vetter resolvierte sich kurz und ging zu der Großtante, der alten Frau Bürgermeisterin; und diese, nachdem er seine Sache vorgetragen, empfahl ihm zuerst eine Witwe, die eben ihren dritten Mann begraben, und dann eine reife Jungfrau, welcher – es war himmelschreiende Sünde – die Vorsteher schon wieder den Platz im St.-Jürgens-Stifte abgeschlagen hatten. Da der Vetter jedoch bedachte, daß es in seinem Hause eigentlich an einer Karoline genug sei, so beschloß er, zuvor noch die Meinung seines Onkels, des Senators, einzuholen.

Und in der Tat; der Onkel wußte besseres zu raten.

»Ich empfehle dir«, sagte er, »mein Patchen, die kleine Julie Hennefeder; ihr Vater – du weißt, unser alter Kontorist – war so etwas von einem Tausendkünstler, er war der ›Hans Michel in de Lämmer-Lämmerstraat‹; er konnte machen, was er sah, ein ›Fleuteken‹ so gut wie einen ›Napoleon‹, und trotzdem blieb er hintenum in seiner Lämmerstraße sitzen. Die Witwe hat es knapp, und ich weiß, daß sie sich schon nach einem soliden Platz für ihre Tochter umgesehen hat. Das wäre ja denn so bei dir, Christian! Übrigens, das Mädchen sieht keineswegs aus, als wenn ihr Familienname für sie erfunden wäre; im Gegenteil, sie ist ein schmuckes, voll ausgewachsenes Menschenkind und soll überdies so manches von der Kunstfertigkeit ihres Vaters ererbt haben, was sich auch besser für ein Hausfrauchen als für einen alten Kontoristen schicken mag.«

Und so setzte denn, als eben Goldregen und Syringen im Garten des Vetters sich zum Blühen anschickten, ein braunes, rosiges Mädchen zum ersten Mal den Fuß über die Schwelle seines Hauses; und der Vetter konnte nicht begreifen, weshalb auch drinnen die alten Wände plötzlich zu leuchten begannen. Erst später meinte er bei sich selber, es sei der Strahl von Güte, der aus diesen jungen Augen gehe. Die Großtante freilich schüttelte etwas den Kopf über diese gar so jugendliche Haushälterin, und womit die alte Karoline geschüttelt, das hat der Vetter niemals offenbaren wollen.

Julie war keine schlanke Idealgestalt; sie war lieblich und rundlich, flink und behaglich, ein geborenes Hausmütterchen, unter deren Hand sich die Dinge geräuschlos, wie von selber, ordneten. Dabei, wenn ihr so recht etwas gelungen war, konnte sie sich oft einer jugendlichen Unbeholfenheit nicht erwehren; fast als habe sie für ihre Geschicklichkeit um Entschuldigung zu bitten. Ja, als einmal der Vetter ein lautes Wort des Lobes nicht zurückhalten konnte, sah er zu seinem Schrecken das Mädchen plötzlich wie mit Blut übergossen vor sich stehen, und ganz deutlich glaubte er: »Oh, bitte, wenn Sie nichts dagegen haben!« die buchstäblichen Worte aus ihrem Munde zu vernehmen. In Wirklichkeit freilich hatte er sie nicht gehört; es war nur eine Konjektur, die er aus den braunen Augen herausgelesen hatte.

Als er es später dem Onkel Senator bei einer Nachmittagspfeife anvertraute, nickte dieser und meinte lächelnd, das sei eine Inschrift, züchtig, süß und bescheiden und wohl passend für ein junges Mädchenangesicht.

Und wie von selber belebten sich die öden Räume des Hauses. Die Fenster füllten sich mit Blumen, und unten vom Wohnzimmer in das Treppenhaus hinauf klang morgens der helle Schlag eines Kanarienvogels; aber ebenso lag auch das Tüchelchen bereit, um ihn zum Schweigen zu bringen, wenn der Herr Doktor noch beim Morgenkaffee seine Pensa durchnahm. Der Onkel, der jetzt öfter bei dem Vetter einsah, behauptete, das ganze Haus habe eine Wendung weiter nach der Sonnenseite hin gemacht.

Selbst die alte Karoline stand eines Tages mit eingestemmten Armen und sah den kunstfertigen Händen der »Mamsell« zu, die eben den Studiersessel des Doktors neu gepolstert hatte und nun so flink einen blanken Nagel um den andern einschlug. Freilich, als sie sich darauf ertappte, trabte sie eilig in ihre Küche zurück, scheltend über sich selbst und über die fingerfixe Person, die dem Nachbar Sattler das Brot vor dem Munde wegnehme.

Je weniger aber die alte Jungfrau die Tüchtigkeit und die ruhige Freundlichkeit des Mädchens verkennen konnte, desto schärfer spähte sie nach allen Seiten aus, und bald konnte man sie gegen die Mittagsstunde zwischen ihrem Feuerherd und der auf dem Flur stehenden Hausuhr unruhig auf und ab wandern sehen. Es war unzweifelhaft, der Doktor kam niemals mehr zu spät von seinem Mittagsspaziergang; ja, er sah oft ganz erhitzt aus, wenn er anlangte; er mußte schier gerannt sein, um nur die rechte Stunde nicht zu verfehlen. Um ihretwillen, die sie ihn doch auf diesen ihren Armen getragen hatte, war noch niemals ein Tropfen Schweiß vergossen worden!

Die Lippen der Alten begannen vor sich hin zu plappern: sie schluckte, als könne sie es nicht hinunterwürgen.

Es war augenscheinlich, die Küche hatte jene Sonnenwendung des übrigen Hauses nicht mitgemacht.

Inzwischen gingen die Jahreszeiten ihren Gang. Die Rosen im Garten hatten ausgeblüht; Hülsenfrüchte und Spargel waren nicht nur abgeerntet, es stand auch ein gut Teil davon in blanken Konserven in der Vorratskammer; daneben reihten sich sorgsam verpichte Flaschen, voll von Stachelbeeren und von jenen saftreichen Schattenmorellen, deren beliebiger Verwendung jetzt nichts mehr im Wege stand.

Beim Brechen des Kernobstes, das der Garten in den feinsten Arten hervorbrachte, leistete diesmal der Vetter selbst den besten Mann. Kühn wie ein Knabe holte er die großen Gravensteiner Äpfel von den höchsten Zweigen. Von draußen guckten die Nachbarsbuben mit gierigen Augen über die Planke und riefen in ihrem Plattdeutsch: »Lat mi helpen, lat mi helpen! Ick kann ganz baben in de Tipp!« – Aber der Vetter brauchte die Buben gar nicht, er konnte sich allein helfen. Dagegen, in der Freude seines Herzens, warf er oftmals einen Apfel zwischen sie, worüber denn jenseit der Planke ein lustiges Gebalge sich erhob; die schönsten aber, die mit den rotgestreiften Wangen, flogen zu seiner jungen Wirtschafterin hinab, die mit vorgehaltener Schürze unter dem Baume stand. Nur war sie heute nicht geschickt wie sonst; denn ihre Augen folgten dem Vetter ängstlich auf die schwanken Zweige, und ein etwas größerer Apfel schlug ihr fast jedesmal den Schürzenzipfel aus der Hand. Bei dem Bükken nach rechts und links waren die schweren Haarflechten ihr herabgeglitten und hingen lose in den Nacken; nun, da der Äpfel noch immer mehr auf sie zuflogen, bat sie flehentlich um Gnade.

»Christian, mein Junge!« erscholl jetzt plötzlich die Stimme des Onkel Senators, der eben in den Garten getreten war. »Wo steckst du denn? – Beim Gott Mercurius! du scheinst nachgerade nun so jung zu werden, wie du es deinem Taufschein schuldig bist! Aber weißt du denn, daß es eben zwei vom Turme geschlagen hat?«

Da flog noch ein Apfel glücklich in Juliens Schürze; dann kam der Vetter selbst zur ebenen Erde. In der Tat, er hätte fast die Klassenzeit versäumt; ja, noch immer waren seine Gedanken in den grünen Zweigen. »Was meinen Sie, Fräulein Julie«, sagte er und strich sich die gelben Blätter aus den Haaren; »ich denke, um vier Uhr setzen wir die Arbeit fort! Wahrhaftig, Onkel; ich hätte nicht gedacht, daß ich so klettern könnte!«

Nun war es im November. Die Bäume waren leer, der Garten stand verödet; aber Keller und Vorratskammer waren gefüllt; lang und traulich wurden die Abende; die vielbedachte große Familienfestlichkeit sollte nun wirklich vor sich gehen.

Als man die einzuladenden Gäste zusammenrechnete, da waren es sechzehn, die beiden Hausgenossen ungezählt; dazu ein armes Fräulein, das von der Großtante alle Weihnacht ein Liespfund Kaffee und zwei Hut Meliszucker zum Geschenk erhielt.

Zwar Karoline behauptete, es könnten nur achtzehn an dem Ausziehetische sitzen; aber Julie sagte sehr errötend: »Wenn der Herr Doktor es mir vertrauen wollten!« Und der Vetter lächelte still und dachte: »Nun hat sie wieder einen ihrer klugen Einfälle!« Dann setzte er auch den siebzehnten Gast mit auf die Liste.

Und jetzt wurde rüstig angefaßt. Karoline zankte nach Herzenslust mit Schlächtern und Fischfrauen; der Vetter holte staubige Flaschen aus seinem Weinkeller und schnitt dann wieder Fidibus und Leuchtermanschetten vom weißesten Velinpapier; der Onkel Senator mußte, weil auf dergleichen der Vetter sich nicht verstand, einen großen Marzipan aus Lübeck verschreiben; Julie kam mit heißen Wangen bald vom Nachbar Bäcker, wo sie ihre Kuchen und Plätzchen im Ofen hatte, bald draußen vom Gärtner, der ihr für die Festtafel noch einen herbstlichen Strauß zusammensuchen mußte.

Und so war denn eines Sonntags der große Nachmittag herangekommen. Der Weg zum Hause führte durch den seitwärts daran gelegenen Teil des Gartens; aber schon mit Dunkelwerden leuchtete die über der Haustür befindliche Laterne freundlich auf den breiten Steig hinaus.

Drinnen im Wohnzimmer, im Schein der großen Astrallampen, blinkten die Tassen und sauste schon die Teemaschine. Nebenan im Spielstübchen hatte eben der Vetter die Karten ausgebreitet und die Spielmarken zurechtgelegt, während hinter den noch geschlossenen Türen des Eßzimmers Julie die Tafel revidierte, welche nach langen Jahren wieder einmal mit dem geblümten Damastgedeck und den schweren silbernen Leuchtern prangte.

Schon hatte es sechs geschlagen, und der Vetter, seine goldene Taschenuhr in der Hand, durchmaß mit unruhigen

Schritten die noch immer leeren Räume. Da endlich begann draußen auf dem Flur das Schellen der Haustürglocke; fröhliche Stimmen, junge und alte, wurden laut und – da kamen sie: der Onkel und die Tante Senator, zwei andere Tanten, zwei Vettern und zwei Muhmen und von übriger Sippschaft sieben, das arme Fräulein ungerechnet. Mitunter war es auch nur ein Windstoß, der die Haustür aufwarf, denn der Nordwest pustete draußen grade so viel, als es drinnen zur Erhöhung der Behaglichkeit zu wünschen war. Schließlich rollte auch noch die Klosterkutsche vor das Gartentor, die Großtante wurde herausgehoben, und die alte Karoline, in einer großen Haube mit Rosaschleifen, kam zum Vorschein und nahm der Frau Bürgermeisterin den schweren Atlasmantel ab.

Die Gesellschaft war vollzählig. Am Teetisch in der Ecke stand die kleine, freundliche Wirtin des Hauses und drehte das Hähnchen der Teemaschine und schenkte in die Tassen; zwei junge Bäschen gingen umher und präsentierten, die eine den duftenden Trank, die andere die sämtlich nach Familienrezepten gebackenen Kuchen. Eine Luft der Behaglichkeit war verbreitet, daß alles wie von selber an zu plaudern fing. Die Großtante hatte aus der Sofaecke mit ihren noch immer scharfen Augen eine Weile rings umher gesehen und nickte nun beifällig nach dem Ecktischchen hinüber. »Wie gut, mein Lieber«, sagte sie und drückte dem Vetter Christian die Hand, »daß wir die Kutsche in der Stadt haben! Wie hätte ich sonst in all dem Wetter zu dir kommen sollen!« Und Christian verstand gar wohl den Beifall, der in diesen Worten lag; und wäre es in ihrem Kreise Brauch gewesen, er würde gewiß die Hand der alten Dame geküßt haben. So aber ließ er es mit einem dankbaren Gegendruck bewenden.

Nicht lange, so saßen im Nebenzimmer die alten Herrschaften bei ihrer Whistpartie. Julie hatte soeben der Frau Bürgermeisterin ein weiches Fußkissen untergeschoben; als auch der Vetter hereintrat, um dem ehrenfesten Spiele zuzusehen, blickte der Onkel ganz schelmisch zu ihm auf. »Nun,

Christian«, sagte er, indem er zierlich einen neuen Stich auf die Tischplatte schnippte, »das ist heut doch ein ander Ding als vorigen Winter, da du immer allein da droben auf deiner Rauchkammer saßest! Und wie angenehm«, fuhr er, inzwischen immer neue Stiche machend, fort – »unserer kleinen Hennefeder die rosa Busenschleife zu ihren braunen Flechten läßt! Im Vertrauen, Christian, noch hübscher als deiner Karoline die Schleifen auf ihrer großen Flügelhaube. Auf alle Fälle aber ist Rosa heut die Farbe deines Hauses; und – sieben Trick, groß Schlemm, meine Damen! Was sagst du dazu, Christian!«

Der Vetter nickte und ging vergnügt zu den andern, die im großen Zimmer schon am Pochbrett saßen. Es war noch ein echtes, altes, ein Erbpochbrett mit Scharwenzel, Vizebuben, Umschlag und Braut und Bräutigam. Und lustig ging es her; die Stimmen riefen durcheinander, die Rechenpfennige klirrten; die Seele des Spieles aber war ein verwachsenes ältliches Jüngferchen, welche den ganzen Kopf voll grauer Pfropfenzieherlöckchen hatte. Sie wurde, weil sie zur Erhöhung ihrer kleinen Person sich beim Sitzen einen ihrer Füße unterzuschieben pflegte, in der Familie »Lehnken Ehnebeen« genannt; und der Vetter hatte ihr einst, da er noch ein kleiner dummer Knabe war, einen gar üblen Streich gespielt. Heimlich war er unter den Tisch gekrochen, an welchem sie mit drei andern Damen ihr Partiechen machte. Auf einmal rief er: »Ich seh, ich seh!« – »Was siehst du denn, mein Jungchen?« fragte sie. – »Ich seh vier Tanten und nur sieben Beine!« Da stach Cousine Ehnebeen die Force ihrer Partnerin mit Atout-As und verlor darüber den Rubber.

Aber diese garstige Geschichte war jetzt längst vergessen. »Vetter Christian!« rief sie. »Es ist höchst gemütlich bei Ihnen; Sie machen ein reizendes Haus. Aber kommen Sie flink! Ich bin just am Kartengeben!«

»Um Entschuldigung, Cousine; ich bin heute ja der Wirt!« entgegnete der Vetter und winkte mit der Hand.

Da wollte eben die kleine Wirtin des Hauses, mit geleerten

Kuchenkörben beladen, an ihm vorübergehen; nun aber stand sie einen Augenblick und sagte schüchtern: »Spielen Sie doch mit, Herr Doktor! Wenn Sie es mir vertrauen wollten, ich würde alles schon besorgen.«

»Gewiß, gewiß, Fräulein Julie! Oh, ich vertraue Ihnen sehr«, flüsterte der Doktor hastig; und als er sie im Fortgehen anblickte, sah er noch, wie sie über und über rot wurde und wie es ganz deutlich: »Oh, bitte, wenn Sie nichts dagegen haben!« in ihren jungen braunen Augen stand.

Wie aber diese Augen glänzten, als Julie draußen neben dem alten Drachen in Küche und Speisekammer hantierte, das sah der Vetter nicht mehr; denn er saß drinnen bei Cousine Ehnebeen und spielte Poch und hatte alle Wirtschaftssorgen von sich geworfen, denn – ja, das wußte er gewiß – sie waren in den allerbesten Händen. Nur Karoline musterte bedenklich die Augen ihrer jungen Vorgesetzten; und sie wollten ihr um desto schlechter gefallen, als sie auch in denen ihres Doktors schon öfters jenen ihr widerwärtigen Glanz bemerkt zu haben glaubte.

Aber der Abend rückte weiter. – Um neun Uhr öffneten sich die Flügeltüren des dritten Zimmers; und da strahlte die blumengeschmückte Tafel im hellsten Damast- und Kerzenglanz. Der Vetter bot der Großtante den Arm, der Onkel hatte sich geschickt sein Patchen einzufangen gewußt. Zwar sie meinte, ihr geschehe zu viel Ehre, aber sie mußte.

»Heut, mein kleines Patchen«, sagte der Onkel, »sind Sie die Dame des Hauses und müssen schon einmal mit mir altem Burschen fürliebnehmen!« worüber denn die junge Dame ganz beschämt wurde und die alte Karoline, welche eben mit einer Schüssel Karpfen in die Stube trat, dem guten Herrn einen giftigen Blick hinüberschoß, den dieser jedoch, leider, nicht bemerkte. Als man indessen an den Tisch getreten war, machte Julie mit allerliebstem Lächeln einen Knicks, und fort war sie; und da half es nun nicht weiter, der Onkel sah sich plötzlich neben der Großtante eingeschoben und die Tafelreihe geschlossen.

Der Vetter rieb sich vergnügt die Hände, wie er da die ganze Freundschaft so an seinem Tisch beisammen habe; er sah auch wohl, wie Julie neben der alten Karoline hie und da eine Schüssel reichte; aber beim Fischessen muß jeder hübsch die Augen auf dem Teller haben. So bemerkte er nicht einmal, daß er selbst die Karpfen wie den säuerlichen Rahmschaum stets nur von der Hand seiner alten Haustyrannin erhielt, noch weniger, wie diese ihren Schnurrbart sträubte, wenn das junge Kind sich einmal mit einer Schüssel in seine Nähe wagte.

Doch nun erschien der Braten, stattlich, als solle er das Kerzenlicht verdunkeln; und alle Augen und Zungen waren wieder freigegeben. Feierlich stand der Vetter auf, und, mit dem Messer an sein Glas klingend, hub er an: »Unsere liebe, allverehrte Großtante, sie lebe – –« Aber er stockte plötzlich, als er in diesem Augenblick zum ersten Mal die ganze Tafelrunde überschaute. »Hm!« sagte er. »Wo ist denn Fräulein Julie?«

Da scholl aus der untersten Ecke des Zimmers eine helle Stimme: »Hier bin ich, Herr Doktor!« Und als er hinblickte, da saß sie dort am Katzentischchen.

»Unsere allverehrte Großtante, sie lebe hoch!« sagte nun der Vetter.

»Hoch! Hoch!« Und alle standen auf und klingten mit der Großtante an, und auch Julie tat es; und danach, trotz dem alten Hausdrachen, stieß sie auch noch mit dem Vetter an, und als dieser wie in freundlichem Tadel ihrer selbstgewählten Erniedrigung gegen sie den Kopf schüttelte, blickte sie ihn so demütig und um Verzeihung flehend an, daß er darüber ganz verwirrt wurde. Denn zu seiner eigenen Verwunderung saß er schon wieder auf dem Stuhl, bevor er auch nur mit einem Schlückchen die von ihm selber ausgebrachte Gesundheit bekräftigt hatte; erst als die alte Dame erhobenen Fingers sagte: »Aber, Christian, du meinst es doch wohl ehrlich mit deiner alten Großtante!« stürzte er hastig das ganze Glas hinunter.

Doch schon hatte Cousine Ehnebeen aufs neue ihr Füßchen unten weggezogen und nahm nun in ganzer Gestalt die Aufmerksamkeit der Gesellschaft in Anspruch. Erhobenen Glases stand sie da, und mit angenehmer Krähstimme rief sie:
»Ich bin verliebt!«
und nachdem sie sich herausfordernd im Kreise umgeblickt und niemand gegen diese Behauptung etwas einzuwenden gefunden hatte, fragte sie mit noch nachdrücklicherem Pathos:

»Worin?«

Und als auch hierauf die Gesellschaft schwieg, erteilte sie zur Überraschung aller, welche ihren Trinkspruch noch nicht kannten, deren jedoch zufällig heute niemand zugegen war, die gewiß befriedigende Antwort:

»In Redlichkeit und Treu!
Ein abgesagter Feind von aller Heuchelei!«

Es war ein schöner, langer Trinkspruch; aber sie brachte ihn tapfer zu Ende und verneigte sich lustig gegen alle, die ihr das Glas hinüberreichten oder mit ihr anzustoßen kamen. Und das arme Fräulein ging von Lehnken Ehnebeen zuallererst an das Katzentischchen und stieß mit Fräulein Julie an und drückte dabei, wie in zärtlicher Versicherung, mit ihren mageren Fingern die kleine, feste Hand des Mädchens; nein, gewiß, sie beide wollten keine Heuchler sein!

Noch immer heiterer wurde es; und als beim Nachtisch der große Marzipan, worauf sich das Lübecksche Rathaus nebst dem ganzen Markt präsentierte, zuerst herumgereicht und dann von der Großtante zierlich zerlegt war, da befahl der Vetter, seine drei Flaschen noch vom Vater ererbten Johannisbergers aus ihrem staubigen Winkel heraufzuholen, was auf jung und alt den angenehmsten Eindruck nicht verfehlte, da die grimmigen Selbstgespräche, mit denen die alte Karoline die Kellertreppe hinabstapfte, hier oben gar nicht zu hören waren. Und als nun erst die Propfen gezogen wurden und der lang verschlossene köstliche Duft herausstieg und das

Zimmer wie mit frischer Lebensluft erfüllte, da stimmte der Onkel an:

Vom hoh'n Olymp herab ward uns die Freude!

Und es half den Jungen nicht, daß sie das Lied veraltet fanden; sie stimmten doch alle mit ein, aus großem Respekt vor dem Onkel.

– – Draußen auf der Gasse, auf seinen Morgenstern gestützt, stand der Nachtwächter, der alte Matthias, der immer so hell die Neujahrsnacht ansang, und hörte zu, bis das Lied zu Ende war. Dann, verwundert, was in dem sonst so stillen Hause des Doktors heute vorgehe, rief er die elfte Stunde und setzte seine Runde fort. – –

Wie aber alle Lust ein Ende nimmt, so war endlich auch auf dem großen Familienfest des Vetters der Johannisberger ausgetrunken. Schon rückte man die Stühle, als der Onkel noch einmal an sein Glas klingte: »Nicht zu vergessen unsern alten Landestrinkspruch! Lieben Freunde, up dat es uns wull ga up unse olen Dage!«

Und auch die Jungen stießen andächtig an, als sähen auch sie den warnenden Finger, der gegen uns alle aus der dunkeln Zukunft sich erhebt. Der Vetter aber hatte die Augen nach dem Katzentischchen und dachte: Ja, jetzt, jetzt geht's dir wohl; aber wie wird's dir gehen in deinen alten Tagen?

»Christian, mein Lieber«, sagte die Großtante leise, »das war ja heute fast wie einst bei deinem guten Vater selig.«

Da stand er auf und führte die alte Dame in das Wohnzimmer zurück. Und als alle sich »Gesegnete Mahlzeit« gewünscht hatten, erschien Karoline mit Pelzen, Mänteln und Muffen; draußen klatschte der Kutscher von dem Bock der schon längst wieder vorgefahrenen Klosterkutsche; dann begann wieder die Haustürglocke zu schellen, die Gäste nahmen Abschied, und bald waren nur noch der Vetter und Fräulein Julie in den leeren Zimmern. Sie räumten die Karten fort, legten die Teppiche zusammen und löschten die Überzahl der Lichter.

Dem Vetter lag es auf dem Herzen, als habe er Fräulein Julien noch was Besonderes mitzuteilen; er suchte danach in seinem Kopfe, aber er konnte es dort nicht finden. Freilich, daß sie nicht wieder am Katzentischchen sitzen dürfe, das wollte er ihr auch gelegentlich sagen; aber das war es doch so eigentlich nicht. Er rückte hie und da an einigen Stühlen, an denen nichts zu rücken war, und auch Fräulein Julie wischte schon ein ganzes Weilchen mit ihrem Schnupftuch um nichts an einer spiegelblanken Tischplatte; endlich wünschten sich beide gute Nacht. Die alte englische Hausuhr – sie war einst in der Kontinentalsperre konfisziert worden und dann noch einmal um den vollen Preis vom Großvater zurückgekauft – spielte eben vom Flur aus dreimal ihre Glockentonleiter zum letzten Viertel vor Mitternacht. Wie spät das heut geworden war!

Als nach einer Weile draußen auf der Gasse der alte Matthias die zwölfte Stunde abrief, sah er, daß schon alle Fenster dunkel waren. Ein Weilchen stand er noch und wiegte seinen grauen Kopf. Eine Hochzeit konnt's doch nicht gewesen sein! Bei solch einer Familie, da hätten drunten im Hafen die Schiffe doch geflaggt; auch für die Nachtwächter wäre wohl ein gutes Trinkgeld nicht gespart worden! – Und mit sich selber redend, setzte der Alte seine Runde fort, bis der neue Stundenschlag ihn auf andere Gedanken brachte.

Noch ganz erfüllt von seinem gestrigen Feste und dem anmutigen Walten seiner kleinen Hausdame, griff am andern Morgen der Vetter nach seiner längsten Pfeife, um mit diesem erprobten Beistande in den Weg des täglichen Lebens wieder einzulenken. Als er in die Küche trat, wo er am Herdfeuer seinen Fidibus anzuzünden pflegte, traf er dort die Alte mit dem Putzen der Gesellschaftsmesser beschäftigt. Er konnte dem Drange seines Herzens nicht widerstehen; »Karoline«, sagte er und tat die ersten kräftigen Züge aus seiner Pfeife, »die Julie ist doch ein gutes Mädchen!«

Karoline arbeitete eifrig an ihrem Messerbrett.

»Hört Sie nicht, Karoline?« wiederholte der Doktor. »Ich sage, die Julie ist doch ein sehr gutes Mädchen!«

Die Alte kniff den Mund zusammen, daß sich die Barthärchen auf ihrer Oberlippe sträubten.

»Sie denkt gar nicht an sich selber, das liebe Kind!« fuhr der Doktor rauchend und wie zu sich selber redend fort.

»Gar nicht an sich selber?« Das war der Alten doch zu viel; sie wetzte so wütig, daß die Messer und Gabeln mit großem Geprassel auf die Fliesen stürzten.

Der Vetter, der wohl wußte, daß bei seiner alten Freundin Tag und Stunde nicht gleich seien, fragte ruhig: »Aber, Karoline, was hat Sie denn nur einmal wieder heute?«

»Ich? Ich habe nichts, Herr Doktor!« Und sie bückte sich und warf mit beiden Händen die Messer und Gabeln wieder auf den Küchentisch. »Aber ich sage bloß: lassen Sie sich nur nicht bestricken! Ja, das sage ich, Herr Doktor!« Sie stand schon wieder vor ihrem Herrn und nickte oder zitterte vielmehr heftig mit ihrem großen grauen Kopfe.

Dieser war aufrichtig betreten, so daß er sogar die Pfeife beim Fuß gesetzt hatte; dann aber fragte er nachdenklich: »Bestricken, Karoline? Was meint Sie mit Bestricken?«

»Da kann man viel damit meinen!« erwiderte die Alte unverfroren.

»Das freilich, Karoline; aber hat denn Sie keine bestimmte Meinung?«

»Ich habe so meine Meinung, Herr Doktor; und wenn meine Augen auch alt sind, so sehen sie doch mehr als manche junge Augen!«

»Nun, nun, Karoline!« – Der Doktor verließ die Küche und ging hinüber in das Wohnzimmer, wo Julie eben den Kaffee in seine Tasse schenkte; sie sah ganz rosig aus in ihrem Morgenhäubchen. Rauchend schritt er ein paarmal auf und ab; dann, als falle ihm das plötzlich schwer aufs Herz, blieb er vor dem Mädchen stehen und sagte: »Bekennen Sie es nur, Fräulein Julie, Sie haben gewiß manchmal Ihre Not mit unserer guten Alten?«

Aber Julie sah ihn mit der ganzen Ehrlichkeit ihrer jungen braunen Augen an. »Wir vertragen uns schon, Herr Doktor«, sagte sie, »wer sollte mit alten Leuten nicht Geduld haben?«

Da schlug es an der Hausuhr acht; der Doktor mußte eilen, daß er in die Klasse kam.

Die Wochentage liefen hin. Aber mit jedem Tage wurde es dem Vetter deutlicher, daß er an einer innerlichen Unruhe leide, deren Ursache er jedoch vergebens zu erforschen strebte. Seine Gesundheit ließ nichts zu wünschen übrig, sein Haus war besser bestellt als je zuvor, und auch sein Gewissen – so viel glaubte er behaupten zu können – war im wesentlichen unbelastet. Mitunter fiel ihm ein: wenn er nur einmal recht weit von hier könnte! Wenn nur die Weihnachtsferien erst da wären, so wollte er fort zu einem Universitätsfreunde und bei dem das Fest verleben. Aber wenn er dann der Sache näher nachdachte, so überkam es ihn immer wie eine Trostlosigkeit, auch nur einen Tag anderswo als im eigenen Haus zuzubringen. Es war höchst sonderbar.

Freilich, wenn er die alte Karoline gefragt hätte, die würde ihm Bescheid gegeben haben. Sie kannte die Krankheit mit allen ihren möglichen und unmöglichen Folgen und hatte sogar eben erst ein neues Symptom derselben entdeckt. Ja, statt wie sonst um höchstens elf Uhr, ging jetzt der Doktor meistens erst um zwölf nach seinem im Erdgeschoß belegenen Schlafzimmer. So lange saß er oben auf seiner Studierstube; er verachtete den Schlaf, den er sonst so sehr geliebt hatte. Und die alte Karoline verstand es, ihre Schlüsse zu machen! Sie übersprang dabei wahre Abgründe; ja, sie erstieg, was nie von einem Akrobaten noch gesehen worden, mit Behendigkeit die höchste Leiter, welche auf ihrer eigenen Nase balancierte, und stand dann schwindellos und triumphierend auf der obersten Sprosse. Oh, die alte Karoline!

Und nun geschah es am Freitagvormittage, daß sie, wie gewöhnlich, eine Flasche frischen Wassers nach der Stube der »Mamsell« hinauftrug. Aufräumungslustig, wie immer, blickte sie umher; und da kein anderer Gegenstand sich ihren Augen darbot, so nahm sie, damit dem dringenden Triebe doch in etwas Genüge geschehe, ein auf der linken Seite der Tür hängendes Kleid der Mamsell, um es auf den Haken an der rechten Seite der Tür zu hängen. Dabei fiel aus der Tasche des Kleides ein zusammengefaltetes weißes Schnupftuch, das sie an den Namensbuchstaben sofort als das unzweifelhafte Eigentum des Doktors, ihres Herrn, erkannte.

Was bedeutete das? Wie kam das Tuch hieher, in die Tasche der Mamsell? Sie starrte darauf hin, daß ihr die runden Augen aus dem Kopfe traten. Plötzlich fiel ein schneidendes Licht auf den Gegenstand ihrer Betrachtung; der Großtürke – ja, das hatte ihr Bruderssohn, der Schiffer, einmal erzählt –, wenn der aufs Freien wollte, so schickte er vorher sein Schnupftuch an das junge Frauenzimmer! Und ihr Herr, der Doktor, er rauchte türkischen Tabak, er hatte vergangenen Sommer türkische Bohnen im Garten gezogen, er war überhaupt sehr für das Türkische! – Eine Vorstellung jagte die andere im Hirn der braven Alten. Herr du des Himmels! Das Zimmer hier war ja nur durch die kleine Kramstube, in der auch die Mamsell ihre Kommode stehen hatte, von dem Studierzimmer des Doktors getrennt, und die Verbindungstüren waren allzeit unverschlossen! Die Alte schauderte. Der Doktor kannte die Welt nicht; wenn es wirklich nun zu einer Hochzeit käme! Mit einer Person, die aus gar keiner Familie war! – »Hennefeder« hieß sie; sie konnte ebensogut »Hahnewippel« heißen oder sonst dergleichen, was nirgendwo zu Haus gehörte – die sie heute noch betroffen hatte, wie sie einen Weinjuden in das Wohnzimmer komplimentierte, dem man es bei seinem Fortgehen vom Gesichte ablesen konnte, daß der Doktor sich wieder ein teures Fäßchen hatte aufschwatzen lassen! Aber sie, die alte Karoline, wollte ihre Augen offen haben!

Nachdem sie so mit sich aufs reine gekommen war, steckte sie das verdächtige Schnupftuch wieder in die Tasche des Kleides und ging hinab in ihre Küche. Aber den ganzen Tag war sie wie hintersinnig, und statt des Kaffeekessels setzte sie die Bratpfanne auf den Dreifuß.

Mit dem Abend steigerte sich ihre Unruhe. Als die Uhr halb elf geschlagen hatte, hörte sie die Mamsell die Treppe hinauf nach ihrem Zimmer gehen; der Doktor war schon seit neun in seiner Studierstube. Mehrmals trat sie aus der Küche in den Hausflur; aber immer pickte die große Uhr so laut, daß sie nichts vernehmen konnte. Endlich schlich sie die Treppe hinauf und legte ihr Ohr zuerst an die Stubentür der Mamsell – da hörte sie es drinnen von Frauenkleidern rauschen; dann an die Stubentür des Doktors – da konnte sie deutlich hören, wie der Vetter seinen Pfeifenkopf am Ofen ausklopfte.

Sie stieg wieder hinab; sie wollte warten, bis ihr Herr in sein Schlafzimmmer gegangen wäre. Zitternd und frierend, die Arme in ihre Schürze gewickelt, saß sie neben dem kalten Herde auf dem hölzernen Küchenstuhl; aber die Uhr schlug zwölf, und es rührte sich noch immer nichts. Da hielt sie sich nicht länger; sie war es seiner seligen Mutter schuldig; ja, sie hatte ihn selber mit erzogen; wieder stieg sie die Treppe hinauf, und als dort alles still blieb, öffnete sie resolut die Tür des Studierzimmers. – Da saß der Doktor in seinem bunten Schlafrock und rauchte aus seiner türkischen Pfeife. Kein Buch, kein Schreibwerk lag vor ihm, er rauchte bloß; die Studierlampe war ausgetan, das Licht, mit dem er in sein Schlafgemach zu gehen pflegte, brannte auf dem Tische mit einer langen Schnuppe. Das alles war höchst verdächtig.

Als ihr Herr sie gar nicht zu bemerken schien, trat sie an den Tisch und putzte das Licht.

Da sah der Vetter auf. »Mein Gott, Karoline, was will Sie denn?«

»Ich wollte nur sagen, Herr Doktor, daß Ihre Schlafstube unten zurecht sei.«

»Das glaube ich wohl, Karoline; aber was ist denn eigentlich die Uhr?«

»Es ist nach Mitternacht, Herr Doktor!«

»Mitternacht? Aber, was wandert Sie bei Ihrem Alter denn so spät im Hause herum! Gehen Sie doch schlafen, Karoline!«

»So!« dachte die Alte; »also das ist's! Ich muß erst fort sein in meine Bodenkammer!« Und laut setzte sie hinzu: »Ich war unten in der Küche eingenickt; aber ich will nun schlafen gehen. Gute Nacht, Herr Doktor!«

»Gute Nacht, Karoline.«

Mit harten Tritten stieg sie die Bodentreppe hinauf und klappte dann ebenso vernehmlich die Tür ihrer Kammer auf und zu. Sie hatte aber nur das mitgebrachte Licht hineingestellt. Sie selber tappte zwischen den umherstehenden Kisten und sonstigem Hausgerät auf den dunkeln Boden hinaus. Als sie mit der Hand einen Bettschirm fühlte, der noch von der letzten Krankheit der seligen Frau hier oben stand, huckte sie nieder und legte das Ohr auf den Fußboden; der Schirm, das wußte sie, befand sich gerade über der kleinen Kramstube.

Es blieb alles still; nur die türkischen Bohnen, die zum Trocknen reihenweise an aufgespannten Fäden hingen, raschelten im Nachtzuge, der durch die Ritzen des Daches fuhr. Draußen von der nahen Kirche schlug es eins. – Der große Kopf der Alten wurde immer schwerer in der unbequemen Lage; lange war es nicht mehr auszuhalten. Da – was war das? Wie ein Blitz schlug es ihr durch alle Glieder; sie hatte unter sich die eine Tür der Kramstube knarren hören; aber in demselben Augenblick – denn ihre Beine waren zuckend hintenausgefahren – stürzte auch der Bettschirm mit Gepolter auf sie herab. Mit dem Kopfe hatte sie die Tapetenbekleidung durchstoßen, und er steckte nun darin wie in einem mittelalterlichen Folterbrette. Eine Katze sprang von einem nebenstehenden Schrank und pustete sie an.

»Pust nur!« sagte die Alte. »Ich werde auch pusten!«

Sie hatte genug gehört; und noch dazu, einen heilsamen Schreck mußte es denen da unten doch gegeben haben; bis morgen würde der schon vorhalten, und – übermorgen, da sollte vorher schon noch was anderes passieren! Noch einmal horchte sie, und da nichts sich hören ließ, zog sie behutsam ihren Kopf heraus und kroch zurück in ihre Kammer.

Aber die Pläne, einer noch gewaltsamer als der andere, die ihren Kopf durchkreuzten, ließen sie nicht schlafen. Zehnmal warf sie ihr Kopfkissen herum, sie zerwühlte ihr ganzes Bett und wußte bald nicht mehr, ob sie in der Länge oder in der Quere lag. Als endlich der erste Dämmerschein durch die kleinen Fensterscheiben fiel, saß sie, wirklich einem Schuhu nicht unähnlich, zusammengekauert im Fußende des Bettes. Die Spitze ihrer krummen Nase zuckte auf und ab, die Augenlider mit den grauen Wimpern schossen gichterisch über die offenstehenden Pupillen. Es sah überhaupt aus wie in einem Eulenneste; in der Kammer umher lagen die Bettfedern wie von kleinen zerrissenen Vögelchen. Aber die alte Karoline war fertig mit ihrem Plane. »Der gerade Weg der beste!« brummte sie und stieg – so weit waren ihre Gedanken über die nächsten Dinge hinaus – mit dem linken Bein zuerst aus ihrer Bettstatt.

– – Als Julie am Morgen in die Küche kam und das kümmerliche Aussehen der Alten bemerkte, fragte sie dieselbe teilnehmend, ob sie etwa keine gute Nacht gehabt habe?

Karoline, die am Tische bei ihrem Frühstück saß, pustete erst ein paarmal in den heißen Kaffee; dann, als spräche sie es nur gegen die Wände, aber mit deutlicher Betonung sagte sie: »Es hat mancher schon eine schlechte Nacht gehabt, der doch mit Ehren seinen Kopf aufs Kissen legte.«

»Nun, das tut Sie ja gewiß, Karoline«, erwiderte das Mädchen lächelnd; »aber Sie hat es vielleicht auch oben bei sich spuken hören?«

»Ich dachte, es hätte unten gespukt!« sagte die Alte, ohne aufzublicken.

»Oh, das war ich, Karoline; ich holte noch etwas aus der Kramstube.«

»Um Glock eins? Ich meinte, die Mamsell sei schon um halb elf nach Ihrem Zimmer gegangen!«

»Aber ich besserte noch an meinen Kleidern.«

Die Alte nickte. »Ja, die Mamsell hat auch eine recht ordentliche Mutter, und auch eine recht sittsame Mutter, die ihren Kindern gewiß kein schlecht Exempel gibt.«

»Oh, niemals, Karoline! Ich habe eine gute Mutter.« Julie fühlte eine Anzüglichkeit des Tones heraus, aber sie sann vergebens nach, wohin das ziele.

Mittlerweile hatte die Alte ihre Tasse zurückgeschoben und griff schon wieder nach Schaufel und Feuerzange.

»Ich hab heute Vormittag noch einen Gang zu tun«, sagte sie, indem sie frischen Torf ins Herdloch warf; »nicht für mich, es ist um anderer Leute willen. Die Kartoffeln sollen auch schon vorher geschält sein.«

»Gewiß, Karoline; Sie wird ja nichts darum versäumen.«

»Nein«, sagte die Alte, »es soll, so Gott will, nichts versäumt werden.«

Und richtig, nach kaum einer Stunde hatte Karoline, welche sonst fast nie das Haus verließ, ihren großen schwarzen Taffethut aufgebunden; und so, einen blaukarierten Regenschirm unter dem Arm, sah Julie von dem Wohnstubenfenster aus sie die Straße hinabsegeln.

Eine Weile später schaute auch Juliens junges Antlitz aus einem schwarzen Sammethütchen, und nachdem sie der Scheuerfrau, die auf dem Flur ihr Sonnabendswerk verrichtete, das Nötige anempfohlen hatte, verließ sie ebenfalls das Haus und trat bald darauf in eine am Markt gelegene Ellenwarenhandlung. Als der Ladendiener mit seinem verbindlichen »Was steht zu Diensten?« sich zu ihr hinüberbeugte, legte sie das verhängnisvolle Schnupftuch auf den Ladentisch. »Das Dutzend ist unvollständig geworden; Sie haben doch noch mit solcher Kante?«

Er hatte noch mit solcher Kante, und mit fliegenden Fingern war das Tuch abgerissen und eingewickelt.

Nein, sie hatte sonst nichts zu befehlen; sie war schon wieder draußen, froh über das hergestellte Dutzend, ihren Einkauf in der Tasche. Ein Weilchen stand sie und blickte die lange Straße hinauf, bei sich bedenkend, ob sie noch eine

Stippvisite bei ihrer Mutter wagen dürfe, die droben in einer Quergasse wohnte. Nun aber sah sie von dort die alte Karoline in die Hauptstraße einbiegen und in voller Arbeit mit Regenschirm und Taffethut nach dem Markt heruntersteuern. Ein Lächeln flog über das Gesicht des Mädchens. »Nein, nein«, sagte sie bei sich selber, »nun geht's nicht, nun wird mit allen Händen angegriffen!« Und munter schritt sie die Marktstraße hinab, dem Hause des Vetters zu, das jetzt ja ihre Heimat war. Sie bemerkte dabei gar nicht, daß ein kleines Schutzengelchen mit weißen Schwingen, lächelnd, wie sie vorhin gelächelt hatte, auf dem ganzen Wege über ihrem Haupte flog.

Oben in seinem Studierzimmer saß der Vetter im Vollgefühl des freien Sonnabendnachmittags, eine Tasse Kaffee neben sich, die Zeitung vor der Nase. Freilich las er nicht allzu eifrig, denn unter ihm im Wohnzimmer saß jetzt, wie er wußte, das treffliche Mädchen und nähte seinen Namen in das neue Schnupftuch; ja, selbst der Lehnstuhl, worin er saß, war von ihrer kleinen Hand gepolstert. Das alles kam ihm zwischen seine Zeitung.

Da tat sich die Tür auf; Karoline trat herein und meldete die Madame Hennefeder.

»Führe Sie die Frau Hennefeder zu ihrer Tochter!« sagte der Vetter.

»Aber sie wünscht den Herrn selber zu sprechen!« Und in der rauhen Stimme der Alten glänzte so etwas, das den Vetter stutzen machte.

Er blickte von seiner Zeitung auf. »Warum sieht Sie denn so vergnügt aus, Karoline?« fragte er. »Sie hat ja ganz blanke Augen!«

»Ich bin nicht vergnügt, Herr Doktor.«

»Nun, so bitte Sie Madame Hennefeder, sich hereinzubemühen!«

Die kleine runde Frau, welche draußen vor der Tür gewartet hatte, wurde fast mit etwas liebender Gewalt von Karoline in des Vetters Studierzimmer hineingeschoben. Sie schien in großer Aufregung, die künstlichen Kornblumen unter ihrem Hute zitterten heftig; auf des Vetters Einladung, Platz zu nehmen, setzte sie sich nur auf die eine Ecke des angebotenen Stuhles.

Karoline warf der offenbar verzagten Frau einen halb ermutigenden, halb unwilligen Blick zu, aber es gab keinen Vorwand zu längerem Verweilen. Sie ging hinaus, schlurfte die paar Schritte bis zur Treppe und blieb dann wieder unschlüssig am Geländer stehen. Noch einmal und aus purer Neugierde horchen, das wollte sie denn doch nicht! Die Madame Hennefeder, der sie den ganzen Umstand aufgeklärt hatte, würde ja schon den Mund auftun; sie war sonst als eine tapfere Frau bekannt, sie werde ja auch hier kurzen Prozeß machen und das Mädchen aus dem Hause nehmen. – Aus diesen Gedanken wurde die Alte durch den scharfen Klang der Glocke aufgeschreckt, die, aus des Doktors Zimmer führend, jetzt gerade über ihrem Kopfe läutete.

Als sie nach einer Weile hereintrat, da saß Frau Hennefeder und hatte beide Augen voll Tränen; der Herr Doktor stand noch, den Griff des Klingelzuges in der Hand. »Frau Hennefeder«, sagte er, »läßt Fräulein Julie bitten, zu uns heraufzukommen.«

Karoline suchte in dem Gesicht ihres Herrn zu lesen. Wie stand die Sache? Es war etwas in den Augen ihres kleinen Christian, das ihrer und der mütterlichen Erziehung hohnzuspechen schien. Aber es half nichts, sie mußte den erhaltenen Auftrag ausrichten. Und bald darauf flog ein junger elastischer Tritt die Treppe hinauf und verschwand oben in des Vetters Studierzimmer; die alte Karoline blieb im Unterhause und wanderte unstet, viel unverständliche Worte bei sich murmelnd, zwischen Küche und Hausflur auf und ab.

Da stürmte es die Treppe herunter. Es war der Doktor; sie sah ihn noch eben die Haustür hinter sich zuwerfen; dann war er fort und sah nicht einmal, wie seine alte Karoline stumm und ratlos auf ihrem Küchenstuhl zusammensank. Denn eilig schritt er die Straße hinab, einmal rechts, dann wieder links und dann in das Haus des Onkel Senators. Ohne anzuklopfen trat er in dessen Privatkontor.

»Christian, mein Junge«, sagte der alte Herr, indem er von seinen Büchern aufblickte, »was hast du? – Bist du es denn aber auch selber? Du strahlst ja wie die Morgensonne!«

»Ich weiß nicht, Onkel; aber ich habe dir etwas Außerordentliches mitzuteilen.«

»So setze dich auf diesen Stuhl!«

»Nein, Onkel, ich danke; es ist nicht zum Sitzen.«

»Nun, so kannst du stehen! Ich aber darf doch wohl in meinem Schreibstuhl bleiben. So – und nun rede, wenn du magst!«

Der Vetter holte ein paarmal recht tief Atem.

»Du weißt es, Onkel«, begann er dann, »ich bin eigentlich ein verwöhnter Mensch; mein seliger Vater –«

»Ja, ja, mein Junge, das war ein guter Mann; aber was denn weiter?«

»Dann, Onkel, war bis vor wenigen Jahren noch meine Mutter da, und als die starb – siehst du! auch die alte Karoline hat es immer gut mit mir gemeint.«

Der Onkel sprang von seinem Sitze auf und legte beide Hände auf des Vetters Schultern. »Christian«, sagte er, »du bist eine Seel von einem Menschen! Aber, was denn nun noch weiter?«

»Nur, Onkel, daß ich heute ein vollständiges Glückskind geworden bin! Die Frau Hennefeder –«

»Was? Auch die mein Junge?«

»Aber, so höre doch nur! Frau Hennefeder, sie kam vorhin zu mir; sie wollte mich persönlich sprechen; aber ich weiß noch diese Stunde nicht, was die gute Frau eigentlich von mir gewollt hat; zwar wir sprachen allerlei zusammen, doch ich bin gewiß, daß wir uns beide nicht verstanden haben. Dann aber sagte sie seltsamerweise, und ich habe noch immer nicht begriffen, wie sie dazu veranlaßt werden konnte, von solchen Dingen zu mir zu reden, – sie könne ja nicht erwarten, sagte sie, daß ich eine Tochter von meines Onkels Kontoristen heiraten werde, was denn doch offenbar nur auf Julie verstanden werden konnte.«

»Nein«, sagte der alte Herr mit schelmischer Trockenheit, »das konnte sie freilich nicht erwarten.«

Der Vetter stutzte einen Augenblick. »Doch, Onkel«, sagte er, »sie konnte es erwarten. Denn ich für mein Teil hatte nun genug verstanden. Heiraten! Julien heiraten! Siehst du, Onkel, wie ein Sonnenleuchten fuhr es mir durchs Hirn; das war es ja, was mir trotz dreistündigen Rauchens gestern nacht nicht hatte einfallen wollen. Ein rechter Übermut des Glückes überfiel mich; ich zog resolut die Klingelschnur, und auf mein Ersuchen trat nun Julie selbst ins Zimmer.«

»Und das Mädchen hat dir keinen Korb gegeben, Christian?«

»Doch, beinahe, Onkel!« erwiderte der Vetter, und ein Lächeln der vollsten Lebensfreude überzog sein hübsches Antlitz; »denn als ihre Mutter jene heikle Frage an sie tat, nämlich, ob sie meine, des Subrektors Christian, Ehefrau werden wolle, da schlug sie die Augen nieder und stand, mir zum höchsten Schrecken, eine ganze Weile stumm und wie betäubt; nur ihre kleinen Hände falteten sich ineinander. Dann aber, zu meinem Glücke, öffneten sich ihre Lippen, und: ›Oh, bitte, wenn Sie nichts dagegen haben!‹ tönten aus dem rosigen Tore ihres Mundes zwar leise, aber in entzükkender Deutlichkeit jene Worte, die ich bisher nur in stummer Schrift in ihren lieben Augen gelesen hatte. Und nun – wenn auch alles fest und unwiderruflich ist für die kurze Ewigkeit dieses Lebens, mein lieber alter Onkel, so frage ich dich doch: Hast denn du etwas dagegen?«

»Ich? Nein, mein Junge!« Und der alte Herr schloß seinen Neffen fest in seine Arme. »Aber, Christian, was werden die Großtante und die alte Karoline dazu sagen?«

Die Großtante, infolge der geschickten Vermittelung des Onkels und des Wohlgefallens, das sie an dem Mädchen schon vordem gefunden hatte, sagte freilich nicht allzu viel. Bedenklicher war es auf der andern Seite; denn während obiges im Hause des Onkels geschah, stand in des Vetters Küche die kleine runde Madame Hennefeder, die Augen noch immer in Freudentränen schwimmend, vor der alten Karoline, deren beider Hände sie sich bemächtigt hatte, und rief eins über das andere: »Alles in Ehren, Karoline, alles in Ehren!« und dankte ihr in überströmenden Worten für ihre freundschaftlichen und rechtzeitigen Bemühungen in dieser delikaten Angelegenheit.

Die Alte sagte gar nichts; nur ihr großer Kopf begann allmählich und immer gewaltsamer zu zittern und zu nicken, als würde er durch im Innern heftig arbeitende Gedanken in Bewegung gesetzt, welche vergebens die Erlösung des lebendigen Wortes suchten. Die gute Madame Hennefeder wurde von der unheimlichen Vorstellung befallen, die alte Karoline könne sich am Ende noch den schweren Kopf vom Rumpf herunternicken. Allein plötzlich hatte diese ihre Sprache wiedergefunden. »So«, sagte sie, »so wird man aus dem Hause gestoßen! Aber mein Abschied ist heute noch geschrieben!«

– – Er wurde nicht geschrieben. War es nun die Macht der Tatsachen oder die Liebe für ihren kleinen Christian und für die Wände seines Hauses, die alte Karoline blieb als zwar grimmiger, aber getreuer Hausdrache auf ihrem Posten. Eine Zeitlang waltete sie sogar wie einst allein im Hause; denn Julie war, bürgerlicher Sitte gemäß, in die Obhut ihrer Mutter zurückgekehrt, bis sie der ihres Mannes übergeben würde.

Dann, im wunderschönen Monat Mai, im Hause des Onkels, gab es eine Hochzeit. Mit Goldregen und Syringen war das Haus geschmückt, auf allen Wänden lag der Frühlingssonnenschein; im Hafen flaggten alle Schiffe. Und niemand war vergessen; Küster und Organisten, Nachtwächter und Armenvogt, alle hatten ihren silbernen Freudengruß empfangen; an der Hochzeitstafel aber waltete, zur besonderen Genugtuung des Onkels und aus aller Dienerschaft hervorragend, die alte Karoline in ihrer rosa Flügelhaube. Die Braut durfte keine Schüssel aus einer andern als aus ihrer Hand empfangen; weiter jedoch dehnte sich ihre Gunst nicht aus; die kleine Madame Hennefeder, die strahlend an des Onkels Seite saß – sie gönnte ihr alles Gute; im übrigen – das konnte niemand von ihr verlangen!

– – Und die Stunden flogen. Lind war die Nacht; drüben in der andern Straße um das alte Familienhaus stand einsam und dufterfüllt der Garten. Da klirrte die Pforte; es war der Vetter mit seinem jungen Weibe. Der Nachthauch säuselte in den Zweigen, oder waren es nur die Blüten, die aus der Knospenhülle drängten? Wie durch Adams Bäume vor Tausenden von Jahren, so schien auch heute noch der Mond.

Als Hand in Hand das junge Paar die Schwelle seines Hauses überschritt, hörten sie draußen von der Gasse den alten Matthias singen:

Wie schön ist Gottes Welt
Und jedes seiner Werke!

Vier Jahre sind seitdem verflossen. In dem alten Hause springt jetzt zwischen Christian und Julien ein kleinerer Vetter über Trepp und Gänge, ein allerliebster Bursche. Freilich ist er nicht ganz wie seine Mutter, denn er bittet nicht immer und hat oft sehr viel dagegen. Auf der alten Karoline reitet er sogar, wie Amor auf dem Tiger; man sieht es leicht, er hat sie ganz und gar gezähmt. Es tut ihr gut, der Alten, daß sie ihren Überwinder gefunden hat, sie ist ganz heiteren Gemüts geworden; ja, wenn die Sonne in das Küchenfenster scheint, so kann man mitunter von dort aus einen grunzenden Gesang vernehmen, der zu dem Sausen des Teekessels keine üble Begleitung macht.

– – Aber es ist acht Uhr! Frau Julie erwartet mich an ihrem Teetisch; ich soll ihr beistehen gegen ihren Mann, damit er sich nicht auch noch in die Volksbank wählen lasse. Er wird ihr gar zu regsam, der Vetter, er hat seine Augen und Hände jetzt allenthalben. Frau Julie in ihrer Herzensunschuld ahnt vielleicht nicht, daß sie der Urquell dieses Lebens ist; aber, nichtsdestoweniger, für ein paar Abende der Woche meint sie doch das Recht auf ihren Mann zu haben.

Und also, lieber Leser, gehab dich wohl!

Viola tricolor

Es war sehr still in dem großen Hause; aber selbst auf dem Flur spürte man den Duft von frischen Blumensträußen.

Aus einer Flügeltür, der breiten in das Oberhaus hinaufführenden Treppe gegenüber, trat eine alte sauber gekleidete Dienerin. Mit einer feierlichen Selbstzufriedenheit drückte sie hinter sich die Tür ins Schloß und ließ dann ihre grauen Augen an den Wänden entlangstreifen, als wolle sie auch hier jedes Stäubchen noch einer letzten Musterung unterziehen; aber sie nickte beifällig und warf dann einen Blick auf die alte englische Hausuhr, deren Glockenspiel eben zum zweitenmal seinen Satz abgespielt hatte.

»Schon halb!« murmelte die Alte; »und um acht, so schrieb der Herr Professor, wollten die Herrschaften da sein!«

Hierauf griff sie in ihrer Tasche nach einem großen Schlüsselbund und verschwand dann in den hinteren Räumen des Hauses. – Und wieder wurde es still; nur der Perpendikelschlag der Uhr tönte durch den geräumigen Flur und in das Treppenhaus hinauf; durch das Fenster über der Haustür fiel noch ein Strahl der Abendsonne und blinkte auf den drei vergoldeten Knöpfen, welche das Uhrgehäuse krönten.

Dann kamen von oben herab kleine leichte Schritte, und ein etwa zehnjähriges Mädchen erschien auf dem Treppenabsatz. Auch sie war frisch und festlich angetan; das rot und weiß gestreifte Kleid stand ihr gut zu dem bräunlichen Gesichtchen und den glänzend schwarzen Haarflechten. Sie legte den Arm auf das Geländer und das Köpfchen auf den Arm und ließ sich so langsam hinabgleiten, während ihre dunkeln Augen träumerisch auf die gegenüberliegende Zimmertür gerichtet waren.

Einen Augenblick stand sie horchend auf dem Flur; dann drückte sie leise die Tür des Zimmers auf und schlüpfte durch die schweren Vorhänge hinein. – Es war schon dämmerig hier, denn die beiden Fenster des tiefen Raumes gingen auf eine von hohen Häusern eingeengte Straße; nur seitwärts über dem Sofa leuchtete wie Silber ein venezianischer Spiegel auf der dunkelgrünen Sammettapete. In dieser Einsamkeit schien er nur dazu bestimmt, das Bild eines frischen Rosenstraußes zurückzugeben, der in einer Marmorvase auf dem Sofatische stand. Bald aber erschien in seinem Rahmen auch das dunkle Kinderköpfchen. Auf den Zehen war die Kleine über den weichen Fußteppich herangeschlichen; und schon griffen die schlanken Finger hastig zwischen die Stengel der Blumen, während ihre Augen nach der Tür zurückflogen. Endlich war es ihr gelungen, eine halberschlossene Moosrose aus dem Strauße zu lösen; aber sie hatte bei ihrer Arbeit der Dornen nicht geachtet, und ein roter Blutstropfen rieselte über ihren Arm. Rasch – denn er wäre fast in das Muster der kostbaren Tischdecke gefallen – sog sie ihn mit ihren Lippen auf; dann leise, wie sie gekommen, die geraubte Rose in der Hand, schlüpfte sie wieder durch die Türvorhänge auf den Flur hinaus. Nachdem sie auch hier noch einmal gehorcht hatte, flog sie die Treppe wieder hinauf, die sie zuvor herabgekommen war, und droben weiter einen Korridor entlang, bis an die letzte Tür desselben. Einen Blick noch warf sie durch eines der Fenster, vor dem im Abendschein die Schwalben kreuzten; dann drückte sie die Klinke auf.

Es war das Studierzimmer ihres Vaters, das sie sonst in seiner Abwesenheit nicht zu betreten pflegte; nun war sie ganz allein zwischen den hohen Repositorien, die mit ihren unzähligen Büchern so ehrfurchtgebietend umherstanden. Als sie zögernd die Tür hinter sich zugedrückt hatte, wurde unter einem zur Linken von derselben befindlichen Fenster der mächtige Anschlag eines Hundes laut. Ein Lächeln flog über die ernsten Züge des Kindes; sie ging rasch an das Fenster und blickte hinaus. Drunten breitete sich der große Garten des Hauses in weiten Rasen- und Gebüschpartien aus; aber ihr vierbeiniger Freund schien schon andere Wege eingeschlagen zu haben; so sehr sie spähte, nichts war zu entdecken. Und wie Schatten fiel es allmählich wieder über das

Gesicht des Kindes; sie war ja zu was anderem hergekommen; was ging sie jetzt der Nero an!

Nach Westen hinaus, der Tür, durch welche sie eingetreten, gegenüber, hatte das Zimmer noch ein zweites Fenster. An der Wand daneben, so daß das Licht dem daran Sitzenden zur Hand fiel, befand sich ein großer Schreibtisch mit dem ganzen Apparat eines gelehrten Altertumsforschers; Bronzen und Terrakotten aus Rom und Griechenland, kleine Modelle antiker Tempel und Häuser und andere dem Schutt der Vergangenheit entstiegene Dinge füllten fast den ganzen Aufsatz desselben. Darüber aber, wie aus blauen Frühlingslüften heraustretend, hing das lebensgroße Brustbild einer jungen Frau; gleich einer Krone der Jugend lagen die goldblonden Flechten über der klaren Stirn. – »Holdselig«, dies veraltete Wort hatten ihre Freunde für sie wieder hervorgesucht; – einst, da sie noch an der Schwelle dieses Hauses mit ihrem Lächeln die Eintretenden begrüßte. – Und so blickte sie noch jetzt im Bilde mit ihren blauen Kinderaugen von der Wand herab; nur um den Mund spielte ein leichter Zug von Wehmut, den man im Leben nicht an ihr gesehen hatte. Der Maler war auch derzeit wohl darum gescholten worden; später, da sie gestorben, schien es allen recht zu sein.

Das kleine schwarzhaarige Mädchen kam mit leisen Schritten näher; mit leidenschaftlicher Innigkeit hingen ihre Augen an dem schönen Bildnis.

»Mutter, meine Mutter!« sprach sie flüsternd; doch so, als wolle mit den Worten sie sich zu ihr drängen.

Das schöne Antlitz schaute, wie zuvor, leblos von der Wand herab; sie aber kletterte, behend wie eine Katze, über den davorstehenden Sessel auf den Schreibtisch und stand jetzt mit trotzig aufgeworfenen Lippen vor dem Bilde, während ihre zitternden Hände die geraubte Rose hinter der unteren Leiste des Goldrahmens zu befestigen suchten. Als ihr das gelungen war, stieg sie rasch wieder zurück und wischte mit ihrem Schnupftuch sorgsam die Spuren ihrer Füßchen von der Tischplatte.

Aber es war, als könne sie jetzt aus dem Zimmer, das sie zuvor so scheu betreten hatte, nicht wieder fortfinden; nachdem sie schon einige Schritte nach der Tür getan hatte, kehrte sie wieder um; das westliche Fenster neben dem Schreibtische schien diese Anziehungskraft auf sie zu üben.

Auch hier lag unten ein Garten, oder richtiger: eine Gartenwildnis. Der Raum war freilich klein; denn wo das wuchernde Gebüsch sie nicht verdeckte, war von allen Seiten die hohe Umfassungsmauer sichtbar. An dieser, dem Fenster gegenüber, befand sich, in augenscheinlichem Verfall, eine offene Rohrhütte; davor, von dem grünen Gespinste einer Klematis fast bedeckt, stand noch ein Gartenstuhl. Der Hütte gegenüber mußte einst eine Partie von hochstämmigen Rosen gewesen sein; aber sie hingen jetzt wie verdorrte Reiser an den entfärbten Blumenstöcken, während unter ihnen mit unzähligen Rosen bedeckte Zentifolien ihre fallenden Blätter auf Gras und Kraut umherstreuten.

Die Kleine hatte die Arme auf die Fensterbank und das Kinn in ihre beiden Hände gestützt und schaute mit sehnsüchtigen Augen hinab.

Drüben in der Rohrhütte flogen zwei Schwalben aus und ein; sie mußten wohl ihr Nest darin gebaut haben. Die andern Vögel waren schon zur Ruhe gegangen; nur ein Rotbrüstchen sang dort noch herzhaft von dem höchsten Zweige des abgeblühten Goldregens und sah das Kind mit seinen schwarzen Augen an. –

– »Nesi, wo steckst du denn?« sagte sanft eine alte Stimme, während eine Hand sich liebkosend auf das Haupt des Kindes legte.

Die alte Dienerin war unbemerkt hereingetreten. Das Kind wandte den Kopf und sah sie mit einem müden Ausdruck an. »Anne«, sagte es, »wenn ich nur einmal wieder in Großmutters Garten dürfte!«

Die Alte antwortete nicht darauf; sie kniff nur die Lippen zusammen und nickte ein paarmal wie zur Beistimmung. »Komm, komm!« sagte sie dann. »Wie siehst du aus! Gleich werden sie da sein, dein Vater und deine neue Mutter!« Damit zog sie das Kind in ihre Arme und strich und zupfte ihr Haar und Kleider zurecht. – »Nein, nein, Neschen! Du darfst nicht weinen; es soll eine gute Dame sein, und schön, Nesi; du siehst ja gern die schönen Leute!«

In diesem Augenblick tönte das Rasseln eines Wagens von der Straße herauf. Das Kind zuckte zusammen; die Alte aber faßte es bei der Hand und zog es rasch mit sich aus dem Zimmer. – Sie kamen noch früh genug, um den Wagen vorfahren zu sehen; die beiden Mägde hatten schon die Haustür aufgeschlagen. –

– Das Wort der alten Dienerin schien sich zu bestätigen. Von einem etwa vierzigjährigen Manne, in dessen ernsten Zügen man Nesis Vater leicht erkannte, wurde eine junge schöne Frau aus dem Wagen gehoben. Ihr Haar und ihre Augen waren fast so dunkel wie die des Kindes, dessen Stiefmutter sie geworden war; ja man hätte sie, flüchtig angesehen, für die rechte halten können, wäre sie dazu nicht zu jung gewesen. Sie grüßte freundlich, während ihre Augen wie suchend umherblickten; aber ihr Mann führte sie rasch ins Haus und in das untere Zimmer, wo sie von dem frischen Rosenduft empfangen wurde.

»Hier werden wir zusammen leben«, sagte er, indem er sie in einen weichen Sessel niederdrückte, »verlaß dies Zimmer nicht, ohne hier die erste Ruhe in deinem neuen Heim gefunden zu haben!«

Sie blickte innig zu ihm auf. »Aber du – willst du nicht bei mir bleiben?«

– »Ich hole dir das Beste von den Schätzen unseres Hauses.«

»Ja, ja, Rudolf, deine Agnes! Wo war sie denn vorhin?«

Er hatte das Zimmer schon verlassen. Den Augen des Vaters war es nicht entgangen, daß bei ihrer Ankunft Nesi sich hinter der alten Anne versteckt gehalten hatte; nun, da er sie wie verloren draußen auf dem Hausflur stehen fand, hob er sie auf beiden Armen in die Höhe und trug sie so in das Zimmer.

– »Und hier hast du die Nesi!« sagte er und legte das Kind zu den Füßen der schönen Stiefmutter auf den Teppich; dann, als habe er Weiteres zu besorgen, ging er hinaus; er wollte die beiden allein sich finden lassen.

Nesi richtete sich langsam auf und stand nun schweigend vor der jungen Frau; beide sahen sich unsicher und prüfend in die Augen. Letztere, die wohl ein freundliches Entgegenkommen als selbstverständlich vorausgesetzt haben mochte, faßte endlich die Hände des Mädchens und sagte ernst: »Du weißt doch, daß ich jetzt deine Mutter bin, wollen wir uns nicht liebhaben, Agnes?«

Nesi blickte zur Seite.

»Ich darf aber doch Mama sagen?« fragte sie schüchtern.

– »Gewiß, Agnes; sag, was du willst, Mama oder Mutter, wie es dir gefällt!«

Das Kind sah verlegen zu ihr auf und erwiderte beklommen: »Mama könnte ich gut sagen!«

Die junge Frau warf einen raschen Blick auf sie und heftete ihre dunkeln Augen in die noch dunkleren des Kindes. »Mama; aber nicht Mutter?« fragte sie.

»Meine Mutter ist ja tot«, sagte Nesi leise.

In unwillkürlicher Bewegung stießen die Hände der jungen Frau das Kind zurück; aber sie zog es gleich und heftig wieder an ihre Brust.

»Nesi«, sagte sie, »Mutter und Mama ist ja dasselbe!«

Nesi aber erwiderte nichts; sie hatte die Verstorbene immer nur Mutter genannt.

– Das Gespräch war zu Ende. Der Hausherr war wieder eingetreten, und da er sein Töchterchen in den Armen seiner jungen Frau erblickte, lächelte er zufrieden.

»Aber jetzt komm«, sagte er heiter, indem er der letzteren seine Hand entgegenstreckte, »und nimm als Herrin Besitz von allen Räumen dieses Hauses!«

Und sie gingen miteinander fort; durch die Zimmer des unteren Hauses, durch Küche und Keller, dann die breite Treppe hinauf in einen großen Saal und in die kleineren Stuben und Kammern, die nach beiden Seiten der Treppe auf den Korridor hinausgingen.

Der Abend dunkelte schon; die junge Frau hing immer schwerer an dem Arm ihres Mannes, es war fast, als sei mit jeder Tür, die sich vor ihr geöffnet, eine neue Last auf ihre Schultern gefallen; immer einsilbiger wurden seine froh hervorströmenden Worte erwidert. Endlich, da sie vor der Tür seines Arbeitszimmers standen, schwieg auch er und hob den schönen Kopf zu sich empor, der stumm an seiner Schulter lehnte.

»Was ist dir, Ines?« sagte er, »du freust dich nicht!«

»O doch, ich freue mich!«

»So komm!«

Als er die Tür geöffnet hatte, schien ihnen ein mildes Licht entgegen. Durch das westliche Fenster leuchtete der Schein des Abendgoldes, das drüben jenseit der Büsche des kleinen Gartens stand. – In diesem Lichte blickte das schöne Bild der Toten von der Wand herab; darunter auf dem matten Gold des Rahmens lag wie glühend die frische rote Rose.

Die junge Frau griff unwillkürlich mit der Hand nach ihrem Herzen und starrte sprachlos auf das süße lebensvolle Bild. Aber schon hatten die Arme ihres Mannes sie fest umfangen.

»Sie war einst mein Glück«, sagte er; »sei du es jetzt!«

Sie nickte, aber sie schwieg und rang nach Atem. Ach, diese Tote lebte noch, und für sie beide war doch nicht Raum in einem Hause!

Wie zuvor, da Nesi hier gewesen, tönte jetzt wieder aus dem großen zu Norden belegenen Garten die mächtige Stimme eines Hundes.

Mit sanfter Hand wurde die junge Frau von ihrem Gatten an das dorthinaus liegende Fenster geführt. »Sieh einmal hier hinab!« sagte er.

Drunten auf dem Steige, der um den großen Rasen führte, saß ein schwarzer Neufundländer; vor ihm stand Nesi und beschrieb mit einer ihrer schwarzen Flechten einen immer engeren Kreis um seine Nase. Dann warf der Hund den Kopf zurück und bellte, und Nesi lachte und begann das Spiel von neuem.

Auch der Vater, der diesem kindischen Treiben zusah, mußte lächeln; aber die junge Frau an seiner Seite lächelte nicht, und wie eine trübe Wolke flog es über ihn hin. »Wenn es die Mutter wäre!« dachte er; laut aber sagte er: »Das ist unser Nero, den mußt du auch noch kennenlernen, Ines; der und Nesi sind gute Kameraden, sogar vor ihren Puppenwagen läßt sich das Ungeheuer spannen.«

Sie blickte zu ihm auf. »Hier ist so viel, Rudolf«, sagte sie wie zerstreut; »wenn ich nur durchfinde!«

– »Ines, du träumst! Wir und das Kind, der Hausstand ist ja so klein wie möglich.«

»Wie möglich?« wiederholte sie tonlos, und ihre Augen folgten dem Kinde, das jetzt mit dem Hunde um den Rasen jagte; dann plötzlich, wie in Angst zu ihrem Mann emporsehend, schlang sie die Arme um seinen Hals und bat: »Halte mich fest, hilf mir! Mir ist so schwer.«

Wochen, Monate waren vergangen. – Die Befürchtungen der jungen Frau schienen sich nicht zu verwirklichen; wie von selber ging die Wirtschaft unter ihrer Hand. Die Dienerschaft fügte sich gern ihrem zugleich freundlichen und vornehmen Wesen, und auch wer von außen hinzutrat, fühlte, daß jetzt wieder eine dem Hausherrn ebenbürtige Frau im Innern walte. Für die schärfer blickenden Augen ihres Mannes freilich war es anders; er erkannte nur zu sehr, daß sie mit den Dingen seines Hauses wie mit Fremdem verkehre, woran sie keinen Teil habe, das als gewissenhafte Stellvertreterin sie nur um desto sorgsamer verwalten müsse. Es konnte den erfahrenen Mann nicht beruhigen, wenn sie sich zuweilen mit heftiger Innigkeit in seine Arme drängte, als müsse sie sich versichern, daß sie ihm, er ihr gehöre.

Auch zu Nesi hatte ein näheres Verhältnis sich nicht gebildet. Eine innere Stimme – der Liebe und der Klugheit – gebot der jungen Frau, mit dem Kinde von seiner Mutter zu sprechen, an die es die Erinnerung so lebendig, seit die Stiefmutter ins Haus getreten war, so hartnäckig bewahrte. Aber – das war es ja! Das süße Bild, das droben in ihres Mannes Zimmer hing, – selbst ihre inneren Augen vermieden es zu sehen. Wohl hatte sie mehrmals schon den Mut gefaßt; sie hatte das Kind mit beiden Händen an sich gezogen, dann aber war sie verstummt; ihre Lippen hatten ihr den Dienst versagt, und Nesi, deren dunkle Augen bei solcher herzlichen Bewegung freudig aufgeleuchtet, war traurig wieder fortgegangen. Denn seltsam, sie sehnte sich nach der Liebe dieser schönen Frau; ja, wie Kinder pflegen, sie betete sie im stillen an. Aber ihr fehlte die Anrede, die der Schlüssel jedes herzlichen Gespräches ist; das eine – so war ihr – durfte sie, das andre konnte sie nicht sagen.

Auch dieses letztere Hemmnis fühlte Ines, und da es das am leichtesten zu beseitigende schien, so kehrten ihre Gedanken immer wieder auf diesen Punkt zurück.

So saß sie eines Nachmittags neben ihrem Mann im Wohnzimmer und blickte in den Dampf, der leise singend aus der Teemaschine aufstieg.

Rudolf, der eben seine Zeitung durchgelesen hatte, ergriff ihre Hand. »Du bist so still, Ines; du hast mich heute nicht ein einzig Mal gestört!«

»Ich hätte wohl etwas zu sagen«, erwiderte sie zögernd, indem sie ihre Hand aus der seinen löste.

– »So sag es denn!«

Aber sie schwieg noch eine Weile.

– »Rudolf«, sagte sie endlich, »laß dein Kind mich Mutter nennen!«

– »Und tut sie denn das nicht?«

Sie schüttelte den Kopf und erzählte ihm, was am Tage ihrer Ankunft vorgefallen war.

Er hörte ihr ruhig zu. »Es ist ein Ausweg«, sagte er dann, »den hier die Kindesseele unbewußt gefunden hat. Wollen wir ihn nicht dankbar gelten lassen?«

Die junge Frau antwortete nicht darauf, sie sagte nur: »So wird das Kind mir niemals nahekommen.«

Er wollte wieder ihre Hand fassen, aber sie entzog sie ihm. »Ines«, sagte er, »verlange nur nichts, was die Natur versagt; von Nesi nicht, daß sie dein Kind, und nicht von dir, daß du ihre Mutter seist!«

Die Tränen brachen ihr aus den Augen. »Aber, ich soll doch ihre Mutter sein«, sagte sie fast heftig.

– »Ihre Mutter? Nein, Ines, das sollst du nicht.«

»Was soll ich denn, Rudolf?«

– Hätte sie die naheliegende Antwort auf diese Frage jetzt verstehen können, sie würde sie sich selbst gegeben haben. Er fühlte das und sah ihr sinnend in die Augen, als müsse er dort die helfenden Worte finden.

»Bekenn es nur!« sagte sie, sein Schweigen mißverstehend, »darauf hast du keine Antwort.«

»O Ines!« rief er. »Wenn erst aus deinem eigenen Blut ein Kind auf deinem Schoße liegt!«

Sie machte eine abwehrende Bewegung; er aber sagte: »Die Zeit wird kommen, und du wirst fühlen, wie das Entzücken, das aus deinem Auge bricht, das erste Lächeln deines Kindes weckt und wie es seine kleine Seele zu dir zieht. – Auch über Nesi haben einst zwei selige Augen so geleuchtet; dann schlang sie den kleinen Arm um einen Nacken, der sich zu ihr niederbeugte, und sagte: ›Mutter!‹ – Zürne nicht mit ihr, daß sie es zu keiner andern auf der Welt mehr sagen kann!«

Ines hatte seine Worte kaum gehört; ihre Gedanken verfolgten nur den einen Punkt. »Wenn du sagen kannst: Sie ist ja nicht dein Kind, warum sagst du denn nicht auch: Du bist ja nicht mein Weib!«

Und dabei blieb es. Was gingen sie seine Gründe an!

Er zog sie an sich; er suchte sie zu beruhigen; sie küßte ihn und sah ihn durch Tränen lächelnd an; aber geholfen war ihr damit nicht. – –

Als Rudolf sie verlassen hatte, ging sie hinaus in den großen Garten. Bei ihrem Eintritt sah sie Nesi mit einem Schulbuche in der Hand um den breiten Rasen wandern, aber sie wich ihr aus und schlug einen Seitenweg ein, der zwischen Gebüsch an der Gartenmauer entlangführte.

Dem Kinde war beim flüchtigen Aufblick der Ausdruck von Trauer in den schönen Augen der Stiefmutter nicht entgangen, und wie magnetisch nachgezogen, immer lernend und ihre Lektion vor sich hermurmelnd, war auch sie allmählich in jenen Steig geraten.

Ines stand eben vor einer in der hohen Mauer befindlichen Pforte, die von einem Schlinggewächs mit lila Blüten fast verhangen war. Mit abwesenden Blicken ruhten ihre Augen darauf, und sie wollte schon ihre stille Wanderung wieder beginnen, als sie das Kind sich entgegenkommen sah.

Nun blieb sie stehen und fragte: »Was ist das für eine Pforte, Nesi?«

– »Zu Großmutters Garten!«

»Zu Großmutters Garten? – Deine Großeltern sind doch schon lange tot!«

»Ja, schon lange, lange.«

»Und wem gehört denn jetzt der Garten?«

– »Uns!« sagte das Kind, als verstehe sich das von selbst.

Ines bog ihren schönen Kopf unter das Gesträuch und begann an der eisernen Klinke der Tür zu rütteln; Nesi stand schweigend dabei, als wolle sie den Erfolg dieser Bemühungen abwarten.

»Aber er ist ja verschlossen!« rief die junge Frau, indem sie abließ und mit dem Schnupftuch den Rost von ihren Fingern wischte. »Ist es der wüste Garten, den man aus Vaters Stubenfenster sieht?«

Das Kind nickte.

– »Horch nur, wie drüben die Vögel singen!«

Inzwischen war die alte Dienerin in den Garten getreten. Als sie die Stimmen der beiden von der Mauer her vernahm, beeilte sie sich, in ihre Nähe zu kommen. »Es ist Besuch drinnen«, meldete sie.

Ines legte freundlich ihre Hand an Nesis Wange. »Vater ist ein schlechter Gärtner«, sagte sie im Fortgehen; »da müssen wir beide noch hinein und Ordnung schaffen.«

– Im Hause kam Rudolf ihr entgegen.

»Du weißt, das Müllersche Quartett spielt heute abend«, sagte er; »die Doktorsleute sind da und wollen uns vor Unterlassungssünden warnen.«

Als sie zu den Gästen in die Stube getreten waren, entspann sich ein langes, lebhaftes Gespräch über Musik; dann kamen häusliche Geschäfte, die noch besorgt werden mußten. Der wüste Garten war für heut vergessen.

Am Abend war das Konzert. – Die großen Toten, Haydn und Mozart, waren an den Hörern vorübergezogen, und eben verklang auch der letzte Akkord von Beethovens C-Moll-Quartett, und statt der feierlichen Stille, in der allein die Töne auf und nieder glänzten, rauschte jetzt das Geplauder der fortdrängenden Zuhörer durch den weiten Raum.

Rudolf stand neben dem Stuhle seiner jungen Frau. »Es ist aus, Ines«, sagte er, sich zu ihr niederbeugend; »oder hörst du noch immer etwas?«

Sie saß noch wie horchend, ihre Augen nach dem Podium gerichtet, auf dem nur noch die leeren Pulte standen. Jetzt reichte sie ihrem Manne die Hand. »Laß uns heimgehen, Rudolf«, sagte sie aufstehend.

An der Tür wurden sie von ihrem Hausarzte und dessen Frau aufgehalten, den einzigen Menschen, mit denen Ines bis jetzt in einen näheren Verkehr getreten war.

»Nun?« sagte der Doktor und nickte ihnen mit dem Ausdruck innerster Befriedigung zu. »Aber kommen Sie mit uns, es ist ja auf dem Wege; nach so etwas muß man noch ein Stündchen zusammensitzen.«

Rudolf wollte schon mit heiterer Zustimmung antworten, als er sich leise am Ärmel gezupft fühlte und die Augen seiner Frau mit dem Ausdrucke dringenden Bittens auf sich gerichtet sah. Er verstand sie wohl. »Ich verweise die Entscheidung an die höhere Instanz«, sagte er scherzend.

Und Ines wußte unerbittlich den nicht so leicht zu besiegenden Doktor auf einen andern Abend zu vertrösten.

Als sie am Hause ihrer Freunde sich von diesen verabschiedet hatten, atmete sie auf wie befreit.

»Was hast du heute gegen unsere lieben Doktorsleute?« fragte Rudolf.

Sie drückte sich fest in den Arm ihres Mannes. »Nichts«, sagte sie; »aber es war so schön heute abend; ich muß nun ganz mit dir allein sein.«

Sie schritten rascher ihrem Hause zu.

»Sieh nur«, sagte er, »im Wohnzimmer unten ist schon Licht, unsere alte Anne wird den Teetisch schon gerüstet haben. Du hattest recht, daheim ist doch noch besser als bei andern.«

Sie nickte nur und drückte ihm still die Hand. – Dann traten sie in ihr Haus; lebhaft öffnete sie die Stubentür und schlug die Vorhänge zurück.

Auf dem Tische, wo einst die Vase mit den Rosen gestanden hatte, brannte jetzt eine große Bronzelampe und beleuchtete einen schwarzhaarigen Kinderkopf, der schlafend auf die mageren Ärmchen hingesunken war; die Ecken eines Bilderbuches ragten nur eben darunter hervor.

Die junge Frau blieb wie erstarrt in der Tür stehen; das Kind war ganz aus ihrem Gedankenkreise verschwunden gewesen. Ein Zug herber Enttäuschung flog um ihre schönen Lippen. »Du, Nesi!« stieß sie hervor, als ihr Mann sie vollends in das Zimmer hineingeführt hatte. »Was machst du denn noch hier?«

Nesi erwachte und sprang auf. »Ich wollte auf euch warten«, sagte sie, indem sie halb lächelnd mit der Hand über ihre blinzelnden Augen fuhr.

»Das ist unrecht von Anne; du hättest längst zu Bette sein sollen.«

Ines wandte sich ab und trat an das Fenster; sie fühlte, wie ihr die Tränen aus den Augen quollen. Ein unentwirrbares Gemisch von bitteren Gefühlen wühlte in ihrer Brust; Heimweh, Mitleid mit sich selber, Reue über ihre Lieblosigkeit gegen das Kind des geliebten Mannes; sie wußte selber nicht, was alles jetzt sie überkam; aber – und mit der Wollust und der Ungerechtigkeit des Schmerzes sprach sie es sich selber vor – das war es: ihrer Ehe fehlte die Jugend, und sie selber war doch noch so jung!

Als sie sich umwandte, war das Zimmer leer. – Wo war die schöne Stunde, auf die sie sich gefreut? – Sie dachte nicht daran, daß sie sie selbst verscheucht hatte.

– – Das Kind, welches mit fast erschreckten Augen dem ihm unverständlichen Vorgange zugesehen hatte, war von dem Vater still hinausgeführt worden.

»Geduld!« sprach er zu sich selber, als er, den Arm um Nesi geschlungen, mit ihr die Treppe hinaufstieg; und auch er, in einem andern Sinne, setzte hinzu: »Sie ist ja noch so jung.«

Eine Kette von Gedanken und Plänen tauchte in ihm auf; mechanisch öffnete er das Zimmer, wo Nesi mit der alten Anne schlief und in dem sie von dieser schon erwartet wurde. Er küßte sie und sprach: »Ich werde Mama von dir gute Nacht sagen.« Dann wollte er zu seiner Frau hinabgehen; aber er kehrte wieder um und trat am Ende des Korridors in sein Studierzimmer.

Auf dem Aufsatze des Schreibtisches stand eine kleine Bronzelampe aus Pompeji, die er kürzlich erst erworben und Versuches halber mit Öl gefüllt hatte; er nahm sie herab, zündete sie an und stellte sie wieder an ihren Ort unter das Bildnis der Verstorbenen; ein Glas mit Blumen, das auf der Platte des Tisches gestanden, setzte er daneben. Er tat dies fast gedankenlos; nur, als müsse er auch seinen Händen zu tun geben, während es ihm in Kopf und Herzen arbeitete. Dann trat er dicht daneben an das Fenster und öffnete beide Flügel desselben.

Der Himmel war voll Wolken; das Licht des Mondes konnte nicht herabgelangen. Drunten in dem kleinen Garten lag das wuchernde Gesträuch wie eine dunkele Masse; nur dort, wo zwischen schwarzen pyramidenförmigen Koniferen der Steig zur Rohrhütte führte, schimmerte zwischen ihnen der weiße Kies hindurch.

Und aus der Phantasie des Mannes, der in diese Einsamkeit hinabsah, trat eine liebliche Gestalt, die nicht mehr den Lebenden angehörte; er sah sie unten auf dem Steige wandeln, und ihm war, als gehe er an ihrer Seite.

»Laß dein Gedächtnis mich zur Liebe stärken«, sprach er; aber die Tote antwortete nicht; sie hielt den schönen, bleichen Kopf zur Erde geneigt; er fühlte mit süßem Schauder ihre Nähe, aber Worte kamen nicht von ihr.

Da bedachte er sich, daß er hier oben ganz allein stehe. Er glaubte an den vollen Ernst des Todes; die Zeit, wo sie gewesen, war vorüber. – Aber unter ihm lag noch wie einst der Garten ihrer Eltern; von seinen Büchern durch das Fenster sehend, hatte er dort zuerst das kaum fünfzehnjährige Mädchen erblickt; und das Kind mit den blonden Flechten hatte dem ernsten Manne die Gedanken fortgenommen, immer mehr, bis sie zuletzt als Frau die Schwelle seines Hauses überschritten und ihm alles und noch mehr zurückgebracht hatte. – Jahre des Glückes und freudigen Schaffens waren mit ihr eingezogen; den kleinen Garten aber, als die Eltern früh verstorben waren und das Haus verkauft wurde, hatten sie behalten und durch eine Pforte in der Grenzmauer mit dem großen Garten ihres Hauses verbunden. Fast verborgen war schon damals diese Pforte unter hängendem Gesträuch, das sie ungehindert wachsen ließen; denn sie gingen durch dieselbe in den traulichsten Ort ihres Sommerlebens, in welchen selbst die Freunde des Hauses nur selten hineingelassen wurden. – – In der Rohrhütte, in welcher er einst von seinem Fenster aus die jugendliche Geliebte über ihren Schularbeiten belauscht hatte, saß jetzt zu den Füßen der blonden Mutter ein Kind mit dunkeln, nachdenklichen Augen; und wenn er nun den Kopf von seiner Arbeit wandte, so tat er einen Blick in das vollste Glück des Menschenlebens. – – Aber heimlich hatte der Tod sein Korn hineingeworfen. Es war in den ersten

Tagen eines Junimondes, da trug man das Bett der schwer Erkrankten aus dem daranliegenden Schlafgemach in das Arbeitszimmer ihres Mannes; sie wollte die Luft noch um sich haben, die aus dem Garten ihres Glückes durch das offene Fenster wehte. Der große Schreibtisch war beiseite gestellt; seine Gedanken waren nun alle nur bei ihr. – Draußen war ein unvergleichlicher Frühling aufgegangen; ein Kirschbaum stand mit Blüten überschneit. In unwillkürlichem Drange hob er die leichte Gestalt aus den Kissen und trug sie an das Fenster. »Oh, sieh es noch einmal! Wie schön ist doch die Welt!«

Aber sie wiegte leise ihren Kopf und sagte: »Ich sehe es nicht mehr.« – –

Und bald kam es, da wußte er das Flüstern, welches aus ihrem Munde brach, nicht mehr zu deuten. Immer schwächer glimmte der Funken; nur ein schmerzliches Zucken bewegte noch die Lippen, hart und stöhnend im Kampfe um das Leben ging der Atem. Aber es wurde leiser, immer leiser, zuletzt süß wie Bienengetön. Dann noch einmal war's, als wandle ein blauer Lichtstrahl durch die offenen Augen; und dann war Frieden.

»Gute Nacht, Marie!« – Aber sie hörte es nicht mehr.

– – Noch ein Tag, und die stille, edle Gestalt lag unten in dem großen, dämmerigen Gemach in ihrem Sarge. Die Diener des Hauses traten leise auf; drinnen stand er neben seinem Kinde, das die alte Anne an der Hand hielt.

»Nesi«, sagte diese, »du fürchtest dich doch nicht?«

Und das Kind, von der Erhabenheit des Todes angeweht, antwortete: »Nein, Anne, ich bete.«

Dann kam der allerletzte Gang, welcher noch mit ihr zu gehen ihm vergönnt war; nach ihrer beider Sinn ohne Priester und Glockenklang, aber in der heiligen Morgenfrühe, die ersten Lerchen stiegen eben in die Luft.

Das war vorüber; aber er besaß sie noch in seinem Schmerze; wenn auch ungesehen, sie lebte noch mit ihm. Doch unbemerkt entschwand auch dies; er suchte sie oft mit

Angst, aber immer seltener wußte er sie zu finden. Nun erst schien ihm sein Haus unheimlich leer und öde; in den Winkeln saß eine Dämmerung, die früher nicht dort gesessen hatte; es war so seltsam anders um ihn her; und sie war nirgends.

– – Der Mond war aus dem Wolkendust hervorgetreten und beleuchtete hell die unten liegende Gartenwildnis. Er stand noch immer an derselben Stelle, den Kopf gegen das Fensterkreuz gelehnt; aber seine Augen sahen nicht mehr, was draußen war.

Da öffnete sich hinter ihm die Tür, und eine Frau von dunkler Schönheit trat herein.

Das leise Rauschen ihres Kleides hatte den Weg zu seinem Ohr gefunden; er wandte den Kopf und sah sie forschend an.

»Ines!« rief er; er stieß das Wort hervor, aber er ging ihr nicht entgegen.

Sie war stehengeblieben. »Was ist dir, Rudolf? Erschrickst du vor mir?«

Er schüttelte den Kopf und versuchte zu lächeln. »Komm«, sagte er, »laß uns hinuntergehen.«

Aber während er ihre Hand faßte, waren ihre Augen auf das von der Lampe beleuchtete Bild und die daneben stehenden Blumen gefallen. – Wie ein plötzliches Verständnis flog es durch ihre Züge. – »Es ist ja bei dir wie in einer Kapelle«, sagte sie, und ihre Worte klangen kalt, fast feindlich.

Er hatte alles begriffen. »Oh, Ines«, rief er, »sind nicht auch dir die Toten heilig!«

»Die Toten! Wem sollten die nicht heilig sein! Aber, Rudolf« – und sie zog ihn wieder an das Fenster; ihre Hände zitterten und ihre schwarzen Augen flimmerten vor Erregung –, »sag mir, die ich jetzt dein Weib bin, warum hältst du diesen Garten verschlossen und lässest keines Menschen Fuß hinein?«

Sie zeigte mit der Hand in die Tiefe; der weiße Kies zwischen den schwarzen Pyramidensträuchern schimmerte gespenstisch; ein großer Nachtschmetterling flog eben darüber hin.

Er hatte schweigend hinabgeblickt. »Das ist ein Grab, Ines«, sagte er jetzt, »oder, wenn du lieber willst, ein Garten der Vergangenheit.«

Aber sie sah ihn heftig an. »Ich weiß das besser, Rudolf! Das ist der Ort, wo du bei ihr bist; dort auf dem weißen Steige wandelt ihr zusammen; denn sie ist nicht tot; noch eben, jetzt in dieser Stunde warst du bei ihr und hast mich, dein Weib, bei ihr verklagt. Das ist Untreue, Rudolf, mit einem Schatten brichst du mir die Ehe!«

Er legte schweigend den Arm um ihren Leib und führte sie, halb mit Gewalt, vom Fenster fort. Dann nahm er die Lampe von dem Schreibtisch und hielt sie hoch gegen das Bild empor. »Ines, wirf nur einen Blick auf sie!«

Und als die unschuldigen Augen der Toten auf sie herabblickten, brach sie in einen Strom von Tränen aus. »Oh, Rudolf, ich fühle es, ich werde schlecht!«

»Weine nicht so«, sagte er. »Auch ich habe unrecht getan; aber habe auch du Geduld mit mir!« – Er zog ein Schubfach seines Schreibtisches auf und legte einen Schlüssel in ihre Hand. »Öffne du den Garten wieder, Ines! – – Gewiß, es macht mich glücklich, wenn dein Fuß der erste ist, der wieder ihn betritt. Vielleicht, daß im Geiste sie dir dort begegnet und mit ihren milden Augen dich so lange ansieht, bis du schwesterlich den Arm um ihren Nacken legst!«

Sie sah unbeweglich auf den Schlüssel, der noch immer in ihrer offenen Hand lag.

»Nun, Ines, willst du nicht annehmen, was ich dir gegeben habe?«

Sie schüttelte den Kopf.

»Noch nicht, Rudolf, ich kann noch nicht, später – später; dann wollen wir zusammen hineingehen.« Und indem ihre schönen dunkeln Augen bittend zu ihm aufblickten, legte sie still den Schlüssel auf den Tisch.

Ein Samenkorn war in den Boden gefallen, aber die Zeit des Keimens lag noch fern.

Es war im November. – Ines konnte endlich nicht mehr daran zweifeln, daß auch sie Mutter werden solle, Mutter eines eigenen Kindes. Aber zu dem Entzücken, das sie bei dem Bewußtsein überkam, gesellte sich bald ein anderes. Wie ein unheimliches Dunkel lag es auf ihr, aus dem allmählich sich Ein Gedanke gleich einer bösen Schlange emporwand. Sie suchte ihn zu verscheuchen, sie flüchtete sich vor ihm zu allen guten Geistern ihres Hauses, aber er verfolgte sie, er kam immer wieder und immer mächtiger. War sie nicht nur von außen wie eine Fremde in dies Haus getreten, das schon ohne sie ein fertiges Leben in sich schloß? – Und eine zweite Ehe – gab es denn überhaupt eine solche? Mußte die erste, die einzige, nicht bis zum Tode beider fortdauern? – Nicht nur bis zum Tode! Auch weiter – weiter, bis in alle Ewigkeit! Und wenn das? – Die heiße Glut schlug ihr ins Gesicht; sich selbst zerfleischend, griff sie nach den härtesten Worten. – Ihr Kind – ein Eindringling, ein Bastard würde es im eigenen Vaterhause sein!

Wie vernichtet ging sie umher; ihr junges Glück und Leid trug sie allein; und wenn der, welcher den nächsten Anspruch hatte, es mit ihr zu teilen, sie besorgt und fragend anblickte, so schlossen sich ihre Lippen wie in Todesangst.

– – In dem gemeinschaftlichen Schlafgemache waren die schweren Fenstervorhänge heruntergelassen, nur durch eine schmale Lücke zwischen denselben stahl sich ein Streifen Mondlicht herein. Unter quälenden Gedanken war Ines eingeschlafen, nun kam der Traum; da wußte sie es: sie konnte nicht bleiben, sie mußte fort aus diesem Hause, nur ein kleines Bündelchen wollte sie mitnehmen, dann fort, weit weg – – zu ihrer Mutter, auf Nimmerwiederkehr! Aus dem Garten, hinter den Fichten, welche die Rückwand desselben bildeten, führte ein Pförtchen in das Freie; den Schlüssel hatte sie in ihrer Tasche, sie wollte fort – – gleich. – –

Der Mond rückte weiter, von der Bettstatt auf das Kissen, und jetzt lag ihr schönes Antlitz voll beleuchtet in seinem blassen Schein. – Da richtete sie sich auf. Geräuschlos entstieg sie dem Bett und trat mit nackten Füßen in ihre davorstehenden Schuhe. Nun stand sie mitten im Zimmer in ihrem weißen Schlafgewand; ihr dunkles Haar hing, wie sie es nachts zu ordnen pflegte, in zwei langen Flechten über ihre Brust. Aber ihre sonst so elastische Gestalt schien wie zusammengesunken; es war, als liege noch die Last des Schlafes auf ihr. Tastend, mit vorgestreckten Händen, glitt sie durch das Zimmer, aber sie nahm nichts mit, kein Bündelchen, keinen Schlüssel. Als sie mit den Fingern über die auf einem Stuhle liegenden Kleider ihres Mannes streifte, zögerte sie einen Augenblick, als gewinne eine andere Vorstellung in ihr Raum; gleich darauf aber schritt sie leise und feierlich zur Stubentür hinaus und weiter die Treppe hinab. Dann klang unten im Flure das Schloß der Hoftür, kalte Luft blies sie an, der Nachtwind hob die schweren Flechten auf ihrer Brust.

– – Wie sie durch den finstern Wald gekommen, der hinter ihr lag, das wußte sie nicht; aber jetzt hörte sie es überall aus dem Dickicht hervorbrechen; die Verfolger waren hinter ihr. Vor ihr erhob sich ein großes Tor; mit aller Macht ihrer kleinen Hände stieß sie den einen Flügel auf; eine öde, unabsehbare Heide dehnte sich vor ihr aus, und plötzlich wimmelte es von großen schwarzen Hunden, die in emsigem Laufe gegen sie daherrannten; sie sah die roten Zungen aus ihren dampfenden Rachen hängen, sie hörte ihr Gebell immer näher – tönender – –

Da öffneten sich ihre halb geschlossenen Augen, und allmählich begann sie es zu fassen. Sie erkannte, daß sie eben innerhalb des großen Gartens stehe; ihre eine Hand hielt noch die Klinke der eisernen Gittertür. Der Wind spielte mit ihrem leichten Nachtgewande; von den Linden, welche zur Seite des Einganges standen, wirbelte ein Schauer von gelben Blättern auf sie herab. – Doch – was war das? – Drüben aus den Tannen, ganz wie sie es vorhin zu hören glaubte, erscholl auch jetzt das Bellen eines Hundes, sie hörte deutlich etwas durch die dürren Zweige brechen. Eine Todesangst überfiel sie. – Und wieder erscholl das Gebell.

»Nero«, sagte sie; »es ist Nero.«

Aber sie hatte sich mit dem schwarzen Hüter des Hauses nie befreundet, und unwillkürlich lief ihr das wirkliche Tier mit den grimmigen Hunden des Traumes in eins zusammen; und jetzt sah sie ihn von jenseit des Rasens in großen Sprüngen auf sich zukommen. Doch er legte sich vor ihr nieder, und jenes unverkennbare Winseln der Freude ausstoßend, leckte er ihre nackten Füße. Zugleich kamen Schritte vom Hofe her, und einen Augenblick darauf umfingen sie die Arme ihres Mannes; gesichert legte sie den Kopf an seine Brust.

Vom Gebell des Hundes aufgewacht, hatte er mit jähem Schreck ihr Lager an seiner Seite leer gesehen. Ein dunkles Wasser glitzerte plötzlich vor seinem inneren Auge; es lag nur tausend Schritte hinter ihrem Garten an einem Feldweg unter dichten Erlenbüschen. Wie vor einigen Tagen sah er sich mit Ines an dem grünen Uferrande stehen; er sah sie bis in das Schilf hinabgehen und einen Stein, den sie vorhin am Wege aufgesammelt, in die Tiefe werfen. »Komm zurück, Ines!« hatte er gerufen, »es ist nicht sicher dort.« Aber sie war noch immer stehen geblieben, mit den schwermütigen Augen in die Kreise starrend, welche langsam auf dem schwarzen Wasserspiegel ausliefen. »Das ist wohl unergründlich?« hatte sie gefragt, da er sie endlich in seinen Armen fortgerissen.

Das alles war in wilder Flucht durch seinen Kopf gegangen, als er die Treppe nach dem Hofe hinabgestürmt. – Auch damals waren sie durch den Garten von ihrem Hause fortgegangen, und jetzt traf er sie hier, fast unbekleidet, das schöne Haar vom Nachttau feucht, der noch immer von den Bäumen tropfte.

Er hüllte sie in den Plaid, welchen er sich selbst vorm Hinuntergehen übergeworfen hatte. »Ines«, sagte er – das Herz schlug ihm so gewaltig, daß er das Wort fast rauh hervorstieß –, »was ist das? Wie bist du hiehergekommen?«

Sie schauerte in sich zusammen.

»Ich weiß nicht, Rudolf – – ich wollte fort – mir träumte; oh, Rudolf, es muß etwas Furchtbares gewesen sein!«

»Dir träumte? Wirklich, dir träumte!« wiederholte er und atmete auf, wie von einer schweren Last befreit.

Sie nickte nur und ließ sich wie ein Kind ins Haus und in das Schlafgemach zurückführen.

Als er sie hier sanft aus seinen Armen ließ, sagte sie: »Du bist so stumm, du zürnst gewiß?«

»Wie sollt' ich zürnen, Ines! Ich hatte Angst um dich. Hast du schon früher so geträumt?«

Sie schüttelte erst den Kopf, bald aber besann sie sich. »Doch – – einmal; nur war nichts Schreckliches dabei.«

Er trat ans Fenster und zog die Vorhänge zurück, so daß das Mondlicht voll ins Zimmer strömte.

»Ich muß dein Antlitz sehen«, sagte er, indem er sie auf die Kante ihres Bettes niederzog und sich dann selbst an ihre Seite setzte. »Willst du mir nun erzählen, was dir damals Liebliches geträumt hat? Du brauchst nicht laut zu sprechen; in diesem zarten Lichte trifft auch der leiseste Ton das Ohr.«

Sie hatte den Kopf an seine Brust gelegt und sah zu ihm empor.

»Wenn du es wissen willst«, sagte sie nachsinnend. »Es war, glaub ich, an meinem dreizehnten Geburtstag; ich hatte mich ganz in das Kind, in den kleinen Christus verliebt, ich mochte meine Puppen nicht mehr ansehen.«

»*In den kleinen Christus, Ines?*«

»Ja, Rudolf«, und sie legte sich wie zur Ruhe noch fester in seinen Arm; »meine Mutter hatte mir ein Bild geschenkt, eine Madonna mit dem Kinde; es hing hübsch eingerahmt über meinem Arbeitstischchen in der Wohnstube.«

»Ich kenne es«, sagte er, »es hängt ja noch dort; deine Mutter wollte es behalten zur Erinnerung an die kleine Ines.« – »O meine liebe Mutter!«

Er zog sie fester an sich; dann sagte er: »Darf ich weiter hören, Ines?«

– »Doch! Aber ich schäme mich, Rudolf.« Und dann leise und zögernd fortfahrend: »Ich hatte an jenem Tage nur Augen für das Christkind; auch nachmittags, als meine Gespielinnen da waren; ich schlich mich heimlich hin und küßte das Glas vor seinem kleinen Munde – – es war mir ganz, als wenn's lebendig wäre – – hätte ich es nur auch wie die Mutter auf dem Bild in meine Arme nehmen können!« – Sie schwieg; ihre Stimme war bei den letzten Worten zu einem flüsternden Hauch herabgesunken.

»Und dann, Ines?« fragte er. »Aber du erzählst mir so beklommen!«

– »Nein, nein, Rudolf! Aber – – in der Nacht, die darauf folgte, muß ich auch im Traume aufgestanden sein; denn am andern Morgen fanden sie mich in meinem Bette, das Bild in beiden Armen, mit meinem Kopf auf dem zerdrückten Glase eingeschlafen.«

Eine Weile war es totenstill im Zimmer.

– – »Und jetzt?« fragte er ahnungsvoll und sah ihr tief und herzlich in die Augen. »Was hat dich heute denn von meiner Seite in die Nacht hinausgetrieben?«

»Jetzt, Rudolf?« – – Er fühlte, wie ein Zittern über alle ihre Glieder lief. Plötzlich schlang sie die Arme um seinen Hals, und mit erstickter Stimme flüsterte sie angstvolle und verworrene Worte, deren Sinn er nicht verstehen konnte.

»Ines, Ines!« sagte er und nahm ihr schönes kummervolles Antlitz in seine beiden Hände.

– »O Rudolf! Laß mich sterben; aber verstoße nicht unser Kind!«

Er war vor ihr aufs Knie gesunken und küßte ihr die Hände. Nur die Botschaft hatte er gehört und nicht die dunkeln Worte, in denen sie ihm verkündigt wurde; von seiner Seele flogen alle Schatten fort, und hoffnungsreich zu ihr emporschauend, sprach er leise:

»Nun muß sich alles, alles wenden!«

Die Zeit ging weiter, aber die dunkeln Gewalten waren noch nicht besiegt. Nur mit Widerstreben fügte Ines die noch aus Nesis Wiegenzeit vorhandenen Dinge der kleinen Ausrüstung ein, und manche Träne fiel in die kleinen Mützen und Jäckchen, an welchen sie jetzt stumm und eifrig nähte.

– – Auch Nesi war es nicht entgangen, daß etwas Ungewöhnliches sich vorbereite. Im Oberhause, nach dem großen Garten hinaus, stand plötzlich eine Stube fest verschlossen, in der sonst ihre Spielsachen aufbewahrt gewesen waren; sie hatte durchs Schlüsselloch hineingeguckt; eine Dämmerung, eine feierliche Stille schien darin zu walten. Und als sie ihre Puppenküche, die man auf den Korridor hinausgesetzt hatte, mit Hülfe der alten Anne auf den Hausboden trug, suchte sie dort vergebens nach der Wiege mit dem grünen Taffetschirme, welche, solange sie denken konnte, hier unter dem schrägen Dachfenster gestanden hatte. Neugierig spähte sie in alle Winkel.

»Was gehst du herum wie ein Kontrolleur?« sagte die Alte.

– »Ja, Anne, wo ist aber meine Wiege geblieben?«

Die Alte blickte sie mit schlauem Lächeln an. »Was meinst«, sagte sie, »wenn dir der Storch noch so ein Brüderchen brächte?«

Nesi sah betroffen auf; aber sie fühlte sich durch diese Anrede in ihrer elfjährigen Würde gekränkt. »Der Storch?« sagte sie verächtlich.

»Nun freilich, Nesi.«

– »Du mußt nicht so was zu mir sprechen, Anne. Das glauben die kleinen Kinder; aber ich weiß wohl, daß es dummes Zeug ist.«

»So? – Wenn du es besser weißt, Mamsell Naseweis, woher kommen denn die Kinderchen, wenn nicht der Storch sie bringt, der es doch schon die Tausende von Jahren her besorgt hat?«

– »Sie kommen vom lieben Gott«, sagte Nesi pathetisch. »Sie sind auf einmal da.«

»Bewahr uns in Gnaden!« rief die Alte. »Was doch die Guckindiewelte heutzutage klug sind! Aber du hast recht, Nesi; wenn du's gewiß weißt, daß der liebe Gott den Storch vom Amte gesetzt hat, – ich glaub's selber, er wird es schon allein besorgen können. – Nun aber – wenn's denn so auf einmal da wär', das Brüderchen – oder wolltest du lieber ein Schwesterlein? – würd's dich freuen, Neschen?«

Nesi stand vor der Alten, die sich auf einen Reisekoffer niedergelassen hatte; ein Lächeln verklärte ihr ernstes Gesichtchen, dann aber schien sie nachzusinnen.

»Nun, Neschen«, forschte wieder die Alte. »Würd's dich freuen, Neschen?«

»Ja, Anne«, sagte sie endlich, »ich möchte wohl eine kleine Schwester haben, und Vater würde sich gewiß auch freuen; aber – –«

»Nun, Neschen, was hast du noch zu abern?«

»Aber«, wiederholte Nesi und hielt dann wieder einen Augenblick wie grübelnd inne; – »das Kind würde ja dann doch keine Mutter haben!«

»Was?« rief die Alte ganz erschrocken und strebte mühsam von ihrem Koffer auf; »das Kind keine Mutter? Du bist mir zu gelehrt, Nesi; komm, laß uns hinabgehen! – Hörst du? Da schlägt's zwei! Nun mach, daß du in die Schule kommst!«

Schon brausten die ersten Frühlingsstürme um das Haus; die Stunde nahte. –

– »Wenn ich's nicht überlebte«, dachte Ines, »ob er auch meiner dann gedenken würde?«

Mit scheuen Augen ging sie an der Tür des Zimmers vorüber, welches schweigend sie und ihr künftiges Geschick erwartete; leise trat sie auf, als sei darinnen etwas, was sie zu wecken fürchte.

Und endlich war dem Hause ein Kind, ein zweites Töchterchen geboren. Von außen pochten die lichtgrünen Zweige an die Fenster; aber drinnen in dem Zimmer lag die junge

Mutter bleich und entstellt; das warme Sonnenbraun der Wangen war verschwunden; aber in ihren Augen brannte ein Feuer, das den Leib verzehrte. Rudolf saß an dem Bett und hielt ihre schmale Hand in der seinen.

Jetzt wandte sie mühsam den Kopf nach der Wiege, die unter der Hut der alten Anne an der andern Seite des Zimmers stand. »Rudolf«, sagte sie matt, »ich habe noch eine Bitte!«

– »Noch eine, Ines? Ich werde noch viel von dir zu bitten haben.«

Sie sah ihn traurig an; nur eine Sekunde lang; dann flog ihr Auge hastig wieder nach der Wiege. »Du weißt«, sagte sie, immer schwerer atmend, »es gibt kein Bild von mir! Du wolltest immer, es solle nur von einem guten Meister gemalt werden – – wir können nicht mehr warten auf die Meisterhand. – Du könntest einen Photographen kommen lassen, Rudolf; es ist ein wenig umständlich; aber – mein Kind, es wird mich nicht mehr kennenlernen; es muß doch wissen, wie die Mutter ausgesehen.«

»Warte noch ein wenig!« sagte er und suchte einen mutigen Ton in seine Stimme zu legen. »Es würde dich jetzt zu sehr erregen; warte, bis deine Wangen wieder voller werden!«

Sie strich mit beiden Händen über ihr schwarzes Haar, das lang und glänzend auf dem Deckbette lag, indem sie einen fast wilden Blick im Zimmer umherwarf.

»Einen Spiegel!« sagte sie, indem sie sich völlig in den Kissen aufrichtete. »Bringt mir einen Spiegel!«

Er wollte wehren; aber schon hatte die Alte einen Handspiegel herbeigeholt und auf das Bett gelegt. Die Kranke ergriff ihn hastig; aber als sie hineinblickte, malte sich ein heftiges Erschrecken in ihren Zügen; sie nahm ein Tuch und wischte an dem Glase; doch es wurde nicht anders; nur immer fremder starrte das kranke Leidensantlitz ihr entgegen.

»Wer ist das?« schrie sie plötzlich. »Das bin nicht ich! – Oh, mein Gott! Kein Bild, kein Schatten für mein Kind!«

Sie ließ den Spiegel fallen und schlug die mageren Hände vors Gesicht.

Da drang ein Weinen an ihr Ohr. Es war nicht ihr Kind, das ahnungslos in seiner Wiege lag und schlief; Nesi hatte sich unbemerkt hereingeschlichen; sie stand mitten im Zimmer und sah mit düsteren Augen auf die Stiefmutter, während sie schluchzend in ihre Lippe biß.

Ines hatte sie bemerkt. »Du weinst, Nesi?« fragte sie.

Aber das Kind antwortete nicht.

»Warum weinst du, Nesi?« wiederholte sie heftig.

Die Züge des Kindes wurden noch finsterer. »Um meine Mutter!« brach es fast trotzig aus dem kleinen Munde.

Die Kranke stutzte einen Augenblick; dann aber streckte sie die Arme aus dem Bett, und als das Kind, wie unwillkürlich, sich genähert hatte, riß sie es heftig an ihre Brust. »O Nesi, vergiß deine Mutter nicht!«

Da schlangen zwei kleine Arme sich um ihren Hals, und nur ihr verständlich, hauchte es: »Meine liebe, süße Mama!« – »Bin ich deine liebe Mama, Nesi?«

Nesi antwortete nicht; sie nickte nur heftig in die Kissen.

»Dann, Nesi«, und in traulich seligem Flüstern sprach es die Kranke, »vergiß auch mich nicht! Oh, ich will nicht gern vergessen werden!«

– – Rudolf hatte regungslos diesen Vorgängen zugesehen, die er nicht zu stören wagte; halb in tödlicher Angst, halb in stillem Jubel; aber die Angst behielt die Oberhand. Ines war in ihre Kissen zurückgesunken; sie sprach nicht mehr; sie schlief – plötzlich.

Nesi, die sich leise von dem Bett entfernt hatte, kniete vor der Wiege ihres Schwesterchens; voll Bewunderung betrachtete sie das winzige Händchen, das sich aus den Kissen aufreckte, und wenn das rote Gesichtlein sich verzog und der kleine unbeholfene Menschenlaut hervorbrach, dann leuchteten ihre Augen vor Entzücken. Rudolf, der still herangetreten war, legte liebkosend die Hand auf ihren Kopf; sie wandte sich um und küßte die andere Hand des Vaters; dann schaute sie wieder auf ihr Schwesterchen. –

Die Stunden rückten weiter. Draußen leuchtete der Mittagsschein, und die Vorhänge an den Fenstern wurden fester zugezogen. Längst schon saß er wieder an dem Bette der geliebten Frau, in dumpfer Erwartung; Gedanken und Bilder kamen und gingen; er schaute sie nicht an, er ließ sie kommen und gehen. Schon einmal früher war es so wie jetzt gewesen; ein unheimliches Gefühl befiel ihn; ihm war, als lebe er zum zweiten Mal. Er sah wieder den schwarzen Totenbaum aufsteigen und mit den düsteren Zweigen sein ganzes Haus bedecken. Angstvoll sah er nach der Kranken; aber sie schlummerte sanft; in ruhigen Atemzügen hob sich ihre Brust. Unter dem Fenster, in den blühenden Syringen sang ein kleiner Vogel immerzu; er hörte ihn nicht; er war bemüht, die trügerischen Hoffnungen fortzuscheuchen, die ihn jetzt umspinnen wollten.

Am Nachmittage kam der Arzt; er neigte sich über die Schlafende und nahm ihre Hand, die ein warmer feuchter Hauch bedeckte. Rudolf blickte gespannt in das Antlitz seines Freundes, dessen Züge den Ausdruck der Überraschung annahmen.

»Schone mich nicht!« sagte er. »Laß mich alles wissen!«

Aber der Doktor drückte ihm die Hand.

– »Gerettet!« – Das einzige Wort hatte er behalten. Er hörte auf einmal den Gesang des Vogels; das ganze Leben kam zurückgeflutet. »Gerettet!« – Und er hatte auch sie schon verlorengegeben in die große Nacht; er hatte geglaubt, die heftige Erschütterung des Morgens müsse sie verderben; doch:

Es ward ihr zum Heil,
Es riß sie nach oben!

In diese Worte des Dichters faßte er all sein Glück zusammen; wie Musik klangen sie fort und fort in seinen Ohren.

– – Immer noch schlief die Kranke; immer noch saß er wartend an ihrem Bette. Nur die Nachtlampe dämmerte jetzt in dem stillen Zimmer; draußen aus dem Garten kam statt des

Vogelsangs nun das Rauschen des Nachtwindes; manchmal wie Harfenton wehte es auf und zog vorüber; die jungen Zweige pochten leise an die Fenster.

»Ines!« flüsterte er; »Ines!« Er konnte es nicht lassen, ihren Namen auszusprechen.

Da schlug sie die Augen auf und ließ sie fest und lange auf ihm ruhen, als müsse aus der Tiefe des Schlafes ihre Seele erst zu ihm hinaufgelangen.

»Du, Rudolf?« sagte sie endlich. »Und ich bin noch einmal wieder aufgewacht!«

Er blickte sie an und konnte sich nicht ersättigen an ihrem Anblick. »Ines«, sagte er – fast demütig klang seine Stimme – »ich sitze hier, und stundenlang schon trage ich das Glück wie eine schwere Last auf meinem Haupte; hilf es mir tragen, Ines!«

»Rudolf –!« Sie hatte sich mit einer kräftigen Bewegung aufgerichtet.

– »Du wirst leben, Ines!«

»Wer hat das gesagt?«

– »Dein Arzt, mein Freund; ich weiß, er hat sich nicht getäuscht.«

»Leben! O mein Gott! Leben! – Für mein Kind, für dich!« – Es war, als käme ihr plötzlich eine Erinnerung; sie schlang die Hände um den Hals ihres Mannes und drückte sein Ohr an ihren Mund. »Und für deine – für euere, unsre Nesi!« flüsterte sie. Dann ließ sie seinen Nacken los, und seine beiden Hände ergreifend, sprach sie zu ihm sanft und liebevoll. »Mir ist so leicht!« sagte sie. »Ich weiß gar nicht mehr, warum alles sonst so schwer gewesen ist!« Und ihm zunickend: »Du sollst nur sehen, Rudolf; nun kommt die gute Zeit! Aber –« und sie hob den Kopf und brachte ihre Augen ganz dicht an die seinen – »ich muß teilhaben an deiner Vergangenheit, dein ganzes Glück mußt du mir erzählen! Und, Rudolf, ihr süßes Bild soll in dem Zimmer hängen, das uns gemeinschaftlich gehört; sie muß dabeisein, wenn du mir erzählst!«

Er sah sie an wie ein Seliger.

»Ja, Ines; sie soll dabeisein!«

»Und Nesi! Ich erzähl ihr wieder von ihrer Mutter, was ich von dir gehört habe; – was für ihr Alter paßt, Rudolf, nur das – –«

Er konnte nur stumm noch nicken.

»Wo ist Nesi?« fragte sie dann; »ich will ihr noch einen Gutenachtkuß geben!«

»Sie schläft, Ines«, sagte er und strich sanft mit der Hand über ihre Stirn. »Es ist ja Mitternacht!«

»Mitternacht! So mußt auch du nun schlafen! Ich aber – lache mich nicht aus, Rudolf – mich hungert; ich muß essen! Und dann, nachher, die Wiege vor mein Bett; ganz nahe, Rudolf! Dann schlaf auch ich wieder; ich fühl's; gewiß, du kannst ganz ruhig fortgehen.«

Er blieb noch.

»Ich muß erst eine Freude haben!« sagte er.

»Eine Freude?«

»Ja, Ines, eine ganz neue; ich will dich essen sehen!«

– »O du!«

– Und als ihm auch das geworden, trug er mit der Wärterin die Wiege vor das Bett.

»Und nun gute Nacht! Mir ist, als sollte ich noch einmal in unseren Hochzeitstag hineinschlafen.«

Sie aber wies glücklich lächelnd auf ihr Kind.

– Und bald war alles still. Aber nicht der schwarze Totenbaum streckte seine Zweige über das Dach des Hauses; aus fernen goldnen Ährenfeldern nickte sanft der rote Mohn des Schlummers. Noch eine reiche Ernte stand bevor.

Und es war wieder Rosenzeit. – Auf dem breiten Steige des großen Gartens hielt ein lustiges Gefährte. Nero war augenscheinlich avanciert; denn nicht vor einem Puppen-, sondern vor einem wirklichen Kinderwagen stand er angeschirrt und hielt geduldig still, als Nesi an seinem mächtigen Kopfe jetzt die letzte Schnalle zuzog. Die alte Anne beugte sich zu dem Schirm des Wägelchens und zupfte an den Kissen, in denen das noch namenlose Töchterchen des Hauses mit großen offenen Augen lag; aber schon rief Nesi: »Hü, hott, alter Nero!« und in würdevollem Schritt setzte die kleine Karawane sich zu ihrer täglichen Spazierfahrt in Bewegung.

Rudolf und mit ihm Ines, die schöner als je an seinem Arme hing, hatten lächelnd zugeschaut; nun gingen sie ihren eigenen Weg; seitwärts schlugen sie sich durch die Büsche entlang der Gartenmauer, und bald standen sie vor der noch immer verschlossenen Pforte. Das Gesträuch hing nicht wie sonst herab; ein Gestelle war untergebaut, so daß man wie durch einen schattigen Laubengang hinangelangte. Einen Augenblick horchten sie auf den vielstimmigen Gesang der Vögel, die drüben in der noch ungestörten Einsamkeit ihr Wesen trieben. Dann aber, von Ines' kleinen kräftigen Händen bezwungen, drehte sich der Schlüssel, und kreischend sprang der Riegel zurück. Drinnen hörten sie die Vögel aufrauschen, und dann war alles still. Um eine Handbreit stand die Pforte offen; aber sie war an der Binnenseite von blühendem Geranke überstrickt; Ines wandte alle ihre Kräfte auf, es knisterte und knickte auch dahinter; aber die Pforte blieb gefangen.

»Du mußt!« sagte sie endlich, indem sie lächelnd und erschöpft zu ihrem Mann emporblickte.

Die Männerhand erzwang den vollen Eingang; dann legte Rudolf das zerrissene Gesträuch sorgsam nach beiden Seiten zurück.

Vor ihnen schimmerte jetzt in hellem Sonnenlicht der Kiesweg; aber leise, als sei es noch in jener Mondnacht, gingen sie zwischen den tiefgrünen Koniferen auf ihm hin, vorbei an den Zentifolien, die mit Hunderten von Rosen aus dem wuchernden Kraut hervorleuchteten, und am Ende des Steiges unter das verfallene Rohrdach, vor welchem jetzt die Klematis den ganzen Gartenstuhl besponnen hatte. Drinnen hatte, wie im vorigen Sommer, die Schwalbe ihr Nest gebaut; furchtlos flog sie über ihnen aus und ein.

Was sie zusammen sprachen? – Auch für Ines war jetzt heiliger Boden hier. – Mitunter schwiegen sie und hörten nur auf das Summen der Insekten, die draußen in den Düften spielten. Vor Jahren hatte Rudolf es schon ebenso gehört; immer war es so gewesen. Die Menschen starben; ob denn diese kleinen Musikanten ewig waren?

»Rudolf, ich habe etwas entdeckt!« begann jetzt Ines wieder. »Nimm einmal den ersten Buchstaben meines Namens und setz ihn an das Ende! Wie heißt er dann?«

»Nesi!« sagte er lächelnd. »Das trifft sich wunderbar.«

»Siehst du!« fuhr sie fort, »so hat die Nesi eigentlich meinen Namen. Ist's nicht billig, daß nun mein Kind den Namen ihrer Mutter erhält? – Marie! – Es klingt so gut und mild; du weißt, es ist nicht einerlei, mit welchem Namen die Kinder sich gerufen hören!«

Er schwieg einen Augenblick.

»Laß uns mit diesen Dingen nicht spielen!« sagte er dann und sah ihr innig in die Augen. »Nein, Ines; auch mit dem Antlitz meines lieben kleinen Kindes soll mir ihr Bild nicht übermalt werden. Nicht Marie, auch nicht Ines – wie es deine Mutter wünschte – darf das Kind mir heißen! Auch Ines ist für mich nur einmal und niemals wieder auf der Welt.« – Und nach einer Weile fügte er hinzu: »Wirst du nun sagen, daß du einen eigensinnigen Mann hast?«

»Nein, Rudolf; nur, daß du Nesis rechter Vater bist!«

»Und du, Ines?«

»Hab nur Geduld; – ich werde schon dein rechtes Weib! – Aber –«

»Ist doch noch ein Aber da?«

»Kein böses, Rudolf! – Aber – wenn einst die Zeit dahin ist – denn einmal kommt ja doch das Ende – wenn wir alle dort sind, woran du keinen Glauben hast, aber vielleicht doch eine Hoffnung, – wohin sie uns vorangegangen ist; dann« – und sie hob sich zu ihm empor und schlang beide Hände um seinen Nacken – »schüttle mich nicht ab, Rudolf! Versuch es nicht; ich lasse doch nicht von dir!«

Er schloß sie fest in seine Arme und sagte: »Laß uns das Nächste tun; das ist das Beste, was ein Mensch sich selbst und andern lehren kann.«

»Und das wäre?« fragte sie.

»Leben, Ines; so schön und lange, wie wir es vermögen!«

Da hörten sie Kinderstimmen von der Pforte her; kleine zum Herzen dringende Laute, die noch keine Worte waren, und ein helles »Hü!« und »Hott!« von Nesis kräftiger Stimme. Und unter dem Vorspann des getreuen Nero, behütet von der alten Dienerin, hielt die fröhliche Zukunft des Hauses ihren Einzug in den Garten der Vergangenheit.

Pole Poppenspäler

Ich hatte in meiner Jugend einige Fertigkeit im Drechseln und beschäftigte mich sogar wohl etwas mehr damit, als meinen gelehrten Studien zuträglich war; wenigstens geschah es, daß mich eines Tags der Subrektor bei Rückgabe eines nicht eben fehlerlosen Exerzitiums seltsamerweise fragte, ob ich vielleicht wieder eine Nähschraube zu meiner Schwester Geburtstag gedrechselt hätte. Solche kleine Nachteile wurden indessen mehr als aufgewogen durch die Bekanntschaft mit einem trefflichen Manne, die mir infolge jener Beschäftigung zuteil wurde. Dieser Mann war der Kunstdrechsler und Mechanicus Paul Paulsen, auch deputierter Bürger unserer Stadt. Auf die Bitte meines Vaters, der für alles, was er mich unternehmen sah, eine gewisse Gründlichkeit forderte, verstand er sich dazu, mir die für meine kleinen Arbeiten erforderlichen Handgriffe beizubringen.

Paulsen besaß mannigfache Kenntnisse und war dabei nicht nur von anerkannter Tüchtigkeit in seinem eignen Handwerk, sondern er hatte auch eine Einsicht in die künftige Entwicklung der Gewerke überhaupt, so daß bei manchem, was jetzt als neue Wahrheit verkündigt wird, mir plötzlich einfällt: das hat dein alter Paulsen ja schon vor vierzig Jahren gesagt. – Es gelang mir bald, seine Zuneigung zu erwerben, und er sah es gern, wenn ich noch außer den festgesetzten Stunden am Feierabend einmal zu ihm kam. Dann saßen wir entweder in der Werkstätte oder sommers – denn unser Verkehr hat jahrelang gedauert – auf der Bank unter der großen Linde seines Gärtchens. In den Gesprächen, die wir dabei führten, oder vielmehr, welche mein älterer Freund dabei mit mir führte, lernte ich Dinge kennen und auf Dinge meine Gedanken richten, von denen, so wichtig sie im Leben sind, ich später selbst in meinen Primaner-Schulbüchern keine Spur gefunden habe.

Paulsen war seiner Abkunft nach ein Friese und der Charakter dieses Volksstammes aufs schönste in seinem Antlitz ausgeprägt; unter dem schlichten blonden Haar die denkende Stirn und die blauen sinnenden Augen; dabei hatte, vom Vater ererbt, seine Stimme noch etwas von dem weichen Gesang seiner Heimatsprache.

Die Frau dieses nordischen Mannes war braun und von zartem Gliederbau, ihre Sprache von unverkennbar süddeutschem Klange. Meine Mutter pflegte von ihr zu sagen, ihre schwarzen Augen könnten einen See ausbrennen, in ihrer Jugend aber sei sie von seltener Anmut gewesen. – Trotz der silbernen Fädchen, die schon ihr Haar durchzogen, war auch jetzt die Lieblichkeit dieser Züge noch nicht verschwunden, und das der Jugend angeborene Gefühl für Schönheit veranlaßte mich bald, ihr, wo ich immer konnte, mit kleinen Diensten und Gefälligkeiten an die Hand zu gehen.

»Da schau mir nur das Buberl«, sagte sie dann wohl zu ihrem Mann; »wirst doch nit eifersüchtig werden, Paul?«

Dann lächelte Paul. Und aus ihren Scherzworten und aus seinem Lächeln sprach das Bewußtsein innigsten Zusammengehörens.

Sie hatten außer einem Sohne, der damals in der Fremde war, keine Kinder, und vielleicht war ich den beiden zum Teil deshalb so willkommen, zumal Frau Paulsen mir wiederholt versicherte, ich habe grad ein so lustigs Naserl wie ihr Joseph. Nicht verschweigen will ich, daß letztere auch eine mir sehr zusagende, in unserer Stadt aber sonst gänzlich unbekannte Mehlspeise zu bereiten verstand und auch nicht unterließ, mich dann und wann darauf zu Gast zu bitten. – So waren denn dort der Anziehungskräfte für mich genug. Von meinem Vater aber wurde mein Verkehr in dem tüchtigen Bürgerhause gern gesehen. »Sorge nur, daß du nicht lästig fällst!« war das einzige, woran er in dieser Beziehung zuweilen mich erinnerte. Ich glaube indessen nicht, daß ich meinen Freunden je zu oft gekommen bin.

Da geschah es eines Tages, daß in meinem elterlichen Hause einem alten Herrn aus unserer Stadt das neueste und wirklich ziemlich gelungene Werk meiner Hände vorgezeigt wurde.

Als dieser seine Bewunderung zu erkennen gab, bemerkte mein Vater dagegen, daß ich ja aber auch schon seit fast einem Jahr bei Meister Paulsen in der Lehre sei.

»So, so«, erwiderte der alte Herr; »bei Pole Poppenspäler!«

Ich hatte nie gehört, daß mein Freund einen solchen Beinamen führe, und fragte, vielleicht ein wenig naseweis, was das bedeuten solle.

Aber der alte Herr lächelte nur ganz hinterhaltig und wollte keine weitere Auskunft geben. –

Zum kommenden Sonntag war ich von den Paulsenschen Eheleuten auf den Abend eingeladen, um ihnen ihren Hochzeitstag feiern zu helfen. Es war im Spätsommer, und da ich mich frühzeitig auf den Weg gemacht und die Hausfrau noch in der Küche zu wirtschaften hatte, so ging Paulsen mit mir in den Garten, wo wir uns zusammen unter der großen Linde auf die Bank setzten. Mir war das »Pole Poppenspäler« wieder eingefallen, und es ging mir so im Kopf herum, daß ich kaum auf seine Reden Antwort gab; endlich, da er mich fast ein wenig ernst wegen meiner Zerstreuung zurechtgewiesen hatte, fragte ich ihn gradezu, was jener Beiname zu bedeuten habe.

Er wurde sehr zornig. »Wer hat dich das dumme Wort gelehrt?« rief er, indem er von seinem Sitze aufsprang. Aber bevor ich noch zu antworten vermochte, saß er schon wieder neben mir. »Laß, laß!« sagte er sich besinnend; »es bedeutet ja eigentlich das Beste, was das Leben mir gegeben hat. – Ich will es dir erzählen; wir haben wohl noch Zeit dazu. –

In diesem Haus und Garten bin ich aufgewachsen, meine braven Eltern wohnten hier, und hoffentlich wird einst mein Sohn hier wohnen! – Daß ich ein Knabe war, ist nun schon lange her; aber gewisse Dinge aus jener Zeit stehen noch, wie mit farbigem Stift gezeichnet, vor meinen Augen.

Neben unserer Haustür stand damals eine kleine weiße Bank mit grünen Stäben in den Rück- und Seitenlehnen, von der man nach der einen Seite die lange Straße hinab bis an die Kirche, nach der andern aus der Stadt hinaus bis in die Felder sehen konnte. An Sommerabenden saßen meine Eltern hier, der Ruhe nach der Arbeit pflegend; in den Stunden vorher aber pflegte ich sie in Beschlag zu nehmen und hier in der freien Luft und unter erquickendem Ausblick nach Ost und West meine Schularbeiten anzufertigen.

So saß ich auch eines Nachmittags – ich weiß noch gar wohl, es war im September, eben nach unserem Michaelis-Jahrmarkte – und schrieb für den Rechenmeister meine Algebra-Exempel auf die Tafel, als ich unten von der Straße ein seltsames Gefährte heraufkommen sah. Es war ein zweirädriger Karren, der von einem kleinen rauhen Pferde gezogen wurde. Zwischen zwei ziemlich hohen Kisten, mit denen er beladen war, saß eine große blonde Frau mit steifen hölzernen Gesichtszügen und ein etwa neunjähriges Mädchen, das sein schwarzhaariges Köpfchen lebhaft von einer Seite nach der andern drehte; nebenher ging, den Zügel in der Hand, ein kleiner, lustig blickender Mann, dem unter seiner grünen Schirmmütze die kurzen schwarzen Haare wie Spieße vom Kopfe abstanden.

So, unter dem Gebimmel eines Glöckchens, das unter dem Halse des Pferdes hing, kamen sie heran. Als sie die Straße vor unserem Hause erreicht hatten, machte der Karren halt. ›Du Bub‹, rief die Frau zu mir herüber, ›wo ist denn die Schneiderherberg?‹

Mein Griffel hatte schon lange geruht; nun sprang ich eilfertig auf und trat an den Wagen. ›Ihr seid grad davor‹, sagte ich und wies auf das alte Haus mit der viereckig geschorenen Linde, das, wie du weißt, noch jetzt hier gegenüber liegt.

Das feine Dirnchen war zwischen den Kisten aufgestanden, streckte das Köpfchen aus der Kapuze ihres verschossenen Mäntelchens und sah mit ihren großen Augen auf mich herab; der Mann aber, mit einem ›Sitz ruhig, Diendl!‹ und ›Schönen Dank, Bub!‹ peitschte auf den kleinen Gaul und fuhr vor die Tür des bezeichneten Hauses, aus dem auch schon der dicke Herbergsvater in seiner grünen Schürze ihm entgegentrat.

Daß die Ankömmlinge nicht zu den zunftberechtigten Gästen des Hauses gehörten, mußte mir freilich klar sein; aber es pflegten dort – was mir jetzt, wenn ich es bedenke, mit der Reputation des wohlehrsamen Handwerks sich keineswegs reimen will – auch andere, mir viel angenehmere Leute einzukehren. Droben im zweiten Stock, wo noch heute statt der Fenster nur einfache Holzluken auf die Straße gehen, war das hergebrachte Quartier aller fahrenden Musikanten, Seiltänzer oder Tierbändiger, welche in unserer Stadt ihre Kunst zum besten gaben.

Und richtig, als ich am andern Morgen oben in meiner Kammer vor dem Fenster stand und meinen Schulsack schnürte, wurde drüben eine der Luken aufgestoßen; der kleine Mann mit den schwarzen Haarspießen steckte seinen Kopf ins Freie und dehnte sich mit beiden Armen in die frische Luft hinaus; dann wandte er den Kopf hinter sich nach dem dunkeln Raum zurück, und ich hörte ihn ›Lisei! Lisei!‹ rufen. – Da drängte sich unter seinem Arm ein rosiges Gesichtlein vor, um das wie eine Mähne das schwarze Haar herabfiel. Der Vater wies mit dem Finger nach mir herüber, lachte und zupfte sie ein paarmal an ihren seidenen Strähnen. Was er zu ihr sprach, habe ich nicht verstehen können; aber es mag wohl ungefähr gelautet haben: ›Schau dir ihn an, Lisei! Kennst ihn noch, den Bubn von gestern? – Der arme Narr, da muß er nun gleich mit dem Ranzen in die Schule traben! – Was du für ein glücklich's Diendl bist, die du allweg nur mit unserem Braunen landab landauf zu fahren brauchst!‹ – Wenigstens sah die Kleine ganz mitleidig zu mir herüber, und als ich es wagte, ihr freundlich zuzunicken, nickte sie sehr ernsthaft wieder.

Bald aber zog der Vater seinen Kopf zurück und verschwand im Hintergrund seines Bodenraumes. Statt seiner trat jetzt die große blonde Frau zu dem Kinde; sie bemächtigte sich ihres Kopfes und begann ihr das Haar zu strählen.

Das Geschäft schien schweigend vollzogen zu werden, und das Lisei durfte offenbar nicht mucksen, obgleich es mehrmals, wenn ihr der Kamm so in den Nacken hinabfuhr, die eckigsten Figuren mit ihrem roten Mäulchen bildete. Nur einmal hob sie den Arm und ließ ein langes Haar über die Linde draußen in die Morgenluft hinausfliegen. Ich konnte von meinem Fenster aus es glänzen sehen; denn die Sonne war eben durch den Herbstnebel gedrungen und schien drüben auf den oberen Teil des Herberghauses.

Auch in den vorhin undurchdringlich dunkeln Bodenraum konnte ich jetzt hineinsehen. Ganz deutlich erblickte ich in einem dämmerigen Winkel den Mann an einem Tische sitzen; in seiner Hand blinkte etwas wie Gold oder Silber; dann wieder war's wie ein Gesicht mit einer ungeheueren Nase; aber so sehr ich meine Augen anstrengte, ich vermochte nicht klug daraus zu werden. Plötzlich hörte ich, als wenn etwas Hölzernes in einen Kasten geworfen würde, und nun stand der Mann auf und lehnte aus einer zweiten Luke sich wieder auf die Straße hinaus.

Die Frau hatte indessen der kleinen schwarzen Dirne ein verschossenes rotes Kleidchen angezogen und ihr die Haarflechten wie einen Kranz um das runde Köpfchen gelegt.

Ich sah noch immer hinüber. ›Einmal‹, dachte ich, ›könnte sie doch wieder nicken.‹

– – ›Paul, Paul!‹ hörte ich plötzlich unten aus unserem Hause die Stimme meiner Mutter rufen.

›Ja, ja, Mutter!‹

Es war mir ordentlich wie ein Schrecken in die Glieder geschlagen.

›Nun‹, rief sie wieder, ›der Rechenmeister wird dir schön die Zeit verdeutschen! Weißt du denn nicht, daß es lang schon sieben geschlagen hat?‹

Wie rasch polterte ich die Treppe hinunter!

Aber ich hatte Glück; der Rechenmeister war grade dabei, seine Bergamotten abzunehmen, und die halbe Schule befand sich in seinem Garten, um mit Händen und Mäulern ihm dabei zu helfen. Erst um neun Uhr saßen wir alle mit heißen Backen und lustigen Gesichtern an Tafel und Rechenbuch auf unseren Bänken.

Als ich um elf, die Taschen noch von Birnen starrend, aus dem Schulhofe trat, kam eben der dicke Stadtsausrufer die Straße herauf. Er schlug mit dem Schlüssel an sein blankes Messingbecken und rief mit seiner Bierstimme:

›Der Mechanicus und Puppenspieler Herr Joseph Tendler aus der Residenzstadt München ist gestern hier angekommen und wird heute abend im Schützenhofsaale seine erste Vorstellung geben. Vorgestellt wird: Pfalzgraf Siegfried und die heilige Genoveva, Puppenspiel mit Gesang in vier Aufzügen.‹

Dann räusperte er sich und schritt würdevoll in der meinem Heimwege entgegengesetzten Richtung weiter. Ich folgte ihm von Straße zu Straße, um wieder und wieder die entzükkende Verkündigung zu hören; denn niemals hatte ich eine Komödie, geschweige denn ein Puppenspiel gesehen. – Als ich endlich umkehrte, sah ich ein rotes Kleidchen mir entgegenkommen; und wirklich, und wirklich, es war die kleine Puppenspielerin; trotz ihres verschossenen Anzugs schien sie mir von einem Märchenglanz umgeben.

Ich faßte mir ein Herz und redete sie an: ›Willst du spazierengehen, Lisei?‹

Sie sah mich mißtrauisch aus ihren schwarzen Augen an. ›Spazieren?‹ wiederholte sie gedehnt. ›Ach du – du bist g'scheidt!‹

›Wohin willst du denn?‹

– ›Zum Ellenkramer will i!‹

›Willst du dir ein neues Kleid kaufen?‹ fragte ich tölpelhaft genug.

Sie lachte laut auf. ›Geh! laß mi aus! – Nein; nur so Fetz'ln!‹

›Fetz'ln, Lisei?‹

– ›Freili! Halt nur so Resteln zu G'wandl für die Pupp'n; 's kost't immer nit viel!‹

Ein glücklicher Gedanke fuhr mir durch den Kopf. Ein alter Onkel von mir hatte damals am Markte hier eine Ellenwarenhandlung, und sein alter Ladendiener war mein guter Freund. ›Komm mit mir‹, sagte ich kühn; ›es soll dir gar nichts kosten, Lisei!‹

›Meinst?‹ fragte sie noch; dann liefen wir beide nach dem Markt und in das Haus des Onkels. Der alte Gabriel stand wie immer in seinem pfeffer-und-salzfarbenen Rock hinter dem Ladentisch, und als ich ihm unser Anliegen deutlich gemacht hatte, kramte er gutmütig einen Haufen ›Rester‹ auf den Tisch zusammen.

›Schau, das hübsch Brinnrot!‹ sagte Lisei und nickte begehrlich nach einem Stückchen französischen Kattuns hinüber.

›Kannst es brauchen?‹ fragte Gabriel. – Ob sie es brauchen konnte! Der Ritter Siegfried sollte ja auf den Abend noch eine neue Weste geschneidert bekommen.

›Aber da gehören auch die Tressen noch dazu‹, sagte der Alte und brachte allerlei Endchen Gold- und Silberflittern. Bald kamen noch grüne und gelbe Seidenläppchen und Bänder, endlich ein ziemlich großes Stück braunen Plüsches. ›Nimm's nur, Kind!‹ sagte Gabriel. ›Das gibt ein Tierfell für euere Genoveva, wenn das alte vielleicht verschossen wäre!‹ Dann packte er die ganze Herrlichkeit zusammen und legte sie der Kleinen in den Arm.

›Und es kost't nix?‹ fragte sie beklommen.

Nein, es kostete nichts. Ihre Augen leuchteten. ›Schön' Dank, guter Mann! Ach, wird der Vater schauen!‹

Hand in Hand, Lisei mit ihrem Päckchen unter dem Arm, verließen wir den Laden; als wir aber in die Nähe unserer Wohnung kamen, ließ sie mich los und rannte über die Straße nach der Schneiderherberge, daß ihr die schwarzen Flechten in den Nacken flogen.

– – Nach dem Mittagsessen stand ich vor unserer Haustür und erwog unter Herzklopfen das Wagnis, schon heute zur ersten Vorstellung meinen Vater um das Eintrittsgeld anzugehen; ich war ja mit der Galerie zufrieden, und die sollte für uns Jungens nur einen Doppelschilling kosten. Da, bevor ich's noch bei mir ins reine gebracht hatte, kam das Lisei über die Straße zu mir hergeflogen. ›Der Vater schickt's!‹ sagte sie, und eh ich mich's versah, war sie wieder fort; aber in meiner Hand hielt ich eine rote Karte, darauf stand mit großen Buchstaben: Erster Platz.

Als ich aufblickte, winkte auch von drüben der kleine schwarze Mann mit beiden Armen aus der Bodenluke zu mir herüber. Ich nickte ihm zu; was mußten das für nette Leute sein, diese Puppenspieler! ›Also heute abend‹, sagte ich zu mir selber; ›heute abend und – Erster Platz!‹

– – Du kennst unsern Schützenhof in der Süderstraße; auf der Haustür sah man damals noch einen schön gemalten Schützen in Lebensgröße, mit Federhut und Büchse; im übrigen war aber der alte Kasten damals noch baufälliger, als er heute ist. Die Gesellschaft war bis auf drei Mitglieder herabgesunken; die vor Jahrhunderten von den alten Landesherzögen geschenkten silbernen Pokale, Pulverhörner und Ehrenketten waren nach und nach verschleudert; den großen Garten, der, wie du weißt, auf den Bürgersteig hinausläuft, hatte man zur Schaf- und Ziegengräsung verpachtet. Das alte zweistöckige Haus wurde von niemandem weder bewohnt noch gebraucht; windrissig und verfallen stand es da zwischen den munteren Nachbarhäusern; nur in dem öden weißgekalkten Saale, der fast das ganze obere Stockwerk einnahm, produzierten mitunter starke Männer oder durchreisende Taschenspieler ihre Künste. Dann wurde unten die große Haustür mit dem gemalten Schützenbruder knarrend aufgeschlossen.

– – Langsam war es Abend geworden; und – das Ende trug die Last, denn mein Vater wollte mich erst fünf Minuten vor dem angesetzten Glockenschlage laufen lassen; er meinte, eine Übung in der Geduld sei sehr vonnöten, damit ich im Theater stille sitze.

Endlich war ich an Ort und Stelle. Die große Tür stand offen, und allerlei Leute wanderten hinein; denn derzeit ging man noch gern zu solchen Vergnügungen; nach Hamburg war eine weite Reise, und nur wenige hatten sich die kleinen Dinge zu Hause durch die dort zu schauenden Herrlichkeiten leid machen können. – Als ich die eichene Wendeltreppe hinaufgestiegen war, fand ich Liseis Mutter am Eingange des Saales an der Kasse sitzen. Ich näherte mich ihr ganz vertraulich und dachte, sie würde mich so recht als einen alten Bekannten begrüßen; aber sie saß stumm und starr und nahm mir meine Karte ab, als wenn ich nicht die geringste Beziehung zu ihrer Familie hätte. – Etwas gedemütigt trat ich in den Saal; der kommenden Dinge harrend, plauderte alles mit halber Stimme durcheinander; dazu fiedelte unser Stadtmusicus mit drei seiner Gesellen. Das erste, worauf meine Augen fielen, war in der Tiefe des Saales ein roter Vorhang oberhalb der Musikantenplätze. Die Malerei in der Mitte desselben stellte zwei lange Trompeten vor, die kreuzweise über einer goldenen Leier lagen; und, was mir damals sehr sonderbar erschien, an dem Mundstück einer jeden hing, wie mit den leeren Augen daraufgeschoben, hier eine finster, dort eine lachend ausgeprägte Maske. – Die drei vordersten Plätze waren schon besetzt; ich drängte mich in die vierte Bank, wo ich einen Schulkameraden bemerkt hatte, der dort neben seinen Eltern saß. Hinter uns bauten sich die Plätze schräg ansteigend in die Höhe, so daß der letzte, die sogenannte Galerie, welche nur zum Stehen war, sich fast mannshoch über dem Fußboden befinden mochte. Auch dort schien es wohlgefüllt zu sein; genau vermochte ich es nicht zu sehen, denn die wenigen Talglichter, welche in Blechlampetten an den beiden Seitenwänden brannten, verbreiteten nur eine schwache Helligkeit; auch dunkelte die schwere Balkendecke des Saales. Mein Nachbar wollte mir eine Schulgeschichte erzählen; ich begriff nicht, wie er an so etwas denken konnte, ich schaute nur auf den Vorhang, der von den Lampen des Podiums und der Musikantenpulte feierlich beleuchtet war. Und jetzt ging ein Wehen über seine Fläche, die geheimnisvolle Welt hinter ihm begann sich schon zu regen; noch einen Augenblick, da erscholl das Läuten eines Glöckchens, und während unter den Zuschauern das summende Geplauder wie mit einem Schlage verstummte, flog der Vorhang in die Höhe. – Ein Blick auf die Bühne versetzte mich um tausend Jahre rückwärts. Ich sah in einen mittelalterlichen Burghof mit Turm und Zugbrücke; zwei kleine ellenlange Leute standen in der Mitte und redeten lebhaft miteinander. Der eine mit dem schwarzen Barte, dem silbernen Federhelm und dem goldgestickten Mantel über dem roten Unterkleide war der Pfalzgraf Siegfried; er wollte gegen die heidnischen Mohren in den Krieg reiten und befahl seinem jungen Hausmeister Golo, der in blauem silbergesticktem Wamse neben ihm stand, zum Schutze der Pfalzgräfin Genoveva in der Burg zurückzubleiben. Der treulose Golo aber tat gewaltig wild, daß er seinen guten Herrn so allein in das grimme Schwerterspiel sollte reiten lassen. Sie drehten bei diesen Wechselreden die Köpfe hin und her und fochten heftig und ruckweise mit den Armen. – Da tönten kleine langgezogene Trompetentöne von draußen hinter der Zugbrücke, und zugleich kam auch die schöne Genoveva in himmelblauem Schleppkleide hinter dem Turm hervorgestürzt und schlug beide Arme über des Gemahls Schultern: ›Oh, mein herzallerliebster Siegfried, wenn dich die grausamen Heiden nur nicht massakrieren!‹ Aber es half ihr nichts; noch einmal ertönten die Trompeten, und der Graf schritt steif und würdevoll über die Zugbrücke aus dem Hofe; man hörte deutlich draußen den Abzug des gewappneten Trupps. Der böse Golo war jetzt Herr der Burg. –

Und nun spielte das Stück sich weiter, wie es in deinem Lesebuch gedruckt steht. – Ich war auf meiner Bank ganz wie verzaubert; diese seltsamen Bewegungen, diese feinen oder schnarrenden Puppenstimmchen, die denn doch wirklich aus ihrem Munde kamen, – es war ein unheimliches Leben in diesen kleinen Figuren, das gleichwohl meine Augen wie magnetisch auf sich zog.

Im zweiten Aufzuge aber sollte es noch besser kommen. – Da war unter den Dienern auf der Burg einer im gelben Nankinganzug, der hieß Kasperl. Wenn dieser Bursche nicht lebendig war, so war noch niemals etwas lebendig gewesen; er machte die ungeheuersten Witze, so daß der ganze Saal vor Lachen bebte; in seiner Nase, die so groß wie eine Wurst war, mußte er jedenfalls ein Gelenk haben; denn wenn er so sein dumm-pfiffiges Lachen herausschüttelte, so schlenkerte der Nasenzipfel hin und her, als wenn auch er sich vor Lustigkeit nicht zu lassen wüßte; dabei riß der Kerl seinen großen Mund auf und knackte, wie eine alte Eule, mit den Kinnbacksknochen. ›Pardauz!‹ schrie es; so kam er immer auf die Bühne gesprungen; dann stellte er sich hin und sprach erst bloß mit seinem großen Daumen; den konnte er so ausdrucksvoll hin- und widerdrehen, daß es ordentlich ging wie ›Hier nix und da nix! kriegst du nix, so hast du nix!‹ Und dann sein Schielen; – das war so verführerisch, daß im Augenblick dem ganzen Publikum die Augen verquer im Kopfe standen. Ich war ganz vernarrt in den lieben Kerl!

Endlich war das Spiel zu Ende, und ich saß wieder zu Hause in unserer Wohnstube und verzehrte schweigend das Aufgebratene, das meine gute Mutter mir warm gestellt hatte. Mein Vater saß im Lehnstuhl und rauchte seine Abendpfeife. ›Nun, Junge‹, rief er, ›waren sie lebendig?‹

›Ich weiß nicht, Vater‹, sagte ich und arbeitete weiter in meiner Schüssel; mir war noch ganz verwirrt zu Sinne.

Er sah mir eine Weile mit seinem klugen Lächeln zu. ›Höre, Paul‹, sagte er dann, ›du darfst nicht zu oft in diesen Puppenkasten; die Dinger könnten dir am Ende in die Schule nachlaufen.‹

Mein Vater hatte nicht unrecht. Die Algebraaufgaben gerieten mir in den beiden nächsten Tagen so mäßig, daß der Rechenmeister mich von meinem ersten Platz herabzusetzen drohte. – Wenn ich in meinem Kopfe rechnen wollte: ›a + b gleich x – c‹, so hörte ich statt dessen vor meinen Ohren die feine Vogelstimme der schönen Genoveva: ›Ach, mein herzallerliebster Siegfried, wenn dich die bösen Heiden nur nicht massakrieren!‹ Einmal – aber es hat niemand gesehen – schrieb ich sogar ›x + Genoveva‹ auf die Tafel. – Des Nachts in meiner Schlafkammer rief es einmal ganz laut ›Pardauz‹, und mit einem Satz kam der liebe Kasperl in seinem Nankinganzug zu mir ins Bett gesprungen, stemmte seine Arme zu beiden Seiten meines Kopfes in das Kissen und rief grinsend auf mich herabnickend: ›Ach, du liebs Brüderl! Ach, du herztausig liebs Brüderl!‹ Dabei hackte er mir mit seiner langen roten Nase in die meine, daß ich davon erwachte. Da sah ich denn freilich, daß es nur ein Traum gewesen war.

Ich verschloß das alles in meinem Herzen und wagte zu Hause kaum den Mund aufzutun von der Puppenkomödie. Als aber am nächsten Sonntag der Ausrufer wieder durch die Straßen ging, an sein Becken schlug und laut verkündigte: ›Heute abend auf dem Schützenhof: Doktor Fausts Höllenfahrt, Puppenspiel in vier Aufzügen!‹ – da war es doch nicht länger auszuhalten. Wie die Katze um den heißen Brei, so schlich ich um meinen Vater herum, und endlich hatte er meinen stummen Blick verstanden. – ›Pole‹, sagte er, ›es könnte dir ein Tropfen Blut vom Herzen gehen; vielleicht ist's die beste Kur, dich einmal gründlich satt zu machen.‹ Damit langte er in die Westentasche und gab mir einen Doppeltschilling.

Ich rannte sofort aus dem Hause; erst auf der Straße wurde es mir klar, daß ja noch acht lange Stunden bis zum Anfang der Komödie abzuleben waren. So lief ich denn hinter den Gärten auf den Bürgersteig. Als ich an den offenen Grasgarten des Schützenhofs gekommen war, zog es mich unwillkürlich hinein; vielleicht, daß gar einige Puppen dort oben aus den Fenstern guckten; denn die Bühne lag ja an der Rückseite des Hauses. Aber ich mußte dann erst durch den oberen Teil des Gartens, der mit Linden- und Kastanienbäumen dicht bestanden war. Mir wurde etwas zag zumute; ich wagte doch nicht weiter vorzudringen. Plötzlich erhielt ich von einem großen hier angepflockten Ziegenbock einen Stoß in den Rücken, daß ich um zwanzig Schritte weiter flog. Das half; als ich mich umsah, stand ich schon unter den Bäumen.

Es war ein trüber Herbsttag; einzelne gelbe Blätter sanken schon zur Erde; über mir in der Luft schrien ein paar Strandvögel, die ans Haff hinausflogen; kein Mensch war zu sehen noch zu hören: Langsam schritt ich durch das Unkraut, das auf den Steigen wucherte, bis ich einen schmalen Steinhof erreicht hatte, der den Garten von dem Hause trennte. – Richtig! Dort von oben schauten zwei große Fenster in den Hof herab; aber hinter den kleinen in Blei gefaßten Scheiben war es schwarz und leer, keine Puppe war zu sehen. Ich stand eine Weile, mir wurde ganz unheimlich in der mich rings umgebenden Stille.

Da sah ich, wie unten die schwere Hoftür von innen eine Handbreit geöffnet wurde, und zugleich lugte auch ein schwarzes Köpfchen daraus hervor.

›Lisei!‹ rief ich.

Sie sah mich groß mit ihren dunkeln Augen an. ›B'hüt Gott!‹ sagte sie; ›hab i doch nit gewußt, was da außa rumkraxln tät! Wo kommst denn du daher?‹

›Ich? – Ich geh spazieren, Lisei – Aber sag mir, spielt ihr denn schon jetzt Komödie?‹

Sie schüttelte lachend den Kopf.

›Aber, was machst du denn hier?‹ fragte ich weiter, indem ich über den Steinhof zu ihr trat.

›I wart auf den Vater‹, sagte sie; ›er ist ins Quartier, um Band und Nagel zu holen; er macht's halt firti für heunt abend.‹

›Bist du denn ganz allein hier, Lisei?‹

– ›O nei; du bist ja aa no da!‹

›Ich meine‹, sagte ich, ›ob nicht deine Mutter oben auf dem Saal ist?‹

Nein, die Mutter saß in der Herberge und besserte die Puppenkleider aus; das Lisei war hier ganz allein.

›Hör‹, begann ich wieder, ›du könntest mir einen Gefallen tun; es ist unter eueren Puppen einer, der heißt Kasperl; den möcht ich gar zu gern einmal in der Nähe sehen.‹

›Den Wurstl meinst?‹ sagte Lisei und schien sich eine Weile zu bedenken. ›Nu, es ging scho; aber g'schwind mußt sein, eh denn der Vater wieder da ist!‹

Mit diesen Worten waren wir schon ins Haus getreten und liefen eilig die steile Wendeltreppe hinauf. – Es war fast dunkel in dem großen Saale; denn die Fenster, welche sämtlich nach dem Hofe hinaus lagen, waren von der Bühne verdeckt; nur einzelne Lichtstreifen fielen durch die Spalten des Vorhangs.

›Komm!‹ sagte Lisei und hob seitwärts an der Wand die dort aus einem Teppich bestehende Verkleidung in die Höhe; wir schlüpften hindurch, und da stand ich in dem Wundertempel. – Aber von der Rückseite betrachtet und hier in der Tageshelle sah er ziemlich kläglich aus; ein Gerüst aus Latten und Brettern, worüber einige buntbekleckste Leinwandstücke hingen; das war der Schauplatz, auf welchem das Leben der heiligen Genoveva so täuschend an mir vorübergegangen war.

Doch ich hatte mich zu früh beklagt; dort, an einem Eisendrahte, der von einer Kulisse nach der Wand hinübergespannt war, sah ich zwei der wunderbaren Puppen schweben; aber sie hingen mit dem Rücken gegen mich, so daß ich sie nicht erkennen konnte.

›Wo sind die andern, Lisei?‹ fragte ich; denn ich hätte gern die ganze Gesellschaft auf einmal mir besehen.

›Hier im Kast'l‹, sagte Lisei und klopfte mit ihrer kleinen Faust auf eine im Winkel stehende Kiste; ›die zwei da sind scho zug'richt; aber geh nur her dazu und schau's dir a; er is scho dabei; dei Freund, der Kasperl!‹

Und wirklich, er war es selber. ›Spielt denn der heute abend auch wieder mit?‹ fragte ich.

›Freili, der is allimal dabei!‹

Mit untergeschlagenen Armen stand ich und betrachtete meinen lieben lustigen Allerweltskerl. Da baumelte er, an sieben Schnüren aufgehenkt; sein Kopf war vornübergesunken, daß seine großen Augen auf den Fußboden stierten und ihm die rote Nase wie ein breiter Schnabel auf der Brust lag. ›Kasperle, Kasperle‹, sagte ich bei mir selber, ›wie hängst du da elendiglich!‹ Da antwortete es ebenso: ›Wart nur, liebs Brüderl, wart nur bis heut abend!‹ – War das auch nur so in meinen Gedanken, oder hatte Kasperl selbst zu mir gesprochen? –

Ich sah mich um. Das Lisei war fort; sie war wohl vor die Haustür, um die Rückkehr ihres Vaters zu überwachen. – Da hörte ich sie eben noch von dem Ausgang des Saales rufen: ›Daß d' mir aber nit an die Puppen rührst!‹ – – Ja, – nun konnte ich es aber doch nicht lassen. Leise stieg ich auf eine neben mir stehende Bank und begann erst an der einen, dann an der andern Schnur zu ziehen; die Kinnladen fingen an zu klappen, die Arme hoben sich, und jetzt fing auch der wunderbare Daumen an ruckweise hin- und herzuschießen. Die Sache machte gar keine Schwierigkeit; ich hatte mir die Puppenspielerei doch kaum so leicht gedacht. – Aber die Arme bewegten sich nur nach vorn und hinten aus; und es war doch gewiß, daß Kasperle sie in dem neulichen Stück auch seitwärts ausgestreckt, ja, daß er sie sogar über dem Kopf zusammengeschlagen hatte! Ich zog an allen Drähten, ich versuchte mit der Hand die Arme abzubiegen; aber es wollte nicht gelingen. Auf einmal tat es einen leisen Krach im Innern der Figur. ›Halt!‹ dachte ich, ›Hand vom Brett! Da hättst du können Unheil anrichten!‹

Leise stieg ich wieder von meiner Bank herab, und zugleich hörte ich auch Lisei von außen in den Saal treten.

›G'schwind, g'schwind!‹ rief sie und zog mich durch das Dunkel an die Wendeltreppe hinaus; ›'s is eigentli nit recht‹, fuhr sie fort, ›daß i di eilass'n hab; aber, gel, du hast doch dei Gaudi g'habt!‹

Ich dachte an den leisen Krach von vorhin. ›Ach, es wird ja nichts gewesen sein!‹ Mit dieser Selbsttröstung lief ich die Treppe hinab und durch die Hintertür ins Freie.

So viel stand fest, der Kaspar war doch nur eine richtige Holzpuppe; aber das Lisei – was das für eine allerliebste Sprache führte! und wie freundlich sie mich gleich zu den Puppen mit hinaufgenommen hatte! – Freilich, und sie hatte es ja auch selbst gesagt, daß sie es so heimlich vor ihrem Vater getan, das war nicht völlig in der Ordnung. Unlieb – zu meiner Schande muß ich's gestehen – war diese Heimlichkeit mir grade nicht; im Gegenteil, die Sache bekam für mich dadurch noch einen würzigen Beigeschmack, und es muß ein recht selbstgefälliges Lächeln auf meinem Gesicht gestanden haben, als ich durch die Linden- und Kastanienbäume des Gartens wieder nach dem Bürgersteig hinabschlenderte.

Allein zwischen solchen schmeichelnden Gedanken hörte ich von Zeit zu Zeit vor meinem inneren Ohre immer jenen leisen Krach im Körper der Puppe; was ich auch vornahm, den ganzen Tag über konnte ich diesen, jetzt aus meiner eigenen Seele herauftönenden unbequemen Laut nicht zum Schweigen bringen.

Es hatte sieben Uhr geschlagen; im Schützenhofe war heute, am Sonntagabend, alles besetzt; ich stand diesmal hinten, fünf Schuh hoch über dem Fußboden, auf dem Doppeltschillingsplatze. Die Talglichter brannten in den Blechlampetten, der Stadtmusicus und seine Gesellen fiedelten; der Vorhang rollte in die Höhe.

Ein hochgewölbtes gotisches Zimmer zeigte sich. Vor einem aufgeschlagenen Folianten saß im langen schwarzen Talar der Doktor Faust und klagte bitter, daß ihm all seine Gelehrsamkeit so wenig einbringe; keinen heilen Rock habe er mehr am Leibe, und vor Schulden wisse er sich nicht zu lassen; so wolle er denn jetzo mit der Hölle sich verbinden. – ›Wer ruft nach mir?‹ ertönte zu seiner Linken eine furchtbare Stimme von der Wölbung des Gemaches herab. – ›Faust, Faust, folge nicht!‹ kam eine andere feine Stimme von der Rechten. – Aber Faust verschwor sich den höllischen Gewalten. – ›Weh, weh deiner armen Seele!‹ Wie ein seufzender

Windeshauch klang es von der Stimme des Engels; von der Linken schallte eine gellende Lache durchs Gemach. – – Da klopfte es an die Tür. ›Verzeihung, Euere Magnifizenz?‹ Fausts Famulus Wagner war eingetreten. Er bat, ihm für die grobe Hausarbeit die Annahme eines Gehülfen zu gestatten, damit er sich besser aufs Studieren legen könne. ›Es hat sich‹, sagte er, ›ein junger Mann bei mir gemeldet, welcher Kasperl heißt und gar fürtreffliche Qualitäten zu besitzen scheint.‹ – Faust nickte gnädig mit dem Kopfe und sagte: ›Sehr wohl, lieber Wagner, diese Bitte sei Euch gewährt.‹ Dann gingen beide miteinander fort. – –

›Pardauz!‹ rief es; und da war er. Mit einem Satz kam er auf die Bühne gesprungen, daß ihm das Felleisen auf dem Buckel hüpfte.

– – ›Gott sei gelobt!‹ dachte ich; ›er ist noch ganz gesund; er springt noch ebenso wie vorigen Sonntag in der Burg der schönen Genoveva!‹ Und seltsam, so sehr ich ihn am Vormittage in meinen Gedanken nur für eine schmähliche Holzpuppe erklärt hatte, mit seinem ersten Worte war der ganze Zauber wieder da.

Emsig spazierte er im Zimmer auf und ab. ›Wenn mich jetzt mein Vater Papa sehen tät‹, rief er, ›der würd sich was Rechts freuen. Immer pflegt er zu sagen: „Kasperl, mach, daß du dein Sach in Schwung bringst!" – Oh, jetzund hab ich's in Schwung; denn ich kann mein Sach haushoch werfen!‹ – Damit machte er Miene, sein Felleisen in die Höhe zu schleudern; und es flog auch wirklich, da es am Draht gezogen wurde, bis an die Deckenwölbung hinauf; aber – Kasperles Arme waren an seinem Leibe kleben geblieben; es ruckte und ruckte, aber sie kamen um keine Handbreit in die Höhe.

Kasperl sprach und tat nichts weiter. – Hinter der Bühne entstand eine Unruhe, man hörte leise aber heftig sprechen, der Fortgang des Stückes war augenscheinlich unterbrochen.

Mir stand das Herz still; da hatten wir die Bescherung! Ich wäre gern fortgelaufen, aber ich schämte mich. Und wenn gar dem Lisei meinetwegen etwas geschähe!

Da begann Kasperl auf der Bühne plötzlich ein klägliches Geheule, wobei ihm Kopf und Arme schlaff herunterhingen, und der Famulus Wagner erschien wieder und fragte ihn, warum er denn so lamentiere.

›Ach, mei Zahnerl, mei Zahnerl!‹ schrie Kasperl.

›Guter Freund‹, sagte Wagner, ›so laß Er sich einmal in das Maul sehen!‹ – Als er ihn hierauf bei der großen Nase packte und ihm zwischen die Kinnladen hineinschaute, trat auch der Doktor Faust wieder in das Zimmer. – ›Verzeihen Euere Magnifizenz‹, sagte Wagner, ›ich werde diesen jungen Mann in meinem Dienst nicht gebrauchen können; er muß sofort in das Lazarett geschafft werden!‹

›Is das a Wirtshaus?‹ fragte Kasperle.

›Nein, guter Freund‹, erwiderte Wagner, ›das ist ein Schlachthaus. Man wird Ihm dort einen Weisheitszahn aus der Haut schneiden, und dann wird Er seiner Schmerzen ledig sein.‹

›Ach, du liebs Herrgottl‹, jammerte Kasperl, ›muß mi arms Viecherl so ein Unglück treffen! Ein Weisheitszahnerl, sagt Ihr, Herr Famulus? Das hat noch keiner in der Famili gehabt! Da geht's wohl auch mit meiner Kasperlschaft zu End?‹

›Allerdings, mein Freund‹, sagte Wagner; ›eines Dieners mit Weisheitszähnen bin ich baß entraten; die Dinger sind nur für uns gelehrte Leute. Aber Er hat ja noch einen Brudersssohn, der sich auch bei mir zum Dienst gemeldet hat. Vielleicht‹, und er wandte sich gegen den Doktor Faust, ›erlauben Euere Magnifizenz!‹

Der Doktor Faust machte eine würdige Drehung mit dem Kopfe.

›Tut, was Euch beliebt, mein lieber Wagner‹, sagte er; ›aber stört mich nicht weiter mit Eueren Lappalien in meinem Studium der Magie!‹

– – ›Heere, mei Gutester‹, sagte ein Schneidergesell, der vor mir auf der Brüstung lehnte, zu seinem Nachbar, ›das geheert ja nicht zum Stück, ich kenn's, ich hab es vor ä Weilchen erst in Seifersdorf gesehn.‹ – Der andere aber sagte nur: ›Halt's Maul, Leipziger!‹ und gab ihm einen Rippenstoß.

– – Auf der Bühne war indessen Kasperle, der zweite, aufgetreten. Er hatte eine unverkennbare Ähnlichkeit mit seinem kranken Onkel, auch sprach er ganz genau wie dieser; nur fehlte ihm der bewegliche Daumen, und in seiner großen Nase schien er kein Gelenk zu haben.

Mir war ein Stein vom Herzen gefallen, als das Stück nun ruhig weiterspielte, und bald hatte ich alles um mich her vergessen. Der teuflische Mephistopheles erschien in seinem feuerfarbenen Mantel, das Hörnchen vor der Stirn, und Faust unterzeichnete mit seinem Blute den höllischen Vertrag:

›Vierundzwanzig Jahre sollst du mir dienen; dann will ich dein sein mit Leib und Seele.‹

Hierauf fuhren beide in des Teufels Zaubermantel durch die Luft davon. Für Kasperle kam eine ungeheuere Kröte mit Fledermausflügeln aus der Luft herab. ›Auf dem höllischen Sperling soll ich nach Parma reiten?‹ rief er, und als das Ding wackelnd mit dem Kopfe nickte, stieg er auf und flog den beiden nach.

– – Ich hatte mich ganz hinten an die Wand gestellt, wo ich besser über alle die Köpfe vor mir hinwegsehen konnte. Und jetzt rollte der Vorhang zum letzten Aufzug in die Höhe.

Endlich ist die Frist verstrichen. Faust und Kasper sind beide wieder in ihrer Vaterstadt. Kasper ist Nachtwächter geworden; er geht durch die dunkeln Straßen und ruft die Stunden ab:

›Hört, ihr Herrn, und laßt euch sagen,
Meine Frau hat mich geschlagen;
Hüt't euch vor dem Weiberrock!
Zwölf ist der Klock! Zwölf ist der Klock!‹

Von fern hört man eine Glocke Mitternacht schlagen. Da wankt Faust auf die Bühne; er versucht zu beten, aber nur Heulen und Zähneklappen tönt aus seinem Halse. Von oben ruft eine Donnerstimme:

›Fauste, Fauste, in aeternum damnatus es!‹

Eben fuhren im Feuerregen drei schwarzhaarige Teufel herab, um sich des Armen zu bemächtigen, da fühlte ich eins der Bretter zu meinen Füßen sich verschieben. Als ich mich bückte, um es zurechtzubringen, glaubte ich aus dem dunkeln Raume unter mir ein Geräusch zu hören; ich horchte näher hin; es klang wie das Schluchzen einer Kinderstimme. – ›Lisei!‹ dachte ich; ›wenn es Lisei wäre!‹ Wie ein Stein fiel meine ganze Untat mir wieder aufs Gewissen; was kümmerte mich jetzt der Doktor Faust und seine Höllenfahrt!

Unter heftigem Herzklopfen drängte ich mich durch die Zuschauer und ließ mich seitwärts an dem Brettergerüst herabgleiten. Rasch schlüpfte ich in den darunter befindlichen Raum, in welchem ich an der Wand entlang ganz aufrecht gehen konnte; aber es war fast dunkel, so daß ich mich an den überall untergestellten Latten und Balken stieß. ›Lisei!‹ rief ich. Das Schluchzen, das ich eben noch gehört hatte, wurde plötzlich still; aber dort in dem tiefsten Winkel sah ich etwas sich bewegen. Ich tastete mich weiter bis an das Ende des Raumes, und – da saß sie, zusammengekauert, das Köpfchen in den Schoß gedrückt.

Ich zupfte sie am Kleide. ›Lisei!‹ sagte ich leise, ›bist du es? Was machst du hier?‹

Sie antwortete nicht, sondern begann wieder vor sich hin zu schluchzen.

›Lisei‹, fragte ich wieder; ›was fehlt dir? So sprich doch nur ein einziges Wort!‹

Sie hob den Kopf ein wenig. ›Was soll i da red'n!‹ sagte sie; ›du weißt's ja von selber, daß du den Wurstl hast verdreht.‹

›Ja, Lisei‹, antwortete ich kleinlaut; ›ich glaub es selber, daß ich das getan habe.‹

– ›Ja, du! – Und i hab dir's doch g'sagt!‹

›Lisei, was soll ich tun?‹

– ›Nu, halt nix!‹

›Aber was soll denn daraus werden?‹

– ›Nu, halt aa nix!‹ Sie begann wieder laut zu weinen. ›Aber i – wenn i z' Haus komm – da krieg i die Peitsch'n!‹

›Du die Peitsche, Lisei!‹ – Ich fühlte mich ganz vernichtet. ›Aber ist dein Vater denn so strenge?‹

›Ach, mei guts Vaterl!‹ schluchzte Lisei.

Also die Mutter! Oh, wie ich, außer mir selber, diese Frau haßte, die immer mit ihrem Holzgesichte an der Kasse saß!

Von der Bühne hörte ich Kasperl, den zweiten, rufen: ›Das Stück ist aus! Komm, Gret'l, laß uns Kehraus tanzen!‹ Und in demselben Augenblick begann auch über unsern Köpfen das Scharren und Trappeln mit den Füßen, und bald polterte alles von den Bänken herunter und drängte sich dem Ausgange zu; zuletzt kam der Stadtmusicus mit seinen Gesellen, wie ich aus dem Tönen des Brummbasses hörte, mit dem sie beim Fortgehen an den Wänden anstießen. Dann allmählich wurde es still, nur hinten auf der Bühne hörte man noch die Tendlerschen Eheleute miteinander reden und wirtschaften. Nach einer Weile kamen auch sie in den Zuschauerraum; sie schienen erst an den Musikantenpulten, dann an den Wänden die Lichter auszuputzen; denn es wurde allmählich immer finsterer.

›Wenn i nur wüßt, wo die Lisei abblieben ist!‹ hörte ich Herrn Tendler zu seiner an der gegenüberliegenden Wand beschäftigten Frau hinüberrufen.

›Wo sollt' sie sein!‹ rief diese wieder; ›'s ist 'n störrig Ding; ins Quartier wird sie gelaufen sein!‹

›Frau‹, antwortete der Mann, ›du bist auch zu wüst mit dem Kind gewesen; sie hat doch halt so a weichs Gemüt!‹

›Ei was‹, rief die Frau; ›ihr' Straf muß sie hab'n; sie weiß recht gut, daß die schöne Marionett noch von mei'm Vater selig ist! Du wirst sie nit wieder kurieren, und der zweit' Kasper ist doch halt nur ein Notknecht!‹

Die lauten Wechselreden hallten in dem leeren Saale wider. Ich hatte mich neben Lisei hingekauert; wir hatten uns bei den Händen gefaßt und saßen mäuschenstille.

›G'schieht mir aber schon recht‹, begann wieder die Frau, die eben gerade über unsern Köpfen stand, ›warum hab ich's gelitten, daß du das gotteslästerlich Stück heute wieder aufgeführt hast! Mein Vater selig hat's nimmer wollen in seinen letzten Jahren!‹

›Nu, nu, Resel!‹ rief Herr Tendler von der andern Wand; ›dein Vater war ein b'sondrer Mann. Das Stück gibt doch allfort eine gute Cassa; und ich mein', es ist doch auch a Lehr und Beispiel für die vielen Gottlosen in der Welt!‹

›Ist aber bei uns zum letztenmal heut geb'n. Und nu red mir nit mehr davon!‹ erwiderte die Frau.

Herr Tendler schwieg. – Es schien jetzt nur noch ein Licht zu brennen, und die beiden Eheleute näherten sich dem Ausgange.

›Lisei‹, flüsterte ich, ›wir werden eingeschlossen.‹

›Laß!‹ sagte sie, ›i kann nit; i geh nit furt!‹

›Dann bleib ich auch!‹

– ›Aber dei Vater und Mutter!‹

›Ich bleib doch bei dir!‹

Jetzt wurde die Tür des Saales zugeschlagen; – dann ging's die Treppe hinab, und dann hörten wir, wie draußen auf der Straße die große Haustür abgeschlossen wurde.

Da saßen wir denn. Wohl eine Viertelstunde saßen wir so, ohne auch nur ein Wort miteinander zu reden. Zum Glück fiel mir ein, daß sich noch zwei Heißewecken in meiner Tasche befanden, die ich für einen meiner Mutter abgebettelten Schilling auf dem Herwege gekauft und über all dem Schauen ganz vergessen hatte: Ich steckte Lisei den einen in ihre kleinen Hände; sie nahm ihn schweigend, als verstehe es sich von selbst, daß ich das Abendbrot besorge, und wir schmausten eine Weile. Dann war auch das zu Ende. – Ich stand auf und sagte: ›Laß uns hinter die Bühne gehen; da wird's heller sein; ich glaub, der Mond scheint draußen!‹ Und Lisei ließ sich geduldig durch die kreuz und quer stehenden Latten von mir in den Saal hinausleiten.

Als wir hinter der Verkleidung in den Bühnenraum geschlüpft waren, schien dort vom Garten her das helle Mondlicht in die Fenster.

An dem Drahtseil, an dem am Vormittage nur die beiden Puppen gehangen hatten, sah ich jetzt alle, die vorhin im

Stück aufgetreten waren. Da hing der Doktor Faust mit seinem scharfen blassen Gesicht, der gehörnte Mephistopheles, die drei kleinen schwarzhaarigen Teufelchen, und dort neben der geflügelten Kröte waren auch die beiden Kasperls. Ganz stille hingen sie da in der bleichen Mondscheinbeleuchtung; fast wie Verstorbene kamen sie mir vor. Der Hauptkasperl hatte zum Glück wieder seinen breiten Nasenschnabel auf der Brust liegen, sonst hätte ich geglaubt, daß seine Blicke mich verfolgen müßten.

Nachdem Lisei und ich eine Weile, nicht wissend, was wir beginnen sollten, an dem Theatergerüste umhergestanden und -geklettert waren, lehnten wir uns nebeneinander auf die Fensterbank. – Es war Unwetter geworden; am Himmel, gegen den Mond stieg eine Wolkenbank empor; drunten im Garten konnte man die Blätter zu Haufen von den Bäumen wehen sehen.

›Guck‹, sagte Lisei nachdenklich, ›wie's da aufi g'schwomma kimmt! Da kann mei alte gute Bas' nit mehr vom Himm'l abi schaun.‹

›Was für eine alte Bas', Lisei?‹ fragte ich.

– ›Nu, wo i g'west bin, bis sie halt g'storb'n ist.‹

Dann blickten wir wieder in die Nacht hinaus. – Als der Wind gegen das Haus und auf die kleinen undichten Fensterscheiben stieß, fing hinter mir an dem Drahtseil die stille Gesellschaft mit ihren hölzernen Gliedern an zu klappern. Ich drehte mich unwillkürlich um und sah nun, wie sie, vom Zugwind bewegt, mit den Köpfen wackelten und die steifen Arm' und Beine durcheinander regten. Als aber plötzlich der kranke Kasperl seinen Kopf zurückschlug und mich mit seinen weißen Augen anstierte, da dachte ich, es sei doch besser, ein wenig an die Seite zu gehen.

Unweit vom Fenster, aber so, daß die Kulissen dort vor dem Anblick dieser schwebenden Tänzer schützen mußten, stand die große Kiste; sie war offen; ein paar wollene Decken, vermutlich zum Verpacken der Puppen bestimmt, lagen nachlässig darüber hingeworfen.

Als ich mich eben dorthin begeben hatte, hörte ich Lisei vom Fenster her so recht aus Herzensgrunde gähnen.

›Bist du müde, Lisei?‹ fragte ich.

›O nein‹, erwiderte sie, indem sie ihre Ärmchen fest zusammenschränkte; ›aber i frier halt!‹

Und wirklich, es war kalt geworden in dem großen leeren Raume, auch mich fror. ›Komm hieher!‹ sagte ich, ›wir wollen uns in die Decken wickeln.‹

Gleich darauf stand Lisei bei mir und ließ sich geduldig von mir in die eine Decke wickeln; sie sah aus wie eine Schmetterlingspuppe, nur daß oben noch das allerliebste Gesichtchen herausguckte. ›Weißt‹, sagte sie und sah mich mit zwei großen müden Augen an, ›i steig ins Kistl, da hält's warm!‹

Das leuchtete auch mir ein; im Verhältnis zu der wüsten Umgebung winkte hier sogar ein traulicher Raum, fast wie ein dichtes Stübchen. Und bald saßen wir armen törichten Kinder wohlverpackt und dicht aneinandergeschmiegt in der hohen Kiste. Mit Rücken und Füßen hatten wir uns gegen die Seitenwände gestemmt; in der Ferne hörten wir die schwere Saaltür in den Falzen klappen; wir aber saßen ganz sicher und behaglich.

›Friert dich noch, Lisei?‹ fragte ich.

›Ka bisserl!‹

Sie hatte ihr Köpfchen auf meine Schulter sinken lassen; ihre Augen waren schon geschlossen. ›Was wird mei guts Vaterl –‹, lallte sie noch; dann hörte ich an ihren gleichmäßigen Atemzügen, daß sie eingeschlafen war.

Ich konnte von meinem Platze aus durch die oberen Scheiben des einen Fensters sehen. Der Mond war aus seiner Wolkenhülle wieder hervorgeschwommen, in der er eine Zeitlang verborgen gewesen war; die alte Bas' konnte jetzt wieder vom Himmel herunterschauen, und ich denke wohl, sie hat's recht gern getan. Ein Streifen Mondlicht fiel auf das Gesichtchen, das nahe an dem meinen ruhte; die schwarzen Augenwimpern lagen wie seidene Fransen auf den Wangen, der kleine rote Mund atmete leise, nur mitunter zuckte noch ein kurzes

Schluchzen aus der Brust herauf; aber auch das verschwand; die alte Bas' schaute gar so mild vom Himmel. – Ich wagte mich nicht zu rühren. ›Wie schön müßte es sein‹, dachte ich, ›wenn das Lisei deine Schwester wäre, wenn sie dann immer bei dir bleiben könnte!‹ Denn ich hatte keine Geschwister, und wenn ich auch nach Brüdern kein Verlangen trug, so hatte ich mir doch oft das Leben mit einer Schwester in meinen Gedanken ausgemalt, und konnte es nie begreifen, wenn meine Kameraden mit denen, die sie wirklich besaßen, in Zank und Schlägerei gerieten.

Ich muß über solchen Gedanken doch wohl eingeschlafen sein; denn ich weiß noch, wie mir allerlei wildes Zeug geträumt hat. Mir war, als säße ich mitten in dem Zuschauerraum, die Lichter an den Wänden brannten, aber niemand außer mir saß auf den leeren Bänken. Über meinem Kopfe, unter der Balkendecke des Saales, ritt Kasperl auf dem höllischen Sperling in der Luft herum und rief einmal übers andere: ›Schlimms Brüderl! Schlimms Brüderl!‹ oder auch mit kläglicher Stimme: ›Mein Arm! Mein Arm!‹

Da wurde ich von einem Lachen aufgeweckt, das über meinem Kopfe erschallte; vielleicht auch von dem Lichtschein, der mir plötzlich in die Augen fiel. ›Nun seh mir einer dieses Vogelnest!‹ hörte ich die Stimme meines Vaters sagen, und dann etwas barscher: ›Steig heraus, Junge!‹

Das war der Ton, der mich stets mechanisch in die Höhe trieb. Ich riß die Augen auf und sah meinen Vater und das Tendlersche Ehepaar an unserer Kiste stehen; Herr Tendler trug eine brennende Laterne in der Hand. Meine Anstrengung, mich zu erheben, wurde indessen durch Lisei vereitelt, die, noch immer fortschlafend, mit ihrer ganzen kleinen Last mir auf die Brust gesunken war. Als sich aber jetzt zwei knochige Arme ausstreckten, um sie aus der Kiste herauszuheben, und ich das Holzgesicht der Frau Tendler sich auf uns niederbeugen sah, da schlug ich die Arme so ungestüm um meine kleine Freundin, daß ich dabei der guten Frau fast ihren alten italienischen Strohhut vom Kopfe gerissen hätte.

›Nu, nu, Bub!‹ rief sie und trat einen Schritt zurück; ich aber, aus unserer Kiste heraus, erzählte mit geflügelten Worten, und ohne mich dabei zu schonen, was am Vormittag geschehen war.

›Also, Madame Tendler‹, sagte mein Vater, als ich mit meinem Bericht zu Ende war, und machte zugleich eine sehr verständliche Handbewegung, ›da könnten Sie es mir ja wohl überlassen, dieses Geschäft allein mit meinem Jungen abzumachen.‹

›Ach ja, ach ja!‹ rief ich eifrig, als wenn mir soeben der angenehmste Zeitvertreib verheißen wäre.

Lisei war indessen auch erwacht und von ihrem Vater auf den Arm genommen worden. Ich sah, wie sie die Arme um seinen Hals schlang und ihm bald eifrig ins Ohr flüsterte, bald ihm zärtlich in die Augen sah oder wie beteuernd mit dem Köpfchen nickte. Gleich darauf ergriff auch der Puppenspieler die Hand meines Vaters. ›Lieber Herr‹, sagte er, ›die Kinder bitten füreinander. Mutter, du bist ja auch nit gar so schlimm! Lassen wir es diesmal halt dabei!‹

Madame Tendler sah indes noch immer unbeweglich aus ihrem großen Strohhute. ›Du magst selb schauen, wie du ohne den Kasperl fertig wirst!‹ sagte sie mit einem strengen Blick auf ihren Mann.

In dem Antlitz meines Vaters sah ich ein gewisses lustiges Augenzwinkern, das mir Hoffnung machte, es werde das Unwetter diesmal so an mir vorüberziehen; und als er jetzt sogar versprach, am andern Tage seine Kunst zur Herstellung des Invaliden aufzubieten, und dabei Madame Tendlers italienischer Strohhut in die holdseligste Bewegung geriet, da war ich sicher, daß wir beiderseits im Trocknen waren.

Bald marschierten wir unten durch die dunkeln Gassen, Herr Tendler mit der Laterne voran, wir Kinder Hand in Hand den Alten nach. – Dann: ›Gut Nacht, Paul! Ach, will i schlaf'n!‹ Und weg war das Lisei; ich hatte gar nicht gemerkt, daß wir schon bei unseren Wohnungen angekommen waren.

Am andern Vormittage, als ich aus der Schule gekommen war, traf ich Herrn Tendler mit seinem Töchterchen schon in unserer Werkstatt. ›Nun, Herr Kollege‹, sagte mein Vater, der eben das Innere der Puppe untersuchte, ›das sollte denn doch schlimm zugehen, wenn wir zwei Mechanici den Burschen hier nicht wieder auf die Beine brächten!‹

›Gel, Vater‹, rief das Lisei, ›da werd aa die Mutter nit mehr brumm'n.‹

Herr Tendler strich zärtlich über das schwarze Haar des Kindes; dann wendete er sich zu meinem Vater, der ihm die Art der beabsichtigten Reparatur auseinandersetzte. ›Ach, lieber Herr‹, sagte er, ›ich bin kein Mechanicus, den Titel hab ich nur so mit den Puppen überkommen; ich bin eigentlich meines Zeichens ein Holzschnitzer aus Berchtesgaden. Aber mein Schwiegervater selig – Sie haben gewiß von ihm gehört – das war halt einer, und mein Reserl hat noch allweg ihr kleins Gaudi, daß sie die Tochter vom berühmten Puppenspieler Geißelbrecht ist. Der hat auch die Mechanik in dem Kasperl da g'macht; ich hab ihm derzeit nur 's G'sichtl ausgeschnitten.‹

›Ei nun, Herr Tendler‹, erwiderte mein Vater, ›das ist ja auch schon eine Kunst. Und dann – sagt mir nur, wie war's denn möglich, daß Ihr Euch gleich zu helfen wußtet, als die Schandtat meines Jungen da so mitten in dem Stück zum Vorschein kam?‹

Das Gespräch begann mir etwas unbehaglich zu werden; in Herrn Tendlers gutmütigem Angesicht aber leuchtete plötzlich die ganze Schelmerei des Puppenspielers. ›Ja, lieber Herr‹, sagte er, ›da hat man halt für solche Fäll sein Gspaßerl in der Taschen! Auch ist da noch so ein Bruderssöhnerl, ein Wurstl Nummer zwei, der grad 'ne solche Stimm hat wie dieser da!‹

Ich hatte indessen die Lisei am Kleide gezupft und war glücklich mit ihr nach unserem Garten entkommen. Hier unter der Linde saßen wir, die auch über uns beide jetzt ihr grünes Dach ausbreitet; nur blühten damals nicht mehr die roten Nelken auf den Beeten dort; aber ich weiß noch wohl, es war ein sonniger Septembernachmittag. Meine Mutter kam aus ihrer Küche und begann ein Gespräch mit dem Puppenspielerkinde; sie hatte denn doch auch so ihre kleine Neugierde.

Wie es denn heiße, fragte sie, und ob es denn schon immer so von Stadt zu Stadt gefahren sei? – – Ja, Lisei heiße es – ich hatte das meiner Mutter auch schon oft genug gesagt – aber dies sei seine erste Reis'; drum könne es auch das Hochdeutsch noch nit so völlig firti krieg'n. – – Ob es denn auch zur Schule gegangen sei? – – Freili; es sei scho zur Schul gang'n; aber das Nähen und Stricken habe es von seiner alten Bas' gelernt; die habe auch so a Gärtl g'habt, da drin hätten sie zusammen auf dem Bänkerl gesessen; nun lerne es bei der Mutter, aber die sei gar streng!

Meine Mutter nickte beifällig. – Wie lange ihre Eltern denn wohl hier verweilen würden? fragte sie das Lisei wieder. – – Ja, das wüßt es nit, das käme auf die Mutter an; doch pflegten sie so ein vier Wochen am Ort zu bleiben. – – Ja, ob's denn auch ein warmes Mäntelchen für die Weiterreise habe? denn so im Oktober würde es schon kalt auf dem offenen Wägelchen. – – Nun, meinte Lisei, ein Mäntelchen habe sie schon, aber ein dünnes sei es nur; es hab sie auch schon darin gefroren auf der Herreis'.

Und jetzt befand sich meine gute Mutter auf dem Fleck, wonach ich sie schon lange hatte zustreben sehen. ›Hör, kleine Lisei‹, sagte sie, ›ich habe einen braven Mantel in meinem Schranke hängen, noch von den Zeiten her, da ich ein schlankes Mädchen war; ich bin aber jetzt herausgewachsen und habe keine Tochter, für die ich ihn noch zurechtschneidern könnte. Komm nur morgen wieder, Lisei, da steckt ein warmes Mäntelchen für dich darin.‹

Lisei wurde rot vor Freude und hatte im Umsehen meiner Mutter die Hand geküßt, worüber diese ganz verlegen wurde; denn du weißt, hierzulande verstehen wir uns schlecht auf solche Narreteien! – Zum Glück kamen jetzt die beiden Männer aus der Werkstatt. ›Für diesmal gerettet‹, rief mein Vater; ›aber – –!‹ Der warnend gegen mich geschüttelte Finger war das Ende meiner Buße.

Fröhlich lief ich ins Haus und holte auf Geheiß meiner Mutter deren großes Umschlagetuch; denn um den kaum Genesenen vor dem zwar wohlgemeinten, aber immerhin unbequemen Zujauchzen der Gassenjugend zu bewahren, das ihn auf seinem Herwege begleitet hatte, wurde der Kasper jetzt sorgsam eingehüllt; dann nahm Lisei ihn auf den Arm, Herr Tendler das Lisei an der Hand, und so, unter Dankesversicherungen, zogen sie vergnügt die Straße nach dem Schützenhof hinab.

Und nun begann eine Zeit des schönsten Kinderglückes. – Nicht nur am andern Vormittage, sondern auch an den folgenden Tagen kam das Lisei; denn sie hatte nicht abgelassen, bis ihr gestattet worden, auch selbst an ihrem neuen Mäntelchen zu nähen. Zwar war's wohl mehr nur eine Scheinarbeit, die meine Mutter in ihre kleinen Hände legte; aber sie meinte doch, das Kind müßte recht ordentlich angehalten sein. Ein paarmal setzte ich mich daneben und las aus einem Bande von Weißens Kinderfreunde vor, den mein Vater einmal auf einer Auktion für mich gekauft hatte, zum Entzücken Liseis, der solche Unterhaltungsbücher noch unbekannt waren. ›Das is g'schickt!‹ oder ›Ei du, was geit's für Sachan auf der Welt!‹ Dergleichen Worte rief sie oft dazwischen und legte die Hände mit ihrer Näharbeit in den Schoß. Mitunter sah sie mich auch von unten mit ganz klugen Augen an und sagte: ›Ja, wenn's Geschichtl nur nit derlog'n is!‹ – Mir ist's, als hörte ich es noch heute.«

– – Der Erzähler schwieg, und in seinem schönen männlichen Antlitz sah ich einen Ausdruck stillen Glücks, als sei das alles, was er mir erzählte, zwar vergangen, aber keineswegs verloren. Nach einer Weile begann er wieder:

»Meine Schularbeiten machte ich niemals besser als in jener Zeit; denn ich fühlte wohl, daß das Auge meines Vaters mich strenger als je überwachte, und daß ich mir den Verkehr mit den Puppenspielerleuten nur um den Preis eines strengen Fleißes erhalten könne. ›Es sind reputierliche Leute, die Tendlers‹, hörte ich einmal meinen Vater sagen; ›der Schneiderwirt drüben hat ihnen auch heute ein ordentliches Stübchen eingeräumt; sie zahlen jeden Morgen ihre Zeche; nur, meinte der Alte, sei es leider blitzwenig, was sie draufgehen ließen. – Und das‹, setzte mein Vater hinzu, ›gefällt mir besser als dem Herbergsvater; sie mögen an den Notpfennig denken, was sonst nicht die Art solcher Leute ist.‹ – – Wie gern hörte ich meine Freunde loben! Denn das waren sie jetzt alle; sogar Madame Tendler nickte ganz vertraulich aus ihrem Strohhute, wenn ich – keiner Einlaßkarte mehr bedürftig – abends an ihrer Kasse vorbei in den Saal schlüpfte. – Und wie rannte ich jetzt vormittags aus der Schule! Ich wußte wohl, zu Hause traf ich das Lisei entweder bei meiner Mutter in der Küche, wo sie allerlei kleine Dienste für sie zu verrichten wußte, oder es saß auf der Bank im Garten, mit einem Buche oder mit einer Näharbeit in der Hand. Und bald wußte ich sie auch in meinem Dienste zu beschäftigen; denn nachdem ich mich genügend in den innern Zusammenhang der Sache eingeweiht glaubte, beabsichtigte ich nichts Geringeres, als nun auch meinerseits ein Marionettentheater einzurichten. Vorläufig begann ich mit dem Ausschnitzen der Puppen, wobei Herr Tendler, nicht ohne eine gutmütige Schelmerei in seinen kleinen Augen, mir in der Wahl des Holzes und der Schnitzmesser mit Rat und Hülfe zur Hand ging; und bald ragte auch in der Tat eine mächtige Kasperlenase aus dem Holzblöckchen in die Welt. Da aber andererseits der Nankinganzug des ›Wurstl‹ mir zu wenig interessant erschien, so mußte indessen das Lisei aus ›Fetz'ln‹, die wiederum der alte Gabriel hatte hergeben müssen, gold- und silberbesetzte Mäntel und Wämser für Gott weiß welche andere künftige Puppen anfertigen. Mitunter trat auch der alte Heinrich mit seiner kurzen Pfeife aus der Werkstatt zu uns, ein Geselle meines Vaters, der, solang ich denken konnte, zur Familie gehörte; er nahm mir dann wohl das Messer aus der Hand und gab durch ein paar Schnitte dem Dinge hie und da den rechten Schick. Aber schon wollte meiner Phantasie selbst der Tendlersche Haupt- und Prinzipalkasperl nicht mehr genügen; ich wollte noch ganz etwas anderes leisten; für den meinigen ersann ich noch drei weitere, nie dagewesene und höchst wirkungsvolle Gelenke, er sollte seitwärts mit dem Kinne wackeln, die Ohren hin- und herbewegen und die Unterlippe auf- und abklappen können; und er wäre auch jedenfalls ein ganz unerhörter Prachtkerl geworden, wenn er nur nicht schließlich über all seinen Gelenken schon in der Geburt zugrunde gegangen wäre. Auch sollte leider weder der Pfalzgraf Siegfried noch irgendein anderer Held des Puppenspiels durch meine Hand zu einer fröhlichen Auferstehung gelangen. – Besser glückte es mir mit dem Bau einer unterirdischen Höhle, in der ich an kalten Tagen mit Lisei auf einem Bänkchen zusammensaß und ihr bei dem spärlichen Lichte, das durch eine oben angebrachte Fensterscheibe fiel, die Geschichten aus dem Weißeschen Kinderfreunde vorlas, die sie immer von neuem hören konnte. Meine Kameraden neckten mich wohl und schalten mich einen Mädchenknecht, weil ich, statt wie sonst mit ihnen, jetzt mit der Puppenspielertochter meine Zeit zubrachte. Mich kümmerte das wenig; wußte ich doch, es redete nur der Neid aus ihnen, und wo es mir zu arg wurde, da brauchte ich denn auch einmal ganz wacker meine Fäuste.

– – Aber alles im Leben ist nur für eine Spanne Zeit. Die Tendlers hatten ihre Stücke durchgespielt; die Puppenbühne auf dem Schützenhofe wurde abgebrochen; sie rüsteten sich zum Weiterziehen.

Und so stand ich denn an einem stürmischen Oktobernachmittage draußen vor unserer Stadt auf dem hohen Heiderücken, sah bald traurig auf den breiten Sandweg, der nach Osten in die kahle Gegend hinausläuft, bald sehnsüchtig nach der Stadt zurück, die in Dunst und Nebel in der Niederung lag. Und da kam es herangetrabt, das kleine Wägelchen mit den zwei hohen Kisten darauf und dem munteren braunen Pferdchen in der Gabeldeichsel. Herr Tendler saß jetzt vorn auf einem Brettchen, hinter ihm Lisei in dem neuen warmen Mäntelchen neben ihrer Mutter. – Ich hatte schon vor der Herberge von ihnen Abschied genommen; dann aber war ich vorausgelaufen, um sie alle noch einmal zu sehen und um Lisei, wozu ich von meinem Vater die Erlaubnis erhalten hatte, den Band von Weißens Kinderfreunde als Angedenken mitzugeben; auch eine Düte mit Kuchen hatte ich um einige ersparte Sonntagssechslinge für sie eingehandelt. ›Halt! Halt!‹ rief ich jetzt und stürzte von meinem Heidehügel auf das Fuhrwerk zu. – Herr Tendler zog die Zügel an, der Braune stand, und ich reichte Lisei meine kleinen Geschenke in den Wagen, die sie neben sich auf den Stuhl legte. Als wir uns aber, ohne ein Wort zu sagen, an beiden Händen griffen, da brachen wir armen Kinder in ein lautes Weinen aus. Doch in demselben Augenblicke peitschte auch schon Herr Tendler auf sein Pferdchen. ›Ade, mein Bub! Bleib brav und dank aa no schön dei'm Vaterl und dei'm Mutterl!‹

›Ade! Ade!‹ rief das Lisei; das Pferdchen zog an, das Glöckchen an seinem Halse bimmelte; ich fühlte die kleinen Hände aus den meinen gleiten, und fort fuhren sie, in die weite Welt hinaus.

Ich war wieder am Rande des Weges emporgestiegen und blickte unverwandt dem Wägelchen nach, wie es durch den stäubenden Sand dahinzog. Immer schwächer hörte ich das Gebimmel des Glöckchens; einmal noch sah ich ein weißes Tüchelchen um die Kisten flattern; dann allmählich verlor es sich mehr und mehr in den grauen Herbstnebeln. – Da fiel es plötzlich wie eine Todesangst mir auf das Herz: du siehst sie nimmer, nimmer wieder! – – ›Lisei!‹ schrie ich, ›Lisei!‹ – Als aber dessenungeachtet, vielleicht wegen einer Biegung der Landstraße, der nur noch im Nebel schwimmende Punkt jetzt völlig meinen Augen entschwand, da rannte ich wie unsinnig auf dem Wege hinterdrein. Der Sturm riß mir die Mütze vom Kopf, meine Stiefel füllten sich mit Sand; aber so weit ich laufen mochte, ich sah nichts anderes als die öde baumlose Gegend und den kalten grauen Himmel, der darüberstand. – Als ich endlich bei einbrechender Dunkelheit zu Hause wieder angelangt war, hatte ich ein Gefühl, als sei die ganze Stadt indessen ausgestorben. Es war eben der erste Abschied meines Lebens.

Wenn in den nun folgenden Jahren der Herbst wiederkehrte, wenn die Krammetsvögel durch die Gärten unserer Stadt flogen und drüben vor der Schneiderherberge die ersten gelben Blätter von den Lindenbäumen wehten, dann saß ich wohl manches Mal auf unserer Bank und dachte, ob nicht endlich einmal das Wägelchen mit dem braunen Pferdchen wie damals wieder die Straße heraufgebimmelt kommen würde.

Aber ich wartete umsonst; das Lisei kam nicht wieder.

Es war um zwölf Jahre später. – Ich hatte nach der Rechenmeisterschule, wie es damals manche Handwerkersöhne zu tun pflegten, auch noch die Quarta unserer Gelehrtenschule durchgemacht und war dann bei meinem Vater in die Lehre getreten. Auch diese Zeit, in der ich mich, außer meinem Handwerk, vielfach mit dem Lesen guter Bücher beschäftigte, war vorübergegangen. Jetzt, nach dreijähriger Wanderschaft, befand ich mich in einer mitteldeutschen Stadt. Es war streng katholisch dort, und in dem Punkte verstanden sie keinen Spaß; wenn man vor ihren Prozessionen, die mit Gesang und Heiligenbildern durch die Straßen zogen, nicht selbst den Hut abnahm, so wurde er einem auch wohl heruntergeschlagen; sonst aber waren es gute Leute. – Die Frau Meisterin, bei der ich in Arbeit stand, war eine Witwe, deren Sohn gleich mir in der Fremde arbeitete, um die nach den Zunftgesetzen vorgeschriebenen Wanderjahre bei der späteren Bewerbung um das Meisterrecht nachweisen zu können. Ich hatte es gut in diesem Hause; die Frau tat mir, wovon sie wünschen mochte, daß es in der Ferne andere Leute an ihrem Kinde tun möchten, und bald war unter uns das Vertrauen so gewachsen, daß das Geschäft so gut wie ganz in meinen Händen lag. – Jetzt steht unser Joseph dort bei ihrem Sohn in Arbeit, und die Alte, so hat er oft geschrieben, hätschelt mit ihm, als wäre sie die leibhaftige Großmutter zu dem Jungen.

– – Nun, damals saß ich eines Sonntagnachmittags mit meiner Frau Meisterin in der Wohnstube, deren Fenster der Tür des großen Gefangenhauses gegenüberlagen. Es war im Januar; das Thermometer stand zwanzig Grad unter Null; draußen auf der Gasse war kein Mensch zu sehen; mitunter kam der Wind pfeifend von den nahen Bergen herunter und jagte kleine Eisstücke klingend über das Straßenpflaster.

›Da behagt 'n warmes Stübchen und 'n heißes Schälchen Kaffee‹, sagte die Meisterin, indem sie mir die Tasse zum dritten Male vollschenkte.

Ich war ans Fenster getreten. Meine Gedanken gingen in die Heimat; nicht zu lieben Menschen, die hatte ich dort nicht mehr, das Abschiednehmen hatte ich jetzt gründlich gelernt. Meiner Mutter war mir noch vergönnt gewesen selbst die Augen zuzudrücken; vor einigen Wochen hatte ich nun auch den Vater verloren, und bei dem damals noch so langwierigen Reisen hatte ich ihn nicht einmal zu seiner Ruhestatt begleiten können. Aber die väterliche Werkstatt wartete auf den Sohn ihres heimgegangenen Meisters. Indes, der alte Heinrich war noch da und konnte mit Genehmigung der Zunftmeister die Sache schon eine kurze Zeitlang aufrechthalten; und so hatte ich denn auch meiner guten Meisterin versprochen, noch ein paar Wochen bis zum Eintreffen ihres Sohnes bei ihr auszuhalten. Aber Ruhe hatte ich nicht mehr, das frische Grab meines Vaters duldete mich nicht länger in der Fremde.

In diesen Gedanken unterbrach mich eine scharfe scheltende Stimme drüben von der Straße her. Als ich aufblickte, sah ich das schwindsüchtige Gesicht des Gefängnisinspektors sich aus der halbgeöffneten Tür des Gefangenhauses hervorrecken; seine erhobene Faust drohte einem jungen Weibe, das, wie es schien, fast mit Gewalt in diese sonst gefürchteten Räume einzudringen strebte.

›Wird wohl was Liebes drinnen haben‹, sagte die Meisterin, die von ihrem Lehnstuhle aus ebenfalls dem Vorgange zugesehen hatte; ›aber der alte Sünder da drüben hat kein Herz für die Menschheit.‹

›Der Mann tut wohl nur seine Pflicht, Frau Meisterin‹, sagte ich, noch immer in meinen eigenen Gedanken.

›Ich möcht nicht solche Pflicht zu tun haben‹, erwiderte sie und lehnte sich fast zornig in ihren Stuhl zurück.

Drüben war indes die Tür des Gefangenhauses zugeschlagen, und das junge Weib, nur mit einem kurzen wehenden Mäntelchen um die Schultern und einem schwarzen Tüchelchen um den Kopf geknotet, ging langsam die übereiste Straße hinab. – Die Meisterin und ich waren schweigend auf unserem Platz geblieben; ich glaube – denn auch meine Teilnahme war jetzt erweckt –, es war uns beiden, als ob wir helfen müßten und nur nicht wüßten, wie.

Als ich eben vom Fenster zurücktreten wollte, kam das Weib wieder die Straße herauf. Vor der Tür des Gefangenhauses blieb sie stehen und setzte zögernd einen Fuß auf den zur Schwelle führenden Treppenstein; dann aber wandte sie den Kopf zurück, und ich sah ein junges Antlitz, dessen dunkle Augen mit dem Ausdruck ratlosester Verlassenheit über die leere Gasse streiften; sie schien doch nicht den Mut zu haben, noch einmal der drohenden Beamtenfaust entgegenzutreten. Langsam und immer wieder nach der geschlossenen Tür zurückblickend, setzte sie ihren Weg fort; man sah es deutlich, sie wußte selbst nicht, wohin. Als sie jetzt aber an der Ecke der Gefangenanstalt in das nach der Kirche hinaufführende Gäßchen einbog, riß ich unwillkürlich meine Mütze vom Türhaken, um ihr nachzugehen.

›Ja, ja, Paulsen, das ist das Rechte!‹ sagte die gute Meisterin; ›geht nur, ich werde derweil den Kaffee wieder heiß setzen!‹

Es war grimmig kalt, als ich aus dem Hause trat; alles schien wie ausgestorben; von dem Berge, der am Ende der Straße die Stadt überragt, sah fast drohend der schwarze Tannenwald herab; vor den Fensterscheiben der meisten Häuser saßen die weißen Eisgardinen; denn nicht jeder hatte, wie meine Meisterin, die Gerechtigkeit von fünf Klaftern Holz auf seinem Hause. – Ich ging durch das Gäßchen nach dem Kirchenplatz; und dort vor dem großen hölzernen Kruzifixe auf der gefrorenen Erde lag das junge Weib, den Kopf gesenkt, die Hände in den Schoß gefaltet. Ich trat schweigend näher; als sie aber jetzt zu dem blutigen Antlitz des Gekreuzigten aufblickte, sagte ich: ›Verzeiht mir, wenn ich Eure Andacht unterbreche; aber Ihr seid wohl fremd in dieser Stadt?‹

Sie nickte nur, ohne ihre Stellung zu verändern.

›Ich möchte Euch helfen‹, begann ich wieder; ›sagt mir nur, wohin Ihr wollt!‹

›I weiß nit mehr, wohin‹, sagte sie tonlos und ließ das Haupt wieder auf ihre Brust sinken.

›Aber in einer Stunde ist es Nacht; in diesem Totenwetter könnt Ihr nicht länger auf der offenen Straße bleiben!‹

›Der liebi Gott wird helfen‹, hörte ich sie leise sagen.

›Ja, ja‹, rief ich, ›und ich glaube fast, er hat mich selbst zu Euch geschickt!‹

Es war, als habe der stärkere Klang meiner Stimme sie erweckt; denn sie erhob sich und trat zögernd auf mich zu; mit vorgestrecktem Halse näherte sie ihr Gesicht mehr und mehr dem meinen, und ihre Blicke drangen auf mich ein, als ob sie mich damit erfassen wollte. ›Paul!‹ rief sie plötzlich, und wie ein Jubelruf flog das Wort aus ihrer Brust – ›Paul! ja di schickt mir der liebi Gott!‹

Wo hatte ich meine Augen gehabt! Da hatte ich es ja wieder, mein Kindsgespiel, das kleine Puppenspieler-Lisei! Freilich, eine schöne schlanke Jungfrau war es geworden, und auf dem sonst so lachenden Kindergesicht lag jetzt, nachdem der erste Freudenstrahl darüber hingeflogen, der Ausdruck eines tiefen Kummers.

›Wie kommst du so allein hieher, Lisei?‹ fragte ich. ›Was ist geschehen? Wo ist denn dein Vater?‹

›Im Gefängnis, Paul.‹

›Dein Vater, der gute Mann! – Aber komm mit mir; ich stehe hier bei einer braven Frau in Arbeit; sie kennt dich, ich habe ihr oft von dir erzählt.‹

Und Hand in Hand, wie einst als Kinder, gingen wir nach dem Hause meiner guten Meisterin, die uns schon vom Fenster aus entgegensah. ›Das Lisei ist's!‹ rief ich, als wir in die Stube traten, ›denkt Euch, Frau Meisterin, das Lisei!‹

Die gute Frau schlug die Hände über ihre Brust zusammen. ›Heilige Mutter Gottes, bitt für uns! das Lisei! – also so hat's ausgeschaut! – Aber‹, fuhr sie fort, ›wie kommst denn du mit dem alten Sünder da zusammen?‹ – und sie wies mit dem ausgestreckten Finger nach dem Gefangenhause drüben – ›der Paulsen hat mir doch gesagt, daß du ehrlicher Leute Kind bist!‹

Gleich darauf aber zog sie das Mädchen weiter in die Stube hinein und drückte sie in ihren Lehnstuhl nieder, und als jetzt Lisei ihre Frage zu beantworten anfing, hielt sie ihr schon eine dampfende Tasse Kaffee an die Lippen.

›Nun trink einmal‹, sagte sie, ›und komm erst wieder zu dir; die Händchen sind dir ja ganz verklommen.‹

Und das Lisei mußte trinken, wobei ihr zwei helle Tränen in die Tasse rollten, und dann erst durfte sie erzählen.

Sie sprach jetzt nicht, wie einst und wie vorhin in der Einsamkeit ihres Kummers, in dem Dialekt ihrer Heimat, nur ein leichter Anflug war ihr davon geblieben; denn waren ihre Eltern auch nicht mehr bis an unsere Küste hier hinabgekommen, so hatten sie sich doch meistens in dem mittleren Deutschland aufgehalten. Schon vor einigen Jahren war die Mutter gestorben. ›Verlaß den Vater nicht!‹ das hatte sie der Tochter im letzten Augenblicke noch ins Ohr geflüstert, ›sein Kindsherz ist zu gut für diese Welt.‹

Lisei brach bei dieser Erinnerung in heftiges Weinen aus; sie wollte nicht einmal von der aufs neue vollgeschenkten Tasse trinken, mit der die Meisterin ihre Tränen zu stillen gedachte, und erst nach einer ziemlichen Weile konnte sie weiter berichten.

Gleich nach dem Tode der Mutter war es ihre erste Arbeit gewesen, an deren Stelle sich die Frauenrollen in den Puppenspielen von ihrem Vater einlernen zu lassen. Dazwischen waren die Bestattungsfeierlichkeiten besorgt und die ersten Seelenmessen für die Tote gelesen; dann, das frische Grab hinter sich lassend, waren Vater und Tochter wiederum ins Land hineingefahren und hatten, wie vorhin, ihre Stücke abgespielt: Den verlorenen Sohn, Die heilige Genoveva und wie sie sonst noch heißen mochten.

So waren sie gestern auf der Reise in ein großes Kirchdorf gekommen, wo sie ihre Mittagsrast gehalten hatten. Auf der harten Bank vor dem Tische, an welchem sie ihr bescheidenes Mahl verzehrten, war Vater Tendler ein halbes Stündchen in einen festen Schlaf gesunken, während Lisei draußen die Fütterung ihres Pferdes besorgt hatte. Kurz darauf, in wollene Decken wohlverpackt, waren sie aufs neue in die grimmige Winterkälte hinausgefahren.

›Aber wir kamen nit weit‹, erzählte Lisei; ›gleich hinterm Dorf ist ein Landreiter auf uns zugeritten und hat gezetert und gemordiot. Aus dem Tischkasten sollt dem Wirt ein Beutel mit Geld gestohlen sein, und mein unschuldigs Vaterl war doch allein in der Stube dort gewesen! Ach, wir haben kei Heimat, kei Freund, kei Ehr; es kennt uns niemand nit!‹

›Kind, Kind‹, sagte die Meisterin, indem sie zu mir hinüberwinkte, ›versündige dich auch nicht!‹

Ich aber schwieg, denn Lisei hatte ja nicht unrecht mit ihrer Klage. – Sie hatten in das Dorf zurückgemußt; das Fuhrwerk mit allem, was daraufgeladen, war vom Schulzen dort zurückgehalten worden; der alte Tendler aber hatte die Weisung erhalten, den Weg zur Stadt neben dem Pferde des Landreiters herzutraben. Lisei, von dem letzteren mehrfach zurückgewiesen, war in einiger Entfernung hinterhergegangen, in der Zuversicht, daß sie wenigstens, bis der liebe Gott die Sache aufkläre, das Gefängnis ihres Vaters werde teilen können. Aber – auf ihr ruhte kein Verdacht; mit Recht hatte der Inspektor sie als eine Zudringliche von der Tür gejagt, die auf ein Unterkommen in seinem Hause nicht den geringsten Anspruch habe.

Lisei wollte das zwar noch immer nicht begreifen; sie meinte, das sei ja härter als alle Strafe, die später doch gewiß den wirklichen Spitzbuben noch ereilen würde; aber, fügte sie gleich hinzu, sie wolle ihm auch so harte Straf nit wünschen, wenn nur die Unschuld von ihrem guten Vaterl an den Tag komme; ach, der werd's gewiß nit überleben!

Ich besann mich plötzlich, daß ich sowohl dem alten Korporal da drüben als auch dem Herrn Kriminalkommissarius eigentlich ein unentbehrlicher Mann sei; denn dem einen hielt ich seine Spinnmaschinen in Ordnung, dem andern schärfte ich seine kostbaren Federmesser; durch den einen konnte ich wenigstens Zutritt zu dem Gefangenen erhalten, bei dem andern konnte ich ein Leumundszeugnis für Herrn Tendler ablegen und ihn vielleicht zur Beschleunigung der Sache veranlassen. Ich bat Lisei, sich zu gedulden, und ging sofort in das Gefangenhaus hinüber.

Der schwindsüchtige Inspektor schalt auf die unverschämten Weiber, die immer zu ihren spitzbübischen Männern oder Vätern in die Zellen wollten. Ich aber verbat mir in betreff meines alten Freundes solche Titel, solange sie ihm nicht durch das Gericht ›von Rechts wegen‹ beigelegt seien, was, wie ich sicher wisse, nie geschehen werde; und endlich, nach einigem Hin- und Widerreden, stiegen wir zusammen die breite Treppe nach dem Oberbau hinauf.

In dem alten Gefangenhause war auch die Luft gefangen, und ein widerwärtiger Dunst schlug uns entgegen, als wir oben durch den langen Korridor schritten, von welchem aus zu beiden Seiten Tür an Tür in die einzelnen Gefangenzellen führte. An einer derselben, fast zu Ende des Ganges, blieben wir stehen; der Inspektor schüttelte sein großes Schlüsselbund, um den rechten herauszufinden; dann knarrte die Tür, und wir traten ein.

In der Mitte der Zelle, mit dem Rücken gegen uns, stand die Gestalt eines kleinen mageren Mannes, der nach dem Stückchen Himmel hinaufzublicken schien, das grau und trübselig durch ein oben in der Mauer angebrachtes Fenster auf ihn herabdämmerte. An seinem Haupte bemerkte ich sogleich die kleinen abstehenden Haarspieße; nur hatten sie, wie jetzt draußen die Natur, sich in die Farbe des Winters gekleidet. Bei unserem Eintritt wandte der kleine Mann sich um.

›Sie kennen mich wohl nicht mehr, Herr Tendler?‹ fragte ich.

Er sah flüchtig nach mir hin. ›Nein, lieber Herr‹, erwiderte er, ›hab nicht die Ehre.‹

Ich nannte ihm den Namen meiner Vaterstadt und sagte: ›Ich bin der unnütze Junge, der Ihnen damals Ihren kunstreichen Kasperl verdrehte!‹

›Oh, schad't nichts, gar nichts!‹ erwiderte er verlegen und machte mir einen Diener; ›ist lange schon vergessen.‹

Er hatte offenbar nur halb auf mich gehört; denn seine Lippen bewegten sich, als spräche er zu sich selber von ganz anderen Dingen.

Da erzählte ich ihm, wie ich vorhin sein Lisei aufgefunden habe, und jetzt erst sah er mich mit offenen Augen an. ›Gott Dank! Gott Dank!‹ sagte er und faltete die Hände. ›Ja, ja, das kleine Lisei und der kleine Paul, die spielten derzeit miteinander! – Der kleine Paul! Seid Ihr der kleine Paul? Oh, i glaub's Euch schon; das herzige G'sichtl von dem frischen Bub'n, das schaut da no heraus!‹ Er nickte mir so innig zu, daß die weißen Haarspießchen auf seinem Kopfe bebten. ›Ja, ja, da drunten an der See bei euch; wir sind nit wieder hinkommen; das war no gute Zeit dermal; da war aa noch mein Weib, die Tochter vom großen Geißelbrecht, dabei! „Joseph!" pflegte sie zu sagen, „wenn nur die Menschen aa so Dräht an ihre Köpf hätten, da könntst du aa mit ihne firti werd'n!" – Hätt sie nur heute noch gelebt, sie hätten mich nicht eingesperrt. Du lieber Gott; ich bin kein Dieb, Herr Paulsen.‹

Der Inspektor, der draußen vor der angelehnten Tür im Gange auf und ab ging, hatte schon ein paarmal mit seinem Schlüsselbund gerasselt. Ich suchte den alten Mann zu beruhigen und bat ihn, sich bei seinem ersten Verhöre auf mich zu berufen, der ich hier bekannt und wohlgeachtet sei.

Als ich wieder zu meiner Meisterin in die Stube trat, rief diese mir entgegen: ›Das ist ein trotzigs Mädel, Paulsen; da helft mir nur gleich ein wenig; ich hab ihr die Kammer zum Nachtquartier geboten; aber sie will fort, in die Bettelherberg oder Gott weiß wohin!‹

Ich fragte Lisei, ob sie ihre Pässe bei sich habe.

›Mein Gott, die hat der Schulz im Dorf uns abgenommen!‹

›So wird kein Wirt dir seine Tür aufmachen‹, sagte ich, ›das weißt du selber wohl.‹

Sie wußte es freilich, und die Meisterin schüttelte ihr vergnügt die Hände. ›Ich denk wohl‹, sagte sie, ›daß du dein eignes Köpfchen hast; der da hat mir's haarklein erzählt, wie ihr zusammen in der Kiste habt gesessen; aber so leicht wärst du doch nicht von mir fortgekommen!‹

Das Lisei sah etwas verlegen vor sich nieder; dann aber fragte sie mich hastig aus nach ihrem Vater. Nachdem ich ihr Bescheid gegeben hatte, erbat ich mir ein paar Bettstücke von der Meisterin, nahm von den meinigen noch etwas hinzu und trug es selbst hinüber in die Zelle des Gefangenen, wozu ich vorhin von dem Inspektor die Erlaubnis erhalten hatte. – So konnten wir, als nun die Nacht herankam, hoffen, daß im warmen Bette und auf dem besten Ruhekissen, das es in der Welt gibt, auch unsern alten Freund in seiner öden Kammer ein sanfter Schlaf erquicken werde.

Am andern Vormittage, als ich eben, um zum Herrn Kriminalkommissarius zu gehen, auf die Straße trat, kam von drüben der Inspektor in seinen Morgenpantoffeln auf mich zugeschritten. ›Ihr habt recht gehabt, Paulsen‹, sagte er mit seiner gläsernen Stimme, ›für diesmal ist's kein Spitzbube gewesen;

den Richtigen haben sie soeben eingebracht; Euer Alter wird noch heut entlassen werden.‹

Und richtig, nach einigen Stunden öffnete sich die Tür des Gefangenhauses, und der alte Tendler wurde von der kommandierenden Stimme des Inspektors zu uns hinübergewiesen. Da das Mittagsessen eben aufgetragen war, so ruhte die Meisterin nicht, bis auch er seinen Platz am Tische eingenommen hatte; aber er berührte die guten Speisen kaum, und wie sie sich auch um ihn bemühen mochte, er blieb wortkarg und in sich gekehrt neben seiner Tochter sitzen; nur mitunter bemerkte ich, wie er deren Hand nahm und sie zärtlich streichelte. Da hörte ich draußen vom Tore her ein Glöckchen bimmeln; ich kannte es ganz genau, aber es läutete mir weither aus meiner Kinderzeit.

›Lisei!‹ sagte ich leise.

›Ja, Paul, ich hör es wohl.‹

Und bald standen wir beide draußen vor der Haustür. Siehe, da kam es die Straße herab, das Wägelchen mit den beiden hohen Kisten, wie ich daheim es mir so oft gewünscht hatte. Ein Bauerbursche ging nebenher mit Zügel und Peitsche in der Hand; aber das Glöckchen bimmelte jetzt am Halse eines kleinen Schimmels.

›Wo ist das Braunchen geblieben?‹ fragte ich Lisei.

›Das Braunchen‹, erwiderte sie, ›das ist uns eines Tags vorm Wagen hingefallen; der Vater hat sogleich den Tierarzt aus dem Dorf geholt; aber es hat nimmer leben können.‹ Bei diesen Worten stürzten ihr die Tränen aus den Augen.

›Was fehlt dir, Lisei?‹ fragte ich, ›es ist ja nun doch alles wieder gut!‹

Sie schüttelte den Kopf. ›Mein Vaterl gefallt mir nit! er ist so still; die Schand, er verwind't es nit.‹ –

– – Und Lisei hatte mit ihren treuen Tochteraugen recht gesehen. Als kaum die beiden in einem kleinen Gasthause untergebracht waren und der Alte schon seine Pläne zur Weiterfahrt entwarf – denn hier wollte er jetzt nicht vor die Leute treten –, da zwang ihn ein Fieber, im Bett zu bleiben. Bald mußten wir einen Arzt holen, und es entwickelte sich ein längeres Krankenlager. In Besorgnis, daß sie dadurch in Not geraten könnten, bot ich Lisei meine Geldmittel zur Hülfe an; aber sie sagte: ›I nimm's ja gern von dir; doch sorg nur nit, wir sind nit gar so karg.‹ Da blieb mir denn nichts anderes zu tun, als in der Nachtwache mit ihr zu wechseln oder, als es dem Kranken besser ging, am Feierabend ein Stündchen an seinem Bett zu plaudern.

So war die Zeit meiner Abreise herangenaht, und mir wurde das Herz immer schwerer. Es tat mir fast weh, das Lisei anzusehen; denn bald fuhr es ja auch mit seinem Vater von hier wieder in die weite Welt hinaus. Wenn sie nur eine Heimat gehabt hätten! Aber wo waren sie zu finden, wenn ich Gruß und Nachricht zu ihnen senden wollte! Ich dachte an die zwölf Jahre seit unserem ersten Abschied; – sollte wieder so lange Zeit vergehen oder am Ende gar das ganze Leben?

›Und grüß mir aa dein Vaterhaus, wenn du heimkommst!‹ sagte Lisei, da sie am letzten Abend mich an die Haustür begleitet hatte. ›I seh's mit mein' Augen, das Bänkerl vor der Tür, die Lind im Gart'l; ach, i vergiß es nimmer; so lieb hab ich's nit wieder g'funden in der Welt!‹

Als sie das sagte, war es mir, als leuchte aus dunkler Tiefe meine Heimat zu mir auf; ich sah die zärtlichen Augen meiner Mutter, das feste ehrliche Antlitz meines Vaters. ›Ach, Lisei‹, sagte ich, ›wo ist denn jetzt mein Vaterhaus! es ist ja alles öd und leer.‹

Lisei antwortete nicht; sie gab mir nur die Hand und blickte mich mit ihren guten Augen an.

Da war mir, als hörte ich die Stimme meiner Mutter sagen: ›Halte diese Hand fest und kehr mit ihr zurück, so hast du deine Heimat wieder!‹ – und ich hielt die Hand fest und sagte: ›Kehr du mit mir zurück, Lisei, und laß uns zusammen versuchen, ein neues Leben in das leere Haus zu bringen, ein so gutes, wie es die geführt haben, die ja auch dir einst lieb gewesen sind!‹

›Paul‹, rief sie, ›was meinst du? I versteh di nit.‹

Aber ihre Hand zitterte heftig in der meinen, und ich bat nur: ›Ach, Lisei, versteh mich doch!‹

Sie schwieg einen Augenblick. ›Paul‹, sagte sie dann, ›i kann nit von mei'm Vaterl gehen.‹

›Der muß ja mit uns, Lisei! Im Hinterhause, die beiden Stübchen, die jetzt leerstehen, da kann er wohnen und wirtschaften; der alte Heinrich hat sein Kämmerchen dicht daneben.‹

Lisei nickte. ›Aber Paul, wir sind landfahrende Leut. Was werden sie sagen bei dir daheim?‹

›Sie werden mächtig reden, Lisei!‹

›Und du hast nit Furcht davor?‹

Ich lachte nur dazu.

›Nun‹, sagte Lisei, und wie ein Glockenlaut schlug es aus ihrer Stimme, ›wenn du sie hast, – i hab schon die Kuraschi!‹

›Aber tust du's denn auch gern?‹

›Ja, Paul, wenn i's nit gern tät‹ – und sie schüttelte ihr braunes Köpfchen gegen mich –, ›gel, da tät i's nimmermehr!‹ –

Und mein Junge«, unterbrach sich hier der Erzähler, »wie einen bei solchen Worten ein Paar schwarze Mädchenaugen ansehen, das sollst du nun noch lernen, wenn du erst ein Stieg Jahre weiter bist!«

»Ja, ja«, dachte ich, »zumal so ein Paar Augen, die einen See ausbrennen können!«

»Und nicht wahr«, begann Paulsen wieder, »nun weißt du auch nachgerade, wer das Lisei ist?«

»Das ist die Frau Paulsen!« erwiderte ich. »Als ob ich das nicht längst gemerkt hätte! Sie sagt ja noch immer ›nit‹ und hat auch noch die schwarzen Augen unter den feingepinselten Augenbrauen.«

Mein Freund lachte, während ich mir im stillen vornahm, die Frau Paulsen, wenn wir ins Haus zurückkämen, doch einmal recht darauf anzusehen, ob noch das Puppenspieler-Lisei in ihr zu erkennen sei. – »Aber«, fragte ich, »wo ist denn der alte Herr Tendler hingekommen?«

»Mein liebes Kind«, erwiderte mein Freund, »wohin wir schließlich alle kommen. Drüben auf dem grünen Kirchhof ruht er neben unserem alten Heinrich; aber es ist noch einer mehr in sein Grab mit hineingekommen; der andre kleine Freund aus meiner Kinderzeit. Ich will dir's wohl erzählen; nur laß uns ein wenig hintenausgehen; meine Frau könnte nachgerade einmal nach uns sehen wollen, und sie soll die Geschichte doch nicht wieder hören.«

Paulsen stand auf, und wir gingen auf den Spazierweg hinaus, der auch hier hinter den Gärten der Stadt entlangführt. Nur wenige Leute kamen uns entgegen; denn es war schon um die Vesperzeit.

»Siehst du« – begann Paulsen seine Erzählung wieder –, »der alte Tendler war derzeit mit unserem Verspruch gar wohl zufrieden; er gedachte meiner Eltern, die er einst gekannt hatte, und er faßte auch zu mir Vertrauen. Überdies war er des Wanderns müde; ja, seit es ihn in die Gefahr gebracht hatte, mit den verworfensten Vagabonden verwechselt zu werden, war in ihm die Sehnsucht nach einer festen Heimat immer mehr heraufgewachsen. Meine gute Meisterin zwar zeigte sich nicht so einverstanden; sie fürchtete, bei allem guten Willen möge doch das Kind des umherziehenden Puppenspielers nicht die rechte Frau für einen seßhaften Handwerksmann abgeben. – Nun, sie ist seit lange schon bekehrt worden!

– – Und so war ich denn nach kaum acht Tagen wieder hier, von den Bergen an die Nordseeküste, in unserer alten Vaterstadt. Ich nahm mit Heinrich die Geschäfte rüstig in die Hand und richtete zugleich die beiden leerstehenden Zimmer im Hinterhause für den Vater Joseph ein. – Vierzehn Tage weiter – es strichen eben die Düfte der ersten Frühlingsblumen über die Gärten – da kam es die Straße heraufgebimmelt. ›Meister, Meister!‹ rief der alte Heinrich, ›sie kommen, sie kommen!‹ Und da hielt schon das Wägelchen mit den zwei hohen Kisten vor unserer Tür. Das Lisei war da, der Vater Joseph war da, beide mit muntern Augen und roten Wangen; und auch das ganze Puppenspiel zog mit ihnen ein; denn ausdrückliche Bedingung war es, daß dies den Vater Joseph auf sein Altenteil begleiten solle. Das kleine Fuhrwerk dagegen wurde in den nächsten Tagen schon verkauft.

Dann hielten wir die Hochzeit; ganz in der Stille; denn Blutsfreunde hatten wir weiter nicht am Ort; nur der Hafenmeister, mein alter Schulkamerad, war als Trauzeuge mit zugegen. Lisei war, wie ihre Eltern, katholisch; daß aber das ein Hindernis für unsere Ehe sein könne, ist uns niemals eingefallen. In den ersten Jahren reiste sie wohl zur österlichen Beichte nach unserer Nachbarstadt, wo, wie du weißt, eine katholische Gemeinde ist; nachher hat sie ihre Kümmernisse nur noch ihrem Mann gebeichtet.

Am Hochzeitsmorgen legte Vater Joseph zwei Beutel vor mir auf denTisch, einen größeren mit alten Harzdritteln, einen kleinen voll Kremnitzer Dukaten.

›Du hast nit danach fragt, Paul!‹ sagte er. ›Aber so völlig arm is doch mein Lisei dir nit zubracht. Nimm's! i brauch's allfurt nit mehr.‹ –

Das war der Sparpfennig, von dem mein Vater einst gesprochen, und er kam jetzt seinem Sohne beim Neubeginn seines Geschäfts zu ganz gelegener Zeit. Freilich hatte Liseis Vater damit sein ganzes Vermögen hingegeben und sich selbst der Fürsorge seiner Kinder anvertraut; aber er war dabei nicht müßig; er suchte seine Schnitzmesser wieder hervor und wußte sich bei den Arbeiten in der Werkstatt nützlich zu machen.

Die Puppen nebst dem Theater-Apparat waren in einem Verschlage auf dem Boden des Nebenhauses untergebracht. Nur an Sonntagnachmittagen holte er bald die eine, bald die andere in sein Stübchen herunter, revidierte die Drähte und Gelenke und putzte oder besserte dies und jenes an denselben. Der alte Heinrich stand dann mit seiner kurzen Pfeife neben ihm und ließ sich die Schicksale der Puppen erzählen, von denen fast jede ihre eigene Geschichte hatte; ja, wie es jetzt herauskam, der so wirkungsvoll geschnitzte Kasper hatte einst für seinen jungen Verfertiger sogar den Brautwerber um Liseis Mutter abgegeben. Mitunter wurden zur besseren Veranschaulichung der einen oder andern Szene auch wohl die Drähte in Bewegung gesetzt; Lisei und ich haben oftmals draußen an den Fenstern gestanden, die schon aus grünem Weinlaub gar traulich auf den Hof hinausschauten; aber die alten Kinder drinnen waren meist so in ihr Spiel vertieft, daß ihnen erst durch unser Beifallklatschen die Gegenwart der Zuschauer bemerklich wurde. -- Als das Jahr weiterrückte, fand Vater Joseph eine andere Beschäftigung; er nahm den Garten unter seine Obhut, er pflanzte und erntete, und am Sonntage wandelte er, sauber angetan, zwischen den Rabatten auf und ab, putzte an den Rosenbüschen oder band Nelken und Levkoien an feine selbstgeschnitzte Stäbchen.

So lebten wir einig und zufrieden; mein Geschäft hob sich mehr und mehr. Über meine Heirat hatte unsere gute Stadt sich ein paar Wochen lebhaft ausgesprochen; da aber fast alle über die Unvernunft meiner Handlungsweise einig waren und dem Gespräche so die gedeihliche Nahrung des Widerspruches vorenthalten blieb, so hatte es sich bald selber ausgehungert.

Als es dann abermals Winter wurde, holte Vater Joseph an den Sonntagen auch wieder die Puppen aus ihrem Verschlage herunter, und ich dachte nicht anders, als daß in solchem stillen Wechsel der Beschäftigung ihm auch künftig die Jahre hingehen würden. Da trat er eines Morgens mit gar ernsthaftem Gesichte zu mir in die Wohnstube, wo ich eben allein an meinem Frühstück saß. ›Schwiegersohn‹, sagte er, nachdem er sich wie verlegen ein paarmal mit der Hand durch seine weißen Haarspießchen gefahren war, ›ich kann's doch nit wohl länger ansehn, daß ich alleweil so das Gnadenbrot an euerm Tisch soll essen.‹

Ich wußte nicht, wo das hinaussollte, aber ich fragte ihn, wie er auf solche Gedanken komme; er schaffe ja mit in der Werkstatt, und wenn mein Geschäft jetzt einen größeren

Gewinn abwerfe, so sei dies wesentlich der Zins seines eigenen Vermögens, das er an unserem Hochzeitsmorgen in meine Hand gelegt habe.

Er schüttelte den Kopf. Das reiche alles nicht; aber eben jenes kleine Vermögen habe er zum Teil einst in unserer Stadt gewonnen; das Theater sei ja noch vorhanden, und die Stücke habe er auch alle noch im Kopfe.

Da merkte ich's denn wohl, der alte Puppenspieler ließ ihm keine Ruhe; sein Freund, der gute Heinrich, genügte ihm nicht mehr als Publikum, er mußte einmal wieder öffentlich vor versammeltem Volke seine Stücke aufführen.

Ich suchte es ihm auszureden; aber er kam immer wieder darauf zurück. Ich sprach mit Lisei, und am Ende konnten wir nicht umhin, ihm nachzugeben. Am liebsten hätte nun freilich der alte Mann gesehen, wenn Lisei wie vor unserer Verheiratung die Frauenrollen in seinen Stücken gesprochen hätte; aber wir waren übereingekommen, seine dahin zielenden Anspielungen nicht zu verstehen; für die Frau eines Bürgers und Handwerksmeisters wollte sich das denn doch nicht ziemen.

Zum Glück – oder, wie man will, zum Unglück – war derzeit ein ganz reputierliches Frauenzimmer in der Stadt, die einst bei einer Schauspielertruppe als Souffleuse gedient hatte und daher in derlei Dingen nicht unbewandert war. Diese – Kröpel-Lieschen nannten sie die Leute von wegen ihrer Kreuzlahmheit – ging sofort auf unser Anerbieten ein, und bald entwickelte sich am Feierabend und an den Sonntagnachmittagen die lebhafteste Tätigkeit in Vater Josephs Stübchen. Während vor dem einen Fenster der alte Heinrich an den Gerüststücken des Theaters zimmerte, stand vor dem andern zwischen frisch angemalten Kulissen, die von der Zimmerdecke herunterhingen, der alte Puppenspieler und exerzierte mit Kröpel-Lieschen eine Szene nach der andern. Sie sei ein dreimal gewürztes Frauenzimmer, versicherte er stets nach solcher Probe; nicht einmal die Lisei hab es so schnell kapiert; nur mit dem Singen ginge es nit gar so schön;

sie grunze mit ihrer Stimme immer in der Tiefe, was für die schöne Susanne, die das Lied zu singen habe, nicht eben harmonierlich sei.

Endlich war der Tag der Aufführung festgesetzt. Es sollte alles möglichst reputierlich vor sich gehen; nicht auf dem Schützenhofe, sondern auf dem Rathaussaale, wo auch die Primaner um Michaelis ihre Redeübungen hielten, sollte jetzt der Schauplatz sein; und als am Sonnabendnachmittage unsere guten Bürger ihr frisches Wochenblättchen auseinander falteten, sprang ihnen in breiten Lettern die Anzeige in die Augen:

›Morgen Sonntagabend sieben Uhr auf dem Rathaussaale Marionetten-Theater des Mechanicus Joseph Tendler hieselbst. Die schöne Susanna, Schauspiel mit Gesang in vier Aufzügen.‹

Es war aber damals in unserer Stadt nicht mehr die harmlose schaulustige Jugend aus meinen Kinderjahren; die Zeiten des Kosakenwinters lagen dazwischen, und namentlich war unter den Handwerkslehrlingen eine arge Zügellosigkeit eingerissen; die früheren Liebhaber unter den Honoratioren aber hatten ihre Gedanken jetzt auf andere Dinge. Dennoch wäre vielleicht alles gutgegangen, wenn nur der schwarze Schmidt und seine Jungen nicht gewesen wären.« – –

Ich fragte Paulsen, wer das sei, denn ich hatte niemals von einem solchen Menschen in unserer Stadt gehört.

»Das glaub ich wohl«, erwiderte er, »der schwarze Schmidt ist schon vor Jahren im Armenhaus verstorben; damals aber war er Meister gleich mir; nicht ungeschickt, aber lüderlich in seiner Arbeit wie im Leben; der sparsame Verdienst des Tages wurde abends in Trunk und Kartenspiel vertan. Schon gegen meinen Vater hatte er einen Haß gehabt, nicht allein, weil dessen Kundschaft die seinige bei weitem überstieg, sondern schon aus der Jugend her, wo er dessen Nebenlehrling gewesen und wegen eines schlechten Streiches gegen ihn vom Meister fortgejagt worden war. Seit dem Sommer hatte er Gelegenheit gefunden, diese Abneigung in erhöhtem Maße auch auf mich auszudehnen; denn bei der damals hier neu errichteten Kattunfabrik war, trotz seiner eifrigen Bemühung um dieselbe, die Arbeit an den Maschinen allein mir übertragen worden, infolgedessen er und seine beiden Söhne, die bei dem Vater in Arbeit standen und diesen an wüstem Treiben womöglich überboten, schon nicht verfehlt hatten, mir ihren Verdruß durch allerlei Neckereien kundzugeben. Ich hatte indessen jetzt keine Gedanken an diese Menschen.

So war der Abend der Aufführung herangekommen. Ich hatte noch an meinen Büchern zu ordnen und habe, was geschah, erst später durch meine Frau und Heinrich erfahren, welche zugleich mit unserem Vater nach dem Rathaussaale gingen.

Der erste Platz dort war fast gar nicht, der zweite nur mäßig besetzt gewesen; auf der Galerie aber hatte es Kopf an Kopf gestanden. – Als man vor diesem Publikum das Spiel begonnen, war anfänglich alles in der Ordnung vorgegangen; die alte Lieschen hatte ihren Part fest und ohne Anstoß hingeredet. – Dann aber kam das unglückselige Lied! Sie bemühte sich vergebens, ihrer Stimme einen zarteren Klang zu geben; wie Vater Joseph vorhin gesagt hatte, sie grunzte wirklich in der Tiefe. Plötzlich rief eine Stimme von der Galerie: ›Höger up, Kröpel-Lieschen! Höger up!‹ Und als sie, diesem Rufe gehorsam, die unerreichbaren Diskanttöne zu erklettern strebte, da scholl ein rasendes Gelächter durch den Saal.

Das Spiel auf der Bühne stockte, und zwischen den Kulissen heraus rief die bebende Stimme des alten Puppenspielers: ›Meine Herrschaft'n, i bitt g'wogentlich um Ruhe!‹ Kasperl, den er eben an seinen Drähten in der Hand hielt und der mit der schönen Susanna eine Szene hatte, schlenkerte krampfhaft mit seiner kunstvollen Nase.

Neues Gelächter war die Antwort. ›Kasperl soll singen!‹ – ›Russisch! Schöne Minka, ich muß scheiden!‹ – ›Hurra für Kasperl!‹ – ›Nichts doch; Kasperl sein' Tochter soll singen!‹ – ›Jawohl, wischt euch's Maul! Die ist Frau Meisterin geworden, die tut's halt nimmermehr!‹

So ging's noch eine Weile durcheinander. Auf einmal flog, in wohlgezieltem Wurfe, ein großer Pflasterstein auf die Bühne. Er hatte die Drähte des Kasperl getroffen; die Figur entglitt der Hand ihres Meisters und fiel zu Boden.

Vater Joseph ließ sich nicht mehr halten. Trotz Liseis Bitten hat er gleich darauf die Puppenbühne betreten. – Donnerndes Händeklatschen, Gelächter, Fußtrampeln empfing ihn, und es mag sich freilich seltsam genug präsentiert haben, wie der alte Mann, mit dem Kopf oben in den Suffiten, unter lebhaftem Händearbeiten seinem gerechten Zorne Luft zu machen suchte. – Plötzlich, unter allem Tumult, fiel der Vorhang; der alte Heinrich hatte ihn herabgelassen.

– – Mich hatte indes zu Hause bei meinen Büchern eine gewisse Unruhe befallen; ich will nicht sagen, daß mir Unheil ahnte, aber es trieb mich dennoch fort, den Meinigen nach. – Als ich die Treppe zum Rathaussaal hinaufsteigen wollte, drängte eben die ganze Menge von oben mir entgegen. Alles schrie und lachte durcheinander. ›Hurra! Kasper is dod! Lott is dod. Die Kamedie ist zu End!‹ – Als ich aufsah, erblickte ich die schwarzen Gesichter der Schmidt-Jungen über mir. Sie waren augenblicklich still und rannten an mir vorbei zur Tür hinaus; ich aber hatte für mich jetzt die Gewißheit, wo die Quelle dieses Unfugs zu suchen war.

Oben angekommen, fand ich den Saal fast leer. Hinter der Bühne saß mein alter Schwiegervater wie gebrochen auf einem Stuhl und hielt mit beiden Händen sein Gesicht bedeckt. Lisei, die auf den Knien vor ihm lag, richtete sich, da sie mich gewahrte, langsam auf. ›Nun, Paul‹, fragte sie, mich traurig ansehend, ›hast du noch die Kuraschi?‹

Aber sie mußte wohl in meinen Augen gelesen haben, daß ich sie noch hatte; denn bevor ich noch antworten konnte, lag sie schon an meinem Halse. ›Laß uns nur fest zusammenhalten, Paul!‹ sagte sie leise.

– – Und siehst du! Damit und mit ehrlicher Arbeit sind wir durchgekommen.

– – Als wir am andern Morgen aufgestanden waren, da fanden wir jenes Schimpfwort ›Pole Poppenspäler‹ – denn ein Schimpfwort sollte es ja sein – mit Kreide auf unsere Haustür geschrieben. Ich aber habe es ruhig ausgewischt, und als es dann später noch ein paarmal an öffentlichen Orten wieder lebendig wurde, da habe ich einen Trumpf daraufgesetzt; und weil man wußte, daß ich nicht spaße, so ist es danach still geworden. – – Wer dir es jetzt gesagt hat, der wird nichts Böses damit gemeint haben; ich will seinen Namen auch nicht wissen.

Unser Vater Joseph aber war seit jenem Abend nicht mehr der alte. Vergebens zeigte ich ihm die unlautere Quelle jenes Unfugs und daß derselbe ja mehr gegen mich als gegen ihn gerichtet gewesen sei. Ohne unser Wissen hatte er bald darauf alle seine Marionetten auf eine öffentliche Auktion gegeben, wo sie zum Jubel der anwesenden Jungen und Trödelweiber um wenige Schillinge versteigert waren; er wollte sie niemals wiedersehen. – Aber das Mittel dazu war schlecht gewählt; denn als die Frühlingssonne erst wieder in die Gassen schien, kam von den verkauften Puppen eine nach der andern aus den dunkeln Häusern an das Tageslicht. Hier saß ein Mädchen mit der heiligen Genoveva auf der Haustürschwelle, dort ließ ein Junge den Doktor Faust auf seinem schwarzen Kater reiten; in einem Garten in der Nähe des Schützenhofes hing eines Tages der Pfalzgraf Siegfried neben dem höllischen Sperling als Vogelscheuche in einem Kirschbaum. Unserem Vater tat die Entweihung seiner Lieblinge so weh, daß er zuletzt kaum noch Haus und Garten bei uns verlassen mochte. Ich sah es deutlich, daß dieser übereilte Verkauf an seinem Herzen nagte, und es gelang mir, die eine und die andere Puppe zurückzukaufen; aber als ich sie ihm brachte, hatte er keine Freude daran; das Ganze war ja überdies zerstört. Und, seltsam, trotz aller aufgewendeten Mühe konnte ich nicht erfahren, in welchem Winkel sich die wertvollste Figur von allen, der kunstreiche Kasperl, verborgen halte. Und was war ohne ihn die ganze Puppenwelt!

Aber vor einem andern, ernsteren Spiel sollte bald der Vorhang fallen. Ein altes Brustleiden war bei unserem Vater wieder aufgewacht, sein Leben neigte sich augenscheinlich zu Ende. Geduldig und voll Dankbarkeit für jeden kleinen Liebesdienst lag er auf seinem Bette. ›Ja, ja‹, sagte er lächelnd und hob so heiter seine Augen gegen die Bretterdecke des Zimmers, als sähe er durch dieselbe schon in die ewigen Fernen des Jenseits, ›es is scho richtig g'wes'n: mit den Menschen hab ich nit immer könne firti werd'n; da drobn mit den Engeln wird's halt besser gehn; und – auf alle Fäll, Lisei, i find ja doch die Mutter dort.‹

– – Der gute kindliche Mann starb; Lisei und ich, wir haben ihn bitterlich vermißt; auch der alte Heinrich, der ihm nach wenigen Jahren folgte, ging an seinen noch übrigen Sonntagnachmittagen umher, als wisse er mit sich selber nicht wohin, als wolle er zu einem, den er doch nicht finden könne.

Den Sarg unseres Vaters bedeckten wir mit allen Blumen des von ihm selbst gepflegten Gartens; schwer von Kränzen wurde er auf den Kirchhof hinausgetragen, wo unweit von der Umfassungsmauer das Grab bereitet war. Als man den Sarg hinabgelassen hatte, trat unser alter Propst an den Rand der Gruft und sprach ein Wort des Trostes und der Verheißung; er war meinen seligen Eltern stets ein treuer Freund und Rater gewesen; ich war von ihm konfirmiert, Lisei und ich von ihm getraut worden. Ringsum auf dem Kirchhofe war es schwarz von Menschen; man schien von dem Begräbnisse des alten Puppenspielers noch ein ganz bersonderes Schauspiel zu erwarten. – Und etwas Besonderes geschah auch wirklich; aber es wurde nur von uns bemerkt, die wir der Gruft zunächst standen. Lisei, die an meinem Arme mit hinausgegangen war, hatte eben krampfhaft meine Hand gefaßt, als jetzt der alte Geistliche dem Brauche gemäß den bereitgestellten Spaten ergriff und die erste Erde auf den Sarg hinabwarf. Dumpf klang es aus der Gruft zurück. ›Von der Erden bist du genommen!‹ erscholl jetzt das Wort des Priesters; aber kaum war es gesprochen, als ich von der Umfassungsmauer her über die Köpfe der Menschen etwas auf uns zufliegen sah. Ich meinte erst, es sei ein großer Vogel; aber es senkte sich und fiel grade in die Gruft hinab. Bei einem flüchtigen Umblick – denn ich stand etwas erhöht auf der aufgeworfenen Erde – hatte ich einen der Schmidt-Jungen sich hinter die Kirchhofmauer ducken und dann davonlaufen sehen, und ich wußte plötzlich, was geschehen war. Lisei hatte einen Schrei an meiner Seite ausgestoßen, unser alter Propst hielt wie unschlüssig den Spaten zum zweiten Wurfe in den Händen. Ein Blick in das Grab bestätigte meine Ahnung: oben auf dem Sarge, zwischen den Blumen und der Erde, die zum Teil sie schon bedeckte, da hatte er sich hingesetzt, der alte Freund aus meiner Kinderzeit, Kasperl, der kleine lustige Allerweltskerl. – Aber er sah jetzt gar nicht lustig aus; seinen großen Nasenschnabel hatte er traurig auf die Brust gesenkt; der eine Arm mit dem kunstreichen Daumen war gegen den Himmel ausgestreckt; als solle er verkünden, daß, nachdem alle Puppenspiele ausgespielt, da droben nun ein anderes Stück beginnen werde.

Ich sah das alles nur auf einen Augenblick, denn schon warf der Propst die zweite Scholle in die Gruft: ›Und zur Erde wieder sollst du werden!‹ – Und wie es von dem Sarg hinabrollte, so fiel auch Kasperl aus seinen Blumen in die Tiefe und wurde von der Erde überdeckt.

Dann mit dem letzten Schaufelwurf erklang die tröstliche Verheißung: ›Und von der Erden sollst du auferstehen!‹

Als das Vaterunser gesprochen war und die Menschen sich verlaufen hatten, trat der alte Propst zu uns, die wir noch immer in die Grube starrten. ›Es hat eine Ruchlosigkeit sein sollen‹, sagte er, indem er liebreich unsere Hände faßte. ›Laßt uns es anders nehmen! In seiner Jugendzeit, wie ihr es mir erzähltet, hat der selige Mann die kleine Kunstfigur geschnitzt, und sie hat einst sein Eheglück begründet; später, sein ganzes Leben lang, hat er durch sie, am Feierabend nach der Arbeit, gar manches Menschenherz erheitert, auch manches Gott und den Menschen wohlgefällige Wort der Wahrheit dem kleinen Narren in den Mund gelegt; – ich habe selbst der Sache einmal zugeschaut, da ihr noch beide Kinder waret. – Laßt nun das kleine Werk seinem Meister folgen; das stimmt gar wohl zu den Worten unserer Heiligen Schrift! Und seid getrost; denn die Guten werden ruhen von ihrer Arbeit.‹

– Und so geschah es. Still und friedlich gingen wir nach Hause; den kunstreichen Kasperl aber, wie unsern guten Vater Joseph, haben wir niemals wiedergesehen.

– – Alles das«, setzte nach einer Weile mein Freund hinzu, »hat uns manches Weh bereitet; aber gestorben sind wir beiden jungen Leute nicht daran. Nicht lange nachher wurde unser Joseph uns geboren, und wir hatten nun alles, was zu einem vollen Menschenglück gehört. An jene Vorgänge aber werde ich noch jetzt Jahr um Jahr durch den ältesten Sohn des schwarzen Schmidt erinnert. Er ist einer jener ewig wandernden Handwerksgesellen geworden, die, verlumpt und verkommen, ihr elendes Leben von den Geschenken fristen, die nach Zunftgebrauch auf ihre Ansprache die Handwerksmeister ihnen zu verabreichen haben. Auch meinem Hause geht er nie vorbei.«

Mein Freund schwieg und blickte vor sich in das Abendrot, das dort hinter den Bäumen des Kirchhofs stand; ich aber hatte schon eine Zeitlang über der Gartenpforte, der wir uns jetzt wieder näherten, das freundliche Gesicht der Frau Paulsen nach uns ausblicken sehen. »Hab ich's nit denkt!« rief sie, als wir nun zu ihr traten. »Was habt ihr wieder für ein Langes abzuhandeln? Aber nun kommt ins Haus! Die Gottsgab steht auf dem Tisch; der Hafenmeister is auch schon da; und ein Brief vom Joseph und der alt Meisterin! – – Aber was schaust mi denn so an, Bub?«

Der Meister lächelte. »Ich hab ihm was verraten, Mutter. Er will nun sehen, ob du auch richtig noch das kleine Puppenspieler-Lisei bist!«

»Ja, freili!« erwiderte sie, und ein Blick voll Liebe flog zu ihrem Mann hinüber. »Schau nur richti zu, Bub! Und wenn du es nit kannst find'n, – der da, der weiß es gar genau!«

Und der Meister legte schweigend seinen Arm um sie. Dann gingen wir ins Haus zur Feier ihres Hochzeitstages. –

Es waren prächtige Leute, der Paulsen und sein Puppenspieler-Lisei.

Aquis submersus

In unserem zu dem früher herzoglichen Schlosse gehörigen, seit Menschengedenken aber ganz vernachlässigten »Schloßgarten« waren schon in meiner Knabenzeit die einst im altfranzösischen Stile angelegten Hagebuchenhecken zu dünnen, gespenstischen Alleen ausgewachsen; da sie indessen immerhin noch einige Blätter tragen, so wissen wir Hiesigen, durch Laub der Bäume nicht verwöhnt, sie gleichwohl auch in dieser Form zu schätzen; und zumal von uns nachdenklichen Leuten wird immer der eine oder andre dort zu treffen sein. Wir pflegen dann unter dem dürftigen Schatten nach dem sogenannten »Berg« zu wandeln, einer kleinen Anhöhe in der nordwestlichen Ecke des Gartens oberhalb dem ausgetrockneten Bette eines Fischteiches, von wo aus der weitesten Aussicht nichts im Wege steht.

Die meisten mögen wohl nach Westen blicken, um sich an dem lichten Grün der Marschen und darüberhin an der Silberflut des Meeres zu ergötzen, auf welcher das Schattenspiel der langgestreckten Insel schwimmt; meine Augen wenden unwillkürlich sich nach Norden, wo, kaum eine Meile fern, der graue spitze Kirchturm aus dem höher belegenen, aber öden Küstenlande aufsteigt; denn dort liegt eine von den Stätten meiner Jugend.

Der Pastorssohn aus jenem Dorfe besuchte mit mir die »Gelehrtenschule« meiner Vaterstadt, und unzählige Male sind wir am Sonnabendnachmittage zusammen dahinaus gewandert, um dann am Sonntagabend oder montags früh zu unserem Nepos oder später zu unserem Cicero nach der Stadt zurückzukehren. Es war damals auf der Mitte des Weges noch ein gut Stück ungebrochener Heide übrig, wie sie sich einst nach der einen Seite bis fast zur Stadt, nach der anderen ebenso gegen das Dorf erstreckt hatte. Hier summten auf den Blüten des duftenden Heidekrauts die Immen und weißgrauen Hummeln und rannte unter den dürren Stengeln desselben der schöne goldgrüne Laufkäfer; hier in den Duftwolken der Eriken und des harzigen Gagelstrauches schwebten Schmetterlinge, die nirgends sonst zu finden waren. Mein ungeduldig dem Elternhause zustrebender Freund hatte oft seine liebe Not, seinen träumerischen Genossen durch all die Herrlichkeiten mit sich fortzubringen; hatten wir jedoch das angebaute Feld erreicht, dann ging es auch um desto munterer vorwärts, und bald, wenn wir nur erst den langen Sandweg hinaufwateten, erblickten wir auch schon über dem dunkeln Grün einer Fliederhecke den Giebel des Pastorhauses, aus dem das Studierzimmer des Pastors mit seinen kleinen blinden Fensterscheiben auf die bekannten Gäste hinabgrüßte.

Bei den Pastorsleuten, deren einziges Kind mein Freund war, hatten wir allezeit, wie wir hier zu sagen pflegen, fünf Quartier auf der Elle, ganz abgesehen von der wunderbaren Naturalverpflegung. Nur die Silberpappel, der einzig hohe und also auch einzig verlockende Baum des Dorfes, welche ihre Zweige ein gut Stück oberhalb des bemoosten Strohdaches rauschen ließ, war gleich dem Apfelbaum des Paradieses uns verboten und wurde daher nur heimlich von uns erklettert; sonst war, soviel ich mich entsinne, alles erlaubt und wurde je nach unserer Altersstufe bestens von uns ausgenutzt.

Der Hauptschauplatz unserer Taten war die große »Priesterkoppel«, zu der ein Pförtchen aus dem Garten führte. Hier wußten wir mit dem den Buben angeborenen Instinkte die Nester der Lerchen und der Grauammern aufzuspüren, denen wir dann die wiederholtesten Besuche abstatteten, um nachzusehen, wie weit in den letzten zwei Stunden die Eier oder die Jungen nun gediehen seien; hier auf einer tiefen und, wie ich jetzt meine, nicht weniger als jene Pappel gefährlichen Wassergrube, deren Rand mit alten Weidenstümpfen dicht umstanden war, fingen wir die flinken schwarzen Käfer, die wir »Wasserfranzosen« nannten, oder ließen wir ein andermal unsere auf einer eigens angelegten Werft erbaute Kriegsflotte aus Walnußschalen und Schachteldeckeln schwimmen.

Im Spätsommer geschah es dann auch wohl, daß wir aus unserer Koppel einen Raubzug nach des Küsters Garten machten, welcher gegenüber dem des Pastorates an der anderen Seite der Wassergrube lag; denn wir hatten dort von zwei verkrüppelten Apfelbäumen unseren Zehnten einzuheimsen, wofür uns freilich gelegentlich eine freundschaftliche Drohung von dem gutmütigen alten Manne zuteil wurde. – So viele Jugendfreuden wuchsen auf dieser Priesterkoppel, in deren dürrem Sandboden andere Blumen nicht gedeihen wollten; nur den scharfen Duft der goldknopfigen Rainfarren, die hier haufenweis auf allen Wällen standen, spüre ich noch heute in der Erinnerung, wenn jene Zeiten mir lebendig werden.

Doch alles dieses beschäftigte uns nur vorübergehend; meine dauernde Teilnahme dagegen erregte ein anderes, dem wir selbst in der Stadt nichts an die Seite zu setzen hatten. – Ich meine damit nicht etwa die Röhrenbauten der Lehmwespen, die überall aus den Mauerfugen des Stalles hervorragten, obschon es anmutig genug war, in beschaulicher Mittagsstunde das Aus- und Einfliegen der emsigen Tierchen zu beobachten; ich meine den viel größeren Bau der alten und ungewöhnlich stattlichen Dorfkirche. Bis an das Schindeldach des hohen Turmes war sie von Grund auf aus Granitquadern aufgebaut und beherrschte, auf dem höchsten Punkt des Dorfes sich erhebend, die weite Schau über Heide, Strand und Marschen. – Die meiste Anziehungskraft für mich hatte indes das Innere der Kirche; schon der ungeheure Schlüssel, der von dem Apostel Petrus selbst zu stammen schien, erregte meine Phantasie. Und in der Tat erschloß er auch, wenn wir ihn glücklich dem alten Küster abgewonnen hatten, die Pforte zu manchen wunderbaren Dingen aus denen eine längst vergangene Zeit hier wie mit finstern, dort mit kindlich frommen Augen, aber immer in geheimnisvollem Schweigen zu uns Lebenden aufblickte. Da hing mitten in die Kirche hinab ein schrecklich übermenschlicher Crucifixus, dessen hagere Glieder und verzerrtes Antlitz mit Blute überrieselt waren; dem zur Seite an einem Mauerpfeiler haftete gleich einem Nest die braun geschnitzte Kanzel, an der aus Frucht- und Blattgewinden allerlei Tier- und Teufelsfratzen sich hervorzudrängen schienen. Besondere Anziehung aber übte der große geschnitzte Altarschrank im Chor der Kirche, auf dem in bemalten Figuren die Leidensgeschichte Christi dargestellt war; so seltsam wilde Gesichter, wie das des Kaiphas oder die der Kriegsknechte, welche in ihren goldenen Harnischen um des Gekreuzigten Mantel würfelten, bekam man draußen im Alltagsleben nicht zu sehen; tröstlich damit kontrastierte nur das holde Antlitz der am Kreuze hingesunkenen Maria; ja, sie hätte leicht mein Knabenherz mit einer phantastischen Neigung bestricken können, wenn nicht ein anderes mit noch stärkerem Reize des Geheimnisvollen mich immer wieder von ihr abgezogen hätte.

Unter all diesen seltsamen oder wohl gar unheimlichen Dingen hing im Schiff der Kirche das unschuldige Bildnis eines toten Kindes, eines schönen, etwa fünfjährigen Knaben, der, auf einem mit Spitzen besetzten Kissen ruhend, eine weiße Wasserlilie in seiner kleinen bleichen Hand hielt. Aus dem zarten Antlitz sprach neben dem Grauen des Todes, wie hülfeflehend, noch eine letzte holde Spur des Lebens; ein unwiderstehliches Mitleid befiel mich, wenn ich vor diesem Bilde stand.

Aber es hing nicht allein hier; dicht daneben schaute aus dunklem Holzrahmen ein finsterer schwarzbärtiger Mann in Priesterkragen und Sammar. Mein Freund sagte mir, es sei der Vater jenes schönen Knaben; dieser selbst, so gehe noch heute die Sage, solle einst in der Wassergrube unserer Priesterkoppel seinen Tod gefunden haben. Auf dem Rahmen lasen wir die Jahreszahl 1666; das war lange her. Immer wieder zog es mich zu diesen beiden Bildern; ein phantastisches Verlangen ergriff mich, von dem Leben und Sterben des Kindes eine nähere, wenn auch noch so karge Kunde zu erhalten; selbst aus dem düsteren Antlitz des Vaters, das trotz des Priesterkragens mich fast an die Kriegsknechte des Altarschranks gemahnen wollte, suchte ich sie herauszulesen.

– – Nach solchen Studien in dem Dämmerlicht der alten Kirche erschien dann das Haus der guten Pastorsleute nur um so gastlicher. Freilich war es gleichfalls hoch zu Jahren, und der Vater meines Freundes hoffte, solange ich denken konnte, auf einen Neubau; da aber die Küsterei an derselben Altersschwäche litt, so wurde weder hier noch dort gebaut. – Und doch, wie freundlich waren trotzdem die Räume des alten Hauses; im Winter die kleine Stube rechts, im Sommer die größere links vom Hausflur, wo die aus den Reformationsalmanachen herausgeschnittenen Bilder in Mahagonirähmchen an der weißgetünchten Wand hingen, wo man aus dem westlichen Fenster nur eine ferne Windmühle, außerdem aber den ganzen weiten Himmel vor sich hatte, der sich abends in rosenrotem Schein verklärte und dann das ganze Zimmer überglänzte! Die lieben Pastorsleute, die Lehnstühle mit den roten Plüschkissen, das alte tiefe Sofa, auf dem Tisch beim Abendbrot der traulich sausende Teekessel – es war alles helle, freundliche Gegenwart. Nur eines Abends – wir waren derzeit schon Sekundaner – kam mir der Gedanke, welch eine Vergangenheit an diesen Räumen hafte, ob nicht gar jener tote Knabe einst mit frischen Wangen hier leibhaftig umhergesprungen sei, dessen Bildnis jetzt wie mit einer wehmütig holden Sage den düsteren Kirchenraum erfüllte.

Veranlassung zu solcher Nachdenklichkeit mochte geben, daß ich am Nachmittage, wo wir auf meinen Antrieb wieder einmal die Kirche besucht hatten, unten in einer dunkeln Ecke des Bildes vier mit roter Farbe geschriebene Buchstaben entdeckt hatte, die mir bis jetzt entgangen waren.

»Sie lauten C.P.A.S.«, sagte ich zu dem Vater meines Freundes; »aber wir können sie nicht enträtseln.«

»Nun«, erwiderte dieser, »die Inschrift ist mir wohlbekannt; und nimmt man das Gerücht zu Hülfe, so möchten die beiden letzten Buchstaben wohl mit ›Aquis Submersus‹, also mit ›Ertrunken‹ oder wörtlich ›Im Wasser versunken‹ zu deuten sein; nur mit dem vorangehenden C.P. wäre man dann noch immer in Verlegenheit! Der junge Adjunktus unseres

Küsters, der einmal die Quarta passiert ist, meint zwar, es könne ›Casu Periculoso‹, ›Durch gefährlichen Zufall‹ heißen; aber die alten Herren jener Zeit dachten logischer; wenn der Knabe dabei ertrank, so war der Zufall nicht nur bloß gefährlich.«

Ich hatte begierig zugehört. »›Casu‹«, sagte ich; »es könnte auch wohl ›Culpa‹ heißen?«

»›Culpa‹?«, wiederholte der Pastor. »Durch Schuld? – aber durch wessen Schuld?«

Da trat das finstere Bild des alten Predigers mir vor die Seele, und ohne viel Besinnen rief ich: »Warum nicht: ›Culpa Patris‹?«

Der gute Pastor war fast erschrocken. »Ei, ei, mein junger Freund«, sagte er und erhob warnend den Finger gegen mich. »Durch Schuld des Vaters? – So wollen wir trotz seines düsteren Ansehens meinen seligen Amtsbruder doch nicht beschuldigen. Auch würde er dergleichen wohl schwerlich von sich haben schreiben lassen.«

Dies letztere wollte auch meinem jugendlichen Verstande einleuchten; und so blieb denn der eigentliche Sinn der Inschrift nach wie vor ein Geheimnis der Vergangenheit.

Daß übrigens jene beiden Bilder sich auch in der Malerei wesentlich vor einigen alten Predigerbildnissen auszeichneten, welche gleich daneben hingen, war mir selbst schon klargeworden; daß aber Sachverständige in dem Maler einen tüchtigen Schüler altholländischer Meister erkennen wollten, erfuhr ich freilich jetzt erst durch den Vater meines Freundes. Wie jedoch ein solcher in dieses arme Dorf verschlagen worden, oder woher er gekommen und wie er geheißen habe, darüber wußte auch er mir nichts zu sagen. Die Bilder selbst enthielten weder einen Namen noch ein Malerzeichen.

Die Jahre gingen hin. Während wir die Universität besuchten, starb der gute Pastor, und die Mutter meines Schulgenossen folgte später ihrem Sohne auf dessen inzwischen anderswo erreichte Pfarrstelle; ich hatte keine Veranlassung mehr, nach jenem Dorfe zu wandern. – Da, als ich selbst schon in meiner Vaterstadt wohnhaft war, geschah es, daß ich für den Sohn eines Verwandten ein Schülerquartier bei guten Bürgersleuten zu besorgen hatte. Der eigenen Jugendzeit gedenkend, schlenderte ich im Nachmittagssonnenscheine durch die Straßen, als mir an der Ecke des Marktes über der Tür eines alten hochgegiebelten Hauses eine plattdeutsche Inschrift in die Augen fiel, die verhochdeutscht etwa lauten würde:

Gleich so wie Rauch und Staub verschwindt,
Also sind auch die Menschenkind.

Die Worte mochten für jugendliche Augen wohl nicht sichtbar sein; denn ich hatte sie nie bemerkt, sooft ich auch in meiner Schulzeit mir einen Heißewecken bei dem dort wohnenden Bäcker geholt hatte. Fast unwillkürlich trat ich in das Haus; und in der Tat, es fand sich hier ein Unterkommen für den jungen Vetter. Die Stube ihrer alten »Möddersch« (Mutterschwester) – so sagte mir der freundliche Meister –, von der sie Haus und Betrieb geerbt hätten, habe seit Jahren leergestanden; schon lange hätten sie sich einen jungen Gast dafür gewünscht.

Ich wurde eine Treppe hinaufgeführt, und wir betraten dann ein ziemlich niedriges, altertümlich ausgestattetes Zimmer, dessen beide Fenster mit ihren kleinen Scheiben auf den geräumigen Marktplatz hinausgingen. Früher, erzählte der Meister, seien zwei uralte Linden vor der Tür gewesen; aber er habe sie schlagen lassen, da sie allzusehr ins Haus gedunkelt und auch hier die schöne Aussicht ganz verdeckt hätten.

Über die Bedingungen wurden wir bald in allen Teilen einig; während wir dann aber noch über die jetzt zu treffende Einrichtung des Zimmers sprachen, war mein Blick auf ein im Schatten eines Schrankes hängendes Ölgemälde gefallen, das plötzlich meine ganze Aufmerksamkeit hinwegnahm. Es war noch wohl erhalten und stellte einen älteren, ernst und milde blickenden Mann dar, in einer dunklen Tracht, wie in der

Mitte des siebzehnten Jahrhunderts sie diejenigen aus den vornehmeren Ständen zu tragen pflegten, welche sich mehr mit Staatssachen oder gelehrten Dingen als mit dem Kriegshandwerke beschäftigten.

Der Kopf des alten Herrn, so schön und anziehend und so trefflich gemalt er immer sein mochte, hatte indessen nicht diese Erregung in mir hervorgebracht; aber der Maler hatte ihm einen blassen Knaben in den Arm gelegt, der in seiner kleinen schlaff herabhängenden Hand eine weiße Wasserlilie hielt; – und diesen Knaben kannte ich ja längst. Auch hier war es wohl der Tod, der ihm die Augen zugedrückt hatte.

»Woher ist dieses Bild?« frug ich endlich, da mir plötzlich bewußt wurde, daß der vor mir stehende Meister mit seiner Auseinandersetzung innegehalten hatte.

Er sah mich verwundert an. »Das alte Bild? Das ist von unserer Möddersch«, erwiderte er; »es stammt von ihrem Urgroßonkel, der ein Maler gewesen und vor mehr als hundert Jahren hier gewohnt hat. Es sind noch andre Siebensachen von ihm da.«

Bei diesen Worten zeigte er nach einer kleinen Lade von Eichenholz, auf welcher allerlei geometrische Figuren recht zierlich eingeschnitten waren.

Als ich sie von dem Schranke, auf dem sie stand, herunternahm, fiel der Deckel zurück, und es zeigten sich mir als Inhalt einige stark vergilbte Papierblätter mit sehr alten Schriftzügen.

»Darf ich die Blätter lesen?« frug ich.

»Wenn's Ihnen Pläsier macht«, erwiderte der Meister, »so mögen Sie die ganze Sache mit nach Hause nehmen; es sind so alte Schriften; Wert steckt nicht darin.«

Ich aber erbat mir und erhielt auch die Erlaubnis, diese wertlosen Schriften hier an Ort und Stelle lesen zu dürfen; und während ich mich dem alten Bilde gegenüber in einen mächtigen Ohrenlehnstuhl setzte, verließ der Meister das Zimmer, zwar immer noch erstaunt, doch gleichwohl die freundliche Verheißung zurücklassend, daß seine Frau mich bald mit einer guten Tasse Kaffee regalieren werde.

Ich aber las und hatte im Lesen bald alles um mich her vergessen.

*

So war ich denn wieder daheim in unserm Holstenlande; am Sonntage Cantate war es Anno 1661! – Mein Malgeräth und sonstiges Gepäcke hatte ich in der Stadt zurückgelassen und wanderte nun fröhlich fürbaß, die Straße durch den maiengrünen Buchenwald, der von der See ins Land hinaufsteigt. Vor mir her flogen ein paar Waldvöglein und letzeten dann wieder ihren Durst an dem Wasser, so in den tiefen Radgeleisen stund; denn ein linder Regen war gefallen über Nacht und noch gar früh am Vormittage, so daß die Sonne den Waldesschatten noch nicht überstiegen hatte.

Der helle Drosselschlag, der von den Lichtungen zu mir scholl, fand seinen Widerhall in meinem Herzen. Durch die Bestellungen, so mein theurer Meister van der Helst im letzten Jahre meines Amsterdamer Aufenthalts mir zugewendet, war ich aller Sorge quitt geworden; einen guten Zehrpfennig und einen Wechsel auf Hamburg trug ich noch itzt in meiner Taschen; dazu war ich stattlich angethan: mein Haar fiel auf ein Mäntelchen mit feinem Grauwerk, und der Lütticher Degen fehlte nicht an meiner Hüfte.

Meine Gedanken aber eilten mir voraus; immer sah ich Herrn Gerhardus, meinen edlen großgünstigen Protector, wie er von der Schwelle seines Zimmers mir die Hände würd' entgegenstrecken, mit seinem milden Gruße: »So segne Gott deinen Eingang, mein Johannes!«

Er hatte einst mit meinem lieben, ach, gar zu früh in die ewige Herrlichkeit genommenen Vater zu Jena die Rechte studiret und war auch nachmals den Künsten und Wissenschaften mit Fleiße obgelegen, so daß er dem Hochseligen Herzog Friedrich bei seinem edlen, wiewohl wegen der Kriegsläufte vergeblichen Bestreben um Errichtung einer

Landesuniversität ein einsichtiger und eifriger Berather gewesen. Obschon ein adeliger Mann, war er meinem lieben Vater doch stets in Treuen zugethan blieben, hatte auch nach dessen seligem Hintritt sich meiner verwaiseten Jugend mehr, als zu verhoffen, angenommen und nicht allein meine sparsamen Mittel aufgebessert, sondern auch durch seine fürnehme Bekanntschaft unter dem Holländischen Adel es dahin gebracht, daß mein theuerer Meister van der Helst mich zu seinem Schüler angenommen.

Meinte ich doch zu wissen, daß der verehrte Mann unversehrt auf seinem Herrenhofe sitze, wofür dem Allmächtigen nicht genug zu danken; denn, derweilen ich in der Fremde mich der Kunst beflissen, war daheim die Kriegsgreuel über das Land gekommen; so zwar, daß die Truppen, die gegen den kriegswüthigen Schweden dem Könige zum Beistand hergezogen, fast ärger als die Feinde selbst gehauset, ja selbst der Diener Gottes mehrere in jämmerlichen Tod gebracht. Durch den plötzlichen Hintritt des Schwedischen Carolus war nun zwar Friede; aber die grausamen Stapfen des Krieges lagen überall; manch Bauern- oder Käthnerhaus, wo man mich als Knaben mit einem Trunke süßer Milch bewirthet, hatte ich auf meiner Morgenwanderung niedergesenget am Wege liegen sehen und manches Feld in ödem Unkraut, darauf sonst um diese Zeit der Roggen seine grünen Spitzen trieb.

Aber solches beschwerete mich heut nicht allzu sehr; ich hatte nur Verlangen, wie ich dem edlen Herrn durch meine Kunst beweisen möchte, daß er Gab und Gunst an keinen Unwürdigen verschwendet habe; dachte auch nicht an Strolche und verlaufen Gesindel, das vom Kriege her noch in den Wäldern Umtrieb halten sollte. Wohl aber tückete mich ein anderes, und das war der Gedanke an den Junker Wulf. Er war mir nimmer hold gewesen, hatte wohl gar, was sein edler Vater an mir gethan, als einen Diebstahl an ihm selber angesehen; und manches Mal, wenn ich, wie öfters nach meines lieben Vaters Tode, im Sommer die Vacanz auf dem Gute zubrachte, hatte er mir die schönen Tage vergället und versalzen. Ob er anitzt in seines Vaters Hause sei, war mir nicht kund geworden, hatte nur vernommen, daß er noch vor dem Friedensschlusse bei Spiel und Becher mit den Schwedischen Offiziers Verkehr gehalten, was mit rechter Holstentreue nicht zu reimen ist.

Indem ich dieß bei mir erwog, war ich aus dem Buchenwalde in den Richtsteig durch das Tannenhölzchen geschritten, das schon dem Hofe nahe liegt. Wie liebliche Erinnerung umhauchte mich der Würzeduft des Harzes; aber bald trat ich aus dem Schatten in den vollen Sonnenschein hinaus; da lagen zu beiden Seiten die mit Haselbüschen eingehegten Wiesen, und nicht lange, so wanderte ich zwischen den zwo Reihen gewaltiger Eichbäume, die zum Herrensitz hinaufführen.

Ich weiß nicht, was für ein bang Gefühl mich plötzlich überkam, ohn alle Ursach, wie ich derzeit dachte; denn es war eitel Sonnenschein umher, und vom Himmel herab klang ein gar herzlich und ermunternd Lerchensingen. Und siehe, dort auf der Koppel, wo der Hofmann seinen Immenhof hat, stand ja auch noch der alte Holzbirnenbaum und flüsterte mit seinen jungen Blättern in der blauen Luft.

»Grüß dich Gott!« sagte ich leis, gedachte dabei aber weniger des Baumes, als vielmehr des holden Gottesgeschöpfes, in dem, wie es sich nachmals fügen mußte, all Glück und Leid und auch all nagende Buße meines Lebens beschlossen sein sollte, für jetzt und alle Zeit. Das war des edlen Herrn Gerhardus Töchterlein, des Junkers Wulfen einzig Geschwister.

Item, es war bald nach meines lieben Vaters Tode, als ich zum ersten Mal die ganze Vacanz hier verbrachte; sie war derzeit ein neunjährig Dirnlein, die ihre braunen Zöpfe lustig fliegen ließ; ich zählte um ein paar Jahre weiter. So trat ich eines Morgens aus dem Thorhaus; der alte Hofmann Dieterich, der ober der Einfahrt wohnt und neben dem als einem getreuen Mann mir mein Schlafkämmerlein eingeräumt war, hatte mir einen Eschenbogen zugerichtet, mir auch die Bolzen von tüchtigem Blei dazu gegossen, und ich wollte nun auf die Raubvögel, deren genug bei dem Herrenhaus umherschrien; da kam sie vom Hofe auf mich zugesprungen.

»Weißt du, Johannes«, sagte sie; »ich zeig dir ein Vogelnest; dort in dem hohlen Birnbaum; aber das sind Rotschwänzchen, die darfst du ja nicht schießen!«

Damit war sie schon wieder vorausgesprungen; doch eh sie noch dem Baum auf zwanzig Schritte nah gekommen, sah ich sie jählings stille stehn. »Der Buhz, der Buhz!« schrie sie und schüttelte wie entsetzt ihre beiden Händlein in der Luft.

Es war aber ein großer Waldkauz, der ober dem Loche des hohlen Baumes saß und hinabschauete, ob er ein ausfliegend Vögelein erhaschen möge. »Der Buhz, der Buhz!« schrie die Kleine wieder. »Schieß, Johannes, schieß!« – Der Kauz aber, den die Freßgier taub gemacht, saß noch immer und stierete in die Höhlung. Da spannte ich meinen Eschenbogen und schoß, daß das Raubthier zappelnd auf dem Boden lag; aus dem Baume aber schwang sich ein zwitschernd Vöglein in die Luft.

Seit der Zeit waren Katharina und ich zwei gute Gesellen mit einander; in Wald und Garten, wo das Mägdlein war, da war auch ich. Darob aber mußte mir gar bald ein Feind erstehen; das war der Kurt von der Risch, dessen Vater eine Stunde davon auf seinem reichen Hofe saß. In Begleitung seines gelahrten Hofmeisters, mit dem Herr Gerhardus gern der Unterhaltung pflag, kam er oftmals auf Besuch; und da er jünger war als Junker Wulf, so war er wohl auf mich und Katharinen angewiesen; insonders aber schien das braune Herrentöchterlein ihm zu gefallen. Doch war das schier umsonst; sie lachte nur über seine krumme Vogelnase, die ihm, wie bei fast allen des Geschlechtes, unter buschigem Haupthaar zwischen zwei merklich runden Augen saß. Ja, wenn sie seiner nur von fern gewahrte, so reckte sie wohl ihr Köpfchen vor und rief: »Johannes, der Buhz! der Buhz!« Dann versteckten wir uns hinter den Scheunen oder rannten wohl auch spornstreichs in den Wald hinein, der sich in einem

Bogen um die Felder und danach wieder dicht an die Mauern des Gartens hinanzieht.

Darob, als der von der Risch deß inne wurde, kam es oftmals zwischen uns zum Haarraufen, wobei jedoch, da er mehr hitzig denn stark war, der Vortheil meist in meinen Händen blieb.

Als ich, um von Herrn Gerhardus Urlaub zu nehmen, vor meiner Ausfahrt in die Fremde zum letzten Mal, jedoch nur kurze Tage, hier verweilte, war Katharina schon fast wie eine Jungfrau; ihr braunes Haar lag itzt in einem goldnen Netz gefangen; in ihren Augen, wenn sie die Wimpern hob, war oft ein spielend Leuchten, das mich schier beklommen machte. Auch war ein alt gebrechlich Fräulein ihr zur Obhut beigegeben, so man im Hause nur »Bas' Ursel« nannte; sie ließ das Kind nicht aus den Augen und ging überall mit einer langen Tricotage neben ihr.

Als ich so eines Octobernachmittags im Schatten der Gartenhecken mit beiden auf und ab wandelte, kam ein lang aufgeschossener Gesell, mit spitzenbesetztem Lederwams und Federhut ganz alamode gekleidet, den Gang zu uns herauf; und siehe da, es war der Junker Kurt, mein alter Widersacher. Ich merkte allsogleich, daß er noch immer bei seiner schönen Nachbarin zu Hofe ging; auch daß insonders dem alten Fräulein solches zu gefallen schien. Das war ein »Herr Baron« auf alle Frag' und Antwort; dabei lachte sie höchst obligeant mit einer widrig feinen Stimme und hob die Nase unmäßig in die Luft; mich aber, wenn ich ja ein Wort dazwischen gab, nannte sie stetig »Er« oder kurzweg auch »Johannes«, worauf der Junker dann seine runden Augen einkniff und im Gegentheile that, als sähe er auf mich herab, obschon ich ihn um halben Kopfes Länge überragte.

Ich blickte auf Katharinen; die aber kümmerte sich nicht um mich, sondern ging sittig neben dem Junker, ihm manierlich Red und Antwort gebend; den kleinen rothen Mund aber verzog mitunter ein spöttisch stolzes Lächeln, so daß ich dachte: »Getröste dich, Johannes; der Herrensohn schnellt itzo deine Wage in die Luft!« Trotzig blieb ich zurück und ließ die andern dreie vor mir gehen. Als aber diese in das Haus getreten waren und ich davor noch an Herrn Gerhardus' Blumenbeeten stand, darüber brütend, wie ich, gleich wie vormals, mit dem von der Risch ein tüchtig Haarraufen beginnen möchte, kam plötzlich Katharina wieder zurückgelaufen, riß neben mir eine Aster von den Beeten und flüsterte mir zu: »Johannes, weißt du was? Der Buhz sieht einem jungen Adler gleich; Bas' Ursel hat's gesagt!« Und fort war sie wieder, eh ich mich's versah. Mir aber war auf einmal all Trotz und Zorn wie weggeblasen. Was kümmerte mich itzund der Herr Baron! Ich lachte hell und fröhlich in den güldnen Tag hinaus; denn bei den übermüthigen Worten war wieder jenes süße Augenspiel gewesen. Aber diesmal hatte es mir gerad ins Herz geleuchtet.

Bald danach ließ mich Herr Gerhardus auf sein Zimmer rufen; er zeigte mir auf einer Karte noch einmal, wie ich die weite Reise nach Amsterdam zu machen habe, übergab mir Briefe an seine Freunde dort und sprach dann lange mit mir, als meines lieben seligen Vaters Freund. Denn noch selbigen Abends hatte ich zur Stadt zu gehen, von wo ein Bürger mich auf seinem Wagen mit nach Hamburg nehmen wollte.

Als nun der Tag hinabging, nahm ich Abschied. Unten im Zimmer saß Katharina an einem Stickrahmen; ich mußte der Griechischen Helena gedenken, wie ich sie jüngst in einem Kupferwerk gesehen; so schön erschien mir der junge Nakken, den das Mädchen eben über ihre Arbeit neigte. Aber sie war nicht allein; ihr gegenüber saß Bas' Ursel und las laut aus einem französischen Geschichtenbuche. Da ich näher trat, hob sie die Nase nach mir zu: »Nun, Johannes«, sagte sie, »Er will mir wohl Ade sagen? So kann er auch dem Fräulein gleich seine Reverenze machen!« – Da war schon Katharina von ihrer Arbeit aufgestanden; aber, indem sie mir die Hand reichte, traten die Junker Wulf und Kurt mit großem Geräusch ins Zimmer; und sie sagte nur: »Leb wohl, Johannes!« Und so ging ich fort.

Im Thorhaus drückte ich dem alten Dieterich die Hand, der Stab und Ranzen schon für mich bereit hielt; dann wanderte ich zwischen den Eichbäumen auf die Waldstraße zu. Aber mir war dabei, als könne ich nicht recht fort, als hätt ich einen Abschied noch zu Gute, und stand oft still und schaute hinter mich. Ich war auch nicht den Richtweg durch die Tannen, sondern, wie von selber, den viel weiteren auf der großen Fahrstraße hingewandert. Aber schon kam vor mir das Abendroth überm Wald herauf, und ich mußte eilen, wenn mich die Nacht nicht überfallen sollte. »Ade, Katharina, ade!« sagte ich leise und setzte rüstig meinen Wanderstab in Gang.

Da, an der Stelle, wo der Fußsteig in die Straße mündet – in stürmender Freude stund das Herz mir still – plötzlich aus dem Tannendunkel war sie selber da; mit glühenden Wangen kam sie hergelaufen, sie sprang über den trocknen Weggraben, daß die Fluth des seidenbraunen Haars dem güldnen Netz entstürzete; und so fing ich sie in meinen Armen auf. Mit glänzenden Augen, noch mit dem Odem ringend, schaute sie mich an. »Ich – ich bin ihnen fortgelaufen!« stammelte sie endlich; und dann, ein Päckchen in meine Hand drückend, fügte sie leis hinzu: »Von mir, Johannes! Und du sollst es nicht verachten!« Auf einmal aber wurde ihr Gesichtchen trübe; der kleine schwellende Mund wollte noch was reden, aber da brach ein Thränenquell aus ihren Augen, und wehmüthig ihr Köpfchen schüttelnd, riß sie sich hastig los. Ich sah ihr Kleid im finstern Tannensteig verschwinden; dann in der Ferne hört ich noch die Zweige rauschen, und dann stand ich allein. Es war so still, die Blätter konnte man fallen hören. Als ich das Päckchen aus einander faltete, da war's ihr güldner Pathenpfennig, so sie mir oft gezeigt hatte; ein Zettlein lag dabei, das las ich nun beim Schein des Abendrothes. »Damit du nicht in Noth gerathest«, stund darauf geschrieben. – Da streckt ich meine Arme in die leere Luft: »Ade, Katharina ade, ade!« – wohl hundertmal rief ich es in den stillen Wald hinein; – und erst mit sinkender Nacht erreichte ich die Stadt.

– – Seitdem waren fast fünf Jahre dahingegangen. – Wie würd' ich heute alles wiederfinden?

Und schon war ich am Thorhaus und sah drunten im Hof die alten Linden, hinter deren lichtgrünem Laub die beiden Zackengiebel des Herrenhauses itzt verborgen lagen. Als ich aber durch den Thorweg gehen wollte, jagten vom Hofe her zwei fahlgraue Bullenbeißer mit Stachelhalsbändern gar wild gegen mich heran; sie erhuben ein erschreckliches Geheul, und der eine sprang auf mich und fletschete seine weißen Zähne dicht vor meinem Antlitz. Solch einen Willkommen hatte ich noch niemalen hier empfangen. Da, zu meinem Glück, rief aus den Kammern ober dem Thore eine rauhe, aber mir gar traute Stimme: »Hallo!« rief sie; »Tartar, Türk!« Die Hunde ließen von mir ab, ich hörte es die Stiege herabkommen, und aus der Thür, so unter dem Thorgang war, trat der alte Dieterich.

Als ich ihn anschaute, sahe ich wohl, daß ich lang in der Fremde gewesen sei; denn sein Haar war schlohweiß geworden, und seine sonst so lustigen Augen blickten gar matt und betrübsam auf mich hin. »Herr Johannes!« sagte er endlich und reichte mir seine beiden Hände.

»Grüß Ihn Gott, Dieterich!« entgegnete ich. »Aber seit wann haltet Ihr solche Bluthunde auf dem Hof, die die Gäste anfallen gleich den Wölfen?«

»Ja, Herr Johannes«, sagte der Alte, »die hat der Junker hergebracht.«

»Ist denn der daheim?«

Der Alte nickte.

»Nun«, sagte ich, »die Hunde mögen schon vonnöthen sein; vom Krieg her ist noch viel verlaufen Volk zurückgeblieben.«

»Ach, Herr Johannes!« Und der alte Mann stund immer noch, als wolle er mich nicht zum Hof hinauf lassen. »Ihr seid in schlimmer Zeit gekommen!«

Ich sah ihn an, sagte aber nur: »Freilich, Dieterich; aus mancher Fensterhöhlung schaut statt des Bauern itzt der

Wolf heraus; hab dergleichen auch gesehen; aber es ist ja Frieden worden, und der gute Herr im Schloß wird helfen, seine Hand ist offen.«

Mit diesen Worten wollte ich, obschon die Hunde mich wieder anknurreten, auf den Hof hinausgehen; aber der Greis trat mir in den Weg. »Herr Johannes«, rief er, »ehe Ihr weiter gehet, höret mich an! Euer Brieflein ist zwar richtig mit der Königlichen Post von Hamburg kommen; aber den rechten Leser hat es nicht mehr finden können.«

»Dieterich!« schrie ich. »Dieterich!«

»– Ja, ja, Herr Johannes! Hier ist die gute Zeit vorbei; denn unser theurer Herr Gerhardus liegt aufgebahret dort in der Kapellen, und die Gueridons brennen an seinem Sarge. Es wird nun anders werden auf dem Hofe; aber – ich bin ein höriger Mann, mir ziemet Schweigen.«

Ich wollte fragen: »Ist das Fräulein, ist Katharina noch im Hause?« Aber das Wort wollte nicht über meine Zunge.

Drüben, in einem hinteren Seitenbau des Herrenhauses, war eine kleine Kapelle, die aber, wie ich wußte, seit lange nicht benutzt war. Dort also sollte ich Herrn Gerhardus suchen.

Ich fragte den alten Hofmann: »Ist die Kapelle offen?« und als er es bejahete, bat ich ihn, die Hunde anzuhalten; dann ging ich über den Hof, wo niemand mir begegnete; nur einer Grasmücke Singen kam oben aus den Lindenwipfeln.

Die Thür zur Kapellen war nur angelehnt, und leis und gar beklommen trat ich ein. Da stund der offene Sarg, und die rothe Flamme der Kerzen warf ihr flackernd Licht auf das edle Antlitz des geliebten Herrn; die Fremdheit des Todes, so darauf lag, sagte mir, daß er itzt eines andern Lands Genosse sei. Indem ich aber neben dem Leichnam zum Gebete hinknien wollte, erhub sich über den Rand des Sarges mir genüber ein junges blasses Antlitz, das aus schwarzen Schleiern fast erschrocken auf mich schaute.

Aber nur, wie ein Hauch verweht, so blickten die braunen Augen herzlich zu mir auf, und es war fast wie ein Freudenruf: »O Johannes, seid Ihr's denn? Ach, Ihr seid zu spät gekommen!« Und über dem Sarge hatten unsere Hände sich zum Gruß gefaßt; denn es war Katharina, und sie war so schön geworden, daß hier im Angesicht des Todes ein heißer Puls des Lebens mich durchfuhr. Zwar, das spielende Licht der Augen lag itzt zurückgeschrecket in der Tiefe; aber aus dem schwarzen Häubchen drängten sich die braunen Löcklein, und der schwellende Mund war um so röther in dem blassen Antlitz.

Und fast verwirret auf den Todten schauend, sprach ich: »Wohl kam ich in der Hoffnung, an seinem lebenden Bilde ihm mit meiner Kunst zu danken, ihm manche Stunde genüber zu sitzen und sein mild und lehrreich Wort zu hören. Laßt mich denn nun die bald vergehenden Züge festzuhalten suchen.«

Und als sie unter Thränen, die über ihre Wangen strömten, stumm zu mir hinübernickte, setzte ich mich in ein Gestühlte und begann auf einem von den Blättchen, die ich bei mir führte, des Todten Antlitz nachzubilden. Aber meine Hand zitterte; ich weiß nicht, ob alleine vor der Majestät des Todes.

Während dem vernahm ich draußen vom Hofe her eine Stimme, die ich für die des Junker Wulf erkannte; gleich danach schrie ein Hund wie nach einem Fußtritt oder Peitschenhiebe; und dann ein Lachen und einen Fluch von einer andern Stimme, die mir gleicherweise bekannt deuchte.

Als ich auf Katharinen blickte, sah ich sie mit schier entsetzten Augen nach dem Fenster starren; aber die Stimmen und die Schritte gingen vorüber. Da erhub sie sich, kam an meine Seite und sahe zu, wie des Vaters Antlitz unter meinem Stift entstund. Nicht lange, so kam draußen ein einzelner Schritt zurück; in demselben Augenblick legte Katharina die Hand auf meine Schulter, und ich fühlte, wie ihr junger Körper bebte.

Sogleich auch wurde die Kapellenthür aufgerissen; und ich erkannte den Junker Wulf, obschon sein sonsten bleiches Angesicht itzt roth und aufgedunsen schien.

»Was huckst du allfort an dem Sarge!« rief er zu der Schwester. »Der Junker von der Risch ist da gewesen, uns seine Condolenze zu bezeigen; du hättest ihm wohl den Trunk kredenzen mögen!«

Zugleich hatte er meiner wahrgenommen und bohrete mich mit seinen kleinen Augen an. – »Wulf«, sagte Katharina, indem sie mit mir zu ihm trat; »es ist Johannes, Wulf.«

Der Junker fand nicht vonnöthen, mir die Hand zu reichen; er musterte nur mein violenfarben Wams und meinte: »Du trägst da einen bunten Federbalg; man wird dich ›Sieur‹ nun tituliren müssen!«

»Nennt mich, wie's Euch gefällt!« sagte ich, indem wir auf den Hof hinaustraten. »Obschon mir dorten, von wo ich komme, das ›Herr‹ vor meinem Namen nicht gefehlet – Ihr wißt wohl, Eueres Vaters Sohn hat großes Recht an mir.«

Er sah mich was verwundert an, sagte dann aber nur: »Nun wohl, so magst du zeigen, was du für meines Vaters Gold erlernet hast; und soll dazu der Lohn für deine Arbeit dir nicht verhalten sein.«

Ich meinete, was den Lohn anginge, den hätte ich längst vorausbekommen; da aber der Junker entgegnete, er werd es halten, wie sich's für einen Edelmann gezieme, so fragte ich, was für Arbeit er mir aufzutragen hätte.

»Du weißt doch«, sagte er und hielt dann inne, indem er scharf auf seine Schwester blickte – »wenn eine adelige Tochter das Haus verläßt, so muß ihr Bild darin zurückbleiben.«

Ich fühlte, daß bei diesen Worten Katharina, die an meiner Seite ging, gleich einer Taumelnden nach meinem Mantel haschte; aber ich entgegnete ruhig: »Der Brauch ist mir bekannt; doch, wie meinet Ihr denn, Junker Wulf?«

»Ich meine«, sagte er hart, als ob er einen Gegenspruch erwarte, »daß du das Bildniß der Tochter dieses Hauses malen sollst!«

Mich durchfuhr's fast wie ein Schrecken; weiß nicht, ob mehr über den Ton oder die Deutung dieser Worte; dachte auch, zu solchem Beginnen sei itzt kaum die rechte Zeit.

Da Katharina schwieg, aus ihren Augen aber ein flehentlicher Blick mir zuflog, so antwortete ich: »Wenn Eure edle Schwester es mir vergönnen will, so hoffe ich Eueres Vaters Protection und meines Meisters Lehre keine Schande anzuthun. Räumet mir nur wieder mein Kämmerlein ober dem Thorweg bei dem alten Dieterich, so soll geschehen, was Ihr wünschet.«

Der Junker war das zufrieden und sagte auch seiner Schwester, sie möge einen Imbiß für mich richten lassen.

Ich wollte über den Beginn meiner Arbeit noch eine Frage thun; aber ich verstummte wieder, denn über den empfangenen Auftrag war plötzlich eine Entzückung in mir aufgestiegen, daß ich fürchtete, sie könne mit jedem Wort hervorbrechen. So war ich auch der zwo grimmen Köter nicht gewahr worden, die dort am Brunnen sich auf den heißen Steinen sonnten. Da wir aber näher kamen, sprangen sie auf und fuhren mit offenem Rachen gegen mich, daß Katharina einen Schrei that, der Junker aber einen schrillen Pfiff, worauf sie heulend ihm zu Füßen krochen. »Beim Höllenelemente«, rief er lachend, »zwo tolle Kerle; gilt ihnen gleich, ein Sauschwanz oder Flandrisch Tuch!«

»Nun, Junker Wulf« – ich konnte der Rede mich nicht wohl enthalten –, »soll ich noch einmal Gast in Eueres Vaters Hause sein, so möget Ihr Euere Thiere bessere Sitte lehren!«

Er blitzte mich mit seinen kleinen Augen an und riß sich ein paar Mal in seinen Zwickelbart. »Das ist nur so ihr Willkommsgruß, Sieur Johannes!« sagte er dann, indem er sich bückte, um die Bestien zu streicheln. »Damit jedweder wisse, daß ein ander Regiment allhier begonnen; denn – wer mir in die Quere kommt, den hetz ich in des Teufels Rachen!«

Bei den letzten Worten, die er heftig ausgestoßen, hatte er sich hoch aufgerichtet; dann pfiff er seinen Hunden und schritt über den Hof dem Thore zu.

Ein Weilchen schaute ich hinterdrein; dann folgte ich Katharinen, die unter dem Lindenschatten stumm und gesenkten Hauptes die Freitreppe zu dem Herrenhaus emporstieg; ebenso schweigend gingen wir mitsammen die breiten Stufen in das Oberhaus hinauf, allwo wir in des seligen Herrn Gerhardus Zimmer traten. – Hier war noch alles, wie ich es vordem gesehen; die goldgeblümten Ledertapeten, die Karten an der Wand, die saubern Pergamentbände auf den Regalen, über dem Arbeitstische der schöne Waldgrund von dem älteren Ruisdael – und dann davor der leere Sessel. Meine Blicke blieben daran haften; gleichwie drunten in der Kapellen der Leib des Entschlafenen, so schien auch dies Gemach mir itzt entseelet und, obschon vom Walde draußen der junge Lenz durchs Fenster leuchtete, doch gleichsam von der Stille des Todes wie erfüllet.

Ich hatte auf Katharinen in diesem Augenblicke fast vergessen. Da ich mich umwandte, stand sie schier reglos mitten in dem Zimmer, und ich sah, wie unter den kleinen Händen, die sie daraufgepreßt hielt, ihre Brust in ungestümer Arbeit ging. »Nicht wahr«, sagte sie leise, »hier ist itzt niemand mehr; niemand als mein Bruder und seine grimmen Hunde?«

»Katharina!« rief ich; »was ist Euch? was ist das hier in Eueres Vaters Haus?«

»Was es ist, Johannes?« und fast wild ergriff sie meine beiden Hände; und ihre jungen Augen sprühten wie in Zorn und Schmerz. »Nein, nein; laß erst den Vater in seiner Gruft zur Ruhe kommen! Aber dann – du sollst mein Bild ja malen, du wirst eine Zeitlang hier verweilen – dann, Johannes, hilf mir; um des Todten willen, hilf mir!«

Auf solche Worte, von Mitleid und von Liebe ganz bezwungen, fiel ich vor der Schönen, Süßen nieder und schwur ihr mich und alle meine Kräfte zu. Da lösete sich ein sanfter Thränenquell aus ihren Augen, und wir saßen neben einander und sprachen lange zu des Entschlafenen Gedächtniß.

Als wir sodann wieder in das Unterhaus hinabgingen, fragte ich auch dem alten Fräulein nach.

»O«, sagte Katharina, »Bas' Ursel! Wollt Ihr sie begrüßen? Ja, die ist auch noch da; sie hat hier unten ihr Gemach, denn die Treppen sind ihr schon längsthin zu beschwerlich.«

Wir traten also in ein Stübchen, das gegen den Garten lag, wo auf den Beeten vor den grünen Heckenwänden soeben die Tulpen aus der Erde brachen. Bas' Ursel saß, in der schwarzen Tracht und Krepphaube nur wie ein schwindend Häufchen anzuschauen, in einem hohen Sessel und hatte ein Nonnenspielchen vor sich, das, wie sie nachmals mir erzählte, der Herr Baron – nach seines Vaters Ableben war er solches itzund wirklich – ihr aus Lübeck zur Verehrung mitgebracht.

»So«, sagte sie, da Katharina mich genannt hatte, indeß sie behutsam die helfenbeinern Pflöcklein um einander steckte, »ist Er wieder da, Johannes? – Nein, es geht nicht aus! Oh, c'est un jeu très-compliqué!«

Dann warf sie die Pflöcklein über einander und schauete mich an. »Ei«, meinte sie, »Er ist gar stattlich angethan; aber weiß Er denn nicht, daß Er in ein Trauerhaus getreten ist?«

»Ich weiß es, Fräulein«, entgegnete ich; »aber da ich in das Thor trat, wußte ich es nicht.«

»Nun«, sagte sie und nickte gar begütigend; »so eigentlich gehöret Er ja auch nicht zur Dienerschaft.«

Über Katharinens blasses Antlitz flog ein Lächeln, wodurch ich mich jeder Antwort wohl enthoben halten mochte. Vielmehr rühmte ich der alten Dame die Anmuth ihres Wohngemaches; denn auch der Epheu von dem Thürmchen, das draußen an der Mauer aufstieg, hatte sich nach dem Fenster hingesponnen und wiegete seine grünen Ranken vor den Scheiben.

Aber Bas' Ursel meinete, ja, wenn nur nicht die Nachtigallen wären, die itzt schon wieder anhüben mit ihrer Nachtunruhe; sie könne ohnedem den Schlaf nicht finden; und dann auch sei es schier zu abgelegen; das Gesinde sei von hier aus nicht im Aug zu halten; im Garten draußen aber passire eben nichts, als etwan, wann der Gärtnerbursche an den Hecken oder Buchsrabatten putze.

– Und damit hatte der Besuch seine Endschaft; denn Katharina mahnte, es sei nachgerade an der Zeit, meinen wegemüden Leib zu stärken.

Ich war nun in meinem Kämmerchen ober dem Hofthor einlogiret, dem alten Dieterich zur sondern Freude; denn am Feierabend saßen wir auf seiner Tragkist, und ließ ich mir, gleich wie in der Knabenzeit, von ihm erzählen. Er rauchte dann wohl eine Pfeife Tabak, welche Sitte durch das Kriegsvolk auch hier in Gang gekommen war, und holete allerlei Geschichten aus den Drangsalen, so sie durch die fremden Truppen auf dem Hof und unten in dem Dorf hatten erleiden müssen; einmal aber, da ich seine Rede auf das gute Frölen Katharina gebracht und er erst nicht hatt ein Ende finden können, brach er gleichwohl plötzlich ab und schauete mich an.

»Wisset Ihr, Herr Johannes«, sagte er, »'s ist grausam schad, daß Ihr nicht auch ein Wappen habet gleich dem von der Risch da drüben!«

Und da solche Rede mir das Blut ins Gesicht jagete, klopfte er mit seiner harten Hand mir auf die Schulter, meinend: »Nun, nun, Herr Johannes; 's war ein dummes Wort von mir; wir müssen freilich bleiben, wo uns der Herrgott hingesetzet.«

Weiß nicht, ob ich derzeit mit solchem einverstanden gewesen, fragete aber nur, was der von der Risch denn itzund für ein Mann geworden.

Der Alte sah mich gar pfiffig an und paffte aus seinem kurzen Pfeiflein, als ob das theure Kraut am Feldrain wüchse. »Wollet Ihr's wissen, Herr Johannes?« begann er dann. »Er gehöret zu denen muntern Junkern, die im Kieler Umschlag den Bürgersleuten die Knöpfe von den Häusern schießen; Ihr möget glauben, er hat treffliche Pistolen! Auf der Geigen weiß er nicht so gut zu spielen; da er aber ein lustig Stücklein liebt, so hat er letzthin den Rathsmusikanten, der überm Holstenthore wohnt, um Mitternacht mit seinem Degen aufgeklopfet, ihm auch nicht Zeit gelassen, sich Wams und Hosen anzuthun. Statt der Sonnen stand aber der Mond am Himmel, es war Octavis trium regum und fror Pickelsteine; und hat also der Musikante, den Junker mit dem Degen hinter sich, im blanken Hemde vor ihm durch die Gassen geigen müssen! – – Wollet Ihr mehr noch wissen, Herr Johannes? – Zu Haus bei ihm freuen sich die Bauern, wenn der Herrgott sie nicht mit Töchtern gesegnet; und dennoch – – aber nach seines Vaters Tode hat er Geld, und unser Junker, Ihr wisset's wohl, hat schon vorher von seinem Erbe aufgezehrt.«

Ich wußte freilich nun genug; auch hatte der alte Dieterich schon mit seinem Spruche: »Aber ich bin nur ein höriger Mann« seiner Rede Schluß gemacht.

– – Mit meinem Malgeräth war auch meine Kleidung aus der Stadt gekommen, wo ich im Goldenen Löwen Alles abgeleget, so daß ich anitzt, wie es sich ziemete, in dunkler Tracht einherging. Die Tagesstunden aber wandte ich zunächst in meinen Nutzen. Nämlich, es befand sich oben im Herrenhause neben des seligen Herrn Gemach ein Saal, räumlich und hoch, dessen Wände fast völlig von lebensgroßen Bildern verhänget waren, so daß nur noch neben dem Kamin ein Platz zu zweien offen stund. Es waren das die Voreltern des Herrn Gerhardus, meist ernst und sicher blickende Männer und Frauen, mit einem Antlitz, dem man wohl vertrauen konnte; er selbsten in kräftigem Mannesalter und Katharinens früh verstorbene Mutter machten dann den Schluß. Die beiden letzten Bilder waren gar trefflich von unserem Landsmanne, dem Eiderstedter Georg Ovens, in seiner kräftigen Art gemalet; und ich suchte nun mit meinem Pinsel die Züge meines edlen Beschützers nachzuschaffen; zwar in verjüngtem Maßstabe und nur mir selber zum Genügen; doch hat es später zu einem größeren Bildniß mir gedienet, das noch itzt hier in meiner einsamen Kammer die theuerste Gesellschaft meines Alters ist. Das Bildniß seiner Tochter aber lebt mit mir in meinem Innern.

Oft, wenn ich die Palette hingelegt, stand ich noch lange vor den schönen Bildern. Katharinens Antlitz fand ich in dem der beiden Eltern wieder: des Vaters Stirn, der Mutter Liebreiz um die Lippen; wo aber war hier der harte Mundwinkel, das kleine Auge des Junker Wulf? – Das mußte tiefer aus der Vergangenheit heraufgekommen sein! Langsam ging ich die Reih der älteren Bildnisse entlang, bis über hundert Jahre weit hinab. Und siehe, da hing im schwarzen, von den Würmern schon zerfressenen Holzrahmen ein Bild, vor dem ich schon als Knabe, als ob's mich hielte, still gestanden war. Es stellete eine Edelfrau von etwa vierzig Jahren vor; die kleinen grauen Augen sahen kalt und stechend aus dem harten Antlitz, das nur zur Hälfte zwischen dem weißen Kinntuch und der Schleierhaube sichtbar wurde. Ein leiser Schauer überfuhr mich vor der so lang schon heimgegangenen Seele; und ich sprach zu mir: »Hier, diese ist's! Wie räthselhafte Wege gehet die Natur! Ein Saeculum und drüber rinnt es heimlich wie unter einer Decke im Blute der Geschlechter fort; dann, längst vergessen, taucht es plötzlich wieder auf, den Lebenden zum Unheil. Nicht vor dem Sohn des edlen Gerhardus; vor dieser hier und ihres Blutes nachgeborenem Sprößling soll ich Katharinen schützen.« Und wieder trat ich vor die beiden jüngsten Bilder, an denen mein Gemüthe sich erquickte.

So weilte ich derzeit in dem stillen Saale, wo um mich nur die Sonnenstäublein spielten, unter den Schatten der Gewesenen.

Katharinen sah ich nur beim Mittagstische, das alte Fräulein und den Junker Wulf zur Seiten; aber wofern Bas' Ursel nicht in ihren hohen Tönen redete, so war es stets ein stumm und betrübsam Mahl, so daß mir oft der Bissen im Munde quoll. Nicht die Trauer um den Abgeschiedenen war deß Ursach, sondern es lag zwischen Bruder und Schwester, als sei das Tischtuch durchgeschnitten zwischen ihnen. Katharina, nachdem sie fast die Speisen nicht berührt, entfernte sich allzeit bald, mich kaum nur mit den Augen grüßend; der

Junker aber, wenn ihm die Laune stund, suchte mich dann beim Trunke festzuhalten; hatte mich also hiegegen und, so ich nicht hinaus wollte über mein gestecktes Maß, überdem wider allerort Flosculn zu wehren, welche gegen mich gespitzet wurden.

Inzwischen, nachdem der Sarg schon mehrere Tage geschlossen gewesen, geschahe die Beisetzung des Herrn Gerhardus drunten in der Kirche des Dorfes, allwo das Erbbegräbniß ist und wo itzt seine Gebeine bei denen seiner Voreltern ruhen, mit denen der Höchste ihnen dereinst eine fröhliche Urständ wolle bescheren!

Es waren aber zu solcher Trauerfestlichkeit zwar mancherlei Leute aus der Stadt und den umliegenden Gütern gekommen, von Angehörigen aber fast wenige und auch diese nur entfernte, maßen der Junker Wulf der Letzte seines Stammes war und des Herrn Gerhardus Ehgemahl nicht hiesigen Geschlechts gewesen; darum es auch geschahe, daß in der Kürze alle wieder abgezogen sind.

Der Junker drängte nun selbst, daß ich mein aufgetragen Werk begönne, wozu ich droben in dem Bildersaale an einem nach Norden zu belegenen Fenster mir schon den Platz erwählet hatte. Zwar kam Bas' Ursel, die wegen ihrer Gicht die Treppen nicht hinauf konnte, und meinete, es möge am besten in ihrer Stuben oder im Gemach daran geschehen, so sei es uns beiderseits zur Unterhaltung; ich aber, solcher Gevatterschaft gar gern entrathend, hatte an der dortigen Westsonne einen rechten Malergrund dagegen, und konnte alles Reden ihr nicht nützen. Vielmehr war ich am andern Morgen schon dabei, die Nebenfenster des Saales zu verhängen und die hohe Staffelei zu stellen, so ich mit Hülfe Dieterichs mir selber in den letzten Tagen angefertigt.

Als ich eben den Blendrahmen mit der Leinewand darauf gelegt, öffnete sich die Thür aus Herrn Gerhardus' Zimmer, und Katharina trat herein. – Aus was für Ursach, wäre schwer zu sagen; aber ich empfand, daß wir uns dießmal fast erschrocken gegenüber standen; aus der schwarzen Kleidung, die sie nicht abgeleget, schaute das junge Antlitz in gar süßer Verwirrung zu mir auf.

»Katharina«, sagte ich, »Ihr wisset, ich soll Euer Bildniß malen; duldet Ihr's auch gern?«

Da zog ein Schleier über ihre braunen Augensterne, und sie sagte leise: »Warum doch fragt Ihr so, Johannes?«

Wie ein Thau des Glückes sank es in mein Herz. »Nein, nein, Katharina! Aber sagt, was ist, worin kann ich Euch dienen? – Setzet Euch, damit wir nicht so müßig überrascht werden, und dann sprecht! Oder vielmehr, ich weiß es schon. Ihr braucht mir's nicht zu sagen!«

Aber sie setzte sich nicht, sie trat zu mir heran. »Denket Ihr noch, Johannes, wie Ihr einst den Buhz mit Euerem Bogen niederschosset? Das thut dießmal nicht noth, obschon er wieder ob dem Neste lauert; denn ich bin kein Vöglein, das sich von ihm zerreißen läßt. Aber, Johannes, – ich habe einen Blutsfreund – hilf mir wider den!«

»Ihr meinet Eueren Bruder, Katharina!«

– »Ich habe keinen andern. – – Dem Manne, den ich hasse, will er mich zum Weibe geben! Während unseres Vaters langem Siechbett habe ich den schändlichen Kampf mit ihm gestritten, und erst an seinem Sarg hab ich's ihm abgetrotzt, daß ich in Ruhe um den Vater trauern mag; aber ich weiß, auch das wird er nicht halten.«

Ich gedachte eines Stiftsfräuleins zu Preetz, Herrn Gerhardus' einzigen Geschwisters, und meinete, ob die nicht um Schutz und Zuflucht anzugehen sei.

Katharina nickte. »Wollt Ihr mein Bote sein, Johannes? – Geschrieben habe ich ihr schon, aber in Wulfs Hände kam die Antwort, und auch erfahren habe ich sie nicht, nur die ausbrechende Wuth meines Bruders, die selbst das Ohr des Sterbenden erfüllet hätte, wenn es noch offen gewesen wäre für den Schall der Welt; aber der gnädige Gott hatte das geliebte Haupt schon mit dem letzten Erdenschlummer zugedecket.«

Katharina hatte sich nun doch auf meine Bitte mir genüber gesetzet, und ich begann die Umrisse auf die Leinewand zu zeichnen. So kamen wir zu ruhiger Berathung; und da ich, wenn die Arbeit weiter vorgeschritten, nach Hamburg mußte, um bei dem Holzschnitzer einen Rahmen zu bestellen, so stelleten wir fest, daß ich alsdann den Umweg über Preetz nähme und also meine Botschaft ausrichtete. Zunächst jedoch sei emsig an dem Werk zu fördern.

Es ist gar oft ein seltsam Widerspiel im Menschenherzen. Der Junker mußte es schon wissen, daß ich zu seiner Schwester stand; gleichwohl – hieß nun sein Stolz ihn, mich gering zu schätzen, oder glaubte er mit seiner ersten Drohung mich genug geschrecket – was ich besorget, traf nicht ein; Katharina und ich waren am ersten wie an den andern Tagen von ihm ungestöret. Einmal zwar trat er ein und schalt mit Katharinen wegen ihrer Trauerkleidung, warf aber dann die Thür hinter sich, und wir hörten ihn bald auf dem Hofe ein Reiterstücklein pfeifen. Ein ander Mal noch hatte er den von der Risch an seiner Seite. Da Katharina eine heftige Bewegung machte, bat ich sie, auf ihrem Platz zu bleiben, und malete ruhig weiter. Seit dem Begräbnißtage, wo ich einen fremden Gruß mit ihm getauschet, hatte der Junker Kurt sich auf dem Hofe nicht gezeigt; nun trat er näher und beschauete das Bild und redete gar schöne Worte, meinete aber auch, weshalb das Fräulein sich so sehr vermummet und nicht vielmehr ihr seidig Haar in freien Locken auf den Nacken habe wallen lassen; wie es ein Engelländischer Poet so trefflich ausgedrücket, »rückwärts den Winden leichte Küsse werfend?« Katharina aber, die bisher geschwiegen, wies auf Herrn Gerhardus' Bild und sagte: »Ihr wisset wohl nicht mehr, daß das mein Vater war!«

Was Junker Kurt hierauf entgegnete, ist mir nicht mehr erinnerlich; meine Person aber schien ihm ganz nicht gegenwärtig oder doch nur gleich einer Maschine, wodurch ein Bild sich auf die Leinewand malete. Von letzterem begann er über meinen Kopf hin dieß und jenes noch zu reden; da aber

Katharina nicht mehr Antwort gab, so nahm er alsbald seinen Urlaub, der Dame angenehme Kurzweil wünschend.

Bei diesem Wort jedennoch sah ich aus seinen Augen einen raschen Blick gleich einer Messerspitzen nach mir zücken.

– – Wir hatten nun weitere Störniß nicht zu leiden, und mit der Jahreszeit rückte auch die Arbeit vor. Schon stand auf den Waldkoppeln draußen der Roggen in silbergrauem Blust, und unten im Garten brachen schon die Rosen auf; wir beide aber – ich mag es heut wohl niederschreiben – wir hätten itzund die Zeit gern stille stehen lassen; an meine Botenreise wagten, auch nur mit einem Wörtlein, weder sie noch ich zu rühren. Was wir gesprochen, wüßte ich kaum zu sagen; nur daß ich von meinem Leben in der Fremde ihr erzählte und wie ich immer heim gedacht; auch daß ihr güldner Pfennig mich in Krankheit einst vor Noth bewahrt, wie sie in ihrem Kinderherzen es damals fürgesorget, und wie ich später dann gestrebt und mich geängstet, bis ich das Kleinod aus dem Leihhaus mir zurückgewonnen hatte. Dann lächelte sie glücklich; und dabei blühete aus dem dunkeln Grund des Bildes immer süßer das holde Antlitz auf; mir schien's, als sei es kaum mein eigenes Werk. – Mitunter war's, als schaue mich etwas heiß aus ihren Augen an; doch wollte ich es dann fassen, so floh es scheu zurück; und dennoch floß es durch den Pinsel heimlich auf die Leinewand, so daß mir selber kaum bewußt ein sinnberückend Bild entstand, wie nie zuvor und nie nachher ein solches aus meiner Hand gegangen ist. – – Und endlich war's doch an der Zeit und festgesetzet, am andern Morgen sollte ich meine Reise antreten.

Als Katharina mir den Brief an ihre Base eingehändigt, saß sie noch einmal mir genüber. Es wurde heute mit Worten nicht gespielet; wir sprachen ernst und sorgenvoll mitsammen; indessen setzete ich noch hie und da den Pinsel an, mitunter meine Blicke auf die schweigende Gesellschaft an den Wänden werfend, deren ich in Katharinens Gegenwart sonst kaum gedacht hatte.

Da, unter dem Malen, fiel mein Auge auch auf jenes alte Frauenbildniß, das mir zur Seite hing und aus den weißen Schleiertüchern die stechend grauen Augen auf mich gerichtet hielt. Mich fröstelte, ich hätte nahezu den Stuhl verrücket.

Aber Katharinens süße Stimme drang mir in das Ohr: »Ihr seid ja fast erbleichet; was flog Euch übers Herz, Johannes?«

Ich zeigte mit dem Pinsel auf das Bild. »Kennet Ihr die, Katharina? Diese Augen haben hier all die Tage auf uns hingesehen.«

»Die da? – Vor der hab ich schon als Kind eine Furcht gehabt, und gar bei Tage bin ich oft wie blind hier durchgelaufen. Es ist die Gemahlin eines früheren Gerhardus; vor weit über hundert Jahren hat sie hier gehauset.«

»Sie gleicht nicht Euerer schönen Mutter«, entgegnete ich; »dies Antlitz hat wohl vermocht, einer jeden Bitte nein zu sagen.«

Katharina sah gar ernst zu mir herüber. »So heißt's auch«, sagte sie; »sie soll ihr einzig Kind verfluchet haben; am andern Morgen aber hat man das blasse Fräulein aus einem Gartenteich gezogen, der nachmals zugedämmet ist. Hinter den Hecken, dem Walde zu, soll es gewesen sein.«

»Ich weiß, Katharina; es wachsen heut noch Schachtelhalm und Binsen aus dem Boden.«

»Wisset Ihr denn auch, Johannes, daß eine unseres Geschlechtes sich noch immer zeigen soll, sobald dem Hause Unheil droht? Man sieht sie erst hier an den Fenstern gleiten, dann draußen in dem Gartensumpf verschwinden.«

Ohnwillens wandten meine Augen sich wieder auf die unbeweglichen des Bildes. »Und weshalb«, fragte ich, »verfluchete sie ihr Kind?«

»Weshalb?« – Katharina zögerte ein Weilchen und blickte mich fast verwirret an mit allem ihrem Liebreiz. »Ich glaub, sie wollte den Vetter ihrer Mutter nicht zum Ehgemahl.«

– »War es denn ein gar so übler Mann?«

Ein Blick fast wie ein Flehen flog zu mir herüber, und tiefes Rosenroth bedeckte ihr Antlitz. »Ich weiß nicht«, sagte sie beklommen; und leiser, daß ich's kaum vernehmen mochte, setzte sie hinzu: »Es heißt, sie hab einen andern lieb gehabt; der war nicht ihres Standes.«

Ich hatte den Pinsel sinken lassen; denn sie saß vor mir mit gesenkten Blicken; wenn nicht die kleine Hand sich leis aus ihrem Schoße auf ihr Herz geleget, so wäre sie selber wie ein leblos Bild gewesen.

So hold es war, ich sprach doch endlich: »So kann ich ja nicht malen; wollet Ihr mich nicht ansehen, Katharina?«

Und als sie nun die Wimpern von den braunen Augensternen hob, da war kein Hehlens mehr; heiß und offen ging der Strahl zu meinem Herzen. »Katharina!« Ich war aufgesprungen. »Hätte jene Frau auch dich verflucht?«

Sie athmete tief auf. »Auch mich, Johannes!« – Da lag ihr Haupt an meiner Brust, und fest umschlossen standen wir vor dem Bild der Ahnfrau, die kalt und feindlich auf uns niederschauete.

Aber Katharina zog mich leise fort. »Laß uns nicht trotzen, mein Johannes!« sagte sie. – Mit Selbigem hörte ich im Treppenhause ein Geräusch, und war es, als wenn etwas mit dreien Beinen sich mühselig die Stiegen heraufarbeitete. Als Katharina und ich uns deshalb wieder an unsern Platz gesetzet und ich Pinsel und Palette zur Hand genommen hatte, öffnete sich die Thür, und Bas' Ursel, die wir wohl zuletzt erwartet hätten, kam an ihrem Stock hereingehustet. »Ich höre«, sagte sie, »Er will nach Hamburg, um den Rahmen zu besorgen; da muß ich mir nachgerade doch Sein Werk besehen!«

Es ist wohl männiglich bekannt, daß alte Jungfrauen in Liebessachen die allerfeinsten Sinne haben und so der jungen Welt gar oft Bedrang und Trübsal bringen. Als Bas' Ursel auf Katharinens Bild, das sie bislang noch nicht gesehen, kaum einen Blick geworfen hatte, zuckte sie gar stolz empor mit ihrem runzeligen Angesicht und frug mich allsogleich: »Hat denn das Fräulein Ihn so angesehen, als wie sie da im Bilde sitzet?«

Ich entgegnete, es sei ja eben die Kunst der edlen Malerei, nicht bloß die Abschrift des Gesichts zu geben. Aber schon mußte an unsern Augen oder Wangen ihr Sonderliches aufgefallen sein, denn ihre Blicke gingen spähend hin und wider. »Die Arbeit ist wohl bald am Ende?« sagte sie dann mit ihrer höchsten Stimme. »Deine Augen haben kranken Glanz, Katharina; das lange Sitzen hat dir nicht wohl gedienet.«

Ich entgegnete, das Bild sei bald vollendet, nur an dem Gewande sei noch hie und da zu schaffen.

»Nun, da braucht Er wohl des Fräuleins Gegenwart nicht mehr dazu! – Komm, Katharina, dein Arm ist besser als der dumme Stecken hier!«

Und so mußt ich von der dürren Alten meines Herzens holdselig Kleinod mir entführen sehen, da ich es eben mir gewonnen glaubte; kaum daß die braunen Augen mir noch einen stummen Abschied senden konnten.

Am andern Morgen, am Montage vor Johannis, trat ich meine Reise an. Auf einem Gaule, den Dieterich mir besorget, trabte ich in der Frühe aus dem Thorweg; als ich durch die Tannen ritt, brach einer von des Junkers Hunden herfür und fuhr meinem Thiere nach den Flechsen, wannschon selbiges aus ihrem eigenen Stalle war; aber der oben im Sattel saß, schien ihnen allzeit noch verdächtig. Kamen gleichwohl ohne Blessur davon, ich und der Gaul, und langeten abends bei guter Zeit in Hamburg an.

Am andern Vormittage machte ich mich auf und befand auch bald einen Schnitzer, so der Bilderleisten viele fertig hatte, daß man sie nur zusammenzustellen und in den Ecken die Zieraten daraufzuthun brauchte. Wurden also handelseinig, und versprach der Meister, mir das alles wohl verpacket nachzusenden.

Nun war zwar in der berühmten Stadt vor einen Neubegierigen gar vieles zu beschauen; so in der Schiffergesellschaft des Seeräubern Störtebeker silberner Becher, welcher das zweite Wahrzeichen der Stadt genennet wird, und ohne den gesehen zu haben, wie es in einem Buche heißet, niemand sagen dürfe, daß er in Hamburg sei gewesen; sodann auch der Wunderfisch mit eines Adlers richtigen Krallen und Fluchten, so eben um diese Zeit in der Elbe war gefangen worden und den die Hamburger, wie ich nachmalen hörete, auf einen Seesieg wider die türkischen Piraten deuteten; allein, obschon ein rechter Reisender solcherlei Seltsamkeiten nicht vorbeigehen soll, so war doch mein Gemüthe, beides, von Sorge und von Herzenssehnen, allzu sehr beschweret. Derohalben, nachdem ich bei einem Kaufherrn noch meinen Wechsel umgesetzet und in meiner Nachtherbergen Richtigkeit getroffen hatte, bestieg ich um Mittage wieder meinen Gaul und hatte allsobald allen Lärmen des großen Hamburg hinter mir.

Am Nachmittage danach langete ich in Preetz an, meldete mich im Stifte bei der hochwürdigen Dame und wurde auch alsbald vorgelassen. Ich erkannte in ihrer stattlichen Person allsogleich die Schwester meines theueren seligen Herrn Gerhardus; nur, wie es sich an unverehelichten Frauen oftmals zeiget, waren die Züge des Antlitzes gleichwohl strenger als die des Bruders. Ich hatte, selbst nachdem ich Katharinens Schreiben überreichet, ein lang und hart Examen zu bestehen; dann aber verhieß sie ihren Beistand und setzete sich zu ihrem Schreibgeräthe, indeß die Magd mich in ein ander Zimmer führen mußte, allwo man mich gar wohl bewirthete.

Es war schon spät am Nachmittage, da ich wieder fortritt; doch rechnete ich, obschon mein Gaul die vielen Meilen hinter uns bereits verspürete, noch gegen Mitternacht beim alten Dieterich anzuklopfen. – Das Schreiben, das die alte Dame mir für Katharinen mitgegeben, trug ich wohl verwahret in einem Ledertäschlein unterm Wamse auf der Brust. So ritt ich fürbaß in die aufsteigende Dämmerung hinein; gar bald an sie, die eine, nur gedenkend und immer wieder mein Herz mit neuen lieblichen Gedanken schreckend.

Es war aber eine lauwarme Juninacht; von den dunkelen Feldern erhub sich der Ruch der Wiesenblumen, aus den

Knicken duftete das Geißblatt; in Luft und Laub schwebete ungesehen das kleine Nachtgeziefer oder flog auch wohl surrend meinem schnaubenden Gaule an die Nüstern; droben aber an der blauschwarzen ungeheueren Himmelsglocke über mir strahlte im Südost das Sternenbild des Schwanes in seiner unberührten Herrlichkeit.

Da ich endlich wieder auf Herrn Gerhardus' Grund und Boden war, resolvirte ich mich sofort, noch nach dem Dorfe hinüberzureiten, welches seitwärts von der Fahrstraßen hinterm Wald belegen ist. Denn ich gedachte, daß der Krüger Hans Ottsen einen paßlichen Handwagen habe; mit dem solle er morgen einen Boten in die Stadt schicken, um die Hamburger Kiste für mich abzuholen; ich aber wollte nur an sein Kammerfenster klopfen, um ihm solches zu bestellen.

Also ritte ich am Waldesrande hin, die Augen fast verwirret von den grünlichen Johannisfünkchen, die mit ihren spielerischen Lichtern mich hier umflogen. Und schon ragete groß und finster die Kirche vor mir auf, in deren Mauern Herr Gerhardus bei den Seinen ruhte; ich hörte, wie im Thurm soeben der Hammer ausholete, und von der Glocken scholl die Mitternacht ins Dorf hinunter. »Aber sie schlafen alle«, sprach ich bei mir selber, »die Todten in der Kirchen oder unter dem hohen Sternenhimmel hieneben auf dem Kirchhof, die Lebenden noch unter den niedern Dächern, die dort stumm und dunkel vor dir liegen.« So ritt ich weiter. Als ich jedoch an den Teich kam, von wo aus man Hans Ottsens Krug gewahren kann, sahe ich von dorten einen dunstigen Lichtschein auf den Weg hinausbrechen, und Fiedeln und Klarinetten schalleten mir entgegen.

Da ich gleichwohl mit dem Wirthe reden wollte, so ritt ich herzu und brachte meinen Gaul im Stalle unter. Als ich danach auf die Tenne trat, war es gedrang voll von Menschen, Männern und Weibern, und ein Geschrei und wüst Getreibe, wie ich solches, auch beim Tanz, in früheren Jahren nicht vermerket. Der Schein der Unschlittkerzen, so unter einem Balken auf einem Kreuzholz schwebten, hob manch bärtig und verhauen Antlitz aus dem Dunkel, dem man lieber nicht allein im Wald begegnet wäre. – Aber nicht nur Strolche und Bauernbursche schienen hier sich zu vergnügen; bei den Musikanten, die drüben vor der Döns auf ihren Tonnen saßen, stund der Junker von der Risch; er hatte seinen Mantel über dem einen Arm, an dem andern hing ihm eine derbe Dirne. Aber das Stücklein schien ihm nicht zu gefallen; denn er riß dem Fiedler seine Geigen aus den Händen, warf eine Handvoll Münzen auf seine Tonne und verlangte, daß sie ihm den neumodischen Zweitritt aufspielen sollten. Als dann die Musikanten ihm gar rasch gehorchten und wie toll die neue Weise klingen ließen, schrie er nach Platz und schwang sich in den dichten Haufen; und die Bauerburschen glotzten drauf hin, wie ihm die Dirne im Arme lag, gleich einer Tauben vor dem Geier.

Ich aber wandte mich ab und trat hinten in die Stube, um mit dem Wirth zu reden. Da saß der Junker Wulf beim Kruge Wein und hatte den alten Ottsen neben sich, welchen er mit allerhand Späßen in Bedrängniß brachte; so drohete er, ihm seinen Zins zu steigern, und schüttelte sich vor Lachen, wenn der geängstete Mann gar jämmerlich um Gnad und Nachsicht supplicirte. – Da er mich gewahr worden, ließ er nicht ab, bis ich selbdritt mich an den Tisch gesetzet; frug nach meiner Reise, und ob ich in Hamburg mich auch wohl vergnüget; ich aber antwortete nur, ich käme eben von dort zurück, und werde der Rahmen in Kürze in der Stadt eintreffen, von wo Hans Ottsen ihn mit seinem Handwäglein leichtlich möge holen lassen.

Indeß ich mit letzterem solches nun verhandelte, kam auch der von der Risch hereingestürmet und schrie dem Wirthe zu, ihm einen kühlen Trunk zu schaffen. Der Junker Wulf aber, dem bereits die Zunge schwer im Munde wühlete, faßte ihn am Arm und riß ihn auf den leeren Stuhl hernieder.

»Nun, Kurt!« rief er. »Bist du noch nicht satt von deinen Dirnen! Was soll die Katharina dazu sagen? Komm, machen wir alamode ein ehrbar Hazard mitsammen!« Dabei hatte er ein Kartenspiel unterm Wams hervorgezogen. »Allons donc! – Dix et dame! – Dame et valet!«

Ich stand noch und sah dem Spiele zu, so dermalen eben Mode worden; nur wünschend, daß die Nacht vergehen und der Morgen kommen möchte. – Der Trunkene schien aber dieses Mal des Nüchternen Übermann; dem von der Risch schlug nach einander jede Karte fehl.

»Tröste dich, Kurt!« sagte der Junker Wulf, indeß er schmunzelnd die Speciesthaler auf einen Haufen scharrte:

»Glück in der Lieb
Und Glück im Spiel,
Bedenk, für einen
Ist's zu viel!

Laß den Maler dir hier von deiner schönen Braut erzählen! Der weiß sie auswendig; da kriegst du's nach der Kunst zu wissen.«

Dem andern, wie mir am besten kund war, mochte aber noch nicht viel von Liebesglück bewußt sein; denn er schlug fluchend auf den Tisch und sah gar grimmig auf mich her.

»Ei, du bist eifersüchtig, Kurt!« sagte der Junker Wulf vergnüglich, als ob er jedes Wort auf seiner schweren Zunge schmeckete; »aber getröste dich, der Rahmen ist schon fertig zu dem Bilde; dein Freund, der Maler, kommt eben erst von Hamburg.«

Bei diesem Worte sahe ich den von der Risch aufzucken gleich einem Spürhund bei der Witterung. »Von Hamburg heut? – So muß er Fausti Mantel sich bedienet haben; denn mein Reitknecht sah ihn heut zu Mittag noch in Preetz! Im Stift, bei deiner Base ist er auf Besuch gewesen.«

Meine Hand fuhr unversehens nach der Brust, wo ich das Täschlein mit dem Brief verwahret hatte; denn die trunkenen Augen des Junkers Wulf lagen auf mir; und war mir's nicht anders, als sähe er damit mein ganz Geheimniß offen vor sich liegen. Es währete auch nicht lange, so flogen die Karten klatschend auf den Tisch. »Oho!« schrie er. »Im

Stift, bei meiner Base! Du treibst wohl gar doppelt Handwerk, Bursch! Wer hat dich auf den Botengang geschickt?«

»Ihr nicht, Junker Wulf!« entgegnet ich; »und das muß Euch genug sein!« – Ich wollt nach meinem Degen greifen, aber er war nicht da; fiel mir auch bei nun, daß ich ihn an den Sattelknopf gehänget, da ich vorhin den Gaul zu Stalle brachte.

Und schon schrie der Junker wieder zu seinem jüngeren Kumpan: »Reiß ihm das Wams auf, Kurt! Es gilt den blanken Haufen hier, du findest eine saubere Briefschaft, die du ungern möchtst bestellet sehen!«

Im selbigen Augenblick fühlte ich auch schon die Hände des von der Risch an meinem Leibe, und ein wüthend Ringen zwischen uns begann. Ich fühlte wohl, daß ich so leicht, wie in der Bubenzeit, ihm nicht mehr über würde; da aber fügete es sich zu meinem Glücke, daß ich ihm beide Handgelenke packte und er also wie gefesselt vor mir stund. Es hatte keiner von uns ein Wort dabei verlauten lassen; als wir uns aber itzund in die Augen sahen, da wußte jeder wohl, daß er's mit seinem Todfeind vor sich habe.

Solches schien auch der Junker Wulf zu meinen; er strebte von seinem Stuhl empor, als wolle er dem von der Risch zu Hülfe kommen; mochte aber zu viel des Weins genossen haben, denn er taumelte auf seinen Platz zurück. Da schrie er, so laut seine lallende Zung es noch vermochte: »He, Tartar! Türk! Wo steckt ihr! Tartar, Türk!« Und ich wußte nun, daß die zwo grimmen Köter, so ich vorhin auf der Tenne an dem Ausschank hatte lungern sehen, mir an die nackte Kehle springen sollten. Schon hörete ich sie durch das Getümmel der Tanzenden daherschnaufen, da riß ich mit einem Rucke jählings meinen Feind zu Boden, sprang dann durch eine Seitenthür aus dem Zimmer, die ich schmetternd hinter mir zuwarf, und gewann also das Freie.

Und um mich her war plötzlich wieder die stille Nacht und Mond- und Sternenschimmer. In den Stall zu meinem Gaul wagt ich nicht erst zu gehen, sondern sprang flugs über einen

Wall und lief über das Feld dem Walde zu. Da ich ihn bald erreichet, suchte ich die Richtung nach dem Herrenhofe einzuhalten; denn es zieht sich die Holzung bis hart zur Gartenmauer. Zwar war die Helle der Himmelslichter hier durch das Laub der Bäume ausgeschlossen; aber meine Augen wurden der Dunkelheit gar bald gewohnt, und da ich das Täschlein sicher unter meinem Wamse fühlte, so tappte ich rüstig vorwärts; denn ich gedachte den Rest der Nacht noch einmal in meiner Kammer auszuruhen, dann aber mit dem alten Dieterich zu berathen, was allfort geschehen solle; maßen ich wohl sahe, daß meines Bleibens hier nicht fürder sei.

Bisweilen stund ich auch und horchte; aber ich mochte bei meinem Abgang wohl die Thür ins Schloß geworfen und so einen guten Vorsprung mir gewonnen haben: von den Hunden war kein Laut vernehmbar. Wohl aber, da ich eben aus dem Schatten auf eine vom Mond erhellete Lichtung trat, hörete ich nicht gar fern die Nachtigallen schlagen; und von wo ich ihren Schall hörte, dahin richtete ich meine Schritte; denn mir war wohl bewußt, sie hatten hier herum nur in den Hecken des Herrengartens ihre Nester; erkannte nun auch, wo ich mich befand, und daß ich bis zum Hofe nicht gar weit mehr hatte.

Ging also dem lieblichen Schallen nach, das immer heller vor mir aus dem Dunkel drang. Da plötzlich schlug was anderes an mein Ohr, das jählings näher kam und mir das Blut erstarren machte. Nicht zweifeln konnt ich mehr, die Hunde brachen durch das Unterholz; sie hielten fest auf meiner Spur, und schon hörete ich deutlich hinter mir ihr Schnaufen und ihre gewaltigen Sätze in dem dürren Laub des Waldbodens. Aber Gott gab mir seinen gnädigen Schutz; aus dem Schatten der Bäume stürzte ich gegen die Gartenmauer, und an eines Fliederbaums Geäste schwang ich mich hinüber. – Da sangen hier im Garten immer noch die Nachtigallen; die Buchenhekken warfen tiefe Schatten. In solcher Mondnacht war ich einst vor meiner Ausfahrt in die Welt mit Herrn Gerhardus hier gewandelt. »Sieh dir's noch einmal an, Johannes!« hatte dermalen er gesprochen; »es könnt geschehen, daß du bei deiner Heimkehr mich nicht daheim mehr fändest, und daß alsdann ein Willkomm nicht für dich am Thor geschrieben stünde; – ich aber möcht nicht, daß du diese Stätte hier vergäßest.«

Das flog mir itzund durch den Sinn, und ich mußte bitter lachen; denn nun war ich hier als ein gehetzet Wild; und schon hörete ich die Hunde des Junker Wulf gar grimmig draußen an der Gartenmauer rennen. Selbige aber war, wie ich noch tags zuvor gesehen, nicht überall so hoch, daß nicht das wüthige Gethier hinüber konnte; und rings im Garten war kein Baum, nichts als die dichten Hecken und drüben gegen das Haus die Blumenbeete des seligen Herrn. Da, als eben das Bellen der Hunde wie ein Triumphgeheule innerhalb der Gartenmauer scholl, ersahe ich in meiner Noth den alten Epheubaum, der sich mit starkem Stamme an dem Thurm hinaufreckt; und da dann die Hunde aus den Hecken auf den mondhellen Platz hinaus raseten, war ich schon hoch genug, daß sie mit ihrem Anspringen mich nicht mehr erreichen konnten; nur meinen Mantel, so von der Schulter geglitten, hatten sie mit ihren Zähnen mir herabgerissen.

Ich aber, also angeklammert und fürchtend, es werde das nach oben schwächere Geäste mich auf die Dauer nicht ertragen, blickte suchend um mich, ob ich nicht irgend besseren Halt gewinnen möchte; aber es war nichts zu sehen als die dunklen Epheublätter um mich her. – Da, in solcher Noth, hörete ich ober mir ein Fenster öffnen, und eine Stimme scholl zu mir herab – möcht ich sie wieder hören, wenn du, mein Gott, mich bald nun rufen läßt aus diesem Erdenthal! – »Johannes!« rief sie; leis, doch deutlich hörete ich meinen Namen, und ich kletterte höher an dem immer schwächeren Gezweige, indeß die schlafenden Vögel um mich auffuhren und die Hunde von unten ein Geheul heraufstießen. – »Katharina! Bist du es wirklich, Katharina?«

Aber schon kam ein zitternd Händlein zu mir herab und zog mich gegen das offene Fenster; und ich sah in ihre Augen, die voll Entsetzen in die Tiefe starrten.

»Komm!« sagte sie. »Sie werden dich zerreißen.« Da schwang ich mich in ihre Kammer. – Doch als ich drinnen war, ließ mich das Händlein los, und Katharina sank auf einen Sessel, so am Fenster stund, und hatte ihre Augen dicht geschlossen. Die dicken Flechten ihres Haares lagen über dem weißen Nachtgewand bis in den Schoß hinab; der Mond, der draußen die Gartenhecken überstiegen hatte, schien voll herein und zeigete mir alles. Ich stund wie fest gezaubert vor ihr; so lieblich fremde und doch so ganz mein eigen schien sie mir; nur meine Augen tranken sich satt an all der Schönheit. Erst als ein Seufzen ihre Brust erhob, sprach ich zu ihr: »Katharina, liebe Katharina, träumet Ihr denn?«

Da flog ein schmerzlich Lächeln über ihr Gesicht: »Ich glaub wohl fast, Johannes! – Das Leben ist so hart; der Traum ist süß!«

Als aber von unten aus dem Garten das Geheul aufs Neu heraufkam, fuhr sie erschreckt empor. »Die Hunde, Johannes!« rief sie. »Was ist das mit den Hunden?«

»Katharina«, sagte ich, »wenn ich Euch dienen soll, so glaub ich, es muß bald geschehen; denn es fehlt viel, daß ich noch einmal durch die Thür in dieses Haus gelangen sollte.« Dabei hatte ich den Brief aus meinem Täschlein hervorgezogen und erzählete auch, wie ich im Kruge drunten mit den Junkern sei in Streit gerathen.

Sie hielt das Schreiben in den hellen Mondenschein und las; dann schaute sie mich voll und herzlich an, und wir beredeten, wie wir uns morgen in dem Tannenwalde treffen wollten; denn Katharina sollte noch zuvor erkunden, auf welchen Tag des Junker Wulfen Abreise zum Kieler Johannismarkte festgesetzet sei.

»Und nun, Katharina«, sprach ich, »habt Ihr nicht etwas, das einer Waffe gleich sieht, ein eisern Ellenmaß oder so dergleichen, damit ich der beiden Thiere drunten mich erwehren könne?«

Sie aber schrak jäh wie aus einem Traum empor: »Was sprichst du, Johannes!« rief sie; und ihre Hände, so bislang in ihrem Schoß geruhet, griffen nach den meinen. »Nein, nicht fort, nicht fort! Da drunten ist der Tod; und gehst du, so ist auch hier der Tod!«

Da war ich vor ihr hingeknieet und lag an ihrer jungen Brust, und wir umfingen uns in großer Herzensnoth. »Ach, Käthe«, sprach ich, »was vermag die arme Liebe denn! Wenn auch dein Bruder Wulf nicht wäre; ich bin kein Edelmann und darf nicht um dich werben.«

Sehr süß und sorglich schauete sie mich an; dann aber kam es wie Schelmerei aus ihrem Munde: »Kein Edelmann, Johannes? – Ich dächte, du seiest auch das! Aber – ach nein! Dein Vater war nur der Freund des meinen – das gilt der Welt wohl nicht!«

»Nein, Käthe; nicht das, und sicherlich nicht hier«, entgegnete ich und umfaßte fester ihren jungfräulichen Leib; »aber drüben in Holland, dort gilt ein tüchtiger Maler wohl einen deutschen Edelmann; die Schwelle von Mynheer van Dycks Palaste zu Amsterdam ist wohl dem Höchsten ehrenvoll zu überschreiten. Man hat mich drüben halten wollen, mein Meister van der Helst und andre! Wenn ich dorthin zurückginge, ein Jahr noch oder zwei; dann – wir kommen dann schon von hier fort; bleib mir nur feste gegen euere wüsten Junker!«

Katharinens weiße Hände strichen über meine Locken; sie herzete mich und sagte leise: »Da ich in meine Kammer dich gelassen, so werd ich doch dein Weib auch werden müssen.«

– – Ihr ahnete wohl nicht, welch einen Feuerstrom dies Wort in meine Adern goß, darin ohnedies das Blut in heißen Pulsen ging. – Von dreien furchtbaren Dämonen, von Zorn und Todesangst und Liebe ein verfolgter Mann, lag nun mein Haupt in des viel geliebten Weibes Schoß.

Da schrillte ein geller Pfiff; die Hunde drunten wurden jähling stille, und da es noch einmal gellte, hörete ich sie wie toll und wild davon rennen.

Vom Hofe her wurden Schritte laut; wir horchten auf, daß uns der Athem stille stund. Bald aber wurde dorten eine Thür erst auf-, dann zugeschlagen und dann ein Riegel vorgeschoben. »Das ist Wulf«, sagte Katharina leise; »er hat die beiden Hunde in den Stall gesperrt.« – Bald hörten wir auch unter uns die Thür des Hausflurs gehen, den Schlüssel drehen und danach Schritte in dem untern Corridor, die sich verloren, wo der Junker seine Kammer hatte. Dann wurde alles still.

Es war nun endlich sicher, ganz sicher; aber mit unserem Plaudern war es mit einem Male schier zu Ende. Katharina hatte den Kopf zurückgelehnt; nur unser beider Herzen hörete ich klopfen. – »Soll ich nun gehen, Katharina?« sprach ich endlich.

Aber die jungen Arme zogen mich stumm zu ihrem Mund empor; und ich ging nicht.

Kein Laut war mehr, als aus des Gartens Tiefe das Schlagen der Nachtigallen und von fern das Rauschen des Wässerleins, das hinten um die Hecken fließt. – –

Wenn, wie es in den Liedern heißt, mitunter noch in Nächten die schöne heidnische Frau Venus aufersteht und umgeht, um die armen Menschenherzen zu verwirren, so war es dazumalen eine solche Nacht. Der Mondschein war am Himmel ausgethan, ein schwüler Ruch von Blumen hauchte durch das Fenster, und dorten überm Walde spielete die Nacht in stummen Blitzen. – O Hüter, Hüter, war dein Ruf so fern?

– – Wohl weiß ich noch, daß vom Hofe her plötzlich scharf die Hähne krähten, und daß ich ein blaß und weinend Weib in meinen Armen hielt, die mich nicht lassen wollte, unachtend, daß überm Garten der Morgen dämmerte und rothen Schein in unsre Kammer warf. Dann aber, da sie deß inne wurde, trieb sie, wie von Todesangst geschreckt, mich fort.

Noch einen Kuß, noch hundert; ein flüchtig Wort noch: wann für das Gesind zu Mittage geläutet würde, dann wollten wir im Tannenwald uns treffen; und dann – ich wußte selber kaum, wie mir's geschehen, – stund ich im Garten, unten in der kühlen Morgenluft.

Noch einmal, indem ich meinen von den Hunden zerfetzten Mantel aufhob, schaute ich empor und sah ein blasses

Händlein mir zum Abschied winken. Nahezu erschrocken aber wurd ich, da meine Augen bei einem Rückblick aus dem Gartensteig von ungefähr die unteren Fenster neben dem Thurme streiften; denn mir war, als sähe hinter einem derselbigen ich gleichfalls eine Hand; aber sie drohete nach mir mit aufgehobenem Finger und schien mir farblos und knöchern gleich der Hand des Todes. Doch war's nur wie im Husch, daß solches über meine Augen ging; dachte zwar erstlich des Märleins von der wieder gehenden Urahne; redete mir dann aber ein, es seien nur meine eigenen aufgestörten Sinne, die solch Spiel mir vorgegaukelt hätten.

So, deß nicht weiter achtend, schritt ich eilends durch den Garten, merkete aber bald, daß in der Hast ich auf den Binsensumpf gerathen; sank auch der eine Fuß bis übers Änkel ein, gleichsam als ob ihn was hinunterziehen wollte. »Ei«, dachte ich, »faßt das Hausgespenste doch nach dir!« Machte mich aber auf und sprang über die Mauer in den Wald hinab.

Die Finsterniß der dichten Bäume sagte meinem träumenden Gemüthe zu; hier um mich her war noch die selige Nacht, von welcher meine Sinne sich nicht lösen mochten. – Erst da ich nach geraumer Zeit vom Waldesrande in das offene Feld hinaustrat, wurd ich völlig wach. Ein Häuflein Rehe stund nicht fern im silbergrauen Thau, und über mir vom Himmel scholl das Tageslied der Lerche. Da schüttelte ich all müßig Träumen von mir ab; im selbigen Augenblick stieg aber auch wie heiße Noth die Frage mir ins Hirn: »Was weiter nun, Johannes? Du hast ein theures Leben an dich rissen; nun wisse, daß dein Leben nichts gilt als nur das ihre!«

Doch was ich sinnen mochte, es deuchte mir allfort das beste, wenn Katharina im Stifte sichern Unterschlupf gefunden, daß ich dann zurück nach Holland ginge, mich dort der Freundeshülf versicherte und allsobald zurückkäm, um sie nachzuholen. Vielleicht, daß sie gar der alten Base Herz erweichet'; und schlimmsten Falles – es mußt auch gehen ohne das!

Schon sahe ich uns auf einem fröhlichen Barkschiff die Wellen des grünen Zuidersees befahren, schon hörete ich das Glockenspiel vom Rathhausthurme Amsterdams und sah am Hafen meine Freunde aus dem Gewühl hervorbrechen und mich und meine schöne Frau mit hellem Zuruf grüßen und im Triumph nach unserem kleinen, aber trauten Heim geleiten. Mein Herz war voll von Muth und Hoffnung; und kräftiger und rascher schritt ich aus, als könnte ich bälder so das Glück erreichen.

– Es ist doch anders kommen.

In meinen Gedanken war ich allmählich in das Dorf hinabgelanget und trat hier in Hans Ottsens Krug, von wo ich in der Nacht so jählings hatte flüchten müssen. – »Ei, Meister Johannes«, rief der Alte auf der Tenne mir entgegen, »was hattet Ihr doch gestern mit unseren gestrengen Junkern? Ich war just draußen bei dem Ausschank; aber da ich wieder eintrat, flucheten sie schier grausam gegen Euch; und auch die Hunde raseten an der Thür, die Ihr hinter Euch ins Schloß geworfen hattet.«

Da ich aus solchen Worten abnahm, daß der Alte den Handel nicht wohl begriffen habe, so entgegnete ich nur: »Ihr wisset, der von der Risch und ich, wir haben uns schon als Jungen oft einmal gezauset; da mußt's denn gestern noch so einen Nachschmack geben.«

»Ich weiß, ich weiß!« meinte der Alte; »aber der Junker sitzt heut auf seines Vaters Hof; Ihr solltet Euch hüten, Herr Johannes; mit solchen Herren ist nicht sauber Kirschen essen.«

Dem zu widersprechen, hatte ich nicht Ursach, sondern ließ mir Brot und Frühtrunk geben und ging dann in den Stall, wo ich mir meinen Degen holete, auch Stift und Skizzenbüchlein aus dem Ranzen nahm.

Aber es war noch lange bis zum Mittagläuten. Also bat ich Hans Ottsen, daß er den Gaul mit seinem Jungen mög zum Hofe bringen lassen; und als er mir solches zugesaget, schritt ich wieder hinaus zum Wald. Ich ging aber bis zu der Stelle auf dem Heidenhügel, von wo man die beiden Giebel des Herrenhauses über die Gartenhecken ragen sieht, wie ich solches schon für den Hintergrund zu Katharinens Bildniß ausgewählet hatte. Nun gedachte ich, daß, wann in zu verhoffender Zeit sie selber in der Fremde leben und wohl das Vaterhaus nicht mehr betreten würde, sie seines Anblicks doch nicht ganz entrathen solle; zog also meinen Stift herfür und begann zu zeichnen, gar sorgsam jedes Winkelchen, woran ihr Auge einmal mocht gehaftet haben. Als farbig Schilderei sollt es dann in Amsterdam gefertigt werden, damit es ihr sofort entgegen grüße, wann ich sie dort in unsre Kammer führen würde.

Nach ein paar Stunden war die Zeichnung fertig. Ich ließ noch wie zum Gruß ein zwitschernd Vögelein darüber fliegen; dann suchte ich die Lichtung auf, wo wir uns finden wollten, und streckte mich nebenan im Schatten einer dichten Buche, sehnlich verlangend, daß die Zeit vergehe.

Ich mußte gleichwohl darob eingeschlummert sein; denn ich erwachte von einem fernen Schall und wurd deß inne, daß es das Mittagläuten von dem Hofe sei. Die Sonne glühte schon heiß hernieder und verbreitete den Ruch der Himbeeren, womit die Lichtung überdeckt war. Es fiel mir bei, wie einst Katharina und ich uns hier bei unseren Waldgängen süße Wegzehrung geholet hatten; und nun begann ein seltsam Spiel der Phantasie: bald sahe ich drüben zwischen den Sträuchern ihre zarte Kindsgestalt, bald stund sie vor mir, mich anschauend mit den seligen Frauenaugen, wie ich sie letzlich erst gesehen, wie ich sie nun gleich, im nächsten Augenblicke, schon leibhaftig an mein klopfend Herze schließen würde.

Da plötzlich überfiel mich's wie ein Schrecken. Wo blieb sie denn? Es war schon lang, daß es geläutet hatte. Ich war aufgesprungen, ich ging umher, ich stund und spähete scharf nach aller Richtung durch die Bäume; die Angst kroch mir zum Herzen; aber Katharina kam nicht; kein Schritt im Laube raschelte; nur oben in den Buchenwipfeln rauschte ab und zu der Sommerwind.

Böser Ahnung voll ging ich endlich fort und nahm einen Umweg nach dem Hofe zu. Da ich unweit dem Thore zwischen die Eichen kam, begegnete mir Dieterich. »Herr Johannes«, sagte er und trat hastig auf mich zu, »Ihr seid die Nacht schon in Hans Ottsens Krug gewesen; sein Junge brachte mir Euren Gaul zurück; – was habet Ihr mit unsern Junkern vorgehabt?«

»Warum fragst du, Dieterich?«

– »Warum, Herr Johannes? – Weil ich Unheil zwischen euch verhüten möcht.«

»Was soll das heißen, Dieterich?« frug ich wieder; aber mir war beklommen, als sollte das Wort mir in der Kehle sticken.

»Ihr werdet's schon selber wissen, Herr Johannes!« entgegnete der Alte. »Mir hat der Wind nur so einen Schall davon gebracht, vor einer Stunde mag's gewesen sein; ich wollte den Burschen rufen, der im Garten an den Hecken putzte. Da ich an den Thurm kam, wo droben unser Fräulein ihre Kammer hat, sah ich dorten die alte Bas' Ursel mit unserem Junker dicht beisammen stehen. Er hatte die Arme unterschlagen und sprach kein einzig Wörtlein; die Alte aber redete einen um so größeren Haufen und jammerte ordentlich mit ihrer feinen Stimme. Dabei wies sie bald nieder auf den Boden, bald hinauf in den Epheu, der am Thurm hinaufwächst. – Verstanden, Herr Johannes, hab ich von dem allem nichts; dann aber, und nun merket wohl auf, hielt sie mit ihrer knöchern Hand, als ob sie damit drohete, dem Junker was vor Augen; und da ich näher hinsah, war's ein Fetzen Grauwerk, just wie Ihr's da an Euerem Mantel traget.«

»Weiter, Dieterich!« sagte ich; denn der Alte hatte die Augen auf meinen zerrissenen Mantel, den ich auf dem Arme trug.

»Es ist nicht viel mehr übrig«, erwiderte er; »denn der Junker wandte sich jählings nach mir zu und frug mich, wo Ihr anzutreffen wäret. Ihr möget mir es glauben, wäre er in Wirklichkeit ein Wolf gewesen, die Augen hätten blutiger nicht funkeln können.«

Da frug ich: »Ist der Junker im Hause, Dieterich?«

– »Im Haus? Ich denke wohl; doch was sinnet Ihr, Herr Johannes?«

»Ich sinne, Dieterich, daß ich allsogleich mit ihm zu reden habe.«

Aber Dieterich hatte bei beiden Händen mich ergriffen. »Gehet nicht, Johannes«, sagte er dringend; »erzählet mir zum wenigsten, was geschehen ist; der Alte hat Euch ja sonst wohl guten Rath gewußt!«

»Hernach, Dieterich, hernach!« entgegnete ich. Und also mit diesen Worten riß ich meine Hände aus den seinen.

Der Alte schüttelte den Kopf. »Hernach, Johannes«, sagte er, »das weiß nur unser Herrgott!«

Ich aber schritt nun über den Hof dem Hause zu. – Der Junker sei eben in seinem Zimmer, sagte eine Magd, so ich im Hausflur drum befragte.

Ich hatte dieses Zimmer, das im Unterhause lag, nur einmal erst betreten. Statt wie bei seinem Vater sel. Bücher und Karten, war hier vielerlei Gewaffen, Handröhre und Arkebusen, auch allerart Jagdgeräthe an den Wänden angebracht; sonst war es ohne Zier und zeigete an ihm selber, daß niemand auf die Dauer und mit seinen ganzen Sinnen hier verweile.

Fast wär ich an der Schwelle noch zurückgewichen, da ich auf des Junkers ›Herein‹ die Thür geöffnet; denn als er sich vom Fenster zu mir wandte, sahe ich eine Reiterpistole in seiner Hand, an deren Radschloß er hantirete. Er schauete mich an, als ob ich von den Tollen käme. »So?« sagte er gedehnet; »wahrhaftig, Sieur Johannes, wenn's nicht schon sein Gespenste ist!«

»Ihr dachtet, Junker Wulf«, entgegnet ich, indem ich näher zu ihm trat, »es möcht der Straßen noch andre für mich geben, als die in Euere Kammer führen!«

– »So dachte ich, Sieur Johannes! Wie Ihr gut rathen könnt! Doch immerhin, Ihr kommt mir eben recht; ich hab Euch suchen lassen!«

In seiner Stimme bebte was, das wie ein lauernd Raubthier auf dem Sprunge lag, so daß die Hand mir unversehens nach dem Degen fuhr. Jedennoch sprach ich: »Höret mich und gönnet mir ein ruhig Wort, Herr Junker!«

Er aber unterbrach meine Rede: »Du wirst gewogen sein, mich erstlich auszuhören! Sieur Johannes« – und seine Worte, die erst langsam waren, wurden allmählich gleichwie ein Gebrüll –, »vor ein paar Stunden, da ich mit schwerem Kopf erwachte, da fiel's mir bei und reuete mich gleich einem Narren, daß ich im Rausch die wilden Hunde dir auf die Fersen gesetzet hatte; – seit aber Bas' Ursel mir den Fetzen vorgehalten, den sie dir aus deinem Federbalg gerissen, – beim Höllenelement! mich reut's nur noch, daß mir die Bestien solch Stück Arbeit nachgelassen!«

Noch einmal suchte ich zu Worte zu kommen; und da der Junker schwieg, so dachte ich, daß er auch hören würde. »Junker Wulf«, sagte ich, »es ist schon wahr, ich bin kein Edelmann; aber ich bin kein geringer Mann in meiner Kunst und hoffe, es auch wohl noch einmal den Größeren gleichzuthun; so bitte ich Euch geziementlich, gebet Euere Schwester Katharina mir zum Ehgemahl – –«

Da stockte mir das Wort im Munde. Aus seinem bleichen Antlitz starrten mich die Augen des alten Bildes an; ein gellend Lachen schlug mir in das Ohr, ein Schuß – – – dann brach ich zusammen und hörete nur noch, wie mir der Degen, den ich ohn Gedanken fast gezogen hatte, klirrend aus der Hand zu Boden fiel.

Es war manche Woche danach, daß ich in dem schon bleicheren Sonnenschein auf einem Bänkchen vor dem letzten Haus des Dorfes saß, mit matten Blicken nach dem Wald hinüberschauend, an dessen jenseitigem Rande das Herrenhaus belegen war. Meine thörichten Augen suchten stets aufs Neue den Punkt, wo, wie ich mir vorstellete, Katharinens Kämmerlein von drüben auf die schon herbstlich gelben Wipfel schaue; denn von ihr selber hatte ich keine Kunde.

Man hatte mich mit meiner Wunde in dies Haus gebracht, das von des Junkers Waldhüter bewohnt wurde; und außer diesem Mann und seinem Weibe und einem mir unbekannten Chirurgus war während meines langen Lagers niemand zu mir kommen. – Von wannen ich den Schuß in meine Brust erhalten, darüber hat mich niemand befragt, und ich habe niemandem Kunde gegeben; des Herzogs Gerichte gegen Herrn Gerhardus' Sohn und Katharinens Bruder anzurufen, konnte nimmer mir zu Sinne kommen. Er mochte sich dessen auch wohl getrösten; noch glaubhafter jedoch, daß er allen diesen Dingen trotzete.

Nur einmal war mein guter Dieterich da gewesen; er hatte mir in des Junkers Auftrage zwei Rollen Ungarischer Dukaten überbracht als Lohn für Katharinens Bild, und ich hatte das Gold genommen, in Gedanken, es sei ein Theil von deren Erbe, von dem sie als mein Weib wohl später nicht zu viel empfahen würde. Zu einem traulichen Gespräch mit Dieterich, nach dem mich sehr verlangete, hatte es mir nicht gerathen wollen, maßen das gelbe Fuchsgesicht meines Wirthes allaugenblicks in meine Kammer schaute; doch wurde so viel mir kund, daß der Junker nicht nach Kiel gereiset und Katharina seither von niemandem weder in Hof noch Garten war gesehen worden; kaum konnte ich noch den Alten bitten, daß er dem Fräulein, wenn sich's treffen möchte, meine Grüße sage, und daß ich bald nach Holland zu reisen, aber bälder noch zurückzukommen dächte, was alles in Treuen auszurichten er mir dann gelobete.

Überfiel mich aber danach die allergrößeste Ungeduld, so daß ich gegen den Willen des Chirurgus und bevor im Walde drüben noch die letzten Blätter von den Bäumen fielen, meine Reise ins Werk setzete; langete auch schon nach kurzer Frist wohlbehalten in der Holländischen Hauptstadt an, allwo ich von meinen Freunden gar liebreich empfangen wurde, und mochte es auch ferner vor ein glücklich Zeichen wohl erkennen, daß zwo Bilder, so ich dort zurückgelassen, durch die hülfsbereite Vermittelung meines theueren Meisters van der

Helst beide zu ansehnlichen Preisen verkaufet waren. Ja, es war dessen noch nicht genug: ein mir schon früher wohl gewogener Kaufherr ließ mir sagen, er habe nur auf mich gewartet, daß ich für sein nach dem Haag verheirathetes Töchterlein sein Bildniß malen möge; und wurde mir auch sofort ein reicher Lohn dafür versprochen. Da dachte ich, wenn ich solches noch vollendete, daß dann genug des helfenden Metalles in meinen Händen wäre, um auch ohne andere Mittel Katharinen in ein wohl bestellet Heimwesen einzuführen.

Machte mich also, da mein freundlicher Gönner desselbigen Sinnes war, mit allem Eifer an die Arbeit, so daß ich bald den Tag meiner Abreise gar fröhlich nah und näher rücken sahe, unachtend, mit was vor üblen Anständen ich drüben noch zu kämpfen hätte.

Aber des Menschen Augen sehen das Dunkel nicht, das vor ihm ist. – Als nun das Bild vollendet war und reichlich Lob und Gold um dessen willen mir zu Theil geworden, da konnte ich nicht fort. Ich hatte in der Arbeit meiner Schwäche nicht geachtet, die schlecht geheilte Wunde warf mich wiederum danieder. Eben wurden zum Weihnachtsfeste auf allen Straßenplätzen die Waffelbuden aufgeschlagen, da begann mein Siechthum und hielt mich länger als das erste Mal gefesselt. Zwar der besten Arzteskunst und liebreicher Freundespflege war kein Mangel, aber in Ängsten sahe ich Tag um Tag vergehen, und keine Kunde konnte von ihr, keine zu ihr kommen.

Endlich nach harter Winterzeit, da der Zuidersee wieder seine grünen Wellen schlug, geleiteten die Freunde mich zum Hafen; aber statt des frohen Muthes nahm ich itzt schwere Herzensorge mit an Bord. Doch ging die Reise rasch und gut von Statten.

Von Hamburg aus fuhr ich mit der Königlichen Post; dann, wie vor nun fast einem Jahre hiebevor, wanderte ich zu Fuße durch den Wald, an dem noch kaum die ersten Spitzen grüneten. Zwar probten schon die Finken und die Ammern ihren Lenzgesang; doch was kümmerten sie mich heute! – Ich ging aber nicht nach Herrn Gerhardus' Herrengut; sondern, so stark mein Herz auch klopfete, ich bog seitwärts ab und schritt am Waldesrand entlang dem Dorfe zu. Da stund ich bald in Hans Ottsens Krug und ihm gar selber gegenüber.

Der Alte sah mich seltsam an, meinete aber dann, ich lasse ja recht munter. »Nur«, fügte er bei, »mit den Schießbüchsen müsset Ihr nicht wieder spielen; die machen ärgere Flecken als so ein Malerpinsel.«

Ich ließ ihn gern bei solcher Meinung, so, wie ich wohl merkete, hier allgemein verbreitet war, und that vors erste eine Frage nach dem alten Dieterich.

Da mußte ich vernehmen, daß er noch vor dem ersten Winterschnee, wie es so starken Leuten wohl passiret, eines plötzlichen, wenn auch gelinden Todes verfahren sei. »Der freuet sich«, sagte Hans Ottsen, »daß er zu seinem alten Herrn da droben kommen; und ist für ihn auch besser so.«

»Amen!« sagte ich; »mein herzlieber alter Dieterich!«

Indeß aber mein Herz nur, und immer banger, nach einer Kundschaft von Katharinen seufzete, nahm meine furchtsame Zunge einen Umweg, und ich sprach beklommen: »Was machet denn Euer Nachbar, der von der Risch?«

»Oho«, lachte der Alte; »der hat ein Weib genommen, und eine, die ihn schon zu Richte setzen wird.«

Nur im ersten Augenblick erschrak ich, denn ich sagte mir sogleich, daß er nicht so von Katharinen reden würde; und da er dann den Namen nannte, so war's ein ältlich, aber reiches Fräulein aus der Nachbarschaft; forschete also muthig weiter, wie's drüben in Herrn Gerhardus' Haus bestellet sei, und wie das Fräulein und der Junker mit einander hauseten.

Da warf der Alte mir wieder seine seltsamen Blicke zu. »Ihr meinet wohl«, sagte er, »daß alte Thürm' und Mauern nicht auch plaudern könnten!«

»Was soll's der Rede?« rief ich; aber sie fiel mir centnerschwer aufs Herz.

»Nun, Herr Johannes«, und der Alte sahe mir gar zuversichtlich in die Augen, »wo das Fräulein hinkommen, das werdet doch Ihr am besten wissen! Ihr seid derzeit im Herbst ja nicht zum letzten hier gewesen; nur wundert's mich, daß Ihr noch einmal wiederkommen; denn Junker Wulf wird, denk ich, nicht eben gute Mien zum bösen Spiel gemachet haben.«

Ich sah den alten Menschen an, als sei ich selber hintersinnig worden; dann aber kam mir plötzlich ein Gedanke. »Unglücksmann!« schrie ich, »Ihr glaubet doch nicht etwan, das Fräulein Katharina sei mein Eheweib geworden?«

»Nun, lasset mich nur los!« entgegnete der Alte – denn ich schüttelte ihn an beiden Schultern. – »Was geht's mich an! Es geht die Rede so! Auf alle Fäll'; seit Neujahr ist das Fräulein im Schloß nicht mehr gesehen worden.«

Ich schwur ihm zu, derzeit sei ich in Holland krank gelegen; ich wisse nichts von alledem.

Ob er's geglaubet, weiß ich nicht zu sagen; allein er gab mir kund, es solle dermalen ein unbekannter Geistlicher zur Nachtzeit und in großer Heimlichkeit auf den Herrenhof gekommen sein; zwar habe Bas' Ursel das Gesinde schon zeitig in ihre Kammern getrieben; aber der Mägde eine, so durch den Thürspalt gelauschet, wolle auch mich über den Flur nach der Treppe haben gehen sehen; dann später hätten sie deutlich einen Wagen aus dem Thorhaus fahren hören, und seien seit jener Nacht nur noch Bas' Ursel und der Junker in dem Schloß gewesen.

– – Was ich von nun an alles und immer doch vergebens unternommen, um Katharinen oder auch nur eine Spur von ihr zu finden, das soll nicht hier verzeichnet werden. Im Dorf war nur das thörichte Geschwätz, davon Hans Ottsen mich die Probe schmecken lassen; darum machete ich mich auf nach dem Stifte zu Herrn Gerhardus' Schwester; aber die Dame wollte mich nicht vor sich lassen; wurde im übrigen mir auch berichtet, daß keinerlei junges Frauenzimmer bei ihr gesehen worden. Da reisete ich wieder zurück und demüthigte mich also, daß ich nach dem Hause des von der Risch ging und als ein Bittender vor meinen alten Widersacher hintrat. Der sagte höhnisch, es möge wohl der Buhz das Vöglein sich geholet haben; er habe dem nicht nachgeschaut; auch halte er keinen Aufschlag mehr mit denen von Herrn Gerhardus' Hofe.

Der Junker Wulf gar, der davon vernommen haben mochte, ließ nach Hans Ottsens Kruge sagen, so ich mich unterstünde, auch zu ihm zu dringen, er würde mich noch einmal mit den Hunden hetzen lassen. – Da bin ich in den Wald gegangen und hab gleich einem Strauchdieb am Weg auf ihn gelauert; die Eisen sind von der Scheide bloß geworden; wir haben gefochten, bis ich die Hand ihm wund gehauen und sein Degen in die Büsche flog. Aber er sahe mich nur mit seinen bösen Augen an; gesprochen hat er nicht. – Zuletzt bin ich zu längerem Verbleiben nach Hamburg kommen, von wo aus ich ohne Anstand und mit größerer Umsicht meine Nachforschungen zu betreiben dachte.

Es ist alles doch umsonst gewesen.

Aber ich will vors erste nun die Feder ruhen lassen. Denn vor mir liegt dein Brief, mein lieber Josias; ich soll dein Töchterlein, meiner Schwester sel. Enkelin, aus der Taufe heben. – Ich werde auf meiner Reise dem Walde vorbeifahren, so hinter Herrn Gerhardus' Hof belegen ist. Aber das alles gehört ja der Vergangenheit.

*

Hier schließt das erste Heft der Handschrift. – Hoffen wir, daß der Schreiber ein fröhliches Tauffest gefeiert und inmitten seiner Freundschaft an frischer Gegenwart sein Herz erquicket habe.

Meine Augen ruhten auf dem alten Bild mir gegenüber; ich konnte nicht zweifeln, der schöne ernste Mann war Herr Gerhardus. Wer aber war jener tote Knabe, den ihm Meister Johannes hier so sanft in seinen Arm gebettet hatte? – Sinnend nahm ich das zweite und zugleich letzte Heft, dessen Schriftzüge um ein weniges unsicherer erschienen. Es lautete, wie folgt:

Geliek as Rook un Stoof verswindt,
Also sind ock de Minschenkind.

Der Stein, darauf diese Worte eingehauen stehen, saß ob dem Thürsims eines alten Hauses. Wenn ich daran vorbeiging, mußte ich allzeit meine Augen dahin wenden, und auf meinen einsamen Wanderungen ist dann selbiger Spruch oft lange mein Begleiter blieben. Da sie im letzten Herbste das alte Haus abbrachen, habe ich aus den Trümmern diesen Stein erstanden, und ist er heute gleicherweise ob der Thüre meines Hauses eingemauert worden, wo er nach mir noch manchen, der vorübergeht, an die Nichtigkeit des Irdischen erinnern möge. Mir aber soll er eine Mahnung sein, ehbevor auch an meiner Uhr der Weiser stille steht, mit der Aufzeichnung meines Lebens fortzufahren. Denn du, meiner lieben Schwester Sohn, der du nun bald mein Erbe sein wirst, mögest mit meinem kleinen Erdengute dann auch mein Erdenleid dahinnehmen, so ich bei meiner Lebzeit niemandem, auch, aller Liebe ohnerachtet, dir nicht habe anvertrauen mögen.

Item: anno 1666 kam ich zum ersten Mal in diese Stadt an der Nordsee; maßen von einer reichen Branntweinbrenner-Witwen mir der Auftrag worden, die Auferweckung Lazari zu malen, welches Bild sie zum schuldigen und freundlichen Gedächtniß ihres Seligen, der hiesigen Kirchen aber zum Zierath zu stiften gedachte, allwo es denn auch noch heute über dem Taufsteine mit den vier Aposteln zu schauen ist. Daneben wünschte auch der Bürgermeister, Herr Titus Axen, so früher in Hamburg Thumherr und mir von dort bekannt war, sein Contrefey von mir gemalet, so daß ich für eine lange Zeit allhier zu schaffen hatte. – Mein Losament aber hatte ich bei meinem einzigen und älteren Bruder, der seit lange schon das Secretariat der Stadt bekleidete; das Haus, darin er als unbeweibter Mann lebte, war hoch und räumlich, und war es dasselbig Haus mit den zwo Linden an der Ecken von Markt und Krämerstraße, worin ich, nachdem es durch meines lieben Bruders Hintritt mir angestorben, anitzt als alter Mann noch lebe und der Wiedervereinigung mit den vorangegangenen Lieben in Demuth entgegenharre.

Meine Werkstätte hatte ich mir in dem großen Pesel der Witwe eingerichtet; es war dorten ein gutes Oberlicht zur Arbeit, und bekam alles gemacht und gestellet, wie ich es verlangen mochte. Nur daß die gute Frau selber gar zu gegenwärtig war; denn allaugenblicklich kam sie draußen von ihrem Schanktisch zu mir hergetrottet mit ihren Blechgemäßen in der Hand; drängte mit ihrer Wohlbeleibtheit mir auf den Malstock und roch an meinem Bild herum; gar eines Vormittages, da ich soeben den Kopf des Lazarus untermalet hatte, verlangte sie mit viel überflüssigen Worten, der auferweckte Mann solle das Antlitz ihres Seligen zur Schau stellen, obschon ich diesen Seligen doch niemalen zu Gesicht bekommen, von meinem Bruder auch vernommen hatte, daß selbiger, wie es die Brenner pflegen, das Zeichen seines Gewerbes als eine blaurothe Nasen im Gesicht herumgetragen; da habe ich denn, wie man glauben mag, dem unvernünftigen Weibe gar hart den Daumen gegenhalten müssen. Als dann von der Außendiele her wieder neue Kundschaft nach ihr gerufen und mit den Gemäßen auf den Schank geklopfet, und sie endlich von mir lassen müssen, da sank mir die Hand mit dem Pinsel in den Schoß, und ich mußte plötzlich des Tages gedenken, da ich eines gar andern Seligen Antlitz mit dem Stifte nachgebildet, und wer da in der kleinen Kapelle so still bei mir gestanden sei. – Und also rückwärts sinnend, setzete ich meinen Pinsel wieder an; als aber selbiger eine gute Weile hin und wider gegangen, mußte ich zu eigener Verwunderung gewahren, daß ich die Züge des edlen Herrn Gerhardus in des Lazari Angesicht hineingetragen hatte. Aus seinem Leilach blickte des Todten Antlitz gleichwie in stummer Klage gegen mich, und ich gedachte: So wird er dir einstmals in der Ewigkeit entgegentreten!

Ich konnte heut nicht weiter malen, sondern ging fort und schlich auf meine Kammer ober der Hausthür, allwo ich mich ans Fenster setzte und durch den Ausschnitt der Lindenbäume auf den Markt hinabsah. Es gab aber groß Gewühl dort, und war bis drüben an die Rathswage und weiter bis zur Kirchen alles voll von Wagen und Menschen; denn es war ein Donnerstag und noch zur Stunde, daß Gast mit Gaste handeln durfte, also daß der Stadtknecht mit dem Griper müßig auf unseres Nachbaren Beischlag saß, maßen es vor der Hand keine Brüchen zu erhaschen gab. Die Ostenfelder Weiber mit ihren rothen Jacken, die Mädchen von den Inseln mit ihren Kopftüchern und feinem Silberschmuck, dazwischen die hochgethürmeten Getreidewagen und darauf die Bauern in ihren gelben Lederhosen – dies alles mochte wohl ein Bild für eines Malers Auge geben, zumal wenn selbiger, wie ich, bei den Holländern in die Schule gegangen war; aber die Schwere meines Gemüthes machte das bunte Bild mir trübe. Doch war es keine Reu, wie ich vorhin an mir erfahren hatte; ein sehnend Leid kam immer gewaltiger über mich; es zerfleischete mich mit wilden Krallen und sah mich gleichwohl mit holden Augen an. Drunten lag der helle Mittag auf dem wimmelnden Markte; vor meinen Augen aber dämmerte silberne Mondnacht, wie Schatten stiegen ein paar Zackengiebel auf, ein Fenster klirrte, und gleich wie aus Träumen schlugen leis und fern die Nachtigallen. O du mein Gott und mein Erlöser, der du die Barmherzigkeit bist, wo war sie in dieser Stunde, wo hatte meine Seele sie zu suchen? – –

Da hörete ich draußen unter dem Fenster von einer harten Stimme meinen Namen nennen, und als ich hinausschaute, ersahe ich einen großen hageren Mann in der üblichen Tracht eines Predigers, obschon sein herrisch und finster Antlitz mit dem schwarzen Haupthaar und dem tiefen Einschnitt ob der Nase wohl eher einem Kriegsmann angestanden wäre. Er wies soeben einem andern, untersetzten Manne von bäuerischem Aussehen, aber gleich ihm in schwarzwollenen

Strümpfen und Schnallenschuhen, mit seinem Handstocke nach unserer Hausthür zu, indem er selbst zumal durch das Marktgewühle von dannen schritt.

Da ich dann gleich darauf die Thürglocke schellen hörte, ging ich hinab und lud den Fremden in das Wohngemach, wo er von dem Stuhle, darauf ich ihn genöthigt, mich gar genau und aufmerksam betrachtete.

Also war selbiger der Küster aus dem Dorfe norden der Stadt, und erfuhr ich bald, daß man dort einen Maler brauche, da man des Pastors Bildniß in die Kirche stiften wolle. Ich forschete ein wenig, was für Verdienst um die Gemeine dieser sich erworben hätte, daß sie solche Ehr ihm anzuthun gedächten, da er doch seines Alters halben noch nicht gar lang im Amte stehen könne; der Küster aber meinete, es habe der Pastor freilich wegen eines Stück Ackergrundes einmal einen Proceß gegen die Gemeine angestrenget, sonst wisse er eben nicht, was Sondres könne vorgefallen sein; allein es hingen allbereits die drei Amtsvorweser in der Kirchen, und da sie, wie er sagen müsse, vernommen hätten, ich verstünde das Ding gar wohl zu machen, so sollte der guten Gelegenheit wegen nun auch der vierte Pastor mit hinein; dieser selber freilich kümmere sich nicht eben viel darum.

Ich hörete dem allen zu; und da ich mit meinem Lazarus am liebsten auf eine Zeit pausiren mochte, das Bildniß des Herrn Titus Axen aber wegen eingetretenen Siechthums desselbigen nicht beginnen konnte, so hub ich an, dem Auftrage näher nachzufragen.

Was mir an Preis für solche Arbeit nun geboten wurde, war zwar gering, so daß ich erstlich dachte: sie nehmen dich für einen Pfennigmaler, wie sie im Kriegstrosse mitziehen, um die Soldaten für ihre heimgebliebenen Dirnen abzumalen; aber es muthete mich plötzlich an, auf eine Zeit allmorgendlich in der goldnen Herbstessonne über die Heide nach dem Dorf hinauszuwandern, das nur eine Wegstunde von unserer Stadt belegen ist. Sagete also zu, nur mit dem Beding, daß die

Malerei draußen auf dem Dorfe vor sich ginge, da hier in meines Bruders Hause paßliche Gelegenheit nicht befindlich sei.

Deß schien der Küster gar vergnügt, meinend, das sei alles hiebevor schon fürgesorget; der Pastor hab sich solches gleichfalls ausbedungen; item, es sei dazu die Schulstube in seiner Küsterei erwählet; selbige sei das zweite Haus im Dorfe und liege nahe am Pastorate, nur hintenaus durch die Priesterkoppel davon geschieden, so daß also auch der Pastor leicht hinübertreten könne. Die Kinder, die im Sommer doch nichts lernten, würden dann nach Haus geschicket.

Also schüttelten wir uns die Hände, und da der Küster auch die Maße des Bildes fürsorglich mitgebracht, so konnte alles Malgeräth, deß ich bedurfte, schon Nachmittages mit der Priesterfuhr hinausbefördert werden.

Als mein Bruder dann nach Hause kam – erst spät am Nachmittage; denn ein Ehrsamer Rath hatte dermalen viel Bedrängniß von einer Schinderleichen, so die ehrlichen Leute nicht zu Grabe tragen wollten – meinete er, ich bekäme da einen Kopf zu malen, wie er nicht oft auf einem Priesterkragen sitze, und möchte mich mit Schwarz und Braunroth wohl versehen; erzählete mir auch, es sei der Pastor als Feldcapellan mit den Brandenburgern hier ins Land gekommen, als welcher er's fast wilder denn die Offiziers getrieben haben solle; sei übrigens itzt ein scharfer Streiter vor dem Herrn, der seine Bauern gar meisterlich zu packen wisse. – Noch merkete mein Bruder an, daß bei desselbigen Amtseintritt in unserer Gegend adelige Fürsprach eingewirket haben solle, wie es heiße, von drüben aus dem Holsteinischen her; der Archidiaconus habe bei der Klosterrechnung ein Wörtlein davon fallen lassen. War jedoch Weiteres meinem Bruder darob nicht kund geworden.

So sahe mich denn die Morgensonne des nächsten Tages rüstig über die Heide schreiten, und war mir nur leid, daß letztere allbereits ihr rothes Kleid und ihren Würzeduft verbrauchet und also diese Landschaft ihren ganzen Sommerschmuck verloren hatte; denn von grünen Bäumen war weithin nichts zu ersehen; nur der spitze Kirchthurm des Dorfes, dem ich zustrebte – wie ich bereits erkennen mochte, ganz von Granitquadern auferbauet –, stieg immer höher vor mir in den dunkelblauen Octoberhimmel. Zwischen den schwarzen Strohdächern, die an seinem Fuße lagen, krüppelte nur niedrig Busch- und Baumwerk; denn der Nordwestwind, so hier frisch von der See heraufkommt, will freien Weg zu fahren haben.

Als ich das Dorf erreichet und auch alsbald mich nach der Küsterei gefunden hatte, stürzete mir sofort mit lustigem Geschrei die ganze Schul entgegen; der Küster aber hieß an seiner Hausthür mich willkommen. »Merket Ihr wohl, wie gern sie von der Fibel laufen!« sagte er. »Der eine Bengel hatte Euch schon durchs Fenster kommen sehen.«

In dem Prediger, der gleich danach ins Haus trat, erkannte ich denselbigen Mann, den ich schon tags zuvor gesehen hatte. Aber auf seine finstere Erscheinung war heute gleichsam ein Licht gesetzet; das war ein schöner blasser Knabe, den er an der Hand mit sich führete; das Kind mochte etwan vier Jahre zählen und sahe fast winzig aus gegen des Mannes hohe knochige Gestalt.

Da ich die Bildnisse der früheren Prediger zu sehen wünschte, so gingen wir mitsammen in die Kirche, welche also hoch belegen ist, daß man nach den anderen Seiten über Marschen und Heide, nach Westen aber auf den nicht gar fernen Meeresstrand hinunterschauen kann. Es mußte eben Fluth sein; denn die Watten waren überströmet, und das Meer stund wie ein lichtes Silber. Da ich anmerkete, wie oberhalb desselben die Spitze des Festlandes und von der andern Seite diejenige der Insel sich gegen einander strecketen, wies der Küster auf die Wasserfläche, so dazwischen liegt. »Dort«, sagte er, »hat einst meiner Eltern Haus gestanden; aber anno 34 bei der großen Fluth trieb es gleich hundert anderen in den grimmen Wassern; auf der einen Hälfte des

Daches ward ich an diesen Strand geworfen, auf der anderen fuhren Vater und Bruder in die Ewigkeit hinaus.«

Ich dachte: »So stehet die Kirche wohl am rechten Ort; auch ohne den Pastor wird hier vernehmentlich Gottes Wort geprediget.«

Der Knabe, welchen letzterer auf den Arm genommen hatte, hielt dessen Nacken mit beiden Ärmchen fest umschlungen und drückte die zarte Wange an das schwarze bärtige Gesicht des Mannes, als finde er so den Schutz vor der ihn schreckenden Unendlichkeit, die dort vor unseren Augen ausgebreitet lag.

Als wir in das Schiff der Kirche eingetreten waren, betrachtete ich mir die alten Bildnisse und sahe auch einen Kopf darunter, der wohl eines guten Pinsels werth gewesen wäre; jedennoch war es alles eben Pfennigmalerei, und sollte demnach der Schüler van der Helsts hier in gar sondere Gesellschaft kommen.

Da ich solches eben in meiner Eitelkeit bedachte, sprach die harte Stimme des Pastors neben mir: »Es ist nicht meines Sinnes, daß der Schein des Staubes dauere, wenn der Odem Gottes ihn verlassen; aber ich habe der Gemeine Wunsch nicht widerstreben mögen; nur, Meister, machet es kurz; ich habe besseren Gebrauch für meine Zeit.«

Nachdem ich dem finsteren Manne, an dessen Antlitz ich gleichwohl für meine Kunst Gefallen fand, meine beste Bemühung zugesaget, fragete ich einem geschnitzten Bilde der Maria nach, so von meinem Bruder mir war gerühmet worden.

Ein fast verachtend Lächeln ging über des Predigers Angesicht. »Da kommet Ihr zu spät«, sagte er, »es ging in Trümmer, da ich's aus der Kirche schaffen ließ.«

Ich sah ihn fast erschrocken an. »Und wolltet Ihr des Heilands Mutter nicht in Euerer Kirche dulden?«

»Die Züge von des Heilands Mutter«, entgegnete er, »sind nicht überliefert worden.«

– »Aber wollet Ihr's der Kunst mißgönnen, sie in frommem Sinn zu suchen?«

Er blickte eine Weile finster auf mich herab; denn, obschon ich zu den Kleinen nicht zu zählen, so überragte er mich doch um eines halben Kopfes Höhe; – dann sprach er heftig: »Hat nicht der König die holländischen Papisten dort auf die zerrissene Insel herberufen; nur um durch das Menschenwerk der Deiche des Höchsten Strafgericht zu trotzen? Haben nicht noch letzlich die Kirchenvorsteher drüben in der Stadt sich zwei der Heiligen in ihr Gestühlte schnitzen lassen? Betet und wachet! Denn auch hier geht Satan noch von Haus zu Haus! Diese Marienbilder sind nichts als Säugammen der Sinnenlust und des Papismus; die Kunst hat allzeit mit der Welt gebuhlt!«

Ein dunkles Feuer glühte in seinen Augen, aber seine Hand lag liebkosend auf dem Kopf des blassen Knaben, der sich an seine Knie schmiegte.

Ich vergaß darob, des Pastors Worte zu erwidern; mahnete aber danach, daß wir in die Küsterei zurückgingen, wo ich alsdann meine edele Kunst an ihrem Widersacher selber zu erproben anhub.

Also wanderte ich fast einen Morgen um den andern über die Heide nach dem Dorfe, wo ich allzeit den Pastor schon meiner harrend antraf. Geredet wurde wenig zwischen uns; aber das Bild nahm desto rascheren Fortgang. Gemeiniglich saß der Küster neben uns und schnitzete allerlei Geräthe gar säuberlich aus Eichenholz, dergleichen als eine Hauskunst hier überall betrieben wird; auch habe ich das Kästlein, woran er derzeit arbeitete, von ihm erstanden und darin vor Jahren die ersten Blätter dieser Niederschrift hinterleget, alswie denn auch mit Gottes Willen diese letzten darin sollen beschlossen sein. –

In des Predigers Wohnung wurde ich nicht geladen und betrat selbige auch nicht; der Knabe aber war allzeit mit ihm in der Küsterei; er stand an seinen Knien, oder er spielte mit Kieselsteinchen in der Ecke des Zimmers. Da ich selbigen einmal fragte, wie er heiße, antwortete er: »Johannes!« –

»Johannes?« entgegnete ich, »so heiße ich ja auch!« – Er sah mich groß an, sagte aber weiter nichts.

Weshalb rühreten diese Augen so an meine Seele? – Einmal gar überraschete mich ein finsterer Blick des Pastors, da ich den Pinsel müßig auf der Leinewand ruhen ließ. Es war etwas in dieses Kindes Antlitz, das nicht aus seinem kurzen Leben kommen konnte; aber es war kein froher Zug. So, dachte ich, sieht ein Kind, das unter einem kummerschweren Herzen ausgewachsen. Ich hätte oft die Arme nach ihm breiten mögen; aber ich scheuete mich vor dem harten Manne, der es gleich einem Kleinod zu behüten schien. Wohl dachte ich oft: »Welch eine Frau mag dieses Knaben Mutter sein?« –

Des Küsters alte Magd hatte ich einmal nach des Predigers Frau befraget; aber sie hatte mir kurzen Bescheid gegeben: »Die kennt man nicht; in die Bauernhäuser kommt sie kaum, wenn Kindelbier und Hochzeit ist.« – Der Pastor selbst sprach nicht von ihr. Aus dem Garten der Küsterei, welcher in eine dichte Gruppe von Fliederbüschen ausläuft, sahe ich sie einmal langsam über die Priesterkoppel nach ihrem Hause gehen; aber sie hatte mir den Rücken zugewendet, so daß ich nur ihre schlanke jugendliche Gestalt gewahren konnte, und außerdem ein paar gekräuselte Löckchen, in der Art, wie sie sonst nur von den Vornehmeren getragen werden und die der Wind von ihren Schläfen wehte. Das Bild ihres finsteren Ehgesponsen trat mir vor die Seele, und mir schien, es passe dieses Paar nicht wohl zusammen.

– – An den Tagen, wo ich nicht da draußen war, hatte ich auch die Arbeit an meinem Lazarus wieder aufgenommen, so daß nach einiger Zeit diese Bilder miteinander nahezu vollendet waren.

So saß ich eines Abends nach vollbrachtem Tagewerke mit meinem Bruder unten in unserem Wohngemache. Auf dem Tisch am Ofen war die Kerze fast herabgebrannt, und die holländische Schlaguhr hatte schon auf Eilf gewarnt; wir aber saßen am Fenster und hatten der Gegenwart vergessen; denn wir gedachten der kurzen Zeit, die wir mitsammen in unserer

Eltern Haus verlebet hatten; auch unseres einzigen lieben Schwesterleins gedachten wir, das im ersten Kindbette verstorben und nun seit lange schon mit Vater und Mutter einer fröhlichen Auferstehung entgegenharrete. – Wir hatten die Läden nicht vorgeschlagen; denn es that uns wohl, durch das Dunkel, so draußen auf den Erdenwohnungen der Stadt lag, in das Sternenlicht des ewigen Himmels hinaufzublicken.

Am Ende verstummeten wir beide in uns selber, und wie auf einem dunkeln Strome trieben meine Gedanken zu ihr, bei der sie allzeit Rast und Unrast fanden. – – Da, gleich einem Stern aus unsichtbaren Höhen, fiel es mir jählings in die Brust: Die Augen des schönen blassen Knaben, es waren ja ihre Augen! Wo hatte ich meine Sinne denn gehabt! – – Aber dann, wenn sie es war, wenn ich sie selber schon gesehen! – Welch schreckbare Gedanken stürmten auf mich ein!

Indem legte sich die eine Hand meines Bruders mir auf die Schulter, mit der andern wies er auf den dunkeln Markt hinaus, von wannen aber itzt ein heller Schein zu uns herüberschwankte. »Sieh nur!« sagte er. »Wie gut, daß wir das Pflaster mit Sand und Heide ausgestopfet haben! Die kommen von des Glockengießers Hochzeit; aber an ihren Stockleuchten sieht man, daß sie gleichwohl hin und wider stolpern.«

Mein Bruder hatte recht. Die tanzenden Leuchten zeugeten deutlich von der Trefflichkeit des Hochzeitschmauses; sie kamen uns so nahe, daß die zwei gemalten Scheiben, so letzlich von meinem Bruder als eines Glasers Meisterstück erstanden waren, in ihren satten Farben wie in Feuer glühten. Als aber dann die Gesellschaft an unserem Hause laut redend in die Krämerstraße einbog, hörete ich einen unter ihnen sagen: »Ei freilich; das hat der Teufel uns verpurret! Hatte mich leblang darauf gespitzet, einmal eine richtige Hex so in der Flammen singen zu hören!«

Die Leuchten und die lustigen Leute gingen weiter, und draußen die Stadt lag wieder still und dunkel.

»O weh!« sprach mein Bruder; »den trübet, was mich tröstet.«

Da fiel es mir erst wieder bei, daß am nächsten Morgen die Stadt ein grausam Spektakul vor sich habe. Zwar war die junge Person, so wegen einbekannten Bündnisses mit dem Satan zu Aschen sollte verbrannt werden, am heutigen Morgen vom Frone todt in ihrem Kerker aufgefunden worden; aber dem todten Leibe mußte gleichwohl sein peinlich Recht geschehen.

Das war nun vielen Leuten gleich einer kalt gestellten Suppen. Hatte doch auch die Buchführer-Witwe Liebernickel, so unter dem Thurm der Kirche den grünen Bücherschranken hat, mir am Mittage, da ich wegen der Zeitung bei ihr eingetreten, aufs heftigste geklaget, daß nun das Lied, so sie im voraus darüber habe anfertigen und drucken lassen, nur kaum noch passen werde wie die Faust aufs Auge. Ich aber, und mit mir mein viellieber Bruder, hatte so meine eigenen Gedanken von dem Hexenwesen und freuete mich, daß unser Hergott – denn der war es doch wohl gewesen – das arme junge Mensch so gnädiglich in seinen Schoß genommen hatte.

Mein Bruder, welcher weichen Herzens war, begann gleichwohl der Pflichten seines Amts sich zu beklagen; denn er hatte drüben von der Rathhaustreppe das Urthel zu verlesen, sobald der Racker den todten Leichnam davor aufgefahren, und hernach auch der Justification selber zu assistiren. »Es schneidet mir schon itzund in das Herz«, sagte er, »das greuelhafte Gejohle, wenn sie mit dem Karren die Straße herabkommen; denn die Schulen werden ihre Buben und die Zunftmeister ihre Lehrburschen loslassen. – An deiner Statt«, fügete er bei, »der du ein freier Vogel bist, würde ich aufs Dorf hinausmachen und an dem Conterfey des schwarzen Pastors weiter malen!«

Nun war zwar festgesetzet worden, daß ich am nächstfolgenden Tage erst wieder hinauskäme; aber mein Bruder redete mir zu, unwissend, wie er die Ungeduld in meinem Herzen schürete; und so geschah es, daß alles sich erfüllen mußte, was ich getreulich in diesen Blättern niederschreiben werde.

Am andern Morgen, als drüben vor meinem Kammerfenster nur kaum der Kirchthurmhahn in rothem Frühlicht blinkte, war ich schon von meinem Lager aufgesprungen; und bald schritt ich über den Markt, allwo die Bäcker, vieler Käufer harrend, ihre Brotschragen schon geöffnet hatten; auch sahe ich, wie an dem Rathhause der Wachtmeister und die Fußknechte in Bewegung waren, und hatte Einer bereits einen schwarzen Teppich über das Geländer der großen Treppe aufgehangen; ich aber ging durch den Schwibbogen, so unter dem Rathhause ist, eilends zur Stadt hinaus.

Als ich hinter dem Schloßgarten auf dem Steige war, sahe ich drüben bei der Lehmkule, wo sie den neuen Galgen hingesetzet, einen mächtigen Holzstoß aufgeschichtet. Ein paar Leute hantirten noch daran herum, und mochten das der Fron und seine Knechte sein, die leichten Brennstoff zwischen die Hölzer thaten; von der Stadt her aber kamen schon die ersten Buben über die Felder ihnen zugelaufen. – Ich achtete deß nicht weiter, sondern wanderte rüstig fürbaß, und da ich hinter den Bäumen hervortrat, sahe ich mir zur Linken das Meer im ersten Strahl der lieben Gottessonne leuchten. Da mußte ich meine Hände falten:

O Herr, mein Gott und Christ,
Sei gnädig mit uns allen,
Die wir in Sünd gefallen,
Der du die Liebe bist! – –

Als ich draußen war, wo die breite Landstraße durch die Heide führt, begegneten mir viele Züge von Bauern; sie hatten ihre kleinen Jungen und Dirnen an den Händen und zogen sie mit sich fort.

»Wohin strebet ihr denn so eifrig?« fragte ich den einen Haufen; »es ist ja doch kein Markttag heute in der Stadt.«

Nun, wie ich's wohl zum voraus wußte, sie wollten die Hexe, das junge Satansmensch, verbrennen sehen.

– »Aber die Hexe ist ja todt!«

»Freilich, das ist ein Verdruß«, meineten sie; »aber es ist unserer Hebamme, der alten Mutter Siebenzig, ihre Schwestertochter; da können wir nicht außen bleiben und müssen mit dem Reste schon fürlieb nehmen.« –

– – Und immer neue Scharen kamen daher; und itzund taucheten auch schon Wagen aus dem Morgennebel, die statt mit Kornfrucht heut mit Menschen voll geladen waren. – Da ging ich abseits über die Heide, obwohl noch der Nachtthau von dem Kraute rann; denn mein Gemüth verlangte nach der Einsamkeit; und ich sahe von fern, wie es den Anschein hatte, das ganze Dorf des Weges nach der Stadt ziehen. Als ich auf dem Hünenhügel stund, der hier inmitten der Heide liegt, überfiel es mich, als müsse auch ich zur Stadt zurückkehren oder etwan links hinab an die See gehen, oder nach dem kleinen Dorfe, das dort unten hart am Strande liegt; aber vor mir in der Luft schwebete etwas wie ein Glück, wie eine rasende Hoffnung, und es schüttelte mein Gebein, und meine Zähne schlugen an einander. »Wenn sie es wirklich war, so letzlich mit meinen eigenen Augen ich erblicket, und wenn dann heute –« Ich fühlte mein Herz gleich einem Hammer an den Rippen; ich ging weit um durch die Heide; ich wollte nicht sehen, ob auf der Wagen einem auch der Prediger nach der Stadt fahre. – Aber ich ging dennoch endlich seinem Dorfe zu.

Als ich es erreichet hatte, schritt ich eilends nach der Thür des Küsterhauses. Sie war verschlossen. Eine Weile stund ich unschlüssig; dann hub ich mit der Faust zu klopfen an. Drinnen blieb alles ruhig; als ich aber stärker klopfte, kam des Küsters alte halb blinde Trienke aus einem Nachbarhause.

»Wo ist der Küster?« fragte ich.

– »Der Küster? Mit dem Priester in die Stadt gefahren.«

Ich starrete die Alte an; mir war, als sei ein Blitz durch mich dahin geschlagen.

»Fehlet Euch etwas, Herr Maler?« frug sie.

Ich schüttelte den Kopf und sagte nur: »So ist wohl heute keine Schule, Trienke?«

– »Bewahre! Die Hexe wird ja verbrannt!«

Ich ließ mir von der Alten das Haus aufschließen, holte mein Malergeräthe und das fast vollendete Bildniß aus des Küsters Schlafkammer und richtete, wie gewöhnlich, meine Staffelei in dem leeren Schulzimmer. Ich pinselte etwas an der Gewandung; aber ich suchte damit nur mich selber zu belügen; ich hatte keinen Sinn zum Malen; war ja um dessen willen auch nicht hieher gekommen.

Die Alte kam hereingelaufen, stöhnte über die arge Zeit und redete über Bauern- und Dorfsachen, die ich nicht verstund; mich selber drängete es, sie wieder einmal nach des Predigers Frau zu fragen, ob selbige alt oder jung, und auch, woher sie gekommen sei; allein ich brachte das Wort nicht über meine Zungen. Dagegen begann die Alte ein lang Gespinste von der Hex und ihrer Sippschaft hier im Dorfe und von der Mutter Siebenzig, so mit Vorspuksehen behaftet sei; erzählete auch, wie selbige zur Nacht, da die Gicht dem alten Weibe keine Ruh gelassen, drei Leichlaken über des Pastors Hausdach habe fliegen sehen: es gehe aber solch Gesichte allzeit richtig aus, und Hoffart komme vor dem Falle; denn sei die Frau Pastorin bei aller ihrer Vornehmheit doch nur eine blasse und schwächliche Kreatur.

Ich mochte solch Geschwätz nicht fürder hören; ging daher aus dem Hause und auf dem Wege herum, da wo das Pastorat mit seiner Fronte gegen die Dorfstraße liegt; wandte auch unter bangem Sehnen meine Augen nach den weißen Fenstern, konnte aber hinter den blinden Scheiben nichts gewahren als ein paar Blumenscherben, wie sie überall zu sehen sind. – Ich hätte nun wohl umkehren mögen; aber ich ging dennoch weiter. Als ich auf den Kirchhof kam, trug von der Stadtseite der Wind ein wimmernd Glockenläuten an mein Ohr; ich aber wandte mich und blickte hinab nach Westen, wo wiederum das Meer wie lichtes Silber am Himmelssaume hinfloß, und war doch ein tobend Unheil dort gewesen, worin in einer Nacht des Höchsten Hand viel tausend Menschenleben hingeworfen hatte. Was krümmete denn ich mich so gleich einem Wurme? – Wir sehen nicht, wie seine Wege führen!

Ich weiß nicht mehr, wohin mich damals meine Füße noch getragen haben; ich weiß nur, daß ich in einem Kreis gegangen bin; denn da die Sonne fast zur Mittagshöhe war, langete ich wieder bei der Küsterei an. Ich ging aber nicht in das Schulzimmer an meine Staffelei, sondern durch das Hinterpförtlein wieder zum Hause hinaus. – –

Das ärmliche Gärtlein ist mir unvergessen, obschon seit jenem Tage meine Augen es nicht mehr gesehen. – Gleich dem des Predigerhauses von der anderen Seite, trat es als ein breiter Streifen in die Priesterkoppel; inmitten zwischen beiden aber war eine Gruppe dichter Weidenbüsche, welche zur Einfassung einer Wassergrube dienen mochten; denn ich hatte einmal eine Magd mit vollem Eimer wie aus einer Tiefe daraus hervorsteigen sehen.

Als ich ohne viel Gedanken, nur mein Gemüthe erfüllet von nicht zu zwingender Unrast, an des Küsters abgeheimseten Bohnenbeeten hinging, hörete ich von der Koppel draußen eine Frauenstimme von gar holdem Klang, und wie sie liebreich einem Kinde zusprach.

Unwillens schritt ich solchem Schalle nach; so mochte einst der griechische Heidengott mit seinem Stabe die Todten nach sich gezogen haben. Schon war ich am jenseitigen Rande des Holundergebüsches, das hier ohne Verzäunung in die Koppel ausläuft, da sahe ich den kleinen Johannes mit einem Ärmchen voll Moos, wie es hier in dem kümmerlichen Grase wächst, gegenüber hinter die Weiden gehen; er mochte sich dort damit nach Kinderart ein Gärtchen angeleget haben. Und wieder kam die holde Stimme an mein Ohr: »Nun heb nur an; nun hast du einen ganzen Haufen! Ja, ja; ich such derweil noch mehr; dort am Holunder wächst genug!«

Und dann trat sie selber hinter den Weiden hervor; ich hatte ja längst schon nicht gezweifelt. – Mit den Augen auf dem Boden suchend, schritt sie zu mir her, so daß ich ungestöret sie betrachten durfte; und mir war, als gliche sie nun gar seltsam dem Kinde wieder, das sie einst gewesen war, für das ich den »Buhz« einst von dem Baum herabgeschossen hatte; aber dieses Kinderantlitz von heute war bleich und weder Glück noch Muth darin zu lesen.

So war sie mählich näher kommen, ohne meiner zu gewahren; dann kniete sie nieder an einem Streifen Moos, der unter den Büschen hinlief; doch ihre Hände pflückten nicht davon; sie ließ das Haupt auf ihre Brust sinken, und es war, als wolle sie nur ungesehen vor dem Kinde in ihrem Leide ausruhen.

Da rief ich leise: »Katharina!«

Sie blickte auf; ich aber ergriff ihre Hand und zog sie gleich einer Willenlosen zu mir unter den Schatten der Büsche. Doch als ich sie endlich also nun gefunden hatte und keines Wortes mächtig vor ihr stund, da sahen ihre Augen weg von mir, und mit fast einer fremden Stimme sagte sie: »Es ist nun einmal so, Johannes! Ich wußte wohl, du seiest der fremde Maler; ich dachte nur nicht, daß du heute kommen würdest.«

Ich hörete das, und dann sprach ich es aus: »Katharina, – – so bist du des Predigers Eheweib?«

Sie nickte nicht; sie sah mich starr und schmerzlich an. »Er hat das Amt dafür bekommen«, sagte sie, »und dein Kind den ehrlichen Namen.«

– »Mein Kind, Katharina?«

»Und fühltest du das nicht? Er hat ja doch auf deinem Schoß gesessen; einmal doch, er selbst hat es mir erzählet.«

– – Möge keines Menschen Brust ein solches Weh zerfleischen! – »Und du, du und mein Kind, ihr solltet mir verloren sein!«

Sie sah mich an, sie weinte nicht, sie war nur gänzlich todtenbleich.

»Ich will das nicht!« schrie ich; »ich will . . .« Und eine wilde Gedankenjagd rasete mir durchs Hirn.

Aber ihre kleine Hand hatte gleich einem kühlen Blatte sich auf meine Stirn gelegt, und ihre braunen Augensterne auf dem blassen Antlitz sahen mich flehend an. »Du, Johannes«, sagte sie, »du wirst es nicht sein, der mich noch elender machen will.«

– »Und kannst denn du so leben, Katharina?«

»Leben? – – Es ist ja doch ein Glück dabei; er liebt das Kind; – was ist denn mehr noch zu verlangen?«

– »Und von uns, von dem, was einst gewesen ist, weiß er davon?«

»Nein, nein!« rief sie heftig. »Er nahm die Sünderin zum Weibe: mehr nicht. O Gott, ist's denn nicht genug, daß jeder neue Tag ihm angehört!«

In diesem Augenblicke tönete ein zarter Gesang zu uns herüber. – »Das Kind«, sagte sie. »Ich muß zu dem Kinde; es könnte ihm ein Leids geschehen!«

Aber meine Sinne zieleten nur auf das Weib, das sie begehrten. »Bleib doch«, sagte ich, »es spielet ja fröhlich dort mit seinem Moose.«

Sie war an den Rand des Gebüsches getreten und horchete hinaus. Die goldene Herbstsonne schien so warm hernieder, nur leichter Hauch kam von der See herauf. Da hörten wir von jenseit durch die Weiden das Stimmlein unseres Kindes singen:

> Zwei Englein, die mich decken,
> Zwei Englein, die mich strecken,
> Und zweie, so mich weisen
> In das himmlische Paradeisen.

Katharina war zurückgetreten, und ihre Augen sahen groß und geisterhaft mich an. »Und nun leb wohl, Johannes«, sprach sie leise; »auf Nimmerwiedersehen hier auf Erden!«

Ich wollte sie an mich reißen; ich streckte beide Arme nach ihr aus; doch sie wehrete mich ab und sagte sanft: »Ich bin des anderen Mannes Weib; vergiß das nicht.«

Mich aber hatte auf diese Worte ein fast wilder Zorn ergriffen. »Und wessen, Katharina«, sprach ich hart, »bist du gewesen, ehe bevor du sein geworden?«

Ein weher Klaglaut brach aus ihrer Brust; sie schlug die Hände vor ihr Angesicht und rief: »Weh mir! O wehe, mein entweihter armer Leib!«

-- Daheim indessen wartete meiner eine Kunde, so meines Lebens Schuld und Buße gleich einem Blitze jählings aus dem Dunkel hob, so daß ich Glied um Glied die ganze Kette vor mir leuchten sahe.

Mein Bruder, dessen schwache Constitution von dem abscheulichen Spectacul, dem er heute assistiren müssen, hart ergriffen war, hatte sein Bette aufgesucht. Da ich zu ihm eintrat, richtete er sich auf. »Ich muß noch eine Weile ruhen«, sagte er, indem er ein Blatt der Wochenzeitung in meine Hand gab; »aber lies doch dieses! Da wirst du sehen, daß Herrn Gerhardus' Hof in fremde Hände kommen, maßen Junker Wulf ohn Weib und Kind durch eines tollen Hundes Biß gar jämmerlichen Todes verfahren ist.«

Ich griff nach dem Blatte, das mein Bruder mir entgegenhielt; aber es fehlte nicht viel, daß ich getaumelt wäre. Mir war's bei dieser Schreckenspost, als sprängen des Paradieses Pforten vor mir auf; aber schon sahe ich am Eingange den Engel mit dem Feuerschwerte stehen, und aus meinem Herzen schrie es wieder: O Hüter, Hüter, war dein Ruf so fern! -- Dieser Tod hätte uns das Leben werden können; nun war's nur ein Entsetzen zu den andern.

Ich saß oben auf meiner Kammer. Es wurde Dämmerung, es wurde Nacht; ich schaute in die ewigen Gestirne, und endlich suchte auch ich mein Lager. Aber die Erquickung des Schlafes ward mir nicht zu Theil. In meinen erregten Sinnen war es mir gar seltsamlich, als sei der Kirchthurm drüben meinem Fenster nah gerückt; ich fühlte die Glockenschläge durch das Holz der Bettstatt dröhnen, und ich zählete sie alle die ganze Nacht entlang. Doch endlich dämmerte der Morgen. Die Balken an der Decke hingen noch wie Schatten über mir, da sprang ich auf, und ehbevor die erste Lerche aus den Stoppelfeldern stieg, hatte ich allbereits die Stadt im Rücken.

Aber so frühe ich auch ausgegangen, ich traf den Prediger schon auf der Schwelle seines Hauses stehen. Er geleitete mich auf den Flur und sagte, daß die Holztafel richtig angelanget, auch meine Staffelei und sonstiges Malergeräth aus dem Küsterhause herübergeschaffet sei. Dann legte er seine Hand auf die Klinke einer Stubenthür.

Ich jedoch hielt ihn zurück und sagte: »Wenn es in diesem Zimmer ist, so wollet mir vergönnen, bei meinem schweren Werk allein zu sein!«

»Es wird Euch niemand stören«, entgegnete er und zog die Hand zurück. »Was Ihr zur Stärkung Eueres Leibes bedürfet, werdet Ihr drüben in jenem Zimmer finden.« Er wies auf eine Thür an der anderen Seite des Flures; dann verließ er mich.

Meine Hand lag itzund statt der des Predigers auf der Klinke. Es war todtenstill im Hause; eine Weile mußte ich mich sammeln, bevor ich öffnete.

Es war ein großes, fast leeres Gemach, wohl für den Confirmandenunterricht bestimmt, mit kahlen weißgetünchten Wänden; die Fenster sahen über öde Felder nach dem fernen Strand hinaus. Inmitten des Zimmers aber stund ein weißes Lager aufgebahret. Auf dem Kissen lag ein bleiches Kinderangesicht; die Augen zu; die kleinen Zähne schimmerten gleich Perlen aus den blassen Lippen.

Ich fiel an meines Kindes Leiche nieder und sprach ein brünstiglich Gebet. Dann rüstete ich alles, wie es zu der Arbeit nöthig war; und dann malte ich – rasch, wie man die Todten malen muß, die nicht zum zweitenmal dasselbig Antlitz zeigen. Mitunter wurd ich wie von der andauernden großen Stille aufgeschrecket; doch wenn ich inne hielt und horchte, so wußte ich bald, es sei nichts da gewesen. Einmal auch war es, als drängen leise Odemzüge an mein Ohr. – Ich trat an das Bette des Todten, aber da ich mich zu dem bleichen Mündlein niederbeugete, berührte nur die Todeskälte meine Wangen.

Ich sahe um mich; es war noch eine Thür im Zimmer; sie mochte zu einer Schlafkammer führen, vielleicht daß es von dort gekommen war! Allein so scharf ich lauschte, ich vernahm nichts wieder; meine eigenen Sinne hatten wohl ein Spiel mit mir getrieben.

So setzete ich mich denn wieder, sahe auf den kleinen Leichnam und malete weiter; und da ich die leeren Händchen ansahe, wie sie auf dem Linnen lagen, so dachte ich: »Ein klein Geschenk doch mußt du deinem Kinde geben!« Und ich malete auf seinem Bildniß ihm eine weiße Wasserlilie in die Hand, als sei es spielend damit eingeschlafen. Solcher Art Blumen gab es selten in der Gegend hier, und mocht es also ein erwünschet Angebinde sein.

Endlich trieb mich der Hunger von der Arbeit auf, mein ermüdeter Leib verlangte Stärkung. Legete sonach den Pinsel und die Palette fort und ging über den Flur nach dem Zimmer, so der Prediger mir angewiesen hatte. Indem ich aber eintrat, wäre ich vor Überraschung bald zurückgewichen; denn Katharina stund mir gegenüber, zwar in schwarzen Trauerkleidern und doch in all dem Zauberschein, so Glück und Liebe in eines Weibes Antlitz wirken mögen.

Ach, ich wußte es nur zu bald; was ich hier sahe, war nur ihr Bildniß, das ich selber einst gemalet. Auch für dieses war also nicht mehr Raum in ihres Vaters Haus gewesen. – Aber wo war sie selber denn? Hatte man sie fortgebracht, oder hielt man sie auch hier gefangen? – Lang, gar lange sahe ich das Bildniß an; die alte Zeit stieg auf und quälete mein Herz. Endlich, da ich mußte, brach ich einen Bissen Brot und stürzete ein paar Gläser Wein hinab; dann ging ich zurück zu unserem todten Kinde.

Als ich drüben eingetreten und mich an die Arbeit setzen wollte, zeigete es sich, daß in dem kleinen Angesicht die Augenlider um ein weniges sich gehoben hatten. Da bückete ich mich hinab, im Wahne, ich möchte noch einmal meines Kindes Blick gewinnen; als aber die kalten Augensterne vor mir lagen, überlief mich Grausen; mir war, als sähe ich die Augen jener Ahne des Geschlechtes, als wollten sie noch hier aus unseres Kindes Leichenantlitz künden: »Mein Fluch hat doch euch beide eingeholet!« – Aber zugleich – ich hätte es um alle Welt nicht lassen können – umfing ich mit beiden Armen den kleinen blassen Leichnam und hob ihn auf an meine Brust und herzete unter bitteren Thränen zum ersten Male mein geliebtes Kind. »Nein, nein, mein armer Knabe, deine Seele, die gar den finstern Mann zur Liebe zwang, die blickte nicht aus solchen Augen; was hier herausschaut, ist alleine noch der Tod. Nicht aus der Tiefe schreckbarer Vergangenheit ist es heraufgekommen; nichts anderes ist da als deines Vaters Schuld; sie hat uns alle in die schwarze Fluth hinabgerissen.«

Sorgsam legte ich dann wieder mein Kind in seine Kissen und drückte ihm sanft die beiden Augen zu. Dann tauchete ich meinen Pinsel in ein dunkles Roth und schrieb unten in den Schatten des Bildes die Buchstaben; C. P. A. S. Das sollte heißen: »Culpa Patris Aquis Submersus«, »Durch Vaters Schuld in der Fluth versunken«. – Und mit dem Schalle dieser Worte in meinem Ohre, die wie ein schneidend Schwert durch meine Seele fuhren, malete ich das Bild zu Ende.

Während meiner Arbeit hatte wiederum die Stille im Hause fortgedauert, nur in der letzten Stunde war abermalen durch die Thür, hinter welcher ich eine Schlafkammer vermuthet hatte, ein leises Geräusch hereingedrungen. – War Katharina dort, um ungesehen bei meinem schweren Werk mir nah zu sein? – Ich konnte es nicht enträthseln.

Es war schon spät. Mein Bild war fertig, und ich wollte mich zum Gehen wenden; aber mir war, als müsse ich noch einen Abschied nehmen, ohne den ich nicht von hinnen könne.

So stand ich zögernd und schaute durch das Fenster auf die öden Felder draußen, wo schon die Dämmerung begunnte sich zu breiten; da öffnete sich vom Flure her die Thür und der Prediger trat zu mir herein.

Er grüßte schweigend; dann mit gefalteten Händen blieb er stehen und betrachtete wechselnd das Antlitz auf dem Bilde und das des kleinen Leichnams vor ihm, als ob er sorgsame Vergleichung halte. Als aber seine Augen auf die Lilie in der gemalten Hand des Kindes fielen, hub er wie im Schmerze seine beiden Hände auf, und ich sahe, wie seinen Augen jählings ein reicher Thränenquell entstürzete.

Da streckte auch ich meine Arme nach dem Todten und rief überlaut: »Leb' wohl, mein Kind! O mein Johannes, lebe wohl!«

Doch in demselben Augenblicke vernahm ich leise Schritte in der Nebenkammer; es tastete wie mit kleinen Händen an der Thür; ich hörte deutlich meinen Namen rufen – oder war es der des todten Kindes? – Dann rauschte es wie von Frauenkleidern hinter der Thüre nieder, und das Geräusch vom Falle eines Körpers wurde hörbar.

»Katharina!« rief ich. Und schon war ich hinzugesprungen und rüttelte an der Klinke der fest verschlossenen Thür; da legte die Hand des Pastors sich auf meinen Arm: »Das ist meines Amtes!« sagte er. »Gehet itzo! Aber gehet in Frieden; und möge Gott uns allen gnädig sein!«

– – Ich bin dann wirklich fortgegangen; ehe ich es selbst begriff, wanderte ich schon draußen auf der Heide auf dem Weg zur Stadt.

Noch einmal wandte ich mich um und schaute nach dem Dorf zurück, das nur noch wie Schatten aus dem Abenddunkel ragte. Dort lag mein todtes Kind – Katharina – alles, alles! – Meine alte Wunde brannte mir in meiner Brust; und seltsam, was ich niemals hier vernommen, ich wurde plötzlich mir bewußt, daß ich vom fernen Strand die Brandung tosen hörete. Kein Mensch begegnete mir, keines Vogels Ruf vernahm ich; aber aus dem dumpfen Brausen des Meeres tönete es mir immerfort, gleich einem finsteren Wiegenliede: Aquis submersus – aquis submersus!

*

Hier endete die Handschrift.

Dessen Herr Johannes sich einstens im Vollgefühle seiner Kraft vermessen, daß er's wohl auch einmal in seiner Kunst den Größeren gleichzutun verhoffe, das sollten Worte bleiben, in die leere Luft gesprochen.

Sein Name gehört nicht zu denen, die genannt werden; kaum dürfte er in einem Künstlerlexikon zu finden sein; ja selbst in seiner engeren Heimat weiß niemand von einem Maler seines Namens. Des großen Lazarusbildes tut zwar noch die Chronik unserer Stadt Erwähnung, das Bild selbst aber ist zu Anfang dieses Jahrhunderts nach dem Abbruch unserer alten Kirche gleich den anderen Kunstschätzen derselben verschleudert und verschwunden.

Aquis submersus.

Der Herr Etatsrat

Wir hatten über Personen und Zustände gesprochen, wie sie zur Zeit meiner Jugend in unserer Vaterstadt gewesen waren, und zuletzt auch einer eigentümlichen und derzeit nicht eben in bester Weise vielbesprochenen Persönlichkeit Erwähnung getan.

»Sie müssen die Bestie ja noch in Person gekannt haben?« wandte sich ein etwas derber junger Freund zu mir. »Ich habe nur so von fern darüber reden hören.«

»Wenn Sie«, erwiderte ich, »mit diesem Worte den ›Herrn Etatsrat‹ bezeichnen wollen, so habe ich ihn in gewisser Beziehung allerdings gekannt; ihn und auch die Seinen. Übrigens gehörte er ohne Zweifel zu der Gattung Homo sapiens; denn er hatte unbewegliche Ohren und ging, wenn er nicht betrunken war, trotz seiner kurzen Beine aufrecht. Freilich soll eine Nachtwächterfrau, da sie einst im Schummerabend ihm begegnete, mit Zetergeschrei davongelaufen sein, weil sie ihn für einen Tanzbären hielt, den sie tags vorher auf dem Jahrmarkte gesehen hatte. Und in der Tat, der dicke braunrote Kopf mit dem kurzgeschorenen Schwarzhaar, welcher unmittelbar aus dem fleischigen Brustkasten herausgewachsen schien, mochte alten Frauen immerhin einen gerechten Schrecken einjagen.

Bei uns Jungen war die Wirkung freilich eine andere. Mir ist noch wohl erinnerlich, wie einst an einem Sonntagvormittage ein armer Bube unter dem Versprechen eines Sechslings bei der etatsrätlichen Gartenplanke von uns angestellt wurde, um uns zu rufen, sobald der mächtige Herr den einzigen Ort betreten hätte, worin er derzeit außer seinem Hause noch in Person zu sehen war.

Und bald, auf einen vorsichtig erteilten Wink des Jungen, lagen auch wir mit plattgedrückten Nasen an der Planke. ›Dat is em! Dat is em!‹ ging es flüsternd von dem einen zum andern, als endlich die groteske Gestalt, aus einer riesigen

Meerschaumpfeife rauchend, unter dröhnendem Räuspern auf dem Gartensteige dahergewatschelt kam und sich dann in einer offenen Laube in einen kräftig gezimmerten Lehnsessel sinken ließ. Nachdem er den verlorenen Atem wiedergewonnen hatte, blickte er mit einer herablassenden Miene um sich und räusperte sich dann noch einmal, daß es weit über die Nachbargärten hinscholl. Diesmal aber war es unverkennbar ein demonstratives Räuspern: ›Ihr kleinen Leute, wisset es alle, der Herr Etatsrat wird jetzt seine Gartenruhe halten!‹ Dann suchte er seinen dicken Kopf zwischen den Schultern aufzurichten und rief ein paarmal hintereinander: ›Käfer – Käfer!‹

Es war kein Insekt, das auf diesen Ruf erschien, sondern ein etwa achtzehnjähriger Bursche, der als Schreiber und Bedienter in einer Person bei ihm beschäftigt wurde. Vom Hause her brachte er erst einen kleinen Tisch, dann einen Schemel, einen Tabakskasten, eine Zeitung und zuletzt auf einem Präsentierbrettchen ein großes Kelchglas, aus dem ein starker Dampf emporstieg. Der Bursche mit seinem zarten, blassen Gesicht und den weich gelockten braunen Haaren sah keineswegs so übel aus; aber die Art, womit er alle diese Dinge schob und rückte und dem Herrn Etatsrat handgerecht zu machen wußte, war von einer so glatten Beflissenheit und doch wiederum so unverkennbar von verstohlenem Trotz begleitet, daß ich schon damals einen mir sehr bewußten Widerwillen gegen diesen Käfer faßte. Mir sind im späteren Leben ähnliche Gesichter begegnet, welche, ohne daß etwas Besonderes von ihnen ausgegangen wäre, meine flache Hand ins Zucken brachten und mir dadurch über meine derzeitigen Gefühle und Wünsche in betreff jenes schmucken Gesellen zur völligen Klarheit halfen.

Wie lange übrigens damals der Herr Etatsrat in seinem Gartensessel ruhte und wie oft der dampfende Kelch geleert wurde, vermag ich nicht zu sagen; jedenfalls hörten wir noch mehrere Male das ›Käfer – Käfer!‹ und sahen den geschmeidigen Burschen mit einer neuen Füllung aus dem Hause kommen.

Ob der Herr Etatsrat, welcher eine höhere Stelle in dem Wasserbauwesen unseres Landes bekleidete, wirklich mit so viel Verstand und Kenntnissen ausgestattet war, wie man dies von ihm behauptete, oder ob diese Behauptung nur aus einem unwillkürlichen Drange hervorgegangen war, sei es, die breiten Schatten dieser Persönlichkeit durch eine Zutat von Licht zu mildern oder aber dieselben noch etwas kräftiger herauszuarbeiten, darüber vermag ich nicht zu urteilen. Wenigstens scheint es, daß es ihm an jenem Dritten, wodurch alle andern geistigen Eigenschaften erst für die tatsächliche Anwendung flüssig werden, ich meine, daß es an Phantasie ihm nicht gebrochen habe; nur pflegte sie, zum mindesten außerhalb seines Faches, sich nicht eben mit Dingen zu beschäftigen, welche anderer Menschen Herz erfreuen.

So befand sich in seinem, übrigens mit dem kärglichsten Geräte ausgestatteten Gartensaale ein sehr hoher Schrank in Gestalt eines Altars, welchen er genau nach eigenen Zeichnungen hatte anfertigen lassen. Am Fußende des schwarzen Kreuzes, welches durch die Türleisten gebildet wurde, lagen die Symbole des Todes: Schädel und Beinknochen, in abscheulicher Natürlichkeit aus Buchs geschnitten; darunter, so daß sie bequem von einem davorstehenden Stuhle aus gehandhabt werden konnte, sah man eine Glasharmonika, zu deren rechter Seite eine Punschbowle von getriebenem Silber stand.

Wenn die Nachbarn abends von ihren Höfen oder Gärten aus die Töne der Harmonika vernahmen, und das geschah im Hochsommer mehrmals in der Woche, dann wußten sie schon, daß bis nach Mitternacht auf keinen Schlaf zu rechnen sei; denn der Herr Etatsrat saß an seinem Altare und spielte auf seinem Lieblingsinstrument; aber er spielte nicht nur, er sang auch dazu. Nicht etwa, wie man hätte glauben mögen, Lieder des Todes und der Auferstehung; wer hinten an der Gartenplanke lauschen wollte, konnte Melodie und Worte des ›Landesvaters‹, des ›Fürst von Thoren‹ und anderer alter Studentenlieder deutlich genug erkennen.

Drinnen im Saale, wenn vom Garten aus kein Licht mehr durch die Fenster drang, brannte dann zu jeder Seite des Altars eine Kerze auf hohem Silberleuchter; die mächtige Schale war mit dampfendem Trank gefüllt, und je nach Beendigung eines Liedes, mitunter auch einer Strophe, faßte der Herr Etatsrat sie bei den silbernen Ohren und ließ einen breiten Strom über seine dehnbaren Lippen fließen. Bisweilen, wenn, von irgendeinem Zuge bewegt, die Kerzen flackerten und die Schatten in den Augenhöhlen des Totenkopfes spielten, unterbrach er auch wohl seinen Gesang und stierte eine Weile darauf hin. Aber der Anblick des Todes schien für ihn nur das Gewürz zu den Freuden des Lebens; kameradschaftlich, aber doch als müsse er den armen Burschen zur Ruhe verweisen, klopfte er mit dem Harmonikahammer auf die Stirn des Schädels und intonierte dann nur um so dröhnender: ›Freude, Göttin edler Herzen‹, oder wozu sonst der Geist ihn treiben mochte.

Ich habe übrigens, wie ich bemerken muß, diese Dinge nicht aus eigener Wahrnehmung, sondern von dem nächsten Grundnachbarn des Herrn Etatsrats, einem alten Schnurren liebenden Rotgießermeister, der im Abenddunkel mitunter durch den Grenzzaun schlüpfte und dann an einem der unverhangenen Saalfenster in stillvergnügter Einsamkeit diesen musikalischen Festen beiwohnte; oft bis nach Mitternacht, um, wie er sagte, das Ende nicht zu versäumen, was bei einer richtigen Komödie ja doch das Beste sein müsse.

Und in der Tat, dieses Ende ließ bisweilen nichts zu wünschen übrig. Wenn die Bowle auf die Neige ging, begann der heiße Trank den Herrn Etatsrat allgemach zu drangsalieren; der Lauscher draußen sah es deutlich, wie unter dem schwarzen Borstenhaar der dicke Kopf gleich einer Feuerkugel glühte.

Dann riß der Herr Etatsrat an seinem Halstuch, daß ihm die Augen aus den Höhlen quollen und der teilnehmende Rotgießermeister erst wieder aufatmete, wenn endlich das Tuch mit zorniger Gebärde fortgeschleudert wurde. Diesem

folgte alsbald unter mühseliger und gefahrvoller Häutung noch das eine oder andere Gewandstück, bis er zuletzt in greuelvoller Unbekleidung dasaß.
Aber nicht jedesmal gelang ihm dies in gleicher Weise; mitunter – und das war eben das Hauptstück für den vergnüglichen Zuschauer – erscholl um solche Zeit aus dem Saale ein dumpfer Fall, und abgerissene, elementare Laute, einem Windstoß in der Esse nicht unähnlich, drangen in die Nacht hinaus. Wenn dann nach einer Weile die Hausgenossenschaft zusammenstürzte, rannten die Mägde wohl mit Geschrei im selben Augenblicke wieder fort; denn auf dem Fußboden neben seinem Altar lag der Herr Etatsrat gleich einem ungeheuren Roßkäfer auf dem Rücken und arbeitete mit seinen kurzen Beinen ganz vergebens in der Luft umher, bis Herr Käfer, das allmählich immer unentbehrlicher gewordene Faktotum, und der einzige Sohn des Hauses den Verunglückten mit geübter Kunst wieder aufgerichtet hatten und in seinem Kabinett zur Ruhe brachten.

Dieser Sohn war von guter und heiterer Gemütsart und hatte vom Vater nichts als das ungewöhnlich große, bei ihm jedoch mit spärlichem erbsenblondem Haar bewachsene Haupt, welches er mit seinem Halstuch zwischen zwei spitzen Vatermördern derart einzuschnüren pflegte, daß die runden Augen stets mit etwas gewaltsamer Freundlichkeit daraus hervorsahen; darunter aber saß ein ebenso zierliches als winziges Körperchen mit lächerlich kleinen Händen und Füßen, welche letzteren ihn übrigens befähigt hatten, sich zum geschickten und nicht unbeliebten Tänzer auszubilden.

Der Vater hatte ihn auf den Namen Archimedes taufen lassen, ohne jedoch später die Mittel zu gewähren, welche dem Sohn eine Nachfolge seines klassischen Taufpaten hätten ermöglichen können. Zwar kümmerte er sich nicht darum, daß Archimedes auf der städtischen Gelehrtenschule, wo er in der Tat für die Mathematik eine glückliche Begabung zeigte, aus einer Klasse in die andere rückte, und auch die stets erst nach mehrfachen Anmahnungen des Pedellen und unter allerlei Zornausbrüchen erfolgende Auskehrung des Quartalschulgeldes veranlaßte hierin keine Unterbrechung; statt aber dann den absolvierten Primaner auf die Universität zu schicken, gebrauchte ihn der Vater zu untergeordneten Arbeiten seines Amtes oder kümmerte sich auch gar nicht weiter um den Sohn.

Wenn der kleine Archimedes sich einmal zu der schüchternen Bitte aufschwang, ihn nun doch endlich zu der Alma mater zu entlassen, dann blickte der Herr Etatsrat ihn nur eine Weile strafend mit seinen stieren Augen an und sagte leise, aber nachdrücklich: ›Zeige einmal her, Archimedes, wie steht es mit der Schleusenrechnung?‹ oder: ›Wie weit bist du denn eigentlich mit der Karte vom Westerkoog gediehen?‹ Dann holte Archimedes voll stillen Zorns die halb oder ganz vollendete Arbeit, war aber zugleich für lange Zeit mit seinen Bitten aus dem Felde geschlagen.

So blieb er denn zurück, während seine Schulgenossen erst lustige Studenten wurden, dann einer nach dem andern sein Examen machte und auch wohl schon in die praktischen Geschäfte seines erwählten Berufes eintrat. Dabei machte es sich von selbst, daß Archimedes mit der Prima unserer Gelehrtenschule in einem gewissen Verkehr blieb, auch nachdem der Letzte fort war, der noch zugleich mit ihm unserem armen Kollaborator das Leben sauer gemacht hatte. Dies geschah schon dadurch, daß er zur Aufbesserung seines spärlichen Taschengeldes, das ihm der Vater für seine Kontorarbeiten zufließen ließ, an faule oder schwach beanlagte Schüler einen nicht üblen Unterricht in der Mathematik erteilte. Ich, der ich jene beiden Arten in mir vereinigte, genoß diesen schon als Sekundaner, konnte jedoch hergebrachtermaßen seines freundschaftlichen Umganges erst als Primaner teilhaftig werden. Noch lebhaft entsinne ich mich, daß in meiner letzten Sekundanerzeit mir die Aussicht auf dieses Aufrücken kein geringerer Ehrenpunkt war als der Übergang in die höhere Klasse selbst; denn Archimedes imponierte uns durch eine gewisse Fertigkeit seiner geselligen Manieren, wie er denn überhaupt, soweit es sich nicht um seinen Vater handelte, unbefangen genug in seinen zierlichen Stiefeln auftrat. Er hatte, vielleicht als Erbteil aus seiner mütterlichen Familie, etwas von dem Wesen der Offiziere aus meiner Knabenzeit, bei denen ich nie darüber ins klare kam, ob die eigentümlich stramme Haltung ihres Kopfes mehr eine Folge der steifen Halsbinden oder ihres ritterlichen Standesbewußtseins war.

›Trefflich, trefflich!‹ pflegte Archimedes auszurufen, wenn ich später, in meiner Primanerzeit, den Vorschlag zu einem ihm wohlgefälligen Unternehmen tat, sei es zu einem Thé dansant oder zu einer Schlittenpartie, wo es galt, bei jungen und jüngsten Damen den Kavalier zu machen. ›Trefflich, trefflich, lieber Freund; wir werden das in Überlegung ziehen!‹ Und während um seinen Mund das verbindlichste Lächeln spielte, sahen mich unter den kriegerisch aufgezogenen Brauen die richtigen Offiziersaugen an, wie ich sie als Kind bei unserem Vetter Major bewundert hatte, wenn er in der roten Galauniform meiner Mutter seine Neujahrsvisite machte.

Indessen fanden dergleichen Vorschläge meist nur ihre Ausführung, wenn in den Ferien unsere Studenten wieder eingerückt waren, von denen übrigens die sportslustigen vor allen zu seinen Freunden zählten. Dann war seine Festzeit, in der er förmlich aufblühte; noch sehe ich ihn mit leuchtenden Augen zwischen ihnen sitzen, während sie prahlend ihre glücklichen Torheiten vor ihm auskramten. ›Brillant – brillant!‹ rief er, wenn die Geschichte ihren mit Spannung erwarteten Höhepunkt erstiegen hatte, streckte den eingeschnürten Kopf gegen den Erzähler und stemmte beide Hände an die Hüften. Was Wunder, daß die andern erzählten, solange auch nur ein Tittelchen noch übrig war!

So kam es, daß er in der alten Universitätsstadt, welche er andauernd in der Phantasie bewohnte, allmählich besser Bescheid wußte als die, welche zwar in Wirklichkeit, aber nur vorübergehend dort zu Hause waren. Hatte er jedoch den Ankömmlingen ihre Studenten- und Professorengeschichten glücklich abgewonnen, so ruhte er nicht, bis mit oder im Notfall auch ohne Damenwelt die eine oder andere Lustbarkeit zustande kam. Da sein Stundengeld ihn niemals ohne eine kleine Kasse ließ, so wurde es bei solchem Anlaß fast zur Regel, daß Archimedes, nachdem die andern die Erschöpfung ihrer Kasse eingestanden hatten, seine wohlbekannte grünseidene Börse hervorzog und mit einem wahrhaft kindlichen Triumphe den für diese Festzeit gesparten Inhalt auf der Tischplatte tanzen ließ, dann aber bereitwillig auf den nächsten Wechsel seiner Freunde Vorschuß leistete.

Freilich zu dem stets ersehnten Besuche der Universität reichte diese bescheidene Kasse nicht; und der Tag, welcher am Ende der Ferien die Studenten unserer Vaterstadt wiederum entführte, war für Archimedes, was für den lustigen Katholiken der Aschermittwoch ist. Er pflegte ihn auch selber so zu nennen, und wenn ich am Nachmittage darauf sein Zimmer betrat, so traf ich ihn mit den Händen in der Tasche eifrig auf und ab gehend, als ob er einen Gesundheitsbrunnen abzuwandeln habe; erst nach einer Weile blieb er vor mir stehen und fuhr ohne weiteren Gruß mit der Hand über seine Stirn. ›Asche, Asche, lieber Freund!‹ sagte er dann seufzend, und sein Finger machte das Zeichen des Kreuzes.

Sprach ich hierauf: ›Wollen wir nicht lieber unsere Mathematik vornehmen?‹, so war er auch hierzu bereit, legte Buch und Tafel auf den Tisch, und wir nahmen unsere Stunde. War dieselbe in aller Pünktlichkeit gehalten worden, dann – es war sicher darauf zu rechnen – stellte Archimedes zwei kleine geschliffene Gläser auf den Tisch und füllte sie mit einem feinen Kopenhagener Kümmel, den er sich, ich weiß nicht woher, mitunter zu verschaffen wußte. ›Trink einmal‹, sagte er während des Einschenkens; ›das vertreibt die Grillen!‹ Und gleichzeitig leerte er auf einen Zug sein Glas.

›Ich habe keine Grillen, Archimedes‹, pflegte ich zu erwidern; ›und wer kann so früh am Tag schon trinken!‹

›Freilich, freilich!‹ stieß er hervor. ›Aber‹ – und er begann wieder mit den Händen in der Tasche auf und ab zu schreiten, wobei seine Augen wie ins Leere um sich blickten.

Eine Weile sah ich dem zu; dann hieß es: ›Prosit, Archimedes!‹ und von seiner Seite wie im Echo: ›Prosit!‹ und darauf, wie aus Träumen auffahrend, während ich zur Tür hinausging, noch einmal: ›Prosit, prosit, lieber Freund!‹

Diese Szene hat sich in fast wörtlicher Wiederholung mehr als einmal zwischen uns abgespielt.

Ich hätte wohl schon erwähnen sollen, daß Archimedes eine Schwester hatte; sie war zugleich sein einziges Geschwister, jedoch um viele Jahre jünger als der Bruder. Gesehen hatte ich sie bis zu meiner Sekundanerzeit nur im Vorübergehen, dagegen oftmals von ihr reden hören; denn sie war eines der Hauptkapitel einer unverheirateten Hausfreundin, die wir, nicht etwa weil sie alles konnte, aber weil sie alles wußte, ›Tante Allmacht‹ nannten.

Daß die Mutter des Kindes bald nach dessen Geburt ihr freudloses Leben hingegeben hatte, war freilich bekannt genug; Tante Allmacht aber, deren Magd vordem in dem etatsrätlichen Hause gedient hatte, wußte noch hinzuzufügen, daß ihr durch den unvermuteten Eintritt ihres Herrn Gemahls in die Wochenstube gleich jener Nachtwächterfrau ein Schrecken widerfahren sei, dem sie in ihrem Zustande und bei ihrer zarteren Organisation notwendig habe erliegen müssen. Da kein weibliches Wesen wieder in das Haus kam, welches die Stelle der Mutter hätte vertreten können, so mußte, nachdem die unumgängliche Säugamme entlassen war, die kleine Waise zwischen Köchin und Hausmagd aufwachsen, ›die, Gott tröst es‹, sagte Tante Allmacht, ›dort alle Halbjahr neue Gesichter haben! – Meine Stine‹, setzte sie hinzu, ›die gute Kreatur, hat freilich ein rundes Jahr in dem unseligen Hause ausgehalten, bloß um des lieben Kindes willen, das sich sogar sein bißchen Mittag in der Küche betteln mußte. Wenn's Abend wurde, dann hat es freilich wohl der gutmütige junge Mensch, der Archimedes, mit auf seine Stube genommen; da saß es dann auf einem Schemelchen und verschmauste sein Butterbrot, und Stine hatte ihm auch mitunter noch ein Ei dazu gekocht. Sie war nicht bang, meine Stine, vor diesem Herrn Etatsrat; sie hat ihn manches Mal vor seiner alten Harmonika wieder auf die Beine gestellt, als der Musche Käfer das noch lange nicht gewagt hat; und bei solchem Anlaß hat sie's denn auch einmal durchgesetzt, daß das arme Kind aus der Klippschule zum mindesten in die ordentliche Mädchenschule gekommen ist; denn sie hat ihm keine Handreichung tun wollen, bevor der musikalische Oger ihr nicht solches mit teuern Eiden zugeschworen hatte. Wohin die kleine Phia, ob sie nach rechts oder links ihren Schulweg nahm, darum hat das Ungeheuer sich nicht gekümmert; nur wenn zu Ende des Quartals das jetzt um etwas höhere Schulgeld gezahlt werden mußte, hat es einen argen Sturm gesetzt; denn der Herr Etatsrat hat es der treuen Magd in ihrem Lohne kürzen wollen; aber – sie wußte ihn zu bestehen, und um sein Getobe, darum quälte sie sich so viel, als wenn der Wind um unsere Ecke weht.‹

So hatte Tante Allmacht wieder einmal geredet, als ich tags darauf meinen ersten Mathematikunterricht bei Archimedes hatte. Er war eben beschäftigt, mir die außerordentliche Einfachheit des pythagoreischen Lehrsatzes auseinanderzusetzen, als sich die Stubentür öffnete und ich zugleich eine junge lebhafte Stimme rufen hörte: ›Archi, hilf mir, ich kann das dumme Exempel nicht . . .‹

Ein feingebautes, etwa zwölfjähriges Mädchen mit zwei langen schwarzen Haarzöpfen stand im Zimmer; sie war, da sie einen Fremden bei ihrem Bruder sah, plötzlich verstummt und hielt diesem nun mit einer halb bittenden, halb verschämten Gebärde ihre große Rechentafel hin.

›Wollen Sie nicht erst Ihrer Schwester helfen?‹ sagte ich zu Archimedes, von dem mir derzeit das vertrauliche ›Du‹ noch nicht zuteil geworden war.

Er entschuldigte sich höflich, daß er seine Schwester von dieser neuen Stunde noch nicht in Kenntnis gesetzt habe; dann winkte er sie zu sich. ›Nun aber rasch, mein lieber kleiner Dummbart!‹ sagte er und legte den einen Arm um das jetzt an seiner Seite stehende Mädchen, während sie ihr schwarzhaariges Köpfchen an das seine lehnte, als habe sie nun ihren ganzen kleinen Notstand auf den Bruder abgeladen.

Archimedes hatte ihre Tafel vor sich auf den Tisch gelegt. ›Du mußt aber auch hübsch selbst mit zusehen, Phia!‹ sagte er, indem er bereits den Griffel in Bewegung setzte.

›Ja, Archi!‹ Und sie sah für ein Weilchen gehorsam auf ihre Rechnerei herab, in welcher der Bruder unter stummem Kopfschütteln und manchem nicht zu unterdrückenden ›Außerordentlich!‹ eine ziemliche Verwüstung anzurichten begann.

Ich hatte indessen Muße, mir diese in ihrem Äußeren so ungleichen Geschwister zu betrachten. Das Mädchen erinnerte in keinem Zuge weder an den Bruder noch an den Vater; ihr schmales Antlitz war blaß – auffallend blaß; dies trat noch mehr hervor, wenn sie, noch zärtlicher sich an ihren Bruder drängend, unter tiefem Atemholen ihre dunklen Augen von der Tafel aufschlug, bis eine neue, leise gesprochene Ermahnung sie hastig wieder abwärts blicken ließ. – ›Das Kind einer toten Mutter‹, so hatte ich von einer alten feinen Dame ihr Äußeres einmal bezeichnen hören; meine Phantasie ging jetzt noch weiter: ich hatte vor kurzem in einem englischen Buche von den Willis gelesen, welche im Mondesdämmer über Gräben schweben; seit dieser Stunde dachte ich mir jene jungfräulichen Geister nur unter der Gestalt der blassen Phia Sternow; aber auch umgekehrt blieb an dem Mädchen selber etwas von jenem bleichen Märchenschimmer haften.

›Nein, kleine Phia‹, hörte ich jetzt Archimedes sagen, ›du wirst dein Leben lang kein Rechenmeister!‹

Ich sah noch, wie sie fast heimlich die Arme um den Hals des Bruders schlang; dann war sie, ich weiß nicht wie, verschwunden, und Archimedes hatte seine Augen zärtlich auf die geschlossene Stubentür gerichtet. ›Sie kann nicht rechnen‹, sagte er. ›Außerordentlich; aber sie kann gar nicht rechnen!‹

Eine Art phantastischen Mitleids mit diesem Kinde hatte sich meiner bemächtigt. Ich begann wieder, wenn ich dort vorbeiging, durch die Plankenritzen in den etatsrätlichen Garten hineinzuspähen, hinter welchem sich ein wenig benutzter Fußweg mit dem Kirchhofswege kreuzte. Und oftmals nach der Nachmittagsschulzeit, wenn die Gartenruhe des Herrn Etatsrats längst vorüber war, habe ich sie dort beobachtet; meistens in dem vom Hause abgelegeneren Teile, wo die an der Planke hingereihten Linden und eine Menge alter Obstbäume die darunterliegenden Rasenpartien fast ganz beschatteten. Hier sah ich sie, in der niedrigen Astgabel eines Baumes sitzend, an einem Kranz aus Immergrün und Primeln winden; ich sah sie dann, da ich nach längerer Zeit denselben Weg zurückkam, das dunkle Köpfchen mit dem fertigen Kranze geschmückt, auf den schon dämmerigen Gartensteigen hin und wider wandeln, die Hände ineinander gefaltet, wie in heimlicher Glückseligkeit. Als es Herbst geworden war, sammelte sie wohl auch einen Apfel aus dem tiefen Grase und biß frisch hinein mit ihren weißen Zähnchen; aber immer sah ich sie allein; niemals war eine Gespielin bei ihr, welche mit ihr in die saftigen Äpfel hätte beißen oder sie in ihrem Primelkranze hätte bewundern können. Den letzteren hatte ich einige Tage nach seiner Anfertigung auf einem vernachlässigten Grabe des nahen Kirchhofs liegen sehen; es mochte ihr leid geworden sein, sich so für sich allein damit zu schmücken.

Aber auch in der Schule schien die Tochter des Etatsrats keine Genossin zu haben, wenigstens hatte ich mehrfach beobachtet, wie sie auf dem Heimwege mit ihrer schweren Büchertasche allein hinter dem plaudernden Schwarm einherging, der Arm in Arm die ganze Straßenbreite einnahm.

›Warum‹, sagte ich zu meiner Schwester, ›laßt ihr Sophie Sternow so allein gehen?‹

Sie sah mich mit ihren lebhaften Augen an. ›Bist du plötzlich Sophie Sternows Ritter geworden?‹

Beschämt, meine zarten Empfindungen verraten zu haben, erwiderte ich nachlässig: ›Ich meinte nur, sie tut mir leid; ist sie denn nicht nett?‹

›Nett? Ich weiß nicht; ich glaube wohl, daß sie ganz nett ist.‹

›Du sagst das ja, als wenn du Almosen austeiltest!‹

›Nein, nein; ich kann sie ganz gut leiden, aber sie will nur immer meine Freundin werden!‹

›Und warum willst du das denn nicht?‹

›Warum? Ich habe ja schon eine; man kann doch nicht zwei Freundinnen haben!‹

›So könntest du sie doch einmal zu dir einladen‹, sagte ich nach einigem Bedenken.

›Die Blasse scheint dir ja sehr am Herzen zu liegen!‹ erwiderte meine Schwester mit einem unausstehlichen Anstarren.

›Ach, Unsinn! Sie dauert mich; ihr Mädchen seid hartherzige Kreaturen.‹

Nach diesem geschwisterlichen Zwiegespräche kam Archimedes' Schwester einige Male in unser Haus. Mit Genugtuung beobachtete ich, wie meine Mutter das schmächtige Mädchen zärtlich zu sich heranzog; es war unverkennbar, daß diese sich dann Gewalt antat, um nicht die ungewohnte Liebkosung mit allem Ungestüm der Jugend zu erwidern. Im übrigen war sie schüchtern, besonders wenn sie die Hand zum Abschied reichte; es schien sie dann zu drücken, daß sie nicht auch ihrerseits meine Schwester zu sich einladen konnte. Aber eines Sonntagvormittags erschien sie strahlend mit vor Freude geröteten Wangen. ›Ich soll dich einladen‹, sagte sie zu meiner Schwester; ›ich darf noch viele einladen; mein Vater hat es mir erlaubt!‹

Und wirklich, der Herr Etatsrat hatte es erlaubt. Er hatte kürzlich herausgefunden, daß er eine Tochter habe, welche abends, wo die geröteten Augen ihm nicht selten ihren Dienst versagten, zum Vorlesen von Zeitungen und auch wohl amtlicher Aktenstücke trefflich zu gebrauchen sei; dann hatte er sich auch fernerer Vaterpflichten entsonnen und schließlich seine Tochter aufgefordert, ›die kleinen Fräulein‹, welche mit ihr in die Schule gingen, auf den Sonntag zu sich einzuladen.

Nach geheimem Zwiesprach zwischen unseren Eltern wurde, wohl nicht ganz unbedenklich, meiner Schwester die Zusage gestattet, und Phia Sternow ging mit leuchtenden Augen weiter, um auch ihre übrigen Gäste einzuladen.

Der Tag verging. Als wir übrigen im elterlichen Hause bei unserer Abendmahlzeit saßen und eben hin und her erwogen wurde, ob ich oder unser Kutscher meine Schwester von der etatsrätlichen Gesellschaft heimgeleiten solle, ging draußen die Haustür, und die Besprochene stand plötzlich vor uns, den Hut etwas verschoben auf dem Kopfe, ihren Umhang über dem Arm.

›Da bist du?‹ rief meine Mutter. ›Ist die Gesellschaft denn schon aus?‹

›Nein, Mutter – noch nicht; ich bin nur fortgelaufen.‹

›Fortgelaufen? – War's denn nicht gut sein dort?‹

›O – ja, zuerst! Phia war reizend! Wir waren alle im Garten; die andern spielten Greif um die großen Rasen; Phia und ich aber saßen ganz allein miteinander auf dem Altan; wißt ihr, da in der Ecke, wo man nach dem Kirchhof hinübersieht. Sie kannte all die kleinen Kindergräber und erzählte so wunderbare Geschichten von den toten Kindern; man sah sie ordentlich mit ihren kleinen blassen Gesichtern zwischen den Kirchhofsblumen laufen; ihr könnt es euch nicht denken, so reizend und so unbeschreiblich traurig! Ich sah sie an und frug, ob sie das alles doch nicht nur geträumt habe; da fiel sie mir um den Hals und küßte mich.‹

Meine Mutter hörte teilnehmend zu; mein Vater sagte: ›Das ist recht schön, Margrete; aber vor den toten Kindern bist du doch nicht fortgelaufen!?‹

Meine Schwester nickte ein paarmal kräftig. ›Wart nur, Papa! – Um acht Uhr, nach dem Abendessen – es war übrigens sehr gut, zuletzt Schokoladepudding mit Vanillecreme –, da kam der Herr Etatsrat zu uns in den Gartensaal. Es ist ganz gewiß, er mußte sich an eine Stuhllehne halten, als er uns seinen Diener machte; er ist so wunderlich gewachsen! Dann setzte er sich vor seinen Altar und spielte auf seiner Glasharmonika, und wir sollten danach tanzen. „Verstehet ihr Menuett, kleine Fräulein? Trà-là-lalà-lalà-lalà!" Er sang das mit einer ganz fürchterlichen Stimme und sagte, es sei aus dem Don Juan. Aber wir konnten kein Menuett. „Immer zu Diensten der Damen!" rief er, und dann spielte er einen Walzer, und danach tanzten wir miteinander.‹

›Wo war denn der gute Archimedes?‹ frug ich dazwischen. ›An dem hättet ihr doch wenigstens einen Herrn gehabt.‹

›Der gute Archimedes? Ja, der kam auch mal herein und wollte mit mir tanzen; aber der Herr Etatsrat sagte, unsere Eltern würden es als sehr unschicklich vermerken, wenn er gestatten wollte, daß eine so junge männliche Person allein zwischen all den kleinen Fräulein tanze. Und so mußte er wieder zum Saal hinaus. Aber paßt nur auf, das Schlimmste kommt nun noch!‹

Mein Vater lächelte doch. ›Was war denn das, Margrete?‹

›Ja, glaub nur, es war schlimm genug! So eine riesengroße silberne Bowle, ganz voll von Punsch, und so stark, ich glaube, ich wurde schon vom bloßen Riechen schwindlig! Und dabei sagte der schreckliche Mensch: „Das ist ein wenig Zuckerwasser für die Damen!" Eigentlich, weißt du, Papa, es schmeckte ganz gut; aber ich mußte doch greulich danach husten, als ich nur eben davon nippte. Der Herr Etatsrat aber trank gleich drei Gläser nacheinander, und er goß sich noch jedesmal etwas dazu aus einer kleinen Flasche, die er neben seinem Altar stehen hatte. – Und dann mußten wir wieder tanzen, und dann trank er auf unsere Gesundheit: „Die Rosen im Lebensgarten, die Damen leben hoch!" Sehr schön, nicht wahr? Wir mußten alle mit ihm anstoßen, und dann füllte er sein Glas wieder, bis er zuletzt einen Kopf hatte wie eine Feuerkugel, – ganz greulich sah er aus! „Tanzet, kleine Fräulein, tanzet!" rief er immer; aber er konnte gar nicht mehr Takt halten; ich glaube gewiß, Papa, er war betrunken!‹

›Ich glaube auch, Margrete.‹

›Ja, und wir waren auch so bange; wir saßen alle in der weitesten Ecke, ganz übereinander wie die Fliegen. Mich dauerte nur Phia – Papa, wenn ich solche Angst vor dir haben müßte, schrecklich! – Wie ein kleiner Geist stand sie vor uns und flehte uns ordentlich an: „Wollt ihr nicht mehr tanzen? Oh, bitte, versucht es doch noch einmal!“ Sie streckte ihre Arme aus, daß eine von uns sie aufnehmen möchte, denn sie tanzte immer nur als Dame; als wir uns aber nicht aus unserer Ecke wagten, ging sie von der einen zu der andern und bat uns um Verzeihung, wir möchten doch nicht böse sein, daß sie uns zu sich eingeladen habe. Und da wollten wir auch wieder tanzen, aber als wir eben ein wenig im Gange waren, da fing der schreckliche Etatsrat auf einmal an zu singen: „Was kommt dort von der Höh, was kommt dort von der ledernen Höh?“ – Kennt ihr es? Ein ganz scheußliches Studentenlied! – Und dabei wurde er so hitzig, daß er sich das Tuch vom Halse riß und es dicht vor meine Füße schleuderte!‹

›Und dann, Margrete?‹ frug mein Vater, als sie hoch aufatmend innehielt.

›Dann? Ja, glaubt nur, daß ich mich erschrocken hatte! Dann – bin ich fortgelaufen. Hu! ich mußte ganz dicht bei dem fürchterlichen Mann vorbei; ich weiß noch selbst nicht, wie ich aus dem Saal gekommen bin.‹

›Arme Phia!‹ dachte ich in demselben Augenblicke, als meine Mutter diese Worte aussprach.

Mein Vater wiegte leise seinen Kopf und sagte nachdenklich wie zu sich selber: ›Es geht doch nicht; das darf nicht wiederkommen.‹

Und es ging auch nicht. Für Phia Sternow blieb dieses Fest mit ihren Jugendgenossinnen das einzige ihres Lebens.

Als endlich bei Beginn eines Sommersemesters auch die Zeit meines Abganges zur Universität heranrückte, verfiel Archimedes in eine große Traurigkeit; die Szene mit den kleinen Gläsern, da es nachher nicht mehr möglich war, hatte sich schon jetzt in einigen Variationen abgespielt, und das Mitleid bedrängte mich derart, daß es sich notwendig in irgendeiner heldenhaften Tat entladen mußte.

Bei dem Abschiedsbesuche, den ich Archimedes auf seinem oben nach dem Garten hinaus liegenden Zimmer abstattete, bot sich hierzu die günstigste Gelegenheit; denn da ich, während mein armer Freund schweigend auf und ab wandelte, ebenso stumm und erregten Herzens aus dem Fenster blickte, gewahrte ich drunten den Herrn Etatsrat, der, in einer großen Zeitung lesend, in seinem Gartenstuhle saß. Mein Entschluß war sofort gefaßt; ich nahm kurzen Abschied, drängte den verbindlichen Archimedes zurück, als er mich die Treppe hinabbegleiten wollte, ging dann aber, statt auf die Straße, hinten nach dem Garten und stand gleich darauf dem Herrn Etatsrat gegenüber.

Er schien trotz meines Grußes meine Anwesenheit nicht zu bemerken, wenigstens las er ruhig weiter, während ich ebenso ruhig, aber keineswegs mit besonderer Behaglichkeit, vor ihm stehen blieb. Endlich ließ er den Arm mit dem Zeitungsblatte sinken. ›Was wollen Sie, mein Freund?‹ sagte er. ›Nicht wahr, Sie sind der Sohn des Justizrats Soundso?‹

Diese Worte sind nicht etwa eine Abkürzung seiner Rede; er sprach das wirklich, obgleich er mit meinem Vater längst in mannigfacher, mitunter vielleicht ein wenig heikler Geschäftsverbindung stand.

Etwas betroffen suchte ich meine Gedanken möglichst rasch zu ordnen und plädierte dann auch mit allen Gründen des Kopfes und des Herzens und, wie ich mehr und mehr zu empfinden meinte, in siegversprechendster Weise für den Lebenswunsch des armen Archimedes.

Der Herr Etatsrat hatte mich ausreden lassen, dann aber winkte er mich näher zu sich heran und legte, nachdem ich Folge geleistet hatte, seine Hand schwer auf meine Schulter. ›Junger Mann‹, begann er mit immer gewaltigerem Brustton, ›Sie haben sonder Zweifel davon reden hören: vor meiner Zeit war hier kein Deich, der standhielt; Menschen und Vieh ersoffen gleich wie zu Noä Zeiten; hier war nichts als Pestilenz und gelbes Fieber! Erst von mir, von dem Sie einst erzählen mögen, daß Sie den Mann mit eigenen Augen noch gesehen haben, datiert die eigentliche Ära unseres Deichbauwesens! Holländische Staatsingenieure wurden hergesandt, um die Konstruktion meiner Profile zu studieren; denn es ist mein Werk, daß diese ehrenreiche Stadt samt Ihnen, junger Freund, und dem Justizrat, Ihrem Vater, nicht Anno fünfundzwanzig von der Flut verschlungen worden, und daß hier, wo ich jetzt die Ehre Ihrer Unterhaltung genieße, nicht Hai und Rochen miteinander konversieren! Aber‹ – und die vorquellenden Augen verbaten sich jeden Widerspruch – ›nach mir ist mein Sohn Archimedes der erste Mathematikus des Landes!‹

Er zog seine Hand zurück und machte gegen mich von seinem Sessel aus eine Art unbehülflichen Entlassungskompliments.

Unwillkürlich erwiderte ich dasselbe und ging dann recht beschämt davon, in der, wie ich noch jetzt meine, wohlbegründeten Überzeugung, daß meine grüne Beredsamkeit gegen diese Art denn doch nicht aufzukommen vermöge.

So blieb denn Archimedes abermals zurück, während ich voll mutiger Erwartung in das neue Leben hinaussteuerte.

Ich habe hier nicht von mir und meinem Studentenleben zu reden, sonst müßte ich erzählen, wie diese Erwartungen nur zum kleinsten Teil erfüllt wurden; denn die Leute, mit denen ich zusammentraf, erschienen mir, sei es durch ihre Persönlichkeit oder nur durch ihr derzeitiges Tun und Treiben, um einige Stufen niedriger als die, welche ich zurückgelassen hatte. So kam es, daß ich manchen Brief in meine Heimat sandte und wiederum von dort empfing; auch Archimedes schrieb mir einige Male; sein Übergewicht an Jahren, seine treuherzige Anhänglichkeit boten für das ihm etwa Fehlende genügenden Ersatz, und seine Briefe waren so ganz er selber, daß ich beim Lesen ihn leibhaftig vor mir sah, den kleinen guten Mann mit seinem erbsengelben Haarpull, seinem verbindlichen Lächeln bei dem kriegerischen Aufblick seiner runden Äuglein. Das freilich war die Hauptsache; denn seine Mitteilungen beschränkten sich auf die einfachen Vorkommnisse seines Lebens. Einmal aber, im Hochsommer, war eine neue Art der Unterhaltung für ihn aufgekommen. Der Herr Etatsrat hatte gegen irgendwelchen Ungehorsam seines Leibes den Gebrauch des ›Erdbades‹, wie er diese selbstersonnene Kur nannte, für notwendig befunden; ob von jener nur allzu gründlichen Heilkraft unserer guten Mutter Erde ausgehend, ob in anderer Anleitung, mochte er selbst am besten wissen. Um aber zugleich die Gunst der Seeluft zu genießen, ließ er sich – und es geschah dies einen um den anderen Tag – eine Stunde weit an den Strand hinausfahren, und da er hierbei außer dem Kutscher noch einer weiteren Hülfe bedurfte, so mußte Archimedes stets bei diesem aufsitzen. Unweit eines dort belegenen Dorfkruges, an einer Stelle, wo neben zwei im Sande steckenden Spaten bereits ein entsprechend tiefes Loch gegraben war, wurde Halt gemacht und der Herr Etatsrat aus dem verdeckten Wagen unter das Angesicht des Himmels herausgeschafft. Glücklicherweise aber verschwand er unter dem eifrigen Schaufeln des Kutschers und eines bereitstehenden Arbeiters gleich darauf wieder in den Schoß der Erde, so daß nach vollbrachter Arbeit nur noch der braunrote Kopf über der weiten Strandfläche hervorsah.

Die Wellen rauschten, die Möwen schrien, der Herr Etatsrat badete.

Dann folgte der zweite Teil der Kur. Das mächtige Haupt drehte sich mühsam nach der Gegend des Dorfkruges: ›Sohn Archimedes‹, rief es, ›eile jetzo, deinen Vater zu erquicken!‹

Auf diese pathetisch vorgebrachten Worte schritt Archimedes nach dem Kruge, wo unter den Flaschen auf dem Schenkregal eine mit der Aufschrift ›Pomeranzen‹ prangte. Nachdem er, wie nicht unbillig, sich zuvörderst selbst erquickt hatte, kehrte er eilig mit mehreren Gläsern dieses Trankes an den Strand zurück und kredenzte sie dort in gewohnter Zierlichkeit dem über unkindliche Säumnis scheltenden Haupte seines Vaters.

Damit war das Bad beendet; nur daß sich alle dann noch nach dem Wirtshause begaben, wo der Herr Etatsrat sich eine letzte Stärkung nicht entgehen ließ; für Archimedes war von seinem Vater als das ihm angemessenste Getränk ein für allemal ein Glas Eierbier bestellt, welches er denn auch mit vielsagendem Lächeln zu sich nahm. Bei einer der letzten Fahrten aber geschah etwas Unerwartetes. ›Sohn Archimedes‹, begann der Herr Etatsrat feierlich, als er nach genossenem Erdbade pustend in dem Flickenpolsterstuhle des Wirtes ruhte, ›heute, als an deinem siebenundzwanzigsten Geburtstage, darfst auch du wohl einmal von diesem Tranke kosten, welcher den Jünglingen Verderben, den Männern aber Labsal ist!‹

Herablassend winkte seine schwere Hand dem Wirte; dieser aber, während er den braunen Saft ins Glas goß, warf einen verständnisvollen Blick erst auf Herrn Archimedes, sodann auf eine hübsche Reihe von Kreidestrichen, welche an der Stubentür verzeichnet standen.

Der Zusammenhang dieser Gebärden wurde völlig klar als später, nachdem die Zeche des Etatsrats in hergebrachter Weise durch den Kutscher berichtigt worden, auch Archimedes seine damals grade wohlgefüllte Börse zog und hierauf jene Striche sämtlich von der Tür verschwanden.

Er hatte diese Vorgänge in jenem harmlos heiteren Ton erzählt, der im persönlichen Verkehr mich immer freundlich anzusprechen pflegte; gleichwohl entsinne ich mich, daß ich derzeit diesen Brief nicht ohne ein Gefühl von Unbehaglichkeit beiseite legte. Vorübergehend kam mir auch wohl die Frage, weshalb denn der Herr Etatsrat nicht sein Faktotum Käfer statt des ihm fernerstehenden Sohnes bei diesen Badefahrten mit sich führe; aber freilich, der Schlingel mochte es schon verstanden haben, sich von solchen Diensten frei zu machen.

Ein Jahr war dahingegangen, die Ferienzeit war fast verstrichen, und die andern Studenten waren längst schon heimgereist, durch mancherlei Umstände aber war es gekommen, daß ich nur die letzten Tage vor Beginn des neuen Sommersemesters im elterlichen Hause verleben konnte. Als ich eintraf, sah ich wohl, daß Archimedes schon unter dem grauen Gespinst der Abschiedsstimmung einherwandelte. ›Asche, Asche, lieber Freund!‹ rief er sogleich nach der ersten Freude des Wiedersehens. ›Um ein paar Tage seid ihr alle wieder fort: und schau nur her!‹ – er hob das spärliche Haar von seinen Schläfen – ›da kommen schon die silbernen! Wenn ihr wiederkehrt, ihr werdet einen alten Mann dann finden!‹

Und freilich, ein paar weiße Härchen zeigten sich, und der kurze Rest der Ferien ging rasch zu Ende. Es wurde indessen anders, als irgend einer es erwarten konnte.

Ich weiß nicht sicher, ob Archimedes immer einen schwarzen Frack und einen glattgebürsteten Zylinder trug; ich glaube es fast; unvergeßlich ist mir, wie ich ihn so am letzten Tage vor der Abreise zu mir in die Stube treten sah, während ich am Fußboden kniend meinen Koffer packte.

Archimedes sagte nichts, er ging nur, sein Stöckchen schwingend, mit sehr elastischen Schritten auf und ab; dann räusperte er sich ein paarmal, machte seine exaktesten Kopfbewegungen, aber sagte wieder nichts.

›Nun?‹ rief ich.

›Nun?‹ rief Archimedes.

Ich faßte ihn jetzt recht fest ins Auge; aber in meinem Leben habe ich nicht so die Freude auf einem Menschenantlitz ausgeprägt gesehen.

›Archimedes‹, rief ich, ›was ist geschehen?‹

Er räusperte sich noch einmal; er schien zu geizen mit der gleichwohl stumm von seinen Lippen redenden Glückesbotschaft. ›Lieber Freund‹, sagte er endlich mit erkünstelter Trockenheit und tickte mit seinem Stöckchen mich leise auf der Schulter; ›ich möchte nur bescheiden bei dir anfragen, ob morgen noch ein Plätzchen auf deines Vaters Wagen offen ist?‹

Ich erhob mich von meinem Koffer und betrachtete meinen kleinen Freund, der mit seinem Stöckchen wippte, als ob er ein mutiges Pferd besteigen wolle.

›Wart nur‹, sagte ich, ›wie viele sind wir denn? Peter Krümp, der Rantzauer, Jochen Fürchterlich – – freilich, es ist just ein Platz noch offen! Willst du uns begleiten, oder ... am Ende gar? Hat der Alte herausgerückt?‹

›Halt!‹ rief Archimedes. ›Bester Freund, du sollst noch Ratsherr werden!‹ Und damit zog er seine bekannte grünseidene Börse aus der Tasche, deren außerordentlicher Umfang mir heute zum ersten Male recht erkennbar wurde, und setzte daraus einen Stapel blanker Speziestaler nach dem andern auf den Tisch. ›Schau her!‹ rief er. ›Hier Kollegiengelder, für die du kein Verständnis hast; dann in schwindender Proportion, hier für eine Kneipe in der Wolfsschlucht, hier für den etwas mageren Kosttisch, an dem die Theologen futtern!‹ Er warf mit kurzem Lachen seinen Kopf zurück und sah mich ganz verwegen an. ›Ja, ja, Bester, ich fürchte mich nicht vor den zähen Pfannekuchen und werde sie keineswegs wie gewisse Leute so schnöde an die Stubentüren nageln! Und somit, das erste Semester wäre in Sicherheit!‹

Auf einmal begann er, sein Stöckchen schwingend, wieder auf und ab zu wandeln; sein Gesicht hatte einen ernsten, fast sorgenvollen Ausdruck angenommen.

›Woran denkst du, Archimedes?‹ frug ich.

›Hm, im Grunde nicht so außerordentlich!‹ Und er setzte noch immer seinen Spaziergang fort. ›Meine arme kleine Schwester; sie hatte an mir doch einen Kameraden!‹

Ich schwieg beklommen, denn auch mit meiner Schwester hatte der Verkehr ja aufgehört.

›Ich weiß wohl‹, fuhr er fort; ›der Alte ist ja eigentümlich; das ist kein Haus für junge Damen.‹ Er schwieg plötzlich, und schneuzte sich heftig mit seinem großen rotseidenen Taschentuche.

›Archimedes‹, sagte ich, ›die Mädchen könnten ja doch hier zusammenkommen! Mutter und Schwester haben deine Phia beide gern.‹ Ich sagte das aufs Geratewohl; ich konnte nicht anders.

Er blieb stehen. ›Ist das dein Ernst? Darf ich es ihr sagen?‹ rief er lebhaft.

›Gewiß darfst du das.‹

Seine Augen leuchteten ordenlich. ›Trefflich! trefflich!‹ rief er und drückte mir die Hand. ›Freilich, wenn der Alte sie nur fahren läßt! Abends muß sie ihm vorlesen, bis ihr die Brust weh tut; sie ist nicht stark, die kleine Phia. Und Tages ... nach ihrer Konfirmation ist gleich die eine Dienstmagd abgeschafft; sie hat so viel zu tun, das arme Ding. Aber gewiß, ich werd's ihr sagen; nun wird die Reise viel fröhlicher vonstatten gehen!‹

Aber Archimedes hatte noch ein Bedenken oder wenigstens noch einen Widerhaken im Gemüte; und ich war nun einmal sein Vertrauter.

›Weißt du auch‹, begann er wieder, ›wem ich diese außerordentliche, ja ganz unglaubliche Erfüllung meines Wunsches zu verdanken habe?‹

›Ich denke, deinem Vater‹, erwiderte ich, ›du sagtest es ja schon.‹

Archimedes vollführte einen scharfen Hieb mit seinem Stöckchen durch die Luft. ›Freilich, Bester; aber – der Günstling, der Haus- und Kassenverwalter Käfer hat es hinter meinem Rücken bei dem Alten durchgesetzt; die Sache ist ganz sicher, Phia hat es mich versichert; sie hält diesen Käfer für den besten aller Menschen! Siehst du, das wurmt mich; ich mag dieser Kreatur nichts zu verdanken haben.‹

›Nun‹, sagte ich – ich weiß nicht, wie es mir eben auf die Zunge kam –, ›vielleicht hast du ihm auch nichts zu danken; vielleicht mag's ihm selber daran liegen, dich aus dem Hause loszuwerden.‹

Archimedes starrte mich fast erschrocken an. ›Du sagst es!‹ rief er; ›aber ich habe auch schon daran gedacht! Nur wüßte ich eigentlich nicht, warum; ich habe mich nie darum gekümmert, wie aus des Alten Schatulle das Silber in seine Tasche fließt; glaubt er indessen, durch meine Abwesenheit diesen Strom noch zu verstärken – basta! so möge er seinen Lohn dahin haben!‹

Damit war unsere Unterhaltung zu Ende. ›Auf morgen denn!‹ rief Archimedes in seiner alten Fröhlichkeit; die Ausprägung jenes letzten Gedankens schien seine Bedenklichkeiten ganz verscheucht zu haben. Und auch mir schien damit alles erklärt zu sein; denn Herr Käfer mußte augenscheinlich nicht wenig Geld verbrauchen. Er kleidete sich gut, man konnte sagen, mit Geschmack; er ließ sich auch sonst nichts abgehen. Trotz seines noch immer etwas weibischen Gesichtes machte er keine üble Figur, so daß alte Damen ihn einen feinen jungen Menschen nannten; auch ich selber wäre vielleicht weniger dagegen gewesen, wenn ich ihn mir nicht zehn Jahre früher durch die Planke so genau betrachtet hätte. Er war unablässig bemüht, sich in die bessere Gesellschaft einzudrängen, und hatte es sogar fertiggebracht, mit einer Anzahl von drei weißen Kugeln von der Harmoniegesellschaft zurückgewiesen zu werden. Und somit machte auch ich mir keine weiteren Gedanken.

Am Tage darauf, am schönsten Junimorgen, fuhren wir Studenten ab. Archimedes war anfänglich etwas still. ›Ein harter Abschied‹, flüsterte er mir zu und drückte krampfhaft meine Hand. Aber die Abschiedsstimmung hielt nicht stand; am Waldesrande, etwa eine Meile hinter unserer Vaterstadt, sprangen wir alle vom Wagen und schmückten Pferde und Geschirr mit frischen Buchengrün, uns selbst nicht zu vergessen. Der junge Kutscher meines Vaters, ›Thoms Knappe‹ von uns genannt, hatte die Fahrt schon mehrfach mitgemacht; er kannte alle unsere Lieder und sang mit seiner klingenden Tenorstimme frisch dazwischen, als es jetzt wieder in das freie Land hinausging. Ich entsinne mich kaum einer Reise, wo mir die Sonne so ins Herz gelacht hätte; es war aber auch nicht allein die Sonne: zur Seite des rollenden Wagens flogen die hellsten Genien des Lebens, Hoffnung und Jugend, mit ihrer weithin leuchtenden Aureole.

Auf der Hälfte des Weges, in dem großen baumreichen Dorfe, wo man im Vorüberfahren in des Hardesvogts Garten den kleinen Springbrunnen mit der goldenen Kugel spielen sah, vor dem stattlichen Wirtshause, dem der mit dunklen Tannen bestandene Hügel gegenüberlag, wurden die dampfenden Pferde abgeschirrt und den Herren Studenten das helle Staatszimmer zur Mittagstafel eingeräumt. Und bald auch saßen wir alle, Thoms Knappe nicht ausgenommen, um den sauber gedeckten Tisch; glänzende Schinkenschnitte, Eier und Eierkuchen, und was sonst noch in den hochbeladenen Schüsseln aufgetragen wurde, verschwand mit unglaublicher Geschwindigkeit. Buttermilch wurde nicht getrunken, vielmehr kann nicht verschwiegen werden, daß neben jedem Teller ein tüchtiges Glas Grog seinen erquickenden Dampf versandte, während zur Tafelmusik Finken und Rotschwänze drüben aus den Tannen schlugen.

Mit einem unsäglich frohen Angesicht saß Archimedes neben mir; er schien alles, was ihn daheim belastet hatte, hinter sich geworfen zu haben; so oft er mit vergnügtem Lächeln sein dampfendes Glas zum Munde führte, machte er seine kriegerischsten Augen, als wollte er sagen: ›Leben, wo bist du? Komm heraus; wir wollen dich bestehen!‹ Und ›Prosit! Prosit Archimedes!‹ klang es von allen Seiten.

Einige Tage nach unserer Ankunft in der Stadt der Alma mater, da ich auf meinem Zimmer mich eben mit dem rätselvollen Kapitel der Korrealobligationen plagte, stand Archimedes plötzlich vor mir; er nickte mir zu, hob sich auf den Fußspitzen und drückte den Kopf in den Nacken, als fordere er mich heraus, ihn zu betrachten.

›Alle Wetter, Archimedes!‹ rief ich; ›wo hast du dir dies strahlende Angesicht geholt?‹

Er hob den Kopf noch höher aus den spitzen Vatermördern. ›Nur drei Häuser weit von hier, lieber Freund; von dem

Rectore magnifico! Ich bin Student, immatrikuliert – data dextera – der alte Celeberrimus in Schlafrock und Pantoffeln! Wahrhaft rührend, ganz erhebend! Aber‹, fuhr er fort, indem er sich zum Fenster wandte, ›dein Spiegel hängt auch ganz verteufelt hoch!‹ Und damit nahm er mir mein dickes schweinsledernes Corpus juris vor der Nase fort und legte es als Schemel auf den Fußboden; nachdem er also seiner Kürze nachgeholfen, betrachtete er sich in der fleckigen Spiegelscheibe mit augenscheinlichem Behagen. ›Student!‹ sagte er noch einmal. ›Meinst du nicht auch, der Schnurrbart ist in den kurzen acht Tagen doch schon hübsch gewachsen! Vivat der Alte! Weißt du, wir wollen heute abend seine Gesundheit trinken; ich werde sehr guten Stoff besorgen. Nicht so, du willst doch? Der Alte hat es in der Tat verdient!‹

›Freilich will ich, Archimedes‹, erwiderte ich; ›sage nur auch die andern an, alles übrige werde ich besorgen.‹

›Trefflich, trefflich!‹ rief Archimedes. ›Aber hier hast du dein Corpus juris wieder; ich muß zunächst nun meine Mathematica belegen; denn, lieber Freund, es soll höllisch jetzt geochst werden!‹

Wie tanzend schritt er nach der Tür, nachdem er mir ein paarmal mutig zugenickt hatte; plötzlich aber hielt er inne. ›Weiß der Henker‹, sagte er; ›ich muß immer wieder an diesen Schuft, den Käfer, denken! Er ist nicht mal ein ordentlicher Käfer, höchstens ein Insekt der siebenten Ordnung, so eine Schnabelkerfe oder dergleichen etwas!‹

Meine Gedanken waren schon wieder bei den Korrealobligationen. ›Was kümmert dich der Bursche‹, sagte ich obenhin; ›der ist ja weit von hier!‹

›Freilich, freilich‹, erwiderte Archimedes, indem er aus der Tür ging; ›wir wollen die Naturgeschichte ruhen lassen.‹ – –

Die kleine Kneiperei ging dann auch am Abend zur Herzensberuhigung unseres Freundes in bester Heiterkeit vonstatten; als wir aber feierlich die Gesundheit seines Alten tranken, flüsterte er mir ganz ergrimmt ins Ohr: ›Und daß er bald der Schnabelkerfe einen Fußtritt gebe!‹ dann stürzte er sein volles Glas herunter.

Es ist mir später klar geworden, daß in betreff jenes Menschen eine unbestimmte Furcht in seiner Seele lag, die er selber freilich nicht mehr bestätigt sehen sollte. Im weiteren Verlaufe des Semesters erwähnte er desselben nicht wieder; seine Arbeiten mochten diese Dinge bei ihm zurückgedrängt haben; denn seiner Ankündigung gemäß betrieb er diese vom Morgenrot bis in die Mitternacht hinein.

Bei Beginn der Herbstferien reiste Archimedes nach Hause, weil mit dem Semester auch seine dafür berechnete Kasse ihr Ende erreicht hatte; ich blieb noch, um unter Benutzung der Universitätsbibliothek eine bestimmte Materie durchzuarbeiten. Erst kurz vor dem Wiederbeginn der Kollegien folgte auch ich, um wenigstens ein paar Tage mit den Meinen zu verleben.

Archimedes fand ich besonders heiter und in großer Regsamkeit. ›Du kommst verteufelt spät, lieber Freund!‹ rief er mir entgegen; ›aber der Alte ist splendid gewesen, ich reise wieder mit euch! Übrigens . . .‹ Und nun erfuhr ich, daß am letzten Tage noch ein Ball stattfinden solle, den ich nicht versäumen dürfe; seine kleine Phia würde auch erscheinen.

Dann schwieg er eine Weile und sah mit seinem kindlichen Lächeln zu mir auf. ›Weißt du, lieber Freund‹, begann er wieder, ›ich habe dabei auf dich gerechnet! Sie hat noch keinen Ball besucht; sie hat daher nicht so ihre gewohnten Tänzer wie die andern; nicht wahr, du hilfst mir, sie gleich ein wenig mit hineinzubringen!‹

Ich dachte plötzlich wieder an die Willis. ›Deine Schwester muß ja bezaubernd tanzen‹, sagte ich. ›Wie wär's mit Polonäse und Kotillon? Willst du meine Bitte überbringen?‹

Archimedes drückte mir die Hand. ›Trefflich, trefflich, lieber Freund! Aber nun muß ich zum Schuster, ob meine neuen Lackierten doch auch fertig sind!‹

Am Morgen des Festabends waren wir alle in Bewegung;

die einen, um Handschuhe oder seidene Strümpfe einzukaufen – denn Archimedes war der einzige, der stets in Lackstiefeln tanzte –, die andern, um bei dem Gärtner einen heimlichen Strauß für die Angebetete zu bestellen. Diese letzteren belächelte Archimedes, indem er sanft den Kopf emporschob; er hatte niemals eine Herzdame, sondern nur eine allgemeine kavaliermäßige Verehrung für das ganze Geschlecht, worin er vor allem seine Schwester einschloß. Ich entsinne mich fast keiner Schlittenpartie, wobei sie nicht die Dame des eigenen Bruders war; es schien bei solchem Anlaß, als möge er sie keinem Dritten anvertrauen; sorgsam vor der Abfahrt breitete er alle Hüllen um und über sie, während das blasse Gesichtchen ihn dankbar anlächelte; und ebenso sorgsam und ritterlich hob er bei Beendigung der Fahrt sie wieder aus dem Schlitten.

So war denn Archimedes zum Festordner wie geschaffen und auch diesmal dazu erwählt worden. Als ich, wie gewöhnlich sein Gehülfe bei solcher Gelegenheit, am Vormittag des Festes in den Ballsaal trat, wo noch einiges mit dem Wirte zu ordnen war, fand ich ihn mit diesem bereits in lebhafter Unterhandlung. ›Vorzüglich, ganz vorzüglich!‹ hörte ich ihn eben sagen; ›also noch ein Dutzend Spiegellampetten an den Wänden, damit die Toiletten der Damen sich im gehörigen Lüstre präsentieren, und, Liebster, nicht zu vergessen die bewußten Draperien, um auch die Musikantenbühne in etwas zu verschönern!‹

Während der Wirt sich entfernte, schritt Archimedes auf mich zu, der ich am andern Ende des Saales die Tischchen mit den Kotillonraritäten revidierte; aber der Ausdruck seines guten Gesichts schien den heiteren Worten, die ich erst eben von ihm gehört hatte, wenig zu entsprechen.

›Was fehlt dir, Archimedes?‹ frug ich. ›Deine Schwester ist heute abend doch nicht abgehalten?‹

›Nein, nein!‹ rief er. ›Sie wird schon kommen, und wenn auch erst um zehn Uhr, nachdem der Alte zur Ruhe gegangen ist; aber ich denke sie noch früher loszuneteln!‹

›Nun also, was ist es denn?‹

›Oh, es ist eigentlich nichts, lieber Freund; aber dieser Käfer, der Herr Hausverwalter! Ich glaube, das arme Ding fürchtet sich ordentlich vor ihm. Stelle dir's vor, er unterstand sich heute, auf mein Zimmer zu kommen und uns beiden zu erklären, der Herr Etatsrat werde das sehr übel vermerken, wenn das Fräulein auf den Ball ginge; und das Fräulein hing so verzagt an seinem unverschämten Munde; es fehlte nur noch, daß er ihr gradezu den Ball verboten hätte!‹

Archimedes zuckte mit seinem Stöckchen ein paarmal heftig durch die Luft. ›Ich werde diesem Käfer noch die Flügeldecken ausreißen!‹ sagte er und machte seine Offiziersaugen. ›Der Mensch unterstand sich sogar, mich bei meinem Vornamen anzureden; da habe ich ihm denn seinen Standpunkt klargemacht und ihn hierauf sanft aus der Tür geschoben; siehst du‹ – er erhob den Arm – ›mit dieser meiner eigenen Hand, die leider ohne Handschuh war!‹ Er ging ein paarmal auf und nieder. ›Zu toll, zu toll!‹ rief er. ›Während meiner Philippika hatte das Kind mich fortwährend am Rock gezupft; nun der Bursche fort war, bat sie mich unter Tränen, sie doch zu Haus zu lassen. Aber sie soll nicht; sie soll auch einmal wie andere eine Freude haben; und sie hat mir's denn endlich auch versprochen.‹

Archimedes steckte beide Hände in die Taschen und blickte eine Weile schweigend gegen die Saaldecke. ›Das arme Ding‹, sagte er; ›sie hatte so ein Paar große erschrockene Kinderaugen! Wenn der Halunke es sie später nur nicht entgelten läßt! Nun, am Ende, wir sind denn doch nicht aus der Welt!‹

Und allmählich beruhigten sich seine Gesichtszüge, und sein gutes Lächeln trat wieder um seinen wohlgeformten Mund. ›Aber noch eines, lieber Freund‹, begann er aufs neue; ›ich weiß, du bist auch so etwas für die Blumensträuße, und du meinst es stets aufs trefflichste; aber – sende ihr keinen! Nicht um meiner Grille halber, es würde sie ja wohl erfreuen; es ist nur – in unserem Hause paßt das mit den Blumensträußen nicht. Aber komm und hilf mir; die kleine Phia soll denn doch nicht ohne Blumen auf den Ball!‹

Und dann gingen wir miteinander fort und kauften die schönste dunkelrote Rose für das schwarze Haar des blassen Mädchens.

Meine Schwester war von einem leichten Unwohlsein befallen; so kam es, daß ich abends allein und erst kurz vor Beginn des Tanzes in das Vorzimmer des Ballsaales trat.

Archimedes kam mir schon entgegen. ›Ah!‹ rief er, ›vortrefflich, daß du da bist! Nun wollen wir auch sofort beginnen!‹

Aber ich hielt ihn noch zurück. ›Einen Augenblick!‹ sagte ich. ›Ich muß mir erst die Handschuh knöpfen.‹ In Wahrheit aber wollte ich ihn selber nur betrachten; dieser kunstvoll frisierte Haarpull, der kohlschwarz gewichste Schnurrbart, dazu das fröhliche und doch gemessene Werfen des Kopfes, das elegante Schwenken des kleinen Chapeau claque – in Wahrheit, er imponierte mir noch immer.

›Deine Schwester ist doch drinnen?‹ frug ich dann, nach der offenen Tür des Saales zeigend, indem ich mich zugleich für vollkommen tanzfähig erklärte.

Er drückte mir die Hand. ›Alles in Ordnung, lieber Freund!‹

Als dann gleich darauf die Musik einsetzte, schritt Archimedes erhobenen Hauptes in den Saal, und ich folgte ihm, um meiner Dame zur Polonäse die Hand zu reichen. Aber sie war nicht unter ihren Altersgenossinnen, die am andern Ende des Saales sich wie zu einem Blumenbeet zusammengeschart hatten; ich fand sie gleich am Eingang bei einem mir unbekannten, unschönen und plump gekleideten Mädchen sitzend. Sophie Sternow trug ein weißes Kleid mit silberblauem Gürtelbande; das glänzende, an den Schläfen schlicht herabgestrichene Haar war im Nacken zu einem schweren Knoten aufgeschürzt; aber weder die Rose, welche ihr Bruder unter meinem Beirat vormittags für sie gekauft hatte, noch sonst ein Schmuck, wie ihn die Mädchen lieben, war daran zu sehen.

Ein leichtes Rot flog über ihr Antlitz, als ich auf sie zutrat. ›Freund Archimedes‹, sagte ich, ›wird mir hoffentlich den Tanz gesichert haben; ich möchte nicht zu spät gekommen sein.‹

Ein flüchtiger Blick aus ihren dunklen Augen streifte mich. ›Ich danke Ihnen‹, sagte sie fast demütig, indem sie, mich kaum berührend, ihre Hand auf den ihr dargereichten Arm legte, ›aber auch ohnedies wären Sie nicht zu spät gekommen.‹

Ich hatte sie lange nicht gesehen; aber Archimedes irrte, das waren keine Kinderaugen mehr.

Wir tanzten dann, und ich würde noch jetzt sagen, daß sie trefflich tanzte; nur empfand ich in ihren anmutigen Bewegungen nichts von jener frohen Kraft der Jugend, die sonst in den Rhythmen des Tanzes so gern ihren Ausdruck findet. Dies und die etwas zu schmalen Schultern beeinträchtigten vielleicht in etwas die sonst so eigentümlich schöne Mädchenerscheinung.

Nach beendigtem Tanze führte ich sie an ihren Platz zurück, und sie setzte sich wieder neben das häßliche Mädchen, welches von niemandem aufgefordert war und jetzt froh schien, wenigstens für den Augenblick aus seiner Verlassenheit erlöst zu werden. Als ich in dem Gewirre der sich auflösenden Paare Archimedes zu Gesicht bekam, konnte ich die Frage nicht unterlassen, ob er denn die Rose von heute morgen seiner Schwester nicht gegeben habe.

›Freilich, freilich!‹ erwiderte er, indem er zugleich einen Inspektionsblick in dem Saal umherwarf; ›aber die Kleine scheint auf einmal eigensinnig geworden; sie wollte keine Blumen tragen; sie konnte nicht einmal sagen, weshalb sie es nicht wollte; sie bat mich flehentlich um Verzeihung, daß sie es nicht könne; denn, in der Tat, ich wurde fast ein wenig zornig! – Nun, lieber Freund‹, setzte er in munterem Ton hinzu, ›die Damen haben ihre Launen, und jetzt werde ich selber mit der kleinen Dame tanzen!‹

Während er dann zunächst noch zu den Musikanten ging, blickte ich im Saal umher. Die blasse Phia Sternow war die einzige, deren junges Haupt mit keiner Blume geschmückt war; in dem duftweißen Kleide mit dem Silbergürtel erschien sie fast nur wie ein Mondenschimmer neben ihrer plump geputzten Nachbarin. Und wieder mußte ich an die Willis denken, und jenes phantastische Mitgefühl, das ich als halber Knabe für sie empfunden hatte, überkam mich jetzt aufs neue. Dies verleitete mich auch, als ich später mit der Busenfreundin meiner Schwester im Contretanze stand, diese etwas männliche Brünette mit ziemlich unbedachten Vorwürfen wegen einer solchen, wie ich mich ausdrückte, absichtlichen Trennung von der früheren Schulgenossin zu überhäufen. Hatte ich doch mit steigender Erregung wahrgenommen, daß keine der hiesigen jungen Damen sie begrüßte, wenn sie an ihrem Platz vorübergingen, ja daß eine derselben mit plötzlicher Bewegung den Kopf zur Seite wandte, da sie unerwartet in der Tanzkette ihr die Fingerspitzen reichen mußte.

Schon während meiner Rede hatte ich bemerkt, daß meine Tänzerin eine kriegsbereite Haltung annahm. ›Sprechen Sie nur weiter!‹ sagte sie jetzt, als ich zu Ende war; ›ich höre schon.‹ Und dabei trat sie einen Schritt zurück, als wolle sie mich besser Aug in Auge fassen.

Als ich hierauf noch einmmal betonte, was nach meiner Meinung in diesem Falle vorzubringen war, ließ die schöne Braune mich ruhig ausreden; dann sagte sie mit einer Gemessenheit, die seltsam zu dem jungen Munde stand: ›Ich verstehe das alles wohl; aber finden Sie nicht selbst, daß es Fräulein Sternow völlig freisteht, unsere Gesellschaft aufzusuchen, wenn sie anders meinen sollte, daß sie noch dahin gehöre?‹

›Dahin gehöre?‹ Ich wiederholte es fast erschrocken. ›Sie wollen doch die Ärmste nicht für ihr väterliches Haus verantwortlich machen?‹

Fräulein Juliane – so hieß die schöne Männin – zuckte nur die Achseln; gleich darauf mußten wir tanzen. Als wir wieder auf unserem Platz standen, gewahrte ich die Besprochene in der andern Reihe neben uns, und so konnte das Gespräch nicht wieder aufgenommen werden. Zu meiner stillen Genugtuung bemerkte ich indessen, daß Phia Sternow von den Tänzern nicht vergessen wurde, wenn diese auch meist nur aus den Freunden ihres Bruders und diesem selbst bestanden. Sie erschien mir jetzt, da der Tanz ein leichtes Rot auf ihre Wangen gehaucht hatte, so über alle schön, daß ich fast laut zu mir selber sagte: ›Der Neid; es ist der Neid, der sie verfemt.‹

Die Hälfte des Abends war vorüber, der Kotillon, der Tanz, wo es gilt, die Pausen zu verplaudern, führte mich wieder mit ihr zusammen. Den vorhergehenden Walzer hatte ich in einem Anfalle von Barmherzigkeit mit ihrer unschönen Nachbarin getanzt, und Sophie Sternow hatte mich, da ich sie von ihrer Seite holte, mit einem dankbaren Lächeln angeblickt, dem einzigen, das ich an diesem Abend auf ihrem jungen Antlitz sehen sollte. ›Wer ist das Mädchen?‹ frug ich jetzt. ›Sie scheint eben keine beliebte Tänzerin.‹

Phia blickte flüchtig zu mir auf. ›Sie ist eine Fremde‹, sagte sie dann; ›sie hat hier keine Freunde.‹

Sie schwieg, und ich suchte nach einem andern Unterhaltungsstoff. Was aber sollte ich reden, ohne bei der Armseligkeit dieses Lebens anzustoßen! Da begann ich von ihrem Bruder, von seinem redlichen Fleiße, von unserem treuen Zusammenhalten. Nur aus den geöffneten Lippen und den regungslos auf mich gerichteten Augen erkannte ich, mit welcher Teilnahme sie meinen Worten folgte; aber auch jetzt brach kein Lächeln durch den leidenden Ernst dieser jungen Züge.

›Fräulein Sophie‹, sagte ich, ›ich weiß es, Sie haben durch den Fortgang dieses Bruders viel verloren.‹

Ein kaum hörbares ›Ja‹ war die Antwort. Als ich aber dann, des aufs neue bevorstehenden Scheidens gedenkend, hinzufügte: ›Diesmal werden Sie ihn schon nach ein paar Monaten wiederhaben!‹ da schloß sie die Augen, als wolle sie in keine Zukunft blicken, und hielt ihr Antlitz wie das einer schönen Toten mir entgegen.

›Fräulein Sophie!‹ erinnerte ich leise, denn ich sollte meine Dame zu dem mit Blumensträußen gefüllten Körbchen führen.

Sie schlug langsam die Augen wieder auf, und wir tanzten diese und noch manche andere Tour; gesprochen aber haben wir nicht viel mehr miteinander.

Gern hätte ich noch vor der gemeinschaftlichen Abreise am andern Morgen meine Schwester über die Vorgänge des verflossenen Abends ausgeforscht; aber der Wagen hielt schon früh um fünf Uhr vor dem Hause, und ihres Unwohlseins halber durfte sie nicht wie sonst das letzte Viertelstündchen beim Morgentee mit mir verplaudern.

Es kann endlich nicht länger verschwiegen werden, daß Archimedes während der langen Wartezeit daheim auch bei andern als den bisher erwähnten Anlässen mit jenen kleinen Gläsern in Berührung gekommen war. – Im Hinterstübchen eines Gasthofes, wo sonst nur die Leute aus der Marsch ihre Anfahrt hielten, pflegte sich ein paarmal wöchentlich ein Kleeblatt älterer Männer zusammenzufinden, sämtlich voll mannigfacher Welterfahrung und scharfer rücksichtsloser Beurteilung aller übrigen Menschen. Bei einer Pfeife Petit-Kanasters und einem Gläschen feinsten und nur in diesem Stübchen zum Ausschank kommenden Pomeranzen-Liquors, das ohne Bestellung vor jeden hingestellt und ebenso erneuert wurde, verstanden sie es, die respektabelsten Häupter der Stadt in so einseitige Beleuchtung zu rücken, daß sie jedem als die lustigsten Karikaturen erscheinen mußten. Diesen Leuten, welche in halbem Bruche mit der übrigen Gesellschaft sich selbst genug waren, hatte im letzten Winter Archimedes sich als Vierter angeschlossen, nachdem er eines Nachmittags mit dem Hauptwortführer, einem früheren

Offizier, auf der Eisfläche des Mühlenteiches in allen Kunstformen des Schlittschuhlaufs gewetteifert hatte.

Zwar hatte er, als dann abends im Hinterstübchen des Gasthofes die bestbeleumdeten Honoratioren in so possenhafter Verwandlung vorgeführt wurden, anfänglich sein gutmütiges Haupt geschüttelt; das Gläschen, welches auch ihm gesetzt und gefüllt wurde, war für ihn durchaus notwendig, um nur die spaßhafte Seite dieses Puppenspiels zu sehen; aber freilich, das Mittel schlug auch an, und so kam es, daß er an den betreffenden Abenden meist schon als der Erste des nunmehrigen Vierblattes vor seinem Gläschen saß, in ungeduldiger Erwartung, daß mit dem Erscheinen der drei andern Gäste das Stück aufs neue beginnen möge. Er bedurfte eben eines kräftigeren Anreizes, als der Verkehr mit den ihm immer grüner erscheinenden Gelehrtenschülern ihm zu bieten vermochte.

Daß eine eigentliche Neigung zum Trinken in Archimedes steckte, habe ich nie bemerkt; jedenfalls schien zu solchem Bedenken jeder Anlaß verschwunden, sobald er den Boden der Universität betreten hatte. Da tauchte, etwa einen Monat nach unserer letzten Rückkehr, unter einer Anzahl ihm bekannter Korpsstudenten eine Tollheit auf, welche vielleicht von einzelnen älteren Herren noch jetzt als ein Auswuchs ihres Jugendübermuts belächelt wird, welche aber für andere der Anfang des Endes wurde. Ohne Ahnung jener späteren Ära des Absinthes, behaupteten sie, in dem ›Pomeranzen-Bittern‹ den eigentlichen Feind des Menschengeschlechts entdeckt zu haben, und erklärten es für eine der idealsten Lebensaufgaben, selbigen, wo er immer auch betroffen würde, mit Hintenansetzung von Leben und Gesundheit zu vertilgen. Dieser Erkenntnis folgte rasch die Tat: eine ›Bitternvertilgungskommission‹ wurde gebildet, die an immer neu erforschten Lagerorten des Feindes ihre fliegenden Sitzungen hielt. Die Sache wurde bekannt und begann über die Studentenkreise hinaus Anstoß zu erregen; sogar ein Anschlag am Schwarzen Brett erschien, welcher den Studenten unter Androhung der Relegation den Besuch einer Reihe näher bezeichneter Häuser untersagte; natürlich nur ein Sporn zu noch heldenhafteren Taten.

Zu meinem Schrecken erfuhr ich, daß auch Archimedes sich diesem Unwesen zugesellte. Hatte die Öde seines niedergehaltenen Lebens ihn zu jenem älteren Kleeblatt hingetrieben, so war es jetzt das in dieser Sache steckende Stückchen Sport, das ihn heranzog; er kannte ja jenen Feind des menschlichen Geschlechts seit lange, er mußte mit dabeisein. Vergebens suchte ich ihn zurückzuhalten. ›Liebster‹, sagte er, ›laß mich auch einmal, wie du es nennst, ein wenig toll sein; ich versäume ja nichts damit! Und so beruhige dein treues Herz, auch wenn dir für unsere erhabene Sache das Verständnis fehlen sollte!‹

Er machte seine kriegerischen Augen und sah mich dabei mit seinem besten Lächeln an; mir blieb zuletzt nichts übrig, als der Sache ihren Lauf zu lassen. Denn darin freilich unterschied er sich von den Genossen seiner Tollheit, außer seiner Gesundheit wurde nichts von ihm versäumt. Gewissenhaft, und wenn die Stunde noch so früh war, besuchte er seine Kollegien, und war die Nacht durchrast, so wurde unfehlbar die darauf folgende hindurch gearbeitet. Auf seiner Spritmaschine, welche brennend neben ihm stand, filtrierte er sich den stärksten Kaffee, und vermochte auch der dem erschöpften Körper die Müdigkeit nicht fernzuhalten, so holte Archimedes, wenn alle andern Bewohner des Hauses schliefen, sich aus der Pumpe auf dem Hofe einen Eimer eiskalten Wassers, um seine nackten Füße dahinein zu stecken und dann frei von jedem verführerischen Schlafverfangen in seiner Arbeit fortzufahren.

Diese zweite, wenn auch achtungswerte Tollheit hatte er vor mir wie vor allen andern verborgen gehalten; aber freilich, ihre Folgen konnten nicht verborgen bleiben. Wir waren diesmal beide in den Weihnachtsferien nicht nach Hause gewesen; es ging schon in den März, als ich eine auffallende Veränderung in dem Wesen meines Freundes wahrnahm: der sonst so ordnungsliebende Mann war verschwenderisch geworden; er machte wiederholt allerlei seltsame Ankäufe, die seine knappen Mittel bei weitem überstiegen. Außer den teuersten Zirkeln, welche ihm gleichwohl immer nicht genügten, war seine Erwerbslust auf verschiedene Arten von Stoßrapieren gerichtet, eine Waffe, die auf unserer Universität nicht gebräuchlich war, aber freilich, seiner Person entsprechend, gern und mit Geschick von ihm gehandhabt wurde; endlich kamen sogar Lackstiefel mit immer dünneren und biegsameren Sohlen an die Reihe.

Als ich ihn über diese mir ganz unverständliche Verschwendung zur Rede stellte, glaubte ich etwas Unheimliches in seinen Augen aufleuchten zu sehen. ›Geduld, Geduld!‹ sagte er hastig. ›Kein voreiliges Urteil, Liebster! Ich habe jetzt endlich einen Schuster aufgefunden; ein exzellenter Bursche, ausnehmend exzellent! Wenn sie fertig sind, werde ich in den durchaus vollkommenen Stiefeln zu dir kommen –‹

›Aber Archimedes‹, unterbrach ich ihn, ›was willst du damit und mit all deinen Zirkeln und Rapieren?‹

Er sah mich mit weit aufgerissenen Augen an; der Erwerb jener letzteren Dinge war ihm offenbar entfallen, obgleich die Rappiere in seinem Zimmer eine halbe Wand bedeckten.

Plötzlich, einige Tage danach, in welchen ich ihn nicht gesehen hatte, hieß es, Archimedes liege am Nervenfieber, es stehe schlecht mit ihm. Eilig ging ich nach seiner Wohnung; aber ich erschrak, ich erkannte ihn fast nicht; in seinem Bette lag etwas wie ein kleiner abgezehrter Greis, und noch heute würde ich die Möglichkeit einer so raschen Wandlung bestreiten, wenn ich sie nicht mit offenen Augen erlebt hätte. – Ein uns beiden befreundeter junger Arzt von anerkannter Tüchtigkeit hatte ihn in Behandlung genommen; auch eine von diesem besorgte Wärterin war vorhanden.

Archimedes bewegte seinen Kopf, als ob er mir zunicken wolle. ›Lieber Freund‹, flüsterte er, ›ich fürchte, ich bin recht wunderlich gewesen die letzte Zeit; aber nun, es wird nun besser werden!‹ Er versuchte zu lächeln, nachdem er langsam und kaum verständlich dies gesprochen hatte; aber es gelang ihm ebensowenig wie der Versuch, sich dann auf seinen Kissen umzuwenden; die Wärterin stand auf, und wir beide hoben und legten ihn, bis er zufrieden war.

Bald darauf kam auch der Arzt. Als wir nach einiger Zeit zusammen das Haus verließen, wollte er keine bestimmte Hoffnung geben; als ein eigentliches Nervenfieber bezeichnete er die Krankheit nicht; der Grund derselben liege in den fortgesetzten Ausschreitungen nach zweien Seiten, welche dieser an sich zarte Körper nicht habe ertragen können.

In meiner Wohnung angelangt, setzte ich mich sofort hin und gab dem Vater brieflich über diesen Stand der Dinge Auskunft; ich glaubte ihm anheimstellen zu müssen, ob er bei dem ungewissen Ausgang persönlich kommen oder aber der Schwester die Reise an das Krankenbett des Bruders gestatten wolle; zugleich bat ich, mit Rücksicht auf das zu Ende gehende Quartal, um Übersendung einer Geldsumme für diesen außerordentlichen Fall.

Mit umgehender Post erhielt ich auch ein eigenhändiges Schreiben des Herrn Etatsrats: sein herrlicher Archimedes solle erfahren, daß sein Vater sich der vollen Verantwortlichkeit bewußt sei, einen Jüngling wie ihn der Mit- und Nachwelt zu erhalten; durch den Herrn Käfer würden instanter die ausreichendsten Mittel an mich, dem er sein vollstes Vertrauen entgegenbringe, eingehen; im übrigen solle ich den Arzt zum Teufel jagen; die Sternows hätten allzeit eine Konstitution gehabt, welche ohne diese Pfuscherkünste in das Geleise der Natur zurückzufinden wisse.

Damit schloß das Schreiben, von einem persönlichen Kommen, sei es des Schreibers selber oder seiner Tochter, war nichts erwähnt. Die Geldsendung indessen erfolgte wirklich, es war eine elende Summe, die kaum ausgereicht hätte, die Wärterin auf längere Zeit hin zu besolden. – Sie sollte freilich hiefür noch mehr als ausreichend gewesen sein. Acht Tage waren vergangen, Archimedes wurde immer schwächer.

Als ich dann eines Vormittags in sein Zimmer trat, fand ich ihn schwer atmend, mit geschlossenen Augen; in seinem Antlitz schien aufs neue eine Veränderung vorgegangen zu sein: ob zum Leben oder zum Tode, vermochte ich nicht zu erkennen; etwas wie eine ruhige Klarheit war in seinen Zügen, aber die Finger der Hand, welche auf der Decke lagen, zuckten unruhig durcheinander. Ich stand schon lange vor ihm, ohne daß er meine Anwesenheit bemerkt hätte.

›Der Herr ist schwer krank!‹ sagte die Wärterin, die vor einer Tasse Kaffee in dem alten Lehnstuhl saß. ›Sehen Sie nur‹ – und sie fuhr sich mit der Hand unter ihrer Mütze hin und her, als wolle sie andeuten, daß es auch unter der Hirnschale des Kranken nicht in Ordnung sei –, ›alle die lackierten Stiefelchen habe ich dem Bette gegenüber in eine Reihe stellen müssen, und es wollte immer doch nicht richtig werden, bis ich endlich dort das eine Pärchen obenan und dann noch wieder eine Handbreit vor den andern hinausgerückt hatte. Du lieber Gott, so kleine Füßchen und so viel schöne Stiefelchen!‹

Die Alte mochte dies etwas laut gesprochen haben; denn Archimedes fuhr mit beiden Händen an sein Gesicht und zupfte daneben in die Luft, als säße sein armer Kopf noch zwischen den steifen Vatermördern, die er in gewohnter Weise in die Richte ziehen müsse, dann schlug er die Augen auf und blickte um sich her. ›Du?‹ sagte er, und ein Anflug seines alten verbindlichen Lächelns flog um seinen Mund. ›Trefflich, trefflich!‹

Er hatte das kaum verständlich hingemurmelt; aber plötzlich richtete er sich auf, und mich wie mühsam mit den Augen fassend, sprach er vernehmlich: ›Ich wollte dir doch etwas sagen! Weißt du denn nicht? Du mußt mir helfen; ich wollte dich ja deshalb holen lassen. – Ja so! Ich glaube‹ – er stieß diese Worte sehr scharf hervor –, ›es hätte etwas aus mir werden können; nicht wahr, du bist doch auch der Meinung? Ich habe darüber nachgedacht.‹

Er schwieg eine Weile; dann warf er heftig den Kopf auf

seinem Kissen hin und her. ›Pfui, pfui, man soll seine Eltern ehren; aber, weißt du – auf meines Vaters Gesundheit kann ich doch nicht wieder trinken; und darum –‹ Seine Hände fuhren auf dem Deckbett hin und her. ›Nein‹, hub er wieder an, ›lieber Freund, das war es doch nicht, was ich dir sagen wollte; entschuldige mich, du mußt das wirklich entschuldigen!‹

Bei den letzten Worten waren seine Augen im Zimmer umhergeirrt, und seine Blicke verfingen sich an dem Stiefelpaar, womit er der Wärterin nach deren Erzählung so viele Mühe gemacht hatte; dem einzigen, welches Spuren des Gebrauches an sich trug.

Ein glückliches Lächeln ging über sein eingefallenes Antlitz. ›Nun weiß ich es!‹ sagte er leise, und mit seiner abgezehrten Hand ergriff er die meine; die andere hob sich zitternd und wies mit vorgestrecktem Zeigefinger nach den Stiefeln. ›Das war unser letzter Ball, lieber Freund; du tanztest mit meiner Schwester, mit meiner kleinen Phia; aber sie war doch nicht vergnügt ... sie ist noch so jung; aber sie konnte nicht vergnügt sein – ich habe immer daran denken müssen: so allein mit dem Alten und den Zeitungen und dem – verfluchten Käfer!‹

Er hatte beide Arme aufgestemmt und sah mit wilden Blikken um sich. ›Sie hat mir nicht geschrieben, gar nicht; auf alle meine Briefe nicht!‹

Die Wärterin erhob warnend ihre Hand. ›Der Herr spricht zu viel!‹ Aber Archimedes warf ihr seine Kavaliersaugen zu: ›Dummes Weib!‹ murmelte er; dann, wie von der letzten Anstrengung ermüdet, ließ er sich zurücksinken und schloß die Augen. Er atmete ruhig, und ich glaubte, er werde schlafen; aber noch einmal, ohne sich zu regen, flüsterte er mit unaussprechlicher Zärtlichkeit: ›Wenn ich nur erst das Examen ... Phia, meine liebe kleine Schwester!‹

Dann schlief er wirklich; ich legte seine Hand, welche wieder die meine ergriffen hatte, auf das Deckbett und ging leise fort. – –

Als ich am andern Morgen wieder durch den unteren Flur des Hauses ging, schlurfte der Eigentümer desselben, ein hagerer Knochendreher, auf seinen Pantoffeln hinter mir her und zog mich unter Höflichkeitsgebärden in eins der nächsten Zimmer, wo ich außerdem noch seine wohlgenährte Gattin, welche der eigentliche Mann des Hauses war, und eine ältliche Tochter antraf, die wie ein weiblicher Knochendreher aussah. Alle umringten mich und redeten durcheinander auf mich ein: sie hätten vor ein paar Jahren erst das teure Haus mit all den schönen Zimmern hier gekauft; das könne ich wohl denken, daß noch schwere Hypotheken darauf lasteten, und noch ständen just die besten Zimmer unvermietet, obschon die Herren es doch nirgend besser als bei ihnen haben könnten! – Ich wußte anfänglich nicht, wo alles dies hinaus sollte; dann aber kam's: sie fürchteten für ihren rückständigen Mietzins; ich sollte ihnen helfen; denn – Archimedes war um Mitternacht verschieden.

Ich stieß diese Leute, die freilich nur ihr gutes Recht zu decken suchten, fast gewaltsam von mir und stieg langsam die Treppe nach dem Oberhaus hinauf. – ›Also doch! Tot; Archimedes tot!‹

Und da stand ich vor seinem schon erkalteten Leichnam; aber sein eingefallenes Totenantlitz trug wieder den Ausdruck der Jugend, und mir war, als schwebe noch einmal sein gutes Lächeln um die erstarrten Lippen.

Als ich in den Osterferien nach Hause kam, war mein erster Gang zu dem Herrn Etatsrat; nicht daß mein Herz mich zu dem Vater meines verstorbenen Freundes hingetrieben hätte, es waren vielmehr geschäftliche Dinge, und nicht der angenehmsten Art. Die Begräbniskosten und die Forderungen des Hauswirts waren durch Herrn Käfer in irgendeiner Art geordnet; aber jene während der dem eigentlichen Krankenlager vorangegangenen Gemütsstörung zusammengekauften Gegenstände waren zum größten Teil von dem Verstorbenen unbezahlt gelassen. Zwar hatten später die Verkäufer dem

Herrn Etatsrat ihre Rechnungen eingesandt; aber es war darauf weder Geld noch Antwort erfolgt. Nun hatten sie dieselben noch einmal ausgestellt und mir, den sie als Freund und Landsmann ihres Schuldners kannten, mit der Bitte um Verwendung bei dem Vater übergeben.

Bei meinem Eintritt in den Hausflur sah ich eine weibliche Gestalt mit einer blauen Küchenschürze, als wolle sie nicht gesehen werden, durch eine Hintertür verschwinden; ob es eine Magd, oder wer sie sonst war, vermochte ich so rasch nicht zu erkennen. Da ich indessen den braunroten Kopf des Herrn Etatsrats von der Straße aus in einem der unteren Zimmer bemerkt hatte, so pochte ich, da sich sonst niemand zeigte, ohne weiteres an die betreffende Zimmertür. Es erfolgte jetzt etwas wie das Brummen eines Bären aus einer dahinterliegenden Höhle; ich nahm es für ein menschliches ›Herein‹ und fand dann auch den Herrn Etatsrat im Lehnstuhl an seinem mit Papieren bedeckten Schreibtisch sitzen, wo ich ihn vorhin durchs Fenster erblickt hatte. Ihm zur Seite stand ein kleiner Tisch, darauf eine Kristallflasche mit Madeira und ein halbgeleertes Glas. Als ich näher trat, sah er mich eine Weile mit offenem Munde an; dann langte er hinter sich nach einem Schränkchen und brachte ein zweites Glas hervor, das er sofort füllte und nach der andern Seite des Tisches schob.

›Sie sind der Sohn des Justizrats‹, begann er; ›aber setzen Sie sich, junger Mann! Sie waren der Freund meines unvergeßlichen Archimedes; Sie werden das zu schätzen wissen!‹

Ich gab dem meine Zustimmung und erzählte, den Tod und die vermutliche Todesursache des Verstorbenen übergehend, von der Gewissenhaftigkeit, womit er unter allen Umständen und bis zuletzt seine Studien betrieben hatte, und von mancher freundlichen Äußerung seiner Fachprofessoren, welche nach seinem Tode mir zu Ohren gekommen war.

Der Herr Etatsrat hatte indessen sein Glas geleert und wiederum gefüllt. ›Junger Mann‹, sagte er, ›erheben wir den Pokal und trinken wir auf das Gedächtnis des ersten Mathematikus unseres Landes; denn das war mein Archimedes schon jetzt in seinen jungen Jahren! Ich, der ich denn doch ein ganz anderer Gewährsmann bin als jene soeben von Ihnen in Bezug genommenen Professoren, ich selber habe ihn geprüft, als der Selige zum letzten Male in diesem Hause weilte. Wenn ich sage: geprüft, so will das Wort sich eigentlich nicht schikken; denn mein Archimedes war der Größere von uns beiden!‹ – Und seine Blicke legten sich wie drückende Bleikugeln auf die meinen, während er mit mir anstieß und dann in einem Zug sein Glas heruntergoß.

Damals fürchtete ich mich noch nicht vor einem tüchtigen Trunk. ›In memoriam‹, sprach ich andächtig und folgte seinem Beispiel. Der Herr Etatsrat nickte und schenkte die Gläser wieder voll. ›Sie haben‹, hub er aufs neue an, ›Ihren großen Kommilitonen mit allen studentischen Ehren zu seiner letzten Ruhestatt begleitet; so verhielten wir es auch zu meiner Zeit; besonders bei unserem Konsenior, den wir Mathematiker »Rumboides« nannten! Er war ein Rheinländer, aber der Wein war bei ihm ein überwundener Standpunkt; er trank des Morgens Rum und des Abends wieder Rum; und so fiel er auch nicht, wie mein unsterblicher Archimedes, als ein Opfer der Wissenschaft, er war vielmehr dem Laster der Trunksucht ergeben und ging dadurch zugrunde. Des ohnerachtet bliesen wir ihn mit zwölf Posaunen zu Grabe und tranken sodann im Ratskeller so tapfer auf seine fröhliche Urständ, daß bei Anbruch des Morgens nur noch wenige von uns an das Tageslicht hinaufzugelangen vermochten. – Aber‹ – sein Blick war auf mein unberührtes Glas gefallen – ›Sie haben ja nicht getrunken! „Dulce merum“, sagt Horatius; schenken Sie sich selber ein; es freut mich, einmal wieder mit einem flotten Studiosus den Pokal zu leeren!‹

Aber die Gesellschaft des Herrn Etatsrats begann mir unheimlich zu werden; auch wollte ich endlich meine Rechnungen zur Sprache bringen und zog deshalb, indem ich zugleich seiner Aufforderung folgte, mein Päckchen aus der Tasche und begann die Papiere vor ihm hinzubreiten.

Er würdigte dieselben keines Blickes; die Erläuterungen aber, welche ich hinzuzufügen für nötig hielt, schien er aufmerksam anzuhören. ›Gewiß, mein junger Freund‹, sagte er dann, als ich zu Ende war, ›mein herrlicher Archimedes wäre ja kein Student gewesen, wenn er nicht mit Hinterlassung etwelcher Schulden in die Ewigkeit gegangen wäre! Geben Sie, junger Mann, die Rechnungen dieser Böotier an den Herrn Käfer zur weiteren Hinterlegung, oder, was ich für das schicklichste erachte, retradieren Sie selbige an ihre ehrenwerten Autoren!‹

Ich glaubte den Sinn dieser Worte nicht recht gefaßt zu haben. ›Aber sie sollen doch bezahlt werden?‹ wagte ich einzuwenden.

›Nein, mein junger Freund‹ – und die stumpfen Augen sahen unter den schwarzen Borstenhaaren mich fast höhnisch an –, ›ich sehe dazu nicht die mindeste Veranlassung.‹

Ich mag dem Herrn Etatsrat wohl ein recht verblüfftes Gesicht gemacht haben, als ich meine Rechnungen zusammensammelte und wieder in die Tasche steckte; dann aber nahm ich meinen Abschied, so sehr er mich auch mit trunkener Höflichkeit zurückzuhalten suchte.

Als ich auf den Flur hinaustrat, vernahm ich dort ein halbunterdrücktes Weinen, und da ich den Kopf wandte, sah ich auf den Stufen einer Treppe, die hinter dem Zimmer des Etatsrats in das Oberhaus hinaufführte, eine weibliche Gestalt hingekauert; an der blauen Schürze, in die sie ihr Gesicht verhüllt hatte, glaubte ich sie für dieselbe zu erkennen, die sich vorhin so hastig meinem Blick entzogen hatte.

Als ich unwillkürlich näher trat, erhob sie den Kopf ein wenig, und zwei dunkle Augen blickten flüchtig zu mir auf.

›Fräulein Sophie!‹ rief ich; denn ich hatte sie erkannt, obgleich ihr schönes Antlitz durch einen fremden, scharfen Zug entstellt war. ›Ja, weinen Sie nur; er hat Sie sehr geliebt! Oh, Fräulein Phia, wenn Sie nicht kommen konnten, weshalb schwiegen Sie auf alle seine Briefe?‹ – Das einsame Sterbelager meines Freundes war vor mir aufgestiegen; ich hatte es nicht lassen können, diesen Vorwurf auszusprechen.

Sie antwortete mir nicht; sie wühlte das Haupt in ihren Schoß und streckte beide Arme händeringend vor sich hin; ein Schluchzen erschütterte den jungen Körper, als ob ein stumm getragenes ungeheures Leid zum Ausbruch drängte.

War das allein die Trauer um den Toten, was sich da vor meinen Augen offenbarte? – Unschlüssig stand ich vor ihr; dann begann ich zu berichten, was ich immerhin der Schwester des Verstorbenen schuldig zu sein meinte: von ihres Bruders letzten Tagen, von seiner Sehnsucht nach der fernen Schwester, und wie ihr Name von seinem sterbenden Munde auch für mich das Abschiedswort von ihm gewesen sei.

Ich schwieg einen Augenblick. Als ich noch einmal beginnen wollte, streckte sie abwehrend, in leidenschaftlicher Bewegung die Hände gegen mich. ›Dank, Dank!‹ rief sie mit einer Stimme, die ich nie vergessen werde; ›aber gehen Sie, aus Barmherzigkeit, gehen Sie jetzt!‹ Und ehe ich es verhindern konnte, hatte sie meine Hand ergriffen, und ein paar fieberheiße Lippen drückten sich darauf.

Beschämt und verwirrt, zögerte ich noch, ihr zu gehorchen; da wurde aus dem Zimmer nebenan ihr Name gerufen; die rauhe Stimme ihres Vaters war nicht zu verkennen.

Schweigend und wie todmüde erhob sie sich; aber ich hielt sie noch zurück und sprach die Hoffnung aus, sie bald in ruhigerer Stunde in meiner Eltern Haus zu sehen.

Sie blickte nicht zu mir hin und antwortete mir nicht, weder durch Worte noch Gebärde; langsam schritt sie nach dem Zimmer ihres Vaters. Als ich die Haustür geöffnet hatte, wandte ich den Kopf zurück: da stand sie noch, die Klinke in der Hand, die großen Augen weit dem Sonnenlicht geöffnet, das von draußen in den dunkeln Hausflur strömte; mir aber war, da hinter mir die schwere Tür ins Schloß fiel, als hätte ich sie in einer Gruft zurückgelassen.

Wie betäubt kam ich nach Hause; es nahm mich fast wunder, als ich hier alles wie gewöhnlich fand: meine Schwester saß mit einer großen Weißzeugnäherei am Fenster, neben ihr im Sofa Tante Allmacht mit ihrer ewigen Trikotage.

Ich konnte nicht an mir halten, ich erzählte den Frauen alles, was mir widerfahren war. ›Was ist geschehen mit dem armen Kinde?‹ rief ich; ›das war nicht nur ein Leid, das war Verzweiflung, was ich da gesehen habe.‹

Ich erhielt keine Antwort; Tante Allmacht schloß ihre Lippen fest zusammen, meine Schwester packte ihre Näherei hinter sich auf den Stuhl und ging hinaus. Ich sah ihr erst erstaunt nach und machte dann Anstalt, sie zurückzurufen; aber Tante Allmacht faßte meine Hand: ›Laß, laß, mein lieber Junge; das sind keine Dinge für die Ohren einer jungen Dame, wenn auch die ganze Stadt davon erfüllt ist!‹

›Sprich nur, Tante‹, sagte ich traurig; ›ich weiß schon, was nun folgen wird!‹

›Ja, ja, mein Junge; der Musche Käfer – es ist gekommen, wie es nicht anders kommen konnte; und wenn nicht ein noch größerer Skandal geschehen soll, so wird der Herr Etatsrat zu einer sehr unschicklichen und recht betrübten Heirat seinen Segen geben müssen. Im übrigen ist natürlich dieser Rabenvater der einzige, welcher von dem Stand der Dinge keine Ahnung hat.‹

Tante Allmacht tat ein paar Seufzer. ›Die arme Phia!‹ fügte sie dann mit seltener Milde bei; ›ich habe kluge und gereifte Frauen an solch elenden Gesellen verderben sehen, warum denn nicht ein dummes unberatenes Kind!‹

Zu der von Tante Allmacht vorhin bezeichneten Heirat kam es nicht. – Was nun noch folgte, habe ich nicht miterlebt; ich saß in unserer Universitätsstadt an meiner lateinischen Examenarbeit; aber mein Gewährsmann ist wiederum jener alte Handwerksmeister, der nächste Nachbar des Herrn Etatsrats.

Es war im Hochsommer desselben Jahres, in einer jener hellen Nächte, die auch schon unserer nördlicheren Heimat eigen sind, als er durch etwas wie aus der Nachbarschaft zu seinem Ohre Dringendes aus tiefem Schlaf emporgerissen wurde; ein Geräusch, ein ungewohnter Laut hatte die Stille der Nacht durchbrochen. Aufrecht in den Kissen sitzend, unterschied er deutlich die Haustürglocke des Herrn Etatsrats, im Hause selbst ein Treppenlaufen und Schlagen mit den Türen; nach einer Weile eine junge Stimme; nein, einen Schrei, wie in höchster Not aus armer hülfloser Menschenbrust hervorgestoßen!

Voll Entsetzen war der alte Mann von seinem Lager aufgesprungen, da hörte er draußen auf der Straße eilige Schritte näher kommen. Er stieß das Fenster auf und gewahrte eine alte Frau, die er in der Dämmerhelle zu erkennen glaubte. ›Wieb! Wieb Peters‹, rief er, ›ist Sie es? Was ist denn das für ein Schrecken in der Nacht?‹

Die alte, sonst so schweigsame Frau war dicht zu ihm herangetreten. ›Geh Er nur wieder schlafen, Meister‹, sagte sie und hielt dabei ihre großen unbeweglichen Augen auf ihn gerichtet; ›was Er gehört hat, geht Ihn ganz und gar nichts an; oder wenn Er nicht schlafen kann, so helf Er den Herrn Etatsrat wecken, wenn Reu und Leid ihn noch nicht haben wecken können!‹

Damit war sie fortgegangen; und gleich darauf hatte der Meister abermals die Türglocke des Nachbarhauses läuten hören. – – Was in dieser Nacht geschehen war, blieb nicht lange verborgen; schon am andern Morgen lief es durch die Stadt; in den Häusern flüsterte man es sich zu, auf den Gassen erzählte man es laut: unter dem Dache des Herrn Etatsrat lagen zwei Leichen; die Stadt hatte auf Wochen Stoff zur Unterhaltung.

Dann kam der Begräbnistag. Dem Sarge, in welchem ein neugeborenes Kind an seiner jungen Mutter Brust lag, folgten zwei Schreiber und die nächsten Nachbarn. Herr Käfer hatte am selben Morgen eine Reise angetreten; der Herr Etatsrat hatte aus unbekanntem Grunde sich zurückgehalten. Als aber in dem Totengange der Leichenzug an der Gartenplanke entlangkam, sah man ihn auf dem Altane, der jetzt weit offenen

Kirchhofspforte gegenüber, sitzen; er rauchte aus seiner Meerschaumpfeife und stieß mächtige Dampfwolken vor sich hin, während auf den Schultern dürftig gekleideter Arbeitsleute die letzte Bettstatt seines Kindes näher schwankte.

Eine leuchtende Junisonne stand am Himmel und beschien den Sarg und den einzigen, aus Immergrün und Myrten gewundenen Kranz, den Tante Allmachts Stina heimlich am Abend vorher daraufgelegt hatte. Als der Zug unterhalb des Altans angelangt war, scheuchte der Herr Etatsrat den blauen Tabaksqualm zur Seite, indem er herablassend gegen das Gefolge grüßte. ›Contra vim mortis, meine Freunde! Contra vim mortis!‹ rief er und schüttelte mit kondolierender Gebärde seine runde Hand; ›aber recht schönes Wetter hat sie sich noch zu ihrem letzten Gange ausgesucht!‹

Der Zug hatte bei diesen Worten bereits die Kirchhofsschwelle überschritten, und bald waren die beiden armen Kinder in die für sie geöffnete Gruft hinabgesenkt.

– – Phia Sternow ruht neben ihrer fast in gleicher Jugend, aber ohne eine gleiche Kränkung der öffentlichen Meinung hingeschiedenen Mutter; wie ich mich später überzeugte, unter jenem vernachlässigten Hügel, auf dem ich einstmals ihren Primelkranz gefunden hatte. – Eine Willi ist sie nicht geworden, nur ein verdämmernder Schatten, der mit anderen einst Gewesener noch mitunter vor den Augen eines alten Mannes schwebt. – Arme Phia! Armer Archimedes!«

*

Ich schwieg. Mein junger Freund, dem ich dies alles auf eine hingeworfene Frage erzählt hatte, sah mich unbefriedigt an: »Und der Herr Etatsrat?« frug er und langte aufs neue in die Zigarrenkiste, die ich ihm mittlerweile zugeschoben hatte, »was ist aus dem geworden?«

»Aus dem? Nun, was zuletzt aus allen und aus allem wird! Da ich einst nach elfjähriger Abwesenheit in unsere Vaterstadt zurückkehrte, war er nicht mehr vorhanden. Viele wußten gar nicht mehr von ihm; auch sein Amt existierte nicht mehr, und seine vielgerühmten Deichprofile sind durch andere ersetzt, die selbstverständlich nun die einzig richtigen sind; Sie aber sind der erste, dem zu erzählen mir die Ehre wurde, daß ich den großen Mann mit eigenen Augen noch gesehen habe.«

»Hm! Und Herr Käfer?«

»Ich bitte, fragen Sie mich nicht mehr! Wenn er noch lebt, so wird er jedenfalls sich wohl befinden; denn er verstand es, seine Person mit andern zu sparen.«

»Das hol der Teufel!« sagte mein ungeduldiger junger Freund.

Hans und Heinz Kirch

Auf einer Uferhöhe der Ostsee liegt hart am Wasser hingelagert eine kleine Stadt, deren stumpfer Turm schon über ein Halbjahrtausend auf das Meer hinausschaut. Ein paar Kabellängen vom Lande streckt sich quervor ein schmales Eiland, das sie dort den »Warder« nennen, von wo aus im Frühling unablässiges Geschrei der Strand- und Wasservögel nach der Stadt herübertönt. Bei hellem Wetter tauchen auch wohl drüben auf der Insel, welche das jenseitige Ufer des Sundes bildet, rotbraune Dächer und die Spitze eines Turmes auf, und wenn die Abenddämmerung das Bild verlöscht hat, entzünden dort zwei Leuchttürme ihre Feuer und werfen über die dunkle See einen Schimmer nach dem diesseitigen Strand herüber. Gleichwohl, wer als Fremder durch die auf- und absteigenden Straßen der Stadt wandert, wo hie und da roh gepflasterte Stufen über die Vorstraße zu den kleinen Häusern führen, wird sich des Eindrucks abgeschlossener Einsamkeit wohl kaum erwehren können, zumal wenn er von der Landseite über die langgestreckte Hügelkette hier herabgekommen ist. In einem Balkengestelle auf dem Markte hing noch vor kurzem, wie seit Jahrhunderten, die sogenannte Bürgerglocke; um zehn Uhr abends, sobald es vom Kirchturme geschlagen hatte, wurde auch dort geläutet, und wehe dem Gesinde oder auch dem Haussohn, der diesem Ruf nicht Folge leistete; denn gleich danach konnte man straßab und -auf sich alle Schlüssel in den Haustüren drehen hören.

Aber in der kleinen Stadt leben tüchtige Menschen, alte Bürgergeschlechter, unabhängig von dem Gelde und dem Einfluß der umwohnenden großen Grundbesitzer; ein kleines Patriziat ist aus ihnen erwachsen, dessen stattlichere Wohnungen, mit breiten Beischlägen hinter mächtig schattenden Linden, mitunter die niedrigen Häuserreihen unterbrechen. Aber auch aus diesen Familien mußten bis vor dem letzten Jahrzehent die Söhne den Weg gehen, auf welchem

Eltern und Vorfahren zur Wohlhabenheit und bürgerlichen Geltung gelangt waren; nur wenige ergaben sich den Wissenschaften, und kaum war unter den derzeitig noch studierten Bürgermeistern jemals ein Eingeborener dagewesen; wenn aber bei den jährlichen Prüfungen in der Rektorschule der Propst den einen oder andern von den Knaben frug: »Mein Junge, was willst du werden?«, dann richtete der sich stolz von seiner Bank empor, der mit der Antwort »Schiffer!« herauskommen durfte. Schiffsjunge, Kapitän auf einem Familien-, auf einem eignen Schiffe, dann mit etwa vierzig Jahren Reeder und bald Senator in der Vaterstadt, so lautete der Stufengang der bürgerlichen Ehren.

Auf dem Chor der von einem Landesherzog im dreizehnten Jahrhundert erbauten Kirche befand sich der geräumige Schifferstuhl, für den Abendgottesdienst mit stattlichen Metalleuchtern an den Wänden prangend, durch das an der Decke schwebende Modell eines Barkschiffes in vollem Takelwerke kenntlich. Auf diesen Raum hatte jeder Bürger ein Recht, welcher das Steuermannsexamen gemacht hatte und ein eigenes Schiff besaß; aber auch die schon in die Kaufmannschaft Übergetretenen, die ersten Reeder der Stadt, hielten, während unten in der Kirche ihre Frauen saßen, hier oben unter den andern Kapitänen ihren Gottesdienst; denn sie waren noch immer und vor allem meerbefahrene Leute, und das kleine schwebende Barkschiff war hier ihre Hausmarke.

Es ist begreiflich, daß auch manchen jungen Matrosen oder Steuermann aus dem kleinen Bürgerstande beim Eintritt in die Kirche statt der Andacht ein ehrgeiziges Verlangen anfiel, sich auch einmal den Platz dort oben zu erwerben, und daß er trotz der eindringlichen Predigt dann statt mit gottseligen Gedanken mit erregten weltlichen Entschlüssen in sein Quartier oder auf sein Schiff zurückkehrte.

Zu diesen strebsamen Leuten gehörte Hans Adam Kirch. Mit unermüdlichem Tun und Sparen hatte er sich vom Setzschiffer zum Schiffseigentümer hinaufgearbeitet; freilich war es nur eine kleine Jacht, zu der seine Mittel gereicht hatten, aber rastlos und in den Winter hinein, wenn schon alle andern Schiffer daheim hinter ihrem Ofen saßen, befuhr er mit seiner Jacht die Ostsee, und nicht nur Frachtgüter für andre, bald auch für eigne Rechnung brachte er die Erzeugnisse der Umgegend, Korn und Mehl, nach den größeren und kleineren Küstenplätzen; erst wenn bereits außen vor den Buchten das Wasser fest zu werden drohte, band auch er sein Schiff an den Pfahl und saß beim Sonntagsgottesdienste droben im Schifferstuhl unter den Honoratioren seiner Vaterstadt. Aber lang vor Frühlingsanfang war er wieder auf seinem Schiffe; an allen Ostseeplätzen kannte man den kleinen hageren Mann in der blauen schlotternden Schifferjacke, mit dem gekrümmten Rücken und dem vorüberhängenden dunkelhaarigen Kopfe; überall wurde er aufgehalten und angeredet, aber er gab nur kurze Antworten, er hatte keine Zeit; in einem Tritte, als ob er an der Fallreepstreppe hinauflaufe, sah man ihn eilfertig durch die Gassen wandern. Und diese Rastlosigkeit trug ihre Früchte; bald wurde zu dem aus der väterlichen Erbschaft übernommenen Hause ein Stück Wiesenland erworben, genügend für die Sommer- und Winterfütterung zweier Kühe; denn während das Schiff zu Wasser, sollten diese zu Lande die Wirtschaft vorwärtsbringen. Eine Frau hatte Hans Kirch sich im stillen vor ein paar Jahren schon genommen; zu der Hökerei, welche diese bisher betrieben, kam nun noch eine Milchwirtschaft; auch ein paar Schweine konnten jetzt gemästet werden, um das Schiff auf seinen Handelsfahrten zu verproviantieren; und da die Frau, welche er im Widerspruch mit seinem sonstigen Tun aus einem armen Schulmeisterhause heimgeführt hatte, nur seinen Willen kannte und überdies aus Furcht vor dem bekannten Jähzorn ihres Mannes sich das Brot am Munde sparte, so pflegte dieser bei jeder Heimkehr auch zu Hause einen hübschen Haufen Kleingeld vorzufinden.

In dieser Ehe wurde nach ein paar Jahren ein Knabe geboren und mit derselben Sparsamkeit erzogen. »All wedder 'n

Dreling umsünst utgeb'n!« dies geflügelte Wort lief einmal durch die Stadt; Hans Adam hatte es seiner Frau zugeworfen, als sie ihrem Jungen am Werktag einen Sirupskuchen gekauft hatte. Trotz dieser dem Geize recht nahe verwandten Genauigkeit war und blieb der Kapitän ein zuverlässiger Geschäftsmann, der jeden ungeziemenden Vorteil von sich wies; nicht nur infolge einer angeborenen Rechtschaffenheit, sondern ebensosehr seines Ehrgeizes. Den Platz im Schifferstuhle hatte er sich errungen; jetzt schwebten höhere Würden, denen er nichts vergeben durfte, vor seinen Sinnen; denn auch die Sitze im Magistratskollegium, wenn sie auch meist den größeren Familien angehörten, waren mitunter von dem kleineren Bürgerstande aus besetzt worden. Jedenfalls, seinem Heinz sollte der Weg dazu gebahnt werden; sagten die Leute doch, er sei sein Ebenbild: die fest auslugenden Augen, der Kopf voll schwarzbrauner Locken seien väterliche Erbschaft, nur statt des krummen Rückens habe er den schlanken Wuchs der Mutter.

Was Hans Kirch an Zärtlichkeit besaß, das gab er seinem Jungen; bei jeder Heimkehr lugte er schon vor dem Warder durch sein Glas, ob er am Hafenplatz ihn nicht gewahren könne; kamen dann nach der Landung Mutter und Kind auf Deck, so hob er zuerst den kleinen Heinz auf seinen Arm, bevor er seiner Frau die Hand zum Willkommen gab.

Als Heinz das sechste Jahr erreicht hatte, nahm ihn der Vater zum ersten Male mit sich auf die Fahrt, als »Spielvogel«, wie er sagte; die Mutter sah ihnen mit besorgten Augen nach; der Knabe aber freute sich über sein blankes Hütchen und lief jubelnd über das schmale Brett an Bord; er freute sich, schon jetzt ein Schiffer zu werden wie sein Vater, und nahm sich im stillen vor, recht tüchtig mitzuhelfen. Frühmorgens waren sie ausgelaufen; nun beschien sie die Mittagssonne auf der blauen Ostsee, über die ein lauer Sommerwind das Schiff nur langsam vorwärts trieb. Nach dem Essen, bevor der Kapitän zur Mittagsruhe in die Kajüte ging, wurde Heinz dem Schiffsjungen anvertraut, der mit dem Spleißen zerrissener Taue auf dem Deck beschäftigt war; auch der Knabe erhielt ein paar Tauenden, die er eifrig ineinander zu verflechten strebte.

Nach einer Stunde etwa stieg Hans Kirch wieder aus seiner Kajüte und rief, noch halb im Taumel: »Heinz! Komm her, Heinz, wir wollen Kaffee trinken!« Aber weder der Knabe selbst noch eine Antwort kam auf diesen Ruf; statt dessen klang drüben vom Bugspriet her der Gesang einer Kinderstimme. Hans Kirch wurde blaß wie der Tod; denn dort, fast auf der äußersten Spitze, hatte er seinen Heinz erblickt. Auf der Luvseite, behaglich an das matt geschwellte Segel lehnend, saß der Knabe, als ob er hier von seiner Arbeit ruhe. Als er seinen Vater gewahrte, nickte er ihm freundlich zu; dann sang er unberkümmert weiter, während am Bug das Wasser rauschte; seine großen Kinderaugen leuchteten, sein schwarzbraunes Haar wehte in der sanften Brise.

Hans Kirch aber stand unbeweglich, gelähmt von der Ratlosigkeit der Angst; nur er wußte, wie leicht bei der schwachen Luftströmung das Segel flattern und vor seinen Augen das Kind in die Tiefe schleudern konnte. Er wollte rufen; aber noch zwischen den Zähnen erstickte er den Ruf; Kinder, wie Nachtwandler, muß man ja gewähren lassen; dann wieder wollte er das Boot aussetzen und nach dem Bug des Schiffes rudern; aber auch das verwarf er. Da kam von dem Knaben selbst die Entscheidung; das Singen hatte er satt, er wollte jetzt zu seinem Vater und dem seine Taue zeigen. Behutsam, entlang dem unteren Rande des Segels, das nach wie vor sich ihm zur Seite blähte, nahm er seinen Rückweg; eine Möwe schrie hoch oben in der Luft, er sah empor und kletterte dann ruhig weiter. Mit stockendem Atem stand Hans Kirch noch immer neben der Kajüte; seine Augen folgten jeder Bewegung seines Kindes, als ob er es mit seinen Blicken halten müsse. Da plötzlich, bei einer kaum merklichen Wendung des Schiffes, fuhr er mit dem Kopf herum: »Backbord!« schrie er nach der Steuerseite; »Backbord!«, als ob es ihm die Brust zersprengen solle. Und der Mann am Steuer folgte mit leisem Druck der Hand, und die eingesunkene Leinewand des Segels füllte sich aufs neue.

Im selben Augenblicke war der Knabe fröhlich aufs Verdeck gesprungen; nun lief er mit ausgebreiteten Armen auf den Vater zu. Die Zähne des gefahrgewohnten Mannes schlugen noch aneinander: »Heinz, Heinz, das tust du mir nicht wieder!« Krampfhaft preßte er den Knaben an sich; aber schon begann die überstandene Angst dem Zorne gegen ihren Urheber Platz zu machen. »Das tust du mir nicht wieder!« Noch einmal sagte er es; aber ein dumpfes Grollen klang jetzt in seiner Stimme; seine Hand hob sich, als wolle er sie auf den Knaben fallen lassen, der erstaunt und furchtsam zu ihm aufblickte.

Es sollte für diesmal nicht dahin kommen; der Zorn des Kapitäns sprang auf den Schiffsjungen über, der eben in seiner lässigen Weise an ihnen vorüberschieben wollte; aber mit entsetzten Augen mußte der kleine Heinz es ansehen, wie sein Freund Jürgen, er wußte nicht weshalb, von seinem Vater auf das grausamste gezüchtigt wurde.

– – Als im nächsten Frühjahr Hans Kirch seinen Heinz wieder einmal mit aufs Schiff nehmen wollte, hatte dieser sich versteckt und mußte, als er endlich aufgefunden wurde, mit Gewalt an Bord gebracht werden; auch saß er diesmal nicht mehr singend unterm Klüversegel; er fürchtete seinen Vater und trotzte ihm doch zugleich. Die Zärtlichkeit des letzteren kam gleicherweise immer seltener zutage, je mehr der eigne Wille in dem Knaben wuchs; glaubte er doch selber nur den Erben seiner aufstrebenden Pläne in dem Sohn zu lieben.

Als Heinz das zwölfte Jahr erreicht hatte, wurde ihm noch eine Schwester geboren, was der Vater als ein Ereignis aufnahm, das eben nicht zu ändern sei. Heinz war zu einem wilden Jungen aufgeschossen; aber in der Rektorschule hatte er nur noch wenige über sich. »Der hat Gaben!« meinte der junge Lehrer, »der könnte hier einmal die Kanzel zieren.« Aber Hans Kirch lachte: »Larifari, Herr Rektor! Ums Geld ist es nicht; aber man sieht doch gleich, daß Sie hier nicht zu Hause sind.«

Gleichwohl ging er noch an demselben Tage zu seinem Nachbaren, dem Pastoren, dessen Garten sich vor dem Hause bis zur Straße hinab erstreckte. Der Pastor empfing den Eintretenden etwas stramm: »Herr Kirch«, sagte er, bevor noch dieser das Wort zu nehmen vermochte, »Ihr Junge, der Heinz, hat mir schon wieder einmal die Scheiben in meinem Stallgiebel eingeworfen!«

»Hat er das«, erwiderte Hans Kirch, »so muß ich sie einsetzen lassen, und Heinz bekommt den Stock; denn das Spielwerk ist zu teuer.«

Dann, während der andre zustimmend nickte, begann er mit dem, was ihn hergeführt, herauszurücken: der Pastor sollte seinen Heinz in die Privatstunden aufnehmen, welche er zur Aufbesserung seines etwas schmalen Ehrensoldes einigen Kostgängern und Söhnen der Honoratioren zu erteilen pflegte. Als dieser sich nach einigen Fragen bereit erklärte, machte Hans Kirch noch einen Versuch, das Stundengeld herabzudrücken; da aber der Pastor nicht darauf zu hören schien, so wiederholte er ihn nicht; denn Heinz sollte mehr lernen, als jetzt noch in der Rektorschule für ihn zu holen war.

Am Abend dieses Tages erhielt Heinz die angelobte Strafe und am Nachmittage des folgenden, als er zwischen den andern Schülern oben in des Pastors Studierzimmer saß, von Wohlehrwürden noch einen scharf gesalzenen Text dazu. Kaum aber war nach glücklich verflossener Stunde die unruhige Schar die Treppe hinab- und in den Garten hinausgestürmt, als der erlöste Mann von dorten unter seinem Fenster ein lautes Wehgeheul vernahm. »Ich will dich klickern lehren!« rief eine wütende Knabenstimme, und wiederum erscholl das klägliche Geheul. Als aber der Pastor sein Fenster öffnete, sah er unten nur seinen fahlblonden Kostgänger, der ihm am Morgen Heinzens Missetat verraten hatte, jetzt in eifriger Beschäftigung, mit seinem Schnupftuch sich das Blut von Mund und Nase abzutrocknen. Daß er selbst an jenem Spielwerk mitgeholfen hatte, fand er freilich sich nicht veranlaßt zu verraten; aber ebensowenig verriet er jetzt, wer ihm den blutigen Denkzettel auf den Weg gegeben hatte.

Der Pastor war des Segens eines Sohnes nicht teilhaftig geworden; nur zwei Töchter besaß er, einige Jahre jünger als Heinz und von nicht üblem Aussehen; aber Heinz kümmerte sich nicht um sie, und man hätte glauben können, daß auch er der Bubenregel folge, ein tüchtiger Junge dürfe sich nicht mit Dirnen abgeben, wenn in dem Hause dem Pastorgarten gegenüber nicht die kleine Wieb gewesen wäre. Ihre Mutter war die Frau eines Matrosen, eine Wäscherin, die ihr Kind sauberer hielt als, leider, ihren Ruf. »Deine Mutter ist auch eine Amphibie!« hatte einmal ein großer Junge dem Mädchen ins Gesicht geschrien, als eben in der Schule die Lehre von diesen Kreaturen vorgetragen war. – »Pfui doch, warum?« hatte entrüstet die kleine Wieb gefragt. – »Warum? Weil sie einen Mann zu Wasser und einen zu Lande hat!« – Der Vergleich hinkte; aber der Junge hatte doch seiner bösen Lust genug getan.

Gleichwohl hielten die Pastorstöchter eine Art von Spielkameradschaft mit dem Matrosenkinde; freilich meist nur für die Werkeltage, und wenn die Töchter des Bürgermeisters nicht bei ihnen waren; wenn sie ihre weißen Kleider mit den blauen Schärpen trugen, spielten sie lieber nicht mit der kleinen Wieb. Trafen sie diese dann etwa still und schüchtern vor der Gartenpforte stehen, oder hatte gar die jüngste, gutmütige Bürgermeisterstochter sie hereingeholt, dann sprachen sie wohl zu ihr sehr freundlich, aber auch sehr eilig. »Nicht wahr, kleine Wieb, du kommst doch morgen zu uns in den Garten?« Im Nachsommer steckten sie ihr auch wohl einen Apfel in die Tasche und sagten: »Wart, wir wollen dir noch einen mehr suchen!« und die kleine Wieb schlich dann mit ihren Äpfeln ganz begossen aus dem Garten auf die Gasse. Wenn aber Heinz darüber zukam, dann riß er sie ihr wohl wieder fort und warf sie zornig in den Garten zurück, mitten zwischen die geputzten Kinder, daß sie schreiend ins Haus stoben; und wenn dann Wieb über die Äpfel weinte, wischte er mit seinem Schnupftuch ihr die Tränen ab: »Sei ruhig, Wieb; für jeden Apfel hol ich dir morgen eine ganze Tasche voll aus ihrem Garten!« – Und sie wußte wohl, er pflegte Wort zu halten.

Wieb hatte ein Madonnengesichtlein, wie der kunstliebende Schulrektor einmal gesagt hatte, ein Gesichtlein, das man nicht gut leiden sehen konnte; aber die kleine Madonna aß gleichwohl gern des Pastors rote Äpfel, und Heinz stieg bei erster Gelegenheit in die Bäume und stahl sie ihr. Dann zitterte die kleine Wieb; nicht weil sie den Äpfeldiebstahl für eine Sünde hielt, sondern weil die größeren Kostgänger des Pastors ihren Freund dabei mitunter überfielen und ihm den Kopf zu bluten schlugen. Wenn aber nach wohlbestandenem Abenteuer Heinz ihr hinten nach der Allee gewinkt hatte, wenn er vor ihr auf dem Boden kniete und seinen Raub in ihre Täschchen pfropfte, dann lächelte sie ihn ganz glückselig an, und der kräftige Knabe hob seinen Schützling mit beiden Armen in die Luft: »Wieb, Wiebchen, kleines Wiebchen!« rief er jubelnd; und er schwenkte sich mit ihr im Kreise, bis die roten Äpfel aus den Taschen flogen.

Mitunter auch, bei solchem Anlaß, nahm er die kleine Madonna bei der Hand und ging mit ihr hinunter an den Hafen. War auf den Schiffen alles unter Deck, dann löste er wohl ein Boot, ließ seinen Schützling sacht hineintreten und ruderte mit ihr um den Warder herum, weit in den Sund hinein; wurde der Raub des Bootes hinterher bemerkt und drangen nun von dem Schiffe zornige Scheltlaute über das Wasser zu ihnen herüber, dann begann er hell zu singen, damit die kleine Wieb nur nicht erschrecken möge; hatte sie es aber doch gehört, so ruderte er nur um so lustiger und rief: »Wir wollen weit von all den schlechten Menschen fort!« – Eines Nachmittags, da Hans Kirch mit seinem Schiffe auswärts war, wagten sie es sogar, drüben bei der Insel anzulegen, wo Wieb in dem großen Dorfe eine Verwandte wohnen hatte, die sie »Möddersch« nannte. Es war dort eben der große Michaelis-Jahrmarkt, und nachdem sie bei Möddersch eine Tasse Kaffee bekommen hatten, liefen sie zwischen die Buden und in den Menschendrang hinein, wo Heinz für sie beide mit tüchtigen Ellenbogenstößen Raum zu schaffen wußte. Sie waren schon im Karussell gefahren, hatten Kuchenherzen gegessen und bei mancher Drehorgel still gestanden, als Wiebs blaue Augen an einem silbernen Ringlein haften blieben, das zwischen Ketten und Löffeln in einer Goldschmiedsbude auslag. Hoffnungslos drehte sie ihr nur aus drei Kupfersechslingen bestehendes Vermögen zwischen den Fingern; aber Heinz, der gestern alle seine Kaninchen verkauft hatte, besaß nach der heutigen Verschwendung noch acht Schillinge, und dafür und für die drei Sechslinge wurde glücklich der Ring erhandelt. Nun freilich waren beider Taschen leer; zum Karussell für Wieb spendierte Möddersch noch einmal einen Schilling – denn so viel kostete es, da Wieb nicht wie vorhin in einem Stuhle fahren, sondern auf dem großen Löwen reiten wollte –; dann, als eben alle Lampen zwischen den schmelz- und goldgestickten Draperien angezündet wurden, waren für sie die Freuden aus, und auch die alte Frau trieb jetzt zur Rückfahrt. Manchmal, während Heinz mit kräftigen Schlägen seine Ruder brauchte, blickten sie noch zurück, und das Herz wurde ihnen groß, wenn sie im zunehmenden Abenddunkel den Lichtschein von den vielen Karussellampen über der Stelle des unsichtbaren Dorfes schweben sahen; aber Wieb hatte ihren silbernen Ring, den sie nun nicht mehr von ihrem Finger ließ.

Inzwischen hatte Kapitän Kirch seine Jacht verkauft. Mit einem stattlichen Schoner, der auf der heimischen Werft gebaut worden war, brachte er für fremde und mehr und mehr für eigne Rechnung Korn nach England und nahm als Rückfracht Kohlen wieder mit. So war zu dem Korn- nun auch ein Kohlenhandel gekommen, und auch diesen mußte, gleich der Milchwirtschaft, die Frau besorgen. Um seinen

Heinz, wenn er bei seiner Heimkehr auf die kurze Frage »Hat der Junge sich geschickt?« von der Mutter eine bejahende Antwort erhalten hatte, schien er sich im übrigen nicht groß zu kümmern; nur beim Quartalschlusse pflegte er den Rektor und den Pastor zu besuchen, um zu erfahren, wie der Junge lerne. Dann hieß es allemal, das Lernen sei ihm nur ein Spiel, es bleibe dabei nur zu viel unnütze Zeit ihm übrig; denn wild sei er wie ein Teufel, kein Junge ihm zu groß und keine Spitze ihm zu hoch.

Auf Hans Adams Antlitz hatte sich, nach Aussage des Schulrektors, mehrmals bei solcher Auskunft ein recht ungeeignetes und fast befriedigtes Lächeln gezeigt, während er mit einem kurz hervorgestoßenen »Na, na!« zum Abschiede ihm die Hand gedrückt habe.

Wie recht übrigens auch Heinzens Lehrer haben mochten, so blieb doch das Schutzverhältnis zu der kleinen Wieb dasselbe, und davon wußte mancher frevle Junge nachzusagen. Auch sah man ihn wohl an Sonntagen mit seiner Mutter nach einem dürftigen, unweit der Stadt belegenen Wäldchen wandern und bei der Rückkehr nebst dem leeren Proviantkorbe sein Schwesterchen auf dem Rücken tragen. Mitunter war auch die allmählich aufwachsende Wieb bei dieser Sonntagswanderung. Die stille Frau Kirch hatte Gefallen an dem feinen Mädchen und pflegte zu sagen: »Laß sie nur mitgehen, Heinz; so ist sie doch nicht bei der schlechten Mutter.«

Nach seiner Konfirmation mußte Heinz ein paar Fahrten auf seines Vaters Schiffe machen, nicht mehr als »Spielvogel«, sondern als streng gehaltener Schiffsjunge; aber er fügte sich, und nach der ersten Rückkehr klopfte Kapitän Kirch ihm auf die Schulter, während er seiner Frau durch ein kurzes Nicken ihren Anteil an seiner Befriedigung zukommen ließ. Die zweite Reise geschah mit einem Setzschiffer; denn der wachsende Handel daheim verlangte die persönliche Gegenwart des Geschäftsherrn. Dann, nach zwei weiteren Fahrten auf größeren Schiffen, war Heinz als Matrose in das elterliche Haus zurückgekehrt. Er war jetzt siebzehn Jahre; die blaue schirmlose Schiffermütze mit dem bunten Rande und den flatternden Bändern ließ ihm so gut zu seinem frischen braunen Antlitz, daß selbst die Pastorstöchter durch den Zaun lugten, wenn sie ihn nebenan im elterlichen Garten mit seiner Schwester spielen hörten. Auch Kapitän Kirch selber konnte es sonntags beim Gottesdienste nicht unterlassen, von seinem Schifferstuhle nach unten in die Kirche hinabzuschielen, wo sein schmucker Junge bei der Mutter saß. Unterweilen schweiften auch wohl seine Blicke drüben nach dem Epitaphe, wo zwischen mannigfachen Siegestrophäen sich die Marmorbüste eines stattlichen Mannes in gewaltiger Allongeperücke zeigte; gleich seinem Heinz nur eines Bürgers Sohn, der gleichwohl als Kommandeur von dreien Seiner Majestät Schiffen hier in die Vaterstadt zurückgekommen war. Aber nein, so hohe Pläne hatte Hans Kirch doch nicht mit seinem Jungen, vorläufig galt es eine Reise mit dem Hamburger Schiffe »Hammonia« in die chinesischen Gewässer, von der die Rückkehr nicht vor einem Jahr erfolgen würde; und heute war der letzte Tag im elterlichen Hause.

Die Mutter hatte diesmal nicht ohne Tränen ihres Sohnes Kiste gepackt, und nach der Rückkehr aus der Kirche legte sie noch ihr eigenes Gesangbuch obenauf. Der Vater hatte auch in den letzten Tagen außer dem Notwendigen nicht viel mit seinem Sohn gesprochen; nur an diesem Abend, als er auf dem dunkeln Hausflur ihm begegnete, griff er nach seiner Hand und schüttelte sie heftig: »Ich sitze hier nicht still, Heinz; für dich, nur für dich! Und komm auch glücklich wieder!« Hastig hatte er es hervorgestoßen; dann ließ er die Hand seines Sohnes fahren und trabte eilig nach dem Hof hinaus.

Überrascht blickte ihm Heinz eine Weile nach; aber seine Gedanken waren anderswo. Er hatte Wieb am Tage vorher wiedergesehen; doch nur zu ein paar flüchtigen Worten war Gelegenheit gewesen; nun wollte er noch Abschied von ihr nehmen, sie wie sonst noch einmal um den Warder fahren.

Es war ein kühler Maiabend; der Mond stand über dem

Wasser, als er an den Hafen hinabkam; aber Wieb war noch nicht da. Freilich hatte sie ihm gesagt, daß sie abends bei einer alten Dame einige leichte Dienste zu versehen habe; desungeachtet, während er an dem einsamen Bollwerk auf und ab ging, konnte er seine Ungeduld kaum niederzwingen: er schalt sich selbst und wußte nicht, weshalb das Klopfen seines Blutes ihm fast den Atem raubte. Endlich sah er sie aus der höher belegenen Straße herabkommen. Bei dem Mondlicht, das ihr voll entgegenfiel, erschien sie ihm so groß und schlank, daß er erst fast verzagte, ob sie es wirklich sei. Gleichwohl hatte sie den Oberkörper in ein großes Tuch vermummt; einer Kopfbedeckung bedurfte sie nicht, denn das blonde Haar lag voll wie ein Häubchen über ihrem zarten Antlitz. »Guten Abend, Heinz!« sagte sie leise, als sie jetzt zu ihm trat; und schüchtern, fast wie ein Fremder, berührte er ihre Hand, die sie ihm entgegenstreckte. Schweigend führte er sie zu einem Boot, das neben einer großen Kuff im Wasser lag. »Komm nur!« sagte er, als er hineingetreten war und der auf der Hafentreppe Zögernden die Arme entgegenstreckte; »ich habe Erlaubnis, wir werden diesmal nicht gescholten.«

Als er sie in seinen Armen aufgefangen hatte, löste er die Taue, und das Boot glitt aus dem Schatten des großen Schiffes auf die weite, mondglitzernde Wasserfläche hinaus.

Sie saß ihm auf der Bank am Hinterspiegel gegenüber; aber sie fuhren schon um die Spitze des Warders, wo einige Möwen gackernd aus dem Schlafe auffuhren, und noch immer war kein weiteres Wort zwischen ihnen lautgeworden. So vieles hatte Heinz der kleinen Wieb in dieser letzten Stunde sagen wollen, und nun war der Mund ihm wie verschlossen. Und auch das Mädchen, je weiter sie hinausfuhren, je mehr zugleich die kurze Abendzeit verrann, desto stiller und beklommener saß sie da; zwar seine Augen verschlangen fast die kindliche Gestalt, mit der er jetzt so einsam zwischen Meer und Himmel schwebte; die ihren aber waren in die Nacht hinausgewandt. Dann stieg's wohl plötzlich in ihm auf, und das Boot schütterte unter seinen Ruderschlägen, daß sie jäh das Köpfchen wandte und das blaue Leuchten ihrer Augen in die seinen traf. Aber auch das flog rasch vorüber, und es war etwas wie Zorn, das über ihn kam, er wußte nicht, ob gegen sich selber oder gegen sie, daß sie so fremd ihm gegenübersaß, daß alle Worte, die ihm durch den Kopf fuhren, zu ihr nicht passen wollten. Mit Gewalt rief er es sich zurück: hatte er doch draußen schon mehr als einmal die trotzigste Dirne im Arm geschwenkt, auch wohl ein übermütiges Wort ihr zugeraunt; aber freilich, der jungfräulichen Gestalt ihm gegenüber verschlug auch dieses Mittel nicht.

»Wieb«, sagte er endlich, und es klang fast bittend, »kleine Wieb, das ist nun heut für lange Zeit das letzte Mal.«

»Ja, Heinz«, und sie nickte und sah zu Boden; »ich weiß es wohl.« Es war, als ob sie noch etwas andres sagen wollte, aber sie sagte es nicht. Das schwere Tuch war ihr von der Schulter geglitten; als sie es wieder aufgerafft hatte und nun mit ihrer Hand über der Brust zusammenhielt, vermißte er den kleinen Ring an ihrem Finger, den er einst auf dem Jahrmarkte ihr hatte einhandeln helfen. »Dein Ring, Wieb!« rief er unwillkürlich. »Wo hast du deinen Ring gelassen?«

Einen Augenblick noch saß sie unbeweglich; dann richtete sie sich auf und trat über die nächste Bank zu ihm hinüber. Sie mußte in dem schwankenden Boot die eine Hand auf seine Schulter legen, mit der andern langte sie in den Schlitz ihres Kleides und zog eine Schnur hervor, woran der Ring befestigt war. Mit stockendem Atem nahm sie ihrem Freunde die Mütze von den braunen Locken und hing die Schnur ihm um den Hals. »Heinz, o bitte, Heinz!« Der volle blaue Strahl aus ihren Augen ruhte in den seinen; dann stürzten ihre Tränen auf sein Angesicht, und die beiden jungen Menschen fielen sich um den Hals, und da hat der wilde Heinz die kleine Wieb fast totgeküßt.

– – Es mußte schon spät sein, als sie ihr Boot nach dem großen Schiff zurückbrachten; sie hatten keine Stunden schlagen hören; aber alle Lichter in der Stadt schienen ausgelöscht.

Als Heinz an das elterliche Haus kam, fand er die Tür verschlossen; auf sein Klopfen antwortete die Mutter vom Flure aus; aber der Vater war schon zur Ruhe gegangen und hatte den Schlüssel mitgenommen; endlich hörte Heinz auch dessen Schritte, wie sie langsam von droben aus der Kammer die Treppe hinabkamen. Dann wurde schweigend die Tür geöffnet und, nachdem Heinz hineingelassen war, ebenso wieder zugeschlossen; erst als er seinen »Guten Abend« vorbrachte, sah Hans Kirch ihn an: »Hast du die Bürgerglocke nicht gehört? Wo hast du dich umhergetrieben?«

Der Sohn sah den Jähzorn in seines Vater Augen aufsteigen; er wurde blaß bis unter seine dunkeln Locken, aber er sagte ruhig: »Nicht umhergetrieben, Vater«; und seine Hand faßte unwillkürlich nach dem kleinen Ringe, den er unter seiner offnen Weste barg.

Aber Hans Kirch hatte zu lange auf seinen Sohn gewartet. »Hüte dich! schrie er und zuckte mit dem schweren Schlüssel gegen seines Sohnes Haupt. »Klopf nicht noch einmal so an deines Vaters Tür! Sie könnte dir verschlossen bleiben.«

Heinz hatte sich hoch aufgerichtet; das Blut war ihm ins Gesicht geschossen; aber die Mutter hatte die Arme um seinen Hals gelegt, und die heftige Antwort unterblieb, die schon auf seinen Lippen saß. »Gute Nacht, Vater!« sagte er, und schweigend die Hand der Mutter drückend, wandte er sich ab und ging die Treppe hinauf in seine Kammer.

Am andern Tage war er fort. Die Mutter ging still umher in dem ihr plötzlich öd gewordenen Hause; die kleine Wieb trug schwer an ihrem jungen Herzen; nachdenklich und fast zärtlich betrachtete sie auf ihrem Arm die roten Striemen, durch welche die Mutter für die Störung ihrer Nachtruhe sich an ihr erholt hatte; waren sie ihr doch fast wie ein Andenken an Heinz, das sie immer hätte behalten mögen; nur Hans Kirchs Dichten und Trachten strebte schon wieder rüstig in die Zukunft.

Nach sechs Wochen war ein Brief von Heinz gekommen; er brachte gute Nachricht; wegen kecken Zugreifens im rechten Augenblick hatte der Kapitän freiwillig seine Heuer erhöht. Die Mutter trat herein, als ihr Mann den Brief soeben in die Tasche steckte. »Ich darf doch auch mitlesen?« frug sie scheu. »Du hast doch gute Nachricht?«

»Ja, ja«, sagte Hans Kirch; »nun, nichts Besonders, als daß er dich und seine Schwester grüßen läßt.«

Am Tage darauf aber begann er allerlei Gänge in der Stadt zu machen; in die großen Häuser mit breiten Beischlägen und unter dunklem Lindenschatten sah man ihn der Reihe nach hineingehen. Wer konnte wissen, wie bald der Junge sein Steuermannsexamen hinter sich haben würde; da galt es auch für ihn noch eine Stufe höher aufzurücken. Im Deputierten-Kollegium hatte er bereits einige Jahre gesessen; jetzt war ein Ratsherrnstuhl erledigt, der von den übrigen Mitgliedern des Rates zu besetzen war.

Aber Hans Adams Hoffnungen wurden getäuscht; auf dem erledigten Stuhl saß nach einigen Tagen sein bisheriger Kollege, ein dicker Bäckermeister, mit dem er freilich weder an Reichtum noch an Leibesgewicht sich messen durfte. Verdrießlich war er eben aus einer Deputiertensitzung gekommen, wo nun der Platz des Bäckers leergeworden war, und stand noch, an einem Tabakendchen seinen Groll zerkauend, unter dem Schwanz des Riesenfisches, den sie Anno Siebenzig hier gefangen und zum Gedächtnis neben der Rathaustür aufgehangen hatten, als ein ältliches, aber wehrhaftes Frauenzimmer über den Markt und grade auf ihn zukam; ein mit zwei großen Schinken beladener Junge folgte ihr.

»Das ging den verkehrten Weg, Hans Adam!« rief sie ihm schon von weitem zu.

Hans Adam hob den Kopf. »Du brauchst das nicht über die Straße hinzuschreien, Jule; ich weiß das ohne dich.«

Es war seine ältere Schwester, die nach ihres Mannes Tode mit der Kirchschen Rührigkeit eine Speckhökerei betrieb. »Warum sollte ich nicht schreien?« rief sie wiederum, »mir kann's recht sein, wenn sie es alle hören! Du bist ein Geizhals, Hans Adam; aber du hast einen scharfen Kopf, und den können die regierenden Herren nicht gebrauchen, wenn er nicht zufällig auf ihren eignen Schultern sitzt; da paßt ihnen so eine blonde Semmel besser, wenn sie denn doch einmal an uns Mittelbürgern nicht vorbei können.«

»Du erzählst mir ganz was Neues!« sagte der Bruder ärgerlich.

»Ja, ja, Hans Adam, du bist auch mir zu klug, sonst säßest du nicht so halb umsonst in unserem elterlichen Hause!«

Die brave Frau konnte es noch immer nicht verwinden, daß von einem Kauflustigen ihrem Bruder einst ein höherer Preis geboten war, als wofür er das Haus in der Nachlaßteilung übernommen hatte. Aber Hans Kirch war diesen Vorwurf schon gewohnt, er achtete nicht mehr darauf, zum mindesten schien es für ihn in diesem Augenblicke nur ein Spornstich, um sich von dem erhaltenen Schlage plötzlich wieder aufzurichten. Äußerlich zwar ließ er den Kopf hängen, als sähe er etwas vor sich auf dem Straßenpflaster; seine Gedanken aber waren schon rastlos tätig, eine neue Bahn nach seinem Ziele hinzuschaufeln: das war ihm klar, es mußte noch mehr erworben und – noch mehr erspart werden; dem Druck des Silbers mußte bei wiederkehrender Gelegenheit auch diese Pforte noch sich öffnen; und sollte es für ihn selbst nicht mehr gelingen, für seinen Heinz bei dessen besserer Schulbildung und stattlicherem Wesen würde es damit schon durchzubringen sein, sobald er seine Seemannsjahre nach Gebrauch als Kapitän beschlossen hätte.

Mit einer raschen Bewegung hob Hans Adam seinen Kopf empor. »Weißt du, Jule«, – er tat wie beiläufig diese Frage – »ob dein Nachbar Schmüser seinen großen Speicher noch verkaufen will?«

Frau Jule, die mit ihrer letzten Äußerung ihn zu einer ganz andern Antwort hatte reizen wollen und so lange schon darauf gewartet hatte, meinte ärgerlich, da tue er am besten, selbst darum zu fragen.

»Ja, ja; da hast du recht.« Er nickte kurz und hatte schon ein paar Schritte der Straße zu getan, in der Fritz Schmüser wohnte, als die Schwester, unachtend des Jungen, der seitwärts unter seinen Schinken stöhnte, ihn noch einmal festzuhalten suchte; so wohlfeil sollte er denn doch nicht davonkommen. »Hans Adam!« rief sie; »wart noch einen Augenblick! Dein Heinz ...«

Hans Adam stand bei diesem Namen plötzlich still. »Was willst du, Jule?« frug er hastig. »Was soll das mit meinem Heinz?«

»Nicht viel, Hans Adam; aber du weißt wohl nicht, was dein gewitzter Junge noch am letzten Abend hier getrieben hat?«

»Nun?« stieß er hervor, als sie eine Pause machte, um erst die Wirkung dieses Eingangs abzuwarten; »sag's nur gleich auf einmal, Jule; ein Loblied sitzt doch nicht dahinter!«

»Je nachdem, Hans Adam, je nachdem! Bei der alten Tante war zum Adesagen freilich nicht viel Zeit; aber warum sollte er die schmucke Wieb, die kleine Matrosendirne, nicht von neun bis elf spazierenfahren? Es möchte wohl ein kalt Vergnügen gewesen sein da draußen auf dem Sund; aber wir Alten wissen's ja wohl noch, die Jugend hat allezeit ihr eigen Feuer bei sich.«

Hans Adam zitterte, seine Oberlippe zog sich auf und legte seine vollen Zähne bloß. »Schwatz nicht!« sagte er. »Sprich lieber, woher weißt du das?«

»Woher?« Frau Jule schlug ein fröhliches Gelächter auf – »das weiß die ganze Stadt, am besten Christian Jensen, in dessen Boot die Lustfahrt vor sich ging! Aber du bist ein Hitzkopf, Hans Adam, bei dem man sich leicht üblen Bescheid holen kann; und wer weiß denn auch, ob dir die schmucke Schwiegertochter recht ist? Im übrigen« – und sie faßte den Bruder an seinem Rockkragen und zog ihn dicht zu sich heran – »für die neue Verwandtschaft ist's doch so am besten, daß du nicht auf den Ratsherrnstuhl hinaufgekommen bist.«

Als sie solcherweise ihre Worte glücklich angebracht hatte, trat sie zurück. »Komm, Peter, vorwärts!« rief sie dem Jungen zu, und bald waren beide in einer der vom Markte auslaufenden Gassen verschwunden.

Hans Kirch stand noch wie angedonnert auf derselben Stelle. Nach einer Weile setzte er sich mechanisch in Bewegung und ging der Gasse zu, worin Fritz Schmüsers Speicher lag; dann aber kehrte er plötzlich wieder um. Bald darauf saß er zu Hause an seinem Pult und schrieb mit fliegender Feder einen Brief an seinen Sohn, in welchem in verstärktem Maße sich der jähe Zorn ergoß, dessen Ausbruch an jenem letzten Abend durch die Dazwischenkunft der Mutter war verhindert worden.

Monate waren vergangen; die Plätze, von denen aus Heinz nach Abrede hätte schreiben sollen, mußten längst passiert sein, aber Heinz schrieb nicht; dann kamen Nachrichten von dem Schiffe, aber kein Brief von ihm. Hans Kirch ließ sich das so sehr nicht anfechten: »Er wird schon kommen«, sagte er zu sich selber; »er weiß gar wohl, was hier zu Haus für ihn zu holen ist.« Und somit, nachdem er den Schmüserschen Speicher um billigen Preis erworben hatte, arbeitete er rüstig an der Ausbreitung seines Handels und ließ sich keine Müh verdrießen. Freilich, wenn er von den dadurch veranlaßten Reisen, teils nach den Hafenstädten des Inlandes, einmal sogar mit seinem Schoner nach England, wieder heimkehrte, »Brief von Heinz?« war jedesmal die erste hastige Frage an seine Frau, und immer war ein trauriges Kopfschütteln die einzige Antwort, die er darauf erhielt.

Die Sorge, der auch er allmählich sich nicht hatte erwehren können, wurde zerstreut, als die Zeitungen die Rückkehr der »Hammonia« meldeten. Hans Kirch ging unruhig in Haus und Hof umher, und Frau und Tochter hörten ihn oft heftig vor sich hinreden; denn der Junge mußte jetzt ja selber kommen, und er hatte sich vorgesetzt, ihm scharf den Kopf zu waschen. Aber eine Woche verging, die zweite ging auch bald zu Ende, und Heinz war nicht gekommen. Auf eingezogene Erkundigung erfuhr man endlich, er habe auf der Rückfahrt nach Abkommen mit dem Kapitän eine neue Heuer angenommen; wohin, war nicht zu ermitteln. »Er will mir trotzen!« dachte Hans Adam. »Sehen wir, wer's am längsten aushält von uns beiden!« – Die Mutter, welche nichts von jenem Briefe ihres Mannes wußte, ging in kummervollem Grübeln und konnte ihren Jungen nicht begreifen; wagte sie es einmal, ihren Mann nach Heinz zu fragen, so blieb er entweder ganz die Antwort schuldig oder hieß sie, ihm mit dem Jungen ein für allemal nicht mehr zu kommen.

In einem zwar unterschied er sich von der gemeinen Art der Männer: er bürdete der armen Mutter nicht die Schuld an diesen Übelständen auf; im übrigen aber war mit Hans Adam jetzt kein leichter Hausverkehr.

Sommer und Herbst gingen hin, und je weiter die Zeit verrann, desto fester wurzelte der Groll in seinem Herzen; der Name seines Sohnes wurde im eignen Hause nicht mehr ausgesprochen, und auch draußen scheute man sich, nach Heinz zu fragen.

Schon wurde es wieder Frühling, als er eines Morgens von seiner Haustür aus den Herrn Pastor mit der Pfeife am Zaune seines Vorgartens stehen sah. Hans Kirch hatte Geschäfte weiter oben in der Straße und wollte mit stummem Hutrükken vorbeipassieren; aber der Nachbar Pastor rief mit aller Würde pfarramtlicher Überlegenheit ganz laut zu ihm hinüber: »Nun, Herr Kirch, noch immer keine Nachricht von dem Heinz?«

Hans Adam fuhr zusammen, aber er blieb stehen, die Frage war ihm lange nicht geboten worden. »Reden wir von was anderem, wenn's gefällt, Herr Pastor!« sagte er kurz und hastig.

Allein der Pastor fand sich zur Befolgung dieser Bitte nicht veranlaßt. »Mein lieber Herr Kirch, es ist nun fast das zweite Jahr herum; Sie sollten sich doch einmal wieder um den Sohn bekümmern!«

»Ich dächte, Herr Pastor, nach dem vierten Gebote wär das umgekehrt!«

Der Pastor tat die Pfeife aus dem Munde: »Aber nicht nach dem Gebote, in welchem nach des Herren Wort die andern all enthalten sind, und was wäre Euch näher, als Euer eigen Fleisch und Blut!«

»Weiß nicht, Ehrwürden«, sagte Hans Kirch, »ich halte mich ans vierte.«

Es war etwas in seiner Stimme, das es dem Pastor rätlich machte, nicht mehr in diesem Tone fortzufahren. »Nun, nun«, sagte er begütigend, »er wird ja schon wiederkehren, und wenn er kommt, er ist ja von Ihrer Art, Herr Nachbar, so wird es nicht mit leeren Händen sein!«

Etwas von dem Schmunzeln, das sich bei dieser letzten Rede auf des Pastors Antlitz zeigte, war doch auch auf das des anderen übergegangen, und während sich der erstere mit einer grüßenden Handbewegung nach seinem Hause zurückwandte, trabte Hans Kirch munterer als seit lange die Straße hinauf nach seinem großen Speicher.

Es war am Tage danach, als der alte Postbote dieselbe Straße hinabschritt. Er ging rasch und hielt einen dicken Brief in der Hand, den er schon im Vorwege aus seiner Ledertasche hervorgeholt zu haben schien; aber ebenso rasch schritt, lebhaft auf ihn einredend, ein etwa sechzehnjähriges blondes Mädchen an seiner Seite. »Von einem guten Bekannten, sagst du? Nein, narre mich nicht länger, alter Marten! Sag's doch, von wem ist er denn?«

»Ei, du junger Dummbart«, rief der Alte, indem er mit dem Briefe ihr vor den Augen gaukelte, »kann ich das wissen? Ich weiß nur, an wen ich ihn zu bringen habe.«

»An wen, an wen denn, Marten?«

Er stand einen Augenblick und hielt die Schriftseite des Briefes ihr entgegen.

Die geöffneten Mädchenlippen versandten einen Laut, der nicht zu einem Wort gedieh.

»Von Heinz!« kam es dann schüchtern hintennach, und wie eine helle Lohe brannte die Freude auf dem jungen Antlitz.

Der Alte sah sie freundlich an. »Von Heinz?« wiederholte er schelmisch. »Ei, Wiebchen, mit den Augen ist das nicht darauf zu lesen!«

Sie sagte nichts; aber als er jetzt in der Richtung nach dem Kirchschen Hause zuschritt, lief sie noch immer nebenher.

»Nun?« rief er, »du denkst wohl, daß ich auch für dich noch einen in der Tasche hätte?«

Da blieb sie plötzlich stehen, und während sie traurig ihr Köpfchen schüttelte, ging der Bote mit dem dicken Brief fort.

Als er die Kirchsche Wohnung betrat, kam eben die Hausmutter mit einem dampfenden Schüsselchen aus der Küche; sie wollte damit in das Oberhaus, wo im Giebelstübchen die kleine Lina an den Masern lag. Aber Marten rief sie an: »Frau Kirch! Frau Kirch! Was geben Sie für diesen Brief?«

Und schon hatte sie die an ihren Mann gerichtete Adresse gelesen und die Schrift erkannt. »Heinz!« rief auch sie, »oh, von Heinz!« und wie ein Jubel brach es aus dieser stillen Brust. Da kam von oben her die Kinderstimme: »Mutter! Mutter!«

»Gleich, gleich, mein Kind!« Und nach einem dankbaren Nicken gegen den Boten flog sie die Treppen hinauf. »O Lina, Lina! Von Heinz, ein Brief von unserm Heinz!«

Im Wohnzimmer unten saß Hans Kirch an seinem Pulte, zwei aufgeschlagene Handelsbücher vor sich, er war mit seinem Verlustkonto beschäftigt, das sich diesmal ungewöhnlich groß erwiesen hatte. Verdrießlich hörte er das laute Reden draußen, das ihn in seiner Rechnung störte; als der Postbote hereintrat, fuhr er ihn an: »Was treibt Er denn für Lärmen draußen mit der Frau?«

Statt einer Antwort überreichte Marten ihm den Brief.

Fast grollend betrachtete er die Aufschrift mit seinen scharfen Augen, die noch immer der Brille nicht bedurften. »Von Heinz«, brummte er, nachdem er alle Stempel aufmerksam besichtigt hatte, »Zeit wär's denn auch einmal!«

Vergebens wartete der alte Marten, auch aus des Vaters Augen einen Freudenblitz zu sehen; nur ein Zittern der Hand – wie er zu seinem Trost bemerkte – konnte dieser nicht bewältigen, als er jetzt nach einer Schere langte, um den Brief zu öffnen. Und schon hatte er sie angesetzt, als Marten seinen Arm berührte: »Herr Kirch, ich darf wohl noch um dreißig Schilling bitten!«

– »Wofür?« – er warf die Schere hin – »ich bin der Post nichts schuldig!«

»Herr, Sie sehen ja wohl, der Brief ist nicht frankiert.«

Er hatte es nicht gesehen; Hans Adam biß die Zähne aufeinander: dreißig Schilling; warum denn auch nicht die noch zum Verlust geschrieben! Aber – die Bagatelle, die war's ja nicht; nein – was dahinterstand! Was hatte doch der Pastor neulich hingeredet? Er würde nicht mit leeren Händen kommen! – Nicht mit leeren Händen! – Hans Adam lachte grimmig in sich hinein. – Nicht mal das Porto hatte er gehabt! Und der, der sollte im Magistrat den Sitz erobern, der für ihn, den Vater, sich zu hoch erwiesen hatte!

Hans Kirch saß stumm und starr an seinem Pulte; nur im Gehirne tobten ihm die Gedanken. Sein Schiff, sein Speicher, alles, was er in so vielen Jahren schwer erworben hatte, stieg vor ihm auf und addierte wie von selber die stattlichen Summen seiner Arbeit. Und das, das alles sollte er diesem ... Er dachte den Satz nicht mehr zu Ende; sein Kopf brannte, es brauste ihm vor den Ohren. »Lump!« schrie er plötzlich, »so kommst du nicht in deines Vaters Haus!«

Der Brief war dem erschrockenen Boten vor die Füße geschleudert. »Nimm«, schrie er, »ich kauf ihn nicht; der ist für mich zu teuer!« Und Hans Kirch griff zur Feder und blätterte in seinen Kontobüchern.

Der gutmütige Alte hatte den Brief aufgehoben und versuchte bescheiden noch einige Überredung; aber der Hausherr trieb ihn fort, und er war nur froh, die Straße zu erreichen, ohne daß er der Mutter zum zweiten Mal begegnet wäre.

Als er seinen Weg nach dem Südende der Stadt fortsetzte, kam Wieb eben von dort zurück; sie hatte in einer Brennerei, welche hier das letzte Haus bildete, eine Bestellung ausgerichtet. Ihre Mutter war nach dem plötzlichen Tode »ihres Mannes zur See« in aller Form rechtens die Frau »ihres Mannes auf dem Lande« geworden und hatte mit diesem eine Matrosenschenke am Hafenplatz errichtet. Viel Gutes wurde von der neuen Wirtschaft nicht geredet; aber wenn an Herbstabenden die über der Haustür brennende rote Lampe ihren Schein zu den Schiffen hinabwarf, so saß es da drinnen in der Schenkstube bald Kopf an Kopf, und der Brenner draußen am Stadtende hatte dort gute Kundschaft.

Als Wieb sich dem alten Postboten näherte, bemerkte sie sogleich, daß er jetzt recht mürrisch vor sich hinsah; und dann – er hatte ja den Brief von Heinz noch immer in der Hand. »Marten!« rief sie – sie hätte es nicht lassen können –, »der Brief, hast du ihn noch? War denn sein Vater nicht zu Hause?«

Marten machte ein grimmiges Gesicht. »Nein, Kind, sein Vater war wohl nicht zu Hause; der alte Hans Kirch war da; aber für den war der Brief zu teuer.«

Die blauen Mädchenaugen blickten ihn erschrocken an. »Zu teuer, Marten?«

– »Ja, ja; was meinst du, unter dreißig Schillingen war er nicht zu haben.«

Nach diesen Worten steckte Marten den Brief in seine Ledertasche und trat mit einem andern, den er gleichzeitig hervorgezogen hatte, in das nächste Haus.

Wieb blieb auf der Gasse stehen. Einen Augenblick noch sah sie auf die Tür, die sich hinter dem alten Mann geschlossen hatte; dann, als käme ihr plötzlich ein Gedanke, griff sie in ihre Tasche und klimperte darin, als wie mit kleiner Silbermünze. Ja, Wieb hatte wirklich Geld in ihrer Tasche; sie zählte es sogar, und es war eine ganze Handvoll, die sie schon am Vormittage hinter dem Schenktisch eingenommen hatte. Zwar, es gehörte nicht ihr, das wußte sie recht wohl; aber was kümmerte sie das, und mochte ihre Mutter sie doch immer dafür schlagen! »Marten«, sagte sie hastig, als dieser jetzt wieder aus dem Hause trat, und streckte eine Handvoll kleiner Münze ihm entgegen, »da ist das Geld, Marten; gib mir den Brief!«

Marten sah sie voll Verwunderung an.

»Gib ihn doch!« drängte sie. »Hier sind ja deine dreißig Schillinge!« Und als der Alte den Kopf schüttelte, faßte sie mit der freien Hand an seine Tasche: »Oh, bitte, bitte, lieber Marten, ich will ihn ja nur einmal zusammen mit seiner Mutter lesen.«

»Kind«, sagte er, indem er ihre Hand ergriff und ihr freundlich in die angstvollen Augen blickte, »wenn's nach mir ginge, so wollten wir den Handel machen; aber selbst der Postmeister darf dir keinen Brief verkaufen.« Er wandte sich von ihr ab und schritt auf seinem Botenwege weiter.

Aber sie lief ihm nach, sie hing sich an seinen Arm, ihr einfältiger Mund hatte die holdesten Bitt- und Schmeichelworte für den alten Marten und ihr Kopf die allerdümmsten Einfälle; nur leihen sollte er ihr zum mindesten den Brief; er sollte ihn ja noch heute abend wiederhaben.

Der alte Marten geriet in große Bedrängnis mit seinem weichen Herzen; aber ihm blieb zuletzt nichts übrig, er mußte das Kind gewaltsam von sich stoßen.

Da blieb sie zurück; mit der Hand fuhr sie an die Stirn unter ihr goldblondes Haar, als ob sie sich besinnen müsse; dann ließ sie das Geld in ihre Tasche fallen und ging langsam dem Hafenplatze zu. Wer den Weg entgegenkam, sah ihr verwundert nach; denn sie hatte die Hände auf die Brust gepreßt und schluchzte überlaut.

Seitdem waren funfzehn Jahre hingegangen. Die kleine Stadt erschien fast unverändert; nur daß für einen jungen Kaufherrn aus den alten Familien am Markt ein neues Haus erbaut war, daß Telegraphendrähte durch die Gassen liefen und auf dem Posthausschilde jetzt mit goldenen Buchstaben »Kaiserliche Reichspost« zu lesen war; wie immer rollte die See ihre Wogen an den Strand, und wenn der Nordwest vom Ostnordost gejagt wurde, so spülte das Hochwasser an die Mauern der Brennerei, die auch jetzt noch in der roten Laterne ihre beste Kundschaft hatte; aber das Ende der Eisenbahn lag noch manche Meile landwärts hinter dem Hügelzuge, sogar auf dem Bürgermeisterstuhle saß trotz der neuen Segnungen noch im guten alten Stile ein studierter Mann, und der Magistrat behauptete sein altes Ansehen, wenngleich die Senatoren jetzt in »Stadträte« und die Deputierten in »Stadtverordnete« verwandelt waren; die Abschaffung der Bürgerglocke als eines alten Zopfes war in der Stadtverordneten-Versammlung von einem jungen Mitgliede zwar in Vorschlag gebracht worden, aber zwei alte Herren hatten ihr das Wort geredet: die Glocke hatte sie in ihrer Jugend vor manchem dummen Streich nach Haus getrieben; weshalb sollte jetzt das junge Volk und das Gesinde nicht in gleicher Zucht gehalten werden? Und nach wie vor, wenn es zehn vom Turm geschlagen hatte, bimmelte die kleine Glocke hinterdrein und schreckte die Pärchen auseinander, welche auf dem Markt am Brunnen schwatzten.

Nicht so unverändert war das Kirchsche Haus geblieben. Heinz war nicht wieder heimgekommen; er war verschollen; es fehlte nur, daß er auch noch gerichtlich für tot erklärt worden wäre; von den jüngeren Leuten wußte mancher kaum, daß es hier jemals einen Sohn des alten Kirch gegeben habe. Damals freilich, als der alte Marten den Vorfall mit dem Briefe bei seinen Gängen mit herumgetragen hatte, war von Vater und Sohn genug geredet worden; und nicht nur von diesen, auch von der Mutter, von der man niemals redete, hatte man erzählt, daß sie derzeit, als es endlich auch ihr von draußen zugetragen worden, zum ersten Mal sich gegen ihren Mann erhoben habe. »Hans! Hans!« so hatte sie ihn angesprochen, ohne der Magd zu achten, die an der Küchentür gelauscht hatte; »das ohne mich zu tun, war nicht dein Recht! Nun können wir nur beten, daß der Brief nicht zu dem

Schreiber wiederkehre; doch Gott wird ja so schwere Schuld nicht auf dich laden.« Und Hans Adam, während ihre Augen voll und tränenlos ihn angesehen, hatte hierauf nichts erwidert, nicht ein Sterbenswörtlein; sie aber hatte nicht nur gebetet; überallhin, wenn auch stets vergebens, hatte sie nach ihrem Sohne forschen lassen; die Kosten, die dadurch verursacht wurden, entnahm sie ohne Scheu den kleineren Kassen, welche sie verwaltete; und Hans Adam, obgleich er bald des inne wurde, hatte sie still gewähren lassen. Er selbst tat nichts dergleichen; er sagte es sich beharrlich vor, der Sohn, ob brieflich oder in Person, müsse anders oder niemals wieder an die Tür des Elternhauses klopfen.

Und der Sohn hatte niemals wieder angeklopft. Hans Adams Haar war nur um etwas rascher grau geworden; der Mutter aber hatte endlich das stumme Leid die Brust zernagt, und als die Tochter aufgewachsen war, brach sie zusammen. Nur eins war stark in ihr geblieben, die Zuversicht, daß ihr Heinz einst wiederkehren werde; doch auch die trug sie im stillen. Erst da ihr Leben sich rasch zu Ende neigte, nach einem heftigen Anfall ihrer Schwäche, trat es einmal über ihre Lippen. Es war ein frostheller Weihnachtsmorgen, als sie, von der Tochter gestützt, mühsam die Treppe nach der oben belegenen Schlafkammer emporstieg. Eben, als sie auf halbem Wege, tief aufatmend und wie hülflos um sich blickend, gegen das Geländer lehnte, brach die Wintersonne durch die Scheiben über der Haustür und erleuchtete mit ihrem blassen Schein den dunkeln Flur. Da wandte die kranke Frau den Kopf zu ihrer Tochter. »Lina«, sagte sie geheimnisvoll, und ihre matten Augen leuchteten plötzlich in beängstigender Verklärung, »ich weiß es, ich werde ihn noch wiedersehen! Er kommt einmal so, wenn wir es gar nicht denken!«

»Meinst du, Mutter?« frug die Tochter fast erschrocken.

»Mein Kind, ich meine nicht; ich weiß es ganz gewiß!«

Dann hatte sie ihr lächelnd zugenickt; und bald lag sie zwischen den weißen Linnen ihres Bettes, welche in wenigen Tagen ihren toten Leib umhüllen sollten.

In dieser letzten Zeit hatte Hans Kirch seine Frau fast keinen Augenblick verlassen; der Bursche, der ihm sonst im Geschäfte nur zur Hand ging, war schier verwirrt geworden über die ihn plötzlich treffende Selbstverantwortlichkeit; aber auch jetzt wurde der Name des Sohnes zwischen den beiden Eltern nicht genannt; nur da die schon erlöschenden Augen der Sterbenden weit geöffnet und wie suchend in die leere Kammer blickten, hatte Hans Kirch, als ob er ein Versprechen gebe, ihre Hand ergriffen und gedrückt; dann hatten ihre Augen sich zur letzten Lebensruhe zugetan.

Aber wo war, was trieb Heinz Kirch in der Stunde, als seine Mutter starb?

Ein paar Jahre weiter, da war der spitze Giebel des Kirchschen Hauses abgebrochen und statt dessen ein volles Stockwerk auf das Erdgeschoß gesetzt worden; und bald hausete eine junge Wirtschaft in den neuen Zimmern des Oberbaues; denn die Tochter hatte den Sohn eines wohlhabenden Bürgers aus der Nachbarstadt geheiratet, der dann in das Geschäft ihres Vaters eingetreten war. Hans Kirch begnügte sich mit den Räumen des alten Unterbaues; die Schreibstube neben der Haustür bildete zugleich sein Wohnzimmer. Dahinter, nach dem Hofe hinaus, lag die Schlafkammer; so saß er ohne viel Treppensteigen mitten im Geschäft und konnte trotz des anrückenden Greisenalters und seines jungen Partners die Fäden noch in seinen Händen halten. Anders stand es mit der zweiten Seite seines Wesens; schon mehrmals war ein Wechsel in den Magistratspersonen eingetreten, aber Hans Kirch hatte keinen Finger darum gerührt; auch, selbst wenn er darauf angesprochen worden, kein Für oder Wider über die neuen Wahlen aus seinem Munde gehen lassen.

Dagegen schlenderte er jetzt oft, die Hände auf dem Rükken, bald am Hafen, bald in den Bürgerpark, während er sonst auf alle Spaziergänger nur mit Verachtung herabgesehen hatte. Bei anbrechender Dämmerung konnte man ihn auch wohl draußen über der Bucht auf dem hohen Ufer sitzen sehen; er blickte dann in die offene See hinaus und schien keinen der wenigen, die vorübergingen, zu bemerken. Traf es sich, daß aus dem Abendrot ein Schiff hervorbrach und mit vollen Segeln auf ihn zuzukommen schien, dann nahm er seine Mütze ab und strich mit der andern Hand sich zitternd über seinen grauen Kopf. – Aber nein, es geschahen ja keine Wunder mehr; weshalb sollte denn auch Heinz auf jenem Schiffe sein? – Und Hans Kirch schüttelte sich und trat fast zornig seinen Heimweg an.

Der ganze Ehrgeiz des Hauses schien jedenfalls, wenn auch in anderer Form, jetzt von dem Tochtermann vertreten zu werden; Herr Christian Martens hatte nicht geruht, bis die Familie unter den Mitgliedern der Harmoniegesellschaft figurierte, von der bekannt war, daß nur angesehenere Bürger zugelassen wurden. Der junge Ehemann war, wovon der Schwiegervater sich zeitig und gründlich überzeugt hatte, ein treuer Arbeiter und keineswegs ein Verschwender; aber – für einen feinen Mann gelten, mit den Honoratioren einen vertraulichen Händedruck wechseln, etwa noch eine schwergoldene Kette auf brauner Sammetweste, das mußte er daneben haben. Hans Kirch zwar hatte anfangs sich gesträubt; als ihm jedoch in einem stillen Nebenstübchen eine solide Partie »Sechsundsechzig« mit ein paar alten seebefahrenen Herren eröffnet wurde, ging auch er mit seinen Kindern in die Harmonie.

So war die Zeit verflossen, als an einem sonnigen Vormittage im September Hans Kirch vor seiner Haustür stand; mit seinem krummen Rücken, seinem hängenden Kopfe und wie gewöhnlich beide Hände in den Taschen. Er war eben von seinem Speicher heimgekommen; aber die Neugier hatte ihn wieder hinausgetrieben, denn durchs Fenster hatte er links hin auf dem Markte, wo sonst nur Hühner und Kinder liefen, einen großen Haufen erwachsener Menschen, Männer und Weiber, und offenbar in lebhafter Unterhaltung miteinander wahrgenommen; er hielt die Hand ans Ohr, um etwas zu erhorchen; aber sie standen ihm doch zu fern. Da löste sich ein starkes, aber anscheinend hochbetagtes Frauenzimmer aus der Menge; sie mochte halb erblindet sein, denn sie fühlte mit einem Krückstock vor sich hin; gleichwohl kam sie bald rasch genug gegen das Kirchsche Haus dahergewandert. »Jule!« brummte Hans Adam. »Was will Jule?«

Seitdem der Bruder ihr vor einigen Jahren ein größeres Darlehen zu einem Einkauf abgeschlagen hatte, waren Wort und Gruß nur selten zwischen ihnen gewechselt worden; aber jetzt stand sie vor ihm; schon von weitem hatte sie ihm mit ihrer Krücke zugewinkt. Im ersten Antrieb hatte er sich umwenden und in sein Haus zurückgehen wollen; aber er blieb doch. »Was willst du, Jule?« frug er. »Was verakkordieren die da auf dem Markt?«

»Was die verakkordieren, Hans? Ja, leihst du mir jetzt die hundert Taler, wenn ich dir's erzähle?«

Er wandte sich jetzt wirklich, um ins Haus zu treten.

»Nun, bleib nur!« rief sie. »Du sollst's umsonst zu wissen kriegen; dein Heinz ist wieder da!«

Der Alte zuckte zusammen. »Wo? Was?« stieß er hervor und fuhr mit dem Kopf nach allen Seiten. Die Speckhökerin sah mit Vergnügen, wie seine Hände in den weiten Taschen schlotterten.

»Wo?« wiederholte sie und schlug den Bruder auf den krummen Rücken. »Komm zu dir, Hans! Hier ist er noch nicht; aber in Hamburg, beim Schlafbaas in der Johannisstraße!«

Hans Kirch stöhnte. »Weibergewäsch!« murmelte er. »Siebzehn Jahre fort; der kommt nicht wieder – der kommt nicht wieder.«

Aber die Schwester ließ ihn nicht los. »Kein Weibergewäsch, Hans! Der Fritze Reimers, der mit ihm in Schlafstelle liegt, hat's nach Haus geschrieben!«

»Ja, Jule, der Fritze Reimers hat schon mehr gelogen!«

Die Schwester schlug die Arme unter ihrem vollen Busen umeinander. »Zitterst du schon wieder für deinen Geldsack?« rief sie höhnend. »Ei nun, für dreißig Reichsgulden haben sie unsern Herrn Christus verraten, so konntest du dein Fleisch und Blut auch wohl um dreißig Schillinge verstoßen. Aber jetzt kannst du ihn alle Tage wiederhaben! Ratsherr freilich wird er nun wohl nicht mehr werden; du mußt ihn nun schon nehmen, wie du ihn dir selbst gemacht hast!«

Aber die Faust des Bruders packte ihren Arm; seine Lippen hatten sich zurückgezogen und zeigten das noch immer starke, vollzählige Gebiß. »Nero! Nero!« schrie er mit heiserer Stimme in die offene Haustür, während sogleich das Aufrichten des großen Haushundes drinnen hörbar wurde. »Weib, verdammtes, soll ich dich mit Hunden von der Türe hetzen!«

Frau Jules sittliche Entrüstung mochte indessen nicht so tief gegangen sein; hatte sie doch selbst vor einem halben Jahre ihre einzige Tochter fast mit Gewalt an einen reichen Trunkenbold verheiratet, um von seinen Kapitalien in ihr Geschäft zu bringen; es hatte sie nur gereizt, ihrem Bruder, wie sie später meinte, für die hundert Taler auch einmal etwas auf den Stock zu tun. Und so war sie denn schon dabei, ihm wieder gute Worte zu geben, als vom Markte her ein älterer Mann zu den Geschwistern trat. Es war der Krämer von der Ecke gegenüber. »Kommt, Nachbar«, sagte dieser, indem er Hans Adams Hand faßte, »wir wollen in Ihr Zimmer gehen; das gehört nicht auf die Straße!«

Frau Jule nickte ein paarmal mit ihrem dicken Kopfe. »Das meine ich auch, Herr Rickerts«, rief sie, indem sie sich mit ihrem Krückstocke nach der Straße hinunterfühlte; »erzählen Sie's ihm besser; seiner Schwester hat er es nicht glauben wollen! Aber Hans, wenn's dir an Reisegeld nach Hamburg fehlen sollte?«

Sie bekam keine Antwort; Herr Rickerts trat mit dem Bruder schon in dessen Zimmer. »Sie wissen es also, Nachbar!« sagte er; »es hat seine Richtigkeit; ich habe den Brief von Fritze Reimers selbst gelesen.«

Hans Kirch hatte sich in seinen Lehnstuhl gesetzt und starrte, mit den Händen auf den Knien, vor sich hin. »Von

Fritze Reimers?« frug er dann. »Aber Fritze Reimers ist ein Windsack, ein rechter Weißfisch!«

»Das freilich, Nachbar, und er hat auch diesmal seine eigne Schande nach Haus geschrieben. Beim Schlafbaas in der Johannisstraße haben sie abends in der Schenkstube beisammengesessen, deutsche Seeleute, aber aus allen Meeren, Fritze Reimers und noch zwei andre unsrer Jungens mit dazwischen. Nun haben sie geredet über woher und wohin; zuletzt wo ein jeder von ihnen denn zuerst die Wand beschrien habe. Als an den Reimers dann die Reihe gekommen ist, da hat er – Sie kennen's ja wohl, Nachbar – das dumme Lied gesungen, worin sie den großen Fisch an unserm Rathaus in einen elenden Bütt verwandelt haben; kaum aber ist das Wort herausgewesen, so hat vom andern Ende des Tisches einer gerufen: ›Das ist kein Bütt, das ist der Schwanz von einem Butzkopf, und der ist doppelt so lang als Arm und Bein bei dir zusammen!‹

Der Mann, der das gesprochen hat, ist vielleicht um zehn Jahre älter gewesen als unsere Jungens, die da mit gesessen und hat sich John Smidt genannt.

Fritze Reimers aber hat nicht geantwortet, sondern weiter fortgesungen, wie es in dem Liede heißt: ›Und sie handeln, sagt er, da mit Macht, sagt er; hab'n zwei Böte, sagt er, und 'ne Jacht!‹«

»Der Schnösel!« rief Hans Kirch; »und sein Vater hat bis an seinen Tod auf meinem Schoner gefahren!«

»Ja, ja, Nachbar; der John Smidt hat auch auf den Tisch geschlagen. ›Pfui für den Vogel, der sein eigen Nest beschmutzt!‹«

»Recht so!« sagte Hans Kirch; »er hätte ihn nur auf seinen dünnen Schädel schlagen sollen!«

»Das tat er nicht; aber als der Reimers ihm zugerufen, was er dabei denn mitzureden habe, da –«

Hans Kirch hatte des andern Arm gefaßt. »Da?« wiederholte er.

»Ja, Nachbar« – und des Erzählers Stimme wurde leiser –,

»da hat John Smidt gesagt, er heiße eigentlich Heinz Kirch, und ob er denn auch nun noch etwas von ihm kaufen wolle. – Sie wissen es ja, Nachbar, unsre Jungens geben sich da drüben manchmal andre Namen, Smidt oder Mayer, oder wie es eben kommen mag, zumals wenn's mit dem Heuerwechsel nicht so ganz in Ordnung ist. Und dann, ich bin ja erst seit sechzehn Jahren hier; aber nach Hörensagen, es muß Ihrem Heinz schon ähnlich sehen, das!«

Hans Kirch nickte. Es wurde ganz still im Zimmer, nur der Perpendikel der Wanduhr tickte; dem alten Schiffer war, als fühle er eine erkaltende Hand, die den Druck der seinigen erwarte.

Der Krämer brach zuerst das Schweigen. »Wann wollen Sie reisen, Nachbar?« frug er.

»Heute nachmittag«, sagte Hans Kirch und suchte sich so grade wie möglich aufzurichten.

– »Sie werden gut tun, sich reichlich mit Gelde zu versehen; denn die Kleidung Ihres Sohnes soll just nicht im besten Stande sein.«

Hans Kirch zuckte. »Ja, ja; noch heute nachmittag.«

Dies Gespräch hatte eine Zuhörerin gehabt; die junge Frau, welche zu ihrem Vater wollte, hatte vor der halboffenen Tür des Bruders Namen gehört und war aufhorchend stehengeblieben. Jetzt flog sie, ohne einzutreten, die Treppe wieder hinauf nach ihrem Wohnzimmer, wo eben ihr Mann, am Fenster sitzend, sich zu besonderer Ergötzung eine Havanna aus dem Sonntagskistchen angezündet hatte. »Heinz!« rief sie jubelnd ihm entgegen, wie vor Zeiten ihre Mutter es gerufen hatte, »Nachricht von Heinz! Er lebt, er wird bald bei uns sein!« Und mit überstürzenden Worten erzählte sie, was sie unten im Flur erlauscht hatte. Plötzlich aber hielt sie inne und sah auf ihren Mann, der nachdenklich die Rauchwölkchen vor sich hinblies.

»Christian!« rief sie und kniete vor ihm hin; »mein einziger Bruder! Freust du dich denn nicht?«

Der junge Mann legte die Hand auf ihren Kopf: »Verzeih mir, Lina; es kam so unerwartet; dein Bruder ist für mich noch gar nicht dagewesen; es wird ja nun so vieles anders werden.« Und behutsam und verständig, wie es sich für einen wohldenkenden Mann geziemt, begann er dann ihr darzulegen, wie durch diese nicht mehr vermutete Heimkehr die Grundlagen ihrer künftigen Existenz beschränkt, ja vielleicht erschüttert würden. Daß seinerseits die Verschollenheit des Haussohnes, wenn auch ihm selbst kaum eingestanden, wenigstens den zweiten Grund zum Werben um Hans Adams Tochter abgegeben habe, das ließ er freilich nicht zu Worte kommen, so aufdringlich es auch jetzt vor seiner Seele stand.

Frau Lina hatte aufmerksam zugehört. Da aber ihr Mann jetzt schwieg, schüttelte sie nur lächelnd ihren Kopf: »Du sollst ihn nur erst kennenlernen; oh, Heinz war niemals eigennützig.«

Er sah sie herzlich an. »Gewiß, Lina; wir müssen uns darein zu finden wissen; um desto besser, wenn er wiederkehrt, wie du ihn einst gekannt hast.«

Die junge Frau schlug den Arm um ihres Mannes Nacken: »Oh, du bist gut, Christian! Gewiß, ihr werdet Freunde werden!«

Dann ging sie hinaus; in die Schlafkammer, in die beste Stube, an den Herd; aber ihre Augen blickten nicht mehr so froh, es war auf ihre Freude doch ein Reif gefallen. Nicht, daß die Bedenken ihres Mannes auch ihr Herz bedrängten; nein, aber daß so etwas überhaupt nur sein könne; sie wußte selber kaum, weshalb ihr alles jetzt so öde schien.

Einige Tage später war Frau Lina beschäftigt, in dem Oberbau die Kammer für den Bruder zu bereiten; aber auch heute war ihr die Brust nicht freier. Der Brief, worin der Vater seine und des Sohnes Ankunft gemeldet hatte, enthielt kein Wort von einem frohen Wiedersehen zwischen beiden; wohl aber ergab der weitere Inhalt, daß der Wiedergefundene sich anfangs unter seinem angenommenen Namen vor dem Vater zu verbergen gesucht habe und diesem wohl nur widerstrebend in die Heimat folgen werde.

Als dann an dem bezeichneten Sonntagabend das junge Ehepaar zu dem vor dem Hause haltenden Wagen hinausgetreten war, sahen sie bei dem Lichtschein, der aus dem offenen Flur fiel, einen Mann herabsteigen, dessen wetterhartes Antlitz mit dem rötlichen Vollbart und dem kurzgeschorenen braunen Haupthaar fast einen Vierziger anzudeuten schien; eine Narbe, die über Stirn und Auge lief, mochte indessen dazu beitragen, ihn älter erscheinen zu lassen, als er wirklich war. Nach ihm kletterte langsam Hans Kirch vom Wagen. »Nun, Heinz«, sagte er, nacheinander auf die Genannten hinweisend, »das ist deine Schwester Lina und das ihr Mann Christian Martens; ihr müßt euch zu vertragen suchen.«

Ebenso nacheinander streckte diesen jetzt Heinz die Hand entgegen und schüttelte die ihre kurz mit einem trockenen »Very well!« Er tat dies mit einer unbeholfenen Verlegenheit; mochte die Art seiner Heimkehr ihn bedrücken, oder fühlte er eine Zurückhaltung in der Begrüßung der Geschwister; denn freilich, sie hatten von dem Wiederkehrenden sich ein anderes Bild gemacht.

Nachdem alle in das Haus getreten waren, geleitete Frau Lina ihren Bruder die Treppe hinauf nach seiner Kammer. Es war nicht mehr dieselbe, in der er einst als Knabe geschlafen hatte, es war hier oben ja alles neu geworden; aber er schien nicht darauf zu achten. Die junge Frau legte das Reisegepäck, das sie ihm nachgetragen hatte, auf den Fußboden. »Hier ist dein Bett«, sagte sie dann, indem sie die weiße Schutzdecke abnahm und zusammenlegte; »Heinz, mein Bruder, du sollst recht sanft hier schlafen!«

Er hatte den Rock abgeworfen und war mit aufgestreiften Ärmeln an den Waschtisch getreten. Jetzt wandte er rasch den Kopf, und seine braunen blitzenden Augen ruhten in den ihren. »Dank, Schwester«, sagte er. Dann tauchte er den Kopf in die Schale und sprudelte mit dem Wasser umher, wie es wohl Leuten eigen ist, die dergleichen im Freien zu verrichten pflegen. Die Schwester, am Türpfosten lehnend, sah dem schweigend zu; ihre Frauenaugen musterten des Bruders Kleidung, und sie erkannte wohl, daß alles neu geschafft sein mußte; dann blieben ihre Blicke auf den braunen sehnigen Armen des Mannes haften, die noch mehr Narben zeigten als das Antlitz. »Armer Heinz«, sagte sie, zu ihm hinübernikkend, »die müssen schwere Arbeit getan haben!«

Er sah sie wieder an; aber diesmal war es ein wildes Feuer, das aus seinen Augen brach. »Demonio!« rief er, die aufgestreckten Arme schüttelnd; »allerlei Arbeit, Schwester! Aber – basta y basta!« Und er tauchte wieder den Kopf in die Schale und warf das Wasser über sich, als müsse er, Gott weiß was, herunterspülen.

Beim Abendtee, den die Familie zusammen einnahm, wollte eine Unterhaltung nicht recht geraten. »Ihr seid weit umhergekommen, Schwager«, sagte nach einigen vergeblichen Anläufen der junge Ehemann; »Ihr müßt uns viel erzählen.«

»Weit genug«, erwiderte Heinz; aber zum Erzählen kam es nicht; er gab nur kurze allgemeine Antwort.

»Laß ihn, Christian!« mahnte Frau Lina; »er muß erst eine Nacht zu Haus geschlafen haben.« Dann aber, damit es am ersten Abend nicht gar zu stille werde, begann sie selbst die wenigen Erinnerungen aus des Bruders Jugendjahren auszukramen, die sie nach eigenem Erlebnis oder den Erzählungen der Mutter noch bewahrte.

Heinz hörte ruhig zu. »Und dann«, fuhr sie fort, »damals, als du dir den großen Anker mit deinem Namen auf den Arm geätzt hattest! Ich weiß noch, wie ich schrie, als du so verbrannt nach Hause kamst, und wie dann der Physikus geholt wurde. Aber« – und sie stutzte einen Augenblick – »war es denn nicht auf dem linken Unterarm?«

Heinz nickte: »Mag wohl sein; das sind so Jungensstreiche.«

»Aber Heinz, – es ist ja nicht mehr da; ich meinte, so was könne nie vergehen!«

»Muß doch wohl, Schwester; sind verteufelte Krankheiten da drüben; man muß schon oft zufrieden sein, wenn sie einem nicht gar die Haut vom Leibe ziehen.«

Hans Kirch hatte nur ein halbes Ohr nach dem, was hier gesprochen wurde. Noch mehr als sonst in sich zusammengesunken, verzehrte er schweigend sein Abendbrot; nur bisweilen warf er von unten auf einen seiner scharfen Blicke auf den Heimgekehrten, als wolle er prüfen, was mit diesem Sohn noch zu beginnen sei.

– – Aber auch für die folgenden Tage blieb dies wortkarge Zusammensein. Heinz erkundigte sich weder nach früheren Bekannten, noch sprach er von dem, was weiter denn mit ihm geschehen solle. Hans Adam frug sich, ob der Sohn das erste Wort von ihm erwarte, oder ob er überhaupt nicht an das Morgen denke; »ja, ja«, murmelte er dann und nickte heftig mit seinem grauen Kopfe; »er ist's ja siebzehn Jahre so gewohnt geworden.«

Aber auch heimisch schien Heinz sich nicht zu fühlen. Hatte er kurze Zeit im Zimmer bei der Schwester seine Zigarre geraucht, so trieb es ihn wieder fort; hinab nach dem Hafen, wo er dem oder jenem Schiffer ein paar Worte zurief, oder nach dem großen Speicher, wo er teilnahmlos dem Abladen der Steinkohlen oder andern Arbeiten zusah. Ein paarmal, da er unten im Kontor gesessen, hatte Hans Kirch das eine oder andere der Geschäftsbücher vor ihm aufgeschlagen, damit er von dem gegenwärtigen Stande des Hauses Einsicht nehme; aber er hatte sie jedesmal nach kurzem Hin- und Herblättern wie etwas Fremdes wieder aus der Hand gelegt.

In einem aber schien er, zur Beruhigung des jungen Ehemannes, der Schilderung zu entsprechen, die Frau Lina an jenem Vormittage von ihrem Bruder ihm entworfen hatte: an eine Ausnutzung seiner Sohnesrechte schien der Heimgekehrte nicht zu denken.

Und noch ein zweites war dem Frauenauge nicht entgangen. Wie der Bruder einst mit ihr, der so viel jüngeren Schwester, sich herumgeschleppt, ihr erzählt und mit ihr gespielt hatte, mit ihr – und wie sie von der Mutter wußte – früher auch mit einer anderen, der er bis jetzt mit keinem Worte nachgefragt, und von der zu reden sie vermieden hatte, in gleicher Weise ließ er jetzt, wenn er am Nachmittage draußen auf dem Beischlag saß, den kleinen Sohn des Krämers auf seinem Schoß umherklettern und sich Bart und Haar von ihm zerzausen; dann konnte er auch lachen, wie Frau Lina meinte es einst im Garten oder auf jenen Sonntagswanderungen mit der Mutter von ihrem Bruder Heinz gehört zu haben. Schon am zweiten Tage, da sie eben in Hut und Tuch aus der Haustür zu ihm treten wollte, hatte sie ihn so getroffen. Der kleine Bube stand auf seinen Knien und hielt ihn bei der Nase: »Du willst mir was vorlügen, du großer Schiffer!« sagte er und schüttelte derb an ihm herum.

»Nein, nein, Karl, by Jove, es gibt doch Meerfrauen; ich habe sie ja selbst gesehen.«

Der Knabe ließ ihn los. »Wirklich? Kann man die denn heiraten?«

»Oho, Junge! Freilich kann man das! Da drüben in Texas, könntst allerlei da zu sehen bekommen, kannte ich einen, der hatte eine Meerfrau; aber sie mußte immer in einer großen Wassertonne schwimmen, die in seinem Garten stand.«

Die Augen des kleinen Burschen leuchteten; er hatte nur einmal einen jungen Seehund so gesehen, und dafür hatte er einen Schilling zahlen müssen. »Du«, sagte er heimlich und nickte seinem bärtigen Freunde zu; »ich will auch eine Wasserfrau heiraten, wenn ich groß geworden bin!«

Heinz sah nachdenklich den Knaben an. »Tu das nicht, Karl; die Wasserfrauen sind falsch; bleib lieber in deines Vaters Stor und spiel mit deines Nachbarn Katze.«

Die Hand der Schwester legte sich auf seine Schulter: »Du wolltest mit mir zu unserer Mutter Grabe!«

Und Heinz setzte den Knaben zur Erde und ging mit Frau Lina nach dem Kirchhof. Ja, er hatte sich später auch von ihr bereden lassen, den alten Pastor, der jetzt mit einer Magd im großen Pfarrhaus wirtschaftete, und sogar auch Tante Jule zu besuchen, um die der Knabe Heinz sich wenig einst gekümmert hatte.

So war der Sonntagvormittag herangekommen, und die jungen Eheleute rüsteten sich zum gewohnten Kirchgang; auch Heinz hatte sich bereit erklärt. Hans Kirch war am Abend vorher besonders schweigsam gewesen, und die Augen der Tochter, die ihn kannte, waren mehrmals angstvoll über des Vaters Antlitz hingestreift. Jetzt kam es ihr wie eine Beruhigung, als sie ihn vorhin den großen Flurschrank hatte öffnen und wieder schließen hören, aus dem er selber seinen Sonntagsrock hervorzuholen pflegte.

Als aber bald danach die drei Kirchgänger in das untere Zimmer traten, stand Hans Kirch, die Hände auf dem Rükken, in seiner täglichen Kleidung an dem Fenster und blickte auf die leere Gasse; Hut und Sonntagsrock lagen wie unordentlich hingeworfen auf einem Stuhl am Pulte.

»Vater, es ist wohl an der Zeit!« erinnerte Frau Lina schüchtern.

Hans Adam hatte sich umgewandt. »Geht nur!« sagte er trocken, und die Tochter sah, wie seine Lippen zitterten, als sie sich über den starken Zähnen schlossen.

»Wie, du willst nicht mit uns, Vater?«

– »Heute nicht, Lina!«

»Heute nicht, wo Heinz nun wieder bei uns ist?«

»Nein, Lina«, er sprach die Worte leise, aber es war, als müsse es gleich danach hervorbrechen; »ich mag heut nicht allein in unsern Schifferstuhl.«

»Aber, Vater, du tust das ja immer«, sprach Frau Lina zagend; »Christian sitzt ja auch stets unten bei mir.«

– »Ei was, dein Mann, dein Mann!« und ein zorniger Blick schoß unter den buschigen Brauen zu seinem Sohn hinüber, und seine Stimme wurde immer lauter – »dein Mann gehört dahin; aber die alten Matrosen, die mit fünfunddreißig Jahren noch fremde Kapitäne ihres Vaters Schiffe fahren lassen, die längst ganz anderswo noch sitzen sollten, die mag ich nicht unter mir im Kirchstuhl sehen!«

Er schwieg und wandte sich wieder nach dem Fenster, und niemand hatte ihm geantwortet; dann aber legte Heinz das Gesangbuch, das seine Schwester ihm gegeben hatte, auf das Pult. »Wenn's nur das ist, Vater«, sagte er, »der alte Matrose kann zu Hause bleiben; er hat so manchen Sonntag nur den Wind in den Tauen pfeifen hören.«

Aber die Schwester ergriff des Bruders, dann des Vaters Hände. »Heinz! Vater! Laßt das ruhen jetzt! Hört zusammen Gottes Wort; ihr werdet mit guten Gedanken wiederkommen, und dann redet miteinander, was nun weiter werden soll!« Und wirklich, mochte es nun den heftigen Mann beruhigt haben, daß er, zum mindesten vorläufig, sich mit einem Worte Luft geschafft, – was sie selber nicht erwartet hatte, sie brachte es dahin, daß beide in die Kirche gingen.

Aber Hans Kirch, während unten, wie ihm nicht entging, sich aller Blicke auf den Heimgekehrten richteten, saß oben unter den andern alten Kapitänen und Reedern und starrte, wie einst, nach der Marmorbüste des alten Kommandeurs; das war auch ein Stadtsjunge gewesen, ein Schulmeisterssohn, wie Heinz ein Schulmeistersenkel; wie anders war der heimgekommen!

– – Eine Unterredung zwischen Vater und Sohn fand weder nach dem Kirchgang noch am Nachmittage statt. Am Abend zog Frau Lina den Bruder in ihre Schlafkammer: »Nun, Heinz, hast du mit Vater schon gesprochen?«

Er schüttelte den Kopf: »Was soll ich mit ihm sprechen, Schwester?«

– »Du weißt es wohl, Heinz; er will dich droben in der Kirche bei sich haben. Sag ihm, daß du dein Steuermannsexamen machen willst; warum hast du es nicht längst gesagt?«

Ein verächtliches Lächeln verzerrte sein Gesicht: »Ist das eine Gewaltssache mit dem alten Schifferstuhl!« rief er. »Todos diabolos, ich alter Kerl noch auf der Schulbank!

Denk wohl, ich habe manche alte Bark auch ohne das gesteuert!«

Sie sah ihn furchtsam an; der Bruder, an den sie sich zu gewöhnen anfing, kam ihr auf einmal fremd, ja unheimlich vor. »Gesteuert?« wiederholte sie leise; »wohin hast du gesteuert, Heinz? Du bist nicht weit gekommen.«

Er blickte eine Weile seitwärts auf den Boden; dann reichte er ihr die Hand. »Mag sein, Schwester«, sagte er ruhig; »aber – ich kann noch nicht wie ihr; muß mich immer erst besinnen, wo ich hinzutreten habe; kennt das nicht, ihr alle nicht, Schwester! Ein halbes Menschenleben, – ja rechne, noch mehr als ein halbes Menschenleben kein ehrlich Hausdach überm Kopf; nur wilde See oder wildes Volk oder beides miteinander! Ihr kennt das nicht, sag ich, das Geschrei und das Gefluche, mein eignes mit darunter; ja, ja, Schwester, mein eignes auch, es lärmt mir noch immer in die Ohren; laßt's erst stiller werden, sonst – es geht sonst nicht!«

Die Schwester hing an seinem Halse. »Gewiß, Heinz, gewiß, wir wollen Geduld haben; oh, wie gut, daß du nun bei uns bist!«

Plötzlich, Gott weiß woher, tauchte ein Gerücht auf und wanderte emsig von Tür zu Tür: der Heimgekehrte sei gar nicht Heinz Kirch, es sei der Hasselfritz, ein Knabe aus dem Armenhause, der gleichzeitig mit Heinz zur See gegangen war und gleich diesem seitdem nichts von sich hatte hören lassen. Und jetzt, nachdem es eine kurze Weile darum herumgeschlichen, war es auch in das Kirchsche Haus gedrungen. Frau Lina griff sich mit beiden Händen an die Schläfen; sie hatte durch die Mutter wohl von jenem anderen gehört; wie Heinz hatte er braune Augen und braunes Haar gehabt und war wie dieser ein kluger wilder Bursch gewesen; sogar eine Ähnlichkeit hatte man derzeit zwischen ihnen finden wollen. Wenn alle Freude nun um nichts sein sollte, wenn es nun nicht der Bruder wäre! Eine helle Röte schlug ihr ins Gesicht: sie hatte ja an dieses Menschen Hals gehangen, sie hatte ihn geküßt – Frau Lina vermied es plötzlich, ihn zu berühren; verstohlen aber und desto öfter hafteten ihre Augen auf den rauhen Zügen ihres Gastes, während zugleich ihr innerer Blick sich mühte, unter den Schatten der Vergangenheit das Knabenantlitz ihres Bruders zu erkennen. Als dann auch der junge Ehemann zur Vorsicht mahnte, wußte Frau Lina sich auf einmal zu entsinnen, wie gleichgültig ihr der Bruder neulich an ihrer Mutter Grab erschienen sei; als ob er sich langweile, habe er mit beiden Armen sich über die Eisenstangen der Umfassung gelehnt und dabei seitwärts nach den andern Gräbern hingestarrt; fast als ob, wie bei dem Vaterunser nach der Predigt, nur das Ende abgewartet werden müsse.

Beiden Eheleuten erschien jetzt auch das ganze Gebaren des Bruders noch um vieles ungeschlachter als vordem; dies Sichumherwerfen auf den Stühlen, diese Nichtachtung von Frau Linas sauberen Dielen. Heinz Kirch, das sagten alle, und den Eindruck bewahrte auch Frau Linas eigenes Gedächtnis, war ja ein feiner junger Mensch gewesen. Als beide dann dem Vater ihre Bedenken mitteilten, war es auch dem nichts Neues mehr; aber er hatte geschwiegen und schwieg auch jetzt; nur die Lippen drückte er fester aufeinander. Freilich, als er bald darauf seinen alten Pastor mit der Pfeife am Zaune seines Vorgartens stehen sah, konnte er doch nicht lassen, wie zufällig heranzutreten und so von weitem an ihm herumzuforschen.

»Ja, ja«, meinte der alte Herr, »es war recht schicklich von dem Heinz, daß er seinen Besuch mir gleich am zweiten Tage gönnte.«

»Schuldigkeit, Herr Pastor«, versetzte Kirch; »mag Ihnen aber auch wohl ergangen sein wie mir; es kostet Künste, in diesem Burschen mit dem roten Bart den alten Heinz herauszufinden.«

Der Pastor nickte; sein Gesicht zeigte plötzlich den Ausdruck oratorischer Begeisterung. »Ja, mit dem Barte!« wiederholte er nachdrücklich und fuhr mit der Hand, wie auf der

Kanzel, vor sich hin. »Sie sagen es, Herr Nachbar; und wahrlich, seit dieser unzierliche Zierat Mode worden, kann man die Knaben in den Jünglingen nicht wiedererkennen, bevor man sie nicht selber sich bei Namen rufen hörte; das habe ich an meinen Pensionären selbst erfahren! Da war der blonde Dithmarscher, dem Ihr Heinz – er wollte jetzo zwar darauf vergessen haben – einmal den blutigen Denkzettel unter die Nase schrieb; der glich wahrlich einem weißen Hammel, da er von hier fortging; und als er nach Jahren in meine friedliche Kammer so unerwartet eintrat – ein Löwe! Ich versichere Sie, Herr Nachbar, ein richtiger Löwe! Wenn nicht die alten Schafsaugen zum Glück noch standgehalten hätten, ich alter Mann hätte ja den Tod sonst davon haben können!« Der Pastor sog ein paarmal an seiner Pfeife und drückte sich das Sammetkäppchen fester auf den weißen Kopf.

»Nun freilich«, meinte Hans Kirch; denn er fühlte wohl, daß er ein Lieblingsthema wachgerufen habe, und suchte noch einmal wieder anzuknüpfen; »solche Signale wie Ihr Dithmarscher hat mein Heinz nicht aufzuweisen.«

Aber der alte Herr ging wieder seinen eigenen Weg. »Bewahre!« sagte er verächtlich und machte mit der Hand eine Bewegung, als ob er die Schafsaugen weit von sich in die Büsche werfe. »Ein Mann, ein ganzer Mann!« Dann hob er den Zeigefinger und beschrieb schelmisch lächelnd eine Linie über Stirn und Auge: »Auch eine Dekorierung hat er sich erworben; im Gefecht, Herr Nachbar, ich sage im Gefechte; gleich einem alten Studiosus! Zu meiner Zeit – Seeleute und Studenten, das waren die freien Männer, wir standen allzeit beieinander!«

Hans Kirch schüttelte den Kopf. »Sie irren, Ehrwürden; mein Heinz war nur auf Kauffahrteischiffen; im Sturm, ein Holzsplitter, eine stürzende Stenge tun wohl dasselbe schon.«

»Crede experto! Traue dem Sachkundigen!« rief der alte Herr und hob geheimnisvoll das linke Ohrläppchen, hinter welchem die schwachen Spuren einer Narbe sichtbar wurden.

»Im Gefecht, Herr Nachbar; oh, wir haben auch pro patria geschlagen.«

Ein Lächeln flog über das Gesicht des alten Seemanns, das für einen Augenblick das starke Gebiß bloßlegte. »Ja, ja, Herr Pastor; freilich, er war kein Hasenfuß, mein Heinz!«

Aber der frohe Stolz, womit diese Worte hervorbrachen, verschwand schon wieder; das Bild seines kühnen Knaben verblich vor dem des Mannes, der jetzt unter seinem Dache hauste.

Hans Kirch nahm kurzen Abschied; er gab es auf, es noch weiter mit der Geschwätzigkeit des Greisenalters aufzunehmen.

– – Am Abend war Ball in der Harmonie. Heinz wollte zu Hause bleiben; er passe nicht dahin; und die jungen Eheleute, die ihm auch nur wie beiläufig davon gesprochen hatten, waren damit einverstanden; denn Heinz, sie mochten darin nicht unrecht haben, war in dieser Gesellschaft für jetzt nicht wohl zu präsentieren. Frau Lina wollte ebenfalls zu Hause bleiben; doch sie mußte dem Drängen ihres Mannes nachgeben, der einen neuen Putz für sie erhandelt hatte. Auch Hans Kirch ging zu seiner Partie Sechsundsechzig; eine innere Unruhe trieb ihn aus dem Hause.

So blieb denn Heinz allein zurück. Als alle fort waren, stand er, die Hände in den Taschen, am Fenster seiner dunklen Schlafkammer, das nach Nordosten auf die See hinausging. Es war unruhiges Wetter, die Wolken jagten vor dem Mond; doch konnte er jenseit des Warders, in dem tieferen Wasser, die weißen Köpfe der Wellen schäumen sehen. Er starrte lange darauf hin; allmählich, als seine Augen sich gewöhnt hatten, bemerkte er auch drüben auf der Insel einen hellen Dunst; von dem Leuchtturm konnte das nicht kommen; aber das große Dorf lag dort, wo, wie er hatte reden hören, heute Jahrmarkt war. Er öffnete das Fenster und lehnte sich hinaus; fast meinte er, durch das Rauschen des Wassers die ferne Tanzmusik zu hören; und als packe es ihn plötzlich, schlug er das Fenster eilig zu und sprang, seine

Mütze vom Türhaken reißend, in den Flur hinab. Als er ebenso rasch der Haustür zuging, frug die Magd ihn, ob sie mit dem Abschließen auf ihn warten solle; aber er schüttelte nur den Kopf, während er das Haus verließ.

Kurze Zeit danach, beim Rüsten der Schlafgemächer für die Nacht, betrat die Magd auch die von ihrem Gaste vorhin verlassene Kammer. Sie hatte ihr Lämpchen auf dem Vorplatze gelassen und nur die Wasserflasche rasch hineinsetzen wollen; als aber draußen eben jetzt der Mond sein volles Licht durch den weiten Himmelsraum ergoß, trat sie gleichfalls an das Fenster und blickte auf die wie mit Silberschaum gekrönten Wellen; bald aber waren es nicht mehr diese; ihre jungen weit reichenden Augen hatten ein Boot erkannt, das von einem einzelnen Manne durch den sprühenden Gischt der Insel zugetrieben wurde.

Wenn Hans Kirch oder die jungen Eheleute in die Harmonie gegangen waren, um dort nähere Aufschlüsse über jenes unheimliche Gerücht zu erhalten, so mußten sie sich getäuscht finden; niemand ließ auch nur ein andeutendes Wort darüber fallen; es war wieder wie kurz zuvor, als ob es niemals einen Heinz Kirch gegeben hätte.

Erst am andern Morgen erfuhren sie, daß dieser am Abend bald nach ihnen fortgegangen und bis zur Stunde noch nicht wieder da sei; die Magd teilte auf Befragen ihre Vermutungen mit, die nicht weit vom Ziele treffen mochten. Als dann endlich kurz vor Mittag der Verschwundene mit stark gerötetem Antlitz heimkehrte, wandte Hans Kirch, den er im Flur traf, ihm den Rücken und ging rasch in seine Stube. Frau Lina, der er auf der Treppe begegnete, sah ihn vorwurfsvoll und fragend an; sie stand einen Augenblick, als ob sie sprechen wolle; aber – wer war dieser Mann? – Sie hatte sich besonnen und ging ihm stumm vorüber.

Nach der schweigend eingenommenen Mittagsmahlzeit hatte Heinz sich oben in der Wohnstube des jungen Paares in die Sofaecke gesetzt. Frau Lina ging ab und zu; er hatte den

Kopf gestützt und war eingeschlafen. Als er nach geraumer Zeit erwachte, war die Schwester fort; statt dessen sah er den grauen Kopf des Vaters über sich gebeugt; der Erwachende glaubte es noch zu fühlen, wie die scharfen Augen in seinem Antlitz forschten.

Eine Weile hafteten beider Blicke ineinander; dann richtete der Jüngere sich auf und sagte: »Laßt nur, Vater; ich weiß es schon, Ihr möchtet gern, daß ich der Hasselfritze aus der Armenkate wäre; möcht Euch schon den Gefallen tun, wenn ich mich selbst noch mal zu schaffen hätte.«

Hans Kirch war zurückgetreten: »Wer hat dir das erzählt?« sagte er, »du kannst nicht behaupten, daß ich dergleichen von dir gesagt hätte.«

»Aber Euer Gesicht sagt mir's; und unsre junge Frau, sie zuckt vor meiner Hand, als sollt' sie eine Kröte fassen. Wußte erst nicht, was da unterwegs sei; aber heut nacht, da drüben, da schrien es beim Tanz die Eulen in die Fenster.«

Hans Kirch erwiderte nichts; der andre aber war aufgestanden und sah auf die Gasse, wo in Stößen der Regen vom Herbstwinde vorbeigetrieben wurde. »Eins aber«, begann er wieder, indem er sich finster zu dem Alten wandte, »mögt Ihr mir noch sagen! Warum damals, da ich noch jung war, habt Ihr das mit dem Brief mir angetan? Warum? Denn ich hätte Euch sonst mein altes Gesicht wohl wieder heimgebracht.«

Hans Kirch fuhr zusammen. An diesen Vorgang hatte seit dem Tode seines Weibes keine Hand gerührt; er selbst hatte ihn tief in sich begraben. Er fuhr mit den Fingern in die Westentasche und biß ein Endchen von der schwarzen Tabaksrolle, die er daraus hervorgeholt hatte. »Einen Brief?« sagte er dann; »mein Sohn Heinz war nicht für das Briefschreiben.«

»Mag sein, Vater; aber einmal – einmal hatte er doch geschrieben; in Rio hatte er den Brief zur Post gegeben, und später, nach langer Zeit – der Teufel hatte wohl sein Spiel dabei – in San Jago, in dem Fiebernest, als die Briefschaften für die Mannschaft ausgeteilt wurden, da hieß es: ›Hier ist auch was für dich.‹ Und als der Sohn vor Freude zitternd seine Hand ausstreckte und mit den Augen nur die Aufschrift des Briefes erst verschlingen wollte, da war's auch wirklich einer, der von Hause kam, und auch eine Handschrift von zu Hause stand darauf; aber – es war doch nur sein eigener Brief, der nach sechs Monaten uneröffnet an ihn zurückkam.«

Es sah fast aus, als seien die Augen des Alten feucht geworden; als er aber den trotzigen Blick des Jungen sich gegenüber sah, verschwand das wieder. »Viel Rühmliches mag auch nicht darin gestanden haben!« sagte er grollend.

Da fuhr ein hartes Lachen aus des Jüngeren Munde und gleich darauf ein fremdländischer Fluch, den der Vater nicht verstand. »Da mögt Ihr recht haben, Hans Adam Kirch; ganz regulär war's just nicht hergegangen; der junge Bursche wär auch damals gern vor seinem Vater hingefallen; lagen aber tausend Meilen zwischen ihnen; und überdem – das Fieber hatte ihn geschüttelt, und er war erst eben von seinem elenden Lazarettbett aufgestanden! Und später dann – was meint Ihr wohl, Hans Kirch? Wen Vaters Hand verstoßen, der fragt bei der nächsten Heuer nicht, was unterm Deck geladen ist, ob Kaffeesäcke oder schwarze Vögel, die eigentlich aber schwarze Menschen sind; wenn's nur Dublonen gibt; und fragt auch nicht, wo die der Teufel holt, und wo dann wieder neue zu bekommen sind!«

Die Stimme, womit diese Worte gesprochen wurden, klang so wüst und fremd, daß Hans Kirch sich unwillkürlich frug: »Ist das dein Heinz, den der Kantor beim Amensingen immer in die erste Reihe stellte, oder ist es doch der Junge aus der Armenkate, der nur auf deinen Beutel spekuliert?« Er wandte wieder seine Augen prüfend auf des andern Antlitz; die Narbe über Stirn und Auge flammte brandrot. »Wo hast du dir denn das geholt?« sagte er, an seines Pastors Rede denkend. »Bist du mit Piraten im Gefecht gewesen?«

Ein desparates Lachen fuhr aus des Jüngeren Munde. »Piraten?« rief er. »Glaubt nur, Hans Kirch, es sind auch dabei brave Kerle! Aber laßt das; das Gespinst ist gar zu lang, mit wem ich all zusammen war!«

Der Alte sah ihn mit erschrockenen Augen an. »Was sagst du?« frug er so leise, als ob es niemand hören dürfe.

Aber bevor eine Antwort darauf erfolgen konnte, wurden schwerfällige Schritte draußen auf der Treppe laut; die Tür öffnete sich, und von Frau Lina geführt, trat Tante Jule in das Zimmer. Während sie pustend und mit beiden Händen sich auf ihren Krückstock lehnend stehenblieb, war Heinz an ihr vorüber schweigend aus der Tür gegangen.

»Ist er fort?« sagte sie, mit ihrem Stocke hinter ihm herweisend.

»Wer soll fort sein?« frug Hans Kirch und sah die Schwester nicht eben allzu freundlich an.

»Wer? Nun, den du seit vierzehn Tagen hier in Kost genommen.«

– »Was willst du wieder, Jule? Du pflegst mir sonst nicht so ins Haus zu fallen.«

»Ja, ja, Hans«, und sie winkte der jungen Frau, ihr einen Stuhl zu bringen, und setzte sich darauf; »du hast's auch nicht um mich verdient; aber ich bin nicht so, Hans; ich will dir Abbitte tun; ich will bekennen, der Fritze Reimers mag doch wohl gelogen haben, oder wenn nicht er, so doch der andre!«

»Was soll die Rederei?« sagte Hans Kirch, und es klang, als ob er müde wäre.

– »Was es soll? Du sollst dich nicht betrügen lassen! Du meinst, du hast nun deinen Vogel wieder eingefangen; aber sieh nur zu, ob's auch der rechte ist!«

»Kommst du auch mit dem Geschwätz? Warum sollt's denn nicht der rechte sein?« Er sprach das unwirsch, aber doch, als ob es zu hören ihn verlange.

Frau Jule hatte sich in Positur gesetzt. »Warum, Hans? Als er am Mittwochnachmittage mit der Lina bei mir saß – wir waren schon bei der dritten Tasse Kaffee, und noch nicht einmal hatte er ›Tante‹ zu mir gesagt! – ›Warum‹, frug ich, ›nennst du mich denn gar nicht Tante?‹ – ›Ja, Tante‹, sagt er, ›du hast ja noch allein gesprochen!‹ Und, siehst du, Hans, das war beim ersten Mal denn schon gelogen; denn das soll mir keiner nachsagen; ich lasse jedermann zu Worte kommen! Und als ich ihn dann nahe zu mir zog und mit der Hand und mit meinen elenden Augen auf seinem Gesicht herumfühlte – nun, Hans, die Nase kann doch nicht von Ost nach West gewachsen sein!«

Der Bruder saß mit gesenktem Kopf ihr gegenüber; er hatte nie darauf geachtet, wie seinem Heinz die Nase im Gesicht gestanden hatte. »Aber«, sagte er – denn das Gespräch von vorhin flog ihm durch den Kopf; doch schienen ihm die Worte schwer zu werden – »sein Brief von damals; wir redeten darüber; er hat ihn in San Jago selbst zurückerhalten!«

Die dicke Frau lachte, daß der Stock ihr aus den Händen fiel. »Die Briefgeschichte, Hans! Ja, die ist seit den vierzehn Tagen reichlich wieder aufgewärmt; davon konnte er für einen Dreiling bei jedem Bettelkinde einen Suppenlöffel voll bekommen! Und er mußte dir doch auch erzählen, weshalb der echte Heinz denn all die Jahre draußen blieb. Laß dich nicht nasführen, Hans! Warum denn hat er nicht mit dir wollen, als du ihn von Hamburg holtest? War's denn so schlimm, wieder einmal an die volle Krippe und ins warme Nest zu kommen? – Ich will's dir sagen; das ist's: er hat sich so geschwind nicht zu dem Schelmenwagstück resolvieren können!«

Hans Adam hatte seinen grauen Kopf erhoben, aber er sprach nicht dazwischen; fast begierig horchte er auf alles, was die Schwester vorbrachte.

»Und dann«, fuhr diese fort, »die Lina hat davon erzählt.« – – Aber plötzlich stand sie auf und fühlte sich mit ihrer Krücke, die Lina ihr dienstfertig aufgehoben hatte, nach dem Fenster hin; von draußen hörte man zwei Männerstimmen in lebhafter Unterhaltung. »O Lina«, sagte Tante Jule; »ich hör's, der eine ist der Justizrat, lauf doch und bitte ihn, ein paar Augenblicke hier heraufzukommen!«

Der Justizrat war der alte Physikus; bei dem früheren Mangel passender Alterstitel hierzulande waren alle älteren Physici Justizräte.

Hans Kirch wußte nicht, was seine Schwester mit diesem vorhatte; aber er wartete geduldig, und bald auch trat der alte Herr mit der jungen Frau ins Zimmer. »Ei, ei«, rief er, »Tante Jule und Herr Kirch beisammen? Wo ist denn nun der Patient?«

»Der da«, sagte Tante Jule und wies auf ihren Bruder; »er hat den Star auf beiden Augen!«

Der Justizrat lachte. »Sie scherzen, liebe Madame; ich wollte, ich hätte selbst nur noch die scharfen Augen unseres Freundes.«

»Mach fort, Jule«, sagte Hans Kirch; »was gehst du lange um den Brei herum!«

Die dicke Frau ließ sich indes nicht stören. »Es ist nur so sinnbildlich, mein Herr Justizrat«, erklärte sie mit Nachdruck. »Aber besinnen Sie sich einmal darauf, wie Sie vor so ein zwanzig Jahren hier auch ins Haus geholt wurden; die Lina, die große Frau jetzt, schrie damals ein Zetermordio durchs Haus; denn ihr Bruder Heinz hatte sich nach Jungensart einen schönen Anker auf den Unterarm geätzt und sich dabei weidlich zugerichtet.«

Hans Kirch fuhr mit seinem Kopf herum; denn die ihm derzeit unbeachtet vorübergegangene Unterhaltung bei der ersten Abendmahlzeit kam ihm plötzlich, und jetzt laut und deutlich, wieder.

Aber der alte Doktor wiegte das Haupt: »Ich besinne mich nicht; ich hatte in meinem Leben so viele Jungen unter Händen.«

»Nun so, mein Herr Justizrat«, sagte Tante Jule; »aber Sie kennen doch dergleichen Jungensstreiche hier bei uns; es fragt sich nur, und das möchten wir von Ihnen wissen, ob denn in zwanzig Jahren solch ein Anker ohne Spur verschwinden könne?«

»In zwanzig Jahren?« erwiderte jetzt der Justizrat ohne Zögern; »ei, das kann gar leicht geschehen!«

Aber Hans Kirch mischte sich ins Gespräch: »Sie denken, wie sie's jetzt machen, Doktor, so mit blauer Tusche; nein, der Junge war damals nach der alten gründlichen Manier ans Werk gegangen; tüchtige Nadelstiche und dann mit Pulver eingebrannt.«

Der alte Arzt rieb sich die Stirn. »Ja, ja; ich entsinne mich auch jetzt. Hm! – Nein, das dürfte wohl unmöglich sein; das geht bis auf die Cutis; der alte Hinrich Jakobs läuft noch heut mit seinem Anker.«

Tante Jule nickte beifällig; Frau Lina stand, die Hand an der Stuhllehne, blaß und zitternd neben ihr.

»Aber«, sagte Hans Kirch, und auch bei ihm schlich sich die Stimme nur wie mit Zagen aus der Kehle, »sollte es nicht Krankheiten geben? Da drüben, in den heißen Ländern?«

Der Arzt bedachte sich eine Weile und schüttelte dann sehr bestimmt den Kopf. »Nein, nein; das ist nicht anzunehmen; es müßten denn die Blattern ihm den Arm zerrissen haben.«

Eine Pause entstand, während Frau Jule ihre gestrickten Handschuhe anzog. »Nun, Hans«, sagte sie dann; »ich muß nach Haus; aber du hast nun die Wahl: den Anker oder die Blatternarben! Was hat dein neuer Heinz denn aufzuweisen? Die Lina hat nichts von beiden sehen können; nun sieh du selber zu, wenn deine Augen noch gesund sind!«

– – Bald danach ging Hans Kirch die Straße hinauf nach seinem Speicher; er hatte die Hände über dem Rücken gefaltet, der Kopf hing ihm noch tiefer als gewöhnlich auf die Brust. Auch Frau Lina hatte das Haus verlassen und war dem Vater nachgegangen; als sie in den unteren dämmerhellen Raum des Speichers trat, sah sie ihn in der Mitte desselben stehen, als müsse er sich erst besinnen, weshalb er denn hiehergegangen sei. Bei dem Geräusche des Kornumschaufelns, das von den oberen Böden herabscholl, mochte er den Eintritt der Tochter überhört haben; denn er stieß sie fast zurück, als er sie jetzt so plötzlich vor sich sah: »Du, Lina! Was hast du hier zu suchen?«

Die junge Frau zitterte und wischte sich das Gesicht mit ihrem Tuche. »Nichts, Vater«, sagte sie; »aber Christian ist unten am Hafen, und da litt es mich nicht so allein zu Hause, mit ihm – mit dem fremden Menschen! Ich fürchte mich; oh, es ist schrecklich, Vater!«

Hans Kirch hatte während dieser Worte wieder seinen Kopf gesenkt; jetzt hob er wie aus einem Abgrunde seine Augen zu denen seiner Tochter und blickte sie lange und unbeweglich an. »Ja, ja, Lina«, sagte er dann hastig; »Gott Dank, daß es ein Fremder ist!«

Hierauf wandte er sich rasch, und die Tochter hörte, wie er die Treppen zu dem obersten Bodenraum hinaufstieg.

Ein trüber Abend war auf diesen Tag gefolgt; kein Stern war sichtbar; feuchte Dünste lagerten auf der See. Im Hafen war es ungewöhnlich voll von Schiffen, meist Jachten und Schoner; aber auch ein paar Vollschiffe waren dabei und außerdem der Dampfer, welcher wöchentlich hier anzulegen pflegte. Alles lag schon in tiefer Ruhe, und auch auf dem Hafenplatz am Bollwerk entlang schlenderte nur ein einzelner Mann: wie es den Anschein hatte, müßig und ohne eine bestimmte Absicht. Jetzt blieb er vor dem einen der beiden Barkschiffe stehen, auf dessen Deck ein Junge sich noch am Gangspill zu schaffen machte; er rief einen »guten Abend« hinüber und fragte, wie halb gedankenlos, nach Namen und Ladung des Schiffes. Als ersterer genannt wurde, tauchte ein Kopf aus der Kajüte, schien eine Weile den am Ufer Stehenden zu mustern, spie dann weit hinaus ins Wasser und tauchte wieder unter Deck. Schiff und Schiffer waren nicht von hier; der am Ufer schlenderte weiter; vom Warder drüben kam dann und wann ein Vogelschrei; von der Insel her drang nur ein schwacher Schein von den Leuchtfeuern durch den Nebel. Als er an die Stelle kam, wo die Häuserreihe näher an das Wasser tritt, schlug von daher ein Gewirr von Stimmen an sein Ohr und veranlaßte ihn, still zu stehen. Von einem der Häuser fiel ein roter Schein in die Nacht hinaus; er erkannte es wohl, wenngleich sein Fuß die Schwelle dort noch nicht überschritten hatte; das Licht kam aus der Laterne der Hafenschenke. Das Haus war nicht wohl beleumdet; nur fremde Matrosen und etwa die Söhne von Setzschiffern verkehrten dort; er hatte das alles schon gehört. – Und jetzt erhob das Lärmen sich von neuem, nur daß auch eine Frauenstimme nun dazwischenkreischte. – Ein finsteres Lachen fuhr über das Antlitz des Mannes; beim Schein der roten Laterne und den wilden Lauten hinter den verhangenen Fenstern mochte allerlei in seiner Erinnerung aufwachen, was nicht guttut, wenn es wiederkommt. Dennoch schritt er darauf zu, und als er eben von der Stadt her die Bürgerglocke läuten hörte, trat er in die niedrige, aber geräumige Schenkstube

An einem langen Tische saß eine Anzahl alter und junger Seeleute; ein Teil derselben, zu denen sich der Wirt gesellt zu haben schien, spielte mit beschmutzten Karten; ein Frauenzimmer, über die Jugendblüte hinaus, mit blassem, verwachtem Antlitz, dem ein Zug des Leidens um den noch immer hübschen Mund nicht fehlte, trat mit einer Anzahl dampfender Gläser herein und verteilte sie schweigend an die Gäste. Als sie an den Platz eines Mannes kam, dessen kleine Augen begehrlich aus dem grobknochigen Angesicht hervorspielten, schob sie das Glas mit augenscheinlicher Hast vor ihn hin; aber der Mensch lachte und suchte sie an ihren Röcken festzuhalten: »Nun, Ma'am, habt Ihr Euch noch immer nicht besonnen? Ich bin ein höflicher Mann, versichere Euch! Aber ich kenne die Weibergeographie: Schwarz oder Weiß, ist alles eine Sorte!«

»Laßt mich«, sagte das Weib; »bezahlt Euer Glas und laßt mich gehen!«

Aber der andre war nicht ihrer Meinung; er ergriff sie und zog sie jäh zu sich heran, daß das vor ihm stehende Glas umstürzte und der Inhalt sie beide überströmte. »Sieh nur, schöne Missis!« rief er, ohne darauf zu achten, und winkte mit seinem rothaarigen Kopfe nach einem ihm gegenüber sitzenden Burschen, dessen flachsblondes Haar auf ein bleiches, vom Trunke gedunsenes Antlitz herabfiel; »sieh nur, der Jochum mit seinem greisen Kalbsgesicht hat nichts dagegen einzuwenden! Trink aus, Jochum, ich zahle dir ein neues!«

Der Mensch, zu dem er gesprochen hatte, goß mit blödem Schmunzeln sein Glas auf einen Zug hinunter und schob es dann zu neuem Füllen vor sich hin.

Einen Augenblick ruhten die Hände des Weibes, mit denen sie sich aus der gewaltsamen Umarmung zu lösen versucht hatte; ihre Blicke fielen auf den bleichen Trunkenbold, und es war, als wenn Abscheu und Verachtung sie eine Weile alles andere vergessen ließen.

Aber ihr Peiniger zog sie nur fester an sich: »Siehst du, schöne Frau! Ich dächte doch, der Tausch wäre nicht so übel! Aber, der ist's am Ende gar nicht! Nimm dich in acht, daß ich nicht aus der Schule schwatze!« Und da sie wiederum sich sträubte, nickte er einem hübschen, braunlockigen Jungen zu, der am unteren Ende des Tisches saß. »He, du Gründling«, rief er, »meinst du, ich weiß nicht, wer gestern zwei Stunden nach uns aus der roten Laterne unter Deck gekrochen ist?«

Die hellen Flammen schlugen dem armen Weibe ins Gesicht; sie wehrte sich nicht mehr, sie sah nur hülfesuchend um sich! Aber es rührte sich keine Hand; der junge hübsche Bursche schmunzelte nur und sah vor sich in sein Glas.

Aus einer unbesetzten Ecke des Zimmers hatte bisher der zuletzt erschienene Gast dem allen mit gleichgültigen Augen zugesehen; und wenn er jetzt die Faust erhob und dröhnend vor sich auf die Tischplatte schlug, so schien auch dieses nur mehr wie aus früherer Gewohnheit, bei solchem Anlaß nicht den bloßen Zuschauer abzugeben. »Auch mir ein Glas!« rief er, und es klang fast, als ob er Händel suche.

Drüben war alles von den Sitzen aufgesprungen. »Wer ist das? Der will wohl unser Bowiemesser schmecken? Werft ihn hinaus! Goddam, was will der Kerl?«

»Nur auch ein Glas!« sagte der andre ruhig. »Laßt euch nicht stören! Haben, denk ich, hier wohl alle Platz!«

Die drüben waren endlich doch auch dieser Meinung und blieben an ihrem Tische; aber das Frauenzimmer hatte dabei Gelegenheit gefunden, sich zu befreien, und trat jetzt an den

Tisch des neuen Gastes. »Was soll es sein?« frug sie höflich; aber als er ihr Bescheid gab, schien sie es kaum zu hören; er sah verwundert, wie ihre Augen starr und doch wie abwesend auf ihn gerichtet waren und wie sie noch immer vor ihm stehen blieb.

»Kennen Sie mich?« sagte er und warf mit rascher Bewegung seinen Kopf zurück, so daß der Schein der Deckenlampe auf sein Antlitz fiel.

Das Weib tat einen tiefen Atemzug, und die Gläser, die sie in der Hand hielt, schlugen hörbar aneinander: »Verzeihen Sie«, sagte sie ängstlich; »Sie sollen gleich bedient werden.«

Er blickte ihr nach, wie sie durch eine Seitentür hinausging; der Ton der wenigen Worte, welche sie zu ihm gesprochen, war ein so anderer gewesen, als den er vorhin von ihr gehört hatte; langsam hob er den Arm und stützte seinen Kopf darauf; es war, als ob er mit allen Sinnen in eine weite Ferne denke. Es hätte ihm endlich auffallen müssen, daß seine Bestellung noch immer nicht ausgeführt sei; aber er dachte nicht daran. Plötzlich, während am andern Tisch die Karten mit den Würfeln wechselten, erhob er sich. Wäre die Aufmerksamkeit der übrigen Gäste auf ihn statt auf das neue Spiel gerichtet gewesen, er wäre sicher ihrem Hohne nicht entgangen; denn der hohe kräftige Mann zitterte sichtbar, als er jetzt mit auf den Tisch gestemmten Händen dastand.

Aber es war nur für einige Augenblicke; dann verließ er das Zimmer durch dieselbe Tür, durch welche vorhin die Aufwärterin hinausgegangen war. Ein dunkler Gang führte ihn in eine große Küche, welche durch eine an der Wand hängende Lampe nur kaum erhellt wurde. Hastig war er eingetreten; seine raschen Augen durchflogen den vor ihm liegenden wüsten Raum; und dort stand sie, die er suchte; wie unmächtig, die leeren Gläser noch in den zusammengefalteten Händen, lehnte sie gegen die Herdmauer. Einen Augenblick noch, dann trat er zu ihr: »Wieb!« rief er; »Wiebchen, kleines Wiebchen!«

Es war eine rauhe Männerstimme, die diese Worte rief und jetzt verstummte, als habe sie allen Odem an sie hingegeben.

Und doch, über das verblühte Antlitz des Weibes flog es wie ein Rosenschimmer, und während zugleich die Gläser klirrend auf den Boden fielen, entstieg ein Aufschrei ihrer Brust; wer hätte sagen mögen, ob es Leid, ob Freude war. »Heinz!« rief sie, »Heinz, du bist es; oh, sie sagten, du seist es nicht.«

Ein finstres Lächeln zuckte um den Mund des Mannes: »Ja, Wieb; ich wußt's wohl schon vorher; ich hätte nicht mehr kommen sollen. Auch dich – das alles war ja längst vorbei – ich wollte dich nicht wiedersehen, nichts von dir hören, Wieb; ich biß die Zähne aufeinander, wenn dein Name nur darüber wollte. Aber – gestern abend – es war wieder einmal Jahrmarkt drüben – wie als Junge hab ich mir ein Boot gestohlen; ich mußte, es ging nicht anders; vor jeder Bude, auf allen Tanzböden hab ich dich gesucht; ich war ein Narr, ich dachte, die alte Möddersch lebe noch; o süße kleine Wieb, ich dacht wohl nur an dich; ich wußte selbst nicht, was ich dachte!« Seine Stimme bebte, seine Arme streckten sich weit geöffnet ihr entgegen.

Aber sie warf sich nicht hinein; nur ihre Augen blickten traurig auf ihn hin: »O Heinz!« rief sie; »du bist es! Aber ich, ich bin's nicht mehr! – Du bist zu spät gekommen, Heinz!«

Da riß er sie an sich und ließ sie wieder los und streckte beide Arme hoch empor: »Ja, Wieb, das sind auch nicht mehr die unschuldigen Hände, womit ich damals dir die roten Äpfel stahl; by Jove, das schleißt, so siebzehn Jahre unter diesem Volk!«

Sie war neben dem Herde auf die Knie gesunken: »Heinz«, murmelte sie, »o Heinz, die alte Zeit!«

Wie verlegen stand er neben ihr; dann aber bückte er sich und ergriff die eine ihrer Hände, und sie duldete es still.

»Wieb«, sagte er leise, »wir wollen sehen, daß wir uns wiederfinden, du und ich!«

Sie sagte nichts; aber er fühlte eine Bewegung ihrer Hand, als ob sie schmerzlich in der seinen zucke.

Von der Schenkstube her erscholl ein wüstes Durcheinander; Gläser klirrten, mitunter dröhnte ein Faustschlag. »Kleine Wieb«, flüsterte er wieder, »wollen wir weit von all den bösen Menschen fort?«

Sie hatte den Kopf auf den steinernen Herd sinken lassen und stöhnte schmerzlich. Da wurden schlurfende Schritte in dem Gange hörbar, und als Heinz sich wandte, stand ein Betrunkener in der Tür; es war derselbe Mensch mit dem schlaffen gemeinen Antlitz, den er vorhin unter den andern Schiffern schon bemerkt hatte. Er hielt sich an dem Türpfosten, und seine Augen schienen, ohne zu sehen, in dem dämmerigen Raum umherzustarren. »Wo bleibt der Grog!« stammelte er. »Sechs neue Gläser. Der rote Jakob flucht nach seinem Grog!«

Der Trunkene hatte sich wieder entfernt; sie hörten die Tür der Schenkstube hinter ihm zufallen.

»Wer war das?« frug Heinz.

Wieb erhob sich mühsam. »Mein Mann«, sagte sie; »er fährt als Matrose auf England; ich diene bei meinem Stiefvater hier als Schenkmagd.«

Heinz sagte nichts darauf; aber seine Hand fuhr nach der behaarten Brust, und es war, als ob er gewaltsam etwas von seinem Nacken reiße. »Siehst du«, sagte er tonlos und hielt einen kleinen Ring empor, von dem die Enden einer zerrissenen Schnur herabhingen, »da ist auch noch das Kinderspiel! Wär's Gold gewesen, er wär so lang wohl nicht bei mir geblieben. Aber auch sonst – ich weiß nicht, war's um dich? Es war wohl nur ein Aberglaube, weil's doch noch das letzte Stück von Hause war.«

Wieb stand ihm gegenüber, und er sah, wie ihre Lippen sich bewegten.

»Was sagst du?« frug er.

Aber sie antwortete nicht; es war nur, als flehten ihre Augen um Erbarmen. Dann wandte sie sich und machte sich daran, wie es ihr befohlen war, den heißen Trank zu mischen. Nur einmal stockte sie in ihrer Arbeit, als ein feiner Metallklang auf dem steinernen Fußboden ihr Ohr getroffen hatte. Aber sie wußte es, sie brauchte nicht erst umzusehen; was sollte er denn jetzt noch mit dem Ringe!

Heinz hatte sich auf einen hölzernen Stuhl gesetzt und sah schweigend zu ihr hinüber; sie hatte das Feuer geschürt, und die Flammen lohten und warfen über beide einen roten Schein. Als sie fortgegangen war, saß er noch da; endlich sprang er auf und trat in den Gang, der nach der Schenkstube führte. »Ein Glas Grog; aber ein festes!« rief er, als Wieb ihm von dort her aus der Tür entgegen kam; dann setzte er sich wieder allein an seinen Tisch. Bald darauf kam Wieb und stellte das Glas vor ihm hin, und noch einmal sah er zu ihr auf; »Wieb, kleines Wiebchen!« murmelte er, als sie fortgegangen war; dann trank er, und als das Glas leer war, rief er nach einem neuen, und als sie es schweigend brachte, ließ er es, ohne aufzusehen, vor sich hinstellen.

Am andern Tische lärmten sie und kümmerten sich nicht mehr um den einsamen Gast; eine Stunde der Nacht schlug nach der andern, ein Glas nach dem andern trank er; nur wie durch einen Nebel sah er mitunter das arme schöne Antlitz des ihm verlorenen Weibes, bis er endlich dennoch nach den andern fortging und dann spät am Vormittag mit wüstem Kopf in seinem Bett erwachte.

In der Kirchschen Familie war es schon kein Geheimnis mehr, in welchem Hause Heinz diesmal seine Nacht verbracht hatte. Das Mittagsmahl war, wie am gestrigen Tage, schweigend eingenommen; jetzt am Nachmittage saß Hans Adam Kirch in seinem Kontor und rechnete. Zwar lag unter den Schiffen im Hafen auch das seine, und die Kohlen, die es von England gebracht hatte, wurden heut gelöscht, wobei Hans Adam niemals sonst zu fehlen pflegte; aber diesmal hatte er seinen Tochtermann geschickt; er hatte Wichtigeres zu tun: er rechnete, er summierte und subtrahierte, er wollte wissen, was ihm dieser Sohn, den er sich so unbedacht zurückgeholt hatte, oder – wenn es nicht sein Sohn war – dieser Mensch noch kosten dürfe. Mit rascher Hand tauchte er seine Feder ein und schrieb seine Zahlen nieder; Sohn oder nicht, das stand ihm fest, es mußte jetzt ein Ende haben. Aber freilich – und seine Feder stockte einen Augenblick – um weniges würde er ja schwerlich gehen; und – wenn es dennoch Heinz wäre, den Sohn durfte er mit wenigem nicht gehen heißen. Er hatte sogar daran gedacht, ihm ein für allemal das Pflichtteil seines Erbes auszuzahlen; aber die gerichtliche Quittung, wie war die zu beschaffen? denn sicher mußte es doch gemacht werden, damit er nicht noch einmal wiederkomme. Er warf die Feder hin, und der Laut, der an den Zähnen ihm verstummte, klang beinahe wie ein Lachen: es war ja aber nicht sein Heinz! Der Justizrat, der verstand es doch; und der alte Hinrich Jakobs trug seinen Anker noch mit seinen achtzig Jahren!

Hans Kirch streckte die Hand nach einer neben ihm liegenden Ledertasche aus; langsam öffnete er sie und nahm eine Anzahl Kassenscheine von geringem Werte aus derselben. Nachdem er sie vor sich ausgebreitet und dann einen Teil und nach einigem Zögern noch einen Teil davon in die Ledertasche zurückgelegt hatte, steckte er die übrigen in ein bereitgehaltenes Kuvert; er hatte genau die mäßige Summe abgewogen.

Er war nun fertig; aber noch immer saß er da, mit herabhängendem Unterkiefer, die müßigen Hände an den Tisch geklammert. Plötzlich fuhr er auf, seine grauen Augen öffneten sich weit: »Hans! Hans!« hatte es gerufen; hier im leeren Zimmer, wo, wie er jetzt bemerkte, schon die Dämmerung in allen Winkeln lag. Aber er besann sich; nur seine eigenen Gedanken waren über ihn gekommen; es war nicht jetzt, es war schon viele Jahre her, daß ihn diese Stimme so gerufen hatte. Und dennoch, als ob er widerwillig einem außer sich Gehorsam leiste, öffneten seine Hände noch einmal die Ledertasche und nahmen zögernd eine Anzahl großer Kassenscheine aus derselben. Aber mit jedem einzelnen, den Hans Adam jetzt der vorher bemessenen kleinen Summe zugesellte, stieg sein Groll gegen den, der dafür Heimat und Vaterhaus an ihn verkaufen sollte; denn was zum Ausbau lang gehegter Lebenspläne hatte dienen sollen, das mußte er jetzt hinwerfen, nur um die letzten Trümmer davon wegzuräumen.

– – Als Heinz etwa eine Stunde später, von einem Gange durch die Stadt zurückkehrend, die Treppe nach dem Oberhaus hinaufging, trat gleichzeitig Hans Adam unten aus seiner Zimmertür und folgte ihm so hastig, daß beide fast miteinander in des Sohnes Kammer traten. Die Magd, welche oben auf dem Vorplatz arbeitete, ließ bald beide Hände ruhen; sie wußte es ja wohl, daß zwischen Sohn und Vater nicht alles in Ordnung war, und drinnen hinter der geschlossenen Tür schien es jetzt zu einem heftigen Gespräch zu kommen. – Aber nein, sie hatte sich getäuscht, es war nur immer die alte Stimme, die sie hörte; und immer lauter und drohender klang es, obgleich von der andern Seite keine Antwort darauf erfolgte; aber vergebens strengte sie sich an, von dem Inhalte etwas zu verstehen; sie hörte drinnen den offenen Fensterflügel im Winde klappern, und ihr war, als würden die noch immer heftiger hervorbrechenden Worte dort in die dunkle Nacht hinaus geredet. Dann endlich wurde es still; aber zugleich sprang die Magd, von der aufgestoßenen Kammertür getroffen, mit einem Schrei zur Seite und sah ihren gefürchteten Herrn mit wirrem Haar und wild blickenden Augen die Treppe hinabstolpern, und hörte, wie die Kontortür aufgerissen und wieder zugeschlagen wurde.

Bald danach trat auch Heinz aus seiner Kammer; als er unten im Flur der Schwester begegnete, ergriff er fast gewaltsam ihre beiden Hände und drückte sie so heftig, daß sie verwundert zu ihm aufblickte; als sie aber zu ihm sprechen wollte, war er schon draußen auf der Gasse. Er kam auch nicht zur Abendmahlzeit; aber als die Bürgerglocke läutete, stieg er die Treppe wieder hinauf und ging in seine Kammer.

– – Am andern Morgen in der Frühe stand Heinz vollständig angekleidet droben vor dem offenen Fenster; die scharfe Luft strich über ihn hin, aber es schien ihm wohlzutun; fast mit Andacht schaute er auf alles, was, wie noch im letzten Hauch der Nacht, dort unten vor ihm ausgebreitet lag. Wie bleicher Stahl glänzte die breitere Wasserstraße zwischen dem Warder und der Insel drüben, während auf dem schmaleren Streifen zwischen jenem und dem Festlandsufer schon der bläulichrote Frühschein spielte. Heinz betrachtete das alles; doch nicht lange stand er so; bald trat er an einen Tisch, auf welchem das Kuvert mit den so widerwillig abgezählten Kassenscheinen noch an derselben Stelle lag, wo es Hans Kirch am Abende vorher gelassen hatte.

Ein bitteres Lächeln umflog seinen Mund, während er den Inhalt hervorzog und dann, nachdem er einige der geringeren Scheine an sich genommen hatte, das übrige wieder an seine Stelle brachte. Mit einem Bleistift, den er auf dem Tische fand, notierte er die kleine Summe, welche er herausgenommen hatte, unter der größeren, die auf dem Kuvert verzeichnet stand; dann, als er ihn schon fortgelegt hatte, nahm er noch einmal den Stift und schrieb darunter: »Thanks for the alms and farewell for ever.« Er wußte selbst nicht, warum er das nicht auf deutsch geschrieben hatte.

Leise, um das schlafende Haus nicht zu erwecken, nahm er sein Reisegepäck vom Boden; noch leiser schloß er unten im Flur die Tür zur Straße auf, als er jetzt das Haus verließ.

In einer Nebengasse hielt ein junger Bursche mit einem einspännigen Gefährte; das bestieg er und fuhr damit zur Stadt hinaus. Als sie auf die Höhe des Hügelzuges gelangt waren, von wo aus man diese zum letzten Male erblicken kann, wandte er sich um und schwenkte dreimal seine Mütze. Dann ging's im Trabe in das weite Land hinaus.

Aber einer im Kirchschen Hause war dennoch mit ihm wach gewesen. Hans Kirch hatte schon vor dem Morgengrauen aufrecht in seinem Bett gesessen; mit jedem Schlage der

Turmuhr hatte er schärfer hingehorcht, ob nicht ein erstes Regen in dem Oberhause hörbar werde. Nach langem Harren war ihm gewesen, als würde dort ein Fensterflügel aufgestoßen; aber es war wieder still geworden, und die Minuten dehnten sich und wollten nicht vorüber. Sie gingen dennoch; und endlich vernahm er das leise Knarren einer Tür, es kam die Treppe in den Flur hinab, und jetzt – er hörte es deutlich, wie sich der Schlüssel in dem Schloß der Haustür drehte. Er wollte aufspringen; aber nein, er wollte es ja nicht; mit aufgestemmten Armen blieb er sitzen, während nun draußen auf der Straße kräftige Mannestritte laut wurden und nach und nach in unhörbare Ferne sich verloren.

Als das übrige Haus allmählich in Bewegung kam, stand er auf und setzte sich zu seinem Frühstück, das ihm, wie jeden Morgen, im Kontor bereitgestellt war. Dann griff er nach seinem Hute – einen Stock hatte er als alter Schiffer bis jetzt noch nicht gebraucht – und ging, ohne seine Hausgenossen gesehen zu haben, an den Hafen hinab, wo er seinen Schwiegersohn bereits mit der Leitung des Löschens beschäftigt fand. Diesem von den letzten Vorgängen etwas mitzuteilen, schien er nicht für nötig zu befinden; aber er sandte ihn nach dem Kohlenschuppen und gab ihm Aufträge in die Stadt, während er selber hier am Platze blieb. Wortkarg und zornig erteilte er seine Befehle; es hielt schwer, ihm heute etwas recht zu machen, und wer ihn ansprach, erhielt meist keine Antwort; aber es geschah auch bald nicht mehr, man kannte ihn ja schon.

Kurz vor Mittag war er wieder in seinem Zimmer. Wie aus unwillkürlichem Antrieb hatte er hinter sich die Tür verschlossen; aber er saß kaum in seinem Lehnstuhl, als von draußen Frau Linas Stimme dringend Einlaß begehrte. Unwirsch stand er auf und öffnete. »Was willst du?« frug er, als die Tochter zu ihm eingetreten war.

»Schelte mich nicht, Vater«, sagte sie bittend; »aber Heinz ist fort, auch sein Gepäck; oh, er kommt niemals wieder!«

Er wandte den Kopf zur Seite: »Ich weiß das, Lina; darum hättst du dir die Augen nicht dick zu weinen brauchen.«

»Du weißt es, Vater?« wiederholte sie und sah ihn wie versteinert an.

Hans Kirch fuhr zornig auf: »Was stehst du noch? Die Komödie ist vorbei; wir haben gestern miteinander abgerechnet.«

Aber Frau Lina schüttelte nur ernst den Kopf. »Das fand ich oben auf seiner Kammer«, sagte sie und reichte ihm das Kuvert mit den kurzen Abschiedsworten und dem nur kaum verkürzten Inhalt. »O Vater, er war es doch! Er ist es doch gewesen!«

Hans Kirch nahm es; er las auch, was dort geschrieben stand; er wollte ruhig bleiben, aber seine Hände zitterten, daß aus der offenen Hülle die Scheine auf den Fußboden hinabfielen.

Als er sie eben mit Linas Hülfe wieder zusammengerafft hatte, wurde an die Tür gepocht, und ohne die Aufforderung dazu abzuwarten, war eine blasse Frau hereingetreten, deren erregte Augen ängstlich von dem Vater zu der Tochter flohen.

»Wieb!« rief Frau Lina und trat einen Schritt zurück.

Wieb rang nach Atem. »Verzeihung!« murmelte sie. »Ich mußte; Ihr Heinz ist fort; Sie wissen es vielleicht nicht; aber der Fuhrmann sagte es, er wird nicht wiederkommen, niemals!«

»Was geht das dich an!« fiel ihr Hans Kirch ins Wort.

Ein Laut des Schmerzes stieg aus ihrer Brust, daß Linas Augen unwillkürlich voll Mitleid auf diesem einst so holden Antlitz ruhten. Aber Wieb hatte dadurch wieder Mut gewonnen. »Hören Sie mich!« rief sie. »Aus Barmherzigkeit mit Ihrem eigenen Kinde! Sie meinen, er sei es nicht gewesen; aber ich weiß es, daß es niemand anders war! Das«, und sie zog die Schnur mit dem kleinen Ringe aus ihrer Tasche, »es ist ja einerlei nun, ob ich's sage – das gab ich ihm, da wir noch halbe Kinder waren; denn ich wollte, daß er mich nicht vergesse! Er hat's auch wieder heimgebracht und hat es gestern vor meinen Augen in den Staub geworfen.«

Ein Lachen, das wie Hohn klang, unterbrach sie. Hans Kirch sah sie mit starren Augen an: »Nun, Wieb, wenn's denn dein Heinz gewesen ist, es ist nicht viel geworden aus euch beiden.«

Aber sie achtete nicht darauf, sie hatte sich vor ihm hingeworfen. »Hans Kirch!« rief sie und faßte beide Hände des alten Mannes und schüttelte sie. »Ihr Heinz, hören Sie es nicht? Er geht ins Elend, er kommt niemals wieder! Vielleicht – o Gott, sei barmherzig mit uns allen! Es ist noch Zeit vielleicht!«

Auch Lina hatte sich jetzt neben ihr geworfen; sie scheute es nicht mehr, sich mit dem armen Weibe zu vereinigen. »Vater«, sagte sie und streichelte die eingesunkenen Wangen des harten Mannes, der jetzt dies alles über sich ergehen ließ, »du sollst diesmal nicht allein reisen, ich reise mit dir; er muß ja jetzt in Hamburg sein; oh, ich will nicht ruhen, bis ich ihn gefunden habe, bis wir ihn wieder hier in unsern Armen halten! Dann wollen wir es besser machen, wir wollen Geduld mit ihm haben; oh, wir hatten sie nicht, mein Vater! Und sag nur nicht, daß du nicht mit uns leidest, dein bleiches Angesicht kann doch nicht lügen! Sprich nur ein Wort, Vater, befiehl mir, daß ich den Wagen herbestelle, ich will gleich selber laufen, wir haben ja keine Zeit mehr zu verlieren!« Und sie warf den Kopf an ihres Vaters Brust und brach in lautes Schluchzen aus.

Wieb war aufgestanden und hatte sich bescheiden an die Tür gestellt; ihre Augen sahen angstvoll auf die beiden hin.

Aber Hans Kirch saß wie ein totes Bild; sein jahrelang angesammelter Groll ließ ihn nicht los; denn erst jetzt, nach diesem Wiedersehen mit dem Heimgekehrten, war in der grauen Zukunft keine Hoffnung mehr für ihn. »Geht!« sagte er endlich, und seine Stimme klang so hart wie früher; »mag er geheißen haben, wie er will, der diesmal unter meinem Dach geschlafen hat; mein Heinz hat schon vor siebzehn Jahren mich verlassen.«

Für fremde Augen mochte es immerhin den Anschein haben, als ob Hans Kirch auch jetzt noch in gewohnter Weise seinen mancherlei Geschäften nachgehe; in Wirklichkeit aber hatte er das Steuer mehr und mehr in die Hand des jüngern Teilhabers der Firma übergehen lassen; auch aus dem städtischen Kollegium war er, zur stillen Befriedigung einiger ruheliebenden Mitglieder, seit kurzer Zeit geschieden; es drängte ihn nicht mehr, in den Gang der kleinen Welt, welche sich um ihn her bewegte, einzugreifen.

Seit wieder die ersten scharfen Frühlingslüfte wehten, konnte man ihn oft auf der Bank vor seinem Hause sitzen sehen, trotz seiner jetzt fast weißen Haare als alter Schiffer ohne jede Kopfbedeckung. – Eines Morgens kam ein noch weißerer Mann die Straße hier herab und setzte sich, nachdem er näher getreten war, ohne weiteres an seine Seite. Es war ein früherer Ökonom des Armenhauses, mit dem er als Stadtverordneter einst manches zu verhandeln gehabt hatte; der Mann war später in gleicher Stellung an einen andern Ort gekommen, jetzt aber zurückgekehrt, um hier in seiner Vaterstadt seinen Alterspfennig zu verzehren. Es schien ihn nicht zu stören, daß das Antlitz seines früheren Vorgesetzten ihn keineswegs willkommen hieß; er wollte ja nur plaudern, und er tat es um so reichlicher, je weniger er unterbrochen wurde; und eben jetzt geriet er an einen Stoff, der unerschöpflicher als jeder andere schien. Hans Kirch hatte Unglück mit den Leuten, die noch weißer als er selber waren; wo sie von Heinz sprechen sollten, da sprachen sie von sich selber, und wo sie von allem andern sprechen konnten, da sprachen sie von Heinz. Er wurde unruhig und suchte mit schroffen Worten abzuwehren; aber der geschwätzige Greis schien nichts davon zu merken. »Ja, ja; ei du mein lieber Herrgott!« fuhr er fort, behaglich in seinem Redestrome weiterschwimmend; »der Hasselfritze und der Heinz, wenn ich an die beiden Jungen denke, wie sie sich einmal die großen Anker in die Arme brannten! Ihr Heinz, ich hörte wohl, der mußte vor dem Doktor liegen; den Hasselfritze aber hab ich selber mit dem Hasselstock kuriert.«

Er lachte ganz vergnüglich über sein munteres Wortspiel; Hans Kirch aber war plötzlich aufgestanden und sah mit offenem Munde gar grimmig auf ihn herab. »Wenn Er wieder schwatzen will, Fritz Peters«, sagte er, »so suche Er sich eine andere Bank; da drüben bei dem jungen Doktor steht just eine hagelneue!«

Er war ins Haus gegangen und wanderte in seinem Zimmer hin und wider; immer tiefer sank sein Kopf zur Brust hinab, dann aber erhob er ihn allmählich wieder. Was hatte er denn eigentlich vorhin erfahren? Daß der Hasselfritze ebenfalls das Ankerzeichen hätte haben müssen? Was war's denn weiter? – Welchen Gast er von einem Sonntag bis zum andern oder ein paar Tage noch länger bei sich beherbergt hatte, darüber brauchte ihn kein anderer aufzuklären.

Und auch dieser Tag ging vorüber, und die dann kamen, nahmen ihren gleichmäßigen Verlauf. – Im Oberhause wurde ein Kind geboren; der Großvater frug, ob es ein Junge sei; es war ein Mädchen, und er sprach dann nicht mehr darüber. Aber was hätte es ihm auch geholfen, wenn es ein künftiger Christian oder günstigen Falles ein Hans Martens gewesen wäre! Nur die Unruhe, die jetzt oft nächtens über seinem Kopfe in dem Schlafzimmer des jungen Paares herrschte, störte ihn.

Eines Abends, da es schon Herbst geworden – es jährte sich grade mit der Abreise seines Sohnes –, war Hans Kirch wie gewöhnlich mit dem Schlage zehn in seine nach der Hofseite belegene Schlafkammer getreten. Es war die Zeit der Äquinoktialstürme, und hier hinaus hörte man die ganze Gewalt des Wetters; bald heulte es in den obersten Luftschichten, bald fuhr es herab und tobte gegen die kleinen Fensterscheiben. Hans Kirch hatte seine silberne Taschenuhr hervorgezogen, um sie wie jeden Abend, aufzuziehen; aber er stand noch immer mit dem Schlüssel in der Hand, hinaushorchend in die wilde Nacht.

Das Balken- und Sparrenwerk des neuen Daches krachte, als ob es aus den Fugen solle; aber er hörte es nicht; seine

Gedanken fuhren draußen mit dem Sturm. »Südsüdwest!« murmelte er vor sich hin, während er den Uhrschlüssel in die Tasche steckte und die Uhr unaufgezogen über seinem Bette an den Haken hing. – Wer jetzt auf See war, hatte keine Zeit zum Schlafen; aber er war ja seit lange nicht mehr auf See; er wollte schlafen, wie er es bei manchem Sturm hier schon getan hatte; die Stürme kamen ja allemal im Äquinoktium, er hatte sie so manches Mal gehört.

Aber es mußte heute noch etwas anderes dabeisein; Stunden waren schon vergangen, und noch immer lag er wach in seinen Kissen. Ihm war, als könne er Hunderte von Meilen weit hinaushorchen nach einem klippenvollen Küstenwasser des Mittelländischen Meeres, das er in seiner Jugend als Matrose einst befahren hatte; und als endlich ihm die Augen zugefallen waren, riß er gleich darauf mit Gewalt sich wieder empor; denn ganz deutlich hatte er ein Schiff gesehen, ein Vollschiff mit gebrochenen Masten, das von turmhohen Wellen auf und ab geschleudert wurde. Er suchte sich völlig zu ermuntern, aber wieder drückte es ihm die Augen zu, und wiederum erkannte er das Schiff; deutlich sah er zwischen Bugspriet und Vordersteven die Gallion, eine weiße mächtige Fortuna, bald in der schäumenden Flut versinken, bald wieder stolz emportauchen, als ob sie Schiff und Mannschaft über Wasser halten wolle. Dann plötzlich hörte er einen Krach; er fuhr jäh empor und fand sich aufrecht in seinem Bette sitzend.

Alles um ihn her war still, er hörte nichts; er wollte sich besinnen, ob es nicht eben vorher noch laut gestürmt habe; da überfiel es ihn, als sei er nicht allein in seiner Kammer; er stützte beide Hände auf die Bettkanten und riß weit die Augen auf. Und – da war es, dort in der Ecke stand sein Heinz; das Gesicht sah er nicht, denn der Kopf war gesenkt, und die Haare, die von Wasser trieften, hingen über die Stirn herab; aber er erkannte ihn dennoch – woran, das wußte er nicht und frug er sich auch nicht. Auch von den Kleidern und von den herabhängenden Armen troff das Wasser; es floß immer mehr herab und bildete einen breiten Strom nach seinem Bette zu.

Hans Kirch wollte rufen, aber er saß wie gelähmt mit seinen aufgestemmten Armen; endlich brach ein lauter Schrei aus seiner Brust, und gleich darauf auch hörte er es über sich in der Schlafkammer der jungen Leute poltern, und auch den Sturm hörte er wieder, wie er grimmig an den Pfosten seines Hauses rüttelte.

Als bald danach sein Schwiegersohn mit Licht hereintrat, fand dieser ihn in seinen Kissen zusammengesunken. »Wir hörten Euch schreien«, frug er, »was ist Euch, Vater?«

Der Alte sah starr nach jener Ecke. »Er ist tot«, sagte er, »weit von hier.«

– »Wer ist tot, Vater? Wen meint Ihr? Meint Ihr Eueren Heinz?«

Der Alte nickte. »Das Wasser«, sagte er; »geh da fort, du stehst ja mitten in dem Wasser!«

Der Jüngere fuhr mit dem Lichte gegen den Fußboden: »Hier ist kein Wasser, Vater, Ihr habt nur schwer geträumt.«

»Du bist kein Seemann, Christian; was weißt du davon!« sagte der Alte heftig. »Aber ich weiß es, so kommen unsere Toten.«

»Soll ich Euch Lina schicken, Vater?« frug Christian Martens wieder.

»Nein, nein, sie soll bei ihrem Kinde bleiben; geh nur, laß mich allein!«

Der Schwiegersohn war mit dem Lichte fortgegangen, und Hans Kirch saß im Dunkeln wieder aufrecht in seinem Bette; er streckte zitternd die Arme nach jener Ecke, wo eben noch sein Heinz gestanden hatte; er wollte ihn noch einmal sehen, aber er sah vergebens in undurchdringliche Finsternis.

– – Es ging schon in den Vormittag, als Frau Lina, da sie unten in die Stube trat, das Frühstück ihres Vaters unberührt fand; als sie dann in die Schlafkammer ging, lag er noch in seinem Bette; er konnte nicht aufstehen, denn ein Schlaganfall hatte ihn getroffen, freilich nur an der einen Seite und ohne ihn am Sprechen zu behindern. Er verlangte nach seinem alten Arzte, und die Tochter lief selbst nach dem Hause des Justizrats und stand bald wieder zugleich mit diesem an des Vaters Lager.

Es war nicht gar so schlimm, es würde wohl so vorübergehen, lautete dessen Ausspruch. Aber Hans Kirch hörte kaum darauf; mehr als bei seiner Krankheit waren seine Gedanken bei den Vorgängen der verflossenen Nacht; Heinz hatte sich gemeldet, Heinz war tot, und der Tote hatte alle Rechte, die er noch eben dem Lebenden nicht mehr hatte zugestehen wollen.

Als Frau Lina es ihm ausreden wollte, berief er sich eifrig auf den Justizrat, der ja seit Jahr und Tag in manches Seemannshaus gekommen sei.

Der Justizrat suchte zu beschwichtigen: »Freilich«, fügte er hinzu, »wir Ärzte kennen Zustände, wo die Träume selbst am hellen Werktag das Gehirn verlassen und dem Menschen leibhaftig in die Augen schauen.«

Hans Kirch warf verdrießlich seinen Kopf herum: »Das ist mir zu gelehrt, Doktor; wie war's denn damals mit dem Sohn des alten Rickerts?«

Der Arzt faßte den Puls des Kranken. »Es trifft, es trifft auch nicht«, sagte er bedächtig; »das war der ältere Sohn; der jüngere, der sich auch gemeldet haben sollte, fährt noch heute seines Vaters Schiff.«

Hans Kirch schwieg; er wußte es doch besser als alle andern, was weit von hier in dieser Nacht geschehen war.

Wie der Arzt es vorhergesagt hatte, so geschah es. Nach einigen Wochen konnte der Kranke das Bett und allmählich auch das Zimmer, ja sogar das Haus verlassen; nur bedurfte er dann, gleich seiner Schwester, eines Krückstockes, den er bisher verschmäht hatte. Von seinem früheren Jähzorn schien meist nur eine weinerliche Ungeduld zurückgeblieben; wenn es ihn aber einmal wie vordem überkam, dann brach er hinterher erschöpft zusammen.

Als es Sommer wurde, verlangte er aus der Stadt hinaus, und Frau Lina begleitete ihn mehrmals auf dem hohen Uferwege um die Bucht, von wo er nicht nur die Inseln, sondern ostwärts auch auf das freie Wasser sehen konnte. Da das Ufer an mehreren Stellen tief und steil gegen den Strand hinabfällt, so wagte man ihn hier nicht allein zu lassen und gab ihm zu andern Malen, wenn die Tochter keine Zeit hatte, einen der Arbeiter oder sonst eine andere sichere Person zur Seite.

-- Auf den Sommer war der Herbst gefolgt, und es war um die Zeit, da Heinzens kurze Einkehr in das Elternhaus zum zweiten Mal sich jährte. Hans Kirch saß auf einem sandigen Vorsprunge des steilen Ufers und ließ die Nachmittagssonne seinen weißen Kopf bescheinen, während er die Hände vor sich auf seinen Stock gefaltet hielt und seine Augen über die glatte See hinausstarrten. Neben ihm stand ein Weib, anscheinend in gleicher Teilnahmlosigkeit, welche den Hut des alten Mannes in der herabhängenden Hand hielt. Sie mochte kaum über dreißig Jahre zählen; aber nur ein schärferes Auge hätte in diesem Antlitz die Spuren einer früh zerstörten Anmut finden können. Sie schien nichts davon zu hören, was der alte Schiffer, ohne sich zu rühren, vor sich hin sprach; es war auch nur ein Flüstern, als ob er es den leeren Lüften anvertraue; allmählich aber wurde es lauter: »Heinz, Heinz!« rief er. »Wo ist Heinz Kirch geblieben?« Dann wieder bewegte er langsam seinen Kopf: »Es ist auch einerlei, denn es kennt ihn keiner mehr.«

Da seufzte das Weib an seiner Seite, daß er sich wandte und zu ihr aufsah. Als sie das blasse Gesicht zu ihm niederbeugte, suchte er ihre Hand zu fassen: »Nein, nein, Wieb, du – du kanntest ihn; dafür« – und er nickte vertraulich zu ihr auf – »bleibst du auch bei mir, so lang ich lebe; und auch nachher – ich habe in meinem Testament das festgemacht; es ist nur gut, daß dein Taugenichts von Mann sich totgetrunken.«

Als sie nicht antwortete, wandte er seinen Kopf wieder ab, und seine Augen folgten einer Möwe, die vom Strande über das Wasser hinausflog. »Und dort«, begann er wieder, und seine Stimme klang jetzt ganz munter, während er mit seinem Krückstock nach dem Warder zeigte, »da hat er damals dich herumgefahren? Und dann schalten sie vom Schiff herüber?« – Und als sie schweigend zu ihm herabnickte, lachte er leise vor sich hin. Aber bald verfiel er wieder in sein Selbstgespräch, während seine Augen vor ihm in die große Leere starrten. »Nur in der Ewigkeit, Heinz! Nur in der Ewigkeit!« rief er, in plötzliches Weinen ausbrechend, und streckte zitternd beide Arme nach dem Himmel.

Aber seine laut gesprochenen Worte erhielten diesmal eine Antwort. »Was haben wir Menschen mit der Ewigkeit zu schaffen?« sprach eine heisere Stimme neben ihm. Es war ein herabgekommener Tischler, den sie in der Stadt den »Sozialdemokraten« nannten; er glaubte ein Loch in seinem Christenglauben entdeckt zu haben und pflegte nun nach Art geringer Menschen gegen andere damit zu trotzen.

Mit einer raschen Bewegung, die weit über die Kraft des gebrochenen Mannes hinauszugehen schien, hatte Hans Kirch sich zu dem Sprechenden gewandt, der mit verschränkten Armen stehen blieb. »Du kennst mich wohl nicht, Jürgen Hans?« rief er, während der ganze arme Leib ihm zitterte. »Ich bin Hans Kirch, der seinen Sohn verstoßen hat, zweimal! Hörst du es, Jürgen Hans? Zweimal hab ich meinen Heinz verstoßen, und darum hab ich mit der Ewigkeit zu schaffen!«

Der andere war dicht an ihn herangetreten. »Das tut mir leid, Herr Kirch«, sagte er und wog ihm trocken jedes seiner Worte zu; »die Ewigkeit ist in den Köpfen alter Weiber!«

Ein fieberhafter Blitz fuhr aus den Augen des greisen Mannes. »Hund!« schrie er, und ein Schlag des Krückstocks pfiff jäh am Kopf des anderen vorüber.

Der Tischler sprang zur Seite, dann stieß er ein Hohngelächter aus und schlenderte den Weg zur Stadt hinab.

Aber die Kraft des alten Mannes war erschöpft; der Stock entfiel seiner Hand und rollte vor ihm den Hang hinunter, und er wäre selber nachgestürzt, wenn nicht das Weib sich rasch gebückt und ihn in ihren Armen aufgefangen hätte.

Neben ihm kniend, sanft und unbeweglich, hielt sie das weiße Haupt an ihrer Brust gebettet, denn Hans Kirch war eingeschlafen. – Das Abendrot legte sich über das Meer, ein leichter Wind hatte sich erhoben, und drunten rauschten die Wellen lauter an den Strand. Noch immer beharrte sie in ihrer unbequemen Stellung; erst als schon die Sterne schienen, schlug er die Augen zu ihr auf: »Er ist tot«, sagte er, »ich weiß es jetzt gewiß; aber – in der Ewigkeit, da will ich meinen Heinz schon wiederkennen.«

»Ja«, sagte sie leise, »in der Ewigkeit.«

Vorsichtig, von ihr gestützt, erhob er sich, und als sie seinen Arm um ihren Hals und ihren Arm ihm um die Hüfte gelegt hatte, gingen sie langsam nach der Stadt zurück. Je weiter sie kamen, desto schwerer wurde ihre Last; mitunter mußten sie stille stehn, dann blickte Hans Kirch nach den Sternen, die ihm einst so manche Herbstnacht an Bord seiner flinken Jacht geschienen hatten, und sagte: »Es geht schon wieder«, und sie gingen langsam weiter. Aber nicht nur von den Sternen, auch aus den blauen Augen des armen Weibes leuchtete ein milder Strahl; nicht jener mehr, der einst in einer Frühlingsnacht ein wildes Knabenhaupt an ihre junge Brust gerissen hatte, aber ein Strahl jener allbarmherzigen Frauenliebe, die allen Trost des Lebens in sich schließt.

Noch während der nächsten Jahre, meist an stillen Nachmittagen und wenn die Sonne sich zum Untergange neigte, konnte man Hans Kirch mit seiner steten Begleiterin auf dem Uferwege sehen; zur Zeit des Herbst-Äquinoktiums war er selbst beim Nordoststurm nicht daheim zu halten. Dann hat man ihn auf dem Friedhof seiner Vaterstadt zur Seite seiner stillen Frau begraben.

Das von ihm begründete Geschäft liegt in den besten Händen; man spricht schon von dem »reichen« Christian Martens, und Hans Adams Tochtermanne wird der Stadtrat nicht entgehen; auch ein Erbe ist längst geboren und läuft schon mit dem Ranzen in die Rektorschule; – wo aber ist Heinz Kirch geblieben?

Ein Doppelgänger

Vor einigen Jahren im Hochsommer war es, und alle Tage echtes Sonnenwetter; ich hatte mich in Jena, wie einst Dr. Martinus, in der alten Gastwirtschaft zum Bären einquartiert, hatte mit dem Wirt schon mehr als einmal über Land und Leute geredet und mich mit Namen, Stand und Wohnort, welcher derzeit zugleich mein Geburtsort war, in das Fremdenbuch eingeschrieben.

Am Tage nach meiner Ankunft war ich nach Besteigung des Fuchsturms und nach manchem andern Auf- und Absteigen spät nachmittags in das geräumige, aber leere Gastzimmer zurückgekehrt und hatte mich sommermüde vor einer Flasche Ingelheimer hinter dem kühlen Ofen in einen tiefen Lehnstuhl gesetzt; eine Uhr pickte, die Fliegen summten am Fensterglas, und mir wurde die Gnade, davon in den Schlaf gewiegt zu werden, und zwar recht tief.

Das erste, was vom Außenleben wieder an mich herankam, war eine sonore milde Männerstimme, welche, wie zum Abschied, gute Lehren gebend, zu einem andern zu reden schien. Ich öffnete ein wenig die Augen: am Tische, unfern von meinem Lehnstuhl, saß ein ältlicher Herr, den ich nach seiner Kleidung als einen Oberförster zu erkennen meinte; ihm gegenüber ein noch junger Mann, gleichfalls im grünen Rock, zu dem er redete; ein rötlicher Abendschein lag schon auf den Wänden.

»Und dessen gedenke auch noch«, hörte ich den Alten sagen, »du bist ein Stück von einem Träumer, Fritz; du hast sogar schon einmal ein Gedicht gemacht; laß dir so was bei dem Alten nimmer beikommen! Und nun geh und grüß deinen neuen Herrn von mir; zur Herbstjagd werd ich mich nach dir erkundigen!«

Als dann der Junge sich entfernt hatte, rüttelte ich mich völlig auf; der Alte stand am Fenster und drückte die Stirn gegen eine Scheibe, wie um dem Fortgehenden noch einmal nachzuschauen. Ich trank den Rest meines Ingelheimers, und als der Oberförster sich in das Zimmer zurückwandte, begrüßten wir uns wie nach abgetanen Werken, und bald, da niemand außer uns im Zimmer war, saßen wir plaudernd nebeneinander.

Es war ein stattlicher Mann von etwa fünfzig Jahren, mit kurzgeschorenem, schon ergrautem Haupthaar; über dem Vollbart schauten ein Paar freundliche Augen, und ein leichter Humor, der bald in seinen Worten spielte, zeugte von der Behaglichkeit seines inneren Menschen. Er hatte eine kurze Jagdpfeife angebrannt und erzählte mir von dem jungen Burschen, welchen er einige Jahre in seinem Hause gehabt und nun zur weiteren Ausbildung an einen älteren Freund und Amtsbruder empfohlen habe. Als ich ihn, seiner Vorhaltung an den Jungen gedenkend, frug, was für Leides ihm die Poeten denn getan hätten, schüttelte er lachend den Kopf.

»Gar keines, lieber Herr«, sagte er, »im Gegenteil! Ich bin ein Landpastorensohn, und mein Vater war selber so ein Stück von einem Poeten; wenigstens wird ein Kirchenlied von ihm, das er einmal als fliegendes Blatt hatte drucken lassen, noch heutigen Tages nach ›Befiehl du deine Wege‹ in meinem Heimatdorf gesungen; und ich selber – als junger Gelbschnabel wußte ich sogar den halben Uhland auswendig, zumal in jenem Sommer« – er strich sich plötzlich mit der Hand über sein leicht errötend Antlitz und sagte dann, wie im stillen seine vorgehabte Rede ändernd: »wo am Waldesrand das Geißblatt wie zuvor in keinem andern Jahre duftete! Aber ein Rehbock, ein andermal – und das war schwer verzeihlich – die seltene Jagdbeute, eine Trappe, sind mir darüber aus dem Schuß gekommen! – Nun, mit dem Jungen ist es nicht so schlimm; nur der Alte drüben wird schon fuchswild, wenn wir gelegentlich einmal anstimmen: ›Es lebe, was auf Erden stolziert in grüner Tracht‹; Sie kennen wohl das schöne Lied?«

Ich kannte zwar das Lied – hatte nicht auch Freiligrath seinen patriotischen Zorn an dem harmlosen Dinge ausgelassen? – Aber mir lag die plötzliche Erregung des alten Herrn im Sinne: »Hat das Geißblatt auch in späteren Jahren wieder so geduftet?« frug ich leise.

Ich fühlte meine Hand ergriffen und einen Druck, daß ich einen Schrei ersticken mußte. »Das war ja nicht von dieser Welt«, raunte der Mann mir zu, »der Duft ist unvergänglich – – so lang sie lebt!« setzte er zögernd hinzu und schenkte sich sein Glas voll hellen Weines und trank es in einem Zuge leer.

Wir hatten noch eine Weile weitergeplaudert, und manche anziehende Mitteilung aus seinem Forst- und Jagdleben hatte ich von ihm gehört, manches Wort, das auf einen ruhigen Lebensernst in diesem Manne schließen ließ. Es war fast völlig dunkel geworden; die Stube füllte sich mit andern Gästen, und die Lichter wurden angezündet; da stand der Oberförster auf. »Ich säße noch gern ein Weilchen«, sagte er, »aber meine Frau würde nach mir aussehen; wir beide bilden jetzt allein die Familie, denn unser Sohn ist auf dem Forstinstitut zu Ruhla.« Er steckte seine Pfeife in die Tasche, rief einem braunen Hühnerhund, der, mir unbemerkt, in einem Winkel gelegen hatte, und reichte mir die Hand. »Wann denken Sie wieder fort von hier?« frug er.

»Ich dachte, morgen!«

Er sah ein paar Augenblicke vor sich hin. »Meinen Sie nicht«, frug er dann, ohne mich anzublicken, »wir könnten unsere neue Bekanntschaft noch ein wenig älter werden lassen?«

Seine Worte trafen meine eigene Empfindung; denn auf meiner nun zweiwöchentlichen Reise hatte ich heute zum erstenmal ein herzlich Wort mit einem Begegnenden gewechselt; aber ich antwortete nicht gleich; ich sann nach, wohin er zielen möge.

Und schon fuhr er fort: »Lassen Sie mich es offen gestehen: zu dem Eindruck Ihrer Persönlichkeit kommt noch ein anderes dazu: es ist Ihre Stimme, oder richtiger die Art Ihres Sprechens, was diesen Wunsch in mir erregt; mir ist, als gehe es mich ganz nahe an, und doch ...« Statt des verständigenden Wortes aber ergriff er plötzlich meine beiden Hände. »Tun Sie es mir zulieb«, sagte er dabei, »meine Försterei liegt nur so reichlich eine Stunde von hier, zwischen Eichen und Tannen – darf ich Sie bei meiner lieben Alten als unsern Gast auf ein paar Tage anmelden?«

Der alte Herr sah mich so treuherzig an, daß ich gern und schon auf morgen zusagte. Er schüttelte mir lachend die Hände: »Abgemacht! Prächtig! Prächtig!« pfiff seinem Hunde, und nachdem er noch einmal seine Kappe mit der Falkenfeder gegen mich geschwenkt hatte, bestieg er seinen Rappen und ritt in freudigem Galopp davon.

Als er fort war, trat der Wirt zu mir: »Ein braver Herr, der Herr Oberförster; dacht schon, Sie würden Bekanntschaft machen!«

»Und warum dachten Sie das?« frug ich entgegen.

Der Wirt lachte. »Ei, da wissen's der Herr wohl selber noch gar nicht?«

»So sagen Sie es mir! Was soll ich wissen?«

»Ei, Sie und die Frau Oberförster sind doch gar Stadtkinder miteinander!«

»Ich und die Frau Oberförster? Davon weiß ich nichts; Sie sagen es mir zuerst; ich hab dem Herrn auch meine Heimat nicht genannt.«

»Nun«, sagte der Wirt, »da ging's freilich nicht; denn 's Fremdenbuch hat er nicht gelesen; das ist grade keine Zeitung!«

Ich aber dachte: Das war es also! Liegt der Heimatklang so tief und darum auch so unverwüstlich? Aber ich kannte daheim alle jungen Mädchen unseres Schlages innerhalb der letzten dreißig Jahre; ich wußte keine, die so weit gen Süden geheiratet hätte. »Sie irren sich vielleicht«, sagte ich zu dem Wirt, »wie ist denn der Jungfernname der Frau Oberförster?«

»Kann nicht damit dienen, Herr«, entgegnete er, »aber mir ist's noch just wie heute, als die seligen Eltern des Herrn Oberförsters, die alten Pfarrersleute, mit dem derzeit kaum achtjährigen Dirnlein hier vorgefahren kamen.«

– – Ich wollte nicht weiter fragen und ließ es für itzt dabei bewenden; nur den Weg zur Oberförsterei ließ ich mir noch einmal, wie zuvor schon von dem Besitzer derselben, eingehend berichten.

Und schon in der Frühe des andern Morgens, als noch die Tautropfen auf den Blättern lagen und die ersten Vogelstimmen am Wege aus den Büschen riefen, befand ich mich auf der Wanderung. Nachdem ich etwa eine Stunde, zuletzt an einem Eichwald entlang, gegangen war, bog ich gemäß der empfangenen Weisung in einen breiten Fahrweg ein, der zur Linken unter die schattigen Wipfel durchführte. Bald mußte ich den Weg sich öffnen und das Heimwesen meines neuen Freundes vor mir liegen sehen! Dann, kaum eine Viertelstunde weiter, kam aus der großen Waldesstille ein Geräusch wie von wirtschaftlichem Leben mir entgegen; die Schatten um mich hörten auf, und ein blinkender Teich und jenseit desselben ein altes, stattliches Gebäu mit mächtigem Hirschgeweih über dem offenen, auf einer Treppenplatte befindlichen Tore lagen in der lichten Morgensonne vor mir; ein wütendes Gebell von wenigstens einem halben Dutzend großer und kleiner Jagdhunde erhob sich und verstummte plötzlich auf einen gellenden Pfiff.

»Grüß Gott und tausendmal willkommen!« rief statt dessen die mir schon bekannte Männerstimme; und da kam er selbst aus dem Hause, die Stiege herab und um den kleinen Teich herum; aber nicht allein: eine zarte Frau, fast mädchenhaft, ging an seinem Arm; doch sah ich im Näherkommen wohl, daß sie den Vierzig nahe sein müsse. Sie begrüßte mich, indem sie fast nur die Worte ihres Mannes wiederholte; aber ein Zug von Güte um den halbgeöffneten Mund, der noch ein Weilchen in dem stillen Angesicht verblieb, ließ keinen Zweifel an ihrer Echtheit aufkommen. Während wir dann miteinander dem Hause zugingen, fiel es mir auf, wie sie mitunter ihren Arm auf seinem ruhen ließ, als wollte sie ihm sagen:

»Du trägst mein Leben, und du trägst es gern; dein Glück und meines sind dasselbe!«

Als wir dann drinnen in dem bürgerlich schlichten Zimmer beim Morgenkaffee saßen, den man für mich aufgeschoben hatte, legte der Oberförster sich behaglich in seinen Lehnsessel zurück. »Christinchen«, sagte er, mich und seine Frau mit einem schelmischen Blicke streifend, »ich habe dir einen lieben Gast gebracht, von dem ich gleichwohl weder Namen noch Stand weiß; er mag uns beides sagen, wenn er uns verläßt, damit wir ihn doch wiederfinden können: es ist so tröstlich, auch einmal mit einem Menschen und nicht eben mit einem Herrn Geheimen Oberregierungsrat oder einem Leutnant zu verkehren.«

»Nun«, sagte ich lachend, »Qualitäten habe ich nicht zu verhehlen«; als ich dann aber mit dem Hinzufügen, daß ich ein schlichter Advokat sei, meinen Namen nannte, wandte sich die Frau wie überrascht mir zu, und ich fühlte, wie ihre Augen flüchtig auf meinem Antlitz weilten.

»Was hast du, Frau«, rief der Oberförster; »mir ist der Advokat schon recht!«

»Mir auch«, sagte sie und reichte mir eine Tasse Kaffee, dessen Duft mich mit allem einverstanden sein ließ. Sie war noch einmal aufgestanden, kehrte aber, nachdem sie eine Handvoll Brosamen aus dem offenen Fenster geworfen hatte, auf ihren Platz zurück. Draußen stürzte sich, einem Platzregen gleich, eine Flucht von Tauben von dem Dache auf den Boden herab; aus den Linden vor dem Hause kamen die Sperlinge dazu, und ein lustiger Tumult erhob sich.

»Die haben's gut!« sagte lachend der Oberförster, mit dem Kopfe nach dem Fenster winkend; »seit unser Paul in Ruhla ist! Sie kann es nicht lassen, den allzeit Hungerigen Brosamen auszustreuen; sei es nun der Bub, oder seien es nur unseres Herrgotts Krippenfresser!«

Aber die Frau setzte ruhig ihre Tasse von dem Munde. »Der Bub allein? Ich dächte, der Vater wär auch wohl dabei!«

»Komm, Alte«, rief der Oberförster, »ich merke doch, du bist mir zu gescheit; wir wollen Frieden machen!«

Wir plauderten weiter; und wenn das liebe Frauenantlitz sich zu mir wandte, konnte ich es mir nicht versagen, nach bekannten Zügen darin zu suchen; allein obgleich ein paarmal, wie im Fluge, als wolle es mir helfen, das frühere Kinderangesicht mich daraus anzublicken schien, ich mußte mir dennoch sagen: »Die kennst du nicht; du hast sie nie gesehen!« Ich lauschte dann auch ihrer Sprache, aber weder die uns heimische Verwechslung verwandter Vokale noch die von solchen Konsonanten kam zum Vorschein; nur ein paarmal meinte ich das scharfe S vor einem andern Konsonanten zu vernehmen, dessen ich selbst freilich mich längst entwöhnt glaubte.

Am Vormittag ging ich mit dem Oberförster in den umliegenden Wald; er wies mir seine Hauptschläge, die mit uralten und mit kaum fingerhohen Eichen, und entwickelte mir eindringlich sein System der Waldkultur; wir sahen einen Hirsch mit sechzehn Enden und ein paar Rehe; aus einem schlammigen Sumpfe schielte sogar der schwarzbraune Borstenkopf eines Keilers aus seinen enggeschlitzten Augen nach uns hinüber. Wir gingen ohne Hunde. »Nur ruhig weiter«, mahnte mein Geleitsmann; »und wir kommen ungefährdet wieder nach Hause.«

Nach dem Mittagessen führte mein Wirt mich eine Treppe hoch nach hinten zu in das mir angewiesene Zimmer. »Sie wollten noch Briefe schreiben«, sagte er; »hier finden Sie alles, was dazu nötig ist! Unser Junge hat hier vordem gewohnt; aber es ist kühl und still!« Er zog mich an eines der offenstehenden Fenster: »Hier unten sehen Sie ein Stück von unserm Garten, dahinter zieht sich der Teich herum; dann dort die grüne Wiese und dann der hohe dunkle Wald – der schützt Sie vor allem Weltgeräusch! – Nun ruhen Sie vorerst sanft nach Ihren Wanderstrapazen!« sagte er und drückte mir die Hand.

Er ging, und ich tat nach seinen Worten; und die Stimmen der Grasmücken aus dem Garten und des Pirols und der Falken aus dem nahen Walde und über seinen Wipfeln aus der blauen Luft kamen wie aus immer größerer Ferne durch die offenen Fenster; dann hörte alles auf.

Ich erwachte endlich; ich hatte lang geschlafen; der Weiser meiner Taschenuhr zeigte schon nach fünf; gleichwohl mußte der Brief geschrieben werden, denn ein Knecht sollte ihn um sechs Uhr mit zur Stadt nehmen.

So kam ich erst spät wieder in das Haus hinab. Die Frau fand ich vor demselben im Lindenschatten auf der Bank mit einer Flickarbeit beschäftigt. »Das ist für unsern Paul«, sagte sie wie entschuldigend und schob die Sachen an die Seite; »er schleißt, er ist noch jung und wild; aber noch mehr gut als wild! – Und Sie haben fest geschlafen: die Sonne will schon zur Neige gehn!«

Ich frug nach ihrem Mann.

»Er hat eine Weile geschäftshalber fort müssen; aber er läßt Sie grüßen; wir sollten nähere Bekanntschaft machen – so hat er mir gesagt – und dort die Schneise durch die Tannen hinaufspazieren; nach der andern Seite, als wo Sie heute vormittag mit ihm hinaus waren; er würd uns dort bald finden!«

Wir plauderten aber noch eine Weile, nachdem sie auf meine Bitte ihre mütterliche Arbeit wiederaufgenommen hatte; dann, da er nicht kam, erhob sie sich. »Es wird wohl Zeit!« sagte sie, und ein flüchtig Rot ging über ihr Antlitz.

So wanderten wir denn nebeneinander auf dem Wege zwischen den hohen Tannen, dessen eine Seite noch von der Sonne angeschienen war. Unser Gespräch schien ganz erloschen; nur hin und wieder prüfte ich mit einem Blicke ihr Profil; aber es machte mich nicht klüger.

»Gestatten Sie, verehrte Frau«, sprach ich endlich, »daß ich die Waldstille unterbreche; es drängt mich, Ihnen eins zu sagen und Ihnen eine Frage vorzulegen; Sie wissen wohl, daß man in der Fremde doch immer heimlich nach der Heimat sucht!«

Sie nickte. »Sprechen Sie nur!« sagte sie.

»Ich glaubte nicht zu irren«, begann ich, »Sie schienen überrascht, als ich heute morgen meinen Namen nannte. Hatten Sie ihn früher schon gehört? Mein Vater war, wenigstens im Lande, ein bekannter Mann.«

Sie nickte wieder ein paarmal: »Ja, ich erinnere mich Ihres Namens aus meiner Kinderzeit.«

Als ich dann aber meine Vaterstadt ihr nannte, wurden ihre Augen plötzlich starr und blieben unbeweglich auf den meinen ruhen; nur ein paar vorquellende Tränen verdunkelten jetzt beide.

Ich erschrak fast. »Es war nicht mein Gedanke, Ihnen weh zu tun«, sagte ich; »aber der Wirt zum Bären, der meine Heimat aus dem Fremdenbuch erfahren hatte, behauptete, wir beide seien Stadtkinder miteinander!«

Sie tat einen tiefen Atemzug. »Wenn Sie daher stammen«, sagte sie, »so sind wir es.«

»Und doch«, fuhr ich etwas zögernd fort, »ich glaube alle damaligen Familien unserer Stadt zu kennen und wüßte nicht, in welche ich Sie hineinbringen sollte.«

»Die meine werden Sie nicht gekannt haben«, erwiderte die Frau.

»Das wäre seltsam! Wann haben Sie denn die Stadt verlassen?«

»Das mag fast dreißig Jahre her sein.«

»Oh, damals war ich noch in unsrer Heimat, bevor wir, so viele, in die Fremde mußten.«

Sie schüttelte den Kopf. »Die Ursache liegt wo anders: meine Wiege« – sie zögerte ein wenig und sagte dann: »Ich hatte wohl nicht einmal eine; aber die Kate, in der ich geboren wurde, war nur die Mietwohnung eines armen Arbeiters, und ich war seine Tochter.«

Sie blickte mit ihren klaren Augen zu mir auf. »Mein Vater hieß John Hansen«, sagte sie.

Ich suchte mich zurechtzufinden, aber es gelang mir nicht; der Name Hansen war bei uns wie Sand am Meer. »Ich kannte manchen Arbeiter«, erwiderte ich; »unter dem Dache des einen war ich als Knabe sogar ein wöchentlicher Gast, und für manches, was ich noch zu meinem Besten rechne, fühle ich mich ihm und seiner braven Frau verpflichtet. Aber Sie mögen recht haben, der Name Ihres Vaters ist mir unbekannt.«

Sie schien aufmerksam zuzuhören, und mir war es, als würden ihre kindlichen Augen wieder feucht.

»Sie hätten ihn kennen müssen«, rief sie, »Sie würden die, welche die kleinen Leute genannt werden, noch tiefer in Ihr Herz geschlossen haben! Als meine Mutter, da ich kaum drei Jahre alt war, starb, da hatte ich nur ihn; aber schon in meinem achten Jahre ist er plötzlich mir entrissen worden.«

Wir gingen eine Zeitlang, ohne ein Wort zu wechseln, und ließen die Spitzen der Tannenzweige, die in den Weg hingen, durch unsre Finger gleiten; dann hob sie den Kopf, als ob sie sprechen wolle, und sagte zögernd: »Ich möchte nun auch Ihnen, meinem Landsmann, etwas Weiteres vertrauen; es ist seltsam, aber es kommt mir immer wieder: mir ist oftmals, als hätt ich vorher, bei Lebzeiten meiner Mutter, einen andern Vater gehabt – den ich fürchtete, vor dem ich mich verkroch, der mich anschrie und mich und meine Mutter schlug – und das ist doch unmöglich! Ich habe selbst das Kirchenbuch aufschlagen lassen; meine Mutter hat nur diesen einen Mann gehabt. Wir haben zusammen Not gelitten, gefroren und gehungert; aber an Liebe war niemals Mangel. Eines Winterabends entsinne ich mich noch deutlich; es war an einem Sonntag, und ich mochte etwa sechs Jahre alt sein. Wir hatten leidlich zu Mittag gegessen; doch zum Abend wollte es nicht mehr reichen; mich hungerte noch recht, und der Ofen war fast kalt geworden. Da sah mein Vater mich mit seinen schönen dunkeln Augen an, und ich streckte meine Ärmchen ihm entgegen; und bald lag ich, in ein altes Tuch gewickelt, an der warmen Brust des mächtigen Mannes. Wir gingen durch die dunkeln Straßen, immer in eine neue; aber über uns waren alle Sterne angezündet, und meine Augen gingen von dem einen zu dem andern. ›Wer wohnt da oben?‹ frug ich endlich, und mein Vater antwortete: ›Der liebe Gott, der wird dich nicht vergessen!‹ Ich sah wieder in die Sterne, und alle blinkten so still und freundlich auf mich nieder. ›Vater‹, sagte ich, ›bitte ihn doch noch um ein kleines Stückchen Brot für heute abend!‹ Ich fühlte einen warmen Tropfen auf mein Angesicht fallen; ich meinte, er käme von dem lieben Gott. – Ich weiß, mich hungerte nachher noch in meinem Bettchen; aber ich schlief doch ruhig ein.«

Sie schwieg einen Augenblick, während wir langsam auf dem Waldweg weiterschritten.

»Aus der Zeit aber, wo ich mit meiner Mutter lebte«, sagte sie dann noch, »vermag ich keine feste Erinnerung an meinen Vater zu gewinnen; ich muß mich mit dem wüsten Schreckbild begnügen, das mein Verstand vergebens zu fassen sucht.«

Sie kniete plötzlich nieder, um eine Handvoll jener kleinen rötlichen Immortellen zu pflücken, die sich gern auf magerem Sandboden ansiedeln; da wir dann weitergingen, begannen ihre Finger einen Kranz daraus zu flechten.

Ich war noch mit ihren letzten Worten beschäftigt: mir ging im Kopf ein wüster junger Kerl herum; er war bekannt genug gewesen, aber sein Name war ein anderer. »Auch Kinder«, sagte ich endlich, während meine Augen ihren geschickten Händen folgten, »mag wohl einmal der Gedanke an den unsichtbar umhergeistenden Tod wie ein Schauder überfallen, daß sie voll Angst die Arme um ihr Liebstes klammern; dazu – Sie kannten gewiß schon von den Vätern, mit denen die Kommunen die Kinder der Armen zu beschenken pflegen – was Wunder, daß Ihre Phantasie das Schreckbild in jene von Erinnerung leere Zeit hinabschob!«

Aber die edle Frau schüttelte lächelnd ihren Kopf. »Schön ausgerechnet«, sagte sie; »aber ich habe niemals an solchen Gespensterphantasien gelitten; und die Menschen, die mich dann nach meines lieben Vaters Tode zu sich nahmen – bessere konnte kein Kind sich wünschen: es waren die Eltern meines Mannes, die auf einer Badereise ein paar Tage in unserer Vaterstadt verweilen mußten.«

In diesem Augenblick glaubte ich in dem Staubwege Schritte hinter uns zu hören, und als ich umblickte, sah ich den Oberförster schon in der Nähe.

»Sehen Sie wohl«, rief er mir zu, »da habe ich Sie schon! Und du, Christine« – und er ergriff die Hand seiner Frau und neigte den Kopf, um ihr in die Augen zu blicken –, »du schaust ja so nachdenklich; was ist denn?«

Sie lehnte sich lächelnd an seine Schulter: »Ja, Franz Adolf, wir sprachen von unserer Vaterstadt – denn es hat sich herausgestellt, daß wir dieselbe haben – aber wir haben uns dort nicht finden können.«

»So ist es um so schöner«, erwiderte er und reichte mir die Hand, »daß wir ihn heute bei uns haben; das Damals wäre ja doch schon längst vorüber!«

Sie nickte nachdenklich und schob ihren Arm in seinen. So gingen wir ein paar hundert Schritte weiter bis an einen Waldteich, an dessen Ufern die gelben Iris in für mich nie gesehener Fülle blühten.

»Da ist deine Lieblingsblume!« rief der Förster; »aber du würdest dir die Schuhe überwaten; sollen wir Männer dir einen braven Strauß holen?«

»Ich verzichte diesmal auf Ritterdienste«, erwiderte sie, sich anmutig gegen uns verneigend; »ich bin heute bei den Kleinen und weiß hier eine Stelle, wo ich mein Kränzlein vervollständigen kann!«

»So erwarten wir dich hier«, rief ihr der Oberförster nach, sie mit ernsten, liebevollen Blicken verfolgend, bis sie in der naheliegenden Lichtung verschwand.

Dann wandte er sich plötzlich zu mir. »Sie werden mir nicht zürnen«, sagte er, »wenn ich Sie bitte, mit meiner Frau nicht weiter über ihren Vater zu sprechen. Ich ging im weichen Wegestaub schon länger hinter Ihnen, und der leichte Sommerwind trug mir genügende Brocken Ihres Gespräches zu, um das übrige zu erraten. Hätte ich von Ihrer beider so genauen Landsmannschaft gewußt – verzeihen Sie mir dies Geständnis – ich hätte mir die Freude Ihres Besuches versagt; die Freude, sag ich; doch es ist so besser, wir kennen uns nun schon.«

»Aber«, entgegnete ich etwas bestürzt, »ich kann Sie versichern, es ist von einem Arbeiter John Hansen keine Spur in meiner Erinnerung.«

»Sie könnte Ihnen dennoch plötzlich kommen!«

»Ich denke nicht; jedenfalls, obgleich ich nicht die Ursache kenne, seien Sie meines Schweigens sicher!«

»Die Ursache«, erwiderte er, »will ich Ihnen mit einem Worte geben: der Vater meiner Frau hieß freilich John Hansen; von den Leuten aber wurde er John Glückstadt genannt, nach dem Orte, wo er als junger Mensch eine Zuchthausstrafe verbüßt hatte. Meine Frau weiß weder von diesem Übernamen noch von der Strafe, auf welcher er beruht; und – ich denke, Sie stimmen mir bei – ich möchte nicht, daß sie das je erführe; ihr Vater, den sie kindlich verehrt, würde mit jenem Schreckbild zusammenfallen, das ihre Phantasie ihr immer wieder vorbringt und das leider keine bloße Phantasie war.«

Fast mechanisch reichte ich ihm die Hand, und bald waren wir wieder auf dem Heimwege; die Frau ging, längst wieder an ihrem Kranze flechtend, neben mir, als ich aus andrängenden und sich ineinanderfügenden Erinnerungen wieder aufschaute. »Verzeihen Sie«, sagte ich, »es kommt mir mitunter, von einem plötzlichen Gedanken bis zur Vergessenheit der Gegenwart hingenommen zu werden. Im Elternhause sagte dann mein Bruder, des alten Volksglaubens gedenkend: ›Stört ihn nicht, seine Maus ist ihm aus dem Mund gesprungen!‹ Aber ich verspreche, sie in Zukunft besser zu überwachen.«

Aus den Augen des Oberförsters traf mich ein verständnisvoller Blick. »Auch wir haben hier den Glauben«, sagte er; »aber Sie sind bei Freunden, wenn auch nur bei neuen!«

So kamen wir wieder in Gespräch, und während die Tannenriesen schon tiefe Schatten über den Weg warfen und die

Luft mit schwülem Abendduft erfüllten, gelangten wir allmählich an die Oberförsterei zurück; die Hunde, ohne zu bellen, sprangen uns entgegen, und aus der dampfenden Wiese, die hinter dem Teiche lag, scholl hin und wieder der schnarrende Laut des Wachtelkönigs; ein heimatlicher Frieden war überall.

Die Frau war uns voran ins Haus gegangen, mein Wirt und ich setzten uns auf die Seitenbänke der Haustreppe; aber seine Leute kamen einer nach dem andern, um zu berichten oder sich Anweisung für den folgenden Tag zu holen; dazwischen drängten sich die Hunde, Teckel und Hühnerhunde, voran das Prachtexemplar eines lohbraunen Schweißhundes; zu Erörterungen zwischen uns blieb keine Zeit. Dann erschien meine Landsmännin in der offenen Haustür und lud zum Abendessen; und als wir im behaglichen Zimmer bei einer guten Flasche alten Hardtweins saßen, erzählte der Oberförster die Geschichte seines Lieblings, des Lohbraunen, den er als junges Tier von einem ruinierten Spieler gekauft hatte, und von den Heldentaten, welche er schon jetzt gegen die hier insonders kühnen Wilderer verübt habe. So gerieten wir in die Jagdgeschichten, von denen eine immer die andere nach sich zog; nur einmal, in einer Pause des Gesprächs, sagte Frau Christine wie aus langem Sinnen: »Ob wohl noch die Kate da ist, am Ende der Straße, und das Astloch in der Haustüre, durch das ich abends hinaussah, ob nicht mein Vater von der Arbeit komme? – Ich möcht doch einmal wieder hin!«

Sie sah mich an, und ich erwiderte nur: »Sie würden viel verändert finden!« Der Oberförster aber faßte ihre beiden Hände und schüttelte sie ein wenig.

»Wach auf, Christel!« rief er. »Was wolltest du dort? Selbst unser Gastfreund hat sich ausgebaut! Bleib bei mir, wo du zu Haus bist – und um acht Tage kommt dein Junge in die Sommerferien!«

Sie sah mit glücklichen Augen zu ihm auf. »Es war ja nicht so ernst gemeint, Franz Adolf!« sagte sie leise.

Als es auf der Hausuhr vom Flur aus zehn schlug, brachen wir auf; der Oberförster zündete eine Kerze an und begleitete mich, wie am Nachmittage, die Treppe hinauf nach meinem Gastzimmer.

»Nun«, sagte er, nachdem er das Licht auf den Tisch gesetzt hatte, »nicht wahr, wir sind jetzt einig? Sie verstehen mich!«

Ich nickte. »Gewiß; ich weiß nun freilich, wer John Hansen ist.«

»Ja, ja«, rief er, »aus dem Staube des Weges haben meine lieben Eltern dies Kind für mich aufgesammelt; ich dank es ihnen jeden Morgen, wenn ich beim Aufstehen dies friedliche Antlitz noch neben mir im Schlummer sehe, oder wenn sie mir vom Kissen ihren Morgengruß zunickt. Doch – gute Nacht! Auch die Vergangenheit soll schlafen!«

Wir reichten uns die Hände, und ich hörte ihn den Korridor entlang- und die Treppe hinabgehen. Aber bei mir wollte die Vergangenheit nicht schlafen; ich trat an das offene Fenster und sah auf den Teich und auf die Wasserlilien, die wie Mondflimmer auf seinem dunkeln Spiegel lagen; die Linden am Ufer hatten zu blühen begonnen, und ihr Duft wehte im Nachthauch zu mir herüber; eine mir unbekannte Vogelstimme scholl in Pausen vom Wald herüber. Aber die reiche Sommernacht nahm mich nicht gefangen; vor mein inneres Auge drängten abwechselnd sich zwei öde Orte: ein verlassener Brunnen mit vermorschtem Plankwerk, der in der Nähe meiner Vaterstadt auf einem weiten Felde lag, wo vor Zeiten ein Haus, eine Schinderkate, sollte gestanden haben; als Knabe, auf einer einsamen Schmetterlingsjagd, hatte ich einst erschrocken vor ihm haltgemacht; – was damit wechselte, war das äußerste der kleinen Stadthäuser am Ende der Norderstraße, mit einem Strohdach, auf dem allzeit ein großer Hauslauch wuchs, so niedrig, daß man's mit der Hand erreichen konnte; das Ganze zum Einstürzen verfallen und so winzig, daß kaum mehr als eine Kammer und der engste Küchenherd darin Platz haben konnten. Als Junge hatte ich manchmal, von Feldstreifereien heimkehrend, davor stillgestanden und mir vorphantasiert, wie hübsch es sich in diesem Liliputer-Hause ohne Eltern und ohne Lehrer würde wohnen lassen. Später, als ich schon Sekundaner war, kam noch ein anderes hinzu; es gab oft einen Lärm in diesen engen Räumen, der die Vorübergehenden davor haltmachen ließ, und zu diesen gehörte auch ich ein paarmal. Eine kräftige Männerstimme fluchte und schalt in sich überstürzenden Worten; dröhnende Schläge, das Zerschellen von Gefäßen wurde hörbar; dazwischen, kaum vernehmbar, das Wimmern einer Frauenstimme, doch nie ein Hülferuf. Eines Abends trat danach ein junger, wilder Kerl aus dem Innern in die offene Haustür, mit erhitztem Antlitz, über das ein paar dunkle Haarlocken ihm in die Stirn hingen. Er warf den Kopf mit der starken Adlernase zurück und musterte schweigend die Umstehenden; mich blitzte er mit ein Paar Augen an, mir war, als hörte ich ihn schreien: »Mach, daß du fortkommst, du mit dem feinen Rock! Was geht's dich an, wenn ich mein Weib zerhaue!«

Das war John Glückstadt, der Vater meiner edlen Wirtin, von dem ich heute erfahren hatte, daß er eigentlich John Hansen geheißen habe.

– – John Hansen war von einem Nachbarsdorfe und hatte seine Militärzeit als tüchtiger Soldat bestanden, wenn auch zu Anfang nur der kräftigere Arm eines Kameraden schuld gewesen war, daß er den dänischen Kapitän, der ihn »tyske Hund« geheißen hatte, nicht mit dem kurzen Seitengewehre niederstach. Als aber die Dienstzeit aus und er entlassen war, da wollte die müßige, aber wilde Kraft in ihm etwas zu schaffen haben; ein Dienst als Knecht war nicht sogleich zur Hand, so ging er in die Stadt und gab sich vorerst bei einem Kellerwirte in die Kost. Aber dort verkehrte allerlei fremdes und hergelaufenes Volk; eine Menge Arbeiter, die bei einem Schleusenbau beschäftigt waren, hatten dort ihre Schlafstelle.

Einer davon, der wegen Trunkfälligkeit aus der Arbeit gejagt war, blieb trotzdem und verzehrte und vertrank seine letzten Schillinge. Er und John hatten beide nichts zu tun; so waren sie stets zusammen, lagen draußen am Deich oder saßen allein in der dämmerigen Kellerstube, und der Fremde erzählte allerlei lustige Spitzbuben- und Gewaltsgeschichten; er wußte genug davon, und bei den meisten war er selber mit dabeigewesen; aber alles war immer lustig ausgegangen.

Bei solcher Gelegenheit, da sie wieder einmal weit draußen am Haffdeich miteinander im Grase lagen, wo nur der Westwind pfiff und die Möwen schrien, überfiel den jungen Burschen die Lust, auch seinerseits einmal den Hals zu wagen; er streckte seine straffen Arme aus und schüttelte die Fäuste, ein wüstes Feuer brach aus seinen Augen. »Zum Satan!« rief er, »hätt man so was auch nur zu schaffen, da ehrliche Arbeit nicht zu haben ist!«

Der alte Halunke, der neben ihm lag und beim Erzählen nur über sich die Wolken hatte ziehen sehn, blickte ihn von der Seite an. »Meinst du?« sagte er heimlich – »nun, Spaß würd schon dabeisein!«

John antwortete nicht; ein Trupp Arbeiter kam von draußen auf dem Deich daher. Der Fremde stand auf und sagte: »Komm, John, die kennen uns; wir wollen mit ihnen heimgehn!«

– – Am andern Nachmittage, da sich für John abermals die Aussicht auf einen Dienst zerschlagen hatte, lagen die beiden wieder an derselben Stelle. Der Fremde sprach nicht; John riß Grasbüschel aus dem Boden und warf damit nach vorbeistreichenden Schwalben.

»Du ruinierst doch den Deich, da du sonst nichts zu tun hast!« sagte der andere lachend.

John stieß einen Fluch aus. »Du wolltest mir gestern was erzählen, Wenzel!« sagte er.

Wenzel sah wie abwesend auf die See, wo draußen eben ein Segel vorbeizog. »Ich?« sagte er. »Was sollte das gewesen sein?«

– »Das mußt du selber wissen; aber Spaß sollte dabeisein. So sagtest du.«

»Ja so! Ich weiß schon; aber es ist noch mehr Gefahr als Spaß dabei.«

John lachte.

»Was lachst du!« sagte Wenzel; »es kann um Kopf und Kragen gehn!«

»Ich meinte nur, es sei das just der Spaß!«

Der andere richtete sich auf: »Ist dir dein Kopf so wohlfeil?«

»Nein, Wenzel; aber ich denk, er sitzt mir ziemlich fest. Erzähl nur, es ist profitabler!«

Sie rückten näher zusammen; ihr Reden wurde ein Flüstern; mitunter lief der eine auf den Deich und blickte scheu umher, aber keine Menschenseele ließ sich sehen. Die Dämmerung fiel herab, in tiefem Dunkel kamen die beiden zurück und stiegen in den Keller hinab, wo noch halbtrunkenes Volk an den Tischen lärmte.

– – Drei Tage nachher wurde unsere Stadt durch das Gerücht eines unerhört frechen Einbruchdiebstahls aufgeschreckt, und was an Polizei vorhanden war, hatte mit Arm und Beinen zu tun. Das Erkerhaus am großen Markt, das der Exsenator Quanzberger allein mit seinem alten Diener bewohnte, war der Schauplatz gewesen. Der alte hagere Herr, den man gebunden, mit einem Knebel in seinem zahnlosen Munde neben seinem Bett gefunden hatte, konnte viele Wochen nachher nicht seinen pünktlichen Spaziergang durch die Gassen machen, und viele Jungen wußten deshalb nicht mehr, was die Uhr sei, und kamen viel zu spät oder zu früh in die Schule; und als er ihn wieder antrat, fehlte unter seinem Arm der rotseidene Regenschirm, und sein hoher Filzhut zitterte auf der fuchsfarbenen Perücke. Am schlimmsten aber war es, daß bei seinem alten Nikolaus, der durch einen Schlag über den Schädel betäubt war, nur mit genauer Not noch Leib und Seele beieinander geblieben.

Das war es gewesen, was dem braven Soldaten John Hansen eine sechsjährige Zuchthausstrafe und den Namen John

Glückstadt eingetragen hatte. Seltsam war es, daß nach Publizierung des Urteils auch unter den städtischen Honoratioren von mancher Seite für den Verurteilten Partei ergriffen wurde; man hob hervor, daß er die goldene Uhr des Exsenators, die ihm als Beuteanteil zugefallen war, schon am Tage nach der Tat einem jungen Vetter auf dem Lande als Konfirmationsgeschenk gegeben habe, was freilich dann zuerst der Anlaß zu seiner Verhaftung geworden war. »Schad um den Burschen«, sagten die einen, »daß er ein Spitzbube geworden! Sieht er nicht aus, als hätte er General werden müssen?« und die andern erwiderten: »Freilich, doch mehr noch wie jene vornehmen Räuber, denen es weniger um den Gewinn als um den Sport dabei zu tun war.«

Aber John mußte desungeachtet in das Zuchthaus und war vorläufig dann vergessen.

Auch sechs Jahre im Zuchthaus vergehen endlich; aber voll hatte er sie absitzen müssen, denn es war in währender Zeit im Lande weder ein König gekrönt noch einer geboren worden. Als er, wie beim Soldatendienst, mit guten Zeugnissen entlassen war, kam er abermals in unsere Stadt, um sich nach Arbeit umzutun, aber man wollte den Zuchthäusler nicht; mehr noch war es um den Grimm und Trotz, der jetzt aus seinen dunkeln Augen brach. »Der Mensch sieht gefährlich aus«, hieß es, »ich möchte in der Nacht ihm nicht allein begegnen!«

Endlich war es ihm gelungen. Zur Seite der erwähnten Norderstraße strecken sich nordwärts, wo vor ein paar hundert Jahren der dreibeinige Galgen neben Bürgermeister Luthens Fischteich stand, große uneingezäunte Felder weit von der Stadt hinauf. Sie dienten damals einem vielgeschäftigen Bürger zum Zichorienbau, und die dazu gedungenen fünfzig oder sechzig Weiber und jungen Dirnen begannen eben auf der ungeheuren Fläche das Unkraut zwischen den Pflanzen auszujäten; vom Wege aus, der an der Stadt entlanglief, hörte man schon von weitem das Schwatzen der Weiber wie einen Mühlbach rauschen; mitunter auch stieg daraus ein silberhelles Lachen in die Luft empor; dann wieder ward es plötzlich still: der Aufseher, der sich bei einem Trupp von Arbeiterinnen irgendwo am andern Ende des Feldes aufgehalten hatte, war wieder zwischen sie getreten; er sprach nicht, er übersah nur einmal mit seinen finstern Augen die ganze Schar.

Der Aufsichtsmann war John Glückstadt; man hatte ihn zu diesem Posten besonders tauglich gehalten, und da draußen auf dem Felde konnt's auch nicht gefährlich sein; überdies zeigte die Rechnung sich als richtig, denn noch niemals war das Unkraut so gründlich und so rasch verschwunden.

– Unter den Dirnen hatte ich eine, dieselbe, deren Lachen aus der Schar so hell hervorschlug, oft genug auf dem Hausflur meiner Eltern als Bettelmädchen an der Kellertreppe stehen sehen; sie schaute mich, wenn ich zufällig aus dem Zimmer trat, nur stumm mit ihren verlangenden braunen Augen an, und hatte ich einen Schilling in der Tasche, so zog ich ihn gewiß heraus und legte ihn in ihre Hand. Ich entsinne mich noch wohl, wie süß mir die Berührung dieser schmalen Hand tat, auch daß ich nachher noch eine Weile stehen blieb und wie gebannt auf die Stelle der Treppe hinabsah, von der das Mädchen sich ebenso schweigend wieder entfernt hatte.

Dem finstern Aufsichtsmann, unter dem sie jetzt in ehrlicher Arbeit stand, mochte etwas Ähnliches mitspielen; er ertappte sich darauf, daß er mitunter, statt den faulen Weibern auf die Finger zu passen, das jetzt siebzehnjährige Mädchen mit seinen Blicken verschlang. Sie mochte ihn dann wohl still mit ihren heißen Augen anschauen, denn sie war die einzigste, welche die seinen nicht fürchtete, und der Mann, in dessen Antlitz ein Zug von Seelenleiden spielte, war vielleicht für solche Weiber der gefährlichste.

Aber eines mußte noch hinzukommen. An der weiter von der Stadt liegenden Ostseite des Ackers, wo die Arbeit schon vollendet war, befand sich jener verlassene Brunnen, neben dem schon seit undenkbaren Jahren das Schinderhaus verschwunden war; um drei Pfähle hingen noch ein paar vermorschte Bretter, die keinen Widerstand zu leisten vermochten. John Glückstadt kannte ihn wohl: der Brunnen war eng und an den Seiten mit Moos und einzelnen Pflanzenbüscheln bewachsen, durch die er vergebens mit seinen Blicken den Boden zu erreichen gesucht hatte; aber tief mußte er sein, denn als John eines Abends über das leere Feld ging und im Vorbeigehen einen Stein hinabwarf, dauerte es eine ganze Weile, bevor ein Ton wie ein harter Aufschlag sein Ohr erreichte. »Gott mag wissen, was da unten liegt«, murmelte der Mann; »Wasser nicht, vielleicht nur Kröten und Unzeug!« Und er rührte unwillkürlich seine Beine, um rascher nach Hause zu gelangen.

Als er jetzt eines Morgens auf das Feld kam, wo gegenüber schon die Mehrzahl der Arbeiterinnen versammelt war, störte ihn eine Krähe aus seinem Brüten auf, das er heute vom Bette mit ins Freie genommen hatte; der Vogel war bei seiner Annäherung mit Gekrächz von der verfallenen Brunnenplanke aufgeflogen; als John aber auf- und dann weiter hinausblickte, sah er die braune schmächtige Dirne wie in blinder Angst mit erhobenen Armen auf den Brunnen zustürzen; ein anderes breitschulteriges Weib, das sich schon drei Jungfernkinder aufgeladen hatte, lief hinter ihr darein. Es hatte das Mädchen geneckt, daß sie dem schmucken Aufsichtsmann ihre Augen hinhalte, er solle wohl hineinfallen; die andern Frauenzimmer hatten gelacht: »Frisch, Wieb, vertreib dem Fratz seine Katzenkünste!« Da war die Dirne zornig geworden und hatte dem Weibe so gründliche Wahrheiten zugeworfen, daß es mit der Unkrauthacke in der Faust wie toll hinter der Leichtfüßigen herlief.

Der düstere John sah die wilde Flucht gerade auf das Brunnenloch zufahren und sprang rasch vor die verfallene Umzäunung. »Sie will mich totschlagen!« schrie die junge Dirne und stürzte mit solcher Gewalt in seine Arme, daß ihm selbst die Füße auf dem Boden wankten.

»Nun, Dirne«, rief er, »sollten wir hier beide in den Brunnen? Es wär vielleicht das beste!« und hielt sie fest an seiner Brust.

Sie wollte sich von ihm losringen. »Laßt mich!« rief sie. »Was wollt Ihr von mir?«

Er sah sich um, sie waren ganz allein: das große Frauenzimmer hatte vor dem Aufseher sogleich die Flucht ergriffen, die andern Weiber arbeiteten fern am Westrande des Ackers; er wandte seine Augen wieder auf das Kind in seinen Armen.

Sie hatte mit ihren kleinen Fäusten ihm ins Gesicht geschlagen. »Laß mich«, rief sie, »ich schreie; glaub nicht, daß du mir Leides antun kannst!«

Er schwieg eine Weile, und die dunkeln Augen beider sahen regungslos ineinander. »Was ich von dir will?« sagte er dann; »Leids will ich dir nicht tun – aber ich will dich heiraten, wenn du es willst!«

Sie antwortete nicht, ein paar Augenblicke lag sie wie tot an seiner Brust; er fühlte nur, das Widerstreben ihrer Glieder hatte nachgelassen.

»Willst du nicht sprechen?« frug er sanft.

Da griff sie jäh mit beiden Händen um seinen Hals, daß sie den starken Mann fast würgte. »Ja, ich will«, rief sie. »Du bist der Schönste! Komm weg vom Brunnen! Du sollst nicht drunten liegen, in meinen Armen ist's besser!« Und sie küßte ihn, bis sie den Atem verloren hatte.

»Weißt du«, sagte sie dann, »du ziehst zu uns, zu mir und meiner Mutter in das kleine Haus; du zahlst die halbe Miete!« Sie sah ihn wieder an, sie küßte ihn nochmals; dann warf sie den Kopf mit dem dunkeln Haar in den Nacken, und ihr helles Lachen stieg jetzt fast zu übermütig aus den roten Lippen. »So!« rief sie, »nun lauf ich voraus; komm aber bald mir nach und sieh zu, ob ich nicht auch die schönste von all den Weibern bin!«

Sie stürmte dem Arbeitsplatze zu, und er folgte ihr, taumelnd vor Entzücken. Wer ihn jetzt gesehen und einen Freund bedurft hätte, der würde ohn Bedenken in seine Arme gestürzt sein; der gefährliche Mensch war wie ein Kind geworden; er öffnete die Arme und schloß sie langsam wieder über seiner Brust, als müsse er das Glück umfassen, das ihm die junge Dirne zugebracht hatte, die wie ein fliegend Vöglein dort vor ihm das Feld hinanlief. »Und Arbeit«, rief er und streckte die starken Fäuste in die Luft, »die soll für uns nicht fehlen!«

Als er den Arbeitsplatz erreicht hatte, suchte die große Dirne sich vor ihm zu verbergen; aber, was sonst niemand noch gesehen hatte, seine Augen lachten nur, wenn sie auf ihr grobes Angesicht trafen. »Lauf nur, was schierst du mich!« sprach er zu sich selber, »du warst der Hund, der unversehens mir das Glück in meine Arme jagte!«

Die junge Braune aber wußte ihrem stillen Liebsten stets aufs neue zu begegnen. »Lach doch! Warum lachst du nicht?« raunte sie ihm zu und hielt ihm, selber lächelnd, ihre dunkeln Augen hin.

»Ich weiß nicht«, sagte er; »– der Brunnen!«

»Was soll der?« frug sie.

»Ich wollt, er wäre aus der Welt!« Und nach einer Weile: »Du könntst mir einmal da hineinfallen, du bist so wild, Hanna – er darf nicht offen bleiben.«

»Du bist ein Narr, John«, raunte ihm die Dirne zu, »wie sollt ich von heut an noch in den Brunnen fallen! Wenn nur die dummen Weiber nicht so nahe wären, ich fiel dir lieber um den Hals!«

Aber er ging sinnend von ihr, und als er später bei Ende der Tagesarbeit über den einsamen Acker ging, konnte er an dem Brunnen nicht vorbei; er blieb stehen und warf wieder kleine Steine in die Tiefe; er kniete dabei nieder und bog sich über den Rand und lauschte, als ob die Tiefe ein furchtbares Geheimnis berge, von dem er einen Laut erhorchen müsse.

Als auch das Abendrot am fernen Horizont verschwunden war, ging er langsam in die Stadt zurück und nach der Großstraße in das Haus seines Arbeitgebers. – Am andern Morgen erschien zur Verwunderung der Arbeiterinnen ein Zimmermann auf dem Acker und schlug ein rohes, aber derbes Brettergerüst um den alten Brunnen.

Im September, gegen Abend, wurde auf dem ersten Packboden des ungeheueren Speichers das »Zichorienbier« gefeiert, das schon am Nachmittag begonnen hatte; was in der Fabrik in Arbeit stand, der Fuhrmann, der Heizer, der Brenner und wie sie alle genannt wurden, alle waren da, es war wimmelnd voll; Gewinde von Astern und Buchsbaum und von sonstigen Herbstblumen und Blättern hingen überall an den Balken. An großen Tischen, an über Tonnen gelegten Brettern hatten sie gesessen; nun aber war der Kaffee ausgetrunken; die Lampen und Laternen, die zwischen den Kränzen hingen, wurden angezündet, und in dem dämmerigen Gemunkel wurden eine Klarinette und ein paar Geigen laut, wonach die jungen Dirnen längst die Hälse gestreckt hatten.

John tanzte schon mit seiner jungen Frau, die heiß in seinen Armen lag; er sah voll Lust über die dunkle Menschenmenge hin; aber was ging sie ihn an? – Da wurde er mit seiner Tänzerin gegen das Ende eines schweren Eichentisches gestoßen, der unter die Tanzenden hineinragte, und sie tat einen jähen Aufschrei. Es hatte nichts auf sich, aber John rief den jungen kräftigen Heizer an: »Hilf mir den Tisch fort setzen, Franz!«

Er schien es nicht zu hören; da faßte John ihn an dem Ärmel. »Was soll's?« rief der Heizer und wandte halb den Kopf.

»Nicht viel«, entgegnete John, »der Tisch muß fort, dort in die Ecke!«

»Ja, trag ihn nur dahin!« sagte der junge Mensch und drängte sich zu den andern Arbeitern, von denen ein Teil zusammenstand. »Was wollte er von dir?« frug einer von ihnen.

»Ich weiß nicht; ich sollt ihm helfen! Mag er sich selber helfen! Man hat nur keine andere Arbeit, sonst müßt man von hier fort!«

Die andern lachten und gingen auseinander, um sich Tänzerinnen zu suchen. John aber, der aus halb gehörten Worten sich genug heraushörte, klemmte die Lippen zusammen und tanzte weiter mit seinem jungen Weibe, und immer nur mit ihr.

Inmitten der Fröhlichkeit kam auch die Herrschaft mit einigen Freunden auf den Boden; auch der Bürgermeister war dabei, einer von denen, deren Teilnahme damals den Verurteilten in das Zuchthaus begleitet hatte. Jetzt folgte sein Blick dem hübschen jungen Paare.

Eine ältliche, unverheiratete Schwester der Hausfrau stand neben ihm. »Nun sehen Sie«, flüsterte die Dame und zeigte mit dem Finger nach dem Paare, »vor zehn Monaten noch am Wollspinnen im Zuchthaus, und nun tanzt er mit dem Glück im Arm!«

Der Bürgermeister nickte: »Ja, ja – Sie haben recht . . . aber er selbst ist doch nicht glücklich und wird es nimmer werden.«

Die alte Jungfer sah ihn an. »Das versteh ich doch nicht ganz«, sagte sie, »solche Leute fühlen anders als unsereins. Aber freilich, Sie sind ein unverbesserlicher Junggesell!«

»Ich scherze nicht, liebes Fräulein«, erwiderte der Bürgermeister; »es tut mir leid um diesen Menschen: das Glück in seinem Arm mag echt genug sein, ihm wird es nichts nützen; denn in seinem tiefsten Innern brütet er über einem Rätsel, zu dessen Lösung ihm weder sein Glück, wie Sie das junge Kind in seinen Armen zu nennen belieben, noch irgendein anderer Mensch auf Erden verhelfen kann.«

Das alte Fräulein sah recht dumm zu dem Redenden auf. »So möge er das Brüten lassen!« sagte sie endlich.

»Das kann er nicht.«

»Weshalb nicht? Er sieht doch herrisch genug aus.«

»Das tut er«, entgegnete der Bürgermeister nachdenklich, »er könnte sogar wohl toll darüber werden, vielleicht noch einmal ein Verbrecher; denn das Rätsel heißt: Wie find ich meine verspielte Ehre wieder? – – Er wird es niemals lösen.«

»Hm!« meinte die Dame, »Herr Bürgermeister, Sie haben allzeit so besondere Gedanken; aber ich denke, wir haben jetzt genug davon; die Laubkränze verbreiten so strengen Duft, und die Lampen qualmen auch, man trägt's noch tagelang in Haar und Kleidern.«

Sie gingen alle und überließen die Armen ihrer Lustbarkeit; nur der Bürgermeister zögerte noch ein paar Minuten, da wieder das junge Paar vorübertanzte. Das siebzehnjährige Weib hing mit lachenden Augen an denen ihres Mannes, die sich, wie um alles zu vergessen, in die ihren zu bohren schienen.

»Wie lange noch wird's dauern?« murmelte der Bürgermeister, dann folgte er den andern.

Es dauerte doch noch ziemlich lange; denn das Weib war, obgleich in Lumpen aufgewachsen, jung und unschuldig. Sie wohnten in der Kate am Ende der ins Feld hinauslaufenden Norderstraße; das Kämmerlein vorn war das ihre, die Mutter hatte sich ein Lager in der engen Küche einzurichten verstanden. Sein alter Arbeitgeber wußte nun schon, daß John ein halbmal mehr als andere arbeite, und deshalb, und da auch der Bürgermeister ihm zusprach, hielt er den Mann fest, so oft ihm auch geraten wurde, den Zuchthäusler vor die Tür zu setzen. So war allzeit Arbeit da, für ihn und oftmals auch für die Frau, und die Nahrungssorge klopfte nicht an die kleine Tür. Ein Gärtlein war auch am Hause, und darin, hinten nach dem Weg hinaus, eine dichte Ligusterlaube. Hier saß die Frau meist an den Sommerabenden und harrte seiner, bis er von der Arbeit kam; dann flog sie auf ihn zu und zwang ihn, sich auf die Bank zu setzen; er aber litt sie nicht neben sich, er setzte sie auf seinen Schoß und hielt sie wie ein Kind an seiner Brust. »Komm nur«, sagte er, »so müde bin ich nicht; ich hab nicht viel, ich muß es alles in meinen Armen haben.« So sprach er eines Abends; da sah sie ihn an und strich ihm, als wollte sie etwas fortwischen, mit ihren Fingern über die Stirn. »Das da wird immer tiefer!« sagte sie.

»Was denn, Hanna?«

»Die Falte – nein, sprich nicht, John; ich kann's schon denken, die Brückenarbeiter haben heut ihr Fest; die andern sind da, sie haben dich nicht eingeladen.«

Die Falte wurde noch tiefer. »Laß das!« sagte er. »Sprich

nicht davon; ich wär ja doch nicht hingegangen.« Und er klammerte die Arme fester um sein Weib. »Am besten«, sagte er, »nur wir zwei allein.«

– – Nach einigen Monaten sollte ein Kind geboren werden. Die gutmütige Alte lief mit wirrem Kopf umher; bald stellte sie ein Töpfchen für die Wöchnerin ans Feuer, bald wieder wickelte sie die dürftigen Hemdchen auseinander, die sie für ihr erwartetes Enkelkind aus alter Leinwand in vielen Wochen genäht hatte. Das junge Weib war im Bette liegen geblieben; der Mann saß bei ihr; er hatte Arbeit Arbeit sein lassen und hörte nur auf das Stöhnen seines Weibes, die fest ihre Hand um seine preßte. »John!« rief sie, »John! Geschwind, du mußt zur Mutter Grieten laufen, aber komm gleich wieder, bleib nicht fort!«

John hatte in dumpfem Sinnen gesessen. Nur wenige Augenblicke noch, dann sollte er Vater werden; ihn schauderte; er sah sich plötzlich wieder in der Züchtlingsjacke. »Ja, ja«, rief er, »ich bin gleich wieder da!«

Es war am Morgen, und die Hebamme wohnte in derselben Straße; er lief und riß die Haustür auf, und als er in die kleine Stube trat, saß die dicke Alte an ihrem Morgenkaffee. »Na, Er ist's!« rief sie unwirsch, »ich dacht zum mindesten, es sei der Amtmann!«

»Ich hab nicht weniger ein Weib als der!«

»Was ist mit Seinem Weibe?« frug die Alte.

»Frag Sie nicht! Komm Sie mit mir; mein Weib liegt in Kindesnöten; wir bedürfen Ihrer Hülfe.«

Die Alte musterte den erregten Mann, als zähle sie im Geist die wenigen Schillinge, die dieser Dienst ihr abwerfen werde, wenn sie nicht gar verlorengingen. »Geh Er nur vorab!« sagte sie. »Ich muß erst meinen Kaffee trinken.«

John stand wie unentschlossen an der Stubentür.

»Geh Er nur!« wiederholte sie, »Sein Kind kommt früh genug!« Er hätte das Weib erdrosseln mögen; aber er biß nur die Zähne aufeinander; sein Weib bedurfte ihrer. »So bitt ich nur, Frau Grieten, trinket nicht zu langsam!«

»Ja, ja«, sagte die Alte, »ich trinke, wie ich Lust hab.«

Er ging; er sah, daß jedes seiner Worte sie nur noch widerwilliger machte.

Sein Weib fand er wimmernd auf dem heißen Bette. »Bist du es, John? Hast du sie bei dir?«

»Noch nicht; sie kommt wohl gleich.«

Das »gleich« wurde zu einer halben Stunde, während John reglos neben der jammernden Wöchnerin saß und die Alte draußen noch einmal Kaffee für Mutter Grieten kochte. »Die können allzeit Kaffee trinken«, sprach sie zu sich selber, »man muß sie sich zu Freunden halten!«

»John!« rief in der Kammer das junge Weib, »sie kommt noch immer nicht!«

»Nein«, sagte er, »sie muß erst Kaffee trinken.« Er knirschte mit den Zähnen, und seine düsteren Brauen zogen sich zusammen. »Du hättest nur des Amtmanns Weib sein sollen!«

»John, ach John, ich sterbe!« schrie sie plötzlich.

Da sprang er auf und rannte aus dem Hause. Auf der Straße begegnete er der dicken Hebamme. »Nun«, rief sie, »ist das Kind schon da? Wohin will Er denn?«

»Zu Ihr, Frau Grieten, damit mir meine Frau nicht sterbe.«

Die Alte lachte. »Tröst Er sich, an so etwas stirbt Euresgleichen nicht!«

Sie zog ihn mit nach seiner kleinen Wohnung. Als sie in die Kammer trat, sah sie auf die Wöchnerin. »Wo ist die Alte?« frug sie. »Habt Ihr denn nichts bedacht?« Und sie zählte auf, was man bei solcher Gelegenheit für sie bereitzuhalten pflegte, und sie brachten ihr, was sie hatten.

John stand zitternd am Ende des Bettes, und endlich wurde das Kind geboren. Die Hebamme wandte den Kopf nach ihm. »Da hat Er eine Dirne, die braucht nicht Soldat zu werden!«

»Eine Züchtlingstochter!« murmelte er; dann fiel er vor dem Bette auf die Knie: »Möcht Gott sie wieder zu sich nehmen!«

Immer feindlicher stand ihm die Welt entgegen; wo er ihrer bedurfte, wo er sie ansprach, immer hörte er den Vorwurf seiner jungen Schande als die Antwort; und bald hörte er es auch, wo kein anderer es hätte hören können. Man hätte fragen mögen: »Du mit den starken Armen, mit deiner mächtigen Faust, warum duldest du das, warum bringst du sie nicht zum Schweigen?« Hatte er doch einmal, da von einem maulfrechen Matrosen sein Weib eine Betteldirne war gescholten worden, den Menschen hingeworfen und ihm fast den Schädel eingeschlagen; und nur mit Not hatte im Sühnetermin der ihm günstige Bürgermeister die Sache unter beiden ausgeglichen!

Doch das war ein anderes; wo aber eine Hand erbarmungslos an jene offen Wunde seines Lebens rührte, wo er's nur glaubte, da fielen die starken Arme ihm an seinem Leib herunter, da war nichts mehr zu schützen oder gar zu rächen.

Und dennoch, mit ihm in seinem armen Hause wohnte noch immer das Glück. Zwar, wenn seine Stirn zu finster, sein Wort zu knapp und trocken wurde, dann flog es wohl erschreckt davon, aber es kehrte doch allzeit zurück und saß mit den jungen Eltern an dem Bettchen ihres Kindes und lächelte sie an und fügte ihre Hände unvermerkt zusammen. Das Glück war noch nicht ganz gewichen; die Alte nahm sich mehr und mehr der Wartung des Kindes an, je weiter es heranwuchs, und Hanna ging wieder dann und wann auf Arbeit und half erwerben. Wer trug denn die Schuld, daß immer öfter das Glück davonflog und sie immer länger ohne die holde Genossin zwischen ihren kahlen Wänden saßen! War es der Eigenwille der Weiber oder der so lang in Schlaf versenkte Jähzorn in ihnen beiden, der nach der großen Liebesfreude allmählich aus der Tiefe immer ungebändigter hervorbrach? Oder war es in dem Manne die unsühnbare Schuld, die den bitteren Unmut in ihm aufjagte? Hatte es doch, da vor geraumer Zeit sein alter Arbeitgeber durch jähen Tod gestorben war, nur kaum unter Not und Kummer gelingen wollen, daß er jetzt endlich am Wege saß und Steine klopfte.

Da war's, an einem Herbstabend, das Kind mochte ein Jahr alt sein; es lag in seinem Bettchen, das bald nach der Geburt der Vater ihm gezimmert hatte, und schlief, daß die heißen Tropfen auf der kleinen Stirne perlten. Aber Hanna saß verdrossen dabei, die kleinen Füße ausgestreckt, den einen Arm über die Stuhllehne herabhängend: das Kind hatte immer noch nicht schlafen wollen, und die alte Mutter, die ihr sonst die Last abnahm, war von einem Gichtanfall ins Bett getrieben worden. »Du hättest auch eine Wiege zimmern können!« rief sie ihrem Manne zu, der eben müde von der Arbeit kam und sein Werkzeug in eine Ecke stellte.

»Was ist denn?« frug er, »das Kind schläft nun ein Jahr schon in dem Bettchen; du freutest dich doch selbst, als ich's gemacht hatte!«

»Nun will es aber nicht mehr«, gab sie zur Antwort.

»Es schläft ja doch!«

»Ja – über eine Stund hab ich damit herumgearbeitet!«

»Da haben wir beid gearbeitet«, sagte er kurz.

Aber sie schwieg nicht; Red um Rede ward wechselsweise schärfer und unbedachter.

»Es wird schon morgen besser schlafen oder übermorgen«, sprach noch der Mann. »Wenn's gar nicht geht – wir kriegen dann wohl eine Wiege!«

»Woher?« frug sie. »Damals, als du das gute Holz hattest, hättst du die Wiege machen sollen!«

»Ei, so säg ich die Beine ab«, sagte John, »und schlag ein paar Gängel darunter; dann hast du deine Wiege!«

Aber dem jungen Weibe war ja die Wiege nur ein Spielwerk für ihren Unmut gewesen; ein häßlich Lachen fuhr aus dem hübschen Munde: »Soll ich das Ungeheuer denn allein regieren?«

Er riß den Kopf empor: »Willst du mich höhnen, Weib?«

»Warum nicht!« rief sie und verzog den Mund, daß ihre weißen Zähne ihm in die Augen blitzten.

»So helf dir Gott!« schrie John und hob die Faust.

Sie sah es und sah erst jetzt den Jähzorn in seinen Augen flimmern. Ein plötzliches Entsetzen fiel sie an; sie flog in eine Ecke des Zimmers und stürzte dort zusammen. »Schlag nicht, John!« schrie sie. »Um deinetwillen, schlag mich nicht!«

Aber seine stets so rasche Hand war in der Leidenschaft zu rasch gewesen. Die Hände an den Schläfen in das dunkle Haar gedrückt, mit scheuen Augen sah das Weib ihn an; seine Hand hatte ihr die Stirn nur leicht gestreift; sie selber sprach kein Wort; aber dennoch hörte er es in seinen Ohren gellen: »Weh dir, du hast dein Glück zerschlagen!«

Er fiel zu ihr nieder; er sprach, er wußte selbst nicht, was; er bat sie; er riß ihr die Hände vom Gesicht und küßte sie. Aber sein Weib antwortete ihm nicht; wie mit der List des Wahnsinns blickte sie heimlich nach der offenen Stubentür, und plötzlich war sie unter seinen Armen fort; er hörte, wie sie hinter sich die Hoftür zuschlug.

Und als er dann sich wandte, sah er sein Kind aufrecht in dem Bettchen sitzen; es hatte mit beiden kleinen Fäusten sich das Bettuch in den Mund gestopft und sah mit großen Augen auf ihn hin; doch als er unwillkürlich näher kam, schlug es Kopf und Ärmchen rückwärts, und die Kinderstimme gellte durch das kleine Haus, als ob sie untragbar Unglück auszuschreien habe. Er erschrak, aber er hatte keine Zeit; was kümmerte ihn jetzt das Kind! Er rannte aus der Hoftür durch den dunklen Garten. »Hanna!« rief er, und laut und immer lauter: »Hanna!« Aber nur die Baumwipfel der vielen Gärten, die hier aneinanderliegen, rauschten von den Tropfen, die jetzt vom Himmel fielen, und aus der hinterliegenden Stadt kam das Geräusch von allerlei Fuhrwerk. Mit Entsetzen fiel ihm der Brunnen ein: »Wenn sie sich ein Leids angetan hätte!« Er lief den Weg hinauf, wo der Eingang zu den Feldern war; da stolperte sein Fuß; ein Menschenlaut vom Boden wurde hörbar. »Hanna!« schrie er, »Hanna, du lebst? Gott sei Dank, du bist es!« Ein lautes Jauchzen hätte er in die Nacht geschrien, aber sein Herz, das zum Zerspringen klopfte, machte es ihm unmöglich. Er hob sie wie ein Kind auf seine Arme, und da der Regen stärker fiel, zog er seinen Rock vom Leibe und hüllte sie darein; dann hielt er sie sanft an seine Brust und ging langsam, als sei er zum ersten Mal allein mit seinem jungen Weibe, in dem strömenden Regen ihrem Hause zu.

Sie hatte alles, ohne ein Zeichen des Lebens, sich gefallen lassen; erst als aus ihres Mannes Augen ein warmer Tränenschauer auf ihr Antlitz fiel, streckte sie die Hand empor und strich damit ihm sanft über seine Wange.

»Hanna, liebe Hanna!« rief der Mann. Da kam auch ihre andre Hand hervor, und beide schlossen sich um seinen Hals.

Und das Glück ging wieder leis an ihrer Seite; er hatte es noch nicht verjagt.

Wer wüßte nicht, wie oft es denen, die wir »Arbeiter« nennen, zum Verhängnis wird, daß ihre Hand allein ihr Leben machen muß! Wo in der Leidenschaft das ungeübte Wort nicht reichen will, da fährt sie, als ob's auch hier von ihr zu schaffen wäre, wie von selbst dazwischen, und was ein Nichts, ein Hauch war, wird ein schweres Unheil. Und geschah es einmal, so geschieht's auch ferner; denn die meisten dieser Leute, just nicht die schlechtesten, sie leben ihre Zeit dahin und haben ihre Augen nur auf heut und morgen; was gewesen und vergangen ist, gibt ihnen keine Lehre.

So war es auch mit John. Wenn an arbeits- und verdienstlosen Tagen die Not, oder was es immer sein mochte, seine Nerven zucken machte, so faßte auch ferner seine böse Hand nach seinem Weibe, deren Blut nicht kälter rollte als das seine. Und Buben und junge Leute blieben auf der Gasse vor ihrem Häuschen stehen und ergötzten sich an dem, was von dem Elend drinnen an ihr Ohr hinausdrang. Nur einer, der alte Nachbar Tischler, kam mit gutem Willen, er ging ins Haus und sprach mitunter die Streitenden zur Ruhe, oder er trat, mit einem hübschen, leise schluchzenden Kinde auf den Armen, wieder aus der Tür; »das ist nichts für dich, du kleiner Engel«, sagte der alte Mann, »komm du mit mir!« Und er ging mit ihr in seine Wohnung, wo eine ebenso alte Frau das Kind ihm zärtlich aus den Armen nahm.

Wenn aber in dem kleinen Hause Jähzorn und Kräfte sich erschöpft hatten, dann – wovon die draußen nichts gewahrten – fielen Mann und Weib sich in die Arme und preßten und küßten sich, als ob sie so sich töten wollten. »O Hanna, sterben!« rief einmal der wilde Mann; »nun mit dir sterben!« und aus den roten Lippen des Weibes stieg ein Seufzer; sie warf ihre trunkenen Augen auf den erregten Mann und zog das Mieder, das er vorhin über ihrer weißen Brust zerrissen hatte, noch weiter von der Schulter. »Ja, John«, rief sie, »nimm nur dein Messer und stoß es da hinein!«

Aber während er sie anstarrte, ob denn das Furchtbare ihr auch Ernst sei, rief sie plötzlich: »Nein, nein! Tu's nicht, das nicht! – unser Kind, John! – das wär Todsünde!« und sie bedeckte hastig ihre preisgegebene Brust.

Er sagte langsam: »Ich weiß es nun, ich tauge nicht, ich bin doch wieder schlecht gegen dich!«

»Du nicht! du nicht, John!« rief sie; »ich bin die Böse, ich reiz dich, ich zerr an dir herum!«

Aber er zog sie fester an sich und verschloß ihren Mund mit Küssen.

»John!« flüsterte sie, als sie wieder frei war und wieder ihren Atem hatte, »schlag mich nur, John! Es tut wohl weh, am meisten in meinem Herzen; aber dann küß mich, küß mich tot, wenn du es kannst! Das tut noch süßer, als das Schlagen weh tut!«

Er sah sie an, und er zitterte, als er sie so in ihrer Schönheit sah: sein Weib, die keines andern war als nur die seine.

»Ich will dich nicht mehr schlagen«, sprach er; »zerr mich nur, soviel du kannst!« und mit zärtlichen, unterwürfigen Augen blickte er auf sie hinab.

»Nein, John«, bat sie, und ihre tiefe Stimme klang so weich, »du wirst es doch tun! Aber nur eines: du tatst es gestern, aber tu's nicht wieder! Schlag nicht unser armes

Kind! Ich hasse dich dann, und das, John, tut am allerwehesten!«

»Nein, Hanna, auch das Kind nicht«, sprach er wie träumend.

Und sie bückte sich und küßte seine Hand, mit der er sie vorhin geschlagen hatte.

– Das sah kein Mensch; und doch, nach ihrer beider Tode ist davon erzählt worden.

Trotz Not und Schuld war die enge Kate noch immer sein Heim und seine Burg; denn von den beiden Frauen dort rührte keine an seiner Wunde, nur dort noch war er davor sicher.

Es war das eben kein Erbarmen; sie dachten nur nicht daran, und taten sie es je, so war des Mannes Jugendschuld ihnen mehr ein Unglück als ein Verbrechen; denn in ihrem eigenen Leben lagen Recht und Unrecht oft nur kaum unterscheidbar nebeneinander. War doch auch in des Weibes Kinderzeit ein sehr alter Mann ihr guter Freund gewesen, der wegen gleichen Vergehens in der »Sklaverei« gewesen war und manches Jahr in Ketten die Karre geschoben hatte. Harmlos, wie andere von den Abenteuern ihrer Jugend plaudern, hatte er dem Kinde das erzählt. Nun wohnte er in einem nahen Dorfe und fuhr mit seiner mageren Kracke weißen Sand zur Stadt und schnitzte, wenn er daheim war, Holzschuhe und Sensenstiele. Er hatte oftmals im Vorbeifahren mit dem munteren, auf der Haustürschwelle sitzenden Kinde ein paar großväterliche Worte geredet, so daß sie allmählich aufpaßte, wenn der weißhaarige Greis mit seinem kümmerlichen Fuhrwerk von der Landstraße in die Stadt kam. Die Holzschühchen, die er ihr einmal mitgebracht hatte, standen noch auf dem kleinen Boden; sie hatte sie neulich für ihr eigen Kind hervorgesucht. – »Wo der alte Mann wohl abgeblieben ist?« hatte sie bei sich selber gesprochen, indem sie den Staub von den Schühchen wischte und sie dann sorgsam nebeneinanderstellte, »auf einmal kam er nimmer wieder.«

Daß der Greis, der in so friedlichem Alter dahingegangen war, auch zu den Züchtlingen gehört hatte, das hatte weder ihn noch sie beunruhigt.

Dennoch kam eines und machte allem ein jähes Ende. – – Es war eine Zeit leidlichen Verdienstes gewesen; aber Hannas Mutter war nach kurzem Krankenbett gestorben. Hanna hatte die alte Frau leidenschaftlich beweint; John hatte gerechnet und tat es noch; denn das verdiente Geld war dabei fortgegangen, und kleine Schulden waren noch dazu aufgelaufen. – Am Häuschen, an der Gartenseite, hatte lange Jahre ein starker Eschenbaum gestanden, in dessen Schatten die jungen Eheleute früher am Sonntagmorgen oft gesessen hatten, aber schon vor Jahr und Tag, in einer Zeit des Notstandes, hatte John ihn umgehauen; er hatte Geld aus dem schönen Stamm zu lösen gedacht, den, wie die Alte versicherte, ihr Mann einst selbst dorthin gepflanzt hatte; allein der Baum lag noch immer auf dem Hofe, und nur der erquickliche Schattensitz war verloren. Jetzt kam er doch zu Nutzen: der Nachbar Tischler nahm ihn und machte dafür der Alten einen Sarg mit hohem Deckel; so kam sie, was ihre letzte Sorge gewesen war, doch anständig in die Grube.

Aber die Totengebühren waren meist noch unbezahlt, und manches andre drückte auch noch; es bot sich wieder einmal kaum je am andern Tage eine Arbeit.

Ein Sonntagmorgen war es; Hanna hatte eben das jetzt schon dreijährige Kind in seinen dürftigen Sonntagsstaat gekleidet; John saß mit aufgestütztem Ellenbogen am Tisch vor seinem Morgenkaffee, wühlte mit der Hand in seinen dunklen Locken und schrieb mit einem Stückchen Kreide Zahlen auf die Platte.

Bald aber zerbrach und zermalmte er die Kreide zwischen seinen Fingern und starrte wie gedankenlos auf Weib und Kind. »Was hast du jetzt zu tun, Hanna?« frug er endlich.

Sie warf den Kopf herum; die Worte klangen ihr so trokken. »Nichts!« sagte sie ebenso, »das Kind ist angezogen.«

»Was tatest du denn, als du mit deiner Mutter noch allein warst und nicht einmal ein Kind zum Anziehn da war?«

»Ich ging betteln in der Stadt!« antwortete sie, und ein höhnischer Trotz klang aus den Worten; »das ging noch besser, als es jetzt geht! Du wußtest ja, daß du eine Betteldirne freitest!«

»Und schämtest du dich nicht?« fuhr es aus ihm heraus.

»Nein«, sagte sie hart und sah ihm mit starren Augen ins Gesicht.

»Warum lerntest du nicht mit feiner Wäsche umgehn? Deine Mutter konnte es doch; sie hatte bei Herrschaften gedient. Das hätte uns jetzt Geld gebracht und wär besser gewesen als das faule Umherlungern.«

Sie schwieg; es war nie daran gedacht worden. Aber in ihrem hübschen Kopfe fing es an zu kochen, als sie nichts erwidern konnte. Dazu, die Augen ihres Mannes lagen auf ihr, als wolle er sie ganz ins Nichts hinunterdrücken. Da kam ihr ein Gedanke; er versetzte ihr den Atem, aber sie konnte es nicht verhalten. »Es gibt ja noch andern Verdienst!« sagte sie, und als er schwieg: »Wir können Wolle spinnen; das hast du ja sechs Jahre lang getrieben und kannst es mich selber lehren!«

Ihm war, als hätte er einen Schlag in sein Gehirn bekommen, und sein Gesicht verwandelte sich so furchtbar, daß sich das Kind mit beiden Ärmchen an die Mutter klammerte.

»Weib! Hanna!« schrie er. »Das sagst du mir? – du?«

Und als sie jetzt wie ohne Leben ihm ihr Gesicht entgegenhielt, faßte er sie an beiden Schultern, zog sie an sich, als müsse er sich überzeugen, ob sie's auch selber wäre, und stieß sie dann gewaltsam von sich. Der Stuhl, an welchem sie gestanden hatte, fiel zurück, und das Kind stieß einen gellenden Schrei aus; das Weib aber stürzte gegen den Ofen; dann glitt sie mit einem schwachen Wehlaut auf den Boden.

Als wären die Gedanken ihm abhanden gekommen, sah John darauf hin; als er ein wenig seine Augen hob, da sah er an einem hervorstehenden Schraubenstift des Ofens, von dem das Kind den Messingknopf zum Spielen abgenommen hatte, einen Tropfen roten Blutes hängen. Er kniete nieder und fuhr suchend mit den Händen durch das volle Haar seines Weibes; plötzlich wurden ihm die Finger feucht; er zog sie hervor. »Blut!« schrie er und betrachtete mit Entsetzen seine Hand; dann fuhr er fort zu suchen, hastig, mit fliegendem Atem, und – nun hatte er es gefühlt, ein Stöhnen brach aus seinem Munde: da, da quoll es hervor, da war der Stift hineingedrungen; tief – er wußte nicht, wie tief. »Hanna!« flüsterte er, indem er sich zu ihrem Ohre beugte, und noch einmal stärker: »Hanna!«

Da kam es endlich. »John!« kam es von ihren Lippen; doch wie aus weiter Ferne.

»Hanna!« flüsterte er wieder; »bleib, oh stirb nicht, Hanna! Ich hol einen Doktor; gleich, gleich bin ich wieder da!«

»Es kommt doch keiner.«

»Ja, Hanna, er soll kommen!«

Eine Hand griff tastend nach der seinen, wie um ihn zurückzuhalten. »Nein, John – kein Doktor – du bist nicht schuld – aber – sie setzen dich ins Gefängnis!«

Sie warf sich plötzlich gewaltsam herum. »Küß mich, John!« rief sie laut wie in Todesangst; doch als er seine Lippen auf die ihren drückte, küßte er nur noch eine Tote.

Scheu schlich das Kind zu ihm heran. »Ist Mutter tot?« frug es nach einer Weile, und als der Vater nickte: »Warum weinest du denn nicht?«

Da ergriff er das erschrockene Kind mit beiden Händen und drückte es an sich. »Ich kann nicht!« stammelte er heiser; »ich habe sie – – ermordet«, wollte er sagen, aber es wurde an die Tür geklopft.

Er wandte den Kopf und sah den Nachbar Tischler eintreten. Der alte Mann hatte durch die dünnen Wände den Lärm gehört, das Mitleid mit der Frau, die dessen nicht mehr bedurfte, hatte ihn hergetrieben; nun sah er erschrocken auf die Tote.

»Was ist das! Was habt Ihr hier?« frug er verwirrt.

John richtete sich auf und setzte die Kleine auf den Fußboden. »Es ist nur wieder ein Sarg zu machen«, sagte er tonlos, »und ich habe keine Eschenstämme mehr. Ich bin ein armer Lump, Nachbar!«

Der Alte sah ihn eine Weile schweigend durch seine runden Brillengläser an. »Ich weiß wohl«, sagte er dann, »daß du dies Weib nicht verdientest; du brauchst just nicht davon zu reden – wie ist denn das Unglück hier zu Platz gekommen?«

Und John berichtete, was geschehen war; ohne Auslaß, trocken, als sei es eines Dritten Sache; dann aber warf er sich wieder zu der Toten und betrachtete mit Scheu ihr Antlitz, das wie schlafend vor ihm lag; leise, als gelte es, ein Verbot zu übertreten, streckte seine große Hand sich aus und strich zitternd über die leblosen Züge. »Wie schön, o wie schön!« murmelte er; »und sie werden ein glattes Brett darübernageln, wie sie es den armen Menschen tun!«

Der Alte kannte seinen Mann; er glaubte seinem Berichte: er wußte, er brauchte nicht weiter darüber zu reden; dennoch trug er ihm mehr Groll als Mitleid. »Sei ruhig, John«, sagte er fast mürrisch; »ich mache deinem Weibe ihren Sarg wie damals ihrer Mutter; wenn wieder Arbeit kommt, so magst du zahlen, wenn du es kannst!«

Da richtete der elende Mann sich auf. »Dank, Nachbar; aber gewiß, ich bezahl's Euch, jeden Sechsling, jeden Pfennig, denn ich muß sie selbst begraben. Sonst soll mich Gott verdammen!«

Das Kind erschrak und ließ den Zipfel seines Rockes los, den es bisher gefaßt hielt.

»Soll meine Frau Euch«, frug der Tischler, »die Kleine für die nächsten Tage abnehmen? Ihr habt hier niemand mehr.«

»Nein, niemand mehr«; und aus seinen Augen flog ein Blick wie um Erbarmen flehend zu dem Angesicht des neben ihm stehenden Kindes. »Fragt sie selbst, Nachbar!« sagte er und ließ den Kopf auf seine Brust sinken. Aber er fühlte plötzlich die kleinen Arme zu sich emporstreben, und als er dann sein Kind emporhob, drückte er das Köpfchen fest an seine Wange; wie einen Strom von Lebensmut fühlte er es an sein Herz zurückfluten. »Nein, Nachbar«, sprach er, »seid bedankt! Aber mein Kind will doch nicht von mir; sie weiß, es ist nicht gut, so ganz allein zu sein.«

Dann, als der Alte fortgegangen war, brach ein Strom von Tränen aus seinen Augen. Er kniete nieder zu der Toten. »Hilf mir, mein Kind; es wird mir schwer, zu leben!« rief er, und die Kleine sah mit großen Augen zu ihm auf.

Vom Begräbnisse war John allein zurückgekommen, niemand hatte ihn begleitet; der alte Nachbar hatte der Toten ihren Sarg gemacht und war den letzten Weg mit ihr gegangen, dann war er in sein Haus zurückgekehrt.

John stand in seinem Zimmer und sah sich schweigend in den leeren Wänden um; hier war nun Ruhe, aber wo war das Glück? – Auf der kleinen Schatulle standen neben anderem Geschirre die zwei Tassen mit den grob gemalten Rosen, die er vor ein paar Jahren am Hochzeitsmorgen gekauft hatte. Seine Augen streiften darüber hin, er sah noch den Herbstsonnenschein, der damals über der breiten Straße gelegen hatte; er schüttelte sich, der war ja längst vergangen. Draußen auf der Gasse war wie immer das gewerbliche Getöse, aber hier in der kleinen Kammer war es furchtbar still; auch der kattunene Vorhang dort in der Ecke hing so unbeweglich, als ob nun alles aus sei. Er konnte es nicht ertragen, er trat hinzu und zog ihn zurück; da fiel ein Mieder Hannas, das sie noch selbst dahingehangen hatte, auf den Boden. Ein wilder Schmerz durchfuhr ihn, als er es aufhob; er taumelte auf einen Stuhl und schlug die Hände vors Gesicht.

Da knarrte die nur angelehnte Kammertür; sein Töchterchen drängte sich hindurch und hielt ihm triumphierend ein Püppchen unter die Augen, ein Geschenk der Tischlerfrau, die das Kind während des Begräbnisses an sich genommen hatte. Nun aber hatte es nicht länger Ruhe gehabt; es war durch die Gärten und zur Hintertür hereingelaufen, um auch dem Vater seinen Reichtum zu zeigen.

Der sah sie mit wirren Augen an; als sie aber erwartend vor ihm stehenblieb, hob er sie auf seinen Schoß und suchte sich zu fassen. »Was hast du da, Christinchen? Wer hat dir das geschenkt?«

Aber bevor noch die Antwort des Kindes kam, wurde mit einem Stecken an die Tür geklopft und ein alter, grauhaariger Weiberkopf guckte in die Stube; der zahnlose Mund blieb offen stehen, während der Kopf mit den kleinen munteren Augen Vater und Tochter zunickte.

John kannte das Gesicht: es gehörte der alten »Küster-Mariken«, einer jener sauberen Bettlerinnen, wie wir manche bei uns zu Hause haben. Sie war eine Schullehrertochter vom Lande, hatte in ihrer Jugend in der Stadt gedient und dort einen kleinen Handwerksmann geheiratet. Nach dessen Tode hatte sie jahrelang mit ehrlicher Arbeit sich um die Lebensnotdurft abgemüht, dann war sie früh gealtert und verarmt; nur das schwerersparte Geld zu einem guten Leichenbegängnis trug sie unantastbar in einem Lederbeutelchen an ihrem Leibe; was sie zu ihrer Nahrung noch bedurfte, holte sie sich nun Tag für Tag bei den Leuten, wo sie einst gedient hatte, oder bei deren Kindern oder solchen, die es ihr geboten hatten. John war ihr oft auf ihren »Suppengängen«, wie sie das selber nannte, begegnet und hatte der Alten freundlich guten Weg geboten.

Auch jetzt nickte er ihr freundlich zu. »So kommt doch arm zu arm!« sagte er. »Was will Sie von mir, Mariken?«

Aber von der Alten war noch immer nur der Kopf und die Krücke ihres Steckens in dem Zimmer. »John«, sagte sie, »kannst du ein altes Weib gebrauchen? Ich möchte in eins von deinen leeren Betten kriechen!«

»Das Bettzeug ist schon verkauft, Mariken«, sagte John.

»Nein, John, das Bettzeug hab ich selber, da brauchst du nicht zu sorgen!«

»Was will Sie denn mit dem leeren Bett?«

»Ei«, erwiderte die Alte, »so will ich's nach der Ordnung sagen: du weißt doch, ich hab ein Kämmerchen bei dem

Schlachter Nissen, nur sechs Fuß hin und her, doch schmuck und sauber, und jeder kann auf meine Dielen treten!«

»Nun«, unterbrach sie John, »hat der Sie jetzt hinausgeworfen?«

Die Alte war einen Schritt in die Stube getreten und drohte schmunzelnd mit der Krücke: »Beileibe nicht! Aber das alte faule Gebäu muß eingerissen werden, und in dem neuen, da passet unsereins nicht mehr hinein. So hab ich an dich gedacht, John! Sie trauen dir zwar nicht; aber ich kenn dich besser! Du gibst mir Unterschlupf; ich halte dir deine Kammer hier so schmuck, wie jetzund die meine, und hüte dir dein Christinchen, wenn du auf Arbeit bist.« Sie machte mit ihren Fingern ein Häschen und nickte der Kleinen freundlich zu, die unverwandt der Alten ins Gesicht starrte. »Nur«, fügte sie hinzu, »wo ich meinen alten Kopf zur Ruhe legen kann, weiter braucht's nicht; du weißt ja, mein bißchen Essen hol ich mir schon selber!«

John nickte: »Ja, ich weiß, Sie bettelt.« – Und in sich selber sprach er leis und traurig: »Mein Weib tat dies in ihrer Kindheit auch!«

Aber die Alte rief: »Was sagst du, John?« und stieß mit ihrem Stecken auf den Boden. »Das ist kein Betteln! Das geben mir meine früheren Herrschaften und ihre Freunde, das gehört sich so; ich bin ein alter Dienstbot, den dürfen sie nicht verhungern lassen!«

John sah sinnend auf das Weib; die Kleine war von seinem Schoß herabgeglitten und hielt der Alten ihre Puppe vor. »Sieh!« sagte sie, »die ist mein!« und nickte zur Bestätigung ein paarmal mit ihrem hübschen Köpfchen.

Küster-Mariken hatte sich an ihrem Stock herniedergleiten lassen und hockte vor dem Kinde auf dem Fußboden. »Ei der Tausend!« sagte sie, »das ist wohl die Prinzessin Pumphia! Ja, die kenn ich; als ich so klein war wie du, ist ihre Großmutter bei mir gewesen; von der könnt ich dir Geschichten erzählen! Wenn nur dein Vater das alte Weib nicht aus dem Hause wirft!«

»Nein, du sollst bleiben!« rief das Kind, und die Puppe wäre fast zu Fall gekommen, als sie mit ihren Händchen nach den dürren Fingern der Alten langte.

John nickte seinem Kinde zu: »Willst du sie behalten, Christine, so sag ihr, daß sie morgen kommen mag!«

Und so war es abgemacht. »Das liebe Dirnlein!« murmelte die Alte immer wieder, als sie aus dem Hause und durch die lange Straße ihrer Wohnung zu an ihrem Stecken ging.

So waren nun wieder drei Bewohner in der Kate; und doch war es darin so still, daß die Buben und Pflastertreter, welche daran vorbeigingen, vergebens einen Zeitvertreib von dort erwarteten. Nur etwas Hübsches, das sie jedoch nicht zum Stillstehn brachte, gab es im Sommer bisweilen dort zu sehn. Das war ein dürftig, aber allzeit sauber gekleidetes Dirnlein, das mit einer Puppe oder einem andern Spielwerk auf der Haustürschwelle saß, wo die Sonne auf ihrem braunen Scheitel glänzte. Wenn aber von drunten aus der Stadt die Turmuhr Mittag schlug, dann legte sie hastig ihre Puppe auf die Schwelle und ging mit vorgestrecktem Köpfchen einige Häuser, so weit Alt-Mariken es ihr erlaubt hatte, in die Stadt hinab; auch wohl, bedächtig und immer das Köpfchen rückwärts drehend, ging sie wiederum nach ihrer Haustür und nahm wie gedankenlos die Puppe in die Hand; bald aber trieb es sie aufs neue auf, und endlich, mit jenem Aufschrei vollsten Kinderglückes, flog sie dem von der Arbeit zu kurzer Ruhe heimkehrenden Vater in die ausgebreiteten Arme. Dann trug er seinen kleinen Trost die paar Häuser weit nach seiner Wohnung, wo schon die Alte mit ihren munteren Augen an der Türe harrte. »Nur herein, John! Nur herein!« rief sie; »die Kartoffeln hab ich Euch gekocht; und das Töpfchen Milch vom Nachbar Bäcker steht auch schon auf dem Tisch!« Dann band sie eine reine Schürze vor und ging mit dem irdenen Henkeltopf auf ihren eigenen Suppengang in die Stadt hinunter.

John aber und sein Christinchen setzten sich an den Tisch, nachdem er zuvor aus der Schatullenschublade ein derbes Schwarzbrot hervorgeholt hatte. Er schnitt zwei Stücke ab und brockte sie in die Milch, die in zwei Kümmchen verteilt wurde; zuletzt aßen sie mit etwas Salz die dampfenden Kartoffeln. Nachbar Tischlers bunte Katze kam herein und strich dem Kinde um die Beinchen; der warf Christinchen auch noch eine in Salz gestippte Kartoffel zu. Aber die Katze beroch sie nur, leckte einmal daran und begann sie dann mit ihren Pfötchen in der Kammer umherzurollen. Da lachten Vater und Tochter. »Die mag keine Kartoffeln«, sagte John; »das ist ein Leckerzahn! Schmeckt es denn dir, Christinchen?«

Und als die Kleine ihm schmausend zunickte, holte er noch einmal etwas aus der Schublade. »Nun merk auf!« rief er. »Nun kommt der Nachtisch!« Es war aber nur eine Messerspitze mit Butter, was er jetzt auf ihren Teller strich. »So«, sagte er, »damit iß nun deine letzte Kartoffel!« Und des Kindes Augen leuchteten vor Vergnügen.

Wenn die kleine Haustürglocke schellte und Mariken mit ihrem Topfe wieder heimkam, dann griff John nach der Mütze und ging wieder auf seine Arbeit.

Als Christinchen dann eines Tags in die Küche lief, sah sie die Alte am Herde sitzen und mit besondrem Behagen aus ihrem Topfe löffeln; ein leckerer Duft schwamm ordentlich in der Küche, und nach dem mageren Mittag mochte ein begehrlicher Ausdruck deutlich genug auf dem Kinderantlitz stehen.

Die Alte legte den Löffel aus der Hand. »Komm, Kind, und halte mit!« rief sie, »das wird dir guttun!«

Aber Christine trat zurück und schüttelte das Köpfchen: »Ich hab mit Vater schon gegessen.«

»Doch nicht von Frau Senator ihrer Sonntagssuppe!«

»Ich darf nicht«, sagte das Kind leise.

»Was?« rief die Alte. »Wer hat dir das verboten?«

»Mein Vater«, kam es ebenso von den Lippen des Kindes.

Wie Zornesröte flog es in das Gesicht der Alten. »So, so!« sagte sie und stemmte die Faust mit dem Löffel auf ihr Knie. »Ja, ja, ich glaub's: du sollst nicht mit mir von meinen Bettelsuppen essen!« Aber sie drängte die Worte zurück, die noch über ihre Zunge wollten; das Kind durfte das nicht hören. »Komm«, sagte sie und stellte ihren Topf beiseite, »ich bin satt; wir wollen in den Garten, da find ich dir noch ein paar Stachelbeeren. Du bist ein braves Kind! Sei deinem Vater allzeit so gehorsam; da wird's dir wohlgehn!«

Und sie wanderten miteinander in den Garten, und so dürftig auch die Ernte ausfiel, die Alte erzählte so alles vergessen machende Geschichten von Prinzessin Pumphias Großmutter, daß der Leckerappetit der Kleinen, sie wußte nicht wie, verging.

– – Das war in der Zeit, die sich so unauslöschlich dem Kinderherzen einprägte, daß dagegen alles, was vorher war, in Dämmerung versank, von der die Frau, die einstmals dieses Kind gewesen war, mir heute noch gesagt hatte, daß es in ihrer Kindheit die Rosenzeit gewesen sei.

John hatte dem Nachbar Tischler Wort gehalten: der Sarg der jungen Frau war bis auf den letzten Dreier von ihm bezahlt worden; er hatte sein Weib doch selbst begraben.

Das anmutige Kind, das so jählings mutterlos geworden, mit dem jetzt wohl nachmittags die Alte durch die Straßen prunkte, hatte das Mitleid der Stadt erweckt; und war auch diese Teilnahme nicht von langer Dauer, es hatte dem Vater doch zu Arbeiten verholfen, die ihm sonst nicht gekommen wären, und da es meist Verdingsarbeiten waren, so half seine geschickte Kraft ihm jetzt zu gutem Verdienst. Und eines Sonnabends – das Kind mochte jetzt schon reichlich seine fünf Jahre alt sein –, da John am Feierabend einen tüchtigen Wochenlohn vor sich auf den Tisch zählte und dann einen Teil davon zum Mietzins abschied, stand auch Alt-Mariken dabei, und auf die vielen Schillinge niederschauend, sprach sie: »Gib mir auch etwas davon!« Als er verwundert aufsah, fügte sie schmunzelnd bei: »Du glaubst, John, ich will nun auch bei dir betteln!«

»Nein, Mariken; aber was will Sie?«

»Nur acht Schillinge, um eine Tafel und eine Fibel dafür zu kaufen!«

»Will Sie noch schreiben und lesen lernen?«

»Nein, John, das hab ich, Gott und meinem seligen Vater Dank, nicht nötig! Aber mit Christinchen ist es an der Zeit. Und das soll sie schon von dem alten Weibe lernen; ich war einst meines Vaters beste Schülerin.«

John reichte ihr, was sie verlangte. »Sie hat wohl recht, Mariken«, sagte er.

-- Und so lernte Christine diese schwierigen Dinge leichter und um ein paar Jahre früher, als es armen Kindern sonst zuteil wird; und jetzt waren es andere Menschen als früher, nachdenkliche Leute, pensionierte Schullehrer, auch wohl alte Großmütter, die manchmal vor der kleinen Kate ihren Schritt hemmten und mit einem Ausdruck von zärtlichem Beifall auf das eifrige Kind dort auf der Haustürschwelle sahen, das, ohne umzublicken, unachtend der braunen Löckchen, die von der Stirn ihm in die Augen hingen, den Kopf über eine Fibel neigte und, alles um sich her vergessend, den kleinen Zeigefinger von einem Wort zum andern rückte, sobald das Mündlein die schwarzen Druckzeichen in den hellen Sprachlaut umgesetzt hatte.

Wenn aber am Feierabend der Vater da war, wenn sie mit aller Wichtigkeit ihm erst gezeigt hatte, wie weit sie heute auf der Tafel oder im Fibelbuch gekommen sei, und wenn sie dann miteinander ihr kleines Mahl verzehrt hatten, so ging er wohl noch einmal mit ihr hinaus unter den Sternenhimmel, auf die Straßen oder, war es dort zu laut noch, in das Gärtchen und weiter in die Wege, die in das Feld hinausliefen. Dann hob er oft sein Kind auf beide Arme, und was er tags erfahren hatte, oder was nur an Gedanken bei der Arbeit ihm gekommen war, was sie verstand oder nicht verstand, das flüsterte er in die kleinen Ohren; er hatte keinen andern Vertrauten, und ein ewig Schweigen soll kein Mensch ertragen können. Wohl bog das Kind bisweilen das Köpfchen zu dem seinen auf und lächelte ihm nickend zu; manchmal aber erschrak es und bat: »Nicht so! Oh, sag das nicht, mein Vater!« Er wußte nicht, war diese Tochter ihm ein neues Glück, war sie ihm nur ein Trost für ein verlorenes; denn immer wieder nach dem toten Weibe in Reu und Sehnsucht wollte ihm das Herz zerbrechen; noch im Traum betörte ihn der Reiz des längst vergangenen Leibes, daß er, vom Schlafe auffahrend, ihren Namen durch die dunkle Kammer schrie, bis er endlich faßte, was unrettbar der Vergangenheit gehöre. Manchmal in der Nacht hatte auch das Kind nach der Mutter gerufen und die Ärmchen weinend nach ihr ausgestreckt; wenn er dann am Abend darauf sie durch die Einsamkeit der Gassen auf seinen Armen trug, erzählte er ihr, wie Süßes oft im Traume ihm geschehen, wie schrecklich sein Erwachen gewesen sei.

Dann frug das Kind wohl zitternd: »War denn Mutter bei dir in der Nacht?«

»Nein, Christine; es war ja nur ein Traum.«

Und das Kind frug weiter: »War denn Mutter so schön?«

Dann drückte er sie heftig an sich: »Für mich das Schönste auf der Erde! Weißt du das nicht mehr? Du warst schon drei Jahre alt, als sie starb!« Als er das letzte Wort gesprochen hatte, stockte ihm die Rede plötzlich; ein Frösteln rann durch seine Glieder. Konnte er so einfach von ihrem Sterben sprechen? Er wollte sein liebes Kind doch nicht betrügen. – Die Kleine aber, die eine Weile geschwiegen hatte, sagte jetzt traurig: »Mein Vater, ich weiß gar nicht mehr, wie Mutter aussah!«

»Wir hatten nimmer Geld zu einem Bilde; wir dachten auch nicht an den Tod!« antwortete John, und seine Stimme bebte; »aber er ist immer bei uns; streck nur den Finger aus, so kommt er schon!«

Die Kleine drückte angstvoll das Köpfchen an seine Brust. »Nein, nein«, sagte er, »so ist's doch nicht! Du kannst schon deine beiden ganzen Händchen ausstrecken! Der liebe Gott ist doch über ihm; der hat auch versprochen, daß wir die Toten alle wiedersehen sollen; so lange mußt du warten.«

»Ja, Vater«, sagte das Kind, und der kleine Mund drückte sich auf den seinen, »aber du mußt bei mir bleiben.«

»Wie Gott will.«

–– War bei ihrer Nachhausekunft Alt-Mariken noch wach, oder hatte die Haustürschelle sie wieder aufgeschreckt, dann schalt sie John, die Nacht sei nicht für Kinder, er trage sie noch in den Tod.

Er aber sagte dann wohl halb für sich selber:

Besser früher Tod,
Als spät die Not.

Da kam jener furchtbare Winter in den vierziger Jahren, wo die Vögel tot aus der Luft fielen und die Rehe erfroren im Walde zwischen den von Schnee gebeugten Bäumen lagen, wo die armen Leute mit ihrem leeren Magen, um nicht gleichfalls zu erfrieren, in ihre kargen Betten krochen, die in ungeheizten Kammern standen; denn auch die Arbeit war mit eingefroren.

John hatte sein Kind auf dem Schoß; er sann wohl darüber nach, warum in solcher Zeit das Mitleid nicht den Armen Arbeit schaffe; er wußte nicht, daß es an ihm vorbeigegangen war. Die lange nicht gestutzten Haare hingen über seine eingefallenen Wangen; die Arme hielt er um sein Kind geschlungen. Der Mittag war vorüber, wie die zwei leeren irdenen Teller auswiesen, die mit Kartoffelschale bedeckt neben einem Salzfaß auf dem Tische standen. Ein kaltes graues Zwielicht war in der Kammer; denn das Tageslicht konnte durch die dick mit Eisblumen überzogenen Scheiben nur kaum hineindringen. »Schlaf ein wenig, Christine!« sagte John. »Schlaf ist gut; es gibt nichts Besseres; es wird auch wieder Sommer werden!«

»Ja!« hauchte das Kind.

»Wart nur!« Und er nahm ein Wollentuch, das Hanna einst getragen hatte, und bedeckte sie damit. »Das ist Mutters Tuch«, sagte er, »deine kleinen Füße sind so kalt.«

Sie ließ sich das gefallen und schmiegte sich an den Vater, der vergebens hoffte, daß der Schlaf ihr kommen werde. Er hatte die letzten drei Torf so vorsichtig in den kleinen Ofen geheizt, aber es war doch zu kalt geblieben. Da schellte die Haustürglocke, und Alt-Mariken trat nach einer Weile in die Kammer. Sie deckte ihre kleinen Augen mit der Hand, denn das graue Zwielicht da drinnen hatte sie geblendet; dann nickte sie den beiden zu. »Das glaub ich«, sagte sie, »ihr könnt euch aneinander wärmen! So gut hat's unsereiner nicht; denn sieh, John, das Kinderkriegen hab ich nicht verstanden. Nur einmal war's ein totes, aber das zählt ja nicht.«

John blickte nicht auf. »Da braucht Sie heute auch nur für sich allein zu frieren«, sagte er und nahm die kalten Füßchen seines Kindes in seine großen Hände.

»Nun, nun«, erwiderte die Alte; »ich weiß mir schon zu helfen; sorg nicht um mich, John! Die alte Senatorn hört gar zu gern die Geschichten von Anno damals, vom Kosakenwinter; und da kann ich aushelfen, John! Die haben mir heut drei Tassen heißen Kaffee eingebracht; da kann man's dann schon wieder aushalten, wo nur der Winter einheizt!« Sie lachte: »Ihr beiden solltet einmal tanzen! Das hat mir früher oft geholfen; die Tanzbein sind mir nur abhanden gekommen.«

Da hob das Kind sein Köpfchen aus den Umhüllungen und sagte: »Vater, morgen ist doch Weihnachten; darf es hier dann nicht ein wenig wärmer sein?«

John sah nur finster auf sie hin; die Alte aber huckte sich neben ihm und der Kleinen zu Boden: »Kind, Gottes Engel!« rief sie und streichelte mit ihrer warmen Hand Stirn und Wangen der Kleinen; dabei griff sie mit der andern in ihre Tasche und fühlte nach den Schillingen, von denen sie nicht geredet, die sie aber neben dem Kaffee von der Frau Senatorin als Festgeschenk erhalten hatte. »Ja, ja, Christinchen, sorg nur nicht! Unser Herr Christus hat dazumal auch warm in seinem Kripplein gelegen!« John schwieg noch immer; das Wort seines Kindes war ihm wie ein Schwert durchs Herz gegangen. Aber vor seinem innern Auge stand jetzt plötzlich jener einsame Brunnen draußen auf dem Felde; er sah den Bretterzaun im Froste flimmern. Sein alter Arbeitgeber, von dem er ihn einst selbst erbeten hatte, war jahrelang tot; auch sie, um deren willen es geschah – wen kümmerte das von damals noch? Hatten die Bretter einst sein Weib geschützt, sie konnten nun sein Kind erwärmen! – Das Blut stieg ihm zu Häupten; sein Herz hämmerte heftig.

Das hörte das Kind, dessen Kopf daranlag. »Vater«, sagte sie, »was klopft so in dir?«

»Das Gewissen!« – Er war zusammengefahren. Niemand hatte das gesagt, und war ihm doch, als habe er es gehört, deutlich, dicht vor seinem Ohr.

»Mich friert!« sagte die Kleine wieder.

Da stieg aufs neu der Brunnen vor ihm auf. »Wärme dich ein Stündchen in meinem Bette!« sagte er hastig; »dort wirst du schlafen; ich wecke dich dann wieder.«

»Ja, ja, Christinchen«, rief die Alte, »ich setz mich zu dir; schlaf nur, Kind; die Welt ist gar zu kalt!« John aber stürzte aus der Kammer, dem niedrigen Verschlage zu, der auf dem Hofe war; hier in der Dunkelheit, nach zugeriegelter Tür, schärfte er seine Handsäge und schliff sein Handbeil auf dem dort stehenden Schleifstein.

– – In der Nacht, die diesem Tage folgte, fiel das Quecksilber in den Thermometern noch um mehrere Grade tiefer; die schneebedeckten Felder, auf welche die zitternden Sterne herabblinkten, schienen wie eine Öde, die nie ein Menschenfuß betreten. Dennoch vernahmen die Kranken oder in Sorgen Wachenden, welche in der Norderstraße ihre Schlafkammern nach den Gärten hatten, aus der Ferne die Schläge eines Beiles, die in der grenzenlosen Stille nach der Stadt hinüberschollen. Vielleicht mochte auch ihrer einer sich erheben und vom Bett aus, wiewohl vergebens, durch die flimmernden

Fensterscheiben hinauszublicken suchen; aber wen kümmerte es weiter, wer draußen noch so geschäftig wach war.

Als aber Alt-Mariken am Morgen spät erwachte, da sah sie von ihrem Bett aus, daß in dem Beilegerofen schon ein helles Feuer prasselte und ihre Schillinge nicht mehr nötig waren. In der Kammer stand John neben seinem Töchterlein und sah schweigend zu, wie sie behaglich sich die Kleider überzog und unterweilen mit ihren Händchen an den Ofen klatschte. »Oh«, rief sie fröhlich und zog sie rasch zurück, »er hat mich ordentlich gebrannt!«

Und allmählich schmolz der Schnee; die Sonne kam immer länger auf Besuch; die Schneeglöckchen hatten ausgeblüht, und die Veilchen zeigten dicke Knospen; Vögel und allerlei Wandergäste kamen; darunter auch, die nicht willkommen waren.

John hatte eine Gartenarbeit unten in der Stadt und bog eines Abends, seinen Spaten auf dem Nacken, aus einer Nebengasse in die breite Straße ein, um durch diese und deren Verlängerung nach seiner Wohnung hinaufzugehen. Alle seine Gedanken waren bei seinem Kinde; sie kam ihm ja immer noch entgegen, wenn auch nicht so ungestüm wie früher; denn auf den Herbst hatte sie schon ihr siebentes Jahr. Da schlug von rückwärts der Schall eines Fußtrittes an sein Ohr, als ob er ihn einzuholen trachte. Er stutzte. »Wer ging doch so?« – Wie eine unheimliche Erinnerung überkam es ihn; aber er konnte sich nicht entsinnen; ihm war nur, als sei ihm Unheil auf den Fersen. Er sah nicht um; aber er ging jetzt rascher, denn es war ganz hell noch auf den Gassen. Doch auch das hinter ihm ging rascher; er brütete noch: Wer kann das sein? – da schob ein magerer Arm sich in den seinen, und ein bleiches bartloses Gesicht mit kurzgeschorenem Schädel sah ihn aus kleinen scharfen Augen an.

John erschrak bis in die Fußspitzen. »Wenzel!« stieß er hervor. »Wo kommst du her?«

»Wo du auch einmal sechs Jahr gewesen bist, John! Ich hatte es noch einmal versucht.«

»Laß mich!« sagte John; »ich darf nicht mir dir gesehen werden. Das Leben ist schwer genug.« Er ging noch rascher; aber der andere blieb ihm zur Seite.

»Nur die Straße hier hinauf«, sagte er. »Du trägst das Zeichen der Ehrlichkeit da auf den Schultern; das tät mir gut zu meiner Reputation!«

John stand still und trat von ihm zurück: »Du machst linksum, oder ich stoße dich hier zu Boden!«

Der schwache Züchtling mochte den Grimm des Mannes fürchten; er zog grinsend seine alte Mütze: »Auf Wiedersehn, Herr John! Du bist heut just nicht höflich gegen einen alten Kameraden!« Er steckte die Hände in die Hosentaschen und ging nach links unter den Rathausschwibbögen zur Stadt hinaus. In furchtbarer Bewegung setzte John seinen Weg fort; ihm war, als wäre alles in ihm eingestürzt. Einige Häuser vor dem seinen kam ihm das Kind entgegen und hing sich an seinen Arm. »Du sprichst ja gar nicht, Vater? Fehlt dir was?« sagte sie nach einigen Schritten.

Er schüttelte den Kopf: »Ja, Kind; wenn nur, was einmal dagewesen, nicht immer wieder zu uns kommen wollte!«

Die Kleine sah zärtlich, voll unverstandenen Mitleids, zu ihm auf. »Kann denn der liebe Gott nicht helfen?« sprach sie zaghaft.

»Ich weiß nicht, Stine; aber wir wollen zu ihm beten!«

– – Am folgenden Tage hatte John den Gefürchteten nicht gesehen; er war auch nicht durch die Stadt, er war hinter derselben an den Gärten entlang auf seine Arbeit und wiederum nach Haus gegangen. Am Abend darauf sah er ihn hier auf sich zukommen; das bleiche Züchtlingsgesicht, um das jetzt ein Stoppelbart zu wachsen begann, war nicht zu verkennen.

»Ei, Freund John«, rief Wenzel ihm entgegen, »ich glaub, du suchst mir auszuweichen; bist du denn noch so mürrisch?«

John blieb stehen. »Dein Gesicht macht mich nicht fröhlicher«, sagte er.

»Das denn vielleicht?« entgegnete Wenzel und zog ein paar Mark Geldes aus der Tasche. »Ich wollt mich auf eine Woche bei dir einmieten, John! Es ist nicht leicht für mich, Quartier zu kriegen!«

»Miet dich beim Teufel ein!« sagte John. Als er aufblickte, kam aus einem Seitenwege ein Gendarm auf sie zu. John wies auf den Polizeisoldaten; aber Wenzel sagte: »Den fürcht ich nicht; meine Papiere sind in Ordnung.«

Noch bevor dieser sie erreicht hatte, zog er sein Taschenbuch hervor und übergab es ihm, der mit amtlicher Würde den Inhalt durchstudierte. Schon streckte Wenzel seine Hand aus, um seinen Schatz sich wieder auszubitten; aber der Gendarm steckte die Papiere ruhig in seine eigne Tasche. »Er hat sich auf der Polizei noch nicht gemeldet«, sagte er kurz. »Er geht mit mir!« Und einen raschen Blick auf John werfend, ließ er den Züchtling vorangehen und folgte, die Hand am Säbelgriff.

Der Bürgermeister befand sich auf dem Rathause in seinem Arbeitszimmer, als der Gendarm eintrat und den entlassenen Züchtling Wenzel meldete.

Er lächelte. »Ein alter Bekannter!«

»Ich traf ihn hinten am Kuhsteig; der John Glückstadt stand bei ihm«, berichtete der Gendarm.

Der Beamte sann einen Augenblick: »Ja, ja, – John Glückstadt, das läßt sich denken.«

»Freilich, Herr Bürgermeister; das Zusammentreffen schien mir sehr verdächtig, hinter der Stadt und um die Vesperzeit, wo niemand dort zu kommen pflegt.«

»Wie meinen Sie das, Lorenzen?« frug der Bürgermeister. »Dieser John Hansen ist jetzt ein reputierlicher Mensch, der sich und seine Kleine ehrlich durchzubringen sucht.«

»Sehr wohl, Herr Bürgermeister; aber sie waren vordem zusammen im Zuchtaus; es dürfte nicht ohne Bedeutung sein, daß sie auch hier gleich wiederum zusammenstehen.«

Aber der Bürgermeister schüttelte den Kopf. Er hatte John im Winter ein kleines Darlehen gegeben und es in diesen

Frühlingstagen zurückerhalten. »Nein, Lorenzen«, sprach er, »stören Sie mir den Mann nicht; den kenn ich besser: auch hat er Arbeit jetzt, die er nicht aufs Spiel setzen wird. Und nun lassen Sie den Wenzel kommen!«

»Befehlen«, sagte der Gendarm und drehte sich militärisch nach der Tür. Aber die Zurückweisung seiner so wohl ausgesonnenen Schlüsse auf John Glückstadt hatte heimlich ihn ergrimmt. Drum erzählte er noch am selben Tage Arbeitern und kleinen Handwerkern, mit denen er zusammentraf, und mit noch stärkeren Akzenten, die verdächtige Geschichte; die brachten es an die Dienstboten und diese an die Herrschaften, und so war bald die ganze Stadt voll von den gefährlichen Plänen, welche Wenzel und John Glückstadt in erneuter Kameradschaft miteinander geschmiedet hätten; und obwohl Wenzel schon am folgenden Tage wieder entlassen und dann von Behörde zu Behörde gewiesen war und hier niemals wieder gesehen wurde, so hatte er doch für John des Teufels Spur zurückgelassen. Dieser hatte gehofft, die Arbeit in dem großen Garten drunten in der Stadt den ganzen Sommer, ja gar für künftige Jahre behalten zu können, denn der Besitzer hatte ihm wiederholt die Sauberkeit und Raschheit seiner Arbeit gelobt; jetzt aber kam die Botschaft von demselben, John brauche nicht wiederzukommen. Bei Anfragen in andern Häusern erhielt er trockenen Abschlag; mit Mühe bekam er endlich in einem nahe belegenen Dorfe eine schlechtbezahlte Feldarbeit; aber auch die ging bald zu Ende. Sein Mut sank; seines Kindes Antlitz drückte ihn noch tiefer; das Elend war schon halb in seiner Kate; nur der Kleinen wußte die kluge Alte unter immer neuen Vorwänden ein Teilchen von ihren Suppengängen zukommen zu lassen.

So war das Ende des August herangekommen und ein Abend, wo für den andern Tag kein Mundvoll mehr im Hause war. Er saß am Bette seines Kindes, das schon mit dem Schlafe kämpfte, und sah starr auf das liebliche Gesichtlein; aber so still er saß, er wußte vor Angst nicht, wo er mit seinen Gedanken bleiben sollte. Da, als das Kind die Augen zu ihm aufschlug, brach es aus ihm hervor: »Christine!« aber er stockte einen Augenblick; »Christine«, sagte er nochmals, »könntest du wohl betteln?«

»Betteln!« Das Kind erschrak über das Wort. »Betteln, Vater?« wiederholte sie; »wie meinst du?« Die Kinderaugen waren plötzlich erregt auf ihn gerichtet.

»Ich meine«, sagte er langsam, aber deutlich, »zu fremden Leuten gehen und sie um einen Sechsling oder noch weniger, um einen Dreiling bitten, oder um ein Stück Brot.«

Dem Kinde stürzten die Tränen aus den Augen: »Vater, warum fragst du so? Du sagtest immer, betteln sei eine Schande!«

»Es kann auch kommen, daß Schande noch nicht das Schlimmste ist. – Nein, nein!« rief er dann laut und riß sie heftig in seine Arme. »Weine nicht, oh, weine nicht so, mein Kind! Du sollst nicht betteln; nimmer sollst du das! Wir essen nur ein bißchen weniger!«

»Noch weniger, Vater?« frug die Kleine zögernd.

Er antwortete nicht; aber ihr war, als fühlte sie ihn schluchzen, als er seinen Kopf gegen ihren kleinen Körper barg. Da wischte sie sich die Tränen vom Gesicht; und als sie eine Weile wie grübelnd dagelegen, brachte sie ihren kleinen Mund zu seinem Ohr. »Vater!« flüsterte sie leise.

»Ja, mein Kind?« und er richtete sich empor.

»Vater, ich glaub, ich könnte doch wohl betteln!«

»Nein, nein, Christine; denk nicht mehr daran!«

»Ja, Vater«, und sie schloß ihre Ärmchen fest um seinen Hals, »wenn du krank und hungrig wärest, dann wollte ich es doch!«

»Nun, Kind; du weißt ja, ich bin kerngesund!«

Sie blickte ihn an; er sah nicht sehr gesund aus; aber er lächelte ja doch. »So, schlaf nun!« sagte er und löste die Ärmchen sanft von seinem Nacken und legte sie in ihr Bett zurück. Und sie tat, wie getröstet, ihre Augen zu und war bald entschlafen; nur ihres Vaters Hand behielt sie noch fest in der ihren, bis auch die kleinen Finger sich lösten und das ruhigere Atmen den festen Schlaf bekundete.

Er blieb noch immer sitzen; das erste Viertel des Mondes war heraufgekommen und schimmerte trübe in die Kammer. Der Mann starrte in Verzweiflung auf sein Kind: was sollte er beginnen? Zur Sparkasse? – Aber wer würde für ihn Bürgschaft leisten? Zum Bürgermeister gehen und um ein Darlehn bitten – und das im hohen Sommer? – Im Winter hatte er es getan; er wußte genau die Zeit: die Bretter des Brunnens waren verbrannt und die Kammer wieder kalt gewesen. Der Bürgermeister hatte es ihm damals auch gegeben; aber die scharfen Augen des alten Herrn hatten ihn so seltsam angesehen. »Damit Er nicht wieder in Versuchung komme, John!« hatte er dabei gesagt; ihm aber hatten plötzlich die Beine unterm Leib gezittert. Ob denn der Bürgermeister von jener Sache wisse oder nur Gedanken habe, frug er sich jetzt; dann fiel's ihm auf die Brust, er war ein Züchtling, dem wird alles zugerechnet; weshalb war denn seitdem schon immer wieder keine Arbeit für ihn dagewesen? Wie eine drückende Wolke fühlte er den Verdacht ob seinem Haupte schweben. Das geliehene Geld zwar hatte er zurückgezahlt; aber, nein – nicht noch einmal zum Bürgermeister! – – Nebenan im Garten des Tischlers standen wohl noch ein paar Reihen Kartoffeln, sie schienen ganz vergessen zu sein – aber John biß die Zähne zusammen: er hatte durch ihn sein totes Weib begraben können. Einen Augenblick entflohen ihm die Gedanken; sie hafteten dort, wo der Ofen stand, wo ein schwacher Mondschimmer auf dem Messingknopfe schimmerte. »Hanna!« murmelte er, »du bist schon recht gestorben!« Wie in unausdenkbarem Elend streckte er die Hände mit ausgespreizten Fingern vor sich hin; aber die Bilder in seinem Kopfe wechselten, und die des Hungers waren doch die stärksten. Da plötzlich streckte sich ein weites Kartoffelfeld vor seinen Augen; es war draußen auf dem Felde neben dem von ihm beraubten Brunnen, der jetzt in einem hohen Ährenfeld verborgen stand. Die Kartoffeln waren noch immer nicht aufgenommen; andere Feldarbeit war im Wege gewesen. »Nur ein paar Bülte!« murmelte er, »nur um einmal satt zu werden!« Etwas von dem Trotz des Ausgestoßenen kam über ihn: »Es kann ja morgen wieder Arbeit kommen – wenn nicht, so muß ich's mit dem lieben Gott versuchen!«

Er saß noch lange, noch manche Stunde, bis der Mond schon unter war und er alles schlafend glaubte; da schritt er leise aus der Kammer und aus dem Hause. Die Luft war schwül; nur mitunter fuhr ein Windstoß auf, und fast undurchdringliche Finsternis lag auf der Erde. Aber John war den Weg schon oft gegangen, und endlich, an dem Kraute, das um seine Beine schlug, fühlte er, er war auf dem Kartoffelacker. Er lief noch weiter hinein, denn ihm war, als müsse er überall gesehen werden; mitunter bückte er sich und wühlte unter den Büschen, mitunter zuckte er erschreckt zurück; aber es war nur das Gezücht, das hier gelegen hatte; ein Tausendfuß, eine Kröte waren über seine Hand geschlüpft. Das Säcklein, das er mitgenommen hatte, war halb gefüllt. Er stand und wog es in der Hand: es war genug; aber ... Er hatte den Sack schon umgekehrt, um alles wieder auf den Acker auszuschütten, nur unten hielt noch seine eine Hand das Linnen zusammen. Ihm war im Kopfe, als senke eine Waage sich auf und ab; dann sprach er langsam: »Ich kann nicht, lieber Gott! Mein Kind! Es soll ans Kreuz geschlagen werden; laß mich es retten; ich bin ja nur ein Mensch!«

Er stand und horchte, als solle eine Stimme von oben aus der Nacht zu ihm herunterkommen; dann krampfte seine Hand sich um den Sack; er lief nur weiter, immer weiter; kaum fühlte er, daß jetzt hohe Ähren ihm mit ihren rauhen Köpfen ins Gesicht strichen; kein Stern zeigte ihm den Weg; er ging her und hin und kam doch nicht zum Ausgang. Ihn überfiel's, wie er vor einem Jahrzehnt als Aufsichtsmann so sicher hier geschritten war; es konnte nicht weit sein, wo einst sein Weib, ein sechzehnjährig Dirnlein, ihm in die Arme stürzte! In süßem Schauder ging er vorwärts; gleichmäßig rauschten bei seinem Schritt die Ähren, ein Vogel, ein Rebhuhn oder eine Ammer, schwirrte vor ihm auf; er hörte es kaum, er schritt nur weiter, als ob er ewig so zu schreiten habe.

Da zuckte fern unten am Horizont ein schwacher Schein; ein Gewitter schien heraufzukommen. Einen Augenblick stand er und besann sich: er hatte die dunkeln Wolken am Abend schon gesehen; er wußte plötzlich, wo Ost und Westen war. Nun wandte er sich und beschleunigte seine Schritte; er wollte rasch nach Haus, zu seinem Kinde. Da war etwas vor seinen Füßen, er kam ins Straucheln, und eh er sich besonnen, tat er einen neuen Schritt; aber sein Fuß fand keinen Boden – – ein gellender Schrei fuhr durch die Finsternis; dann war's, als ob die Erde ihn verschluckt habe.

Ein paar Vögel schreckten in die Luft, dann war alles still; kein Menschenschritt war jetzt noch in dem Korn. Eintönig säuselten die Ähren, und kaum hörbar nagten die Millionen Geziefers an den Wurzeln oder Schaften der Pflanzen, bis die immer drückendere Schwüle in einem starken Wetter sich entlud und in den hallenden Donnern und dem niederstürzenden Regen alle andern Geräusche der Erde verschwanden.

In der Kate am Ende der Norderstraße fuhr um diese Zeit ein armes Kind aus seinem Schlafe auf; ihm träumte, es habe ein Brot gefunden, aber es hatte in einen Stein gebissen. Halb im Traum noch griff es in das große Wandbett nach der Hand seines Vaters, doch es erfaßte nur den Zipfel des Kopfkissens und schlief dann ruhig weiter.

– – John Glückstadt ist niemals wieder nach Haus und nie zu seinem Kinde zurückgekommen; alle Anstalten der Polizei, eine Spur von ihm zu finden, waren vergebens. Sein Verschwinden wurde einige Tage in der kleinen Stadt besprochen; die einen meinten, er sei entflohen, um nachher mit seinem Kameraden Wenzel zusammenzutreffen und mit ihm übers Meer zu fahren, wo es den Spitzbuben gutzugehen pflege; das Geld zur Überfahrt würden sie unterwegs nach Hamburg sich schon zu schaffen wissen, und das kleine Dings sei ja in guter Hut bei Küster-Mariken; die andern meinten, am Deich da draußen in der Schleusengrube, neben welcher er und Wenzel ihr Schelmstück einst beraten hätten, habe er den Tod gesucht, und die Ebbe habe ihn ins Meer hinausgetrieben.

Diese Meinungen wurden in einer Tischgesellschaft gegeneinander abgewogen. »Nun, und Sie, Herr Bürgermeister«, sagte zu diesem die alte Schwägerin des einstigen Zichorienfabrikanten, die er zu Tische geführt hatte, »was meinen Sie dazu?«

Der Bürgermeister, der bisher kein Wort dazu geredet hatte, nahm erst bedächtig eine Prise. »Hm«, sagte er, »was soll ich meinen? – Nachdem dieser John von Rechts wegen seine Strafe abgebüßt hatte, wurde er, wie gebräuchlich, der lieben Mitwelt zur Hetzjagd überlassen. Und sie hat ihn nun auch zu Tode gehetzt; denn sie ist ohn Erbarmen. Was ist davon zu sagen? Wenn ich was meinen soll, so sollet ihr ihn jetzt in Ruhe lassen, denn er gehört nun einem andern Richter.«

»Wahrhaftig«, sagte die Alte ganz erstaunt, »Sie haben noch immer Ihre sonderbaren Meinungen von diesem John Glückstadt!«

»John Hansen«, berichtigte der Bürgermeister ernsthaft.

– – – Mir kam allmählich das Bewußtsein, daß ich weit von meiner Vaterstadt im Oberförsterhause an dem offenen Fenster stehe; der Mond schien von drüben über dem Walde auf das Haus, und aus den Wiesen hörte ich wieder das Schnarren des Wachtelkönigs. Ich zog meine Uhr: es war nach eins! Das Licht auf dem Tische war tief herabgebrannt. In halbvisionärem Zustande – seit meiner Jugend haftete dergleichen an mir – hatte ich ein Menschenleben an mir vorübergehen sehen, dessen Ende, als es derzeit eintrat, auch mir ein Rätsel geblieben war. Jetzt kannte ich es plötzlich; deutlich sah ich die zusammengekauerte Totengestalt des Unglücklichen in der unheimlichen Tiefe. Nachdem ich heute den Namen meiner Wirtin erfahren hatte, wußte ich jetzt auch: noch einmal aus der düsteren Gruft hätte seine lebendige Stimme ein lebendig Menschenohr erreicht; aber es war nur das eines vierzehnjährigen Knaben. Am Abend nach dem Verschwinden des Armen, da ich bei einer befreundeten Familie eingetreten war, kam der Sohn mit seinem Schmetterlingsketscher schreckensbleich ins Zimmer. »Es hat gespukt!« rief er und sah sich um, als ob er auch hier noch nicht ganz sicher sei; »lacht nur nicht, ich hab es selbst gehört!« – Zwischen den Kartoffeln auf dem Acker neben dem Schinderbrunnen war er gewesen, um sich den Totenkopf zu fangen, der in der Dämmerung dort fliegen sollte; da hatte es unweit von ihm aus dem Kornfeld seinen Namen »Christian!« gerufen, hohl und heiser, wie er solche Stimme nie gehört; und da er entsetzt davongelaufen, sei es noch einmal hinter ihm hergekommen, als ob's ihn habe greifen wollen.

Ich wußte jetzt, nach über dreißig Jahren: es hatte nicht gespukt, und nicht »Christian« hatte er es rufen hören: den Namen seiner Tochter »Christine« hatte der Mann da drunten in hoffnungsloser Sehnsucht ausgestoßen. Und noch eines wußte ich: ein Arbeiter, mein alter Freund aus der Kinderzeit, hatte einige Tage später draußen an dem Brunnen das Korn mähen helfen. »Da hätten wir bald einen Falken fangen können!« erzählte er mir eines Abends.

»Einen großen?« frug ich.

»Das mag der Herr glauben! Er war ein Stück in den alten Schinderbrunnen hinabgestoßen – der Himmel weiß, was druntenliegt –, aber seine Fluchten waren zu weit in der Spanne, er schlug und arbeitete damit in dem engen Brunnen und kam nicht gleich heraus. Wir hatten nur keine Knüppel, ihn zu schlagen; auch wehte ein übler Dunst uns an; es war, als hätte schon vordem die Kreatur an Aas gesessen!«

Ich hatte damals dieser Rede nicht geachtet; mich schauderte, da mich die Erinnerung jetzt befiel; der feuchte Nachtwind, der mich anwehte, tat mir wohl, vor allem, weil er von heut und nicht von damals war; ich wußte, der Brunnen war vor ein paar Jahren zugeschüttet. »Zu Bett!« sprach ich halblaut zu mir; »und, Seele, geh du auch zu Bett!«

Ich löschte das Licht und ließ das Fenster offen, damit alles, was lebendig war, zu mir herein könne; und bälder, als ich gedacht hatte, kam der Schlaf; nur mit einem freundlichen Bilde spielte noch der Traum: ich sah die von der Morgensonne nur noch halb erleuchteten Straßen meiner Vaterstadt; ich hörte einen Wagen heranrasseln, und zwischen zwei lieben alten Leuten auf dem offenen Sitze saß die kleine Christine, und sie nickte mir freundlich zu, als sie bei mir vorbei und über dem Zingel zur Stadt hinausfuhren.

Der alten Mariken dachte ich nicht weiter; ich wußte, daß sie vor langen Jahren in St. Jürgens Stift ein ruhiges Sterbekissen gefunden hatte.

– – Als ich spät am andern Morgen in das Haus hinunterkam, erhob sich der Lohbraune von der Matte vor der Tür des Wohnzimmers und begrüßte mich wedelnd als einen Gast des Hauses; als ich aber eintrat, war niemand drinnen; nur die Magd öffnete eine Seitentür, guckte herein, als ob sie bestellt sei, meine Ankunft zu berichten, und lief dann rasch von dannen. Ich beschäftigte mich indes damit, die Bilder an den Wänden zu beschauen, aus denen deutlich zwei Generationen zu erkennen waren: auf der einen Jagd- und Tierstücke von Steffeck und dem alten Ridinger; über dem Sofa dagegen fand ich eine Kreuzesabnahme von Rubens und je zur Seite die Bildnisse von Luther und Melanchthon. Am Sofa, auf dem lichtlosen Wandstücke am Fenster, hing, wie im Schatten der Vergangenheit, eine halberloschene Photographie; aber ein Kranz von Immortellen, wie Johns Tochter sie gestern auf unserem Waldgang gepflückt hatte, wohl gar derselbe, umgab den dunkeln Rahmen.

Mit Scheu fast trat ich näher: es war das Bildnis eines Soldaten in Uniform, wie dergleichen die jungen Landleute während ihrer Dienstzeit anfertigen lassen und nach Hause schikken. Der Kopf war leidlich ausgeprägt erhalten und zeigte mir das kaum mehr als einmal gesehene, aber unvergessene Antlitz des Arbeiters John Glückstadt; nur war in diesen Zügen noch nichts von Kummer oder Schuld; der kleine dunkle Schnurrbart saß unter der kecken Adlernase, und die Augen sahen ernst, doch sicher in die Welt hinaus. Es war John Glückstadt nicht; es war John Hansen, wie er im Herzen seiner Tochter fortlebte, für den sie gestern ihren frischen dauerhaften Kranz gepflückt hatte; mit diesem John hatte der doppelgängerische Schatten noch nichts zu schaffen. Es brannte mich, meiner edlen Wirtin zuzurufen: »Laß das Gespenst in deinem Haupte fahren; der Spuk und dein geliebter Vater, sie sind nur eines: er war ein Mensch, er irrte, und er hat gelitten!«

Aber ich hörte die Stimmen meiner Wirtsleute von hinten durch die Gartentüre ins Haus kommen, und ich wandte mich von dem bekränzten Bilde ihnen entgegen, um ihren Morgengruß und ihre Scherze über meine Langschläferei in Empfang zu nehmen.

– Wir lebten noch einen schönen Frühlingstag zusammen. Als ich aber spät abends mit dem Oberförster und seinem treuen Hunde noch einen Waldgang machte, da schwieg ich nicht länger; ich erzählte ihm alles, jedes einzelne, was in der vergangenen Nacht mir in Erinnerung und im eigenen Geiste aufgegangen war.

»Hm«, machte der besonnene Mann und ließ seine Augen treuherzig auf mir ruhen; »das ist aber Poesie; Sie sind am Ende nicht bloß ein Advokat!«

Ich schüttelte den Kopf: »Nennen Sie es immer Poesie; Sie könnten es auch Liebe oder Anteil nennen, die ich rasch an meinen Wirten genommen hätte.« Es war zu dunkel, um zu sehen; aber mir war, als ob ein herzlicher Blick von ihm mich streifte. »Ich danke Ihnen, lieber Freund«, sagte er dann; »aber der Vater meiner Frau – ich hatte freilich nur weniges von ihm gehört – ist mir nimmer so erschienen.«

»Und wie denn anders?« frug ich.

Er antwortete nicht mehr, sinnend gingen wir nebeneinander, bis wir das Haus erreicht hatten.

»Ihr seid sehr langsam gegangen«, sagte Frau Christine, als sie uns entgegentrat; »ihr habt mich schier vergessen!«

– – Als ich am andern Morgen fortging, begleiteten mich beide, bis wo der Waldweg in die Landstraße ausläuft. »Wir schreiben Ihnen einmal!« sagte der Oberförster. »Ich bin sonst kein Briefsteller; aber gewiß, ich tu's; wir müssen Sie festzuhalten suchen, damit Sie einmal wieder den Weg zu uns hinaus finden!«

»Ja, kommen Sie wieder!« rief Frau Christine. »Versprechen Sie es; Ihr Abschied würde uns nicht so traurig machen!«

Ich versprach es gern; dann reichten beide mir die Hand, und ich stand und sah sie fortgehen; sie hatte sich fest an ihren Mann geschlossen; er legte sanft den Arm um ihre Hüfte. Dann kam eine Biegung des Weges, und ich sah sie nicht mehr.

»Leb wohl, John Glückstadts Tochter!« rief ich leise; »nur die erste Silbe, nur das Glück ist dein geblieben; es wird schon treu sein, denn es ist an rechter Stelle!«

– – Schon nach vierzehn Tagen kam der erste Brief des Oberförsters und ließ mich im Aktenlesen eine lange Pause machen. »Ich muß Sie auch noch Ihres Versprechens entbinden«, schrieb er; »gleich am Abend unseres Abschieds habe ich meiner Christine die Geschichte ihres Vaters erzählt, ausführlich, wie ich sie von Ihnen hörte. Sie mögen recht haben, er wird wohl so gewesen sein, und er war dann doch noch ein anderer Kerl, als wie er bisher weichselig im Herzen seiner Tochter ruhte; auch dürfen Mann und Weib nicht solch Geheimnis voreinander haben. Zwar ein leidenschaftlicher Tränensturz war die erste Folge, so daß ich schier erschrak und dachte, es möchte das Temperament des Vaters in meiner sanften Frau erwacht sein. Aber ihr eigenstes Ich erschien bald wieder; und jetzt – mein Freund, das Geißblatt am Waldesrande, das jetzt wieder blüht, so lieblich, dünkt mich, hat es fast niemals noch geduftet; und das Bild des John Glückstadt trägt nun einen vollen Rosenkranz; seine Tochter hat jetzt mehr an ihm; nicht nur den Vater, sondern einen ganzen Menschen. – Den Dank und Gruß, den Frau Christine mir für Sie aufgetragen, versteh ich in der frauenhaften Weise nicht zu Papier zu bringen; ich kann Sie nur bitten, sich das Herzlichste zu denken.«

So schrieb der Oberförster damals; aber, wie es so geht, obgleich Briefe ein paarmal in jedem Jahre zwischen uns hin und her gegangen sind, ich bin nicht wieder dort gewesen. Aber hier links in der Ecke meiner Schreibstube auf zwei Stühlen steht jetzt mein gepackter Reisekoffer; draußen an den Wallzäunen blüht einmal wieder das Geißblatt, und hier drinnen ist für eine Woche alles sauber weggeordnet; denn gewiß und wahrhaftig – morgen geht es fort zu meinen Freunden, zu John Glückstadts Tochter und zu meinem wackern Oberförster. Sein Brief, der die Antwort auf meine Anmeldung brachte, war ein rechter Jubelbrief. »Wir harren Ihrer mit Freuden«, schrieb er; »Sie kommen just zur rechten Zeit; der Junge ist auch da mit seinem Examenszeugnis in der Tasche; seine Mutter ist schier verliebt in ihn und studiert sein Antlitz, um darin immer einen neuen Zug aus dem ihres Vaters aufzufinden. Kommen Sie also; uns fehlt nur noch der Freund!«

– – Gewiß, wenn Gottes Sonnenschein mich morgen weckt, ich komme!

Der Schimmelreiter

Was ich zu berichten beabsichtige, ist mir vor reichlich einem halben Jahrhundert im Hause meiner Urgroßmutter, der alten Frau Senator Feddersen, kund geworden, während ich, an ihrem Lehnstuhl sitzend, mich mit dem Lesen eines in blaue Pappe eingebundenen Zeitschriftenheftes beschäftigte; ich vermag mich nicht mehr zu entsinnen, ob von den »Leipziger« oder von »Pappes Hamburger Lesefrüchten«. Noch fühl ich es gleich einem Schauer, wie dabei die linde Hand der über Achtzigjährigen mitunter liebkosend über das Haupthaar ihres Urenkels hinglitt. Sie selbst und jene Zeit sind längst begraben; vergebens auch habe ich seitdem jenen Blättern nachgeforscht, und ich kann daher um so weniger weder die Wahrheit der Tatsachen verbürgen, als, wenn jemand sie bestreiten wollte, dafür aufstehen; nur so viel kann ich versichern, daß ich sie seit jener Zeit, obgleich sie durch keinen äußeren Anlaß in mir aufs neue belebt wurden, niemals aus dem Gedächtnis verloren habe.

Es war im dritten Jahrzehnt unseres Jahrhunderts, an einem Oktobernachmittag – so begann der damalige Erzähler –, als ich bei starkem Unwetter auf einem nordfriesischen Deich entlangritt. Zur Linken hatte ich jetzt schon seit über einer Stunde die öde, bereits von allem Vieh geleerte Marsch, zur Rechten, und zwar in unbehaglichster Nähe, das Wattenmeer der Nordsee; zwar sollte man vom Deiche aus auf Halligen und Inseln sehen können; aber ich sah nichts als die gelbgrauen Wellen, die unaufhörlich wie mit Wutgebrüll an den Deich hinaufschlugen und mitunter mich und das Pferd mit schmutzigem Schaum bespritzten; dahinter wüste Dämmerung, die Himmel und Erde nicht unterscheiden ließ; denn auch der halbe Mond, der jetzt in der Höhe stand, war meist von treibendem Wolkendunkel überzogen. Es war eiskalt; meine verklommenen Hände konnten kaum den Zügel halten, und ich verdachte es nicht den Krähen und Möwen, die sich fortwährend krächzend und gackernd vom Sturm ins Land hineintreiben ließen. Die Nachtdämmerung hatte begonnen, und schon konnte ich nicht mehr mit Sicherheit die Hufen meines Pferdes erkennen; keine Menschenseele war mir begegnet, ich hörte nichts als das Geschrei der Vögel, wenn sie mich oder meine treue Stute fast mit den langen Flügeln streiften, und das Toben von Wind und Wasser. Ich leugne nicht, ich wünschte mich mitunter in sicheres Quartier.

Das Wetter dauerte jetzt in den dritten Tag, und ich hatte mich schon über Gebühr von einem mir besonders lieben Verwandten auf seinem Hofe halten lassen, den er in einer der nördlicheren Harden besaß. Heute aber ging es nicht länger; ich hatte Geschäfte in der Stadt, die auch jetzt wohl noch ein paar Stunden weit nach Süden vor mir lag, und trotz aller Überredungskünste des Vetters und seiner lieben Frau, trotz der schönen selbstgezogenen Perinette- und Grand-Richard-Äpfel, die noch zu probieren waren, am Nachmittag war ich davongeritten. »Wart nur, bis du ans Meer kommst«, hatte er noch an seiner Haustür mir nachgerufen; »du kehrst doch wieder um; dein Zimmer wird dir vorbehalten!«

Und wirklich, einen Augenblick, als eine schwarze Wolkenschicht es pechfinster um mich machte und gleichzeitig die heulenden Böen mich samt meiner Stute vom Deich herabzudrängen suchten, fuhr es mir wohl durch den Kopf: »Sei kein Narr! Kehr um und setz dich zu deinen Freunden ins warme Nest.« Dann aber fiel's mir ein, der Weg zurück war wohl noch länger als der nach meinem Reiseziel; und so trabte ich weiter, den Kragen meines Mantels um die Ohren ziehend.

Jetzt aber kam auf dem Deiche etwas gegen mich heran; ich hörte nichts; aber immer deutlicher, wenn der halbe Mond ein karges Licht herabließ, glaubte ich eine dunkle Gestalt zu erkennen, und bald, da sie näher kam, sah ich es, sie saß auf einem Pferde, einem hochbeinigen hageren Schimmel; ein dunkler Mantel flatterte um ihre Schultern, und im Vorbeifliegen sahen mich zwei brennende Augen aus einem bleichen Antlitz an.

Wer war das? Was wollte der? – Und jetzt fiel mir bei, ich hatte keinen Hufschlag, kein Keuchen des Pferdes vernommen; und Roß und Reiter waren doch hart an mir vorbeigefahren!

In Gedanken darüber ritt ich weiter, aber ich hatte nicht lange Zeit zum Denken, schon fuhr es von rückwärts wieder an mir vorbei; mir war, als streifte mich der fliegende Mantel, und die Erscheinung war, wie das erste Mal, lautlos an mir vorübergestoben. Dann sah ich sie fern und ferner vor mir; dann war's, als säh ich plötzlich ihren Schatten an der Binnenseite des Deiches hinuntergehen.

Etwas zögernd ritt ich hinterdrein. Als ich jene Stelle erreicht hatte, sah ich hart am Deich im Kooge unten das Wasser einer großen Wehle blinken – so nennen sie dort die Brüche, welche von den Sturmfluten in das Land gerissen werden, und die dann meist als kleine, aber tiefgründige Teiche stehen bleiben.

Das Wasser war, trotz des schützenden Deiches, auffallend unbewegt; der Reiter konnte es nicht getrübt haben; ich sah nichts weiter von ihm. Aber ein anderes sah ich, das ich mit Freuden jetzt begrüßte: vor mir, von unten aus dem Kooge, schimmerten eine Menge zerstreuter Lichtscheine zu mir herauf; sie schienen aus jenen langgestreckten friesischen Häusern zu kommen, die vereinzelt auf mehr oder minder hohen Werften lagen; dicht vor mir aber auf halber Höhe des Binnendeiches lag ein großes Haus derselben Art; an der Südseite, rechts von der Haustür, sah ich alle Fenster erleuchtet; dahinter gewahrte ich Menschen und glaubte trotz des Sturmes sie zu hören. Mein Pferd war schon von selbst auf den Weg am Deich hinabgeschritten, der mich vor die Tür des Hauses führte. Ich sah wohl, daß es ein Wirtshaus war; denn vor den Fenstern gewahrte ich die sogenannten »Ricks«, das heißt auf zwei Ständern ruhende Balken mit großen eisernen

Ringen, zum Anbinden des Viehes und der Pferde, die hier Halt machten.

Ich band das meine an einen derselben und überwies es dann dem Knechte, der mir beim Eintritt in den Flur entgegenkam. »Ist hier Versammlung?« frug ich ihn, da mir jetzt deutlich ein Geräusch von Menschenstimmen und Gläserklirren aus der Stubentür entgegendrang.

»Is wull so wat«, entgegnete der Knecht auf plattdeutsch – und ich erfuhr nachher, daß dieses neben dem Friesischen hier schon seit über hundert Jahren im Schwange gewesen sei – »Diekgraf und Gevollmächtigten un wecke von de annern Interessenten! Das is um't hoge Water!«

Als ich eintrat, sah ich etwa ein Dutzend Männer an einem Tische sitzen, der unter den Fenstern entlanglief; eine Punschbowle stand darauf, und ein besonders stattlicher Mann schien die Herrschaft über sie zu führen.

Ich grüßte und bat, mich zu ihnen setzen zu dürfen, was bereitwillig gestattet wurde. »Sie halten hier die Wacht!« sagte ich, mich zu jenem Manne wendend, »es ist bös Wetter draußen; die Deiche werden ihre Not haben!«

»Gewiß«, erwiderte er; »wir, hier an der Ostseite, aber glauben, jetzt außer Gefahr zu sein; nur drüben an der andern Seite ist's nicht sicher; die Deiche sind dort meist noch mehr nach altem Muster; unser Hauptdeich ist schon im vorigen Jahrhundert umgelegt. – Uns ist vorhin da draußen kalt geworden, und Ihnen«, setzte er hinzu, »wird es ebenso gegangen sein; aber wir müssen hier noch ein paar Stunden aushalten; wir haben sichere Leute draußen, die uns Bericht erstatten.« Und ehe ich meine Bestellung bei dem Wirte machen konnte, war schon ein dampfendes Glas mir hingeschoben.

Ich erfuhr bald, daß mein freundlicher Nachbar der Deichgraf sei; wir waren ins Gespräch gekommen, und ich hatte begonnen, ihm meine seltsame Begegnung auf dem Deiche zu erzählen. Er wurde aufmerksam, und ich bemerkte plötzlich, daß alles Gespräch umher verstummt war. »Der Schimmelreiter!« rief einer aus der Gesellschaft, und eine Bewegung des Erschreckens ging durch die übrigen.

Der Deichgraf war aufgestanden. »Ihr braucht nicht zu erschrecken«, sprach er über den Tisch hin; »das ist nicht bloß für uns; Anno 17 hat es auch denen drüben gegolten; mögen sie auf alles vorgefaßt sein!«

Mich wollte nachträglich ein Grauen überlaufen: »Verzeiht!« sprach ich, »was ist das mit dem Schimmelreiter?«

Abseits hinter dem Ofen, ein wenig gebückt, saß ein kleiner hagerer Mann in einem abgeschabten schwarzen Röcklein; die eine Schulter schien ein wenig ausgewachsen. Er hatte mit keinem Worte an der Unterhaltung der andern teilgenommen, aber seine bei dem spärlichen grauen Haupthaar noch immer mit dunklen Wimpern besäumten Augen zeigten deutlich, daß er nicht zum Schlaf hier sitze.

Gegen diesen streckte der Deichgraf seine Hand: »Unser Schulmeister«, sagte er mit erhobener Stimme, »wird von uns hier Ihnen das am besten erzählen können; freilich nur in seiner Weise und nicht so richtig, wie zu Haus meine alte Wirtschafterin Antje Vollmers es beschaffen würde.«

»Ihr scherzet, Deichgraf!« kam die etwas kränkliche Stimme des Schulmeisters hinter dem Ofen hervor, »daß Ihr mir Euern dummen Drachen wollt zur Seite stellen!«

»Ja, ja, Schulmeister!« erwiderte der andere, »aber bei den Drachen sollen derlei Geschichten am besten in Verwahrung sein!«

»Freilich!« sagte der kleine Herr; »wir sind hierin nicht ganz derselben Meinung«; und ein überlegenes Lächeln glitt über das feine Gesicht.

»Sie sehen wohl«, raunte der Deichgraf mir ins Ohr; »er ist immer noch ein wenig hochmütig; er hat in seiner Jugend einmal Theologie studiert und ist nur einer verfehlten Brautschaft wegen hier in seiner Heimat als Schulmeister behangen geblieben.«

Dieser war inzwischen aus seiner Ofenecke hervorgekommen und hatte sich neben mir an den langen Tisch gesetzt.

»Erzählt, erzählt nur, Schulmeister«, riefen ein paar der Jüngeren aus der Gesellschaft.

»Nun freilich«, sagte der Alte, sich zu mir wendend, »will ich gern zu Willen sein; aber es ist viel Aberglaube dazwischen und eine Kunst, es ohne diesen zu erzählen.«

»Ich muß Euch bitten, den nicht auszulassen«, erwiderte ich; »traut mir nur zu, daß ich schon selbst die Spreu vom Weizen sondern werde!«

Der Alte sah mich mit verständnisvollem Lächeln an: »Nun also!« sagte er. »In der Mitte des vorigen Jahrhunderts, oder vielmehr, um genauer zu bestimmen, vor und nach derselben, gab es hier einen Deichgrafen, der von Deich- und Sielsachen mehr verstand, als Bauern und Hofbesitzer sonst zu verstehen pflegen; aber es reichte doch wohl kaum, denn was die studierten Fachleute darüber niedergeschrieben, davon hatte er wenig gelesen; sein Wissen hatte er sich, wenn auch von Kindesbeinen an, nur selber ausgesonnen. Ihr höret wohl schon, Herr, die Friesen rechnen gut, und habet auch wohl schon über unsern Hans Mommsen von Fahretoft reden hören, der ein Bauer war und doch Bussolen und Seeuhren, Teleskopen und Orgeln machen konnte. Nun, ein Stück von solch einem Manne war auch der Vater des nachherigen Deichgrafen gewesen; freilich wohl nur ein kleines. Er hatte ein paar Fennen, wo er Raps und Bohnen baute, auch eine Kuh graste, ging unterweilen im Herbst und Frühjahr auch aufs Landmessen und saß im Winter, wenn der Nordwest von draußen kam und an seinen Läden rüttelte, zu ritzen und zu prickeln, in seiner Stube. Der Junge saß meist dabei und sah über seine Fibel oder Bibel weg dem Vater zu, wie er maß und berechnete, und grub sich mit der Hand in seinen blonden Haaren. Und eines Abends frug er den Alten, warum denn das, was er eben hingeschrieben hatte, gerade so sein müsse und nicht anders sein könne, und stellte dann eine eigene Meinung darüber auf. Aber der Vater, der darauf nicht zu antworten wußte, schüttelte den Kopf und sprach: ›Das kann ich dir nicht sagen; genug, es ist so, und du selber irrst dich. Willst du mehr wissen, so suche morgen aus der Kiste, die auf unserm Boden steht, ein Buch, einer, der Euklid hieß, hat's geschrieben; das wird's dir sagen!‹

– – Der Junge war tags darauf zum Boden gelaufen und hatte auch bald das Buch gefunden; denn viele Bücher gab es überhaupt nicht in dem Hause; aber der Vater lachte, als er es vor ihm auf den Tisch legte. Es war ein holländischer Euklid, und Holländisch, wenngleich es doch halb Deutsch war, verstanden alle beide nicht. ›Ja, ja‹, sagte er, ›das Buch ist noch von meinem Vater, der verstand es; ist denn kein deutscher da?‹

Der Junge, der von wenig Worten war, sah den Vater ruhig an und sagte nur: ›Darf ich's behalten? Ein deutscher ist nicht da.‹

Und als der Alte nickte, wies er noch ein zweites, halb zerrissenes Büchlein vor. ›Auch das?‹ frug er wieder.

›Nimm sie alle beide!‹ sagte Tede Haien; ›sie werden dir nicht viel nützen.‹

Aber das zweite Buch war eine kleine holländische Grammatik, und da der Winter noch lange nicht vorüber war, so hatte es, als endlich die Stachelbeeren in ihrem Garten wieder blühten, dem Jungen schon so weit geholfen, daß er den Euklid, welcher damals stark im Schwange war, fast überall verstand.

Es ist mir nicht unbekannt, Herr«, unterbrach sich der Erzähler, »daß dieser Umstand auch von Hans Mommsen erzählt wird; aber vor dessen Geburt ist hier bei uns schon die Sache von Hauke Haien – so hieß der Knabe – berichtet worden. Ihr wisset auch wohl, es braucht nur einmal ein Größerer zu kommen, so wird ihm alles aufgeladen, was in Ernst oder Schimpf seine Vorgänger einst mögen verübt haben.

Als der Alte sah, daß der Junge weder für Kühe noch Schafe Sinn hatte, und kaum gewahrte, wenn die Bohnen blühten, was doch die Freude von jedem Marschmann ist, und weiterhin bedachte, daß die kleine Stelle wohl mit einem Bauer und einem Jungen, aber nicht mit einem Halbgelehrten und einem

Knecht bestehen könne, ingleichen, daß er auch selber nicht auf einen grünen Zweig gekommen sei, so schickte er seinen großen Jungen an den Deich, wo er mit andern Arbeitern von Ostern bis Martini Erde karren mußte. ›Das wird ihn vom Euklid kurieren‹, sprach er bei sich selber.

Und der Junge karrte; aber den Euklid hatte er allzeit in der Tasche, und wenn die Arbeiter ihr Frühstück oder Vesper aßen, saß er auf seinem umgestülpten Schubkarren mit dem Buche in der Hand. Und wenn im Herbst die Fluten höher stiegen und manch ein Mal die Arbeit eingestellt werden mußte, dann ging er nicht mit den andern nach Haus, sondern blieb, die Hände über die Knie gefaltet, an der abfallenden Seeseite des Deiches sitzen und sah stundenlang zu, wie die trüben Nordseewellen immer höher an die Grasnarbe des Deiches hinaufschlugen; erst wenn ihm die Füße überspült waren und der Schaum ihm ins Gesicht spritzte, rückte er ein paar Fuß höher und blieb dann wieder sitzen. Er hörte weder das Klatschen des Wassers noch das Geschrei der Möwen und Strandvögel, die um oder über ihm flogen und ihn fast mit ihren Flügeln streiften, mit den schwarzen Augen in die seinen blitzend; er sah auch nicht, wie vor ihm über die weite, wilde Wasserwüste sich die Nacht ausbreitete; was er allein hier sah, war der brandende Saum des Wassers, der, als die Flut stand, mit hartem Schlage immer wieder dieselbe Stelle traf und vor seinen Augen die Grasnarbe des steilen Deiches auswusch.

Nach langem Hinstarren nickte er wohl langsam mit dem Kopfe und zeichnete, ohne aufzusehen, mit der Hand eine weiche Linie in die Luft, als ob er dem Deiche damit einen sanfteren Abfall geben wollte. Wurde es so dunkel, daß alle Erdendinge vor seinen Augen verschwanden und nur die Flut ihm in die Ohren donnerte, dann stand er auf und trabte halb durchnäßt nach Hause.

Als er so eines Abends zu seinem Vater in die Stube trat, der an seinen Meßgeräten putzte, fuhr dieser auf: ›Was treibst du draußen? Du hättest ja versaufen können; die Wasser beißen heute in den Deich.‹

Hauke sah ihn trotzig an.

– ›Hörst du mich nicht? Ich sag, du hättst versaufen können.‹

›Ja‹, sagte Hauke; ›ich bin doch nicht versoffen!‹

›Nein‹, erwiderte nach einer Weile der Alte und sah ihm wie abwesend ins Gesicht, – ›diesmal noch nicht.‹

›Aber‹, sagte Hauke wieder, ›unsere Deiche sind nichts wert!‹

– ›Was für was, Junge?‹

›Die Deiche, sag ich!‹

– ›Was sind die Deiche?‹

›Sie taugen nichts, Vater!‹ erwiderte Hauke.

Der Alte lachte ihm ins Gesicht. ›Was denn, Junge? Du bist wohl das Wunderkind aus Lübeck!‹

Aber der Junge ließ sich nicht irren. ›Die Wasserseite ist zu steil‹, sagte er; ›wenn es einmal kommt, wie es mehr als einmal schon gekommen ist, so können wir hier auch hinterm Deich ersaufen!‹

Der Alte holte seinen Kautabak aus der Tasche, drehte einen Schrot ab und schob ihn hinter die Zähne. ›Und wieviel Karren hast du heut geschoben?‹ frug er ärgerlich; denn er sah wohl, daß auch die Deicharbeit bei dem Jungen die Denkarbeit nicht hatte vertreiben können.

›Weiß nicht, Vater‹, sagte dieser, ›so, was die andern machten; vielleicht ein halbes Dutzend mehr; aber – die Deiche müssen anders werden!‹

›Nun‹, meinte der Alte und stieß ein Lachen aus; ›du kannst es ja vielleicht zum Deichgraf bringen; dann mach sie anders!‹

›Ja, Vater!‹ erwiderte der Junge.

Der Alte sah ihn an und schluckte ein paarmal; dann ging er aus der Tür; er wußte nicht, was er dem Jungen antworten sollte.

Auch als zu Ende Oktobers die Deicharbeit vorbei war, blieb der Gang nordwärts nach dem Haf hinaus für Hauke Haien die beste Unterhaltung; den Allerheiligentag, um den herum die Äquinoktialstürme zu tosen pflegen, von dem wir sagen, daß Friesland ihn wohl beklagen mag, erwartete er, wie heut die Kinder das Christfest. Stand eine Springflut bevor, so konnte man sicher sein, er lag trotz Sturm und Wetter weit draußen am Deiche mutterseelenallein; und wenn die Möwen gackerten, wenn die Wasser gegen den Deich tobten und beim Zurückrollen ganze Fetzen von der Grasdecke mit ins Meer hinabrissen, dann hätte man Haukes zorniges Lachen hören können. ›Ihr könnt nichts Rechtes‹, schrie er in den Lärm hinaus, ›so wie die Menschen auch nichts können!‹ Und endlich, oft im Finstern, trabte er aus der weiten Öde den Deich entlang nach Hause, bis seine aufgeschossene Gestalt die niedrige Tür unter seines Vaters Rohrdach erreicht hatte und darunter durch in das kleine Zimmer schlüpfte.

Manchmal hatte er eine Faust voll Kleierde mitgebracht; dann setzte er sich neben den Alten, der ihn jetzt gewähren ließ, und knetete bei dem Schein der dünnen Unschlittkerze allerlei Deichmodelle, legte sie in ein flaches Gefäß mit Wasser und suchte darin die Ausspülung der Wellen nachzumachen, oder er nahm seine Schiefertafel und zeichnete darauf das Profil der Deiche nach der Seeseite, wie es nach seiner Meinung sein mußte.

Mit denen zu verkehren, die mit ihm auf der Schulbank gesessen hatten, fiel ihm nicht ein; auch schien es, als ob ihnen an dem Träumer nichts gelegen sei. Als es wieder Winter geworden und der Frost hereingebrochen war, wanderte er noch weiter, wohin er früher nie gekommen, auf den Deich hinaus, bis die unabsehbare eisbedeckte Fläche der Watten vor ihm lag.

Im Februar bei dauerndem Frostwetter wurden angetriebene Leichen aufgefunden; draußen am offenen Haf auf den gefrorenen Watten hatten sie gelegen. Ein junges Weib, die dabeigewesen war, als man sie in das Dorf geholt hatte, stand redselig vor dem alten Haien: ›Glaubt nicht, daß sie wie Menschen aussahen‹, rief sie; ›nein, wie die Seeteufel! So große Köpfe‹, und sie hielt die ausgespreizten Hände von weitem gegeneinander, ›gnidderschwarz und blank, wie frischgebakken Brot! Und die Krabben hatten sie angeknabbert; und die Kinder schrien laut, als sie sie sahen!‹

Dem alten Haien war so was just nichts Neues: ›Sie haben wohl seit November schon in See getrieben!‹ sagte er gleichmütig.

Hauke stand schweigend daneben; aber sobald er konnte, schlich er sich auf den Deich hinaus; es war nicht zu sagen, wollte er noch nach weiteren Toten suchen, oder zog ihn nur das Grauen, das noch auf den jetzt verlassenen Stellen brüten mußte. Er lief weiter und weiter, bis er einsam in der Öde stand, wo nur die Winde über den Deich wehten, wo nichts war als die klagenden Stimmen der großen Vögel, die rasch vorüberschossen; zu seiner Linken die leere weite Marsch, zur andern Seite der unabsehbare Strand mit seiner jetzt vom Eise schimmernden Fläche der Watten; es war, als liege die ganze Welt in weißem Tod.

Hauke blieb oben auf dem Deiche stehen, und seine scharfen Augen schweiften weit umher; aber von Toten war nichts mehr zu sehen; nur wo die unsichtbaren Wattströme sich darunterdrängten, hob und senkte die Eisfläche sich in stromartigen Linien.

Er lief nach Hause; aber an einem der nächsten Abende war er wiederum da draußen. Auf jenen Stellen war jetzt das Eis gespalten; wie Rauchwolken stieg es aus den Rissen, und über das ganze Watt spann sich ein Netz von Dampf und Nebel, das sich seltsam mit der Dämmerung des Abends mischte. Hauke sah mit starren Augen daraufhin; denn in dem Nebel schritten dunkle Gestalten auf und ab, sie schienen ihm so groß wie Menschen. Würdevoll, aber mit seltsamen, erschreckenden Gebärden; mit langen Nasen und Hälsen sah er sie fern an den rauchenden Spalten auf und ab spazieren;

plötzlich begannen sie wie Narren unheimlich auf und ab zu springen, die großen über die kleinen und die kleinen gegen die großen; dann breiteten sie sich aus und verloren alle Form.

›Was wollen die? Sind es die Geister der Ertrunkenen?‹ dachte Hauke. ›Hoiho!‹ schrie er laut in die Nacht hinaus; aber die draußen kehrten sich nicht an seinen Schrei, sondern trieben ihr wunderliches Wesen fort.

Da kamen ihm die furchtbaren norwegischen Seegespenster in den Sinn, von denen ein alter Kapitän ihm einst erzählt hatte, die statt des Angesichts einen stumpfen Pull von Seegras auf dem Nacken tragen; aber er lief nicht fort, sondern bohrte die Hacken seiner Stiefel fest in den Klei des Deiches und sah starr dem possenhaften Unwesen zu, das in der einfallenden Dämmerung vor seinen Augen fortspielte. ›Seid ihr auch hier bei uns?‹ sprach er mit harter Stimme; ›ihr sollt mich nicht vertreiben!‹

Erst als die Finsternis alles bedeckte, schritt er steifen, langsamen Schrittes heimwärts. Aber hinter ihm drein kam es wie Flügelrauschen und hallendes Geschrei. Er sah nicht um; aber er ging auch nicht schneller und kam erst spät nach Hause; doch niemals soll er seinem Vater oder einem andern davon erzählt haben. Erst viele Jahre später hat er sein blödes Mädchen, womit später der Herrgott ihn belastete, um dieselbe Tages- und Jahreszeit mit sich auf den Deich hinausgenommen, und dasselbe Wesen soll sich derzeit draußen auf den Watten gezeigt haben; aber er hat ihr gesagt, sie solle sich nicht fürchten, das seien nur die Fischreiher und die Krähen, die im Nebel so groß und fürchterlich erschienen; die holten sich die Fische aus den offenen Spalten.

Weiß Gott, Herr!« unterbrach sich der Schulmeister, »es gibt auf Erden allerlei Dinge, die ein ehrlich Christenherz verwirren können; aber der Hauke war weder ein Narr noch ein Dummkopf.«

Da ich nichts erwiderte, wollte er fortfahren; aber unter den übrigen Gästen, die bisher lautlos zugehört hatten, nur mit dichterem Tabaksqualm das niedrige Zimmer füllend, entstand eine plötzliche Bewegung; erst einzelne, dann fast alle wandten sich dem Fenster zu. Draußen – man sah es durch die unverhangenen Fenster – trieb der Sturm die Wolken, und Licht und Dunkel jagten durcheinander; aber auch mir war es, als hätte ich den hageren Reiter auf seinem Schimmel vorbeisausen gesehen.

»Wart Er ein wenig, Schulmeister!« sagte der Deichgraf leise.

»Ihr braucht Euch nicht zu fürchten, Deichgraf!« erwiderte der kleine Erzähler, »ich habe ihn nicht geschmäht, und hab auch dessen keine Ursache«; und er sah mit seinen kleinen, klugen Augen zu ihm auf.

»Ja, ja«, meinte der andere, »laß Er Sein Glas nur wieder füllen.« Und nachdem das geschehen war und die Zuhörer, meist mit etwas verdutzten Gesichtern, sich wieder zu ihm gewandt hatten, fuhr er in seiner Geschichte fort:

»So für sich, und am liebsten nur mit Wind und Wasser und mit den Bildern der Einsamkeit verkehrend, wuchs Hauke zu einem langen, hageren Burschen auf. Er war schon über ein Jahr lang eingesegnet, da wurde es auf einmal anders mit ihm, und das kam von dem alten weißen Angorakater, welchen der alte Trin' Jans einst ihr später verunglückter Sohn von seiner spanischen Seereise mitgebracht hatte. Trin' wohnte ein gut Stück hinaus auf dem Deiche in einer kleinen Kate, und wenn die Alte in ihrem Hause herumarbeitete, so pflegte diese Unform von einem Kater vor der Haustür zu sitzen und in den Sommertag und nach den vorüberfliegenden Kiebitzen hinauszublinzeln. Ging Hauke vorbei, so mauzte der Kater ihn an, und Hauke nickte ihm zu; die beiden wußten, was sie miteinander hatten.

Nun aber war's einmal im Frühjahr, und Hauke lag nach seiner Gewohnheit oft draußen am Deich, schon weiter unten dem Wasser zu, zwischen Strandnelken und dem duftenden Seewermut, und ließ sich von der schon kräftigen Sonne bescheinen. Er hatte sich tags zuvor droben auf der Geest die

Taschen voll von Kieseln gesammelt, und als in der Ebbezeit die Watten bloßgelegt waren und die kleinen grauen Strandläufer schreiend darüber hinhuschten, holte er jählings einen Stein hervor und warf ihn nach den Vögeln. Er hatte das von Kindesbeinen an geübt, und meistens blieb einer auf dem Schlicke liegen; aber ebenso oft war er dort auch nicht zu holen; Hauke hatte schon daran gedacht, den Kater mitzunehmen und als apportierenden Jagdhund zu dressieren. Aber es gab auch hier und dort feste Stellen oder Sandlager; solchenfalls lief er hinaus und holte sich seine Beute selbst. Saß der Kater bei seiner Rückkehr noch vor der Haustür, dann schrie das Tier vor nicht zu bergender Raubgier so lange, bis Hauke ihm einen der erbeuteten Vögel zuwarf.

Als er heute, seine Jacke auf der Schulter, heimging, trug er nur einen ihm noch unbekannten, aber wie mit bunter Seide und Metall gefiederten Vogel mit nach Hause, und der Kater mauzte wie gewöhnlich, als er ihn kommen sah. Aber Hauke wollte seine Beute – es mag ein Eisvogel gewesen sein – diesmal nicht hergeben und kehrte sich nicht an die Gier des Tieres. ›Umschicht!‹ rief er ihm zu, ›heute mir, morgen dir; das hier ist kein Katerfressen!‹ Aber der Kater kam vorsichtigen Schrittes herangeschlichen; Hauke stand und sah ihn an, der Vogel hing an seiner Hand, und der Kater blieb mit erhobener Tatze stehen. Doch der Bursche schien seinen Katzenfreund noch nicht so ganz zu kennen; denn während er ihm seinen Rücken zugewandt hatte und eben fürbaß wollte, fühlte er mit einem Ruck die Jagdbeute sich entrissen, und zugleich schlug eine scharfe Kralle ihm ins Fleisch. Ein Grimm, wie gleichfalls eines Raubtiers, flog dem jungen Menschen ins Blut; er griff wie rasend um sich und hatte den Räuber schon am Genicke gepackt. Mit der Faust hielt er das mächtige Tier empor und würgte es, daß die Augen ihm aus den rauhen Haaren vorquollen, nicht achtend, daß die starken Hintertatzen ihm den Arm zerfleischten. ›Hoiho!‹ schrie er und packte ihn noch fester; ›wollen sehen, wer's von uns beiden am längsten aushält!‹

Plötzlich fielen die Hinterbeine der großen Katze schlaff herunter, und Hauke ging ein paar Schritte zurück und warf sie gegen die Kate der Alten. Da sie sich nicht rührte, wandte er sich und setzte seinen Weg nach Hause fort.

Aber der Angorakater war das Kleinod seiner Herrin; er war ihr Geselle und das einzige, was ihr Sohn, der Matrose, ihr nachgelassen hatte, nachdem er hier an der Küste seinen jähen Tod gefunden hatte, da er im Sturm seiner Mutter beim Porrenfangen hatte helfen wollen. Hauke mochte kaum hundert Schritt weiter getan haben, während er mit einem Tuch das Blut aus seinen Wunden auffing, als schon von der Kate her ihm ein Geheul und Zetern in die Ohren gellte. Da wandte er sich und sah davor das alte Weib am Boden liegen; das greise Haar flog ihr im Winde um das rote Kopftuch: ›Tot!‹ rief sie, ›tot!‹ und erhob dräuend ihren mageren Arm gegen ihn: ›Du sollst verflucht sein! Du hast ihn totgeschlagen, du nichtsnutziger Strandläufer; du warst nicht wert, ihm seinen Schwanz zu bürsten!‹ Sie warf sich über das Tier und wischte zärtlich mit ihrer Schürze ihm das Blut fort, das noch aus Nas' und Schnauze rann; dann hob sie aufs neue an zu zetern.

›Bist du bald fertig?‹ rief Hauke ihr zu, ›dann laß dir sagen: ich will dir einen Kater schaffen, der mit Maus- und Rattenblut zufrieden ist!‹

Darauf ging er, scheinbar auf nichts mehr achtend, fürbaß. Aber die tote Katze mußte ihm doch im Kopfe Wirrsal machen, denn er ging, als er zu den Häusern gekommen war, dem seines Vaters und auch den übrigen vorbei und eine weite Strecke noch nach Süden auf dem Deich der Stadt zu.

Inmittelst wanderte auch Trin' Jans auf demselben in der gleichen Richtung; sie trug in einem alten blaukarierten Kissenüberzug eine Last in ihren Armen, die sie sorgsam, als wär's ein Kind, umklammerte; ihr greises Haar flatterte in dem leichten Frühlingswind. ›Was schleppt Sie da, Trina?‹ frug ein Bauer, der ihr entgegenkam. ›Mehr als dein Haus und Hof‹, erwiderte die Alte; dann ging sie eifrig weiter. Als sie dem untenliegenden Hause des alten Haien nahe kam, ging sie den Akt, wie man bei uns die Trift- und Fußwege nennt, die schräg an der Seite des Deiches hinab- oder hinaufführen, zu den Häusern hinunter.

Der alte Tede Haien stand eben vor der Tür und sah ins Wetter: ›Na, Trin'!‹ sagte er, als sie pustend vor ihm stand und ihren Krückstock in die Erde bohrte, ›was bringt Sie Neues in Ihrem Sack?‹

›Erst laß mich in die Stube, Tede Haien! dann soll Er's sehen!‹ und ihre Augen sahen ihn mit seltsamem Funkeln an.

›So komm Sie!‹ sagte der Alte. Was gingen ihn die Augen des dummen Weibes an.

Und als beide eingetreten waren, fuhr sie fort: ›Bring Er den alten Tabakskasten und das Schreibzeug von dem Tisch – – Was hat Er denn immer zu schreiben? – – So; und nun wisch Er ihn sauber ab!‹

Und der Alte, der fast neugierig wurde, tat alles, was sie sagte; dann nahm sie den blauen Überzug bei beiden Zipfeln und schüttete daraus den großen Katerleichnam auf den Tisch. ›Da hat Er ihn!‹ rief sie; ›Sein Hauke hat ihn totgeschlagen.‹ Hierauf aber begann sie ein bitterliches Weinen; sie streichelte das dicke Fell des toten Tieres, legte ihm die Tatzen zusammen, neigte ihre lange Nase über dessen Kopf und raunte ihm unverständliche Zärtlichkeiten in die Ohren.

Tede Haien sah dem zu. ›So‹, sagte er; ›Hauke hat ihn totgeschlagen?‹ Er wußte nicht, was er mit dem heulenden Weibe machen sollte.

Die Alte nickte ihn grimmig an: ›Ja, ja; so Gott, das hat er getan!‹ und sie wischte sich mit ihrer von Gicht verkrümmten Hand das Wasser aus den Augen. ›Kein Kind, kein Lebigs mehr!‹ klagte sie. ›Und Er weiß es ja auch wohl, uns Alten, wenn's nach Allerheiligen kommt, frieren abends im Bett die Beine, und statt zu schlafen, hören wir den Nordwest an unseren Fensterläden rappeln. Ich hör's nicht gern, Tede Haien, er kommt daher, wo mein Junge mir im Schlick versank.‹

Tede Haien nickte, und die Alte streichelte das Fell ihres toten Katers: ›Der aber‹, begann sie wieder, ›wenn ich winters am Spinnrad saß, dann saß er bei mir und spann auch und sah mich an mit seinen grünen Augen! Und kroch ich, wenn's mir kalt wurde, in mein Bett – es dauerte nicht lang, so sprang er zu mir und legte sich auf meine frierenden Beine, und wir schliefen so warm mitsammen, als hätte ich noch meinen jungen Schatz im Bett!‹ Die Alte, als suche sie bei dieser Erinnerung nach Zustimmung, sah den neben ihr am Tische stehenden Alten mit ihren funkelnden Augen an.

Tede Haien aber sagte bedächtig: ›Ich weiß Ihr einen Rat, Trin' Jans‹, und er ging nach seiner Schatulle und nahm eine Silbermünze aus der Schublade – ›Sie sagt, daß Hauke Ihr das Tier vom Leben gebracht hat, und ich weiß, Sie lügt nicht; aber hier ist ein Krontaler von Christian dem Vierten; damit kauf Sie sich ein gegerbtes Lammfell für Ihre kalten Beine! Und wenn unsere Katze nächstens Junge wirft, so mag Sie sich das größte davon aussuchen, das zusammen tut wohl einen altersschwachen Angorakater! Und nun nehm Sie das Vieh und bring Sie es meinethalb an den Racker in der Stadt, und halt Sie das Maul, daß es hier auf meinem ehrlichen Tisch gelegen hat!‹

Während dieser Rede hatte das Weib schon nach dem Taler gegriffen und ihn in einer kleinen Tasche geborgen, die sie unter ihren Röcken trug; dann stopfte sie den Kater wieder in das Bettbühr, wischte mit ihrer Schürze die Blutflecken von dem Tisch und stakte zur Tür hinaus. ›Vergiß Er mir nur den jungen Kater nicht!‹ rief sie noch zurück.

– – Eine Weile später, als der alte Haien in dem engen Stüblein auf und ab schritt, trat Hauke herein und warf seinen bunten Vogel auf den Tisch; als er aber auf der weißgescheuerten Platte den noch kennbaren Blutfleck sah, frug er, wie beiläufig: ›Was ist denn das?‹

Der Vater blieb stehen: ›Das ist Blut, was du hast fließen machen!‹

Dem Jungen schoß es doch heiß ins Gesicht: ›Ist denn Trin' Jans mit ihrem Kater hiergewesen?‹

Der Alte nickte: ›Weshalb hast du ihr den togeschlagen?‹

Hauke entblößte seinen blutigen Arm. ›Deshalb‹, sagte er; ›er hatte mir den Vogel fortgerissen!‹

Der Alte sagte nichts hierauf; er begann eine Zeitlang wieder auf und ab zu gehen; dann blieb er vor dem Jungen stehn und sah eine Weile wie abwesend auf ihn hin. ›Das mit dem Kater hab ich rein gemacht‹, sagte er dann; ›aber, siehst du, Hauke, die Kate ist hier zu klein; zwei Herren können darauf nicht sitzen – es ist nun Zeit, du mußt dir einen Dienst besorgen!‹

›Ja, Vater‹, entgegnete Hauke; ›hab dergleichen auch gedacht.‹

›Warum?‹ frug der Alte.

›Ja, man wird grimmig in sich, wenn man's nicht an einem ordentlichen Stück Arbeit auslassen kann.‹

›So?‹ sagte der Alte, ›und darum hast du den Angorer totgeschlagen? Das könnte leicht noch schlimmer werden!‹

– ›Er mag wohl recht haben, Vater; aber der Deichgraf hat seinen Kleinknecht fortgejagt; das könnt ich schon verrichten!‹

Der Alte begann wieder auf und ab zu gehen und spritzte dabei die schwarze Tabaksjauche von sich: ›Der Deichgraf ist ein Dummkopf, dumm wie 'ne Saatgans! Er ist nur Deichgraf, weil sein Vater und Großvater es gewesen sind, und wegen seiner neunundzwanzig Fennen. Wenn Martini herankommt und hernach die Deich- und Sielrechnungen abgetan werden müssen, dann füttert er den Schulmeister mit Gansbraten und Met und Weizenkringeln und sitzt dabei und nickt, wenn der mit seiner Feder die Zahlenreihen hinunterläuft, und sagt: „Ja, ja, Schulmeister, Gott vergönn's Ihm! Was kann Er rechnen?“ Wenn aber einmal der Schulmeister nicht kann oder auch nicht will, dann muß er selber dran und sitzt und schreibt und streicht wieder aus, und der große dumme Kopf wird ihm rot und heiß, und die Augen quellen wie Glaskugeln, als wollte das bißchen Verstand da hinaus.‹

Der Junge stand gerade auf vor dem Vater und wunderte sich, was der reden könne; so hatte er's noch nicht von ihm gehört. ›Ja, Gott tröst!‹ sagte er, ›dumm ist er wohl; aber seine Tochter Elke, die kann rechnen!‹

Der Alte sah ihn scharf an. ›Ahoi, Hauke‹, rief er; ›was weißt du von Elke Volkerts?‹

– ›Nichts, Vater; der Schulmeister hat's mir nur erzählt.‹

Der Alte antwortete nicht darauf; er schob nur bedächtig seinen Tabaksknoten aus einer Backe hinter die andere.

›Und du denkst‹, sagte er dann, ›du wirst dort auch mitrechnen können.‹

›O ja, Vater, das möcht schon gehen‹, erwiderte der Sohn, und ein ernstes Zucken lief um seinen Mund.

Der Alte schüttelte den Kopf: ›Nun, aber meinethalb; versuch einmal dein Glück!‹

›Dank auch, Vater!‹ sagte Hauke und stieg zu seiner Schlafstatt auf dem Boden; hier setzte er sich auf die Bettkante und sann, weshalb ihn denn sein Vater um Elke Volkerts angerufen habe. Er kannte sie freilich, das ranke achtzehnjährige Mädchen mit dem bräunlichen schmalen Antlitz und den dunklen Brauen, die über den trotzigen Augen und der schmalen Nase ineinanderliefen; doch hatte er noch kaum ein Wort mit ihr gesprochen; nun, wenn er zu dem alten Tede Volkerts ging, wollte er sie doch besser darauf ansehen, was es mit dem Mädchen auf sich habe. Und gleich jetzt wollte er gehen, damit kein anderer ihm die Stelle abjage; es war ja kaum noch Abend. Und so zog er seine Sonntagsjacke und seine besten Stiefel an und machte sich guten Mutes auf den Weg.

– Das langgestreckte Haus des Deichgrafen war durch seine hohe Werfte, besonders durch den höchsten Baum des Dorfes, eine gewaltige Esche, schon von weitem sichtbar; der Großvater des jetzigen, der erste Deichgraf des Geschlechtes, hatte in seiner Jugend eine solche osten der Haustür hier gesetzt; aber die beiden ersten Anpflanzungen waren vergangen, und so hatte er an seinem Hochzeitsmorgen diesen dritten Baum gepflanzt, der noch jetzt mit seiner immer mächtiger werdenden Blätterkrone in dem hier unablässigen Winde wie von alten Zeiten rauschte.

Als nach einer Weile der langaufgeschossene Hauke die hohe Werfte hinaufstieg, welche an den Seiten mit Rüben und Kohl bepflanzt war, sah er droben die Tochter des Hauswirts neben der niedrigen Haustür stehen. Ihr einer etwas hagerer Arm hing schlaff herab, die andere Hand schien im Rücken nach dem Eisenring zu greifen, von denen je einer zu beiden Seiten der Tür in der Mauer war, damit, wer vor das Haus ritt, sein Pferd daran befestigen könne. Die Dirne schien von dort ihre Augen über den Deich hinaus nach dem Meer zu haben, wo an dem stillen Abend die Sonne eben in das Wasser hinabsank und zugleich das bräunliche Mädchen mit ihrem letzten Schein vergoldete.

Hauke stieg etwas langsamer an der Werfte hinan und dachte bei sich: ›So ist sie nicht so dösig!‹ dann war er oben. ›Guten Abend auch!‹ sagte er zu ihr tretend; ›wonach guckst du denn mit deinen großen Augen, Jungfer Elke?‹

›Nach dem‹, erwiderte sie, ›was hier alle Abend vor sich geht, aber hier nicht alle Abend just zu sehen ist.‹ Sie ließ den Ring aus der Hand fallen, daß er klingend gegen die Mauer schlug. ›Was willst du, Hauke Haien?‹ frug sie.

›Was dir hoffentlich nicht zuwider ist‹, sagte er. ›Dein Vater hat seinen Kleinkecht fortgejagt, da dachte ich bei euch in Dienst.‹

Sie ließ ihre Blicke an ihm herunterlaufen: ›Du bist noch so was schlanterig, Hauke!‹ sagte sie; ›aber uns dienen zwei feste Augen besser als zwei feste Arme!‹ Sie sah ihn dabei fast düster an, aber Hauke hielt ihr tapfer stand. ›So komm‹, fuhr sie fort; ›der Wirt ist in der Stube, laß uns hineingehen!‹

Am andern Tage trat Tede Haien mit seinem Sohne in das geräumige Zimmer des Deichgrafen; die Wände waren mit glasurten Kacheln bekleidet, auf denen hier ein Schiff mit vollen Segeln oder ein Angler an einem Uferplatz, dort ein

Rind, das kauernd vor einem Bauernhause lag, den Beschauer vergnügen konnte; unterbrochen war diese dauerhafte Tapete durch ein mächtiges Wandbett mit jetzt zugeschobenen Türen und einen Wandschrank, der durch seine beiden Glastüren allerlei Porzellan- und Silbergeschirr erblicken ließ; neben der Tür zum anstoßenden Pesel war hinter einer Glasscheibe eine holländische Schlaguhr in die Wand gelassen.

Der starke, etwas schlagflüssige Hauswirt saß am Ende des blankgescheuerten Tisches im Lehnstuhl auf seinem bunten Wollenpolster. Er hatte seine Hände über dem Bauch gefaltet und starrte aus seinen runden Augen befriedigt auf das Gerippe einer fetten Ente; Gabel und Messer ruhten vor ihm auf dem Teller.

›Guten Tag, Deichgraf!‹ sagte Haien, und der Angeredete drehte langsam Kopf und Augen zu ihm hin.

›Ihr seid es, Tede?‹ entgegnete er, und der Stimme war die verzehrte fette Ente anzuhören, ›setzt Euch; es ist ein gut Stück von Euch zu mir herüber!‹

›Ich komme, Deichgraf‹, sagte Tede Haien, indem er sich auf die an der Wand entlanglaufende Bank dem andern im Winkel gegenüber setzte. ›Ihr habt Verdruß mit Euerem Kleinknecht gehabt und seid mit meinem Jungen einig geworden, ihn an dessen Stelle zu setzen!‹

Der Deichgraf nickte: ›Ja, ja, Tede; aber – was meint Ihr mit Verdruß? Wie Marschleute haben, Gott tröst uns, was dagegen einzunehmen!‹ und er nahm das vor ihm liegende Messer und klopfte wie liebkosend auf das Gerippe der armen Ente. ›Das war mein Leibvogel‹, setzte er behaglich lachend hinzu; ›sie fraß mir aus der Hand!‹

›Ich dachte‹, sagte der alte Haien, das letzte überhörend, ›der Bengel hätte Euch Unheil im Stall gemacht.‹

›Unheil? Ja, Tede; freilich Unheil genug! Der dicke Mopsbraten hatte die Kälber nicht gebörmt; aber er lag vollgetrunken auf dem Heuboden, und das Viehzeug schrie die ganze Nacht vor Durst, daß ich bis Mittag nachschlafen mußte; dabei kann die Wirtschaft nicht bestehen!‹

›Nein, Deichgraf; aber dafür ist keine Gefahr bei meinem Jungen.‹

Hauke stand, die Hände in den Seitentaschen, am Türpfosten, hatte den Kopf im Nacken und studierte an den Fensterrähmen ihm gegenüber.

Der Deichgraf hatte die Augen zu ihm gehoben und nickte hinüber: ›Nein, nein, Tede‹; und er nickte nun auch dem Alten zu; ›Euer Hauke wird mir die Nachtruh nicht verstören; der Schulmeister hat's mir schon vordem gesagt, der sitzt lieber vor der Rechentafel als vor einem Glas mit Branntwein.‹

Hauke hörte nicht auf diesen Zuspruch, denn Elke war in die Stube getreten und nahm mit ihrer leichten Hand die Reste der Speisen von dem Tisch, ihn mit ihren dunkeln Augen flüchtig streifend. Da fielen seine Blicke auch auf sie. ›Bei Gott und Jesus‹, sprach er bei sich selber, ›sie sieht auch so nicht dösig aus!‹

Das Mädchen war hinausgegangen. ›Ihr wisset, Tede‹, begann der Deichgraf wieder, ›unser Herrgott hat mir einen Sohn versagt!‹

›Ja, Deichgraf; aber laßt Euch das nicht kränken‹, entgegnete der andere, ›denn im dritten Gliede soll der Familienverstand ja verschleißen; Euer Großvater, das wissen wir noch alle, war einer, der das Land geschützt hat!‹

Der Deichgraf, nach einigem Besinnen, sah schier verdutzt aus: ›Wie meint Ihr das, Tede Haien?‹ sagte er und setzte sich in seinem Lehnstuhl auf, ›ich bin ja doch im dritten Gliede!‹

›Ja so! Nicht für ungut, Deichgraf; es geht nur so die Rede!‹ Und der hagere Tede Haien sah den alten Würdenträger mit etwas boshaften Augen an.

Der aber sprach unbekümmert: ›Ihr müßt Euch von alten Weibern dergleichen Torheit nicht aufschwatzen lassen, Tede Haien; Ihr kennt nur meine Tochter nicht, die rechnet mich selber dreimal um und um! Ich wollt nur sagen, Euer Hauke wird außer im Felde auch hier in meiner Stube mit Feder oder Rechenstift so manches profitieren können, was ihm nicht schaden wird!‹

›Ja, ja, Deichgraf, das wird er; da habt Ihr völlig recht!‹ sagte der alte Haien und begann dann noch einige Vergünstigungen bei dem Mietkontrakt sich auszubedingen, die abends vorher von seinem Sohne nicht bedacht waren. So sollte dieser außer seinen leinenen Hemden im Herbst auch noch acht Paar wollene Strümpfe als Zugabe seines Lohnes genießen; so wollte er selbst ihn im Frühling acht Tage bei der eigenen Arbeit haben, und was dergleichen mehr war. Aber der Deichgraf war zu allem willig; Hauke Haien schien ihm eben der rechte Kleinknecht.

– – ›Nun, Gott tröst dich, Junge‹, sagte der Alte, da sie eben das Haus verlassen hatten, ›wenn der dir die Welt klarmachen soll!‹

Aber Hauke erwiderte ruhig: ›Laß Er nur, Vater; es wird schon alles werden.‹

Und Hauke hatte so unrecht nicht gehabt; die Welt, oder was ihm die Welt bedeutete, wurde ihm klarer, je länger sein Aufenthalt in diesem Hause dauerte; vielleicht um so mehr, je weniger ihm eine überlegene Einsicht zu Hülfe kam, und je mehr er auf seine eigene Kraft angewiesen war, mit der er sich von jeher beholfen hatte. Einer freilich war im Hause, für den er nicht der Rechte zu sein schien; das war der Großknecht Ole Peters, ein tüchtiger Arbeiter und ein maulfertiger Geselle. Ihm war der träge, aber dumme und stämmige Kleinknecht von vorhin besser nach seinem Sinn gewesen, dem er ruhig die Tonne Hafer auf den Rücken hatte laden und den er nach Herzenslust hatte herumstoßen können. Dem noch stilleren, aber ihn geistig überragenden Hauke vermochte er in solcher Weise nicht beizukommen; er hatte eine gar zu eigene Art, ihn anzublicken. Trotzdem verstand er es, Arbeiten für ihn auszusuchen, die seinem noch nicht gefesteten Körper hätten gefährlich werden können, und Hauke, wenn der Großknecht sagte: ›Da hättest du den dicken Niß nur sehen sollen, dem ging es von der Hand!‹ faßte nach Kräften an und brachte es, wenn auch mit Mühsal, doch zu Ende. Ein

Glück war es für ihn, daß Elke selbst oder durch ihren Vater das meistens abzustellen wußte. Man mag wohl fragen, was mitunter ganz fremde Menschen aneinander bindet; vielleicht – sie waren beide geborene Rechner, und das Mädchen konnte ihren Kameraden in der groben Arbeit nicht verderben sehen.

Der Zwiespalt zwischen Groß- und Kleinknecht wurde auch im Winter nicht besser, als nach Martini die verschiedenen Deichrechnungen zur Revision eingelaufen waren.

Es war an einem Maiabend, aber es war Novemberwetter; von drinnen im Hause hörte man draußen hinterm Deich die Brandung donnern. ›He, Hauke‹, sagte der Hausherr, ›komm herein; nun magst du weisen, ob du rechnen kannst!‹

›Uns' Weert‹, entgegnete dieser – denn so nennen hier die Leute ihre Herrschaft – ›ich soll aber erst das Jungvieh füttern!‹

›Elke!‹ rief der Deichgraf; ›wo bist du, Elke! – Geh zu Ole und sag ihm, er sollte das Jungvieh füttern; Hauke soll rechnen!‹

Und Elkte eilte in den Stall und machte dem Großknecht die Bestellung, der eben damit beschäftigt war, das über Tag gebrauchte Pferdegeschirr wieder an seinen Platz zu hängen.

Ole Peters schlug mit einer Trense gegen den Ständer, neben dem er sich beschäftigte, als wolle er sie kurz und klein haben: ›Hol der Teufel den verfluchten Schreiberknecht!‹

Sie hörte die Worte noch, bevor sie die Stalltür wieder geschlossen hatte.

›Nun?‹ frug der Alte, als sie in die Stube trat.

›Ole wollte es schon besorgen‹, sagte die Tochter, ein wenig sich die Lippen beißend, und setzte sich Hauke gegenüber auf einen grobgeschnitzten Holzstuhl, wie sie noch derzeit hier an Winterabenden im Hause selbst gemacht wurden. Sie hatte aus einem Schubkasten einen weißen Strumpf mit rotem Vogelmuster genommen, an dem sie nun weiterstrickte; die langbeinigen Kreaturen darauf mochten Reiher oder Störche bedeuten sollen. Hauke saß ihr gegenüber in seine Rechnerei vertieft, der Deichgraf selbst ruhte in seinem Lehnstuhl und blinzelte schläfrig nach Haukes Feder; auf dem Tisch brannten, wie immer im Deichgrafenhause, zwei Unschlittkerzen, und vor den beiden in Blei gefaßten Fenstern waren von außern die Läden vorgeschlagen und von innen zugeschroben; mochte der Wind nun poltern, wie er wollte. Mitunter hob Hauke seinen Kopf von der Arbeit und blickte einen Augenblick nach den Vogelstrümpfen oder nach dem schmalen ruhigen Gesicht des Mädchens.

Da tat es aus dem Lehnstuhl plötzlich einen lauten Schnarcher, und ein Blick und ein Lächeln flog zwischen den beiden jungen Menschen hin und wider; dann folgte allmählich ein ruhigeres Atmen; man konnte wohl ein wenig plaudern; Hauke wußte nur nicht, was.

Als sie aber das Strickzeug in die Höhe zog und die Vögel sich nun in ihrer ganzen Länge zeigten, flüsterte er über den Tisch herüber: ›Wo hast du das gelernt, Elke?‹

›Was gelernt?‹ frug das Mädchen zurück.

›Das Vogelstricken‹, sagte Hauke.

›Das? Von Trin' Jans draußen am Deich; sie kann allerlei; sie war vorzeiten einmal bei meinem Großvater hier im Dienst.‹

›Da warst du aber wohl noch nicht geboren?‹ fragte Hauke.

›Ich denk wohl nicht; aber sie ist noch oft ins Haus gekommen.‹

›Hat denn die die Vögel gern?‹ frug Hauke; ›ich meint, sie hielt es nur mit Katzen!‹

Elke schüttelte den Kopf: ›Sie zieht ja Enten und verkauft sie; aber im vorigen Frühjahr, als du den Angorer totgeschlagen hattest, sind ihr hinten im Stall die Ratten dazwischengekommen; nun will sie sich vorn am Hause einen andern bauen.‹

›So‹, sagte Hauke und zog einen leisen Pfiff durch die Zähne, ›dazu hat sie von der Geest sich Lehm und Steine hergeschleppt! Aber dann kommt sie in den Binnenweg! – hat sie denn Konzession?‹

›Weiß ich nicht‹, meinte Elke. Aber er hatte das letzte Wort so laut gesprochen, daß der Deichgraf aus seinem Schlummer auffuhr. ›Was Konzession?‹ frug er und sah fast wild von einem zu der andern. ›Was soll die Konzession?‹

Als aber Hauke ihm dann die Sache vorgetragen hatte, klopfte er ihm lachend auf die Schulter: ›Ei was, der Binnenweg ist breit genug; Gott tröst den Deichgrafen, sollt er sich auch noch um die Entenställe kümmern!‹

Hauke fiel es aufs Herz, daß er die Alte mit ihren jungen Enten den Ratten sollte preisgegeben haben, und er ließ sich mit dem Einwand abfinden. ›Aber, uns' Weert‹, begann er wieder, ›es tät wohl dem und jenem ein kleiner Zwicker gut, und wollet Ihr ihn nicht selber greifen, so zwicket den Gevollmächtigten, der auf die Deichordnung passen soll!‹

›Wie, was sagt der Junge?‹ und der Deichgraf setzte sich vollends auf, und Elke ließ ihren künstlichen Strumpf sinken und wandte das Ohr hinüber.

›Ja, uns' Weert‹, fuhr Hauke fort, ›Ihr habt doch schon die Frühlingsschau gehalten; aber trotzdem hat Peter Jansen auf seinem Stück das Unkraut auch noch heute nicht gebuscht; im Sommer werden die Stieglitzer da wieder lustig um die roten Distelblumen spielen! Und dicht daneben, ich weiß nicht, wem's gehört, ist an der Außenseite eine ganze Wiege in dem Deich; bei schön Wetter liegt es immer voll von kleinen Kindern, die sich darin wälzen; aber – Gott bewahr uns vor Hochwasser!‹

Die Augen des alten Deichgrafen waren immer größer geworden.

›Und dann –‹ sagte Hauke wieder.

›Was dann noch, Junge?‹ frug der Deichgraf; ›bist du noch nicht fertig?‹ und es klang, als sei der Rede seines Kleinknechts ihm schon zuviel geworden.

›Ja, dann, uns' Weert‹, sprach Hauke weiter; ›Ihr kennt die dicke Vollina, die Tochter vom Gevollmächtigten Harders, die immer ihres Vaters Pferde aus der Fenne holt, – wenn sie nur eben mit ihren runden Waden auf der alten gelben Stute sitzt, hü hopp! so geht's allemal schräg an der Dossierung den Deich hinan!‹

Hauke bemerkte erst jetzt, daß Elke ihre klugen Augen auf ihn gerichtet hatte und leise ihren Kopf schüttelte.

Er schwieg, aber ein Faustschlag, den der Alte auf den Tisch tat, dröhnte ihm in die Ohren; ›da soll das Wetter dreinschlagen!‹ rief er, und Hauke erschrak beinahe über die Bärenstimme, die plötzlich hier hervorbrach: ›Zur Brüche! Notier mir das dicke Mensch zur Brüche, Hauke! Die Dirne hat mir im letzten Sommer drei junge Enten weggefangen! Ja, ja, notier nur‹, wiederholte er, als Hauke zögerte; ›ich glaub sogar, es waren vier!‹

›Ei, Vater‹, sagte Elke, ›war's nicht die Otter, die die Enten nahm?‹

›Eine große Otter!‹ rief der Alte schnaufend; ›werd doch die dicke Vollina und eine Otter auseinanderkennen! Nein, nein, vier Enten, Hauke – aber was du im übrigen schwatzest, der Herr Oberdeichgraf und ich, nachdem wir zusammen in meinem Hause hier gefrühstückt hatten, sind im Frühjahr an deinem Unkraut und an deiner Wiege vorbeigefahren und haben's doch nicht sehen können. Ihr beide aber‹, und er nickte ein paarmal bedeutsam gegen Hauke und seine Tochter, ›danket Gott, daß ihr nicht Deichgraf seid! Zwei Augen hat man nur, und mit hundert soll man sehen. – – Nimm nur die Rechnungen über die Bestickungsarbeiten, Hauke, und sieh sie nach; die Kerls rechnen oft zu liederlich!‹

Dann lehnte er sich wieder in seinen Stuhl zurück, ruckte den schweren Körper ein paarmal und überließ sich bald dem sorgenlosen Schlummer.

Dergleichen wiederholte sich an manchem Abend. Hauke hatte scharfe Augen und unterließ es nicht, wenn sie beisammen saßen, das eine oder andre von schädlichem Tun oder Unterlassen in Deichsachen dem Alten vor die Augen zu rükken; und da dieser sie nicht immer schließen konnte, so kam unversehens ein lebhafterer Geschäftsgang in die Verwaltung, und die, welche früher im alten Schlendrian fortgesündigt hatten und jetzt unerwartet ihre frevlen oder faulen Finger geklopft fühlten, sahen sich unwillig und verwundert um, woher die Schläge denn gekommen seien. Und Ole, der Großknecht, säumte nicht, möglichst weit die Offenbarung zu verbreiten und dadurch gegen Hauke und seinen Vater, der doch die Mitschuld tragen mußte, in diesen Kreisen einen Widerwillen zu erregen; die andern aber, welche nicht getroffen waren, oder denen es um die Sache selbst zu tun war, lachten und hatten ihre Freude, daß der Junge den Alten doch einmal etwas in Trab gebracht habe. ›Schad nur‹, sagten sie, ›daß der Bengel nicht den gehörigen Klei unter den Füßen hat; das gäbe später sonst einmal wieder einen Deichgrafen, wie vordem sie dagewesen sind; aber die paar Demat seines Alten, die täten's denn doch nicht!‹

Als im nächsten Herbst der Herr Amtmann und Oberdeichgraf zur Schauung kam, sah er sich den Alten Tede Volkerts von oben bis unten an, während dieser ihn zum Frühstück nötigte. ›Wahrhaftig, Deichgraf‹, sagte er, ›ich dacht's mir schon, Ihr seid in der Tat um ein Halbstieg Jahre jünger geworden; Ihr habt mir diesmal mit all Euern Vorschlägen warm gemacht; wenn wir mit alledem nur heute fertig werden!‹

›Wird schon, wird schon, gestrenger Herr Oberdeichgraf‹, erwiderte der Alte schmunzelnd; ›der Gansbraten da wird schon die Kräfte stärken! Ja, Gott sei Dank, ich bin noch allezeit frisch und munter!‹ Er sah sich in der Stube um, ob auch nicht etwa Hauke um die Wege sei; dann setzte er in würdevoller Ruhe noch hinzu: ›So hoffe ich zu Gott, noch meines Amtes ein paar Jahre in Segen warten zu können.‹

›Und darauf, lieber Deichgraf‹, erwiderte sein Vorgesetzter, sich erhebend, ›wollen wir dieses Glas zusammen trinken!‹

Elke, die das Frühstück bestellt hatte, ging eben, während die Gläser aneinanderklangen, mit leisem Lachen aus der Stubentür. Dann holte sie eine Schüssel Abfall aus der Küche und ging durch den Stall, um es vor der Außentür dem Federvieh vorzuwerfen. Im Stall stand Hauke Haien und steckte den Kühen, die man der argen Witterung wegen schon jetzt hatte heraufnehmen müssen, mit der Furke Heu in ihre Raufen. Als er aber das Mädchen kommen sah, stieß er die Furke auf den Grund. ›Nu, Elke!‹ sagte er.

Sie blieb stehen und nickte ihm zu: ›Ja, Hauke; aber eben hättest du drinnen sein müssen!‹

›Meinst du? Warum denn, Elke?‹

›Der Herr Oberdeichgraf hat den Wirt gelobt!‹

›Den Wirt? Was tut das mir?‹

›Nein, ich mein, den Deichgrafen hat er gelobt!‹

Ein dunkles Rot flog über das Gesicht des jungen Menschen: ›Ich weiß wohl‹, sagte er, ›wohin du damit segeln willst!‹

›Werd nur nicht rot, Hauke, du warst es ja doch eigentlich, den der Oberdeichgraf lobte!‹

Hauke sah sie mit halbem Lächeln an. ›Auch du doch, Elke!‹ sagte er.

Aber sie schüttelte den Kopf: ›Nein, Hauke; als ich allein der Helfer war, da wurden wir nicht gelobt. Ich kann ja auch nur rechnen; du aber siehst draußen alles, was der Deichgraf doch wohl selber sehen sollte; du hast mich ausgestochen!‹

›Ich hab das nicht gewollt, dich am mindsten‹, sagte Hauke zaghaft, und er stieß den Kopf einer Kuh zur Seite: ›Komm, Rotbunt, friß mir nicht die Furke auf, du sollst ja alles haben!‹

›Denk nur nicht, daß mir's leid tut, Hauke‹, sagte nach kurzem Sinnen das Mädchen; ›das ist ja Mannessache!‹

Da streckte Hauke ihr den Arm entgegen: ›Elke, gib mir die Hand darauf!‹

Ein tiefes Rot schoß unter die dunkeln Brauen des Mädchens. ›Warum? Ich lüg ja nicht!‹ rief sie.

Hauke wollte antworten; aber sie war schon zum Stall hinaus, und er stand mit seiner Furke in der Hand und hörte nur, wie draußen die Enten und Hühner um sie schnatterten und krähten.

Es war im Januar von Haukes drittem Dienstjahr, als ein Winterfest gehalten werden sollte; ›Eisboseln‹ nennen sie es hier. Ein ständiger Frost hatte beim Ruhen der Küstenwinde alle Gräben zwischen den Fennen mit einer festen ebenen Kristallfläche belegt, so daß die zerschnittenen Landstücke nun eine weite Bahn für das Werfen der kleinen mit Blei ausgegossenen Holzkugeln bildeten, womit das Ziel erreicht werden sollte. Tagaus, tagein wehte ein leichter Nordost: alles war schon in Ordnung; die Geestleute in dem zu Osten über der Marsch belegenen Kirchdorf, die im vorigen Jahre gesiegt hatten, waren zum Wettkampf gefordert und hatten angenommen; von jeder Seite waren neun Werfer aufgestellt; auch der Obmann und die Kretler waren gewählt. Zu letzteren, die bei Streitfällen über einen zweifelhaften Wurf miteinander zu verhandeln hatten, wurden allezeit Leute genommen, die ihre Sache ins beste Licht zu rücken verstanden, am liebsten Burschen, die außer gesundem Menschenverstand auch noch ein lustig Mundwerk hatten. Dazu gehörte vor allen Ole Peters, der Großknecht des Deichgrafen. ›Werft nur wie die Teufel‹, sagte er; ›das Schwatzen tu ich schon umsonst!‹

Es war gegen Abend vor dem Festtag; in der Nebenstube des Kirchspielkruges droben auf der Geest war eine Anzahl von den Werfern erschienen, um über die Aufnahme einiger zuletzt noch Angemeldeten zu beschließen. Hauke Haien war auch unter diesen; er hatte erst nicht wollen, obschon er seiner wurfgeübten Arme sich wohl bewußt war; aber er fürchtete durch Ole Peters, der einen Ehrenposten in dem Spiel bekleidete, zurückgewiesen zu werden; die Niederlage wollte er sich sparen. Aber Elke hatte ihm noch in der elften Stunde den Sinn gewandt: ›Er wird's nicht wagen, Hauke‹, hatte sie gesagt; ›er ist ein Tagelöhnersohn; dein Vater hat Kuh und Pferd und ist dazu der klügste Mann im Dorf!‹

›Aber, wenn er's dennoch fertigbringt?‹

Sie sah ihn halb lächelnd aus ihren dunkeln Augen an. ›Dann‹, sagte sie, ›soll er sich den Mund wischen, wenn er abends mit seines Wirts Tochter zu tanzen denkt!‹ – Da hatte Hauke ihr mutig zugenickt.

Nun standen die jungen Leute, die noch in das Spiel hineinwollten, frierend und fußtrampelnd vor dem Kirchspielskrug und sahen nach der Spitze des aus Felsblöcken gebauten Kirchturms hinauf, neben dem das Krughaus lag. Des Pastors Tauben, die sich im Sommer auf den Feldern des Dorfes nährten, kamen eben von den Höfen und Scheuern der Bauern zurück, wo sie sich jetzt ihre Körner gesucht hatten, und verschwanden unter den Schindeln des Turmes, hinter welchen sie ihre Nester hatten; im Westen über dem Haf stand ein glühendes Abendrot.

›Wird gut Wetter morgen!‹ sagte der eine der jungen Burschen und begann heftig auf und ab zu wandern; ›aber kalt! kalt!‹ Ein zweiter, als er keine Taube mehr fliegen sah, ging in das Haus und stellte sich horchend neben die Tür der Stube, aus der jetzt ein lebhaftes Durcheinanderreden herausscholl; auch des Deichgrafen Kleinknecht war neben ihn getreten. ›Hör, Hauke‹, sagte er zu diesem; ›nun schreien sie um dich!‹ und deutlich hörte man von drinnen Ole Peters' knarrende Stimme: ›Kleinknechte und Jungens gehören nicht dazu!‹

›Komm‹, flüsterte der andre und suchte Hauke am Rockärmel an die Stubentür zu ziehen, ›hier kannst du lernen, wie hoch sie dich taxieren!‹

Aber Hauke riß sich los und ging wieder vor das Haus: ›Sie haben uns nicht ausgesperrt, damit wir's hören sollen!‹ rief er zurück.

Vor dem Hause stand der Dritte der Angemeldeten. ›Ich fürcht, mit mir hat's einen Haken‹, rief er ihm entgegen; ›ich hab kaum achtzehn Jahre; wenn sie nur den Taufschein nicht verlangen! Dich, Hauke, wird dein Großknecht schon herauskreteln!‹

›Ja, heraus!‹ brummte Hauke und schleuderte mit dem Fuße einen Stein über den Weg; ›nur nicht hinein!‹

Der Lärm in der Stube wurde stärker; dann allmählich trat eine Stille ein; die draußen hörten wieder den leisen Nordost, der sich oben an der Kirchturmspitze brach. Der Horcher trat wieder zu ihnen. ›Wen hatten sie da drinnen?‹ frug der Achtzehnjährige.

›Den da!‹ sagte jener und wies auf Hauke; ›Ole Peters wollte ihn zum Jungen machen; aber alle schrien dagegen. „Und sein Vater hat Vieh und Land“, sagte Jeß Hansen. „Ja, Land“, rief Ole Peters, „das man auf dreizehn Karren wegfahren kann!“ – Zuletzt kam Ole Hensen: „Still da!“ schrie er; „ich will's euch lehren: sagt nur, wer ist der erste Mann im Dorf?“ Da schwiegen sie erst und schienen sich zu besinnen; dann sagte eine Stimme: „Das ist doch wohl der Deichgraf!“ Und alle anderen riefen: „Nun ja, unserthalb der Deichgraf!“ – „Und wer ist denn der Deichgraf?“ rief Ole Hensen wieder; „aber nun bedenkt euch recht!“ – – Da begann einer leis zu lachen, und dann wieder einer, bis zuletzt nichts in der Stube war als lauter Lachen. „Nun, so ruft ihn“, sagte Ole Hensen; „ihr wollt doch nicht den Deichgrafen von der Tür stoßen!“ Ich glaub, sie lachen noch; aber Ole Peters' Stimme war nicht mehr zu hören!‹ schloß der Bursche seinen Bericht.

Fast in demselben Augenblicke wurde drinnen im Hause die Stubentür aufgerissen, und: ›Hauke! Hauke Haien!‹ rief es laut und fröhlich in die kalte Nacht hinaus.

Da trabte Hauke in das Haus und hörte nicht mehr, wer denn der Deichgraf sei; was in seinem Kopfe brütete, hat indessen niemand wohl erfahren.

– – Als er nach einer Weile sich dem Hause seiner Herrschaft nahte, sah er Elke drunten am Heck der Auffahrt stehen, das Mondlicht schimmerte über die unermeßliche weiß bereifte Weidefläche. ›Stehst du hier, Elke?‹ frug er.

Sie nickte nur: ›Was ist geworden?‹ sagte sie; ›hat er's gewagt?‹

– ›Was sollt er nicht!‹

›Nun, und?‹

– ›Ja, Elke; ich darf es morgen doch versuchen!‹

›Gute Nacht, Hauke!‹ Und sie lief flüchtig die Werfte hinan und verschwand im Hause.

Langsam folgte er ihr.

Auf der weiten Weidefläche, die sich zu Osten an der Landseite des Deiches entlangzog, sah man am Nachmittag darauf eine dunkle Menschenmasse bald unbeweglich stille stehen, bald, nachdem zweimal eine hölzerne Kugel aus derselben über den durch die Tagessonne jetzt von Reif befreiten Boden hingeflogen war, abwärts von den hinter ihr liegenden langen und niedrigen Häusern allmählich weiterrücken; die Parteien der Eisbosler in der Mitte, umgeben von alt und jung, was mit ihnen, sei es in jenen Häusern oder in denen droben auf der Geest, Wohnung oder Verbleib hatte; die älteren Männer in langen Röcken, bedächtig aus kurzen Pfeifen rauchend, die Weiber in Tüchern und Jacken, auch wohl Kinder an den Händen ziehend oder auf den Armen tragend. Aus den gefrorenen Gräben, welche allmählich überschritten wurden, funkelte durch die scharfen Schilfspitzen der bleiche Schein der Nachmittagssonne; es fror mächtig, aber das Spiel ging unablässig vorwärts, und aller Augen verfolgten immer wieder die fliegende Kugel, denn an ihr hing heute für das ganze Dorf die Ehre des Tages. Der Kretler der Parteien trug hier einen weißen, bei den Geestleuten einen schwarzen Stab mit eiserner Spitze; wo die Kugel ihren Lauf geendet hatte, wurde dieser, je nachdem, unter schweigender Anerkennung oder dem Hohngelächter der Gegenpartei in den gefrorenen Boden eingeschlagen, und wessen Kugel zuerst das Ziel erreichte, der hatte für seine Partei das Spiel gewonnen.

Gesprochen wurde von all den Menschen wenig; nur wenn ein Kapitalwurf geschah, hörte man wohl einen Ruf der jungen Männer oder Weiber; oder von den Alten einer nahm seine Pfeife aus dem Mund und klopfte damit unter ein paar guten Worten den Werfer auf die Schulter: ›Das war ein Wurf, sagte Zacharies und warf sein Weib aus der Luke!‹ oder: ›So warf dein Vater auch; Gott tröst ihn in der Ewigkeit!‹ oder was sie sonst für Gutes sagten.

Bei seinem ersten Wurfe war das Glück nicht mit Hauke gewesen: als er eben den Arm hinten ausschwang, um die Kugel fortzuschleudern, war eine Wolke von der Sonne fortgezogen, die sie vorhin bedeckt hatte, und diese traf mit ihrem vollen Strahl in seine Augen; der Wurf wurde zu kurz, die Kugel fiel auf einen Graben und blieb im Bummeis stecken.

›Gilt nicht! Gilt nicht! Hauke, noch einmal‹, riefen seine Partner.

Aber der Kretler der Geestleute sprang dagegen auf: ›Muß wohl gelten; geworfen ist geworfen!‹

›Ole! Ole Peters!‹ schrie die Marschjugend. ›Wo ist Ole? Wo, zum Teufel, steckt er?‹

Aber er war schon da: ›Schreit nur nicht so! Soll Hauke wo geflickt werden! Ich dacht's mir schon.‹

– ›Ei was! Hauke muß noch einmal werfen; nun zeig, daß du das Maul am rechten Fleck hast!‹

›Das hab ich schon!‹ rief Ole und trat dem Geestkretler gegenüber und redete einen Haufen Gallimathias aufeinander. Aber die Spitzen und Schärfen, die sonst aus seinen Worten blitzten, waren diesmal nicht dabei. Ihm zur Seite stand das Mädchen mit den Rätselbrauen und sah scharf aus zornigen Augen auf ihn hin; aber reden durfte sie nicht, denn die Frauen hatten keine Stimme in dem Spiel.

›Du leierst Unsinn‹, rief der andere Kretler, ›weil dir der Sinn nicht dienen kann! Sonne, Mond und Sterne sind für uns alle gleich und allezeit am Himmel; der Wurf war ungeschickt, und alle ungeschickten Würfe gelten!‹

So redeten sie noch eine Weile gegeneinander; aber das Ende war, daß nach Bescheid des Obmanns Hauke seinen Wurf nicht wiederholen durfte.

›Vorwärts!‹ riefen die Geestleute, und ihr Kretler zog den schwarzen Stab aus dem Boden, und der Werfer trat auf seinen Nummerruf dort an und schleuderte die Kugel vorwärts. Als der Großknecht des Deichgrafen dem Wurfe zusehen wollte, hatte er an Elke Volkerts vorbeimüssen: ›Wem zuliebe ließest du heut deinen Verstand zu Hause?‹ raunte sie ihm zu.

Da sah er sie fast grimmig an, und aller Spaß war aus seinem breiten Gesichte verschwunden. ›Dir zulieb!‹ sagte er, ›denn du hast deinen auch vergessen!‹

›Geh nur; ich kenne dich, Ole Peters!‹ erwiderte das Mädchen, sich hoch aufrichtend; er aber kehrte den Kopf ab und tat, als habe er das nicht gehört.

Und das Spiel und der schwarze und der weiße Stab gingen weiter. Als Hauke wieder am Wurf war, flog seine Kugel schon so weit, daß das Ziel, die große weißgekalkte Tonne, klar in Sicht kam. Er war jetzt ein fester junger Kerl, und Mathematik und Wurfkunst hatte er täglich während seiner Knabenzeit getrieben. ›Oho, Hauke!‹ rief es aus dem Haufen; ›das war ja, als habe der Erzengel Michael selbst geworfen!‹ Eine alte Frau mit Kuchen und Branntwein drängte sich durch den Haufen zu ihm; sie schenkte ein Glas voll und bot es ihm: ›Komm‹, sagte sie, ›wir wollen uns vertragen: das heut ist besser, als da du mir die Katze totschlugst!‹ Als er sie ansah, erkannte er, daß es Trin' Jans war. ›Ich dank dir, Alte‹, sagte er; ›aber ich trink das nicht.‹ Er griff in seine Tasche und drückte ihr ein frischgeprägtes Markstück in die Hand: ›Nimm das und trink selber das Glas aus, Trin'; so haben wir uns vertragen!‹

›Hast recht, Hauke!‹ erwiderte die Alte, indem sie seiner Anweisung folgte; ›hast recht; das ist auch besser für ein altes Weib wie ich!‹

›Wie geht's mit deinen Enten?‹ rief er ihr noch nach, als sie sich schon mit dem Korbe fortmachte; aber sie schüttelte nur den Kopf, ohne sich umzuwenden, und patschte mit ihren alten Händen in die Luft. ›Nichts, nichts, Hauke; da sind zu viele Ratten in euren Gräben; Gott tröst mich; man muß sich anders nähren!‹ Und somit drängte sie sich in den Menschenhaufen und bot wieder ihren Schnaps und ihre Honigkuchen an.

Die Sonne war endlich schon hinter den Deich hinabgesunken; statt ihrer glimmte ein rotvioletter Schimmer empor; mitunter flogen schwarze Krähen vorüber und waren auf

Augenblicke wie vergoldet, es wurde Abend. Auf den Fennen aber rückte der dunkle Menschentrupp noch immer weiter von den schwarzen schon fern liegenden Häusern nach der Tonne zu; ein besonders tüchtiger Wurf mußte sie jetzt erreichen können. Die Marschleute waren an der Reihe; Hauke sollte werfen.

Die kreidige Tonne zeichnete sich weiß in dem breiten Abendschatten, der jetzt von dem Deiche über die Fläche fiel. ›Die werdet ihr uns diesmal wohl noch lassen!‹ rief einer von den Geestleuten, denn es ging scharf her; sie waren um mindestens ein halb Stieg Fuß im Vorteil.

Die hagere Gestalt des Genannten trat eben aus der Menge; die grauen Augen sahen aus dem langen Friesengesicht vorwärts nach der Tonne; in der herabhängenden Hand lag die Kugel.

›Der Vogel ist dir wohl zu groß‹, hörte er in diesem Augenblicke Ole Peters' Knarrstimme dicht vor seinen Ohren; ›sollen wir ihn um einen grauen Topf vertauschen?‹

Hauke wandte sich und blickte ihn mit festen Augen an: ›Ich werfe für die Marsch!‹ sagte er. ›Wohin gehörst denn du?‹

›Ich denke, auch dahin, du wirfst doch wohl für Elke Volkerts!‹

›Beiseit!‹ schrie Hauke und stellte sich wieder in Positur. Aber Ole drängte mit dem Kopf noch näher auf ihn zu. Da plötzlich, bevor noch Hauke selber etwas dagegen unternehmen konnte, packte den Zudringlichen eine Hand und riß ihn rückwärts, daß der Bursche gegen seine lachenden Kameraden taumelte. Es war keine große Hand gewesen, die das getan hatte; denn als Hauke flüchtig den Kopf wandte, sah er neben sich Elke Volkerts ihren Ärmel zurechtzupfen, und die dunkeln Brauen standen ihr wie zornig in dem heißen Antlitz.

Da flog es wie eine Stahlkraft in Haukes Arm; er neigte sich ein wenig, er wiegte die Kugel ein paarmal in der Hand; dann holte er aus, und eine Todesstille war auf beiden Seiten; alle Augen folgten der fliegenden Kugel, man hörte ihr Sausen, wie sie die Luft durchschnitt; plötzlich, schon weit vom Wurfplatz, verdeckten sie die Flügel einer Silbermöwe, die, ihren Schrei ausstoßend, vom Deich herüberkam; zugleich aber hörte man es in der Ferne an die Tonne klatschen. ›Hurra für Hauke!‹ riefen die Marschleute, und lärmend ging es durch die Menge: ›Hauke! Hauke Haien hat das Spiel gewonnen!‹

Der aber, da ihn alle dicht umdrängten, hatte seitwärts nur nach einer Hand gegriffen! auch da sie wieder riefen: ›Was stehst du, Hauke? Die Kugel liegt ja in der Tonne!‹ nickte er nur und ging nicht von der Stelle; erst als er fühlte, daß sich die kleine Hand fest an die seine schloß, sagte er: ›Ihr mögt schon recht haben; ich glaube auch, ich hab gewonnen!‹

Dann strömte der ganze Trupp zurück, und Elke und Hauke wurden getrennt und von der Menge auf den Weg zum Kruge fortgerissen, der an des Deichgrafen Werfte nach der Geest hinaufbog. Hier aber entschlüpften beide dem Gedränge, und während Elke auf ihre Kammer ging, stand Hauke hinten vor der Stalltür auf der Werfte und sah, wie der dunkle Menschentrupp allmählich nach dort hinaufwanderte, wo im Kirchspielskrug ein Raum für die Tanzenden bereitstand. Das Dunkel breitete sich allmählich über die weite Gegend; es wurde immer stiller um ihn her, nur hinter ihm im Stalle regte sich das Vieh; oben von der Geest her glaubte er schon das Pfeifen der Klarinetten aus dem Kruge zu vernehmen. Da hörte er um die Ecke des Hauses das Rauschen eines Kleides, und kleine feste Schritte gingen den Fußsteig hinab, der durch die Fennen nach der Geest hinaufführte. Nun sah er auch im Dämmer die Gestalt dahinschreiten und sah, daß es Elke war; sie ging auch zum Tanze nach dem Krug. Das Blut schoß ihm in den Hals hinauf; sollte er ihr nicht nachlaufen und mit ihr gehen? Aber Hauke war kein Held den Frauen gegenüber; mit dieser Frage sich beschäftigend, blieb er stehen, bis sie im Dunkel seinem Blick entschwunden war.

Dann, als die Gefahr, sie einzuholen, vorüber war, ging

auch er denselben Weg, bis er droben den Krug bei der Kirche erreicht hatte und das Schwatzen und Schreien der vor dem Hause und auf dem Flur sich Drängenden und das Schrillen der Geigen und Klarinetten betäubend ihn umrauschte. Unbeachtet drückte er sich in den ›Gildesaal‹; er war nicht groß und so voll, daß man kaum einen Schritt weit vor sich hinsehen konnte. Schweigend stellte er sich an den Türpfosten und blickte in das unruhige Gewimmel; die Menschen kamen ihm wie Narren vor; er hatte auch nicht zu sorgen, daß jemand noch an den Kampf des Nachmittags dachte und wer vor einer Stunde erst das Spiel gewonnen hatte; jeder sah nur auf seine Dirne und drehte sich mit ihr im Kreis herum. Seine Augen suchten nur die Eine, und endlich – dort! Sie tanzte mit ihrem Vetter, dem jungen Deichgevollmächtigten; aber schon sah er sie nicht mehr, nur andere Dirnen aus Marsch und Geest, die ihn nicht kümmerten. Dann schnappten Violinen und Klarinetten plötzlich ab, und der Tanz war zu Ende; aber gleich begann auch schon ein anderer. Hauke flog es durch den Kopf, ob denn Elke ihm auch Wort halten, ob sie nicht mit Ole Peters ihm vorbeitanzen werde. Fast hätte er einen Schrei bei dem Gedanken ausgestoßen; dann – – ja, was wollte er dann? Aber sie schien bei diesem Tanze gar nicht mitzuhalten, und endlich ging auch der zu Ende und ein anderer, ein Zweitritt, der eben erst hier in die Mode gekommen war, folgte. Wie rasend setzte die Musik ein, die jungen Kerle stürzten zu den Dirnen, die Lichter an den Wänden flirrten. Hauke reckte sich fast den Hals aus, um die Tanzenden zu erkennen; und dort, im dritten Paare, das war Ole Peters; aber wer war die Tänzerin? Ein breiter Marschbursche stand vor ihr und deckte ihr Gesicht! Doch der Tanz raste weiter, und Ole mit seiner Partnerin drehte sich heraus. ›Vollina! Vollina Harders!‹ rief Hauke fast laut und seufzte dann gleich wieder erleichtert auf. Aber wo blieb Elke? Hatte sie keinen Tänzer, oder hatte sie alle ausgeschlagen, weil sie nicht mit Ole hatte tanzen wollen? – Und die Musik setzte wieder ab, und ein neuer Tanz begann; aber wieder sah er

Elke nicht! Doch dort kam Ole, noch immer die dicke Vollina in den Armen! ›Nun, nun‹, sagte Hauke; ›da wird Jeß Harders mit seinen fünfundzwanzig Demath auch wohl bald aufs Altenteil müssen! – Aber wo ist Elke?‹

Er verließ seinen Türpfosten und drängte sich weiter in den Saal hinein; da stand er plötzlich vor ihr, die mit einer älteren Freundin in einer Ecke saß. ›Hauke!‹ rief sie, mit ihrem schmalen Antlitz zu ihm aufblickend; ›bist du hier? Ich sah dich doch nicht tanzen!‹

›Ich tanzte auch nicht‹, erwiderte er.

– ›Weshalb nicht, Hauke?‹ und sich halb erhebend, setzte sie hinzu: ›Willst du mit mir tanzen? Ich hab es Ole Peters nicht gegönnt; der kommt nicht wieder!‹

Aber Hauke machte keine Anstalt: ›Ich danke, Elke‹, sagte er; ›ich verstehe das nicht gut genug; sie könnten über dich lachen; und dann . . .‹ Er stockte plötzlich und sah sie nur aus seinen grauen Augen herzlich an, als ob er's ihnen überlassen müsse, das übrige zu sagen.

›Was meinst du, Hauke?‹ frug sie leise.

– ›Ich mein', Elke, es kann ja doch der Tag nicht schöner für mich ausgehn, als er's schon getan hat.‹

›Ja‹, sagte sie, ›du hast das Spiel gewonnen.‹

›Elke!‹ mahnte er kaum hörbar.

Da schlug ihr eine heiße Lohe in das Angesicht: ›Geh!‹ sagte sie; ›was willst du?‹ und schlug die Augen nieder.

Als aber die Freundin jetzt von einem Burschen zum Tanze fortgezogen wurde, sagte Hauke lauter: ›Ich dachte, Elke, ich hätt was Besseres gewonnen!‹

Noch ein paar Augenblicke suchten ihre Augen auf dem Boden; dann hob sie sie langsam, und ein Blick, mit der stillen Kraft ihres Wesens, traf in die seinen, der ihn wie Sommerluft durchströmte. ›Tu, wie dir ums Herz ist, Hauke!‹ sprach sie; ›wir sollten uns wohl kennen!‹

Elke tanzte an diesem Abend nicht mehr, und als beide dann nach Hause gingen, hatten sie sich Hand in Hand gefaßt; aus der Himmelshöhe funkelten die Sterne über der schweigenden Marsch; ein leichter Ostwind wehte und brachte strenge Kälte; die beiden aber gingen, ohne viel Tücher und Umhang, dahin, als sei es plötzlich Frühling worden.

Hauke hatte sich auf ein Ding besonnen, dessen passende Verwendung zwar in ungewisser Zukunft lag, mit dem er sich aber eine stille Feier zu bereiten gedachte. Deshalb ging er am nächsten Sonntag in die Stadt zum alten Goldschmied Andersen und bestellte einen starken Goldring. ›Streckt den Finger her, damit wir messen!‹ sagte der Alte und faßte ihm nach dem Goldfinger. ›Nun‹, meinte er, ›der ist nicht gar so dick, wie sie bei euch Leuten sonst zu sein pflegen!‹ Aber Hauke sagte: ›Messet lieber am kleinen Finger!‹ und hielt ihm den entgegen.

Der Goldschmied sah ihn etwas verdutzt an; aber was kümmerten ihn die Einfälle der jungen Bauernburschen: ›Da werden wir schon so einen unter den Mädchenringen haben!‹ sagte er, und Hauke schoß das Blut durch beide Wangen. Aber der kleine Goldring paßte auf seinen kleinen Finger, und er nahm ihn hastig und bezahlte ihn mit blankem Silber; dann steckte er ihn unter lautem Herzklopfen, als ob er einen feierlichen Akt begehe, in die Westentasche. Dort trug er ihn seitdem an jedem Tage mit Unruhe und doch mit Stolz, als sei die Westentasche nur dazu da, um einen Ring darin zu tragen.

Er trug ihn so über Jahr und Tag, ja der Ring mußte sogar aus dieser noch in eine neue Westentasche wandern; die Gelegenheit zu seiner Befreiung hatte sich noch immer nicht ergeben wollen. Wohl war's ihm durch den Kopf geflogen, nur graden Wegs vor seinen Wirt hinzutreten; sein Vater war ja doch auch ein Eingesessener! Aber wenn er ruhiger wurde, dann wußte er wohl, der alte Deichgraf würde seinen Kleinknecht ausgelacht haben. Und so lebten er und des Deichgrafen Tochter nebeneinander hin; auch sie in mädchenhaftem Schweigen, und beide doch, als ob sie allzeit Hand in Hand gingen.

Ein Jahr nach jenem Winterfesttag hatte Ole Peters seinen Dienst gekündigt und mit Vollina Harders Hochzeit gemacht; Hauke hatte recht gehabt: der Alte war auf Altenteil gegangen, und statt der dicken Tochter ritt nun der muntere Schwiegersohn die gelbe Stute in die Fenne und, wie es hieß, rückwärts allzeit gegen den Deich hinan. Hauke war Großknecht geworden und ein Jüngerer an seine Stelle getreten; wohl hatte der Deichgraf ihn erst nicht wollen aufrücken lassen: ›Kleinknecht ist besser!‹ hatte er gebrummt; ›ich brauch ihn hier bei meinen Büchern!‹ Aber Elke hatte ihm vorgehalten: ›Dann geht auch Hauke, Vater!‹ Da war dem Alten bange geworden, und Hauke war zum Großknecht aufgerückt, hatte aber trotz dessen nach wie vor auch an der Deichgrafschaft mitgeholfen.

Nach einem andern Jahr aber begann er gegen Elke davon zu reden, sein Vater werde kümmerlich, und die paar Tage, die der Wirt ihn im Sommer in dessen Wirtschaft lasse, täten's nun nicht mehr; der Alte quäle sich, er dürfe das nicht länger ansehn. – Es war ein Sommerabend; die beiden standen im Dämmerschein unter der großen Esche vor der Haustür. Das Mädchen sah eine Weile stumm in die Zweige des Baumes hinauf; dann entgegnete sie: ›Ich hab's nicht sagen wollen, Hauke; ich dachte, du würdest selber wohl das Rechte treffen.‹

›Ich muß dann fort aus eurem Hause‹, sagte er, ›und kann nicht wiederkommen.‹

Sie schwiegen eine Weile und sahen in das Abendrot, das drüben hinterm Deiche in das Meer versank. ›Du mußt es wissen‹, sagte sie; ›ich war heut morgen noch bei deinem Vater und fand ihn in seinem Lehnstuhl eingeschlafen; die Reißfeder in der Hand, das Reißbrett mit einer halben Zeichnung lag vor ihm auf dem Tisch; – und da er erwacht war und mühsam ein Viertelstündchen mit mir geplaudert hatte, und ich nun gehen wollte, da hielt er mich so angstvoll an der Hand zurück, als fürchte er, es sei zum letzten Mal; aber ...‹

›Was aber, Elke?‹ frug Hauke, da sie fortzufahren zögerte.

Ein paar Tränen rannen über die Wangen des Mädchens. ›Ich dachte nur an meinen Vater‹, sagte sie; ›glaub mir, es wird ihm schwer ankommen, dich zu missen.‹ Und als ob sie zu dem Worte sich ermannen müsse, fügte sie hinzu: ›Mir ist es oft, als ob er auf seine Totenkammer rüste.‹

Hauke antwortete nicht; ihm war es plötzlich, als rühre sich der Ring in seiner Tasche; aber noch bevor er seinen Unmut über diese unwillkürliche Lebensregung unterdrückt hatte, fuhr Elke fort: ›Nein, zürn nicht, Hauke! Ich trau, du wirst auch so uns nicht verlassen!‹

Da ergriff er eifrig ihre Hand, und sie entzog sie ihm nicht. Noch eine Weile standen die jungen Menschen in dem sinkenden Dunkel beieinander, bis ihre Hände auseinanderglitten und jedes seine Wege ging. – Ein Windstoß fuhr empor und rauschte durch die Eschenblätter und machte die Läden klappern, die an der Vorderseite des Hauses waren; allmählich aber kam die Nacht, und Stille lag über der ungeheueren Ebene.

Durch Elkes Zutun war Hauke von dem alten Deichgrafen seines Dienstes entlassen worden, obgleich er ihm rechtzeitig nicht gekündigt hatte, und zwei neue Knechte waren jetzt im Hause. – Noch ein paar Monate weiter, dann starb Tede Haien; aber bevor er starb, rief er den Sohn an seine Lagerstatt: ›Setz dich zu mir, mein Kind‹, sagte der Alte mit matter Stimme, ›dicht zu mir! Du brauchst dich nicht zu fürchten; wer bei mir ist, das ist nur der dunkle Engel des Herrn, der mich zu rufen kommt.‹

Und der erschütterte Sohn setzte sich dicht an das dunkle Wandbett: ›Sprecht, Vater, was Ihr noch zu sagen habt!‹

›Ja, mein Sohn, noch etwas‹, sagte der Alte und streckte seine Hände über das Deckbett. ›Als du, noch ein halber Junge, zu dem Deichgrafen in Dienst gingst, da lag's in deinem Kopf, das selbst einmal zu werden. Das hatte mich angesteckt, und ich dachte auch allmählich, du seiest der rechte Mann dazu. Aber dein Erbe war für solch ein Amt zu klein –

ich habe während deiner Dienstzeit knapp gelebt – ich dacht es zu vermehren.‹

Hauke faßte heftig seines Vaters Hände, und der Alte suchte sich aufzurichten, daß er ihn sehen könne. ›Ja, ja, mein Sohn‹, sagte er, ›dort in der obersten Schublade der Schatulle liegt das Dokument. Du weißt, die alte Antje Wohlers hat eine Fenne von fünf und einem halben Demath; aber sie konnte mit dem Mietgelde allein in ihrem krüppelhaften Alter nicht mehr durchfinden; da habe ich allzeit um Martini eine bestimmte Summe, und auch mehr, wenn ich es hatte, dem armen Mensch gegeben; und dafür hat sie die Fenne mir übertragen; es ist alles gerichtlich fertig. – – Nun liegt auch sie am Tode: die Krankheit unserer Marschen, der Krebs, hat sie befallen; du wirst nicht mehr zu zahlen brauchen!‹

Eine Weile schloß er die Augen; dann sagte er noch: ›Es ist nicht viel; doch hast du mehr dann, als du bei mir gewohnt warst. Mög es dir zu deinem Erdenleben dienen!‹

Unter den Dankesworten des Sohnes schlief der Alte ein. Er hatte nichts mehr zu besorgen; und schon nach einigen Tagen hatte der dunkle Engel des Herrn ihm seine Augen für immer zugedrückt, und Hauke trat sein väterliches Erbe an.

– – Am Tage nach dem Begräbnis kam Elke in dessen Haus. ›Dank, daß du einguckst, Elke!‹ rief Hauke ihr als Gruß entgegen.

Aber sie erwiderte: ›Ich guck nicht ein; ich will bei dir ein wenig Ordnung schaffen, damit du ordentlich in deinem Hause wohnen kannst! Dein Vater hat vor seinen Zahlen und Rissen nicht viel um sich gesehen, und auch der Tod schafft Wirrsal; ich will's dir wieder ein wenig lebig machen!‹

Er sah aus seinen grauen Augen voll Vertrauen auf sie hin: ›So schaff nur Ordnung!‹ sagte er; ›ich hab's auch lieber.‹

Und dann begann sie aufzuräumen: das Reißbrett, das noch dalag, wurde abgestäubt und auf den Boden getragen, Reißfedern und Bleistift und Kreide sorgfältig in einer Schatullenschublade weggeschlossen; dann wurde die junge Dienstmagd zur Hülfe hereingerufen und mit ihr das Geräte der ganzen Stube in eine andere und bessere Stellung gebracht, so daß es anschien, als sei dieselbe nun heller und größer geworden. Lächelnd sagte Elke: ›Das können nur wir Frauen!‹ und Hauke, trotz seiner Trauer um den Vater, hatte mit glücklichen Augen zugesehen, auch wohl selber, wo es nötig war, geholfen.

Und als gegen die Dämmerung – es war zu Anfang des Septembers – alles war, wie sie es für ihn wollte, faßte sie seine Hand und nickte ihm mit ihren dunkeln Augen zu: ›Nun komm und iß bei uns zu Abend; denn meinem Vater hab ich's versprechen müssen, dich mitzubringen; wenn du dann heimgehst, kannst du ruhig in dein Haus treten!‹

Als sie dann in die geräumige Wohnstube des Deichgrafen traten, wo bei verschlossenen Läden schon die beiden Lichter auf dem Tische brannten, wollte dieser aus seinem Lehnstuhl in die Höhe, aber mit seinem schweren Körper zurücksinkend, rief er nur seinem früheren Knecht entgegen: ›Recht, recht, Hauke, daß du deine alten Freunde aufsuchst! Komm nur näher, immer näher!‹ Und als Hauke an seinen Stuhl getreten war, faßte er dessen Hand mit seinen beiden runden Händen: ›Nun, nun, mein Junge‹, sagte er, ›sei nur ruhig jetzt, denn sterben müssen wir alle, und dein Vater war keiner von den Schlechtsten! – Aber, Elke, nun sorg, daß du den Braten auf den Tisch kriegst; wir müssen uns stärken! Es gibt viel Arbeit für uns, Hauke! Die Herbstschau ist in Anmarsch; Deich- und Sielrechnungen haushoch; der neuliche Deichschaden am Westerkoog – ich weiß nicht, wo mir der Kopf steht, aber deiner, gottlob, ist um ein gut Stück jünger; du bist ein braver Junge, Hauke!‹

Und nach dieser langen Rede, womit der Alte sein ganzes Herz dargelegt hatte, ließ er sich in seinen Stuhl zurückfallen und blinzelte sehnsüchtig nach der Tür, durch welche Elke eben mit der Bratenschüssel hereintrat. Hauke stand lächelnd neben ihm. ›Nun setz dich‹, sagte der Deichgraf, ›damit wir nicht unnötig Zeit verspillen; kalt schmeckt das nicht!‹

Und Hauke setzte sich; es schien ihm Selbstverstand, die Arbeit von Elkes Vater mitzutun. Und als die Herbstschau dann gekommen war und ein paar Monde mehr ins Jahr gingen, da hatte er freilich auch den besten Teil daran getan.«

*

Der Erzähler hielt inne und blickte um sich. Ein Möwenschrei war gegen das Fenster geschlagen, und draußen vom Hausflur aus wurde ein Trampeln hörbar, als ob einer den Klei von seinen schweren Stiefeln abtrete.

Deichgraf und Gevollmächtigte wandten die Köpfe gegen die Stubentür. »Was ist?« rief der erstere.

Ein starker Mann, den Südwester auf dem Kopf, war eingetreten. »Herr«, sagte er, »wir beide haben es gesehen, Hans Nickels und ich: der Schimmelreiter hat sich in den Bruch gestürzt!«

»Wo saht Ihr das?« frug der Deichgraf.

– »Es ist ja nur die eine Wehle; in Jansens Fenne, wo der Hauke-Haien-Koog beginnt.«

»Saht Ihr's nur einmal?«

– »Nur einmal; es war auch nur wie Schatten, aber es braucht drum nicht das erste Mal gewesen zu sein.«

Der Deichgraf war aufgestanden. »Sie wollen entschuldigen«, sagte er, sich zu mir wendend, »wir müssen draußen nachsehn, wo das Unheil hin will!« Dann ging er mit dem Boten zur Tür hinaus; aber auch die übrige Gesellschaft brach auf und folgte ihm.

Ich blieb mit dem Schullehrer allein in dem großen öden Zimmer; durch die unverhangenen Fenster, welche nun nicht mehr durch die Rücken der davorsitzenden Gäste verdeckt wurden, sah man frei hinaus, und wie der Sturm die dunklen Wolken über den Himmel jagte.

Der Alte saß noch auf seinem Platze, ein überlegenes, fast mitleidiges Lächeln auf seinen Lippen. »Es ist hier zu leer geworden«, sagte er; »darf ich Sie zu mir auf mein Zimmer laden? Ich wohne hier im Hause; und glauben Sie mir, ich kenne die Wetter hier am Deich; für uns ist nichts zu fürchten.«

Ich nahm das dankend an, denn auch mich wollte hier zu frösteln anfangen, und wir stiegen unter Mitnahme eines Lichtes die Stiegen zu einer Giebelstube hinauf, die zwar gleichfalls gegen Westen hinauslag, deren Fenster aber jetzt mit dunklen Wollteppichen verhangen waren. In einem Bücherregal sah ich eine kleine Bibliothek, daneben die Porträte zweier alter Professoren; vor einem Tische stand ein großer Ohrenlehnstuhl. »Machen Sie sich's bequem!« sagte mein freundlicher Wirt und warf einige Torf in den noch glimmenden kleinen Ofen, der oben von einem Blechkessel gekrönt war. »Nur noch ein Weilchen! Er wird bald sausen; dann brau ich uns ein Gläschen Grog, das hält Sie munter!«

»Dessen bedarf es nicht«, sagte ich; »ich werd nicht schläfrig, wenn ich Ihren Hauke auf seinem Lebensweg begleite!«

– »Meinen Sie?« und er nickte mit seinen klugen Augen zu mir herüber, nachdem ich behaglich in seinem Lehnstuhl untergebracht war. »Nun, wo blieben wir denn? – – Ja, ja; ich weiß schon! Also:

Hauke hatte sein väterliches Erbe angetreten, und da die alte Antje Wohlers auch ihrem Leiden erlegen war, so hatte deren Fenne es vermehrt. Aber seit dem Tode oder, richtiger, seit den letzten Worten seines Vaters war in ihm etwas aufgewachsen, dessen Keim er schon seit seiner Knabenzeit in sich getragen hatte; er wiederholte es sich mehr als zu oft, er sei der rechte Mann, wenn's einen neuen Deichgrafen geben müsse. Das war es; sein Vater, der es verstehen mußte, der ja der klügste Mann im Dorf gewesen war, hatte ihm dieses Wort wie eine letzte Gabe seinem Erbe beigelegt; die Wohlerssche Fenne, die er ihm auch verdankte, sollte den ersten Trittstein zu dieser Höhe bilden! Denn, freilich, auch mit dieser – ein Deichgraf mußte noch einen andern Grundbesitz aufweisen können! – – Aber sein Vater hatte sich einsame Jahre knapp beholfen, und mit dem, was er sich entzogen hatte, war er des neuen Besitzes Herr geworden; das konnte er auch, er konnte noch mehr; denn seines Vaters Kraft war schon verbraucht gewesen, er aber konnte noch jahrelang die schwerste Arbeit tun! – – Freilich, wenn er es dadurch nach dieser Seite hin erzwang, durch die Schärfen und Spitzen, die er der Verwaltung seines alten Dienstherrn zugesetzt hatte, war ihm eben keine Freundschaft im Dorf zuwege gebracht worden, und Ole Peters, sein alter Widersacher, hatte jüngsthin eine Erbschaft getan und begann ein wohlhabender Mann zu werden! Eine Reihe von Gesichtern ging vor seinem innern Blick vorüber, und sie sahen ihn alle mit bösen Augen an; da faßte ihn ein Groll gegen diese Menschen: er streckte die Arme aus, als griffe er nach ihnen, denn sie wollten ihn vom Amte drängen, zu dem von allen nur er berufen war. – Und die Gedanken ließen ihn nicht; sie waren immer wieder da, und so wuchsen in seinem jungen Herzen neben der Ehrenhaftigkeit und Liebe auch die Ehrsucht und der Haß. Aber diese beiden verschloß er tief in seinem Innern; selbst Elke ahnte nichts davon.

– Als das neue Jahr gekommen war, gab es eine Hochzeit; die Braut war eine Verwandte von den Haiens, und Hauke und Elke waren beide dort geladene Gäste; ja, bei dem Hochzeitessen traf es sich durch das Ausbleiben eines näheren Verwandten, daß sie ihre Plätze nebeneinander fanden. Nur ein Lächeln, das über beider Antlitz glitt, verriet ihre Freude darüber. Aber Elke saß heute teilnahmlos in dem Geräusche des Plauderns und Gläserklirrens.

›Fehlt dir etwas?‹ frug Hauke.

– ›Oh, eigentlich nichts; es sind mir nur zu viele Menschen hier.‹

›Aber du siehst so traurig aus!‹

Sie schüttelte den Kopf; dann sprachen sie wieder nicht.

Da stieg es über ihr Schweigen wie Eifersucht in ihm auf, und heimlich unter dem überhängenden Tischtuch ergriff er ihre Hand; aber sie zuckte nicht, sie schloß sich wie vertrauensvoll um seine. Hatte ein Gefühl der Verlassenheit sie befallen, da ihre Augen täglich auf der hinfälligen Gestalt des

Vaters haften mußten? – Hauke dachte nicht daran, sich so zu fragen; aber ihm stand der Atem still, als er jetzt seinen Goldring aus der Tasche zog. ›Läßt du ihn sitzen?‹ frug er zitternd, während er den Ring auf den Goldfinger der schmalen Hand schob.

Gegenüber am Tische saß die Frau Pastorin; sie legte plötzlich ihre Gabel hin und wandte sich zu ihrem Nachbar: ›Mein Gott, das Mädchen!‹ rief sie; ›sie wird ja totenblaß!‹

Aber das Blut kehrte schon zurück in Elkes Antlitz. ›Kannst du warten, Hauke?‹ frug sie leise.

Der kluge Friese besann sich doch noch ein paar Augenblicke. ›Auf was?‹ sagte er dann.

– ›Du weißt das wohl; ich brauch dir's nicht zu sagen.‹

›Du hast recht‹, sagte er; ›ja, Elke, ich kann warten – wenn's nur ein menschlich Absehen hat!‹

›O Gott, ich fürcht, ein nahes! Sprich nicht so, Hauke; du sprichst von meines Vaters Tod!‹ Sie legte die andere Hand auf ihre Brust: ›Bis dahin‹, sagte sie, ›trag ich den Goldring hier; du sollst nicht fürchten, daß du bei meiner Lebzeit ihn zurückbekommst!‹

Da lächelten sie beide, und ihre Hände preßten sich ineinander, daß bei anderer Gelegenheit das Mädchen wohl laut aufgeschrien hätte.

Die Frau Pastorin hatte indessen unablässig nach Elkes Augen hingesehen, die jetzt unter dem Spitzenstrich des goldbrokatenen Käppchens wie in dunklem Feuer brannten. Bei dem zunehmenden Getöse am Tische aber hatte sie nichts verstanden; auch an ihren Nachbar wandte sie sich nicht wieder, denn keimende Ehen – und um eine solche schien es ihr sich denn doch hier zu handeln – schon um des daneben keimenden Traupfennigs für ihren Mann, den Pastor, pflegte sie nicht zu stören.

Elkes Vorahnung war in Erfüllung gegangen; eines Morgens nach Ostern hatte man den Deichgrafen Tede Volkerts tot in seinem Bett gefunden; man sah's an seinem Antlitz, ein ruhiges Ende war darauf geschrieben. Er hatte auch mehrfach in den letzten Monden Lebensüberdruß geäußert; sein Leibgericht, der Ofenbraten, selbst seine Enten hatten ihm nicht mehr schmecken wollen.

Und nun gab es eine große Leiche im Dorf. Droben auf der Geest auf dem Begräbnisplatz um die Kirche war zu Westen eine mit Schmiedegitter umhegte Grabstätte; ein breiter blauer Grabstein stand jetzt aufgehoben gegen eine Traueresche, auf welchem das Bild des Todes mit stark gezahnten Kiefern ausgehauen war; darunter in großen Buchstaben:

Dat is de Dod, de allens fritt,
Nimmt Kunst un Wetenschop di mit,
De kloke Mann is nu vergahn,
Gott gäw' em selig Uperstahn.

Es war die Begräbnisstätte des früheren Deichgrafen Volkert Tedsen; nun war eine frische Grube gegraben, wohinein dessen Sohn, der jetzt verstorbene Deichgraf Tede Volkerts, begraben werden sollte. Und schon kam unten aus der Marsch der Leichenzug heran, eine Menge Wagen aus allen Kirchspielsdörfern; auf dem vordersten stand der schwere Sarg, die beiden blanken Rappen des deichgräflichen Stalles zogen ihn schon den sandigen Anberg zur Geest hinauf; Schweife und Mähnen der Pferde wehten in dem scharfen Frühjahrswind. Der Gottesacker um die Kirche war bis an die Wälle mit Menschen angefüllt, selbst auf dem gemauerten Tore huckten Buben mit kleinen Kindern in den Armen; sie wollten alle das Begraben ansehn.

Im Hause drunten in der Marsch hatte Elke in Pesel und Wohngelaß das Leichenmahl gerüstet; alter Wein wurde bei den Gedecken hingestellt; an den Platz des Oberdeichgrafen – denn auch er war heut nicht ausgeblieben – und an den des Pastors je eine Flasche Langkork. Als alles besorgt war, ging sie durch den Stall vor die Hoftür; sie traf niemanden auf ihrem Wege; die Knechte waren mit zwei Gespannen in der Leichenfuhr. Hier blieb sie stehen und sah, während ihre

Trauerkleider im Frühlingswinde flatterten, wie drüben an dem Dorfe jetzt die letzten Wagen zur Kirche hinauffuhren. Nach einer Weile entstand dort ein Gewühl, dem eine Totenstille zu folgen schien. Elke faltete die Hände; sie senkten wohl den Sarg jetzt in die Grube: ›Und zur Erde wieder sollst du werden!‹ Unwillkürlich, leise, als hätte sie von dort es hören können, sprach sie die Worte nach; dann füllten ihre Augen sich mit Tränen, ihre über der Brust gefalteten Hände sanken in den Schoß: ›Vater unser, der du bist im Himmel!‹ betete sie voll Inbrunst. Und als das Gebet des Herrn zu Ende war, stand sie noch lange unbeweglich, sie, die jetzige Herrin dieses großen Marschhofes; und Gedanken des Todes und des Lebens begannen sich in ihr zu streiten.

Ein fernes Rollen weckte sie. Als sie die Augen öffnete, sah sie schon wieder einen Wagen um den anderen in rascher Fahrt von der Marsch herab und gegen ihren Hof herankommen. Sie richtete sich auf, blickte noch einmal scharf hinaus und ging dann, wie sie gekommen war, durch den Stall in die feierlich hergestellten Wohnräume zurück. Auch hier war niemand; nur durch die Mauer hörte sie das Rumoren der Mägde in der Küche. Die Festtafel stand so still und einsam; der Spiegel zwischen den Fenstern war mit weißen Tüchern zugesteckt und ebenso die Messingknöpfe an dem Beilegerofen; es blinkte nichts mehr in der Stube. Elke sah die Türen vor dem Wandbett, in dem ihr Vater seinen letzten Schlaf getan hatte, offenstehen und ging hinzu und schob sie fest zusammen; wie gedankenlos las sie den Sinnspruch, der zwischen Rosen und Nelken mit goldenen Buchstaben darauf geschrieben stand:

Hest du din Dagwerk richtig dan,
Da kummt de Slap von sülvst heran.

Das war noch von dem Großvater! – Einen Blick warf sie auf den Wandschrank; er war fast leer, aber durch die Glastüren sah sie noch den geschliffenen Pokal darin, der ihrem Vater, wie er gern erzählt hatte, einst bei einem Ringreiten in seiner Jugend als Preis zuteil geworden war. Sie nahm ihn heraus und setzte ihn bei dem Gedeck des Oberdeichgrafen. Dann ging sie ans Fenster, denn schon hörte sie die Wagen an der Werfte heraufrollen; einer um den andern hielt vor dem Hause, und munterer, als sie gekommen waren, sprangen jetzt die Gäste von ihren Sitzen auf den Boden. Händereibend und plaudernd drängte sich alles in die Stube; nicht lange, so setzte man sich an die festliche Tafel, auf der die wohlbereiteten Speisen dampften, im Pesel der Oberdeichgraf mit dem Pastor; und Lärm und lautes Schwatzen lief den Tisch entlang, als ob hier nimmer der Tod seine furchtbare Stille ausgebreitet hätte. Stumm, das Auge auf ihre Gäste, ging Elke mit den Mägden an den Tischen herum, daß an dem Leichenmahle nichts versehen werde. Auch Hauke Haien saß im Wohnzimmer neben Ole Peters und anderen kleineren Besitzern.

Nachdem das Mahl beendet war, wurden die weißen Tonpfeifen aus der Ecke geholt und angebrannt, und Elke war wiederum geschäftig, die gefüllten Kaffeetassen den Gästen anzubieten; denn auch der wurde heute nicht gespart. Im Wohnzimmer an dem Pulte des eben Begrabenen stand der Oberdeichgraf im Gespräche mit dem Pastor und dem weißhaarigen Deichgevollmächtigten Jewe Manners. ›Alles gut, ihr Herren‹, sagte der erste, ›den alten Deichgrafen haben wir mit Ehren beigesetzt; aber woher nehmen wir den neuen? Ich denke, Manners, Ihr werdet Euch dieser Würde unterziehen müssen!‹

Der alte Manners hob lächelnd das schwarze Sammetkäppchen von seinen weißen Haaren: ›Herr Oberdeichgraf‹, sagte er, ›das Spiel würde zu kurz werden; als der verstorbene Tede Volkerts Deichgraf, da wurde ich Gevollmächtigter und bin es nun schon vierzig Jahre!‹

›Das ist kein Mangel, Manners; so kennt Ihr die Geschäfte um so besser und werdet nicht Not mit ihnen haben!‹

Aber der Alte schüttelte den Kopf: ›Nein, nein, Euer Gnaden, lasset mich, wo ich bin, so laufe ich wohl noch ein paar Jahre mit!‹

Der Pastor stand bei ihm: ›Weshalb‹, sagte er, ›nicht den ins Amt nehmen, der es tatsächlich in den letzten Jahren doch geführt hat?‹

Der Oberdeichgraf sah ihn an: ›Ich verstehe nicht, Herr Pastor!‹

Aber der Pastor wies mit dem Finger in den Pesel, wo Hauke in langsam ernster Weise zwei älteren Leuten etwas zu erklären schien. ›Dort steht er‹, sagte er, ›die lange Friesengestalt mit den klugen grauen Augen neben der hageren Nase und den zwei Schädelwölbungen darüber! Er war des Alten Knecht und sitzt jetzt auf seiner eigenen kleinen Stelle; er ist zwar etwas jung!‹

›Er scheint ein Dreißiger‹, sagte der Oberdeichgraf, den ihm so Vorgestellten musternd.

›Er ist kaum vierundzwanzig‹, bemerkte der Gevollmächtigte Manners; ›aber der Pastor hat recht: was in den letzten Jahren Gutes für Deiche und Siele und dergleichen vom Deichgrafenamt in Vorschlag kam, das war von ihm; mit dem Alten war's doch zuletzt nichts mehr.‹

›So, so?‹ machte der Oberdeichgraf; ›und Ihr meinet, er wäre nun auch der Mann, um in das Amt seines alten Herrn einzurücken?‹

›Der Mann wäre er schon‹, entgegnete Jewe Manners; ›aber ihm fehlt das, was man hier „Klei unter den Füßen" nennt; sein Vater hatte so um fünfzehn, er mag gut zwanzig Demath haben; aber damit ist bis jetzt hier niemand Deichgraf geworden.‹

Der Pastor tat schon den Mund auf, als wolle er etwas einwenden, da trat Elke Volkerts, die eine Weile schon im Zimmer gewesen, plötzlich zu ihnen: ›Wollen Euer Gnaden mir ein Wort erlauben?‹ sprach sie zu dem Oberbeamten; ›es ist nur, damit aus einem Irrtum nicht ein Unrecht werde!‹

›So sprecht, Jungfer Elke!‹ entgegnete dieser; ›Weisheit von hübschen Mädchenlippen hört sich allzeit gut!‹

– ›Es ist nicht Weisheit, Euer Gnaden; ich will nur die Wahrheit sagen.‹

›Auch die muß man ja hören können, Jungfer Elke!‹

Das Mädchen ließ ihre dunklen Augen noch einmal zur Seite gehen, als ob sie wegen überflüssiger Ohren sich versichern wolle: ›Euer Gnaden‹, begann sie dann, und ihre Brust hob sich in stärkerer Bewegung, ›mein Pate, Jewe Manners, sagte Ihnen, daß Hauke Haien nur etwa zwanzig Demath im Besitz habe; das ist im Augenblick auch richtig, aber sobald es sein muß, wird Hauke noch um so viel mehr sein eigen nennen, als dieser, meines Vaters, jetzt mein Hof, an Demathzahl beträgt; für einen Deichgrafen wird das zusammen denn wohl reichen.‹

Der alte Manners reckte den weißen Kopf gegen sie, als müsse er erst sehen, wer denn eigentlich da rede: ›Was ist das?‹ sagte er; ›Kind, was sprichst du da?‹

Aber Elke zog an einem schwarzen Bändchen einen blinkenden Goldring aus ihrem Mieder: ›Ich bin verlobt, Pate Manners‹, sagte sie; ›hier ist der Ring, und Hauke Haien ist mein Bräutigam.‹

– ›Und wann – ich darf's wohl fragen, da ich dich aus der Taufe hob, Elke Volkerts – wann ist denn das passiert?‹

– ›Das war schon vor geraumer Zeit; doch war ich mündig, Pate Manners‹, sagte sie; ›mein Vater war schon hinfällig geworden, und da ich ihn kannte, so wollt ich ihn nicht mehr damit beunruhigen; itzt, da er bei Gott ist, wird er einsehen, daß sein Kind bei diesem Manne wohl geborgen ist. Ich hätte es auch das Trauerjahr hindurch schon ausgeschwiegen; jetzt aber, um Haukes und um des Kooges willen, hab ich reden müssen.‹ Und zum Oberdeichgrafen gewandt, setzte sie hinzu: ›Euer Gnaden wollen mir das verzeihen!‹

Die drei Männer sahen sich an; der Pastor lachte, der alte Gevollmächtigte ließ es bei einem ›Hm, hm!‹ bewenden, während der Oberdeichgraf wie vor einer wichtigen Entscheidung sich die Stirn rieb. ›Ja, liebe Jungfer‹, sagte er endlich, ›aber wie steht es denn hier im Kooge mit den ehelichen Güterrechten? Ich muß gestehen, ich bin augenblicklich nicht recht kapitelfest in diesem Wirrsal!‹

›Das brauchen Euer Gnaden auch nicht‹, entgegnete des Deichgrafen Tochter, ›ich werde vor der Hochzeit meinem Bräutigam die Güter übertragen. Ich habe auch meinen kleinen Stolz‹, setzte sie lächelnd hinzu; ›ich will den reichsten Mann im Dorfe heiraten!‹

›Nun, Manners‹, meinte der Pastor, ›ich denke, Sie werden auch als Pate nichts dagegen haben, wenn ich den jungen Deichgrafen mit des alten Tochter zusammengebe!‹

Der Alte schüttelte leis den Kopf: ›Unser Herrgott gebe seinen Segen!‹ sagte er andächtig.

Der Oberdeichgraf aber reichte dem Mädchen seine Hand: ›Wahr und weise habt Ihr gesprochen, Elke Volkerts; ich danke Euch für so kräftige Erläuterungen und hoffe auch in Zukunft, und bei freundlicheren Gelegenheiten als heute, der Gast Eueres Hauses zu sein; aber – daß ein Deichgraf von solch junger Jungfer gemacht wurde, das ist das Wunderbare an der Sache!‹

›Euer Gnaden‹, erwiderte Elke und sah den gütigen Oberbeamten noch einmal mit ihren ernsten Augen an, ›einem rechten Manne wird auch die Frau wohl helfen dürfen!‹ Dann ging sie in den anstoßenden Pesel und legte schweigend ihre Hand in Hauke Haiens.

Es war um mehrere Jahre später: in dem kleinen Hause Tede Haiens wohnte jetzt ein rüstiger Arbeiter mit Frau und Kind; der junge Deichgraf Hauke Haien saß mit seinem Weibe Elke Volkerts auf deren väterlicher Hofstelle. Im Sommer rauschte die gewaltige Esche nach wie vor am Hause; aber auf der Bank, die jetzt darunter stand, sah man abends meist nur die junge Frau, einsam mit einer häuslichen Arbeit in den Händen; noch immer fehlte ein Kind in dieser Ehe; der Mann aber hatte anderes zu tun, als Feierabend vor der Tür zu halten, denn trotz seiner früheren Mithülfe lagen aus des Alten Amtsführung eine Menge unerledigter Dinge, an die auch er derzeit zu rühren nicht für gut gefunden hatte; jetzt aber mußte allmählich alles aus dem Wege; er fegte mit einem scharfen Besen. Dazu kam die Bewirtschaftung der durch seinen eigenen Landbesitz vergrößerten Stelle, bei der er gleichwohl den Kleinknecht noch zu sparen suchte; so sahen sich die beiden Eheleute, außer am Sonntag, wo Kirchgang gehalten wurde, meist nur bei dem von Hauke eilig besorgten Mittagessen und beim Auf- und Niedergang des Tages; es war ein Leben fortgesetzter Arbeit, doch gleichwohl ein zufriedenes.

Dann kam ein störendes Wort in Umlauf. – Als von den jüngeren Besitzern der Marsch- und Geestgemeinde eines Sonntags nach der Kirche ein etwas unruhiger Trupp im Kruge droben am Trunke festgeblieben war, redeten sie beim vierten oder fünften Glase zwar nicht über König und Regierung – so hoch wurde damals noch nicht gegriffen –, wohl aber über Kommunal- und Oberbeamte, vor allem über Gemeindeabgaben und -lasten, und je länger sie redeten, desto weniger fand davon Gnade vor ihren Augen, insonders nicht die neuen Deichlasten; alle Siele und Schleusen, die sonst immer gehalten hätten, seien jetzt reparaturbedürftig; am Deiche fänden sich immer neue Stellen, die Hunderte von Karren Erde nötig hätten; der Teufel möchte die Geschichte holen!

›Das kommt von eurem klugen Deichgrafen‹, rief einer von den Geestleuten, ›der immer grübeln geht und seine Finger dann in alles steckt!‹

›Ja, Marten‹, sagte Ole Peters, der dem Sprecher gegenüber saß; ›recht hast du, er ist hinterspinnig und sucht beim Oberdeichgraf sich 'nen weißen Fuß zu machen; aber wir haben ihn nun einmal!‹

›Warum habt ihr ihn euch aufhucken lassen?‹ sagte der andre; ›nun müßt ihr's bar bezahlen.‹

Ole Peters lachte. ›Ja, Marten Fedders, das ist nun so bei uns, und davon ist nichts abzukratzen; der alte wurde Deichgraf von seines Vaters, der neue von seines Weibes wegen.‹ Das Gelächter, das jetzt um den Tisch lief, zeigte, welchen Beifall das geprägte Wort gefunden hatte.

Aber es war an öffentlicher Wirtstafel gesprochen worden, es blieb nicht da, es lief bald um im Geest- und unten in dem Marschdorf; so kam es auch an Hauke. Und wieder ging vor seinem inneren Auge die Reihe übelwollender Gesichter vorüber, und noch höhnischer, als es gewesen war, hörte er das Gelächter an dem Wirtshaustische. ›Hunde!‹ schrie er, und seine Augen sahen grimmig zur Seite, als wolle er sie peitschen lassen.

Da legte Elke ihre Hand auf seinen Arm: ›Laß sie; die wären alle gern, was du bist!‹

– ›Das ist es eben!‹ entgegnete er grollend.

›Und‹, fuhr sie fort, ›hat denn Ole Peters sich nicht selber eingefreit?‹

›Das hat er, Elke; aber was er mit Vollina freite, das reichte nicht zum Deichgrafen!‹

– ›Sag lieber: e r reichte nicht dazu!‹ und Elke drehte ihren Mann, so daß er sich im Spiegel sehen mußte, denn sie standen zwischen den Fenstern in ihrem Zimmer. ›Da steht der Deichgraf!‹ sagte sie; ›nun sieh ihn an; nur wer ein Amt regieren kann, der hat es!‹

›Du hast nicht unrecht‹, entgegnete er sinnend, ›und doch . . . Nun, Elke; ich muß zur Osterschleuse, die Türen schließen wieder nicht!‹

Sie drückte ihm die Hand: ›Komm, sieh mich erst einmal an! Was hast du, deine Augen sehen so ins Weite?‹

›Nichts, Elke, du hast ja recht.‹

Er ging; aber nicht lange war er gegangen, so war die Schleusenreparatur vergessen. Ein anderer Gedanke, den er halb nur ausgedacht und seit Jahren mit sich umhergetragen hatte, der aber vor den drängenden Amtsgeschäften ganz zurückgetreten war, bemächtigte sich seiner jetzt aufs neue und mächtiger als je zuvor, als seien plötzlich die Flügel ihm gewachsen.

Kaum daß er es selber wußte, befand er sich oben auf dem Hafdeich, schon eine weite Strecke südwärts nach der Stadt zu; das Dorf, das nach dieser Seite hinauslag, war ihm zur

Linken längst verschwunden; noch immer schritt er weiter, seine Augen unablässig nach der Seeseite auf das breite Vorland gerichtet; wäre jemand neben ihm gegangen, er hätte es sehen müssen, welche eindringliche Geistesarbeit hinter diesen Augen vorging. Endlich blieb er stehen: das Vorland schwand hier zu einem schmalen Streifen an dem Deich zusammen. ›Es muß gehen!‹ sprach er bei sich selbst. ›Sieben Jahr im Amt; sie sollen nicht mehr sagen, daß ich nur Deichgraf bin von meines Weibes wegen!‹

Noch immer stand er, und seine Blicke schweiften scharf und bedächtig nach allen Seiten über das grüne Vorland; dann ging er zurück, bis wo auch hier ein schmaler Streifen grünen Weidelands die vor ihm liegende breite Landfläche ablöste. Hart an dem Deiche aber schoß ein starker Meeresstrom durch diese, der fast das ganze Vorland von dem Festlande trennte und zu einer Hallig machte; eine rohe Holzbrücke führte nach dort hinüber, damit man mit Vieh und Heu- und Getreidewagen hinüber- und wieder zurückgelangen könne. Jetzt war es Ebbzeit, und die goldene Septembersonne glitzerte auf dem etwa hundert Schritte breiten Schlickstreifen und auf dem tiefen Priel in seiner Mitte, durch den auch jetzt das Meer noch seine Wasser trieb. ›Das läßt sich dämmen!‹ sprach Hauke bei sich selber, nachdem er diesem Spiele eine Zeitlang zugesehen; dann blickte er auf, und von dem Deiche, auf dem er stand, über den Priel hinweg, zog er in Gedanken eine Linie längs dem Rande des abgetrennten Landes, nach Süden herum und ostwärts wiederum zurück über die dortige Fortsetzung des Prieles und an den Deich heran. Die Linie aber, welche er unsichtbar gezogen hatte, war ein neuer Deich, neu auch in der Konstruktion seines Profiles, welches bis jetzt nur noch in seinem Kopf vorhanden war.

›Das gäbe einen Koog von zirka tausend Demat‹, sprach er lächelnd zu sich selber; ›nicht groß just; aber ...‹

Eine andere Kalkulation überkam ihn: das Vorland gehörte hier der Gemeinde, ihren einzelnen Mitgliedern eine Zahl von Anteilen, je nach der Größe ihres Besitzes im Gemeindebezirk oder nach sonst zu Recht bestehender Erwerbung; er begann zusammenzuzählen, wieviel Anteile er von seinem, wie viele er von Elkes Vater überkommen, und was an solchen er während seiner Ehe schon selbst gekauft hatte, teils in dem dunklen Gefühle eines künftigen Vorteils, teils bei Vermehrung seiner Schafzucht. Es war schon eine ansehnliche Menge; denn auch von Ole Peters hatte er dessen sämtliche Teile angekauft, da es diesem zum Verdruß geschlagen war, als bei einer teilweisen Überströmung ihm sein bester Schafbock ertrunken war. Aber das war ein seltsamer Unfall gewesen, denn soweit Haukes Gedächtnis reichte, waren selbst bei hohen Fluten dort nur die Ränder überströmt worden. Welch treffliches Weide- und Kornland mußte es geben und von welchem Werte, wenn das alles von seinem neuen Deich umgeben war! Wie ein Rausch stieg es ihm ins Gehirn; aber er preßte die Nägel in seine Handflächen und zwang seine Augen, klar und nüchtern zu sehen, was dort vor ihm lag: eine große deichlose Fläche, wer wußt es, welchen Stürmen und Fluten schon in den nächsten Jahren preisgegeben, an deren äußerstem Rande jetzt ein Trupp von schmutzigen Schafen langsam grasend entlangwanderte; dazu für ihn ein Haufen Arbeit, Kampf und Ärger! Trotz alledem, als er vom Deich hinab und den Fußsteig über die Fennen auf seine Werfte zuging, ihm war's, als brächte er einen großen Schatz mit sich nach Hause.

Auf dem Flur trat Elke ihm entgegen: ›Wie war es mit der Schleuse?‹ frug sie.

Er sah mit geheimnisvollem Lächeln auf sie nieder: ›Wir werden bald eine andere Schleuse brauchen‹, sagte er; ›und Sielen und einen neuen Deich!‹

›Ich versteh dich nicht‹, entgegnete Elke, während sie in das Zimmer gingen; ›was willst du, Hauke?‹

›Ich will‹, sagte er langsam und hielt dann einen Augenblick inne, ›ich will, daß das große Vorland, das unserer Hofstatt gegenüber beginnt und dann nach Westen ausgeht, zu einem festen Kooge eingedeicht werde: die hohen Fluten haben fast ein Menschenalter uns in Ruh gelassen; wenn aber eine von den schlimmen wiederkommt und den Anwachs stört, so kann mit einem Mal die ganze Herrlichkeit zu Ende sein; nur der alte Schlendrian hat das bis heut so lassen können!‹

Sie sah ihn voll Erstaunen an: ›So schiltst du dich ja selber!‹ sagte sie.

– ›Das tu ich, Elke; aber es war bisher auch so viel anderes zu beschaffen!‹

›Ja, Hauke; gewiß, du hast genug getan!‹

Er hatte sich in den Lehnstuhl des alten Deichgrafen gesetzt und seine Hände griffen fest um beide Lehnen.

›Hast du denn guten Mut dazu?‹ frug ihn sein Weib.

›Das hab ich, Elke!‹ sprach er hastig.

›Sei nicht zu rasch, Hauke; das ist ein Werk auf Tod und Leben; und fast alle werden dir entgegen sein, man wird dir deine Müh und Sorg nicht danken!‹

Er nickte: ›Ich weiß!‹ sagte er.

›Und wenn es nun nicht gelänge!‹ rief sie wieder; ›von Kindesbeinen an hab ich gehört, der Priel sei nicht zu stopfen, und darum dürfe nicht daran gerührt werden.‹

›Das war ein Vorwand für die Faulen!‹ sagte Hauke; ›weshalb denn sollte man den Priel nicht stopfen können?‹

– ›Das hört ich nicht; vielleicht, weil er gerade durchgeht; die Spülung ist zu stark.‹ – Eine Erinnerung überkam sie, und ein fast schelmisches Lächeln brach aus ihren ernsten Augen: ›Als ich Kind war‹, sprach sie, ›hörte ich einmal die Knechte darüber reden; sie meinten, wenn ein Damm dort halten solle, müsse was Lebigs da hineingeworfen und mit verdämmt werden; bei einem Deichbau auf der andern Seite, vor wohl hundert Jahren, sei ein Zigeunerkind verdämmet worden, das sie um schweres Geld der Mutter abgehandelt hätten; jetzt aber würde wohl keine ihr Kind verkaufen!‹

Hauke schüttelte den Kopf: ›Da ist es gut, daß wir keins haben, sie würden es sonst noch schier von uns verlangen!‹

›Sie sollten's nicht bekommen!‹ sagte Elke und schlug wie in Angst die Arme über ihren Leib.

Und Hauke lächelte; doch sie frug noch einmal: ›Und die ungeheuren Kosten? Hast du das bedacht?‹

– ›Das hab ich, Elke; was wir dort herausbringen, wird sie bei weitem überholen, auch die Erhaltungskosten des alten Deiches gehen für ein gut Stück in dem neuen unter; wir arbeiten ja selbst und haben über achtzig Gespanne in der Gemeinde, und an jungen Fäusten ist hier auch kein Mangel. Du sollst mich wenigstens nicht umsonst zum Deichgrafen gemacht haben, Elke; ich will ihnen zeigen, daß ich einer bin!‹

Sie hatte sich vor ihm niedergehuckt und ihn sorgvoll angeblickt; nun erhob sie sich mit einem Seufzer: ›Ich muß weiter zu meinem Tagewerk‹, sagte sie, und ihre Hand strich langsam über seine Wange; ›tu du das deine, Hauke!‹

›Amen, Elke!‹ sprach er mit ernstem Lächeln; ›Arbeit ist für uns beide da!‹

– – Und es war Arbeit genug für beide, die schwerste Last aber fiel jetzt auf des Mannes Schulter. An Sonntagnachmittagen, oft auch nach Feierabend, saß Hauke mit einem tüchtigen Feldmesser zusammen, vertieft in Rechenaufgaben, Zeichnungen und Rissen; war er allein, dann ging es ebenso und endete oft weit nach Mitternacht. Dann schlich er in die gemeinsame Schlafkammer – denn die dumpfen Wandbetten im Wohngemach wurden in Haukes Wirtschaft nicht mehr gebraucht – und sein Weib, damit er endlich nur zur Ruhe komme, lag wie schlafend mit geschlossenen Augen, obgleich sie mit klopfendem Herzen nur auf ihn gewartet hatte; dann küßte er mitunter ihre Stirn und sprach ein leises Liebeswort dabei, und legte sich selbst zum Schlafe, der ihm oft nur beim ersten Hahnenkraht zu Willen war. Im Wintersturm lief er auf den Deich hinaus, mit Bleistift und Papier in der Hand, und stand und zeichnete und notierte, während ein Windstoß ihm die Mütze vom Kopf riß und das lange, fahle Haar ihm um sein heißes Antlitz flog; bald fuhr er, solange nur das Eis ihm nicht den Weg versperrte, mit einem Knecht zu Boot ins Wattenmeer hinaus und maß dort mit Lot und Stange die Tiefen der Ströme, über die er noch nicht sicher war. Elke zitterte oft genug für ihn; aber war er wieder da, so hätte er das nur aus ihrem festen Händedruck oder dem leuchtenden Blitz aus ihren sonst so stillen Augen merken können. ›Geduld, Elke‹, sagte er, da ihm einmal war, als ob sein Weib ihn nicht lassen könne; ›ich muß erst selbst im reinen sein, bevor ich meinen Antrag stelle!‹ Da nickte sie und ließ ihn gehen. Der Ritte in die Stadt zum Oberdeichgrafen wurden auch nicht wenige, und allem diesen und den Mühen in Haus- und Landwirtschaft folgten immer wieder die Arbeiten in die Nacht hinein. Sein Verkehr mit anderen Menschen außer in Arbeit und Geschäft verschwand fast ganz; selbst der mit seinem Weibe wurde immer weniger. ›Es sind schlimme Zeiten, und sie werden noch lange dauern‹, sprach Elke bei sich selber und ging an ihre Arbeit.

Endlich, Sonne und Frühlingswinde hatten schon überall das Eis gebrochen, war auch die letzte Vorarbeit getan; die Eingabe an den Oberdeichgrafen zu Befürwortung an höherem Orte, enthaltend den Vorschlag einer Bedeichung des erwähnten Vorlandes, zur Förderung des öffentlichen Besten, insonders des Kooges, wie nicht weniger der Herrschaftlichen Kasse, da höchstderselben in kurzen Jahren die Abgabe von zirka tausend Demat daraus erwachsen würden, – war sauber abgeschrieben und nebst anliegenden Rissen und Zeichnungen aller Lokalitäten, jetzt und künftig, der Schleusen und Siele und was noch sonst dazugehörte, in ein festes Konvolut gepackt und mit dem deichgräflichen Amtssiegel versehen worden.

›Da ist es, Elke‹, sagte der junge Deichgraf, ›nun gib ihm deinen Segen!‹

Elke legte ihre Hand in seine: ›Wir wollen fest zusammenhalten‹, sagte sie.

– ›Das wollen wir.‹

Dann wurde die Eingabe durch einen reitenden Boten in die Stadt gesandt.

Sie wollen bemerken, lieber Herr«, unterbrach der Schulmeister seine Erzählung, mich freundlich mit seinen feinen

Augen fixierend, »daß ich das bisher Berichtete während meiner fast vierzigjährigen Wirksamkeit in diesem Kooge aus den Überlieferungen verständiger Leute oder aus Erzählungen der Enkel und Urenkel solcher zusammengefunden habe; was ich, damit Sie dieses mit dem endlichen Verlauf in Einklang zu bringen vermögen, Ihnen jetzt vorzutragen habe, das war derzeit, und ist auch jetzt noch das Geschwätz des ganzen Marschdorfes, sobald nur um Allerheiligen die Spinnräder an zu schnurren fangen.

Von der Hofstelle des Deichgrafen, etwa fünf- bis sechshundert Schritte weiter nordwärts, sah man derzeit, wenn man auf dem Deiche stand, ein paar tausend Schritt ins Wattenmeer hinaus und etwas weiter von dem gegenüberliegenden Marschufer entfernt eine kleine Hallig, die sie ›Jeverssand‹, auch ›Jevershallig‹ nannten. Von den derzeitigen Großvätern war sie noch zur Schafweide benutzt worden, denn Gras war damals noch darauf gewachsen; aber auch das hatte aufgehört, weil die niedrige Hallig ein paarmal, und just im Hochsommer, unter Seewasser gekommen und der Graswuchs dadurch verkümmert und auch zur Schafweide unnutzbar geworden war. So kam es denn, daß außer von Möwen und den andern Vögeln, die am Strande fliegen, und etwa einmal von einem Fischadler, dort kein Besuch mehr stattfand; und an mondhellen Abenden sah man vom Deiche aus nur die Nebeldünste leichter oder schwerer darüber hinziehen. Ein paar weißgebleichte Knochengerüste ertrunkener Schafe und das Gerippe eines Pferdes, von dem freilich niemand begriff, wie es dort hingekommen sei, wollte man, wenn der Mond von Osten auf die Hallig schien, dort auch erkennen können.

Es war zu Ende März, als an dieser Stelle nach Feierabend der Tagelöhner aus dem Tede Haienschen Hause und Iven Johns, der Knecht des jungen Deichgrafen, nebeneinanderstanden und unbeweglich nach der im trüben Mondduft kaum erkennbaren Hallig hinüberstarrten; etwas Auffälliges schien sie dort so festzuhalten. Der Tagelöhner steckte die

Hände in die Tasche und schüttelte sich: ›Komm, Iven‹, sagte er, ›das ist nichts Gutes; laß uns nach Haus gehen!‹

Der andere lachte, wenn auch ein Grauen bei ihm hindurchklang: ›Ei was, es ist eine lebige Kreatur, eine große! Wer, zum Teufel, hat sie nach dem Schlickstück hinaufgejagt! Sieh nur, nun reckt's den Hals zu uns hinüber! Nein, es senkt den Kopf; es frißt! Ich dächt, es wär dort nichts zu fressen! Was es nur sein mag?‹

›Was geht das uns an!‹ entgegnete der andere. ›Gute Nacht, Iven, wenn du nicht mitwillst; ich gehe nach Haus!‹

– ›Ja, ja; du hast ein Weib, du kommst ins warme Bett! Bei mir ist auch in meiner Kammer lauter Märzenluft!‹

›Gut Nacht denn!‹ rief der Tagelöhner zurück, während er auf dem Deich nach Hause trabte. Der Knecht sah sich ein paarmal nach dem Fortlaufenden um; aber die Begier, Unheimliches zu schauen, hielt ihn noch fest. Da kam eine untersetzte, dunkle Gestalt auf dem Deich vom Dorf her gegen ihn heran; es war der Dienstjunge des Deichgrafen. ›Was willst du, Carsten?‹ rief ihm der Knecht entgegen.

›Ich? – nichts‹, sagte der Junge; ›aber unser Wirt will dich sprechen, Iven Johns!‹

Der Knecht hatte die Augen schon wieder nach der Hallig: ›Gleich; ich komme gleich!‹ sagte er.

›Wonach guckst du denn so?‹ frug der Junge.

Der Knecht hob den Arm und wies stumm nach der Hallig. ›Oha!‹ flüsterte der Junge; ›da geht ein Pferd – ein Schimmel – das muß der Teufel reiten – wie kommt ein Pferd nach Jevershallig?‹

– ›Weiß nicht, Carsten; wenn's nur ein richtiges Pferd ist!‹

›Ja, ja, Iven; sieh nur, es frißt ganz wie ein Pferd! Aber wer hat's dahin gebracht; wir haben im Dorf so große Böte gar nicht! Vielleicht auch ist es nur ein Schaf; Peter Ohm sagt, im Mondschein wird aus zehn Torfringeln ein ganzes Dorf. Nein, sieh! Nun springt es – es muß doch ein Pferd sein!‹

Beide standen eine Weile schweigend, die Augen nur nach dem gerichtet, was sie drüben undeutlich vor sich gehen sahen. Der Mond stand hoch am Himmel und beschien das weite Wattenmeer, das eben in der steigenden Flut seine Wasser über die glitzernden Schlickflächen zu spülen begann. Nur das leise Geräusch des Wassers, keine Tierstimme war in der ungeheueren Weite hier zu hören; auch in der Marsch, hinter dem Deiche, war es leer; Kühe und Rinder waren alle noch in den Ställen. Nichts regte sich; nur was sie für ein Pferd, einen Schimmel, hielten, schien dort auf Jevershallig noch beweglich. ›Es wird heller‹, unterbrach der Knecht die Stille; ›ich sehe deutlich die weißen Schafgerippe schimmern!‹

›Ich auch‹, sagte der Junge und reckte den Hals; dann aber, als komme es ihm plötzlich, zupfte er den Knecht am Ärmel: ›Iven‹, raunte er, ›das Pferdgerippe, das sonst dabeilag, wo ist es? Ich kann's nicht sehen!‹

›Ich seh es auch nicht! Seltsam!‹ sagte der Knecht.

– ›Nicht so seltsam, Iven! Mitunter, ich weiß nicht in welchen Nächten, sollen die Knochen sich erheben und tun, als ob sie lebig wären!‹

›So?‹ machte der Knecht; ›das ist ja Altweiberglaube!‹

›Kann sein, Iven‹, meinte der Junge.

›Aber, ich mein, du sollst mich holen; komm, wir müssen nach Haus! Es bleibt hier immer doch dasselbe.‹

Der Junge war nicht fortzubringen, bis der Knecht ihn mit Gewalt herumgedreht und auf den Weg gebracht hatte. ›Hör, Carsten‹, sagte dieser, als die gespensterhafte Hallig ihnen schon ein gut Stück im Rücken lag, ›du giltst ja für einen Allerweltsbengel; ich glaub, du möchtest das am liebsten selber untersuchen!‹

›Ja‹, entgegnete Carsten, nachträglich noch ein wenig schaudernd, ›ja, das möcht ich, Iven!‹

– ›Ist das dein Ernst? – dann‹, sagte der Knecht, nachdem der Junge ihm nachdrücklich darauf die Hand geboten hatte, ›lösen wir morgen abend unser Boot; du fährst nach Jeverssand; ich bleib so lange auf dem Deiche stehen.‹

›Ja‹, erwiderte der Junge, ›das geht! Ich nehme meine Peitsche mit!‹

›Tu das!‹

Schweigend kamen sie an das Haus ihrer Herrschaft, zu dem sie langsam die hohe Werft hinanstiegen.

Um dieselbe Zeit des folgenden Abends saß der Knecht auf dem großen Steine vor der Stalltür, als der Junge mit seiner Peitsche knallend zu ihm kam. ›Das pfeift ja wunderlich!‹ sagte jener.

›Freilich, nimm dich in acht‹, entgegnete der Junge; ›ich hab auch Nägel in die Schnur geflochten.‹

›So komm!‹ sagte der andere.

Der Mond stand, wie gestern, am Osthimmel und schien klar aus seiner Höhe. Bald waren beide wieder draußen auf dem Deich und sahen hinüber nach Jevershallig, die wie ein Nebelfleck im Wasser stand. ›Da geht es wieder‹, sagte der Knecht; ›nach Mittag war ich hier, da war's nicht da; aber ich sah deutlich das weiße Pferdsgerippe liegen!‹

Der Junge reckte den Hals: ›Das ist jetzt nicht da, Iven‹, flüsterte er.

›Nun, Carsten, wie ist's? sagte der Knecht. ›Juckt's dich noch, hinüberzufahren?‹

Carsten besann sich einen Augenblick; dann klatschte er mit seiner Peitsche in die Luft: ›Mach nur das Boot los, Iven!‹

Drüben aber war es, als hebe, was dorten ging, den Hals und recke gegen das Festland hin den Kopf. Sie sahen es nicht mehr; sie gingen schon den Deich hinab und bis zur Stelle, wo das Boot gelegen war. ›Nun, steig nur ein!‹ sagte der Knecht, nachdem er es losgebunden hatte. ›Ich bleib, bis du zurück bist! Zu Osten mußt du anlegen; da hat man immer landen können!‹ Und der Junge nickte schweigend und fuhr mit seiner Peitsche in die Mondnacht hinaus; der Knecht wanderte unterm Deich zurück und bestieg ihn wieder an der Stelle, wo sie vorhin gestanden hatten. Bald sah er, wie drüben bei einer schroffen, dunkeln Stelle, an die ein breiter Priel hinanführte, das Boot sich beilegte und eine untersetzte Gestalt daraus ans Land sprang. – War's nicht, als klatschte der Junge mit seiner Peitsche? Aber es konnte auch das Geräusch der steigenden Flut sein. Mehrere hundert Schritte nordwärts sah er, was sie für einen Schimmel angesehen hatten; und jetzt! – ja, die Gestalt des Jungen kam gerade darauf zugegangen. Nun hob es den Kopf, als ob es stutze; und der Junge – es war deutlich jetzt zu hören – klatschte mit der Peitsche. Aber – was fiel ihm ein? er kehrte um, er ging den Weg zurück, den er gekommen war. Das drüben schien unablässig fortzuweiden, kein Wiehern war von dort zu hören gewesen; wie weiße Wasserstreifen schien es mitunter über die Erscheinung hinzuziehen. Der Knecht sah wie gebannt hinüber.

Da hörte er das Anlegen des Bootes am diesseitigen Ufer, und bald sah er aus der Dämmerung den Jungen gegen sich am Deich heraufsteigen. ›Nun, Carsten‹, frug er, ›was war es?‹

Der Junge schüttelte den Kopf. ›Nichts war es!‹ sagte er. ›Noch kurz vom Boot aus hatt ich es gesehen; dann aber, als ich auf der Hallig war – weiß der Henker, wo sich das Tier verkrochen hatte, der Mond schien doch hell genug; aber als ich an die Stelle kam, war nichts da als die bleichen Knochen von einem halben Dutzend Schafen, und etwas weiter lag auch das Pferdsgerippe mit seinem weißen, langen Schädel und ließ den Mond in seine leeren Augenhöhlen scheinen!‹

›Hm!‹ meinte der Knecht; ›hast auch recht zugesehen?‹

›Ja, Iven, ich stand dabei; ein gottvergessener Kiewiet, der hinter dem Gerippe sich zur Nachtruh hingeduckt hatte, flog schreiend auf, daß ich erschrak und ein paarmal mit der Peitsche hintennach klatschte.‹

›Und das war alles?‹

›Ja, Iven; ich weiß nicht mehr.‹

›Es ist auch genug‹, sagte der Knecht, zog den Jungen am Arm zu sich heran und wies hinüber nach der Hallig. ›Dort, siehst du etwas, Carsten?‹

– ›Wahrhaftig, da geht's ja wieder!‹

›Wieder?‹ sagte der Knecht; ›ich hab die ganze Zeit hinübergeschaut, aber es ist gar nicht fortgewesen; du gingst ja gerade auf das Unwesen los!‹

Der Junge starrte ihn an; ein Entsetzen lag plötzlich auf seinem sonst so kecken Angesicht, das auch dem Knechte nicht entging. ›Komm!‹ sagte dieser; ›wir wollen nach Haus: von hier aus geht's wie lebig, und drüben liegen nur die Knochen – das ist mehr, als du und ich begreifen können. Schweig aber still davon, man darf dergleichen nicht verreden!‹

So wandten sie sich, und der Junge trabte neben ihm; sie sprachen nicht, und die Marsch lag in lautlosem Schweigen an ihrer Seite.

– – Nachdem aber der Mond zurückgegangen und die Nächte dunkel geworden waren, geschah ein anderes.

Hauke Haien war zur Zeit des Pferdemarktes in die Stadt geritten, ohne jedoch mit diesem dort zu tun zu haben. Gleichwohl, da er gegen Abend heimkam, brachte er ein zweites Pferd mit sich nach Hause; aber es war rauhhaarig und mager, daß man jede Rippe zählen konnte, und die Augen lagen ihm matt und eingefallen in den Schädelhöhlen. Elke war vor die Haustür getreten, um ihren Eheliebsten zu empfangen: ›Hilf Himmel!‹ rief sie, ›was soll uns der alte Schimmel?‹ Denn da Hauke mit ihm vor das Haus geritten kam und unter der Esche hielt, hatte sie gesehen, daß die arme Kreatur auch lahme.

Der junge Deichgraf aber sprang lachend von seinem braunen Wallach: ›Laß nur, Elke; es kostet auch nicht viel!‹

Die kluge Frau erwiderte: ›Du weißt doch, das Wohlfeilste ist auch meist das Teuerste.‹

– ›Aber nicht immer, Elke; das Tier ist höchstens vier Jahr alt; sieh es dir nur genauer an! Es ist verhungert und mißhandelt; da soll ihm unser Hafer guttun; ich werd es selbst versorgen, damit sie mir's nicht überfüttern.‹

Das Tier stand indessen mit gesenktem Kopf; die Mähnen hingen lang am Hals herunter. Frau Elke, während ihr Mann nach den Knechten rief, ging betrachtend um dasselbe herum;

aber sie schüttelte den Kopf: ›So eins ist noch nie in unserm Stall gewesen!‹

Als jetzt der Dienstjunge um die Hausecke kam, blieb er plötzlich mit erschrocknen Augen stehen. ›Nun, Carsten‹, rief der Deichgraf, ›was fährt dir in die Knochen? Gefällt dir mein Schimmel nicht?‹

›Ja – o ja, uns' Weert, warum denn nicht!‹

– ›So bring die Tiere in den Stall; gib ihnen kein Futter; ich komme gleich selber hin!‹

Der Junge faßte mit Vorsicht den Halfter des Schimmels und griff dann hastig, wie zum Schutze, nach dem Zügel des ihm ebenfalls vertrauten Wallachs. Hauke aber ging mit seinem Weibe in das Zimmer; ein Warmbier hatte sie für ihn bereit, und Brot und Butter waren auch zur Stelle.

Er war bald gesättigt; dann stand er auf und ging mit seiner Frau im Zimmer auf und ab. ›Laß dir erzählen, Elke‹, sagte er, während der Abendschein auf den Kacheln an den Wänden spielte, ›wie ich zu dem Tier gekommen bin: Ich war wohl eine Stunde beim Oberdeichgrafen gewesen; er hatte gute Kunde für mich – es wird wohl dies und jenes anders werden als in meinen Rissen; aber die Hauptsache, mein Profil, ist akzeptiert, und schon in den nächsten Tagen kann der Befehl zum neuen Deichbau dasein!‹

Elke seufzte unwillkürlich: ›Also doch?‹ sagte sie sorgenvoll.

›Ja, Frau‹, entgegnete Hauke; ›hart wird's hergehen; aber dazu, denk ich, hat der Herrgott uns zusammengebracht! Unsere Wirtschaft ist jetzt so gut in Ordnung; ein groß Teil kannst du schon auf deine Schultern nehmen; denk nur um zehn Jahr weiter – dann stehen wir vor einem andern Besitz.‹

Sie hatte bei seinen ersten Worten die Hand ihres Mannes versichernd in die ihrigen gepreßt; seine letzten Worte konnten sie nicht erfreuen. ›Für wen soll der Besitz?‹ sagte sie. ›Du müßtest denn ein ander Weib nehmen; ich bring dir keine Kinder.‹

Tränen schossen ihr in die Augen; aber er zog sie fest in seine Arme: ›Das überlassen wir dem Herrgott‹, sagte er; ›jetzt aber und auch dann noch sind wir jung genug, um uns der Früchte unserer Arbeit selbst zu freuen.‹

Sie sah ihn lange, während er sie hielt, aus ihren dunkeln Augen an. ›Verzeih, Hauke‹, sprach sie; ›ich bin mitunter ein verzagt Weib!‹

Er neigte sich zu ihrem Antlitz und küßte sie: ›Du bist mein Weib und ich dein Mann, Elke! Und anders wird es nun nicht mehr.‹

Da legte sie die Arme fest um seinen Nacken: ›Du hast recht, Hauke, und was kommt, kommt für uns beide.‹ Dann löste sie sich errötend von ihm. ›Du wolltest von dem Schimmel mir erzählen‹, sagte sie leise.

›Das wollt ich, Elke. Ich sagte dir schon, mir war Kopf und Herz voll Freude über die gute Nachricht, die der Oberdeichgraf mir gegeben hatte; so ritt ich eben wieder aus der Stadt hinaus, da, auf dem Damm, hinter dem Hafen, begegnete mir ein ruppiger Kerl; ich wußt nicht, war's ein Vagabund, ein Kesselflicker oder was denn sonst. Der Kerl zog den Schimmel am Halfter hinter sich; das Tier aber hob den Kopf und sah mich aus blöden Augen an; mir war's, als ob es mich um etwas bitten wolle; ich war ja auch in diesem Augenblicke reich genug. „He, Landsmann!" rief ich, „wo wollt Ihr mit der Kracke hin?"

Der Kerl blieb stehen und der Schimmel auch. „Verkaufen!" sagte jener und nickte mir listig zu.

„Nur nicht an mich!" rief ich lustig.

„Ich denke doch!" sagte er; „das ist ein wacker Pferd und unter hundert Talern nicht bezahlt."

Ich lachte ihm ins Gesicht.

„Nun", sagte er, „lacht nicht so hart; Ihr sollt's mir ja nicht zahlen! Aber ich kann's nicht brauchen, bei mir verkommt's; es würd bei Euch bald ander Ansehen haben!"

Da sprang ich von meinem Wallach und sah dem Schimmel ins Maul, und sah wohl, es war noch ein junges Tier. „Was soll's denn kosten?" rief ich, da auch das Pferd mich wiederum wie bittend ansah.

„Herr, nehmt's für dreißig Taler!" sagte der Kerl, „und den Halfter geb ich Euch darein!"

Und da, Frau, hab ich dem Burschen in die dargebotne braune Hand, die fast wie eine Klaue aussah, eingeschlagen. So haben wir den Schimmel, und ich denk auch, wohlfeil genug! Wunderlich nur war es, als ich mit den Pferden wegritt, hört ich bald hinter mir ein Lachen, und als ich den Kopf wandte, sah ich den Slowaken; der stand noch sperrbeinig, die Arme auf dem Rücken, und lachte wie ein Teufel hinter mir darein.‹

›Pfui‹, rief Elke; ›wenn der Schimmel nur nichts von seinem alten Herrn zubringt! Mög er dir gedeihen, Hauke!‹

›Er selber soll es wenigstens, soweit ich's leisten kann!‹ Und der Deichgraf ging in den Stall, wie er vorhin dem Jungen es gesagt hatte.

– – Aber nicht allein an jenem Abend fütterte er den Schimmel, er tat es fortan immer selbst und ließ kein Auge von dem Tiere; er wollte zeigen, daß er einen Priesterhandel gemacht habe; jedenfalls sollte nichts versehen werden. – Und schon nach wenig Wochen hob sich die Haltung des Tieres; allmählich verschwanden die rauhen Haare; ein blankes, blau geapfeltes Fell kam zum Vorschein, und da er es eines Tages auf der Hofstatt umherführte, schritt es schlank auf seinen festen Beinen. Hauke dachte des abenteuerlichen Verkäufers: ›Der Kerl war ein Narr oder ein Schuft, der es gestohlen hatte!‹ murmelte er bei sich selber. – Bald auch, wenn das Pferd im Stall nur seine Schritte hörte, warf es den Kopf herum und wieherte ihm entgegen; nun sah er auch, es hatte, was die Araber verlangen, ein fleischlos Angesicht; draus blitzten ein Paar feurige braune Augen. Dann führte er es aus dem Stall und legte ihm einen leichten Sattel auf; aber kaum saß er droben, so fuhr dem Tier ein Wiehern wie ein Lustschrei aus der Kehle; es flog mit ihm davon, die Werfte hinab auf den Weg und dann dem Deiche zu; doch der Reiter saß fest, und als sie oben waren, ging es ruhiger, leicht, wie tanzend, und warf den Kopf dem Meere zu. Er klopfte und streichelte ihm den blanken Hals, aber es bedurfte dieser Liebkosung schon nicht mehr; das Pferd schien völlig eins mit seinem Reiter, und nachdem er eine Strecke nordwärts den Deich hinausgeritten war, wandte er es leicht und gelangte wieder an die Hofstatt.

Die Knechte standen unten an der Auffahrt und warteten der Rückkunft ihres Wirtes. ›So, John‹, rief dieser, indem er von seinem Pferde sprang, ›nun reite du es in die Fenne zu den andern; es trägt dich wie in einer Wiege!‹

Der Schimmel schüttelte den Kopf und wieherte laut in die sonnige Marschlandschaft hinaus, während ihm der Knecht den Sattel abschnallte und der Junge damit zur Geschirrkammer lief; dann legte er den Kopf auf seines Herrn Schulter und duldete behaglich dessen Liebkosung. Als aber der Knecht sich jetzt auf seinen Rücken schwingen wollte, sprang er mit einem jähen Satz zur Seite und stand dann wieder unbeweglich, die schönen Augen auf seinen Herrn gerichtet. ›Hoho, Iven‹, rief dieser, ›hat er dir Leids getan?‹ und suchte seinem Knecht vom Boden aufzuhelfen.

Der rieb sich eifrig an der Hüfte: ›Nein, Herr, es geht noch; aber den Schimmel reit der Teufel!‹

›Und ich!‹ setzte Hauke lachend hinzu. ›So bring ihn am Zügel in die Fenne!‹

Und als der Knecht etwas beschämt gehorchte, ließ sich der Schimmel ruhig von ihm führen.

– – Einige Abende später standen Knecht und Junge miteinander vor der Stalltür; hinterm Deiche war das Abendrot erloschen, innerhalb desselben war schon der Koog von tiefer Dämmerung überwallt; nur selten kam aus der Ferne das Gebrüll eines aufgestörten Rindes oder der Schrei einer Lerche, deren Leben unter dem Überfall eines Wiesels oder einer Wasserratte endete. Der Knecht lehnte gegen den Türpfosten und rauchte aus einer kurzen Pfeife, deren Rauch er schon nicht mehr sehen konnte; gesprochen hatten er und der Junge noch nicht zusammen. Dem letzteren aber drückte etwas auf die Seele, er wußte nur nicht, wie er dem schweigsamen Knechte ankommen sollte. ›Du, Iven!‹ sagte er endlich, ›weißt du, das Pferdsgeripp auf Jeverssand!‹

›Was ist damit?‹ frug der Knecht.

›Ja, Iven, was ist damit? Es ist gar nicht mehr da; weder Tages noch bei Mondschein; wohl zwanzigmal bin ich auf den Deich hinausgelaufen!‹

›Die alten Knochen sind wohl zusammengepoltert?‹ sagte Iven und rauchte ruhig weiter.

›Aber ich war auch bei Mondschein draußen; es geht auch drüben nichts auf Jeverssand!‹

›Ja‹, sagte der Knecht, ›sind die Knochen auseinandergefallen, so wird's wohl nicht mehr aufstehen können!‹

›Mach keinen Spaß, Iven! Ich weiß jetzt; ich kann dir sagen, wo es ist!‹

Der Knecht drehte sich jäh zu ihm: ›Nun, wo ist es denn?‹

›Wo?‹ wiederholte der Junge nachdrücklich. ›Es steht in unserem Stall; da steht's, seit es nicht mehr auf der Hallig ist. Es ist auch nicht umsonst, daß der Wirt es allzeit selber füttert; ich weiß Bescheid, Iven!‹

Der Knecht paffte eine Weile heftig in die Nacht hinaus. ›Du bist nicht klug, Carsten‹, sagte er dann; ›unser Schimmel? Wenn je ein Pferd ein lebigs war, so ist es der! Wie kann so ein Allerweltsjunge wie du in solch Altem-Weiber-Glauben sitzen!‹

-- Aber der Junge war nicht zu bekehren: wenn der Teufel in dem Schimmel steckte, warum sollte er dann nicht lebendig sein? Im Gegenteil, um desto schlimmer! – Er fuhr jedesmal erschreckt zusammen, wenn er gegen Abend den Stall betrat, in dem auch sommers das Tier mitunter eingestellt wurde, und es dann den feurigen Kopf so jäh nach ihm herumwarf. ›Hol's der Teufel!‹ brummte er dann; ›wir bleiben auch nicht lange mehr zusammen!‹

So tat er sich denn heimlich nach einem neuen Dienste um, kündigte und trat um Allerheiligen als Knecht bei Ole Peters ein. Hier fand er andächtige Zuhörer für seine Geschichte von dem Teufelspferd des Deichgrafen; die dicke Frau Vollina und deren geistesstumpfer Vater, der frühere Deichgevollmächtigte Jeß Harders, hörten in behaglichem Gruseln zu und erzählten sie später allen, die gegen den Deichgrafen einen Groll im Herzen oder die an derart Dingen ihr Gefallen hatten.

Inzwischen war schon Ende März durch die Oberdeichgrafschaft der Befehl zur neuen Eindeichung eingetroffen. Hauke berief zunächst die Deichgevollmächtigten zusammen, und im Kruge oben bei der Kirche waren eines Tages alle erschienen und hörten zu, wie er ihnen die Hauptpunkte aus den bisher erwachsenen Schriftstücken vorlas: aus seinem Antrage, aus dem Bericht des Oberdeichgrafen, zuletzt den schließlichen Bescheid, worin vor allem auch die Annahme des von ihm vorgeschlagenen Profiles enthalten war, und der neue Deich nicht steil wie früher, sondern allmählich verlaufend nach der Seeseite abfallen sollte; aber mit heiteren oder auch nur zufriedenen Gesichtern hörten sie nicht.

›Ja, ja‹, sagte ein alter Gevollmächtigter, ›da haben wir nun die Bescherung, und Proteste werden nicht helfen, da der Oberdeichgraf unserm Deichgrafen den Daumen hält!‹

›Hast wohl recht, Detlev Wiens‹, setzte ein Zweiter hinzu; ›die Frühlingsarbeit steht vor der Tür, und nun soll auch ein millionenlanger Deich gemacht werden – da muß ja alles liegenbleiben.‹

›Das könnt ihr dies Jahr noch zu Ende bringen‹, sagte Hauke; ›so rasch wird der Stecken nicht vom Zaun gebrochen!‹

Das wollten wenige zugeben. ›Aber dein Profil!‹ sprach ein Dritter, was Neues auf die Bahn bringend; ›der Deich wird ja auch an der Außenseite nach dem Wasser so breit, wie Lawrenz sein Kind nicht lang war! Wo soll das Material herkommen? Wann soll die Arbeit fertig werden?‹

›Wenn nicht in diesem, so im nächsten Jahre; das wird am meisten von uns selber abhängen!‹ sagte Hauke.

Ein ärgerliches Lachen ging durch die Gesellschaft. ›Aber wozu die unnütze Arbeit; der Deich soll ja nicht höher werden als der alte‹, rief eine neue Stimme; ›und ich mein, der steht schon über dreißig Jahre!‹

›Da sagt Ihr recht‹, sprach Hauke, ›vor dreißig Jahren ist der alte Deich gebrochen; dann rückwärts vor fünfunddreißig, und wiederum vor fünfundvierzig Jahren; seitdem aber, obgleich er noch immer steil und unvernünftig dasteht, haben die höchsten Fluten uns verschont. Der neue Deich aber soll trotz solcher hundert und aberhundert Jahre stehen; denn er wird nicht durchbrochen werden, weil der milde Abfall nach der Seeseite den Wellen keinen Angriffspunkt entgegenstellt, und so werdet ihr für euch und euere Kinder ein sicheres Land gewinnen, und das ist es, weshalb die Herrschaft und der Oberdeichgraf mir den Daumen halten; das ist es auch, was ihr zu eurem eigenen Vorteil einsehen solltet!‹

Als die Versammelten hierauf nicht sogleich zu antworten bereit waren, erhob sich ein alter weißhaariger Mann mühsam von seinem Stuhle; es war Frau Elkes Pate, Jewe Manners, der auf Haukes Bitten noch immer in seinem Gevollmächtigtenamt verblieben war. ›Deichgraf Hauke Haien‹, sprach er, ›du machst uns viel Unruhe und Kosten, und ich wollte, du hättest damit gewartet, bis mich der Herrgott hätt zur Ruhe gehen lassen; aber – recht hast du, das kann nur die Unvernunft bestreiten. Wir haben Gott mit jedem Tag zu danken, daß er uns trotz unserer Trägheit das kostbare Stück Vorland gegen Sturm und Wasserdrang erhalten hat; jetzt aber ist es wohl die elfte Stunde, in der wir selbst die Hand anlegen müssen, es auch nach all unserm Wissen und Können selber uns zu wahren und auf Gottes Langmut weiter nicht zu trotzen. Ich, meine Freunde, bin ein Greis; ich habe Deiche bauen und brechen sehen; aber den Deich, den Hauke Haien nach ihm von Gott verliehener Einsicht projektiert und bei der Herrschaft für euch durchgesetzt hat, den wird niemand von euch Lebenden brechen sehen, und wolltet ihr ihm selbst nicht danken, euere Enkel werden ihm den Ehrenkranz doch einstens nicht versagen können!‹

Jewe Manners setzte sich wieder, er nahm sein blaues Schnupftuch aus der Tasche und wischte sich ein paar Tropfen von der Stirn. Der Greis war noch immer als ein Mann von Tüchtigkeit und unantastbarer Rechtschaffenheit bekannt, und da die Versammlung eben nicht geneigt war, ihm zuzustimmen, so schwieg sie weiter. Aber Hauke Haien nahm das Wort; doch sahen alle, daß er bleich geworden. ›Ich danke Euch, Jewe Manners‹, sprach er, ›daß Ihr noch hier seid und daß Ihr das Wort gesprochen habt; ihr andern Herren Gevollmächtigten wollet den neuen Deichbau, der freilich mir zur Last fällt, zum mindesten ansehen als ein Ding, das nun nicht mehr zu ändern steht, und lasset uns demgemäß beschließen, was nun not ist!‹

›Sprechet!‹ sagte einer der Gevollmächtigten. Und Hauke breitete die Karte des neuen Deiches auf dem Tische aus: ›Es hat vorhin einer gefragt‹, begann er, ›woher die viele Erde nehmen? – Ihr seht, so weit das Vorland in die Watten hinausgeht, ist außerhalb der Deichlinie ein Streifen Landes freigelassen; daher und von dem Vorlande, das nach Nord und Süd von dem neuen Kooge an dem Deiche hinläuft, können wir die Erde nehmen; haben wir an den Wasserseiten nur eine tüchtige Lage Klei, nach innen oder in der Mitte kann auch Sand genommen werden! – Nun aber ist zunächst ein Feldmesser zu berufen, der die Linie des neuen Deiches auf dem Vorland absteckt! Der mir bei Ausarbeitung des Planes behülflich gewesen, wird wohl am besten dazu passen. Ferner werden wir zur Heranholung des Kleis oder sonstigen Materiales die Anfertigung einspänniger Sturzkarren mit Gabeldeichsel bei einigen Stellmachern verdingen müssen; wir werden für die Durchdämmung des Prieles und nach den Binnenseiten, wo wir etwa mit Sand fürliebnehmen müssen, ich kann jetzt nicht sagen, wieviel hundert Fuder Stroh zur Bestickung des Deiches gebrauchen, vielleicht mehr als in der Marsch hier wird entbehrlich sein! – Lasset uns denn beraten, wie zunächst dies alles zu beschaffen und einzurichten ist; auch die neue Schleuse hier an der Westseite gegen das Wasser zu ist später einem tüchtigen Zimmermann zur Herstellung zu übergeben.‹

Die Versammelten hatten sich um den Tisch gestellt, betrachteten mit halbem Aug die Karte und begannen allgemach zu sprechen; doch war's, als geschähe es, damit nur überhaupt etwas gesprochen werde. Als es sich um Zuziehung des Feldmessers handelte, meinte einer der Jüngeren: ›Ihr habt es ausgesonnen, Deichgraf; Ihr müsset selbst am besten wissen, wer dazu taugen mag.‹

Aber Hauke entgegnete: ›Da ihr Geschworene seid, so müsset ihr aus eigener, nicht aus meiner Meinung sprechen, Jakob Meyen; und wenn ihr's dann besser sagt, so werd ich meinen Vorschlag fallenlassen!‹

›Nun ja, es wird schon recht sein‹, sagte Jakob Meyen.

Aber einem der Älteren war es doch nicht völlig recht; er hatte einen Brudersohn: so einer im Feldmessen sollte hier in der Marsch noch nicht gewesen sein, der sollte noch über des Deichgrafen Vater, den seligen Tede Haien, gehen!

So wurde denn über die beiden Feldmesser verhandelt und endlich beschlossen, ihnen gemeinschaftlich das Werk zu übertragen. Ähnlich ging es bei den Sturzkarren, bei der Strohlieferung und allem andern, und Hauke kam spät und fast erschöpft auf seinem Wallach, den er noch derzeit ritt, zu Hause an. Aber als er in dem alten Lehnstuhl saß, der noch von seinem gewichtigen, aber leichter lebenden Vorgänger stammte, war auch sein Weib ihm schon zur Seite: ›Du siehst so müd aus, Hauke‹, sprach sie und strich mit ihrer schmalen Hand das Haar ihm von der Stirn.

›Ein wenig wohl!‹ erwiderte er.

›Und geht es denn?‹

›Es geht schon‹, sagte er mit bitterem Lächeln; ›aber ich selber muß die Räder schieben und froh sein, wenn sie nicht zurückgehalten werden!‹

– ›Aber doch nicht von allen?‹

›Nein, Elke; dein Pate, Jewe Manners, ist ein guter Mann; ich wollt, er wär um dreißig Jahre jünger.‹

Als nach einigen Wochen die Deichlinie abgesteckt und der größte Teil der Sturzkarren geliefert war, waren sämtliche Anteilbesitzer des einzudeichenden Kooges, ingleichen die Besitzer der hinter dem alten Deich belegenen Ländereien, durch den Deichgrafen im Kirchspielskrug versammelt worden; es galt, ihnen einen Plan über die Verteilung der Arbeit und Kosten vorzulegen und ihre etwaigen Einwendungen zu vernehmen; denn auch die letzteren hatten, sofern der neue Deich und die neuen Siele die Unterhaltungskosten der älteren Werke verminderten, ihren Teil zu schaffen und zu tragen. Dieser Plan war für Hauke ein schwer Stück Arbeit gewesen, und wenn ihm durch Vermittelung des Oberdeichgrafen neben einem Deichboten nicht auch noch ein Deichschreiber wäre zugeordnet worden, er würde es so bald nicht fertiggebracht haben, obwohl auch jetzt wieder an jedem neuen Tage in die Nacht hinein gearbeitet war. Wenn er dann todmüde sein Lager suchte, so hatte nicht wie vordem sein Weib in nur verstelltem Schlafe seiner gewartet; auch sie hatte so vollgemessen ihre tägliche Arbeit, daß sie nachts wie am Grunde eines tiefen Brunnens in unstörbarem Schlafe lag.

Als Hauke jetzt seinen Plan verlesen und die Papiere, die freilich schon drei Tage hier im Kruge zur Einsicht ausgelegen hatten, wieder auf den Tisch breitete, waren zwar ernste Männer zugegen, die mit Ehrerbietung diesen gewissenhaften Fleiß betrachteten und sich nach ruhiger Überlegung den billigen Ansätzen ihres Deichgrafen unterwarfen; andere aber, deren Anteile an dem neuen Lande von ihnen selbst oder ihren Vätern oder sonstigen Vorbesitzern waren veräußert worden, beschwerten sich, daß sie zu den Kosten des neuen Kooges hinzugezogen seien, dessen Land sie nichts mehr angehe, uneingedenk, daß durch die neuen Arbeiten auch ihre alten Ländereien nach und nach entbürdet würden; und wieder andere, die mit Anteilen in dem neuen Koog gesegnet waren, schrien, man möge ihnen doch dieselben abnehmen, sie sollten um ein Geringes feil sein; denn wegen der unbilligen Leistungen, die ihnen dafür aufgebürdet würden, könnten sie nicht damit bestehen. Ole Peters aber, der mit grimmigem Gesicht am Türpfosten lehnte, rief dazwischen: ›Besinnt euch erst und dann vertrauet unserm Deichgrafen! der versteht zu rechnen; er hatte schon die meisten Anteile, da wußte er auch mir die meinen abzuhandeln, und als er sie hatte, beschloß er, diesen neuen Koog zu deichen!‹

Es war nach diesen Worten einen Augenblick totenstill in der Versammlung. Der Deichgraf stand an dem Tisch, auf dem er zuvor seine Papiere gebreitet hatte; er hob seinen Kopf und sah nach Ole Peters hinüber: ›Du weißt wohl, Ole Peters‹, sprach er, ›daß du mich verleumdest; du tust es dennoch, weil du überdies auch weißt, daß doch ein gut Teil des Schmutzes, womit du mich bewirfst, an mir wird hängenbleiben! Die Wahrheit ist, daß du deine Anteile los sein wolltest, und daß ich ihrer derzeit für meine Schafzucht bedurfte; und willst du weiteres wissen, das ungewaschene Wort, das dir im Krug vom Mund gefahren, ich sei nur Deichgraf meines Weibes wegen, das hat mich aufgerüttelt, und ich hab euch zeigen wollen, daß ich wohl um meiner selbst willen Deichgraf sein könne; und somit, Ole Peters, hab ich getan, was schon der Deichgraf vor mir hätte tun sollen. Trägst du mir aber Groll, daß derzeit deine Anteile die meinen geworden sind – du hörst es ja, es sind genug, die jetzt die ihrigen um ein Billiges feilbieten, nur weil die Arbeit ihnen jetzt zuviel ist!‹

Von einem kleinen Teil der versammelten Männer ging ein Beifallsmurmeln aus, und der alte Jewe Manners, der dazwischenstand, rief laut: ›Bravo, Hauke Haien! Unser Herrgott wird dir dein Werk gelingen lassen!‹

Aber man kam doch nicht zu Ende, obgleich Ole Peters schwieg und die Leute erst zum Abendbrote auseinandergingen; erst in einer zweiten Versammlung wurde alles geordnet;

aber auch nur, nachdem Hauke statt der ihm zukommenden drei Gespanne für den nächsten Monat deren vier auf sich genommen hatte.

Endlich, als schon die Pfingstglocken durch das Land läuteten, hatte die Arbeit begonnen: unablässig fuhren die Sturzkarren von dem Vorlande an die Deichlinie, um den geholten Klei dort abzustürzen, und gleicherweise war dieselbe Anzahl schon wieder auf der Rückfahrt, um auf dem Vorland neuen aufzuladen; an der Deichlinie selber standen Männer mit Schaufeln und Spaten, um das Abgeworfene an seinen Platz zu bringen und zu ebnen; ungeheuere Fuder Stroh wurden angefahren und abgeladen; nicht nur zur Bedeckung des leichteren Materials, wie Sand und lose Erde, dessen man an den Binnenseiten sich bediente, wurde das Stroh benutzt; allmählich wurden einzelne Strecken des Deiches fertig, und die Grassoden, womit man sie belegt hatte, wurden stellenweis zum Schutz gegen die nagenden Wellen mit fester Strohbestickung überzogen. Bestellte Aufseher gingen hin und her, und wenn es stürmte, standen sie mit aufgerissenen Mäulern und schrien ihre Befehle durch Wind und Wetter; dazwischen ritt der Deichgraf auf seinem Schimmel, den er jetzt ausschließlich in Gebrauch hatte, und das Tier flog mit dem Reiter hin und wider, wenn er rasch und trocken seine Anordnungen machte, wenn er die Arbeiter lobte oder, wie es wohl geschah, einen Faulen oder Ungeschickten ohn Erbarmen aus der Arbeit wies. ›Das hilft nicht!‹ rief er dann; ›um deine Faulheit darf uns nicht der Deich verderben!‹ Schon von weitem, wenn er unten aus dem Koog heraufkam, hörten sie das Schnauben seines Rosses, und alle Hände faßten fester in die Arbeit: ›Frisch zu! Der Schimmelreiter kommt!‹

War es um die Frühstückszeit, wo die Arbeiter mit ihrem Morgenbrot haufenweis beisammen auf der Erde lagen, dann ritt Hauke an den verlassenen Werken entlang, und seine Augen waren scharf, wo liederliche Hände den Spaten geführt hatten. Wenn er aber zu den Leuten ritt und ihnen auseinandersetzte, wie die Arbeit müsse beschafft werden, sahen sie wohl zu ihm auf und kauten geduldig an ihrem Brote weiter; aber eine Zustimmung oder auch nur eine Äußerung hörte er nicht von ihnen. Einmal zu solcher Tageszeit, es war schon spät, da er an einer Deichstelle die Arbeit in besonderer Ordnung gefunden hatte, ritt er zu dem nächsten Haufen der Frühstückenden, sprang von seinem Schimmel und frug heiter, wer dort so sauberes Tagewerk verrichtet hätte; aber sie sahen ihn nur scheu und düster an, und nur langsam und wie widerwillig wurden ein paar Namen genannt. Der Mensch, dem er sein Pferd gegeben hatte, das ruhig wie ein Lamm stand, hielt es mit beiden Händen und blickte wie angstvoll nach den schönen Augen des Tieres, die es, wie gewöhnlich, auf seinen Herrn gerichtet hielt.

›Nun, Marten!‹ rief Hauke; ›was stehst du, als ob dir der Donner in die Beine gefahren sei?‹

– ›Herr, Euer Pferd, es ist so ruhig, als ob es Böses vorhabe!‹

Hauke lachte und nahm das Pferd selbst am Zügel, das sogleich liebkosend den Kopf an seiner Schulter rieb. Von den Arbeitern sahen einige scheu zu Roß und Reiter hinüber, andere, als ob das alles sie nicht kümmere, aßen schweigend ihre Frühkost, dann und wann den Möwen einen Brocken hinaufwerfend, die sich den Futterplatz gemerkt hatten und mit ihren schlanken Flügeln sich fast auf ihre Köpfe senkten. Der Deichgraf blickte eine Weile wie gedankenlos auf die bettelnden Vögel und wie sie die zugeworfenen Bissen mit ihren Schnäbeln haschten; dann sprang er in den Sattel und ritt, ohne sich nach den Leuten umzusehen, davon; einige Worte, die jetzt unter ihnen laut wurden, klangen ihm fast wie Hohn. ›Was ist das?‹ sprach er bei sich selber. ›Hatte denn Elke recht, daß sie alle gegen mich sind? Auch diese Knechte und kleinen Leute, von denen vielen durch meinen neuen Deich doch eine Wohlhabenheit ins Haus wächst?‹

Er gab seinem Pferde die Sporen, daß es wie toll in den Koog hinabflog. Von dem unheimlichen Glanze freilich, mit dem sein früherer Dienstjunge den Schimmelreiter bekleidet hatte, wußte er selber nichts; aber die Leute hätten ihn jetzt nur sehen sollen, wie aus seinem hageren Gesicht die Augen starrten, wie sein Mantel flog und wie der Schimmel sprühte!

– – So war der Sommer und der Herbst vergangen; noch bis gegen Ende November war gearbeitet worden, dann geboten Frost und Schnee dem Werke Halt; man war nicht fertig geworden und beschloß, den Koog offen liegen zu lassen. Acht Fuß ragte der Deich aus der Fläche hervor; nur wo westwärts gegen das Wasser hin die Schleuse gelegt werden sollte, hatte man eine Lücke gelassen; auch oben vor dem alten Deiche war der Priel noch unberührt. So konnte die Flut, wie in den letzten dreißig Jahren, in den Koog hineindringen, ohne dort oder an dem neuen Deiche großen Schaden anzurichten. Und so überließ man dem großen Gott das Werk der Menschenhände und stellte es in seinen Schutz, bis die Frühlingssonne die Vollendung würde möglich machen.

– – Inzwischen hatte im Hause des Deichgrafen sich ein frohes Ereignis vorbereitet: im neunten Ehejahre war noch ein Kind geboren worden. Es war rot und hutzelig und wog seine sieben Pfund, wie es für neugeborene Kinder sich gebührt, wenn sie, wie dies, dem weiblichen Geschlechte angehören; nur sein Geschrei war wunderlich verhohlen und hatte der Wehmutter nicht gefallen wollen. Das Schlimmste war: am dritten Tage lag Elke im hellen Kindbettfieber, redete Irrsal und kannte weder ihren Mann noch ihre alte Helferin. Die unbändige Freude, die Hauke beim Anblick seines Kindes ergriffen hatte, war zu Trübsal geworden; der Arzt aus der Stadt war geholt, er saß am Bett und fühlte den Puls und verschrieb und sah ratlos um sich her. Hauke schüttelte den Kopf: ›Der hilft nicht; nur Gott kann helfen!‹ Er hatte sich sein eigen Christentum zurechtgerechnet, aber es war etwas, das sein Gebet zurückhielt. Als der alte Doktor davongefahren war, stand er am Fenster, in den winterlichen Tag hinausstarrend, und während die Kranke aus ihren Phantasien aufschrie, schränkte er die Hände zusammen; er wußte selber nicht, war es aus Andacht oder war es nur, um in der ungeheueren Angst sich selbst nicht zu verlieren.

›Wasser! Das Wasser!‹ wimmerte die Kranke. ›Halt mich!‹ schrie sie; ›halt mich, Hauke!‹ Dann sank die Stimme; es klang, als ob sie weine: ›In See, ins Haf hinaus? O lieber Gott, ich seh ihn nimmer wieder!‹

Da wandte er sich und schob die Wärterin von ihrem Bette; er fiel auf seine Knie, umfaßte sein Weib und riß sie an sich: ›Elke! Elke, so kenn mich doch, ich bin ja bei dir!‹

Aber sie öffnete nur die fieberglühenden Augen weit und sah wie rettungslos verloren um sich.

Er legte sie zurück auf ihre Kissen; dann krampfte er die Hände ineinander: ›Herr, mein Gott‹, schrie er; ›nimm sie mir nicht! Du weißt, ich kann sie nicht entbehren!‹ Dann war's, als ob er sich besinne, und leiser setzte er hinzu: ›Ich weiß ja wohl, du kannst nicht allezeit, wie du willst, auch du nicht; du bist allweise; du mußt nach deiner Weisheit tun – o Herr, sprich nur durch einen Hauch zu mir!‹

Es war, als ob plötzlich eine Stille eingetreten sei; er hörte nur ein leises Atmen; als er sich zum Bette kehrte, lag sein Weib in ruhigem Schlaf, nur die Wärterin sah mit entsetzten Augen auf ihn. Er hörte die Tür gehen. ›Wer war das?‹ frug er.

›Herr, die Magd Ann Grete ging hinaus; sie hatte den Warmkorb hereingebracht.‹

– ›Was sieht Sie mich denn so verfahren an, Frau Levke?‹

›Ich? Ich hab mich ob Eurem Gebet erschrocken; damit betet Ihr keinen vom Tode los!‹

Hauke sah sie mit seinen durchdringenden Augen an: ›Besucht Sie denn auch, wie unsere Ann Grete, die Konventikel bei dem holländischen Flickschneider Jantje?‹

›Ja, Herr; wir haben beide den lebendigen Glauben!‹

Hauke antwortete ihr nicht. Das damals stark im Schwange gehende separatistische Konventikelwesen hatte auch unter den Friesen seine Blüten getrieben; heruntergekommene Handwerker oder wegen Trunkes abgesetzte Schulmeister spielten darin die Hauptrolle, und Dirnen, junge und alte Weiber, Faulenzer und einsame Menschen liefen eifrig in die heimlichen Versammlungen, in denen jeder den Priester spielen konnte. Aus des Deichgrafen Hause brachten Ann Grete und der in sie verliebte Dienstjunge ihre freien Abende dort zu. Freilich hatte Elke ihre Bedenken darüber gegen Hauke nicht zurückgehalten; aber er hatte gemeint, in Glaubenssachen solle man keinem dreinreden: das schade niemandem, und besser dort doch als im Schnapskrug!

So war es dabei geblieben, und so hatte er auch jetzt geschwiegen. Aber freilich über ihn schwieg man nicht; seine Gebetsworte liefen um von Haus zu Haus: er hatte Gottes Allmacht bestritten; was war ein Gott denn ohne Allmacht? Er war ein Gottesleugner; die Sache mit dem Teufelspferde mochte auch am Ende richtig sein!

Hauke erfuhr nichts davon; er hatte in diesen Tagen nur Ohren und Augen für sein Weib, selbst das Kind war für ihn nicht mehr auf der Welt.

Der alte Arzt kam wieder, kam jeden Tag, mitunter zweimal, blieb dann eine ganze Nacht, schrieb wieder ein Rezept, und der Knecht Iven Johns ritt damit im Flug zur Apotheke. Dann aber wurde sein Gesicht freundlicher, er nickte dem Deichgrafen vertraulich zu: ›Es geht! Es geht! Mit Gottes Hülfe!‹ Und eines Tags – hatte nun seine Kunst die Krankheit besiegt, oder hatte auf Haukes Gebet der liebe Gott doch noch einen Ausweg finden können –, als der Doktor mit der Kranken allein war, sprach er zu ihr, und seine alten Augen lachten: ›Frau, jetzt kann ich's getrost Euch sagen: heut hat der Doktor seinen Festtag; es stand schlimm um Euch, aber nun gehöret Ihr wieder zu uns, zu den Lebendigen!‹

Da brach es wie ein Strahlenmeer aus ihren dunklen Augen: ›Hauke! Hauke, wo bist du?‹ rief sie, und als er auf den hellen Ruf ins Zimmer und an ihr Bett stürzte, schlug sie die Arme um seinen Nacken: ›Hauke, mein Mann, gerettet! Ich bleibe bei dir!‹

Da zog der alte Doktor sein seiden Schnupftuch aus der Tasche, fuhr sich damit über Stirn und Wangen und ging kopfnickend aus dem Zimmer.

– – Am dritten Abend nach diesem Tage sprach ein frommer Redner – es war ein vom Deichgrafen aus der Arbeit gejagter Pantoffelmacher – im Konventikel bei dem holländischen Schneider, da er seinen Zuhörern die Eigenschaften Gottes auseinandersetzte: ›Wer aber Gottes Allmacht widerstreitet, wer da sagt: ich weiß, du kannst nicht, was du willst – wir kennen den Unglückseligen ja alle; er lastet gleich einem Stein auf der Gemeinde –, der ist von Gott gefallen und suchet den Feind Gottes, den Freund der Sünde, zu seinem Tröster; denn nach irgendeinem Stabe muß die Hand des Menschen greifen. Ihr aber, hütet euch vor dem, der also betet; sein Gebet ist Fluch!‹

– – Auch das lief um von Haus zu Haus. Was läuft nicht um in einer kleinen Gemeinde? Und auch zu Haukes Ohren kam es. Er sprach kein Wort darüber, nicht einmal zu seinem Weibe; nur mitunter konnte er sie heftig umfassen und an sich ziehen: ›Bleib mir treu, Elke! Bleib mir treu!‹ – Dann sahen ihre Augen voll Staunen zu ihm auf: ›Dir treu? Wem sollte ich denn anders treu sein?‹ – Nach einer kurzen Weile aber hatte sie sein Wort verstanden: ›Ja, Hauke, wir sind uns treu; nicht nur, weil wir uns brauchen.‹ Und dann ging jedes seinen Arbeitsweg.

Das wäre so weit gut gewesen; aber es war doch trotz aller lebendigen Arbeit eine Einsamkeit um ihn, und in seinem Herzen nistete sich ein Trotz und abgeschlossenes Wesen gegen andere Menschen ein; nur gegen sein Weib blieb er allezeit der gleiche, und an der Wiege seines Kindes lag er abends und morgens auf den Knien, als sei dort die Stätte seines ewigen Heils. Gegen Gesinde und Arbeiter aber wurde er strenger; die Ungeschickten und Fahrlässigen, die er früher durch ruhigen Tadel zurechtgewiesen hatte, wurden jetzt durch hartes Anfahren aufgeschreckt, und Elke ging mitunter leise bessern.

Als der Frühling nahte, begannen wieder die Deicharbeiten; mit einem Kajedeich wurde zum Schutz der jetzt aufzubauenden neuen Schleuse die Lücke in der westlichen Deichlinie geschlossen, halbmondförmig nach innen und ebenso nach außen; und gleich der Schleuse wuchs allmählich auch der Hauptdeich zu seiner immer rascher herzustellenden Höhe empor. Leichter wurde dem leitenden Deichgrafen seine Arbeit nicht, denn anstelle des im Winter verstorbenen Jewe Manners war Ole Peters als Deichgevollmächtigter eingetreten. Hauke hatte nicht versuchen wollen, es zu hindern; aber anstatt der ermutigenden Worte und der dazugehörigen zutunlichen Schläge auf seine linke Schulter, die er so oft von dem alten Paten seines Weibes einkassiert hatte, kamen ihm jetzt von dem Nachfolger ein heimliches Widerhalten und unnötige Einwände und waren mit unnötigen Gründen zu bekämpfen; denn Ole gehörte zwar zu den Wichtigen, aber in Deichsachen nicht zu den Klugen; auch war von früher her der ›Schreiberknecht‹ ihm immer noch im Wege.

Der glänzendste Himmel breitete sich wieder über Meer und Marsch, und der Koog wurde wieder bunt von starken Rindern, deren Gebrüll von Zeit zu Zeit die weite Stille unterbrach; unablässig sangen in hoher Himmelsluft die Lerchen, aber man hörte es erst, wenn einmal auf eines Atemzuges Länge der Gesang verstummt war. Kein Unwetter störte die Arbeit, und die Schleuse stand schon mit ihrem ungestrichenen Balkengefüge, ohne daß auch nur in einer Nacht sie eines Schutzes von dem Interimsdeich bedurft hätte; der Herrgott schien seine Gunst dem neuen Werke zuzuwenden. Auch Frau Elkes Augen lachten ihrem Manne zu, wenn er auf seinem Schimmel draußen von dem Deich nach Hause kam: ›Bist doch ein braves Tier geworden!‹ sagte sie dann und klopfte den blanken Hals des Pferdes. Hauke aber, wenn sie das Kind am Halse hatte, sprang herab und ließ das winzige Dinglein auf seinen Armen tanzen; wenn dann der Schimmel seine braunen Augen auf das Kind gerichtet hielt, dann sprach er wohl: ›Komm her; sollst auch die Ehre haben!‹ und er setzte die kleine Wienke – denn so war sie getauft worden – auf seinen Sattel und führte den Schimmel auf der Werft im Kreise herum. Auch der alte Eschenbaum hatte mitunter die Ehre; er setzte das Kind auf einen schwanken Ast und ließ es schaukeln. Die Mutter stand mit lachenden Augen in der Haustür; das Kind aber lachte nicht, seine Augen, zwischen denen ein feines Näschen stand, schauten ein wenig stumpf ins Weite, und die kleinen Hände griffen nicht nach dem Stöckchen, das der Vater ihr hinhielt. Hauke achtete nicht darauf, er wußte auch nichts von so kleinen Kindern; nur Elke, wenn sie das helläugige Mädchen auf dem Arm ihrer Arbeitsfrau erblickte, die mit ihr zugleich das Wochenbett bestanden hatte, sagte mitunter schmerzlich: ›Das Meine ist noch nicht so weit wie deines, Stina!‹ und die Frau, ihren dicken Jungen, den sie an der Hand hatte, mit derber Liebe schüttelnd, rief dann wohl: ›Ja, Frau, die Kinder sind verschieden; der da, der stahl mir schon die Äpfel aus der Kammer, bevor er übers zweite Jahr hinaus war!‹ Und Elke strich dem dicken Buben sein Kraushaar aus den Augen und drückte dann heimlich ihr stilles Kind ans Herz.

– – Als es in den Oktober hineinging, stand an der Westseite die neue Schleuse schon fest in dem von beiden Seiten schließenden Hauptdeich, der bis auf die Lücken bei dem Priele nun mit seinem sanften Profile ringsum nach den Wasserseiten abfiel und um fünfzehn Fuß die ordinäre Flut überragte. Von seiner Nordwestecke sah man an Jevershallig vorbei ungehindert in das Wattenmeer hinaus; aber freilich auch die Winde faßten hier schärfer; die Haare flogen, und wer hier ausschauen wollte, der mußte die Mütze fest auf dem Kopf haben.

Zu Ende November, wo Sturm und Regen eingefallen waren, blieb nur noch hart am alten Deich die Schlucht zu schließen, auf deren Grunde an der Nordseite das Meerwasser durch den Priel in den neuen Koog hineinschoß. Zu beiden Seiten standen die Wände des Deiches; der Abgrund zwischen ihnen mußte jetzt verschwinden. Ein trocken Sommerwetter hätte die Arbeit wohl erleichtert; aber auch so mußte sie getan werden, denn ein aufbrechender Sturm konnte das ganze Werk gefährden. Und Hauke setzte alles daran, um jetzt den Schluß herbeizuführen. Der Regen strömte, der Wind pfiff; aber seine hagere Gestalt auf dem feurigen Schimmel tauchte bald hier, bald dort aus den schwarzen Menschenmassen empor, die oben wie unten an der Nordseite des Deiches neben der Schlucht beschäftigt waren. Jetzt sah man ihn unten bei den Sturzkarren, die schon weither die Kleierde aus dem Vorlande holen mußten, und von denen eben ein gedrängter Haufen bei dem Priele anlangte und seine Last dort abzuwerfen suchte. Durch das Geklatsch des Regens und das Brausen des Windes klangen von Zeit zu Zeit die scharfen Befehlsworte des Deichgrafen, der heute hier allein gebieten wollte; er rief die Karren nach den Nummern vor und wies die Drängenden zurück; ein ›Halt!‹ scholl von seinem Munde, dann ruhte unten die Arbeit; ›Stroh! ein Fuder Stroh hinab!‹ rief er denen droben zu, und von einem der oben haltenden Fuder stürzte es auf den nassen Klei hinunter. Unten sprangen Männer dazwischen und zerrten es auseinander und schrien nach oben, sie nur nicht zu begraben. Und wieder kamen neue Karren, und Hauke war schon wieder oben und sah von seinem Schimmel in die Schlucht hinab, und wie sie dort schaufelten und stürzten; dann warf er seine Augen nach dem Haf hinaus. Es wehte scharf, und er sah, wie mehr und mehr der Wassersaum am Deich hinaufklimmte und wie die Wellen sich noch höher hoben; er sah auch, wie die Leute trieften und kaum atmen konnten in der schweren Arbeit vor dem Winde, der ihnen die Luft am Munde abschnitt, und vor dem kalten Regen, der sie überströmte. ›Ausgehalten, Leute! Ausgehalten!‹ schrie er zu ihnen hinab. ›Nur einen Fuß noch höher; dann ist's genug für diese Flut!‹ Und durch alles Getöse des Wetters hörte man das Geräusch der Arbeiter: das Klatschen der hineingestürzten Kleimassen, das Rasseln der Karren und das Rauschen des von oben hinabgelassenen Strohes ging unaufhaltsam vorwärts; dazwischen war mitunter das Winseln eines kleinen gelben Hundes lautgeworden, der frierend und wie verloren zwischen Menschen und Fuhrwerken herumgestoßen wurde; plötzlich aber scholl ein jammervoller Schrei des kleinen Tieres von unten aus der Schlucht herauf. Hauke blickte hinab; er hatte es von oben hinunterschleudern sehen; eine jähe Zornröte stieg ihm ins Gesicht. ›Halt! Haltet ein!‹ schrie er zu den Karren hinunter; denn der nasse Klei wurde unaufhaltsam aufgeschüttet.

›Warum?‹ schrie eine rauhe Stimme von unten herauf; ›doch um die elende Hundekreatur nicht?‹

›Halt! sag ich‹, schrie Hauke wieder; ›bringt mir den Hund! Bei unserm Werke soll kein Frevel sein!‹

Aber es rührte sich keine Hand; nur ein paar Spaten zähen Kleis flogen noch neben das schreiende Tier. Da gab er seinem Schimmel die Sporen, daß das Tier einen Schrei ausstieß, und stürmte den Deich hinab, und alles wich vor ihm zurück. ›Den Hund!‹ schrie er; ›ich will den Hund!‹

Eine Hand schlug sanft auf seine Schulter, als wäre es die Hand des alten Jewe Manners; doch als er umsah, war es nur ein Freund des Alten. ›Nehmt Euch in acht, Deichgraf!‹ raunte der ihm zu, ›Ihr habt nicht Freunde unter diesen Leuten; laßt es mit dem Hunde gehen!‹

Der Wind pfiff, der Regen klatschte; die Leute hatten die Spaten in den Grund gesteckt, einige sie fortgeworfen. Hauke neigte sich zu dem Alten: ›Wollt Ihr meinen Schimmel halten, Harke Jens?‹ frug er; und als jener noch kaum den Zügel in der Hand hatte, war Hauke schon in die Kluft gesprungen und hielt das kleine winselnde Tier in seinem Arm; und fast im selben Augenblicke saß er auch wieder hoch im Sattel und sprengte auf den Deich zurück. Seine Augen flogen über die Männer, die bei den Wagen standen. ›Wer war es?‹ rief er. ›Wer hat die Kreatur hinabgeworfen?‹

Einen Augenblick schwieg alles, denn aus dem hageren Gesicht des Deichgrafen sprühte der Zorn, und sie hatten abergläubische Furcht vor ihm. Da trat von einem Fuhrwerk ein stiernackiger Kerl vor ihn hin. ›Ich tat es nicht, Deichgraf‹, sagte er und biß von einer Rolle Kautabak ein Endchen ab, das er sich erst ruhig in den Mund schob; ›aber der es tat, hat recht getan; soll Euer Deich sich halten, so muß was Lebiges hinein!‹

– ›Was Lebiges? Aus welchem Katechismus hast du das gelernt?‹

›Aus keinem, Herr!‹ entgegnete der Kerl, und aus seiner Kehle stieß ein freches Lachen; ›das haben unsere Großväter schon gewußt, die sich mit Euch im Christentum wohl messen durften! Ein Kind ist besser noch; wenn das nicht da ist, tut's auch wohl ein Hund!‹

›Schweig du mit deinen Heidenlehren‹, schrie ihn Hauke an, ›es stopfte besser, wenn man dich hineinwürfe.‹

›Oho!‹ erscholl es; aus einem Dutzend Kehlen war der Laut gekommen, und der Deichgraf gewahrte ringsum grimmige Gesichter und geballte Fäuste; er sah wohl, daß das keine Freunde waren; der Gedanke an seinen Deich überfiel ihn wie ein Schrecken: was sollte werden, wenn jetzt alle ihre Spaten hinwürfen? – Und als er nun den Blick nach unten richtete, sah er wieder den Freund des alten Jewe Manners; der ging dort zwischen den Arbeitern, sprach zu dem und jenem, lachte hier einem zu, klopfte dort mit freundlichem Gesicht einem auf die Schulter, und einer nach dem andern faßte wieder seinen Spaten; noch einige Augenblicke, und die Arbeit war wieder in vollem Gange. – Was wollte er denn noch? Der Priel mußte geschlossen werden, und den Hund barg er sicher genug in den Falten seines Mantels. Mit plötzlichem Entschluß wandte er seinen Schimmel gegen den nächsten Wagen: ›Stroh an die Kante!‹ rief er herrisch, und wie mechanisch gehorchte ihm der Fuhrknecht; bald rauschte es hinab in die Tiefe, und von allen Seiten regte es sich aufs neue und mit allen Armen.

Eine Stunde war noch so gearbeitet; es war nach sechs Uhr, und schon brach tiefe Dämmerung herein; der Regen hatte aufgehört, da rief Hauke die Aufseher an sein Pferd: ›Morgen früh vier Uhr‹, sagte er, ›ist alles wieder auf dem Platz; der

Mond wird noch am Himmel sein; da machen wir mit Gott den Schluß! Und dann noch eines!‹ rief er, als sie gehen wollten: ›Kennt ihr den Hund?‹ und er nahm das zitternde Tier aus seinem Mantel.

Sie verneinten das; nur einer sagte: ›Der hat sich taglang schon im Dorf herumgebettelt; der gehört gar keinem!‹

›Dann ist er mein!‹ entgegnete der Deichgraf. ›Vergesset nicht: morgen früh vier Uhr!‹ und ritt davon.

Als er heimkam, trat Ann Grete aus der Tür: sie hatte saubere Kleidung an, und es fuhr ihm durch den Kopf, sie gehe jetzt zum Konventikelschneider: ›Halt die Schürze auf!‹ rief er ihr zu, und da sie es unwillkürlich tat, warf er das kleibeschmutzte Hündlein ihr hinein: ›Bring ihn der kleinen Wienke; er soll ihr Spielkamerad werden! Aber wasch und wärm ihn zuvor; so tust du auch ein gottgefällig Werk, denn die Kreatur ist schier verklommen.‹

Und Ann Grete konnte nicht lassen, ihrem Wirt Gehorsam zu leisten, und kam deshalb heute nicht in den Konventikel.

Und am andern Tage wurde der letzte Spatenstich am neuen Deich getan; der Wind hatte sich gelegt; in anmutigem Fluge schwebten Möwen und Avosetten über Land und Wasser hin und wider; von Jevershallig tönte das tausendstimmige Geknorr der Rottgänse, die sich's noch heute an der Küste der Nordsee wohl sein ließen, und aus den weißen Morgennebeln, welche die weite Marsch bedeckten, stieg allmählich ein goldner Herbsttag und beleuchtete das neue Werk der Menschenhände.

Nach einigen Wochen kamen mit dem Oberdeichgrafen die herrschaftlichen Kommissäre zur Besichtigung desselben; ein großes Festmahl, das erste nach dem Leichenmahl des alten Tede Volkerts, wurde im deichgräflichen Hause gehalten; alle Deichgevollmächtigten und die größten Interessenten waren dazu geladen. Nach Tische wurden sämtliche Wagen der Gäste und des Deichgrafen angespannt; Frau Elke wurde von dem Oberdeichgrafen in die Karriole gehoben, vor der der braune Wallach mit seinen Hufen stampfte; dann sprang er selber hinten nach und nahm die Zügel in die Hand; er wollte die gescheite Frau seines Deichgrafen selber fahren. So ging es munter von der Werfte und in den Weg hinaus, den Akt zum neuen Deich hinan und auf demselben um den jungen Koog herum. Es war inmittelst ein leichter Nordwestwind aufgekommen, und an der Nord- und Westseite des neuen Deiches wurde die Flut hinaufgetrieben; aber es war unverkennbar, der sanfte Abfall bedingte einen sanfteren Anschlag; aus dem Munde der herrschaftlichen Kommissäre strömte das Lob des Deichgrafen, daß die Bedenken, welche hie und da von den Gevollmächtigten dagegen langsam vorgebracht wurden, gar bald darin erstickten.

– Auch das ging vorüber; aber noch eine Genugtuung empfing der Deichgraf eines Tages, da er in stillem, selbstbewußtem Sinnen auf dem neuen Deich entlangritt. Es mochte ihm wohl die Frage kommen, weshalb der Koog, der ohne ihn nicht da wäre, in dem sein Schweiß und seine Nachtwachen steckten, nun schließlich nach einer der herrschaftlichen Prinzessinnen ›der neue Karolinenkoog‹ getauft sei; aber es war doch so: auf allen dahingehörigen Schriftstücken stand der Name, auf einigen sogar in roter Frakturschrift. Da, als er aufblickte, sah er zwei Arbeiter mit ihren Feldgerätschaften, der eine etwa zwanzig Schritte hinter dem andern, sich entgegenkommen: ›So wart doch!‹ hörte er den Nachfolgenden rufen; der andere aber – er stand eben an einem Akt, der in den Koog hinunterführte – rief ihm entgegen: ›Ein andermal, Jens! Es ist schon spät; ich soll hier Klei schlagen!‹

– ›Wo denn?‹

›Nun hier, im Hauke-Haien-Koog!‹

Er rief es laut, indem er den Akt hinabtrabte, als solle die ganze Marsch es hören, die darunterlag. Hauke aber war es, als höre er seinen Ruhm verkünden; er hob sich im Sattel, gab seinem Schimmel die Sporen und sah mit festen Augen über die weite Landschaft hin, die zu seiner Linken lag. ›Hauke-Haien-Koog!‹ wiederholte er leis; das klang, als könnt es alle

Zeit nicht anders heißen! Mochten sie trotzen, wie sie wollten, um seinen Namen war doch nicht herumzukommen; der Prinzessinnen-Name – würde er nicht bald nur noch in alten Schriften modern? – Der Schimmel ging in stolzem Galopp; vor seinen Ohren aber summte es: ›Hauke-Haien-Koog! Hauke-Haien-Koog!‹ In seinen Gedanken wuchs fast der neue Deich zu einem achten Weltwunder; in ganz Friesland war nicht seinesgleichen! Und er ließ den Schimmel tanzen; ihm war, er stünde inmitten aller Friesen; er überragte sie um Kopfeshöhe, und seine Blicke flogen scharf und mitleidig über sie hin.

– – Allmählich waren drei Jahre seit der Eindeichung hingegangen; das neue Werk hatte sich bewährt, die Reparaturkosten waren nur gering gewesen; im Kooge aber blühte jetzt fast überall der weiße Klee, und ging man über die geschützten Weiden, so trug der Sommerwind einem ganze Wolken süßen Dufts entgegen. Da war die Zeit gekommen, die bisher nur idealen Anteile in wirkliche zu verwandeln und allen Teilnehmern ihre bestimmten Stücke für immer eigentümlich zuzusetzen. Hauke war nicht müßig gewesen, vorher noch einige neue zu erwerben; Ole Peters hatte sich verbissen zurückgehalten, ihm gehörte nichts im neuen Kooge. Ohne Verdruß und Streit hatte auch so die Teilung nicht abgehen können, aber fertig war er gleichwohl geworden; auch dieser Tag lag hinter dem Deichgrafen.

Fortan lebte er einsam seinen Pflichten als Hofwirt wie als Deichgraf und denen, die ihm am nächsten angehörten; die alten Freunde waren nicht mehr in der Zeitlichkeit, neue zu erwerben, war er nicht geeignet. Aber unter seinem Dach war Frieden, den auch das stille Kind nicht störte; es sprach wenig, das stete Fragen, was den aufgeweckten Kindern eigen ist, kam selten und meist so, daß dem Gefragten die Antwort darauf schwer wurde; aber ihr liebes, einfältiges Gesichtlein trug fast immer den Ausdruck der Zufriedenheit. Zwei Spielkameraden hatte sie, die waren ihr genug: wenn sie über die

Werfte wanderte, sprang das gerettete gelbe Hündlein stets um sie herum, und wenn der Hund sich zeigte, war auch Klein Wienke nicht mehr fern. Der zweite Kamerad war eine Lachmöwe, und wie der Hund ›Perle‹, so hieß die Möwe ›Claus‹.

Claus war durch ein greises Menschenkind auf dem Hofe installiert worden: die achtzigjährige Trin' Jans hatte in ihrer Kate auf dem Außendeich sich nicht mehr durchbringen können; da hatte Frau Elke gemeint, die verlebte Dienstmagd ihres Großvaters könnte bei ihnen noch ein paar stille Abendstunden und eine gute Sterbekammer finden, und so, halb mit Gewalt, war sie von ihr und Hauke nach dem Hofe geholt und in dem Nordwest-Stübchen der neuen Scheuer untergebracht worden, die der Deichgraf vor einigen Jahren neben dem Haupthause bei der Vergrößerung seiner Wirtschaft hatte bauen müssen. Ein paar der Mägde hatten daneben ihre Kammer erhalten und konnten der Greisin nachts zur Hand gehen. Rings an den Wänden hatte sie ihr altes Hausgerät: eine Schatulle von Zuckerkistenholz, darüber zwei bunte Bilder vom verlorenen Sohn, ein längst zur Ruhe gestelltes Spinnrad und ein sehr sauberes Gardinenbett, vor dem ein ungefüger, mit dem weißen Fell des weiland Angorakaters überzogener Schemel stand. Aber auch was Lebiges hatte sie noch um sich gehabt und mit hiehergebracht: das war die Möwe Claus, die sich schon jahrelang zu ihr gehalten hatte und von ihr gefüttert worden war; freilich, wenn es Winter wurde, flog sie mit den andern Möwen südwärts und kam erst wieder, wenn am Strand der Wermut duftete.

Die Scheuer lag etwas tiefer an der Werfte; die Alte konnte von ihrem Fenster aus nicht über den Deich auf die See hinausblicken. ›Du hast mich hier als wie gefangen, Deichgraf!‹ murrte sie eines Tages, als Hauke zu ihr eintrat, und wies mit ihrem verkrümmten Finger nach den Fennen hinaus, die sich dort unten breiteten. ›Wo ist denn Jeverssand? Da über den roten oder über den schwarzen Ochsen hinaus?‹

›Was will Sie denn mit Jeverssand?‹ frug Hauke.

– ›Ach was, Jeverssand!‹ brummte die Alte. ›Aber ich will doch sehen, wo mein Jung mir derzeit ist zu Gott gegangen!‹

– ›Wenn Sie das sehen will‹, entgegnete Hauke, ›so muß Sie sich oben unter den Eschenbaum setzen, da sieht Sie das ganze Haf!‹

›Ja‹, sagte die Alte; ›ja, wenn ich deine jungen Beine hätte, Deichgraf!‹

Dergleichen blieb lange der Dank für die Hülfe, die ihr die Deichgrafsleute angedeihen ließen; dann aber wurde es auf einmal anders. Der kleine Kindskopf Wienkes guckte eines Morgens durch die halbgeöffnete Tür zu ihr herein. ›Na‹, rief die Alte, welche mit den Händen ineinander auf ihrem Holzstuhl saß, ›was hast du denn zu bestellen?‹

Aber das Kind kam schweigend näher und sah sie mit ihren gleichgültigen Augen unablässig an.

›Bist du das Deichgrafskind?‹ frug sie Trin' Jans, und da das Kind wie nickend das Köpfchen senkte, fuhr sie fort: ›So setz dich hier auf meinen Schemel! Ein Angorakater ist's gewesen – so groß! Aber dein Vater hat ihn togeschlagen. Wenn er noch lebig wäre, so könntst du auf ihm reiten.‹

Wienke richtete stumm ihre Augen auf das weiße Fell; dann kniete sie nieder und begann es mit ihren kleinen Händen zu streicheln, wie Kinder es bei einer lebenden Katze oder einem Hunde zu machen pflegen. ›Armer Kater!‹ sagte sie dann und fuhr wieder in ihren Liebkosungen fort.

›So!‹ rief nach einer Weile die Alte; ›jetzt ist es genug; und sitzen kannst du auch noch heut auf ihm; vielleicht hat dein Vater ihn auch nur um deshalb totgeschlagen!‹ Dann hob sie das Kind an beiden Armen in die Höhe und setzte es derb auf den Schemel nieder. Da es aber stumm und unbeweglich sitzen blieb und sie nur immer ansah, begann sie mit dem Kopfe zu schütteln: ›Du strafst ihn, Gott der Herr! Ja, ja, du strafst ihn!‹ murmelte sie; aber ein Erbarmen mit dem Kinde schien sie doch zu überkommen; ihre knöcherne Hand strich über das dürftige Haar desselben, und aus den Augen der Kleinen kam es, als ob ihr damit wohl geschehe.

Von nun an kam Wienke täglich zu der Alten in die Kammer; sie setzte sich bald von selbst auf den Angoraschemel, und Trin' Jans gab ihr kleine Fleisch- und Brotstückchen in ihre Händchen, welche sie allezeit in Vorrat hatte, und ließ sie diese auf den Fußboden werfen; dann kam mit Gekreisch und ausgespreizten Flügeln die Möwe aus irgendeinem Winkel hervorgeschossen und machte sich darüber her. Erst erschrak das Kind und schrie auf vor dem großen stürmenden Vogel; bald aber war es wie ein eingelerntes Spiel, und wenn sie nur ihr Köpfchen durch den Türspalt steckte, schoß schon der Vogel auf sie zu und setzte sich ihr auf Kopf oder Schulter, bis die Alte ihr zu Hülfe kam und die Fütterung beginnen konnte. Trin' Jans, die es sonst nicht hatte leiden können, daß einer auch nur die Hand nach ihrem ›Claus‹ ausstreckte, sah jetzt geduldig zu, wie das Kind allmählich ihr den Vogel völlig abgewann. Er ließ sich willig von ihr haschen; sie trug ihn umher und wickelte ihn in ihre Schürze, und wenn dann auf der Werfte etwa das gelbe Hündlein um sie herum und eifersüchtig gegen den Vogel aufsprang, dann rief sie wohl: ›Nicht du, nicht du, Perle!‹ und hob mit ihren Ärmchen die Möwe so hoch, daß diese, sich selbst befreiend, schreiend über die Werfte hinflog und statt ihrer nun der Hund durch Schmeicheln und Springen den Platz auf ihren Armen zu erobern suchte.

Fielen zufällig Haukes oder Elkes Augen auf dies wunderliche Vierblatt, das nur durch einen gleichen Mangel am selben Stengel festgehalten wurde, dann flog wohl ein zärtlicher Blick auf ihr Kind; hatten sie sich gewandt, so blieb nur noch ein Schmerz auf ihrem Antlitz, den jedes einsam mit sich von dannen trug, denn das erlösende Wort war zwischen ihnen noch nicht gesprochen worden. Da eines Sommervormittages, als Wienke mit der Alten und den beiden Tieren auf den großen Steinen vor der Scheuntür saß, gingen ihre beiden Eltern, der Deichgraf seinen Schimmel hinter sich, die Zügel über dem Arme, hier vorüber; er wollte auf den Deich hinaus und hatte das Pferd sich selber von der Fenne heraufgeholt;

sein Weib hatte auf der Werfte sich an seinen Arm gehängt. Die Sonne schien warm hernieder; es war fast schwül, und mitunter kam ein Windstoß aus Südsüdost. Dem Kinde mochte es auf dem Platze unbehaglich werden: ›Wienke will mit!‹ rief sie, schüttelte die Möwe von ihrem Schoß und griff nach der Hand ihres Vaters.

›So komm!‹ sagte dieser.

– Frau Elke aber rief: ›In dem Wind? Sie fliegt dir weg!‹

›Ich halt sie schon; und heut haben wir warme Luft und lustig Wasser, da kann sie's tanzen sehen.‹

Und Elke lief ins Haus und holte noch ein Tüchlein und ein Käppchen für ihr Kind. ›Aber es gibt ein Wetter‹, sagte sie; ›macht, daß ihr fortkommt, und seid bald wieder hier!‹

Hauke lachte: ›Das soll uns nicht zu fassen kriegen!‹ und hob das Kind zu sich auf den Sattel. Frau Elke blieb noch eine Weile auf der Werfte und sah, mit der Hand ihre Augen beschattend, die beiden auf den Weg und nach dem Deich hinübertraben; Trin' Jans saß auf dem Stein und murmelte Unverständliches mit ihren welken Lippen.

Das Kind lag regungslos im Arm des Vaters; es war, als atme es beklommen unter dem Druck der Gewitterluft; er neigte den Kopf zu ihr: ›Nun, Wienke?‹ frug er.

Das Kind sah ihn eine Weile an: ›Vater‹, sagte es, ›du kannst das doch! Kannst du nicht alles?‹

›Was soll ich können, Wienke?‹

Aber sie schwieg; sie schien die eigene Frage nicht verstanden zu haben.

Es war Hochflut; als sie auf den Deich hinaufkamen, schlug der Widerschein der Sonne von dem weiten Wasser ihr in die Augen, ein Wirbelwind trieb die Wellen strudelnd in die Höhe, und neue kamen heran und schlugen klatschend gegen den Strand; da klammerte sie ihre Händchen angstvoll um die Faust ihres Vaters, die den Zügel führte, daß der Schimmel mit einem Satz zur Seite fuhr. Die blaßblauen Augen sahen in wirrem Schreck zu Hauke auf: ›Das Wasser, Vater! das Wasser!‹ rief sie.

Aber er löste sich sanft und sagte: ›Still, Kind, du bist bei deinem Vater; das Wasser tut dir nichts!‹

Sie strich sich das fahlblonde Haar aus der Stirn und wagte es wieder, auf die See hinauszusehen. ›Es tut mir nichts‹, sagte sie zitternd; ›nein, sag, daß es uns nichts tun soll; du kannst das, und dann tut es uns auch nichts!‹

›Nicht ich kann das, Kind‹, entgegnete Hauke ernst; ›aber der Deich, auf dem wir reiten, der schützt uns, und den hat dein Vater ausgedacht und bauen lassen.‹

Ihre Augen gingen wider ihn, als ob sie das nicht ganz verstünde; dann barg sie ihr auffallend kleines Köpfchen in dem weiten Rocke ihres Vaters.

›Warum versteckst du dich, Wienke?‹ raunte der ihr zu; ›ist dir noch immer bange?‹ Und ein zitterndes Stimmchen kam aus den Falten des Rockes: ›Wienke will lieber nicht sehen; aber du kannst doch alles, Vater?‹

Ein ferner Donner rollte gegen den Wind herauf. ›Hoho?‹ rief Hauke, ›da kommt es!‹ und wandte sein Pferd zur Rückkehr. ›Nun wollen wir heim zur Mutter!‹

Das Kind tat einen tiefen Atemzug; aber erst, als sie die Werfte und das Haus erreicht hatten, hob es das Köpfchen von seines Vaters Brust. Als dann Frau Elke ihr im Zimmer das Tüchelchen und die Kapuze abgenommen hatte, blieb sie wie ein kleiner stummer Kegel vor der Mutter stehen. ›Nun, Wienke‹, sagte diese und schüttelte sie leise, ›magst du das große Wasser leiden?‹

Aber das Kind riß die Augen auf: ›Es spricht‹, sagte sie; ›Wienke ist bange!‹

– ›Es spricht nicht; es rauscht und toset nur!‹

Das Kind sah ins Weite: ›Hat es Beine?‹ frug es wieder; ›kann es über den Deich kommen?‹

– ›Nein, Wienke; dafür paßt dein Vater auf, er ist der Deichgraf.‹

›Ja‹, sagte das Kind und klatschte mit blödem Lächeln in seine Händchen; ›Vater kann alles – alles!‹ Dann plötzlich, sich von der Mutter abwendend, rief sie: ›Laß Wienke zu Trin' Jans, die hat rote Äpfel!‹

Und Elke öffnete die Tür und ließ das Kind hinaus. Als sie dieselbe wieder geschlossen hatte, schlug sie mit einem Ausdruck des tiefsten Grams die Augen zu ihrem Manne auf, aus denen ihm sonst nur Trost und Mut zu Hülfe gekommen war.

Er reichte ihr die Hand und drückte sie, als ob es zwischen ihnen keines weiteren Wortes bedürfe; sie aber sagte leis: ›Nein, Hauke, laß mich sprechen: das Kind, das ich nach Jahren dir geboren habe, es wird für immer ein Kind bleiben. O lieber Gott! es ist schwachsinnig; ich muß es einmal vor dir sagen.‹

›Ich wußte es längst‹, sagte Hauke und hielt die Hand seines Weibes fest, die sie ihm entziehen wollte.

›So sind wir denn doch allein geblieben‹, sprach sie wieder.

Aber Hauke schüttelte den Kopf: ›Ich hab sie lieb, und sie schlägt ihre Ärmchen um mich und drückt sich fest an meine Brust; um alle Schätze wollt ich das nicht missen!‹

Die Frau sah finster vor sich hin: ›Aber warum?‹ sprach sie; ›was hab ich arme Mutter denn verschuldet?‹

– ›Ja, Elke, das hab ich freilich auch gefragt, den, der allein es wissen kann; aber du weißt ja auch, der Allmächtige gibt den Menschen keine Antwort – vielleicht, weil wir sie nicht begreifen würden.‹

Er hatte auch die andere Hand seines Weibes gefaßt und zog sie sanft zu sich heran: ›Laß dich nicht irren, dein Kind, wie du es tust, zu lieben; sei sicher, das versteht es!‹

Da warf sich Elke an ihres Mannes Brust und weinte sich satt und war mit ihrem Leid nicht mehr allein. Dann plötzlich lächelte sie ihn an; nach einem heftigen Händedruck lief sie hinaus und holte sich ihr Kind aus der Kammer der alten Trin' Jans, und nahm es auf ihren Schoß und hätschelte und küßte es, bis es stammelnd sagte: ›Mutter, mein liebe Mutter!‹

So lebten die Menschen auf dem Deichgrafshofe still beisammen; wäre das Kind nicht dagewesen, es hätte viel gefehlt.

Allmählich verfloß der Sommer; die Zugvögel waren durchgezogen, die Luft wurde leer vom Gesang der Lerchen;

nur vor den Scheunen, wo sie beim Dreschen Körner pickten, hörte man hie und da einige kreischend davonfliegen; schon war alles hart gefroren. In der Küche des Haupthauses saß eines Nachmittags die alte Trin' Jans auf der Holzstufe einer Treppe, die neben dem Feuerherd nach dem Boden lief. Es war in den letzten Wochen, als sei sie aufgelebt; sie kam jetzt gern einmal in die Küche und sah Frau Elke hier hantieren; es war keine Rede mehr davon, daß ihre Beine sie nicht hätten dahin tragen können, seit eines Tages Klein Wienke sie an der Schürze hier heraufgezogen hatte. Jetzt kniete das Kind an ihrer Seite und sah mit seinen stillen Augen in die Flammen, die aus dem Herdloch aufflackerten; ihr eines Händchen klammerte sich an den Ärmel der Alten, das andere lag in ihrem eigenen fahlblonden Haar. Trin' Jans erzählte: ›Du weißt‹, sagte sie, ›ich stand in Dienst bei deinem Urgroßvater, als Hausmagd, und dann mußt ich die Schweine füttern; der war klüger als sie alle – da war es, es ist grausam lange her, aber eines Abends, der Mond schien, da ließen sie die Hafschleuse schließen, und sie konnte nicht wieder zurück in See. Oh, wie sie schrie und mit ihren Fischhänden sich in ihre harten struppigen Haare griff! Ja, Kind, ich sah es und hörte sie selber schreien! Die Gräben zwischen den Fennen waren alle voll Wasser, und der Mond schien darauf, daß sie wie Silber glänzten, und sie schwamm aus einem Graben in den andren und hob die Arme und schlug, was ihre Hände waren, aneinander, daß man es weither klatschen hörte, als wenn sie beten wollte; aber Kind, beten können diese Kreaturen nicht. Ich saß vor der Haustür auf ein paar Balken, die zum Bauen angefahren waren, und sah weithin über die Fennen; und das Wasserweib schwamm noch immer in den Gräben, und wenn sie die Arme aufhob, so glitzerten auch die wie Silber und Demanten. Zuletzt sah ich sie nicht mehr, und die Wildgäns' und Möwen, die ich all die Zeit nicht gehört hatte, zogen wieder mit Pfeifen und Schnattern durch die Luft.‹

Die Alte schwieg; das Kind hatte ein Wort sich aufgefangen: ›Konnte sie beten?‹ frug sie. ›Was sagst du? Wer war es?‹

›Kind‹, sagte die Alte; ›die Wasserfrau war es; das sind Undinger, die nicht selig werden können.‹

›Nicht selig!‹ wiederholte das Kind, und ein tiefer Seufzer, als habe sie das verstanden, hob die kleine Brust.

– ›Trin' Jans!‹ kam eine tiefe Stimme von der Küchentür, und die Alte zuckte leicht zusammen. Es war der Deichgraf Hauke Haien, der dort am Ständer lehnte: ›Was redet Sie dem Kinde vor? Hab ich Ihr nicht geboten, Ihre Mären für sich zu behalten oder sie den Gäns' und Hühnern zu erzählen?‹

Die Alte sah ihn mit einem bösen Blick an und schob die Kleine von sich fort: ›Das sind keine Mären‹, murmelte sie in sich hinein, ›das hat mein Großohm mir erzählt.‹

– ›Ihr Großohm, Trin'? Sie wollte es ja eben selbst erlebt haben.‹

›Das ist egal‹, sagte die Alte; ›aber Ihr glaubt nicht, Hauke Haien; Ihr wollt wohl meinen Großohm noch zum Lügner machen!‹ Dann rückte sie näher an den Herd und streckte die Hände über die Flammen des Feuerlochs.

Der Deichgraf warf einen Blick gegen das Fenster; draußen dämmerte es noch kaum. ›Komm, Wienke!‹ sagte er und zog sein schwachsinniges Kind zu sich heran; ›komm mit mir, ich will dir daußen vom Deich aus etwas zeigen! Nur müssen wir zu Fuß gehen; der Schimmel ist beim Schmied.‹ Dann ging er mit ihr in die Stube, und Elke band dem Kinde dicke wollene Tücher um Hals und Schultern; und bald danach ging der Vater mit ihr auf dem alten Deiche nach Nordwest hinauf, Jeverssand vorbei, bis wo die Watten breit, fast unübersehbar wurden.

Bald hatte er sie getragen, bald ging sie an seiner Hand; die Dämmerung wuchs allmählich; in der Ferne verschwand alles in Dunst und Duft. Aber dort, wohin noch das Auge reichte, hatten die unsichtbar schwellenden Wattströme das Eis zerrissen, und, wie Hauke Haien es in seiner Jugend einst gesehen hatte, aus den Spalten stiegen wie damals die rauchenden Nebel, und daran entlang waren wiederum die unheimlichen närrischen Gestalten und hüpften gegeneinander und dienerten und dehnten sich plötzlich schreckhaft in die Breite.

Das Kind klammerte sich angstvoll an seinen Vater und deckte dessen Hand über sein Gesichtlein: ›Die Seeteufel!‹ raunte es zitternd zwischen seine Finger; ›die Seeteufel!‹

Er schüttelte den Kopf: ›Nein, Wienke, weder Wasserweiber noch Seeteufel; so etwas gibt es nicht; wer hat dir davon gesagt?‹

Sie sah mit stumpfem Blicke zu ihm herauf; aber sie antwortete nicht. Er strich ihr zärtlich über die Wangen: ›Sieh nur wieder hin!‹ sagte er, ›das sind nur arme hungrige Vögel! Sieh nur, wie jetzt der große seine Flügel breitet; die holen sich die Fische, die in die rauchenden Spalten kommen.‹

›Fische‹, wiederholte Wienke.

›Ja, Kind, das alles ist lebig, so wie wir; es gibt nichts anderes; aber der liebe Gott ist überall!‹

Klein Wienke hatte ihre Augen fest auf den Boden gerichtet und hielt den Atem an; es war, als sähe sie erschrocken in einen Abgrund. Es war vielleicht nur so; der Vater blickte lange auf sie hin, er bückte sich und sah in ihr Gesichtlein; aber keine Regung der verschlossenen Seele wurde darin kund. Er hob sie auf den Arm und steckte ihre verklommenen Händchen in einen seiner dicken Wollhandschuhe: ›So, mein Wienke‹ – und das Kind vernahm wohl nicht den Ton von heftiger Innigkeit in seinen Worten –, ›so, wärm dich bei mir! Du bist doch unser Kind, unser einziges. Du hast uns lieb . . .!‹ Die Stimme brach dem Manne; aber die Kleine drückte zärtlich ihr Köpfchen in seinen rauhen Bart.

So gingen sie friedlich heimwärts.

Nach Neujahr war wieder einmal die Sorge in das Haus getreten; ein Marschfieber hatte den Deichgrafen ergriffen; auch mit ihm ging es nah am Rand der Grube her, und als er unter Frau Elkes Pfleg' und Sorge wieder erstanden war, schien er kaum derselbe Mann. Die Mattigkeit des Körpers lag auch auf seinem Geiste, und Elke sah mit Besorgnis, wie er allzeit leicht zufrieden war. Dennoch, gegen Ende des März, drängte es ihn, seinen Schimmel zu besteigen und zum ersten

Male wieder auf seinem Deich entlangzureiten; es war an einem Nachmittage, und die Sonne, die zuvor geschienen hatte, lag längst schon wieder hinter trübem Duft.

Im Winter hatte es ein paarmal Hochwasser gegeben; aber es war nicht von Belang gewesen; nur drüben am andern Ufer war auf einer Hallig eine Herde Schafe ertrunken und ein Stück vom Vorland abgerissen worden; hier an dieser Seite und am neuen Kooge war ein nennenswerter Schaden nicht geschehen. Aber in der letzten Nacht hatte ein stärkerer Sturm getobt; jetzt mußte der Deichgraf selbst hinaus und alles mit eigenem Aug besichtigen. Schon war er unten von der Südostecke aus auf dem neuen Deich herumgeritten, und es war alles wohl erhalten; als er aber an die Nordostecke gekommen war, dort wo der neue Deich auf den alten stößt, war zwar der erstere unversehrt, aber wo früher der Priel den alten erreicht hatte und an ihm entlanggeflossen war, sah er in großer Breite die Grasnarbe zerstört und fortgerissen und in dem Körper des Deiches eine von der Flut gewühlte Höhlung, durch welche überdies ein Gewirr von Mäusegängen bloßgelegt war. Hauke stieg vom Pferde und besichtigte den Schaden in der Nähe: das Mäuseunheil schien unverkennbar noch unsichtbar weiter fortzulaufen.

Er erschrak heftig; gegen alles dieses hätte schon beim Bau des neuen Deiches Obacht genommen werden müssen; da es damals übersehen worden, so mußte es jetzt geschehen! – Das Vieh war noch nicht auf den Fennen, das Gras war ungewohnt zurückgeblieben; wohin er blickte, es sah ihn leer und öde an. Er bestieg wieder sein Pferd und ritt am Ufer hin und her: es war Ebbe, und er gewahrte wohl, wie der Strom von außen her sich wieder ein neues Bett im Schlick gewühlt hatte und jetzt von Nordwesten auf den alten Deich gestoßen war; der neue aber, soweit es ihn traf, hatte mit seinem sanfteren Profile dem Anprall widerstehen können.

Ein Haufen neuer Plag' und Arbeit erhob sich vor der Seele des Deichgrafen; nicht nur der alte Deich mußte hier verstärkt, auch dessen Profil dem des neuen angenähert werden;

vor allem aber mußte der als gefährlich wiederaufgetretene Priel durch neuzulegende Dämme oder Lahnungen abgeleitet werden. Noch einmal ritt er auf dem neuen Deich bis an die äußerste Nordwestecke, dann wieder rückwärts, die Augen unablässig auf das neugewühlte Bett des Prieles heftend, der ihm zur Seite sich deutlich genug in dem bloßgelegten Schlickgrund abzeichnete. Der Schimmel drängte vorwärts und schnob und schlug mit den Vorderhufen; aber der Reiter drückte ihn zurück, er wollte langsam reiten, er wollte auch die innere Unruhe bändigen, die immer wilder in ihm aufgor.

Wenn eine Sturmflut wiederkäme – eine, wie 1655 dagewesen, wo Gut und Menschen ungezählt verschlungen wurden –, wenn sie wiederkäme, wie sie schon mehrmals einst gekommen war! – Ein heißer Schauer überrieselte den Reiter – der alte Deich, er würde den Stoß nicht aushalten, der gegen ihn heraufschösse! Was dann, was sollte dann geschehen? – Nur eines, ein einzig Mittel würde es geben, um vielleicht den alten Koog und Gut und Leben darin zu retten. Hauke fühlte sein Herz stillstehen, sein sonst so fester Kopf schwindelte; er sprach es nicht aus, aber in ihm sprach es stark genug: Dein Koog, der Hauke-Haien-Koog müßte preisgegeben und der neue Deich durchstochen werden!

Schon sah er im Geist die stürzende Hochflut hereinbrechen und Gras und Klee mit ihrem salzen schäumenden Gischt bedecken. Ein Sporenstich fuhr in die Weichen des Schimmels, und einen Schrei ausstoßend, flog er auf dem Deich entlang und dann den Akt hinab, der deichgräflichen Werfte zu.

Den Kopf voll von innerem Schrecknis und ungeordneten Plänen kam er nach Hause. Er warf sich in seinen Lehnstuhl, und als Elke mit der Tochter in das Zimmer trat, stand er wieder auf und hob das Kind zu sich empor und küßte es; dann jagte er das gelbe Hündlein mit ein paar leichten Schlägen von sich. ›Ich muß noch einmal droben nach dem Krug!‹ sagte er und nahm seine Mütze vom Türhaken, wohin er sie eben erst gehängt hatte.

Seine Frau sah ihn sorgvoll an: ›Was willst du dort? Es wird schon Abend, Hauke!‹

›Deichgeschichten!‹ murmelte er vor sich hin, ›ich treffe von den Gevollmächtigten dort.‹

Sie ging ihm nach und drückte ihm die Hand, denn er war mit diesen Worten schon zur Tür hinaus. Hauke Haien, der sonst alles bei sich selber abgeschlossen hatte, drängte es jetzt, ein Wort von jenen zu erhalten, die er sonst kaum eines Anteils wertgehalten hatte. Im Gastzimmer traf er Ole Peters mit zweien der Gevollmächtigten und einem Koogseinwohner am Kartentisch.

›Du kommst wohl von draußen Deichgraf?‹ sagte der erstere, nahm die halb ausgeteilten Karten auf und warf sie wieder hin.

›Ja, Ole‹, erwiderte Hauke; ›ich war dort; es sieht übel aus.‹

›Übel? – Nun, ein paar hundert Soden und eine Bestickung wird's wohl kosten; ich war dort auch am Nachmittag.‹

›So wohlfeil wird's nicht abgehen, Ole‹, erwiderte der Deichgraf, ›der Priel ist wieder da, und wenn er jetzt auch nicht von Norden auf den alten Deich stößt, so tut er's doch von Nordwesten!‹

›Du hättst ihn lassen sollen, wo du ihn fandest!‹ sagte Ole trocken.

›Das heißt‹, entgegnete Hauke, ›der neue Koog geht dich nichts an; und darum sollte er nicht existieren. Das ist deine eigne Schuld! Aber wenn wir Lahnungen legen müssen, um den alten Deich zu schützen, der grüne Klee hinter dem neuen bringt das übermäßig ein!‹

›Was sagt Ihr, Deichgraf?‹ riefen die Gevollmächtigten; ›Lahnungen? Wie viele denn? Ihr liebt es, alles beim teuersten Ende anzufassen!‹

Die Karten lagen unberührt auf dem Tisch. ›Ich will's dir sagen, Deichgraf‹, sagte Ole Peters und stemmte beide Arme auf, ›dein neuer Koog ist ein fressend Werk, was du uns gestiftet hast! Noch laboriert alles an den schweren Kosten deiner breiten Deiche; nun frißt er uns auch den alten Deich, und wir sollen ihn verneuen! – Zum Glück ist's nicht so schlimm; er hat diesmal gehalten und wird es auch noch ferner tun! Steig nur morgen wieder auf deinen Schimmel und sieh es dir noch einmal an!‹

Hauke war aus dem Frieden seines Hauses hiehergekommen; hinter den immerhin noch gemäßigten Worten, die er eben hörte, lag – er konnte es nicht verkennen – ein zäher Widerstand; ihm war, als fehle ihm dagegen noch die alte Kraft. ›Ich will tun, wie du es rätst, Ole‹, sprach er; ›nur fürcht ich, ich werd es finden, wie ich es heut gesehen habe.‹

– Eine unruhige Nacht folgte diesem Tage; Hauke wälzte sich schlaflos in seinen Kissen. ›Was ist dir?‹ frug ihn Elke, welche die Sorge um ihren Mann wachhielt; ›drückt dich etwas, so sprich es von dir; wir haben's ja immer so gehalten!‹

›Es hat nichts auf sich, Elke!‹ erwiderte er, ›am Deiche, an den Schleusen ist was zu reparieren; du weißt, daß ich das allzeit nachts in mir zu verarbeiten habe.‹ Weiter sagte er nichts; er wollte sich die Freiheit seines Handelns vorbehalten; ihm unbewußt war die klare Einsicht und der kräftige Geist seines Weibes ihm in seiner augenblicklichen Schwäche ein Hindernis, dem er unwillkürlich auswich.

– – Am folgenden Vormittag, als er wieder auf den Deich hinauskam, war die Welt eine andere, als wie er sie tags zuvor gefunden hatte; zwar war wieder hohl Ebbe, aber der Tag war noch im Steigen, und eine lichte Frühlingssonne ließ ihre Strahlen fast senkrecht auf die unabsehbaren Watten fallen; die weißen Möwen schwebten ruhig hin und wider, und unsichtbar über ihnen, hoch unter dem azurblauen Himmel, sangen die Lerchen ihre ewige Melodie. Hauke, der nicht wußte, wie uns die Natur mit ihrem Reiz betrügen kann, stand auf der Nordwestecke des Deiches und suchte nach dem neuen Bett des Prieles, das ihn gestern so erschreckt hatte; aber bei dem vom Zenit herabschießenden Sonnenlichte fand er es anfänglich nicht einmal. Erst da er gegen die blendenden Strahlen seine Augen mit der Hand beschattete, konnte er es nicht verkennen; aber dennoch, die Schatten in der gestrigen Dämmerung mußten ihn getäuscht haben: es kennzeichnete sich jetzt nur schwach; die bloßgelegte Mäusewirtschaft mußte mehr als die Flut den Schaden in dem Deich veranlaßt haben. Freilich, Wandel mußte hier geschafft werden, aber durch sorgfältiges Aufgraben und, wie Ole Peters gesagt hatte, durch frische Soden und einige Ruten Strohbestickung war der Schaden auszuheilen.

›Es war so schlimm nicht‹, sprach er erleichtert zu sich selber, ›du bist gestern doch dein eigner Narr gewesen!‹ – Er berief die Gevollmächtigten, und die Arbeiten wurden ohne Widerspruch beschlossen, was bisher noch nie geschehen war. Der Deichgraf meinte eine stärkende Ruhe in seinem noch geschwächten Körper sich verbreiten zu fühlen, und nach einigen Wochen war alles sauber ausgeführt.

Das Jahr ging weiter, aber je weiter es ging und je ungestörter die neugelegten Rasen durch die Strohdecke grünten, um so unruhiger ging oder ritt Hauke an dieser Stelle vorüber, er wandte die Augen ab, er ritt hart an der Binnenseite des Deiches, ein paarmal, wo er dort hätte vorüber müssen, ließ er sein schon gesatteltes Pferd wieder in den Stall zurückführen; dann wieder, wo er nichts dort zu tun hatte, wanderte er, um nur rasch und ungesehen von seiner Werfte fortzukommen, plötzlich und zu Fuß dahin; manchmal auch war er umgekehrt, er hatte es sich nicht zumuten können, die unheimliche Stelle aufs neue zu betrachten; und endlich, mit den Händen hätte er alles wieder aufreißen mögen, denn wie ein Gewissensbiß, der außer ihm Gestalt gewonnen hatte, lag dies Stück des Deiches ihm vor Augen. Und doch, seine Hand konnte nicht mehr daran rühren; und niemandem, selbst nicht seinem Weibe, durfte er davon reden. So war der September gekommen; nachts hatte ein mäßiger Sturm getobt und war zuletzt nach Nordwest umgesprungen. An trübem Vormittag danach, zur Ebbezeit, ritt Hauke auf den Deich hinaus, und es durchfuhr ihn, als er seine Augen über die Watten schweifen ließ; dort, von Nordwest herauf, sah er plötzlich wieder, und schärfer und tiefer ausgewühlt, das gespenstische neue Bett des Prieles; so sehr er seine Augen anstrengte, es wollte nicht mehr weichen.

Als er nach Haus kam, ergriff Elke seine Hand: ›Was hast du, Hauke?‹ sprach sie, als sie in sein düstres Antlitz sah; ›es ist doch kein neues Unheil? Wir sind jetzt so glücklich; mir ist, du hast nun Frieden mit ihnen allen!‹

Diesen Worten gegenüber vermochte er seine verworrene Furcht nicht in Worten kundzugeben.

›Nein, Elke‹, sagte er, ›mich feindet niemand an; es ist nur ein verantwortlich Amt, die Gemeinde vor unseres Herrgotts Meer zu schützen.‹

Er machte sich los, um weiteren Fragen des geliebten Weibes auszuweichen. Er ging in Stall und Scheuer, als ob er alles revidieren müsse; aber er sah nichts um sich her; er war nur beflissen, seinen Gewissensbiß zur Ruhe, ihn sich selber als eine krankhaft übertriebene Angst zur Überzeugung zu bringen.

– – Das Jahr, von dem ich Ihnen erzähle«, sagte nach einer Weile mein Gastfreund, der Schulmeister, »war das Jahr 1756, das in dieser Gegend nie vergessen wird; im Hause Hauke Haiens brachte es eine Tote. Zu Ende des Septembers war in der Kammer, welche ihr in der Scheune eingeräumt war, die fast neunzigjährige Trin' Jans am Sterben. Man hatte sie nach ihrem Wunsche in den Kissen aufgerichtet, und ihre Augen gingen durch die kleinen bleigefaßten Scheiben in die Ferne; es mußte dort am Himmel eine dünnere Luftschicht über einer dichteren liegen, denn es war hohe Kimmung, und die Spiegelung hob in diesem Augenblick das Meer wie einen flimmernden Silberstreifen über den Rand des Deiches, so daß es blendend in die Kammer schimmerte; auch die Südspitze von Jeverssand war sichtbar.

Am Fußende des Bettes kauerte die kleine Wienke und hielt mit der einen Hand sich fest an der ihres Vaters, der daneben stand. In das Antlitz der Sterbenden grub eben der Tod das hippokratische Gesicht, und das Kind starrte atemlos auf die unheimliche, ihr unverständliche Verwandlung des unschönen, aber ihr vertrauten Angesichts.

›Was macht sie? Was ist das, Vater?‹ flüsterte sie angstvoll und grub die Fingernägel in ihres Vaters Hand.

›Sie stirbt!‹ sagte der Deichgraf.

›Stirbt!‹ wiederholte das Kind und schien in verworrenes Sinnen zu verfallen.

Aber die Alte rührte noch einmal ihre Lippen: ›Jins! Jins!‹ und kreischend, wie ein Notschrei, brach es hervor, und ihre knöchernen Arme streckten sich gegen die draußen flimmernde Meeresspiegelung: ›Hölp mi! Hölp mi! Du bist ja bawen Water ... Gott gnad de annern!‹

Ihre Arme sanken, ein leises Krachen der Bettstatt wurde hörbar; sie hatte aufgehört zu leben.

Das Kind tat einen tiefen Seufzer und warf die blassen Augen zu ihrem Vater auf: ›Stirbt sie noch immer?‹ frug es.

›Sie hat es vollbracht!‹ sagte der Deichgraf und nahm das Kind auf seinen Arm: ›Sie ist nun weit von uns, beim lieben Gott.‹

›Beim lieben Gott!‹ wiederholte das Kind und schwieg eine Weile, als müsse es den Worten nachsinnen. ›Ist das gut, beim lieben Gott?‹

›Ja, das ist das Beste.‹ – In Haukes Innerm aber klang schwer die letzte Rede der Sterbenden. ›Gott gnad de annern!‹ sprach es leise in ihm. ›Was wollte die alte Hexe? Sind denn die Sterbenden Propheten – –?‹

– – Bald, nachdem Trin' Jans oben bei der Kirche eingegraben war, begann man immer lauter von allerlei Unheil und seltsamem Geschmeiß zu reden, das die Menschen in Nordfriesland erschreckt haben sollte: und sicher war es, am Sonntage Lätare war droben von der Turmspitze der goldne Hahn durch einen Wirbelwind herabgeworfen worden; auch das war richtig: im Hochsommer fiel, wie ein Schnee, ein groß Geschmeiß vom Himmel, daß man die Augen davor nicht auftun konnte und es hernach fast handhoch auf den Fennen lag, und hatte niemand je so was gesehen. Als aber nach Ende

September der Großknecht mit Korn und die Magd Ann Grete mit Butter in die Stadt zu Markt gefahren waren, kletterten sie bei ihrer Rückkunft mit schreckensbleichen Gesichtern von ihrem Wagen.

›Was ist? Was habt ihr?‹ riefen die andern Dirnen, die hinausgelaufen waren, da sie den Wagen rollen hörten.

Ann Grete in ihrem Reiseanzug trat atemlos in die geräumige Küche. ›Nun, so erzähl doch!‹ riefen die Dirnen wieder, ›wo ist das Unglück los?‹

›Ach, unser lieber Jesus wolle uns behüten!‹ rief Ann Grete. ›Ihr wißt, von drüben, überm Wasser, das alt' Mariken vom Ziegelhof, wir stehen mit unserer Butter ja allzeit zusammen an der Apothekerecke, die hat es mir erzählt, und Iven Johns sagte auch, „das gibt ein Unglück!" sagte er, „ein Unglück über ganz Nordfriesland; glaub mir's, Ann Gret!" Und‹ – sie dämpfte ihre Stimme – ›mit des Deichgrafs Schimmel ist's am Ende auch nicht richtig!‹

›Scht! scht!‹ machten die andern Dirnen.

– ›Ja, ja; was kümmert's mich! Aber drüben, an der andern Seite, geht's noch schlimmer als bei uns! Nicht bloß Fliegen und Geschmeiß, auch Blut ist wie Regen vom Himmel gefallen; und da am Sonntagmorgen danach der Pastor sein Waschbecken vorgenommen hat, sind fünf Totenköpfe, wie Erbsen groß, darin gewesen, und alle sind gekommen, um das zu sehen; im Monat Augusti sind grausige rotköpfige Raupenwürmer über das Land gezogen und haben Korn und Mehl und Brot, und was sie fanden, weggefressen, und hat kein Feuer sie vertilgen können!‹

Die Erzählerin verstummte plötzlich; keine der Mägde hatte bemerkt, daß die Hausfrau in die Küche getreten war. ›Was redet ihr da?‹ sprach diese. ›Laßt das den Wirt nicht hören!‹ Und da sie alle jetzt erzählen wollten: ›Es tut nicht not; ich habe genug davon vernommen; geht an euere Arbeit, das bringt euch besseren Segen!‹ Dann nahm sie Ann Gret mit sich in die Stube und hielt mit dieser Abrechnung über ihre Marktgeschäfte.

So fand im Hause des Deichgrafen das abergläubige Geschwätz bei der Herrschaft keinen Anhalt; aber in die übrigen Häuser, und je länger die Abende wurden, um desto leichter drang es mehr und mehr hinein. Wie schwere Luft lag es auf allen, und heimlich sagte man es sich, ein Unheil, ein schweres, würde über Nordfriesland kommen.

Es war vor Allerheiligen, im Oktober. Tagüber hatte es stark aus Südwest gestürmt; abends stand ein halber Mond am Himmel, dunkelbraune Wolken jagten überhin, und Schatten und trübes Licht flogen auf der Erde durcheinander; der Sturm war im Wachsen. Im Zimmer des Deichgrafen stand noch der geleerte Abendtisch; die Knechte waren in den Stall gewiesen, um dort des Viehes zu achten; die Mägde mußten im Hause und auf den Böden nachsehen, ob Türen und Luken wohlverschlossen seien, daß nicht der Sturm hineinfasse und Unheil anrichte. Drinnen stand Hauke neben seiner Frau am Fenster; er hatte eben sein Abendbrot hinabgeschlungen; er war draußen auf dem Deich gewesen. Zu Fuße war er hinausgetrabt, schon früh am Nachmittag; spitze Pfähle und Säcke voll Klei oder Erde hatte er hie und dort, wo der Deich eine Schwäche zu verraten schien, zusammentragen lassen; überall hatte er Leute angestellt, um die Pfähle einzurammen und mit den Säcken vorzudämmen, sobald die Flut den Deich zu schädigen beginne; an dem Winkel zu Nordwesten, wo der alte und der neue Deich zusammenstießen, hatte er die meisten Menschen hingestellt, nur im Notfall durften sie von den angewiesenen Plätzen weichen. Das hatte er zurückgelassen; dann, vor kaum einer Viertelstunde, naß, zerzaust, war er in seinem Hause angekommen, und jetzt, das Ohr nach den Windböen, welche die in Blei gefaßten Scheiben rasseln machten, blickte er wie gedankenlos in die wüste Nacht hinaus; die Wanduhr hinter ihrer Glasscheibe schlug eben acht. Das Kind, das neben der Mutter stand, fuhr zusammen und barg den Kopf in deren Kleider. ›Claus!‹ rief sie weinend; ›wo ist mein Claus?‹

Sie konnte wohl so fragen, denn die Möwe hatte, wie schon im vorigen Jahre, so auch jetzt ihre Winterreise nicht mehr angetreten. Der Vater überhörte die Frage; die Mutter aber nahm das Kind auf ihren Arm. ›Dein Claus ist in der Scheune‹, sagte sie; ›da sitzt er warm.‹

›Warum?‹ sagte Wienke, ›ist das gut?‹

– ›Ja, das ist gut.‹

Der Hausherr stand noch am Fenster: ›Es geht nicht länger, Elke!‹ sagte er; ›ruf eine von den Dirnen; der Sturm drückt uns die Scheiben ein, die Luken müssen angeschroben werden!‹

Auf das Wort der Hausfrau war die Magd hinausgelaufen; man sah vom Zimmer aus, wie ihr die Röcke flogen; aber als sie die Klammern gelöst hatte, riß ihr der Sturm den Laden aus der Hand und warf ihn gegen die Fenster, daß ein paar Scheiben zersplittert in die Stube flogen und eins der Lichter qualmend auslosch. Hauke mußte selbst hinaus, zu helfen, und nur mit Not kamen allmählich die Luken vor die Fenster. Als sie beim Wiedereintritt in das Haus die Tür aufrissen, fuhr eine Böe hinterdrein, daß Glas und Silber im Wandschrank durcheinanderklirrten; oben im Hause über ihren Köpfen zitterten und krachten die Balken, als wolle der Sturm das Dach von den Mauern reißen. Aber Hauke kam nicht wieder in das Zimmer; Elke hörte, wie er durch die Tenne nach dem Stalle schritt. ›Den Schimmel! Den Schimmel, John! Rasch!‹ So hörte sie ihn rufen; dann kam er wieder in die Stube, das Haar zerzaust, aber die grauen Augen leuchtend. ›Der Wind ist umgesprungen!‹ rief er – ›nach Nordwest, auf halber Springflut! Kein Wind; – wir haben solchen Sturm noch nicht erlebt!‹

Elke war totenblaß geworden: ›Und du mußt noch einmal hinaus?‹

Er ergriff ihre beiden Hände und drückte sie wie im Krampfe in die seinen: ›Das muß ich, Elke.‹

Sie erhob langsam ihre dunkeln Augen zu ihm, und ein paar Sekunden lang sahen sie sich an; doch war's wie eine Ewigkeit. ›Ja, Hauke‹, sagte das Weib; ›ich weiß es wohl, du mußt!‹

Da trabte es draußen vor der Haustür. Sie fiel ihm um den Hals, und einen Augenblick war's, als könne sie ihn nicht lassen; aber auch das war nur ein Augenblick. ›Das ist unser Kampf!‹ sprach Hauke; ›ihr seid hier sicher; an dies Haus ist noch keine Flut gestiegen. Und bete zu Gott, daß er auch mit mir sei!‹

Hauke hüllte sich in seinen Mantel, und Elke nahm ein Tuch und wickelte es ihm sorgsam um den Hals; sie wollte ein Wort sprechen, aber die zitternden Lippen versagten es ihr.

Draußen wieherte der Schimmel, daß es wie Trompetenschall in das Heulen des Sturmes hineinklang. Elke war mit ihrem Mann hinausgegangen; die alte Esche knarrte, als ob sie auseinanderstürzen solle. ›Steigt auf, Herr!‹ rief der Knecht, ›der Schimmel ist wie toll; die Zügel könnten reißen.‹ Hauke schlug die Arme um sein Weib: ›Bei Sonnenaufgang bin ich wieder da!‹

Schon war er auf sein Pferd gesprungen; das Tier stieg mit den Vorderhufen in die Höhe, dann gleich einem Streithengst, der sich in die Schlacht stürzt, jagte es mit seinem Reiter die Werfte hinunter, in Nacht und Sturmgeheul hinaus. ›Vater, mein Vater!‹ schrie eine klägliche Kinderstimme hinter ihm darein; ›mein lieber Vater!‹

Wienke war im Dunkeln hinter dem Fortjagenden hergelaufen; aber schon nach hundert Schritten strauchelte sie über einen Erdhaufen und fiel zu Boden.

Der Knecht Iven Johns brachte das weinende Kind der Mutter zurück; die lehnte am Stamme der Esche, deren Zweige über ihr die Luft peitschten, und starrte wie abwesend in die Nacht hinaus, in der ihr Mann verschwunden war; wenn das Brüllen des Sturmes und das ferne Klatschen des Meeres einen Augenblick aussetzten, fuhr sie wie in Schreck zusammen; ihr war jetzt, als suche alles nur ihn zu verderben und werde jäh verstummen, wenn es ihn gefaßt habe. Ihre Knie zitterten, ihre Haare hatte der Sturm gelöst und trieb damit sein Spiel. ›Hier ist das Kind, Frau!‹ schrie John ihr zu; ›haltet es fest!‹ und drückte die Kleine der Mutter in den Arm.

›Das Kind? – Ich hatte dich vergessen, Wienke!‹ rief sie; ›Gott verzeih mir's.‹ Dann hob sie es an ihre Brust, so fest nur Liebe fassen kann, und stürzte mit ihr in die Knie. ›Herr Gott und du mein Jesus, laß uns nicht Witwe und nicht Waise werden! Schütz ihn, o lieber Gott; nur du und ich, wir kennen ihn allein!‹ Und der Sturm setzte nicht mehr aus; es tönte und donnerte, als solle die ganze Welt in ungeheuerem Hall und Schall zugrunde gehen.

›Geht in das Haus, Frau!‹ sagte John; ›kommt!‹ und er half ihnen auf und leitete die beiden in das Haus und in die Stube.

– – Der Deichgraf Hauke Haien jagte auf seinem Schimmel dem Deiche zu. Der schmale Weg war grundlos, denn die Tage vorher war unermeßlicher Regen gefallen; aber der nasse saugende Klei schien gleichwohl die Hufen des Tieres nicht zu halten, es war, als hätte es festen Sommerboden unter sich. Wie eine wilde Jagd trieben die Wolken am Himmel; unten lag die weite Marsch wie eine unerkennbare, von unruhigen Schatten erfüllte Wüste; von dem Wasser hinter dem Deiche, immer ungeheurer, kam ein dumpfes Tosen, als müsse es alles andere verschlingen. ›Vorwärts, Schimmel!‹ rief Hauke; ›wir reiten unseren schlimmsten Ritt!‹

Da klang es wie ein Todesschrei unter den Hufen seines Rosses. Er riß den Zügel zurück; er sah sich um: ihm zur Seite dicht über dem Boden, halb fliegend, halb vom Sturme geschleudert, zog eine Schar von weißen Möwen, ein höhnisches Gegacker ausstoßend; sie suchten Schutz im Lande. Eine von ihnen – der Mond schien flüchtig durch die Wolken – lag am Weg zertreten: dem Reiter war's, als flattere ein rotes Band an ihrem Halse. ›Claus!‹ rief er. ›Armer Claus!‹

War es der Vogel seines Kindes? Hatte er Roß und Reiter erkannt und sich bei ihnen bergen wollen? – Der Reiter wußte es nicht. ›Vorwärts!‹ rief er wieder, und schon hob der Schimmel zu neuem Rennen seine Hufen; da setzte der Sturm plötzlich aus, eine Totenstille trat an seine Stelle; nur eine Sekunde lang, dann kam er mit erneuter Wut zurück; aber Menschenstimmen und verlorenes Hundegebell waren inzwischen an des Reiters Ohr geschlagen, und als er rückwärts nach seinem Dorf den Kopf wandte, erkannte er in dem Mondlicht, das hervorbrach, auf den Werften und vor den Häusern Menschen an hochbeladenen Wagen umherhantierend; er sah, wie im Fluge, noch andere Wagen eilend nach der Geest hinauffahren; Gebrüll von Rindern traf sein Ohr, die aus den warmen Ställen nach dort hinaufgetrieben wurden. ›Gott Dank! sie sind dabei, sich und ihr Vieh zu retten!‹ rief es in ihm; und dann mit einem Angstschrei: ›Mein Weib! Mein Kind! – Nein, nein; auf unsere Werfte steigt das Wasser nicht!‹

Aber nur ein Augenblick war es; nur wie eine Vision flog alles an ihm vorbei.

Eine furchtbare Böe kam brüllend vom Meer herüber, und ihr entgegen stürmten Roß und Reiter den schmalen Akt zum Deich hinan. Als sie oben waren, stoppte Hauke mit Gewalt sein Pferd. Aber wo war das Meer? Wo Jeverssand? Wo blieb das Ufer drüben? – – Nur Berge von Wasser sah er vor sich, die dräuend gegen den nächtlichen Himmel stiegen, die in der furchtbaren Dämmerung sich übereinanderzutürmen suchten und übereinander gegen das feste Land schlugen. Mit weißen Kronen kamen sie daher, heulend, als sei in ihnen der Schrei alles furchtbaren Raubgetiers der Wildnis. Der Schimmel schlug mit den Vorderhufen und schnob mit seinen Nüstern in den Lärm hinaus; den Reiter aber wollte es überfallen, als sei hier alle Menschenmacht zu Ende; als müsse jetzt die Nacht, der Tod, das Nichts hereinbrechen.

Doch er besann sich: es war ja Sturmflut; nur hatte er sie selbst noch nimmer so gesehen; sein Weib, sein Kind, sie saßen sicher auf der hohen Werfte, in dem festen Hause; sein Deich aber – und wie ein Stolz flog es ihm durch die Brust – der Hauke-Haien-Deich, wie ihn die Leute nannten, der mochte jetzt beweisen, wie man Deiche bauen müsse!

Aber – was war das? – Er hielt an dem Winkel zwischen beiden Deichen; wo waren die Leute, die er hiehergestellt, die hier die Wacht zu halten hatten? – Er blickte nach Norden den alten Deich hinauf, denn auch dorthin hatte er einzelne beordert. Weder hier noch dort vermochte er einen Menschen zu erblicken; er ritt ein Stück hinaus, aber er blieb allein; nur das Wehen des Sturmes und das Brausen des Meeres bis aus unermessener Ferne schlug betäubend an sein Ohr. Er wandte das Pferd zurück: er kam wieder zu der verlassenen Ecke und ließ seine Augen längs der Linie des neuen Deiches gleiten; er erkannte deutlich: langsamer, weniger gewaltig rollten hier die Wellen heran; fast schien's, als wäre dort ein ander Wasser. ›Der soll schon stehen!‹ murmelte er, und wie ein Lachen stieg es in ihm herauf.

Aber das Lachen verging ihm, als seine Blicke weiter an der Linie seines Deichs entlangglitten: an der Nordwestecke – was war das dort? Ein dunkler Haufen wimmelte durcheinander; er sah, wie es sich emsig rührte und drängte – kein Zweifel, es waren Menschen! Was wollten, was arbeiteten die jetzt an seinem Deich? – Und schon saßen seine Sporen dem Schimmel in den Weichen, und das Tier flog mit ihm dahin; der Sturm kam von der Breitseite; mitunter drängten die Böen so gewaltig, daß sie fast vom Deiche in den neuen Koog hinabgeschleudert wären; aber Roß und Reiter wußten, wo sie ritten. Schon gewahrte Hauke, daß wohl ein paar Dutzend Menschen in eifriger Arbeit dort beisammen seien, und schon sah er deutlich, daß eine Rinne quer durch den neuen Deich gegraben war. Gewaltsam stoppte er sein Pferd: ›Halt!‹ schrie er; ›halt! Was treibt ihr hier für Teufelsunfug?‹

Sie hatten in Schreck die Spaten ruhen lassen, als sie auf einmal den Deichgraf unter sich gewahrten; seine Worte hatte der Sturm ihnen zugetragen, und er sah wohl, daß mehrere ihm zu antworten strebten; aber er gewahrte nur ihre heftigen Gebärden, denn sie standen alle ihm zur Linken, und was sie sprachen, nahm der Sturm hinweg, der hier draußen jetzt die Menschen mitunter wie im Taumel gegeneinanderwarf, so daß sie sich dicht zusammenscharten. Hauke maß mit seinen raschen Augen die gegrabene Rinne und den Stand des Wassers, das, trotz des neuen Profiles, fast an die Höhe des Deichs hinaufklatschte und Roß und Reiter überspritzte. Nur noch zehn Minuten Arbeit – er sah es wohl –, dann brach die Hochflut durch die Rinne, und der Hauke-Haien-Koog wurde vom Meer begraben!

Der Deichgraf winkte einem der Arbeiter an die andere Seite seines Pferdes. ›Nun, so sprich!‹ schrie er, ›was treibt ihr hier, was soll das heißen?‹

Und der Mensch schrie dagegen: ›Wir sollen den neuen Deich durchstechen, Herr, damit der alte Deich nicht bricht!‹

›Was sollt ihr?‹

– ›Den neuen Deich durchstechen!‹

›Und den Koog verschütten? – Welcher Teufel hat euch das befohlen?‹

›Nein, Herr, kein Teufel; der Gevollmächtigte Ole Peters ist hiergewesen, der hat's befohlen!‹

Der Zorn stieg dem Reiter in die Augen: ›Kennt ihr mich?‹ schrie er. ›Wo ich bin, hat Ole Peters nichts zu ordinieren! Fort mit euch! An euere Plätze, wo ich euch hingestellt!‹

Und da sie zögerten, sprengte er mit seinem Schimmel zwischen sie: ›Fort, zu euerer oder des Teufels Großmutter!‹

›Herr, hütet Euch!‹ rief einer aus dem Haufen und stieß mit seinem Spaten gegen das wie rasend sich gebärdende Tier; aber ein Hufschlag schleuderte ihm den Spaten aus der Hand, ein anderer stürzte zu Boden. Da plötzlich erhob sich ein Schrei aus dem übrigen Haufen, ein Schrei, wie ihn nur die Todesangst einer Menschenkehle zu entreißen pflegt; einen Augenblick war alles, auch der Deichgraf und der Schimmel, wie gelähmt; nur ein Arbeiter hatte gleich einem Wegweiser seinen Arm gestreckt; der wies nach der Nordwestecke der beiden Deiche, dort wo der neue auf den alten stieß. Nur das Tosen des Sturmes und das Rauschen des Wassers war zu hören. Hauke drehte sich im Sattel: was gab das dort? Seine Augen wurden groß: ›Herr Gott! Ein Bruch! Ein Bruch im alten Deich!‹

›Euere Schuld, Deichgraf!‹ schrie eine Stimme aus dem Haufen: ›Euere Schuld! Nehmt's mit vor Gottes Thron!‹

Haukes zornrotes Antlitz war totenbleich geworden; der Mond, der es beschien, konnte es nicht bleicher machen; seine Arme hingen schlaff, er wußte kaum, daß er den Zügel hielt. Aber auch das war nur ein Augenblick; schon richtete er sich auf, ein hartes Stöhnen brach aus seinem Munde; dann wandte er stumm sein Pferd, und der Schimmel schnob und raste ostwärts auf dem Deich mit ihm dahin. Des Reiters Augen flogen scharf nach allen Seiten; in seinem Kopfe wühlten die Gedanken: Was hatte er für Schuld vor Gottes Thron zu tragen? – Der Durchstich des neuen Deichs – vielleicht, sie hätten's fertig gebracht, wenn er sein Halt nicht gerufen hätte; aber – es war noch eins, und es schoß ihm heiß zu Herzen, er wußte es nur zu gut – im vorigen Sommer, hätte damals Ole Peters' böses Maul ihn nicht zurückgehalten – da lag's! Er allein hatte die Schwäche des alten Deichs erkannt; er hätte trotz alledem das neue Werk betreiben müssen: ›Herr Gott, ja ich bekenn es‹, rief er plötzlich laut in den Sturm hinaus, ›ich habe meines Amtes schlecht gewartet!‹

Zu seiner Linken, dicht an des Pferdes Hufen, tobte das Meer; vor ihm, und jetzt in voller Finsternis, lag der alte Koog mit seinen Werften und heimatlichen Häusern; das bleiche Himmelslicht war völlig ausgetan; nur von einer Stelle brach ein Lichtschein durch das Dunkel. Und wie ein Trost kam es an des Mannes Herz; es mußte von seinem Haus herüberscheinen, es war ihm wie ein Gruß von Weib und Kind. Gottlob, sie saßen sicher auf der hohen Werfte! Die andern, gewiß, sie waren schon im Geestdorf droben; von dorther schimmerte so viel Lichtschein, wie er niemals noch gesehen hatte; ja selbst hoch oben aus der Luft, es mochte wohl vom Kirchturm sein, brach solcher in die Nacht hinaus. ›Sie werden alle fort sein, alle!‹ sprach Hauke bei sich selber; ›freilich auf mancher Werfte wird ein Haus in Trümmern liegen, schlechte Jahre werden für die überschwemmten Fennen kommen, Siele und Schleusen zu reparieren sein! Wir müssen's tragen, und ich will helfen, auch denen, die mir Leid's getan; nur, Herr, mein Gott, sei gnädig mit uns Menschen!‹

Da warf er seine Augen seitwärts nach dem neuen Koog; um ihn schäumte das Meer; aber in ihm lag es wie nächtlicher Friede. Ein unwillkürliches Jauchzen brach aus des Reiters Brust: ›Der Hauke-Haien-Deich, er soll schon halten; er wird es noch nach hundert Jahren tun!‹

Ein donnerartiges Rauschen zu seinen Füßen weckte ihn aus diesen Träumen; der Schimmel wollte nicht mehr vorwärts. Was war das? – Das Pferd sprang zurück, und er fühlte es, ein Deichstück stürzte vor ihm in die Tiefe. Er riß die Augen auf und schüttelte alles Sinnen von sich: er hielt am alten Deich, der Schimmel hatte mit den Vorderhufen schon daraufgestanden. Unwillkürlich riß er das Pferd zurück; da flog der letzte Wolkenmantel von dem Mond, und das milde Gestirn beleuchtete den Graus, der schäumend, zischend vor ihm in die Tiefe stürzte, in den alten Koog hinab.

Wie sinnlos starrte Hauke darauf hin; eine Sündflut war's, um Tier und Menschen zu verschlingen. Da blinkte wieder ihm der Lichtschein in die Augen; es war derselbe, den er vorhin gewahrt hatte; noch immer brannte der auf seiner Werfte; und als er jetzt ermutigt in den Koog hinabsah, gewahrte er wohl, daß hinter dem sinnverwirrenden Strudel, der tosend vor ihm hinabstürzte, nur noch eine Breite von etwa hundert Schritten überflutet war; dahinter konnte er deutlich den Weg erkennen, der vom Koog heranführte. Er sah noch mehr: ein Wagen, nein eine zweiräderige Karriole kam wie toll gegen den Deich herangefahren; ein Weib, ja auch ein Kind saßen darin. Und jetzt – war das nicht das kreischende Gebell eines kleinen Hundes, das im Sturm vorüberflog? Allmächtiger Gott! Sein Weib, sein Kind waren es; schon kamen sie dicht heran, und die schäumende Wassermasse drängte auf sie zu. Ein Schrei, ein Verzweiflungsschrei brach aus der Brust des Reiters: ›Elke!‹ schrie er; ›Elke! Zurück! Zurück!‹

Aber Sturm und Meer waren nicht barmherzig, ihr Toben zerwehte seine Worte; nur seinen Mantel hatte der Sturm erfaßt, es hätte ihn bald vom Pferd herabgerissen; und das Fuhrwerk flog ohne Aufenthalt der stürzenden Flut entgegen. Da sah er, daß das Weib wie gegen ihn hinauf die Arme streckte: Hatte sie ihn erkannt? Hatte die Sehnsucht, die Todesangst um ihn sie aus dem sicheren Haus getrieben? Und jetzt – rief sie ein letztes Wort ihm zu? – Die Fragen fuhren durch sein Hirn; sie blieben ohne Antwort: von ihr zu ihm, von ihm zu ihr waren die Worte all verloren; nur ein Brausen wie vom Weltenuntergang füllte ihre Ohren und ließ keinen andern Laut hinein.

›Mein Kind! O Elke, o getreue Elke!‹ schrie Hauke in den Sturm hinaus. Da sank aufs neu ein großes Stück des Deiches vor ihm in die Tiefe, und donnernd stürzte das Meer sich hinterdrein; noch einmal sah er drunten den Kopf des Pferdes, die Räder des Gefährtes aus dem wüsten Greuel emportauchen und dann quirlend darin untergehen. Die starren Augen des Reiters, der so einsam auf dem Deiche hielt, sahen weiter nichts. ›Das Ende!‹ sprach er leise vor sich hin; dann ritt er an den Abgrund, wo unter ihm die Wasser, unheimlich rauschend, sein Heimatsdorf zu überfluten begannen; noch immer sah er das Licht von seinem Hause schimmern; es war ihm wie entseelt. Er richtete sich hoch auf und stieß dem Schimmel die Sporen in die Weichen; das Tier bäumte sich, es hätte sich fast überschlagen; aber die Kraft des Mannes drückte es herunter. ›Vorwärts!‹ rief er noch einmal, wie er es so oft zum festen Ritt gerufen hatte: ›Herr Gott, nimm mich; verschon die andern!‹

Noch ein Sporenstich; ein Schrei des Schimmels, der Sturm und Wellenbrausen überschrie; dann unten aus dem hinabstürzenden Strom ein dumpfer Schall, ein kurzer Kampf.

Der Mond sah leuchtend aus der Höhe; aber unten auf dem Deiche war kein Leben mehr, als nur die wilden Wasser, die bald den alten Koog fast völlig überflutet hatten. Noch immer aber ragte die Werfte von Hauke Haiens Hofstatt aus dem

Schwall hervor, noch schimmerte von dort der Lichtschein, und von der Geest her, wo die Häuser allmählich dunkel wurden, warf noch die einsame Leuchte aus dem Kirchturm ihre zitternden Lichtfunken über die schäumenden Wellen.«

*

Der Erzähler schwieg; ich griff nach dem gefüllten Glase, das seit lange vor mir stand; aber ich führte es nicht zum Munde; meine Hand blieb auf dem Tische ruhen.

»Das ist die Geschichte von Hauke Haien«, begann mein Wirt noch einmal, »wie ich sie nach bestem Wissen nur berichten konnte. Freilich, die Wirtschafterin unseres Deichgrafen würde sie Ihnen anders erzählt haben; denn auch das weiß man zu berichten: jenes weiße Pferdsgerippe ist nach der Flut wiederum, wie vormals, im Mondschein auf Jevershallig zu sehen gewesen; das ganze Dorf will es gesehen haben. – So viel ist sicher: Hauke Haien mit Weib und Kind ging unter in dieser Flut; nicht einmal ihre Grabstätte hab ich droben auf dem Kirchhof finden können; die toten Körper werden von dem abströmenden Wasser durch den Bruch ins Meer hinausgetrieben und auf dessen Grunde allmählich in ihre Urbestandteile aufgelöst sein – so haben sie Ruhe vor den Menschen gehabt. Aber der Hauke-Haien-Deich steht noch jetzt nach hundert Jahren, und wenn Sie morgen nach der Stadt reiten und die halbe Stunde Umweg nicht scheuen wollen, so werden Sie ihn unter den Hufen Ihres Pferdes haben.

Der Dank, den einstmals Jewe Manners bei den Enkeln seinem Erbauer versprochen hatte, ist, wie Sie gesehen haben, ausgeblieben; denn so ist es, Herr: dem Sokrates gaben sie ein Gift zu trinken, und unsern Herrn Christus schlugen sie an das Kreuz! Das geht in den letzten Zeiten nicht mehr so leicht; aber – einen Gewaltsmenschen oder einen bösen stiernackigen Pfaffen zum Heiligen, oder einen tüchtigen Kerl, nur weil er uns um Kopfeslänge überwachsen war, zum Spuk und Nachtgespenst zu machen – das geht noch alle Tage.«

Als das ernsthafte Männlein das gesagt hatte, stand es auf und horchte nach draußen. »Es ist dort etwas anders worden«, sagte er und zog die Wolldecke vom Fenster; es war heller Mondschein. »Seht nur«, fuhr er fort, »dort kommen die Gevollmächtigten zurück; aber sie zerstreuen sich, sie gehen nach Hause; – drüben am andern Ufer muß ein Bruch geschehen sein; das Wasser ist gefallen.«

Ich blickte neben ihm hinaus; die Fenster hier oben lagen über dem Rand des Deiches; es war, wie er gesagt hatte. Ich nahm mein Glas und trank den Rest: »Haben Sie Dank für diesen Abend!« sagte ich; »ich denk, wir können ruhig schlafen!«

»Das können wir«, entgegnete der kleine Herr; »ich wünsche von Herzen eine wohlschlafende Nacht!«

– – Beim Hinabgehen traf ich unten auf dem Flur den Deichgrafen; er wollte noch eine Karte, die er in der Schenkstube gelassen hatte, mit nach Hause nehmen. »Alles vorüber!« sagte er. »Aber unser Schulmeister hat Ihnen wohl schön was weisgemacht; er gehört zu den Aufklärern!«

– »Er scheint ein verständiger Mann!«

»Ja, ja, gewiß; aber Sie können Ihren eigenen Augen doch nicht mißtrauen; und drüben an der andern Seite, ich sagte es ja voraus, ist der Deich gebrochen!«

Ich zuckte die Achseln: »Das muß beschlafen werden! Gute Nacht, Herr Deichgraf!«

Er lachte: »Gute Nacht!«

– – Am andern Morgen, beim goldensten Sonnenlichte, das über einer weiten Verwüstung aufgegangen war, ritt ich über den Hauke-Haien-Deich zur Stadt hinunter.

Anhang

Zu dieser Ausgabe

Der Text der Novellen folgt der Ausgabe:

Theodor Storms Sämtliche Werke in acht Bänden. Herausgegeben von Albert Köster. Leipzig: Insel-Verlag, 1919–20.

Kösters Ausgabe versteht sich als kritische Edition und ist bemüht, »den Stormschen Text von den Willkürlichkeiten der Drucker wieder zu befreien« und »Satz für Satz durch Vergleichung aller entscheidenden Handschriften und Drucke den Wortlaut festzuhalten, den man nach bestem Wissen als Ausdruck von des Dichters letztem Willen ansehen darf«.[1] Die Novellen sind dort in chronologischer Folge nach der Entstehung angeordnet, in der sie auch in der vorliegenden Ausgabe abgedruckt werden.

Orthographie und Interpunktion sind dem heutigen Gebrauch behutsam angeglichen unter Wahrung des Lautstandes (wie z. B. in »Dinte«, »Hülfe«) und der sprachlichen Eigenart (etwa »Berlocks«, »Vagabond«). Unterschiedliche Schreibungen desselben Worts (»jenseit« neben »jenseits« oder auch »Weihnachtsbaum« neben »Weihnachtabend« – dahinter steht die Betonung auf dem zweiten Bestandteil des Kompositums im Norddeutschen) wurden, außer in Fällen nur vereinzelter Abweichungen, nicht vereinheitlicht. In der fingierten Handschrift aus dem 17. Jahrhundert, die den Hauptteil der Novelle »Aquis submersus« bildet, mußte, in Übereinstimmung mit der Altertümlichkeit der Sprache und des Stils,[2] selbstverständlich auch die historisierende Schreibung bewahrt bleiben (»October«, »centnerschwer«, »Conterfey«, »Thorhaus«, »Vortheil«, »roth«, »todt«, »dießmal«, »Bildniß«, »Epheu«, »tituliren«, »hantirete« u. ä.).

1 Albert Köster: Prolegomena zu einer Ausgabe der Werke Theodor Storms. Leipzig 1918. (Berichte über die Verhandlungen der Sächsischen Gesellschaft der Wissenschaften zu Leipzig. Philologisch-historische Klasse. Bd. 70. H. 3.) S. 25, 29.

2 Storm hat dafür den ihm befreundeten Germanisten Erich Schmidt zu Rate gezogen, vgl. ebd., S. 24.

Anmerkungen

Immensee

Entstehung: 1849, Husum; *Erstdruck:* 1. Fassung in: »Volksbuch auf das Jahr 1850 für die Herzogtümer Schleswig, Holstein und Lauenburg«, hrsg. von Karl Leonhard Biernatzki, Altona 1850, S. 56–86; 2., seitdem beibehaltene Fassung in: »Sommergeschichten und Lieder«, Berlin 1851, S. 45–95; *Handschrift:* 1. Fassung verschollen; 2. Fassung: Schleswig-Holsteinische Landesbibliothek, Kiel.

5,24 *Pesel:* (niederdt.) Raum im Bauernhaus für besondere Anlässe, vgl. Anm. zu 579,6.

5,31 *Repositorien:* Büchergestelle, Bücherregale; Aktenablage.

6,17 *das ließ ihr hübsch:* das stand ihr hübsch, das paßte hübsch.

7,11 f. *die Geschichte von den drei Spinnfrauen:* »Das Märchen von den drei Spinnfrauen«, veröffentlicht in Biernatzkis »Volksbuch auf das Jahr 1846« (Text: »Sämtliche Werke«, hrsg. von P. Goldammer [im folgenden zit. als SW], Bd. 1, S. 331–334, in den »Geschichten aus der Tonne«).

7,12 f. *die Geschichte von dem armen Mann:* vgl. die Legende »Daniel in der Löwengrube« im Alten Testament, Daniel 6,17–28.

12,12 *Hülsendorn:* Ilex, Stechpalme.

14,25 *Zithermädchen:* wandernde Musikantin; vgl. dazu das »Lied des Harfenmädchens« (»Heute, nur heute . . .«), S. 15.

17,13 *geschweigen:* zum Schweigen bringen.

20,7 f. *Hühnerschwarm:* Vogelmiere; Acker- und Gartenunkraut, das als Vogelfutter verwendet wird.

23,24 *erstan:* zunächst, anfangs.

25,31 *verschrieben:* angeschrieben, brieflich eingeladen.

26,20 *Syringenbäume:* Fliederbäume.

27,34 f. *diskurrierend:* sich lebhaft unterhaltend, eifrig erörternd.

29,24 *Schnaderhüpferl:* vierzeiliges scherzhaftes alpenländisches Volkslied, das mit einem Jodler abschließt.

29,30 *luftiges:* leichtlebiges.

29,33 f. *Mariengarn:* auch: Marienfaden; Spinnfäden, Altweibersommer.

30,10 *sekundierend:* begleitend, hier: mit der zweiten Stimme.

30,17 *Ich stand auf hohen Bergen:* Anfangsvers des Volkslieds »Die Nonne« (wörtl.: »Stund ich auf hohen Bergen«) aus Achim von Arnims und Clemens Brentanos Sammlung »Des Knaben Wunderhorn« (1805). Das Lied ist auch enthalten in dem von Storm herausgegebenen »Hausbuch aus deutschen Dichtern seit Claudius« (1870).

30,23 f. *die Starken:* Kühe, die noch nicht gekalbt haben.

32,2 ff. *eine weiße Wasserlilie ...:* Die Stelle beruht auf einem Erlebnis Storms während seiner Berliner Studentenzeit 1838/39 (vgl. seinen Brief an Gertrud Eckermann vom 2. April 1885).

34,22 f. *So glitt sein Blick herunter und blieb auf ihrer Hand:* vgl. dazu Storms Gedicht »Frauenhand«.

36,23 *priesterten:* eigtl.: predigten; zwitscherten, lärmten.

Auf dem Staatshof

Entstehung: 1857/58, Heiligenstadt; *Erstdruck:* »Argo. Album für Kunst und Dichtung«, hrsg. von Friedrich Eggers, Theodor Hosemann und Bernhard von Lepel, Breslau 1859, S. 7–22; in überarbeiteter Fassung in der Novellensammlung »In der Sommer-Mondnacht«, Berlin 1860, S. 7–66; *Handschrift:* Schleswig-Holsteinische Landesbibliothek, Kiel.

38,14 *Fennen:* s. Anm. zu 564,23 f.

38,16 *Heck:* Zaun aus Erde und Stein mit Buschwerk, Umzäunung, auch: Durchlaß.

38,32 *Werfte:* s. Anm. zu 561,28.

39,1 *Graft:* breiter, künstlich angelegter Wassergraben.

39,7 f. *Pfennigmeister:* Steuereinnehmer, Rendant, Schatzmeister.

40,6 *Fräse:* Halskrause.

40,9 *Alantwurzel:* Arznei- und Küchenpflanze mit durchdringendem Geruch, auch als Räuchermittel benutzt.

40,27 *Loodiele:* Tenne (auch zum Dreschen).

43,14 *Pagoden:* kleine Porzellanfiguren aus China mit beweglichem Kopf.

43,26 *Enveloppen:* Überkleider, Mantelkleider.

44,10 *föhrenen Tische:* aus Kiefernholz gefertigte Tische.

45,12 *den »Don Juan«:* das Menuett aus dem Finale des ersten Aktes der Oper »Don Giovanni« von Wolfgang Amadeus Mozart (1756–91).

Tapet: veraltet für: Tischdecke (urspr.: Teppich).

45,17 f. *Korduanstiefelchen:* Stiefel aus weichem Ziegenleder.

45,23 *hin und her chassierten:* hier: Tanzbewegung; mit kurzen Schritten dahingleiten, sich in gerader Linie fortbewegen.

46,2 *avancierte:* avancieren: voranschreiten, hier: im Tanzschritt.
50,9 *Kaprifolien:* Geißblatt.
62,7 *Aufstrich:* Versteigerung.
62,21 *Goldberlocks:* goldene Anhänger für die Uhrkette.
66,14 f. *auf daß es uns wohl gehe auf unsern alten Tagen!:* vgl. auch »Beim Vetter Christian«, S. 191, und zur Geschichte des »Landestrinkspruchs« die Novelle »Eine Halligfahrt« (SW II, S. 304 f.).
68,31 f. *Boskettpartien:* Gebüschpflanzungen (Lustgärtchen).

Im Schloß

Entstehung: 1861, Heiligenstadt; *Erstdruck:* »Die Gartenlaube«, Jg. 1862, Nr. 10, 11, 12, S. 145–149, 161–164, 177–180; Buchausg. in überarbeiteter Fassung Münster 1863; *Handschrift:* Schleswig-Holsteinische Landesbibliothek, Kiel.
74,18 *Dohnenstieg:* zum Vogelfang in einer Reihe ausgelegte Schlingen.
74,23 *Tannicht:* Tannenwäldchen.
76,14 *Hofcharge:* Hofamt.
79,26 *den revierenden Falken:* in einem Revier nach Beute spähender Falke.
79,28 *ein altes Volkslied:* wohl das Lied »Der Falke« (»Wär ich ein wilder Falke . . .«) aus Achim von Arnims und Clemens Brentanos Sammlung »Des Knaben Wunderhorn« (1805). Das Lied ist auch enthalten in dem von Storm herausgegebenen »Hausbuch aus deutschen Dichtern seit Claudius« (1870).
80,12 *Dränierung:* Entwässerung des Bodens durch unterirdische Abzüge.
82,23 *Walratkerzen:* Walrat: fettartige Masse, die aus dem Kopf des Pottwals gewonnen wird.
82,36 *Gueridons:* (frz.) Leuchtertische, Leuchtergestelle.
83,31 *Leilaken:* Leintuch, Leichentuch.
84,28 f. *Filetarbeiten:* Bei der Filetarbeit, einer Knüpfarbeit, wird zunächst (mit der Filetnadel) ein Netz angefertigt, das dann in einen Rahmen gespannt und in das ein Muster eingewoben wird.
84,30 *meine Lafontainesche Fabel:* Jean de La Fontaine (1621–95) veröffentlichte 1668–94 seine Fabeln (»Fables«) in zwölf Büchern.
85,27 *Basrelief:* Flachbildwerk, Flachrelief.
87,31 *Musäus' Volksmärchen:* Johann Karl August Musäus (1735

bis 1787) veröffentlichte 1782–86 seine »Volksmärchen der Deutschen« in fünf Teilen.

90,14 *mauvais genre:* (frz.) üble Leute.

90,19 *Linie:* Truppenteil, der nicht zur Garde gehört.

91,13 *Beletage:* (frz.) Ober-, Hauptgeschoß, erster Stock.

93,29 *Taburett:* Stuhl ohne Lehnen, Hocker.

93,33 *Ancora!:* (ital.) Noch einmal!

94,34 *So viel Stern' am Himmel stehen!:* Storm zitiert den Anfangsvers des Volkslieds »Gruß« aus Achim von Arnims und Clemens Brentanos Sammlung »Des Knaben Wunderhorn« (1805). Das Lied ist auch enthalten in dem von Storm herausgegebenen »Hausbuch aus deutschen Dichtern seit Claudius« (1870).

95,29 f. *In jenem Hause ... bin ich als Knabe oft gewesen:* Erinnerung Storms an den »Vordamm« in Westermühlen bei Rendsburg, der Heimat seines Vaters; vgl. »Westermühlen« in »Aus nachgelassenen Blättern« (SW IV, S. 512–515).

98,27 *Abnahmehäuschen:* Altenteil.

99,6 *Hier ist es mir seltsam ergangen:* vgl. Storms Brief an Mörike, November 1854.

100,10 *trotz:* veraltet für: so gut wie.

100,20 *Tinten:* Farbtöne, Färbung.

100,33 *Nicolai:* Philipp N. (1556–1608), Prediger an St. Katharinen in Hamburg; die von Storm zitierten Verse gehören zur dritten Strophe des Chorals »Wie schön leucht't uns der Morgenstern« aus Nicolais »Freudenspiegel des ewigen Lebens« (1599).

101,15 *Carabus:* (fachspr.) Laufkäfer.

103,16 *In der Bibel:* Jeremia 29,13 f.

106,27 *Als ich dich kaum gesehn:* Storms Gedicht »Im Volkston«, hier gesungen auf die Melodie »Ach, wie ist's möglich dann«.

108,9 *Den Prügeljungen:* bürgerlicher Mitzögling eines Adligen, der für diesen bestraft wird.

108,36 f. *zum ersten Tanz versagt:* veraltet für: den ersten Tanz versprochen.

112,18 f. *wie Hegel sagt:* Storm bezieht sich hier dem Sinn nach auf den Satz: »Die Natur hat sich als die Idee in der Form des *Andersseins* ergeben.« In: Georg Wilhelm Friedrich Hegel, »Enzyklopädie der philosophischen Wissenschaften im Grundrisse« (1830), § 247 (»Begriff der Natur«).

113,21 *meisterlos:* wild, unbeherrscht.

114,2 *Distinktion:* Ansehen, (hoher) Rang.

115,15 *Noblesse oblige!:* (frz.) Adel verpflichtet!

119,7 f. *die »süßen ahnungsreichen« Düfte des Frühlings:* in Anlehnung an Mörikes Gedicht »Er ist's«: »Süße, wohlbekannte Düfte / Streifen ahnungsvoll das Land.«

Bulemanns Haus

Entstehung: 1864, Heiligenstadt; *Erstdruck:* »Leipziger Illustrierte Zeitung«, Nr. 1121, 24. Dezember 1864, S. 447–450 und 454; *Handschrift:* verschollen.

122,2 *In einer norddeutschen Seestadt:* vermutlich Hamburg, darauf deutet die Düsternstraße hin.

123,28 *Supercargo:* Makler, der auf einem Frachtschiff die Ladung begleitet und im Auftrag der Lieferanten im Absatzhafen verkauft.

124,11 *Pesel:* s. Anm. zu 579,6.

125,8 *Pretiosen:* Geschmeide, kostbarer Schmuck.

125,22 *Rockelor:* Herrenreisemantel; weit geschnittener Männermantel aus der zweiten Hälfte des 18. Jh.s, benannt nach einem Herzog von Roquelaure.

135,34 *Fleten:* Kanäle.

140,3 *den Tremulanten:* Orgelventil, das dazu dient, den Ton bestimmter Register vibrierend erklingen zu lassen.

143,28 *Haspen:* Fensterhaken.

Draußen im Heidedorf

Entstehung: 1871/72, Husum; *Erstdruck:* »Der Salon für Literatur, Kunst und Gesellschaft«, hrsg. von Julius Rodenberg, Bd. 10, H. 2, 1872, S. 129–151; *Handschrift:* Schleswig-Holsteinische Landesbibliothek, Kiel.

145,2 *Amtsvogtei:* Sitz eines Vogtes, hier eines Richters.

148,18 *Hufners:* Besitzer einer Hufe (ehemaliges Grundstücksmaß bäuerlichen Grundbesitzes).

149,8 *Verspruch:* Verlobung.

151,18 *Actum ut supra:* (lat.) Verhandelt wie oben (juristische Formel unter amtlichen Urkunden).

152,17 *Hundertunddörtig:* (niederdt.) einhundertunddreißig.

152,23 *Rickwerk:* Stangenwerk, Balken mit eisernen Ringen zum Festbinden der Pferde.

153,4 f. *in der Anfahrt:* beim Einlaufen der Schiffe.

153,10 f. *Kracken:* Kracke: nieder- und mitteldt. für: altes, minderwertiges Pferd.
153,30 *unter Kuratel stellen:* unter (strenge) Aufsicht, Kontrolle stellen.
153,35 *Bauernvogt:* Dorfschulze, Bürgermeister.
154,20 *Spillbaum:* Spindelbaum; bis zu 6 m hoher Strauch (auch: Pfaffenhütchen oder -käppchen) mit grünlichen Blüten und später rosenroten Früchten.
155,8 *weißen Alp:* Ursprung unsicher, möglicherweise von Storm erfunden, ähnelt dem regional als weißer Nebel in Form eines Fadens vorgestellten Nachtmahr.
156,23 *Ringlaufen:* Geschicklichkeitsspiel, bei dem im Laufen ein Ring von einem Seil heruntergestochen werden muß.
158,9 *ließen ihr . . . gut:* standen ihr gut.
158,33 f. *trotz seinem Jungen:* veraltet für: wie sein Junge.
159,28 *Sympathie:* Geheim- oder Zaubermittel, dem im Volksglauben die Vorstellung von geheimer gegenseitiger Einwirkung aller Wesen und Dinge aufeinander zugrunde liegt; Sympathiezauber ist der Versuch, mit Hilfe dieser Sympathie z. B. Krankheiten zu heilen.
159,30 f. *in seinen Schick:* in Ordnung.
162,13 f. *Beilegerofen:* ein Ofen mit Heizöffnung vom Flur aus.
166,24 f. *hintersinnig:* schwermütig.
167,15 *Punktierbuch:* Als Punktieren wird eine Orakel- und Wahrsagekunst bezeichnet, die darin besteht, wie z. B. hier aus zufällig markierten Punkten, die zu Figuren verbunden werden, die Zukunft zu deuten mit Hilfe eines Punktierbuches.
173,24 *Wischen:* (niederdt.) Wiesen, besonders Viehweiden.
173,32 *steidel:* steil, aufrecht.
175,29 *Unschlittkerzen:* Talgkerzen.
176,28 *Setzwirt:* Pächter, auch Verwalter.
177,6 *Bräuneanfall:* bedrohliche Entzündung von Rachen und Kehlkopf.

Beim Vetter Christian

Entstehung: 1873, Husum; *Erstdruck:* »Der Salon für Literatur, Kunst und Gesellschaft«, hrsg. von Julius Rodenberg, Jg. 1874, S. 129–148; *Handschrift:* Schleswig-Holsteinische Landesbibliothek, Kiel.

179,1 *Kollaborator:* Hilfslehrer.
179,2 *Gelehrtenschule:* Gymnasium.
179,6 *flusiges Ding:* unordentliches, flatterhaftes Ding.
herumdammeln: sich albern, ausgelassen, kindisch aufführen.
179,22 *Epilog:* Nach- oder Schlußrede, Ausklang.
179,28 *Schuhu:* Uhu.
180,2 *pracherte:* prachern: knickern, feilschen, knauserig handeln.
Hökern: Markthändlern, Krämern.
180,3 *Dreiling:* »Dreier«, kleine nord- und mitteldeutsche Münze, bis 1873 in Preußen geprägt, im Wert von 3 Pfennigen.
180,15 *Beutelmaschine:* zum Trennen der Kleie vom Mehl und zum Sortieren der Mehlsorten dienende Maschine.
180,17 *Philippika:* Kampfrede des Atheners Demosthenes gegen König Philipp von Mazedonien (um 382–336 v. Chr.).
Demosthenes: griechisch-athenischer Rhetor und Staatsmann (384–322 v. Chr.).
180,20 *Subrektorat:* Stellvertreterstelle des Rektors.
180,32 *Habit:* Kleidung, Amtstracht.
180,34 *Federposen:* Federkiele zum Pfeifenreinigen.
181,10 *resolvierte sich:* veraltet für: entschloß sich.
181,15 *St.-Jürgens-Stifte:* seit dem 16. Jh. Kranken- und Siechenhaus in Husum, bis heute Altersheim.
181,23 f. *Hans Michel in de Lämmer-Lämmerstraat:* Gestalt eines volkstümlichen Hamburger Spottliedes.
182,1 *Syringen:* Flieder.
182,23 *Konjektur:* mutmaßlich richtige Lesart, Textverbesserung; hier veraltet für: Vermutung.
182,34 *Pensa:* (lat., Plural von *pensum*) Lektionen, Stoffgebiete; Unterrichtsvorbereitung.
183,30 *verpichte Flaschen:* mit Pech gedichtete Flaschen.
184,3 *baben in de Tipp:* (niederdt.) oben in der Spitze.
184,20 *Beim Gott Mercurius!:* Götterbote der Römer, auch Gott der Kaufleute und des Handels, Sinnbild der Regsamkeit.
185,4 *Liespfund:* Livländisches Pfund (etwa 14 Pfund).
Meliszucker: Zuckersorte, Hutzucker.
185,15 *Fidibus:* gefalteter Papierstreifen zum Anzünden der Pfeife.
185,16 *Velinpapier:* weiches, pergamentartiges, ungeripptes Papier.
185,27 f. *Astrallampen:* Lampen mit kranzförmigem Ölbehälter (1809 erfunden).
186,33 *Whistpartie:* Whist: aus England kommendes Kartenspiel.
187,7 *läßt:* steht.

187,10 *Trick:* Stich von mehr als sechs Punkten beim Whist.
groß Schlemm: Spiel, bei dem alle Stiche gewonnen werden.
187,13 *Pochbrett:* Pochen: Kartenglücksspiel für 3 bis 6 Personen, bei dem auf einem runden Spielbrett, dem Pochbrett, Einsätze gemacht werden.
187,15 *Scharwenzel:* Bube (im Kartenspiel).
187,28 *Force:* (frz.) Stärke; hier: Hauptkarte, sie kann nur mit Trumpf gestochen werden.
187,28 f. *Atout-As:* höchstes As (Atout: frz., Trumpf).
187,29 *Rubber:* Doppelpartie beim Whist.
191,3 *Vom hoh'n Olymp herab ward uns die Freude!:* Studentenlied von Heinrich Christian Schnor (um 1760–1830).
191,7 *Morgenstern:* mittelalterliche Schlagwaffe.
191,17 f. *Landestrinkspruch ... up dat es uns wull ga up unse olen Dage!:* vgl. »Auf daß es uns wohl gehe in unseren alten Tagen!« (»Eine Halligfahrt«, SW II, S. 304); s. auch »Auf dem Staatshof«, S. 66 und Anm. zu 66,14 f.
192,11 *Kontinentalsperre:* Blockade des Handels, die Napoleon I. 1806 gegen England verfügte.
196,1 *hintersinnig:* schwermütig.
196,26 *Schnuppe:* verkohlter Docht.
198,11 *gichterisch:* krampfhaft zuckend.
204,30 *im wunderschönen Monat Mai:* Zitat Storms aus: Heinrich Heine (1797–1856), »Buch der Lieder« (»Lyrisches Intermezzo«, I).
205,18 f. *Wie schön ist Gottes Welt / Und jedes seiner Werke!:* Anfangsverse eines Kirchenliedes von Johann Andreas Cramer (1723–88).

Viola tricolor

Entstehung: 1873, Husum; *Erstdruck:* »Westermanns Illustrierte Deutsche Monatshefte«, Bd. 35, März 1874, S. 561–576; *Handschrift:* Fragment einer Reinschrift, vier Seiten, Schleswig-Holsteinische Landesbibliothek, Kiel.

207,1 *Viola tricolor:* botanische Bezeichnung für das Stiefmütterchen.
207,17 f. *Perpendikelschlag:* Perpendikel: Uhrpendel.
208,26 *Repositorien:* Büchergestelle, Bücherregale, Aktenschränke.
209,8 *Terrakotten:* Gefäße oder Plastiken aus gebrannter Tonerde.
210,16 *Zentifolien:* Rosenart (von lat. *centifolius* ›hundertblättrig‹).

218,5 *das Müllersche Quartett:* renommiertes Streichquartett der Brüder Müller, das 1868 auf Initiative Storms in Husum konzertierte.

221,1 *Koniferen:* Nadelgehölze.

229,36 *Nun muß sich alles, alles wenden!:* Zitat eines Verses aus Ludwig Uhlands (1787–1862) Gedicht »Frühlingsglaube«.

234,12 *Syringen:* Flieder.

234,29 f. *Es ward ihr zum Heil, / Es riß sie nach oben!:* Storm variiert hier einen Vers aus Schillers Ballade »Der Taucher«.

Pole Poppenspäler

Entstehung: 1873/74, Husum; *Erstdruck:* »Deutsche Jugend«, hrsg. von Julius Lohmeyer, Bd. 4, Leipzig 1874, S. 129–143, 161–171; *Handschrift:* Archiv der Theodor-Storm-Gesellschaft, Husum.

240,1 *Pole Poppenspäler:* Paul Puppenspieler.

240,6 *Exerzitium:* Übung, Hausarbeit.

247,36 *Doppeltschilling:* niederdeutsche Silbermünze der lübischen Währung (etwa 10 Pfennige).

251,2 f. *Nankinganzug:* Anzug aus Baumwollgewebe (gelb gefärbt).

257,3 *Magnifizenz:* Anrede für einen Universitätsrektor (lat. Rector magnificus).

257,13 *Felleisen:* (umgedeutet aus frz. *valise*) lederner Reise-, Mantelsack, Ranzen.

259,34 *Fauste, Fauste, in aeternum damnatus es!:* (lat.) Faust, Faust! Du bist auf ewig verdammt! (Übersetzung Storms).

267,18 *Geißelbrecht:* Der Puppenspieler ist historisch nachweisbar, er gastierte 1817 in Husum.

269,20 f. *las aus einem Bande von Weißens Kinderfreunde vor:* Die pädagogische Kinderzeitschrift »Der Kinderfreund« von Christian Felix Weiße (1726–1804) erschien 1775–82 in 24 Bänden in Leipzig.

273,8 *Krammetsvögel:* Wacholderdrosseln.

273,18 *Gelehrtenschule:* Gymnasium.

273,23 *in einer mitteldeutschen Stadt:* Es handelt sich um Heiligenstadt auf dem Oberen Eichsfeld, wo Storm 1856–64 als Kreisrichter tätig war.

276,3 *Gerechtigkeit von fünf Klaftern Holz:* Anspruch auf fünf Klafter Holz, die im Wald geschlagen werden durften.

284,22 *Stieg:* Zählmaß, zwanzig Stück.

285,14 *Verspruch:* Verlobung.
286,15 *Harzdritteln:* Münze im Wert des Drittels eines Talers. Der Silbergehalt wurde gewonnen aus den Harzer Silberbergwerken.
286,16 *Kremnitzer Dukaten:* österreichische Goldmünze aus der früher ungarischen, heute slowakischen Stadt Kremnitz mit ehemals reichen Gold- und Silberbergwerken.
289,17 f. *die Zeiten des Kosakenwinters:* der Winter 1813/14.
290,33 *Schöne Minka, ich muß scheiden!:* Anfangsvers aus dem Gedicht »Der Kosak und sein Mädchen« von Christoph August Tiedge (1752–1841) (nach einem russischen Volkslied).
291,9 *Suffiten:* Soffitten; Stoffbahnen oder Versatzstücke, die das Bühnenbild nach oben abschließen.
295,5 *zu den Worten unserer Heiligen Schrift:* Offenbarung des Johannes 14,13.

Aquis submersus

Entstehung: 1875/76, Husum; *Erstdruck:* »Deutsche Rundschau«, Bd. 9, Oktober 1876, S. 1–49; *Handschrift:* Schleswig-Holsteinische Landesbibliothek, Kiel.

297,1 *Aquis submersus:* (lat.) in den Wassern versunken, ertrunken.
297,3 f. *Schloßgarten:* des herzoglichen Schlosses in Husum.
297,16 *Marschen:* s. Anm. zu 559,23.
297,18 *der langgestreckten Insel:* Nordstrand.
297,23 *Pastorssohn:* Johann Matthias Peter Ohlhues (1815–83), Jugendfreund des Dichters, seit 1851 Pfarrer in Duisburg.
297,24 *Gelehrtenschule:* Gymnasium.
297,27 *Nepos:* Cornelius Nepos (um 100–25 vor Chr.), römischer Biograph.
Cicero: Marcus Tullius Cicero (106–43 vor Chr.), römischer Jurist, Redner und Staatsmann. – Die Schriften beider gehörten zum Lektürekanon des damaligen Gymnasiums.
298,2 *Gagelstrauch:* weidenähnlich, aber mit Steinfrüchten, diente früher in Nordeuropa, auch in Schleswig-Holstein, als Hopfenersatz.
298,14 f. *fünf Quartier auf der Elle:* (redensartl.) fünf Viertel auf ein Ganzes, Hülle und Fülle.
299,10 *Rainfarren:* Rainfarn; Heilpflanze, gelbblühend, von intensivem Geruch.
299,21 *Dorfkirche:* die Kirche von Hattstedt.

300,6 *Kaiphas:* Beiname des jüdischen Hohenpriesters Joseph, der am Prozeß gegen Jesus als Vorsitzender beteiligt war (Matthäus 26,3 und 57; Johannes 18,24).

300,16 f. *das unschuldige Bildnis eines toten Kindes:* Totenbild des zehnjährigen Pastorensohns Henricus Bonnix, der 1656 ertrank. Das Bild befand sich ursprünglich in der Kirche zu Drelsdorf und ist seit dem Turmbrand 1870 verschollen (vgl. den Brief Storms an Albert Nieß vom 5. Oktober 1876, weiterhin Karl Friedrich Boll in: »Schriften der Theodor-Storm-Gesellschaft« 14, 1965, S. 24–39, und 24, 1975, S. 98–101).

300,26 *Sammar:* Amtstracht des Geistlichen, Talar.

301,36 *Adjunktus:* (lat.) junger Beamter, Beamtengehilfe.

302,11 f. *Culpa Patris:* (lat.) durch die Schuld des Vaters.

305,2 *regalieren:* bewirten, freihalten.

305,5 f. *am Sonntage Cantate:* am vierten Sonntag nach Ostern.

305,17 *Meister van der Helst:* Bartholomäus van der Helst (1613–70), Niederländer, vornehmlich Porträtist vornehmer Bürger, auch Historienmaler.

305,22 *Grauwerk:* Winterpelz des Eichhörnchens.

305,32 f. *dem Hochseligen Herzog Friedrich:* Friedrich III. von Schleswig-Holstein-Gottorf (1597–1659), Herzog von 1616 bis 1659.

306,18 *Hintritt des Schwedischen Carolus:* Karl X. Gustav (1622 bis 1660), seit 1654 König von Schweden, der 1660 im Alter von achtunddreißig Jahren starb.

306,36 *Vacanz:* Ferien.

307,28 *Item:* (lat.) veraltet für: ebenso, ferner.

309,16 *Tricotage:* (frz.) Strickarbeit.

309,25 *obligeant:* (frz.) verbindlich, gefällig.

313,13 *Gueridons:* (frz.) Leuchtertische, Leuchtergestelle.

317,8 *dem älteren Ruisdael:* Salomon van Ruysdael (um 1600–1670), niederländischer Landschaftsmaler, Lehrer seines berühmt gewordenen Neffen, des Malers Jacob van Ruisdael (1628/29–82).

318,14 f. *Oh, c'est un jeu très-compliqué!:* (frz.) Oh, das ist ein sehr kompliziertes (verwickeltes) Spiel!

319,30 *Kieler Umschlag:* ursprünglich die jährliche Zusammenkunft von Adel und Geschäftswelt zum »Umschlag« von Waren und zur Erledigung von Geldgeschäften, verbunden mit Festen und einem Jahrmarkt.

320,3 *Octavis trium regum:* (lat.) Der Kieler Umschlag fand statt an den acht Tagen nach dem Dreikönigsfest (6. Januar).

320,28 *Georg Ovens:* Gemeint ist der aus Tönning stammende Jürgen Ovens (1623–79), 1642 Schüler Rembrandts, 1663 Hofmaler in Schleswig.
321,17 *Saeculum:* (lat.) Jahrhundert.
322,4 *Flosculn:* Redewendungen; hier: provozierende Reden.
322,11 *Urständ:* Auferstehung.
323,25 *Preetz:* Stadt im Kreis Plön mit einem 1216 gegründeten Benediktinerinnenstift, seit der Reformation Damenstift.
324,26 *rückwärts den Winden leichte Küsse werfend:* vgl. Shakespeare, »Der Kaufmann von Venedig«, III,2: »So are those crisped snaky golden locks / Which make such wanton gambols with the wind.«
325,7 *Blust:* veraltet für: Blüte.
328,21 *Flechsen:* Sehnen.
329,3 f. *Fluchten:* Flügel.
330,1 *Knicken:* von Storm gebrauchte Pluralform von norddt. »Knick«; Hecken als Einfriedung, Grenzhecken, auf Wällen angelegt.
330,8 *resolvirte ich mich:* veraltet für: entschloß ich mich.
331,4 *Döns:* größerer heizbarer Wohnraum im niedersächsischen Bauernhaus, der auf die große Diele hinausgeht.
331,22 *supplicirte:* veraltet für: flehte.
331,36 *alamode:* (frz.) der Mode folgend.
Hazard: (frz.) Glücksspiel.
332,1 f. *Allons donc! ... valet!:* (frz.) Also los! – Zehn und Dame! – Dame und Bube!
332,9 *Speciesthaler:* ein harter Taler im Gegensatz zu Papiergeld (mit geprägtem Portrait), Reichstaler.
332,27 *Fausti Mantel:* Wundermantel des Doktor Faust, der ihn schnell von einem Ort zum andern trug.
337,17 *van Dycks:* Anthonis van Dyck (1599–1641), niederländischer Maler.
339,14 *Änkel:* Fußknöchel.
341,1 *Heidenhügel:* vorgeschichtliche Gräber.
343,19 *Arkebusen:* Hakenbüchsen; schwere Infanteriegewehre des 15./16. Jh.s.
346,14 *Anständen:* Hindernissen.
347,5 f. *ich lasse ja recht munter:* ich sehe ja recht munter aus.
348,6 *hintersinnig:* schwermütig.
349,4 *Aufschlag:* Verkehr, Umgang, Verbindung.
350,4 f. *Geliek as Rook un Stoof verswindt, / Also sind ock de Min-*

schenkind: vgl. dazu die Übersetzung Storms, S. 303: »Gleich so wie Rauch und Staub verschwindt, / Also sind auch die Menschenkind.«

350,24 *die Auferweckung Lazari:* vgl. Johannes 11.

350,29 *Axen:* Titus A. (1602–62), Bürgermeister in Husum 1661/62.

350,30 *Thumherr:* Domherr.

350,32 *Losament:* Wohnung.

351,3 *angestorben:* durch Erbschaft zugefallen.

351,6 *Pesel:* s. Anm. zu 579,6.

351,33 *Leilach:* Leintuch; hier: Leichentuch.

352,8 *Griper:* (niederdt.) Greifer; hier: Marktwächter.

352,9 *Beischlag:* terrassenartiger, eingefaßter Vorbau vor der Haustür mit Treppe zur Straße.

352,10 *Brüchen:* Strafgelder für den Bruch des Marktrechts.
Ostenfelder Weiber: Ostenfeld: Dorf südöstlich von Husum, durch Tracht und Dialekt von der Umgebung unterschieden.

353,8 f. *aus dem Dorfe norden der Stadt:* Hattstedt.

353,18 *Amtsvorweser:* Amtsvorgänger.

354,18 *Schinderleichen:* dem Abdecker wegen Beerdigungsverweigerung überlassene Leiche.

354,30 *Archidiaconus:* kirchlicher, geistlicher Würdenträger.

355,35 *anno 34 bei der großen Fluth:* Die nordfriesische Küste wurde 1634 durch eine verheerende Sturmflut zerstückelt und erlitt den Untergang von Dörfern und Inseln.

357,4 *die holländischen Papisten:* 1652 von Herzog Friedrich III. nach Nordstrand berufene katholische Niederländer.

358,16 *Kindelbier:* Taufessen.

358,24 f. *Ehgesponsen:* Ehegatten.

359,30 *verpurret:* (niederdt.) verdorben.

360,5 *vom Frone:* Fron: Gefängniswärter, Büttel.
todt in ihrem Kerker aufgefunden worden: Der Tod der Verurteilten vor ihrer Verbrennung ist historisch bezeugt.

360,22 *Racker:* Abdecker, Schinder, Henkersknecht.

360,23 *Justification:* Rechtfertigung; hier: Urteilsvollstreckung, Hinrichtung.

361,5 *Brotschragen:* schräge Brotgestelle, Verkaufsstände für Brot.

361,9 f. *Schwibbogen, so unter dem Rathhause ist:* Bogen zwischen zwei parallelen Wänden; der erwähnte Schwibbogen ist bis heute am Husumer Rathaus vorhanden.

363,28 *Blumenscherben:* Blumentöpfe.

364,23 *der griechische Heidengott mit seinem Stabe:* Hermes, der Götterbote, der auch die Toten in die Unterwelt führt.

Der Herr Etatsrat

Entstehung: 1880/81, Hademarschen; *Erstdruck:* »Westermanns Illustrierte Deutsche Monatshefte«, Bd. 50, August 1881, S. 529–557; *Handschrift:* Schleswig-Holsteinische Landesbibliothek, Kiel.

375,1 *Etatsrat:* Staatsrat.

377,21 *Buchs:* Buchsbaum.

377,23 *Glasharmonika:* Musikinstrument, dessen gläserne Glocken oder Schalen angeschlagen oder gestrichen werden.

377,35 *Melodie und Worte des ›Landesvaters‹:* das bei feierlichen studentischen Anlässen gesungene »Alles schweige, jeder neige ernsten Tönen nun sein Ohr!«
Fürst von Thoren: das Studentenlied »Ich bin der Fürst von Thoren, zum Saufen auserkoren«.

378,16 *Freude, Göttin edler Herzen:* Friedrich von Hagedorns (1708–54) Lied »An die Freude«.

378,20 *Schnurren:* Possen, dummes Zeug, kauzige Geschichten.

378,21 *Rotgießermeister:* Rotguß: zur Gruppe der Bronzen gehörende Kupferlegierungen, Gußbronze.

379,29 *Archimedes:* genannt nach Archimedes (um 285–212 v. Chr.), griechischer Mathematiker, Physiker und Mechaniker in Syrakus.

379,33 *Gelehrtenschule:* Gymnasium.

380,8 f. *Alma mater:* (lat., wörtl.: nahrungsspendende Mutter) Universität.

380,24 *Kollaborator:* Hilfslehrer.

381,10 f. *Thé dansant:* (frz.) Tanztee, kleiner Hausball.

384,3 *Musche:* unordentlicher, sittenloser Mensch; Spion.

384,8 *Oger:* Bezeichnung des Menschenfressers in französischen Märchen.

384,10 *Phia:* Abkürzung für Sophie.

385,24 *Willis:* Elfenwesen des altslawischen Volksglaubens. Heine bezeichnet sie in seinem Aufsatz »Elementargeister« als »Bräute, die vor der Hochzeit gestorben sind« und die junge Menschen verführen, mit ihnen zu tanzen, bis diese tot umfallen.

388,21 *Altan:* unterstützter balkonartiger Vorbau am oberen Geschoß eines Hauses, Söller.

392,9 *von der Flut verschlungen:* Erinnerung an die Sturmflut 1825, die Storm als Kind in Husum erlebte.

392,11 *konversieren:* veraltet für: sich unterhalten, mit jemandem umgehen.

393,1 *Haarpull:* Haarbüschel.
396,14 *Speziestaler:* s. Anm. zu 332,9.
398,19 f. *mit einer Anzahl von drei weißen Kugeln:* Abstimmung durch Werfen von schwarzen und weißen Kugeln (Kugelung).
399,3 *Aureole:* Heiligenschein.
399,5 *Hardesvogt:* Vorsteher einer Harde (Verwaltungsbezirk von mehreren Gehöften oder Dörfern), Kirchspielvogt.
399,29 *Korrealobligationen:* durch Verpfändung realer Vermögenswerte mehrerer Personen gesicherte Schuld.
400,1 *Rectore magnifico:* Rector magnificus: (lat.) Rektor einer Universität.
400,1 f. *data dextera:* (lat.) durch Handschlag, feierliche Versicherung.
400,2 *Celeberrimus:* (lat.) der sehr Berühmte, Berühmtheit.
400,6 *Corpus juris:* (lat.) Gesetzbuch, Gesetzessammlung (z. B. durch den oströmischen Kaiser Justinian 533 n. Chr.).
400,26 *Schnabelkerfe:* Sammelname für Wanzen, Blattläuse und andere Kerbtiere.
401,31 *Kotillon:* Gesellschaftsspiel in Tanzform, Tanzspiel.
402,24 *Lüstre:* Glanz.
403,19 *Philippika:* s. Anm. zu 180,17.
404,17 *Chapeau claque:* (frz.) zusammenklappbarer Zylinder(hut).
406,12 *Contretanze:* ursprünglich englischer Tanz zu zwei oder vier einander gegenüberstehenden Paaren (Française, Quadrille).
408,26 *Petit-Kanasters:* Rauchtabak, Feinschnitt.
410,1 *Relegation:* Verweisung von der Hochschule.
411,6 *Stoßrapieren:* Fechtwaffen.
411,24 *Nervenfieber:* Typhus.
412,23 *instanter:* (lat.) schnellstens, sofort.
415,7 f. *Knochendreher:* Drechsler.
417,17 *Konsenior:* Mitältester einer studentischen Verbindung.
417,18 *Rumboides:* Der Name ist gebildet nach »Rhomboid«, der Bezeichnung für ein schiefwinkliges Parallelogramm in der Mathematik, bzw. dem zugehörigen Adjektiv »rhomboidens«; die Erklärung der Verballhornung folgt im nächsten Satz.
417,29 *Dulce merum:* (lat.) süß ist unvermischter (Wein), von Horaz in mehreren Oden gebraucht.
Horatius: Quintus Horatius Flaccus (65–8 v. Chr.), römischer Dichter.
418,7 *Böotier:* Die Bewohner der griechischen Landschaft Böotien wurden von den Römern als rückständig, beschränkt und ungebil-

det verachtet; in der Studentensprache: Philister, ungebildet und unkultiviert.

418,9 *retradieren:* zurückgeben, zurückschicken.

420,2 *Trikotage:* Strickarbeit.

422,11 *Contra vim mortis:* (lat.) Gegen die Macht des Todes.

Hans und Heinz Kirch

Entstehung: 1881/82, Hademarschen; *Erstdruck:* »Westermanns Illustrierte Deutsche Monatshefte«, Bd. 53, Oktober 1882, S. 1–39; *Handschrift:* Houghton Library, Harvard University, Cambridge (Mass.), USA.

424,3 *eine kleine Stadt:* Heiligenhafen an der Ostsee.

424,4 f. *Kabellängen:* Längenmaß der Schiffahrt; 1 Kabellänge beläuft sich auf 185,2 m = 1/10 einer Seemeile.

424,9 *Insel:* Fehmarn.

424,31 *Beischläge:* terrassenartige, eingefaßte Vorbauten vor der Haustür mit Treppe zur Straße.

425,14 f. *der geräumige Schifferstuhl:* die den Schiffern vorbehaltene Empore in der Kirche.

425,35 f. *Setzschiffer:* Schiffer ohne eigenes Schiff; Schiffsführer, nicht Eigentümer.

426,25 *Hökerei:* Kleinhandel am offenen Strand.

427,36 f. *Spleißen zerrissener Taue:* Verflechten von Tauenden.

428,8 *Bugspriet:* schräg über den Bug hinausragender Mastbaum.

428,11 *Luvseite:* die dem Wind zugewandte Seite des Schiffes.

429,24 *Klüversegel:* dreieckiges Vorsegel am Bugspriet.

430,31 *klickern:* hier: petzen.

433,30 *Schoner:* mehrmastiges Segelschiff.

435,9 f. *Epitaphe:* Inschriften, auch Grabmäler mit Inschriften; Gedächtnismal an der Wand oder einem Pfeiler der Kirche.

436,17 *Kuff:* breites, flaches Küstensegelschiff zur Beförderung von Lasten.

436,24 *Hinterspiegel:* Hinterseite, hinterer Teil eines Schiffes.

453,12 f. *verakkordieren:* verhandeln, vereinbaren.

453,25 *Schlafbaas:* billige Schlafstelle für Seeleute; Matrosenwirt.

453,36 ff. *für dreißig Reichsgulden haben sie unsern Herrn Christus verraten ...:* Das Ereignis wird in Beziehung gesetzt zum Verhalten Hans Kirchs, der 30 Schillinge Porto verweigerte für einen Brief seines Sohnes (vgl. Matthäus 26,14).

454,18 f. *etwas auf den Stock zu tun:* zu ärgern, eins auszuwischen.
455,15 *Bütt:* kleine Scholle, Plattfisch.
455,16 *Butzkopf:* Delphinart, Schwertwal.
459,10 *Demonio!:* (span.) Teufel!
459,12 *basta y basta!:* (span.) genug davon!, genug jetzt!
459,31 *Physikus:* veraltet für: Kreis- oder Bezirksarzt.
461,16 *by Jove!:* (engl.) bei Jupiter!, Donnerwetter!
461,31 *Stor:* Lager, Laden (von engl. *store*).
463,36 *Todos diabolos:* (span.) Alle Teufel.
466,32 *Stenge:* holsteinisch für: Stange, Verlängerung des Mastes.
467,1 *pro patria:* (lat.) fürs Vaterland.
469,35 *San Jago:* wahrscheinlich Santiago.
470,22 *Dublonen:* alte spanische Goldmünzen.
472,15 *Dreiling:* s. Anm. zu 180,3.
472,22 *resolvieren:* entschließen.
474,6 *Cutis:* (lat.) die aus Ober- und Lederhaut bestehenden Hautschichten.
475,13 *Vollschiffe:* Drei- bis Fünfmaster mit voll getakelten Masten.
475,19 *Gangspill:* Ankerwinde.
477,14 f. *Gründling:* kleiner Fisch; hier: herabsetzende Anrede.
477,30 *Bowiemesser:* langes Jagdmesser.
484,21 f. *Thanks for the alms and farewell for ever:* (engl.) Dank für die Almosen und Lebewohl für immer.
488,16 *Ökonom:* Verwalter, Hausverwalter.
489,27 f. *Äquinoktialstürme:* zur Zeit der Äquinoktien, der Tagundnachtgleiche um den 21. März und 23. September, auftretende Stürme.
490,21 *Vordersteven:* der vordere Abschluß des Schiffsrumpfes. *Gallion:* hier: Gallionsfigur, Figur am Bug des Schiffes.

Ein Doppelgänger

Entstehung: 1886, Hademarschen; *Erstdruck:* »Deutsche Dichtung«, hrsg. von Karl Emil Franzos, Bd. 1, Oktober–Dezember 1886, S. 2–9, 34–39, 58–63, 82–87, 106–111, 130–139; *Handschrift:* Archiv der Theodor-Storm-Gesellschaft, Husum.

496,3 f. *Dr. Martinus:* Martin Luther, der sich auf der Reise von der Wartburg nach Wittenberg befand, übernachtete in der Gastwirtschaft »Zum Bären« 1522 in Jena.

496,10 *Fuchsturm:* Der Turm von 23 m Höhe befindet sich auf dem Hausberg im Südosten von Jena.
497,29 *Trappe:* zur Familie der Kranichvögel gehörig.
497,32 f. *Es lebe, was auf Erden stolziert in grüner Tracht:* das Gedicht »Jägers Lust« von Wilhelm Müller (1794–1827).
498,18 *Ruhla:* Stadt in Thüringen.
508,28 *des alten Volksglaubens gedenkend:* Er besagt, daß die Seele des Verstorbenen den Körper in Gestalt einer Maus verläßt.
509,5 *Wachtelkönigs:* auch Wiesenralle, zur Familie der Kranichvögel gehörig; der Wachtel ähnlich, aber nicht verwandt.
509,16 *Hardtwein:* Pfälzer Wein; Hardt ist eine Weinbaugemeinde bei Neustadt an der Weinstraße.
509,32 *hat sich ausgebaut:* hat die Heimat verlassen.
510,28 *Schinderkate:* Abdeckerei.
511,26 f. *tyske Hund:* deutscher Hund.
514,30 *Zichorienbau:* Zichorie: aus der Wurzel der Wegwarte hergestellter Ersatz und Zusatz für Kaffee.
516,9 f. *Unzeug:* Ungeziefer.
525,27 *Gängel:* der gebogene Wiegenfuß.
529,23 *Kracke:* nieder- und mitteldt. für: altes, minderwertiges Pferd.
538,4 *Kümmchen:* Schüssel.
539,28 *Verdingsarbeiten:* Arbeiten im Akkord.
543,20 f. *Kosakenwinter:* der Winter 1813/14.
545,4 *Beilegerofen:* ein Ofen mit Heizöffnung vom Flur aus.
546,13 *Rathausschwibbögen:* s. Anm. zu 361,9 f.
551,2 *Bülte:* eigtl. feste, mit Gras bewachsene Stelle im Moor; hier: Hügelchen, Staude.
554,5 *Schmetterlingsketscher:* Ke(t)scher: Fangnetz.
554,27 *Fluchten:* Flügel.
555,11 *Zingel:* eigtl. Ringmauer; hier: Straße in Husum.
555,23 f. *Jagd- und Tierstücke von Steffeck und dem alten Ridinger:* Carl Steffeck (1818–90), Berliner Maler und Graphiker, wie Storm Mitarbeiter der »Argo«, malte besonders realistische Pferdebilder; Johannes Elias Ridinger (1698–1767), schwäbischer Maler und Kupferstecher, schuf vor allem Jagd- und Tierdarstellungen.

Der Schimmelreiter

Entstehung: 1886–88, Hademarschen; *Erstdruck:* »Deutsche Rundschau«, Bd. 55, April/Mai 1888, S. 1–34, 161–203; *Handschrift:* Schleswig-Holsteinische Landesbibliothek, Kiel.

Storm hat der 1888 in Berlin erschienenen Buchausgabe seines Werkes unter dem Titel »Für binnenländische Leser« zahlreiche Worterklärungen beigegeben, die im folgenden an den entsprechenden Stellen zitiert werden.

559,4 *Frau Senator Feddersen:* Elsabe Feddersen (1741–1829), die Urgroßmutter Storms.

559,7 f. *von den »Leipziger« oder von »Pappes Hamburger Lesefrüchten«:* Gemeint sind die »Leipziger Lesefrüchte, gesammelt in den besten literarischen Fruchtgärten des In- und Auslandes«, 1832–46, sowie die »Lesefrüchte vom Felde der neuesten Literatur des In- und Auslandes«, Hamburg 1811–42, hrsg. von Johann Joseph Christian Pappe (1768–1856).

559,23 *Marsch:* »dem Meere abgewonnenes Land, dessen Boden der festgewordene Schlick, der Klei, bildet« (Storm).

559,24 *Wattenmeer:* Watten: »von der Flut bespülte Schlick- und Sandstrecken an der Nordsee« (Storm).

559,25 *Halligen:* Hallig: »kleine, unbedeichte Insel« (Storm).

560,14 *Harden:* Verwaltungsbezirke, auch Gerichtsbezirke, die mehrere Dörfer oder Kirchspiele umfaßten.

561,4 *fiel mir bei:* fiel mir ein.

561,16 *Kooge:* Koog: »ein durch Eindeichung dem Meere abgewonnener Landbezirk« (Storm).

561,17 *Wehle:* als Folge eines Deichbruchs hinter dem Deich zurückgebliebenes tiefes Wasserloch.

561,28 *Werfte:* »zum Schutz gegen Wassergefahr aufgeworfener Erdhügel in der Marsch, worauf die Gebäude, auch wohl Dörfer liegen« (Storm).

562,8 *Is wull so wat:* (niederdt.) Mag wohl sein.

562,11 *Diekgraf:* (niederdt.) Deichgraf, Oberbeamter des Deichwesens.

Gevollmächtigten: Berater und Helfer des Deichgrafen, durchweg angesehene und wohlhabende Bauern.

562,12 *Interessenten:* »die wegen Landbesitz bei den Deichen interessiert sind« (Storm).

563,5 *Anno 17:* bei der großen Sturmflut Weihnachten 1717.

564,10 f. *In der Mitte des vorigen Jahrhunderts:* um 1750.

564,13 *Sielsachen:* Siel: Deichschleuse (zum Ablassen des Binnenwassers), Abwasserkanal.
564,19 *Mommsen:* Hans M., auch Momsen (1735–1811), bäuerlicher Gelehrter, Astronom, Mathematiker, Deichvogt in Fahretoft (nordwestlich von Husum); er hat Hauke Haien wichtige Züge verliehen.
564,20 *Bussolen:* Kompasse.
564,23 f. *Er hatte ein paar Fennen:* Fenne: »ein durch Gräben eingehegtes Stück Marschland« (Storm).
564,27 *ritzen:* reißen, im Sinne von ›zeichnen‹.
564,28 *prickeln:* sticheln, stechen.
565,2 *Euklid:* griechischer Mathematiker des 4./3. Jh.s v. Chr.; er schrieb die »Stoicheia« (»Elemente«), Hauke Haien benutzte eine populäre Bearbeitung.
565,30 *Schimpf:* Scherz.
566,4 *Martini:* 11. November, der Tag des französischen Heiligen Martin von Tours (316/317–397).
567,16 *Wunderkind aus Lübeck:* Christian Heinrich Heineken oder Heiniken (1721–25), hochbegabtes Kind, sprach mehrere Sprachen und besaß wissenschaftliche Kenntnisse.
567,22 *Schrot:* Stück.
568,2 *Haf:* »Haff, das Meer« (Storm).
568,4 *Äquinoktialstürme:* s. Anm. zu 489,27 f.
568,6 *Springflut:* Springfluten: »die ersten nach Voll- und Neumond eintretenden Fluten« (Storm).
568,19 *Kleierde:* Klei: »der festgewordene Schlick« (Storm), die fruchtbare Marscherde.
568,21 *Unschlittkerze:* Talgkerze.
568,25 *Profil:* »das Bild des Deiches bei einem Quer- oder Längenschnitt« (Storm).
568,32 *Watten:* s. Anm. zu 559,24.
569,3 *Seeteufel:* besonders häßlicher Fisch.
569,5 *gnidderschwarz:* tiefschwarz, pechschwarz.
570,11 *Pull:* Büschel, Schopf (Haar oder Gras).
571,36 *Geest:* »das höhere Land im Gegensatz zur Marsch« (Storm).
572,5 f. *auf dem Schlicke:* Schlick: »der graue Ton des Meerbodens, der bei der Ebbe bloßgelegt wird« (Storm).
573,9 *Porrenfangen:* Porre: (norddt.) hier für: Krabbe, Garnele.
574,2 *Akt:* (niederdt.) Deichauffahrt.
574,30 f. *kein Lebigs mehr:* nichts Lebendiges mehr.

575,15 *Krontaler:* durchweg Silbermünze mit aufgeprägter Krone. *Christian dem Vierten:* König von Dänemark von 1588 bis 1648.
575,20 *Racker:* Schinder, Abdecker; auch: Henkersknecht.
575,26 *Bettbühr:* Bettbezug.
578,28 *schlanterig:* schlotterig, hager.
579,6 *Pesel:* »ein für außerordentliche Gelegenheiten bestimmtes Gemach, in den Marschen gewöhnlich neben der Wohnstube« (Storm).
579,33 *gebörmt:* getränkt.
582,14 *Uns' Weert:* (niederdt.) »Unser Wirt«, der Hausherr.
582,23 *Trense:* einfacher Zaum.
585,1 *Dossierung:* »(oder Böschung), die Abfallinie des Deiches« (Storm).
585,8 *Brüche:* Geldstrafe.
585,25 *Bestickungsarbeiten:* Bestickung: »Belegung und Besteckung mit Stroh bei frischen Deichstrecken« (Storm).
586,14 *Demat:* »ein Landmaß in der Marsch« (Storm).
586,16 *Oberdeichgraf:* – Während das Amt des Deichgrafen von einem vermögenden Bauern wahrgenommen wird, handelt es sich beim Oberdeichgrafen um einen akademisch gebildeten Beamten des höheren Dienstes bei der Oberbehörde.
586,20 *Halbstieg:* Zählmaß; ein Stieg beträgt zwanzig, ein Halbstieg zehn Stück.
588,2 *Eisboseln:* auch: Eisbosseln; Wettspiel, bei dem mit Blei ausgegossene Kugeln geworfen werden.
588,13 *Kretler:* Schiedsrichter.
590,27 *Heck:* Zaun, Tor.
592,3 *Bummeis:* dünnes, mit Luftblasen gefülltes Eis.
592,16 *Gallimathias:* unverständliches Zeug, Geschwätz.
602,35 *verspillen:* verschwenden, vergeuden.
607,22 *Anberg:* Böschung, Anhöhe, Anhang.
608,23 f. *Beilegerofen:* ein Ofen mit Heizöffnung vom Flur aus.
608,35 *Ringreiten:* ein Reiterspiel, bei dem im Galopp ein aufgehängter Ring mit einer Lanze herabgestochen werden muß.
613,27 *hinterspinnig:* hinterlistig, hinterhältig, verschlagen.
615,2 f. *Vorland:* »der Teil des Festlandes vor den Deichen« (Storm).
615,21 *Priel:* »Wasserlauf in den Watten und Außendeichen« (Storm).
621,33 *Torfringel:* zum Trocknen in Ringen zu Haufen aufgeschichteter Torf.
624,27 *Kiewiet:* Kiebitz.

627,25 *Kracke:* s. Anm. zu 529,23.
628,20 *Priesterhandel:* günstiger Handel.
637,16 *Grassoden:* abgestochene Rasenstücke.
640,33 f. *Das ... separatistische Konventikelwesen:* geheime Zusammenkünfte sektiererischer Gruppen außerhalb der kirchlichen Gemeinschaft.
643,2 *Kajedeich:* vorläufiger Deich, Behelfsdeich.
648,21 *Avosetten:* Säbelschnäbler, der Familie der Regenpfeifer zugehörig.
648,35 *Karriole:* leichter zweirädriger Wagen.
661,2 *Lahnungen:* »Zäune von Buschwerk, die zur besseren Anschlickung vom Strande in die Watten hinausgesteckt werden« (Storm).
661,11 f. *eine, wie 1655 dagewesen:* die Sturmflut am 4. August 1655 mit Deichbrüchen von Bredstedt bis Husum.
665,27 *Kimmung:* Meereshorizont.
665,34 f. *das hippokratische Gesicht:* der veränderte Gesichtsausdruck eines Sterbenden.
666,12 *bawen Water:* (niederdt.) über dem Wasser.
666,30 f. *am Sonntage Lätare:* am dritten Sonntag vor Ostern (vgl. Jesaja 66,10).

Literaturhinweise

1. Werkausgaben

Theodor Storm's gesammelte Schriften. Erste Gesamtausgabe. [Bis Bd. 6 u. d. T.: Sämtliche Schriften.] 19 Bde. Braunschweig: Westermann, 1868–89.

Theodor Storms Sämtliche Werke in acht Bänden. Hrsg. von Albert Köster. Leipzig: Insel-Verlag, 1919–20. ^{2}1924.

Theodor Storm: Sämtliche Werke in zwei Bänden. Mit einem Nachw. von Johannes Klein. München: Winkler, 1951. Neuausg. mit Anm. und einer Zeittafel von Karl Pörnbacher und einem Nachw. von Johannes Klein 1977. [Text nach der ersten Gesamtausgabe von 1868–89.]

Theodor Storm: Sämtliche Werke in vier Bänden. Hrsg. von Peter Goldammer. Berlin [Ost]: Aufbau-Verlag, 1956. 2., überarb. und erg. Aufl. Berlin [Ost] / Weimar: Aufbau-Verlag, 1967. ^{6}1986.

Theodor Storm: Sämtliche Werke. 4 Bde. Hrsg. von Karl Ernst Laage und Dieter Lohmeier. Frankfurt a. M.: Deutscher Klassiker Verlag, 1987–88.

2. Briefe

Theodor Storms Briefe in die Heimat aus den Jahren 1853–1864 [an die Eltern]. Hrsg. von Gertrud Storm. Berlin 1907.

Theodor Storms Briefe an Tycho Mommsen. Hrsg. von Friedrich Krüger. In: Die Neue Rundschau 25 (1914). Bd. 1. S. 366–381.

Theodor Storm. Briefe an seine Braut [Constanze Esmarch]. Hrsg. von Gertrud Storm. Braunschweig 1915.

Theodor Storm. Briefe an seine Frau [Constanze]. Braunschweig 1915.

Theodor Storm. Briefe an seine Kinder [Hans, Ernst, Karl, Lisbeth, Lucie, Elsabe, Gertrud, Friederike, gen. Dodo]. Hrsg. von Gertrud Storm. Braunschweig 1916.

Theodor Storm und Heinrich Seidel im Briefwechsel. Hrsg. von Heinrich Wolfgang Seidel. In: Deutsche Rundschau 188 (1921) S. 186–207.

Blätter der Freundschaft. Aus dem Briefwechsel zwischen Theodor Storm und Ludwig Pietsch. Mitget. von Volquart Pauls. Heide 1939. ^{2}1943.

Theodor Storm und Ferdinand Tönnies. Hrsg. von Heinrich Meyer. In: Monatshefte für Deutschen Unterricht 32 (Dez. 1940) S. 355–380.
Briefe an Dorothea Jensen [Storms zweite Frau] und an Georg Westermann. Mitget. von Ewald Lüpke. Braunschweig 1942.
Theodor Storm. Ein rechtes Herze. Sein Leben in Briefen dargestellt von Bruno Loets. Leipzig 1942.
Stuckert, Franz: Theodor Storm. Briefe an Georg Scherer und Detlev von Liliencron. In: STSG 3 (1954) S. 15–59.
Theodor Storms Briefe an Klaus Groth. Hrsg. von Christian Jenssen. In: STSG 4 (1955) S. 31–77.
Peter Goldammer: Theodor Storm und Karl Emil Franzos. Ein unbekannter Briefwechsel. In: STSG 4 (1955) S. 9–40.
Der Briefwechsel zwischen Theodor Storm und Gottfried Keller. Hrsg. von Peter Goldammer. Berlin [Ost] 1960. 2. Aufl. Berlin [Ost] / Weimar 1967.
Theodor Storms Briefwechsel mit Theodor Mommsen. Hrsg. von Hans Erich Teitge. Weimar 1966.
Theodor Storm: Briefe. 2 Bde. Hrsg. von Peter Goldammer. Berlin [Ost] 1972. 2. Aufl. Berlin [Ost] / Weimar 1984.
Ranft, Gerhard: Theodor Storm und Dorothea geb. Jensen. Ein unveröffentlichter Briefwechsel. In: STSG 28 (1978) S. 34–97.

In Verbindung mit der Theodor-Storm-Gesellschaft, Husum, sind seit 1969 folgende »Kritische Ausgaben« der Briefwechsel Theodor Storms im Erich Schmidt Verlag, Berlin, erschienen:

Theodor Storm – Paul Heyse. Hrsg. von Clifford Albrecht Bernd. 3 Bde. 1969–74.
Theodor Storm – Erich Schmidt. Hrsg. von Karl Ernst Laage. 2 Bde. 1972–76.
Theodor Storm – Eduard und Margarethe Mörike. Mit Storms »Meine Erinnerungen an Eduard Mörike«. Hrsg. von Hildburg und Werner Kohlschmidt. 1978.
Theodor Storm – Ernst Esmarch. Hrsg. von Arthur Tilo Alt. 1979.
Theodor Storm – Theodor Fontane. Hrsg. von Jacob Steiner. 1981.
Theodor Storm – Wilhelm Petersen. Hrsg. von Brian Coghlan. 1984.
Theodor Storm – Hartmuth und Laura Brinkmann. Hrsg. von August Stahl. 1986.
Theodor Storm – Klaus Groth. Hrsg. von Boy Hinrichs. 1990.
Theodor Storm – Otto und Hans Speckter. Hrsg. von Walter Hettche. 1991.

Theodor Storm – Gottfried Keller. Hrsg. von Karl Ernst Laage. 1997.
Theodor Storm – Constanze Esmarch. Hrsg. von Regina Fasold. 2002.

3. Bibliographien, Forschungsberichte, Periodika

Schriften der Theodor Storm-Gesellschaft. 1952 ff. [Zit. als: STSG.]

Hans Erich Teitge: Theodor-Storm-Bibliographie. Berlin [Ost] 1967.
Kurt Meyer: Storm-Bibliographie. Neuerscheinungen 1967–1973. In: STSG 23 (1974) S. 72–81.
Kurt Meyer: Storm-Bibliographie. Nachträge zu den Jahren 1967–1973. Neuerscheinungen 1974. In: STSG 24 (1975) S. 105–108.
Margarethe Draheim: Storm-Bibliographie. Nachträge zu den Jahren 1967–1973. Neuerscheinungen 1974–1975. In: STSG 25 (1976) S. 79–81.
Seitdem erscheint die Stormbibliographie dort laufend jährlich.
Franz Stuckert: Der handschriftliche Nachlaß Storms und seine Bedeutung für die Forschung. In: STSG 1 (1952) S. 41–60.
Karl Ernst Laage: Der handschriftliche Nachlaß Theodor Storms. Katalog. In: K. E. L.: Theodor Storm. Studien zu seinem Leben und Werk mit einem Handschriftenkatalog. Berlin 1985. S. 131–176.
Jürgen Sang: Storms Lyrik als Gegenstand der Forschung. 30 Jahre »Schriften der Theodor-Storm-Gesellschaft«. In: STSG 30 (1981) S. 27–38.

4. Biographische Gesamtdarstellungen und Einzelstudien, Würdigungen, Überblicke

Barz, Paul: Der wahre Schimmelreiter. Die Geschichte einer Landschaft und ihres Dichters Theodor Storm. Hamburg 2000.
Böttger, Fritz: Theodor Storm in seiner Zeit. Berlin [Ost] 1959.
Fasold, Regina: Die Rezeption der Dichtung Theodor Storms in Zeitschriften und buchmonographischen Veröffentlichungen zwischen 1850 und 1890. Diss. Leipzig 1983.
– Theodor Storm. Stuttgart 1997. (Sammlung Metzler. 304.)
Fisenne, Otto von: Theodor Storm als Jurist. Diss. Hamburg 1960. – Auszug in: STSG 8 (1959) S. 9–47.

Freund, Winfried: Theodor Storm. Stuttgart [u. a.] 1987.
– Theodor Storm. Stuttgart 1994. (Literaturwissen.)
Goldammer, Peter: Theodor Storm. Eine Einführung in Leben und Werk. Leipzig 1968. [3]1980.
Jackson, David A.: Theodor Storm. Dichter und demokratischer Humanist. Eine Biographie. Berlin 2001.
Laage, Karl Ernst: Theodor Storm. Leben und Werk. Husum 1979. [5]1989.
– Theodor Storm. Studien zu seinem Leben und Werk mit einem Handschriftenkatalog. Berlin 1985.
– (Hrsg.): Theodor Storms Welt in Bildern. Eine Bildbiographie. Heide 1988.
– Theodor Storm. Eine Biographie. Heide 1999.
Lukács, Georg von: Bürgerlichkeit und l'art pour l'art. Theodor Storm. In: G. v. L.: Die Seele und die Formen. Essays. Berlin 1911. S. 119–169.
Mann, Thomas: Theodor Storm. In: Th. M.: Werke. Das essayistische Werk. Bd. 2. Hrsg. von Hans Bürgin. Frankfurt a. M. 1968. S. 16–33.
Paulin, Roger: Theodor Storm. München 1991.
Storm, Gertrud: Theodor Storm. Ein Bild seines Lebens. Bd. 1: Jugendzeit. Bd. 2: Mannesalter. Berlin 1912–13.
– Mein Vater Theodor Storm. Berlin 1922.
Vinçon, Hartmut: Theodor Storm in Selbstzeugnissen und Bilddokumenten. Reinbek 1988.

5. Forschungsliteratur

Alt, Arthur Tilo: Flucht und Verwandlung: Theodor Storms Verhältnis zur Wirklichkeit. In: STSG 25 (1976) S. 9–24.
Altmann, Minna K.: Theodor Storm in seinen Briefen: Ein Profil. Diss. New York 1979.
Amlinger, Lore M.: Vom »Immensee« zum »Schimmelreiter«. Zur Entwicklung des Stormschen Helden. In: STSG 38 (1989) S. 63–72.
Belgardt, Raimund: Dichtertum als Existenzproblem. Zur Deutung von Storms »Immensee«. In: STSG 18 (1969) S. 77–88.
Bernd, Clifford Albrecht: Die Erinnerungssituation in der Novellistik Theodor Storms. Diss. Heidelberg 1958.
– Theodor Storm und die Romantik. In: STSG 21 (1972) S. 24–37.
Betz, Frederick: Theodor Storm: »Immensee«. Erläuterungen und Dokumente. Stuttgart 1984.

Böckmann, Paul: Theodor Storm und Fontane. Ein Beitrag zur Funktion der Erinnerung in Storms Erzählkunst. In: STSG 17 (1968) S. 85–93.
Boll, Karl Friedrich: Das Problem der Zeit bei Theodor Storm. In: STSG 18 (1969) S. 54–76.
– Storm: »Meine Novellistik ist aus meiner Lyrik erwachsen«. In: STSG 29 (1980) S. 17–32.
Boutet, Michel: Theodor Storms Novellistik von den Frühjahren (1848–1849) bis zum Spätwerk (1888). Bordeaux 1971.
Coghlan, Brian: Dauer im Wechsel. Kontinuität und Entwicklung der Stormschen Erzählkunst. In: STSG 20 (1971) S. 9–22.
– »Laß den Anfang mit dem Ende sich in Eins zusammenziehen«. Eingang und Ausgang in Theodor Storms Novellen. In: Friedrich Kienecker / Peter Wolfersdorf (Hrsg.): Dichtung – Wissenschaft – Unterricht. Rüdiger Frommholz zum 60. Geburtstag. Paderborn/München/Wien/Zürich 1986. S. 113–125.
Coupe, William A.: Der Doppelsinn des Lebens: Die Doppeldeutigkeit in der Novellistik Theodor Storms. In: STSG 26 (1977) S. 9–21.
Cozic, Alain: »Der Schimmelreiter«, une nouvelle? Contribution à l'étude de l'art de la nouvelle chez Theodor Storm. In: Dominique Iehl / Horst Hombourg (Hrsg.): Von der Novelle zur Kurzgeschichte. Frankfurt a. M. [u. a.] 1990. S. 33–47.
– Statut et fonctions des narrateurs dans la nouvelle de Storm »Der Schimmelreiter«. In: Le texte et l'idée 4 (1989) S. 63–92.
De Cort, Josef: Das Idyllische in Storms Novellistik. In: STSG 26 (1977) S. 22–36.
Detering, Heinrich: Herkunftsorte. Literarische Verwandlungen im Werk von Theodor Storm, Friedrich Hebbel, Klaus Groth, Thomas und Heinrich Mann. Heide 2001.
Doane, Heike A.: Theodor Storm: »Hans und Heinz Kirch«. Erläuterungen und Dokumente. Stuttgart 1985.
Ebersold, Günther: Politik und Gesellschaftskritik in den Novellen Theodor Storms. Frankfurt a. M. 1981.
Eversberg, Gerd [u. a.] (Hrsg.): Stormlektüren. Festschrift für Karl Ernst Laage. Würzburg 2000.
Freund, Winfried: Theodor Storm: »Der Schimmelreiter«. Glanz und Elend des Bürgers. Paderborn 1984.
– Heros oder Dämon? Theodor Storm, »Der Schimmelreiter« (1888). In: W. F. (Hrsg.): Deutsche Novellen. Von der Klassik bis zur Gegenwart. München 1993. S. 187–198.

Freund, Winfried: Theodor Storm »Der Schimmelreiter«. Stuttgart 2002. (Lektüreschlüssel.)

Frommholz, Rüdiger: Theodor Storms »Pole Poppenspäler« – Kinder- oder Künstlergeschichte? In: STSG 36 (1987) S. 19–36.

Frühwald, Wolfgang: Hauke Haien, der Rechner. Mythos und Technikglaube in Theodor Storms Novelle »Der Schimmelreiter«. In: Literaturwissenschaft und Geistesgeschichte: Festschrift für R. Brinkmann. Tübingen 1981. S. 438–457.

– Der Enthusiasmus des Lebens. Individuation und Psychologisierung in Theodor Storms späten Erzählungen. In: STSG 33 (1984) S. 9–18.

Grimm, Gunter: »Ein Doppelgänger« (1886). Soziales Stigma als modernes Schicksal. In: Horst Denkler (Hrsg.): Romane und Erzählungen des Bürgerlichen Realismus. Neue Interpretationen. Stuttgart 1980. S. 325–346.

Jørgensen, Sven-Aage: Vergangenheit und Vergänglichkeit. Zur Funktion des Erinnerns in Theodor Storms Novellen. In: STSG 35 (1986) S. 9–15.

Kaiser, Gerhard: »Aquis submersus« – versunkene Kindheit. Ein literaturpsychologischer Versuch über Theodor Storm. In: Euphorion 73 (1979) S. 410–434.

Kamla, Thomas A.: Transitoriness and Christian Transcendence in Storm's »Aquis submersus« Source. In: Forum for Modern Language Studies 39/1 (2003) S. 27–52.

Karoussa, Nadia: Entstehung und Ausbildung des personalen Erzählens in der Mitte des 19. Jahrhunderts. Grundfragen einer Narrativik deutschsprachiger fiktionaler Texte unter besonderer Berücksichtigung der Erzähltechnik Theodor Storms. Hildesheim / Zürich / New York 1983.

Knüfermann, Volker: Realismus. Untersuchungen zur sprachlichen Wirklichkeit der Novellen »Im Nachbarhause links«, »Hans und Heinz Kirch« und »Der Schimmelreiter«. Diss. Münster 1967.

Kunz, Joseph: Theodor Storms Novelle »Draußen im Heidedorf«. Versuch einer Interpretation. In: STSG 22 (1973) S. 18–31.

Laage, Karl Ernst: Das Erinnerungsmotiv in Theodor Storms Novellistik. In: STSG 7 (1958) S. 17–39.

– Thomas Manns Verhältnis zu Theodor Storm und Iwan Turgenjew. (Dargestellt an der Novelle »Tonio Kröger«). In: Blätter der Thomas-Mann-Gesellschaft Zürich 20 (1983–84) S. 15–29.

Laage, Karl Ernst: Dichtung und lokale Wirklichkeit in Storms Novellistik. In: K. E. L.: Theodor Storm. Studien zu seinem

Leben und Werk mit einem Handschriftenkatalog. Berlin 1985. S. 43–55.

Löding, Frithjof: Theodor Storm und Klaus Groth in ihrem Verhältnis zur schleswig-holsteinischen Frage. Dichtung während einer politischen Krise. Neumünster 1985.

Lohmeier, Dieter: Erzählprobleme des poetischen Realismus. Am Beispiel von Storms Novelle »Auf dem Staatshof«. In: STSG 28 (1979) S. 109–122.

Lorenz, Hildegard: Varianz und Invarianz. Theodor Storms Erzählungen: Figurenkonstellationen und Handlungsmuster. Bonn 1985.

Müller, Harro: Theodor Storms Lyrik. Bonn 1975.

– Kritische Überlegungen zu Storms Natur-Lyrik. In: Norbert Mecklenburg (Hrsg.): Naturlyrik und Gesellschaft. Stuttgart 1977. S. 126–136.

– / Norbert Mecklenburg: Theodor Storms Gedicht »Über die Heide«. Versuch einer kritischen Interpretation. In: In: STSG 19 (1970) S. 35–42.

Neumann, Christian: Zwischem Paradies und ödem Ort. Unbewußte Bedeutungsstrukturen in Theodor Storms novellistischem Spätwerk. Würzburg 2002.

Nuber, Achim: Ein Bilderrätsel. Emblematische Struktur und Autoreferentialität in Theodor Storms Erzählung »Aquis Submersus«. In: Colloquia Germanica 26/3 (1993) S. 227–243.

Peischl, Margaret Theresa: Das Dämonische im Werk Theodor Storms. Frankfurt a. M. / Bern 1983.

– Theodor Storm's Novella »Der Herr Etatsrat«. A Fictional Protest against Prussia? In: Modern Language Quarterly 47/4 (1986) S. 366–381.

Ploschberger, Doris: »... und Niemandem ... durfte er davon reden!« Zur Problematik der Überlieferung in Theodor Storms »Der Schimmelreiter«. In: Sprachkunst 29/2 (1998) S. 249–268.

Preisendanz, Wolfgang: Gedichtete Perspektiven in Storms Erzählkunst. In: STSG 17 (1968) S. 25–37.

Ritchie, James M.: Theodor Storm und der sogenannte Realismus. In: STSG 34 (1985) S. 21–33.

Roebling, Irmgard: Liebe und Variationen. Zu einer biographischen Konstante in Storms Prosawerk. In: Amsterdamer Beiträge zur neueren Germanistik 17 (1983) S. 99–130.

Rüegg, Doris: Theodor Fontane und Theodor Storm. Dokumentation einer kritischen Begegnung. Diss. Zürich 1981.

Sammern-Frankenegg, Fritz Rüdiger: Perspektivische Strukturen einer Erinnerungsdichtung. Studien zur Deutung von Storms »Immensee«. Stuttgart 1976.

Schuster, Ingrid: Theodor Storm. Die zeitkritische Dimension seiner Novellen. Bonn 1971.

Schwarz, Anette: Social Subjects and Tragic Legacies. The Uncanny in Theodor Storm's »Der Schimmelreiter«. In: Germanic Review 73 (1998) S. 251–266.

Segeberg, Harro: Intermedialität bei Storm. Zur Mediengeschichte des Schimmelreiter-Komplexes. In: STSG 42 (1993) S. 77–94.

Schütz, Erhard: Lohn und Preis effektiver Entsagung. Vier Lesarten zu Theodor Storms Novelle »Immensee«. In: Anne Fuchs / Sabine Strymper-Krobb (Hrsg.): Sentimente, Gefühle, Empfindungen. Zur Geschichte und Literatur des Affektiven von 1770 bis heute. Würzburg 2003. S. 135–148.

– Theodor Storm als ›Dichter-Jurist‹. Zum Verhältnis von juristischer, moralischer und poetischer Gerechtigkeit in den Erzählungen »Draußen im Heidedorf« und »Ein Doppelgänger«. In: STSG 41 (1992) S. 69–82.

Seiler, Bernd W.: Nachdenken über Theodor S. ›Innerlichkeit‹ bei Storm und Christa Wolf. In: STSG 27 (1978) S. 9–25.

Sengle, Friedrich: Storms lyrische Eigenleistung. Abgrenzung von anderen großen Lyrikern des 19. Jahrhunderts. In: STSG 28 (1979) S. 9–33.

Sievers, Harry: Storms Gedanken über Unsterblichkeit und Tod in ihrem inneren Zusammenhang. In: STSG 5 (1956) S. 18–42.

Tschorn, Wolfgang: Idylle und Verfall. Die Realität der Familie im Werk Theodor Storms. Bonn 1978.

Wagener, Hans: Theodor Storm: »Der Schimmelreiter«. Erläuterungen und Dokumente. Stuttgart 2001.

Ward, Mark G.: Namen, Rollen, Bilder und Identität: Storms »Viola tricolor«. In: David A. Jackson / Mark G. Ward (Hrsg.): Theodor Storm – Narrative Strategies and Patriarchy / Theodor Storm – Erzählstrategien und Patriarchat. Lewiston (N. Y.) 1999. S. 139–159.

Zuber, Wolfgang: Natur und Landschaft in der späteren Novellistik Theodor Storms. Diss. Tübingen 1969.

Zeittafel

(Die Werke Storms werden mit dem Jahr ihres Entstehens, nicht des Erstdrucks, aufgeführt.)

1817 Hans Theodor Woldsen Storm wird am 14. September um Mitternacht als ältestes Kind des Advokaten Justizrat Johann Casimir Storm (1790–1874) aus Westermühlen, Kreis Rendsburg, und seiner aus dem »althusumer Patriziat« der Woldsen stammenden Frau Lucie (1797–1879) in Husum, Haus Markt 9, geboren.

1821 Die Familie zieht nach dem Tod des Großvaters Simon Woldsen (1754–1820) in dessen Haus Hohle Gasse 3 zur Großmutter Magdalena Woldsen, einer geborenen Feddersen (1766–1854), der Storm wie auch seiner Urgroßmutter Elsabe Feddersen (1741–1829) besonders zugetan ist. Er tritt in die Klippschule der Mutter Amberg ein.

1826 Storm wird im Herbst in die Quarta der »Gelehrtenschule« in Husum aufgenommen.

1827 Die Begegnung mit dem Puppenspiel regt ihn zur Beschäftigung mit der Literatur und zu eigenen poetischen Versuchen an. Die Erzählungen der Lena Wies (eigtl. Magdalena Jürgens, 1797–1868) fördern seine narrative Begabung.

1833 Storm schreibt »An Emma«, das erste von ihm überlieferte Gedicht, das an seine auf der Insel Föhr lebende Jugendfreundin Emma Kühl gerichtet ist, mit der er vom 3. Oktober 1837 bis zum 28. Februar 1838 verlobt war.

1835 Auf der Entlaßfeier der »Gelehrtenschule« in Husum rezitiert Storm sein Gedicht »Mattathias, der Befreier der Juden«. Er wechselt zum Gymnasium »Katharineum« zu Lübeck und schließt Freundschaft mit seinem Mitschüler Ferdinand Röse (1815–59), der mit ihm Heines »Buch der Lieder« liest. Weitere Lektüre: Goethes »Faust« und Werke Eichendorffs und Uhlands. Röse vermittelt die Bekanntschaft mit Emanuel Geibel (1815–84). Das Gedicht »An die Entfernte M.« entsteht.

1836 Storm widmet seinen Eltern zu Weihnachten ein Heft mit eigenen Gedichten. Er lernt die zehnjährige Bertha von Buchan (1826–1903) im Haus seines Onkels Scherff in

Hamburg kennen. Am 4. November 1836 schreibt er die Ballade »Der Bau der Marienkirche zu Lübeck«.

1837 Storm legt seine gymnasiale Abschlußarbeit vor: »Quibus causis Philippo II regnante dilapsae sint Hispaniae opes auctoritasque« (Aus welchen Gründen unter der Regierung Philipp II. Macht und Bedeutung Spaniens verfielen); in ihr ergreift er Partei für die um ihre Freiheit kämpfenden Niederländer. Ostern verläßt er das »Katharineum« und immatrikuliert sich an der juristischen Fakultät der Universität Kiel. Er schreibt das Märchen »Der Bär« und Gedichte für Bertha von Buchan. Storm gelingt das erste Gedicht von Rang, das Fragment »Westermühlen«.

1838 Er wechselt zur Universität Berlin, beschäftigt sich dort intensiv mit dem Theater und unternimmt eine Bildungsreise nach Dresden.

1839 Storm kehrt zur Universität Kiel zurück und findet dort in den Brüdern Theodor (1817–1903) und Tycho (1819 bis 1900) Mommsen zwei gleichgesinnte Freunde. Durch Theodor Mommsen lernt er die Lyrik Mörikes (1804–75) kennen.

1840–41 Mit den Brüdern Mommsen sammelt Storm Märchen, Sagen und Lieder der Volksdichtung. Seine ersten Gedichtveröffentlichungen erscheinen 1840 im »Album der Boudoirs« (»Die Möwe und mein Herz«; »Auf Wiedersehen«) und 1841 im »Lyrischen Album der Europa« (»Goldriepel«; »Morgenwanderung«). Gemeinsam mit den Brüdern Mommsen bekennt er sich zur gegen die Vorherrschaft der Dänen gerichteten schleswig-holsteinischen Volksbewegung.

1842 Storms Heiratsantrag an Bertha von Buchan wird zurückgewiesen. Er legt das juristische Abschlußexamen in Kiel ab und kehrt nach Husum zurück, wo er zunächst in der Praxis seines Vaters mitarbeitet.

1843 Er eröffnet eine eigene Rechtsanwaltskanzlei in der Großstraße 11 in Husum und gründet einen »Singverein«. Das mit den Brüdern Mommsen bereits in Kiel konzipierte »Liederbuch dreier Freunde« mit 120 lyrischen Beiträgen, davon vierzig von Storm, erscheint.

1844 Storm verlobt sich mit seiner Cousine Constanze Esmarch (1825–65), der ältesten Tochter Ernst Esmarchs, des Bürgermeisters von Segeberg, und seiner Frau Elsabe, einer geborenen Woldsen. Er nimmt am Nordfriesenfest in Bredstedt teil.

1844–45 Während der Brautzeit entstehen mit den Briefen zahlreiche an Constanze gerichtete Gedichte (u. a. »Wer je gelebt in Liebesarmen«, 1844; »Ich bin mir meiner Seele«, 1845).

1845 Storm gewinnt mit dem Amtssekretär Hartmuth Brinkmann (1819–1910), nachmaligem Bürgermeister von Lütjenburg, einen zuverlässigen Freund, mit dem er gemeinsam in seinem Haus Neustadt 56 – Storm hatte es mit finanzieller Hilfe seines Vaters erworben – wohnt.

1846 Storm und Constanze Esmarch heiraten am 15. September in Segeberg und nehmen Wohnung in Husum, Neustadt 56.

1847 Storm gerät in eine schwere existentielle Krise, ausgelöst durch sein Liebesverhältnis zu Dorothea (Do) Jensen (1828–1903), einer mit seiner Schwester Caecilie (1829–63) befreundeten Tochter des Husumer Senators Jensen. »Marthe und ihre Uhr«, Storms erste Prosaskizze, erscheint.

1848 Für Dorothea – ihr gehört »die Hälfte meiner Poesie« – schreibt er den Gedichtzyklus »Ein Buch der roten Rose«, darin u. a. »Du willst es nicht in Worten sagen«, »Rote Rosen« und »Mysterium«, das erst 1924 vollständig veröffentlicht wurde. Am 25. Februar wird Storms erstes Kind, sein Sohn Hans (gest. 1886), geboren. Dorothea Jensen verläßt Husum. Storm engagiert sich in der schleswig-holsteinischen Freiheitsbewegung und schreibt das politische Gedicht »Ostern« und die Prosaskizze »Im Saal«.

1849 Die erste Fassung der Novelle »Immensee« sowie die Prosaskizze »Posthuma« und das für den Sohn Hans bestimmte Märchen »Der kleine Häwelmann« entstehen. Storm unterzeichnet eine gegen die Dänen gerichtete Protestadresse.

1850 24./25. Juli: Die Schleswig-Holsteiner erleiden eine schwere Niederlage durch die Dänen bei Idstedt. Storm schreibt die politischen Gedichte »Im Herbste 1850«, »Gräber an der Küste« und »Ein Epilog« sowie die Novelle »Ein grünes Blatt« und das Märchen »Hinzelmeier«. Im November beginnt sein Briefwechsel mit Eduard Mörike.

1851 30. Januar: Sein Sohn Ernst (gest. 1913) wird geboren. Als erste Buchausgabe Storms erscheinen die »Sommergeschichten und Lieder«. Das Gedicht »Die Stadt« entsteht.

1852 8. Mai: Londoner Protokoll: die Unteilbarkeit der dänischen Gesamtmonarchie wird beschlossen. Storm wird die Advokatur entzogen. Er bewirbt sich erfolglos in Gotha und Buxtehude und reist nach Berlin, um eine Stelle im preußischen Justizdienst zu erhalten. Er macht dort die Bekanntschaft mit dem Kunsthistoriker Friedrich Eggers (1819–72), mit Theodor Fontane (1819–98), dem Kunsthistoriker und Schriftsteller Franz Kugler (1808–58) und dem Maler Adolph von Menzel (1815–1905), die Mitglieder in dem literarischen Bund »Tunnel über der Spree / Rütli« sind. Die erste Ausgabe seiner Gedichte erscheint.

1853 10. Juni: Storms Sohn Karl (gest. 1899) wird geboren. Er reist noch einmal nach Berlin. Im März beginnt sein Briefwechsel mit Fontane, im November der mit Paul Heyse (1830–1914). Storm wird im Oktober zum preußischen Gerichtsassessor ernannt und zieht im Dezember mit seiner Familie nach Potsdam. Die Gedichte »Abschied« und »Trost« entstehen.

1854 Storm nimmt seine Tätigkeit am Kreisgericht Potsdam auf. Im Haus Kuglers begegnet er Eichendorff (1788–1857). Er schreibt die Novelle »Im Sonnenschein« und die Gedichte »Meeresstrand« und »Für meine Söhne«.

1855 10. Juni: Storms erste Tochter Lisbeth (gest. 1899) wird geboren. Am 15. und 16. August besucht er in Begleitung seiner Eltern Eduard Mörike in Stuttgart. Die Novelle »Angelika« entsteht.

1856 Storm wird zum Kreisrichter in Heiligenstadt (Eichsfeld) ernannt, im September erfolgt der Umzug von Potsdam dorthin. Aufnahme des Briefwechsels mit dem Zeichner und Schriftsteller Ludwig Pietsch (1824–1911), der ihn mehrfach in Heiligenstadt besucht und seine Novelle »Immensee« illustriert. Die zweite Auflage der Gedichte erscheint. Die Humoreske »Wenn die Äpfel reif sind« wird geschrieben.

1857 Storm schließt Freundschaft mit Alexander von Wussow (1820–89), dem Landrat von Heiligenstadt. Das Gedicht »Gedenkst du noch« ist Constanze gewidmet.

1857–58 Die Novelle »Auf dem Staatshof« entsteht.

1859 Die dritte Auflage der Gedichte Storms erscheint. Er schreibt die Novelle »Späte Rosen« und gibt die Anthologie »Deutsche Liebeslieder seit Johann Christian Günther« heraus. Während eines Besuches in der Heimat trifft er sich in Lütjenburg mit Hartmuth Brinkmann und in Hamburg mit dem Zeichner und Maler Otto Speckter (1807–71). Nach Husumer Vorbild gründet er in Heiligenstadt einen Gesangverein.

1860 12. August: Storms Tochter Lucie (gest. 1935) wird geboren. Die Novelle »Drüben am Markt« entsteht.

1861 Mit den Novellen »Veronica« und »Im Schloß« vollzieht sich Storms endgültige Absage an die christliche Botschaft und die Institution Kirche, wächst zugleich seine scharfe Kritik am Adel.

1862 Die Novelle »Auf der Universität« und die Weihnachtsidylle »Unter dem Tannenbaum« entstehen. Die Spukgeschichten »Am Kamin«, die zumindest in Teilen vermutlich bereits 1857/58 geschrieben wurden, erscheinen.

1863 24. Januar: Die Tochter Elsabe (gest. 1945) wird geboren. Mit »Abseits« vollendet Storm die letzte seiner in Heiligenstadt entstandenen Novellen. Er wiederholt seine Absage an das Christentum in dem Gedicht »Ein Sterbender«. Mit dem Tod des Dänenkönigs Friedrich VII. und der Ausrufung des Erbprinzen Friedrich von Augustenburg zum Herzog eines autonomen Schleswig-Holstein lebt die Volksbewegung erneut auf, die Storm mit seinem politischen Gedicht »Gräber in Schleswig 1863« unterstützt.

1863–64 Storm schreibt das Märchen »Die Regentrude«. Die noch in Heiligenstadt begonnene Novelle »Von Jenseit des Meeres« vollendet er erst nach seiner Rückkehr in Husum.

1864 Die vierte Ausgabe von Storms Gedichten erscheint. Das Märchen »Bulemanns Haus« entsteht. Der Deutsch-Dänische Krieg bricht aus. Im Februar wählt die Ständeversammlung Storm (in absentia) zum Landvogt. Am 12. März kehrt er nach Husum zurück. 14. April: Erstürmung der Düppeler Schanzen. 30. Oktober: Im Frieden von Wien tritt Dänemark die Herzogtümer Schleswig, Holstein und Lauenburg an Österreich und Preußen ab. Storm begleitet das Geschehen mit politischer Lyrik: »Und haben wir unser Herzoglein«; »1864«; »Wir können auch die Trompete blasen«; »Es gibt eine Sorte«. Er gründet seinen ehemaligen »Singverein« neu.

1864–65 Das Märchen »Der Spiegel des Cyprianus« wird geschrieben.

1865 4. Mai: Die Tochter Gertrud (gest. 1936) wird geboren. 20. Mai: Constanze stirbt am Kindbettfieber. Storm beginnt unmittelbar nach ihrem Tod mit dem Gedichtzyklus »Tiefe Schatten« (vollendet 1868). 14. August: Gasteiner Konvention: Preußen übernimmt die Verwaltung Schleswig-Holsteins. Im September folgt Storm einer Einladung des russischen Dichters Iwan Turgenjew nach Baden-Baden. Er trifft sich mit Tycho Mommsen in Frankfurt, mit dem Jugendfreund Pastor Johann Matthias Peter Ohlhues (1815–83) in Duisburg und mit Alexander von Wussow in Arnsberg und besucht Berlin. Er begegnet nach Jahren der Trennung Dorothea Jensen.

1866 Am 13. Juni schließt Storm mit Dorothea die Ehe und zieht mit ihr in das neuerworbene Haus in Husum, Wasserreihe 31. Der Krieg Preußens gegen Österreich (Deutscher Krieg) bricht aus. Schleswig-Holstein wird preußisch.

1867 Die Novellen »In St. Jürgen« und »Eine Malerarbeit« entstehen. Storm verliert das Amt des Landvogts und wird unter Gehaltseinbuße als Amtsrichter übernommen. Verse der Resignation: »Welt-Lauf«. Er besucht Klaus Groth in Kiel.

1868 4. November: Friederike (genannt Dodo, gest. 1939), das einzige Kind aus seiner Ehe mit Dorothea Jensen, wird geboren. Bei Westermann in Braunschweig erscheint die erste Ausgabe der »Sämtlichen Schriften«.

1869 Es entwickelt sich ein Briefwechsel mit Ada Christen (Pseudonym für Christiane von Breden, geb. Friederik, 1844–1901), einer österreichischen Schriftstellerin.

1870 Storm opponiert gegen den Deutsch-Französischen Krieg. Er schreibt als Teile der »Zerstreuten Kapitel« »Amtschirurgus-Heimkehr« und »Lena Wies« und gibt die »kritische Anthologie« »Hausbuch aus deutschen Dichtern seit Claudius« heraus.

1871 Als weitere Stücke der »Zerstreuten Kapitel« entstehen »Eine Halligfahrt« und »Zwei Kuchenesser der alten Zeit«. Er nimmt einen Briefwechsel mit dem Wiener Literarhistoriker und Kritiker Emil Kuh (1828–76) auf.

1872 Mit seiner entschieden realistischen Novelle »Draußen im Heidedorf« überwindet Storm seine langjährige Schaffenskrise. Er reist zu dem österreichischen Reichsrat und Schriftsteller Julius Alexander Schindler (1818–85, Pseudonym Julius von der Traun) auf Schloß Leopoldskron bei Salzburg und trifft sich mit Heyse in München.

1873 Niederschrift der Novellen »Viola tricolor« und »Beim Vetter Christian« und des »Zerstreuten Kapitels« »Von heut und ehedem«.

1873–74 Die Novelle »Pole Poppenspäler« entsteht.

1874 Am 14. September stirbt Storms Vater. Storm vollendet die Novelle »Waldwinkel«. Er wird zum Oberamtsrichter ernannt.

1874–75 Storm gestaltet in seiner Novelle »Ein stiller Musikant« das Lebensschicksal seines dritten Sohnes Karl.

1875 Die Novellen »Psyche« und »Im Nachbarhause links« werden geschrieben. Während eines Aufenthaltes in Bad Segeberg aus Anlaß der Beerdigung seines Schwiegervaters Ernst Esmarch entsteht im Gedenken an Constanze das Gedicht »Über die Heide«. Die fünfte Auflage der Gedichte erscheint.

1875–76 Storm schreibt mit »Aquis submersus« die erste der insgesamt fünf Chroniknovellen.

1876 Storm reist zu seinem Sohn Hans, der in Würzburg Medizin studiert. »Von Kindern und Katzen« mit einer Zeichnung von Fritz Klimsch erscheint.

1877 Storm fährt im Februar erneut nach Würzburg, um seinem trunksüchtigen Sohn Hans bei seinem medizinischen Examen zur Seite zu stehen. Er lernt dort den Literarhistoriker Erich Schmidt (1853–1913) kennen. Sein Briefwechsel mit Gottfried Keller (1819–90) beginnt. »Meine Erinnerungen an Eduard Mörike« erscheinen. Die Novelle »Carsten Curator« entsteht.

1877–78 Storm verfaßt »Renate«, die zweite Chroniknovelle.

1878 Der Dichter wird während einer Fahrt nach Schwabstedt zu seiner Novelle »Zur ›Wald- und Wasserfreude‹« angeregt, die er im gleichen Jahr vollendet. Er reist zu seinem Sohn Karl nach Varel, der dort als Musiklehrer tätig ist.

1878–79 Niederschrift seiner Novelle »Im Brauerhause«.

1879 Am 28. Juli stirbt Storms Mutter. Es entstehen die dritte Chroniknovelle »Eekenhof« und das Gedicht »Geh nicht hinein« auf den Tod des sechzehnjährigen Sohns Theodor des ihm befreundeten Grafen Ludwig zu Reventlow (1824–93). Storm wird zum Amtsgerichtsrat ernannt.

1879–80 Storm schreibt die Novelle »Die Söhne des Senators«.

1880 Die sechste Auflage der Gedichte erscheint. Storm geht vorzeitig in Pension und verkauft seinen Husumer Besitz. Er zieht nach Hademarschen und beginnt dort mit dem Bau seiner »Altersvilla«.

1880–81 »Der Herr Etatsrat«, eine Novelle mit Zügen des »Grotesken«, wird von Storm geschaffen.

1881 Storm zieht am 30. April in sein neues Haus in Hademarschen ein. Im September ist Paul Heyse bei ihm zu Gast. Er besucht seine Tochter Lisbeth, Frau des dortigen Pastors Gustav Haase (1838–1904), in Heiligenhafen. Storm zieht, bestärkt von Keller und Heyse, sein Vorwort zur Novellentheorie zurück, das für den 11. Band der Gesamtausgabe gedacht war.

1881–82 Angeregt von seinem Aufenthalt in Heiligenhafen, schreibt Storm seine Novelle »Hans und Heinz Kirch«.

1882 Er empfängt zum Jahreswechsel den Besuch seines Freundes Erich Schmidt.

1882–83 Die Novelle »Schweigen« entsteht.

1883 Storm wird auf Vorschlag Paul Heyses der bayerische »Maximiliansorden für Kunst und Wissenschaft« verliehen. Im Juni nimmt er an der Hochzeit seines Sohnes Ernst in Tondern teil. In Hamburg besucht er eine Aufführung von Heyses Drama »Das Recht des Stärkeren«.

1883–84 Die vierte seiner Chroniknovellen »Zur Chronik von Grieshuus« wird verfaßt.

1884 Storm schreibt die Novelle »Es waren zwei Königskinder«. Er reist nach Berlin und trifft u. a. mit Theodor Mommsen, der beim Festbankett die Laudatio auf ihn hält, und mit Fontane, Adolph von Menzel und von Wussow zusammen, in dessen Haus er wohnt.

1884–85 Die Novelle »John Riew'« entsteht.

1885 Die fünfte Chroniknovelle »Ein Fest auf Haderslevhuus« wird vollendet. Die siebte Auflage seiner Gedichte, die letzte zu seinen Lebzeiten, erscheint.

1885–86 Niederschrift der Novelle »Bötjer Basch«.

1886 Storm begleitet gemeinsam mit dem ihm im letzten Lebensjahrzehnt befreundeten jungen Soziologen Ferdinand

	Tönnies (1855–1936) seine Tochter Elsabe nach Weimar, wo sie Musik studieren will. Er besucht Erich Schmidt und erhält eine Audienz beim Großherzog. Storm beginnt mit der Arbeit am »Schimmelreiter« und schreibt die Novelle »Ein Doppelgänger«. Im Oktober erkrankt er an einer Rippenfellentzündung und an einem Nierenleiden. Storms Sohn Hans stirbt am 3. Dezember.
1887	Nach Besserung seines Gesundheitszustandes setzt Storm die Arbeit am »Schimmelreiter« fort, unterbrochen von der Niederschrift der Novelle »Ein Bekenntnis«. Storm erkrankt an Magenkrebs, er wird durch eine Scheinuntersuchung beruhigt. Seinen siebzigsten Geburtstag feiert Storm, der zum Ehrenbürger der Stadt Husum ernannt wird, unter Anteilnahme weiter Kreise des literarischen Deutschland. Er hält sich im August mit Ferdinand Tönnies zur Erholung auf der Insel Sylt auf und beginnt mit der Arbeit an der »Sylter Novelle«, die Fragment bleibt.
1888	Am 9. Februar vollendet Storm seine Novelle »Der Schimmelreiter«. Er plant eine neue Novelle mit dem Titel »Die Armsünderglocke«, von der nur wenige Seiten vorliegen. Storm stirbt am Nachmittag des 4. Juli und wird am 7. Juli in der Woldsenschen Familiengruft auf dem Friedhof St. Jürgen in Husum beigesetzt.

Nachwort

Zu Leben und Werk Theodor Storms

Das Bekenntnis Storms im »Vorwort zu den gesammelten Schriften« von 1868, seine Dichtungen seien »Zeugnisse meines Lebens« (SW IV, S. 611)[1], verweist auf die Koinzidenz von Werk und Biographie; so bedarf die folgende Darstellung, soll sie dem Verständnis seiner Dichtung und, damit eng verbunden, der Klärung des exzeptionellen Verhältnisses von Lyrik und Novellistik bei Storm gerecht werden, in besonderem Maß der Einbeziehung seines Lebensganges.

Es gehört zu den überraschenden Phänomenen, daß der bedeutende Erzähler sich in seinem ersten Schaffensjahrzehnt ausschließlich lyrischer Ausdrucksformen bediente. Der ganz aus der »Kraft, Tiefe und Innigkeit des Gefühls« (Brief an Hartmuth Brinkmann, 7. 5. 1851) lebende junge Storm vermochte aber zunächst sein »*tiefstes* und mächtigstes Gefühl« (an Theodor Fontane, 25. 5. 1868), die »Summe der Empfindung auf einmal und ein für allemal« nicht anders als im lyrischen Gedicht »auszuprägen« (an Paul Heyse, 2. 4. 1884). Noch bis zu Constanzes Tod 1865 bleibt erkennbar, wie Storm immer wieder die sein Dasein bestimmenden Ereignisse – Heirat, leidenschaftliche Liebesbeziehung zu Dorothea Jensen schon bald nach der Eheschließung, Engagement im schleswig-holsteinischen Freiheitskampf gegen die Dänen, Exil, Verlust Constanzes – überwiegend in Gedichten »aus innerer Notwendigkeit zur Selbstbefreiung [...] aus sich herausprägt« (an Fontane, 25. 5. 1868).

Erst als der eben Dreißigjährige in eine schwere Existenzkrise gerät, bahnt sich ein Wandel in seiner lyrischen Ausdruckshaltung an, da er zur Darstellung der ihn erstmals ganz

1 Zitate aus Storms Dichtung erfolgen ohne Angabe des Titels nach: Theodor Storm: Sämtliche Werke. 4 Bde. Hrsg. von Peter Goldammer. Berlin [Ost] / Weimar [6]1986 (hier: Bd. 4, S. 611).

und gar erschütternden »Macht des Lebens« (an Paul Heyse, 2. 10. 1884) der größeren dichterischen Form bedarf, die er bezeichnenderweise »aus der Lyrik entwickelt« (an Eduard Alberti, 12. 3. 1882). Statt der gefühlshaft erlebten »Situation«, die ihn bisher zu seiner Lyrik – aus seiner Sicht »Gelegenheitsgedichte im höhern Sinne« (an Hartmuth Brinkmann, 10. 12. 1852) – inspirierte, rücken nun »das Charakterbild oder das sittliche Problem«[2] mehr und mehr in den Mittelpunkt seiner Dichtung. So bildete sich, wie Storm aus der Rückschau über die Genese seiner Novellistik am 12. 3. 1882 an Alberti schreibt, über dem Bemühen, »ein ganzes Menschenschicksal mit der bewegenden Ursache und seinem Verlaufe bis zum Schlusse (›Im Saal‹ z. B.) vorzustellen [...], allmählich [...] die vollständige und völlig lückenlose Novelle heraus«, die dann in der zweiten Lebenshälfte des Dichters, ähnlich wie zuvor die Lyrik, zur dominierenden poetischen Ausdrucksform wird und die Lyrik schließlich »völlig verschluckt« (an Gottfried Keller, 7. 8. 1885).

Die enge Beziehung zwischen Lyrik und Novellistik im Werk Storms, beide gleichermaßen »ursprünglicher Ausfluß derselben eigenartigen Natur« (an Hartmuth und Laura Brinkmann, 21. 1. 1868), läßt es geboten erscheinen, in den folgenden Anmerkungen auch die Darstellung der Lyrik Storms angemessen zu berücksichtigen.

*

Die Eltern des am 14. September 1817 geborenen Hans Theodor Woldsen Storm waren ihrer Herkunft wie ihrem Wesen nach außerordentlich verschiedene Naturen. Während der Vater Johann Kasimir Storm (1790–1874), ein vom Rationalismus beeinflußter, höchst erfolgreicher Advokat und Justizrat, einer bäuerlichen Familie entstammte – seine Vor-

2 Paul Heyse: Vorwort zu Theodor Storms Novelle »Eine Malerarbeit«. In: Deutscher Novellenschatz. Hrsg. von Paul Heyse und Hermann Kurz. 24 Bde. München 1871–76. Bd. 9. Zit. nach: Theodor Storm: Briefe. Hrsg. von Peter Goldammer. Berlin [Ost] / Weimar [2]1984. S. 410.

fahren waren seit langem Landwirte und Erbpachtmüller in Westermühlen bei Rendsburg –, kam die Mutter Lucie aus dem wohlhabenden »althusumer Patriziat« der Woldsen und zeigte im Gegensatz zu ihrem Mann, der von der poetischen Begabung des Sohnes kaum Notiz nahm, »sehr viel Interesse für Kunst und Natur« (an Emil Kuh, 13. 8. 1873).

Die in der Tradition der Aufklärung gründende Liberalität des Elternhauses, verbunden mit einer ausgeprägten sozialen Sensibilität, gewährte dem Heranwachsenden ein hohes Maß freiheitlich-eigenständiger Entwicklung und Entfaltung – »erzogen«, so Storm, »wurde wenig an mir [...] von Religion oder Christentum habe ich nie reden hören« (ebd.) – und erlaubte ihm einen ausgedehnten Umgang mit Angehörigen aller Gesellschaftsschichten. So weckte der ihm befreundete Flickschusterssohn Hans »Räuber«, der über eine erstaunliche Fähigkeit des »Stücken vertellens« (SW I, S. 329) verfügte – Storm erinnert sich in seiner Vorrede zu den »Geschichten aus der Tonne« daran –, die in ihm angelegte ursprüngliche Erzählgabe und vermittelte ihm mit seinen »seltsamen Geschichten« (SW I, S. 773) zugleich Motive für eine Reihe späterer Novellen Storms.

Nicht minder bedeutsam war für Storm die Bekanntschaft mit der zwanzig Jahre älteren Bäckerstochter Magdalena Jürgens (sie nannte sich Lena Wies), die narrative Phantasie mit hoher formaler Begabung verband. Storm, dem sie für seine spätere Novellistik wichtige Grundeinsichten künstlerischen Erzählens vermittelte, hat ihr 1873 mit seiner liebenswürdigen Skizze »Lena Wies« ein Zeugnis dankbaren Gedenkens gewidmet.

Einfluß auf diese Entwicklung gewann auch die Begegnung des Zehnjährigen mit dem Puppenspiel, das mehrere Jahre, wie Storm seiner Tochter Gertrud berichtete,[3] seine ganze Freizeit ausfüllte; von ihm erhielt er während seiner Husumer Schulzeit, in der »die deutsche Poesie als Luxusartikel

3 Vgl. Gertrud Storm: Mein Vater Theodor Storm. Berlin 1922. S. 13 ff.

betrachtet« (SW IV, S. 391) wurde, intensive literarische Anstöße, zudem regte es ihn zu eigenen dramatischen Entwürfen an. Das im Puppenspiel von ihm geforderte »*in Szene Setzen des Gedankens*« (an Friedrich Eggers, 13. 3. 1853) wurde später für Storm, der die Novelle als »Schwester des Dramas« (SW IV, S. 618) verstand, zu einem wichtigen Stilelement seines epischen Schaffens.

Einen spürbaren Einschnitt in seinem Leben bedeutete der 1835 vollzogene Wechsel zum renommierten Gymnasium Katharineum in Lübeck, um dort seine Schulausbildung abzuschließen, nachdem er seit 1821 zunächst die Klippschule und ab 1826 die Gelehrtenschule in Husum absolviert hatte. In Lübeck fand Storm in Ferdinand Röse – »Du Philosoph, Chroniste und Poete« (»An F. Röse«, 1843) – einen ihn selbstlos fördernden Freund, der ihn in die Lübecker Gesellschaft einführte und ihn mit Emanuel Geibel bekannt machte. Vor allem aber regte er Storm, der von der deutschen Dichtung wenig mehr als Schiller und die Dichter des Hainbundes kannte, zur Lektüre zeitgenössischer Literatur an und las mit ihm Heines »Buch der Lieder«, von dem Storm »wie verzaubert« war und das für seine weitere Entwicklung als Lyriker entscheidende Bedeutung gewann. »Großen und nachhaltigen Eindruck« (an Ada Christen, 2. 3. 1873) empfing er weiterhin von Goethes »Faust«, Eichendorffs »Dichter und ihre Gesellen« und Uhlands Lyrik, ohne sich darüber poetisch bereits selbst zu finden.

1837 beendete Storm die Schulzeit und immatrikulierte sich an der Universität Kiel, um Jura zu studieren, »ohne besondere Neigung« (an Emil Kuh, 21. 8. 1873) und mehr den Wunsch des Vaters respektierend. Enttäuscht vom dortigen studentischen Leben, folgte er 1838 seinem Freund Röse für drei Semester nach Berlin, wo er sich intensiv dem Theater widmete, Mitglied einer studentischen Theatergruppe wurde und nachhaltige Eindrücke durch Opern- und Schauspielbesuche empfing. Daneben vermittelte ihm eine Studienreise nach Dresden das Erlebnis eines ihm bis dahin unbekannten Kulturbereiches.

Einem ihn geistig wie künstlerisch erfüllenden Freundeskreis, zu dem auch die Brüder Theodor und Tycho Mommsen gehörten, schloß er sich allerdings erst nach seiner Rückkehr nach Kiel 1839 an. Vor allem der literarisch hochbegabte nachmalige Historiker Theodor Mommsen, der »bedeutendste junge Mann, den ich in meinem Leben gefunden habe« (an Gottfried Keller, 8. 5. 1881), mit dem ihn eine leidenschaftliche Verehrung Mörikes verband, den er 1855 besuchte, wird zum entscheidenden Förderer, der mit kritischer Anteilnahme sein Dichten begleitet und die allmähliche poetische Selbstfindung Storms anbahnt. Gemeinsam sammeln Storm und die Brüder Mommsen seit 1841 das Material zu den 1845 von dem Germanisten Karl Müllenhoff herausgegebenen »Sagen, Märchen und Liedern der Herzogtümer Schleswig, Holstein und Lauenburg« und veröffentlichen 1843 das mehr als 120 eigene Gedichte enthaltende »Liederbuch dreier Freunde«, von denen über vierzig von Storm stammen. Sie lassen durchweg noch individuelle Prägung vermissen, erschöpfen sich im Konventionell-Unverbindlichen und werden von Storm später als ein »Flügelprüfen ohne Selbständigkeit« gewertet (an Ada Christen, 2. 3. 1873).

Lediglich in einzelnen, vornehmlich an seine Jugendliebe Bertha von Buchan gerichteten Gedichten – er hatte sie 1836 als Zehnjährige kennengelernt, 1842 der Sechzehnjährigen einen Heiratsantrag gemacht und durch dessen Zurückweisung eine herbe Enttäuschung erlitten – wird die unmittelbare Betroffenheit persönlichen Liebeserlebens spürbar. So nähert er sich mit Schöpfungen wie »Lebewohl«, »Junges Leid« (beide 1841), »Repos d'amour« oder »Liegt eine Zeit zurück« (beide 1843) einer Form der Dichtung, die es nicht mehr ausschließlich »mit Gedanken *über* das Leben zu tun« hat als vielmehr überwiegend »mit der *Darstellung des Lebens selbst*« (an Ludwig Pietsch, 1871). Aber erst in der Lyrik, die von der Ende 1843 erfolgten Begegnung mit seiner Cousine

Constanze, einer Tochter des Segeberger Bürgermeisters Ernst Esmarch, inspiriert wurde, gelang es ihm, die sich bereits in einigen Stücken der »Lieder der Freunde« anbahnende Wandlung seiner lyrischen Ausdruckshaltung, tiefste persönliche Gefühlserfahrungen dichterisch auszusprechen, zu verwirklichen. Mit der rasch wachsenden Neigung zu der schönen, liebenswürdigen Achtzehnjährigen – Storm, der 1842 sein juristisches Examen abgelegt und sich 1843 in Husum als Rechtsanwalt niedergelassen hatte, verlobte sich schon 1844 mit ihr – gelingt ihm der Durchbruch zur »*wirklichen*, herzgeborenen und -gebotnen« Poesie, gewinnen seine »Lieder« den Charakter von »Pulsschlägen Ihres Lebens« (Fontane an Storm, 13. 8. 1853). Die zahlreichen Gedichte an Constanze, darunter so vollkommene wie »Wer je gelebt in Liebesarmen« (1844), »Ich bin mir meiner Seele«, »Liegst wohl noch im Traum befangen« (beide 1845) oder »Zur Nacht« (1846), spiegeln die Besonderheit dieser Beziehung, die sich, fern dem »Sinnlichen«, im Entdecken ihres »inneren Wesens« erfüllte (an Constanze, 4. 8. 1846) und ihnen den Ausdruck ergreifender Innerlichkeit verleiht.

Die 1846 mit Constanze geschlossene Ehe, die allein auf das Einander-gewiß-Sein, auf Geborgenheit und Trost baute – ich »flüchtete [. . .] zu ihr wie ein Kind zur Mutter«, heißt es im Brief vom 28. 8. 1865 an Tycho Mommsen kurz nach ihrem Tod – erwies sich für Storm als zunächst nicht tragfähig. So erlag er schon nach einem Jahr seiner Neigung zu der neunzehnjährigen Senatorentochter Dorothea (Do) Jensen: »In meiner jungen Ehe fehlte [. . .] die Leidenschaft [. . .] Aber bei jenem Kinde [. . .] war jene berauschende Atmosphäre, der ich nicht widerstehen konnte« (an Hartmuth und Laura Brinkmann, 21. 4. 1866). Die Folgen dieser »erschütterndsten Leidenschaft« (ebd.) sind bedrückend: Eine Ehe zu dritt wird erwogen, aber verworfen; Constanze übt Duldung, Do Entsagung und verläßt 1848 Husum.

Diese erste durch Liebeswirren ausgelöste existentielle Krise im Leben Storms evoziert jene an Do Jensen gerichteten

Gedichte – ihr gehört »die Hälfte meiner Poesie«, schreibt er am 12. 5. 1866 an Ludwig Pietsch –, die ganz aus dem Erlebnis verzehrender Leidenschaft, seelischer Qual und der trostlosen Situation hoffnungsloser Liebe leben. In diesen Gedichten, etwa »Du willst es nicht in Worten sagen«, »Wohl fühl' ich, wie das Leben rinnt«, »Rote Rosen« und das kühne, erst 1924 vollständig veröffentlichte »Mysterium« (alle 1848), verschmilzt die verströmende Innigkeit der Constanze-Lyrik mit dem erregenden Duktus der aufbrechenden sinnlichen Leidenschaft für Do zu einer oft bis an die Grenze des Sagbaren getriebenen lyrischen Expression, gleichzeitig schwingt in ihnen auch der seiner Zeit immanente Konflikt mit zwischen einem starren sittlichen Traditionalismus und dem Aufbruch zu individueller Befreiung.

Das »mit seiner Hingebung, seinem Kampf und seinen Rückfällen jahrelang« währende Verhältnis zu Do (an Harthmuth und Laura Brinkmann, 21. 4. 1866) verklang schließlich in schmerzvollen Bekenntnis- und Abschiedsgedichten wie »Die Zeit ist hin«, »Wohl rief ich sanft dich an mein Herz«, »Wo ward ein Traum zur Welt geboren«, »Hyazinthen« und »Weiße Rosen« (alle 1851), Schöpfungen, ohne die seine spätere, um Liebesverhängnisse wissende souveräne Gestaltung eines so sensitiven Themas wie das des Inzests in dem balladesken »Geschwisterblut« (1853) nicht zu denken ist.

Mit der Lösung von Do fand Storm zu seiner Ehe mit Constanze zurück, die sich nicht zuletzt durch die Geburt seiner Söhne Hans (1848) und Ernst (1851) zu einer »innigen Lebensgemeinschaft« (ebd.) festigte und deren ihn erfüllende und bergende Atmosphäre er in dem zauberhaften plattdeutschen Gedicht »Gode Nacht« (1850) und dem rührenden, 1852 entstandenen »Die Kinder« (»Abends«; »Mein Häwelmann«) Ausdruck verleiht.

Storms zunehmendem künstlerischen Vermögen, Ereignis, Sprache und Form in vollendeter Harmonie miteinander zu verbinden, entspricht eine spürbare thematische wie sprachliche Differenzierung seiner in Husum entstandenen

Liebeslyrik. So entdeckt er etwa in den Eichendorff nachempfundenen Gedichten »Stünd' ich mit dir auf Bergeshöh'« (1844) oder »O süßes Nichtstun« (1845) die Natur als Erlebnisraum der Liebenden und findet, sie erstmals als Sinnbild für das menschliche Leben deutend, in einem Gedicht wie »Herbst« (»Schon ins Land der Pyramiden ...«, 1845) zu neuen, ganz von elegischen Bildern und Klängen getragenen lyrischen Ausdrucksmöglichkeiten. Eigenwert gewinnt die Natur schließlich in seinem schon auf den Naturalismus vorausweisenden Gedicht »Abseits« (um 1847), in dem ihm eine völlig kongruente Umsetzung seiner präzisen, realistischen Naturbeobachtung in eine gänzlich von der »Wärme und Farbe« eines Sommertages getragene vollkommene dichterische Sprache gelingt.

Der zunehmend heimatbezogene Akzent, der sich mit Natur und Landschaft in Storms Lyrik verbindet, erklärt sich aus seinem politischen Engagement für die 1848 einsetzende Volksbewegung gegen die dänische Vorherrschaft. Storm, als Husumer infolge der seinerzeitigen politischen Konstellation als Däne geboren, bekannte sich schon 1840 in Kiel gemeinsam mit den Brüdern Mommsen zu ihr, nahm 1844 am Friesenfest in Bredstedt teil und griff mit der Unterzeichnung einer gegen die Dänen gerichteten Protesterklärung 1849 unmittelbar in die Auseinandersetzungen ein, die er auch mit seinem Gedicht »Ostern« (1846/48) zu beeinflussen sucht, in dem er das in kraftvoll erregender Sprache sich spiegelnde Erlebnis des aufbrechenden Frühlings in seinem heimatlichen Küstenland als Sinnbild des sich erhebenden Widerstandes deutet. Auch nach der Niederlage der Schleswig-Holsteiner und dem Friedensschluß 1850 hielt Storm an seinem Widerstand fest, von dem seine weiteren politischen Gedichte »Im Herbste 1850«, »Gräber an der Küste«, »Ein Epilog« (alle 1850) und »1. Januar 1851« (1851) zeugen. Selbst in einem künstlerisch so vollendeten Gedicht wie »Die Stadt« (1851), in dem Storm ein herb-realistisches Bild seiner Vaterstadt inmitten einer urtümlich-mythische Züge tragenden Landschaft gelingt, erweist er sich noch als engagierter Dichter, der seinen in der gespannten Situation drohenden Verlustes entstandenen Versen leidenschaftlichen Bekenntnischarakter verleiht.

Storms unversöhnliche Haltung den Dänen gegenüber führte schließlich zum Entzug seiner Advokatur, so daß er sich entschloß, nach Berlin zu emigrieren, um dort in den juristischen Staatsdienst einzutreten. 1853 verläßt der nun weitgehend mittellose, auf die Unterstützung seines Vaters angewiesene Dichter Husum und gibt diesem Ereignis in seinem Gedicht »Abschied« (1853) bewegenden Ausdruck. Nach ersten demütigenden Monaten des Exils im ungeliebten Preußen wird Storm im Oktober 1853 zum Assessor ernannt und gleichzeitig als Volontär ohne Bezüge an das Kreisgericht Potsdam abgeordnet. Daß der im preußischen Justizdienst unerfahrene Storm sich trotz aller Unerträglichkeiten als Dichter bewahren konnte, verdankt er der freundschaftlichen Zuwendung der ihm von vorausgehenden Aufenthalten in Berlin bereits bekannten Mitglieder des literarischen Bundes »Rütli« – er ging aus dem »Tunnel über der Spree« hervor – wie Fontane, Kugler (in seinem Haus lernte Storm den alten Eichendorff kennen), Eggers, Heyse und Adolph von Menzel. In ihrem Kreis wurde er sich seines dichterischen Ingeniums ganz bewußt – »ich habe«, so Fontane in seinem Erinnerungsbuch »Von Zwanzig bis Dreißig«, über lyrische Dichtung »keinen anderen [...] so Wahres und so Tiefes sagen hören«[4] –, empfing er die für sein dichterisches Schaffen förderliche Anerkennung und Würdigung. So gelang ihm schon mit dem ersten hier entstandenen Gedicht »Meeresstrand« (1854), einem sehnsuchtsvollen Ruf nach der verlorenen Heimat, eine seiner besten lyrischen Schöpfungen. In dem Gedicht erfährt Storm Erinnerung als »Berührung mit der letzten Tiefe der Existenz«[5], aus der ihm Bilder von

4 Theodor Fontane: Werke und Schriften. Hrsg. von Walter Keitel und Helmuth Nürnberger. Bd. 35. Frankfurt a. M. / Berlin / Wien 1980. S. 199 f. (Ullstein Taschenbuch. 4542.)

5 Gerhard Storz: Eduard Mörike. Stuttgart 1967. S. 94.

mythischer Dimension wie das »Vernehmlich werden die Stimmen, / Die über der Tiefe sind«, zuwachsen, weitet sich ihm Heimat zum Ort des Ursprungs und der Unvergänglichkeit.

Gleichen Rang besitzt das 1853 geschriebene Gedicht »Trost«, das Storm an seine Frau Constanze richtete, die ihm in der Emigration zu einem Inbild heimatlicher Geborgenheit und selbstloser Liebe wurde und der er hier Worte widmet, »wie sie kein Dichter je schöner geschrieben hat«[6]. Sie finden sich ähnlich auch in dem aus der Zeit in Heiligenstadt stammenden Gedicht »Gedenkst du noch« (1857) – Storm war 1856 endlich zum Kreisrichter ernannt und dorthin versetzt worden –, ein Werk, erfüllt von der schwermütigen Melodik unendlichen Heimwehs, das er allein an der Seite Constanzes, der unwandelbaren Gefährtin des Heimatlosen, zu ertragen vermag.

Kräftige Impulse erhielt Storms Lyrik von den neuerlichen politischen Auseinandersetzungen um Schleswig-Holstein – er war 1864 von der Ständeversammlung zum Landvogt gewählt worden und nach Husum zurückgekehrt –, dessen Befreiung er als ein »Tyrtäus der Demokratie« (an Hartmuth Brinkmann, 18. 1. 1864) begleiten wollte. So schrieb er in kurzer Folge eine Reihe politischer Gedichte wie das im Dezember 1863 entstandene, zornig bewegte »Gräber in Schleswig«, »wohl mit das Schönste, was ich geschrieben«, so er selbst (ebd.), im Januar 1864 »Und haben wir unser Herzoglein« und »Wir können auch die Trompete blasen« und schließlich im Mai den Rückblick »1864«, Lieder, zu deren teilweise kämpferischen Tönen die zeitgleich geschaffenen, von düsteren Todesahnungen überschatteten Gedichte »Ein Sterbender« mit der Schlußsequenz »Auch bleib der Priester meinem Grabe fern«, »Mein jüngstes Kind« (beide 1863) und »Beginn des Endes« (1864) wie auch seine selbstquälerische Aussage Pietsch gegenüber, ihm sei, »als

6 Fontane: Werke und Schriften. Bd. 35. S. 206.

könne der Tod nun jeden Augenblick [. . .] direkt auf mich zu schreiten« (Brief vom 16. 12. 1864), in auffälligem Gegensatz stehen. Hier wirkt zweifellos die in Heiligenstadt vollzogene endgültige Absage an Christentum und Unsterblichkeitsglauben nach, die 1865 in seinem Gedicht »Crucifixus«, in dem er das Kreuz als »Bild der Unversöhnlichkeit« abtut, noch einmal konsequent bestätigt wird und die auch die aufwühlende Expressivität des von tiefer Skepsis und existentiellem Grauen vor Tod und Vernichtung gezeichneten späteren Gedichts »Geh nicht hinein« (1878) bestimmt.

Im Mai 1865 stürzt Storm durch den jähen Tod seiner Frau Constanze wenige Tage nach der Geburt des siebten Kindes in eine von »Einsamkeit und dem quälenden Rätsel des Todes« (an Mörike, 3. 6. 1865) verdunkelte Lebenskrise. Noch unter dem erschütternden Eindruck der abrupten Zerstörung seines Lebensglücks beginnt Storm am Abend des Beisetzungstages mit dem 1868 vollendeten Zyklus »Tiefe Schatten«, einer orpheischen Klage um die Geliebte voll dumpfer Verzweiflung, die aus dem Erlebnis des Todes als Abschied ohne Hoffnung, als Sturz in das Nichts bricht. Die schmerzliche Sehnsucht nach Constanze – »sie war das Weib eines Dichters, wie Träume es nur ersinnen können«, schreibt er am 26. 12. 1865 an Klaus Groth – hat Storm sein Leben lang begleitet, sie prägt die nach ihrem Tod entstandene, an sie gerichtete Lyrik, so »Begrabe nur dein Liebstes« (1865), die beiden Elegien »Constanze« (1870) und das ergreifende »Verloren« (1873), und gipfelt in dem zehn Jahre nach ihrem Sterben in Segeberg geschriebenen Erinnerungsgedicht »Über die Heide« (1875), in dem die Trauer über ihren Verlust zusammenklingt mit der schwermütigen Klage über die Vergänglichkeit des eigenen Lebens.

Die intensive Verbundenheit mit Constanze über ihren Tod hinaus wie die schwindende lyrische Kraft des alternden Dichters erklären das auffällige thematische Zurücktreten seiner wieder erwachten »Leidenschaft der alten Zeit« zu Dorothea Jensen (an Pietsch, 12. 5. 1866), die er 1866 geheiratet hatte, in seiner Lyrik. Allerdings bekunden die beiden für Do bestimmten Gedichte »Komm laß uns spielen« (1881) und »An Frau Do« (1881–1883), daß seiner Ehe mit ihr ein ähnlich erfülltes Glück beschieden war wie der mit Constanze.

Storms späte Lyrik bezeugt in besonderer Weise seine schlichte Menschlichkeit, so das anrührende »Verirrt« (1878), in dem er wie auch in anderen seiner Gedichte die einfache Sageweise, die Bilder, die Melodie und das Motiv des verlassenen Mädchens des Volksliedes zu künstlerisch vollkommener Gestalt sublimiert. Das Gedicht stellt sicherlich eine Reminiszenz an die frühe, unglückliche Liebe zu seiner zweiten Frau Do dar, die er »fern von mir allein und oft in drückender Abhängigkeit« hatte verblühen lassen (an Hartmuth Brinkmann, 21. 4. 1844). Dem Volksliedhaften verpflichtet ist auch das liebenswürdige »Mit einer Handlaterne« (1879), ein aus der Erinnerung an den Zauber der Kindheit aufsteigendes Gedicht voller Anmut und menschlicher Wärme.

Die letzten lyrischen Schöpfungen Storms, darunter die Widmung »An Erich Schmidt« (1885) – er war mit dem jungen, bedeutenden Germanisten seit 1877 befreundet und fand in ihm einen wichtigen literarischen Berater – und die »An Wilhelm Jensen« (1886), in der er Leben und Vergehen des Menschen eingebunden in den Kreislauf der heimatlichen Natur darstellt, eignet eine angesichts des sich ankündigenden Lebensendes – Storm erkrankte 1887 an Magenkrebs – versöhnliche Milde, die ihn in dem sein lyrisches Schaffen beschließenden Vierzeiler »In schwerer Krankheit« (1886/87) zu einem altersweisen, heiter-gelassenen Wort über sein Leben und Werk und über den eigenen Abschied finden läßt:

»Nun schließ auch du die Augen zu,
Geh Phantasie und Herz zur Ruh!
Ein Licht lischt nach dem andern aus –
Hier stand vordem ein Schauspielhaus.«

*

Obwohl Storms narrative Begabung schon in früher Jugend geweckt und durch das intensive Sammeln von Märchen und Sagen vor allem während der Kieler Zeit noch weiter gefördert wurde, setzte sein erzählerisches Werk erst ein, nachdem er in seiner Lyrik bereits wie etwa mit den 1844 entstandenen ersten Constanze-Gedichten ein hohes Maß an künstlerischer Vollkommenheit erreicht hatte. »Meine Novellistik ist«, bemerkte noch der alte Storm, »aus meiner Lyrik erwachsen« (an Erich Schmidt, 1. 3. 1882). Entsprechend stellen die ersten Skizzen »Marthe und ihre Uhr« (1847) und »Im Saal« (1848) in sich abgeschlossene, lyrisch durchtönte »Szenen« dar, in denen das von ihm verwandte Stilmittel des erinnernden Erzählens es Storm erlaubt, seiner frühen Epik mit der Dimension der Vergangenheit zugleich das Motiv der Vergänglichkeit hinzuzugewinnen.

In »Immensee«, 1849 entstanden und Storms erste reine und zugleich seine erfolgreichste Novelle überhaupt – sie erreichte bereits zu seinen Lebzeiten dreißig Auflagen –, gelingt es ihm dann erstmals, »einzelne Stimmungsbilder«, »Situationen« des Werdens und Vergehens einer Jugendliebe, in Gestalt ungemein dichter, gefühls- und sinnträchtiger Bilder, die ähnlich Gedichten mit Überschriften versehen werden, zu einem »geschlossenen Ganzen« zu fügen und es so dem Leser zu ermöglichen, sich »ein ganzes Menschenschicksal mit der bewegenden Ursache und seinem Verlaufe bis zum Schlusse (›Im Saal‹ z. B.) vorzustellen« (an Eduard Alberti, 12. 3. 1882). Eine die Ausdruckskraft dieser frühen Prosa übersteigende Gefühlsintensität erklärt den häufigen Übergang Storms in lyrisches Sprechen; so erscheint etwa das schmerzvolle Leitthema der Novelle »Immensee« lyrisch sublimiert – »Meine Mutter hat's gewollt / Den andern ich nehmen sollt« – in dem Gedicht »Elisabeth« (1849).

Ähnlich wie die »ganz und durch und durch von dem Dufte und der Atmosphäre der Liebe« erfüllte Erzählung »Immensee« (an Hartmuth Brinkmann, 2. 6. 1852) geriet Storm auch die von frühen Todesbegegnungen beeinflußte Novellette

»Posthuma« (1849) zu einem lyrisch-schwermütigen Abgesang auf eine schon aus sozialen Gründen hoffnungslose Beziehung, deren Scheitern von ihm aber eher in einer schicksalhaften Bestimmung gesehen wird und der Erzählung jenen Ton schmerzlichen Leidens an der Welt und tiefer Resignation verleiht, der seinem Frühwerk eigen ist.

Selbst in Storms epischem Beitrag zum schleswig-holsteinischen Befreiungskampf, der idyllischen Novelle »Ein grünes Blatt« (1850), dient ihm die lyrische Evokation eines aus der Schönheit der heimatlichen Landschaft lebenden Gefühls tiefer Verbundenheit mit ihr der Verwirklichung seiner politischen Intention, zu einem »zur Verteidigung der Heimat notwendigen Krieg« (an Fontane, Ostern 1853) aufzurufen. So vermied er ein ihm unerträgliches »Überwuchern der politischen Stimmung«[7], dem er »in natürlichster Opposition« (an Ernst Esmarch, 5. 2. 1851) schon 1848 mit dem lebensprühenden »Oktoberlied« begegnet war.

Während der Exiljahre 1853–56 in Potsdam mit ihren bedrückenden Lebensverhältnissen gelangen Storm lediglich drei schmale Erzählungen, darunter die köstliche Humoreske »Wenn die Äpfel reif sind« (1856), in der er die Unverfrorenheit des Brechtschen »Kirschdiebs« vorwegnimmt. Dagegen knüpft er mit der Sommergeschichte »Im Sonnenschein« (1854), von ihm als »in Szene gesetzte Lyrik« (an Fontane, 24. 7. 1854) empfunden, unmittelbar an die vorhergehenden Erzählungen an, wenn auch in ihr die gesellschaftlichen Verhältnisse – die Liebe eines Bürgermädchens zu einem Offizier scheitert am Widerstand des Vaters – deutlicher akzentuiert werden. Mit der zarten, vom Erlebnis Sanssoucis inspirierten Rokoko-Geschichte entwirft Storm ein Gegenbild zur harten Realität seines Emigrantendaseins in Potsdam, eine zeitenthobene Idylle, »wohin ich mit meinen Gedanken aus dieser peinlichen Wirklichkeit zu flüchten liebe«, wie er am 17. 12. 1854 an seine Mutter schreibt.

7 Gertrud Storm: Theodor Storm. Ein Bild seines Lebens. Bd. 1: Jugendzeit. Berlin 1912. S. 191.

Wichtig für die weitere Entwicklung der Epik Storms wurde seine Novelle »Angelika« (1855) »wegen der scharfen psychologischen Analyse« (an die Eltern, 24. 1. 1856) und des biographischen Hintergrundes. In der Gestalt der Angelika spiegelt sich seine Jugendgeliebte und nachmalige zweite Frau Dorothea Jensen – »das ist sie, nur war sie nicht so schwach wie diese; denn sie hat ihre Liebe, mit der sie, wie sie meint, geboren ist [...] treu bewahrt« (an Ludwig Pietsch, 12. 5. 1866). Auch Storms eigene verzweifelte seelische Lage während seiner hoffnungslosen Leidenschaft zu Do ist in das Werk eingegangen, mit dem er sich endgültig von der Wirrsal seiner ersten Ehejahre befreit.

Erst mit seiner Übersiedlung 1856 als Amtsrichter nach Heiligenstadt fand Storm allmählich zu jenen Lebensverhältnissen, die ihm ein fruchtbares dichterisches Schaffen ermöglichten. So hielt sich der Arbeitsanfall in Grenzen, Storm konnte wie in Husum wieder einen Gesangverein gründen, der Bekanntenkreis weitete sich, und in dem Landrat Alexander von Wussow – »Das ist ein fürchterlicher Grübler« (an Constanze, 20. 7. 1858) – fand er einen Lebensfreund. Eines der zweifellos besten seiner im Exil geschriebenen Werke ist die 1857/58 entstandene Novelle »Auf dem Staatshof«, die in ihrer wunderbaren Mischung »aus dem Verlangen nach Erdenlust und dem schmerzlichen Gefühl ihrer Vergänglichkeit« (S. 69) schon auf die Meisterschaft seiner späteren epischen Dichtung vorausweist. Anders als in »Immensee« erscheinen die dort nur locker gereihten »Situationsbilder« in der Novelle »Auf dem Staatshof« erstmals als in einen zielstrebigen Geschehensablauf integrierte Handlungsschwerpunkte, ein konsequenterer Realitätsbezug verleiht zudem den Personen schärfere Kontur und trägt zu größerer Transparenz des Werkes bei. So verkörpert die Protagonistin der Novelle das letzte Glied einer untergehenden feudalistischen Familie, in deren Unfähigkeit zur Liebe und zum Leben sich sinnbildlich das Ende eines Zeitalters erfüllt.

Während die als Hommage an seine Frau Constanze zu verstehende Novelle »Späte Rosen« (1859) geprägt ist von der leidenschaftlichen Zuwendung zu ihr, die auch in seiner Sprache mitschwingt – gleichermaßen rühmt er 1862 in einem Brief an seine Mutter die »zarte, geistige Schönheit« ihres Antlitzes, die »seltne Einfachheit und Reinheit ihres Wesens« –, spielt seine ein Jahr später entstandene Erzählung »Drüben am Markt« (1860) im Milieu des kleinstädtischen Bürgertums, dessen humorvoll-versöhnliche Charakterisierung ihm die neu gewonnene realistische Erzählhaltung ermöglicht. Den ursprünglich tragischen Ansatz der Novelle, in der ein durch Herkunft und Äußeres Benachteiligter um die Erfüllung seines Liebesglücks gebracht wird, überwindet Storm durch dessen aus der Kraft des Herzens wachsende einsichtsvolle Annahme seines Schicksals.

In der Novelle »Veronica« (1861) wendet sich Storm, bedingt durch seine Erfahrungen mit dem Katholizismus in Heiligenstadt, religiösen Fragen zu. Er gelangt am Beispiel der Ohrenbeichte zu einer grundsätzlichen Ablehnung der kirchlich institutionalisierten Ehe und ergreift leidenschaftlich Partei für eine auf Vertrauen und die Kraft des Seelischen sich gründende Partnerschaft. »Veronica« weist bereits voraus auf die Bekenntnisnovelle »Im Schloß« (1861) – »diese Arbeit bin ich selbst, mehr als irgend etwas, das ich sonst in Prosa schon geschrieben hätte« (an Lucie Storm, März 1862) –, in der er seine religiösen, politischen und sozialen Überzeugungen darlegt. Die Novelle will »eine neue Einsicht« in »Wert« und »Wirksamkeit« der in seinem Werk »enthaltenen Demokratie« (an Hans Storm, Ende Mai 1868) vermitteln, die zur Befreiung des Menschen von der Vorherrschaft von Adel und Kirche führen soll. Diese – als »die zwei wesentlichen Hemmnisse einer durchgreifenden sittlichen Entwicklung« (an Lucie Storm, 9. 12. 1861) – gilt es »vor den moralischen und ästhetischen Richtstuhl des Publikums zu stellen« (an Hartmuth Brinkmann, 16. 4. 1863), um es endlich zu vernunftgeleitetem Handeln als Ausdruck »des reinsten Menschentums« zu bewegen (an Lucie Storm, März 1862).

Gelingt es in der Novelle »Im Schloß« den Protagonisten als »Kinder einer anderen Zeit« (S. 121), ihr Lebensglück zu erstreiten, geht in der Erzählung »Auf der Universität« (1862) ein junges, unerfahrenes Mädchen an der Unerfüllbarkeit ihres menschlichen Rechtes auf »schöne Gestaltung des Lebens [. . .] das die äußern Verhältnisse versagen« (an Hartmuth Brinkmann, 4. 4. 1863), zugrunde. Indem Storm hier bewußt auf unlösbare Liebesverstrickungen verzichtet – »Die Liebe habe ich unter diesen Umständen absichtlich vermieden« (ebd.) –, verschärft er den sozialen Konflikt und gestaltet so eine »wirkliche ›Tragödie‹, wie sie das Leben täglich spielt« (Fontane an Storm, 13. 12. 1862).

Storms Sensibilität für gesellschaftliche Probleme bezeugt auch seine Novelle »Von Jenseit des Meeres« (1863/64), in der er das für seine Zeit außerordentlich progressive Thema der Rassenfrage am Beispiel der Beziehung zwischen einem Architekten und einer Farbigen darstellt. In dem Werk, das er mit romantischen Elementen versetzt – die Adaption des nächtlichen Parks aus Eichendorffs »Das Marmorbild« ist unübersehbar – findet Storm allerdings, wie er Fontane gegenüber in seinem Brief vom 16. 2. 1865 einräumt, nicht zu einem Schluß, der »den tragischen Konflikt [. . .] erschöpft«.

»Der fast dämonische Drang zur Märchen-Dichtung« (an Hartmuth Brinkmann, 18. 1. 1864), von dem sich Storm im letzten Heiligenstädter Winter erfaßt fühlte, wurde von ihm als »Gegengewicht« (ebd.) zu den ihn aufwühlenden erneuten Auseinandersetzungen um Schleswig-Holstein empfunden. Ähnliches hatte er auch schon anläßlich der 1848 einsetzenden Volkserhebung erfahren, während der er – »Weil's doch jetzt Zeit ist, Märchen zu erzählen«, so das Motto in Biernatzkis »Volksbuch auf das Jahr 1850« – das anmutige, für seinen Sohn Hans bestimmte Märchen »Der kleine Häwelmann« (1849) und die »nachdenkliche Geschichte« »Hinzelmeier« (1850), die von der Suche nach dem Stein der Weisen handelt, schuf. Anders als in dem ganz aus Träumen gesponnenen, ins Zeitlose versetzten »Hinzelmeier«

stellt Storm in dem mehr als ein Jahrzehnt später geschriebenen Märchen »Die Regentrude« (1863/64) bewußt die geschichtliche Situation einer vom Rationalismus beeinflußten, gesellschaftlichen und wirtschaftlichen Spannungen ausgesetzten Dorfgemeinschaft dar, die durch das beherzte Handeln eines noch im unverfälscht Bäuerlichen verwurzelten Liebespaares zur Erfahrung des mythischen Ursprungs gelangt und so die Versöhnung von Mensch und Natur erlebt. Dagegen läßt Storm in dem Märchen »Bulemanns Haus« (1864) den von Geiz und Egoismus dämonisierten Protagonisten in ausweglose Isolation versinken, in der ihm selbst der physische Tod verwehrt bleibt. Im »Spiegel des Cyprianus« (1864/65), dem letzten der 1866 veröffentlichten »Drei Märchen«, bedient sich Storm zwar noch des magisch-mythischen Mediums des »Zauberspiegels«, er bereitet mit seinem Werk zugleich aber auch formal wie inhaltlich, insofern darin der »Ton der Sage angeschlagen« (Vorrede der Ausgabe von 1866) und die Geschichte eines untergehenden Adelsgeschlechts erzählt wird, die historische Novelle vor.

Seine unerschöpfliche Neigung zum »Stücken vertellen« (SW I, S. 329) entspringen die unter dem Titel »Am Kamin« (wohl 1861) zusammengefaßten Spukgeschichten und die beiden Weihnachtsidyllen »Unter dem Tannenbaum« (1862) und »Abseits« (1863), in denen sich weihnachtliche Gestimmtheit – für Storm war das nach stets gleichem Familienritual begangene Fest der Höhepunkt des Jahres – mit dem Gedanken an die Heimat und ihr Ringen um Freiheit verbindet.

Die durch Constanzes Tod 1865 ausgelöste Schaffenskrise, zu der noch die durch die preußische Okkupation verursachten Enttäuschungen wie die Rückversetzung in den Justizdienst mit erheblichen finanziellen Einbußen traten, stürzte ihn in tiefe Resignation, von der ihn auch eine 1865 unternommene Reise zu Turgenjew nach Baden-Baden nicht zu befreien vermochte. So glaubte er sich am Ende seines Dichterlebens, als dessen Vermächtnis er die 1868 erschienene Ausgabe seiner »Sämtlichen Schriften« und das 1870 von ihm herausgegebene »Hausbuch aus deutschen Dichtern seit Claudius« ansah. Im gleichen Jahr kündigte er seinem Verleger Westermann noch »etwas Nachlaß« (Brief vom 2. 9. 1870) an, der sich aus der Aufarbeitung der Vergangenheit ergeben hatte und unter dem Titel »Zerstreute Kapitel« erstmals in der Gesamtausgabe von 1877 erschien. Dazu gehören neben poetischen Stücken wie »Amtschirurgus – Heimkehr« (1870), »Lena Wies« (1870), »Eine Halligfahrt« (1871), »Von heut und ehedem« (1873) auch die »Kulturhistorischen Skizzen« (1871).

Bei dem 1867 unternommenen Versuch, mit der Novelle »In St. Jürgen« eine neue poetische Schöpfungsphase zu beginnen, griff Storm auf die Form der resignativen »Entsagungsnovelle« des Frühwerks zurück, in der er sich noch einmal dem Motiv des schicksalergebenen Leidens an der Liebe zuwendet. Der Dichter, der zu seiner Schaffenskraft »kein rechtes Vertrauen« (an Ludwig Pietsch, 8. 11. 1867) mehr besitzt, vermeidet hier die realistische Darstellung eines durch Untreue verursachten seelischen Konflikts, er sieht den Grund für das folgenschwere Sich-Verfehlen der Liebenden demnach auch nicht in einer »Schuld der Leidenschaft«, sondern lediglich in einer dem Menschen eigentümlichen »gutmütigen Schwäche« (an Klaus Groth, 5. 3. 1868).

Anders dagegen konzentriert sich Storm in der ebenfalls aus dem Jahr 1867 stammenden Künstlernovelle »Eine Malerarbeit« auf den psychischen Prozeß, der ausgelöst wird durch eine an der Verschiedenheit der Partner scheiternden Liebe. Ein verwachsener Maler, den die erlittenen inneren Versehrungen bis zum Selbstmordversuch treiben, findet, sich selbst überwindend, in der als schöpferisches Handeln verstandenen künstlerischen Erziehung seines Schülers sein Lebensglück.

Grundsätzliche Bedeutung für sein weiteres episches Schaffen gewinnt allerdings erst die 1871/72 entstandene, einen Fall aus seiner juristischen Praxis aufgreifende Novelle

»Draußen im Heidedorf«, in die moderne naturwissenschaftliche und philosophische Erkenntnisse eingegangen sind. So beruht ihr »ganz neuer Ton« (an Ludwig Pietsch, 15. 10. 1874) auf einem völlig gewandelten, desillusionierten Welt- und Daseinsverständnis, das Einflüsse Darwins und Feuerbachs erkennen läßt. Der Dichter berichtet in seinem bewußt dem »Dunstkreis einer bestimmten ›Stimmung‹« (an Emil Kuh, 24. 2. 1873) entzogenen Werk sprachlich knapp und in objektivierender Distanziertheit von einem mit unerbittlicher Konsequenz dem Untergang zustürzenden triebhaft Liebenden, der sich am Ende einen jeden Sinnes entbehrenden, verzweifelten Tod gibt.

Der hier erkennbare tragisch gebrochene Humanismus Storms, der seiner Einsicht in die Vergänglichkeit des Menschen und dem Verlust der transzendenten Dimension erwuchs, korrespondiert mit seiner leidenschaftlichen Hinwendung zum Diesseitigen, seinem glühenden Bekenntnis: »Wie köstlich ist es zu leben, bloß zu leben« (an Erich Schmidt, 18. 6. 1880), wie es sich in seiner Novelle »Beim Vetter Christian« (1873) manifestiert. Das von seinem Behagen am Leben und köstlichem Humor durchdrungene Werk zählte Storm zu Recht zu seinen besten Schöpfungen; es fand in der aus der Familienchronik der Woldsen stammenden, die Grenze des Grotesken streifenden Erbgeschichte »Die Söhne des Senators« (1879/80) ein liebenswürdiges Pendant.

Eine Reise nach Süddeutschland und Österreich, die Storm 1872 unternahm und in deren Verlauf er Heyse traf und bei dem Reichsrat Julius Alexander Schindler in Schloß Leopoldskron bei Salzburg wohnte, stärkte den wiedererwachten Lebenswillen des Dichters, von dem auch die 1873 geschriebene Novelle »Viola tricolor« zeugt. Das Werk, das die Anfangsschwierigkeiten seiner zweiten Ehe zum Inhalt hat, wurde – hier liegt sein moderner Ansatz – aus der Perspektive der Frau geschrieben, der er Züge Dorothea Jensens, der Stiefmutter seiner sieben Kinder aus der Ehe mit Constanze Esmarch, verlieh. Für Storm bedeutete die Novelle »*inner-*

lichste Arbeit« (an Ludwig Pietsch, 15. 10. 1874), ein in der deutschen Literatur bis dahin nicht vorhandenes mitleidendes Erspüren der feinsten Regungen einer Frauenseele und die Erfahrung des durch die Geburt eines Kindes sich vollziehenden Gefühlswandels.

Ohne »Viola tricolor« ist die sich unmittelbar daran anschließende Novelle »Pole Poppenspäler« (1873/74) mit ihrem Bekenntnis zur Ehe als Ort »innigsten Zusammengehörens« (S. 241), wo sich allein das »volle Menschenglück« (S. 295) zu erfüllen vermag, nicht zu denken. Die Dichtung lebt aus der Spannung der Gegenbildlichkeit von tragisch verlaufendem Künstlerschicksal und der Geschichte eines über ein Menschenalter sich bewahrenden bürgerlichen Liebesglücks. Storm kam mit seinem Werk der von ihm selbst erhobenen Forderung nach dem autonomen Kunstwerk für die Jugend nach; der für die Zeitschrift »Deutsche Jugend« geschriebene »Pole Poppenspäler« gehört auf Grund seines dichterischen Ranges zu den erfolgreichsten schulischen Lesestoffen.

Auch in der Novelle »Psyche« (1875), der einzigen, in der Storm auf antike Motive zurückgreift, erhält die Handlung ihren besonderen Reiz durch die in die Liebesgeschichte eingebrachte Künstlerthematik. In ihr vereinen sich, den Antagonismus von Kunst und Leben des »Pole Poppenspäler« überwindend, Ideal und Wirklichkeit zur Schönheit eines durch eine spontane Liebe evozierten Kunstwerks, an dessen »lebendiger Geschichte« (SW II, S. 585) Storm seine eigenen Ansichten über die Kunst und den Künstler, der seine Schöpfungen nur im dauernden Glück einer ehelichen Gemeinschaft vollenden kann, darlegt.

Die zunehmende Lebensskepsis des alternden Dichters, die er hier noch einmal mit seinem optimistischen Anruf von Kunst, Schönheit und Lebensglück zu übertönen versucht, hatte schon in der ein Jahr zuvor entstandenen Novelle »Waldwinkel« (1874), einer »niederträchtigen Geschichte«, wie er am 25. 11. 1874 an Heyse schreibt, ihre Spuren hinterlassen. An die herbe Realistik der Novelle »Draußen im Heidedorf« anknüpfend, stellt Storm ein von seinen Trieben und seiner Begehrlichkeit beherrschtes junges Mädchen dar; es entzieht sich der bürgerlichen Ehe, die ihm zur Legalisierung seines freien Liebesverhältnisses zu einem älteren Mann von diesem angetragen wird, durch die Flucht mit einem Jüngeren.

Gänzlich desillusioniert erscheinen schließlich in der Erzählung »Im Nachbarhause links« (1875) Liebe und Ehe; ihre heilenden und erlösenden Kräfte, an die Storm bisher glaubte, bleiben unwirksam im Leben einer Frau, deren Raubtiercharakter, den sie schon als »schönes Weib« (SW II, S. 610) besaß, sie noch als Greisin in Geiz und Gier zugrunde gehen läßt.

Wie in »Viola tricolor« seine zweite Frau Do im Mittelpunkt steht, so beschäftigten ihn in anderen Novellen die Lebensschicksale seiner Söhne Hans (1848–87) und Karl (1853–99), von ihm als ein innerer »Befreiungsact« (an Heyse, 15. 6. 1881) empfunden. Die Novelle »Ein stiller Musikant« (1874/75), die zu einem unvergleichlichen Beispiel für die Menschlichkeit und Liebesfähigkeit des Dichters wird, handelt von seinem Sohn Karl – »Der stille Musikant ist mein heißgeliebter Junge, den ich mit Traumesaugen in seiner Zukunft angeschaut«, schrieb er am 13. 10. 1875 an Heyse –, der, musikalisch nur mäßig begabt, sich dennoch an einem Musikstudium versucht und nach dessen Scheitern ein bescheidenes Dasein als Musiklehrer in Varel i. O. fristete.

Wesentlich härter und dramatischer in Thema und Diktion gestaltete er die Novelle »Carsten Curator« (1877), Ausdruck des »Entsetzens, das mir das Blut vergiftet« (an Sohn Hans, Januar 1875), und des »mein Leben zerstörenden Kummers« (an denselben, 22. 12. 1878), den ihm sein erblich belasteter, der Trunksucht verfallener Sohn Hans zeitlebens bereitete, der erst nach einem mehr als ein Jahrzehnt währenden Studium sein medizinisches Examen ablegte.

Die Storm bedrängenden Fragen nach Ursache und Schuld für das tragische Scheitern des Sohnes, die ihn über Jahre beschäftigten, behandelte er in »schroffer Objektivität« (an die Gräfin Emilie zu Reventlow, November 1881) in der Novelle »Der Herr Etatsrat« (1880/81). Seiner sich zunehmend verfinsternden Weltsicht entspricht die Gestalt des in völliger Lieblosigkeit dahinvegetierenden Etatsrates, eines zur »Bestie« (S. 375) denaturierten Menschen, der, hier geht Storm noch über die Erzählung »Im Nachbarhause links« hinaus, als vom Alkohol besessener »trunkener Dämon« (an Ernst Esmarch, 4. 7. 1882) mit skrupellosem Egoismus seine Familie zerstört. Die Novelle, deren erbarmungslos anklagenden Ton Storm durch seine groteske Erzählweise zu dämpfen versucht, kulminiert in der Tragödie des hochbegabten Sohnes – er trägt die Züge von Storms eigenem Kind –, der an dem Vater, an der eigenen unglücklichen Anlage und der Zügellosigkeit des akademischen Lebens zerbricht.

Im Gegensatz zu den vorhergehenden Werken gestaltet Storm in »Hans und Heinz Kirch« (1881/82) an einem Ereignis, das sich tatsächlich zugetragen hat, den Konflikt zwischen Vater und Sohn so »nüchtern, psychologisch-realistisch« (an Heyse, 7. 12. 1881), daß an ihm gleichnishaft »das fürchterliche Schicksal des Menschen« (Klaus Groth an Storm, 10. 10. 1882) offenbar wird. Die Geschichte einer aus egoistischer Starrheit, Hartherzigkeit und Stolz versäumten Liebe, die den Sohn verstößt und ins Verderben treibt, wandelt sich nach dessen visionär erlebtem Tod zu einem ergreifenden Zeugnis selbstloser Menschlichkeit. Dem in seinem Ich qualvoll gefangenen Hans Kirch erwächst Rettung aus der menschlichen Zuwendung der zuvor von ihm verachteten und um ihr Lebensglück gebrachten Jugendgeliebten seines toten Sohnes, ein Bekenntnis des alten Storm zu »jener allbarmherzigen Frauenliebe, die allen Trost des Lebens in sich schließt« (S. 495).

Alkoholismus und Vererbung sind auch die Schwerpunkte der thematisch vielschichtigen Novelle »John Riew« (1884/1885), auf deren konzeptionelle Schwächen der Dichter mehrfach selbst hingewiesen hat. Die späte Erzählung Storms lebt aus dem Glauben an die Hoffnung als »Helferin zum

Leben« (SW III, S. 690) und bekennt sich als Möglichkeit zur Überwindung menschlicher Schuld zu einem von Vernunft geleiteten erzieherisch-vorbildhaften Handeln. –

Nachdem Storm seine Resignationsphase 1872 mit seiner bis dahin besten Novelle »Draußen im Heidedorf« überwunden hatte, erwachte auch erneut in ihm seine entschiedene Opposition gegen die als Folge der Annektion Schleswig-Holsteins durch Preußen, für ihn der »Feind aller Humanität« (an Ada Christen, Sommer 1870), entstandenen bedrükkenden politischen Verhältnisse. Um seinen Widerstand vornehmlich gegen Adel und Kirche, das »Gift in den Adern der Nation« (an Hartmuth Brinkmann, 18. 1. 1864), dichterisch wirksam zum Ausdruck bringen zu können, entwickelte er die auf umfangreichen historischen Studien beruhende Form der Chroniknovelle, die ihm eine Verifizierung seiner Kritik im Rahmen einer in die Vergangenheit verlegten Handlung ermöglichte.

Schon in der vom Vergänglichkeitsmotiv durchwalteten ersten Chroniknovelle »Aquis submersus« (1875/76), zu der Storm vom Erinnerungsbild an einen ertrunkenen Knaben und einen finsteren Priester in der Kirche zu Drelsdorf angeregt wurde, scheitern Liebende unterschiedlichen Standes, ein Maler und ein vornehmes Mädchen, tragisch an dem »Übermute« Adliger, »eines Bruchteils der Gesellschaft, der [...] sich besseren Blutes dünkt und so das Schöne und Berechtigte mit der ererbten Gewalt zu Boden tritt« (»Was der Tag gibt«, 23. 5. 1883).

In der von Chamissos Ballade »Der Geist der Mutter« angeregten Chroniknovelle »Eekenhof« (1879) gipfelt Storms Kritik am »verrottetsten Junkertum« (an den Vater, 10. 5. 1862) in der Darstellung eines niederträchtigen, brutal-tyrannischen Landadeligen, der, durch zwei Ehen zu Vermögen gekommen, den von ihm früh verbannten Sohn und Majoratserben zu ermorden versucht und darüber gemütskrank wird, während der Sohn und die außereheliche Tochter, die wegen ihrer erst spät entdeckten Geschwisterschaft von ihrer Liebe lassen müssen, für immer in die Fremde ziehen.

Die in »Aquis submersus« anklingende Auseinandersetzung mit dem Christentum vollzieht Storm exemplarisch in der im beginnenden 18. Jahrhundert spielenden Chroniknovelle »Renate« (1877/78). So verweist der zwischen dem orthodoxen, noch in dämonistischen Vorstellungen wie Hexen- und Teufelsglauben befangenen jungen Theologen und der aufgeklärten, vernunftgemäß denkenden und handelnden Bauerntochter sich auftuende Gegensatz, der die Erfüllung ihrer Liebe verhindert, auf den zur Zeit Storms erneut ausgetragenen Konflikt zwischen der protestantisch-konservativen Neu-Orthodoxie und dem Rationalismus des Bürgertums im 19. Jahrhundert. Mit dem versöhnlichen Schluß bezeugt Storm sein Vertrauen in die Intoleranz und Aberglauben überwindende Kraft des Humanismus.

Die von Storm ohne den gesellschaftskritischen Impetus der drei früheren Chroniknovellen konzipierte »Romantische Novelle« (an Heyse, 15. 11. 1882) »Zur Chronik von Grieshuus« (1883/84) wurde aus einem italienischen Motiv entwickelt und die tragische Handlung in die an Shakespeare gemahnende archaische Heide- und Moorlandschaft Schleswig-Holsteins verlegt. In dem von »nordischer Sagenstimmung« (SW III, S. 503) ganz erfüllten Werk vollzieht sich unerbittlich wie »der eherne Schritt der Nemesis« (Heyse an Storm, 4. 10. 1884) die Zerstörung eines alten Geschlechts durch eine aus Brudermord sich forterbende Schuld.

In der letzten Chroniknovelle »Ein Fest auf Haderslevhuus« (1885), die hinter Storms künstlerischen Möglichkeiten zurückbleibt, greift der Dichter das einzige Mal in seinem Werk auf das Mittelalter zurück, um den natürlichen Anspruch des Menschen auf Liebe zu rechtfertigen. Sie erscheint im Anklang an Gottfrieds »Tristan« in Gestalt ritterlich-höfischer Minne, die den übermächtigen Widerständen der Standesehre erliegt und Vollendung nur im Tod der Liebenden finden kann. –

Seit seiner vorzeitigen Pensionierung 1880 lebte Storm bis zu seinem Tod in Hademarschen, um sich den vielfältigen gesellschaftlichen Verpflichtungen in Husum, wo der Musikenthusiast z. B. auch einen Gesangverein leitete und als Dirigent und Gesangssolist in anspruchsvollen Konzerten mitwirkte, zu entziehen. Im Gegensatz zu den geschäftigen Jahren in Husum konzentrierten sich hier Umgang wie auch Korrespondenz Storms, der bis in sein Alter für alle künstlerischen, wissenschaftlichen und sozialen Belange aufgeschlossen blieb, abgesehen von seiner Familie auf nur wenige bedeutende Freunde, darunter Paul Heyse, Gottfried Keller, den er allerdings nicht persönlich kennenlernte, Detlev von Liliencron, Wilhelm Petersen, Erich Schmidt und der ihm in seinem letzten Lebensjahrzehnt freundschaftlich verbundene junge Soziologe Ferdinand Tönnies, deren Anregungen seine Novellistik beeinflußten. Seinem Informationsdrang wie auch der Neigung, Erinnerungen nachzugehen und den Zusammenhalt seiner großen Familie zu pflegen, entsprachen seine zahlreichen Reisen, vor allem die 1884 nach Berlin zu alten Freunden wie Fontane, Menzel, Theodor Mommsen, Pietsch und von Wussow, und jene im Mai 1886 in Begleitung von Tönnies nach Weimar, vermutlich mit einem Besuch bei Wilhelm Raabe in Braunschweig, auf der er »von Fürsten und Volk so viel [. . .] Liebe und Verehrung empfangen« hatte (an Aemil Storm, 28. 5. 1886).

In seiner ländlich-idyllischen »Altersvilla« in Hademarschen vollendete Storm sein fast ausschließlich episches Spätwerk, das, wie er am 7. 8. 1885 an Gottfried Keller schreibt, »meine Lyrik völlig verschluckt« hat. In ihm setzt er sich mehrfach mit den wachsenden sozialen Spannungen und vor allem mit den daraus sich ergebenden menschlichen Gefährdungen, denen seine besondere Anteilnahme galt, auseinander. So durchdringt das bei Storm ausgeprägte »›wirkliche Volksverständnis‹ und sein Mitgefühl mit den ›kleinen Leuten‹«[8] schon die 1878 geschriebene Novelle »Zur ›Wald- und Wasserfreude‹«, in der ein junges Mädchen es vorzieht, vor

8 Ferdinand Tönnies: Theodor Storm, Gedenkblätter. Berlin 1917. S. 61.

dem Vater, einem Gastwirt und »Spekulationsmenschen« (Fontane, zit. nach: SW III, S. 714), und ihrem Liebhaber, einem bornierten Akademiker, dem es »fast unmöglich [war], den Menschen ohne Rücksicht auf seinen Ursprung oder die ihm angeborene Vergangenheit zu schätzen« (SW III, S. 186), in eine hoffnungslose Zukunft zu fliehen.

Mit der zunehmenden Industrialisierung setzt sich der Dichter in der Erzählung »Im Brauerhause« (1878/79) auseinander, die von einem noch handwerklich produzierenden Bierbrauer handelt, der durch eine Rufmordkampagne seine Kundschaft an die »neue Brauerei« (SW III, S. 208) verliert und trotz Rehabilitierung in den wirtschaftlichen und menschlichen Ruin getrieben wird.

Auch in »Bötjer Basch« (1885/86) zeigt Storm einen Handwerksmeister, dem durch eine »große, neumodische Brauerei mit eigenem Böttcher« (SW IV, S. 95) die Vernichtung seiner Existenz droht und der durch den vermeintlichen Verlust des Sohnes an den Rand des Todes getrieben wird. Der altersweise Dichter wendet den tragischen Ansatz seines symbolträchtigen Werkes in das Glück erfüllter Hoffnung und gelebter Menschlichkeit, so daß es Heyse zum »Besten, Eigensten« zählt, das er geschrieben hat (an Storm, 1. 10. 1886).

Mit unerbittlicher Konsequenz vollzieht sich dagegen die Lebenstragödie eines straffällig gewordenen Proletariers in Storms Novelle »Ein Doppelgänger« (1886), die er um ein zum Sinnbild fortwährender existentieller Gefährdung stilisiertes Brunnenmotiv komponiert hat. Mit seiner Novelle, bei deren Niederschrift er »nicht ganz ohne Räsonnement davongekommen« (an Karl Emil Franzos, 4. 9. 1886) ist, stellt Storm sich auf die Seite des von der Gesellschaft Erniedrigten und Ausgestoßenen. Das dem Werk eigene subtile Rechtsempfinden weist bereits auf die Diskussion der Frage nach der Resozialisierung von Strafgefangenen und dem Recht auf Arbeit im 20. Jahrhundert voraus, wenn auch Storm »die Hoffnung auf eine erlösende Wendung der Dinge«[9] nicht

9 Johannes Wedde: Theodor Storm. Einige Züge zu seinem Bilde. Hamburg 1888. Zit. nach: SW IV, S. 644.

anders als in einer Integration in die – allerdings noch zu läuternde – Welt des Bürgertums zu erblicken vermag.

Nicht den gleichen Rang besitzen die beiden Novellen »Es waren zwei Königskinder« (1884), in der Storm ein Studentenerlebnis seines Sohnes Karl erzählt, und »Schweigen« (1882/83), die durch Fontane herbe Kritik erfuhr. Dem Dichter gelang es in der Erzählung, einem »psychologisch diftligen Ding« (an Klaus Groth, 10. 2. 1883), nicht, den Konflikt – ein »Schwersinniger« (an Gottfried Keller, 8. 8. 1882) verschweigt seiner jungen Frau sein überstandenes Leiden und unternimmt aus Gewissensgründen einen Selbstmordversuch – überzeugend zu lösen. Allerdings gewährt die Entfaltung der dem Werk immanenten psychiatrischen Thematik Einblick in die erstaunlichen Kenntnisse Storms über den Stand der wissenschaftlichen Forschung seiner Zeit und die daraus sich ergebenden ethischen Konsequenzen, die er in seiner Novelle »Ein Bekenntnis« (1887) erneut aufgreift und am Beispiel der Euthanasie erschütternd zur Darstellung bringt. Seine Brisanz erhält das Werk durch den Irrtum eines Arztes, der seiner an Krebs erkrankten Frau Sterbehilfe leistet, zu spät von einer möglichen Heilung durch eine neue Operationstechnik erfährt und seine Schuld durch selbstlosen ärztlichen Dienst an kranken Eingeborenen fern aller Zivilisation in Afrika sühnt. Seiner Zeit weit voraus präfiguriert Storm hier den erst im 20. Jahrhundert durch humanitäres Handeln sich vollziehenden Versuch einer Wiedergutmachung des an der farbigen Menschheit begangenen Unrechts.

Im Juli 1886 begann Storm mit der Arbeit an seiner letzten, erst im Februar 1888 vollendeten Novelle »Der Schimmelreiter«, die das Vermächtnis des bereits von tödlicher Krankheit gezeichneten Dichters darstellt. Storm verlegt die ursprünglich westpreußische Wiedergängersage vom »gespenstigen Reiter« (abgedr. in: SW IV, S. 655–657) in die mit überwältigenden Sprachbildern beschworene heimatliche Meereslandschaft, deren elementaren Kräften der Held schließlich erliegt. Die Novelle lebt aus der Spannung zwischen dem

»Abergläubisch-Geheimnisvollen« und dem »fachkundigen Realismus« (an Ferdinand Tönnies, 9. 5. 1888); der aufgeklärte, zum Deichgrafen aufgestiegene genialische Kleinbauernsohn bedarf zur Verwirklichung seines ehrgeizigen Eindeichungsprojekts des aus der geistigen Unmündigkeit zu selbstverantwortlichem vernünftigem Handeln befreiten Menschen und gerät darüber mit den Dorfbewohnern, die ihn zum »Spuk und Nachtgespenst« (S. 678) mythisieren, in einen heillosen Konflikt. Auch Storms letztes Werk bezeugt seine humanistische Gesinnung, die sich im Verständnis für das die Gemeinschaft tödlich gefährdende Versagen seines des »ewigen Kampfes müden« Deichgrafen ausdrückt, der seine Schuld, »aber« – so der Dichter – »eine menschlich verzeihliche« (an Ferdinand Tönnies, 7. 4. 1888), auf sich nimmt und mit Weib und Kind in den Fluten versinkt.

Storm, der noch im Jahr zuvor unter Anteilnahme weiter Kreise des literarischen Deutschland seinen 70. Geburtstag gefeiert hatte, starb am 4. Juli 1888 in Hademarschen und wurde in der Woldsenschen Familiengruft auf dem Friedhof St. Jürgen in Husum beigesetzt. Seine Befürchtung, mit dem körperlichen Vergehen auch dem Vergessen anheimzufallen, erfüllte sich nicht. Die Wirkung seiner Dichtung blieb bis heute ungebrochen, da sie es vermochte, den Menschen in einer durch Egoismus und Gefühllosigkeit versehrten Welt auf die überwindende Kraft mitfühlender Liebe und tapferen Menschentums zu verweisen. In ihrem Humanitätsanspruch zeigt sich die »absolute Weltwürde« (Thomas Mann) der Poesie Storms, erfüllt sie, und darin liegt ihre essentielle Zukunftsbedeutung, das Postulat Thomas Manns an die Dichtung, »Weg zum Verstehen, zum Vergeben und zur Liebe, [. . .] die edelste Erscheinung des Menschengeistes« zu sein, »aus der alle Wärme, alle Güte, aller Humor kommt«[10].

10 Thomas Mann: Tonio Kröger. In: Th. M.: Werke. Die Erzählungen. Bd. 1. Frankfurt a. M. 1967. (Fischer-Bücherei.) S. 227 und 255.

Inhalt

Anhang